谨以本社出版的首部长篇小说
献给心系中国乡村命运的人们

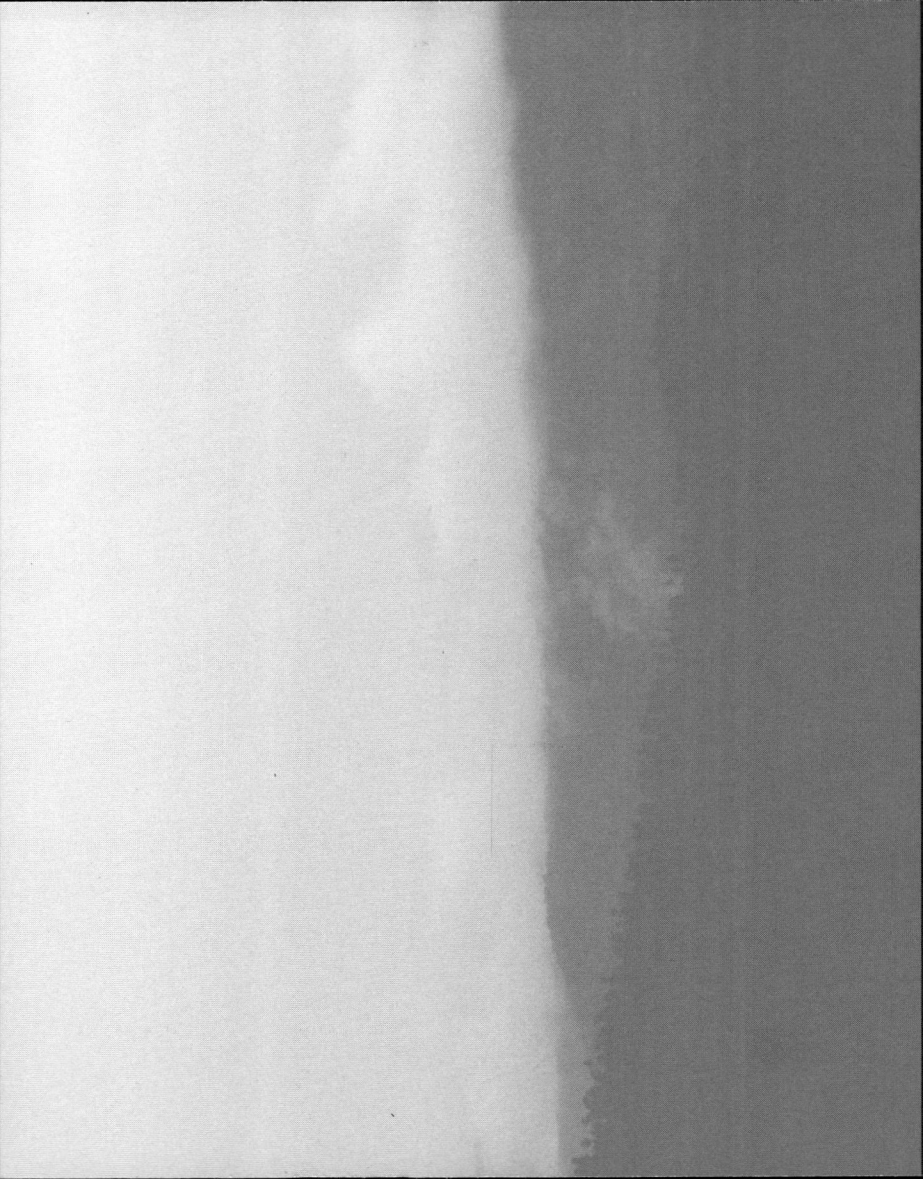

一个荒凉村，

四千可怜人。

十年悲辛事，

万古不了情。

孙世祥 著
A Person's History

神史 上

语文出版社

上 部

第一章 宗族

村内黑土路上，睡着衣衫褴褛、满面泪痕、全身鼻涕的孩子。苍蝇扑满他们全身，猪在嚼孩子衣服、鞋子，狗在舔孩子的脸，鸡在旁边逡巡，伺机啄小孩身上的鼻涕、眼屎。小孩不时被鸡从梦中啄醒，号啕大哭。

一　山外来了个李老师　P002
二　临终托家谱　P014
三　狗屁老师　P038
四　半夜抢亲　P049
五　舍命拒小婚　P063
六　父亲的背影　P076

七　孙家内斗　P086
八　舌　战　P095
九　大红山日出　P105
十　处　分　P116
十一　暴打儿子　P126
十二　一毛不拔的爷爷　P137

第二章 父子

它就这么欲滴未滴，而永远不会滴下去，无比鲜艳又无比坚强。世界最鲜艳的花朵是它，最坚强的战士也是它，它使一切人间事物苍白失色。

目录

第三章 兴衰

- 十三　押妻换赌资　P148
- 十四　强霸人妻　P162
- 十五　穷翻身　P172
- 十六　首个大学生　P184
- 十七　单　恋　P197

孙天侪总在后欣赏她那漂亮的身影，听她那清脆的笑声，自豪地回忆她为他辩护时的情景，畅快地想象日后和她生活在一起的美满生活。想想这些他就沉醉了。

"就是死一百个王勋杰，我都嫁得掉的！我不稀奇什么大学生！什么大学生！简直是大畜生！他没当大畜生时，要我了，他当了大畜生，就不要我了。"

第四章 拒婚

- 十八　退婚口水仗　P212
- 十九　陈家宴　P224
- 二十　夜半相思　P236
- 二十一　瞒父报高中　P248
- 二十二　单刀赴会　P261
- 二十三　坚拒富贵婚　P278

第五章 耻辱

孙天侔终于明白，他未来辉煌的一切都不能弥补今天的损失。未来他可能是伟大的帝王，但无补于今天父母受辱。未来他也可能富有天下，但已无补于今天吃一顿饭的痛苦。

二十四　交粮受辱 P290
二十五　自比夏完淳 P300
二十六　吝啬鬼害妻丧命 P310
二十七　痛打毁坟人 P320
二十八　焚　稿 P333

二十九　退　婚 P346
三十　　落榜生求婚 P356
三十一　跳龙门 P365
三十二　父向子下跪 P373

第六章 众生

狗比狗尚差得如此远，何况人比人？法喇人说："人比人，气死人，马比骡子驮不成。"形容人生无法比。又说："人岂止才分上、中、下三等，简直千等不尽，万等不余。"

第一章 宗族

一　山外来了个李老师

滇北米粮坝县有一荞麦山公社，海拔二千六百至四千一百米间。某年夏天从凹基夫调来一中年教师，名李劢高，四十二岁，妻女俱在县城外农村。李老师工作十几年，均在远离县城数十公里的乡村小学。荞麦山离县城四十公里，有公路通县城。李老师一再申请调到县城附近农村小学，这次虽未遂愿，但条件总比凹基夫稍好一点。

公社决定让李老师到法喇小学任教。法喇大队距公社三十多里。李老师背了行李，随赶街①的法喇村民顺山沟钻向上游。海拔越来越高。下午到了法喇。东、南、北三面巨壁，中间大沟，泥石流西去。高山荒凉，树木稀少。农作物仅苦荞②、燕麦、洋芋。茅屋相连，约数百户。鸡鸣犬吠之声，不绝于耳。

村内黑土路上，睡着衣衫褴褛、满面泪痕、全身鼻涕的孩子。苍蝇扑满他们全身，猪在嚼孩子衣服、鞋子，狗在舔孩子的脸，鸡在旁边逡巡，伺机啄小孩身上的鼻涕、眼屎。小孩不时被鸡从梦中啄醒，号啕大哭。每家门前都是粪塘，臭不可闻，猪在塘中打滚，蚊子在上面飞舞。

---

① 赶街：赶集。也称"赶场"或"赶街子"。
② 苦荞：荞的一种，食、药两用的农作物。

小学就在村中心河坝边，四排土墙青瓦房围成一院，是黑梁子唯一的瓦房。墙下泥地上坐有七八个老人，或脱衣服找虱子，或卷裤脚按跳蚤。知来者乃小学老师，均打招呼。一瘸腿中年人，自称杜参脚，说："老师都不在。孙支书刚过去。"说完便朝河坝中喊："孙江成。"一个五十上下、穿对襟衣服、外套毡褂的男子走过来，听李老师说毕，说："东西拿到我家去，今晚就在我家住。"随即帮忙扛了李老师的铺盖。李老师跟其北过河坝爬山。孙江成介绍："我家在的这山叫黑梁子，东面大红山梁子，南面横梁子。大红山梁子山脚叫头道岩，中间二道岩，顶上三道岩。横梁子南面从高到低又是三个梁子：黄毛坡梁子、光头坡梁子、空欢喜梁子。"

　　黑梁子上全是倾斜达四十多度的陡坡，三层悬崖，路在悬崖上绕行。他们爬了一小时才到顶。几十户人家都是茅屋，猪屎马粪盈道。孙江成家在村中，走进孙家，茅屋又黑又矮，大门、楼梯、楼枕、墙壁均黑如墨。屋内满是苍蝇，嗡嗡之声，极为噪耳。一位五十岁许的小脚女人，即孙妻田氏，正在用木坠子坠羊毛。一个四五岁的小孩全身灰土，趴在地上，倾听坠子旋转之声。孙江成对妻子说："快煮饭给老师吃。"田氏即忙去地里掐荞叶回来，洗洋芋、淘米。孙江成又对小孩说："富民，爬出去。"

　　孙江成抱了松毛①来烧火，并上楼拣一撮箕洋芋来烧在火塘里，立刻满屋柴烟。熏得李老师满眼是泪，他忙举袖把双眼掩住，假装去厕所，逃出来。全村就孙江成家有一厕所。李老师上了厕所，四下转了看。一茅屋前，一妇女正在小腿上搓麻线，边搓边朝小腿吐口水，同时教一旁五六岁的女儿唱："苗家来的嗦罗鞋，嗦罗鞋，不起台，苗家来的嗦柜子，柜子嗦。"

　　群众放工回来，都注目观看。李老师穿件涤卡中山装，涤卡裤子，草绿色胶鞋，引发村民的羡慕。得知是新来的老师，村民们都热情地

---

① 松毛：松树的针叶。

村内黑土路上，睡着衣衫褴褛、满面泪痕、全身鼻涕的孩子。苍蝇扑满他们全身，猪在嚼孩子衣服、鞋子，狗在舔孩子的脸，鸡在旁边逡巡，伺机啄小孩身上的鼻涕、眼屎。小孩不时被鸡从梦中啄醒，号啕大哭。

打招呼。李老师回到孙江成家背后，见一位七十多岁的老人正在看《增广贤文》，即与老人交谈。老人名孙运发，乃孙江成之父，其所读皆《三字经》《玉匣记》之类。

　　茅屋前另有一十来岁小孩，满身补丁，席地读书。老人言是其曾孙，孙江成长孙，名孙富贵。李老师是《三国》迷，见其读《三国演义》，即考他："你讲讲关羽。"小孩滔滔而言。李老师颔首，问："还读过些什么书？"小孩说："《毛主席诗词》《毛主席语录》《董存瑞的故事》《雷锋的故事》《欧阳海之歌》《西游记》《隋唐演义》《说岳全传》《铁道游击队》和《林海雪原》。"李老师说："《水浒》一百零八将都是谁？"小孩从"及时雨宋江"背起，背出七十余人的姓名、绰号。李老师说："你再背隋唐好汉。"小孩即从"第一条好汉李元霸"背到"第二十七条好汉程咬金"。李老师又叫他背《毛主席语录》《毛主席诗词》。考了半日，李老师对在这偏僻之地能有这一发现而惊奇，问小孩："你从何时开始读书？"小孩说："发蒙前我爷爷教我背《毛主席语录》。"李老师又问了一阵，知他读四年级，在班上名列前茅。

　　一个三十零头、个子矮壮的青年人大汗淋漓地背草回来，见李老师就忙打招呼。这是孙江成的长子，小孩的父亲，名孙平玉。孙平玉放下草，跑来邀李老师到家里坐。其家在村边林中，茅屋很矮很小，屋前也是粪塘，塘内垫了石头，粪塘又黑又臭。李老师看着那几个石头发愣，孙平玉恐李老师踩石头不稳跌倒在粪坑里，忙冲进屋扛一门板出来，垫在石头上，扶李老师过去。屋内极黑，李老师视无所见，只得驻足不动。孙平玉拖条板凳来，拉李老师坐下。李老师坐下半日，才隐约看清屋内情形，整间房只有几十平方米，尚有一半用作猪圈，猪尿从圈中流出，离火塘不过数尺。猪已饿了，阵阵高哼，努力拱圈门，臭气冲鼻而来。李老师努力忍受，巴不得有什么东西封住鼻子才好。孙平玉一身补丁，脚上穿的是汽车外胎割成的一块胶皮，前后左右穿有四个眼，用麻线绊着。李老师说："买的还是自己做的？"孙平玉说："胶底是买的，买回来自己拿麻线绊起。反正农业上的人，图价格相应。天晴还好穿，天阴就会打滑，胶皮会翻在脚背上来。"李老师说："可以穿多长时间？"孙平玉说："耐穿得很。它是汽车轮胎，人的脚板皮是肉，怎么磨得过它，一双要穿好几年。"

孙江成来叫李老师，李老师与之回去。火塘里洋芋已烧熟，孙江成不断刨了递来。李老师接过吹了灰，就剥皮吃起来。不久饭熟，孙江成就劝李老师莫吃洋芋，等着吃饭。黄昏，煤油灯点上，孙江成去把孙运发请来，即邀李老师上桌开饭。菜是两大碗腊肉，油煎洋芋丝，炒出的荞叶。孙江成说："李老师莫见怪，在我们这地方，只能这样待客了。"李老师也忙客气一番。孙运发说："老师，我们这地方穷啊！不像别的地方，不说米肉待客，小菜也多有几样。我们这地方呢，莫说米了，连小菜都难种出来。现在还算好，逢年过节买得起几斤米来吃，解放前，即使过年，全村也只有一两户人家买得上米啊！这就是数一数二的人家。别的，都饿饭。吃得上米的，全县只有你们米粮坝。俗话都说'金江有个米粮坝，别处灾荒它不怕'。"李老师又客气一番，县城坝子确是比这好多了。

荞叶味道特别，李老师便问："这荞叶怎么做的？"孙江成说："把嫩荞叶掐回来，涨水锅里渌一遍，捞出来，用冷水清洗，捏干。要吃热的，放在油锅里炒；要吃冷的，盐巴辣子做个蘸水，蘸来吃。"恐李老师爱吃，即抪了一碗放在李老师面前。

孙氏父子烟酒不沾。饭毕，孙运发自去休息。田氏忙着推磨、筛荞面，李老师见状不解，孙江成说："我家今天请人砍树。"李老师见荞面被和成米粒大小的圆点，倒入吊锅里蒸，很是纳罕，便勾头朝锅里瞧。田氏笑说："这是荞疙瘩，用麦面和的，叫麦疙瘩。"孙江成说："等一阵老师也尝一碗。"天将黑，屋内柴烟更浓。李老师又是满眼的泪，忙出屋去。

夕阳已去，冷风凛冽，虽是盛夏，仍如严冬。孙江成弟孙江荣放羊回来，背着一背柴，累得气喘吁吁，在上坡的埂上歇了很久。复欲行时，挣扎几次，起不来。李老师跑去从后面使劲推柴，好不容易才将他推起来。孙江荣把柴背至屋前歇下，把羊关好，即提了毡褂，到房子

侧园里躺着。李老师冷得发抖，忙回孙江成家，伸手就火取暖。孙江成忙找件羊毛毡衫给李老师穿上，另抱些条形黑泥块来放在火中烧。李老师疑惑，孙江成说："这是草皮，又叫海垡。水沟里的草烂了，成年累月，就成草皮了。这东西熬火，一块草皮烧一天都不会熄。你来法喇工作，要准备两样东西过冬：羊毛毡衫、草皮。少了这两样东西，无法过冬。"李老师道谢，心下想：糟了，糟了。

孙江成二子孙平元两口子进来。孙平元刚结婚。孙平玉夫妻带长子孙富贵、二子、三子、四子也来了。孙江成幼子孙平刚、幼女孙平会也回来了。帮忙砍树的共十几人，坐满一屋。菜仍是猪肉和荞叶。孙江成盛一碗荞疙瘩来给李老师，并说："泡肉汤最好吃。"即舀一勺汤来。

天黑，屋内人多，一盏煤油灯所照有限。于是点上好几盏煤油灯，这才稍亮些。煤油灯是用墨水瓶做的。把瓶盖戳穿，插入一根圆铁皮裹成的筒，筒内装一缕棉线，瓶内煤油经棉线浸上去，即可照明。夜里提灯外出另有防护装置：把一段一头掘得刚好能放下煤油灯的圆木四面穿孔，穿上四根铁丝，与灯上方筒状铁丝网相连，筒上面接一根铁丝。出行时，将一去了底的酒瓶放入网中，即可护住灯焰，灯光透过酒瓶照见路面。这仿佛马灯，但比马灯差多了，也根本无法与李老师所带的电筒相比。

吃好饭，大家移到火边。这些人有孙江成堂弟孙江华、孙江荣之子孙平文、孙平玉岳父陈明贺，同村崔绍云、王元富、郑国才等。草皮火极旺，李老师热得出汗。大家见状笑着说："老师，我们这地方好不好？"李老师感叹法喇山势雄峻。孙江成说："穷山恶水啊！大红山梁子是全县最高的山，海拔四千多米。三伏天照样打霜下雪。头道岩、二道岩、三道岩，上下都是万丈的悬崖。之所以叫头道岩、二道岩、三道岩，就是因为在第一、二、三个岩腰上，上下只有那么一条毛毛路巴在悬崖上；横梁子是因梁子生的极蛮横而得名；黑梁子因阴森可怕得名；光头坡梁子因光秃秃一无所有得名；黄毛坡梁子因只长几根黄草得名；空欢喜梁子，是因从前的生意客上昆明、上南广、出乌蒙都要经过这里，在山下一看，空欢喜梁子最高，以为上顶就翻过梁子，哪知又累又饿地爬上来，一看还要爬更高的光头坡、黄毛坡、横梁子，不是空欢喜吗？听这些地名，就可以知道我们这些地方贫穷、落后的程度。"崔绍云接过去说："讲我们这地方贫穷的山歌多得很，什么'法喇十匹大梁子，洋芋坨坨过日子。要想吃顿苞谷饭，要等媳妇坐月子'。"孙江华即驳："只有你崔绍云等人才会正事不干，唱这号丑陋的山歌，我来讲正话。李老师你以后可以试试去爬头道岩、二道岩。外来的干部，从来无人登上三道岩。从前在这里教书的刘光明老师，身体好，胆子大，只爬上二道岩，再不敢上了。那年来了个周文明，只爬上头道岩，就下不来了，是我们去背下来的。"李老师说："刘光明、周文明都住过这里？"孙江成说："住过好几年。你认识他们？"李老师说："都认识。"

孙江成说："刘老师在法喇十多年，孙平玉都是他的学生，刘老师跟我们很好。他对法喇最熟悉。周文明是下乡，这个人喜欢搞调查。为了证明法喇从前有原始森林，我还带他去大红山梁子上，找到两个有我家堂屋这么大的树桩。"

李老师大吃一惊："这么粗的树，怎么可能？"众人都说有这么大的树。陈明贺说："老师，孙江成的话不假。我没读过一天书，扁担大的'一'字都不认识，不会哄你。我小时，横梁子一棵白泡树长倒了，我们几个放羊的，在那树上烧洋芋吃。中间烧火，六个人还围着火坐在树上。你说这树有多粗？论那树的过心①，少不了五六丈。"

孙江成说："陈明贺说的是三十年前的事。现在大树已少了。以前法喇村都是万山老林。因为森林太大，老虎豹子、野猪老熊，哪样没有？狼成百上千的从黑梁子上过，人的眼睛数花了都数不完，狼还在一只一只地过。晚上，横梁子花花绿绿几百只狼眼睛，大红山花花绿绿几百只狼眼睛，黑梁子花花绿绿几百只狼眼睛，人不被吓死才怪。法喇人在这里住不起，老祖先没办法，放火把几匹梁子的森林全部烧光。那火几个月不熄。土过了一年多还在冒烟。但烧过后，森林又拼命地长起

---

① 过心：即树的年轮。

来,老虎豹子又跟着回来。老祖先们只好隔几十年又放一次火。我们小时看见的大树,都是火烧了多次后小树长成的,尚且要几个人牵手围。法喇的土都被烧成灰了。以前的土,是几万年的树叶烂成的,你说有多好。烧了多少次,还是几十丈深的黑土。洋芋种下去,几个月就收。一个洋芋四五尺长,要用背架背。"

李老师颇不相信,问众人,众人说是真的。崔绍安说:"我爷爷在黄毛坡种了七个蔓菁,背了七次才背到家。一次背一个蔓菁,一个蔓菁一百多斤重。"李老师听后大笑,发烟与众人,说:"我仿佛在听神话啊!我回米粮坝根本不敢如实讲,否则人们一定以为我是疯子,在说昏话。"

孙江成说:"那时的蒿草有我这拳头粗,也比我这房子还高。"李老师打断他的话,说:"我根本不信。我问你:蒿草是树还是草?"孙江成说:"从前是树,现在是草。"李老师大笑:"蒿草属草本植物,根本不是树。草怎么能有你的拳头粗,又比你的房子高呢?"孙江成说:"反正我说的是真话,不骗你。不信你问别人。"孙江华说:"李老师,这是真的。从前我们这河坝里全是蒿草,像森林一样。老祖先年年放火烧,烧不尽。烧后犁时,双牛都犁不动,土里全是蒿枝根啊!好不容易翻过来,又放火烧根。然后种麦子,根本无望收成。麦子只长秆,不吐穗,长得比这房子还高,风一吹全部倒地。麦子长得比这房子深,你信不信?"李老师无奈摇头:"不是我不信,而是这些说法本身令人难以相信。"

孙江成说:"那时人们只能种洋芋,无法种荞麦。因为土质、气候太好,荞麦无收成。法喇现在这么多大沟,是以前拖木料成条槽,一下雨,因为土太肥太厚,保不住,雨一来就随水走,才成了大沟。正因为这地方从前山好,水好,土好,气候好,庄稼好,我们的老祖先才会到这里来,法喇村才会有这么多人。现在法喇是全公社人口最多的大队,比全县人口最多的大队才少两百人。有一次县委书记问我,法喇是高寒山村,为何会有这么多人。我讲了缘故,他也不相信。我说:'书记你想,要是像现在山穷水尽,谁耐烦来?怎么可能会有三千多人。有这么多人,不正说明这地方以前有很大的吸引力吗?'"

陈明贺说："老辈人把欢乐日子过完了，以后就难过了。我们小的时候，法喇村见不到几个石头，到处是黑土。现在呢，土一被冲走，石头就露出来。水打山汪，满河坝的石头。过几年，怕连小学也要被冲走了。"

如此吹到半夜，大家散去。孙江成用一铜盆倒了热水让李老师洗了脚休息。床上羊毛毡子甚为暖和。海拔高了，李老师稍有反应，睡不着，又与孙江成在床上讲起话来。

次日晨，李老师应邀至孙平玉家吃饭。孙妻三十来岁，甚是聪明漂亮。孙富贵之下，老二孙富才九岁、老三孙富民七岁、老四孙富华五岁、老五孙富品三岁、老六刚出世。吃的是麦疙瘩。李老师见其家贫寒，吃完饭，硬要赠孙富贵一元钱，孙家坚决不收，李老师非给不可。后孙家收下了，把仅有的两个鸡蛋煮与李老师带了上路。孙江成则烙了两个荞粑粑让李老师带着做晌午饭。

因尚未开学，李老师便回县城。他一路走一路回望，甚为寒心。奔波大半生，竟来到这么个贫穷、落后的地方，不知何时才能调回家乡与亲人团聚！同时又为这些人可怜，天下好地方有的是，何苦在这地方过一生呢？想这孙家，在此已上百年，六代人，不知是如何磨过来的！孙运发、孙江成、孙平玉、孙富贵，这一代代循环往复，何日能出头？看看袋中的荞粑粑，李老师摇头：永无出头之日！怎么能出头！要出头比登天还难啊！比较下来，李老师感觉自己幸运多了，于是不觉欣然。再想想昨晚奇谈，看路边蒿草，不过一尺深，尚无人的小指粗，在风中嘶鸣，便甚觉荒唐，笑了起来。

这日，李老师上街，遇上刘光明，交谈起来。刘老师说："法喇那地方，复杂。人口最多，在外工作的也多，在县城工作的就达六七人。那家族多，法喇共有三十多个姓氏。人口在一百人以上的就有吴家、姜家、陈家、谢家、罗家、王家、岳家、安家、崔家，在村里你争我夺。"李老师说："那孙家呢？"刘老师说："孙家是小家族，到现在恐怕也只四五十人。孙江成、孙江华的爷爷辈才到法喇村。孙运发家三弟兄。孙运发两子孙江成、孙江荣，孙运全两子孙江华、孙江汉，孙运周四子孙江富、孙江万、孙江亮、孙江才。虽然家族小、人口少，但孙家历来掌握法喇政权。刚解放时孙江华任党代表，孙运周任农协会主席，孙江华、孙运周刚下台，孙江成又任党支部书记。孙运发爷三个，以勤劳出名。孙运发种地，不分白天黑夜。双牛犁地，牛累了另换一双，而人不歇。早饭、午饭都由家人送到地里，他也不歇下吃，而是一手扶犁，一手捏荞饼，咬一口荞饼吃喝一声牛。孙江成和孙江荣两弟兄小时到山上割竹秧。仅一早上，孙江成割光一个山头，孙江荣割光一个山沟。从此两弟兄就得了绰号：孙江成叫'孙山头'，孙江荣叫'孙山沟'。孙运全、孙运周家就不像长房勤劳，而长于谋划，只说不干。孙江华专会打鬼主意，人们形容他狡猾善变比得上孙悟空，便给他个绰号'孙猴子'。孙运周则面黑善谋，令人生畏。法喇人听说核武器威力巨大，以为核武器是黑色的，两方面用来形容孙运周甚当，便呼其绰号为'核武器'。孙家家族虽小，分支也不远，但内部照样斗翻天，斗了几十年。"李老师说："谁跟谁斗？"刘老师说："二房孙运全与小房孙运周家共斗长房孙运发家，日后你会知道的。"

李老师又遇上刚从教育系统调县委宣传部的周文明。周文明说："法喇那地方，故事神奇，写不完。单说那大红山梁子，是全县制高点和中心地带，谁要控制米粮坝县，就必须控制它。所以上百年来，山南北攻，山北南侵，山东西讨，山西东征，都在大红山拉锯，没完没了，只好谈判。先是人血染红整座山，后是杀了用于盟誓的牲畜的血染红了山。盟誓双方都为吉利，共称其名大红山。几百年来的攻防厮杀，法喇地盘上尽是营盘，什么'老营盘''烂营盘''新营盘''扎营'等等，都反映的是这段历史。还有什么'杀鞑子沟''杀蛮子沟'等等，说的是鞑子等被杀光了，尸体一条沟一条沟地堆满，然后在上面盖土种树，沟也就这样命名。环境育人，法喇这样的环境，培育出来的法喇人野蛮、粗豪。解放以来的几十年，斗争照样不断。法喇人也比较野蛮。我在法喇就见他们从外村抢来好几个媳妇。但该地又有一个奇迹，从清匪反霸、三反五反直到'文化大革命'，全中国哪里不死人？但法喇在这历次运动中竟没死上十个人。法喇人说是因为他们村风水好,而我认为是因为他们都是中原移民的后代,素质高。法喇人都是南京、江西移民的后代,且各占一半。我一直想回法喇采访,写点东西,可惜一直没有时间。"两人说着,已到县委。周文明便带李老师到农工部,会见在此工作的法喇人崔绍武。崔绍武有空,又介绍李老师认识法喇在县城工作的县委出纳姜元坤、县供销社吴光文等人。

二 临终托家谱

　　李老师回到法喇村，到孙江成家取了行李，并把带来的一点花生、红糖送与孙家。开学，孙家又送给李老师一些洋芋、柴炭等。莫看这一点柴炭，在法喇已是珍贵之物。学校有一小块空地，李老师就用来种点萝卜、蔓菁，以备作冬天的蔬菜。法喇离荞麦山公社远，李老师几乎一月才能到公社买一回蔬菜。其余的时间只能在村内买点四季豆、干酸菜。到次年春天，群众到山上扯岩蒜、韭菜等野菜度饥荒。李老师无菜吃，有时也上山扯点野菜来做菜。但这些野菜都是在悬崖深谷，人迹罕至之处才有。李老师见着那动辄几十丈高的悬崖就发晕，群众就热情帮忙，将扯得的野菜无偿分与李老师。夏天，李老师才能在地里种点四季豆和苞谷。但法喇人都劝李老师：法喇这地方海拔高了，种不出苞谷来。李老师不听。结果苞谷只有两尺深，黄兮兮的，李老师这才认失败。法喇的小学生看上了李老师的苞谷秆，纷纷偷去当甘蔗啃，不到秋天就偷光了。

　　法喇村民热情好客。李老师来了不久，就到了冬天，村民开始杀猪了。虽说此时合作社已在崩溃，但群众还是跟合作社时一样穷。杀猪还需交任务。杀得起猪的群众少，杀的猪也又瘦又小。通常杀猪之家遍请亲友并及小学的老师，济济几十人，几乎一顿便吃去整条猪的一半，还得搭上饭和菜。凡杀猪之家皆来请李老师到家吃饭。有的群众交不起任务，便杀"黑"猪。

暗中请起亲友，天黑便偷偷把猪杀了，不过都无人揭发。有的也叫上李老师到家杀"黑"猪。半夜才杀，等杀好了，饭吃完了，天已亮了。半年下来，李老师竟胖了些。他也学会了法喇人的生活技能，比如做干酸菜。李老师也学着把萝卜叶、白菜、青菜拿在大锅里煮熟，放到木缸里泡酸，捞出来挂在竹竿上吹到水气将干时，取下如辫发般辫成一团，晾干。食用时放到热水里烫软，洗净切碎，和四季豆煮。串蔓菁片则是把蔓菁切成片，用削尖的竹篾戳了串在一起，让风吹干。冬日煮出来，稍带甜味。

李老师有时也借个十字锹和背箩来，到大红山梁子去挖柴。法喇的几匹梁子多已濯濯童山，找柴须爬十几里山路到大红山偏僻处，且都只是老树桩上长出点新枝。新枝不耐火，法喇人觉得走十几里山路背这点东西回去划不来，便动手挖树桩。树桩极大，有的树桩直径超过李老师的身高。一个树桩挖起来，柴块数千斤，够十几个人背。有时十几人共挖一个树桩。每天路上来来去去的，都是挖柴的，可达数百人。李老师爬到大红山顶，手脚俱软。群众主动送他柴块背就是了。下山又是几十里，等李老师回村，天早黑了。有时群众起房子，他也去帮着舂墙，学习怎么掌墙板、使墙棰、用拍板拍墙。

法喇许多群众生活贫困，衣衫褴褛。一件衣服，老大穿了老二穿，老二穿了老三穿，上代穿了留着下代穿。好不容易添点新衣裤，都是买布来缝。能买上缝纫机打的衣裤，众人便觉不得了。平常指甲大的布角也舍不得丢掉，用麦面煮成浆，一层层地粘成布壳，或用麻线将数层布壳钉成鞋底，或里外裱布帮成鞋帮，再用麻线将鞋帮、鞋底连起，便做成布鞋。很少有人买得起胶鞋穿。尽管这里入秋就下霜雪，但是几乎全村群众都不穿袜子。牧羊人则用羊毛擀成毡帽、毡袜、毡衫穿。几乎每家都有毡褂，劳作须臾不可离。一床羊毛毡子用几十年，老黄了，烂了。有的一床被子盖几十年，烂成洞窟。人们不断用毡片、破布补着盖，最后成为一团又黑又臭的垃圾，仍舍不得丢掉。

法喇小学共五个年级，一百多学生，八名教师。李老师任五年级班主任，教语文、数学，全班二十三人。孙富贵以前一直任班长，在班上一枝独秀，李老师便命其继续任班长，并将学习委员、生活委员等全兼了。见他家庭贫困，李老师想给他免每学期一元的学杂费，便说："你能写证明，我就免。不能写，一元钱就得自己出了。"孙富贵写了，李老师笑道："免了，免了。"开学后，李老师才渐明白孙富贵不仅是喜好读书，思维也有异常，只是所思所想不轻易表露而已。一日，李老师问他："最近读些什么书？有些什么想法？"孙富贵才义愤填膺地说："李老师，为何英军能在数万公里外来中国大陆割下香港，我军不能也跨越数万公里到英国割下一个岛屿来呢？为何俄国能来中国首都签订《北京条约》割占中国的领土，中国却不能到俄国首都签订《彼得堡条约》割占西伯利亚呢？为何有侵华日军，就没有侵日华军呢？日军能在中国首都南京杀三十万民众，华军为何不能到日本首都东京去杀上三十万呢？"李老师大惊，自己是从来没想过这些问题的，便问："你从哪里知道英国割我们的香港？"孙富贵说他是从法喇村在荞麦山中学读书的学生处借得的历史书上看到的。

又一日，李老师问他在看什么书，孙富贵说他看到报纸上说美国人登上月球了，并说："我万万没想到有人能登上月球，仅仅在我出世前数月！"李老师从没听说有人登月，也不相信有人能登上月球，他想反驳孙富贵，但又存疑问，怕出洋相，便说："你把讲美国人登月的报纸带来给我，我向全班同学讲讲。"第二日孙富贵即带一张老到发黄的报纸来，李老师看到果有其事，大惊。自回宿舍看了半天，问孙富贵："你是从哪里找到这张报纸的？"孙富贵言他爷爷用这报纸糊窗，他看见后，从窗上撕下来的。

李老师一生都在偏僻农村任教，无法桃李满园。他所教的学生，不但无人成为大学生，就是考上米粮坝师范的也没有。作为教师，这无论如何都是耻辱。他多年的理想是有学生能考上米粮坝师范。初被派往法喇村，他更灰心，想这理想更无从实现。现在发现孙富贵聪明好学，大喜，鼓励不已。每天将放学前，他都拿个小凳守在门边，要孙富贵带全班将课文读过两遍才走。为锻炼孙富贵，他让孙富贵上课，叫孙富贵："你备了课来，也像我一样，上讲台当老师。但课必须上得和我一样好。"这对孙富贵是极大的考验，忙认真地备起课来。李老师也不放心，叫其对自己讲。讲过，放心了，命孙富贵上讲台，而自己到孙富贵座位坐下，当班长带头起立，并时常向"孙老师"提问。课后，李老师说："富贵，努力学习，考取米粮坝师范，你就可以像我一样当老师，讲台上讲课，领国家工资吃饭。不必像你父亲一样天天在地里干活了。"从此几乎一半的课交由孙富贵上。遇上孙江成，他说："可惜你这孙子了，要是生在大城市，考个大学，成为大作家、大科学家，一点不费力。生在这山旮旯，就没办法了。不过只要努力，看来是有希望考上米粮坝师范的，还有希望当个小学教师。"孙江成大吃一惊："我孙子能考上米粮坝师范？"李老师说："一直这样下去，应该考得上。你惊讶什么！我同班同学就有考上大学的，论素质，比你孙子差远了。"孙江成大喜，说："那就是我家祖坟埋着了。不知是我家哪辈祖人的阴德，发在我这孙子身上了。"当李老师与孙平玉说时，孙平玉也大惊："老师！莫说考取师范当小学老师了，只要他能领到国家工资，即使能像姜元方当道班工人刮沙铺路，或者像王元万、岳顺安当畜牧站的工人放羊，我都太满意了。他怕没老师这种轻轻说话不费力就拿钱的命啊！"李老师说："他不是刮沙、放羊的人啊！他应该有更大的作为。关键是你无论如何都要供他把中学读完，只有中学毕业才能考师范。"孙平玉说："只要他有这一天，我无论如何背荆吃铁，即使讨口①当叫花子，也要供他读。我是当农民当怕了！"

孙富贵最喜之事是作文，且自有套路，内容真实，洋洋洒洒，有的长达一两千字。从他的作文里，李老师了解到：他幼时多病、爱哭。长期泪浸，脸上开裂。父母无奈，带其拜祭、过房，还取了牛保发、马保康、水保富、石保荣等十数个名字。他母亲无奶，他是吃外婆及许多妇女的奶长大的。爷爷教他背《毛主席语录》。合作社出工，父亲把他放

---

① 讨口：讨饭。

进背篓背到地里，晚上放工背篓里装满洋芋，就把他放在脖子上扛着回来。上学第一天，父亲把他举了送到学校。第一次拿到书时，他欣喜地闻书香。第一节课，他拼命地高声吼着a、o、e，把脖子都吼疼。他生病了，父亲把他装入背篓背着朝左角塘村跑。因他家在梁子上，被大队所在地的学生看不起，称他为"三面梁子的高山人"。因为他学习好，更令同学嫉妒，何况还当班长统治他们，因此他时常被同学围攻。受欺负时，他背着毛主席诗词与对手作战，但因孤军作战，常被打得头青脸肿。放学回家，父母见状，不免训斥。不及吃晚饭，便带他找到学生的家长交涉。几年间，父子俩几乎要把大队附近的人家跑遍了。他是因不屈不挠才得以坚持下来。三面梁子上的许多学生，就这样因不堪欺负而失学的。

父亲当生产队的饲养员，他周末跟着父亲当小饲养员。假期与同伴放火烧山，而后灭火，头发、衣服被火烧着。由于很少吃肉，一旦晚上吃肉，必然拉肚子。二弟忙不及跑，屎屙在床上，父亲勃然大怒，将二弟拉住一场狠打，并喝骂母亲要吃肉必须上午，下午不许吃肉。每天下午放学，他都和二弟或上山拣粪，或到地里扯猪草。当有人欺负他们时，他上前拼命厮杀，二弟总哭着来帮忙。他常叫二弟退下，自己独立应战，但二弟总是不听。经常两弟兄被人打得大败，敌退后才相对而泣。

有时几弟兄与对方几人打架，双方年龄最大的为军长，其次师长，其次团长，其次班长。孙家几弟兄，年龄都比对方小二到三岁。规定级别最低的先动手，而双方军长只能指挥，不参与作战。于是孙富华先与对方班长交手，但一上去便被对方擒住，拳打脚踢。孙家弟兄不忍见此惨象，孙富民冲上去救助，又被对方团长捉住，拳打脚踢。孙富才见状冲上，又被对方师长擒住，一番拷打。孙富贵欲救诸弟，对方军长已来拦住："军长不许动手。"孙富贵哪里听，明白敌强我弱必须一开始就亡命作战，才有一线希望，于是猛攻对方。但不上两个回合，又告被擒。对方逼令投降，孙家弟兄不听，高喊："死也不投降！"于是对方拼命施暴，孙家弟兄不胜疼痛，各含泪花，有的哭出了声。于是别的恐其言降，忙相劝勉："弟兄们，坚决不能投降！"哭者于是哭着回应："不投降！死也不投降！"对方必欲降之，百般施刑。孙富贵最终不忍见诸弟惨象，说："兄弟们！投降了！"于是相继宣布投降。败降之后回家，相互检看伤势，又是一番下泪，总结说："今天我们很是坚强，明天要更坚强，就是不投降！"于是讨论明天怎样取胜。但第二天作战，仍归失败。孙家弟兄受刑，拼命忍耐，终因敌强己弱，最终又由孙富贵下令投降。每晚在火塘边，全家当听众，孙富贵讲英雄事迹，嗓子沙哑了喝口水再讲。有的作文还写到他的理想，要当一个人类历史上最伟大的英雄。李老师经常读得热泪盈眶。

作文里写的东西大约是真实的。一日，李老师到教室去，见几名大队附近的学生正围攻孙富贵。孙富贵被打倒在地，仍不屈服，还在背毛主席语录"一切反动派都是纸老虎，其实并没有什么了不起的力量。从长远的观点看问题……"李老师忙喝住众人，孙富贵才得以爬起来，一脸的血，满身的灰。又一次放学时，孙富贵抱着学生的作业本到李老师处，将出去时，李老师见其背上糊有一纸"斩"字，就叫住撕了下来。第二天在班上一查，原来是几个恨孙富贵的学生，路上见孙富贵读着书走路，即搞了这个捉弄孙富贵。

又一日，李老师改作业，学生普遍不认真，错的极多，改得心烦，他便欲挑孙富贵的来调调心态。在作业本中翻了半天，忽见一名"孙天俦"。一看字，是孙富贵的。改毕，他便纳闷孙富贵为何改名。次日下午孙富贵抱作业本来时，李老师便问："你为何改名？"孙富贵说："'富贵'一词太俗。我见武则天改名，便也这样改。一个女人都能'则天'，气魄令人佩服。而我一男人却求富贵，实在无聊。我要做天的朋友，所以改名天俦。"

春季开学不久，孙天俦弟孙富品得病了。孙平玉忙找草药医治，不见好转，又请端公①、巫婆跳神，仍不行。孙平玉忙把儿子装进背篓，背了朝左角塘村跑，刚到半路，儿子已死，但他不知道。等大汗淋漓地跑到医院，放下背篓请医生看时，儿子已冰冷。孙平玉流泪将儿子装

---

① 端公：男巫，巫师的一种。

进背篓，背了往回走。半路遇陈福英赶来，夫妻坐地痛哭，天黑才往家走。夫妻二人想终不能将儿子背回家，才摸黑在山上掘个坑，将儿子埋了，哭着回家。次日陈福英又去看儿子的坟，天黑才哭着回来，后每日均望儿子坟堆所在流泪。不料祸不单行，仅十天后，二子孙富才又得病，病势严重。孙平玉得了教训，忙请陈明贺找辆马车，拉上孙富才朝荞麦山跑。到了公社医院，医生来看，边取针边说："早到二十分钟，你这儿子就有救了。"针水兑好，方欲注射，孙富才已气绝。孙平玉放声大哭，泪水、汗水混杂俱下。陈明贺等一齐流泪。医生见状可怜，将孙富才脏黑的手脚洗白。孙平玉见儿子脖子、手、脚诸处经年不洗，一层黑壳，也忙流着泪帮着洗。孙平玉见儿子双手掌内仍存每日放学后与孙天俦扯猪草留下的草根和泥，又放声而哭："富才，你每天放学和你大哥扯猪草喂猪，猪还没宰你就去了，爸爸对不起你啊！平时你吃肉拉肚子屙屎在床上，爸爸打你，对不起你啊！"洗好，孙平玉说："我这娃儿可怜，不能让他光丝丝地去，非要给他个匣匣不可。"孙平玉买了几块木板来，做成个小棺材，就将孙富才埋在公社背后的山上。

　　陈福英一直望着去荞麦山的路，到天晚仍不见动静。第二日晨，马车才回来，陈福英老远见众人丧气，便知不妙。陈明贺等路上便商量好进村先上前安慰她。不料人尚未上前，陈福英已先哭出了声。一时亲友们一起到孙家安慰，坡上坐满了人。一群妇女围着劝陈福英，大意是哪家的子女不抛洒掉几个，还一家一家地举例子。果然举遍全村，没有一家父母不经历丧子亡女之痛。陈明贺妻丁家芬举当年死两男两女的往事，孙江成妻田氏举当年死去的三个儿子，都说："只要这几个孙子乖乖的就是了。人家那些一个儿子也没有的还要过，你还有四个儿子。哪家养姑娘儿子不希望一个都不抛洒，个个都成家立业。但怎么可能？两个孙孙要转回去，你有什么办法？不是你照顾他们不周，是老天爷这样安排的。是两个孙孙只有那点命！难道还能怪你？"仍劝不住。陈明贺叫孙平玉去劝，孙平玉含泪去劝妻子："两位老人几十岁了，腰酸腿疼地围着你劝半天你都不听，对得住她们？你也要可怜她们一下。"陈福英的哭声小些了。

　　孙天俦没想到仅仅一天，便与朝夕相处、形影难分的弟弟永别了。从此亿万千年，要再见到弟弟已不可能。他要把弟弟的一切记下来，以纪念弟弟。于是他流着泪写了《我的弟弟》。李老师见了作文，说："你更要好好读书。你弟弟怎么死的？就因为缺医少药。莫说在大城市，就是在荞麦山，你弟弟也不会死。你要立志成才，改变这种贫穷、落后的面貌。"

弟弟的死给了孙天俦深刻的教训：死亡太可怕了，随时可以消灭任何人。人死万事休。人必须抢在死之前实现理想，成就大业，死了才不致遗憾。人必须珍惜时间，珍惜生命，争分夺秒，向前突进，生命不息，冲锋不止。如果死亡现在就来到，自己的理想、抱负、目标岂不就全完了。横扫敌国的梦想岂不也全完了？自己现在不死，就是万幸。

一日，李老师独坐自己门前，环顾三面高山叹息说："法喇村哪年才能出个大学生啊！"墙脚几位晒太阳按跳蚤的老人闻言大惊："老师也，怎么敢奢望这种喜事！这种小地方，能出个高中生就了不得了。大学生，怕是永世永代也出不起的。"李老师说："难说呢！听说王大队长家王勋杰在荞麦山中学读书，非常刻苦，睡在被子里还用电筒看书，成绩也好，万一考取了呢！"吴光耀说："不可能！天不容虼蚤①长大。这小地方的人，不客气地说也就是虼蚤。想出大学生，那是想吃天鹅肉。大学生，就是文曲星，是天上的星宿，不是凡人照电筒刻苦就挣得来的。要是挣得来，牛的力气那么大，早挣来了。几万年了，累死的牛数不清，哪条牛成了大学生？还是俗话说'牛大的力气不如芝麻大的福气'，是命啊！有命的人坐在家里，官会从天上落下来。法喇穷山恶水，谁配有这种命？"

转眼学年将终，要到升学考试的时候了。孙运发听说重孙要到公社去考中学，便叫孙平玉来说："孙子，全家好不容易有个能考中学的了。这是古代考秀才，是一家人的光荣！我们家弱了多少代了，也该出个狠人了，万一出在这个小重孙身上呢。你去你老祖坟上，烧几刀纸，

---

① 虼蚤：跳蚤。

几炷香,请老人家保佑这个小重孙能考中。"孙平玉忙依言做了。孙天俦第二天早上将赴公社。孙平玉忙了一夜,天不明将祭品摆上桌,烧香烧纸,叩头礼拜,请老天菩萨和阴间的祖先来吃饭,天明送儿子出发。

三天后李老师带学生回村,遇上孙平玉,喜道:"你准备书费、学费,孙天俦绝对考取。"墙下的老人闻言,一阵骚动。王老弯叹气说:"是了,龙生龙,凤生凤,耗子养儿打地洞。孙家是该辈辈人当官的。老的还在当支书,小的又考取了。"杜爹脚问李老师:"孙江成这孙子考取,能否比得上孙江成?"李老师说:"孙江成有何了不起?"王老弯说:"老师,你怎么说这种话?孙江成还了不得?全村人有几个的衣食抵得了孙江成?"

升学考试回来,李老师已准备离开法喇了。他终于得调到县城附近的小学任教。孙家请了李老师去吃饭。临走前李老师又对孙平玉说:"一定要下定决心供你儿子,绝不动摇。你这一生本已无希望,幸亏在你儿子身上还有一线希望。你要牢牢抓住这一线希望不放。这是唯一一根救命稻草!否则你就完了,就要像你的祖先一样世世代代陷在这一穷坑,无法自拔。假若说你这儿子也不成器,我问你,你还有什么指望?"孙平玉说:"是无指望了。我一定记住老师的话,拼命供儿子读书。"

李老师走后仅几天,考试成绩就来了。孙天俦名列全公社第二。不久,县教育局发的录取通知书来了,孙天俦被录取到荞麦山中学。孙平玉对着通知书看了又看,藏入木箱里,又恐被老鼠咬坏。藏了许多地方,都觉不安全,只好揣在身上,但成天忙活,又恐被汗水浸透,只好干活时放在家里,不干活时揣着。但世事有喜有忧,这桩喜事令人成天扬眉朗笑时,另一桩愁事接踵到来。孙运发年事已高,身体说垮就垮。仅一场感冒,便成重病,卧床不起,形势不妙。找几副草药来吃都不生效,孙运发也就灰心了,说:"不消劳神动众了。要想延年益寿,得在大城市,又有医院,又有医生,又有药。这小小地方,一样无有,本来即非延年益寿之所。人生七十古来稀。我已七十三,满足了,死得了。再说我们祖上已整四代人都是七十三岁转身,不是天意安排,会有这么巧妙?看来我也得在今年回去了。我算了几张八字,都是这个下数。再说我这几两命,是捡来活的。按道理早几十年我就不知死在哪个吼洲①去了。历次大难不死，还得挣到七十多岁，白捡个'老人'的名义，还得儿孙在前，安安全全死在床上，不是死在荒山野岭给猪拉狗扯，幸运了。把我的书拿来。"众人忙将他的书奉上。孙运发甲子乙卯推算一阵，说："初五安葬日子最好。大星、小星、日主样样占着，像这样好的日子，可遇不可求。隔今天有八天，不知我有没有这点命，享受这个日子！真得享受就好了。我有一桩心事未了，叫小重孙来。我了了心事好安心转身。"大家忙把孙天俦叫来。自孙天俦出世，虽取了名字，因是长曾孙，孙运发从不呼其名，均叫"小重孙"。后虽有其他曾孙出世，孙运发均呼其名，"小重孙"便专指孙天俦。

孙天俦至前，给老祖叩头。孙运发抚其头说："重孙，老祖这一生无遗憾的，但对家谱，至今遗憾。祖先名字，不知道；祖先事业，不知道；你爹和你这一辈，是什么字辈也不知道，我对不起祖先，对不起后人。老祖曾想找到谱书，现在看来无望了，只能寄希望于你。你一定要把家谱找到，把祖先的功名事迹弄清楚。忘记祖先名字，不孝之甚，是十恶不赦的大罪。你清不清楚？"孙天俦答说："清楚。"孙运发叫重孙找来纸笔，说："你记录：我们的祖籍是南京、应天府、竹子巷、柳树湾、高石坎。不知何时到云南，也不知到云南后落脚何处，不知后来为何到了乌蒙。到乌蒙之前我们祖先四房分支：乌蒙支、南广支、白地罗支、撒坝支。我们是乌蒙支。乌蒙支的始祖就是我的老祖孙德志，居乌蒙韶堆上。德志祖人妻黄氏，生两子：长子孙东荣，次子孙东生。东生娶妻师氏，家一直居乌蒙，不久就发迹。乌蒙人不称东生五子之名，而呼孙大老板、孙二老板、孙三老板、孙四老板、孙小老板。真名倒反谁也不知，包括我也不知。东生祖人死，县长都上门吊唁，乌蒙全城戴孝。五个老板开出孝帕几千块。五个老板的下一代有个孙七斤，是我的大哥。孙七斤小时家道贫穷，到个旧锡矿帮老板赶骡子。得了工钱他就攒着，攒够一匹骡子钱，他就买上一匹骡子，合在老板的骡群里

---

① 吼洲：形容很远的地方。

面赶着走。不久他的骡子的数量就超过老板的了。老板就不敢雇他了,说:'我不敢雇你了,你的骡子还比我的多了。现在你才是老板。还是分开各赶各的。'于是孙七斤自己当老板,赶自己的骡子。他的家渐发大了,骡子几十匹,一个人赶不了,雇人来帮着赶。他虽有了钱,但还没有势。一见他发家,土匪就盯上他了。连把他扎去几次,要孙七斤的老婆用钱赎取。赎上几次,孙七斤的家也就败了,只得跑回乌蒙来,才捡得一条命,后来老死乌蒙。所以一家人在这社会上混,单有钱不行,还得有权和势,少了一样都不行,所以你们要好好读书。俗话'家中无才子,官从何处来'。不读书,怎么能有权势?像老祖这样苦一生,挣得点衣穿饭吃,不起作用。一阵风来就把你那几文血汗钱吹不在了。

"乌蒙家发家之时,我们也沾光。我和我爹赶猪到乌蒙、昆明去卖,沿途顺利得很,土匪都不敢动。都知我爹是孙大老板的弟弟,我是孙大老板的侄儿子。一见我爹和我就说:'这是孙大老板的兄弟和侄子,不要惹。'我们赶猪到乌蒙,一般人都知这层关系,不会吃我们。仅有一次,一个屠夫接了我们的猪,我和我爹去要多次,他就是不给钱。我们一去要钱,他就举起刀来:'来嘛,来嘛!要么就是这个。'我和我爹商量,这么点儿小事,不必去找几个老板,自己处理。如果事情大了不好收场,也不怕,几个老板就是靠山。于是去找屠夫,我爹上前一讲话,屠夫又举刀说:'来嘛,来嘛。'我从后面冲上去,一抱勒住他,把刀夺掉。我爹才熄火灭烟,举起他那比核桃还大的铜烟斗,铺天盖地地朝屠夫头上挖下来。屠夫的头大了起来,求饶给钱。旁边的人才教育屠夫:'早给你讲这是孙大老板的弟弟和侄子,你吃不下这钱,你不信。信了不?'仅一天,全城都知孙大老板的兄弟和侄子收拾了屠夫。五个老板知道以后,都说我们干得好。但要是乌蒙城无五个老板,我和我爹敢惹屠夫?根本不敢!许多生意客就是因路上土匪抢,到乌蒙被屠夫吃,几次就破产了。我和我爹呢,靠着乌蒙家的声威,一直无事,我的家也才发起来。

"乌蒙家发家前后几十年,仅五个老板这一代就败了。五个老板死后,乌蒙家都还旺。有一年,不知是乌蒙家什么人的坟,原本夫妻两座坟并列,突然一座上前一丈。别人说定有缘故,劝乌蒙家整一下。但乌蒙家不听,无人料理此事。不久,乌蒙家的狠人就不断地死。等到得力人死完,乌蒙家才明白过来,家已败了。剩下的都是些无能之辈,谁还能料理此事?乌蒙家败得很惨。到我爹这一辈,乌蒙家五大老板,但到现在,总共五个大老板的后人,只有我爹的后人多。而且那些后人又憨又傻,毫无人模耳眼。我去乌蒙,该称哥的我恭敬地称哥,该称侄子的我礼貌地叫一声侄子。但乌蒙这些人,他才不管你是什么兄弟叔叔,摇头刷耳,装没听见,扬长而去。恨得乌蒙支的孙运文大骂:'你们这些猪,这些畜生,滚远点。兄弟来了,晓不得叫兄弟;叔叔来了,晓不得叫叔叔。'我当时就想:可惜了,我五个大爹何等英雄,留下这些后人何等愚蠢!

"东荣祖人是我的爷爷,我的奶奶是饶氏。我的爷爷和奶奶搬家到大桥。我爹这辈五弟兄,我爹老四。在大桥,我的三个大爹和一个小爸都很有能耐,只有我爹老实本分,要弱点。五弟兄都做生意,家境不错,但要比乌蒙家,就差远了。只能说是不饿饭,不少衣穿。但在当时,能达到这一步,已是了不得的人家。我爹专朝米粮坝方向买猪买牛贩到大桥,然后五弟兄的猪牛合在一起,贩往乌蒙。正因为这样,我爹才会在法喇娶了我妈,我们才会离开大桥来到这个地方。当时我爹来到法喇崔家落脚。崔家也是做生意的,是有名的崔布客家。我爹每次来,银子花钱就交给崔家保管,从不过问。崔家说:'孙老板,你的银子用完了。'我爹只是说一句:'完了就完了。'他从不过问银子是怎么用完的。下一次来,还是如此。崔家感到惊奇了:'这孙老板真有钱啊!银子用完了从不过问是怎么用的。'又听乌蒙、大桥孙家甚有名,见我爹老实、本分,就把我妈许给我爹了。我妈嫁到大桥以后,过不惯大桥的生活,又怀念娘家;又因我爹不理事,家境贫困。五弟兄中,其余四弟兄家里料理得很好,日子过得不错,只有我爹我妈,差不多要过到有了上顿无下顿的地步。崔家在法喇听说姑爷不理事,姑娘嫁过去生活过不走,时常哭,便叫他们搬到法喇来。当时我已三岁,你二老祖一岁,我爹娘就用扁担把我们挑着搬到法喇来了。那年是猪年，光绪皇帝在位的时候。你三老祖都是到法喇才出世的。

"乌蒙家和我们家当时共一部家谱，放在大桥。我小爸孙寿龄搬家到昆明，回大桥来说他在昆明认到族宗，带家谱去对对是不是一家，对后立即送回大桥。我爹当时已来法喇。我的三个大爹不防他阴谋独吞家谱，便将家谱给他。他得了家谱去后，从此不回大桥。三个大爹方知上当，却不知他搬到昆明何处，也不知他是不是以昆明为托词搬往别处了。我们的家谱从此就丢失了。我们家这些祖人平时也不读书，对家谱不研究，家谱一失，家族之事便一无所知。字辈只记得下面两代'运'字和'江'字，再往下就不知了。我这一辈和你爷爷这一辈的名字倒好取。到你爹这一辈就无法取了。大桥你大爷爷孙江国家儿子去学校读书，老师问他的名字，他说：'老师，我家家谱被我小老祖骗走了，认不得字辈，取不出名字来了。'老师说：'圣人教育我们要"齐家治国平天下"，我给你取名孙平世。'所以你爹他们才跟着取'平'字辈。到你们这一辈，也是乱的。要是找不到家谱，就这么永远乱下去了。

"我爹我妈迁到法喇以后，崔家将自己租的地划了点给我父母耕种，同时我父母也租地种。当时米粮坝的土地均属彝族所有，种地要许地，砍柴要租柴山。当时我们在法喇坪子的岳家小花园搭了个棚子，有一晚发大水，水漫过整个坪子，我们一家睡在棚里根本不知。岳家小花园地势矮，当晚很多人说孙家一定被水打走了。等天亮我们一觉醒来，才发现河坝里全是水。水冲来了一块大石板，从后面正正盖在我们棚子上，将水劈朝两边流，两边都被冲成了大沟，只有我们的棚子安然无恙。一家人才惊讶得喊天：'全得老天保佑，不然全家早被冲进金沙江喂鱼了。'这下再不敢在岳家小花园住了，才搬上这里来。但我爹一直不理事，一直搭个棚子住。家庭贫穷，被人家看不起。到我十七岁，出得起力了，才发愤要改变这种贫穷的面貌，学着舂墙，我们才住上了土墙茅草房。我爹呢，十天半月不落屋，随便到哪家，如果不是主人家叫他走，他十天半月不走。他人倒勤快，在哪家都帮着忙这忙那，到哪家哪家都喜欢他，因为他帮人家干活啊！人也本分，主人家都对他放心。甚至荞麦山梁家要去外地吃酒，无人看家、喂猪，都跑到法喇来请他去帮忙看家喂猪。人也老好，这个坡上人们挑水，路不好走，他就提锄子去修路。才来到法喇，喊人都依着崔家喊。崔家在村里辈分就小，加上我爹老实，不会与人争辈分。有的也倒真是一辈，有的则图把辈分争高。万人都喊我爹'大姐夫'。我爹呢，随喊随应，从此就成万人的'大姐夫'了。我们只得跟着我爹走，我们家在村子里辈分小，就是这样小下来的。我爹到老死，可以说没过着一天好日子。他到死手中都是个两尺长的铜烟杆，走到哪里烟都不歇。他一要出门就捡一块干牛屎在火塘里点着了捏着。这块牛屎要燃完，又捡一块牛屎引着了捏着，所以他手里永远是一个烟杆，一块牛屎。我之所以说我们家弱，而且弱了不是一代两代了，就是这些原因。可怜我爹这样的老本分人，弱到极点了。子孙后代一定要争气，再不能这样下去了。

"爹也跑点生意，贩猪到乌蒙、南广卖。荞麦山各地也有贩猪的，因他老实，不会坑人，谁都喜欢同他搭伙走。他山歌唱得很好，一出米粮坝县，到南广县界，我爹就叫别的人在后面赶着猪慢慢来，他上前去，坐在田埂上。当地农民下田栽秧都要对山歌，我爹也就在田埂上对起来。他的歌编得好，都是封赠①人的，加上他的歌喉又好，当地农民无不喜欢他的歌。人家送饭的来了，好酒好肉的，都要请他一同吃。但他不会经营，虽时常跑生意，却时常折本，对家里难有补助。举个例子，堂琅坪陈三三是个无赖，赊了我爹的猪，欠我爹几十块花钱，不给。我爹去要钱，陈三三拿把锈镰刀出来：'这个就是你的猪钱。'我爹只说了一声：'你不给就算了，何必这样！'他就算了。以后陈三三当了匪头，专在米粮坝到乌蒙府的要道白雪路杀人劫货。生意客少了几十上百人结伙都不敢过白雪路。有一回我爹和几十个米粮坝的生意客从乌蒙回来，每人身上都有一大笔钱。他们上白雪路梁子来，一声枪响，上百的土匪荷枪实弹冲出来，把生意客围住，逼令要命的给钱，要钱的

---

① 封赠：奉承。

给命。谁不要命？把银子花钱都交出来了。匪头陈三三最后出来了，一眼看见我爹，愣住了，连声大喊：'好人啊！好人啊！世上难有的好人啊！'跑到我爹面前来：'四大爹，怎么你老人家也在这里啊？'他跟我爹谈一阵，连声叹息：'可惜我这笔财喜了啊！已经到手了啊！'最后跟我爹讲：'四大爹，可惜我这笔财喜了！看在你老人家面上，这笔财喜我就折了。我这伙弟兄都吸烟，你们赏他们几文洋火钱。'生意客谁不欢天喜地？每人掏几文就把陈三三的上百土匪打发走了。一路上，这些生意客感激我爹不尽。

"我们初来法喇，人孤势弱，时常被人欺负。我和你几个老祖小时是无奈何，到我们大了，也还是这样。当时法喇的恶霸叫海国安。有一年我们喂了条猪，海国安带着他的狗腿来要赶我们的猪。当时只我一人在家，我跟他那伙狗腿打起来，要是对方只两三人的话，也不是我的意下。但对方十多人，我打不过，被他们打倒，他们就拿板凳架在我脖子上，要把我踩死。当时你二老祖、三老祖、小老祖在白泡树割荞子，每割一阵，都觉心慌意乱，这个说：'怪啊！我总是心惊肉跳的呀！'那个说：'我也心神不宁，总预感什么事情不对头。'三弟兄就无法割荞子了，呆坐在地边，但还是觉得不对头，心还是跳得慌得很。三人说：'不对了，我们三人既然都是好好的，那一定是家中出问题了。'荞子都扔在山上不管了，就朝家里跑。你二老祖力气大，身子块，几十斤的股杆，他能够一手端一支的矛尖，把两支股杆的矛尖对齐，力气比我还好。我虽然也能抓矛尖抓起两支长矛，但矛尖对不齐。你二老祖先跑拢，听说我已被海国安的狗腿打倒，要被踩死了，他冲拢门口就抓起一块几十斤的木枋，进来就扬起门枋打。十几个狗腿，全被他打开了我才爬起来。我们两弟兄一齐动手，把海国安的人打得躲的躲，逃的逃。海国安这个法喇谁也惹不起的霸王，才提酒来我们门上上赙①了。从此他天天来请你二老祖去给他当保镖，去哪里都要请着你二老祖走。这个海国安对我们也客气得很了，喊我爹我妈是左一声'四大爹'，右一声'四大妈'。

---

① 上赙：道歉、赔礼、求情。

"我们家庭贫寒了,想来想去没有出路。我去赶荞麦山街,有个八字先生在街上算命,我请他帮我算一张,他说我只有当兵才有出息,我就跑到乌蒙去当兵。一到乌蒙,我小爸也就是孙小老板就问我:'侄儿子,你来乌蒙要搞哪样?'我说:'小爸,我想去当兵。'孙小老板马上拍桌子骂我:'你爹你妈无事做了,生你养你去当炮灰!去嘛,一颗枪子子喂进来,跟冬腊月的肥猪有何区别!你爹你妈喂条猪杀了还得肉吃,你被杀了对你爹你妈有何好处?'我说:'小爸,我是想来想去实在无办法、无出路才打这个主意的。'孙小老板说:'世上的事,尽在人为,什么是无办法?无能才是无办法,任何事情只要你认真、努力去做,都有办法。侄儿子,小爸骂你是正传骂你,该骂的,不准你去当兵!你还是回去想办法做点生意糊口,没有本钱,就先做小的,不要贪大,积点本钱了,你再做大的,慢慢地来。谁不是一点一点发展起来的,我们刚开始之时同样艰难。就这样定了,没有本钱,叔叔帮助你一点。'我小爸的一通骂把我骂醒了。我回来开始做点针头麻线的小生意。一两年后,有点本钱了,才买猪赶到乌蒙去卖。孙小老板才夸奖我:'侄儿子,是嘛!你的生意在大起来了。'几个老板也才夸奖我。

"我爹不识字,我也因家庭贫寒,上不起学,不识字。我亲小舅是崔甲长,家中也有钱,他也读书识字。我就发愤跟着他一个字一个字地学。哪家有红白喜事,自然少不了他,他去挂礼、写对联,我也就跟着去,在旁边看,这样就看会了,但也买不起书读。有几文钱了,我才在乌蒙买些书回来,无事了就坐起读书。

"正是靠几个老板的名声,我也才做点生意发起家来。但做生意也艰苦、危险。有一次我和荞麦山一姓刘的从大桥回法喇来,刚上三股水,两个棒客①一前一后把我们围住,我们分头逃。一个棒客提刀追我,他眼看便要追上我,我想我这条命完了,就忙跳下路下坎,躲在一棵小树下。那棒客脚跟脚追着我的呀,相隔不过一丈远,竟然没有发现

---

① 棒客:在西南地区指强盗、土匪。

我跳下路坎,他顺路追过去了,不久又顺路折回。另一个棒客把姓刘的杀死后,也追来了。两人就在坎上,隔我顶多两尺,说:'你追的那个人呢?'另一个说:'我脚跟脚追着的,隔不到一丈就追上了,突然就不见了。'对方说:'赶快找,跑不了。'两个棒客就分头去了。我才赶紧溜上路逃,想是老天救我一命。如果不是天救,相隔这么近对方能不发现的?从此我也不做生意了,将原先做生意所得都用于买土地。我们当时根本没有土地,土地都是租来种。我的钱基本被买土地耗光了。当时想着买得了土地,还了得?哪知这买的土地,后来差点要了我的命。要不是你爷爷参加革命,后来掌权,解放后我必然被划成地主给镇压了。上百亩土地、森林,我还不被划成地主?买土地后剩的一点钱,民国末年钱泡①,三文不值二文,百元大钞扔在路上无人要,就化掉了。要不被化掉,我也要被划成地主的啊!多少土地、家屋比我少的都被当成地主镇压了,所以我才会说我这条命是捡来活的。

"一个人在社会上,横直都不好过。你穷潦潦的,不单自己难过,别人也看不起你;可是自己勤苦起家呢,别人又嫉妒你。我苦起点家产来,全村子人恨得了不得。你在山上白天昼夜地苦,别人抱着脚晒太阳。他不晓得这些,也不想想原因,只是见你有就恨你。到要解放那几年,荒年大得很,十家有九家无吃无穿,上门来找粮食的,打狗不离门。这个来给你找洋芋,那个来给你找荞子,死皮赖脸的,不给就不走,反正稀稀少少都得打发点才会走。但是灾情那么大,灾民那么多,你打发得了多少?而那些借不到粮食的就恨我们家了。解放那年,也就是己丑年,你爹刚出世,来找粮的特别多。有一天晚上就有人放火烧我们的房子,当时你爷爷去永焜支队打游击去了。还算老天照看,不然我们家那次就完了。半夜三更的,火烧了起来,我听见牲口圈噼噼啪啪地响,还以为是牛在圈里打架,吼了几声,过一阵我觉得不对了,正房子上也在响,我还没想到是起火了。起来一看,满屋浓烟。打开门,才见三间房子都着火了,房前屋后全照亮了,我才忙扯房上的茅草,并

---

① 钱泡:泡,有北方"水"的意思,也可说"钱毛了",指货币贬值。

忙喊你三爷爷。你奶奶抱着你爹跑,一家子忙扯房上的草。但怎么扯得了?火封门了才忙来屋内忙东西,却一样都没忙着。家屋样事全烧在里面。我的花钱烧了顺墙淌。全村子的人都起来看我们救火,没一人来搭手救一下,都站在大营门幸灾乐祸,喊:'烧得好!烧得好!孙家烧得好!'也感谢他几爷崽的口封,我们这一家这几十年来不是一直好得很?我的家产烧光了,我还能是地主?要不是那次火灾,不凭外面的土地、森林,也不凭山上的牛羊,单凭我屋里的家产,我都该被镇压。这次火灾又救了我的命。

"火灾给我们造成了一时的困难,但困难也不大。衣服烧光了,布草①也烧光了,一家人没有穿的。亲友们来看望我们,送了点衣服。当时蒋家沟蒋家送了块红布,给你小姑奶奶缝了一条红裤儿,后来大家都说她是穿红裤儿的。洋芋都烧煳了,村中的人都来捡煳洋芋吃。有的来买我们的煳洋芋背回去,十天半月后都还在吃。麦子、荞子呢,比洋芋好些,皮箩一被烧烂,麦子、荞子就淌下楼来,只是表面的被烧煳,里面捂起的都是好的,还吃得成。我把山上的牛卖了几头,困难也就解决了。随后就解放了。我们的土地、森林入社被分掉了,我辛苦一生的成果,也就这样完了。

"不单外人嫉妒,就连自己的亲兄弟、亲侄子都对我有点产业不满。你三老祖、小老祖会像我一样白天黑夜地在地里苦?我有吃有穿,他们就心不甘了。我妈晚年得病,那一个月恰好轮到我养。她本身就有病,加上她的猪到我园里,拱着了几棵菜,你老祖婆把猪吼出地去,骂了几声,我妈就趁我们不注意,用裹脚带子在楼梯上自己勒死了。你三老祖、小老祖硬不听我解释,硬说妈是被我逼死的。是不是我逼死的,左邻右舍是清楚的。没办法,只好任由他们告,他们两个告到荞麦山陆家,陆家派人来查问。还幸亏当时张保长主持正义,说:'他妈是不是孙运发逼死的,你们问问全村群众就知道了。'最终查问清楚,

---

① 布草:布料。

陆家判定妈不是我逼死的。他们二人为何要诬赖说是我逼死的呢？不就是为了把我弄个家破人亡？这一计不成，又生一计，要罚我为我妈做七七四十九天道场，他两个当白孝子。那不用四十九天，只消十天，我这点家产不就完了？当时莫说我做不起四十九天的道场，荞麦山最大的陆大地主要做的话也起码要下狠心才做得下来啊！最后我不服，要求去荞麦山评理，如果官府要我做四十九天的道场，那我就做。他两个不去荞麦山评理，事情才息下去。解放以后，孙江华当了党代表，他兄弟孙江汉当了生产队队长，这还了得，他们立刻把我当眼中钉，肉中刺，不消灭我就不好过。他们把我的土地、森林全改给其他队去。甚至我留点自留山，有点森林，他也不满意，把我和你爷爷、三爷爷的自留山又送给横梁子生产队。爷三个的三亩自留山，都是老林，百分之八十的树要两人合抱。这些林子送给横梁子以后，横梁子就把三片老林全毁了，过了几年才又撒松子。现在那些树，又都是碗口粗了。我那三亩老林留到现在十万块钱我都舍不得卖。那时我门口这个埂上，都是些两三个人才合抱得过来的李子树。

"大炼钢铁时，他两弟兄不但首先命令全大队毁我入社的九片老林，而且最先带人来砍我门前的李子树去炼，把我入社的、门前屋后的老林全砍完。我解放前花十块钱在蒋家沟买了三亩老林，成实得好，普遍都能合老木①，梗得起轮子了，最小的都有我这铜吊锅粗。解放以后无论土改或是哪一次运动，蒋家沟的人都没有动我那三亩老林，都说那个老林是孙运发的。文革当中，你爷爷要起房子，因为我们在法喇的森林全入社，不属自己了，要起房子就无木料，只好去砍蒋家沟的树来起房子。我、你爷爷和你三爷爷去蒋家沟砍了半个月，放倒一百多棵大树。等请人去扛时，孙江华、孙江汉就跳出来，不得了：'从解放后开始所有的老林都是集体的了，哪里还允许私人有森林？我大爹在蒋家沟的三亩老林，每一根丫枝都是属黑梁子生产队。'他们理理麻麻组织了一两百人，去蒋家沟扛树。蒋家沟我们那些亲戚才说不能让孙江华家两弟兄得逞，也组织起一两百人来拦住这伙人，说老林、树全属于

---

① 老木：准备用来做棺材的木料。

蒋家沟。这下黑梁子去的不敢动了，回来了。蒋家沟的也不动那树，常年风吹雨淋，朽了，被蒋家沟的人你扛一根我扛一根，都扛去烧火了。可惜我那三亩老林啊，到现在随便也要管十多万块钱。他们是这一计不成，另一计又来了。当时我老了，分在半边，在队上出不起工，挣不着工分，地任由他两弟兄收拾；你爷爷家呢，你爷爷在大队上，你爹在小学读书，只有一个劳动力是你奶奶，结果凡到年底，年年逼你爷爷补超支款①。一年补几百块，你爷爷在大队上的工资一年还没有几百块啊！你三爷爷家有你三爷爷和三奶奶两个劳动力，他扣不着工分，但他又要想别的办法收拾他们，你三爷爷家也被他整得投降。文革一来，哥俩联合造反派，首先把你爷爷干成走资派，天天批斗；三天五天带红卫兵来抄一回家。我以前买了多少老章书，准备世代流传给子孙读，这些书也尽被他家哥俩搜去。解放这三十来年，斗了已不下十多个回合了。"

过了两天，孙运发身体不行了，忙安排后事："老天果顺人意，看来硬是赏我这个好日子。我一死，赶紧入棺，入了棺，才通知半边人拢岸，尤其不要入棺时放外人拢场，怕人使阙②放针头、钉子之类的铁器入棺，那对子孙不利。整个丧事过程中，绝不能放孙江华之流插手，要用自己人。下葬也要注意，那时别人也容易使手脚。立马通知亲友，都要请上一二十个得力人来帮忙，防止别人放象脚③。"半夜，孙运发辞世而去。

在见孙运发病重后，至亲都已全部到场。老一辈的，仅余孙运周了。其余孙江成、孙江荣、孙江华、孙江富、孙江万、孙江亮、孙江才及下一辈孙平玉、孙平元、孙平刚、孙平文及孙运发长女孙江芳与其夫秦朝海、幼女孙江芬与其夫汤明钦，全都到场。孙运发夜里断气，

---

① 超支款：上世纪中国农村人民公社时期，农村社员按工分得酬，而收获后按每户人口分粮食。年终结账，人口多、劳力少的农户，往往工分累计不抵所分配的粮食，名曰"超支"，必须再给生产队补钱。

② 使阙：暗中使巫术让人不吉利。

③ 放象脚：关键时不出力帮忙。

孙江成、孙江荣两家连夜入殓，分了家产，尚不到天明。天亮后，全村才知孙家老者已死。孙江华走来，大不高兴。孙运周拄杖来骂："妈的孙江成还当支书，识何礼体？不要亲，不要戚，就把他老爹装了，你有本事不要三亲六戚，那就你一个人抬去埋了，老子们无本事，来了磣着你的脸，还敢来？孙江华，你来干什么？认得你是兄弟的话，半夜你大爹断气时早就去叫你来了，人家叫都不叫你，你来瘆人家的脸？走，跟老子走了，管他妈的咋个整！"于是两房的人便骂着回去了，到处宣传："孙江成要一个人把他爹背去埋了！"村中大姓吴氏等都想整孙江成的冤枉，欲放孙家的象脚，吃饭时一帮一帮地来，在饭桌上敲碗敲筷，大呼小叫："饭没有了，菜没有了，赶快端来。"吃完饭一抹嘴，走了，竟不帮忙。这些竟应了孙运发临终之言。长房已早有准备，陈明贺家是村中大族，来了数十人；秦朝海家及田正芬、蒋银秀的后家①各请了秦家、田家、蒋家亲友一二十人不等地来，总共竟有七八十人，挑的挑水，做的做饭，烧的烧火，井然有序。初八送葬上山，亲友们忙拢棺材边，各认起杠子，抬了就走。有想来闹事的，根本挤不到棺材边。打井②是请了陈明贺之父陈庆堂老人。

　　葬事始毕，孙运周、孙江华就到孙江荣家来："你爹的家产，全村子出名。你两弟兄是咋个分的？孙江成狡猾透顶，你则老实的不得了，我们在你爹没死时就想着怕你吃亏，想来主持公道。没想孙江成狡猾，哄着你不让我们入场就把家产分了。"孙江荣说："任何东西都两弟兄平分，还是分得公道的。再者这是我爹临死前要求这样做。"孙运周说："还提你爹呢！你爹的心偏到哪里去了你还不知道？孙江成从法喇读到荞麦山，读了多少年的书？你得读了几天书？孙江成当一辈子的官，你得当了几天官？你当了一辈子的饲养员！你爹公不公平？不是你在农业上拼命的苦生产供他，孙江成读狗屁的书！要说公平，你爹的遗产全归你都还不公平！不信喊孙江成来，问他，把支书给你当，把你爹的遗产全归他，他干不干？孙江荣啊孙江荣，可

---

　　① 后家：娘家。

　　② 打井：此处指挖墓穴。中国农村有阳宅和墓穴营建中，别人使坏会祸及子孙的说法，故关键时刻只能托付可信任的亲友。

怜你当一辈子的牛司令官,怎么斗得过孙江成?你爷几个被他吃了,还蒙在鼓里不知道!"孙江华又来找孙平文:"小文儿啊!你比孙平玉强几十倍,小太芬也不比陈福英差,咋还上那家的当?你爷爷偏心,才会拿你爹放牛,拿孙平玉家爹去读书,结果你爹当饲养员,孙平玉家爹当支书,这公不公平?就是请全村子的人来评论,这遗产也该全归你爹,才稍微合道理点。要说公平,都还不公平。现在遗产平分,你爷几个从哪里划?"孙江华之妻牛兴莲,也成天拱蒋银秀和魏太芬:"你家吃的亏太大了。吃亏不说,还被全村子人骂,说孙江荣家爷几个,被孙江成家爷几个像吃憨猪一样。我都为你们成天痍巴巴①的,想你们是划不来!要是我,不把天闹翻,就不算人养的。"魏太芬说:"吃亏不吃亏,那是他们上一辈人的事,不是我的事,等真正吃到我再说。"

　　孙平文回来对魏太芬说:"不是小爷爷和孙江华大爹提醒,我还晓不得我们吃亏了。我爹和孙江成大爹比,吃亏得太多了,而家产又平分,实在不合道理。"魏太芬道:"你倒是莫嚷得我难听,我问你,即使家产全归你爹,你爹会分你多少?"孙平文说:"肯定不会分我,但不能因不分我我就不管。"魏太芬说:"我又问你,是你一个人去管,还是你家四弟兄一同去管?"孙平文说:"自然只有我一个人去管。"魏太芬说:"那好说!你家四弟兄一起去管的话,我不管你;你一个人去管的话,我不准许。要得罪人,大家都去得罪。"于是孙平文便不提此事。但蒋银秀已心有不满,问牛兴莲:"亏也吃了,不晓得该咋个整?"牛兴莲说:"莫说我们这一家人,就是全村子,谁见得孙江成家爷几个?孙江成虽当支书,一辈子万事不求人,独来独往,何尝有三朋四友?孙平玉家哥三个,哪个成行?只会在农业上苦,更不如孙江成。小平文在村里这么多朋友,还怕他爷四个?真要斗起来,我们会放你们吃亏?吴家这些大族,早几十年就想吃孙江成的肉,只差盐巴辣子了。你们只管动起来,支持你们的多得很。"

---

① 痍巴巴:即心欠欠,亏心。

蒋银秀于是开始舌攻，每天在门口骂："他当个烂支书，谁不晓得是孙家的长年，他是我那个老憨包孙江荣在农业上苦了供出来的。"田正芬也出来还击："好意思她妈屁股脸！孙江成读书，谁不知是老子入孙家的门来，一分一厘苦了供出来的。他会供得很，供别人都供得出来，咋不把他儿子供出来？倒供成了贼，在荞麦山中学去偷了人家的东西，书都不敢读的跑转来。"原来孙平文进中学时，偷了同学的炒面吃。蒋银秀又骂："这个儿子家心黑，他多争些去，吃了要关门闭户，死儿绝种。"田正芬也出来还击："老子家合理合法的分家产，老天看得见。我这些孙儿孙女吃了，一辈比一辈强。那些想独吃家产的，才要关门闭户，死儿绝种。等他独吃了，全家老小一个个死在十字路上，九字路头，无人收，无人管，给野猫拉，给野狗扯。"第二天，蒋银秀便骂田正芬裹①老公公："世上的人谁不知道，孙江成家是三弟兄：老大孙江成，老二孙江荣，老三孙平玉，其实该叫孙江玉。"田正芬骂："天下无人不知，蒋银秀是他爹的婆娘！孙平文是他外公日出来的。孙平文叫蒋银秀叫大姐，叫孙江荣大姐夫。"陈福英、魏太芬见二人昏聩，忙商量怎么办："天天这样吵太丢底了。都当奶奶的人了，也不想想她们这样吵，这些孙儿孙女听了如何想？两个妇女无见识也罢，两个当爷爷的怎么就这样听得过？竟任由她们吵！我俩都无法劝，只有姑妈才劝得住。"于是陈福英向孙平玉说了，孙平玉便往老屋基去找孙江芳。孙平文也听魏太芬的，来找孙江芳。

于是孙江芳到法喇来，教育孙江成和孙江荣："这样丢底摆带的成何体统？你两个也不管！谁敢说老人偏心？我们的老人够公平的了。孙江荣同样读过书，只是读不走才没有读，孙江成读得走，就一直让他读。当时被人家欺得无奈何，盼望有个读书人，读成器了撑撑腰，这不单只是为孙江成一人着想，这是为全家人着想。孙江成读成器了，孙江荣没有沾光？不是孙江成当支书，爹爹早几十年就被人家镇压了；不是孙江成当支书，长房早不知被人家踢到哪里去了。孙江成得当这个支书，也不单是读书读来的，去当地下

---

① 裹：苟合。此处指蒋诬蔑儿媳田正芬与公公孙远发通奸。

党干革命，稍不注意就要掉脑袋。要是地下党好当，革命好干，那法喇人为何不都去当地下党，去干革命？多少地下党牺牲了，革命才胜利，你们知不知道？当时孙江成去闹革命，我们一家谁不为他担心？所以孙江成得当这个支书，孙江荣、孙平文你们要想得通，这是出生入死才挣来的。至于说孙江成是孙江荣供出来的，我不同意。说孙江成是田正芬供出来的，我也不同意。孙江成是爹爹供的。至于他这个支书，也不是爹给他的，是他自己挣来的。我劝你们好好想想，周围的人谁是好人，谁是坏人，不要轻听别人的话。如果那些人是好人，爹临去世前还会叫你们提防？至于一点家产，有什么好争的？我不相信你们两家缺了这点家产就活不下去。你们两家都有吃有穿，这点家产好稀奇？只不过是老人的东西，分了做个纪念。平分不好，全部归一人就好？全部归你孙江荣好不好？恐怕爹爹不忍心这样做，你也不耐烦因这么一小点东西背这个丑名！"二人都保证劝令妻子，不许再吵。

孙江芳又单找了孙江荣、孙平文父子，陈说利害："你们不要听信什么支书不支书，哪家不希望出几个狠人？我们家不出个支书，早就被人家打垮了，还会有今天？无论谁当支书，都是这一家人当，都是给这一家人当。孙江华等人巴不得立即打倒孙江成。孙江成垮了，孙江华还会放过你家爷两个？"父子二人又作保证。孙江芳又找陈福英、魏太芬："可怜我家这家人，倒憨不奸的，人家怎么哄怎么上当。整个一房人，也只有你两个最聪明，不靠你两个，还靠谁？老的哪点做得不对，你两个要劝一下。长房孤得很，盼望长房垮掉的人，比比皆是。你们要加强团结，决不能上人家的当。"二人答应。田正芬、蒋银秀虽不明吵，但各自暗骂，两家互不理睬。只有陈福英、魏太芬相处如故。

三 狗屁老师

转眼便到秋季学期，孙平玉为儿子上学做了充足准备。钱是卖了两只羊才凑够的。下户①时孙平玉家分到七只羊，有五只母羊。这两年孙平玉运气好，翻两年羊就发展到十三只。行李是用家里的旧毡子、旧铺盖。陈福英将珍藏多年的新花布、新白布找出来，撤换了旧铺盖的里子、面子，并把陪嫁来的家中唯一的木箱腾出来给儿子。孙平玉翻了几天黄历，择了个出门的好日子。出发这日，孙平玉半夜就起来，煮了刀头斋饭②，烧香烧纸，敬了祖先。吃好饭，孙平玉背了箱子、行李，就带上儿子出发。向西顺河谷而下，天渐热起来，孙天俦便脱了衣服。孙平玉说："荞麦山还只出苞谷，不算热。米粮坝出得起稻谷和甘蔗，才叫热。"孙天俦见路两边景象已不同，核桃、梨树、棕树、苞谷等，皆是法喇村见不到的东西。渐近公社，孙平玉指着路旁建筑说："那是水泥房子。"孙天俦跑去一看，大惊，说："原来水泥是黑色的，原来我还以为像玻璃一样透明。"到了街上，孙天俦见街道又宽又平。乡政府、派出所、供销社、粮管所、卫生院、新华书店等两边林

---

① 下户：上世纪80年代初农村实行联产承包责任制，即俗称"分田到户"。
② 刀头斋饭：刀头，逢年过节敬献祖先的方形熟猪肉；斋饭，逢年过节敬献祖先的饭菜。

立，不禁惊叹连连："这种大城市。"孙平玉笑说："县城才叫大城市。街上可以并排过两辆汽车。"孙平玉也是仅到过米粮坝县城而已。

荞麦山中学在公社后面山上，距公社五公里。原是地主陆庆绪的庄园，陆在解放初地霸武装相互倾轧中被杀后，他的庄园收归国有。三十多年过去，庄园除稍显古旧些外，规模依然。园外十几级圆石梯上去，重楼叠院，处处雕梁画栋。天俦不禁又感慨一番：黑梁子和法喇村哪能有此规模的建筑呢！校园正在扩建，东西两面各在修一幢三层高的水泥楼房。天俦看后又想：法喇村不知要过多少年后才能修得起这么高的建筑啊！天俦小时从黑梁子到法喇村读书，大开眼界。他觉法喇村有个供销社，有个学校，都是瓦房，比全是低矮草房的黑梁子先进多了。如今到公社，好不惭愧，周围都是高大的瓦房，这比法喇村的学校还修得好啊！他在这里每天去观察杉树、核桃、棕叶、苞谷，足足兴奋了一个星期。

法喇村这届考取孙天俦、吴耀军等四名学生，再加上原在荞麦山中学就读的王勋杰、岳英贤、谢庆胜、吴明彪等，共有十多人。孙江芳之子秦光朝，刚从米粮坝师范毕业，分到荞麦山中学任教。孙天俦与吴耀军分在一班。学生都是从全县一半以上的公社录取来的。当时米粮坝只有三所中学：米粮坝中学、荞麦山中学和则补中学。荞麦山中学以前每年招两个初中班，一个高中班，自今年始每年招四个初中班。秦光朝教初一两个班的语文，任一个班的班主任。而天俦所在的班，语文老师兼班主任是个昆明人，五十多岁。上课只会在黑板上写中心思想和段落大意，命学生抄，名为"抄资料"。学生便给他个绰号"资料老者"。他从城市到这么偏僻的农村来，看不惯农村生活，上课百分之九十的时间在鞭挞农村："荞麦山人吃肉，可怕可怕。肥肉大片大片的，巴掌这么大，一片肉能把一个碗口盖住。拈一片肉起来，放进嘴里，狼吞虎咽，就不在了。荞麦山人还好点，像法喇之类的高山人，更糟，肉是切成一坨一坨的，四四方方，豆腐一样，一坨肉放进去，嘴皮一动，不在了。妈呀，把我魂都吓落了。吃肉该怎么吃？肉买来，薄薄地切，细细地切,放上辣子、蒜、酱油,把油狠狠地烧到冒青烟,肉放下去,炒两下,赶紧倒起来。吃起又脆又香,又养人。"天俦明白,农村吃肉,不成坨吃吃不够。真像这么炒,炒一锅恐怕才够一人吃。对法喇人来讲,能吃肉就不错了,还放辣子和蒜,太奢侈了,且谁吃酱油?我孙天俦就没吃过,也没见过酱油,而且法喇人哪家舍得把油在锅里烧到冒青烟啊!那这家人非吵架不可。孙天俦因此对这位老师不满。

又一次,一个学生在上课时睡觉,这老师便骂全班学生:"你们这些农村娃,就是没出息,一样狗屁不懂。在这里混两年,回去多多生些娃儿,整个背篓,出工时装进背篓背到山上,晚上收工时背篓里牛屎马粪装满了,只好把娃儿放在脖子上背着回来。人是高等动物,生一两个总可以了嘛,不教育的话,生得再多也只是猪。你们见过老鼠和猪吧,生一次一大堆,有什么作用?下一代再生,也是一大堆,还是猪;再下一代生一大堆,还是猪,永远都是猪!"天俦更恨他,自己小时就是被装在背篓里背啊!自己的父母也的确这样生啊!

点名时,这老师叫:"孙天寿。"天俦不知叫谁,老师连叫几声"孙天寿"后,老师火了,冲下讲台朝天俦骂:"你的耳朵长在脚背上去啦?还是聋了?"天俦才明白点自己的名,说:"我叫孙天俦,'俦侣'的'俦'。"老师一愕,大手一挥,强词夺理:"这个字既读'寿',又读'俦',是个多音字。"天俦一听,心中骂道:"狗屁。"搞到头,天俦之名只有数学老师念对了,其余政治、英语、音乐、体育老师都念错了。天俦恨英国发动鸦片战争侵略中国,就不学英语。英语老师不单把天俦名字叫错了,在黑板上写的汉字也歪歪斜斜,时常出错,他常叫学生背诵、默写英语单词。天俦时常因无法完成被罚站在讲台前。又一次天俦被罚站,老师骂:"是条牛赶到北京城回来也是条牛,你孙天寿就是这样的牛了。"天俦忍不住了,说:"学英语也是这样,英语学得再好,还是条牛,无益于使中国强大。"英语老师大怒,扬长而去,找班主任老师,找校长,非要求把孙天俦开除不可,事情就闹大了。校长和班主任老师提审孙天俦,桌子拍得一片响:"听说你很能狡辩,你就当着我们辩清楚:为何英语学得好是条牛?辩不清楚就对不起你了!"天俦先还想事情难收场了,及听出此题目,心想:有何难哉!便说:"英国侵略中国,输入鸦片,割占香港,此仇不报,何以为国?英语是夷狄之言,不是华夏之音,为何要学?"班主任老师拍桌道:"我们落后,才要学人家的东西,中学生学英语,才能振兴中国,这是国家规定,难道国家领导人还没有你聪明?"天俦倔性发作:"当然没我聪明!"校长大怒:"你就讲明你聪明在什么地方,讲不清楚马上开除。"天俦说:"何用学英语!把世界征服,逼全世界学汉语不就得了?"校长和班主任闻言,大吃一惊,面面相觑,无法下台。后班主任对天俦说:"你先回去上自习,过后我们再叫你。"

第二天,班主任老师叫了天俦,共到校长家里。校长和颜悦色,问:"你怎么想到要征服世界,逼全世界学汉语呢?"天俦说:"这是唯一的解决办法,我们汉语都没学好,学什么英语?学英语既费时,又费力,这都还是小事。大事是我们学英语,就是被同化,中华民族就消失了。只有征服他们,同化他们,才是出路。"校长点头,说:"你家在什么地方?"天俦见问,估约班主任老师早已和校长讲了,便如实答了。校长又问天俦平时读些什么书,天俦也答了。校长说:"你是个有志少年,难能可贵,但征服世界,谈何容易!你说你比国家领导人聪明,其实不见得,国家是通盘、成熟地考虑过的。英语是必须要学的,不学不行,你必须要转变观念。林则徐说'师夷长技以制夷'嘛!要征服它,先只有学习它,不然你怎么征服?还有,你不学英语,以后你升学,英语分数上不去,你也就完了。知不知这利害?至于这一次,如果你态度好,可以原谅你。"班主任老师接着说:"学校领导觉得你有志向、有抱负,很怜惜你。这一次可以原谅你,但必须向英语老师认错,如果不认错,还是要开除。"天俦想:"开除了我就无处求学了。"于是同意认错。向英语老师认错后,事件才了结。英语老师恨意难消,但校长要如此办,他无可奈何。天俦恨的是华人无力推广汉语为世界语言,也并未听取校长劝告,就是不学英语。

孙天俦不单不学英语,这天政治考试,一题"中华人民共和国建于何年"。孙天俦恨西方，不用西方公元纪年，即使考试也宁可丢分，要答"民国三十八年"呢，不妥，想一阵，他就答上"己丑年"。卷子改下来，孙天俦最高，九十九分。政治老师就来问："你本来应得满分的！这题你怎么答个己丑年？"孙天俦无法辩解，只得说："我不用西方公元纪年！要答'民国三十八年'又不妥，所以用己丑年！"政治老师说："你纯属无聊！这事是国家定的，你管得了？"孙天俦以后在其他科的考试，涉及要填年代，都不按公元纪年，惹了许多麻烦，后学奸了，凡是这类题，孙天俦都装不会，不答，丢分算了。

荞麦山中学有个图书室，那管理员行将退休，马虎得出奇，整天就看朽楼上的蛛网、老鼠、灰尘。天俦是不多的热心读者之一，因来的次数多，和管理员渐渐熟了。天俦几乎每日换一本书，不免时时在门前等他来开门。管理员有些同情他，便破例每次借两本书给天俦，有时也借三至四本。他有时要天俦将他的前任就没整理的上千册书，拍了灰尘从地下捡了放到书架上。据管理员讲，从前拟在金沙江白鹤滩上建巨型电站，米粮坝县城将被淹，县城拟搬到荞麦山，米粮坝中学就并到荞麦山中学来。两校并了一年多，因苏联专家撤回，电站修不成，米粮坝中学又迁回去，但图书没拉回去了，所以这里的书很多。于是天俦就每天从那破旧的图书室里汲取营养。

班上统计学生家庭情况，几个班干部都是荞麦山街上的。统计到孙天俦处，一听"法喇"，大家都哈哈大笑："是不是穷狠了，发不起来，才改名'法喇'，希望'发了'？"

天俦不理这类低俗、愚蠢的玩笑，倒是被这玩笑提醒，想弄明白"法喇"一词何意。周围的同学都不知其何意。王勋杰是法喇大队队长王元景之子，在荞麦山中学读高一，成绩全校最好，是省级三好生。天俦以为他知道，去问，王勋杰也不知。天俦回家，问爷爷，孙江成也不知。有人说："估计是雨天雨把山'发'软了，泥石流流下来，'拉'成一个坪子吧。"很多人一听，说："有道理。"孙江成也说："这个解释最确切。"孙天俦也认为这一解释很完整。

但过了一周，天俦在写一篇有关法喇村的作文时发现：法喇一名是上百年前就有了的，而法喇村数十前都还有原始森林，泥石流只是近十多年才发生的。原先的解释不合理。天俦把疑团一讲，众人都说："对，前面这个解释看来是有问题。"但除了原先这一解释外，再无人能做第二种解释。

天俦只好去问老师，谁都无从解释。校长也不知。天俦便觉这地名是无以解释清的了。一日他在图书室翻旧书时，忽见一本《米粮坝县地名志》，查阅才见："法喇，彝语。'法'意为'悬崖'，'喇'意为'沟箐'；即悬崖下的大沟。"天俦大喜，原来如此。又看"荞麦山"是为："海拔高，仅产荞麦，故名。"又看"米粮坝"是为："因县境皆峡谷巨岭，山河横断，唯金沙江畔一沙滩地势稍夷，出产稻谷，为全县唯一之米、粮供给之所，故名。原县名为彝语，民国始改此。"天俦发现地名中隐含了地理、历史诸多信息，一发不收，又仔细研究省名、地区名之由来。不久他就弄清了："云南"因在云岭之南而得名。天俦想：省、地、县、公社、大队都以山得名，甚至连黑梁子、横梁子、大红山梁子、光头坡梁子、空欢喜梁子等无不以山得名。看来云南跬步皆山啊！而且这地名上的山，无不显得危险可怕。又一日，他又找到一份民国间修的米粮坝有史以来唯一一部县志，读来更觉凄凉。米粮坝自古蛮荒，清道光时始建县，名米粮坝厅，民国为米粮坝县。咸丰年间，泥石流埋没厅城。新厅城建于旧厅城上，光绪年间又为泥石流吞没。现在的县城，又建于旧厅城上，县城之下已整整埋着两个县城了。

回家后，天俦把"法喇"一词确切之意报告给爷爷。孙江成说："有之，法喇这地方原来是彝族居住的地方。"并说："可惜你老祖死了，要是你老祖还在，你把这层意思告诉他，他一定高兴。我记得以前有一天坐着坐着，他突然说：'不晓得"法喇"这个词是何意思？'我们当时也晓不得，没有回答他，他还不知道就死了。"天俦听了，很是难过，便到老祖坟上，叩了头，说："老祖，重孙知道得晚了。等知'法喇'之意，您已过世了。重孙今天报告您：'法喇'一词为彝语，'法'为'悬崖'，'喇'为'沟箐'，'法喇'即为'悬崖下的大沟'。"说完，想想无知识的可悲，天俦的泪便要下来了。孙平玉得知后，说："要是你老祖在世得知你今天这话，不知要如何地高兴，法喇再没有这样爱钻好学的老人了，他想到一个疑难问题，会成年累月地想。他经常跟我讲：'孙子，学到老，学不了；学了，死了。要赶紧学啊！'丧德①他晓不得'法喇'是什么意思，因为他根本找不到你找到的这些书看啊！他想不清弄不懂的问题还多啊！像有一次他跟我讲：'孙子，我们是南京来的。我在乌蒙问过孙大老板，孙大老板说南京是我们以前的首都。民国时候，南京也是首都，跟现在的北京一样。既然是首都，肯定繁华得很，不知繁华到什么样的地步。当时我问孙大老板，从乌蒙到南京有多远，他说他也晓不得。我说我们的老祖人不知走好久才走到云南，孙大老板也弄不清楚。我们不知来到云南几百年还是几千年了？要是谁能告诉我，我给他叩几十个头都行啊！可惜我想给他叩头，都没这么个人啊！'要是你把这个算清了，到你老祖坟上告诉他，他在阴冥也一定很高兴。"天俦听了，下泪说："我一定把它算清，让老祖得知。"出门来天俦的泪便止不住了，直冲到孙运发坟前，声泪俱下："老祖，重孙发誓：一定要让您生前想得知的事情都得知。贫寒家庭百事哀，没有知识的人家多么可怜！重孙发誓：一定要振兴这个家庭！让这一类的悲剧不再重演！"

　　天俦回校后，全力研究南京隔法喇有多远。不久他就研究清楚了。既而他又研究孙家从南京到云南已多少年，不久他从一张报纸上得知：汉族大规模进云南，是在明初。明洪武帝朱元璋派三十万大军扫灭元朝残余梁王势力后，三十万大军多半留守云南，这些军士的后代再未回到故土。三十万军队出发时，驻地在南京应天府城外，名高石坎、柳树湾，因此这些军人后人便多以高石坎、柳树湾为祖籍。明军进军云南是在洪武十四年，距今刚好六百年。天俦大喜，下周回家，立即报告孙江成。孙江成听后大惊："我们家来云南六百年了？"啧啧有声："天啊！我以为我们是从盘古开天地就到云南来了，哪想到富贵竟把它算出来了。"孙江华不信一个黄毛小子能把孙家的

---

① 丧德：丧失德性、造孽。

千古之谜算出来，便来考天俦，天俦对答如流。孙江华考了一上午，服了，说："六百年，是多少代人啊？"孙天俦说："二十年一代，已是三十代人了。"孙江华说："那我们才知我爹的老祖辈，才知四代人，那上面还有二十多代无踪影？"孙天俦的说法震惊了孙家全族。孙运周也不相信，来考天俦，左右盘问，天俦都答得有根有据。孙运周无奈，说："没有家谱，始终无法相信你说的这些东西。过了多少代人都说不清的东西，你凭几个月的所谓'研究'就得出结论，始终令人怀疑。"便转而问："从法喇到南京多远？"天俦说："八九千里。"孙运周大惊，说："八九千里啊？"又问："到南京怎么走？"天俦说："从法喇坐汽车经乌蒙再到昆明，从昆明坐火车，顶多七八天就可到南京。"众人一片惊呼："我们以为要走几十年才能到南京啊！"天俦又说："我们法喇村的水，就是淌到南京去的，水顺河沟流下荞麦山，流入柿花河，进入金沙江，经四川、湖北、湖南、江西、安徽，就流到南京。"众人又惊："我们这里的水都流回老家去了？"屋内如炸了营，纷纷嗟叹。惊讶、骇异各种情状，不可言喻。孙运周目光炯炯，极为难过，拐棍敲在火塘石上教育众人说："如何？万般皆下品，唯有读书高。有志不在年高，无志空长百岁。我活到七十几岁，都不如这个重孙了。平时教育你们，要读书，要读书，不信，见了吧？"孙江华等无不嫉妒得要命，把天俦从头观察到脚，从脚观察到头，似不明白这小子得吃了什么金丹妙药，厉害到这等地步。

听说孙家小孩能把祖先到云南的时间、法喇到南京的距离算出来，人们便不断来请教。陈明贺问："富贵，外公家也是南京高石坎来的，来云南有多少年了？"天俦说："六百年了。"陈福英亲小舅丁家朝问："富贵，舅外公家祖籍也是南京，是不是一样？"天俦说："也是一样。"杜㐰脚家也祖籍南京，听天俦说了，便说："对了，不然我时常怀疑，这家祖籍高石坎柳树湾，那家祖籍柳树湾高石坎，怎么这么巧？那柳树湾高石坎能有多大，住得下这么多人？原来我们的祖先都是一起当兵来的，当时从一个村子出来，过了几百年，还在一个村子,真有缘分!"陈明德的亲表弟傅恩平抱了家谱来问天俦:"外孙,外公家也是南京的,但跟你们不同的是无竹子巷、柳树湾,请你看看。"天俦看了家谱,说:"你家祖上是明初功臣、南京贵族,是建文帝党。明成祖朱棣打进南京,恼恨力主削藩、遣军北伐的南京权贵,因此将你家发配蛮荒之地云南。到云南后,你家祖上又被安置到更艰苦、恶劣的乌蒙。你家就这样来的。"傅恩平仅进过小学一年级,读过几天书,只会写自己的名字,不懂什么是建文帝、明成祖,又请教天俦。天俦把二人争夺帝位的历史讲了。他对"贵族"一词又不懂,孙运周便说:"贵族,就是当大官,掌大权。衣来伸手,饭来张口,穿的绫罗绸缎,坐的八抬大轿,出门有人捧,进门有人扶,其他的好处还有,我也说不出来了。反正比你现在强多了。也可能比你见到的活得最好的人强几十万倍。"傅恩平先是高兴,听说比自己强,讷讷地说:"当然,当然。绫罗绸缎肯定比我这羊毛毡衫强。我也不敢奢望有大轿坐,只要一天在山上放羊,我的羊吃得饱,我一天一背柴不打脱就行了。"在听孙运周说完后又说:"干小爸,不可能吧,能比这些小学老师强几十万倍?"孙运周听了,蔑视他一眼,轻轻哼一声,就不予理睬。孙江华高声说:"哦哦哦!枉自,枉自!可惜,可惜!傅恩平啊傅恩平,你家祖上可是贵族啊!怎么贵族的子孙竟日脓到这种地步?竟拿小学教师跟贵族比?怪不得你只有命当个干农民!"

  法喇村几近一半的祖籍是江西。他们拿谱书请天俦看时,多是清初迁入。还有两户祖籍山东,一是孔繁绍家,一是鲁成民家。孔繁绍脸上多斑,人称"孔麻子"。他性格、脾气与杜参脚一样,走到哪家火塘边,总先把火钳拿过来,边拨灰边高声大言,荒唐无稽。杜参脚被其父称为"白儿子",孔繁绍被其岳父称为"白姑爷"。一日二人到张家。火塘边的人要捉弄二人,先将两把火钳烧在火里。听二人声到门外,才将火钳刨出,一边摆上一把,二人进门,火塘边的人都起来让坐,将两人让到火塘两边,正对火钳。二人刚落座,就去拿火钳,一时只见青烟冒起,肉被烙的嚓嚓响,孔繁绍被烫,又跳又叫。杜参脚强忍疼痛,装作无事,批评孔繁绍:"叫什么!"尽管肉在响,手在冒烟,仍将火钳抓了,扔出火塘。从此二人便不再抓火钳。

当下孔繁绍便问天俦："我家祖先是孔子，是圣人，也请你看看。"去拿了家谱，打开递来，众人哄然大笑，原来谱书拿倒了。杜爹脚说："孔麻子，天天吹你是圣人的后代，怎么连个家谱正倒都认不得？'孔'字是怎么写的？"孔繁绍说："杜爹脚你猴哪样？我一天书没读过，不会写'孔'字不要紧。你会写'孔'字，也会写'杜'字，我一样都不会，怎么你还跟我一样，一个当'白姑爷'，一个当'白儿子'？"杜爹脚倒被抢白，辩说："白不白你莫管！'白儿子'虽然白了，但姑娘不白。我婆娘不会写她娘家的'刘'字，我罚她三天，会写了。我姑娘，书我不准她读，但我这个'杜'字，我教了她，她就会写。孔麻子，你是圣人之后，怎么不如我婆娘啦？"孔繁绍输了，就不理杜爹脚，而请教孙天俦："从法喇到我老家有多远？"天俦说了，他吃一惊："我还以为有几十万里远！"

鲁成民也拿了家谱来。天俦看后说："你的祖先是周文王和周公，封在鲁国，号鲁周公。"鲁成民一惊："我家原来不在中国，在外国？"天俦说："在中国。"便细讲了。鲁成民不解："他姓他的周，我姓我的鲁，怎么又出来个姬？"天俦说："文王姓姬，周公也姓姬。周公的后代才姓鲁。"杜爹脚又笑鲁成民："鲁小三啊！文王家姓姬，周公封在鲁国，后人就姓鲁，你还大言不惭'他姓他的周，我姓我的鲁'！'他'是谁？你是谁？'他'姓什么？你姓什么？"引得众人大笑。鲁成民说："杜爹脚你不要猴！你听富贵讲了吧？原来八百年的周天子，就是我家。你家被我家领导过。鲁国又是几百年！你家杜家，出了谁？"杜爹脚说："你领导过谁？你领导得起我？你家既然以前当领导，为何现在不当了？"

不觉就是半年，孙平玉已觉供书的艰难，说："以前觉得日子过得慢，一个星期长得很。现在发觉日子短得很，感觉富贵才来拿了钱去，转眼又到家要钱了。"只好又卖了两只羊。除转粮食进校外，每月要八元的伙食钱。饭是苞谷饭，菜汤上根本不见油花。大一点的学生，那饭根本不够吃，天俦个小，够吃了。但吃饭时无论怎么拼命地撑，感觉肠、胃都已塞满,快到脖子了,但次日天明,即已感觉饿。上课时只觉饿得慌,老师讲到哪里,根本不知道。大家互授抗饥之法:用裤带拼命往里勒,或用双手紧紧捏住肚子,或双手搂住桌子前面,把肠胃紧压在桌子棱上。荞麦山公社的学生还好些,耐不了饥饿,就从家里背了洋芋、锅、柴到校做饭吃。其余公社的学生,就无法了。天俦到学期要结束时,也采取了背洋芋到校煮吃的办法。

四　半夜抢亲

　　天俦放学回家，到爷爷家去时，正碰上孙江成向县上、公社上来的工作组汇报法喇大队情况："法喇历史起于何时，就谁也不知。全大队面积多大，也无确切数字。东西十三里，南北十八里，若沿边界走，要两天才能转一圈。如果是你们不习惯山路的同志去走，要走四天。全村共分中营、上营、下营、吊脚楼、老岩脚、尖山、横梁子、黑梁子、头道岩、二道岩、三道岩、光头坡、黄毛坡、空欢喜、洗羊塘、绿荫塘、大红山十七个生产队。人口三千三百人，全是汉族。若真要分乡，我建议划大红山、洗羊塘、绿荫塘、尖山、光头坡、黄毛坡成立一个乡，这样老法喇大队就划为新的法喇乡和大红山乡。"

　　组长取地图出来看了，说："按你的意思是东北面成立大红山村，西南仍为法喇村？"孙江成说："对。这样大红山乡有近一千人口，法喇乡仍有二千三百人，都还是全区人口大乡。法喇大队的确太大了，无法管理，划为两村是可以的。"组长说："划为两村的原因，地盘大、人口多只是一个因素，关键的问题是老法喇大队是我县海拔最高的大队。这里集高寒、贫穷、交通不便为一体。尤其大红山、洗羊塘一带更是偏僻。另立一乡，有利于老法喇大队的发展，便于三千多群众早日脱贫。"诸人又问了一些情况，就漫无边际地问起法喇的历史来了。

孙江成说："法喇村何时有人居住，无从得知了。最先进法喇来的，有的已搬走了。现在的近三十来姓人家，有的二百年前、有的一百年前、有的几十年前到法喇来。现在人口最多的是上、中营吴家，有四百多人；下营姜家，三百多人；横梁子陈家，三百多人；吊脚楼谢家，二百多人；头道岩王家，一百八十多人；老岩脚罗家，一百六十多人；二道岩岳家，一百五十多人；空欢喜安家，一百二十多人；光头坡崔家，一百多人。其余几十人不等。像我们孙家，都在黑梁子，三十多人。"

组长说："法喇在外工作的有多少人？"孙江成说："前年在公社开会，荞麦山大队吹他们在外工作的多，法喇就和他们比，结果法喇在外工作的六十八人，他们六十七人，他们还少一人。这几年我们又有几个出去工作的，共七十三人。"组长问："有没有大学生？"孙江成说："有什么大学生！最早是中营的邵老师，比我大三十岁。他清朝末年出去读过老章书，秀才都没考着。他是法喇第一个读书人，去时全村欢送，回来全村敲锣打鼓迎回来。以后他就在法喇教书，我都是他的学生。以后出去读书的，只有二道岩的岳昌琪和我，那也只读到高小毕业。解放后岳家划为地主，岳昌琪逃走，听说如今在宣威当个中学教师。我呢，参加了地下党闹革命，搞武装斗争去了。解放以后，法喇才有崔绍武、吴光文、吴光正、王正光、谢吉林到米粮坝读高中。崔绍武原在咪吐当小学教师，后抽到地区搞'四清'，一直在地区工作，前几年调回县委来。吴光文在县供销社，吴光正在县商业局。王正光和谢吉林都在法喇小学教书。后来又出了几个师范生，一两个中专生。像赵国平，他从地区农校毕业，现在在荞麦山籽种站工作。其余的，都是当兵、当工人出去的。吴明章当兵回来，开汽车，现刚调到地区运输公司。还有几个当兵的，转业后在四川、昆明、乌蒙、曲靖、南广当工人。"

组长说："姜元坤怎么出去的？"孙江成说："姜元坤原在法喇大队干文书，县上抽人去工作组。我一是家族孤，在法喇被人斗得无法，不敢离开；二是观念保守，所以公社要我去，我不去，就定姜元坤去。工作组结束任务，他就留在县委当出纳。像我们村原来的支书罗吉武的儿子罗昌才，在大雪槽畜牧站放羊，被罗支书搛了几床羊毛毡子送畜牧局长，拉关系就转成正式工，调到县畜牧局。后来又不知拉到什么关系，来荞麦山当副区长了。又如安正书，当兵回来后在马书供销社混，不知拉到什么关系，回到荞麦山来当党委副书记。"副组长说："看来法喇人并不憨。一个大学生没有，还出去这么多人。"孙江成说："狡猾得无法，外村人都叫法喇是土匪窝。我们这地方环境艰苦，历史上一直杀来杀去，再怎么有礼貌的人，也杀野蛮了。不野蛮不行啊！我当这些年的支书，都当怕了。别的地方人老实，领导说怎样就怎样。而法喇人，横是他有理，竖也是他有理，杀皇帝都敢拉脚杆。有益集体的，都缩脚不上；有益个人的，削尖脑壳地去钻。"

工作组刚到法喇的第二天，法喇就发生了抢人事件。抢的是陈明贺长子陈福全之妻，即其亲二娘丁家艳之女吕庆珍。吕生下一子陈志贵后去世，陈福全另娶白卡公社尖高山的马友芬。尖高山比法喇还穷，马已有意中人，姓潘。潘家来提亲，马父觉潘家小伙虽不错，但嫌其家穷，不许。马父与陈明贺相识，历来敬佩陈明贺为人直爽、正派，又敬佩陈家家族大、人口多，一派繁荣景象。陈明贺来提亲，马父虽觉陈福全已是再婚，而且有子，不很满意，但不好拒绝陈明贺，便答应了，与陈明贺说："兄弟，你儿子是娶妻有子的了，我这姑娘青头，还是黄花闺女！你儿子占便宜，我姑娘吃亏，我有点对不住我姑娘啊！"哪知马友芬只恋着潘家小伙，不愿嫁到陈家。马父大怒，将火塘中燃着的柴头提起，喝问："老子只问一句，你要跟陈家还是跟潘家？"马父历来说一不二，性情暴烈。马友芬明白，拒绝就是找死，只得答应跟陈家。陈家即按娶青头姑娘的礼娶了。马友芬嫁来后，见横梁子山高坡陡，比尖高山好不了多少。陈家倒不愁吃穿，也还过得去，陈福全虽也不做坏事，但脾气不好，年纪比潘家小伙大，而且还有个前妻跟前的儿子，马友芬大不乐意，只想着潘家。马父不死，自然无事，但偏巧才嫁来陈家数月，马父病故。陈福全与她到尖高山奔丧，马即与潘家小伙重燃旧情，马友芬跑到潘家，马友芬两个哥哥对潘家小伙都有好感，因此不管此事。陈福全至潘家吵打一阵，见对方人多势众，自己只有一人，怕吃亏，吵一阵见无效，只好跑回法喇。陈家商议：马友芬是死心不在陈家，两个哥哥也支持其妹，已无法谈判，除强行抢回外，再无办法，因此定计强抢。但潘家也是大族，居住又甚集中，陈家不敢贸然行事，此事一拖就是四个月。

尖高山与法喇仅隔一大红山。陈家人潘家都认识，陈家想派人去侦察都无法派。潘家小伙是杜參脚的表弟。陈明贺便来请杜參脚。杜參脚直摇头："是我表弟啊！我怎忍心这样做？"但又拒不了陈明贺的面子，最后说："大哥！能饶我就饶我！兄弟明白这是伤天害理的事情！但你不饶，我只有听你的了。你看看。"陈明贺说："是得麻烦你。"杜參脚说："那我无法了。做丧德事就做丧德事。老哥，也就是你了，换一个人，是我亲爹也才是这么回事。谁不知我杜參脚其他能耐没有，仁义道德是有的。尖高山我那些舅舅、老表，谁不敬佩我这点道德修养？但我一辈子的名声，就要毁在大哥手里。从此我与尖高山的亲，就断了；我去尖高山的路，就绝了。"于是就到尖高山去，在潘家住了三天。

回来与陈明贺讲："马友芬与我表弟，晚上都没住在大房子里面，而是住厢房。我舅舅、舅母和三个表弟，都住大房子。有三个人进厢房，即可将我表弟制服，把马友芬抢出来。用十来人封大房子就可挡住我舅舅、表弟。他家那里是十字路口，正在村中，必须防村中其他人来救，要用一二十人封死其余三条路口，只留一条退路。另外，从尖高山撤回来，都是坡。少了两个钟头撤不上大红山顶。潘家全族五百多人，家族又团结，跟我这个表弟关系都好。即使这方把人抢到了，只要潘家不放手，跟着追，尖高山路独了，这方同样斗不过那方，不单人还要被抢回去，这方的人可能还要吃亏。我有一计：崔绍安家亲大姐夫，是尖高山的民兵营长，又是潘家的族长。这个人威望高，有号召力。即使抢到了人，只要他下令追，你家绝对抢不来人。如果把这个人稳住，尖高山就群龙无首，事情必成。所以可叫崔绍安先去埋伏好，到时候控制住他。这个人识大体，顾大局，跟他讲道理讲不通，他怎么会成全这方，失他潘家的人，丢他潘家的脸？要叫崔绍安，去埋伏时不讲，动起来了的时候，他姐夫不知便罢，他姐夫一知，无论如何要拖住他姐夫。

成不成就看崔绍安了！"陈明贺忙谢了，去找崔绍安。

崔绍安说："老哥的事，也同我的事。我无论如何会尽力帮忙。但我这个姐夫，你晓得的，是他潘家的掌门人，威望之高，在法喇还没有这种人。在这关系他潘家的利益、名声，也关系他个人名声的关键时刻，谁也休想制住他。我制不了，我姐姐也制不了。我去也白去，不如不去。"陈明贺说："你不帮忙，我这事情就黄了，万望你帮忙。"崔绍安说："这个事非同小可。我姐夫一生的好名誉，这一次就要丢干净。去败他的名声，我一辈子也对不住他，对不住我姐姐，也对不住我那些外甥。"但陈明贺坚请。崔绍安说："老哥，我被你逼上梁山，无可奈何，这等于叫我去死，你要我去死，我有什么办法？赴汤蹈火，在所不辞。但成不成，我也不知。我只有一个办法，去到我姐姐家，我姐夫听我的了，好说；不听，我和他拼了。拼死拼活都不管，反正就是与我姐夫、姐姐，与我那些外甥断绝关系也不管了。如果这样都无法，你也不能怪我了。"即约定日期，先去尖高山他姐夫家埋伏下。

陈家于是请了一两百人，吃了下午饭出发。杜参脚无奈陈明贺央求，带队行动。半夜，这群人翻过大红山，直扑尖高山。到尖高山时，夜深人静。诸人握棒的握棒，捏石块的捏石块，封路的封路，封门的封门。陈福全、陈福达、陈福宽和孙平玉直攻厢房。陈福达两脚将门踢烂，四人冲进房内。潘家小伙与马友芬抱头睡得正香，被子被掀开。陈福全两拳揍在马友芬身上，道："老子来了。"陈福达、陈福宽朝潘家小伙光身上拳打脚踢。潘家小伙口鼻来血，躺在床上。马友芬光着身，被陈福全踢在地上乱滚。陈福全道："走不走？不走老子要你死！"马友芬只得乖乖被押着走。孙平玉老实，三人量定他进屋下不了手，便叫他守门。见马友芬光身走，孙平玉说："让她穿上衣服再走。"三人都吼孙平玉："什么时候？还等穿衣服？快走！"孙平玉又劝，陈福全听了，即去拉床上，只有毡子而无床单，忙撕被子，撕不下，才叫马友芬找裤子穿。没想还就耽误了时间，因又打又骂，惊动了大房子里的人。大房子里的人被封住，出不来，就大喊"救命"，惊动了全村。一时村内鸡犬夜惊，人声喧沸。法喇人都急了，骂四人："快走！不然我们先走了。"马友芬只寻到衣服，未寻到裤子。陈福全令其将衣服系在腰上，即揉其出门。

法喇之众撤后，潘家忙奔崔绍安姐夫家，大喊救命。但均不见崔绍安姐夫出来。尖高山之众追来，但不多，仅一二十人。这方人多，边扔石块边退。对方抵不住，又见这方上百人，不敢死追。众人说："看来崔绍安起作用了。"撤上大红山天已大明，尖高山之众见无济于事，退去。众人除留几人在山顶监看外，押了马友芬回村。路上众人询厢房内耽误之由，都怪孙平玉："那种情况下，穿什么衣服？再穿两分钟，就可能死人了。要是死两个人在尖高山，现在怎么办？"陈明贺说："我就知道孙平玉不行，本就不想派他进去。这种情况下老实人不行。你们硬说他年纪比其他三个大，要老成点，派他也进去，果然差点坏事。"

却说法喇之众奔尖高山去后，丁家芬、陈福英、陈福达之妻廖安秀、陈福宽之妻冷树芳等一大群妇女在家圆面汤消夜，悬心了一夜，总不见回。到第二日上午，众人才回来了。马友芬被押到房内看管起来。一群人喜气洋洋，边吃糖水面汤边吹，说要不是杜夌脚和崔绍安，去多少人也白搭："杜夌脚回来报的情报准。一般人都以为马友芬和潘家小伙会睡大房子里，谁知他们会睡厢房！要是不知内情，去忙大房子，必败无疑。大房子处一闹，潘家小伙必然从厢房逃跑。"有人说："这一定是潘家打好的主意。以为我们去，必然奔大房子。"又吹到崔绍安："要是崔绍安家大姐夫一出头，今早上就难办了。"

渐次吹至抢的过程，众人又数落孙平玉："这是什么场合？还穿衣服！不见那次吴明才抢干斤斤？光着身子就扛起跑！公公、叔叔、大伯子看不看见，都不管。"丁家芬问怎么回事，陈明贺说了，丁家芬数落陈明贺："不怪你还怪孙平玉。那种老实人你派他在外面封路就行了。"陈明贺说："我说了，别人说他比那三个年纪大，怕要老成点。"陈福英知了，说孙平玉："你到关键时刻，尽打屙屎主意！要是多耽误一阵，潘家人来齐了，打伤几个在那里又咋办！看你还有哪块脸见人？"却说以后多年，马友芬说起这事来，说："还是我大姐夫好，当时还帮我顾点面子。别的人，提起就令我伤心。"大家于是笑马友芬："好了嘛！要是耽误一阵，潘家人来齐了，把你又抢回去。那孙平玉还是不是你大姐夫？你还说他好不好？"又开孙平玉玩笑："这个大姐夫好！看见舅子老婆光丝丝的，就叫找裤子穿。"陈福英笑孙平玉："老实人还是好！还有人感恩。那些狡猾的，马友芬还记得他们？"

吃好面汤，崔绍安便回来了。大家都称："功臣！功臣！快吃面汤。"崔绍安坐下，说："这一次把尖高山潘家的魂都吓掉了。尖高山的人说：'法喇不知来了多少人，从窗口一望，家家门前都是提刀弄棒的人立神神地守着。'"众人不关心这个，问："你怎么控制住你姐夫的？"崔绍安说："我去尖高山，瞒着我姐夫，但跟我姐姐讲了：'陈家要来抢马友芬，怕我姐夫出头，他们定了二十多个年轻伙子专门来围你家。到时候我跟姐夫睡，扭住他，你也要出来劝，不然他一出门，必然被陈家打死。'我姐姐同意了。当晚我和我姐夫睡一张床。你们一行动，潘家一喊，我就爬起来扭住我姐夫，警告他：'陈家今晚来抢马友芬，我得知消息，忙来救你，你知不知道？陈家认为抢人成不成功，关键在你，所以安排了二十多个伙子来包围你的房子。现在早提刀弄棒围紧你的房子了，你出去就是死。我不念你，我是念我姐姐、外甥，才来救你，你出去试试。'我姐夫不听，我就死扭住他，说：'为了使我姐姐、外甥有个依靠，我是死了心的。你一定要出去，我就和你拼了。'又叫我姐姐。我姐姐也来帮忙，骂他：'你知不知道陈家来了多少人围住我们的房子？兄弟来救你，你还不听。'我姐夫不睬，但被我和我姐姐扭住，动弹不得。潘家还在外面喊救命。我就叫我姐姐扭住我姐夫，我出来告诉潘家的人：'我告诉你，我姐夫已被我们捆起了，你再不走，连你捆。'并朝屋里喊：'出来几个人，连这一个也捆住。'那人吓跑了。等你们撤了，我才放我姐夫，说：'你就说你被我来埋伏起，半夜开门放进七八个法喇人来，将你捆住，由我看守，别的才去动手。现在放你了，你就说是我姐姐放的。你快去组织人追，这样又办

一时村内鸡犬夜惊，人声喧沸。法喇人都急了，骂四人："快走！不然我们先走了。"马友芬只寻到衣服，未寻到裤子。陈福全令其将衣服系在腰上，即搡其出门。

成了陈家的事,又顾全了你的威望、名声。'我姐夫只得同意。他出来组织人追,你们都要上大红山顶了,还追哪样!我出来在尖高山大吹我如何作埋伏,半夜放法喇人进屋捆我姐夫,尖高山的人也相信了。现在尖高山的人太恨我了,只是看在我姐夫的面子上不好动我。"众人都说:"对,你干得漂亮。"

崔绍安问:"你们谁丢了三个七八十斤重的石头?"众人问何事。崔绍安说:"尖高山的人被那三个石头吓垮啦!说法喇有个大力士,八十斤重的石头,丢起去比大白杨树还高。我跟他们讲:'这是吴明才,你们知道吧,他媳妇也是从野脑壳那抢来的。吴明才平时四五十斤重的石头,一扬手就是十三四丈远。吴明才家爹,法喇从前宰猪祭龙,围锅边拈了三转的肥肉墩子,有两大盆,全部吃光。去他老丈母家,他那些小姨妹要开他的玩笑,拿大碗舀肥肉给他吃,他连吃五大碗。小姨妹们就安排他上楼去睡,然后偷偷把楼梯撤掉,以为他要拉肚子。如果他拉在楼上的话,第二天要罚他挑水洗楼。哪知第二天早上起来,不见动静,小姨妹们以为他拉了肚子装睡着,不好意思起来见人了,就搭楼梯上楼看,楼上哪里有屎!到吃早饭,吴明才家爹起来了,叫几个小姨妹说昨晚的肉不够吃,今天你们要多加点来。小姨妹们全吓垮了,从此不敢跟他开玩笑。吴明才家爷两个,在我们法喇只是中常。彭朝海更厉害,一背背四百斤,连他自己称,称得六百二十斤,这是县委书记亲自验过的。崔绍海舂墙,根本不耐烦用墙槌,抱个一百多斤的大石头砸泥巴,就舂墙了,一口气可以舂五板墙。你家尖高山有这样的人没有?'一通地吹,就把他们吓垮了。我吹的都是实实在在的,尖高山的人也听说过,所以他们很相信。到底那三个石头是谁丢的?"众人想想,果是吴明才丢的。问吴明才,吴明才说:"那个地方遍地都找不到大石头。只找到那三个,丢起实在不称手,要是有更大的,丢起更称手。"孙江华说:"以后要整个一两百斤铁来,给你打把丈八点钢矛。法喇每有征伐,你像张翼德一样,骑匹大马,站在高处,一声大喝就喝死几人,回来我们封你为五虎上将。"众人已知孙江华讽刺吴明才有力无识。

孔麻子说:"孙猴子,少缺德了。你怎么不去搞把长矛,喝死几个?你有什么资格封人当五虎上将?"孙江华说:"我是去扛长矛喝人的?你家老夫子早就说了嘛,'劳心者治人,劳力者治于人'。我是劳心者。"孔麻子刚要与他辩,不料吴明才又说起来了。吴明才以为孙江华刚才是吹捧他,很高兴,说:"一百斤的股杆,我保证一手一只,使双枪。"陈明贺逐个递烟敬酒,刚好到吴明才前,说:"吴明才龟儿子!今天感谢你了。亲帮亲来戚帮戚,再说不假。"吴明才说:"大爸,一家人说什么两家话。莫说孙富贵是我女婿,我姑娘是大爸的外孙媳妇,大爸也就是我姑娘的亲外公,分得什么夷外①的?就不是呢,都是一村人,你又不是要我去出什么重力,干什么重活,而是叫我去丢个石头耍耍。丢石头耍耍回来,你家还招待糖水面汤,这么好耍,我怎么不去?再说当年我抢媳妇,大爸也去帮忙。不过大爸帮忙帮好了,帮侄儿子抢个媳妇转来,立马就给你生了个外孙媳妇,再没有比大爸运气好的了。我姑娘啊,人人在夸长得漂亮,刚满月忙来订小婚的就挤破门。我为什么给孙家?别人说是我看中孙家辈辈当官,有衣穿有饭吃。其实不是,是我眼力不错,虽然孙富贵当时也才一岁,我一眼就看出他以后会有出息。如今怎么样,全从我的话上来,全村谁不知孙富贵读书魁②得很?无论走到哪里,都有人在说孙富贵读书魁。我家吴耀芬,放羊也魁,人人在说,与孙富贵是天生的一对,地配的一双。"众人听得抿嘴笑。干斤斤也被陈家请来做饭,听不下去了,骂:"孤寡和尚,咋这样不知羞耻?天也,人人说你是'大老摔',果然要'摔'一辈子!"

　　因干斤斤一骂,话题忽被转到当年抢干斤斤来了。众人又回忆当年情景,鉴赏大笑一番。原来吴明才是粗人,五大三粗,无知无识。他在二道岩上砍柴,树将断未断时,风一吹,树摇人摆,把他吓得魂飞魄散,忙退下树来,退的匆忙,鞋掉下悬崖。他亲二叔在悬崖下放羊,见他的鞋子掉下来,想等他下来捡。要费一天工夫,便主动捡了,邀着羊

---

① 夷外:内外。
② 魁:厉害,出众,占据首位。

上悬崖来还与他。他大喜道:"今天运气好,居然找到个给我提鞋子的老者了。"他二叔只差未被气死,连连呼天:"是了,是了,我眼瞎了。下次就是我爹的鞋子掉下去,我也不捡了。"

干斤斤是野脑壳村人,长相不差,而尤聪明。人评吴明才几百个脑袋不及她一个。野脑壳离法喇远,不知详情。吴家去说时,干斤斤家仅知吴家是法喇大族,甚有名声,又见吴明才高大,便把姑娘给吴明才了。法喇人才知说成,就说:"鲜花插在牛屎上了。"干斤斤嫁来不到十天,就后悔了。她屡训导,吴明才无法改正,干斤斤就起异心了。一日吴明才与人打赌,比谁力气大,对方背二百斤,吴明才背三百斤;对方歇气时,吴明才背了站在旁边陪着,待对方走时,又一同走。这样走了十里路,回到村里,对方认输了。吴明才虽赌赢了,却吃了大亏,十多天卧床不起。干斤斤骂了几声"蠢猪",说"老子跟你过不起",跑到滴得卡嫁人了。吴家经半年时间才采访到干斤斤的下落,立即请了全村两百多青壮年,除吴明章自驾车外,另请了三辆汽车,行车半天,又走半天山路,夜里冲进滴得卡村,将全村围住。吴明才将干斤斤从床上提起来,像拎小鸟一样,一只手将其赤条条拎了就走。法喇人上下三四辈人,有的是吴明才的叔叔、大爹,有的是吴明才的爷爷辈,还有的是吴明才的侄子。爷爷们见孙媳妇赤身裸体的,总是不雅。大家叫吴明才脱衣将干斤斤包住。吴明才说:"我冷得很,谁叫她跑的?要看的只管看。"后是几个当爷爷的日妈捣娘地骂吴明才了,吴明才才脱下毡褂来,包住她的屁股,但两头仍露在外面。干斤斤整整暴露了一天,羞得死去活来,也领教够了法喇人的野蛮无情。干斤斤只得死心塌地跟吴明才了,第二年生下一女。法喇人历来有言:"瞧亲要瞧老丈母。"人皆以为干斤斤聪明识体,其女一定不错,不断有人家上门求订小婚。孙平玉与陈福英商量:孙富贵在村中辈分小,相当的不多,且干斤斤实在不俗,其女未来一定不错。两人便求了吴明才亲二娘孙江汉之妻吴光芬做媒人上门去说,居然一说便成。吴家认为孙家人走得稳,行得正,衣食不错。寿元①也高,能攀上这

---

① 寿元:寿命。

样人家不容易。订小婚至今，已是十年。孙富贵学习历来好，进了初中。吴耀芬则未入一天学堂，现在整天放羊。凡是农村姑娘应具备的针线活、煮早茶晚饭、接人待物等，一样不会，只会放羊，完全不像千斤斤而像吴明才。孙家后悔不已，暗自着急。

到中午吃过饭，大家散了。陈家则不敢放松，派陈明贺二女陈福香、三女陈福九不时监看马友芬。一年之后，见马已安心在陈家才罢。

陈福香现年十七岁，许与陈庆刚之女陈明凤子陆建琳。陆建琳在荞麦山中学上初二，学习不好。其父陆国海冷了心，准备等陆建琳初中毕业即完婚。陆国海、陈明凤和媒人陈庆刚齐来商量，陈明贺说："迟早都是你家的人，你家说哪时候就是哪时候。"于是决定让他们次年成婚。

陈明贺家原在南广玉碑地，家遭横祸。陈明贺曾祖母用挑箩挑了两个儿子逃难，逃到法喇，正遇大雪。母子三人雪夜于松树下避雪，结果仅一岁的孩子冻死了，两岁的孩子活下来，即陈明贺的爷爷。后母子俩就在法喇安居。陈明贺的爷爷长大后，招在吴家，取了吴家的名字，生了六个儿子，陈明贺之父陈庆堂为老五。陈家六弟兄共有十八个儿子、十二个姑娘。陈庆堂五子四女：长子陈明贺，长女陈明珠，次子陈明安，次女陈明敏，三子陈明益，三女陈明星，四子陈明启，幼女陈明玉，幼子陈明志。现唯四子、五子未成家。陈明贺三子五女，长女和三个儿子均已成家。

陈家到福字辈，才三代人。老的庆字辈六弟兄，中间明字辈十八弟兄，小的福字辈已是五十弟兄。陈家现在总人口直追进村近二百年、经历八代、法喇最大的家族吴家，被认为是法喇人口最发的家族。陈家与其他家族相比，有一个显著的特点，是人口多，而在外工作的人少，仅有陈庆刚之子陈明崇在县农资公司化肥仓库工作，陈庆襄之子陈明勇在大红山畜牧站工作。

陈家全族人忠厚老实，勤于稼穑，而不喜供书、读书。如陈明贺、丁家芬一字不识。陈福英小的时候，法喇小学女孩已普遍读书，但陈明贺就没让陈福英去读。陈福全、陈福达、陈福宽读了几年读不走就回家了。陈福香学习极好，但因陈福全妻吕庆珍死，陈志贵尚幼，无人管带，她爹就叫陈福香退学回家带陈志贵。学校老师多次至家动员陈明贺，说陈福香大有培养前途，辍学可惜了，陈明贺就是不听。陈福九未进校读过一天书。两个年幼的妹妹陈福梅和陈福秀，刚送去读小学。陈明贺见外孙学习好，才稍有些后悔，说："我最聪明的两个姑娘，一个是福英，一个是福九。她们都比富贵聪明，可惜都没送去上一天学。要是送去上，肯定读得出来。"陈福九仅比孙天俦大半岁，但天俦历来比她矮一个头。无论扯猪草、放羊，天俦都由她带着。她原来还是不明不白的，等到孙天俦进初中，她才慌了，拼着要读书。孙天俦历来惭愧自己智力比三娘差得远，居然读书都是第一，还有着伟大的梦想。要是三娘得读书，肯定比自己强得多。在见陈福九盯着陈明贺闹之后，天俦劝外公："外公，让三娘去读吧，三娘一定会有成就，不然太可惜了。像三娘这样聪明的人太少了。"陈明贺说："外孙，晚了啊！她都要到十岁了，哪家的姑娘十二岁了才送去读书？你四娘福梅比她小四岁，都读二年级了，她还怎么读？再混混几年，她就到出嫁的年龄了。她性子又刚又烈，又哭又闹，我和你外婆也被她拼得无法。"陈福九说："我不管晚不晚，就是要读，现在都喊晚，等我二三十岁后悔更晚，像你们这样六七十岁一字不识，那时更晚得无法。"

天俦有时也为她出主意："读一年级，就学二年级的课程；跳读三年级，就学四年级的课程。这样只需三年，就可小学毕业参加升学考，那时也才十五岁。十五岁进初中，一点不晚。"陈福九听了，更坚定信心。陈明贺被吵得无奈，说："那你就下个学期去读。"陈福九才得意了，找了小学一年级的书来，从一、二、三自学着走。

五 舍命拒小婚

过年前夕,孙平玉买了红纸来,指挥天俦写天地①、春联。在农村,能写天地、春联,是有文化的表现,很受人尊敬。孙家的天地刚贴上,亲友便纷纷来请天俦去写。从前,写天地、春联是邵老师、王老师的专利,家家煮肉备饭去请。两位时常看主人身份,不经三番两次是请不去的。身份实在低的,推说已被别家请了,休想请动。邵老师七十多岁,王老师五十多岁。这下突然冒出个十一岁的小子会写天地、春联,全村吃惊不小。孙平玉甚为得意,他生恐天俦写不好,砸了牌子,每天都要拿了压字圈,跟去指挥。天地写了贴上,主人家就好酒好肉招待父子俩,父子俩酒足饭饱,而后回家。孙平玉如今三十一岁,虽半生过去,只目睹、羡慕过别人受尊敬的好处,而自己从未被尊敬过,不料如今儿子成器,他自己也受人尊敬了。法喇有句俗话:"前三十年看父敬子,后三十年看子敬父。"他刚沾上"看子敬父"的年龄,没想就成了现实,一时招来同龄人羡慕:"孙平玉,你倒值得了,养了个好儿子。你儿子未得'看父敬子',你倒得'看子敬父'了。"

过了年,便要拜年。陈明贺简易得很。孙平玉多年不去拜年。孙天

---

① 写天地:旧时农村过年要将堂屋的天地祖亲之位用红纸重新写好张贴。

俦说吴耀芬,每年都去向吴明才夫妇拜年。大年初五,陈福英便带上了孙天俦,拿着两盒红糖到吴家拜年。孙家年年都是两盒红糖,干斤斤曾开玩笑:"孙家年年来两盒瘪瘪糖,还不抵我煮给他娘俩吃的饭钱,倒多赚我的。"今年又是如此,干斤斤接了红糖,煮饭热肉招待。那煮熟的猪头上,尽是一寸来深的猪毛。干斤斤愧然,对陈福英说:"干姐姐,无法了。你看'大老摔'这手脚,年年烧猪脑壳,年年挨我骂,永远不改。也是自己人我才敢拿出来热,换成外人,我好意思拿出来?要不拿出来呢,人家要想明明你家才过了年,有着猪脑壳舍不得拿出来招待,要拿出来呢,哪块脸好拿!"

陈福英说:"他们男子汉做不成这种细活,你莫责怪,富贵家爸爸烧的也是这样。"干斤斤说:"她大姑爹烧的,哪里像这和尚老者烧的。"后谈到吴家明年准备起间房子了,干斤斤说:"干姐姐,无法了。你看这房子,不如人家的猪圈。我这房子三间加起来,都没有你家那猪圈大啊!我都嫁来十几年了,再过两年,吴耀芬都要过你家的门了,还是这个烂房子。我问这个孤寡老者:'就这样一辈子了?'他说得更气人:'不这样子还能哪样子?'我生气了就骂:'要是老子是个男的,是一家之主,老子硬是赌气自己修一长三间的大瓦房来住起,根本不耐烦问你!老子被你家抢来十几年,得了你家啥子好处?有本事去抢我,就要有本事修间大瓦房给我住嘛!'"

陈福英问她准备怎么修。她说:"只是勉强修个两间,一间关牲口,一间人住。现在莫说牲口无站处,连人都找不着站脚去处。靠这个'大老摔'是靠不着的,只能我自己打主意。我盖不起长三间,只敢起两趟,他还不同意,问我:'钱没一分,粮没一粒,拿什么起?'我火了,说:'你怕就滚开点,我自己想办法!等老子起好了你来住就是了。'他才同意起了。我都想了,只是木料要点钱,也要不了多少,顶多两百块钱。我拿一年拼命地盘一个猪,卖了就够了。一年不吃肉,难道要不得?活路么,你都认得的。农业上的人,只要自己不要太死煞了,亲戚朋友哪家有事伸伸脚手该帮的帮,到你有事,别个又这么望得过?工换工,我也换得过别人!一间小房子,顶多十来天,几百个工就起了,我相信几百个工,我也是出去了的,别的还我的工就够了,还不消求爹爹告奶奶。粮食么,也只要千把斤。"陈福英知她家比自己还艰难,便真想帮忙,说:"钱么,因富贵也在读书,我家也紧,搭救不了。要到粮食,你只管跟我说。我搭救你几百斤,你哪年有哪年还。莫说我还有点存粮,就是没有,我咋个左咋个借都要帮助你。"干斤斤说:"干姐姐,那就好得很了。本来我也不敢开口啊!你要供富贵,应该比我还艰难。都是农业上的,都清楚,要供个学生是轻容易的?而且这些地方,有什么经济门路?也是你们狠,供得起!换在我们,拿什么供?也是你先说了,不然我哪块脸敢向姐姐开口?如果姐姐车不转,就算了,我往别处左别处借。如果姐姐车得转,那就搭救我点荞子、麦子。新荞子打下来,我马上还姐姐。"陈福英说:"咋车不转?车得转的!你得闲了就来称,哪个要你一时就还?你哪时有,哪时还。"干斤斤直忙道谢。

过了正月十五,吴明才和干斤斤来,过了五百斤荞子、五百斤麦子。干斤斤说:"干姐姐,我不消别处左借了。有你搭救我的荞子、麦子,足够把房子起起来了。你帮了这个大忙,我哪天感激得尽呢!你不搭救我,我哪里去左借?说起倒好听,但左借起来,哪里左借得到?"

孙平玉的羊,因没人手,左右为难。陈明贺便说:"并来和我的一起放。平时由福九放,你得空时放两天,富贵假期天来和福九放几天。"就这样并了已两年,和陈明贺、陈福全、陈福达、陈福宽家的,都由陈福九放着。孙平玉有空,忙去换陈福九放,但毕竟一年也就是几十天。孙富贵两个假期,也只放得几十天。陈福九从未得读一天书,小时不知。从前几年知了,年年吵要去读书,全家也不拿她的话当回事。寒假一晃就结束了,孙平玉已看好日子,天俦就要返校了。这天放羊,陈福九知天俦又要去上学了,一整天难过,回家也不吃饭。陈明贺问怎么回事,陈福九哭道:"我咋会瞎着眼投生在这种人家!万人都得读书,只有我不得读!我比谁憨?我比谁蠢?我哪点不如人?你们为什么不让我读书?怕我还不起你们供我的钱?我赌气还!还不起你们的钱我不叫人!既然不让我读书,为什么要生我?到头令人好不难过!一辈子呀!我这一辈子咋个办呀?你们憨不憨?蠢不蠢？舍不得几文含口钱①，舍不得几把猪草，舍不得那几只羊，就害我一生！"陈明贺、丁家芬无法，只好躲往陈福达家去。

事有不巧，第二天，陈明珠二子戴宝雄来拜年了。戴宝雄比陈福九和孙天俦大三岁。他原和天俦小学同班，但学习极差，小学毕业未考取就在家务农。陈福九刚两岁，就被陈明珠看上了，陈明珠就抱了陈福九，审丁家芬的口气，说："大嫂，小侄女和小宝雄在一堆乖得很呀，要是长大了也这样合得来，就好了。"丁家芬听出意味，不好回答，便说句好话："那就好了嘛。"陈明珠大喜，又审陈明贺的口气，说："宝雄懂事得很，才五岁呀，就会见着人就喊，该喊爷爷的喊爷爷，该喊大爹的喊大爹，有礼貌得很。"回家便对戴宝雄说："大舅家福九好不好？"戴宝雄说好。陈明珠说："下次见到你大舅、大舅母，要甜甜地喊他们，我就把福九说来给你，你不甜甜地喊他们，我就不说。"

陈明贺、丁家芬本就对侄子、外侄等很好，侄子、外侄都乐意见他们。下次戴宝雄见陈明贺，老远就站住喊："大舅！"陈明贺大喜："我妹子所说不假，这外侄的确有礼貌。"陈明珠好不欢喜，即来请常世英做媒。常世英大喜："好好好！外孙讨孙女，亲上加亲，我又当奶奶，又当外婆，又当媒人，以后宝雄既可以喊我外婆，又可以喊我奶奶；福九也可以既喊我奶奶，又喊我外婆，任由他们喊。你跟我去。"陈明珠说："我妈也是！我怎么好跟你去？我跟着去，万一大哥、大嫂不给又咋整？岂不既扫大哥、大嫂的脸，又扫你的脸，又扫我的脸？咋个下台？你一个人去，好说！大哥、大嫂不给就算了，谁的脸也扫不着。"常世英不管："不怕，你跟我去。他们是你亲大哥、亲大嫂，你还怕哪样？扫了脸也没什么了不起！难道扫了脸就不是一家了？我还是你们的妈呢！我当媒人，他家两口子敢不听？"就风风火火拉了陈明珠跑到陈明贺家，未进门就说："我来做媒，把福九给宝雄！陈明贺你不能让我老几十岁了还挞天挞地枉跑一趟！"陈明贺、丁家芬大惊。丁家芬本对陈明珠性格好强有意见，想在陈明珠面前，什么样的儿媳妇

---

① 含口钱：传统葬仪，死者口中含铜钱入棺，古代贵族则含玉。

也过不起，但陈明珠就在面前，不好开口。陈明贺也明白陈明珠的性格，万事皆可，但待儿媳妇未必就可。但听常世英说不准让她枉跑一趟，他便不好拒绝，事情就这么定了，至今已是九年。陈福九性强，而戴宝雄性子极弱，走到一起，陈福九神采飞扬，而戴宝雄委顿不堪。陈福九看不起戴宝雄，戴宝雄怕陈福九，双方自幼合不来。陈明珠性刚，见儿子不成器，时常打骂："怎么没一点刚性？陈福九是个姑娘，还比你当男子的强，莫说别人说你配不上，老子都觉得你配不上！你就该拿出男子汉的气概来，从气势上压住她！不然莫说她不愿嫁你，讨不过门，就是讨过门，你也降她不住！"但戴宝雄生来就仿佛无什么男子汉气概，对陈福九又爱又怕，到最后连每次拜年，都怕来见陈福九。陈明贺虽也看不上戴宝雄，但对他一直很宽容。陈福九早就要退，被陈明贺压住："只要你敢提退，老子立即两猪圈门枋枋给你打了喂狗。"陈福九便无可奈何。陈明珠生恐这门亲事要脱，见责怒儿子不起作用，转而不断地捧着呵着陈福九。陈明贺主动对陈明珠说："妹子，你莫焦①，福九一千天都是你家的人。大哥做事你知道，说的话比立的桩桩还稳。"

当下见戴宝雄拎着面条、红糖又来了。陈福九大怒，将装面条、红糖的背篓提起就往门外扔，并道："你早点滚回去！癞蛤蟆想吃天鹅肉！以后不许你再来！"戴宝雄落荒而逃。陈明贺回来，大怒，提了一根拳头粗的棒子，朝陈福九没头没脑地打，道："老子少一个姑娘不要紧！打掉你老子还有四个姑娘！如果都像你这样，一个都没得更好！"陈福九也倔起来："死了也算了！要逼我嫁姓戴的，除非我死了以后！"陈明贺棒子下得更毒了，打在陈福九身上只听闷响。陈福九泪如雨下，但就是不哼一声。丁家芬来拉，被陈明贺踢开，陈福全等来拉，陈明贺连陈福全等一起打。众人无法，忙去请常世英。常世英哭了跑来，抢过陈明贺的棒子就朝陈明贺打，骂道："她不愿也就算了！你

---

① 焦：着急。

下这样的狠心打！都是老娘作孽，当了这个媒人！你打她不就是羞我？"陈福九直叫："奶奶别管！我是决心死了！谁也休想逼我！"常世英抱住她哭道："都怪奶奶，你要退就好好地提出来，不要和你爹吵！你提出来后，我喊你大娘、大姑爹来，要退要好你们当面说。"陈明贺当即道："我妈您咋这样说？难道我还做不起主？我一辈子在谁面前说过假话？在妹子面前说话都不算数了，那天下的人谁还相信我的话？"

　　事情就这么僵下来，陈福九已不再拿这桩小婚当回事。陈明贺也无法再逼，陈明珠也不来言退。陈福九羊也不放，每年挖药根卖，存了几元钱，便一心只做上学的准备。陈明贺只好叫孙平玉、陈福全、陈福达、陈福宽等来："我这几天实在紧，你们几家抽两个小娃儿出来，把羊放住。"于是孙家抽孙富民、陈福全家抽陈志贵出来放羊。

　　不久便到陈福香出嫁之期。天俦周末回家，被叫了去挂礼。他坐到礼桌边上，将送礼者姓名及所送金额、礼物件数记在礼簿上。孙平玉不放心，站在旁边看，来一个人，便说："富贵，这是你老祖的侄儿子，你要喊外公。"便说了名字叫天俦记。又来一人，孙平玉说："这是你外公的妹子，你要叫二姑外婆。"天俦忙忙碌碌，边听边记，一天见了几十个姑外婆、姑外公及几十个常世英后家的侄子、孙子，深感陈家家族真大。这些人来到，见挂礼的是个小子，站着才有桌子高，大吃一惊。知是孙平玉之子，已进初中了，不免要夸孙平玉一番："侄儿子福气好嘛！才三十零头，儿子就已成器了。"孙平玉口里谦虚，心内好不高兴。陈明贺见众人夸奖外孙，也甚高兴，说："我这外孙，今天给外公家增辉添彩了。"

　　与戴宝雄和陈福九这对亲表兄妹不同，陈福香与陆建琳只是堂表兄妹，也是两岁就订的婚。二人同岁，历来情投意合，虽是父母做主、媒人穿线订的小婚，却当二人自由恋爱成的。陆家因陆国海能说会道，且会硝大衣①，家道甚殷。陆国海虽在农业上，却不事农业生产，不时买点狗皮、羊皮来，一年硝几十件大衣卖出，生活便解决了。陆国海爱卖弄自己富有，这下长子

---

① 硝大衣：用芒硝、朴硝等揉制皮革使之变软制成大衣。

结婚，正是他大肆夸张之机，于是来迎娶的礼甚厚。陈明贺嫁长女陈福英时，因在合作社，家道再好也好不到哪里去，仅打了一口木箱陪嫁。亲友们也是如此，尽管当时族宗很大，但来了也送不了什么东西。其后陈福全、陈福达、陈福宽成家，陈明贺一直再未嫁女。十几年后嫁次女，家道好了，所以脸盆、水壶等全亮铮铮地买来。箱柜黄澄澄地打好，码在堂屋中，以备陆家来人背取。一对比下来，陈明贺就觉对不住长女陈福英，便说："福英，你嫁时爸爸拿不出什么东西来。你是明白的，不是爸爸有而不给你，比起福香，你是亏了点。我给你一只羊，你到我羊群中去择，择到哪只拉哪只。你拉去要卖了打箱柜也好，要卖了供富贵也好，由你。我想给你箱柜，又想你现在供富贵，紧的是钱，不如给你只羊，紧急忙卖了供富贵更好。"陈福英不要："你生我养我，这恩就永远算不清，哪还敢跟你算箱柜？这号东西有也在用，无也在用。这么多兄弟姊妹，你多给哪个一两件，少给哪个一两件，有什么要紧？况且当时不是你有而不给我，当时你也尽其全力了，我根本不敢怪你。"但陈明贺不得，非给不可。陈福英总不要，最后，陈明贺说："你不去择，那我说了算。给个羯羊给你家，只卖得几十元钱。给你个母羊，不断繁衍，要当多少羯羊。去年带的有只母羊，孙平玉也知道，相当好，就给你。"

法喇村在外工作的干部，妻室多在法喇，春节一到，都要回来探亲一二十天。于是法喇有热闹事处，火塘边、墙脚下，就是这些干部高谈阔论之所。他们谈的国家大政如何，世界形势如何，县委书记如何，县长如何，指点江山；有时也点评法喇社会：吴家如何，陈家如何，臧否人物。法喇农民对他们毕恭毕敬，层层环绕，洗耳聆听。天俦挂完礼，也跑去听，听一阵丁家芬之弟丁家朝高声"撒花"："一撒天长地久，二撒地久天长，三撒荣华富贵，四撒儿孙满堂，五撒五子登科，六撒六畜兴旺，七撒天上七姊妹，八撒八仙吕洞宾，九撒九龙归大海，十撒皇帝坐北京。"觉得甚俗，就去听这些干部高谈。

这次在陈明贺家火塘边高谈的是崔绍武、姜元坤、吴光文、吴光

正、吴明章及吴明章之父吴光耀、在宣威当煤矿工人的吴明章的二哥吴明雄。吴光耀虽是一介农民，按理无缘涉足此间，因其诸子成器，又被吴家推为族长，所以也有地位。平时这些干部不在，大营门等处，就是吴光耀与其在农业上的长子吴明献、四子吴明义、幼子吴明洪的高谈之所，法喇农民也是围绕倾听。如今这些干部回来，便取代其高谈者的地位。吴氏父子只能跟着他们，串东家、走西家，火塘边、墙脚下插科打诨。如今谈的是法喇村事。崔绍武说："邵老师出去读书时候，谁想到法喇今天会有这么多工作的？现在是每家都有几个工作的了，吴家、姜家、陈家、谢家、王家、罗家、岳家、安家和我家都有两个以上工作的。你吴家最多，我算了算有十个了。"众人就算起来："吴光文一个，吴光正二个，吴明章三个，吴明雄四个，陈明贺三妹夫在米粮坝供销社驻乌蒙转运站的吴光兆五个，在昆明当工人的吴明成六个，在卡哈洛供销社的吴明朝七个，吴明雄之子在擦耳岩小学教书的吴耀庄八个，吴明贵九个，吴明献次子吴耀庆高中毕业刚去荞麦山区公所当合同工未转正十个。没有了。"姜元坤说："你吴家过几年还要多！因为读书的比哪家的都多！吴明献老三儿子吴耀邦在荞麦山初中读书快毕业了嘛！四子吴耀军进荞麦山中学了嘛！吴明雄二子吴耀成在拖翅落中学上初二了嘛！吴明章老大吴耀山虽读书不成但去学开汽车了嘛！老二吴耀太在乌蒙地区一中读初中了嘛！吴明义长子吴耀周小学毕业虽没考取，但也被吴明章带到乌蒙去补习小学了嘛！"

吴光耀听得面上生辉，口中却作不屑："这号挣点小衣食养家糊口的芝麻官有什么意思？硬是要出个县委书记、县长以上，才有点道道！"吴光文说："大哥说得有理！我前不久遇上一个会看风水的人，他从法喇经过，后来与我谈起来，知我是法喇的，他就说：'你家那地方风水好啊！将来要出厉害人物啊！'我不信，他说：'你不信也可，但只需二十年了。你还看得见，走着瞧，如二十年后我俩仍有缘相会，再确证今日之言。'我问他：'要出大匪头？还是出大官？'他说：'这我可以告诉你，要出大官。'我说：'我家法喇三十多姓人，会出在哪一姓？'他就开始弄玄虚了：'天机！天机！你休想再问！总之我不会告诉你！'我说：'要出个什么级别的大官？'他说：'天机！'我就激他：'什么天机！又不是我想去当这个大官！你就是说当国家主席，跟我有什么关系？'他才说：'好！我露点风，是你们怎么也想不到的官！'我就笑他：'什么想不到！我现在就把他想到：顶多当国家主席，但我家法喇人无这点命！去当美国总统？不可能！去当苏联的总书记？更不可能！'他也笑了：'我的话已应了！果然你们永远想不到！'我就跟他打赌了：'好！我跟你打赌：我家法喇能出苏联总书记，你就一枪毙了我，如果不出呢？'他就不敢跟我赌了，说：'真要赌了的话，你这条命不如一根稻草，我懒于跟你赌。'我说：'你既然不敢跟我赌，还说哪样？你开头说得那样确确切切，我才跟你赌，到现在你又反悔不敢赌，那还成什么话？没说的了嘛！'于是不欢而散。"

众人大惊，说："出我们永远想不到的大官？笑话！什么官想不到，世界上最大的就是国王、总统，不可能还有更大的官了！这人说的是白话！"吴光文说："所以我就敢和他打赌，而且拿老命打，他就被我吓退堂了。"但到底众人听了，各怀鬼胎，真希望那话是真的，而且大官就出在自己这一家。一时都各自设想，火塘边寂静下来。

久后，姜元坤说："不可能，莫说出多大的官了，就是出个县长都难。县长才是七品芝麻官，法喇谁像当县长的？谁也不像！以后当县长，起码都要大学生，法喇就出不起大学生！要说法喇可能出个县长的话，机会只在以前，不会在以后。以前哪个时候？孙江成、孙江华闹革命的那个时候！那时候不要文凭，不要关系，不要后台，只要你人聪明狡猾，胆大敢干就行。孙江成不行，但孙江华论胆子，法喇到现在都难找，他当时能干的话，不说地委书记，县委书记都是轻而易举的。孙江华的能力，干个县委书记，叫做小菜一碟，但孙江华这种法喇少有的人，在那种好的机遇面前都干不上去，谁还干得上去？你想解放军一到米粮坝，马上任命他当则补区委书记。革命已经成功了，他一夜之间拢上个区委书记的帽子了，都干不上去。后来米粮坝的县委书记、县长，好几个是他们同批被任命的区委书记，后来干上去的。有几个县委书记、县长，当时远远不如孙江华。包括后来的专员，与孙江成、孙江华同时闹革命，孙江华当区委书记了，他还是个征粮队队员，是孙江华手下的小兵，论能力、水平，十个不如孙江华一个，但人家照样当专员。孙江华呢，只能在法喇晒太阳。"吴光耀说："孙家人都是些小胆子人，干不成大事。你说孙江华胆大，大个屁。你想共产党已扫平全中国，蒋介石已经逃到台湾了，连米粮坝都扫平了，区区几个土匪，只能叫鸡毛蒜皮。虽然地上有点脏，但已经不影响人走路了，而且他又已当上区委书记了，手下有一个连的部队，又有警卫员，他还敢不跟着共产党干，逃回家躲起。当时会干点，莫说孙江华，就是孙江成，会屁①到才当个小小的大队支书？"众人都说："孙家两弟兄的确可惜。"吴光耀便说："所以啊，我对孙家的看法与别人不同。别人说孙家行，我说孙家不行，孙江成、孙江华遇着那种天赐良机都干不上去，就说明不行。换一个人，不说爬拢中央，恐怕也爬拢省上了。山中无老虎，猴子称霸王。这样的两个日脓包，还来统治法喇几十年。这次并大队为乡，换乡干部，难道孙江成还要干下去？他把着茅厕不屙屎，篡夺法喇领导地位已二十六年，法喇还是这个穷样！他对法喇人民有何贡献？我的意思是拿他下台算了，让有能力的人上来，好带领我们脱贫致富。"

吴明章说："怪我爸你们日脓，吓也要吓他下来，孙家人有何胆量？跟耗子一样，你一跺脚，他就钻洞。像孙江成有何水平，干了这么多年，从来不敢在哪家吃一顿饭。去县上开会，车费到县上报，伙食在会上吃。他还舍不得钱坐车，烙一背荞粑粑背起，爬山去踩水来。别人在席上嚼大肉，他在一边吃炒面。听说在家里，顿顿都是火烧洋芋，半生不熟就'种种种'地啃，或者冷洋芋烤一下，吹吹拍拍嚼一通就是一顿了。再看他那三个儿子，谁文化差了？都不差。孙平玉与我同班，我知道的。小那两个听说也过得去，却全在农业上。他要有能耐，公章都在他手上，他只要轻轻一盖就可以送地区、县上了。不是吹牛，要是我像他这样掌了法喇的公章二十多年，莫说三个儿子，就是三百个儿子也送了到各地去工作了。在以前，他那个公

---

① 屁：差劲。

章,就是黄金、白银。公章一盖,全国通行。所以我说他日脓透顶。"崔绍武说:"这才是真正的共产党员啊!"吴光耀说:"什么'真正',是无能!天下哪有不为亲戚的?俗话'亲为亲来邻为邻,当官为了自家人。'我想包文正①也怕要照顾他家亲戚!中央、省上那些大干部,不会谋点私利?我才不信!孙江成这种人,违法犯罪不干,可以说他'真正'。但一个公章把他儿子送出去工作,既不违法,也不犯罪,他都不干,不是无能是什么?"

天俦早从人们口里得知吴家在村内自恃家族强大,作威作福。吴光耀共是八弟兄,吴光耀五子二女。先时吴光耀极贫困,在法喇已生活不下去了,欲携子逃荒远去,被其岳父劝住。吴明雄十七八岁还在穿开裆裤,羞得不敢出门。吴明章、吴明义等,十来岁了无衣服和裤子穿。解放以后,因生计困难,吴明雄来找孙江成,说生活不下去了,请求开个证明到外地当工人。吴明章也在家混不走,去当兵了。吴明雄当了工人,吴明章退伍回来在县汽车队开车,吴光耀家一下兴旺起来了,于是便开始在村内横行。吴光耀四子吴明义,当兵退伍后分在笨子洞供销社,因贪污公款,被开除回家,因上蹿下跳,主意多端,人呼其"屹蚤";五子吴明洪,人呼"老豺狗"。吴光耀幼女吴明凤,自幼与中营赵国平订小婚。

吴家家境渐好,便开始凌践赵家。赵家势弱,忍气吞声。吴家本欲退婚,只因赵国平学习极好,便缓一步,等着看赵国平读书的结果,如考不起,再退不迟。其间吴光耀不断侮辱赵国平道:"等赵国平都考取,老子手板心煎鸡蛋给他吃。"后赵国平考取地区农校,仇恨吴家,提出退婚。吴家便杀上门去,要赵国平讲清退婚的理由。赵家不敢讲,吴家便把吴明凤压给赵国平,赵国平无法,只得娶了。爷几个自封"法喇第一家",根本不把崔绍武、姜元坤等看在眼里,更不用说人孤势弱的孙家了。吴光耀最大的心病是吴家在法喇掌不到政权,法喇的大

---

① 包文正:宋代名臣包拯,谥"文正",民间俗称"包公"。

权一直被总人口只有三十来人的孙家掌着，这大煞吴家风景。几十年来，吴光耀等一直致力于从孙家手中夺权。孙江华当党代表，没几年就被吴、姜、谢、罗等大族联合打下去了。孙江华一倒，吴光耀等大呼胜利。但未料到政权转到孙江成手中。气恼之余，吴家又喜道："一百个孙山沟，不及一个孙猴子。孙猴子七十二变，都只维持了五年，孙山沟干不了五年。"即拉孙运周、孙江华入伙，共斗孙江成。但孙江成谨小慎微，不像孙江华胆大包天，不容易被抓把柄，至今二十余年，均未被击垮。

晚上回家，孙天俦便问孙平玉："大爷爷去闹革命是怎么回事？"孙平玉说："你大爷爷去参加革命，是你爷爷引上路的。你爷爷去荞麦山读书，荞麦山的镇长就是校长。校长成了地下党员，就发动学生闹革命。你大爷爷家穷，读不起书，在家种生产。你爷爷觉得你大爷爷是造反闹革命的材料，就向校长说了，回家来带你大爷爷到荞麦山去参加革命。他们打了半年的游击，解放军就到米粮坝了。你大爷爷能说会讲，胆大包天，被县上看中，任命他为则补区委书记。你爷爷在你大爷爷之前干革命，反倒不如你大爷爷。你爷爷当时只是达朵区的文书。你大爷爷到则补后，土匪反攻。则补区的区长、一个连的解放军包括连长、你大爷爷的警卫员在内，全部死光。等解放军把土匪镇压下去，区长和解放军连长、排长，包括你大爷爷的警卫员的尸体都找到了，就是找不到你大爷爷的。县上以为你大爷爷被土匪捆走了，审问土匪，说没见到什么区委书记，县上认为你大爷爷牺牲了，给你大爷爷开追悼会。你大爷爷不知怎么逃了回来，躲在家里十几天，无人知道。你老祖听说县上为你大爷爷开追悼会，都真以为死了，去跟你三老祖说：'运全，我听说则补那边土匪厉害得很，不知江华情况如何啊！'你三老祖才悄悄跟你老祖讲：'大哥，江华好的。'这才叫你大爷爷见你老祖。你老祖才说：'人在就好！人在就好！现在则补土匪已平息了，赶快回则补去，这个区委书记难得挣着啊！比解放前的镇长还威风！我们家出了个区委书记，光宗耀祖了。'你大爷爷才忙着赶回则补，但他去晚了，县上新任命的区委书记已在则补了。县委书记叫他到县城，问他到哪里去了，他不敢说逃回家来，只得胡拉乱扯，但是都没有证人。县上说：'只要有人证实你的话，我们就恢复你的区委书记，无人证实，那你就回家去吧。'就这样无人证实，只好回家来了。

"现在吴家这些人说起来如何如何，其实是为了编了贬孙家。你大爷爷能逃得一命，就算厉害了。你老祖时常在念：'孙江华这个鬼娃儿厉害啊！多少解放军都死了，只有他一个人逃脱，不知他是怎么逃脱的啊！'至于怎么逃脱的，区长、连长、他的警卫员以及解放军都死完了，土匪也死完了，只有你大爷爷一个人活在世上，他还会说？这就永远无人知道了。有一回一帮人在一起，说孙江华要是不逃，抵在则补的话，恐怕早干到地委书记了。你老祖多不说少不说：'则补区的区长就抵在那里，干到地委书记没有？'那帮人一哄而散，说：'孙家老者说话厉害，不跟他说！不跟他说！'你大爷爷回家来以后，要是稳实点，也还干得上去，但他做事太飞了，想怎么干就怎么干，干了事情又不盖脚背①，结果处处被人拈着点点，上面就把他拿下来了。你爷爷之所以干这么多年还稳稳当当的，别人想拿也拿不下来，是因为你爷爷谨慎，做事不留尾巴，别人想拈他的点点也拈不着。不然，吴光耀这些人还等得到今天？"

---

① 盖脚背：做事善后。

六 父亲的背影

开学以后，天俦背了锅、柴、洋芋到校煮吃。因煮的学生太多，放学后，学校操场一角，炊烟袅袅。灶都是临时搭的，捡三块砖来，相互垂直围好，锅放在上面，就生火了。洋芋刚煮透心，便熄了火，慢慢剥吃。吃毕，将锅洗净，仍提回宿舍，锁在箱里。天俦边煮边看《牛虻》《钢铁是怎样炼成的》等书，激动不已。宿舍没灯，晚上他就跑到厕所里看。

星期六下午都是义务劳动。地主庄园虽大，但已远不适应学生的剧增，而建校经费又有限，所以很多工作便只能靠学生的义务劳动来完成。挖土、推土、砌石，干到下午，活完了，学生作鸟兽散，拼命往家跑。上午吃下的饭，经半天的活，早消耗光了，跑到半路就饿起来。冬天还好，一见地里的蔓菁，学生们便散满了地，拔蔓菁充饥。春夏就无法了。吴明彪、谢庆胜、吴耀军等，都比天俦年纪大，跑起来飞快。天俦跑不过他们，只好发明一些新方法对付，比如见公路要转弯了，天俦老远就盯住转弯处内侧，直线去切。这样可以比朝外侧跑的拣得几步便宜，但直线就没办法，非凭实力较量不可。其余人见天俦跑不过时，也会减速等待他。有时见天甚晚，两人就把天俦拉在中间飞奔。

学生回家都要做农活。各家情况不一，就无法统一回校，基本各走各的。有时天俦跟着做一阵，才背了东西来约人，人早去完了，只好一人独行，这就无法抵御路边的恶狗和小学生了。那些学生见天俦汗流满面，狼狈不堪，个头又不如他们，就来抢夺天俦背着的东西。天俦义愤填膺，死命还击，但经常落败。不单肉、油、钱被抢光，还被打得落花流水。见天俦流着鼻涕眼泪败逃，这些小学生就唆狗去追天俦，并喊："浓鼻子，打糍粑，打了喂他老爸爸。"狗又大又凶，跃起来比天俦还高，有的竟能咬住天俦手中的木棒，把天俦拉倒，把木棒抢去。天俦打不过学生，就将仇恨发泄在狗上，拼命打狗，狗被打痛狂吠而逃时，天俦常感到复仇的快感。学生见狗被打，就来追天俦。天俦已失背箩，毫无后顾之忧，便瞅准机会，死命朝其中一人狠狠一棒，急忙逃走。于是追的追，逃的逃，石头瓦片在天俦头上飞。天俦逃远了，又体会那狠狠一棒的快感，很是畅快。可想起被抢去的肉、油、钱，天俦就痛苦不堪。从此就这样与路旁的小学生结了仇。毕竟对方占了天时、地利各种优势，天俦始时败多胜少，后来每战必败，畏惧那条路了。

　　几次丢失背箩后，孙平玉和陈福英得知了情况，便叫天俦周末少回家，孙平玉一有空就背洋芋和柴送到学校去。孙平玉农活忙，白天几乎没空，夜间也要忙着背粪背洋芋。非得事少的一晚上，孙平玉才背了洋芋送到学校来。到天亮，孙平玉大汗淋漓地赶到学校，天俦看着，实在痛心，为自己的无能而惭愧，便每周回家，自己背洋芋和柴。这时孙平玉和陈福英便要天俦早早地去约伴。约不到同伴时，孙平玉便叫儿子莫走，等他忙完活路再送他。到天黑，农活一完，农具都忙不及收，孙平玉便背上背箩，拉上天俦就跑。汗水顺他的手，流到天俦手上，而后落地。暗夜里不断扑来凶猛的狗，天俦一听吠声，便知这狗的形状、毛色和凶恶程度。孙平玉把儿子藏在身后，怀中的石头循吠声打去，狗退了，父子俩又走。前面犬吠，孙平玉又把儿子藏在身后，又把狗打退。孙天俦的泪水顺腮刷刷而下。他不敢出声，也不敢用手擦，生怕被孙平玉发觉。孙天俦的衣服都是穿一周后回来脱下，换上上星期留在家里由陈福英得闲时洗净晒干的衣服。天俦便不敢将泪滴在衣服上，否则下星期一脱衣服，陈福英一见便知，于是天俦只好用舌头将泪都揽进口内。

打退了一群群狗，过了一个个村庄，走了三十里，等能看见荞麦山中学的灯光后，孙平玉便站下，说："富贵，这一去没有狗了，你单独去，我回去还要背粪，明天点荞子，就少跑点路。"天俦明白父亲的辛苦，不敢答言，因为一回答就是哭腔。他只是接了背箩，背了就走。孙平玉站在高处，身影矗在青黑的天间："不要怕，慢慢走，我在这里看着你的。"天俦眼泪不断，根本不敢回答。过一阵，孙平玉又说："慢慢走，我看着你的。"他越是说，天俦的泪越是流不停，只好用手抹，或头朝前倾，更不敢回答。久之，孙平玉不放心了，问："富贵，你到哪里了？"天俦不得不回答了，但尚不知如何回答时，泪便涌出。孙平玉听出来了，话也便颤了："富贵，等着。"天俦知父亲已累得不行了，哭道："你不用来了，我会走。"他想控制自己的哭腔，但总是不能。他恨自己的无能，不是他向往的那种男儿。孙平玉已大步跑来，接过背箩，又拉了他走。再暗的夜里，天俦都能仰头看见父亲鼻尖上硕大的泪珠。天俦屡劝父亲回去，孙平玉不肯。有时孙平玉腾出手，以抹去自己脸上的泪水。

到学校了，孙平玉站住，揩去自己的泪，又抹去天俦脸上的泪，叫天俦在水沟里把脸洗净，然后站定看孙天俦进校。天俦一进校门，泪又控制不住，忙急步到宿舍把背箩放下，转身追了出去。

孙平玉开始急急地往回跑。天俦心痛万分，流泪紧追，过了一个又一个山头，他只想永远跟定父亲不分离。直追到最初分手之处，天俦不敢再往前，因前面有狗了，再上前狗一吠，就要被孙平玉发觉。天俦站下，见父亲的脚步越去越远，背影越来越模糊，泪又汩汩而下。

狗吠声起了，天俦听见父亲呵斥狗的声音、丢去打狗的石头落地的声音、狗被击中而吠的声音。狗吠声息了。不久，远处狗吠声又起，天俦的泪又下来，直到极远处狗吠声息下，再也不起时，天俦才觉得父亲去远了。他才平静下来，想想父亲这一回去，又要连夜忙着背粪，明日从早到晚，又是不息，他的泪又止不住了。他拍着胸脯发誓：一定要让父亲过上美好的生活，彻底报答他的恩情，即使自己死了，也要埋在父亲身边，永远陪伴在他身旁。

天俦在校，仍好写作。他的作文尚真，有什么写什么，总不入班主任兼语文老师任老师的眼。任老师有一套格式化的"作文方法"：凡事要"以小见大"。比如从扶一位老人过马路，见出社会公德；要从摘了花园的花，经过教育，认识错误，去向园丁认错，见出知错就改的美德。学生立即蜂拥如是。任老师大喜，感叹学生作文有进步。拿了学生的"好作文"在讲台上抑扬顿挫地念。作文里"我"如何扶老人过马路，得老师的夸奖；如何摘了花园的花，去向园丁道歉。还有的是从作文书上抄来的，写"我们北京景山学校""上海某某中学"如何如何。任老师同样作为"好作文"拿上讲台朗诵。而"坏作文"也要点出来，因都去抄作文，那"坏作文"自然只有孙天俦的了。

任老师拿着天俦的作文，念上一段，学生一听，写的是什么洋芋荞麦、锄头钉耙这类登不了大雅之堂的东西，都嘲笑起来。任老师念完，见学生认识到什么是"坏作文"了，也哈哈大笑，命天俦下次不许再如此无长进。唯有天俦写父亲夜送他到荞麦山中学上学，父子均泣的作文，老师确被感动了，眼眶里有了泪花，念完"百年后我死了，不论远隔千里万里、千山万水，我都要回到父亲身旁，一抔黄土永远伴随着他。"就对天俦说："我以为朱自清的《背影》便把父子深情写尽，无人再能超越。你这篇和他的相比毫不逊色。"但老师仍不把天俦这作文列为好作文，而是在念完那些"在火车上勇斗歹徒"的"好作文"后，声色俱厉地讲孙天俦的"坏作文"："男儿应须战死疆场，以马革裹尸还葬耳。孙天俦的作文，哭哭啼啼，成何体统？而且不单他一人哭，连他爹也哭，这爷俩，哈哈！荒唐！"全班随之大笑。任老师又说："男子汉写出了小女子才能写出的作文，一点斗志都没有！看看前面那位同学的作文：在火车上勇斗歹徒，在被歹徒杀伤后，仍捂住伤口，穷追不舍，硬是将歹徒捉拿归案，这才像男子汉。这作文还不算好，我们在文革中写的战斗檄文，风雷激荡，气壮山河，读了满是战斗豪情。我在一篇檄文里，用了一百个感叹号！你们能作出这样的文章吗？同学们，好作文与坏作文的区别在哪里？"学生立即答道："好作文要写火车上抓歹徒，坏作文是写爷俩都哭。"天俦再也忍不住了，站起来说："好作文是写爷俩都哭，坏作文是写火车上抓歹徒。"任老师大怒，下讲台就给天俦一耳光，并将天俦拎起，罚了站在讲台前，骂道："头次你在英语课上捣乱，学校就要开除你，我保了你。现在你胆子更大了，公然捣乱起我的课来了。"天俦好不气愤，真想把任老师抓起来！这才是歹徒啊！小偷偷两文钱危害不大，那是小歹徒；而教师教坏学生，为害更大，才是个大歹徒！他想"课堂抓歹徒"，然后写成作文《我在课堂抓歹徒》给任老师看看，不知是否是好作文。想到这里，便哈哈大笑起来。

全班大吃一惊。任老师也不由一愣，厉声问："你笑什么？"天俦先想隐瞒，随便说是因某生滑稽可笑，也就过了，但他想刚才父子受辱太甚，这正是报复之时，便如实回答。任老师未听完，下来就给了天俦两脚，骂道："开除！开除！"又给了天俦一耳光，对全班学生说："你们给我作证。"即带了几个学生找校长去了。天俦站在原地，想这次是免不了被开除了。他忽然也厌弃读书了，在这伙老师手下，这书有何读场！只会把我由伟人驯为凡夫。成吉思汗弯弓射雕，称霸世界，何尝读书？我孙天俦不读书，也可威震世界。

刚好秦光朝下课，见天俦狼狈站在教室前，问他怎么了，天俦答了。秦光朝说："你尽不行正！前次就险些被开除了。赶快向任老师道歉，我也去帮你说情。"即带了天俦到校长家。任老师正向校长汇报天俦罪行，学生在旁助成其罪。见二人来了，都停下了。秦光朝即命天俦："快向任老师道歉。"任老师道："我不接受任何道歉。校长，我的态度明确：不开除孙天俦，我不上课。我在讲台辛勤耕耘三十年，竟被诬为大歹徒！师道尊严，师道何在？长此以往，校将不校，国将不国！"校长沉吟一阵，说："我都要听取意见，先听你的意见，再听孙天俦辩解。秦老师和孙天俦先回去，过后我叫人喊你们来。"秦光朝只好带孙天俦到自己宿舍，狠狠教育："你爸爸在农业上苦成这样，你该努力为他争气。你竟不争气到这种地步！这些老教师，桃李满园，我们尚且要敬他三分，你竟敢惹。现在惹好了，百分之九十九的可能是你要被开除！你要是被开除了我看你往哪里走！"不久，学生来叫，秦光朝道："你去校长那里，态度要好，要向校长保证你将公开向任老师认错。我去找任老师，就说你后悔了，要公开向他道歉，看他怎么说。"天俦到校长处。校长脸色很难看，问孙天俦："你还有什么说的？"天俦本欲认错，见校长脸色及问话如此，便想开除了我我也就走了。便说："没说的了。"校长本以为天俦要认错，没料来这么一句，便拍桌子道："你真的没说的？那我真把你开除了！"天俦说："那我就说。"便把原委讲了，说："校长，荞麦山哪有花园、马路？我们全班学生，谁见过火车？写火车上抓歹徒就是好作文，写父子都哭就是坏作文，哪有这种道理？堆砌一百个感叹号，就真有斗志豪情？若真论下来，我的胸怀，有可以吞没秦皇汉武的豪情。"校长说："你把你的作文拿来我看。"天俦拿了作文来，校长看完，眼里滚满泪花，说："赶得上朱自清的《背影》了。"便将作文本折了揣进自己包里，说："就是它惹的祸，没收了。"天俦明白校长要这文章，便不作声。校长说："前面是老师不对，后面是你不对，最后是你完全不对。你应该始终尊敬老师。你不尊敬老师，就该被开除，事情很糟了，恐怕难以挽回，你去向任老师认错，看他怎么说。如果他坚持要开除你，我也没办法。"天俦便跑去找任老师，见秦光朝还在那里，便回来等。过一阵又去，见秦光朝不在了，但校长已到任老师家，双方正谈着。天俦只得回来。

　　天俦跑去了几次，见校长都还在。等校长走了，天俦去敲门，任老师开门，见是天俦，说："你来干什么？"天俦说："我来向老师认错。"任老师说："你比党和国家领导人还聪明，还会出错？"就把门关了。天俦只好回来，正遇秦光朝去找校长回来，便叫了天俦到自己宿舍，说："你这祸惹大了，我去帮你说话，人家不理。校长去帮你说话，任老师都不松口。你还怎么办？"天俦无法，只得回来发愁。肚子饿了，就从箱里取出锑锅，拣了几个洋芋，提到操场上去煮，见校长又去任老师家。天俦忽然很感激校长。

　　天俦吃完洋芋，校长经过操场，说："你来。"天俦便跟到他家。

校长说:"只有一个解决方法:任老师要开除你出班,而不开除你出校。秦老师是你表叔,你就到他那班。这是任老师对你宽宏大量,饶你一码了。你要去向任老师认错。同时在全校大会上,公开向任老师道歉、认错。"天俦忙说:"感谢校长。"校长说:"你那作文,我当时没收了想过后还你。不想来去跑几趟,不知掉到哪里了,你还有没有底稿?"天俦说:"我还背得。"校长说:"那你回去重写一份,那一份我无法还你了。"天俦答应。明白任老师饶了自己,就去找任老师。任老师门是开了,也放天俦进屋,但任孙天俦怎么认错,就是一言不回。天俦见他像大病了一场,才明白任老师气得不轻,深觉惭愧。末了,天俦见夜已深,告辞。任老师眼都不抬,始终未答一句。天俦出屋才想:看来各有各的观点。任老师是坚信他那套作文观念,正像自己坚信自己的作文观念,谁来打击自己的作文观念,不也像自己打击了任老师的作文观念?看来任老师是从他根深蒂固的观念出发来评判作文,而非有意与自己为难。看来世上的事,统一的少,矛盾着的多,无法强求一律。

因校长不同意任老师的要求,才艰苦细致地做任老师的工作,校长考虑到任老师的难处,觉得不能再让天俦在任老师班上。在任老师也作了让步、同意的情况下,天俦既无法向任老师单独认错,便由校长安排,在全校大会上,当着全校师生,向任老师认错。校长宣布给予孙天俦警告处分,开除出任老师的班,转到秦老师的班学习。这样天俦才得一线生机,继续就读。而从此全校都知孙天俦有一个极日脓没本事的父亲,三十几岁还对着儿子哭。

天俦穿的是陈福英手缝的对襟衣裳,外面套田正芬织的一件羊毛褂。这羊毛褂莫说在校,就是在法喇都少有人穿,所以令人大奇。又因为学生都讨厌对襟衣裳,认为是农村人穿的,而均向往穿中山装。像王勋杰、岳英贤、吴明彪、谢庆胜等,父亲在单位上工作,家境好,都买中山装穿。甚至像郑朝斌,父郑元顺在农业上,家境比孙天俦家还差,也买了中山装穿。天俦的对襟衣裳已令人瞧不起,再套羊毛褂,更令人蔑视,学生们称天俦为"穿羊皮褂那个"。加上孙平玉手拙,不会理发,每次天俦回来,他见天俦头发长了,便自作主张,拿起羊毛剪子就夹。耳朵一带倒好办,剪光就是,再上面，孙平玉就不会修理，只好干脆不动。这样头发就像个锅盖盖在天俦头上，学生们从没见这种发型，只好现为天俦的发型命名："马桶盖。"孙家人有个特点：我行我素，自行其是，不为外人意见所移。孙江成顽固一生，交友甚寡。孙平玉也是如此。但这父子两辈，只是顽固，尚无傲气、傲骨。孙天俦更甚，不单我行我素，对周围均是蔑视，对方越嘲笑，越是反其道而行。天俦到校不久，便被视为异端。

中学里有一些荞麦山街上的学生，自以为荞麦山先进、富裕，鄙视各村来的学生。天俦在法喇读书，因家在黑梁子，被法喇学生鄙视为"梁子上的"。现在到荞麦山，又被荞麦山学生鄙为"高山上的""老高山人"。

且说这日孙天俦回家，拉马出去放，刚下黑梁子，忽觉有物朝其洒泥，突然晕倒。不知过了多久，孙天俦梦一须发尽白、面目慈祥的老人来将鬼怪逐走，扶孙天俦起来，说鬼怪已去，叫孙天俦还家。后孙天俦醒来，还记得这梦，才爬起回家。有人见孙天俦睡在路上，忙回去与孙平玉夫妇说。夫妇大惊，急忙跑来，孙天俦已起来了。忙问孙天俦怎么回事，孙天俦说了。孙天俦问马怎么样，说马已回家了。孙平玉、陈福英终觉此事甚怪，联想以前孙天俦所见怪异之事，颇是疑惑。孙天俦小时，见一赤红之蛇挡路，孙天俦绕道走，去请孙江成来看。孙江成也从未见过如此血红的蛇，就老远用竹棍吓蛇，蛇不走。陈福英听了跑回来看，一些妇女说是老亡魂，烧点纸祝赞就好了。陈福英烧了纸，不久那蛇就不知去向了。

七　孙家内斗

孙江成家比孙江荣家富裕，孙江荣家历来不满。两弟兄虽不吵，但田正芬和蒋银秀则十天有五天在吵架。孙平玉和孙平文等也就在无形中隐隐不对劲。以前孙平玉也和孙平文为分地吵过，而陈福英和魏太芬二人均狡猾，不参与双方的吵闹。所以事情一直在貌似和平的气氛中过着。

孙富民和孙平文家长子小保富同岁，都到了发蒙的年龄。孙平文以前见孙平玉不行，即表不欲与孙平玉家一起取名。所以孙富民从小就取了学名，而孙平文长子一直只叫小名，不取学名。孙天俦考入初中，孙平文着急了，头年就要将儿子送去读书，只因无伴，才未去成。今年孙富民及孙江荣幼子孙国军、孙江华幼子孙国要均要去读，孙平文家也便忙着准备。最难办的就是学名。孙江华长女、次女已出嫁，取的是"平"字辈的名字。后来孙江华说要转谱，不知是自制还是从何处抄来的，说他找到了家族，搞了个字辈来，说"江"字辈下面是"国"字辈。孙天俦取名时，孙平玉去请教孙江华，孙江华说："'富'字辈。"又说："'江'字下面是'国富家永康'。"孙平玉便为儿子取名孙富贵。孙江华长子比孙天俦大一岁，先取名孙平达，后改为孙国达。孙江成与孙江华历来不和，见面互不理睬，自然不睬他杜撰出来的什么"字辈"。孙江成幼女比孙天俦小两岁，仍名孙平会。孙江荣则容易被哄，经孙江华说了一早上，即将比孙天俦大三岁的次子改名孙国强、三子改名孙国勇、幼子名孙国军、幼女为孙国巧。孙江华大喜，私谓孙运周："孙江荣家已取'国'字了，我家这房取'国'字，小爸家这房再取'国'字，就把孙江成家逐出这一姓之外了。再过几十年，谁还承认跟他是一家？"孙平文将为儿子取学名时，孙江华对孙平文说："文儿，'富'字不对，你莫忙取。"孙平文就一直未给儿子取学名。现在将要送去学校了，孙平文急了，去问孙江华："大爹，小保富这辈是什么字辈？"孙江华说："我找到确凿的证据了。小保富是'家'字辈，接下去是'家富人安康'。"孙平文便为儿子取名孙家文。

孙平玉早知孙江华要用字辈离间长房，一直注意看孙江华究竟怎么来。但孙平文一直未给儿子取名。如今孙平文为子取了学名，孙平玉知后，对陈福英说："孙江华这心，狠毒到如此地步！我料到他会耍手脚，但没料耍到这种地步。孙平文这条猪，他也不想一想，这下怎么办！富贵这里是'国富家永康'，他那里是'家富人安康'。'富'字和'家'字，一个上前，一个在后，明明是要让长房斗起来。孙平文太蠢，一个前面有个'国'字，另一个呢？他就不会问孙江华那个'国'字哪去了？"陈福英说："孙平文蠢？比你聪明多了！这个他都不会想？明明是欺你不成器！你是大哥又怎样？照样骑在你头上来屙屎！看你敢怎么样！"孙平玉说："他硬是聪明了！蠢到极点了！我看到他的孙子辈，他敢不敢取'富'字辈！"陈福英说："他不敢？不敢的话他现在就不敢这样取了。你是他大哥，他给儿子取名之时来问过你一声没有？我看你像做贼一样，等人家取好了，才去左打听右打听人家怎么取的！要是我，才不耐烦打听！"

孙平文为儿子取了学名后，孙江华才到孙平玉家来，说："平玉，你们下一代，该是'家'字辈。'家富人安康'。你把富贵几弟兄的名字改过来，改成家贵、家民、家华。"话未说完，孙平玉就问："我才想来问你！'国富家永康'是你说的，'家富人安康'也是你说的。到底哪一个对？"孙江华说："后一个对。"孙平玉吼道："你那嘴巴是

不是屁眼？前面放一个屁，后面放一个屁，两个屁香臭不一！"孙江华气得眉毛倒竖，站起就走。孙平玉恨犹未尽，追出去吼道："想我家改字辈？永远休想！"等孙江华去远了，陈福英批评孙平玉："你看你在搞哪样！"孙平玉道："对这种人，就是得这么收拾！我气还没出完呢！"

　　孙平文一为儿子取名，评论者便多起来，都道孙江华手段毒辣："一家是'富家'，一家是'家富'。好看的没开始，在一二十年后啊！"评论者多了，孙平文去问孙江华："大爹，他家'富家'，我家'家富'，这怎么办啊？"孙江华说："你管他干什么！各爬一支山！各走各的！开除他孙平玉的族籍！你这一辈，你就是大的了，下一辈，小保富是大的！不承认他孙平玉和孙富贵！我家这一大房和你小爷爷家那一大房和你家扭在一起，还怕他孙平玉？到你的孙子，只管取'富'字，踩在他孙平玉头上屙屎，看他敢怎么样！他的孙子敢取'家'字？他如果敢取，全族人约起，把他踏平掉！"

　　吴光耀一日假惺惺问孙平文："听说你们家字辈冲起来了，一家是'家富'，一家是'富家'，以后子孙斗起来怎么办？"孙平文笑说："那就是山中的老虎，谁强谁当王！"吴光耀心花怒放，遇上孙平玉，便说："侄儿子，你家有点危险了啊！我问孙平文'你两家字辈冲起来，一家是"家富"，一家是"富家"，子孙斗起来怎么办？'孙平文跟我讲：'那就是山中的老虎，谁强谁当王！'"孙平玉气不下，明白已中进圈套，无奈了，干脆讲："他这话讲得好！谁强谁当王！"明知吴光耀又要将这话转与孙平文，想转就转，斗就斗吧！你都愿意落入圈套，当别人的拐棍，我也无所谓，奉陪到底！吴光耀又将孙平玉的话，转与孙平文。孙平文冷笑："他想当王啊？他不照照镜子！"

　　孙平玉把吴光耀的话向陈福英讲了，陈福英说："正从我话上来，你当时不是说他不敢取吗？现在他怎么敢取了？连傻瓜也看得出来是欺你无能，不然你尽以为孙江华是坏人，孙平文是好人。谁是好人？都是一样货色！多少年前就和孙江华滚在一起，你看不出来？管他的，我们就按'富'字取下去！他敢把谁吃掉？"

孙平玉整天气得无奈。陈福英不时说:"不要弯着脸难看!有什么可气的?自己争气点就行了!"孙平玉气呼呼道:"我耐烦为我自己气?"陈福英道:"那还有什么值得气的?"孙平玉说:"我气我爷爷这么聪明,会上谁的当?养了些猪,一点主见没有,尽当别人的拐棍,来打自家的人!"陈福英说:"人家都愿意当拐棍了,你有什么不愿意的?你应该高兴才是!你不当拐棍就是了,管多了不起作用!"孙平玉说:"孙平文这条猪,他还没有吃过孙江华的亏!他以为孙江华会跟他贴心?你不信看着,等他这个什么'家'字辈一取,孙江华又要甩他了!孙江华的孙子,'八'字还不见两撇!以后孙江华的孙子,随便取个什么字,又宣布开除他孙平文的族籍!我看那时候他怎么嚎!"陈福英说:"你少管多了!再怎么说,人家还没有被开除,而你已是被开除的了,人家耐烦要你担这份心?"

孙天俦回家,孙平玉便开始吐苦水:"富贵,加油了啊!这既是欺我,也是欺你呀!孙江华诡计整人,已是几十年了。孙平文家收拾我们,也是几十年了。开始时我想给你取名孙富龙,你三爷爷就跳出来说不行,说他的小名叫小龙,不准你取。我只得给你取名孙富贵。我起房子,向队长说了,队长批准在合作社的地上打屋基,我和你妈花了一个月时间,用撮箕一撮一撮地端,把一个光坡挖平,孙江荣才来说不得,说那里是他的,就这样把那个屋基霸去了,就是他现在种那个园子。你现在看那后面埂子有多高,我和你妈要花多大的工夫才挖得出来?无办法了,我又向生产队要,生产队同意我来这里打个屋基,我们才把房子起到这里来。现在看我们一家人在这林中宽敞,又不得了。孙江荣又说我们住的这里,入社前是你老祖分给他的,属于他。而合作社的时候,背后的森林还没败,他跟我讲:'入社以前,你爷爷就把这片山分过了,你家住那儿分给你爹,上面这一大片老林,当时分给我。'后来一到户,各家带各家的老林,要是两家合心,上面那片老林也带得回来。既然你三爷爷张足起饱口要独吞那片老林,那就等他去独吞吧!结果他提还不敢向生产队提。各家的老林各家带回了,孙家的十几亩老林,被

你占一片，我占一片，就瓜分了。

"文革当中，吴光耀约孙运周、孙江华斗你爷爷。孙江荣跟你爷爷是亲兄弟啊，公然和孙江华等一伙，来收拾你爷爷。你老祖气得哭：'孙江荣，你长脑壳没有？人长脑壳何用？是用来思考问题的呀！这些人为何斗孙江成？因为这是根擎天柱啊！擎着谁的天啊？擎着我和你的天啊！这根柱子垮了，天也就塌了。我们爷儿父子就完了！'他会听吗？你老祖还没有哭完，他又尾着孙江华等人来找你爷爷的麻烦了。孙江华等人不知道的，你老祖都知道。破'四旧'时，别的书都被孙江华等抄去了，你老祖唯独藏了《武功经》《推背图》，在平墙上的一道缝缝里藏着。孙江华等人晓得你老祖有《武功经》《推背图》，千方百计来搜。孙江华带人来家搜了两遍，孙江汉带人来搜了两遍，吴光耀带人来搜了一遍，杜参脚带人搜了两遍，都没搜到。包括你爷爷和我都知书是被你老祖藏了，但藏在哪里不晓得。他怪知道的，三十四岁的人了，公然被孙江华一哄，直接带孙江华上楼，撬开平墙的缝缝，把《武功经》《推背图》抄走。书被抄走，你老祖也被揪去斗。你老祖回来后，睡在床上哭：'养虎伤人，农夫藏蛇，就是我啊！'

"孙江华斗我们，斗得惨啊！他从则补逃回来，当了党代表，天天讲'不能大义灭亲，就不叫共产党员！'要灭谁？就是要灭你老祖。当时全村最有的是安修成和你老祖，安修成的儿子安正琪和你爷爷同时到荞麦山读书。安正琪讨了高枧槽地主的姑娘，被打倒了。安修成就无人保，被划成地主，镇压了。如果真为一家人说话，孙江华就是你老祖的亲侄儿子，就可以保你老祖了。他不但不保，天天喊手下人：'你们去看看我大爹的家产！他的家业比安修成大！安修成都被镇压了，不镇压我大爹说不过去！'目的是哪样？目的是说了吓你老祖，望你老祖把家产偷偷移给他，请他保！因为是不是地主，就是他一句话说了算！他手下的人今天来登记你老祖的牛，明天来登记你老祖的马。他呢，晚上神秘兮兮地跑来：'大爹啊！我拼命地保你啊！群众对你的意见大啊！说安修成都镇压了，你家业比安修成大，怎么还活着？要保不住了！你还是想点法子！'你老祖识破他的诡计，不理他，急忙分家：你老祖单独一家，你爷爷一家，你三爷爷一家。但分了家，按标准三家都可以被划成地主。你爷爷赶紧通过区上压法喇。区上打条子来，说：'孙运发送其子孙江成参加革命，于党于国有功，严禁将孙运发划为地主、富农。'那下他不敢划你老祖为地主、富农了，只得划个上中农。后来你老祖见情况不对，忙带信叫你爷爷回来。你爷爷回来后，当了支书。他伙同你小老祖、吴光耀等，年年到荞麦山、米粮坝告你爷爷的状。县上、区上年年来查你爷爷的问题，年年查，年年无事。当时他们扭得之紧，你三姑奶奶孙江兰给吴光发，孙江汉是讨的吴光芬，孙江华的大姑娘孙平芳许给吴光耀的小儿子吴明洪，二姑娘许给吴明宇，认为靠着吴家，足以把我们家整垮。后来吴光发当了文革主席，天天拿你爷爷斗。斗得好惨，游街、喝马尿、扬言要杀你爷爷，连我都拉去塞在墙洞里陪斗。好了，孙江兰原是许给你奶奶的三兄弟田正安的。那时田正安正在部队上。孙江华见吴光发当文革主席，掌大权了，就把他妹子给吴光发。你爷爷才抓住吴光发破坏军婚这一条，告吴光发一状，把吴光发拿下来。不然，我们早不知被他们斗在哪里去了。

"孙江华从党代表位上被打下来后，成了反革命。荞麦山镇压反革命，一天镇压了七十多人。多少人被枪打后，帽子震起几丈高。他的名字就列在里面。法喇人都说：'孙江华的聪明就齐这里止了。'是你爷爷去保他出来的。牛兴莲和乱草街韦家订了小婚。孙江华把牛兴莲哄来。后来他到荞麦山被韦家发现，捉到乱草街去，吊在房上打悠悠，晕死过去了。你三老祖无法了，跑来求你老祖。你老祖硬是左考虑右考虑，答应了。你爷爷集合法喇的民兵，到乱草街把他救回来。你三老祖一粒粮没有，他医了三个月，药钱还是你老祖出的。韦家又去县上，告他在则补当区委书记，被土匪捉住，向土匪投降，为土匪做向导袭击解放军，导致一个连的解放军和区上所有干部牺牲，土匪才放他回来。事情有无不得知，但你三老祖慌了，忙来求你老祖。你爷爷又以法喇党支部名义保他。后来孙江汉当生产队队长，他当会计，两弟兄贪污腐败，当时多少人家饿肚子，他两家居然说米煮来不好吃，煮米白酒。年年整你爷爷补超支款，补得你爷爷眼睛都绿了，不明白是怎么回事。后来工作组的组长看出问题来，对你爷爷说：'老孙，不动会计，你这超支款年年补。'你爷爷才让我辍学回来，把你三老祖的会计接掉。我接过来就查他的账，差了几百块。如果上法庭，起码要判他十几年的刑。这下你三老祖哭哭啼啼拉着他上门来跪在你老祖面前求饶了。你老祖说：'孙江华，我一桩一桩地问你！起意把我划成地主杀掉的是谁？'孙江华说：'大爹，侄儿子错了。'你老祖说：'二、把我爷三个的三片自留老林送给横梁子的是谁？'孙江华说：'大爹，侄儿子错了。'你老祖说：'三、文革中打主意抄我家产的是谁？'孙江华说：'大爹，侄儿子错了。'你老祖说：'四、把我的《武功经》《推背图》抄走，并把我拿去斗的是谁？'孙江华说：'大爹，侄儿子错了。'你老祖说：'不许我爷仨去扛在蒋家沟砍下的树，导致我那几大片老林损失的是谁？'孙江华说：'大爹，侄儿子错了。'这样一桩一桩地问，问了他十几桩。他件件说他错了。你老祖又问：'你得当区委书记，闹革命是谁把你引上路的？'孙江华说：'是大哥来把我带去的。'你老祖问：'你被吴家打成反革命，名字排在枪毙的七十人中，谁把你保出来的？'孙江华说：'是大爹和大哥。'你老祖问：'你被乱草街韦家捉去，是谁把你救回来的？'孙江华说：'是大爹和大哥。'就这样一桩一桩地问，他一桩一桩地答。最后，你老祖什么也不说，叫他回去了。

"你三老祖还不放心，求你老祖：'大哥，差公家的钱，他想办法赔来。望你放他一马，不要送他进监狱。'你老祖说：'孙运全，你坐下，我和你是一个娘肚皮里出来的，一个奶包吊大的。孙江成和孙江华怎么斗，我知道。你知不知道？'你三老祖说：'大哥，兄弟天天在这个村子头，敢说不知道？'你老祖说：'他二人谁先起害人黑心？'你三老祖说：'都是这两个短命娃儿不行正！瞎起眼睛，不分人地乱整，把亲弟奶兄也当成外人。我们爹来到这个地方，人生地不熟，多可惨啊！巴不得能多有几个！到现在也只几家家人，孤得无法，还要在内窝子里吵。不知这两个短命娃儿是要短命了还是怎么的，一点不重仁义。'你老祖说：'他们起心整我之时，你知还是不知？'你三老祖说：'我劝这两个短命的，他们当时听我的了，背后又瞒着我整！'你老祖说：'孙运全，你这就欺我了！第一回可能瞒你！第二回还能瞒你？你不是不食人间烟火，能瞒你多久？孙江成做的，一次也瞒不了我。'你三老祖说：'要望大哥看在爹在天之灵面上，原谅兄弟治子不严之过。'你老祖说：'你不是治子不严，而是有意为之。'你三老祖就不说话了。你老祖才说：'我弟兄黄土已埋齐脖颈了，在世也不多了。这世间的事，莫说不能管，想管也管不了了。如为子孙后代考虑，能说几句为他们好的话，就多说几句！不能说，也就算了。未来这些子孙如何，我无发言权，你也无发言权。他们要怎么干，我们都无奈何。只是从一家人团结的角度出发，要告诉他们，世界大得很，世上人多得很，有什么手段，有什么武艺，去朝外人使，使不尽的！如果几十亿人都使了，武艺、手段都还有，手还在痒，找不着个发泄的，再朝自己的弟兄使也不迟。'就这样饶了他。两弟兄连个猪槽都卖来赔了。这下他穷下去了，吴光耀还耐烦要他姑娘？就把孙平芳退了。这下他穷下去了，几十年翻不起身来。你老祖说：'孙江华这人是长房心腹大患！此人不死，长房不宁！忠厚是无用的别名！我爷两个知他的诡计而屡次救他，就是无用的表现！'

"你小老祖也是这样，以前他养不起儿子，接连生的都是姑娘，被他捏死，只有一个活下来。有一次你老祖背洋芋到荞麦山卖，请一个八字先生算命。先生说：'你家弟兄，要绝掉一房。'你老祖：'先生你错了。我家弟兄，现在面前都是三哥五弟的。'先生问：'真的？'你老祖说：'真的。'八字先生站起就走。你老祖忙上前赔礼，奉上十块花钱，说：'先生说的是对的，我弟膝下尚无继承香火者。要望先生赐教。'先生说：'你这礼太重了，我只要两块。'然后说：'原因是你家祖坟左边阴风重了。以棉纸裱一屏障烧去，挡住阴风即可。'你老祖谢过，回来就叫你小老祖去裱纸烧。烧过后，第二年就得了孙江富，接着得了孙江万、孙江亮、孙江才。你小老祖心黑不黑？他从这里得了经验，就年年抱石头砌左边，想把左边砌了高过右边，把我们长房压住。后来我不得了，他才罢了手。

"你老祖时常说：'为人要积德，像你三爷爷和孙江华这种干法，子孙不会昌盛的。'"

回到学校,天俦便就此作文,写道:"总而言之,要自强不息。自身强大,任凭惊涛骇浪,主动权总在我手。纵观历代,都是如此。殷忧启圣,多难兴邦。逆境不全是坏事。应该欣喜有强大的敌人。没有敌人,反死于安乐中矣。"

八 舌 战

这一学期，谢吉林从外地调回法喇村，当了法喇小学校长。教师不够，就将其农业上干活的侄子拉到小学代课。这些人小学都没毕业，毫无水平，只是来混几文工资。

孙富民生性懦弱，到校学习不好，并常被孙国要等打，却不敢还手。打来打去，怕读书了。孙平玉虽有时带孙富民到孙江华家门上交代，但交代时交代，打时打，毫无办法。孙富民每天吃了早饭，就磨磨蹭蹭不敢去学校。孙平玉无法，只得用棍子赶。虽然赶出门了，孙富民还是不到学校，而是往山沟一钻，躲去睡觉。到放学时，背上书包从山沟里钻出来。孙平玉忙农活都忙不过来，哪还有时间到校侦探？孙天俦等得知，说："他跟你同岁，你怕他哪样？拼命地跟他打嘛！你亡命地打两次，即使打不过他，但他也就会怕你，不敢再欺你了。"这话未完，孙富民的眼泪已如线下来。孙平玉在旁大怒："你看，只要你一说，他又是聋的，又是哑的，猫尿却来得飞快！"无论如何，孙富民只会掉眼泪，而且眼泪一来，不是一点两点，而是筷子粗的两大股。任打任吼，温驯如羊，眼皮眨两下，泪珠就"吧嗒"而下。孙平玉打，陈福英打，都像个装了水的皮袋，除了会流泪之外毫无反应。陈福英气得骂："你不会学你大哥？你大哥打不赢人就拿嘴去咬！你不会咬？猪被人打急了，还会张着嘴来慌人，人就会怕它。绵羊急了，也会用头来抵人。你连猪连羊都不如？"

孙天俦回来，向他讲人要立志，要自强，引经据典，讲了半天，孙富民更泪如瀑布。孙天俦恨得牙痒："哪有这种人！"鬼火绿①时也给他几下，终是毫无办法。陈明贺见孙富民被孙平玉、陈福英打得可怜，便说："孙平玉，怎可能个个都成才？世上个个都成人才了，那人才也就不起作用了。你只希望富民像富贵，你不想想法喇多少学生，有几个比得上富贵？我在农业上一辈子了，照样在过。你同样在农业上过了一辈子，同样过来了。他不行的话，你再打也无用。农业上不要人？我看你一天忙得无法，你儿子真正全部出去工作了，你怎么办？总得留一个守家服侍你才行。就让富民在农业上算了。"于是只好让孙富民辍学放羊。

孙江华比孙江成小两岁，比孙江荣大三岁，在孙家江字辈中年龄列第二位。他的长子比孙平文大，后来死了，以后生的都是姑娘且只有孙平芳、孙平敏活下来，再没生过儿子。孙江成、孙江荣的儿子都结婚了，孙江汉、孙江富都有儿子了，孙江华还无儿子，不用说是何等着急。三十八岁上，孙江华才有了儿子孙国达。孙江华、牛兴莲百般珍视，当金值宝。他俩恐怕养不活，以法喇风俗，命弱者要过继求保佑才行，便命孙国达叫孙江华为大爹，而不叫爸爸。意思是"爸爸"孙江华将子出继给"大爹"孙江华。他们对儿子娇生惯养，溺爱之至，终归害了孙国达。孙国达大天俦一岁，在天俦先入学，后被天俦追上，终又超过。天俦进了初中，孙国达总在五年级补习，年年考，年年考不起。孙江华一心是要供孙国达成个大学生，光宗耀祖的，以改变对孙江成已处于劣势的斗争状况。不料孙国达不成器，所以孙江华急在眼里，恨在心里。孙江华在孙国达幼时，尽灌输造反有理、胆大包天才能有所作为的道理。张铁生交白卷上大学，孙江华认为这最具造反性，便叫孙国达向张铁生学习。这下孙国达学习不好，年年考不起。孙江华一教训，孙国达便说："我要交白卷上大学。"孙江华只好以打骂为教育手段，但孙国达

---

① 鬼火绿：怒火。

从小便明白孙江华以其为命根子，一旦孙江华打，便以死威胁孙江华，动辄扬言自杀。孙江华无可奈何。孙国要也如是，自幼溺爱，终于无成。上了小学，只会和一帮子人打鸟捉蝉，偷鸡弄狗。

　　陈福九坚决诉求，终于不顾各方面的压力，到学校上课，进了小学一年级，和孙国要、孙国军、孙家文等一班，坐在最后一排。十二岁了才来读小学一年级，成了法喇村的新闻。她的勇气震颤了全村，但全村人并不理解。老师惊异，学生怀疑。老师说："这么大了还来干什么！"学生说："我们班有个大人！"上课时，前面的学生均回头看她，窗口也拥来别班的学生。下课，全校学生围观她。陈福九不咬着牙、埋着头，就无法在校过一分钟。放学回家，终于解脱了，但横梁子妇女老幼惊异的眼光又来了。白天黑夜，无论她在哪里，无论换哪一种人群，她都甩不开那惊异的眼光。与她同龄的姑娘，见识浅，都不明白她这举动，说："我们这些当姑娘的，扯猪草把猪喂好，把羊放好，就行了。陈福九还想去当大学生呢！"她较泼辣，咬牙都无法忍受了，便冲回头的、聚在窗口的、下课围观的学生大骂："老子又不是长朵花了，有什么好看的？"但这就如同对羊群说话，学生毫无反应，仍围着她看。她就骂："你妈这帮猪！骂不骂耳皮翻卷的！老子要你几爷恩看？"都骂不开时，她就开打。她打哪方，学生哈哈笑着一哄而散，但另几方又拢来了。来打这几方，那方又回来了。像胶一样粘定她不动。放了学她去扯猪草，那些以前的同伴见了，飞跑而散，像避麻风病人。有的说："你当大学生了，跟我们这些农民不同了。"她又气得骂："妈的这些无见识的姑娘！"而且上课的是谢吉林一个刚读到小学三年级的侄子，毫无水平。从未上过学的陈福九凭本能都会的加减法，谢吉林的侄子都不会，使陈福九感到上课也学不到什么。到最后，她每天早上去上学时，都是非常犹豫，不咬牙鼓劲，迈不出去学校的步子。

　　家里、亲友对她都不支持。陈明贺、丁家芬从她去上学后，成天对她丧眉垮脸。陈福九一去读书，羊没人放了，猪草没人扯了。尽管陈福九一放学就朝家跑，背了背箩忙去扯猪草，早、晚供住了几条猪不饿着,但以前陈福九早晚煮饭,中午扯猪草。这下她早、晚去扯猪草,早、晚饭又无人煮了。陈明贺、丁家芬才不明什么读书的意义,认为是去坐在教室里,怕劳动,图轻闲。这还是小事,主要是陈福九一去上学,社会的压力一下子也朝两夫妇压来。每天都有妇女对丁家芬说:"你们是怎么想的?她这么大了还要放她去读。当今社会复杂了,她一天去学校无事。万一那些二流子一呵她哄她,她还是个小姑娘,对这社会不明不白,容易上当。一上当,就无法挽回了。就拣个一辈子的骂名。你们不为她着想,也该为自己着想,赶紧叫她回来。"于是丁家芬就急了,就骂陈福九:"这个小烂货,硬说不信。要把老子陈家、丁家的名誉败干净。"而一伙老者遇上陈明贺,都是说:"你这么有主见的人,咋放小女娃娃这么干!小姑娘儿只要不在大人身边三天,就上别人的当了。一上当,你家是几代人清清白白的,名誉就败干净了。不单她一生难过,你也挨骂,你家老的也挨骂,你家小的也挨骂。一个姑娘儿害了几代人不得安宁。"陈明贺着急起来,也骂陈福九。

最着急的,还是陈明珠。自己的儿子读书不成。陈福九却去读书,事情不是明摆着了吗?所以把她急得跳起来。妇人主意本来就浅,再加她性急,刚愎自用,戴家的主意都是她打,戴继潮都得听她的。她踩着火塘石骂戴继潮:"他妈的换一个姑娘,老子就不要了。凭老子这间大瓦房,还愁宝雄讨不到媳妇?但陈福九,千金难买。你这个儿子死脑壳,还在无动静!等到手的鸟儿飞了,老子给你一万两黄金,赌你去买这样的人来!那种痴脚笨手的,你买一百个来老子也不要。"戴继潮被骂了,无奈地说:"那怎么办啊?"陈明珠说:"你这种笨猪,要你管也管不了。老子来管。你把猪喂好,活路做好,不准误事。老子来收拾这个黄毛丫头。她聪明,老子比她还聪明!不信她斗得过老子!"于是东奔西窜,到处说陈福九到学校里,专和二流子鬼混,已败了陈家的名誉了。传言到陈家耳里,陈家老少虽均说陈明珠一个亲大娘乱传一个侄姑娘的谣言,太不应该。但又同情陈明珠,说谁处在她那个角度都着急,而认为事情起因在陈福九。

陈福全、陈福达、陈福宽知了,都骂陈明珠,同时骂陈福九。陈明贺跑去对常世英说:"妈,请你转告陈明珠!她再乱造谣言,小心我打断她的腿!"常世英即召陈明珠来骂:"你是她亲大娘,未来是她的婆婆!你几十岁了,她还是嫩牙齿都还没摘完的小姑娘。你忍心这样造她的谣言?你哪块脸对她?哪块脸对你大哥、大嫂?你又哪块脸来对我和你爹?陈家这么大的族宗,你的大爹、爸爸、叔叔、婶婶、侄子、侄女、侄孙上百,你一张嘴口吐黄言不要紧,败了这么多人的名声!陈家族宗发起怒来,你招搪得了?"陈明珠当时认了错,但一出门,就骂:"是谁的儿媳妇,还晓不得呢!我不骂,还饶她?就是要骂!"自恃常世英自幼惯养她,陈家不会拿她如何,仍到处传。最后陈福全等火了,去请常世英:"我们来请示奶奶!我大娘的嘴会说得很,我们要去把她的嘴撕烂!"常世英忙拦住:"快看在她无知无识和奶奶的面上,饶了她。奶奶教育她!保证她不敢再乱传!你们去打打闹闹,她挨两坨事小,我和你爷爷难过。"陈明安、陈明益等,自觉去找陈明珠:"大姐,你以为大哥撕不烂你的嘴?你不摸摸良心想想:你这样做有何道理?咋对得住陈家上下五代几百人!凡事要依商量,大哥、大嫂是懂道理的,是好商量的!我们保证你们这事商量得好,福九一千天也是你家的人!"

陈明珠在家时,权欲极强,除陈明贺是大的,在弟兄间又有威信,她不敢较量外,其余都是兄弟。大家除了听陈明贺的外,就得听她的。她才不把这些兄弟放在眼里,丧着脸说:"好好好!你们今天来批评我,你们也会现报的!你们都有儿子!我等着看以后你们讨的儿媳妇飞了时,你们跳不跳?说我倒简单,只怕你们现报!"二人气得骂着回来。陈明安之子陈福智、陈福彩、陈福洪、陈福建,陈明益之子陈福军、陈福昌、陈福强又不得,去找常世英:"奶奶,我们还没讨媳妇,大娘就咒我们的媳妇要飞掉!我们要去喊她收风,收不了就把她的嘴撕烂掉!"常世英边骂陈明珠这个"烂货",边劝这帮孙子:"这个烂货,他家的才要现报!听奶奶的话!奶奶去打她!你们去打,奶奶难过!"

陈明珠泼皮无赖,激起陈家众怒。戴继潮说:"你不要再这样无聊了!陈家普遍对你不满了。"陈明珠说:"你倒是给老子闭起你那屁眼！陈家哪个不满？叫他来嘛！老娘就张着嘴请他撕！他不敢撕又怎么说？"于是走到哪里，都公开骂陈福九"这个烂货"。戴宝雄觉得不对，说："妈，你不要骂了。你不骂，陈福九恐怕还不会脱。你一骂，一定要被你骂脱掉！"陈明珠又骂戴宝雄："你有屁本事，陈福九早就来了！还要老娘骂？老子就不骂嘛，看你把她讨得来？"仍旧骂不停口。陈福九也不是弱的，公开骂陈明珠。娘侄展开了一场骂战，不分胜负。陈福全等向陈明贺提出来："干脆就与戴家退了。"陈明贺不许，骂道："兄妹俩为场小婚闹翻天，有没有比这无聊的？跟个妹子说的话都不算数，还活人在世上咋整？她是妹子，我是大哥，我让她一点会死掉？活人活块脸！脸都不要的人，不如死掉！老子活一辈子，走一步路，当挖一个坑坑，说一句话，当立一根桩桩。活人要活得有信义呀！"陈福达说："她都不要脸了，你还要哪样脸？"陈明贺说："她不要脸，是她不要，不是我不要！我要脸。就是不退。你们怎么跟她一般见识？"陈福全说："要脸的话，大家都要。她不要脸，我们也就不要脸。"陈明贺骂道："好嘛！你不要脸，你就把你那脸撕下来嘛！我看你怎么撕！"陈福全无法，只好边嚷边回家："要我撕破脸还愁？分分钟我就去把她那臭嘴撕烂掉！"

陈明珠耍无赖，陈家拿她无法，只得转而压陈福九。陈明贺骂，丁家芬骂，陈福全骂，全家老少全骂陈福九。陈福九只好逃到陈福英家来，说："只有姐姐能帮我说话了！他们都听姐姐的，请姐姐说一下。"陈福英去对陈明贺、丁家芬说："整个事情只能怪大娘，能怪小九？大娘几十岁了，老不中人意，你们怎么不去批评？小九哪里错了？竟然全家盯着她骂！你们惹不起恶的，就来欺软的。有本事就去惹恶的嘛！"于是全家才不骂陈福九了，陈福九才又回家去。但全家都厌恶她这祸胎，对她丧眉垮脸的，陈福九也不管。陈明贺、丁家芬鬼火绿了，有时把屋里东西扳得乱响。陈福九道："谁惹着你们了？扳家弄什的！哪里不满就直说嘛！"丁家芬道："小九儿，我们都不说了，你还说哪样？"陈福九说："不说哪样为何把东西砸得恁么响？"陈明贺骂道："你还问谁惹着了！就是你惹的！不因为你，老子会天天这么愁眉不展？哪家养儿养女，不望笑口常开？老子养儿养女，倒整得天天心烦,口嘴不断!"陈福九道:"我怎么惹了?我虽去读书,猪草照样保证,早晚饭照样煮!水不是我挑的?柴不是我找的?活路我没有跟着做?我惹了哪样了?"陈明贺道:"陈明珠天天涩言涩语,大街骂齐小巷转,不是你惹来的是谁惹来的?"陈福九说:"她会骂你们就不会骂?"丁家芬说:"谁能像她那样不要脸?人不要脸,鬼都害怕。让她点就行了,你还要跟她吵!你吵得过她?"陈福九说:"怎么吵不过?她有嘴,我有嘴!她怎么骂,我怎么骂!她声音大,我比她更大!她要大街骂齐小巷,我就小巷骂齐大街。她上哪盘菜,我就敢吃哪盘菜!看她上得了几盘!"但终是陈福九被陈家劝住,不骂了。陈明珠仍不停地骂。常世英实在鬼火绿了,喊几个儿子:"去把这个庙老妈叫来,老子砸她几鞋底板给她吃下去。"虽然都恨陈明珠,但谁也不去。常世英又叫孙子们,还是无人去。常世英便自己跑上戴家的门,指天骂地一通臭骂。陈明珠见母亲来真格的了,才知不对,猛然省悟,不骂了。但已晚了。陈家其余人已厌恶陈明珠,最坚决的陈明贺也开始动摇,说:"福九不骂她了,她还在骂。看陈明珠这个样子,福九在她跟前去,也服侍不起她啊!"但仍不言退,维持原状。

陈福九刻苦努力,学习极好。才进一年级半年,就对二年级的课程也懂了。她信心十足,认为要考取中学,也不困难。但没料谢吉林这侄子,长得尖嘴猴腮,也因长相极差,家中又贫,将二十岁了,还没说到媳妇。他见陈福九来读,喜出望外。上课下课盯着陈福九转,不时动手动脚。陈福九就正色警告他。陈明珠乱造谣言时,借题发挥,大肆宣扬陈福九与谢家这伙子如何如何。谢吉林听了大喜,鼓励侄子借陈明珠的宣传,以假当真,把生米做成熟饭。谢家伙子所为,又为陈明珠添了素材,陈明珠更兴风作浪。谢家也配合陈明珠,大造谣言,说陈福九跟谢家伙子如何如何。陈明珠听了,想谢家都承认了,是真的了,当真起来。于是谣言一波超过一波。全村人想:陈明珠在这么说,谢家也在这么说,不有十分,也有八九分。真无其事,陈明珠不怕骂脱了,敢这么红口白牙地骂吗?压力都集中到陈家来了。

陈家已力阻陈福九去上学。陈福全说:"这些孙子的话越讲越脏,越讲越难听。你不要脸我们要脸,即使我们不要脸,爸爸妈妈要脸。即使爸爸妈妈不要脸的话,爷爷奶奶近八十了,重孙都是一大帮,还要脸的。"陈福九哭道:"我哪里不要脸了?你们又哪里失脸了?你们真说得出来,这学我就不上了。"大家说不出来。陈明贺说:"我们也没有失脸,你也没有丢脸!但你这个情况不同。就像以前我听富贵家老祖讲过个故事:有个人从瓜田中过,没有偷瓜,但别人以为他偷瓜了。这个人又从李子树下走过,别人又以为他偷李子。他没奈何,去问别人。人家告诉他:'你不要走瓜田当中和李子树下,别人就不会怀疑你了。'你现在就像走在瓜田当中一样。你只要不读书,这些谣言三天就不在了。"陈福九说:"说我杀人我就杀了?人横要过理,树弯要过墨。我真杀了人,有政府,有法律,不是这些人说了就算数的!他们说齐天,一文不值,一点作用不起。我还是要读。我一年级的课程都会了,下一学期我就可以跳级读二年级,求你们让我读。你们相信我,我保证不会使你们丢脸。你们信得过我信不过我?"大家说:"怎么信不过你?但话难听得很呀!"陈福九说:"那就不要听。你们听着难听,我听到更难听。但我都听得了,你们就听不了?我说心里话,我给家里带米这么多麻烦,我自己也难过。但有什么办法?只有不听了嘛!不听谣言,就等于没有谣言!"

本来陈福全、陈福达、陈福宽就算很能辩的。无论在法喇还是到外村,说理都不会输。陈福全咬字眼,村里许多人都怕。陈福宽举例子,一个接一个地来,既入耳又有理,不由人不服。时常有人要打官司,就来请陈家三弟兄去帮着说理,从来没输过。但比下来,三人还是比不过陈福英和陈福九。全家人轮番劝降,均辩不过陈福九,都是陈福九有理。陈明志读到初中,也能言善辩,与三个侄子不相上下,外出说理常是四叔侄约着走。陈明贺就去请陈明志来,陈明志说:"福九,小爸给你算了一账:你现在十一岁了,小学五年就算你跳级,三年读完。进入初中,你也是十四岁了。初中三年,你就十七了。高中三年,你二十了。再考取大学,又是三四年,你年纪大不大我不管。初中、高中加大学,十来年,要多少钱?谁供你?你爸爸今年五十五了,上六十就是老年人,在单位上的话要退休,在农业上,按我们农村的规矩,就不做活了。你爸爸顶多供你到六十岁。一到六十岁你爸爸妈妈都要你三个哥哥分着养。你哥哥、姐姐都成家了的,家里的负担这么重,即使想帮你,也帮不了。那你靠谁?谁也靠不着!你的书也得中途而止。小爸算这账合不合?"陈福九说:"小爸的账是合的,但我可以加快点。我三年小学毕业,我爸爸五十八岁。小学这三年我虽不能对家里有多大帮助,但我放学扯猪草喂猪,星期天帮家里做活,算是自己养活自己。我不读高中,也不读大学,我初中毕业就考师范。这只要三年,我爸爸刚满六十。我就望我爸爸供我这三年。这三年我不吃好的,不穿好的,像富贵一样背洋芋到学校煮了吃。一年的学费也要不了多少。三年不要一千块钱。即使要那么多,现在我爸爸妈妈加我和两个妹子,有两条牛、二十只羊,还有猪,还有地,我的一份分给我,也有一千块了。我考取师范,办法就有了。三年毕业,就分工了。我再用工资报答我爸爸妈妈。小爸你觉我这账合不合?我爸爸妈妈供我划不划算?"陈明志听了,哈哈一笑,只看着陈明贺摇头,不敢答陈福九。陈福九不再追问他,让他光荣下台回去了。陈福香跑来劝,陈福九反问:"你来了更好。我就去问爸爸妈妈,你我是同样的姊妹,为何让你读不让我读?为何我自己要求去,他们都不准?要我回来可以,等我读满三年以后!因为你也去读了三年!"陈福香哪还敢劝?急忙跑了。只有陈福英,始终不出一言。凡见当场要劝陈福九,她便借口家里忙,回去了。

  众人认为只有陈福英辩得过陈福九。陈明贺、丁家芬便来找陈福英:"福英,谁也说不过她,只有你说得过。她又信你的话,请你去说说她。"陈福英想:"我不一定说得过她。我去说她,她没有这么憨,跟我辩不妥,听我的也不妥,一定躲开不跟我辩,我不如不去。而且即便说了,她碍于面子,勉强听我的了,以后势必后悔,一辈子怨我。"便说:"我现在跟你们去不好。福九就会认为是你们请我去的,认为我们通谋对付她,那就再说也无用了。等我瞅时间单独和她在一起的时候跟她讲。这样她不防,就以为我是推心置腹的,或许会听。"陈明贺、丁家芬认为有理，说："那你瞅到时间，好好跟她讲一讲。她即使不服，碍于你的面子，肯定会答应。"不过夫妇明白陈福英狡猾，回去的路上猜测："她肯定不会说。即使说也轻描淡写说两句。"

陈福九不知怎么得知消息，就跑来陈福英家。陈福英立即泄露："福九，爸爸妈妈来要我劝你，我推脱了，说找机会再跟你说。我也不说什么，你的事你自己决定。我遇到爸爸妈妈，就说我跟你说过了，你不听。爸爸妈妈问你，你就说我劝过你了。本来大姐应该帮你一下，劝劝爸爸妈妈供你读书。但你是明白人，知道大姐为何不帮这个忙！其实也帮不上这个忙！"陈福九说："我才想来跟姐姐说一下，不过我想姐姐必定会这么做，姐姐果然这么做。姐姐要是来说，我跟你说，就得听你的，不跟你说，又得罪你。最好就是这样私下说好，你给爸爸妈妈一个答复最好。你的差也交了，我也得读书，我又不得罪姐姐。姐姐其实已帮了我的忙了。你不发表意见，爸爸妈妈就认为他们的做法恐怕有问题。不然你怎么不支持他们，这就帮我了。我以后会感谢姐姐的。"姊妹俩说一阵，陈福九就去了。

第二天丁家芬说："福九，你去你姐姐家把我的毡褂拿来。"陈福九去拿了。回来后丁家芬就问："你姐姐跟你说什么没有？"陈福九说："姐姐叫我莫读书了，我不听她的。"丁家芬一听，大失所望，怀疑道："你姐姐啊！有几个？她肯定跟你讲不管这事！既不说你也不说我们，在中间当老好人，谁也不得罪。"陈福九说："姐姐真的说了。但见她刚开口，我就忙跑了。再蹲下去，不听她的不好，听她的也不好。"丁家芬说："那你就该听你姐姐的了。谁人打主意打得过你姐姐？你姐姐的意见，是可以当药吃的。连她都批评你了，那就是你不对了。"过后，陈福英去汇报，丁家芬问："你跟她怎么说？"陈福英说："我刚开始说，她爬起来就跑。出门了才跟我讲：'我听姐姐的不好，不听也不好。我干脆不跟姐姐说，坚持自己的意见，免得跟姐姐闹矛盾。'"丁家芬说："你爸爸和我都想到她会这么做，果不其然！这个小烂货过于狡猾。"

转眼就一个学期结束了。陈福九坚持读完这一学期。她已准备下一学期升入二年级学习。

九 大红山日出

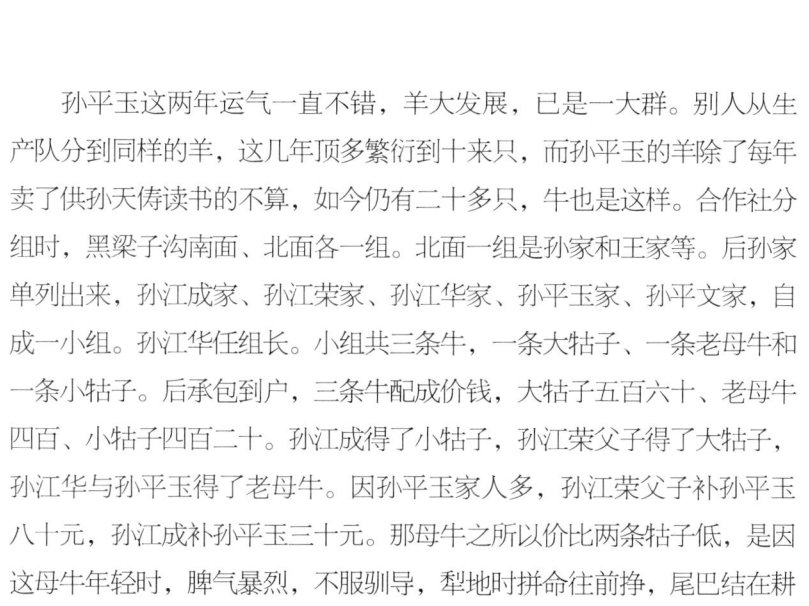

孙平玉这两年运气一直不错,羊大发展,已是一大群。别人从生产队分到同样的羊,这几年顶多繁衍到十来只,而孙平玉的羊除了每年卖了供孙天俦读书的不算,如今仍有二十多只,牛也是这样。合作社分组时,黑梁子沟南面、北面各一组。北面一组是孙家和王家等。后孙家单列出来,孙江成家、孙江荣家、孙江华家、孙平玉家、孙平文家,自成一小组。孙江华任组长。小组共三条牛,一条大牯子、一条老母牛和一条小牯子。后承包到户,三条牛配成价钱,大牯子五百六十、老母牛四百、小牯子四百二十。孙江成得了小牯子,孙江荣父子得了大牯子,孙江华与孙平玉得了老母牛。因孙平玉家人多,孙江荣父子补孙平玉八十元,孙江成补孙平玉三十元。那母牛之所以价比两条牯子低,是因这母牛年轻时,脾气暴烈,不服驯导,犁地时拼命往前挣,尾巴结在耕索上,把尾巴挣断了。这母牛从三岁到如今十八九岁,一直不生子,生产队一直将其当牯子看待,如今年纪已大,所以公议批四百元。

孙江华、孙平玉两家分到这牛后,共同喂养共同犁。这母牛虽年年发情送去配,但仍一直不生子。轮到孙平玉喂时,孙平玉喂得仔细。而孙江华不娴农务,平时生产都是潦潦草草,胡乱种完就躺着晒太阳,喂牛就更不仔细。这年冬天牛在梁子上打野回来,在孙江华家喂了一月,孙平玉总不见孙江华将牛放出圈来。孙江华平时懒，不割饲草，如今没有饲草，那牛只好挨饿。孙平玉成天哀怜那牛："草也没有，肯定关在圈里天天饿啊！"陈福英说："你少管闲事！牛也是他的，他要让它饿你有什么办法？"孙平玉遇上孙江华，说："大爸，万一你饲草不够，来我这里抱点去喂。"孙平玉出饲草帮孙江华喂，孙江华本应好好喂一下，但孙江华嫌抱草也麻烦，总说："我有的，我有的。"那牛天天饿肚子。

下一个月，牛轮到孙平玉喂。孙平玉去孙江华家赶牛。圈门关得严严实实。孙江华刚取了两块圈门，才露进去一点光，牛就在里边跳跃不已，欲要纵出来。孙江华怕牛闯出伤了自己，叫孙平玉："你拿块圈门枋枋吓着它。"孙平玉拿了圈门枋枋，不断在牛眼睛前晃，吓住牛。孙江华才敢边骂"你看这个死牛！你看这个死牛"，边战战兢兢启圈门枋枋。启到一半，牛越发跳得急。孙平玉手中的枋枋不断打在牛头上，但总打不住，见牛是要出来了，孙平玉喊："大爸快让开！打不住了。"孙江华忙丢了圈门枋枋要躲，牛已一跃而出，孙江华跌倒，牛从其身上跃过，向山上飞奔而去。二人大急，拼命追赶。追到水边，二人见牛正伏头畅饮。这牛一池水饮光了，又饮一池，又一池完了，又是一池。二人久等，牛总不抬头。孙江华打牛，牛总不动。孙平玉见牛连饮光六池水，恐怕有两百来斤水了，生怕牛被水胀死，忙上去帮着打。但无论他二人怎么打，牛就是把嘴伸在水里不抬起来。孙平玉见牛瘦得皮包骨，又饥渴如此，大为不满，问："大爸，几天没喂水了？"孙江华面有愧色，说："认不得那两个死娃娃的，前天我叫他们放牛喂水，可能就没喂了。"孙平玉说："看这样子哪里是前天没喂，怕是七八天十天没喂了。"见牛总不抬头，孙平玉说："再不赶开，要吃水胀死！快赶！"一阵树枝乱打，牛才被迫离开水池。牛被赶到孙平玉家后，孙平玉怕牛饿久了吃多出事，每天少许添草，向陈福英说："这家人太无聊了！像什么以农业为食的？经育[①]牲口竟经育到这种地步！"

一日，孙江华跑来，说："平玉，我不想喂这牛了。这牛年纪太大了，

---

① 经育：喂养。

又不会带儿。它这牙口,都要磨到牙花子上了。你划算划算:如果你想喂,并给你算了。"孙平玉想一并成,自己就得出钱,但哪里拿得出钱来,说:"大爸,还是我们两叔侄一起喂!"孙江华说:"我是真的不想喂了!这牛老了,卖是没人要的。要说杀它卖肉,也不值几文钱!你要就并给你!"孙平玉想想,两家合喂,这牛也可怜,干脆自己喂。于是给了孙江华一百五十元,把牛并了过来。

没想这老母牛并过来一年,被孙平玉家喂胖了,竟产一小母牛。第二年,它又产一小母牛。孙平玉才省悟过来:"说这老母牛不会带儿,假的。看来是从合作社上,就没有人好好经育牲口。"也是孙平玉该发迹了,他从未喂过马,这年夏家一匹瞎眼老骡马要卖,只要九十元。孙平玉去买,夏家说:"侄儿子,你先想好,不要后悔。这马老得不能再老了,而且从来不会带儿,我是想一分钱不要,把它当个废物丢掉。你后悔就算了!我们是叔侄,早不见晚见,为一匹瞎马整气了不好。"孙平玉说:"不后悔。"买了过来,全村人都笑孙平玉太蠢。陈明贺来,扳着马嘴看看,笑说:"孙平玉啊!即使夏家送我,我也不要。你还给他九十元钱!我把马拉去还夏家,喊他还你的九十元钱!"孙平玉说:"做成了的生意,反悔不好,算了。"陈福英说:"买也买来了,吃亏便宜,得个教训,九十元钱,就当丢了。"陈明贺说:"夏家老者跟我关系好得很!那天我遇上他,我说:'你咋用那种老瞎马蒙孙平玉?'他说:'我三番五次问他后不后悔,他说不后悔,我才卖给他的。你老哥这样说我,我就不好意思了,你把马拉来还我,我把钱退他。'他既然这么说了,我才说退的。他不说也就算了,他既然说了,我还是去退。他跟我关系好,退了根本不会说哪样!"孙平玉、陈福英坚持说算了。陈福全、陈福达、陈福宽都买的大马大骡,陈福宽有匹骡子,买成一千七百元,一驮要驮六百斤。陈家弟兄的马在全村出名。三人来见孙平玉的瞎骡马,哈哈大笑。

没料这马买来才半年,竟生了匹小骡马。夏家惊奇不已,跑来看了,说:"怪事了!怪事了!是侄儿子该发了。"每天出工,牛欢马叫。夏家祝贺孙平玉："侄儿子，母牛生母牛，三年九条牛；骒马生骒马，三年九匹马。你这家是发定了。"孙平玉忙说："感谢大爸的金口玉牙。"

家在发了，牲口也多了。孙平玉才有了点积蓄，在原屋旁边打了屋基，起了间牲口圈，结束了人畜同一间房的历史。他还不满足，又买了好几头小猪来喂着。

孙富华已到六岁，但孙平玉鉴于以前急功近利，六岁就送孙富民去读书，孙富民不但未悟过来，且人小了受人欺负，倒怕读书，孙平玉因是一直未送孙富华去学校。孙平玉就叫孙富华："你赶快扯猪草，喂了猪儿胖胖的。过年宰了时，猪尾巴就给你吃。"孙富华于是背个小背箩，每天扯两背猪草。但猪喂大，未等到冬天，孙平玉已将猪赶去卖了。孙富华见猪卖了，自己不得吃猪尾巴，好不惆怅。陈福英于是说："富华，还是要好好地扯猪草，虽然那条卖了，你看这条还在的，这条的猪尾巴还该你吃。"但不久，又卖这条了，孙富华又是一番惆怅。陈福英又哄，哄来哄去孙富华不信了，但孙富华每天仍很勤奋，完成两箩猪草。

孙富民书读不走，回家放羊。只有孙江成和陈明贺说好。孙江成和孙平元家的羊，是孙江成幼女孙平会放。孙平会比孙天俦小两岁，去读了两年书，读不走，就辍学回家。按说孙江成和孙平元家的羊，也只十来只，完全可连带将孙平玉家的羊一起放着。但孙平会历来见父母不理孙平玉家，也就和孙平玉处不来，不给孙平玉家放。孙平玉家的羊先由陈福九放，陈福九去读书，就由孙富民回来放。孙江成说："富民读不走，就回来放羊好了。世上的人，能成才的有几个？一家人，几代人出得起一个狠人，就是了不得的事了。"孙平玉明知孙江平是怕自己请孙平会放羊，才说这样的话，心中也气，想孙平会多放几只，少放几只，生什么关系。即使孙平会不帮孙平玉家放，孙江成本可以压孙平会放，但孙江成不压。孙平玉也说："穷得新鲜，饿得硬气。你不帮我放，我的羊就会饿死？"才叫孙富民回来放。陈明贺则是本身不知读书作用，出于老观念，说："孙平玉，你要留个把在家。个个都出去工作，以后你老了怎么办？要口水喝都要不到！万人都说富贵以后是工作单位上的人，要走远掉。富华也聪明，性格脾气跟富贵一样，恐怕也要出去。你不留富民在农业上,以后你怎么办?"孙平玉知陈明贺是出自本心,所以只是听,却不反感,而知孙江成口是心非,听了就反感。

别人的看法就不如此。陈明安说:"孙平玉,你是在给自己找气来淘啊!你要供书,就个个儿子都供。不供呢,就一个都不供。以后儿子们就都没说的。不然以后你有这样说场①,我有那样说场,要把你耳朵都吵大掉。你现在供的供成大学生,培的培养成羊司令官,以后有说场得很啊!书读不成器的找你算账,你算得清?我们是过来人,见多识广了,自己也把气淘够淘足了。你还没尝过这种滋味,给你提醒一下!"孙平玉这才恍然大悟,忙回家催富民去读,富民总不去。

假期中,天俦便跟着父亲到山上找柴。这时的法喇河山破败,山上越发光了。找柴需到大红山东面,来回走近七八十里,一天只能跑一趟,找一背柴。孙平玉舍不得这样浪费时间,就天不亮出发,中午回来,这样剩下的时间还可以做点其他的活计。半夜刚过,孙平玉揣好几个冷洋芋,便叫出发了。

外面漆黑一片,天空广大,星光无限。没有电筒,父子俩就摸着黑走。世代生长于斯,何处有坑有洼,他们一清二楚。夜里凉凉的。天俦见满天星斗,高兴地向父亲讲起天文知识来,说地球不过是太阳的行星之一,体积只有太阳的几百万分之一。太阳又只是银河系一千五百亿颗恒星之一,而银河系这样的星系,已观测到的就有十亿亿多个。孙平玉不免吃惊,无法理解。尤其孙天俦讲到月球距地球三十八万公里,是地球的卫星,人类已登上月球,孙平玉失声叹道:"人上去一脚就把月亮踩翻了嘛!月亮还没有人大,脚一踏上去肯定踩了连人掉下来。"孙天俦先以为父亲会惊讶人怎么上得去,没想到会惊讶于这个,不由深感悲哀。又讲月球到底有多大。孙平玉听完说:"实在弄不懂啊!这么高,除了飞之外,还能有什么方法上去?你又说飞机上不去。"孙天俦又讲火箭、航天飞机,孙平玉总是听不懂。

---

① 说场:说法。

孙平玉另有他的一套讲法，指着天上的一颗星说："富贵，我观察这颗星宿，趱上来得远啦！顶多隔上半把年，中央肯定又有什么事了。你老祖在世时天天半夜起来观察天象。开始我都不相信。他有几次悄悄跟我说：'又出颗星宿了，中央又要出个什么领导人物了。'过上一久，应验了，我才相信起来。半夜也起来看。我看了十来年，也验证了好些了。那一年蒋介石死，你老祖先就跟我说：'那颗星宿挤眉眨眼、黄分分的去掉了，又有大人物要不在了。'过了一年，就听说蒋介石死了。毛主席、朱德、周总理死那年，天上的星宿不断地动，地上也是今天听说这里地震，明天听说那里地震，人心惶惶。那年接连三个大领导去世，中国不是天天听见哭声？"

上了二道岩，孙平玉就更扯得远了，说："你老祖以前买了好些古书，天天看。可惜这些书全被孙江华等抄去了，书可能都还在孙江华手里。你老祖时常跟我说：'书上说了以后外国要打进中国来，中国要战败。但中国最终不会败，最后的胜利是中国的。那时天下就太平了。'"

上大红山顶，东方大白，露水把鞋都绊湿了。霞光万道，曙色南北拉开，遥迢万里，直到天尽头最黑暗处。多么雄壮的序曲啊！天俦心中徜徉着，总以为太阳就要出来。久等不出，他们已进入林中。孙平玉甩开斧头，顷刻砍倒了一大片。天俦用镰刀修枝叶，因全力寻找太阳，心不在焉，不久手里就满是刺。孙平玉砍够了，用镰刀割了竹子来，划成竹篾，将柴捆好、系好，父子俩就开始往回爬山。东方越来越鲜艳，已有红云在黑暗的海上飞移。因是背对东方，天俦生怕错过日出的一瞬间，不断回头，但太阳总不出。

上了大红山梁子，孙平玉叫天俦息下，笑说："我就说不用焦，我是天天早上看，有数的。现在盯好，要出来了。"父子俩坐在毡褂上，俯瞰着河谷。河谷始时清澈透亮，能直见谷心的牛栏江。渐渐起了河雾，把江掩住了。从大红山直向东方红光亮处，也是万里遥迢。最远处鲜艳夺目，天俦总以为太阳将出来，心情焦急，总觉气闷，真想大声呐喊。他站起来，双手掐腰，胸脯挺立，威是威武了，但还不适意。再挺胸，再昂头，还是不适意。他极力踢腿、腾跃，还是不适意。无论如何，意觉积蓄了巨大的力量，无法使出,极不舒服。

曙色向南北两方无限扩展而去,遥远得令人痛苦。江东无数黑暗的群山,迅速化为辽阔黑暗的云海,向东方伸去。高山之巅成了礁石,变化之速,令人惊愕。天俦极目四望,深觉骇异,他从未见过如此无限辽远深邃的景象。

孙平玉高兴地大叫一声:"出来了。"从毡褂上跳起来。天俦忙向东望,什么也不见。孙平玉大叫:"看见没有?看见没有?"见天俦尚未看见,忙来按天俦的头:"在下面!在下面!还在下面!"孙平玉激动不已,但孙天俦的头已被压得很低了,还是未寻见。孙平玉又按头:"下看!下看!再往下看!"

孙天俦头又被压低,才看见了,极深极黑极暗的海底,一痕神圣不可侵犯的彤红色在升起。它是天地之主、万物之主,豪迈、雄伟,往上升腾,越来越大,越来越鲜,越来越艳。天俦心在战栗,血在向头上奔涌,即刻感觉整个灵魂变得异常神圣肃穆。

它撕破无边的黑暗,居临宇宙中央。它没有敌人!刚才的世界,全是它的敌人,但它一来到,敌人即刻皈依为顺民。它在升腾,升腾,不断地升腾。

天俦全身笔直挺立,双眼死盯着那个地方。他已和那半圆的红的世界合为一体。世上没有什么能阻挡太阳的步伐,也没有什么能阻挡他孙天俦的步伐!它和他都在永恒地、骄傲地上升!

太阳全出来了,它是初生的婴儿,完全埋在黑暗里。天俦四面望,世界黑暗到无以想象,仿佛是永远没有任何事物能够穿透、永远无法征服的黑暗!是无敌的黑暗!他深觉绝望,眼神忙又奔向那彤红的一体。这是世界最伟大的事物,最崇高的事业。包围它的黑暗之海,无限辽阔,而它不需要任何外力的支援,它有的是力量,全凭借自身力量升腾。下面的黑暗之海在追随它,上面无边的黑暗之海在降附它。它升腾得那样华贵,那样雍容!

有云层掠过它,这一瞬间它更鲜红欲滴。天俦又惊又恨,又嫉又

这是世界最**伟大的事物**，最崇高的事业。
包围它的黑暗之海，**无限辽阔**，
而它不需要任何外力的支援，
它有的是力量，全凭借自身力量**升腾**。
下面的黑暗之海在追随它，上面无边的黑暗之海在**降附**它。
它升腾得那样**华贵**，那样**雍容**！

炉，伸手欲把它揽住。它就这么欲滴未滴，而永远不会滴下去，无比鲜艳又无比坚强。世界最鲜艳的花朵是它，最坚强的战士也是它，它使一切人间事物苍白失色。

下面的黑暗之海，依然如故，浓厚无垠，辽阔无限。上面的曙光，也是辽远无限，是宇宙间最巨大的舞台。光明与黑暗，一线分开，南北延伸，辽远万里。天俦见天地之间，立着父亲和自己，露珠晶莹，空气洁净。孙平玉脸上漾满笑容，孙天俦从未见父亲如此笑过。

太阳仍在升腾，黑暗之海仍浸没着它。尽管黑暗博大深邃，却只能是太阳的奴仆。太阳距海面近了，近了，就要与曙光相触，突然间，连在一起了，微弱而冷凉的光，射到了天俦身上。

孙平玉哈哈大笑："相当好看。我十几岁就看起，百看不厌。"

突然"嚯"的一声，大红山梁子震动起来。孙平玉大叫："燕子！"下面的悬崖，向天空喷射起一股黑色的激流，天地间响起了长江大河的波涛声。数万燕子先是一团，像核弹射出，在空中爆裂、膨胀、翻卷，终于聚成巨浪，向空中射去。一浪接一浪，波涛不绝，仿佛大海在汹涌澎湃。

天俦喜不自胜，他的灵魂被彻底荡涤，他重新诞生。他将开辟新的天地，创造新的伟业。

前方的燕子已升起万丈之遥，后面的成千上万，竞相朝东方的朝阳扑翼而去。

太阳彻底照见西面最辽远的天空。从太阳脚下直到大红山梁子，一片红色的海洋。从太阳直到大红山的天空，也是一片红色云海，均是亿万千里之遥。中间是太阳的道路，一层一层，分出无数层次。孙天俦魂在溶化，心在飞翔，彻底醉了。他的心脏剧烈地跳动，仿佛要爆裂，他深恐自己因激动、快乐而心裂死亡，不敢看了。

渐渐地，下面云海涌上来，淹没了下面的万丈悬崖。燕子已远去，无声无息了，但天上、地下广大的海洋，仍然汪浩如故、绯红如故、沉醉如故。天地间过于寂静，一切声响均被吸收干净，天俦仿佛没有了耳鼓，没有了耳的功能，但他仍能完整领会这无比瑰美的世界。

空气异常洁净、清美。太阳光暖起来，云海不断变化。百万燕子在光芒里扑翼翱翔。天上的云海在消失，地上的云海迅速变为白色，阳光射在上面，反射着白光，无比圣洁。

沿大红山梁子回家，总有不尽的激昂之情从天俦的心里喷薄而起。白色的海洋越发漫上来，到了脚下。有的雾纱飘到了父子身上。东方广大的海也漫起来，发散银光，把天空映洗得极为碧蓝。世界有如初生，草地因云蒸霞蔚，呈橙绿色，牛马在上面嬉戏。孙天俦醉了，歇下呆看，孙平玉先走了。不知过了多久，仍是如斯云海，如斯银光。太阳升高了，世界一片静。燕子已不知飞往何处，下落不明。天地间只有牛马吃草的声音和山泉的喧响。天俦仍未站起来，他只想永远生活其间。

十　处　分

下一学期，陈福九到二年级学习，学习仍是很好。谢家小伙子见陈福九从自己班上走了，大为着急。下课以后，就跑到二年级门口欲和陈福九攀谈，陈福九不理。写情书给陈福九，陈福九不接。按陈福九性格，这样纠缠不休，早就骂人了。但谢吉林是校长，陈福九要读书，所以忍辱负重，只是不睬。谢家小伙子见事不成，越发强横。这日放学，追上陈福九，说："我跟你去看看大爸大婶！"陈福九兀自走，谢家小伙子紧追不舍。陈福九说："你搞哪样？"谢家小伙子说："我去看大爸大婶。"陈福九说："我爹我妈要你怎么看？"谢家小伙子说："看看大爸大婶喜不喜欢我做姑爷。"陈福九大怒，扬手就赏其一个耳光，骂道："老子警告你，再纠缠不休，你走着看。暂时给你个耳光让你醒醒。你醒了算你洪福，不醒的话你再来试。"谢家小伙子大陈福九七八岁，高出陈福九一倍，被一个耳光打了，不敢出声，不敢还手，甚至弄不清自己是怎么逃回家的。甚而觉这一耳光很光荣，毕竟是陈福九打的啊！

谢家大为光火，责骂谢家小伙子日脓，二十零头的伙子竟被十一二岁的小姑娘打了个"独挞儿"。说谢家到法喇一百四十多年七代人，无一人被妇女打过"独挞儿"。法喇人的习俗，被妇女打耳光，叫打"独挞儿"，以后只能生独儿子，是奇耻大辱；被姑娘打"独挞儿"，等于绝后。被女的打了耳光，无论如何也要打对方耳光，叫"打了还掉"。谢家自作自受，不敢上陈家的门，就支谢家老母，到学校来，扭住陈福九，骂道："你这个骚货！来学校裏野汉子！老娘今天不把这'独挞儿'还掉，就不活人了。"要打陈福九耳光。陈福九也骂："你爹来教书，你在家闲不住了，跑来学校裏你爹？"与其厮打起来。谢家老母占不到便宜，就叫儿子："你手头捧了碎银子？老娘拉住这个骚货了，你还不来打了还掉？"陈福九瞅到机会，又给谢家老母一耳光。谢家老母又哭又叫，又抓又咬。陈福九见其老态龙钟，怕以死来揣，若死了自己说不清楚，忙挣脱了就跑。

谢家老母还"独挞儿"不成，又挨一"独挞儿"，成了全村的新闻。全村公谓陈福九厉害。谢家举族商议，决定找陈家算账。陈家见陈福九连胜两场，大扬陈家风采，大喜过望，也聚众商议，决定拉陈福九到荞麦山卫生院去医，就说被谢家老母打伤。同时宣扬要告谢吉林治校不严，唯亲戚是用，致其侄子在校打伤学生，并做好与谢家武斗的准备。谢家也拉了那老母到荞麦山医，言被陈福九打伤。但终归是谢家自知无理，怕谢吉林吃亏，斗也不一定斗得过陈家，考虑再三，只得求和。陈家的目的，不过是巩固胜利，防止事态扩大，见谢家求和，即言同意，事情就这么不了了之。

但陈福九的书也就读不成了。陈家、谢家谈判时虽未言不许陈福九读书，但陈家本身就不欲让陈福九读，事后即借机向陈福九施压："事情闹到这一步了，还读什么书！"谢家知陈家不许陈福九读书，欲挽回点面子，就宣传说陈家既得罪谢家，谢家掌着学校权力，便不许陈福九读书。陈家得知，也不和谢家计较，倒对陈福九说："你听谢家已不许你读书了。好耐他妈脏烦！硬气点！他不准读，就莫去读了，免得还以为要去求他谢家！老子们陈家耐烦求人？"陈福九说："谢家也是说点堂皇冠冕的话挽回点面子罢了。我要去读，他敢不准？"但终究心灰意冷，几天没去上学。陈家赶紧安排农活给她做，使她抽不开身。陈福九虽不时又起重新回校上学的念头，但看环境不谐，家里反对，渐渐就淡漠了读书之念。

这场风波又为陈明珠增添了理由，陈明珠据此又骂陈福九，陈福九随即还骂。事情越闹越僵，无论陈家、戴家，均知这场小婚表面维系，实际上已不可能。陈家除陈明贺外，均不理陈明珠。戴宝雄则见陈家都喊，陈家知过不在他身上，都和他打招呼，但已无补于事态好转。

孙富民人小，哪里会放什么羊！孙平玉无奈何，不过是有人随着羊罢了，至于羊放得好丑，就管不了。这一天，孙平玉在地里忙活。忽然电闪雷鸣，狂风暴雨，河坝里满河的水。孙平玉见状，直为孙富民担忧：“糟了！糟了！富民麻烦了。”陈福英说："你赶快去瞧，这么大的雨！小娃娃憨不憨痴不痴，要是不会躲雨，冻都怕冻废掉了！"孙平玉冒雨朝山上跑。跑上大红山，到处问人们看见孙富民没有，都说没有看见。孙平玉已被淋湿，风一吹，冷得发抖。他更叫"糟糕！糟糕！我都抖成这样子，小娃娃也怕不行了。即使在，也冻得差不多了"。问到下午，才问到了，有人说："下雨之前我见他在杀人坪子，雨后就不知了。"孙平玉忙朝杀人坪子跑。到坪子上面，就看见自家的羊。他边跑边喊"富民"，一直无回应。他跑到了，羊群都呆立着。孙平玉到处找孙富民，不见。天晚了，孙平玉更慌成一团，忙要赶着羊去找孙富民。

赶羊时，一只羊一走，下面突露个人出来。孙平玉见是孙富民，已人事不知，一声"富民"，就哭出声来，以为儿子已死，抱进怀中，大声号哭。半天才发现儿子尚有微弱气息，羊也不要了，抱起孙富民就朝山下跑。他自己也是全身湿透，无法为儿子换上干的衣服，只好用自己的体温来焐孙富民了。别人见孙平玉如同疯了，大声惊问："孙平玉，你怎么了？"孙平玉听不见，仍是跑。陈明贺、陈明益去找柴，刚翻山过来，见孙平玉大声号哭，抱着一物狂奔，便问旁人："孙平玉在搞哪样？男子汉巴差的，也不怕害体失羞？"旁人说："听说孙平玉的儿子冻死了。"陈明贺一听，泪"啪"地掉下，丢了柴就边追边喊孙平玉。孙平玉在狂奔，根本听不见。陈明贺上了年纪，追不上，嗓子都喊哑了，就是喊不应孙平玉，陈明贺只得干着急。他见孙平玉越去越远，只得喊前面的："请你们帮我短住①孙平玉！请你们帮我短住①孙平玉!"别人忙拦孙平玉。孙平玉大骂:"我有急事!快让开!耽误我的事,我和他拼命!"六七个人连番拦,都拦不住。但这时陈明贺也就追上了,把孙富民抱过来问:"脱气没有?"孙平玉说:"还有一小点气。早点跑回村子可能还有希望。"陈明贺骂道:"你孙家这个娃儿憨眉日眼的!跑回村子?还有十几里,你怎么跑?老子先不和你讲,过一阵再说!"即流泪抱了孙富民朝伙房跑,孙平玉跟在后面。到了伙房羊圈,陈明贺命孙平玉将羊粪扒出一个坑,便将孙富民的湿衣服脱去,放入坑内,又扒羊粪焐上。孙平玉才恍然大悟,连说自己人急失智。陈明贺才说:"你是急了,不会想办法。小娃娃已冷得不行了,你还抱着他跑,让风吹。再吹一阵,问题就大了。村子还有七八里远,你哪时候跑得到?跑回去你又怎么办?什么东西也没有这羊粪好!我们以前冬天在大红山放羊,外面大雪,我们在羊圈楼上,衣服脱光了还在淌汗水。"二人坐看一阵,见在羊粪的作用下,孙富民脸色已由惨白色变为稍微红润,陈明贺说:"没事了。"才叫孙平玉:"小娃娃由他在这里,你赶快回家拿两件干衣服来,给他换上再带他回去。"孙平玉忙回家,带了衣服来。孙富民已醒来,换了衣服,孙平玉才背上孙富民回家。

陈明贺背柴到家,已是半夜,又和丁家芬带了两盒红糖来说:"熬点红糖给他喝下去。"后又教育孙平玉:"你这个羊,能找人放就找人放。找不到,干脆把它们卖了。这种小娃娃拿去放羊子,你们怎么放心?莫说他才七八岁,福九都十一二岁了,我都不放心她去放。"

孙平玉决心卖羊了。一来孙富民太小,还放不住羊,二来他现在牛马多了,没有羊,关键时刻也可以卖牛马。再者夫妻俩先见富民不想上学,也就依了孙富民。后孙富民真不读书了,夫妻俩见富民每天牧羊,而同龄的孙国军、孙国达、孙家文都在读书,越为难过。尤其孙天伟和孙富民,同样弟兄,一个回来牧羊,处境可怜;一个学业有成,日渐上

---

① 短住:挡住。

进。不消别人说，就是孙平玉夫妇，所谓手板手背都是自己手上的肉，何尝不希望儿子个个成器？因是心内更为难过。两人决定无论如何还是送孙富民到校，他学也罢，混也罢，让他去混，也免得日后有怨言。

和孙富民不同，孙富华脾气和孙天俦差不多，极为好动，小时经常受伤，面上、手上尽是伤痕。某年全家出工，他在家煮早饭，上楼去拣洋芋。洋芋堆得很满，他脚踩上去，洋芋就滚，因无抓拿，就栽下三丈高的楼来，砸在堂屋中的碗上，唯把脸划破。众人言：算命大了！还算人小，栽下来不咋个，要是大人，下来就完了。孙平玉背了他到左角塘，请一赤脚医生缝。因是脸上的伤口，医生说："不要打麻药针。打得不好，对脑筋有影响。"孙平玉同意，撇开了脸不敢看。孙富华毫无畏怯。医生穿针引线时，直朝牙缝里吸气："这小娃儿好劲量，好像肉不是长在身上的。"后一年，孙富华去割草途中捏了镰刀跑，一跤跌下去，手掌正按在刀刃上，把右手掌心的肉全割下来了。王元富是赤脚医生，说："手掌上神经多，一半多的肉被割下来，这只手多半要残废。"因忙将已被割下的手掌缝了。大家叫富华别开眼，但富华只管看。后来这些伤虽都好了，但都留下了永难消除的痕迹。

孙富华早就盼望读书了。但他一去读书，家里就没人扯猪草，大家一直哄着他扯猪草。到六岁时，他就慌着要书包了。孙平玉说："你用右手伸过头顶摸你的左耳，摸得到就送你去读。"他伸手摸，摸不到。后他不断摸，有一天摸到了，便来摸与孙平玉看，说："我可以去读书了。"但孙平玉还是不送他去读。他压抑不住读书的欲望，便自发地学供桌上"天地君亲师位"几个大字。今天向孙平玉汇报："我会写那个'天'字了。"明天又汇报："我会写那个'地'字了。"到后来他汇报："我会写我的名字了。"又汇报："我会算一加一等于二了。"孙平玉、陈福英大喜："富华去读书，肯定行。"孙平玉先前见孙天俦是个急性子，办事毛躁，常出岔事，总觉不好，骂："我看你冲天不望路的冲！你要冲出祸来的！"后来孙天俦读书很行。孙富民则是个慢性子，循规蹈矩，一点岔事不出。孙平玉原以为好，当孙天俦做了错事时，就叫孙天俦看孙富民平时怎么做的。而后见孙富民学不走，却无办法，才说："还是急性子的好，犯错误快，一旦发觉，改正错误也快。最怕这种皮性子人，平时少犯错误，但一犯了，要他改就难了。说不说耳皮翻卷，不会改，真拿这种人无法。"孙富华又是个急性子，闯了不少祸。孙平玉生平最怕事，又觉急性子不好，爱惹事，皮性子虽别方面不如急性子，但不惹事就是好事，因此天天骂孙富华。

如今且说天俦在校，时常到秦光朝处借书看。秦光朝虽比任老师观念要新些，但也新不到哪里去。开学之初秦光朝布置作文《一件小事》，天俦却作了一篇《我要像太阳》，写他和父亲在大红山顶看日出的情景，文尾云："我要像太阳，在天地间不借任何力量，仅凭自身信念和自发伟力，挑战命运，永远升腾；我要像太阳活得最鲜艳、最壮烈、最赤忱，飒爽豪迈，慷慨悲壮；我要像太阳，曙色千里，光芒万道，大公无私，彻照人类。我要像云海，洁白无瑕，纤尘不染，做道德之典范，宇宙之完人。"

秦光朝见其擅改作文题，虽然作文不错，还是不悦，想：怪不得到处惹事！原来如此。也不把天俦的作文当好作文。课后，秦光朝问："你怎么擅改作文题？"孙天俦说："写小事无意思，我想写大事。"秦光朝不悦，又说："你那作文不通：应该是'我要像太阳一样'，而不是'我要像太阳！'"孙天俦说："既像太阳了，就是'一样'了！为何多此一举呢？"秦光朝更不悦，抽身就离去。

孙天俦愈觉无论人生还是作文，都要为所欲为，抒所欲抒，才叫人生，才是作文。他更不顾秦光朝布置的作文题，擅自发挥。《我的理想》写道："人类太渺小！相较无限的时间，如电光火花；相较无限的空间，如飞灰微尘。正因一己之小和微，才要拼命去图大和巨。即使所谋不成，尚可得到永恒的精神！我之所欲，我之所图，即此精神也！得此精神则人生的目的、意义尽得。我生为此精神而来，死为此精神而去。人生只有一次。茫茫过去、漫漫未来均是死寂。短短的几十年，必须得拼尽所有的才力和意志，拼命地战斗，拼命地放光，像恒星把世界照亮。甚至单一恒星的光也太微弱，要聚宇宙间所有的星体为一，放出光来，才能表达英雄的欲念、豪杰的襟怀。恒星们循规蹈矩，不值得效仿！甚至如太阳，它每天就带这么几颗行星，以二万光年一周的缓慢速度绕银河系转，无聊之至！我必须打破一切束缚，摧毁一切格局，扫除一切障碍，成为天地间永恒的中心。"

又一些文章里他写道："我要集人类有史以来最伟大的政治家、军事家、战略家、诗人、作家、画家、音乐家于一身！凡是世上有的，我都要尽尝；世上没有的，我都要创造！人生如此，始无遗憾！"

全校学生早称孙天俦"孙疯子""孙狂人"。孙天俦说："这叫狂？这才是本分！连这点起码的精神都没有，还能叫人？我觉得自己一点不疯，一点不狂！我只恨自己平凡得出奇，不是伟大的英雄！我恨人只是人，而不是神！"

转眼到了孙天俦生日，十二岁已成历史，十三岁开始了。天俦大愤：来世已十三年，一事无成。他于是拼命读书，图书室的书都被看完了。天俦开始为找书苦恼，各位老师的书，他都尽其所能，拼命地借来不舍昼夜地读。眼睛终于耐不住，连见一张纸都要流泪，他只得罢书休息。又恨自己不能多长几只眼睛，这只看疼了，换那只来看。一时诗经、楚辞、唐诗、宋词、元曲等均大量背诵。

教历史的王老师，是个老高中生，打过国民党军。每天上课就叫学生拿出笔记本来，跟他抄"资料"。他在黑板上，全照着课本，一黑板一黑板地写。抄完，就讲起他当年如何冲锋在前，英勇杀敌。天俦甚觉无味，但又不敢走掉，因为班上要打缺席。天俦就背唐诗。历史老师对天俦很是不满，觉损了他的威严。因天俦历史成绩又特好，他才对天俦宽容些，独不卡天俦。这天他检查笔记，走到孙天俦身边，见孙天俦正埋头悄声念念有词。他以为孙天俦在背历史，将书拿起一看，是李白的诗。历史老师大怒，喝道："站起来！"孙天俦站起来。历史老师说："你在干什么？"天俦不想再添无聊的是非，说："我在背历史。"历史老师火道："竟敢当面撒谎！站到前面去！"天俦被迫站到讲台前。历史老师希望天俦改正说法，又问："你刚才干什么？"孙天俦说："我真的在背历史！"历史老师扬手中的李白诗道："这是什么？"天俦说："刚好拿着它！我真的在背历史，不信老师考我。"历史老师说:"那好,我刚才讲了隋朝大运河,你就背出隋朝开通大运河的伟大功绩。"孙天侔想按历史书上背下来,但那是史家的观点,不是他孙天侔的观点,就答:"老师,允不允许我在历史书的观点之外有所发挥?"历史老师说:"你称你在背历史,你就把你背的说出来!谁要你发挥?"孙天侔坚决不背历史书的观点,而说他的观点,便说:"我刚才背的是我的观点!我认为隋运河没有功绩,隋朝眼光太浅,史家眼光更浅!史家称大运河沟通了几大水系,那东海沟通了多少水系?隋帝若有眼光,应开拓海上航线,这才是真正的大运河!海洋联通世界,而运河只联通几条小河!"话未完,历史老师已将那李白的书朝孙天侔打来,骂道:"对牛弹琴!我成天教的都是牛!不耐烦教了!另请高明!"扬长而去。

事情反映到秦光朝处。秦光朝忙请历史老师莫反映到校长处,他保证解决。历史老师不管,又到校长处讲明:"这样的学生我不教!若留他在,请学校另请高明。"校长听又是孙天侔,烦了,当即答应历史老师:"开除!"

校长已懒于叫孙天侔来问话,直接叫了秦光朝来:"孙天侔上次的处分尚未消,现又犯事,怎么办?"秦光朝无法答言。校长说:"只得开除了,无论他是什么天才!我来承担扼杀天才的罪名!"秦光朝说:"能否给他个开除学籍、留校察看?他不同那些赌博、斗殴、偷盗的学生,品德相当好。他挨处分是因为他坚持他的观点。说实在的,他的很多观点是对的。"校长沉思一阵,说:"那要做做王老师的工作!他不同意不好办!"秦光朝说:"要请校长做做他的工作。"校长说:"你先去做,做不通再说。"秦光朝于是叫了孙天侔来,骂了一通,叫他去向王老师认错。王老师不理。秦光朝自去找王老师。王老师说:"称我们的母亲河黄河、长江为'几条小河',这比中国历史上任何一个卖国贼都可耻!秦桧、汪精卫也不敢称黄河、长江为'几条小河',可悲啊可悲,我校竟出了中国历史上最大的卖国贼!"

秦光朝见王老师把问题无限上纲,竟称孙天侔为卖国贼,急了,忙说:"王老师,这样恐怕不妥,怎么将孙天俦跟秦桧、汪精卫比?"王老师说:"好,如果他是爱国者,我诬陷爱国者,我就是卖国贼。我俩没有说的了!请学校决定!秦老师,我要睡觉了!怎么办?"秦光朝吃了闭门羹,丧气而回,又骂孙天俦,决定不管了,开除就开除吧。

下午是教职工会议。校长传达县教育工作会议精神。王老师天生的婆婆妈妈,在校长讲完开会事项后,把这问题就扯到教职工会议上来了,说:"校长传达的精神很好,我们要深入贯彻。荞麦山中学出了一桩天大的丑闻!比卖国贼还可耻!秦桧、汪精卫敢称黄河、长江为'几条小河'吗?"校长见他不识时务,把这鸡毛蒜皮的事也扯到这么严肃的会上来,有些不满,不欲其扰乱会场秩序,说:"老王,还有其他要说的没有?没有的话,就散会了。"王老师立作委屈状,说:"校长,我为共产主义、为中华民族奋斗了一生,没想到结局这样寒心!要说的多啊!像这样下去,我们这个民族,危险啊!"校长本意逼王老师结束题外话,见他不识抬举,火了,说:"好啊!把这问题升格,提到教职工会上来讨论!那就大家都来看看该如何来对待这一教育现象!"

老师们莫名其妙,不知是怎么回事。校长说:"王老师,你先说情况。"王老师说了,校长说:"下面开始讨论,大家畅所欲言。"有的老师说:"这个学生可是可以,但考试他要吃大亏,按他那个答上去,绝对不得分。"校长说:"问题是这学生说的是对的还是错的?"对方说:"说对嘛,跟历史定论不同;说错嘛,也有他的道理。"王老师急了:"称黄河长江是'几条小河',还不错?你们还爱国不?"

讨论渐渐深入,肯定孙天俦意见的老师多起来。有的老师说:"大运河的功绩,从我们读书时书上就这么讲,历来无人敢将它驳倒。这学生敢将教科书上的定论打倒,既有勇气又有眼光。"有的说:"这个观点如果发表,历史教科书可能就要被修改!"王老师面急红了,不断站起振臂而呼:"称黄河、长江是'几条小河',这是什么样的行为?这是卖国行为!请大家就这是爱国还是卖国行为进行讨论!我相信各位老师都是爱国的!"

但王老师的呼吁不起作用,讨论继续深入。后来副校长发言,说:"这个学生能提出这个大胆、新颖的观点,勇气和眼光都不同寻常。以后好好培养,当个优秀的历史学家看来不成问题。"党委书记又发言:"看来我们的学生,不乏眼光、勇气、创造力,我们要好好培养。"校长见状,立即提出:"大家讨论一下,该如何发落这个学生?"王老师见大势已去,愤恨而去。立即有的说该表扬,有的说既该表扬又该批评,有的说该批评。校长说:"看来是三种意见!我们发扬民主,当场表决。同意表扬的举手。"有人举了手。校长数过,说:"同意既表扬又批评的举手。"绝大多数老师举了手。校长道:"同意批评的举手!"也有人举了手。校长说:"看来是第二种意见居多。学校四套班子根据大家意见,再作研究决定,散会。"

后又做了王老师工作,王老师同意给孙天俦开除学籍、留校察看的处分。于是全校学生大会上,孙天俦再次被"判刑"。

十一　暴打儿子

孙天俦在校，多番挨了处罚。法喇村在荞麦山中学的学生多，孙平玉、陈福英岂能不知？他们都以为孙天俦在校不行正，所以孙天俦每次回家，便受到父母苦口婆心的教育。

孙平玉、吴明义、吴明华、赵国成、王元德等是同龄人，均是三十出头。这一代思想观念全不同于孙江成、陈明贺这一代。一是法喇村在外工作的多了，而他们年年劳作，羡慕这些领工资吃饭的人，企慕已久，心理自然变化；二是前些年来了一大批米粮坝的知青，与孙平玉等刚好同龄。知青的文化水平、穿着谈吐、生存境况自然比孙平玉等优越，使孙平玉等好不自卑。在探究造成差异的根源时，孙平玉发现了最大的差异是文化的差异，从而形成这样的观念：读书改变人生，知识决定命运。但他们无知无识的命运早已被决定，文革耽误了他们。但即使没有文革，凭法喇村的偏僻落后，他们也不可能受到什么样的教育。他们想挣扎一番，改变命运，然而不可能。他们在省悟前，失败的命运早已决定。无可奈何之余，他们的愤恨不平之心，就转嫁到培育子女身上来。联产承包责任制实行时，他们最大的子女刚要到十来岁，小学即将毕业，希望刚要开始。再加上包产到户，各家虽都还不宽裕，但毕竟不是穷到山穷水尽的合作社时了，无论卖牛卖马，车借贷款，都能设法凑够子女进中学的学费。再加之他们虽尝了生儿育女的不易，却未尝到使之成家立业的艰辛，对未来尽是幻想，所以见儿子的中学录取通知书来到，大喜过望，认为这下可以扬眉吐气大干一番了。也如孙平玉一样背箱扛被，携子送往荞麦山。

在孙天俦考取的下一年，原同班的吴明义之子吴耀周、吴明华之子吴耀祥、赵国成之子赵家寿、王元德之子王勋科、谢吉林之子谢庆成及姜庆辉之女姜成菊、吴光映之子吴明陆等经补习，尽考入荞麦山中学。但这班人到校，除了谢庆成、姜成菊埋头苦学之外，均不务正业。或抽烟喝酒，或赌博打架，或拿了伙食钱朝电影院跑，或赊零食漫天欠账，无钱了就回家偷。家里发觉后加以防备，就在学校偷。他们偷钱被学校发觉，就叫了家长来赔偿损失，写保证书。家长既要忙生产，又要供学费，还得不时到校赔偿儿子打架、偷盗的损失，因此气得要死。对儿子无法，就只好三天两头往学校跑，去向老师了解情况，向儿子摆事实、讲道理，说明读书的重要性和改变命运的必要性。法喇人上门，无论厚薄，都要带点礼物，或者两个鸡蛋，或者两斤洋芋粉。不到半个学期，老师们都在谈论法喇这些学生家长望子成龙之切，前所未见。要是所有的家长都如此，那这书就太好教了。

赵家寿在校赌博逃学。赵国成天天跑来荞麦山侦察，终于在校后山坡的赌场上将赵家寿抓获。赵国成语重心长，讲道理到天黑。因赵家寿的钱输光，赵国成将身上仅有的一元钱给赵家寿，自己饿着肚子回法喇，但赵家寿仍是不改，赵国成大怒，带着两根牛皮条来，侦察了两天，在公路桥下的赌场将赵家寿抓获，将其绑在公路边行道树上，扬起牛皮条一阵猛抽。一皮条下去，就有一痕肉鼓起来，隔着衣裤都能看见。法喇来赶场的看见，都喊："赵国成，审①着点！你这是皮条，不是杨柳条！打个养老疾出来，他这一辈子怎么办？"赵国成不理，直打的筋疲力尽。赵国成亲弟赵国万来赶场，见侄儿子被打得不成样子，忙来解救。赵国成说："兄弟，大哥一万个求你，放开我的手！你不理解

---

① 审：慎，小心。

我此时的心情！"赵国万说："大哥你答应不打家寿，我就放了。"赵国成说："你怎么这么无聊！他赌博时你怎么不来教育？现在你来教育我了？你到底放不放？"赵国万说："家寿被你打得不行了。"赵国成大怒，扔了皮条，说："你会管你管！"骂着就走了。赵国万见自己行好不得好报，也火了，弃赵家寿而去。到天黑，赵家寿仍被捆在树上，忙请过路的学生带信到校，请了法喇的学生去把他从树上解下来，抬回学校。赵家寿衣裤已烂，肉尽肿起，昏过去了。校医来输了液，叫法喇学生带信给家长。信带到法喇，赵国成之妻扭着丈夫大哭大闹，赵国成火了，又给妻子一顿，骂道："都是你平时惯适的！我不找你的麻烦，你还来找我的麻烦了！要看你去看，我是不去的！他死了也才是这么回事！"竟不到校看赵家寿。其妻跑了来看望。赵家寿好了以后，畏惮于是，不敢赌了，但每天在课堂上昏睡，无心学习而已。

　　吴明华是赵国成的亲大姐夫，生产比赵国成还忙。赵国成两个九岁七岁的女儿未读书，在家帮着忙生产，所以赵国成有空到校侦察赵家寿。而吴明华的都是儿子，尽在读书，根本抽不出时间去侦察。赵国成打了儿子愤然回家，吴明华便来问："吴耀祥在学校咋个样？"赵国成说："你哪天晚上抽空摸去，冷不防搜他的包，一定搜得出几包烟来。"吴明华说："你怎么不帮我揍他几下？"赵国成说："我帮你揍他，可以是可以，问题是起不起作用？就像赵家寿，如果我请你揍他，尽管揍了，还会有我亲自揍起作用？"吴明华一听有理，就准备着到校去收拾儿子。下一星期吴耀祥回来，又是说学校要求交这样费多少钱，交那样费多少钱，一共得带多少钱。吴明华妻说："小祥儿，按规定一个月的伙食钱才要九块。这个月已给你十九块了，你还不够？"无办法，吴明华只好去到处借，借到天黑，钱才借够，交与吴耀祥。吴耀祥走后，吴明华就做上路准备。他半夜出村，天明到校，累得大汗淋漓。他摸进学生宿舍，学生刚起床。吴耀祥正躺在床上，点上一支烟，吸一口道："天亮一支烟，赛过活神仙。"话完，又吸上一口，朝空中吐烟圈。感觉有手来摸到自己的头发，吴耀祥以为是要烟抽的同学，说："哪个？要烟就明说嘛！两支烟奉放得起！"那手并不缩回，而是抓紧了吴耀祥的头发，另一只手就朝吴耀祥劈面打来。吴耀祥脸上挨了一下，撑起见是吴明华，顿时魂飞魄散。吴明华接过烟，将燃红的一头朝吴耀祥的嘴上按来。吴耀祥不敢让，唇顿时被烙得"呲呲"响。烟熄了，吴明华道："吃！"吴耀祥只得将那烟嚼了咽下。吴明华一搜吴耀祥的包内，还有三包烟，又叫："吃！"吴耀祥被迫连烟壳纸全嚼了吞下。吴明华说："昨晚给你的六块钱交出来。"吴耀祥说没有了。吴明华一搜，果然已经没有了，便问："哪去了？"吴耀祥不敢说已还烟账，撒谎说路上丢了。吴明华大怒，带其下楼，解下腰上系着的牛皮条来，就将其捆在学校操场的柱子上，扬起皮条就打。老师、学生全来围观。吴明华边打边骂："你小杂种才读四个月书，老子就卖脱四只羊了。老子只有十只羊，够卖几个月？老子四个儿子。羊全卖给你了，那三个咋办？老子面朝黄土背朝天，比牛马不如，比猪狗还惨！你小杂种吃饱喝足，'赛过活神仙'，还'两支烟奉放得起'。"吴明华把儿子打得皮开肉绽。见打得要不行了，老师才来干涉。吴明华扬长而去。学生将吴耀祥解下，抬进宿舍。吴耀祥身上是伤，肠胃便秘，到了床上想去厕所，到了厕所想在床上，又哭又叫，被折磨得死去活来。他成天痛得在厕所里打滚，全身屎尿。

星期天，孙天俦背了洋芋和柴，下黑梁子来，欲约王勋科一起走。到王家屋后，听王家屋内吵翻了天。天俦不便进去，便在屋后等，就见王元景出来。久后就听王元德打王勋科，只听见闷响，天俦便疑是用棍棒打。十来下过后，听王元德妻谢吉芳骂王元德了："孤寡！被你打死了！十几岁的娃娃，胜得住你咋个打？"王元德咆哮道："留着做什么？打死了喂狗！一样的弟兄，人家当乡长，我当憨农民；养的娃儿呢，人家的当三好生，这小杂种当强盗！"仍听见棒响。谢吉芳又骂王勋科："小憨和尚！你不争气！你比王勋杰少个脑壳还是少双手？人家当三好生，你当猪脑壳！你爸爸跟你大爹是弟兄，我跟你大妈是亲姊妹，都是王家的儿子，谢家的姑娘！你就该为你这不成器的爹妈争气！你还去敲诈人家，我们哪点少了你了？伙食钱没有给你？书钱没有给

吴明华边打边骂:
你小杂种才读四个月书,老子就卖脱四只羊了。
老子只有十只羊,够卖几个月?
老子四个儿子。羊全卖给你了,那三个咋办?
老子面朝黄土背朝天,比牛马不如,
比猪狗还惨!

你？学费没有给你？你说！"王勋科道："怪我日脓？怪你们日脓！我爸爸跟他爸爸是弟兄，那我爸爸为何不当乡长？我妈跟他妈是姊妹，那我妈为何不生个三好生？你们都比不起他爹妈，为何要拿我跟他比？你们不要脸，还怪我不要脸！要我比得起他也简单，我明天就去把王勋杰杀了！我就为你们争气了！"王元德大骂："你这个小杂种！"又是棍棒响。谢吉芳骂："使力打！使力打！教育他不听，敲磕人家不说，还要去杀人家！老子刚才还怜悯你被打得可怜！像这样有什么怜悯场①？打死你也不要紧！老子还有两个儿子！"棍棒声中，只听王勋科骂："王勋杰这个狗日的！你害老子遭这顿棍棒。明天老子上你家的门，要你死！"王元德又骂又打，谢吉芳又骂："使力打！使力打！"王勋科又在骂要王勋杰死。天俦听明白了，料定等王勋科无着，便背上洋芋自己走了。

  吴明义正在埂上割草，见到孙天俦，便问："外甥，你耀周老表平时是不是把生活费拿去谈恋爱了？"天俦最恨吴家在村里欺软怕硬，说："晓不得。"吴明义说："外甥不消瞒我了，我都打听清楚了。他每个星期回来除了要生活费，还要什么试卷费、春游费等等。我问赵国成，说赵家寿也这样要；问吴明华，吴耀祥也这样要。问你爸爸，你爸爸说你没这样要过。我才去荞麦山问班主任，说根本没这些费用，原来是他们合伙编框框来诓我们！班主任还以为我有得很，一个月给他一大笔钱。他小杂种拿去招呼那些婊子吃零食，还吹他家有钱得很，说我在单位上，一个月工资一百几。这小杂种，比地主讨账还恶劣，简直是逼牯子下儿②，说要就要，不给不走，逼得我眼睛插柴，脑壳发晕。当值十元的猪三元就卖掉，他拿去喂那些脏娘养的臭婊子！你给舅舅说说，他平时跟哪些女生鬼混？"天俦明白吴耀周、吴耀祥等平时编好了同样的说辞，回来骗钱。那些应付的说辞，也早已对过。吴明义问他们，绝对问不出名堂来，才来问自己，便说："我平时跟他们不在一起，晓不得。"吴明义说："当然。好人跟坏人合不在一起。他们鬼混

---

①场：理由、借口。

②逼牯子下儿：逼公牛生仔。

的，肯定不和你在一处，但同在一个学校，他做的事情，外甥不说全部知道，起码也知道一半。"天俦说："一点都晓不得。"吴明义无奈，只好不问了。天俦见吴明义前几年从不穿补巴衣裤，如今也穿了。他的胶鞋也烂了，大脚趾也露出来了。大约吴明义的确供儿子供穷了。目送其远去的背影，天俦眼眶热辣辣的，估算吴明义割这一背草要用去整整一天时间，要爬多少路，流多少汗。而这一背草，在猪圈里烂成粪，不到一撮箕，再背到地里种庄稼，能有多少收获？吴明义一天的劳动，好的话值一分钱，不好的话一分钱都不值。吴明义去年的生产天俦是知道的，三千斤洋芋种下去，歉收了，只挖得五千斤洋芋回来，只多出两千斤洋芋。这两千斤洋芋，不知值不值用掉的尿素钱？那么这一年一家几口的犁地、积肥、栽种、薅草、收获等上千个工就全贴了进去。如此廉价的劳动，苦来一分钱是何等不易，吴耀周与那些女生混，十元钱瞬间就不在了。天俦想：一句"可怜天下父母心"，说尽了人间的凄凉，而最可恨的，又是"天下儿女心"。吴耀周等人，怎就不长一点心肝，体谅一下其父的苦楚呢？

这天下课，孙天俦提了锑锅，要到操场煮洋芋吃。忽见吴明义穿得破破烂烂，蹑手蹑脚在跑。天俦奇怪吴明义为何到学校来，又穿得这么烂，顺着看去，见吴耀周正招呼几个女生吃凉粉。吴明义冲到凉粉摊边，吴耀周尚未发觉，还和那些女生有说有笑。被吴明义从后面一脚，踢倒在凉粉摊前。那些女生魂飞魄散，四逃躲避。吴明义将吴耀周拉到操场中人多处，左一耳光，右一巴掌，高声大骂："你小杂种说你家富得很！妈的家里除了烂茅草房，牛马都卖给你小杂种读书了。几只羊也要卖来给你这小杂种滤血屙痢滤完屙尽了。你还侃你家是万元户，老子每月能挣多少多少，侃你妈的脑壳！床上除了块烂毡片，连铺盖都没有！老子就是你爹，十个脚趾露在外面。裤子补了又补，连了又连，穿了又穿，屁股上的肉都遮不住。你小杂种还对襟衣裳都不耐烦穿，硬逼老子买中山装给你裹尸！老子的大头子羯羊，就卖得你小杂种这身裹尸皮！可怜你妹妹，天阴落雨、下雪下凌、成年累月穿个烂羊毛毡衫，短

那几个羊,冷得打颤颤!你反眼看看,你妹妹穿的如得你嫖这些婊子不?老子平时想起就心寒,半夜想起,枕头边的毡片要湿一大片!而你这杂种,天理良心全被豹子吃光了,竟来裹些婊子鬼混!妈的哪些人家养的臭母猪,嘈食了就赶去找牙猪配嘛!这是学校,不是配种场!"

吴明义边骂边打,吴耀周两边脸上肿了起来,面子被撕得粉碎,又急又愧,只恨无处可钻天入地。吴明义的打骂有声有色,吸引了上百学生围观,甚至在家吃饭的老师,听到这高声大骂甚有意思,也走来看这演员是何等人物,都称道这位家长了得。对吴耀周来说,打都是小事,骂是最耻的。吴耀周边伸脸去挨打边说:"爸爸,你要怎么打都行,请你不要骂得这么难听了!多少老师学生在听啊!"吴明义说:"你小杂种还想要面子啊?你是上层人物,自然要面子。老子是不出气的憨农民,不要面子。"就从腰间拿了一件烂得不能再烂的烂衣裳出来,逼吴耀周穿上,拉了吴耀周,边打耳光边绕学校转,边骂:"这个小杂种,他还要面子!老师学生们看看,为这小杂种,家里牛、马都卖来给他读书。家里要讨口了,他还在学校吹他家是万元户!这烂衣裳,是他小学时穿的。他考取时我们照顾他的面子,给他缝了件新衣裳,他穿新衣裳来校才一月,回去就说学校规定学生都要统一穿缝纫机打的涤卡的中山装。我们没办法只得卖个大羯羊给他买了身上这裹尸皮!这烂衣裳脱下来,给他弟弟在家里穿!"

吴明义觉教育得差不多了,才令吴耀周将中山装脱下来,拿着回法喇了。吴耀周穿了那烂衣裳,异常可怜,有如乞丐。吴明义一走,吴耀周便将那烂衣裳扔了,到处借衣服穿,并说:"我家真是万元户!我爸爸哪里穿得这么烂!他穿那烂衣服不知是他从哪里借来的!我家也不是住茅草房,而是大瓦房!家里牛马一大群。不信你们可以跟我到我家看看!"

下一周回家,孙平玉、陈福英对孙天俦说:"吴明义想让吴耀周和你睡一处。我们说不好决定,要问你才行。他如果来问,你就说老师规定别班的不准搬到你们班宿舍。吴家人讨厌得很,不要沾惹。"果然晚上吴明义就来了,说:"外甥,舅舅想让你耀周老表和你睡一处,俗话说'跟着好人学好人,跟着师娘跳假神',我那败家子生成是吃屎的命,任教都教不转。头个星期才被我狠狠地教训一顿，我刚才走，他就把我给他换的烂衣裳丢了，借了件中山装穿着回来。但我就是再恨也不能将他赶出家门，毕竟是自己生的养的啊！生成了父子，就没有办法。我看世间什么关系都好处理，什么都好办，大不了处不拢就不处。只有这父子关系，想处好无法处，想甩开甩不了。说无办法，这才是无办法。想我吴家平时无论哪家有事，都来找我打主意。真是'自家的端公杠不住自家的神'，如今事到我头上，我无办法了。我这半年因这败家子不成器，心理压力特大。思想负担重了，脑子也不灵活了。我想来想去只有来找外甥了。俗话说'近朱者赤，近墨者黑'，让他来和你睡一处，看看你是如何求学上进的，感染感染他，把他那烂脾气改掉。"

天俦忙借口学校的种种规定来拒绝。但吴明义说："外甥，规矩哪里就有这么严！军队最严，以前舅舅当兵还从二连跑到三连去。你是怕那败家子来捣乱你。这样，试几个星期，如果他改了，你两老表就住一块。如果他不改，你两老表就分开住。行不行？"天俦还是不答应。吴明义甚是失望，这事就算了。

吴明义走了，孙平玉、陈福英均为之叹息。孙平玉对天俦说："吴明义也是无办法了。不然，他耐烦求人？在这村里横行霸道的，除了他爷几个还有谁？可怜崔绍安这些人，就图他顿肉吃，天天帮他，像长年一样。吴明义成天在大营门吹：'我的生产我是不耐烦干的。我喂了一帮猪，只要我的猪食梩梩在猪槽边一响，猪就来了。'吴光耀跟你爷爷斗了几十年，怂气还在息不下去。吴明义会希望你学习好？吴明义这年把还是拿不住了。哥几个讨论养吴光耀，吴明献、吴明雄、吴明章有钱，图省事，说每家每年出一百五十元，由吴光耀需要什么自己买。吴明义、吴明洪怎能比那三家，就说或者每家轮着养几个月，或者凑米凑柴凑肉。那三家不干，说：'拿钱给老人，要买什么都可以。'吴明义就骂：'不干算毬了，你们有钱你们去养！我自身都养不活了，还养什么老人！按我说的我就养，不按我说的我不养！天塌下来有个子高的顶着！老人饿死了，别人骂也不会先骂我这穷鬼！'就这样耍无赖。那三家无法,再麻烦也只得跟着麻烦,柴米油盐一样一样的买了凑来。这次吴家修家谱,吴明义就不修,说:'修谱就是给玩势①的人歌功颂德,要修十年后再修。'他想的就是十年后他把吴耀周供出来在单位上,修起来他才有面子,但吴耀周又不争气。"

孙平玉家境越来越紧,孙平玉哀叹:"农业上的人,是没有办法啊!人家单位上的,每个月到那天,多多少少都有点进益,那是定了的。无论什么政策,整来整去就整着农业上的。莫说一个月,你就是望上十个月,除了你自己去苦,谁会递来一分?况且你苦还苦不来,苦得来都还好说!"孙天俦也可怜父母,自觉节省开支,除买笔墨纸张,不花任何钱。每星期回家,背一背洋芋就走,钱就不忍再要了。几十里路,一路走,一路歇。几十斤重的一背,苦处不堪言说。肩上的绳子拼命朝肉里勒,仿佛切开了肉,到了骨头上了。天俦努力咬牙忍受,忍不住了,只得弓腰,用屁股托住背箩底,往上一颠,瞬间感觉全身摆脱重负,好不舒爽。但立刻重负又上来了,得又忍,忍不了又颠。等到不断地颠都不起作用时,只得在路旁歇下。背箩一放开,立觉飘飘欲仙。

但不是"仙"一阵就没事了。几十里路,要靠慢慢地磨才磨得到。痛苦至极,天俦就学着转移矛盾,聚精会神数脚步,一步两步地数,数到几百步几千步,终于又不起作用,又只得歇下。天俦曾想用背这洋芋磨炼意志,把自己锻炼成个任何时候都摧不垮,任何力量都打不烂的钢铁男儿。他多次一上路就立志一气不歇背了跑到学校,然而都以失败告终。

---

① 玩势:得势而炫耀。

十二 一毛不拔的爷爷

  这个星期,学校要叫交一费用。天俦上星期回家未带钱来,只得向同学借,但借不到。无奈跑到公路边,欲向法喇村来赶荞麦山的人借。
  等了一阵,就见崔绍安等来了。众人身上都有三块两块的钱,又知天俦在校不会乱花钱,一定是有急了才借,不同赵家寿等会来路边撒钱,便商议:"这个小娃儿本分,可能真要用钱。我们借了,回去孙平玉也不会怪我们。不像赵国成、吴明华家娃儿,钱借给他乱花了,不单要不回来,赵国成、吴明华还倒怪借钱的人多事。"欲借了。崔绍安鬼得很,说:"孙利毛①来开会,才领了工资,就在后面。他孙子没钱了,看他会不会掏两文。"于是说没有,就走了。崔绍安上去至孙天俦看不见,又折回,伏于树丛中观看。
  不久孙江成就到那里,孙天俦向爷爷借钱。孙江成说:"小娃娃家,就是要饿肚子,被环境拼命地逼,才锻炼得出来。"他边说边走,竟一分钱不给。崔绍安等哈哈大笑,走出来借给了天俦。崔绍安一回法喇就吹:"说孙利毛利毛,我们还不信。想不到利毛到这种地步!他孙子借两块钱都借不到,还是大干部呢,还没有我们农业上的农老二觉

---

① 孙利毛:即孙江成;利毛,十分吝啬的意思。

悟高！你看他领一辈子的工资，一个人夹在屁股眼里吃，舍得分哪个一分？硬是要夹着一个人吃到老死！"崔绍安平时言过其实，无人相信。无奈这次同行五人，都这么说，大家无法不相信。全村人在见孙运发时就说孙家人利毛，传得沸沸扬扬。孙家请媒人去说陈福英时，有人就劝陈家："孙利毛家利得很！进门连找口水喝都找不到。不要给！"如今真有其事，如何不传？嫉妒孙家的，恨孙家的，都大肆宣扬，以攻击孙江成。吴光耀说："我看孙江成不要活在世上了！该屙泡尿在牛脚迹窝窝里气死！他孙子借钱都借不到！我那些孙子，我对哪个不是十文八文地打发？我用跟我孙子用，有什么区别？有老才有小，有小才有老。连个孙子都这种对待，牛马不如！也就是我的孙子不成器，要是我的孙子如得孙富贵，我把这把胡子理来卖了，都要供他到大学毕业！孙江成树成林，钱成箱，布成堆，我看着到他孙子中学毕业，他会不会舍得赠一分！"

孙平玉、陈福英听了异常难过，后又问孙天俦，果是如此。但却只把气埋在肚里，不便发作。这晚孙江成在孙平玉家火塘边，说自己上午割一箩草，下午又捡两箩粪，说一家人就是要勤劳，就吹了起来："从古来就是如此，社会乱得很，跟地狱差不多！人活在世上，跟狗猪有何区别？真正过到老，活到老，不遭刀砍枪伤短命的，才叫真是人了！你们听那些老古里的故事，年年闹灾荒。单是法喇历史上，都过了多少个大荒年！以前的荒年，我们孙家都还没到法喇来，只是听说了。说是法喇闹灾荒，没办法，把猪打在前面，见猪吃什么，人就吃什么！山上的草都被人吃光了！连猪牛羊马不吃的，人也吃了。没办法了，一夜之间，全村人就走光了。前面的走拢腮巴骨河口，后面的还没出门！腮巴骨河口隔法喇有多远？整整一天路啊！后来民国八年，我都还没出世，你爷爷他们就知道了，说是下的雪，比房子还深。雪崩了，把横梁子缸子粗的大树都打断了。全村只听见大树断了的响声。羊关在圈里几个月出不去，饿酣了就你啃我的毛，我啃你的毛。毛啃光了，你咬我身上的肉，我咬你身上的肉，最后全部死了。平时有点的人家，这时候耐烦求人？粮食拿来煮起就吃了。平时没有的人家，找一粒吃一粒，这时去哪里找？莫说这时各人要救各人的命，不会借，就是借，谁出得了门？给你你都拿不来！所以死了多少人！等天晴了，还剩几只羊没死，一放出门，一见雪，就扯雪疯，几个毛驴转，就死了。雪下的时间长了，连人都会扯雪疯啊！一见雪就头晕，也是几个毛驴转，就死了。救都没法救！以后民国三十七八年，我们就大记事的了，也是大荒年，可怜这些人啊！像什么人！平时说猪牛羊马这些牲口可怜，其实人比它们还可怜。只要是山上没毒的草，都扯来吃。我们家呢，平时会像别的人那样，在哪里成天坐着，摆长脚龙门阵吗？不会！你爷爷从来一生人，没在哪里和别的数数路路坐着摆上三分钟的龙门阵！都是在地里苦！他一天要犁掉十斗种的地，现在的人，哪个像？够得很了！这双牛犁累了，马上换那一双套起，牛歇人不歇。早饭送去了，他不会轻轻省省坐下来吃的，叫把粑粑递在他手上，他一只手捏粑粑，一只手扶犁把，边吃边犁。说他有万贯家财，可怜了！都是这样勤爬苦挣，挣来的啊！我和你三爸呢，天不亮就被你爷爷吼起来，起慢了还不行！我们起来了，你爷爷就分派任务，孙江成你整这样，孙江荣你整那样。分派好了，他也出门，我们也出门，各做各的。出门还是大星宿的，天都还没亮啊！莫说我和孙江荣当时才十来岁，就是村里三四十岁的，都还弯在床上睡大觉啊！

"法喇这些儿子缺德得很，你懒他要骂你是懒汉，你勤快，他也要骂你！他懒，他不知羞，还要骂你勤快的。我和孙江荣只用一早上，我割掉一山弯竹子，他割掉一山包的竹子。这些杂花子就给孙江荣和我起个绰号，一个孙山弯，一个孙山包。要是换他几爷崽，像了！三天也割不掉我一早上割的竹子。就这样把家苦发了，大荒年来了，有得是的，不怕，只管坐在屋里煮来吃。那些平时懒的人家呢，完了，上东家门求爹爹，到西家门告奶奶，当叫花子了。那些平时笑我是孙山弯的人，来了，在面前叩头作揖的，左央求右央告，硬是央求要借他点救命粮。谁知荒年有多大？谁敢借给他？万一连续荒上几年，我也无根生了呢？所以不敢借。因此万人就骂我们孙家利毛，又给你爷爷安个绰号：孙利毛。你爷爷说：'说我利毛没关系！这都是我勤爬苦挣挣来的，我不利毛还行？只怕我无吃的了，去抢人杀人，别人叫我"孙匪头""孙大贼",那就怕了。'几爷崽没借到粮就火绿了,民国三十八年半夜烧我们的房子。还算命大,我们一家没被烧死,所以一家人在世上,有也愁,无也愁!有呢,像这样别人来借,借了怕自己也饿饭,不借又招人恨,点火烧你的房子。

"你们再看解放以来,孙平玉就知道了,喊了三年的困难时期,不是大荒年?全国死了多少人?国家不敢讲!我们法喇,同样饿嘛!别的人家,饿了路都走不动,去山上扯野菜过日子,这不是吃草?我们家,历来家底好,有老底子,又不会大抛蚀用的,而是肚子吃得饱就行了,不求吃得好;身上穿得暖就行了,不求穿得好。横直都饿不着。不像别人,有一文钱要赶紧买斤米来煮,买件新衣服来穿。你爷爷在世,节俭得很,会随便抛撒一粒粮?不会。我们吃个洋芋剩了,他都不得,非叫把洋芋吃完不可,不准丢掉。平时我们敢拿粮食不当数?他时常教育我们要防荒年,要防大荒年。说以前荒年了,有个大富翁,平时不存粮,只存钱。大荒年来了,他的金子银子堆满几大间房子,但就是无粮。他出钱买,可是无论出多高的价,都无人卖一粒粮给他。他饿得抵不住了,见一个放牛娃拿着个米糠粑粑在吃,富翁说:'我十两黄金买你那个米糠粑粑。'放牛娃不卖给他,他就饿死了。我平时也是这样教育你们的嘛!用钱要省,吃粮要精打细算,要会划算着过生活,不要'有了一顿胀,无了烤火向'。

"你们看这些法喇人,冬天一宰猪,拼命地吃,来年春夏没有了,嘈得儿子寡骨寡脸的!有了两文钱呢?要吃好的,穿好的,赶两回荞麦山街子,就没有了。没钱了,才在遍村子求爹爹告奶奶,一点脸面都不要了。你要说谁没苦到钱,说不过去!谁都苦到钱了,就是不会用,三文不值二文地糟光了。要说我有多少钱,我也没多少钱,就是会用!一年少吃几顿米,多吃几个洋芋,会死人?而别的呢,卖了耕牛都要去买米来吃。我穿的这件衣裳,九年了,一直穿,没缝一件新衣裳。所以我活了五十几了,还从没在哪里开口向人借过一分钱。你爷爷也不会向人借一分钱。我们家两代人了,只有别人向我们借钱,我们不会向别人借钱。只有孙平玉,遍村子地借!"

孙平玉早就鬼火绿齐头顶,只不想发作。现在见公然批驳他了,再也止不住怒气,立即打断:"话莫说得难听了!你的钱要夹到老死?你的名声好得很！你去上下三营走了听听！万人都在歌颂你！称颂你！认为你伟大！你光荣！你了不起！是的，你一辈子不向人借钱，只有别人会向你借！你的孙子也向你借！但他借到一分没有？古人说得好：不要人夸自己好，但愿人夸儿孙好；不愿人夸自己贤，但愿人夸儿孙贤。你一辈子不向人借钱，你就行了？现在你的儿子遍村子借钱，你的孙子堵在路上借钱，弄得上下三营无人不知，无人不晓。你行不行？你的儿孙不行，你再行也枉然！别人是不会用钱，只有你会用钱！吴光耀把自己的几片老林卖了送几个孙子读书，罗吉武扬言只要孙子读书读得走，他卖了老木都要帮他儿子供，这两个人太不会用钱了！你孙子读中学，你从来不给一分。你儿子、孙子也从来不敢向你借一分，只是无法了，你孙子才向你借一次，你都不借。你真是太会用钱了！像你这样会用钱的世上还有没有？恐怕没有了！

"我遍村子借钱，是我懒了穷了借的？谁不知你有钱？你知我遍村子借钱，怎么不借我一分？我要不是个农老二，也像你一样当干部领工资，我耐烦这样下贱，遍村子讨口当叫花子？而你一辈子不向人借钱，是你的能耐？是你有本事？你现在住的房子谁起的？我爷爷起的！你现在满山缸子粗的大白杨树谁栽的？我爷爷栽的！你现在楼上老到发黄，臭不可闻只能用来擦皮条喂猪的猪油是你苦来的？是我爷爷苦了用不完留给你的！你数数你家中的东西，有几样是你苦来的？有多少是我爷爷留下的？你这个支书，谁给你的？我爷爷给的！解放前法喇上千人，为何只有你读成书？别人都是憨包，不如你？不是我爷爷供你读书，你想当支书？说现成话，谁不会说？

"你怎么不学我爷爷一样，也给儿子留下那么多东西呢？你给了我哪样？房子是我老丈人来帮忙起的！连个火塘还是我自己去沟里背石头来砌的！你给了哪样？我爷爷供你读书，你怎么不供我读书？造成我一生悲惨命运的是谁？就是你！我刚读到三年级，就让我辍学回来当会计的是不是你？和我同班的岳英成，当时学习根本没有我好，现在人家在县供销社，我在哪里？我在农业上苦怕了，要去当兵，体检政审样样合

格，军装都穿上，临要走了，以法喇党支部名义把我卡下来的是不是你？看看和我同时当兵的姜庆安，人家现在在派出所，我在哪里？我现在如得人家哪只脚？你不卡下我来，我会比他差？我又无法了，要去当工人，谁握着法喇的大印不放我走？你那个印坨坨盖走了多少人？吴明雄等人，不是你盖大印送出去？如果大印不在你手里而在别人的手里，我会比吴明雄等人差？我天天求你，你给我盖了没有？我天天想，要是法喇这个烂官不是你当，我早就跳脱这个屙屎不生蛆的地方了，我屙屎也不耐烦朝这方屙了。

"到最后我想世上万人靠爹靠娘，我是靠不着的，流着眼泪自己去闯。跑去荞麦山邮电所写篇文章给人家看，人家就要我了，叫我边上班边办手续。我班都上了半个月，领了半个月的国家工资了，是谁又以法喇党支部名义逼我回来的，是不是你？是谁又捏着法喇大印不盖给我，是不是你？请你想想：你该不该为我这悲惨的一生负责任？和你一起当村干部的，罗吉武的儿子在农业上没有？王元景的儿子在农业上背大背箩没有？甚至吴光耀，一个农业上的干农民，几个儿子在单位上，比你这个当干部的如何？人家会托人情，找门路，一个一个地送出去。你的三个儿子，送出去几个了？罗吉武会吹他一生没向人借过钱？人家只会吹他的子孙不向人借钱！罗吉武、吴光耀会像你一样五十几了，上午割一背草，下午捡两箩粪？你吹给谁听？只能吹给你的三个不成器的憨包儿子听！外人听了，不会说你狠，只会说你碜孙家的亲戚！我在这里供富贵读书，疴得无办法，低奔下作到处求人，求这个也说：'孙平玉，你爹最有钱了，去求你爹嘛'！求那个也说：'你不求你爹还求谁？'你都不借给我，谁还借给我？我以为哪天天睁眼了，你会借我几百元，却想不到富贵向你借两元都借不到！你这些儿子、孙子，谁沾你的光了？只有你还有那块脸逢人就吹你孙子如何如何。你在吹，别人在骂，你知道不？骂得相当难听，我不好意思重复。你明天出门，立起耳朵听听！不愁听不到！"

孙江成愤然离开孙平玉家。孙平玉一夜睡不着觉，翻来覆去想这事，觉得事实就是如此，但气头上的话，有些是重了点。陈福英也要他去道歉。第二天天亮他就到孙江成家道歉。孙江成一见他进屋了，大怒，把手中吃着的洋芋砸在火塘里，又将火塘里的吊锅踢一脚，出门去了。孙平玉对田正芬说:"妈,昨晚上爹爹在我家,我在气头上,话重了点。我想来跟爹说,爹又出去了,你跟他说一下。"田正芬道:"我认不得!要说你去跟他说!从小养到大,还对不起人?还这也是他爹害了他,那也是他爹害了他!哪家养儿养女,要养到老死?养到给他讨了媳妇,也对得起他了吧?为人要活量着点!还怕他没有儿子?他也有的!我要看他说他爹这也对不起他,那也对不起他,就看对他那些儿子,不知是如何的好法!肯定样样都对得起他的儿子!"孙平玉说:"我妈你咋恁个说?我哪里错了,你正大光明地批评!你这样指桑骂槐的!"话未完,田正芬说:"我敢批评哪个?他爹都批评不起,我还敢?我在这里硗得抬不起头来,还能正大光明?我们这一辈子都错得无法,挨人批评了,还有资格批评别人?反正老古里就有话把:说人好说,就怕现报。他也有儿子,我看着就是了。"孙平玉听母亲竟说报不报的了,火了,说:"我妈,既然你要这样说的话,那你看着!我对我这些儿子,是对得住的!不是我说对得住就对得住,而是要叫万众人说我孙平玉对儿子对得住!我起码不会跟我儿子说报不报的话!我只会说我的儿孙一代比一代发达,一代比一代富贵,一代比一代强大!"说完就气呼呼地走了。路上又气得自言自语:"天底下竟有这样的娘!公然对儿子讲报应!"

孙江成对孙平玉原来就很好。孙平玉为人直,踏实勤恳,无论读书还是在农业上都是如此。孙平玉虽无特别的长处可言,但从他刚懂事时起,孙江成在村里虽当支书,却被孙江华等围攻了几十年。孙江成唯一的依靠,就是长子孙平玉。虽孙平玉也帮不上他什么忙,但毕竟使他宽心得多。他被斗时,孙平玉刚十多岁,也被拉去陪斗。后来孙平玉长大,要去当兵当工人,他都不让去,原因就是一旦孙平玉一走,他更孤单了。所以他死死把孙平玉留下,他好有个帮手。后来孙平玉的确帮了他的忙。孙江华当会计,年年收拾他。孙平玉刚读到小学三年级,孙江成便让孙平玉辍学,回来当了会计,他才免于被孙江华年年罚了补超支款。孙平玉结婚后,陈家族大,孙江华等毕竟心有所畏,才不敢大张旗鼓找他的麻烦了,但这也就害了孙平玉一生。

孙平玉说陈福英尚未过门，全村人就说孙平玉比不上陈福英。田正芬一回娘家，田家问起这门亲事，田正芬就说："陈家姑娘聪明漂亮过度了，不行！"田家就说："你是怎么想的？哪家讨儿媳妇不望聪明漂亮？"田正芬说："我怕聪明狠了管不了她。讨儿媳妇，还是要讨那种拙一点笨一点、安守本分的才好。她什么都不懂，她就会问你。你说什么，就是什么。你指东，她不会往西。陈家姑娘就不同，啥事都比我懂，我还要去问她，还望她来问我？"田正安就批评："我姐姐，你希望的那种儿媳妇要了做什么？讨儿媳妇，应该要儿媳妇比婆婆强，婆婆有不足之处，儿媳妇来补，这样一家人才会强起来。你竟不要强过婆婆的儿媳妇，天下可能只有你会这么歪想！"田正芬因此恨田正安好些年。

陈福英过门后，田正芬常与一班妇女说："陈家姑娘什么都懂，也不问问我就做了。什么都是她自作主张，也不问问：'某婆婆，这事我不会做，请你指拨我一下。'她主意又多，一家人的主意，被她一人就打完了。她公公当了几十年的干部，都如不起她。"那些妇女说："那你就享福了嘛！讨了个好儿媳妇！"田正芬说："好个鬼！我在这里天天发愁，后悔讨了个这种儿媳妇！"那些妇女说："你是怎么想的了？我们是成天羡慕你呀！我们那些儿媳妇，笨得像棒槌！你怎么敲她怎么响，连洗个碗，还今天打烂一个，明天打烂两个！你一不注意，'哗啦'一响，耳膜皮都要震破掉。蒸饭忘了掺甑脚水，等你在堂屋头闻到煳味问时，她才说忘记掺水了，饭已经吃不成了。和的荞疙瘩呢？有汤圆大，放在嘴里嚼都嚼不散，伤血心呀！"田正芬说："陈家姑娘就不同了。和荞疙瘩，比我和的细。无论我想什么办法，都没有她和的细。蒸饭呢，她蒸的不会煳。我蒸的呢，她一闻到煳味，又不问我，悄悄秘秘被她哪时从火上提了下来，我还不知道呢！"这些妇女说："不是该这样还该哪样？她还好说'妈，你蒸的饭煳了'？或者由它在火上挂着，煳到吃不成才提下来？"田正芬说："总之你们没有过着我这种日子，你们就说我好。我想过你们那种日子还过不着。"

陈福英渐渐看出田正芬的心事，事事谦虚起来，凡事向田正芬请示。田正芬又不耐其烦了，疑心这些妇女将自己说的话告诉了陈福英，又跟其他妇女诉苦恼:"我们说的话,不知她怎么知道了。这下她事事装憨,'妈'这样,'妈'那样,尽要你做主,硬无办法。其实她哪样不知?哪样都知!她装憨考你!你一不注意答错了,好落得她笑!"这些妇女见田正芬怀疑她们,就说:"我们怎么会跟她讲!凭陈家姑娘那种聪明劲,凡事三天她就看出来了,根本不消别人去讲!"田正芬听了,疑惑顿消,说:"对了,肯定是她自己猜出来的。这种人就是难招架。你这里一个主意,她那里一个主意。你才在想,她已知道了。你错了,她又不指出来,还说你做得对。"

这次的话倒真有人向陈福英讲了。陈福英无法,心中只想:你希望儿媳妇笨,就愿你讨个笨的儿媳妇试试吧。

孙平元之妻田永芝,是田正芬亲二兄弟的长女。孙平元能力比孙平玉差多了,但从小被孙江成、田正芬看得起。他自幼眼睛不好,田永芝也是这样。但田正芬一恨陈福英,就把希望寄在自己的亲侄女身上,对孙平元也就比对孙平玉好得多了。田永芝尚未过门,田正芬就说交心话:"永芝,你是我后家亲侄女,过门后要给我争气,事事要比陈家姑娘强。只要你强过她,我就不想管事了,家就交由你来掌。"但田永芝过了门,笨脚笨手,只会在火塘边笼火。田正芬在堂屋中忙。闻见煳味了,田正芬急忙跑去火上提吊锅,田永芝就说:"妈,由它煮嘛。煮熟了我会提。"田正芬火了,把吊锅砸在火塘石上,骂道:"等你提?锅都烧烂了还耐烦要你提?你的鼻子长在哪里去了?"田永芝这才闻到煳味,老实地说:"我忙攒火,就不注意锅头了。"田正芬说:"哪家的媳妇会只忙攒火,不看锅头?"等该煮的都煮熟了,火已不需要田永芝笼了,田永芝就呆坐在火塘边找不到别的事做,见田正芬在堂屋中忙得"哈、哈、哈"的,才不安地问:"妈,你是不是有点忙?"田正芬气得直跺脚:"我忙不忙你不知道?你长眼睛没有?"田永芝被吓退了,只得呆呆坐在火塘边。田正芬看见,气更不打一处来,喊:"田永芝!哪家讨媳妇是讨来坐火塘边?让婆婆在堂屋中扑爬礼拜①地忙?"田永

---

① 扑爬礼拜:跪地,一次次俯身拜祭。

芝站起来，又找不到事做。田正芬说："别的事我也不放心你做，你去洗碗。"不久，见那碗小的在下，大的在上，七八个碗重着，要倒了。田正芬急得喊："碗啊！"田永芝手里正洗着一个碗，一听，忙将手中的碗又重上去，回头问："妈，碗咋个啦？"碗已一摞的摔倒，打得粉碎。孙江成在外听婆媳俩吵，回家看了，就说："小永芝，你看你毛手毛脚的。谁摞碗也是大的在下，小的在上。你把小的放下面，大的放上面，它怎么不倒？任说都不信。你要好好跟你妈学学嘛！"孙平元已冲进屋来，一耳光打在田永芝脸上："赔来！把碗赔来！"

以后田正芬就连洗碗都不让田永芝洗。田永芝除了笼火，就是挑水。要是田正芬和孙平会忙得过来的时候，田永芝就被安排了拿镰刀绳子和孙平元出工。有紧急时，田正芬只得叫陈福英来帮忙，而打发田永芝和男人们一起去地里做活。田永芝事事不顺田正芬的心，田正芬又向同龄的妇女诉苦："这下落得陈家姑娘好笑了。"那些妇女说："陈福英没有笑你嘛！"田正芬说："她会不笑？她肯定躲在暗地下笑。她不笑才是怪事。"

就这样，从陈福英过门至今十几年，田正芬和陈福英虽一句话没吵过，但心里总是疙疙瘩瘩的。田正芬既对陈福英不好，必及于孙平玉。田正芬虽时常骂田永芝，但毕竟是自己的亲侄女，时时关顾。田正芬态度如此，孙江成又不辨是非，也就跟着田正芬转向，偏朝孙平元夫妇一边。所以尽管孙平玉供孙天俦极为困难，孙江成夫妇看在眼里，但还是漠不关心。而法喇人走到哪里，都是炫耀自己的家族。孙江成能炫耀的，自然只有孙天俦，所以走到哪里，都吹自己的孙子如何如何。孙平玉夫妇因是生忿：紧急了都不敢去向他借一分，他还到处炫耀。你要到处炫耀，我紧急时你就要帮我一下嘛！尤其听到孙天俦向爷爷借钱都借不到一分，孙平玉夫妇心中的难过就可想而知了。

孙江成三子一女，都甚平庸。孙平玉也平庸，但辨是非的能力，远比弟妹强。孙江成、田正芬对孙平玉家不满，孙平元、孙平刚、孙平会三人也就不加思考，跟着父母一起对孙平玉不满，与孙江成、田正芬一样的了，渐渐地孙江成就从思想上分裂了。

第三章 兴衰

十三　押妻换赌资

随着人民公社体制改为区乡制，干部也作了调整。孙江成已满五十五岁，被安排退休，支书生涯就结束了。吴家、姜家等大喜过望，拍手相庆："孙山弯终于倒台！法喇人民得解放，喜气洋洋做主人！"各处寻找门路，争夺支书一职。全村人均以为，从解放后孙家统治法喇达三十五年的历史结束了。孙家最有能力的两人孙平玉和孙平文，绝对干不上去，此外再也数不出人来了。

没想孙家又斜空里杀出一人，把支书一职夺了，这人就是孙江才。孙江才幼时家贫，快二十岁了都讨不到媳妇，孙运周无奈，将孙江才送了去当兵。孙江才在部队里入了党，一年前退伍回来，谈关系谈不上什么关系，眼看就要务农了，要说个媳妇还是困难。孙运周考虑家族弱小，又不团结，所以为结强援，见姜家族大，于是为孙江才说了姜元德幼女姜庆青。本来姜元德之母，与孙运发之妻是亲表姐妹，孙江才与姜元德同辈，姜庆青是侄女辈。姜家见孙家主动来钻裤裆，大喜，加上孙江才才回家，样子还过得去，即表同意。事情刚成，孙家内部就闹开了。长房和三房一致谴责孙运周，说孙运周一生干尽坏事，要入土的人了，也不给后人点留念，还干这种让后人为难的事。长房原和姜家有亲。姜元德见到孙江成，说："我跟你们孙家长房，还是按原来的老亲喊，小只小孙江才家这一房。"孙江成说："不按老亲喊,还能按什么喊?你敢在我面前争辈分?"

姜元德长女为荞麦山党委副书记安正书之妻。孙运周正是看中了这一点,才为孙江才说姜庆青的。一成了姨夫,安正书即帮忙活动。但安正书虽是党委副书记,但在区上势力尚弱。虽然活动,成效不显。

区上征求孙江成的意见时,孙江成虽和孙江才关系不是太好,但想毕竟是一家人,总比外人要亲些。且不图别的,单凭"孙家还在掌权"这个空名义,也要推荐孙江才。因孙江成和安正书两处使力,区上便把孙江才作为法喇党支部候选人,在法喇开支部会议进行选举。吴家不忿气,也推了候选人出来,广拉选票,孙江才落选。区上已要定孙江才上,不承认第一次选举结果。在开第二次支部会议时,孙江才便来找孙平文,请孙平文帮忙拉选票,说:"小爸当了支书,公款买个手扶拖拉机给你开。"孙平文是党员,人缘很好。经孙平文卖力地拉票,且有的党员不识字,在选举投票时请孙平文填选票,本不欲选孙江才,但孙平文全填与了孙江才。第二次选举孙江才与吴家的候选人得票持平。区上又不承认第二次选举结果,进行第三次支部会议进行选举。这次孙江才才以微弱优势取胜,区上即任命孙江才为法喇支部书记。

法喇的支部书记刚选出,形势就发生了变化。区长调到了县城,罗吉武之子罗昌才调荞麦山区任区长。罗昌才活动已久,原想自己一到荞麦山任职,正值孙江成退,即可将在家务农的弟弟罗昌兵提为法喇支部书记,哪知县委拖了一个月才下任命书。等罗昌才到荞麦山任职,孙江才已于五天前被区党委任命为支部书记,安正书之子安国林被任命为法喇乡乡长。罗家懊恼不已,只得挤掉拟定的法喇乡文书,将罗昌兵提为法喇乡文书。事后法喇群众才知真相,都说孙江才这个支书是拣来当的,要是晚任命五天,支书就是罗昌兵的了。

孙江才一上台,就是个弱势支书。一是孙家族小,他无家族后台;二是同时起来的乡长、文书,后台都比他硬,所以他处处对大族让步,万事委曲求全。他刚上台,孙平文大喜,以为这下有拖拉机开了。来对孙平玉说:"万人说我们孙家要下来了,哪知下不来,照样掌权。小爸上台前答应买个拖拉机给我开。"孙平玉说："晓得呢，要你时是侄儿子，不要你时，你是谁？小爷爷跟爷爷是亲兄弟，还照样收拾爷爷！小爸跟小爷爷有什么区别？"果然，孙江才一上台，处处躲避孙平文，绝口不提拖拉机之事。孙平文等了半年，才绝了拖拉机的念想。

孙江荣在合作社时与吴光耀五弟吴光云同为饲养员，在山上放羊时，就为双方儿女订了小婚，将次女孙平丽许与吴光云长子吴小三。回来一讲，孙运发大怒，一柴块打在孙江荣背上："老子拿着好娘好爷，日出你这个畜生来！老子这些孙男孙女，哪个不是清清秀秀、聪明伶俐的？这才叫人！吴家谁不贪婪成性？豺狼虎豹一般！你不看看吴光云是有何衣食的？你这个畜生，拿着黄花闺女往狼群中送！"从此不理孙江荣。

十几年过去，吴小三和孙平丽俱已长大。吴小三个子又矮，形象又丑，一个酒鬼赌棍。孙江荣后悔，但畏吴家，不敢提上半言。孙平丽天天睡在床上做气，要孙江荣退婚。吴家屡次来提要娶孙平丽，商议婚期，孙平丽大吵大闹。孙家就回吴家说："等等再说。"吴光耀就叫吴小三到处扬言："孙平丽不嫁老子的话，老子先杀孙江荣、孙平文、孙平强、孙国勇、孙国军，再强奸蒋银秀、魏太芬，强娶孙平丽为妻！"吴光耀也扬言："孙家的姑娘都拖得，我吴家的儿子就拖不得？拖到六十岁，看孙平丽嫁不嫁！孙江荣敢提'退婚'二字，吴小三就将他男的杀绝，将女的强奸！看谁敢找吴小三的麻烦！"这一天，吴小三老远就见孙平文，就说："孙平丽不嫁老子，老子就杀孙平文，强奸魏太芬。"孙平文一声不敢出，溜走了。后魏太芬得知，大骂孙平文："你这个杂种这几十年白活了！他会杀人，你不会杀？他会强奸，你不会强奸？大话谁不会吹？你不会吹老子教你吹，老子孙平文要杀尽吴家所有男人，强奸吴家上下四代所有的婆娘、姑娘两百来人！"孙平文说："你以为我不知道他在吹大话？大话起什么作用？他要吹他就吹他的嘛！"魏太芬说："喔喔！都是你这个杂种有理！大话不起作用他还吹？像你杂种一点反应都没有，就比真杀了人，真强奸了人还起作用！老子要是个男人，谁敢这样欺负老子的亲妈、婆娘和妹子。老子倒不吹大话，先强奸了他奶奶、他妈、他婆娘、他妹子再说。活人活块脸，脸都不要了，还活在世上干什么！"

　　吴小三这些大话吓垮了孙江荣、孙平文，只吓不了孙平丽。魏太芬不准孙平文插手孙平丽之事。孙江荣、蒋银秀天天劝孙平丽就嫁吴小三算了，孙平丽大哭："你们天天在侃孙家代代出官，咋这时没得个当官的来帮我说话？你们也天天侃孙家几辈人没一个赌钱汉，没一个偷人抢人的，没一个杀人的。为何反倒把我给个赌钱汉？几辈人的底都丢尽了！孙家的姑娘也是几辈人，谁嫁的是赌钱汉？谁把我给吴家的，谁就去嫁吴家！我是不嫁的！我并没有说我要嫁吴家！"孙江荣是笨人，说："你没有听吴家那个爹扬言吗？要杀我和你哥哥兄弟啊！还要……"蒋银秀一听，立即打断，骂孙江荣："孤寡和尚！猪脑壳！你给老子滚远点！"孙江荣并不知自己话说错了，又骂蒋银秀："你妈这个老母猪！不得下台了？你才给老子滚远点！"就动手打蒋银秀。夫妻俩就扭打起来，孙平丽也起来，插到两人中间，说："要打就打我！打死我好让你们清静点！"孙江荣便只骂不动手了。蒋银秀刚才被孙江荣踢了几脚，痛极生怒，借孙平丽隔在中间之机复仇，一口咬在孙江荣大腿上。孙江荣痛得怪叫，对母女二人大打出手。孙江成家虽与孙江荣家一联房，但田正芬与蒋银秀是矛的，听见打闹，田正芬就在屋中喜道："加油打！加油打！打死些少些！"哪里还会来劝！孙江成因田正芬之故，自然不来劝。孙江华在孙江荣家后面，又隔得稍近些，听见了，也自庆贺，更不来劝。等远处孙平文家听见，已打得差不多了，孙平文要来劝，又被魏太芬吼住。等孙平文听打得实在不成，蒋银秀、孙平丽都哭不起了，才求魏太芬："我爹的性子你不知道？会看势头不？万一打死了呢？"魏太芬也想由孙江荣打下去，不打死才怪，才许孙平文去劝架。孙平文跑拢，见蒋银秀、孙平丽已倒在地上，人事不知，孙江荣还在将二人翻来覆去地踢。孙平文见惨不忍睹，一声便哭起来，抱住孙江荣，孙江荣才住了手。

　　孙平文将蒋银秀、孙平丽抱到床上，忙出去请医生来救。孙江华、牛兴莲见厮打已息，才来到孙江荣家。孙江华便开始批评孙江荣。牛兴莲见二人浑身是血，也来批评孙江荣。医生来了，给点"跌打损伤药"吃吃，收钱走了。孙江荣自然不管这母女死活。孙平文被魏太芬制着，一天只准来看一转。只有孙平竹来看看，但天把就得回去。孙平强、孙国勇又做不得主。蒋银秀和孙平丽便只有凭命泼出去了。命要其生即生，命要其死即死。病在床上挨了一个多月，二人才活了过来，憔悴得再无人形。以后孙江荣一家担心孙平丽逃跑到远方嫁人，交不出人给吴家，所以只得对孙平丽严防死守，派蒋银秀昼夜监视。

拖了一年又一年，孙平丽无法逃走，孙家无计可施。孙江荣见孙江才当支书是孙平文使了大力的，便去请孙江才帮忙。孙江才说："二哥，吴小三不错的嘛！按我的主意，就把平丽给他算了。"孙江荣懊恼而回。孙平丽无可奈何，只得嫁了吴小三。

孙平刚订的小婚，是谢吉万的长女。王元景之母，是谢吉万的亲姑妈。王元景之妻，是谢吉万的堂姐。一日孙江成与王元景同到荞麦山开会回来，回来时到谢吉万家喝水。谢吉万的两个女儿刚好扯猪草回来，王元景见两个姑娘长得不错，便说："孙大哥，我老表这两个姑娘不错！你家孙平刚和我家王勋杰和她两姊妹年纪差不多，干脆我俩就把她两姊妹说成儿媳妇算了。平刚和勋杰成两姨夫！团结一致，以后互相有个依靠。"孙江成就同意了。二人当场向谢吉万讲了，谢吉万一瞬间攀上大队支书和大队队长两个大干部做亲戚，高兴得心花怒放。二人回家，即请了媒人去说，谢家即允。

一晃多年过去，四人已长大。谢家原以为孙江成当支书，家中又有，会将孙平刚的书供出来，找到个工作。但孙平刚读书不成，当农民了。孙平刚为人又无能，谢家大为失望。但虽失望，却见孙江成还当着支书，或许会为孙平刚找个合同工、临时工之类的工作，以为还有一丝希望，所以等着。如今见孙江成退下来，无指望了，谢家姑娘即要退婚。孙江成骂孙平刚："人不成器怎么样？谢家姑娘是稀奇的？同样在农业上！照样看不起你！"孙平刚也责怪孙江成："退就退嘛！倒得起哪点！我不成器还是你不成器？罗吉武同样当支书，他儿子读出书来没有？却当区长的当区长，当文书的当文书！你的儿子当区长、当文书没有？论文化我家哥三个比罗家哥两个差啦？

你不怪你自己,还来怪别人!赵国平家爹那么日脓,还把赵国平供出来!你供出谁来了?我大哥去荞麦山邮电所已工作了,你为何把他逼转来?要是他当时出去了,现在当区长,法喇的文书还有罗昌兵的?"孙江成又羞又愧,理起柴块就打。孙平刚跑出去,便不回来,约了孙江汉之子孙平拾跑到四川"搞副业"去了。

孙江才当了支书,吴家好不气愤,无奈之下,仍用当年攻孙江成的故伎,发起人身攻击,骂:"当个臭支书起狗屁作用?孙江成当支书,全村最穷的在孙家。孙江才当支书,最穷的还是在孙家。"原来是孙江富在全村穷得出了名。孙江富幼时,在学校学习很好,当时刚解放,县政府缺少文书,到处物色人,到法喇村来,物色上孙江富。但孙运周观念保守,说:"国民党三十八年的天下,有这么容易就让给共产党的?现在正是难解难分之时,等等再说!等共产党坐稳天下再去。"孙江富就错失良机了。成家以后,一直缺粮,多年来靠孙江成批点救济粮生存。其妻卫顺芝一年四季在外找野菜,孙江富一年四季在外找粮食。孙江富勤劳苦拼,总不见好转。孙江富智竭虑穷,怀疑门向不对,塞了原来南向的大门,在东墙上挖了个洞作门。过两年不见好转,又塞了东门,在西面墙上挖洞作门。仍无改观,又塞西门,在房背后面对阴沟挖上一洞,同样无济于事。他那茅草房,是孙运周年轻时起的,除个火塘外仅安得下两张床。经他这般折腾,房子倒了。全家只好在旁边搭了个棚子住着。第二个在全村穷得出名的是孙江华,一年总要差上几个月粮,也是一贫如洗。但孙江华与孙江富不同。孙江华是只说不动,懒;孙江富比较勤劳,属运气不好而穷。

孙江才当了支书,全村都说:"亲兄弟当支书,孙江富可能会被孙江才提拔一下了。"孙江才走到哪里,也信誓旦旦:"不把孙江华大哥和我大哥扶持起来,我这支书也白当了。"没料第一批救济粮下来,莫说孙江华没有,就连孙江富的也没有。孙江华与孙江成矛了一辈子,孙江成照样供应他救济粮。孙江富更是无论谁当法喇的领导,救济粮都少不了他的。这下孙家大哗:"说这个心黑,那个心黑,孙江才才心黑！"孙江华气愤之余，以孙江才心黑，苏联有领导人名赫鲁晓夫，便名孙江才为"黑鲁晓夫"。

孙江才当了半年支书，孙运周去世。孙江富家贫，分摊的钱粮拿不出来。孙江万、孙江亮、孙江才便开除孙江富，冥包①只写三人之名。也不许孙江富、卫顺芝当孝子。从孙运周死至丧事办结，不许孙江富一家到场。孙江富长子孙平毕、次子孙平东去爷爷棺材前欲叩个头，孙江才厉声问："你们来搞什么？出去！"

继吴小三会赌钱后，孙江华的大女婿范正兴，也学会赌钱了。范正兴原来忠恳勤劳，积年家境无法改观，便道："凭脑壳我比谁差了。别人富了我却穷得无抵挡。"便去赌场上混，欲在赌场发笔横财。哪知学会赌不到三月，他家家中钱粮输个精光。一晚输光了无捞本之资，范正兴说："我的房子抵五百元，谁要？抵五百元来给我！"没人要他那破房子。范正兴急了，家中实在无可变钱之物了，在赌场上干着急。有个赌棍贪图孙平芳姿色，便说："怎么不拿你婆娘来抵？"范正兴不干，但过上一阵，实在想上场捞本，急得慌了，便道："我拿我媳妇抵了。哪个要我媳妇，抵一千块钱来，就给他！"没人要。范正兴又道："我媳妇抵八百元，谁要？"刚才献计那赌棍来商量，以六百元成交。言定明天早上九点交人。范正兴得了钱，又上场去，先赢了几手，赚得几十元，后就输了，倒出去一百多元。就到天亮了，交人时间已到，那赌棍便叫了范正兴，同往范正兴家。路上范正兴说："我想办法还你的钱行不行？"对方说："不行。"范正兴说："借你六百元，还你一千二百元！"对方说："还十二万都不行！必须把孙平芳给我。"并威胁说："孙平芳一日不给我，我一日不和你干休。"对方是赌场上的油子，吃喝嫖赌无所不为，又有一帮狐朋狗友，范正兴不敢惹。

孙平芳最近天天和范正兴吵架。一见范正兴回家，就防范正兴偷家里的东西去抵账。范正兴一夜不回，她想又是去赌钱了，哭了一夜，见范正兴回来，就骂了起来。范正兴挨骂，埋头坐在火塘边。那赌棍屡叫范正兴："说

---

① 冥包：农村孝子们给死去父母烧纸钱的包装纸。

了嘛！我好带走。"范正兴说："等一下。"孙平芳以为范正兴又将家里唯一一条五十来斤重的小猪抵与对方了，立即说："他的账我不认。他欠你什么你找他。这家里的东西，都是我的，一根针也不许拿走。"赌棍催上一阵，范正兴屡言"等一阵"。赌棍就说："你是不是不想给了？"范正兴说："要给。"赌棍说："给来。"范正兴说："等一阵。"对方即道："现在就给。"范正兴为难起来。孙平芳道："孤寡，你又把什么东西抵给人家了？"赌棍说："他把你抵给我了。"孙平芳一听，举了柴块，哭爹骂娘地就扑向范正兴："你这个杂种！怎么不拿你妈和你姐姐妹妹去抵？"夫妻俩打了起来。赌棍骂范正兴："你少跟老子演戏！你以为老子就看不明白？你两口子只要有一个在，这账都在的！你两口子都打死了，还有你姑娘！"即指范正兴才两岁的女儿范明艳："那她就是我婆娘！"

范正兴被孙平芳打了几柴块，血从脸上流下来。孙平芳朝门外跑了，骂："你这个杂种！婆娘都要卖了。老子跟你过不起！你既然已把老娘卖了，老娘也就走了，管你这个杂种以后怎么过！"范正兴要出来追，被赌棍扭住："你还想跑不是？快给来！老子腊肉不放盐——有言（盐）在前，你不给孙平芳，老子迟早一天要把你家踏平！"范正兴只得坐下。儿子姑娘皆被夫妻俩打架惊散，只得自己动手煮饭给赌棍吃。范正兴楼上楼下翻遍，唯有一撮箕洋芋可煮了，即捡了洋芋下楼，要洗了煮。赌棍直催着要孙平芳。范正兴说："她跑了，我想给也无办法了。"赌棍说："你妹妹十七岁，还没嫁人，拿她来抵孙平芳！"范正兴不敢答应。赌棍即操起一块柴块，问："给你妹妹还是给孙平芳？"范正兴说："给我媳妇。"赌棍说："那就给来。"范正兴答不出。赌棍柴块即刻打下，范正兴不敢还手。对方越打越有理，将范正兴接连打了几十柴块，见打得不行了，才罢手，将范正兴身上尚余的五百来元钱搜到手，说："明天老子来要人。你不给人就把你家踏平！"扬长而去。

孙平芳跑到孙江华家来，坐在火塘边哭，说自己要跑到远远的地

"范正兴**为难起来。十只羊,**孙平芳道:**孤寡,**你又把什么东西**抵给人家了?**"

赌棍说:"**他把你抵给我了。**"

孙平芳一听,举了柴块,哭爹骂娘地就扑向范正兴:

"你这个**杂种!**怎么不拿**你妈**和**你姐姐妹妹**去抵?"

方去嫁人算了。牛兴莲急得直骂范正兴。孙江华也无计可施,坐在屋里不是事,走出门来,坐在房后生闷气。下午,孙平芳哭着站起,说:"我要走了。"牛兴莲哭:"幺啊!儿啊!你去哪里啊?你没有地方去!你就在妈这里住上几天再说!"孙平芳哭说:"有地方去!世上这么大!哪个地方不可以走?我是个女的,走拢哪里不可以嫁人?"硬是要走,牛兴莲硬拉住。母女俩在院坝里一拉一扯,哭得惨不忍闻。

  孙江成家和孙江荣家听见了,暗中庆贺:"就是这样!就是这样!"根本无人出来劝上一声。牛兴莲拉不住孙平芳,又见周围并无一人来劝一下!就骂孙江华:"你这个孤寡和尚,也不来帮老娘劝一下!平时这家门上有事少不了你,那家门上有事也少不了你!现在你有事了,哪家大人娃娃出来出个豆气?老子平时就给你讲,少要猖夯①!少要铎实②,你不信!你有事了,这些平时请你猖夯的人都死了!都绝了!鬼都没有一个来理你了!"孙江华才走回来道:"小平芳,你不可怜我,也要可怜你妈。你这样吵吵闹闹、哭脓洒涕的,害得你妈也哭得这样惨,成何样子!凡事要从长计议!我们也为你难过,也为你着急!我们也要为你想办法,把事情归到正头路上!哭一通就能解决问题?再说你这问题好解决!范家都不着急,你着急哪样?大不了你不理范家那个爹,另自嫁人就行了!他范正兴都不怕讨不到媳妇,你还愁嫁不掉?他再赌再烂,都是烂他范家!跟你有什么关系?你只管在这里住着!这里是你的爹妈家!你在别处无法站脚了,这里永远会收留你!你说世上多大多大,路有多少多少。我问你:世界到底有多大?有时小得很呀!针尖还怕找不到插的地方!更何况人!你走出去一望,四海茫茫,举目无亲,世界有多大?"孙江华说着,泪也下来了,再说喉咙就哽咽,就不说了,转身朝屋里走。孙平芳才不闹着要走了。

  牛兴莲说:"平芳,就按你爹说的办!范家这个杂种三十几了,他还讨得到媳妇?你才三十,还愁嫁人?大不了重新嫁人,好来好去找个品德正

---

① 猖夯:逞能。
② 铎实:仗势。

的，好好地过就行了。你有哪样值得气的呢？妈也不气，你气哪样？若说那几个孙男孙女舍不得，你嫁了人好带就带去，不想带，我们也会帮你照顾。再说那是他范家的人，不是你的人，也不是我孙家的人！他范家都不耐烦管，你还耐烦管？"孙平芳就在孙江华家住下。

范正兴被赌棍打了，在堂屋中呻吟。他爹平时和孙江华教育他，他总不听。如今自己被打了，他爹妈也不来理。儿子姑娘都跑到爷爷家去了。范正兴不得吃不得喝，躺到第二天，赌棍又带了几十名地痞流氓来要孙平芳。吵一阵，又按住范正兴拳打脚踢，见范只有出的气没有入的气，才住了手。有的又说点火烧范的茅屋，有的又说莫烧，明天再来要人，终是把屋内的锅碗打砸一通，走了。范家见范正兴被教训够了，怕他死掉，才忙找医生来开了点药。那流氓仍不时来要人，范家无可奈何。

范家怕孙平芳另嫁了人，就设法，对范明生、范明银说："你们怕不怕你妈另外嫁人？你妈要是嫁了别人，你们就没有妈了，就成了孤儿！无人管了！爷爷奶奶老了，管不了你们了！你爸爸天天赌钱，也不会管你们！赶快跑去求你妈不要嫁人，仍然带你们过！只是去了不要说是我们说的。跟你们说真话，你妈一嫁人，你们这一辈子就可怜了。怕你妈哄你们说不嫁，偷偷跑去嫁人，你们要死死守住你妈。"两弟兄听了，哭了起来。范家就打发两弟兄背了范明艳，一路哭着朝法喇来。范明生最大，仅六岁。一到法喇地界，无人不叹怜。到了孙家，孙平芳远远听见哭声，就哭了。孙江华、牛兴莲见外孙可怜，也落下泪来。三兄妹边哭边叫："妈，你莫嫁人啊！你嫁了我们就成孤儿了！你还是带着我们过。"孙平芳泪下如线："妈不嫁！妈不嫁！妈要带你们过一辈子！"牛兴莲也边哭边说："你妈不会嫁人！"三兄妹仍怕孙平芳哄他们，晚上要跟孙平芳睡一处，白天紧紧地跟着。孙平芳重新嫁人的念头彻底被打灭了。

那赌棍纠缠了近一月，见得不到人，只得歇手，问范家怎么办。范家答应十倍还钱，与赌棍达成协议。范家将家中的猪、牛等全卖了，仅得三千元，然后到处求人去求赌棍开恩。赌棍作了让步，减掉两千元。尚差一千元，规定下一年还。

范正兴弄了个一无所有，还险些家破人亡。事情已了，忍耻含愧来法喇见孙平芳，孙平芳不见他。孙江华打了范正兴几柴块，气泄了，就觉打也不解决问题，就骂。牛兴莲也咒天骂地地骂了范正兴一通。全家都不理范正兴，赶范走，范正兴不走。晚上全家都睡了，也不给范安排睡处，范就在火塘边干坐了一夜。到天亮，范拿了勾担去挑了水来。见孙江华去割草，也拿了镰刀跟着出去。边割草边向孙江华认错，保证以后不赌了。孙江华一言不发。回来，孙家还是不理他。吃饭也不叫他。他自己在火塘里烧个洋芋吃。晚上，全家又睡了，范正兴又坐在火塘边。孙平芳不忍了，才叫范明生："妈不会跑去嫁人了！你向你外婆要床毡子铺盖，带你爸爸上楼去睡。"牛兴莲给了毡子铺盖，爷两个上楼去睡。范正兴说："明天你给你妈说，我向她认错，保证以后不赌了，带你们好好地过。"

第二天，孙家都在屋里。范正兴自带了镰刀去割草。范明生把话跟孙平芳说了。牛兴莲说："看着他三十几了，自己做错了事，还是很可怜的。"孙江华说："小平芳，你这事你要怎么办？我们也无法给你做主，你自己定！若要团圆，重新过，也就叫范正兴彻底反省，深刻检讨，立下保证，一家子欢欢喜喜回去。若不想一同过了，说清楚，就从这里分手，子女叫他带回去。各找各的对象。这样天天拖着，不是事！拖了要有一两个月了！再拖下去，这个家只会越拖越烂。"孙平芳左右为难。回去呢，家已不成其为家，一无所有，还欠一千元的账。不回去呢，又割舍得了？无法答复，只得一个人跑到僻静处哭。

火塘边剩下孙江华夫妇，牛兴莲说："这事情咋办啊？"孙江华说："只有到哪山说哪山的话了。事情到哪一步说哪一步！"牛兴莲说："难道就这样下去了？"孙江华说："那还有什么办法？"范正兴割草回来，又向牛兴莲认错。牛兴莲说："你跟我说无用，我心头乱麻麻的，你去跟你爹说。"范正兴又向孙江华认错。孙江华想，此事难断，但不断也得断。要孙平芳来下决心，看来也是难下。看来还得自己做主，便叫孙平芳来坐在火塘边。范与孙互不照面。孙江华说:"平芳,你这事怎么办?依我看,你能否听听范正兴的意见。若你觉范正兴的意见对,你采取什么态度;觉他的意见不对,你又采取什么态度?你们都当着我,讲一讲。你们若要团圆也在这里说好;要各过各的,也说好。好聚好散嘛!范正兴你说。"范正兴即向孙平芳认错,保证以后彻底改了。说完,孙江华就教育范正兴一通,对孙平芳说:"平芳,刚才范正兴也向你认了错,提了保证。我把我的意见讲讲。你俩都是年轻人。范正兴之前屡教不改,我有意见。吃了这次亏,改了,是好事。就总体来说,范正兴品德也不是太坏,除了赌钱这一科我不满意外,别的都是满意的。只要改了,就好。你呢,也要原谅他。年轻人吃一堑,长一智,这次被蛇咬,下次莫钻草就行了。人无完人,世上哪有不犯错误的人!所以按我的意见,你原谅他这一次。范正兴呢,以后要对得住平芳。平芳到你家近十年了,我认为她是对得住你的。这一次是你对不住她!她这次原谅了你,你要知道轻重!以后再犯,我就不再教育平芳,而要教育你了。我把意见就讲到这里,如果你们二人都同意我的意见,就不要再说什么,回去欢欢喜喜地过日子!一切从头开始。如果你们有不同意见,提出来,再讨论。正兴,你的意见?"范正兴说:"就按爹说的办。我保证改正错误,重新做人。"孙江华说:"平芳,你的意见呢?"孙平芳说:"爹都这么说了,我还敢有意见?"孙江华说:"那就这么定了。范正兴明天先带几个外孙回去。正芳要在这里多住几天的话,就住几天。过几天范正兴请了你家族宗来,当场立下保证,再带平芳回去。"

  范正兴第二天带了子女回去。第三天就请了族宗来到,族间老人都批评范正兴一通,劝解一阵,范正兴当场又立保证,孙家找足了面子。范家于是领了孙平芳回去。

十四　强霸人妻

孙平刚和孙平拾到四川搞了半年副业，挣不到钱，路费也没有，只得走路回家。从凉山州府西昌三天才走到米粮坝。到米粮坝后，二人在农民的甘蔗地里掰了几根甘蔗扛着，回家来了。

孙江汉已死十三年了，死时二十三岁，留下两女一子。孙平拾当时才四岁。孙江汉一死，孙江华便去对孙江汉妻吴光芬说："古人有老规矩：'嫁鸡随鸡，嫁狗随狗，嫁个树桩桩也要守。'我兄弟膝下已有小拾，你也有盼头了，你就不要嫁人了，好好抚养这个侄子。"吴光芬不答应，吴家支持吴光芬。孙江华无可奈何。后就有外村的刘大明招上门来，享有孙江汉的房屋、土地，负有抚养孙江汉二女一子的义务。其时两女已能在生产队挣工分，唯孙平拾年幼。以后孙平花、孙平香出嫁，刘大明赚了两大笔彩礼，足够以后为孙平拾讨媳妇之用。孙平拾说的媳妇就是吴光芬亲兄弟之女，吴明才之妹。

孙平拾是孙江汉唯一的儿子，又是最小的，所以孙江汉对他溺爱备至。孙江汉死后，刘大明是继父，管他管得不严，所以学了偷鸡弄狗的手脚。吴明才妹子虽是孙平拾的亲表妹，但孙平拾历来看不上她。跑四川以后，孙江华着急了，催刘大明："他是无笼头的马，当然要乱跑。跑出去干出点事来，我就对不住我阴间的兄弟了。要给他加个笼头！"刘大明也怕孙平拾野岔岔的性格，想再在一起害大于益，唯愿早使之成家，脱了自己的干系。以后孙平拾闯祸，也找不到他头上。孙平拾一回来，刘大明忙按孙江华吩咐给孙平拾完婚。孙平拾扬言："你们讨来我也不要。"吴明才妹子刚过门，孙平拾就不归屋，从没到家一天，到处鬼混，让吴妹独守空房，形同寡妇。

孙家的媳妇，就数陈福英和魏太芬聪明漂亮。孙平拾就打二人的主意。调戏魏太芬时，魏因后家比孙家还孤，恐怕贾祸，不敢伸张，不理孙平拾就完了。孙平拾自讨没趣，又调戏陈福英。陈福英后家强大，且孙平拾畏陈福全兄弟三人，陈福英便不把孙平拾看在眼里，将此事向孙平玉说了，立即全族皆知。

孙平拾在族内名声立即变臭，便将目光盯往外姓。陈福学夫妇，二十五六岁。陈福学为人软弱，其妻姚正艳姿色姣好，为姑娘时便以风骚出名。嫁到法喇后，因法喇民风尚朴，且陈家是大族，人们虽知姚正艳淫荡，但历来无人敢去招惹。孙平拾与人偷得东西，便寻窝家收藏。陈福学贪小便宜，当了窝家。陈家从来无人做贼为盗，家风正派。陈福学当了窝主，陈家人即劝陈福学改邪归正，但姚正艳正恨男人懦弱无能，为勾不到男人发愁，忽然来了一伙强盗，哪想放手？力主当窝家。陈福学软弱无主张，被姚两句枕头风吹了，仍当窝家。陈家见陈福学不争气，就不再管陈福学。

不久，姚正艳便与孙平拾勾上了。先还偷偷摸摸，后来白天晚上二人睡在一处。如此奸盗之事，外人如何好处理？陈家人即叫陈福学："你哪天晚上把那奸夫淫妇两刀砍了，自己去投案，吴家、陈家、孙家谁不支持你？顶多判几年刑就出来了。出来你才三十来岁，也还找得到个媳妇。"吴家鬼火绿孙平拾讨了吴家姑娘，却去外面勾妇女，抛下吴家姑娘不管，丢了吴家面子，同样献计："孙平拾既是奸夫，又是法喇的贼。你杀奸夫淫妇，有名有义，法律上也要宽大处理，绝不会判你死刑！而且陈家为保面子，一定会全族联名保你。吴家丢了面子，也要联名保你。孙家为保面子，也不会出面。有三大族人保你，顶多判你十来年刑，你再在狱中表现好点，减上两年，几年就出来了。你也才三十多岁，找个媳妇容易得很。"

但陈福学胆小怕事，哪敢依言行事。倒被姚正艳和孙平拾赶出正屋，住在猪圈里，孙与姚住在正屋。陈家见陈福学不争气，又献策："孙平拾霸你的媳妇，你就去霸他的媳妇。他的媳妇还是个青头姑娘，没被人碰过，品德又正。你拿淫妇调黄花闺女，哪里划不来？仇也报了，名声也挽回了。陈家、吴家两大族帮你，你还怕哪样？"吴家为挽回面子，也打主意："陈福学这人本分，是个好人，还是过得日子。把吴明秀给陈福学，既收拾了孙平拾，又为吴家挽回了面子。"即派人与陈家商量，陈家大喜。两族与陈福学商量，陈福学怕孙平拾，又不敢动。陈、吴两大姓大失所望。吴家便逼孙家将吴明才之妹退回，后有以灈河赵家来说，即嫁往以灈河去了。

孙平丽嫁到吴家后，回来就讲："孙江才这个杂种，你们原来还去求他帮忙，什么坏事都是他做的。他去给吴家出主意：'孙平丽不嫁的话，你家只管去抢。抢了就抢了，会有什么事？即使有事，我是支书，我不管此事，谁还来管？'"吴小三也来对孙江荣、孙平文说："孙江才这人坏得很！他以前给我打主意，说孙平丽不嫁就抢。现在我是你家姑爷，孙江才他也不敢对你们咋整。"吴小三仍然赌钱，不过他在赌场混油了，赢的时候多，输的时候少，居然牛、马、猪、吊锅、毡褂等不断地赢了带回来。有时赢得多了，自己带不来，就出钱雇小工帮忙。某次赢了，对方出不起钱，让吴小三到家要什么拿什么。吴小三带了信来，请了孙平文家几弟兄到那家，从吊锅、楼梯、皮条、镰刀、毡片、背篓、耕索、板锄，甚至烂胶鞋，扫地一空。出了门，吴小三叫孙国勇："他这条狗还可以，拉着走。"孙国勇说："狗不要了。"吴小三说："拉回去打了，好好吃一顿。"孙国勇即将狗拉上，回来把狗打死，熬了，热火朝天地吃起来。

吴小三说："那时你家还嫌我是赌钱汉，不把孙平丽嫁我呢！看看我这个赌钱汉，比孙江才那个当支书的还歪，要钱有钱，要势有势，要哪样有哪样。孙江才有哪样？"孙家都道孙平丽嫁吴小三嫁对了。讨孙平丽后的第二年，吴小三就赢了一万多元。吴小三家本来穷得全村出名，这下突然阔起来,开始修大瓦房了。木料和瓦都是赌场上赢到的,请了孙家去帮忙背。孙平丽历来是个皮性子,无个紧忙。她不会做针线活,一家人的衣服裤子全靠吴小三赌钱赢了钱买来穿。吴家全族都骂孙平丽无本事,说哪想到讨到这么一个冷神婆娘。在哪里一站,就是一个坑,成天摸触摸触的,一样事情也摸不出来。一行人天明出发,走了十五里,装了瓦又走十五里,到下午两点,才回法喇,饿得淌口水。到家一看,早饭还没煮。孙江荣、孙平文、吴小三等,无不拿孙平丽骂。孙平文说:"小平丽,不像话呀!亏得是一家人!要是别的,一回就怕来你家了!"吴小三说:"她这皮人①得罪的人还少啦?我现在在全村的人都基本要被她得罪了!成天见她在这屋里动,动了一天你一看,仿佛没有动过。"即把孙平丽赶开,说:"全村比你屁的婆娘还有没有?滚开些,我来整!"即端起筛子、簸箕,噼噼啪啪一阵动作,又在菜板上一阵地砍,把猪肉切好,等到饭熟,已是下午四点。等吃好饭,因饿过度,这帮人再无力气了。本想下午再去背一转,就去不成。第二天上午又去背,因怕孙平丽了,就请蒋银秀去帮着煮早饭,没料到下午回来,饭又未熟。众人又骂。蒋银秀才说她去后,孙平丽还在床上睡,被她叫了起来,把饭上了蒸好,菜煮好,蒋银秀忙回家喂猪。猪喂好来,蒸了两个钟头,饭仍未上气。原来孙平丽把火笼歪了,只烧到半边吊锅。只好重新笼火蒸,所以到现在不熟。

等到下午两点,才吃好饭。孙家人回家,就说:"孙平丽这号没本事的,嫁着吴小三是她的洪福了。嫁到别的,家再穷一点,更无道理。"吴小三有时火绿了,大骂孙平丽:"老子当时要是知你这个烂母狗一点本事没有的话,送老子还不领情!还耐烦抢?"

十月征兵,区上给孙江才死任务:法喇必须体检合格送县复检合格达到五人以上。孙江才回村,与安国林、罗昌兵商议,要完成这一任务,极为困难,必须竭力动员适龄青年到荞麦山去体检。三人分了任

---

① 皮人:指人性子慢。

务，法喇村适龄者共一百三十人，每人必须动员到二十人去荞麦山体检。孙江才到处跑，多数人家并不想送子女去当兵。动员了两天，动员到十多人。孙江才最不愿孙家人去当兵，怕去部队干出头绪来。人数实在凑不够，才跑来孙江荣家："二哥，我当了支书，自然要拼命拉我们家人。现在机会来了，今年招兵，我为平强侄子弄到个名额，把他送到部队去锻炼两年，入了党，回来就有希望了。"孙江荣大喜，以为孙江才使了大力，煮米煮肉招待孙江才。孙江才又到孙江华处，也如此吹，劝孙江华把孙国达送到部队去。孙江华也不明真相，以为孙江才是好意，感谢了一通，也好好地招待了孙江才一顿。但是他立志把孙国达培养成个大学生，谢绝了孙江才的好意。

没想到孙平强到荞麦山体检，竟过了。区上把孙平强列入送县复检之列。孙江才见法喇初检合格者达十人，想能完成任务，怕孙平强到县体检合格，即在区武装部说："这个孙平强政审估计有问题，不必多事了，把他撤下来吧。"武装部就把孙平强撤了。孙红才回家又到孙江荣家说："我在区上拼命地拉关系，想办法，但平强的身体不过关，没办法。好好锻炼身体，明年再去验，小爸明年再使力。"孙江荣家又感谢孙江才。

没料荞麦山区送县体检的，一半多没过关，未完成任务。区上派人连夜通知孙江才，把孙平强送到区上。孙江才大不情愿，只得又到孙江荣家，吹他如何如何拉关系，孙平强本被淘汰了的，现在又行了。并说他怕错过机会，要连夜送孙平强去。吹得连孙平强都万分感激，到县上，孙平强体检合格。

孙江才慌了，想在孙平强的政审上打主意，让孙平强去不成。想来想去，孙平强平时默默无闻，优点谈不上，缺点难找，真不好做文章。后来想一阵，就借孙平拾在村内偷盗案件，将孙平强列为同伙。于是他就跑到荞麦山，说孙平强有偷摸行为。区上说等着看。最后县上给荞麦山定的名额，包括孙平强进去才刚好完成任务。区上就问孙江才："是大盗还是小偷啊？确不确实？"孙江才说："我是听说小偷小摸，具体也没看见。"区上又说："你看看是否有必要去调查一下？如果无大的案情，勉强过得去，就算了。抹掉这人，今年我们的任务就完不成了。"孙江才说："为保证兵员质量，还是要去调查一下。否则退兵,麻烦更大。"

区上左右为难。问派出所,说从无此人犯案的记录。会上讨论时,罗昌才和安正书都说:"孙家人历来不做什么坏事,只最近孙平拾有点嚣张。至于孙江荣的儿子,虽然人不知道,但从没听说偷摸之事。"事情就这么定了,孙平强应征入伍。

孙江才知后大惊,以为孙江荣家已知其行径,到区上做了手脚,忙跑到孙平文处说:"平文啊!有人到区上告平强有偷摸行为,想让他参不成军。我到区上签字画押,硬担硬代,说绝无此事,事情才了了。"孙平文便说感谢。孙江才走后,魏太芬说:"只有你们会相信他的龙门阵,我是不相信的!他会有这么好?帮你签字画押,硬担硬代!签字画押要负责任的呀!我这个一字不识的农村婆娘也不会轻容易替谁签字画押!"

事情不久就败露了。一日罗昌才回法喇,欲要孙家感他的恩,遇上孙平文便说:"你兄弟入伍,我使了大力!孙江才去区上说孙平强有偷摸行为,孙平强就通不过了。我说:别个我不知,孙家人我是知道的,会做那样!在一个村子处了几代人,我还不知道?就通过了。不信你家问安正书!他也帮你家说了好话!"安正书遇上,也为表自己于孙家有恩,也这么说。只因和孙江才是姨夫,便不说是谁告密的。当时魏太芬在旁,欲诈出内幕,便说:"大爸在区上当大领导,什么事情都要经你手上,一定认得是谁去说的,而且说的人不去跟大爸说,就不起作用!肯定得找大爸说。"安正书被恭维得好不高兴,说:"肯定得去找我说才起作用!就是孙江才去找我说的!别的人,他还没资格找我!只敢找手下的人!"话刚出口,才知不对,急忙闭口,对夫妇二人说:"我还有点事,先走了!"走不远就拿手捶自己的脑袋:"安正书啊!堂堂区党委副书记,竟斗不过一个妇人!上了这么大的当!"

孙江荣家知此,不敢明骂,暗中大骂孙江才。吴小三假装气愤,说:"等老子去把孙江才干翻再说。"孙江荣等都说算了。吴小三经大家劝一阵,说:"依我,就是要干!你们孙家人不行,不像我们吴家人！我们吴家，内部照样干，是大干，敞开地干！拼命打一架，吵一架，气就消了。对外人，却团结得很！就是今天我和你有杀父的冤仇，但只要明天我跟外族发生矛盾，你就会来帮我；你与外族有了矛盾，我也会来帮你。跟外族打好了，回来再算杀父的冤仇！你们孙家呢，内部再有冤仇都不吵不打，阴着干，不明来。你与外族矛了时，我才联合外族来收拾你！我与外族矛了，你又联合外族来了！像孙江才告孙平强这种事，如在我们吴家，只要得知，就翻天地公开干了。在你们孙家，阴着，大家都阴，不瞅着时机我就不收拾你！瞅着时机了才拼命地干！所以你们孙家，打外仗不行，打内仗很行。而我们吴家，打内仗也行，打外仗也行！"

  法喇共有三人应征入伍。离村之日，另外两家都送了新衣服，煮了鸡蛋等欢送。孙江荣、蒋银秀则一物不给孙平强。魏太芬不满，说："别样没有，鸡蛋总该煮几个给他！"孙江荣眼睛就鼓的比牛眼大，吼道："鸡蛋部队上没有？"魏太芬说："部队有是部队有！他一下子就到部队了？几个鸡蛋，还是给自己的儿子吃！即使丢掉，有什么了不起？"回家煮了十个鸡蛋来。陈福英也煮了十个来。孙江成家、孙江华家等，人是来了，但空口相送，一物不给。孙江荣见两家送这么多鸡蛋，直叫："多了！多了！捡掉几个！"孙平强也客气说多了，拿了鸡蛋朝孙富文等小孩子递。孙平玉、孙平文等直叫他带走，他只带了几个，多的硬是不带了。陈福英递一阵，手递酸了，说："既然你不带，我们也不拿回去了。就在这里把这些鸡蛋吃了。"孙江荣一听，先忙拿了一个放在手上，忙不及去壳，双手一搓，壳揉烂了，急忙放进嘴，来抢第二个鸡蛋，口里鸡蛋壳嚼的一片响，众人啼笑皆非。

  回去的路上，魏太芬悄拉陈福英说："大嫂，怪不得我还没过门，别人就劝我莫嫁'孙利毛'家。你看自己亲生儿子出远门，还一个鸡蛋都舍不得。这是去当兵啊，不是去串门子！当兵的人，回得来回不来还说不清楚呢！万一回不来呢？你家煮个鸡蛋来，还磣得起脸吃。吃得这么难看！老的无聊了，小的也尾着无聊。像这个孙平丽，家中没有？亲兄弟走了，一个鸡蛋都不给！"陈福英说："做倒是做得太过分了！"

这日，孙天俦放学回家，刚好孙江富到凉山去帮人伐木、舂墙，苦钱①不着，步行回家，便与同行。由于多年的贫困导致地位低下，受人歧视，孙江富已养成沉默寡言的习惯。天俦此前从没和他接触过，这还是第一次。所以公孙二人从荞麦山走到法喇，几十里路，总共没谈上十句话，而且都是孙天俦问了，他才答几句。每问一句，他只答一句。孙江富答时也始终低着头，孙天俦不问，他始终无一言，一直低着头走，一整天都如此。孙天俦异常吃惊：贫穷竟能致人如此啊！天俦想：要是今天同行的是孙家其他任何人，都会一直谈个不歇，不知要谈多少个话题。内容多得很，可以是祖先的历史，孙家的传说，孙家人对未来的设计等。而孙江富竟一言不发。至家，孙天俦便与孙平玉谈起此事。孙平玉说："你大爷爷聪明得很呐！小时候学习都是班上第一，老师天天夸奖。要是当时他去县政府，现在就不是这样了。现在你大奶奶卫顺芝也不理他，和他分家各过各的了。孙平毕、孙平东、孙平仙也不理他！他单独在半边搭个棚棚住，惨啊！"

孙江富回来，卫顺芝和三个子女都不理他。过不久，卫顺芝和三人都无吃的了。这下要出去找粮，孙江富多年找粮，经验丰富，于是一家五口又并成一家过。孙江富去找粮，路遇王光文也出去找粮，便同行。路上鬼使神差，竟把孙平仙许与王光文之子王元富。王光文五女一子，五个女儿合作社散后才嫁。王光文不仅全有五个女儿的土地，还得了五大笔彩礼。如今就夫妻俩带一个儿子，种原来八个人的地，土地面积在全村都算最多的，却年年不够吃，一年要饿半年，王光文也穷得出了名。

孙平仙许与王元富，令孙家又惊又气又愤。惊的是孙江富穷愁潦倒一生，也该为女儿找个好的去处。在农村有句俗话：姑娘是块宝，儿子是根草。说有姑娘的人家，当有宝贝，你家来争，我家来夺。儿子呢，再好的儿子，都难找个对象，像草一样无人来争，无人来抢。孙江富有

---

① 苦钱：出力挣钱。

姑娘，不愁找个家境好的人家。居然许与和自己一样穷愁无望的王光文家。气的是王光文之妻，是陈庆琪的孙女陈福芬，是陈福英的姐姐，王光文与孙平仙同辈。孙江富如此，孙家又要降一辈了。长房、三房继孙江才娶姜庆青后，又骂小房了："小房越来越昏头了，到处降格充小辈。鬼火绿我们就不认小房是一家了。"愤的是孙平仙才给王家，王家就忙着争辈分。王元富原来叫孙平文等为大爸，现在马上叫大哥。孙平文火了，厉声问道："你叫什么？"王元富就不敢争了。王元富原来叫陈福英大娘，现在见了陈福英，就叫："大嫂。"陈福英说："你叫我大嫂可以！那你叫你妈该叫什么呢？"陈福英下次遇上陈福芬的亲大哥陈福朝，陈福英就说了。陈福朝立即叫上几个兄弟，来找陈福芬："你好大胆子，敢让儿子叫陈福英为大嫂！你跟孙家怎么叫，陈家管不了！但跟陈福英怎么叫，陈家管得了！小心陈福全家三弟兄来撕破你的嘴！你不想想：一个老祖分支的姐妹，你就敢乱叫！我们话说在前：如果陈福全来撕你的嘴，我们根本不敢为你说一句话！到时莫怨说陈福英的兄弟来帮陈福英的忙，而我们不来帮你的忙！我们哪块脸来？哪块脸见陈福英家几姊妹？哪块脸见我们陈家全族人？"陈福芬急忙认错："怪这个砍秋头①的娃儿啊！我哪里晓得啊！我哪里敢这么喊啊！我要叫他赶紧到陈福英的门上去上赙！若是我叫他喊的，我哪块脸见陈家老小几百人？"

陈福朝家几弟兄即带了王元富来，要王元富给陈福英叩头道歉。陈福英不准叩头，说，说明就算了。陈福朝不依，说："妹子，他竟叫你'大嫂'，说句不好听的话，这跟叫我媳妇他的亲舅母'大嫂'有什么区别？也是现在了，要是以前他喊这么一声，还有他来叩头就饶他的？早就按犯十恶大罪把他烧掉了。"逼着叩了头才去。

王光文的几个女儿，也是这样在找口粮的路上，就许与同行找粮之家。家家的境况都差不多。每年找粮，王光文就和几个亲家或姑爷结伴同行。法喇有的人喜好研究命运，就拿这几亲家来做研究的材料，说："怪事！怪事！穷人家的姑娘，按理可以给到好的人家。但他们实际却不按这理！照样

---

① 砍秋头：砍头。

给在穷人家！是人在作怪？还是命运在作怪？真是弄不懂！"原来孙江富虽穷得出名，但未开穷亲，找粮是独来独往，尚无人将他纳入研究范围。如今开了这门亲，找口粮都与王光文父子及王光文的亲家、女婿同行。好事者立即将其纳入，研究结果是：孙江富嫁女，完全是王光文嫁女的翻版！

且说孙平拾等偷了赵国平家的牛，吴光耀父子行动起来，到派出所报案，设计捉人。孙平拾闻风，携姚正艳逃了。

十五　穷翻身

人民公社末期，荞麦山办了五个小企业。吴光耀的亲大哥吴光友拉公社的大马车。陈福达见了，好不羡慕，一分组到户，成家立业，就借钱买了一架马车，那是法喇村第一架马车。吴光友赶的，是两匹大骡子。但因是老年人，赶车时是坐在车上，慢吞吞地走，一点不威风。陈福达虽买不起骡子，却也买了村内第一流的叫马，膘肥体壮，赶车时是站在马车上，把马打了拼命飞奔。他嫌绳子打不疼马，就用一根大棒，打在马身上，响如春雷。那马车在法喇河坝里，来如流星，去如风雨。陈福达打了马车，拼命超汽车。在从法喇到荞麦山的公路上，汽车常被他的马车超过。陈福达其时才二十零头，赶了这么威风的大马车，引得全村羡慕。村内最风骚的两个姑娘，一是霍家芬，是丁家芬表姐的姑娘；一是柳正芳，是丁家芬表哥的姑娘，都是陈福达的表妹。她俩天天跟在马车上，一左一右，夹在陈福达两边，往荞麦山跑。二人争着要嫁陈福达，陈福达不好解决，说两个都要，二人居然同意。陈明贺、丁家芬不同意，为陈福达另娶了廖安秀。二人仍不舍陈福达，天天尾随，弄得全村流言飞语，今天说霍家芬被马车颠流产了，明天说柳正芳肚里的小孩又要出来了。过了五六年，二人才嫁人了。

陈福宽也买了马车，虽然讨了冷树芳，但仍有两个表妹巴在车上：陈明梅之女窦先菊和常世英三妹孙女贺成英，也弄得流言飞语。冷树芳今天和陈福宽吵,明天和陈福宽打。冷家老两口五个姑爷而无儿子,原见陈福宽于姑爷中最聪明会事,指望依靠,没料两人天天吵架。他们又同处一村,一吵就听见。是姑娘有理,冷家老两口肯定要来帮忙。一来一去就成了陈、冷两家吵了。陈明贺、丁家芬也骂陈福宽,支持冷树芳。无奈陈福宽的马车一上路,两个表妹就守在路边,架就这么天天吵下去,直至二人嫁了才罢。

陈福全也买了马车。随后全村人因羡慕陈家弟兄,纷纷买起马车来,有了二十多辆。平时在家里驮,逢赶街就驾上马车朝荞麦山跑。连成一串,浩浩荡荡,气势雄壮。外村的见了,都以为法喇人有钱。不过这些马车都是跑着图好玩,经济价值并不大。

这时荞麦山街上的人,都刚开始学着卖点东西,做做生意。法喇尚没有。法喇只有个供销社,售货员是县城附近的,不常在法喇。陈福达天生与谁都交得来朋友,与售货员关系很好。售货员的货,都从荞麦山进。陈福达专门给他拉货。售货员和陈福达约好赚钱分,运费老高地给,陈福达暗中又返还他一部分。陈福达也就赚到了钱,但都被带两个表妹霍家芬和柳正芳糟光了。

法喇人从来不照相。除单位上的可能照过几张相以外,农业上的几乎无人照过相,还说照相会把人的魂摄走。陈福达有了钱,把荞麦山照相的人拉到法喇来,站在河坝里,镜头对好了,然后叫霍家芬、柳正芳两边抱住他,打了马车飞奔。吴光兆见了,说:"憨侄儿子,买马车就要用来赚钱,不要图威风,图好玩!你们没有经济头脑、商品意识!"陈福达说:"三姑爹,买马车就是要买来耍威风,图好玩!赚钱倒是好,只是得罪人!与其得罪人,我不如不要这马车了。"

吴光兆即陈明贺三妹婿,是老高中生,毕业后分在县商业局。文革一来,回家务农。他从小读书,犁不成地,放不成牛,于合作社无补。生产队长见他地犁不成,饲养员当不成,背粪背种呢,只背得了几十斤,就骂他是"奸臣"。天天晚上批评他:"吴光兆!天天奸臣死懒的!知识越多越反动!读书人就是不行!要我们贫下中农养着!"没吃的了,他就教妻子陈明星:"你一天背个背箩,装着扯猪草到洋芋地里,拿把镰刀,见哪里土挣开缝了,就拿镰刀挖下去,就把洋芋带起来了。"陈明星于是天天装扯猪草,到地里偷洋芋,但长期如此,终被发觉。队长又在会上骂,吴光兆说:"我不打这个主意,难道要我一家饿死?我家也是贫农!我看贫农饿死了,你怎么向中国共产党交代!"

  一计不行,吴光兆又出一计,叫陈明星在裤子两边里面,从腰上到裤脚缝上长达一两尺的两个巨型裤包,叫她装作扯猪草,到荞地里刷荞子。陈明星从荞秆上把荞子刷了装进裤包。两边装满,几达十来斤,又重又绊脚,根本无法走。吴光兆见妻子双腿双脚鼓起,走不动,怕暴露,即叫妻子装病,他拿个毡衫叫妻子披上,他背了回家。回来将荞子倒出,一称达十四斤,夫妻俩高兴得热泪盈眶。这样偷了几年,又被发觉了,队长又骂。

  吴光兆见一到秋天,满山涩疙瘩①,又听前人说灾荒时,是吃涩疙瘩的,就叫妻子:"山上的涩疙瘩红燎燎的啊!那也是一种未开发出来的粮食作物,也含有淀粉,可以吃!味涩一点怕什么,去刷来吃!"陈明星只好去刷涩疙瘩。谢吉林当时在外教书,家中仅妻子是劳动力,儿子又多,也过不下去,其妻崔绍芝即和陈明星每天带一帮子女到山上刷涩疙瘩,刷回的涩疙瘩晒在河坝里,红彤彤的。法喇人哈哈大笑:"这些知识分子过不下去了!刷涩疙瘩来吃了!"哪知后来灾荒,群众才想起要上山刷涩疙瘩。满山的涩疙瘩已被这两家刷光了。吴光兆又反嘲:"贫下中农也过不下去了!想刷涩疙瘩来吃,已被知识分子刷光了。"

  吴光兆家将涩疙瘩晒干,到冬天,天天推磨,将涩疙瘩推成面,又蒸饭吃,又烙粑粑吃。因谢吉林的钱都带回家来,谢妻便将涩疙瘩烙成粑粑,带去与谢吉林。第二年,群众学奸了,秋收一开始,即派小孩上山刷涩疙瘩。吴、谢两家就占不到便宜,到冬春就只有挨饿了。当时孙家是全村最有的人家,东家挨饿,西家挨饿,孙家饿不着。一天陈明星背了背箩,到荒地里去找散洋芋。陈福英可怜亲三娘,就拣了一提箩干巴洋芋送去。吴光兆一家长

---

① 涩疙瘩:拳参,草药的一种。

期没吃到洋芋了,吃着热泪盈眶,有如过年。事到现在,吴光兆还记得那一提箩洋芋之情,说:"我永远记得孙平玉家那一提箩干巴洋芋啊!急时好救人啊!"

　　吴光兆穷困潦倒,却时常建议要怎么干怎么干,批评队长决策失误。队长就在会上嘲笑吴光兆:"有的人读书,读到牛屁眼里去了。自己都养不活自己,要生产队养活!这书读了搓毯!他还不知足,批评队上这也不是,那也不是,尽讲队上该怎么怎么赚钱,怎么怎么发财,尽想搞资本主义,开历史的倒车,想复辟!天天钱钱钱!三句话不离'钱'字,想颠覆社会主义!"吴光兆的确建议生产队如何如何发财,但队长侮辱他书读到牛屁眼里,令他伤心了,立即站起来说:"我就代表知识分子和你打赌!如果我这知识分子最终比你差了,由你吐口水把我淹死!如果我最终比你行,又怎么办?"队长也武断,认定吴光兆这种人,是无出息的了,说:"如果你比我强,我手板心煎鸡蛋给你吃。"

　　过了几年,文革结束了,吴光兆恢复工作,回单位去了。吴光兆一家,吃穿不再是在生产队时,队长惭愧了。一天在陈明贺家火塘边,火塘里烈焰熊熊,吴光兆对队长说:"把手伸在火上来!"队长问干什么。吴光兆说:"你当年讲手板心煎鸡蛋给我吃,我还没吃到呢!"即叫丁家芬:"大嫂,把你家的鸡蛋拿一个来。"丁家芬不知何事,果然拿个鸡蛋来。吴光兆将鸡蛋递与队长:"煎来!"队长无法。陈明贺说:"算了!算了!队长跟我一样,扁担大的一字不识。吴光兆你是知识分子,怎么跟他计较!"丁家芬也后悔拿了鸡蛋,就怨吴光兆:"你们既然是打赌,就要跟我讲清楚!我就不拿了。横拿直拿,你们自己回家去拿!"吴光兆忙向丁家芬认错,队长说:"你不知道内情,就不怪你。"因陈明贺说算了,吴光兆也只得算了。临出门,吴光兆对队长说:"人的前生后世,谁得知啊?三穷三富不到老啊!可能今天的叫花子就是明天的百万富翁。今天的百万富翁,明天是个叫花子!今天的流浪儿,明天可能是总统;今天的总统,明天可能去流浪。你当时怎么敢武断我就不如你了呢?"队长一言不能答。

　　杜夲脚一生贫困,死了。三个儿子讨不到媳妇,想在村里当上门姑爷,也没人要,只得到远方去上门。长子杜老大,在村里总提不到小婚,没办法,十岁时到马洪去,当了王家上门姑爷。但王家姑娘才三岁,不可能结婚,杜老大就先认作王家儿子,等姑娘大了再结婚。如今姑娘十八九岁,杜老大已快三十岁,可是王家姑娘不愿嫁杜老大,就把杜老大赶出了门。杜老大无处可投,只得回法喇来。杜夲脚之妻,为吴家姑娘,杜家孤立无势,只得求吴家。吴家以为显威风的时候又来了,由吴光耀主持,召集吴家所有十五岁以上的男子,近二百人,扛斧的扛斧,提刀的提刀,浩浩荡荡杀奔马洪。扬言要将王家姑娘拎到法喇来,逼其与杜老大成婚。王家是马洪大族,称霸周围四乡八里,如何会让吴家折了面子? 于是也组织了两百多人,执刀扛斧严阵以待。吴家到了马洪,一看阵势,凶多吉少,便不敢动武,而邀王家谈判。吴光耀父子自恃能言善辩,欲以口唇取胜。王家也派了善辩之人出阵,攻防一天,吴家父子取不到好处,无可奈何地回来了。吴光耀父子日日大门紧锁,羞于出头露面了。一时法喇别姓人,以及吴家内部常遭吴光耀一房欺负的,虽怜杜老大,但无不为吴家遭此大辱而大快人心,说:"吴家只是门坎猴①! 只欺得起我们这些小族人! 怎么大话连天去了马洪,不把王家姑娘拎来?"

　　快意了近十来天,大家又怜杜老大了。法喇村自古以打人、抢人出名,上百年来,从外村抢了近百姑娘回来。如今征战外村,首遭败绩。崔绍武、姜元坤等才聚在一处,说:"我们该出头了,不能让法喇的威风被马洪人压下去。再者也要教训教训吴光耀,让他知天高地厚。"平时包括崔绍武、姜元坤家等,吴光耀都不放在眼里。这事虽跟姜家、崔家没有任何瓜葛,但这些人见吴家失败,为再折辱吴家,竟跳出来将与己无关的事揽了来办。那马洪的支书、乡长、文书,都是王家人。姜元坤虽仅是个县委出纳,在县委机关谈不上是何角色,但却天天与县委、县政府的大印打交道。当即与县委办

---

① 门坎猴:指专门欺侮邻居,而出远门即胆小怕事的人。

主任讲了，主任暗中同意其以县委、县政府之名修书一封与马洪党支部，言请马洪党支部算清杜老大在王家这些年的劳务费，盖了县委的大印寄出。王家被吓垮了，说："吴家在县委、县政府都有人啊！"哪还敢算劳务费，被迫将王家姑娘嫁与杜老大了事。吴家在毫无意料的情况下连输两局，且都输得极惨。吴光耀恨姜元坤、崔绍武等恨至咬牙切齿，暗中召集儿孙开会："如何！不掌权力如何！人再多有什么用！崔绍武、姜元坤用雕虫小技就欺侮了我吴家一大族几百人。没有权力，就休想在这世上混下去！我们家的弱点，这次暴露无遗！我们没有掌到什么权！县上被崔绍武、姜元坤掌着！区上被罗昌才、安正书掌着！乡上被孙江才掌着！我们掌到了什么？平时叫供书，供书，谁听进去了？家中无才子，官从何处来？"

吴光兆与吴光耀等是一家，但分支已远，仍是吴光耀家欺负的对象。这次吴光耀在马洪村中铩羽，在崔绍武、姜元坤面前折翅，吴光兆高兴得跳起来。遇到老队长，又说："老队长，看见没有？知识分子的威力如何？"老队长说："我们这些老圪蔸①，思想落后，没想到知识分子有这么厉害！几百人去不起作用，人家轻轻写两个字，杜老大的媳妇就到手了！"吴光兆说："你只看到了表面现象！你没看懂其中更深奥的东西啊！那才精彩啊！讨个媳妇，算什么厉害！只有知识分子，才玩得出那种精彩的招数来！崔绍武、姜元坤才是县委、县政府一般干部，都如此厉害，要是个县委书记、县长，那更要地动山摇！你更弄不明知识分子的神通了！"

吴光兆刚工作就当会计，账算得精通。他说他做梦都在算账、数钱。一旦恢复工作，他天天忙的就是如何发财。他忙着将商业局积存的东西廉价揽了过来，全拖回法喇，交与陈明星卖。陈明星说："哪个有那块脸跟人讲价钱！你一讲，三天就把全村子人得罪了！都是亲啊戚的，横直不好办！"吴光兆说："钱赚钱还嫌不好办！以前刷荞子、

---

① 圪蔸：从土中挖出的被砍去树干的树根、树墩。

刷涩疙瘩就好办？你再去刷顿涩疙瘩来吃吃试试！现在讲价钱瘆人，还是你偷洋芋、荞子被发觉了瘆人？"陈明星就答应试试。有人来买东西了，吴光兆叫陈明星去卖，自己站在后面鼓劲。对方讨价还价，陈明星红了脸，说："你给多少就给多少！"吴光兆立即打断："少一分都不卖！"对方是陈明星的女婿，见三姑爹翻脸不认人，大怒而去。陈明星反过来骂吴光兆："你看你还像不像人！简直是毛脸畜生！拉下那块马脸就不认人！你是他个三姑爹啊！你仔细想想你做得对不对？"吴光兆说："我这时候是商人！不是他什么三姑爹！我的东西是钱买来的！既是亲戚，他怎么不拿东西来减价给我，却要我减价给他呢？我这时候碜，还会有偷洋芋、荞子被拿住时碜？我就是要得罪两个人给你看看，得罪人也没什么可怕！"

渐渐地，夫妻俩吵虽吵，但陈明星毕竟尝到了利润的甜头，不再羞于讲价，而且学会骗人了。这一天，陈明贺亲四弟陈明启读小学二年级的陈福佑拿了五分钱来买铅笔，陈明星不要他的钱，递了一支铅笔去："姑妈送你一支。"吴光兆听见，立即出来，道："陈福佑！把钱给来！"陈明星立刻翻脸了："我送他的，还不行？"吴光兆说："你有什么资格送？铅笔都是我的！我不送！"陈明星怒道："福佑，你把钱给来，给这个毛脸畜生！看这个畜生好不好意思收！"陈福佑虽小，却极懂事，也恨吴光兆了，就跑回来，怒冲冲地把钱递来，也不叫"三姑爹"了。吴光兆把钱接了。陈明星立刻吐痰骂道："呸！碜死鬼脸了！你缺含口钱？屋里这么多钱还不够你含？我看你接了五分钱，就吃得一辈子？你家又领工资，又开商店，还愁你找不到献汤饭①的？好嘛，你就夹着屁股去吃嘛！我看你吃了潞血②、屙痢块子！"吴光兆火了："你不潞血献汤饭，那你就把这个家全部送人好了！我是要潞血献汤饭的！"陈明星骂："你要潞血献汤饭，那你不会朝外人身上赚？你饿痨了，亲侄儿子也不分了？"吴光兆火了，扬手就把五分钱丢在屋外去了。陈明星又骂："留着嘛！留着嘛！这么好的含口钱，怎么不留着？"

---

① 献汤饭：施舍饭菜给鬼神。

② 潞血：指吃饭，侮骂性用语。

陈福佑回家一讲，陈明启妻邵政仙就咒吴光兆。陈明启说："不要骂了。三姐并没有要福佑的钱！"邵政仙说："你以为我不会分人？我是骂吴光兆那个吴利毛，不是骂三姐！"陈家人听了，都不舒服，说："吴光兆不知是前几年饿怕了还是穷怕了，突然手爪爪这么紧，码子①得狠了！"但在全村一片骂声中，吴光兆家发起来了，谁也无法否认这一事实。

前几年法喇在单位上的吴光文等人，家里也过得很紧，与农民之间虽有距离，但拉得不大。就穿衣吃饭来说，可以说比孙平玉家还紧张。但现在社会变迁，农业上的人跟单位上的距离迅速拉大，像吴光兆，迅速当了暴发户。与孙平玉家比，就不是陈福英送一提箩干巴洋芋时了。这时的孙平玉家，几十家也比不上吴光兆一家了。谢吉林家大儿子高中毕业，亲大舅崔绍武想了办法，招工到县工商银行。谢吉林家也不再是当年刷涩疙瘩的谢吉林家了。

吴光文家在合作社时，吴光文每年过年都很舍不得从县城到法喇七十公里路的车费钱，虽每年有探亲假，却几年才回家一次。而今其长女吴明珍在县城高中毕业，招工到县百货公司，也有家了，年年回家过年了。次女吴明会，初中毕业，未考取就不读了，吴光文也便从县供销社将物品廉价拿出来，交其回法喇开商店，利如水流，不久吴光文家也便有了近千元。

孙江芳在外村，孙江芬家更是在外区，两家原来都较贫困。孙运发和两个儿子都有，就是两个姑娘家穷。孙运发时常哀叹："可怜我这两个姑娘啊！嫁远了啊！要是嫁近一点，我也可以时常救济她们一下啊！"两家无吃的了，孙运发便叫来背粮食去吃。但那时是在合作社，吃伙食团，一切归公，不许私人私藏粮食。孙运发有粮，尚要千收万藏，不敢泄露，何况外地的来背粮。当时粮食不许过关，法喇设了哨卡盘查，不许粮食外流。外地也同样设卡。两家都不敢白天来，天黑了，

---

① 码子：对钱看得很重，手腕厉害。

才出门上路，到孙运发家，天还不亮。一直要到天黑，才敢背了洋芋上路。摸黑走不说，还不敢走大路，大路上有游哨，一旦查到，不单粮食没收，孙运发也不好交代，两家也不好交代。一夜汤明钦来了，装好洋芋，静待天黑。不料天黑后狂风暴雨，伸手不见五指。汤明钦背了洋芋要走，孙运发说："你什么事有这么急？明天再走不行？"汤明钦说："就是这种天气才好，路上无人查！等天气好更麻烦，路上这方不查那方查，比狂风暴雨还难对付。"孙运发还是拦，汤明钦说："爹，你放我走。要是明后晚上天晴，我背了被查到，更麻烦。而且家里早无吃的了，都在饿着肚子等这洋芋。我今晚背拢，还要连夜煮给你那几个外孙吃。明天白天，我敢大明张势笼着火煮给他们吃？"孙运发一听，泪就下来了，放他出屋。自己送他出门。一脚出门，水淹过了脚背，天上的雨如同盆里倒下。孙运发才送了十多步回来，身上就湿透了。一夜哀怜汤明钦不知安全到家没有，流了一夜的泪，悬了一夜的心。

那一条路尽是悬崖，汤钦明命大，未掉下悬崖，还是摸到了家。但他被淋了一夜的雨，到家已不会说话了，病了一个多月，也险些丢了性命。而孙江芳家，因秦朝海眼睛不好，都是孙江芳来背。孙平玉当时还小，哪里知道人间疾苦。孙平玉夜里到孙运发处，见孙江芳捡了干巴洋芋下楼，装入背箩。那洋芋已彻底炕干，芽长起七八寸长，只要一动过，两三天就黑心吃不成了，就说："姑妈，这洋芋背回去，明、后天就黑心吃不成了。"孙江芳说："乖，背回去好吃的。"也是月黑头到之时，才背了出门。孙平玉时常在想，那洋芋黑心了还怎么吃啊！秦光朝读书时，正是合作社。孙江芳种苧麻，当地俗叫活麻，每年扭点麻线去卖了供书。秦光朝直到读米粮坝师范，仍穿着黄羊毛衣服。因他是三好学生，运动会他执校旗入场，还是就穿的黄羊毛衣服。人倒有才能，但穿黄羊毛衣服，一看就知家中穷得无法。秦光朝毕业教书，仍穿的是对襟衣裳。过了几个月领了工资，才第一次买了件中山装穿上，学生便讽刺："老秦换毛了。"孙江芳每言及这些往事，便会落泪。但如今秦光朝出来几年，秦家家境转好，已非孙家能比。

吴氏两家做生意发了财，法喇人自然看在眼里。最先省悟过来的是孙江华和陈福宽。孙江华多年积贫积弱，哪有本钱做生意，所以心有余而力不足。他只有一棵白杨树,那树卖了,得三十元钱。他就将那三十元钱到区上办了个开商店的营业执照,但办了执照也就没钱进货来卖。没几个月,收税的来了,孙江华慌了,忙将营业执照交回。陈福宽也去办了一个,进了货来卖了几天,发现收入甚薄。于是细察两个吴家,进的货都是从县商业局、县供销社低价揽来的,所以才赢利甚丰。陈福宽叹道:"朝中有人好做官啊!连做个小小生意都是这样!"加上他只想赚大钱,觉这样小敲小打,除了使人颇烦外,毫无意思,也把那营业执照退了。

这次畜牧站要驮饲料到大红山。陈福达与乡畜牧站站长认识,听了消息,扛只猪火腿去给站长,就把生意揽过来了。一时三弟兄的马,天天朝大红山驮羊饲料。驮一口袋,顶多有半口袋到达大红山,另半口袋就送进陈家了。不到一月,三家楼上的苞谷、荞子、麦子都是几百口袋。等饲料驮结束,三弟兄各赚了上万斤粮食。陈福又捧着罗昌才,帮罗家拉这样、驮那样。区上要拉什么,就都是陈家三弟兄的马车在拉。一两年后,陈家三弟兄发了,在全村最先把茅草房拆了,起了大瓦房。村里人看得眼红,勉强有点积蓄的,卖树卖粮,都起了大瓦房。法喇立即掀起了淘汰茅草房的浪潮。

这日,陈福宽赶了马车朝荞麦山飞奔,见区党委书记正从家走路到区上,就跳下车来,把毡褂在马车上垫好,就请书记坐马车。书记上了马车,陈福宽又递烟递火。书记大悦,就与陈福宽谈起来,知陈是法喇人。书记便说:"我给你个便宜占占!县上无偿给荞麦山两台柴油机套磨粉机,争的人太多了。区上无办法,想卖了。价格便宜,只要三百元一台。如果真买,六百元一台还买不到。你拿三百块来,我卖给你。"陈福宽高兴了,回来忙买了三只猪火腿拉去与书记。书记见陈福宽如此聪明,大笔一挥:"县上给的柴油机、磨粉机,批给法喇一套。"然后就对陈福宽说:"我送你!不要你一分钱!"书记叫了办公室的来,给了条子,指着陈福宽说:"叫他签字拉回去。"陈福宽跟了办公室秘书去抬了柴油机、磨粉机、钢磨等上了马车,足足一马车。陈福宽心想真出钱买，莫说六百元，一千元也买不到这些东西。而那三只猪火腿，顶多值一百多块钱。回来又买了几只猪火腿送去与书记。书记说："你这人聪明，可惜文化少了。不过在农业上，你也可以干出头绪来，好好地干！有什么困难，只管来找我。"

包产到户几年，法喇的洋芋多了。有的人家，洋芋吃不了，却无办法。洋芋粉价格贵，但要磨粉，都是用石磨推。一天人累够了，却只推得几十斤洋芋，所以无法将洋芋变成粉。陈福宽的机器一拉来，可就不同了。一天能加工洋芋上万斤，加工几万斤洋芋，就是上千斤粉，卖成钱就是五六百元。所以群众觉得加工洋芋卖粉，甚为划算，家家忙来加工小粉。加工一百斤洋芋，陈福宽收一元钱的加工费。于是法喇人的钱，拼命往陈福宽腰包里跑。仅一个秋冬，陈福宽便赚了两千余元。他向书记汇报时，未如实说，只说赚了一千余元。书记大吃一惊："你赚了一千元了？那你就是我们区第一个千元户！全县第六个千元户！我要赶快报告县上！"

得知全县最穷的荞麦山出了千元户，县上极为重视，认为前五个千元户，都是出在江边河谷地带，那是因为条件甚好。而荞麦山，在全地区海拔最高，不单在全地区，在全省都穷得有名。在全省著名的贫困山区，出了个千元户，这还了得！于是县上开会，就叫荞麦山区委书记带了陈福宽去，叫陈福宽上台向全县县区两级干部介绍致富过程。陈福宽能说会道，把功劳尽归功于区党委、政府。后荞麦山区委书记又上台，介绍他如何发现陈福宽脑子灵活后，如何大胆扶持陈福宽，因陈贫困，就不要陈的钱，而将柴油机等无偿赠与陈，使陈一举成为全区第一个千元户，带动了荞麦山区经济的发展等。陈福宽听了，想：书记狡猾！因私人感情送我的东西，竟成了一大功劳了。县上奖了陈福宽五百元，县委书记、县长接见陈福宽。陈福宽的事迹被报到地区，地区开致富典型会议，叫陈福宽上台介绍致富过程，交流致富经验，又奖陈五百元。陈福宽轻轻就捡一千元奖金，连吴光兆也难过得要命，说："我苦几年才苦得了一千元。陈福宽上台吹大牛，还捡一千元。"

陈福宽的柴油机，隔吴光文家不远。陈福宽与吴明会，一是表哥，一是表妹，嘻嘻哈哈的，均对对方有好感，但陈福宽已结婚，事便只止于此。陈福宽一人管不过柴油机来，便有一人来帮忙。这人名普成杰，其家历来甚穷，在村内不被人看得起。普成杰从小死了父亲，在外流浪、偷窃，如今十七八岁。他回到法喇，无所依托，也无人看得起他，来投陈福宽，陈福宽收下了他。陈福宽是全村首富，却收个形象极不好的流浪汉，这就是陈福宽的能力所在，什么人都能结交。普成杰跟了陈福宽一久，陈见普甚有能力，因自己能在吴家说上话，便天天带了普成杰到吴明会处，欲将吴介绍给普。后渐渐地，吴对普有了好感。吴明会之母看是看出普成杰小伙不错，但其以前背的贼名太难听了，就加以劝阻。吴明会不听，吴母便带信给吴光文。吴光文回家，叫了普成杰来看，见小伙子确实不错，便说："贼名怕什么！只要不再做贼就行了。"吴母又说："全村人都在评价，普成杰家几辈人的穷名，太难听了。我们虽没好大的面子，但总不配。"吴光文也觉普家名声不好，犯愁了。吴明会硬要嫁普成杰，吴光文无法，说："嫁就嫁吧！"

这桩经济、地位、名声、文化各方面相差甚远的婚姻，在法喇引起了一场地震。普家一无所有，吴家是千元户，两个在单位上；普家在村内无任何地位，吴家却赫赫有名；普成杰是个孤儿、流浪汉、小偷，吴光文是在县上工作的"大干部"；普成杰一字不识，普家也无人读过书，而吴家就数吴明会文化最低，却也是初中生。一时孙江华、孙江成等说："普家这小子一跤跌在福窝窝里了。"嫉妒、羡慕者比比皆是。人们均叹息世风变了，说："像普成杰这种人，莫说吴光文家看不起，就是无吃无穿的人家，也看不起。现在他竟被吴光文看中，平步青云。"孙江成说出他的诧异："我小时亲眼看见的：朱家的小姑娘才五岁，饿极了，拔了刘家一窝洋芋，结果朱家全族就在那地里烧起火，把小姑娘活活烧死了。小姑娘被推进火里，又哭喊着跑出来，跑到谁面前，谁就得又把她推进火去，直到烧死，相当惨！还是不懂事的小姑娘，因饿龇了，才拔窝洋芋，还不原谅。莫说烧、杀、抢、赌的大恶大罪了，更是要活剐。而当今社会，吴光文堂堂皇皇的身家，竟招大贼做姑爷！"普成杰见吴家不嫌自己，感激涕零，发誓重新做人。

十六　首个大学生

已是初二下学期,孙天俦在校并不得意。如天俦很喜好地理课,但老师是原学校的工友,除知中国的首都是北京外,别的一无所知。课上不下去,他就坐在门边,牧羊人般守着学生不出教室门即可。教室里立刻大乱,划拳的,打牌的,趁机写纸条求爱的,故意打架去撞在女生身上的,有如闹市。地理老师每节课都拿了地球仪、地图之类的东西来装样,放在讲台上。学生唯孙天俦走上去爱不释手地观摩、欣赏。每次考试,孙天俦的地理都考满分,给老师争了光,地理老师因是对天俦极好。于是就应天俦要求,将学校能有的中国及世界政区图、地形图、降水分布图、气温图、地质图、矿产图、能源图、交通图、工业分布图、人口分布图等等全借与天俦看。

数学课也是如此。天俦的数学在小学一直很好。到了初中,天俦忙于看其他书,花在数学上的时间少了。老师讲课也讲得不好,照本宣科,一丝不苟,而不善于启发。尽管他在讲台上讲得汗流满面,学生在下面还是听不懂,就死气沉沉的。老师天天布置作业,天天改,而且题题改,学生成绩就是不理想。学生编了歌唱:"几何几何,叉叉角角。老师难教,学生难学。"

荞麦山中学隔县城七十多公里,老师们的理想是能调县城,过点好日子,而不要在这山旮旯里终老一生。所以无论学期中还是假期,老师们都到县上去活动。得调走的，喜气洋洋的在其余教师嫉妒的目光中走了，没有调成的呢，垂头丧气，精神不振。

学生失学的情况很严重。天俦他们刚进学校时，初一年级熙熙攘攘二百四十人。一年过去，只剩一百人了。四个班就维持不下去，连同补习生、留级生，只并成了两个班。到二年级下半学期，人又少了，并成一个班都可以了。天俦清点同时进校门同班的学生，只有十人了。失学的原因只有一个，家里穷，供不起。而读得起的，都是父亲或母亲在单位上，或是如荞麦山街上做生意的农民子女。而这些人又不好学，在学校鬼混。学习不好就留级，毕业考不取就补习。班上这样的学生多了，班风就坏了。他们既蔑视孙天俦等"高山人""乡巴佬"，也看不起班上埋头学习的学生。有的"高山人""乡巴佬"也贱，见这些人穿得好，吃得好，羡慕不已，甚为自卑，竟给这伙人拿碗拿筷，倒洗脸水洗脚水，能得给这些人充当打手，或是成为其随从即觉甚为光荣。

这伙"双职工""单职工""乡镇上的"子女，刚见识了电影《少林寺》的拳脚，立刻武打成风，都比着什么"扫堂腿""降龙十八掌"等招式，照了照片贴在床头。上课时在教室里练"轻功"，欲跃过桌子。在宿舍里以掌击壁，练"硬掌"。晚上在操场上棍棒生风，呼呼呐喊，直到天亮才大汗淋漓回来，还要带几个砖头石块回来，"嗨呀嗨"的用掌劈。上课铃响，才在床上倒头大睡。学校领导、老师来清宿舍，将他们从床上驱下来，送到教室去，他们就伏在课桌上睡。老师也不敢管。有的还写了招牌贴在学校大门上："荞麦山武馆"。

法喇在这个年级的学生，当时来的有四个，有两人失学，仅剩孙天俦和吴耀军。吴明彪、郑朝斌、谢庆胜等或留级或补习，都不在这个年级了。即使吴明彪、谢庆胜之父是"单职工"，但他们同样被瞧不起。法喇学生也和其他农村学生一样，很是刻苦。但唯郑朝斌学习较好，谢庆胜次之，吴耀军又次之。吴明彪头脑要笨点，学习比孙天俦好不了多少。孙天俦"不务正业"，总体属倒数行列，唯语文、政治、历史、地理几科保持在全年级的霸主地位。历史、地理毕业考时，全班抄孙天俦的。孙天俦的试卷被在教室里传了个遍。等交卷时才传回孙天俦手上，学生都不大讲卫生，手黑，孙天俦的试卷就被众手摸得又脏又黑。

还有一些学生，如朱成现、周朝文、何明辉等，立志考取米粮坝师范，准备上几盏煤油灯，挑灯夜战。三人是原班生，学习历来难分伯仲，第一、二、三名被轮流坐庄，是秦光朝的爱徒。三人为争第一名，展开了激烈的争夺，你晚上苦到四点，我就苦到五点，他就苦到天亮。其余尚有四至十五名的柯金成、郑世杰、刘文平、何文勇、平卫军及另一班的刘安钊、武安平、刘达文等补习生，也是埋头苦战,学习极好。尤其是朱成现、周朝文、何明辉三人，年纪都不大，人都极聪明，全班同学都认为他们是考米粮坝师范的材料，以后一定在单位上领国家工资吃饭。全班的姑娘围着他们三人争风吃醋。上晚自习，三人桌边身边总围紧了姑娘。你来假装问这道作业，她来假装问那个问题。有的一晚上霸着问到底。学习好的同学除展开拼命苦学这一常规竞争法外，你把我的书偷了扔掉，我把你的书偷了烧掉，闹得很紧张。女生们竞争的方法是你在脸上抹了雪花膏，我就在脸上抹百雀羚，然后你把我的雪花膏偷了扔掉，我把你的百雀羚偷了扔掉。都为了要争个日后在单位上的丈夫啊！但这一届学生尽管有这样那样的，还算好的一届。

勤奋学习的、埋头恋爱的、武打嬉戏的，都有或多或少的一群，唯孙天俦在全校孤独一人：既不埋头苦课本，也不恋爱，也不武打，独来独往研究其感兴趣的东西。"高山人""乡巴佬"们无不对那伙"双职工""乡镇上"的子女趋奉不已，唯孙天俦说不。全校最傲的学生，就是孙天俦。他自认在校无"同学"，他只是"独学""孤学"；认为无"同志"，自封是"孤志""独志"，也认为别的人互相间也不成"同志"，而是"同臭""同俗""同欲""同污"而已。因是人人目之为异端，当班上的珍禽异兽一样。他既看不起教他的老师，也看不起全校的学生。

一日放学，天俦走在前面，荞麦山街上的韦元甲走在孙天俦后面，忽见孙天俦只及自己腰部，就猛地抓住孙天俦裤带，便把孙天俦举到空中，大声嚷道："天天练功夫找不到合适的材料，今天才终于找到了。"即把天俦举起又放下，放下又举起。孙天俦吼道："放开。"韦元甲不肯，一直把孙天俦举了下楼，学生均为之喝彩。孙天俦用脚踢，他又用一只手将孙天俦双脚捏住。下了楼，孙天俦刚被放下，街上的李云武觉韦元甲刚才出了风头，也欲尝试，立即又从后面一把抓住孙天俦裤带，捏了双脚，又将孙天俦一上一下举了十多下，直举到宿舍。孙天俦朝他脸上吐痰。他就脱孙天俦的裤子，说："你再吐，我就把你裤子脱了，将你举到女生宿舍去。"孙天俦仍吐，他一把扯下孙天俦裤子，就举了出门，朝女生宿舍走。立即围了上百人来看，孙天俦气得眼里冒火，蓄意狠狠报复。

李云武脱了孙天俦裤子，举着已走到操场，才叫孙天俦："投降了我就饶你！"孙天俦说："投降了。"李云武即让孙天俦把裤子拉上去，并把孙天俦放了下来。孙天俦早已瞅准了他的手，立即狠命咬住。李云武立刻杀猪般叫了起来，骂道："小杂种，你不放开，老子要你的命！"孙天俦任李云武的拳头在他身上擂，狠命嚼李云武的手指。李云武挨不住了，转为哀求。孙天俦就不嚼，仍紧紧咬住。韦元甲等在旁，喝令孙天俦松口。见孙天俦不松，就踢孙天俦。孙天俦又嚼起来。李云武痛得哭爹叫娘。韦元甲无法，只得叫街上的白国辉等去叫班主任秦光朝。

秦光朝来了，孙天俦仍不松口。李云武等平时不把秦光朝看在眼里，这下只叫："秦老师救命！"秦光朝道："孙天俦，松口！"孙天俦松了口，站起来。众人见李云武的手上、孙天俦唇上皆是血，直吸冷气，大为惊骇。李云武一看手指，就喊："妈呀！我的手残废了！"又来打孙天俦。秦光朝吼："李云武！"李云武不管。秦光朝忙将孙天俦掩住，叫学生去叫校长。孙天俦见事情不妙，急忙跑回宿舍，提了菜刀出来，说："狗日的些要怎样？"校长已到，见一伙街上的已将孙天俦围在中间，形势危急，大声吼："谁动开除谁！"叫学校的保卫人员将孙天俦带了，连同李云武、韦元甲等，齐往校长的宿舍解决。李云武耍横："孙天俦把我的手指医好就无事，医不好，我找他拼命。"校长要他自己去医，他不听，对校长说："不要以为你是校长我就怕你！我的手残废了，你的手也得残废！"校长命人报告派出所，通知双方家长。

李云武的父母、亲友共来了几十人，直叫把孙家小杂种打死。派出所的民警来维持现场。孙平玉、陈福英得知孙天俦和荞麦山街上的人打架，即想："天也，咋惹了这么大的祸。"他们哪敢和荞麦山街上的人斗？孙江成知了，说："孙平玉，你赶快去把小娃娃喊回来算了。荞麦山街上那些人，势力大得很！法喇就是吴家也不敢去惹他们，莫说我们了。书读不成就算了，莫惹出更大的祸来。"孙平玉、陈福英急急忙忙朝荞麦山跑。陈明贺命陈福全、陈福达、陈福宽备好马车，准备出发，自己来找孙江成商量，说："一起去荞麦山看看。"孙江成说："我的荞子还在地头，忙得很，我要去割荞子。"陈明贺火了："人重要还是你的荞子重要？孙平玉、陈福英前无杀手、后无救兵，急需要帮助。你怎么这样没一点耳性？"孙江成听了，面呈愠色，但不敢发作，拂袖而起，去割荞子去了。陈明贺大怒，道："孙江成！我不看我几个外孙的面上，不把你稀屎抖出来、把你孙家的祖宗三代骂遍才是怪事！你枉自活了五十几岁，畜生不如。"自己骂骂咧咧地下河坝来。陈福全等就骂："这个杂种家，会是这个样子！他的人他都不管，我们还管他干什么！回家了！"陈明贺说："不要骂得难听！不看你姐夫的面也要看你姐姐的面，这是给你姐姐争气，不是给他孙家争气！你姐姐人少势孤，还要我们去帮忙，赶快走。"爷四个就驾了马车朝荞麦山赶来。

孙平玉、陈福英到荞麦山，见李家气势汹汹，来了几十人，陈福英即说："看来要打架！赶紧做好准备。"即将菜刀交与孙平玉藏在毡裓包里，以防不测。秦光朝说了情况，建议："虽然事情还没解决，但估计天俦在这里无法好好学下去了。我的想法是事情解决好以后，给他转个学，离这伙人远些。"孙平玉、陈福英即表同意。

校长宿舍里，只有李家的声音。孙家人少，哪能有何声音。陈福英怕孙平玉与李家吵起来，先就说："不要吵！吵是不起作用的！由李家闹！李家闹够了，我们再找学校。反正富贵是有理的。有理走遍天下，无理寸步难行。有理的一千天都有理，一千天也讲不折。"所以孙平玉夫妇一言不发。李家置学校的解释于不管，态度强硬，一口咬定："你们说我家这个儿子错到哪一步都可以！但他是学生，不是成年人！他在家被人咬伤，我们不会来找学校。他在学校被咬伤，该学校负责还是该家长负责？"又盯住秦光朝吵，说秦与孙家是亲戚，偏袒孙家。陈福英见状，拉了孙平玉出来，说："没有事。你不见学校在帮富贵的忙？我们不消管都可以，反正事情有利我们。"

孙天侪他们班上，有个女生叫王维敏，年纪不大，极漂亮聪明，刚进校就被封为校花。在一年级时，她也还不懂事，虽追求者众，无奈她不懂，只会苦学习，是全年级第一名。到二年级，她懂得了，一伙留级生、补习生甚至有几个老师都追逐她，她离家远，无人监管，还愁上当。因是与这个谈恋爱，与那个谈恋爱，她的学习成绩直线下降，男生为争她，打成一团，女生嫉妒她，吵成一片。她成了全校的祸水。孙天侪还不懂世事，有时女生唱歌，孙天侪也不自觉地跟着唱。别的男生都到了懂男女之事的年龄，不可能跟着唱，有时他们学孙天侪跟女生们唱，女生们就不唱了。刚进校时，孙天侪学习也名列前茅，与王并驾齐驱。王比孙天侪大一岁，因是将孙视为未来伴侣，对孙天侪甚好。每天孙天侪一跟着唱时，她就将她抄的歌分与孙天侪看着唱。孙天侪因是学会唱很多歌，都是她教会的。她待孙天侪如弟弟，孙天侪也视之如姐姐。但后她成天恋爱，孙天侪不务正业，二人都从原先进来时的尖子生落到了最差的学生。她对孙仍好，但孙不明白。那些与她谈恋爱的男生，见孙天侪尚不懂什么东西，也不以为意。

孙天侪与街上的打架，王维敏甚关心，天天跟着看。在操场上，王维敏见孙平玉、陈福英没吃饭，就问陈福英："你是孙天侪家妈吧？"陈福英说："是。姑娘是不是跟孙天侪一班？"王维敏说："是一班。你吃饭没有？"陈福英说没吃。王维敏说："我去打饭来给你们吃。"陈福英忙说："不消了。我们等一阵去秦老师那儿吃。"即与王维敏谈起来。王维敏便说事情不怪孙天侪，怪李云武。陈福英就问她家在何处，姓甚名谁等。她一一说了。上课铃响，她去教室了。陈福英好不留恋，对孙平玉说："这个姑娘又漂亮，又聪明。跟陈福九差不多！又有文化，比陈福九还厉害！要是富贵能把她讨来做我们的儿媳妇，那就太好了。"孙平玉也认为这姑娘不错,说:"看人家那种穿的,又那么聪明,会看得起我们这种人家?"

调解到下午,因李家认为儿子学习差,上不上学已无所谓,就一点不顾学校的面子。学校认为孙天俦有理,无法责备孙天俦。既然李家不让,就只有学校让步了,学校负责李云武的医药费。又叫双方家长写保证,要保证双方不再纠缠此事,如再斗殴,责任由家长来负。孙平玉同意,签了字。李家认为无法管住儿子就不签字,只把儿子叫来,口头作了保证,事情才告解决。

孙平玉、陈福英见孙天俦与街上这伙为敌,很担心,想把孙天俦带回家。秦光朝说:"在这个学校,他也难处。等我想想,为他转个学,到别的学校去读。你们先把他带回去,避开与这伙人在一起。等转好学,才送去读。"即去与校长说了。校长说:"你跟其他学校联系一下。联系不好,我以学校的名义联系。联系好了,叫孙天俦直接从家里去读,不必到学校来办手续。手续学校帮他办,免得遇上又打起来。"

但孙天俦不走,说就是要在学校里读下去,决不屈服,看这伙人敢怎样。对手是强大、是多,他只有一人,想到世界这样黑暗,未来难以意料,天俦也不寒而栗。自己的伟大抱负就这样不能实现了不成,必须要斗下去。纵容这伙人,就是容忍这世上的不公正现象存在。他明白自己斗不过这伙人,迟早要吃亏。他想的是带把刀子在身上,情况不妙,先喂进对方胸膛,拼两个够本算了。但孙平玉、陈福英不依,非把孙天俦带走不可,说:"你书不读了都行!不要在这里惹大祸了!"陈明贺等来了,都叫孙天俦回家。于是拉了孙天俦的东西就回家。陈福全路上说:"打架本身,富贵没伤着,伤的是李家娃儿,我们连医药费都不出。这种解决下来,再好不过了。说实话,我们也斗不过李家。我都听说了:李家这一族有个在县上给一个副县长开小车,有个在县公安局。我们怎么斗得过?稀来少去点过得去就算了。"

孙天俦回到家里,每天就是扯点猪草喂猪而已,其他事也做不成。日子一天天过去,没多久,这一学期就结束了。家里已准备下一学期让孙富民和孙富华去上学。陈福英呢,天天想着王维敏不错,时常与孙平玉说起。

渐近开学,传来了王勋杰考取大学的消息。法喇人立感到像地震了一般。孙平文先听说了,就跑到孙江华家,迫不及待地说:"王元景家儿子王勋杰考取大学了。"孙江华大吃一惊,说:"你莫说了吓我啊!"孙平文说:"我吓大爸起哪样作用?"孙平玉正在园里,听见孙平文如是说,就问:"是不是真的啊?"孙江华和孙平文都出屋来,孙平文说:"真的啊!"孙平玉激动不已,就朝屋内喊孙天俦:"王勋杰考取大学了!"孙天俦出来,问:"哪所大学?"孙平玉说:"大学就是大学嘛!还会是小学?"孙天俦见父亲不懂,就说:"大学有好多所,就像小学一样。有法喇小学,有大红山小学。"孙平玉才问孙平文:"富贵问考取哪所大学?"孙平文说:"就是考取大学啊!"孙平玉见对方也不懂,就跑出园来,到孙平文家屋前,说:"富贵说大学也像小学一样,有好多所。"孙江华说:"对对!有北京大学,有清华大学,有好些大学。"孙平文说:"认不得考取什么大学!"但具体什么大学已不重要了,关键是个大学就行了。众人又嫉妒,又难过。人人的脸都莫名其妙地红了。

孙江成听见了,急忙跑出屋问:"你们是不是在说王元景的儿子考取大学了?"孙江荣听见,也跑出来问:"考取大学了啊?"孙江成的嘴张得大大的,不断感叹:"不得了!不得了!"孙江华说:"王元景这儿子多大了?"孙江成说:"这我知道!他儿子说了谢家姑娘!比孙平刚小三岁。"大家一算,十七岁。孙江荣说:"王家的祖坟是哪里的讲究啊?"孙江华说:"王元景家爹的坟,在光头坡梁子。他爷爷奶奶的坟,在安家陷塘地。当时埋他爷爷的时候,打着根四脚蛇。王元景家大爹聪明,马上说:'不要捧着!不要捧着!但愿我王家代代考大学!'果不其然王家考上大学了!"孙平玉说:"当时就封赠得好了!"孙江成说:"对!事不过当时,就是在关键时刻要封赠得好!一句话管一万句!所以以后你们埋坟要注意,尤其不要让那种口散的人到场!他说得好就好,说得不好,多少代人都扳不转来!就像安家以前埋坟,打井的时候,打到个耗子。老到一点的人,都不说什么。有一个口散的，就喊：'瞎眼耗儿！瞎眼耗儿！'就喊糟了！安家不是代代出瞎子？出了五代人了，还在出，就因为一句话啊！"孙江华说："怪安家人日脓！他当时会那样喊，安家人就不会喊：'你说了准你！'只消这么一句话，就还回去了。要出瞎子，也出在喊的那家！"众人说："当时大打大意，谁就注意了！肯定不注意！这种事情，都是大意慒懂地就挨了。只有过多少年出了瞎子，才会想起来是因为被这人说中节了。"孙江成说："这种事情，叫神差鬼撞！老天要安排这么干，就是要安排了有个口散的人去这么说，又安排安家明白不过来！"

一时田正芬、蒋银秀、牛兴莲、陈福英、魏太芬、田永芝、孙平元等全来了。孙家人还从没有这么齐集过。这些妇女惊叹："小小年纪，就考取大学了。王元景家两口子这下就享福了！"孙江华说："享福算哪样！关键是享名啊！福那号东西，享了做什么！名声啊！名声啊！无万古的人，有万古的名！人生一世，图的就是个名！人过要留名，雁过要留声啊！人来世上走一转，什么名也留不下，可悲啊！"牛兴莲说："福也享，名也享！你以为他才享一样？又有工作，又有名声，哪样没有？起码这下王元景也不会要谢家姑娘做儿媳妇了。"众人说："晓得呢！王元景是怪人，他媳妇也是怪人啊！"牛兴莲说："再是哪样的怪人都淡话！儿子都当大学生了，他两口子还会让儿子讨个农村姑娘做媳妇？两口子虽不会明说不要谢家姑娘，难道就不会支儿子？儿子说不要，谁还有办法？两口子假装说还要起什么作用？"孙江华也说："不会要了，不会要了。王元景的儿子什么身份、地位的人了！还会讨个文盲姑娘？起码也要讨个大学生才配！"

田正芬就难过起来了，说："他妈谢家人也是欺穷爱富的！但愿王元景家不要他那姑娘，让他们也尝尝被人休妻的滋味！原来看见我家当官，姑娘就问起给我家！见我家不当官了，就不愿了。我正想问问谢吉万，要是我家还当官，他姑娘嫁不嫁？"牛兴莲说："那还消你问？他有多少姑娘怕都送上你家的门了！"孙江成吼田正芬："还说哪样？"田正芬说："不说？咋不说？你当官，他就忙来舔你的屁股！你不当官了，他理你了？就是要说，就是要咒！但愿王家把他那姑娘休了，我才高兴。"

孙天俦坐在地上，又激动又难过。激动的是法喇人也能考上大学，给了他很大的启示：事在人为！难过的是他不比王勋杰差，甚至远比王勋杰强，而法喇第一个大学生的头衔，被王勋杰夺去了。即使自己日后考取，也只是第二或第三，永远步王勋杰后尘，那还有何意思？贵就贵在"第一"，除了"第一"无意思！

对面吴家也在议论，吴明义正大声问人："听说王元景的儿子考取大学了，是不是真的啊？"吴明华说："真的啊！听说王元景已去荞麦山给他儿子转粮①去了。"孙江荣说："到处都在议论了啊！"孙江华说："这还愁人不议论吗？人只怕不出名，一出名了，不消你传，别人就帮你传了。比天上扯火闪还快！只消到今下午，全法喇儿千人就知道了。"孙江成说："考取大学，也当以前考取状元了。以前考取状元的，皇帝要亲自召见，然后戴大红花、骑大花马游街。才貌双全、能文能武的，要招为驸马！要点翰林！当不了驸马，也立刻封官！"蒋银秀说："驸马是整哪样的？"孙江华说："就是皇帝的姑爷啊！"蒋银秀大惊，说："王元景家儿子也要当皇帝的姑爷？"孙江成说："皇帝都没有了，还当什么皇帝的姑爷？"孙江华说："皇帝虽没有了，还有主席、总统呢！毛主席不是皇帝？比皇帝还威风呢！"孙江荣说："全国就只有王元景家儿子一个人是大学生？"孙江成说："怎么可能全国才有一个！全国一年要考取几万个大学生！"孙江荣大惊："啧啧！几万个啊？"孙江华说："你不知道中国有多大！五千年的历史，十亿人呐！几十个省啊！一个小小的米粮坝县，走一年你也走不周，何况全中国！几万个大学生算哪样洋芋皮！像王元景的儿子，在法喇觉得不得了，在外面多的是！"牛兴莲还在关心王元景的儿子能否当皇帝的姑爷，又问："王元景家儿子，还会不会当皇帝的姑爷？"孙江华吼道："妇人就是少见识！刚才就说没皇帝了，哪来皇帝的姑爷？"孙平文

---

① 转粮：即转粮食关系，当时农村居民考上大学，便从吃农村粮转成吃国家粮，这是跳出"农门"的标志。

说:"大爸,皇帝的姑爷是注定当不成,倒是王元景家娃儿能不能讨个省长的姑娘?"孙江华说:"孙平文,你以为省长的姑娘这么不值钱?大学生这号东西,要多少?一个省的大学生,起码几十万!一个省长有几个姑娘?王元景算什么东西,他没有那点命!他够格当省长的亲家?"孙江成说:"讨省长的姑娘不可能,讨个县长的姑娘还差不多!就是讨到个县长的姑娘,也不得了了。两三年一提拔,就是哪个局的局长,小车坐起,秘书带起,那时的王元景,就不是现在的王元景了,就是县长的亲家了。要办什么事,一个电话挂下去,底下的人忙得鼻塌嘴歪,赶紧给他办好!还耐烦自己去跑?天天只是发口令,就过一生的幸福日子了。"

孙平元说:"这一下法喇人的话题,永远是谈王家了。"孙江成说:"什么永远!第一个大学生,当然稀奇。出第二个,就不稀奇了。多出几个,就平常得很!你们不知道,以前邵老师去进学①回来,比现在场面还大!法喇人排成两排,敲锣打鼓欢迎!说震动,王元景家儿子考取大学,也有邵老师进学回来震动大。但论场面,差远了。但等我去读了书回来,人们就不提邵老师了。当时又以为我不得了,说孙家超过邵家了。我又成了新闻人物!但过上几年,崔绍武、吴光文、谢吉林他们一去米粮坝读高中,我又不行了。万人都说崔绍武等人行!崔绍武等又成新闻人物!但赵国平一考取中专,人们又不提崔绍武等,只提赵国平!现在王元景的儿子一考取,赵国平就一点名气都没有了。所以只要再出个人,王元景的儿子就又没有了名气了!"孙江荣说:"要再出个王元景家儿子这种人,怕不可能了!起码要祖坟、屋基、八字样样占着,才出得起!稀容易就出?"孙江华又反驳孙江荣:"出不起了?你说出不起就出不起?昨天谁相信法喇会出大学生?今天就出了!朱元璋当叫花子时,谁相信他会当皇帝?孙中山没有建立民国时,满清家叫他'孙匪头',成名了以后,谁敢叫他'孙匪头'?万人都喊'大总统''孙总理'了。连现在虽不是国民党的天下了,共产党还叫他'孙中山先生',尊敬得很!赵匡胤穷到到处流浪,当时谁耐烦把赵家排在百家姓

---

① 进学:古代科举考试考中秀才为进学,此处指考上县立中学。

第一？他当天子时，不得了了，赶紧把他排在第一，'赵钱孙李'了。大人物都是这样，躲躲藏藏的，要等出来了，世人才'哦嗬'一声，恍然大悟。莫说一小个大学生了更是这样！"

这时王光周、王元德见孙家人聚在一处谈王家，也就上来。王光周本姓袁，招来王家，因起名王光周。王光周一坐下，就吹："我家王家，才是真正的'法喇第一家'！吴家吹他家是'法喇第一家'，他配？包括你们孙家，年年吹你家代代出官，也被我们王家压住了嘛！"孙江华大怒："王光周，你袁家出个什么人了？"王光周脸红了，说："我招在王家，算王家的人！王家出人，不是我家出人？"孙江华又说："现在哪家统治着法喇？是王元景的儿子统治着孙江才，还是孙江才统治着王元景的儿子？"王光周道："小小的烂支书这号鸡毛蒜皮的官，王家不耐烦当！我王家人要当省长去了！"孙江华道："鸡毛蒜皮的官？你王家得当过一分钟没有？不耐烦当，还是想当却不得当？"王光周说："孙江华，你家出不起大学生，也不要这样嫉妒嘛！"孙江华说："出不起？"反身指孙天俦："富贵，好好努力！出给他看看！把他气死！"又向王光周道："嫉妒你家？笑话！我孙家耐烦嫉妒谁？你王家最大的官，也就是你当过警卫员。我嫉妒你当过警卫员？"王光周一听，脸红脖子粗了，爬起来就走，骂："妈的孙家这些杂种！全不是好人！"孙江华道："孙平玉、孙平文，把袁家这杂种的嘴撕烂掉！"王元德忙站起来求情："是我姑爹的错！是我姑爹的错！他不该一来就踏削①孙家！他不是有意说的，是无意当中说的！不要计较！不要计较！"忙掩护王光周跑了。孙江华站起来指着王光周骂："你这狗鸡巴日的狗杂种！忘恩负义！公然敢来踏削老子们来了！老子当年不提拔你，你能当警卫员？拖着枪天天跟在老子屁股后面。老子放个屁，你狗日的不敢说臭，还要捏起鼻子假装到处闻，'哪家在炒菜了，油锅香得很呢！'后来老子不提拔你，你能当队长？现在说你狗日的给老子扛过

---

① 踏削：作践，践踏。

枪，你就不得了了！正扛枪那时，你狗日的怎么不敢不得呢，还生怕老子不拿枪给你狗日的扛！老子要解手，赶紧背老子到茅厕。老子在茅厕里蹲十分钟，你狗日的就得闻老子十分钟的屎臭！"

孙江华当党代表时，王光周是孙江华的警卫员，成天背了枪尾着孙江华转，后孙江华就提拔他当了黑梁子的队长。以后几十年里，王光周与孙江华均是一伙，共斗孙江成。王光周能说会道，是王家的族长，也是袁家的族长，与孙江华关系历来极好。因王家出了人，王光周一时高兴，吹过头了，公然说孙家不如王家，因而激起孙江华愤怒，二人反目。孙江华把王光周骂得羞辱溃逃后，说："从今天起，我们家的主要任务就是要供出个大学生来。让王光周这个杂种看看！当年老子的尾巴狗，都敢来踏削老子了！老子们孙家人有给谁踏削的？"

大家散了回家。孙平玉、陈福英说："富贵，要加油了啊！你看王元景的儿子考取大学是这样的光荣！除了王元景的儿子，谁还能得这样的光荣？王光周这种半边坡上的人，按理王元景的儿子考取大学跟他有什么关系？他还高兴得了不得！那不知王元景家，更是如何的高兴了。这种名声，要传一万年啊！"

过几天才知，王勋杰考取的是乌蒙师专。孙天俦说："我还真以为是大学！原来不是！"孙平玉就问："不是大学？"孙天俦说："勉强算大学，但不是严格意义上的大学。"孙平玉夫妇真希望王勋杰考取的不是大学，信以为真。当别人说王元景之子考取大学时，陈福英就说不是。魏太芬就私下骂孙平玉夫妇："嫉妒王家出了个大学生，硬说人家考取的大学不是大学，好像他家孙富贵硬是要考取大学，超过王勋杰！我看着！我要看饿老鹰如何吃得天鹅屁！"

十七 单 恋

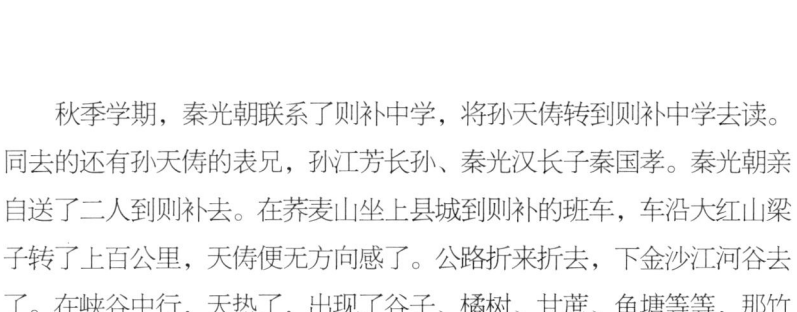

秋季学期,秦光朝联系了则补中学,将孙天俦转到则补中学去读。同去的还有孙天俦的表兄,孙江芳长孙、秦光汉长子秦国孝。秦光朝亲自送了二人到则补去。在荞麦山坐上县城到则补的班车,车沿大红山梁子转了上百公里,天俦便无方向感了。公路折来折去,下金沙江河谷去了。在峡谷中行,天热了,出现了谷子、橘树、甘蔗、鱼塘等等,那竹子,也不像荞麦山只有镰刀把粗,而是比大茶杯的杯口还粗。

则补就在大红山向金沙江伸下的一个大斜坡上,地无三尺平,中学也在一个坡上。到了中学,秦光朝带二人报了名,就去见了初三年级也就是二人就读的班的班主任庞绍周老师。庞老师与秦光朝读米粮坝师范时同班。庞老师叫了班长来,叫班长带二人去宿舍,安排二人住下了。班长又暂借出点菜票来,二人打饭吃了。庞老师问问各人情况,上晚自习时,就带二人到教室,在第三排上叫起二人来,说:"你们四人比比。"一比,孙天俦俩表兄弟无那二人高,庞老师便叫孙、秦二人:"你们坐这里。"又带那二人在后面安排了座位。

天俦刚坐下,就感觉前面两个女生中有一个很特别。天俦感觉她并不美,只是她回头朝他一笑时很洒脱。庞老师安排了座位就走了。孙天俦一个晚自习就写了一篇作文,即他初来则补时的感受。下了晚自习,到宿舍睡觉，两人对几个同一宿舍的人稍认识了一下。班长也在这一间，是个农村学生，年纪比孙、秦二人大得多。他家隔这则补有五十里远。

次日起床，顺公路跑步，孙天俦见这则补深陷在金沙江峡谷里，看天上，四面被山围成个圆形。孙天俦跑完步回校，见那姑娘往一教师家里走，天俦才明白她是一教师的女儿。过了几天，人们才介绍，她叫晏明星，是学校晏老师和邱老师之女。她有一个哥哥，刚考入米粮坝师范。孙天俦发现每个人说到她，口齿都不顺畅，明白每个人都爱着她。她大约比孙天俦小个把岁，过了几天，天俦觉得她其实还是漂亮的，第一个晚上的感觉有误。她学习在初一初二时，都是第一名，到初三，稍差了点，但还在前三名。

则补比荞麦山偏僻，到则补必经荞麦山。但则补比荞麦山富庶，却比荞麦山封闭。来了两天，秦国孝便对孙天俦说："这个地方学风比荞麦山好得多，没有谈恋爱的，很少有打架的，是个搞学习的好地方。"班上的学生也分农村的和单位上的子女。农村学生对单位职工的子女同样羡慕。但无论"双职工""则补街上的"学生，均不似荞麦山的那么豪强。在这个班上，学习好的，都是"双职工"和"则补街上的"子女，不似荞麦山都是农民的儿子。而且这里女生男生的学习都好，不似荞麦山女生都被一伙流氓男生追废了，在荞麦山学习好的只是些不谈恋爱的男生。"吃商品粮的"学生，都不在学校里住。宿舍里的学生，都是些农村来的，这些学生同样自卑。

则补中学没有图书室，各方面条件均比荞麦山中学差，只是伙食比荞麦山好。因这里出产稻谷，学校吃的都是米，不似荞麦山中学，都是吃苞谷饭。菜也是茄子、西红柿等，不像荞麦山，都是白菜和干酸菜。孙天俦在荞麦山时，把一个学校图书室的书都读完了。可是来则补后找不到书读，心里说不出有多么寂寞。天俦到庞老师处去借书，一看都是自己小学或刚进初中时看过的，便不借了。向别的老师也借不到什么书读。班上晏明星读过的书就算多的了。她读过《西游记》《水浒传》《三国演义》《天方夜谭》等。天俦听后，仅为之一哂。另一个书读得多的，叫史元洪，年纪也小，父母都在则补区政府工作。他学习以前和晏明星并驾齐驱，现在则超过晏。他读的书，多是小人书或科学家、探险家或福尔摩斯的探案故事，不似孙、晏等好人文。《三国演义》等他就不喜欢读，他的理想是当个科学家。

　　无事做，孙天俦就只有搞学习，但他酷爱写作，便开始写长篇小说了。他明白自己已经爱上晏明星了，并且希望永远不离开她。在他的小说里，他要塑造一个以晏为原型的女主人公，赞美她，歌颂她。连小说也看不到了，孙天俦就仅凭在荞麦山中学读过的现存于记忆的小说，来学着写小说。很快他就陷了进去，编人物表，列故事情节，分出章回，进入写作。他每天写几百字，写好就锁在箱子里，不让人看。

　　孙天俦的学习不甚刻苦，但好了起来。他的英语因他的态度，自然是好不起来的。他就凭其他几科，在班上总是第七名。第一名是史元洪，第二名是刘振刚，第三名是晏明星，后几名都是女同学，第七名是孙天俦。秦国孝学习比孙天俦刻苦，但因自己稍笨些，始终上不了前列，总在第十名。

　　庞老师发现孙天俦人很聪明，便委天俦为学习委员。他见孙天俦对学习抱无可无不可的态度，说："天俦，你赶忙补英语。英语补起来，你考米粮坝师范是不成问题的。"当然他不知孙天俦在荞麦山中学时对英语的看法，只以为是孙天俦英语不行。孙天俦也仅说自己英语学不好，他已学会隐瞒自己的看法了。同学们都认为，史元洪、刘振刚、晏明星等是考米粮坝师范、当老师的好命了，为之羡慕。孙天俦想：可怜啊！米粮坝师范就这么崇高？为何没人想过当秦皇汉武、称雄世界呢？

　　他和晏明星不多说话。唯一一次下午放学后，天俦在教室写小说，她进来拿她的书回家，仅有二人在，便都不自然。她拿了书想走，但又不走了，坐下来做她的作业。天俦便收了小说，从后面呆看着她的辫子出神。她疑心他在看她，扭头看他一眼，脸便红了，倏地回过头去。天俦也又开始写小说。过一阵，她的作业做完，便回头问孙天俦："作业要交了不？"孙天俦说："不晓得。"她说："你是学习委员啊！"孙天俦说："我这个学习委员不够格，该由你来当！"她说："反正我交给你。"就把作业本递来，天俦收下。她说："你的做完没有？给我看看。"孙天俦说："我从来不做作业。"她不信，说："你哄我起

什么作用?"孙天俦说:"真的,不信你来搜。"便离座位让她看。她只看了一眼,说:"你不做作业学习怎么搞得好呢?"孙天俦说:"做作业纯属浪费时间。会了何消要做作业,不会呢,做作业又有什么用?"她说:"那我见刚才你在写什么,不是做作业?"孙天俦正在描写她,哪敢说真话,便撒谎:"我写诗。"她说:"把你写的诗给我看看。"孙天俦无奈,幸好以前还真写了首诗,并不好,递与她看了。她看完,甚是激动,还与孙天俦,说:"你以后肯定能当个诗人!"孙天俦说:"你呢?"她说:"我什么都不想。"孙天俦说:"我也是这样。"她说:"你哄人!我感觉你的目标大得很!"孙天俦吃了一惊,说:"你怎么知道?"她欲言又止。孙天俦想:她定是看到我的作文了。就问:"你是不是看我的作文了?"她又不说。

则补学生总体上较荞麦山学生温柔平和得多。因为缺乏对立因素,孙天俦的反叛性格被减弱了许多。但毕竟还有,且掩藏不住。来了不久,则补的学生又和荞麦山学生一样给他同一个绰号:"孙疯子""孙狂人"。对这讥刺之号,只有晏明星替天俦反驳。全班同学就说:"晏明星看上孙疯子了。"晚自习时,天俦一进教室门,女生便大喊:"晏明星,孙疯子来了。"晏明星笑道:"来就来,怕你们?你们嫉妒我干什么?"那些女生笑道:"呸!谁耐烦嫉妒你?只有你才会要疯子!"

学生周末晚上无事做,或到农民地里偷蚕豆来煮了吃,或去看电影。孙天俦喜好看电影,每晚必去。他不买票,见进场的人多了时,他就往里钻。验票者人高马大,孙天俦藏在别人身下,一钻就进去了,有时竟从验票者身下腰间一钻而过,待验票者感觉到,伸手来抓,孙天俦早进去了。晏明星和另外两个老师的女儿,也喜欢去看电影。晚上吃了饭,她们在前,孙天俦等在后,朝电影院走。学校离区上有三公里路,要顺公路下去。孙天俦总在后欣赏她那漂亮的身影,听她那清脆的笑声,自豪地回忆她为他辩护时的情景,畅快地想象日后和她生活在一起的美满生活。想想这些他就沉醉了。那些电影也很美,如《小花》《归心似箭》等,天俦一看完,主题歌就会唱了。看完电影,夜幕中,他们又顺公路朝学校走,晏明星等仍然在前走。孙天俦就想:我以后就编一部剧,写的是我这样伟大的英雄,征服了世界,和一位极聪明、漂亮的姑娘结婚。男的由我来演，女的由晏明星来演，演得悲壮激昂，慷慨豪迈，要让全世界的人看了，为之疯狂才罢。

　　一天自习课，孙天俦见她正在看一个大笔记本，上面贴满了从画报上剪下的电影明星照片和电影剧照。天俦就借，她递与天俦看。看完，孙天俦还与她，说："你适合去当个演员。"她笑了，因为她的理想正是想当个演员，就问孙天俦："你说我哪里像当演员的？"孙天俦说："哪里都像。"她说："那你就是说假话！"孙天俦说："什么假话！不信我就当个导演，编个剧本，请你来演，看是不是说假话！"她笑说："怪不得人人叫你'疯子'，说话不费力，马上就当导演了！"孙天俦说："你以为我当不了导演？"她说："我不敢肯定。"孙天俦说："那就是否定！我做事如果对方不能无条件地肯定，那就算不承认。我不需要你'不敢肯定'！我告诉你：我根本看不起当今这些导演，他们导演的电影缺乏伟大的英雄主义精神！塑造不出伟大的人物！根本不激动人心！如果我当导演，我要导出伟大的英雄主义来，塑造出最悲壮、慷慨、豪迈的英雄来！"她说："你怎么把这些导演说得一钱不值？"孙天俦说："他们本来就不值一钱！他们若值钱，就不会当导演，而去当成吉思汗了。"她说："我不听了！我不听了！你果然是个疯子！"就返过头去了。

　　过一阵，她又觉得孙天俦说的有道理，回头说："我觉得你很可怕！"孙天俦说："可怕？"她说："是可怕！你不像那些魔鬼，令人恐怖，你还是有点正义。你的想法也不可怕，问题是想法太渺茫，太不着边际，那就可怕了。"孙天俦说："你认为我说的都无法实现？"她说："你以为能实现，你怎么实现？"孙天俦说："如果想都不敢想，何谈实现呢？只有敢想，才有可能实现！我敢想，就说明有实现的可能了。"她笑了："你看看，你的话都是可怕的，尽不着边际。"孙天俦说："什么样的话才有边际？才不可怕？"她说："你要是说你要努力学习，考个第一名，我还有一点相信，这就不可怕了。"孙天俦说："这摸得着看得见的东西，说它干什么？"她说："你说的摸不着看不见就是好的？说所有的导演都不行，你就行了？"孙天俦说："你记着！我可以当最伟大的导演，让当今所有的导演见我的电影后都惭愧而退！"晏明星说："荒唐！"孙天俦说："我不只当导演！我还要改地球为天俦星，改月亮为晏明星，我永远带着你在茫茫宇宙间转来转去。"晏明星哈哈大笑，眼泪都出来了，腰笑疼了，只得坐下去，道："这个孙疯子！越说越疯！"

　　二人声音越说越大，后晏明星竟哈哈大笑起来。同学中有不满的、有嫉妒的、有愤恨的，一齐发作。跺脚的跺脚，吼的吼，讥声四起："孙疯子要当大导演了！""要封地球为天俦星！封月亮为晏明星！世界是你家两口子的了！"孙天俦坐着不理。晏明星则红了脸，站起来反驳："你们说当导演，就当导演！说世界是我家两口子的，就是我家两口子的！"立时全班哄了起来："晏明星不要脸！居然说'我家两口子'，你家两口子滚出去！"晏明星脸更红，紫了起来："说是两口子！就是两口子！"教室里又是一片嘘声、嘲讽声，成了鼎沸之势。

　　庞老师正在旁边一班上语文课，听到自己班大乱，就来查看。学生慌了，各自缄口。晏明星以为她的话都被庞老师听见了，羞愧不已，头伏在桌上装睡着。庞老师连问两遍怎么回事，无人应，就问班长刘振刚："怎么回事？"刘有意开孙、晏二人玩笑，便说："是孙天俦和晏明星讲话引起来的。"庞老师问："讲什么？"刘说："我在做作业，没有听见，等闹起来了我才抬头。"庞老师就问孙天俦："上课不规规矩矩看书，讲什么？"孙天俦说："我问她作业，别的学生就吼起来了。"学生马上揭露："不是。他吹他要当大导演，和晏明星互称两口子！"庞老师就命孙天俦："站起来！"孙天俦站了起来。庞老师又叫："晏明星！"晏明星只好把头离了桌子，仍低垂着。庞老师说："你俩说什么？"晏明星红了脸不语，泪已出来了。庞老师便明白了，说："课不好好地上！尽胡思乱想！"就饶二人，走了。

　　晏明星大哭起来，离座位而出，回家去了。晚自习她也没来。第二天来上课了，但一进教室头就低着，直到几节课上完，仍低着头回去，从此不理孙天俦了。

又一天上体育课。排队按高矮秩序排列，孙天俦、晏明星、史元洪等矮个子排在最边上。老师把学生分成两组跑步，高的一组，矮的一组。高的那一组在跑时，矮的一组坐下休息。孙天俦坐下来，见晏隔他不远，就想去向她认错。她一见孙天俦走来，忙走得远远的。孙天俦懊恼不已。凡是路上将要相遇，她就老远瞪着孙天俦。孙天俦明白她要他让路，就让了路。她一眼也不看他，就走了。

一学期很快就结束了。寒假来到，孙天俦、秦国孝便和则补靠近荞麦山区的学生走小路回家。天未亮就出发，朝远远的大红山爬去。他们走了一整天都还能看见则补和则补中学，只是远了，唯能见学校的白房子成为一点。孙天俦屡屡回头，那白的一点牵得他的心异常地疼。晏明星就在那里啊！他正生离她死别她而去！不知日后还有无机会再见到她！到下午心疼得难受，他只好在山腰坐下来，对那数十公里外大峡谷中的一点望眼欲穿。秦国孝催了很久，天俦才站起来，一步三回头地边走边看。要翻过大红山了，天俦不舍，又回头望。一旦过了山口，则补的一切就都消失，孙天俦便感万物变淡，世界失色，他的生机，尽消灭了。

秦国孝见孙天俦失神落魄，明白其故，便说："老表，你莫想晏明星了，想也白想！她父母都是双职工，而大爸大婶都是农民。她会嫁你？你莫看她嘴上'两口子'几口子的，是因为她还不懂事，图好玩说说的！等她长大了，就不是这么回事了。"

孙天俦回到家，成天想的还是晏明星，挖地时在想，扯猪草时在想，白天在想，晚上也在想。时刻幻想晏明星会到法喇来找他。有时到大红山找柴，孙天俦总要背开人，爬到山顶，隔了一百来公里，但仍能看见则补中学那一白点。他的心又痛起来，泪就流了下来。有好几次冲动，他想扔下找柴的镰刀、绳子，就朝则补跑去，永远不离则补，永远守着她，直到老死算了。他一直呆坐着，一直流泪，欲要站起砍柴，心又疼得难受，又坐下。到天晚了，他的柴还没砍上一根，最后恋恋不舍离了山顶，立觉有声有色的世界，又变得像死寂的地狱。等他砍好柴背上，天已黑了，回到家，已是半夜。每天去大红山找柴，都是如此，弄

孙天侔屡屡回头,
那**白的一点**牵得他的**心**异常地**疼**。
晏明星**就在那里**啊!
他正生离她死别她而去**!**
不知日后还有无机会**再见到她**!

得他已怕到大红山找柴了。他想：下一学期，一定要跟她说好，到假期就不分离了，否则到明年暑假仍是这般难过，那人活在世上就没意思了。

　　冬天的事也不多。法喇人多是在毡褂垫，找个墙脚或坎下的热乎去处，晒太阳。孙平玉打完麦子，成天在地里忙。他每年冬天都要把地埂上的土挖下来，拌在种熟的土里。这些土未种过，比熟土肥得多。但要挖一个埂子又刨平，谈何容易。所以人人都笑孙平玉在做无用功。但孙平玉年年这样挖。孙天俦也劝，认为这太笨了，孙平玉不听。天晚了，吹着北风，风吹在树上、草上，全成了白色的冰凌。孙天俦觉耳朵要被冻掉下来了，手中的锄把像一根冰，几乎要将手上的皮粘住扯下。孙天俦无法，只好手缩回袖里，将两只衣袖捏入手掌，才握住锄把挖那土埂。孙平玉直叫："冷了你就回去。"孙天俦说："一起走。"孙平玉说："你先走，我再挖一阵。"孙天俦也就不走，坚持挖。有时见孙平玉头发上、胡子上冰霜全白了，耳朵冻得血红，仿佛皮已被冻掉，成个血耳朵了。鼻中出来的气，尽是白色的，口中出来的，也是白色的。更可怜的是孙平玉穿双帮帮和底部都烂了的胶鞋，裤子皱皱巴巴，裤脚高悬着，只及小腿。整个脚后跟露着。法喇冬天雪凌大，孙平玉天天在地里，脚后跟被冻开裂了，只要一走路，血就流出来。现在天一冷，脚后跟又开裂了。血流出来后，顺鞋跟流下，把鞋都染红了。孙平玉两手，全是硬壳。风一吹也就开裂，又出血了。

　　天渐渐黑了。孙平玉尚无走意。孙天俦挖一大土块下来。孙平玉举锄去挖。"咣"的一响，板锄挖在石头上了，团团火星溅起。孙平玉呻吟一声，放下锄头，抱了双手，痛得直往牙里吸冷气。孙天俦跑去看，孙平玉两手裂缝被震开，豌豆大的血珠，一一冒出。孙天俦说："包一下。"孙平玉又吸一口冷气，说："不消。"手太痛了，孙平玉就边往牙缝吸气忍受，边摇动双手。过上一阵，又去捡起锄头挖地。孙天俦劝说算了，他不肯，说："我天天这样。"血珠被抖动，血顺锄把流了下来，锄把都红了。孙天俦劝："休息了。这样一直震动着，裂缝的血无法凝固，一直淌。"孙平玉抬头见天已黑，才说走了。父子俩走着，孙天俦走在后面，不觉泪就下来，想自己还想什么晏明星，怎么就不想想可怜的父亲！自己太卑鄙了！自己能和晏有此缘分，靠的是谁？不就是靠这个可怜的父亲？父亲不供自己读书，晏明星会理睬自己？走上一阵，他又想要是以后把晏明星讨来做妻子，朴实可怜的父亲能有那样聪明漂亮的儿媳妇，也是一桩令人振奋的喜事啊，那就是我孙家翻身了的表现！又走一阵，孙天俦又自卑起来：晏明星的父亲，会像他的父亲这样吗？晏明星这个时候，仍是走在则补中学到区上电影院去的路上。怎么会像他一样，和可怜的父亲扛着锄头，缩着头往家里逃呢？他不由悲叹，他这个家和晏明星的家比起来，有天和地相比的感觉。晏家永远在天上，孙家永远在地下。

　　过年之前，要把圈里的粪挖出来。天一亮，孙平玉就叫全家起来动手了。孙平玉在圈里挖，孙富民用撮箕刮了倒在背箩里。孙天俦、孙富华将粪背出，倒在园里空地上。孙天俦一转背完，一进猪圈，臭气直灌入肺中，异常难受，感觉整个人身都是个臭猪圈。直到背了粪出来，天俦长吸一口新鲜空气进来，将胸中的臭气置换掉，他才发现外面的世界太光明、太优美，猪圈里的世界太肮脏、太丑恶。同时又感悲哀：晏明星家一家人，永远也不可能挖猪圈里的粪，体会这种臭味啊！他们的确是上层，而我家的确是下层。政治书上说有阶级，这就是阶级！晏家上一阶，孙家下一级。一阶一级之差，何其遥远！自己这家实在是草芥寒门、鸠群鸦属啊！晏明星要是来到孙家，不吐唾沫才怪呢！

　　这日，孙天俦和孙富民到大红山找柴。孙富民指着一群羊说："那是小外公家的羊。"孙家的羊，今年年中全卖与陈明勇家。卖羊之时，孙富民哭了，他舍不得那些羊。他虽尚年幼，并不会放羊，但他人心实，不像孙天俦放羊时是任羊去吃草，自己忙看书，他是时时紧巴巴守着羊，哪里草好，把羊赶往哪里；哪里水好，把羊放在哪里。况且是这群羊把他从烦恼的学校救了出来，让他得了自由，他已与羊有了感情。陈明勇家付了钱，来赶羊那一早上，孙富民还割草、撒盐喂它们。大家都笑他，孙天俦也在旁难过。合作社时，孙天俦就跟孙平玉放过这些羊。多年以来，这帮羊已跟孙家紧密不分，是这群羊孙天俦才得以读书。孙平玉见二人难过，劝说："我心头也难过啊！以前卖掉那些羊,我听说被羊贩子卖给饭店了,我就几晚上睡不着。卖这一帮羊,我更舍不得!但无法,没有人手放啊!"陈明勇赶羊时,见孙富民尾着羊不舍,就说:"富民,外公买了羊去,一时也认不清羊脸嘴。你跟外公短两天怎么样?"孙富民就答应了。孙平玉因小娃儿无事,也任由他去,于是孙富民就义务为陈明勇家放了三天羊。

孙天俦怀念那些羊,就说:"走,去看看我们那些羊。"两弟兄就朝那群羊走去,孙富民老远"布尔""布尔"一唤,那群羊便骚动不安,停了吃草,纷纷抬头朝二人张望。孙天俦见此,心中顿起波澜。孙富民又唤两声,羊群便动了,朝二人飞奔而来。到了面前,因与这些羊长时间不见,异常的亲,或跃起舔孙富民的手,或用头抵孙富民的腰。有的羊还记得孙天俦牧放过它们,拼命朝天俦胯下钻,天俦骑着它们,羊就舔天俦的裤子,舔的一片湿。整个羊群叫啊、跳啊,喜形于色。孙富民感动不已,眼泪就流了出来。孙天俦很激动,每只羊身上都去摸了摸,羊或来依偎着他,或在他面前跳舞。天俦想:畜生同人啊,甚至比人还懂得感情、珍惜感情。

跳跃一阵,二人要走,羊便不舍,紧紧跟随,甚至"突突突"地跑上前,拦住去路,跳的跳来扑,舔的忙来舔。二人驱赶,羊不走。孙富民就说:"大哥,跑。"二人便飞奔出羊群,羊群慌了,拼命地追。但羊哪里追得过人,追过一道山梁,大队羊群就掉下近一百米,只有两只大羯羊脚力好,边追边叫,落后二人几十米。又过一道山梁,大队羊群才翻过第一道山梁,见二人去远了,追不上了,便停在那山梁上,不断地朝二人叫。几只羯羊虽落下近一百来米,仍追而不舍。孙天俦不忍了,想站下等那几只羯羊,抚慰它们一番。孙富民说:"快跑,不然它们一天都紧跟着。"孙天俦心情惆怅。又和孙富民跑过一道山梁,那几只羯羊才过第二道山梁,见追不上了,就停下叫唤。孙氏兄弟才坐下,见两道山梁上羊都在叫,脸色甚是难看。孙天俦道:"人畜之情,竟长于天。"又说:"我见有好些羊不在了,到哪里去了?"孙富民说:"被小外公卖给羊贩子,说是卖到羊肉馆子了。"说着就哭了。孙天俦一听,忽恨起陈明勇来。这一天,孙天俦一点不快活,他总在怀念那群羊。回忆它们从小羊长大,生儿育女,最初的小羊老了，儿女又大了，如今第三代都老了。有的羊已不见多年，甚至永远不见了。世事沧桑，从羊身上也可看出。人也如此，几万年后，谁复知这世上有过孙天俦和晏明星二人？

第四章 拒婚

十八　退婚口水仗

且说这半年，法喇人都是在谈论王勋杰中度过的。法喇人偶尔找柴、犁地累了时，坐在山包上歇气，回看法喇村子，就觉好笑："我们这穷地方，居然还出了大学生呢！"从心里来说，全法喇村，除了王元景夫妇是真正高兴外，别人并不高兴，嫉妒王家的多的是。王家内部，百分之九十几的人也是难过的。孙平玉夫妇今天听人评论王勋杰如何，明天听人说王元景如何，又羡慕又难过，急迫的了不得。真巴望儿子明天就成了个大学生，他们也得分享这种荣光。孙平玉晚上回家，本累得不能动了，但想起王勋杰，对比孙天俦，便点起煤油灯写信给孙天俦，劝他要好好学习。孙天俦在则补收到信，回信与父亲，就按孙平玉的希望，说自己要努力考取米粮坝师范。

王勋杰一考取，全村都盯着孙天俦和吴光文之子吴明道。吴明道从幼儿园始，就在米粮坝县城读书，现在和孙天俦一样，也读初三了，传闻其学习很好。吴光文立志要供吴明道考取大学。而孙天俦的学习，从小就蜚声全村。于是法喇人都关注这二人能否超过王勋杰。孙天俦给孙平玉的回信到法喇，谢吉林说："我看看孙家这个小小写些什么！"就把信拆开，和一些老师念起孙天俦的信，群众都跑来听。王光体之子王牛儿，小时与孙天俦同班，到四年级辍学回家放羊，如今到十五岁，渐渐懂事，后悔了。今也跑来听。谢吉林一念完，王牛儿就哭了起来，其母说："还不是都怪你自己！那时候我们叫你读，你不读。现在才后悔，有什么办法？世上什么病都可以医，就是后悔病没法医，什么药都有，就是后悔药没有！哭有什么用？在农业上就在农业上了，好好地苦就是了。万人在农业上都过得，你过不得？"

王家全族，嫉妒归嫉妒，吹还是拼命地吹。王光周虽说被孙江华收拾了，但仍吹王勋杰如故。王光体一字不识，自幼放羊至今，已五十六岁了，平时极朴质，和人坐上几个钟头，也无一句话，如今也精神抖擞，吹起来了："我们王家，就出王勋杰这小伙了。听说眼镜都是两百度的了，只有读书读长了的人，才有资格戴眼镜！法喇有资格戴眼镜的，只有王勋杰。别的人家虽然想戴眼镜，但谁敢戴？吴家几百人，不想戴眼镜？想戴得很！就是没有资格戴！"不久听说王勋杰在校谈了个女朋友，王光体又吹："听说王勋杰又找了个戴眼镜的姑娘！真了不得！我家王家就有两个戴眼镜的了。"王光周等更添油加醋地吹，说王勋杰的女朋友是地委书记的姑娘。王勋杰只要学校一毕业，他丈人就把地委书记的位子让与他坐。王勋杰一旦当了地委书记，他王家就好过了。全族人都要迁乌蒙了，去当官的当官，做府的做府，保卫王勋杰。他王光周虽然老了，还可以去为王勋杰当军师。

王元景也被人吹糊涂了，不知是真是假，写信去问儿子。王勋杰写信说是谈了一个，是同班的农村姑娘。王元景便又写信去，叫王勋杰莫谈恋爱，要好好学习。王家又吹："王元景写信去了，叫王勋杰既然谈的是地委书记的姑娘，就不要了，一定要谈个省委书记的姑娘才行！"王勋杰在校得了奖学金，王家又吹："是他丈人奖他的啊！他老丈人说了：勋杰，好好努力！我老了！要退休了！等你一毕业，就来接我的班，当书记吧！"总之，王家的一草一木，都吹成了珍珠宝贝。王勋杰则被吹成了法喇村的神话人物。农村人懂得的本就少，如何吹如何信，加上人传口漏，不断加工，你为传闻镀金，我为传闻加银，王勋杰仿佛成了开天辟地以来最伟大的人物。

王元景家，觉谢成万之女已配不上王勋杰了。又怕儿子真的在校攀上个什么大干部的姑娘,谢家姑娘来个横直不依,成为王勋杰攀龙附凤的障碍,但又知谢家姑娘聪明善辩,难以对付,好不为难。王元景与妻子谢成香,都是法喇的厉害人物。全村最公认的男人,就数王元景和岳万光。二人在单位上,但不像法喇其他在单位上的,他二人不但穿着朴素,也不会吹王家、岳家如何狠。见人礼貌,说话客套,从不评论人,有吃的收在家里吃,从不露富。如谁对二人说一声"你家有得很",二人立即就骂对方了。妇女当中,谢成香又是全村公认的人物,能说会道,人评与王元景是天生一对,地配一双。王元景说上句,她对下句,如出于一人之口。同样谢说上句,王接下句,也如出一人。尽管夫妻俩各在一处说了话,但一有事,将话一拿来对,不会出破绽。有人评要是这夫妻二人作案,抓住了拉来对证,一定对不出来。

当下这夫妻俩商量这事怎么办,谢成香说:"当时要是说个憨的,现在还好办。这个姑娘狡猾得很,嘴巴子又厉害,什么都说得出来,我恐怕都吵不过她!主意没打好,就不要惹她!非得想个好办法才行!"夫妇二人挖空心思想了许久,有了。王元景亲兄弟王元山独儿子王勋伟,人才不错,现十九岁,家里也有。谢成香说:"只有叫王勋伟去哄她。王勋伟小伙不错,家里也有。她反正明白我们是不想要她的,退一步她会这么想:嫁不到勋杰,嫁到王勋伟也不错!也可能想嫁。她要是愿嫁王勋伟,我们一抓到把柄,不怕她狡猾!她就吵不过我了。"王元景一听,连呼:"妙计妙计!"就找了王元山夫妇来商量。王元山夫妇觉谢家姑娘不错,哪有不愿的,即表同意。叫了王勋伟来商量,王勋伟也觉谢家姑娘不错,表示愿意。

一家子商量好了,谢成香便来叫谢家姑娘:"侄女,姑妈生产忙得很,请你来帮两天。"谢家姑娘即去帮忙。王元景又请王勋伟也来帮忙,上坡做活,故意将二人使在一路。谢家姑娘何等狡猾,见安排她和王勋伟到一块地去割麦子,就说:"我只和姑妈在一起,姑妈做哪样,我做哪样!我十八岁的姑娘了,事事得谨慎,不能落人把柄,让人传谣言。既丢姑妈姑爹的面子,也丢我的名声。"谢成香听了,说:"侄女,你是勋杰未来的媳妇,他是勋杰的弟弟,也就是你的弟弟!你再小心,也不消小心到这一步!而且是姑妈使你去割的,有谣言姑妈负责。姑妈是人手少,不好安排。不然姑妈巴不得天天和你在一起。"谢家姑娘本坚决要同谢成香去割荞子,见谢成香也坚决,不好拒绝,只得和王勋伟去割麦子,临走说:"姑妈,有谣言你要负责啊!"谢成香说:"憨姑娘,你莫说了。"谢家姑娘一走,王元景夫妇就摇头。

路上,谢家姑娘离王勋伟远远的,王勋伟等她,她就坐下。到了地里,王勋伟在这头割,她就到另一头。王勋伟到这一头,她就到那一头。王勋伟始终找不到说话的机会。麦子要割完,两头要拢了。谢家姑娘就问王:"你背还是我背?"王说:"割完了一起背。"谢家姑娘就理了绳子去背麦子。王勋伟也忙来背麦子,谢家姑娘就说:"那就你背,我割。"就自去割麦子了。王只得背麦子回家来。王元景问如何,王勋伟说了,王元景急得抓头搔耳,无可奈何。

谢成香见此计不成,第二天,就换王元山妻子谷正会和谢家姑娘去割麦子。一出发,谷正会就侃起她家牛羊多少,粮食多少,钱有多少,王勋伟是如何聪明,如何行正。谢家姑娘一言不答。谷又说:"侄女,勋杰是大学生了,你才读过几天书,不知以后生活在一起,你俩如何过啊?"谢家姑娘怕说漏口授人以柄,说:"反正我好好地服侍他。"谷说:"我见的多了。一个有文化,一个无文化,都过不拢,天天不吵就打。你和勋杰也是这样,我生怕以后勋杰和你过不拢,今天不吵,明天就打的,那才不好办啊!过日子,还是要双方都差不多,文化差不多,聪明程度差不多,你不嫌我,我不嫌你,才过得拢。像我家勋伟,只读过几天书,只有找个也只读过几天书的,才过得拢。要是找个什么中学生,勋伟肯定和她过不拢。我家勋伟也聪明,也要讨个像侄女一样聪明的,才过得拢。"谢家姑娘见她的话越来越暴露,心中鬼火,但明白王元景家已在嫌自己,自己得忍辱负重,所以忍气吞声,并不反驳。

割到中途,谷正会就说:"侄女,我口干得很,去我家喝点水再来。"谢家姑娘拒绝。谷不由分说,拉了谢家姑娘朝她家去。将麦子白酒舀了一碗来,放在茶壶里煨涨了倒了喝。谷正会又吹起家里如何如何有，并说自己只有王勋伟一个儿子，以后这家当，全是王勋伟的了。不知哪家的姑娘有福分，嫁与她儿子，来白享现成福。谢家姑娘又不理，喝完白酒，谢家姑娘就说要去割麦子了，那妇女硬缠着，带谢家姑娘看她家的大猪，看她家楼上的粮食，又拿出几百元钱来给谢家姑娘看，说钱多得很。谢家姑娘懒懒地看了。那妇女以为差不多了，就说："王勋杰家穷潦潦的，有什么钱！姑娘莫图他名声好听，是个大学生，嫁给他倒一辈子的霉！而且他自以为是大学生，看不起姑娘！日子也没法过！还是我家勋伟，人也本分，又老实，自己是农业上的人了，也不会嫌女方没文化没知识。家里也有，姑娘要是嫁我家勋伟，一辈子的日子说不出的好过。"话刚完，谢家姑娘就大骂："走！你会说得很！老子就请你去找王家族宗说！亲婶婶要哄侄儿媳妇，王家有没有这种道理？若王家族宗说有这个道理，不要你哄，老子就嫁你家！王勋伟钱也有，房子也有，牛羊也有，人物样范也有，你怎么不嫁王勋伟？你瞎了狗眼了，想哄老子来嫁你那个爹！你休想！"又哭又闹，立刻全村轰动。

王元景夫妇忙跑来劝，谢家姑娘也就给王元景夫妇一个面子，不吵不闹了，跟了谢成香到家。王元景夫妇故意大骂谷正会，扬言要找王家族宗来评理，其实都是说说与谢家姑娘听听而已。谢成香说："侄女不要有什么想法，都怪她蠢！姑妈半点也不敢怪侄女！是要找王家族宗来评理，要她向侄女认错，向我和你姑爹认错！王家祖祖辈辈几代人，也就出了她这么一个憨婆娘！侄女这么聪明的人，全村有几个？不要和那种憨婆娘计较！因为你聪明，你和那种憨婆娘计较了，人们倒还说你的不是了！"谢家姑娘心知肚明，只装糊涂。王元景的兄弟和媳妇来认了错，事情就算了。

王元景夫妇无奈，想着如不大吵一架，这桩小婚无法退了，撕破脸就撕破脸了。过了不久，两夫妇就请了媒人谢成富来，言明要退婚。谢成富就是谢成香的亲哥哥。谢成富说："这事无办法，我单去说退，那姑娘你们是明白的，肯定不退。还得你两个也去，要吵要闹，你们去跟着吵闹。大吵大闹一场，撕破面子，也就退掉了。不吵不闹，想轻轻省省退掉，不可能！"王夫妇说："还是先麻烦大哥去试一下，要是这样就退掉了，更其好！都退不掉，再说不迟。"谢成富就上门来，传完王元景家的话后，问谢成万："二哥家有何答复，我去回王元景家。"谢成万说："我做不了主，要问姑娘。"谢成富就问谢家姑娘："侄女，勋杰家的话，你听明白了吧？大爸虽是王勋杰的亲舅舅，也是你的叔叔，都是自己人，手板手背都是肉。对大爸来说，你和勋杰，都是一样的，你爸爸妈妈和王勋杰的爸爸妈妈，也是一样的。我不会偏背你们两家哪一家！我只是个中间人，过话人！你们两家有什么话，我照实传就是了。你们要退还是不退，都跟我无关。你说是不是？"谢家姑娘说："大爸，是。但婚姻大事，能这样随便？虽然只是个小婚，也不能随随便便，想说就来说，想退就来退。要我当他家儿媳妇的时候，他跑上门来说了，不要我当他家儿媳妇的时候，他就不知是病了还是死了，还是钻哪个尿旮旯去了！他真死了，不来也可以！他若没有死，请大爸帮我问问他：说我时他来了，休我时他怎么不来？他若没有死，那就请他来。一板一拍，清清楚楚，说退就退。不是死了个王勋杰，我就在这世上找不到丈夫了！就是死一百个王勋杰，我都嫁得掉的！我不稀奇什么大学生！什么大学生！简直是大畜生！他没当大畜生时，要我了，他当了大畜生，就不要我了。"谢成富听她骂王勋杰大畜生这样，大畜生那样，听不下去了，敢怒而不敢言，忙站起，说："侄女，那大爸就去给他家说！"就走了。谢家姑娘又追出去说："大爸，叫王元景家要退必须亲自来退，否则我不让大爸进门！如王元景家死绝了，大爸单独来退也可以！"

　　王元景夫妇又羞又怒，无可奈何，不敢上门去退，欲去请谢家亲友上谢成万家的门来说和。但人人皆知这是去讨谢家姑娘骂的角色，谁也不敢来。无法了，谢成香仗着自己能言善辩，只得请了谢成富和她来退，先只与谢成万说："二哥，不好意思了。我家家里也困，勋杰考取以后，更困了。勋众也在读书，现在要全力供勋杰。莫说给你家来不起年节，就是供他两弟兄读书，都困难了。勋杰读大学，还要读两年。毕业了，听说还要送他到省上的师范大学去读两年，那就是四年。毕业出来，他分在哪里还不知道，起码分在哪里也要几年，等他工作上手了，经济宽松了才能结婚。这样少说没有八九年时间是结不了婚的。侄女年纪也老大不小的了，再等八九年，我和勋杰他爹也觉得对不住侄女。要想催勋杰早点结婚呢，又办不到。想来想去无办法，妹子才厚起脸皮来和哥哥嫂嫂、侄儿侄女商量，如侄女能等得这八九年，就等。如等不得，是不是考虑退婚，侄女先找个人家呢？反正以前来的年节，我家一概不要。头次请我大哥来，是来说商量，不是来说退婚，是你家听错了，才会有误会。"谢成万想，和一个妹子不好翻脸，虽然气愤，仍平静地说："妹子既然这么说了，我和你二嫂还会厚起脸皮说不退？退也可以！年节要还你家！我再穷，也不会穷到卖儿卖女，图你家一点年节才把姑娘给你家！"谢成万之妻可就拉得下脸来了，说："她姑妈，你听着，你不要以为谢家这婆娘是憨老母猪不成器，你怎么骗，就怎么信你！你这些哄话拿去骗别个，不要拿来骗我这谢家的憨老母猪！我虽然憨得像猪，人话还是会听的。你要退你就直说：'谢家老母猪养的姑娘不成器，我王家不要！'就得了！你绕这么多弯弯干啥？你家是穷是富，我家评论过半言没有？你平白无故诬赖我家等不得这八九年，那前头十五年我家怎么等的？从订小婚到如今十五年了，我家催过你家一句没有？当真你家当官了，想诬陷人就诬陷？想栽赃就栽赃？有这么便宜？你放心，我家是有自知之明的，是会生数看风头的！我姑娘再蠢，也不会阻碍你儿子的前程！祝你儿子好运，找到个会等你儿子一辈子的姑娘！祝她等你儿子一千年，一万年！永远等不到，永远等！还是永远等不到！就像梁山伯等祝英台一样！那你家就找到个好媳妇了！谢家姑娘等不起，要嫁人了。"

　　谢成香气得面皮发紫，几次忍不住，要吵起来了，但想如今是自己来求人，一直忍耐着。听谢妻说他儿子永远等，永远等不到，像梁山伯与祝英台一样的话，想得太寡毒了，不还掉不行，就说："咒人咒不着！但愿你家的才永远等，我家的不会等！"谢妻便不得了，举了扫把来，要打谢成香。谢成富忙在中间劝，谢妻就骂："等得等不得，是你这烂货说的嘛！老子家的等不得，当然要依你这烂尸婆娘说的嫁人！你家的等得，老子不是封赠他永远等！"谢成香见事已至此，就往外走，谢妻追出来骂。谢家姑娘也追出来，拦住谢成香："姑妈，要退的话，要三代人一齐退。我姑奶奶嫁到王家，是王勋杰的奶奶；你是我的姑妈，也嫁在王家；我不成器，也嫁给王家。谢家姑娘既然无本事、无见识，不配做王家媳妇，要退一起退，要清一起清。请王家把谢家三代人一起退回。"谢成香大怒，欲与争吵，但知这姑娘比她妈厉害，一旦吵起来，定有更难听的话，便忙换好言："侄女，姑妈和你都是蒙眼汉，一个字不识。凭姑妈的蠢想，像侄女这样聪明伶俐的姑娘，哪里去找？打着灯笼也找不着！我那憨包儿子能讨着侄女这样的姑娘，是莫大的福！哪知我那憨包儿子没这天大的福气享受侄女，他去读几年书，读憨了，说：他和你是表兄表妹，属近亲通婚，对后代不利。说近亲通婚不生憨包就生傻瓜，硬说跟侄女一起生活不会美满。我和你姑爹一再劝他，那憨包就是不听。侄女，这是他没福享受你啊！天底下比我那憨包儿子好的小伙子，多的是！"谢家姑娘就打断她的话说："姑妈，你说的话是对的！死了王勋杰，男人也还在多得很！姑妈不要愁我嫁不掉！我这王家的寡妇是嫁得掉的！他懂近亲通婚，我不懂；他怕近亲通婚生憨包，我就希望他说中掉！我姑奶奶和我姑爷爷生了王元景，你是我姑奶奶姑爷爷的亲侄女王元景的表妹，正是近亲通婚！你和王元景一定要生些白痴憨包，后人一定要绝掉！"谢成香彻底发怒了，与之骂起来。谢家母女即来围攻谢成香。谢成富忙推了妹子往家跑，谢成香边骂边走，回去了。小婚就这样不了了之。虽然没退成，也当退掉了。

一时全村人都评论此事。有的说王元景狡猾，有的说谢成香厉害，更多的说谢家姑娘厉害，说："叫要退就三代人都退！骂得欺祖了！"寒假来到，王勋杰回家，一天到谢成富家，被谢家姑娘看见，就喝令他站下，说："要退就连你奶奶、你妈一起退回来。"王勋杰辩不过她，急忙跑，谢家姑娘就追。王勋杰仓促之中，把眼镜跑丢了，这下看不清路径，跌跌绊绊，被谢家姑娘追上了。谢家姑娘毕竟不忍心打他，只用一根细棍子，边打边骂："老子打死你这无良心的瞎眼狗！老子要是进过几天学校门，像你这杂种一样识得几个狗脚迹，还有给你休的？老子不休你这瞎子就是好的了！"谢成富等忙来救了王勋杰就走。谢家姑娘又提了条锄来，挖王勋杰掉在地上的眼镜，边挖边骂："老子就挖瞎王勋杰这两只狗眼睛！"把眼镜挖碎了才骂着回家。

自谢家长女不嫁孙平刚后，孙家未去退婚。田正芬成天骂谢家长女，谢家长女也骂田正芬，事情就这么拖着。王勋杰不要谢家次女，正中了田正芬的意。田正芬每天骂："看不起老子家孙平刚嘛，这下终于被王家看不起啦！老子好喜欢哟！谢成万这些婆娘好得很，王家怎么不要？王家不要了，还生方设法要嫁王家，送到王家去嘛！把你姑娘的裤子脱掉，看王家娃儿耐不耐烦干嘛！"谢家正为王家之事气恼，田正芬又火上加油，谢家无奈，也骂孙家："田正芬好她妈屁股脸，拿她那个汉子比王元景的爹！王家出个大畜生了，孙家怎么也不出个大畜生？田正芬那个汉子不成器，害田正芬上下三营的成天号丧！你与其号丧，不如回去就嫁你那个汉子孙平刚了！"孙平玉说："人家不愿就算了，还吵了干什么？还怕自己过于有脸得很？像王元景家那样，自己的人成器，吵两架还划得来！自己的人不成器，人家不愿了，就够无脸了，还要去讨谢家骂！你会骂，谢家不会骂？到底哪家更无脸面？"田正芬又朝孙平玉骂："他的媳妇讨到了，他就来教训人了！要是谢家姑娘是他说的，又不愿他了呢，老子看他吵不吵？老子在这里口干舌渴地跟人吵，是为了哪个？是为老子？还不是为了这帮不成器的爹！要是都成器，还耐烦要老子在这里跟人吵！老子在这里被人骂了，他不来帮忙吵几句，倒还嫌老子吵得难听！他也有儿子的，老子看他的儿子以后说个媳妇，人家不愿了，他吵不吵！"陈福英就骂孙平玉："啊！听见了没有？天天叫你少管闲事！少管闲事！不听嘛！哪家的妈会这样骂儿子、孙子？"孙平玉说："听她吵得难听，我不是要说？"陈福英说："你嫌难听，不会用棉花把耳朵塞起来？"

田正芬骂不过谢家，田永芝、孙平会就去帮忙。田永芝、孙平会头脑本就笨，颠来倒去就会几句"我日你的脏娘"等等。谢家母女则都是吵架的高手，谢成香尚且斗不过，何况田正芬三娘母。于是孙家被谢家二娘母编着，从孙寿康、孙运发、孙江成骂下来，一直骂到孙平刚、孙平会。孙家全族被骂了祖先，人人抬不起头。孙平元责怪田永芝："谢家会编着骂我老祖和我爷爷奶奶,你不会编了骂?"田永芝脖子都骂疼了,委屈地说:"我找不着编,我还是在使力地骂啊!脖子都疼了!"孙平元把田永芝一条锄把打了,吼道:"滚开!"就跳上前骂:"谢成万这三个婆娘,找不着人日了?老子来日!"就提了条锄要去打谢家母女。谢家男子见了,也提了锄头来:"孙家这个杂种是不是活得不耐烦了?婆娘吵架,她们吵她们的嘛!老子们都不插嘴,由她们吵!你插嘴干什么?你杂种枉自是个男子,还不如这伙婆娘了!"

孙平元见对方人多,不敢动了,只得回来。为争回面子,就来骂孙平刚:"妈妈们脖子都吵折了,你听不见?为你吵还是为我吵?还是为她们吵?成不得大器!才会落得媳妇讨不到,还被人家祖宗三代开花地骂!我要是你,早就屙泡尿气死了!见我和谢家那帮杂种要打起来了,你都不去帮我的忙,活人活块脸,你不如死了!"孙平刚吼道:"要退就退嘛!吵了干什么?除了谢成万的婆娘,我就讨不到婆娘了?"孙平元道:"你讨得来怎么不讨来?还害妈妈她们这样吵?"田正芬恨陈福英聪明,如果帮忙吵,是吵得过谢家母女的,但她却不来帮忙,见二人吵起来了,就骂:"你两个吵哪样!莫吵了!吵了落得人家看,落得人家好笑!有些人正巴不得我们被谢家吵输掉,她好看笑话!她要是认得我是她妈,听我被人家连田家的祖宗都骂周了,也会来帮我吵几句了!孙家的祖人哪一个没被谢家骂周掉?只有她没羞耻,装作没听见!老子看着,她的儿子也多得很,难道她的儿子个个都成器?个个都顺理成章讨到媳妇?等她到那一天跟人吵时,老子才在旁边看笑话!"陈福英听见,心中难过,却装作没听见就算了,孙平玉忍不住要去问田正芬。陈福英又劝:"正跟谢家吵得不可开交,你又要去吵了。让谢家以为孙家硬是讨不到媳妇了,一家子吵成一团的!你真有本事,就趁王家退婚的时候,孙家也去退,面子不就捞点回来了?"

孙平玉夫妇不帮忙,孙江成夫妇更恨孙平玉夫妇,认为孙平元夫妇才是好人,一个帮忙吵,一个帮忙要去打。骂谢家之外,又骂孙平玉家。孙江华等点评不已:"唉!这事不怪孙平玉家两口子嘛!要是我来处理这事，太好处理了嘛！谢成万不是正被王元景家侮辱了气都出不出来？那我就趁机再去侮辱他一下，他家要求退婚，就约上王元景家一起去退嘛！即使王元景家不同意，就趁王家刚在退也去退嘛！唉！"但孙江成全家又固执又愚蠢，与孙江华又是矛的，孙江华的妙计，打了也白打。孙江华便与孙平文说自己的妙计，孙平文说："大爹这计策是妙，但那个大爹固执得很，有好主意也白打，我们提都不敢提！"魏太芬叫孙平文："你少管闲事！孙富贵家爹正因管闲事管多了，成天被骂个血口不干。你没有听见？要是那家人中人意，何消老大爹来打主意？这种主意孙富贵家妈不会打？"孙江华总觉自己的妙计派不上用场,可惜了。但他想孙江成、孙平元等不会理解，就来找孙平玉："孙平玉，你爹家跟谢家这事，太好办了，趁王家退之时，孙家也去退，不就把谢成万侮辱了，要叫谢成万头都抬不起来！"孙平玉忙说："大爹莫说了，我家这家人，不中人意，不中说！要是中说，富贵家妈也打了这个主意，早就把谢家收拾了！我才劝句'莫吵了'，就把我骂得狗血淋头！我再不敢管这些闲事了！"孙江华听了，叹息两声，就回家了，逢人就说他的妙计。孙江成家听见，又骂孙江华："老子家有事，他几爷崽高兴了嘛！他还不会打妙计？他的计策不妙，还会把姑娘嫁赌钱汉？赌钱汉又把他姑娘输掉，好妙的一计啊！"牛兴莲听见，就骂孙江华："你一天滗血滗多了，到处去嚼尸！嚼嘛！嚼出好的来啦！人家咋不听你嚼尸啊？"孙江华就骂孙江成家，同时来找孙平玉："我说的东西不拐嘛！是合的嘛！你爹家怎么想的了，喊着我的名字不分青红皂白地骂？"孙平玉说："你的计策不拐！拐的是我家这家人，他们要骂你，我也没办法！头次你才说妙计，我就劝你不要说，你不信，倒惹虱子在你脑壳上来爬了！"

孙平玉、陈福英就以此事为例来教育孙天俦等："靠爹靠妈靠菩萨，什么也靠不住！只有靠自己，你爷爷和王元景当时都是大队干部，你三爸和王勋杰都是干部的儿子，同一天两家说成了谢成万的两个姑娘！你三爸不成器，谢成万家姑娘就不愿他，要退婚，看看吵成这种样！不但婚姻不成，孙家的祖宗八代都被谢家骂周了，也是因为这桩事了，孙家全族忍着挨骂。不然，谢家这样骂，早被孙家踏平了！人不成器，死了几十年的老祖先都挨骂！而王元景的儿子成器了，就不是谢家姑娘不愿王家伙子，而是王家伙子不要谢家姑娘。谢家不退，又吵起来。谢家喊要退就三代一起退，伤不伤人心？王家和谢家几代人的亲了，还吵成这样！但王家和孙家比，哪家更划得来？天天说你们都不信！看看这些例子，深刻不深刻？"

十九　陈家宴

孙国达连在小学补了六年，终于考取了荞麦山中学。孙江华才脸舒面展，但如何供孙国达读书，又发了愁。要钱没钱，要粮没粮，孙国达才进校门，孙江华就一直靠借钱应付。他穷的时间长了，法喇尽人皆知，谁敢把钱借他？应付了不到半个学期，就应付不过去了。孙国达回来，钱要不到，想背洋芋到学校煮了吃，上楼一望，空空的。翻遍皮箩，抖得几斤荞子提着走。牛兴莲就哭了，叫孙国达："你提荞子去学校咋办？嚼来吃？拿来妈给你推好！"就提荞子到磨上去推，孙国达也去帮着推。见母亲流泪，也感染了，就叫牛兴莲："我妈你不要哭脓洒涕的！害得我也想哭了！"牛兴莲就哭得更伤心了。孙国达冒火了，把磨把手一甩："叫你不要哭，叫你不要哭！哭得这么难看！"赌气出门，跑到屋后哭去了。牛兴莲哭着把磨推好，把荞面筛好，叫了孙国达来，装了荞面去学校，母子对泣而别。

孙国达在校，学习不行。他年纪大，个子高，班上打篮球，他去当中锋，表现不错，就被体育老师挑去代表荞麦山中学与外校外单位打，因此在学校小有名气。因为家里带不去钱，他又要在学校生活下去，不拆就借。借不到时，就和一帮人到校外农民家去偷。学校里只要是叱咤风云的中锋，自然会赢得女生喜爱。不久他就和班上一个女生谈恋爱了。这女生也是农民之女，家甚贫寒。孙国达不单要设法解决自己的生活费，还得解决这女生的，因此更加苦恼，就想辍学带这姑娘回法喇结婚。与孙江华、牛兴莲商量，二人说："她回来见我们这个穷家，她还愿跟你过？"孙国达只得在学校混下去。

孙江华平生总吹孙家要在法喇立得下去，须是能文能武才行。武就是要有打手，文就是打了要讲得出去。单会说不会打也不行，单会打不会说也不行。时常对孙平玉、孙平文说："我们这家文的有了！什么问题来，我都把它说得出去，就是还差武的，没有打手！你两个要注意这个问题！孙富贵、孙家文等，以后要送到武术学校去学两年，要打得出去，这样我们家在法喇就立起来了。然后把法喇这些杂姓人通通赶出去，免得看着心烦。"陈福英、魏太芬均不以为然。孙江华见儿子书读不成，而体育不错，竟喜了起来，就叫孙国达学打拳："文的你上不去，你就来武的。"孙国达于是学着电影里搞"武打"。孙江华到处吹孙国达在学校如何代表学校到外地打篮球，如何学习恋爱两不误，以后既考取大学，又有了媳妇，都不消老人操心。

寒假一到，孙国达就把女朋友带回家来。那姑娘叫孙江华"爹"，牛兴莲"妈"。弄得牛兴莲边抹眼角的热泪边答应，激动不已：养儿子十七八年，今天终于得此厚报了！孙江华以前见孙江荣比自己小，孙子都进小学了。而自己呢，还红不见白不见，焉能不急。孙国达带了女朋友来，孙江华也高兴得眉开眼笑。但儿媳妇来了，老两个又喜又愁。愁的是家中一无所有，儿媳妇来看上三天，岂不就反悔了，因是到处借粮借钱。

孙天俦回来，见孙江华家院内站了个陌生的姑娘，问是哪里的。魏太芬和陈福英就相互挤眼睛，笑了起来。魏太芬笑说："那是你大爸的媳妇，你大爷爷的儿媳妇啊！我还跟你妈说：'富贵无本事，读了三年的初中都没带个媳妇来。人家孙国达才去半年，媳妇就带来了。一点不用老人操心。'"陈福英笑说："昨天老大婶又来要借米，要借肉，说儿媳妇也还不走，无办法。富贵家爸爸真的火了，说：'天天来借，年年来借，只借不还。把以前借我家的还来了。'给我家借了数十余回了，只兴借不兴还，弄到头连我们都记不清借给他家多少东西了。记不得了，还如何叫他家还？"魏太芬说："老大爹不是这样？天天去我家，只说借借借，从不说一个'还'字。昨早上小保富家爸爸在外面，见老大爹朝我家来了，忙跑进屋，说：'你大爷爷来了，我要骂你们了！'就朝小保富咒：'你这些小杂种一天只是懒，不想动！坐着嘛！大米肥肉会从天上掉下来？'老大爹就拢门口了，说：'小平文，小娃儿哪点做得不对，要好好地说，好好地教育，骂不起作用！'边说边就进屋来了。小保富他爹就站起来要打小保富，小保富也过于奸得很，明白他爹想设法往外跑，就朝外跑，他爹也捡起棍子追。老大爹忙站起来要拉，那爷两个早跑出去了，一出去就不回来。我才想先跑，留他爹在家，看他怎么招架，爷两个倒跑在我前面。我无办法了，只好在屋里头。老大爹等啊等，等足等够，我也不睬。他硬是不走，坐一阵又说一句：'小平文咋还不回来啊？'过一阵又说一句：'小平文咋还不回来啊？'坐久了，他倒教育起我来了：'小太芬，你要给小平文说，小娃娃有错，不要黑风丧脸、呜噜呐喊地又打又咒！对大人咒骂还不行，莫说小娃儿！小娃儿的逆反心理最重！'就坐着这样老篇古文一大通，我也不睬。到太阳多高，老晌午的了，爷两个都不回来，他才坐不住了，说：'小太芬，我想来向你家借点油和盐巴。小平文也不回来，只有跟你说了。'我忙扯语：'我家的油和盐巴，正被小保富和人赌钱，偷去赔账赔掉了。大爹你才来时，他爹正为这事情要打他。你看爷两个出去了，现在都没回来。'我以为这样他就算了，哪知他又说：'油和盐巴没得的话，就算了。有荞子没有？借我一升荞子。'我也没好气，硬想叫他把以前借去的还来再说，想想又没说，就说也被小保富偷去赔账了。他又坐着等小保富家爹，等不来，才去了。我才吃了饭，去找他爷两个。爷两个正在孙平丽家吃饭，见我去就哈哈大笑，问我走了没有。我说：'大爹等了你一早上，等不到，还没走，坐在火塘边的！叫我来找你回去！他要向你借荞子！'他爹马上就不得了，站起来就说：'我去叫他把以前借去的还来。'我仍装着，尾在后头。他一路地骂，到了门口，突然一大声：'把以前借去的都还来！'门都恨不能被他吼了震下来了，就闯进门去。我进去才问他：'你吼哪个？'他才问：'人呢？'我说：'你以为你跑了，我就无本事招架！看见老大爹来了，你爷两个生怕我先跑，跑得那么难看！'他才笑了，说：'怪我先跑？是怪你无本事。你先跑掉，我还有什么法？'我说：'你以为我耐烦像你这样丢底现形？'他说：'好了好了，又免得折财了！来我们家借不到，肯定朝孙富贵家去了。'我说：'不来我们这两家，他去哪家还借得到一颗？他还敢去孙平会家，还是敢去孙国军家？'"

陈福英也笑起来，说："反正一没有了，尽朝我们两家出气。借去办正事都还好说，借去招待儿媳妇！我们两家的儿媳妇还不知在哪里呢！"魏太芬说："你倒不用愁呵，吴明才家正在那里怕你家不要他的姑娘呢！我还在为你家着想，富贵以后书读成了，这桩小婚怎么退！姑妈家秦光朝读出来，为退小婚不是打得乌烟瘴气的？王元景家跟谢家，眼睁睁正在发生，都是亲得不能再亲的人，还吵成这样！你家和吴明才家，既不亲，又不戚，吴家又是大族，难得退！除非你那几个兄弟搭手，还要看能不能退掉！我看也要吵打一番的！凭孙家人的本事，就想退掉？空想！"陈福英说："退哪样！读得出来也不退！"魏太芬就笑说："大嫂，我倒给你说真心话，吴家那姑娘，我看着就摇头。十几岁的姑娘了，只会放羊和缝香包挂在羊脖子上。不知你看着怎么样？莫说全村子人都说富贵以后要在单位上，就是退一万步说，富贵即使读不出来，你后家这么大的家族，好姑娘多得站得满一匹山，你硬是不动心，要眼睁睁望着她们全部飞掉，不去按一个来给富贵？"陈福英就笑，不敢回答。魏太芬就解嘲下台："我以后倒要来麻烦你，等小保富年纪差不多了，我就要叫他：'去找你大妈去，你大妈后家侄女成百，请你大妈带你去捉一个来！'"陈福英笑说："你还打这个主意等着我啊？"魏太芬笑说："我不打了这个主意等你，还打了等谁啊？"

过了年，孙国达那女朋友才回家去了。临走，孙江华不知变卖了什么，凑得五十元钱，打发了那姑娘。

孙平文之子孙家文，自幼聪明，才五六岁，天资过人，人人道他的天资孙天俦也不能及。孙平文看了电影《洪湖赤卫队》，里面有个冯团长，就叫儿子为"孙团长"。别人也认为孙家文有那个冯团长狡猾，"孙团长"就喊出名了。陈福英和魏太芬，教子皆以严厉著称。而孙平文教子则不同孙平玉，孙平玉跟儿子不嘻嘻哈哈，一是一，二是二，孙平文则和儿子嘻嘻哈哈，给儿子起绰号，叫绰号，儿子也给老子起绰号，叫绰号。孙平玉说："这怎么行！孙平文要把儿子教坏掉！孙家文这么聪明，坏掉可惜了！"孙家文读书，均是第一名，打架也厉害，无人敢惹。孙富民虽是他的哥哥，在班上倒数第一，并且每天被学生打得怪叫。

孙富华一到校，学习就相当好。他完全和孙天俦一样，有人欺负他，哭着就去和对方又撕又打，虽然终归打不过，对方却常被他死皮赖花地纠缠怕了，过后就不惹他了。孙富民则不行，被人欺负了，常要孙富华来帮忙。孙富华又哭又闹，到底使欺孙富民的人也觉厌烦，息了了事。孙富华被人欺了，孙富民虽也到场，却只是劝双方，十次有九次不会动手帮助，偶尔动手，因为人懦弱，也解决不了问题。陈福达子陈志伟，小孙富民一岁，与孙富华同班，学习不好，打架却行，时常把学生打了让家长带上家门。陈福达就打陈志伟，陈志伟就跑，边跑边问陈福达："我在学校里，不天天像孙富民老表被人打了，害大姑爹大姑妈带他上人家的门就行了，就对得起你了嘛！"陈福达本来怒气冲天追着的，听了哈哈大笑，丢了棍子往回走，承认儿子有本事。陈明贺也说孙子有本事，不像几个外孙，天天被人打了，害孙平玉、陈福英淘神[①]。

孙平玉、陈福英见陈志伟野性十足，劝陈福达要加强管教，陈福达不听，说："我还希望富贵家几弟兄要像陈志伟一样硬起来才行！"陈志伟虽才七八岁，被陈福达教了，能骑烈马飞奔，多少大人钉不了掌的烈马，他一人就能钉上，并能单独赶马车到荞麦山跑个来回。凡见到的人都为之惊异，陈明贺很担心，说："陈福达，才几岁的小娃娃，你就叫他赶马车跑荞麦山，你好大的胆子！公路上汽车又多人又挤，出点事情咋办？"陈福达说：

---

① 淘神：操心劳神。

"志伟有数,志伟有数!"陈明贺说:"有鬼的数!我五十几了,办起事来还觉没得数!小娃娃有什么数?"陈福达不听。陈福英、陈福全以及陈家全族人都劝陈福达,陈福达就是不听。很多人家见陈志伟聪明能干,都打主意要将姑娘嫁给陈志伟。陈福达一天就夸:"志伟行啊!富贵虽然学习好,要嫁富贵的姑娘始终没有要嫁志伟的多啊!"

陈家三弟兄,历来认为孙家人缺乏社会知识。孙家人的确在社会交往方面甚为欠缺。三弟兄说:"富贵其他的都好,就是社会知识欠缺,跟我大姐夫一样。"陈福宽时常教育孙天俦:"富贵,你不能学你爷爷、你爸爸,又不会交朋友,又不会办事。要学学你大舅、二舅和我,你看你几个舅舅走拢哪里,说人缘有人缘,要什么有什么!朋友小伴,到处都是。哪里像你爷爷,虽当了几十年支书,走到哪家,饭都找不到一顿吃!"陈福达更豪爽,说:"要像二舅一样,肉大块地吃,酒大碗地喝,大马车赶起,钞票儿揣起,把一帮表妹带起五啊六的,好不快活!"陈福英忙说:"陈福达,你咋恁个教他?"陈福达说:"我姐姐,不这样教要咋个教?还要像大姐夫一样只会闷着头在地里挖地?"陈福英笑说:"你这样教他,他以后把你家陈志莲带起五啊六的,我不管哦!"陈福达说:"我姐姐,你放心,只要富贵哄得去陈志莲,我也不管,管他们五啊六还是六啊七!表妹生来就是给表哥玩的!"陈福达的话,早触动廖安秀对霍、柳的伤心事了,廖安秀已骂起来,对孙天俦说:"富贵,你说,'草包二舅!只要是个表妹,无论好丑,是坨屎也要去吃它一嘴?霍家芬和柳正芳那种臭不可闻的屎你都要去吃!你碜不碜?外侄的脸都为你碜了!'"

陈福宽暴发以后,县上对他进行奖励,希望他更进一步,早日成个万元户,这时米粮坝县尚无万元户。县委书记、县长对全县仅有的六个千元户说:"全乌蒙地区,已有四个县有万元户了,还有八个县没有,我县要争取三四年内出万元户!希望就寄托在你们身上。我们也扶持你们,你们也加紧努力,谁先成万元户,县上奖励五千元!"

但陈福宽已感觉钱多了无用处了,他已有近三千元,法喇许多在单

他认为有这么多钱,他坐着**吃到老死都吃不完**,进取心渐渐消失,**酒**成箱成件的从荞麦山买了拉回家,**烟**一条条的往家里抱,屋里处处堆满酒瓶,**大录音机**买了来,放着歌曲,全村各处**转来转去**。

位上工作的人的钱加起来，都没他的多。他认为有这么多钱，他坐着吃到老死都吃不完，进取心渐渐消失，酒成箱成件的从荞麦山买了拉回家，烟一条条的往家里抱，屋里处处堆满酒瓶，大录音机买了来，放着歌曲，全村各处转来转去。他为扩大录音机音量，天天五对电池一齐放，录音机拼命地唱。群众一听歌声，就知陈福宽在哪里。他又把法喇善唱山歌的姑娘找了来，山歌对唱，录了到处放。这弄得冷树芳又紧张起来，生怕他又像前几年和窦先菊和贺成英那样。

逢年过节，他都要到荞麦山，包了电影来放与全村群众看。有的想看电影了，就去找陈福宽："老百姓想看电影了，你再去包两场来看嘛！"陈福宽就赶起马车，到荞麦山去，将放电影的人和机子拉来，又在法喇河坝里放。每天晚上，别家都是点煤油灯，很多人家还连煤油都买不起，陈福宽则是一到天黑，柴油机就发电了，不为别的，仅为了点电灯。屋内电灯亮，院中也是一颗一百瓦的灯泡，亮晃晃地挂着。到过年，他买了一背箩鞭炮来，放了一夜才放完。还嫌不美意，叫扎了雷管炸药，放大炮。放时开了录音机，把炮声录下来，用录音机放炮声。除夕，他叫了陈明贺家、陈福全家、陈福达家在一起过，又来叫陈福英家。陈福英说："老规矩，姑娘不回娘家过年！"陈福宽说："我姐姐，什么时代了，走走走！"陈福英仍不答应。陈明贺叫陈福宽："你不要勉强你姐姐，老规矩是这样！"陈福宽说："那就正月十五再请。"

正月十五，陈福宽又来请，陈福英同意了。陈福宽去荞麦山买了一马车肉、菜来，丁家芬、陈福英、马友芬、廖安秀、冷树芳、陈福香、陈福九整煮了一天。晚上，吃饭了。男人除孙平玉不会喝酒外，陈明贺能喝点，陈福全、陈福达、陈福宽、陆建琳喊拳喝酒，气氛热烈。陈福宽高兴起来，叫："富贵，你带陈志贵、陈志伟、孙富民、孙富华他们出去，放火炮，放大炮！今晚上必须放掉一背箩火炮才行！"陈明贺阻住说："福宽，你听我说，这饭菜吃在肚里，是有用的！酒喝在肚里，不要过度，也有用！放火炮，放大炮，有什么用？我是成天为你可惜啊！录音机一次放五对电池，一晚上要几十对电池，你那废电池一撮箕一撮箕地倒掉！按老辈人的话说，这有点……"陈明贺说到这里，忙把后面"丧德"二字不说了。一时丁家芬、冷树芳也批评陈福宽。

陈福宽的酒喝上劲了，就吼住冷树芳，对陈明贺、丁家芬说："我爸我妈，你们莫管！生成多大的命，享多大的福！钱是人找的，用了又来了！反正我找得来钱就可以了！法喇几千人，谁不想发大财？谁不想提录音机、放大炮？但谁提得起，放得起？因为他们没生着我这样的好命！有老天保佑，我怕哪样？明年我保证再赚几千块，成为米粮坝县第一个万元户！再在法喇村创造无数个第一！我是法喇第一个有柴油机的，第一个买录音机的，第一个买缝纫机的，第一个点电灯的，第一个成箱成件喝酒的，第一个成条成条抽烟的，第一个用背箩背火炮来炸的，第一个捶水泥院坝的，第一个包电影来给群众看的！只是没有马车好跑，不然我早就第一个买单车了。"陈明贺打断说："你不要侃了！人活一世，长得很！哪个认得哪个的前三后四？要到我这个年纪，儿子都成家，姑娘也快全部成家了才能侃！你姑娘儿子小婚都没订到一个，侃哪样？"丁家芬说："你与其放大炮，不如将今晚上放大炮的钱送你姐姐供富贵读书！这样还起点作用！"陈明贺说："对！你妈说这个对！"陈福宽也说对。一时全场都赞同。

陈福英忙说："他三舅帮补得多了！天天在帮补！我都不好意思了！"陈福宽已掏二十元递来，陈福英不接。陈明贺接来，说："福英，你收着！以后感他的情就行了！"陈福英仍是推，冷树芳来说："姐姐快收下！与其被他放掉，喝掉，不如给你！我天天在咒他！老辈人掉颗米，都是丧德的事，要捡起来。他成天到处吃吃喝喝，好不可惜！"陈福宽又丢了十元来："我姐姐嫌少吗？再加十元！还嫌少，我又加！"陈福英说："感谢三舅不尽了！还敢嫌少？以前接你的都过意不去了！好，我收下！富贵读出书来，他也会知道感谢三舅的！"陈福宽说："感谢哪样！但愿富贵考取大学，超过王勋杰！到那时我奖富贵一百元！"孙平玉说："感谢了！你生产忙不过来，叫我一声。"陈明贺说："对！我看你大姐夫的经济，是困难得很了！你的经济宽松，你帮他们一下。你生产上忙不过来，你姐姐、姐夫又来帮你一下。"陈福宽说："要咋个帮？我爸爸说的不对，我大姐夫说的也见外，我是送的。'感谢'之类的话不要提，我是恨我们陈家人读书不行！没有读书的命！像我家，只会骑马，有什么办法？"

陈福全也掏了十元递来，陈福达也掏了十元递来，陈福英不接。丁家芬接了来，交与陈福英："你收好！他们有办法得很，不像孙平玉直巴头人！"陈福英又说了感谢的话。陈明贺说："这个社会咋个平等啊？不平等呀！孙平玉这样的老实人，就赚不来钱！像陈福全这钱，又太好赚了，羊毛里加泥巴，洋芋粉里加石灰！羊毛里加泥巴，还洗得掉，洋芋粉里加石灰，那是人要吃的呀！老辈人哪里兴像你陈福全这样干的？"陈福全说："我爸爸你只见我这样做，你去荞麦山看看！街上那些人怎么富的，尽是卖浙江的假货富起来的！你不是说你买了双胶鞋，才穿三天就烂了？像洋芋粉里加石灰，万人都在这么干！我不加别人也要加！再举个更切近的例子：段耀庆小姑爹怎么发的？你知道的嘛！"陈明贺哈哈大笑："他家那钱真来得容易。我去荞麦山，到陈明玉家，我说：'段耀庆，我走累了，你倒杯酒来给我喝。'陈明玉就到屋头倒。我说：'你何必去屋头倒？柜台上就有嘛！'她说：'这酒不倒给你喝！'我说：'咋个的？'她说：'反正我倒好酒给你喝就是了！'我又问段耀庆，他才说：'柜台上的酒，是用酒精兑的！倒给你的酒是后面这家烤的纯苞谷酒。'我才晓得了。我说：'这社会变了，这社会变了！陈明玉也会骗人了！'陈明玉和段耀庆都笑起来，指我的烂胶鞋说：'大哥买这胶鞋同样是假的。'我不信，穿了从荞麦山走回法喇来，就烂成两截了！哈哈！"丁家芬不满："吃亏了还在哈哈哈！一辈子不晓得哪里来的精神！"

陈福达说："莫说小娘家在荞麦山，就是三娘家在法喇，还学会骗人了呢！但他们两家赚钱，来得都不快！那天给王光友买马的那个拖车人，更会赚，我亲眼见的。"陈明贺又大笑起来："有你陈福达会赚也行了！你们猜陈福达咋个赚？那个拖车人买定了王光友的马，递五百块钱来让王光友数。陈福达走过去，将钱接过来，帮王光友数，数着数着，趁拖车人不防，就塞两张装进袖子里。我在旁边眼睁睁看着的,别的人都没有发觉!把钱数完,陈福达把钱还拖车人:'差二十!'拖车人数了,只得又加二十!那二十元在哪里去了?到陈福达袖子里去了!我看完就想,天呀,这钱来得太快了!王光友喂那个马,十年才卖五百元,一年才五十元。陈福达两分钟不到,就赚二十元。"陈福达说:"我爸只见我快,还没见那个拖车人更快!他那天买的十匹马,贩到乌蒙去,我估计至少赚五百块!去年我在荞麦山赌场上,见他上场十分钟不到,两碗就挖去八百块!那杂种精得很,原来是个区供销社主任,因为贪污公款被开除了的。谁知道他有多少钱?我家几姊妹,就算会说的,可能一个也说不过他!边赌钱他还要边讲国家的政策:'邓小平说了:胆子要大,步子要快!不管白猫黑猫,拿到老鼠就是好猫!只要拿得到钱,坑蒙拐骗打砸抢,怎么都行!'你们想想,厉不厉害?这种人我不吃他还行?"

众人都讲了歇着了。孙天俦乃对陈福宽说:"三舅,你这样吸烟、喝酒、放录音机和鞭炮,钱浪费掉可惜了。"就讲洛克菲勒、福特等,劝陈福宽钱要节省用于扩大再生产,赚更多的钱。陈福宽听了,拈起一片肉放进口里,喝上一口酒,说:"富贵,你说的三舅都懂!赚几百亿、几千亿干啥呀?我不要几百亿,连几十万都不要,只要有一万元,我就天天跷起二郎腿,吸起烟,喝起酒,听起录音机,过神仙日子!人生在世,吃穿二事,就是为这穿的吃的。钱不要多,到死那天够吃够穿就行了。你讲的什么福特等人,还会有我幸福?"说完又是一片肉,一口酒。孙天俦见三舅不足与其谈理想,谈事业,就不谈了。

二十　夜半相思

春季学期开学，回到则补，孙天俦假期里对晏明星的思念全消，他很快乐。晏因庞老师那一句"胡思乱想"，一直不理孙天俦，并时时要表明她和孙天俦根本无什么不正常的关系。

孙天俦开始还用点时间学习，后则几乎不学习，完全沉迷于写小说。为了要把以晏为原型的女主人公写好，他时常观察晏明星，但又怕她和全班学生发现，只能趁晏和全班同学不注意时暗中观察，但是很难办到。一是全班对二人的笑话仍在继续，他成了众人关注的对象；二是晏很聪明，并且她也在观察他。果然，不久后她就感觉到孙天俦的企图，但哪想到孙天俦是在写小说，便以为真是那么回事了，为防闲言，她离他更远了。孙天俦要观察她，更不易了。

同学更拿孙天俦和晏明星开玩笑。在宿舍里，都问："孙天俦，何日讨晏明星啦？"一日同舍男生和孙天俦到区上赶街，晏明星从下面上来。这些男生就高喊："孙天俦，你家那个来了！"晏明星盯他们一眼，他们便不敢说了。晏明星很得意，从诸人身边走过。过时瞅着孙天俦，一言不发。孙天俦想："观察的机会来了。"也盯着她，她脸红了，"扑哧"一笑，羞得通红，忙低头就跑了。这帮男生先还被她那一盯镇住，至此才明是假的，又放肆起来，喊道："跑什么？怕你家这个了？"晏明星站住，笑道："我怕还是你们怕?刚才怎么动都不敢动?"这些男生说:"你敢动你就来动孙天俦一下!"晏明星说:"我也赌孙天俦不敢来动我一下!"这些男生大喜,拉了孙天俦就跑,道:"这有何难!天俦,动她一下。"她忙喊:"孙天俦,站住!"孙天俦不想为难她,站住了。这帮男生忙叫:"这是赌嘴!不要听她的!"强拖孙天俦,孙天俦不动。晏明星很得意,笑着说:"怎么样?"这些男生见拖不走孙天俦,就把孙天俦扛起来冲。她见不妙,忙跑。众人道:"莫放她跑了,快追!"几人去追,她已跑回家了。

这些男生成心要捉弄孙、晏二人,下课出教室时,晏在前面,孙天俦在后面。后面忽然来了几只手,奋力推孙天俦。孙天俦毫无防备,被往前搋去,即将扑在晏明星身上,孙天俦忙躲,就扑到另一女生身上。二人都跌倒了,孙天俦双膝疼痛,却得强忍,并忙来拉那女生。那女生红了脸,瞪着孙天俦,孙天俦道歉。男生们哈哈笑起来。这女生方才明白,去骂那帮男生。晏明星不知这伙人是推孙天俦去撞她,始见孙天俦扑在那女生身上,脸碰着脸,她就红了脸死盯着孙天俦,脸色很难看。孙天俦觉她吃醋了,狼狈不已,又来向她解释:"不是我故意的!他们推我来撞你!我一躲,就碰在她身上了。"晏明星说:"你又没有撞到我,你来跟我说什么!我跟你有什么关系?"就走了。第二天自习课,孙天俦在后悄声叫她:"喂!"她不回头。过一阵,她不知如何想,才回头问:"你搞什么?"孙天俦说:"我跟你说,昨天真的是有人推我。"她笑了:"跟我有什么关系?"孙天俦见她笑了,才放心了,向她点头笑笑。她说:"你真是疯子!我跟你毫无什么关系,你以后注意。"就回过头去了。孙天俦想,怪不得周幽王为博褒姒一笑,致点骊山烽火台。若晏明星不笑,我孙天俦有烽火台,也得点啊!

学校从来没搞过什么文艺活动。因校长外出参观,见地区学生文艺比赛实在精彩,激动了,回来就叫全校搞一次文艺会演。各班先报节目,因是临时动议,报了就演。则补偏僻,荞麦山中学前年就有了台黑白电视机,老师们每晚收看霍元甲,则补则至今没有电视机。学校也没有搞过类似活动，因此拿不出什么节目。晏明星也不唱歌、跳舞。出节目时，因她是文艺委员，硬是给孙天俦报了一个节目，来与孙天俦说："我给你报了个节目！你去想办法！"孙天俦说："我不会演。"晏明星说："我不管你。我反正要报。"孙天俦说："那我有一个节目。"她说："什么节目？"孙天俦说："点骊山烽火台。我演周幽王，你演褒姒。我为博你一笑，不得不点烽火台。"她笑道："我才不耐烦跟你演。"但立刻翻脸了："你把我当褒姒那种坏女人看啊？"就不理孙天俦，愤愤地去坐在座位上了。孙天俦才觉不对，忙写了条子递给她："对不起，我只想图你一笑，没料你这么想，请你原谅。"晏不接，孙天俦屡递。她回头吼道："你这人疯啦？天天纠缠人！我跟你有什么关系？"孙天俦只好不理她。等孙天俦不理她了，她才红了脸，又来讨好孙天俦。学生都走完了，孙天俦还在写小说。她来问："你的节目想好没有？"孙天俦想不理她，但不忍心，说："我不会什么文艺节目。"她说："反正我要报上去，你没有也得有。"孙天俦说："万一下一个节目又得罪你呢？"她说："你得罪吧！"孙天俦坚决不演什么节目，但她就是不饶，说："我要走啦！反正你必须出个节目。"就要去向庞老师报了。孙天俦起来追她，她就跑。刚到教室门前，被孙天俦拦住了。孙天俦说："不许你报。"她说："我就是要报，你要怎样？"孙天俦无法，拦她许久。她说："放开我。"孙天俦不放。她就强走，孙天俦无法，想拉她呢，不好意思，只得放了。她就去向庞老师报了。

庞老师来班上落实节目。秦国孝唱歌很好，同学们推荐他唱歌。晏明星说："孙天俦也有节目。"无人响应她。孙天俦又道："庞老师，晏明星是文艺委员，应该要出个节目。"晏明星忙反对。全班人明白二人有鬼，都不做声，否则若提晏明星出节目，定然全班欢迎。庞老师问晏明星："你就来一个。"晏明星硬是说不会，就算了。庞老师见孙天俦平时胆大，说："上台表演，最怕怯场，那内容再好也不行。孙天俦胆大，来上一个。"就叫孙天俦："你来上一个节目。"秦国孝唱了一首歌，全班都叫好，说可能会得奖。庞老师又叫孙天俦，孙天俦说："我朗诵三首诗。"就上了讲台，先朗诵了刘邦《大风歌》，又朗诵曹操《短歌行》"对酒当歌，人生几何？"又朗诵了毛泽东《沁园春·雪》。这些诗是他平时最喜爱的，他又深爱这三人，朗诵起来，抑扬顿挫，挥霍舞蹈不已，仿佛他就是这三个霸王了。朗诵完，掌声一片，但全班是为孙天俦的动作、姿态、气势鼓掌，而对内容则听不懂，不知孙天俦在朗诵些什么！完了，庞老师大吃一惊说："哦！怎么样？"学生纷纷说秦国孝的可以就这样去表演了，而孙天俦也可以，就是内容不行，他在说些什么，谁也不知道。庞老师也说："好！内容要改！老师们可能知道孙天俦要表达的意思，但学生不知道！这是表演给全校学生看，得通俗易懂。"就又问怎么改，有的说让孙天俦朗诵一首全校学生都知道的唐诗，有的说朗诵保尔的名言："人生最宝贵的是生命，生命属于每个人只有一次。"有人建议编一出反映学生生活的快板词，让孙天俦去打快板，庞老师同意了。叫晏明星、史元洪、刘振刚等合作，写一出快板词出来。孙天俦说还是他那三首诗好，但谁也不听。经刘振刚两天的创作，快板词写出来了。这快板是写一个学生平时不好好学习，在校睡懒觉、偷东西、混日子，到要毕业时，才后悔初中三年没好好学习的内容。刘振刚约了孙、晏、史三人看了，晏、史都说好，就交与庞老师看。庞老师说好，就叫孙天俦快背。孙天俦很失落，信心、兴趣都没有了，勉强背得了，庞老师已叫人做了快板来，孙天俦在讲台上表演了，全班喝彩，演出就这么定了。

　　学校没个礼堂，表演就在篮球场上进行。学生围成个圆形。秦国孝唱了歌，就到孙天俦。孙天俦冲上场去，一眼就见晏明星在对面。就因她在看着他，他想演砸了就完了，得努力演好。这么一想，刚念了两句，糟啦！忘光啦！他拼命地想，就是想不起来。场上已僵住了，孙天俦再想，还是记不得。他忙揣了快板，说："我朗诵毛主席词三首！"就朗诵了《沁园春·长沙》《沁园春·雪》和《卜算子·咏梅》。一朗诵起这些词来，孙天俦就来劲了，激情澎湃，意气风发，挥斥自如，好不畅快，表演完了，就走出场来。

　　孙天俦的演出就这么失败了，尽管他后面的朗诵非常成功，但不记分。全班同学都为之可惜："要是你背得快板词，像朗诵的话，绝对成功了。你在台上，跟平时一样！所有上台的人，都没有你放得开！"孙天俦自己明白，他要是打快板，激情不在，也就跟平时不一样了。

宿舍里有个方荣毅，农村学生，非常老实，说学习不会学习，说玩耍也不会玩耍。他的能力是针线活，大家的裤子绽线了，就请他缝，衣服破了，就请他补，大家都叫他"大嫂"。他的话最朴实。全班男生大多嫉妒孙天俦赢得了晏明星的心，只有他不嫉妒。回宿舍，别人都只惋惜孙天俦没搞好，他则说："你朗诵完了时，只有晏明星鼓掌！她鼓一阵发现别人不鼓掌就脸红，跑了。"孙天俦猛觉心热了，问："真的只有她鼓掌？"方荣毅说："你不信问问别人！"孙天俦明白问别人就问不到了，但还是试着问，别人的脸色就难看了，说："认不得！"

上晚自习，孙天俦刚进教室，全班女生即怪叫："晏明星，谁来了？快鼓掌！"晏明星回头看看孙天俦，笑了，就鼓起掌来。那些女生哈哈大笑："碜不要脸！在台上一句词都记不得，还好意思独自为他鼓掌！你鼓得这么殷勤，得奖没有？"晏明星说："他得了我的奖！我奖他！"就把她的笔递给孙天俦："我奖给你！"那些女生就道："呸！碜不要脸！有本事就正式场合给奖嘛！"晏明星说："这不是正式场合？当着全班学生奖的嘛！"又返过来朝孙天俦鼓掌。

孙天俦凡遇晏明星与同班女生，那些女生总要大惊小怪："晏明星！谁来了？"晏明星笑说："谁来了？"那些女生便道："不知羞！还故意问我们，是你家那个来了！"晏明星说："有什么羞的！"走来和孙天俦站在一处，说："我家这个如何了？难道丑了？"那些女生大笑："你脸都不要了！"晏明星说："我不比你们心中有鬼，我是光明正大的！我不要脸还是你们不要脸？"说完，眯了眼睛瞅孙天俦，脸上带着狡猾的微笑。孙天俦站在那里，心中比蜜还甜，不知所以。见她看自己，也看她。她渐渐脸红了，才走到女生中，那些女生就捉住她乱掐乱敲。

期中考试考完以后，庞老师叫孙、晏二人："晚上你俩来帮我改试卷。"二人都各怀鬼胎，不敢看对方。孙天俦发现她气憋得紧紧的，貌似镇静，极不自然。庞老师边改边问孙天俦家中情况。孙天俦边改边说，晏明星总在集中精力听。庞老师说："你英语为什么学不好？"孙天俦说："怪开始没有努力，现在难补了。"庞老师说："怕不是吧？我头次在县上遇上你表叔了。他说你从开始就不学英语。"孙天俦明白庞老师都知道了，就说："主要是我对外国人及英语很反感。"庞老师说："这样不行啊！升学考试你怎么办？如果你把英语补起来，考个米粮坝师范还有一线希望。英语丢了，希望就没有了！"孙天俦说："不怕！我用其他几科来考！"庞老师说："你说得这么简单，总分六百四十，你去掉一百分，只有五百四十。考师范起码要五百分，你那语文、数学、政治、物理、化学五科才丢四十分？"孙天俦也觉在自欺欺人，就说："我准备读高中，考大学。考了师范，就考不成大学了。"庞老师说："读高中考大学，还是要考英语啊！你现在不学，终归都逃不了英语的惩罚！"

试卷改完，庞老师叫二人统分。晏明星念，孙天俦记录。当念到"孙天俦"时，她念岔了调。天俦抬头，见她面涌赤潮，眼如秋水。孙天俦大惊，感觉逼人的烈焰向他烧来，他好不诧异，她才十四岁，竟有如此堪可征服世界的力量。晏明星笑了，喃喃地说："你的，九十八，最高分。"孙天俦紧咬双唇，记了。当她说"我的"时，孙天俦全身热血奔涌，他想好好地写上"晏明星"三字，哪知刚写，手不听使唤了，笔一歪一扭，三字难看已极，孙天俦后悔不已。

登记完，庞老师的妻子炒了葵花子，叫二人吃，又问天俦家情况，天俦说了。吃一阵，下晚自习铃响，天俦说走了，晏明星也跟着出来。但一出庞老师家的门，她步子异常地慢，眼直盯着他，双唇紧抿。孙天俦深觉惊异，站下等她。她走到孙天俦面前站下，抬头望着孙天俦。两人近在咫尺，几要胸贴着胸。孙天俦也呆看着她，不知是该拉着她，还是抱着她，还是该怎么办，就这么不知看了多长时间，孙天俦不自觉地说："明星！"她急切地"嗯"了一声。孙天俦料想说了她不责备，就说："我好想你！"她望着孙天俦，点点头。孙天俦说："你准备考师范还是高中？"她说："高中。我爸要我考大学。"孙天俦说："我也考高中。我们考取后仍在一班，以后又一起考取大学，永远在一起！"她又点头。

下晚自习后，人多了，二人均觉看的人多了，忙要走散。她说："我要回去了。"孙天俦说："好，我也走了。"二人挪开了一步，又不想走开，她终于说了："我也想你！"孙天俦惊得"啊"了一声，半天回不过神来。她已跑回家去了。孙天俦站在那里，心花怒放，高兴得傻笑不已。夜深人静了，他还在站在那里。回到宿舍，别人全睡着了，孙天俦睡下了还在笑。

第二天上课，孙天俦就觉她的目光有些异样了，比往天深沉得多了。她在关切着他，天俦感觉好不温暖，想自己要是病了还是什么的，她定会来照看他。果然，以后天俦有何小小的缺点，她都会写个纸条，趁人不注意，说与孙天俦知道。女生们开玩笑时，她再也不跑来和孙天俦站在一处了。口上也不再说什么"我家两口子"了。渐渐地，全班对此风平浪静，不拿二人开此玩笑了。

这日下午，晏和其他班的学生组成卫生检查组，检查到男生宿舍时，晏就站在那楼前不进去。孙天俦是首次见她接近这男生宿舍，就觉悲哀。她高贵得多，从来不到这些地方啊！他和她之间，是存在阶级的啊！

男生们见她来了，喜气洋洋，又决心开她的玩笑了。但她站在外面不进来，无法开玩笑。只得朝楼下喊："喂！孙天俦的被子脏得很了！他家那个怎么不来帮他洗啊？"晏明星红了脸，说："你们滚远点叫去！"男生们道："跟你有什么相干？"晏道："你们闹得我耳朵烦，怎么不相干？"众人说："你是他家那个？那你怎么不帮他洗被子？"晏赌气道："拿来我洗！"男生们说："你自己来拿！哪家的媳妇像你这样懒？"晏明星就跑上楼来，男生们高兴得敲盆打碗。她进了宿舍，问："被子在哪里？"众人指一条极破烂的被子："这就是孙天俦的。"晏看看，判不明是谁的，就道："呸！我不耐烦洗！"就往回走。诸人大笑，奚落不已，她直接回家了。

要毕业考试了，一天，孙天俦爬山回来，见她独自在林中看书。孙天俦叫了一声，她抬起头来。两人就莫名其妙地互看着。晏明星说："你复习得怎么样了？"孙天俦说："差不多了。"她说："我担心你英语考不及格，得不到毕业证。"孙天俦说:"得不到就不要。从黄帝到努尔哈赤,谁得过什么初中毕业证?"她说:"要不要我帮你?"孙天俦说:"好吧。"

毕业考试,孙天俦别的科都轻松过关了,唯有英语,从发了试卷到手,到将终场未动一笔,而是找了张纸,在纸上写诗。久后,晏明星出场到天俦所在考场外来,悄悄将纸团扔了进来。天俦捡了打开,所有的答案全工工整整地写好。天俦好一阵感动,这要费她多大的工夫啊,急忙抄了。最后孙天俦得了九十八分。晏明星、史元洪都是满分,孙天俦仅排第三。众人莫不言荒唐。真相大白,晏明星竟帮孙天俦作弊!全班学生恍然大悟:二人竟在瞒着全班同学,假戏真做了!秦国孝问孙天俦:"你真的和晏明星谈恋爱了?"在宿舍里,男生莫不追问孙天俦:"你亲过她几回了?"

毕业考过,班上就如散沙,等着升学考后就散伙了。友好的同学,相互约了照相,或赠照片。孙天俦好想约晏明星照张相啊!但遇上她,他又不好提,到处都有眼睛看着,怎么照啊!约她,她也不敢照。唯一日在教室里,女生们翻看刚洗来的照片。孙天俦等她们都看好了,从座后悄声说:"把你们的照片给我看看。"晏即将照片夹在书中,从桌下递来。孙天俦勾了头,在台板中看了,他真想把她的照片截留了。想了又想,还是全还了她。写了一纸条"送我一张"和照片夹在书中。她接去见了纸条,就挑了两张照片,夹在书中,递与孙天俦。

升学考试在即,孙天俦已好久没去看电影了。若考师范,他考不上,若考高中,毫无问题,因是极为放松,仍去看电影,但已约不到同学了,人人都在复习。他独自到了电影院。电影放了许久,换片时,电灯一亮,他忽见晏明星也在场中。他就跑上去。她见他,说:"你没复习?"孙天俦说:"我复习不起作用!只是个高中,用不着复习。"看完,二人出来,回学校的路上,往天晚上人熙熙攘攘的,现在只有他们二人了。一切很寂静,显示某种人生景象将告消失。两人并肩走着,她问:"升学考英语要不要我帮你的忙?"孙天俦说:"算了!我读高中，除了英语也足够的！你不要报师范，一定要报高中！这样我们才能永远在一起！"她点头。孙天俦说："我生怕你报师范！"她说："你放心。"走不久就到学校。孙天俦恨这路太短，怎么马上就到了呢，说："再走回去！"她回望来路，黑沉沉的，犹豫一阵，说："怕我爸爸妈妈等我，就在这里站站算了。"就站下问孙："你的理想是什么？"孙天俦说："你不晓得？"她说："你的理想太空洞了！"孙天俦说："我也无法说！我只有说我想包揽古往今来一切英雄所做过的伟大事业！"她说："你想的都是实现不了！"孙天俦不服输，说："一定能实现！"就细致地谈起来。

  他们谈的时间长了，忽见学校里出来二人，孙天俦一惊："是不是你爸爸妈妈？"晏明星才回望，不能断定。孙天俦忙躲，晏明星就朝学校走。果是她的父母，见她久不回，出来找了。孙天俦伏在坎下，听她父母责备她。见三人进学校去了，孙天俦才忙进学校。

  报志愿了，孙天俦得了志愿表，不动。等晏明星填好了，他悄声说："我看看。"她小声说："高中。"递了志愿表来，孙天俦见果是高中，又欣赏了两分钟她的相片，才也填了高中，将她的志愿表还她。她顺手将他的也拿去看了，还回时说："你生怕我飞掉啊？我不会飞的！"孙天俦说："你飞不了！我统治整个宇宙！你往哪里飞？"她就摇头："孙疯子啊孙疯子，大言不惭！我的脸为你都红啦！"孙天俦想说"会脸红的人本身就不是统治宇宙的材料"，但没有说。

  真正填报了志愿，孙天俦又觉空虚。读高中以后，自己能否考上大学？他一点底都没有！他认为，王勋杰算不了大学生！他遗憾至今未见到一个从某某大学毕业的大学生！要是能见到一个就好了，那就可以作个比较，看其比我行否，就好作出决断。大学大学，是谁也没想到，谁也不敢想的地方！在这米粮坝这个地方，米粮坝师范就是多少学子梦寐以求的地方！

  晚上在宿舍里，同学都议论了："史元洪和晏明星到底能否考上大学？"谁也没见过大学生是何样子，都是瞎说一通。有的说二人太聪明，考什么学校都能考得上，有的说则补中学办了多少年了，从没听说则补中学的学生考取大学。大学那么高！跟天一样高！考得起？结论是二人也考不起！

孙天俦在旁默然听着。晏明星日后能否考取大学，他不知道！要怎么考大学，怎么才考得起，他跟大家一样，也一无所知。他在想：晏明星哪一点像大学生呢？凭她的聪明吗？凭她的漂亮吗？女大学生会是怎么样的呢？

同学们也谈孙天俦，说："天俦就是可惜英语这一科了！其他科都不比史元洪、晏明星差！英语一差就差远了！"孙天俦说："不可惜！不可惜！人定胜天！事在人为！"大家又哄堂大笑："你疯得可以啊！人定胜天，你怎么定？你英语不行，就连前五名都挣不上去！你怎么不'人定胜天'，当个第一名，超过史元洪？"

毕业聚餐，晏首次参加了他们的聚餐。孙天俦以为能和晏在一起吃饭，但等真正吃时，老师在一边，学生在一边，隔的很远。晏明星和她父母在一起吃。孙天俦只能老远看见，大失所望。深想他和她之间隔着的鸿沟。而刘振刚、史元洪之父，皆是区党委、政府领导，被学校请来。刘、史也就跟从其父，参加老师们的行列，和晏在一起。不单孙天俦，全年级学生均为之失落。晚上，大家回到宿舍，预说前途，很多学生是不抱信心的，只等毕业考不起，回家种地了。一致肯定日后有前途的，是史元洪、晏明星、刘振刚、孙天俦等人。同学中有个苏学升，晚上与天俦睡在床上，说："以后你在单位上，我来找你，你不要嫌我是个农民，不理我啊！"孙天俦说："岂能如此！"他就与孙天俦交心地说："天俦，我说真心话，你是讨不到晏明星的！她以后一定是史元洪的，不然就是刘振刚的。他们都有城镇户口，是吃商品粮的啊！我们都是一样，是农民家庭，种地的。晏明星虽然爱你，但不会爱你的家庭。将心比心想想，要是我俩都是城镇户口的姑娘，尽管一个农村学生各方面都好，但有条件一样的城镇户口的伙子时，我俩会嫁城镇伙子，还是农村伙子？"孙天俦一时悲哀，半晌说："如果她是个慧眼识英雄的姑娘，她就会永远跟我，因为人类历史上只有我一个英雄！如果她连这点眼光都没有，那她就太平凡，不值得我爱！她不嫁我，我也毫不可惜！任她去嫁任何人吧！"但听了苏学升的话后，天俦心中不舒服。他但愿她那么聪明，能识别真伪。莫说什么史元洪、刘振刚，就是三皇五帝，他们都是凡人！世上只有孙天俦不平凡！只有孙天俦是神！

　　升学考试了，孙、晏竟同考场。整个考场，数二人成绩最好，监考老师对二人的试卷，不断颔首。到英语一科，试卷发来，孙天俦写了名字，什么也不做就交了。监考老师大吃一惊："你才进场两分钟就交卷？不行！不行！规定半个钟头才准交！而且，这判断题、选择题仅需打个钩钩叉叉，你瞎碰也碰得着几分嘛，不要交白卷，你要对你自己负责！"孙天俦见晏明星也着急地盯着自己，拼命使眼色，只得回座位坐好。晏明星不时示意，孙天俦见她在写纸条，捏成团。孙天俦就偷偷摇手，表示拒绝。她瞅空丢了个纸团来，孙天俦也不捡。半个钟头后，他又提了白卷去交。监考老师火了："我真没见过你这种人！你想当张铁生啊？不是那个时代了！我们刚才就叫你即使瞎碰，也碰几分！万一你就差这几分呢？"孙天俦说："老师，我不碰！"两个监考老师为天俦着急："小伙子，你听我们说，我们当老师，真为学生好！你其他科都考得不错，唯英语一科，你不行，就碰上几分嘛！这是人生的关键时刻！是决定命运的时候！不是出风头的时候！"孙天俦不管，交了就走。两个老师就开始骂他了。孙天俦见老师脸色很难看，又见晏明星，也在丧脸恨着他。他出场来，才舒了一口气，解脱啦！

　　后几科，天俦一进场，监考老师都不理天俦。晏明星也是一见孙天俦，恨上一眼，脸就背过去了。天俦交卷，监考老师见孙天俦试卷都答得相当好，就叹息说："不听人劝的小伙子，你考得再好也枉然啦！可惜！可惜！"

　　第二天考试就要结束了，下午，庞老师对秦国孝、孙天俦说："你们收好行李，明天下午送试卷到县上的车要走了，你们就跟着走。"孙天俦一听，明天就要离晏明星而去了，着急了。别人都为明天的考试做准备，孙天俦却为明天将别晏明星而着急。半年时间，真像是一两天啊！怎么过得这么快呢？一回去，不就是前个假期一样难熬的思念吗？孙天俦惆怅之至，感觉这是生离死别，生恐以后再不能见她。入夜了，孙天俦走到她家窗前，她未拉上窗帘，正在灯下看书。孙天俦站下，月色真好，圆圆的，世界无比和平，一派美好景象。十多米外的窗里，也是一派美好景象，那个属于他的姑娘，那么漂亮，那么聪明。孙天俦觉得，他是个很幸福的人。他一直看着，不知过了多长时间，夜深人静。忽然见她站了起来。她要休息了！孙天俦着急，忙跑到窗前。她来拉窗帘，猛见他在窗外，吃了一惊，微笑了一下，示意他快走，孙天俦不走，她焦急地看屋里，生怕她父母发觉。她又摇手，咬牙示意他快走。孙天俦才走了。回去的路上孙天俦才后悔："好不荒唐！好不荒唐！"大为惭愧。

第二天下午刚考完，庞老师就来叫孙、秦将行李拿到公路上来。试卷都封装好，要连夜送县城。一辆手扶拖拉机来了。老师们装好试卷，又放上二人行李。庞老师交代好后，就回去了。大家坐上拖拉机，拖拉机发动起来，就要走了。忽然从学校里，晏明星和两个女生出来了，她们又要去看电影了。孙天俦真想跳下车，和她们同去。晏明星见孙天俦已坐在拖拉机上，就站下，盯着这边。三个监押试卷的老师，问他考得如何，天俦要忙答，又要忙看晏明星。晏举手空中，挥动作别。孙天俦举手刚一挥，拖拉机已拐过山梁，学校和她都消失了。孙天俦即觉心中一阵痛，口占一诗《别离》：

离情不敢面上形，挥泪遥别痛彻心。
绝世容颜桃花貌，寸寸磔碎远行人。

整整一夜，都在金沙江大峡谷里转来转去。四面黑沉沉的山，直接云天，青天被挤成了条缝。星星是那么珍贵，仿佛井上的眼睛，俯瞰着井里。路极烂，很多时候他们一起下来推拖拉机。到半夜过了，有时回望大峡谷，仍能见则补区上和则补中学的灯光。孙天俦就极力辨认，欲认出哪是晏家的灯光。他估计晏早已看完电影，回家睡觉了。她是否会想到在这深夜里，在这个时候，他隔了几十公里，在遥远的大山上回望着她！大峡谷中，夜凉风冷，孙天俦深感人生渺小。远处，灯光也是那么微小！他忽有要哭的感觉，世界是如此凄凉，只有远处那么一小点，能使他心转暖。他越来越欲跳下拖拉机跑回去了。

二十一　瞒父报高中

孙江成牙齿很好，五十几了，要吃核桃，根本不敲，口里一响，核桃壳被咬碎了，核桃仁也成了碎片，必须择着吃了。孙江成可惜："咬过头了，核桃也碎了，下一个要轻点！"下一个进嘴，又是一响，孙江成忙松牙齿，核桃又碎了。田正芬牙齿不好，才过三十岁就掉，如今已掉光了。多少年来，连吃饭都是歪来歪去地嚼。莫说咬核桃，就是核桃仁入口，也嚼不动了，只得不吃。孙江成左也咬重了，右也咬重了，田正芬火了："嫌重了就不要吃，要吃就不要嫌！叫得这么难听！哪里是咬重了，明明是欺我没有牙齿！"孙平玉的牙齿，不是遗传了孙江成的，而是遗传了田正芬的，才三十五六，牙已松动，吃洋芋已要歪着啃。冷的热的，牙齿都受不住，痛的抱着头直哼。前几年孙平玉栽了几棵苹果树，如今刚结果，孙平玉摘一个下来，歪了左边牙齿啃也痛，歪了让右边牙齿啃也疼，啃了两下，只得放下苹果。陈福英牙齿很好，见苹果上留下的牙齿印，笑说："要吃苹果，还不趁现在吃嘛！现在就吃不动，六十五六就更吃不动了。"

孙天俦回来，见父亲牙齿如此，就感凄凉。全家人穿的也可怜，从衣裳、裤子到胶鞋，全是烂的。从孙平玉、陈福英到孙富华等，没一个人的衣裤没有补巴。穿得最好的是孙天俦，虽在学校也算寒碜，但在家里是最好的。孙平玉去年见学校里人人穿中山装，只有孙天俦穿对襟衣裳，自觉对不住儿子，也给孙天俦买了一件。孙天俦的裤子，是陈福宽叫冷树芳在缝纫机上打的，胶鞋虽不是新买的，但并没有烂，算是全身没一破烂和补巴。吃的呢，每顿火才燃，小孩都等不及早晚饭煮熟，就忙捡洋芋来烧在火里，边烧边吃。待锅里煮熟，一两撮箕洋芋早烧了吃下肚了。锅里煮熟，照样吃。

因人多，每顿一大提吊锅洋芋，要装几十斤，煮熟了捡在筲箕里，像一座小山。筲箕装不下，就捡了烤在火塘里。菜也是一大锅，要装十来斤菜。不知者看见，要吓一跳的。但吃着吃着，小山不见了，火塘里的也吃光了，锅里的菜也捞光了，只剩一锅汤，人人忙着倒汤。孙平玉因牙齿不好，每顿都吃锅底的洋芋。剥了洋芋，舀碗汤泡着洋芋，用筷子把洋芋夹烂，边吃洋芋边喝汤。小孩子哪会看势头，看洋芋要光了，忙吃着手里的，盯着筲箕里。孙平玉则一直打量着，见洋芋要光了，尽管还饿着，老早就停住，站起来出去了。孙江成、田正芬等来看见，都惊叹："拐了！咋你家吃得这样厉害？要节约着点！节约着点！几下吃光了，荒年来了怎么办？"陆建琳来孙家一早上，见此情景，吓着了，回去与陈福香说："姐姐家那些娃儿，太吓人了！一顿起码吃掉一百斤洋芋！像这样吃，百万家财也要吃光！莫说孙家还无百万家财！"陈福香闲时与丁家芬说，丁家芬就说："你不晓得小娃儿是吃长饭的？一天到黑，不歇气地吃都吃得起！你们还没当多大的家，还没过着，我们就过着过了。"不过丁家芬来看见，也吓着了，对陈福英说："全村子恐怕只有你家敢恁个架势地吃了！别的哪家敢恁种吃？"陈福英说："不让他们恁种吃，还好让他们饿着？"丁家芬说："不是要让他们饿着点才行，哪家的小娃儿不是饿大的？包括你也是饿大的！你记不得了？"陈福英说："我还是要让他们使力吃！见他们饿着，可怜得很，我看着也难过！"丁家芬说："你有，你当然敢恁个说。要是你没得，拿泥巴给他们吃？"

陈福英每顿煮洋芋，装三四十斤的大撮箕，满满一大撮还不够，还得再上楼，再满满地装一大撮下来，两撮洋芋倒在火塘边，是一座小山,她自己都盯着这座山发愣,说:"拐了!怪不得别人说,连我都觉得我家吃饭太吓人了!"但尽管如此,每顿吃下来,孙平玉和陈福英还是得老早盯着筲箕里,见要不够了时就赶紧住口。他们今天听到这家规定每顿只准煮多少洋芋,明天听到那家规定不许小孩烧洋芋吃,陈福英吃饭时,就教育这帮儿子:"你们出去走走听听,哪家敢像我们这样吃?你二爷爷家,不准在火塘里烧洋芋,不准带晌午,每顿只准煮一小吊锅洋芋,尽那一小吊锅洋芋吃完,饱也是这样,饿也是这样,还怕白天哪个偷生洋芋吃,钥匙只有一把,都是你二奶奶拿着。出门时她最后出门。煮洋芋吃,不煮熟不准吃,说是吃夹生洋芋,伤洋芋得很!你小二爸饿龇了,洋芋才透心,就揭吊锅盖子拣了吃。你二爷爷就不得了,你小二爸的手还在锅里,他就硬把盖子盖上,气正冒得'乌乌乌'的啊!你小二爸的手就被烫伤了。你二爷爷家,还算过得去的人家了,一年基本不饿饭,还是这样!别的饿饭的人家,又怎么办呢?"

孙天俦回家,见此情景,大为后悔,觉得自己该报师范,也该接受晏明星的帮助。虽说凭自己之力难以考取师范,但有晏帮英语,他考个师范毫无问题。孙家比晏家,是地比天啊,怎么比呢!晏明星有资格有理由读高中,我孙天俦有没有呢?丝毫没有!

孙平玉因家里紧得无法,一直要孙天俦考米粮坝师范。孙平玉知孙天俦心大得很,也野得很,便不放心,常敲警钟。到毕业前,他又写信与孙天俦,叫孙天俦报师范,不许报高中。孙天俦回信,隐瞒了真相,只说报师范了。孙平玉因此好不着迷,巴不能孙天俦赶快考取,三年后就是万人的"孙老师"了。孙天俦一回到家,他就追问考得如何。孙天俦见父亲成了师范迷,只得一瞒再瞒,想等高中的通知书来,说考失败就完了。他干农活时,根本抑制不住对晏的思念,这次比前个假期更甚百倍。他不为自己担忧,倒担忧晏考得如何。

法喇今年盛况空前,出了一大帮初中毕业生。这些人家在期待中,全村也在期待中。吴光兆、谢吉林、郑元顺、吴明献、吴光文、周安义及孙平玉家,今天你家朝荞麦山跑,明天我家朝荞麦山跑,都在等分数。孙平玉一到街天，就催孙天俦："那几家一直在朝荞麦山跑，我们也怕要时常跑了去看看。"孙天俦知已与师范无缘，说："分数自然会送来的。"孙平玉见孙天俦消极应待，火了："是你的事还是我的事？我不知前世做了什么丧德事了，现在报应，生出你这种猪脑壳！"赌气穿了毡褂出门，朝荞麦山去了。他是外行，到荞麦山除找秦光朝问外，就只有乱问人了。但秦光朝都不在，他就问不到。来去近一百里路，又累又饿，跑了回来，就骂孙天俦。孙天俦无法，只得装模作样地往荞麦山跑了几趟。一日上街，师范预选名单出来了。荞麦山区预选到五名，法喇仅郑朝斌一人。但今年的录取线异常的低，只四百七十分。孙天俦想，说不定我的分数就差不多在这个坎上。孙天俦回家说了，孙平玉大怒："你是怎么学的？郑元顺在农业上，我也在农业上！郑朝斌考得起，你却考不起？"拿起棍子就朝孙天俦打。孙天俦挨了两棍，钻心地疼。孙平玉气了，晚饭也不吃，坐在火塘边咒这咒那。

吴光兆也在骂吴明彪。吴明彪被吴光兆打了，跑到常世英处："外婆，我来你家躲躲！"常世英说："明彪，你要好好地学嘛！你爹当然希望你考取，这是为你好啊！"吴明彪说："外婆，我是拼命地学了。但全县学生来考，好中还有好的，强中还有强的！人太多了，不可能个个都考取。我爹以为我们现在读书，还像他读书那个时候。他们那时候读书人少，读了就分工，不像我们现在。"陈福英到常世英处，正见吴明彪来这里躲。常世英说："福英，你们打富贵没有？不要打，可能读这个书，也就像人背东西，本来只背得动一百斤的，要他背一百五十，他怎么背得动？考不起，在农业上难道就过不了日子了？"陈福英说："他爹只是咒，没有打。"

孙平玉愤愤不平，什么活也不想干了，坐在家里生气，不起作用，就走出门去。走到谢吉林家背后，听到谢吉林正在打谢庆胜，边打边骂，而且尽是日爹日娘的脏话，就歇下听，颇觉好笑。谢吉林平时文明得很，从来不打儿子，更不会骂脏话。如今也打起来了，脏话也骂起来了，看来，人不到伤心处，都讲礼体，伤心了时，什么礼体也顾不了了。又走,见吴明献正追着吴耀军打。吴耀军朝河坝里逃,吴明献在后边骂边追,石块在吴耀军头上翻飞。吴耀军脚朝前跑,头却朝后观察石头,全村的人出来围观。孙平玉禁不住哈哈大笑,劝吴明献:"大哥,拿棍子打就行了,拿石头打不妥!石头不长眼睛,万一一坨栽上去,栽在别处还好说,栽在脑壳上怎么办?"吴明献说:"栽掉就栽掉了!师范都考不起,还留着咋整?"孙平玉说:"你歇一歇,气消了就好了!我跟你是一样的,你说孙天俦没考取,我不气?出出气可以,但你这打法不对!"吴明献说:"对的对的!我的打法是对的!"仍追着打。不久吴光耀得知,骂着跑来了,也拣了石头,朝吴明献打。吴明献才停了丢石头,不满地说:"我爹是咋了?"吴光耀说:"你在搞哪样?"吴明献说:"我儿子不成器,我不是要教育他?"吴光耀说:"那你还问我干什么?我也是儿子不成器,教育儿子!"吴明献火了,把手中的石头砸在地上,说:"我教育他你不得,那你去教育!"赌气朝家里走了,这场战火才被消灭。

一时全村就由观望成绩,变成了观望落选家长打儿子。一时传得好不热闹,孙平玉如何打孙天俦,吴光兆如何打吴明彪。据传周安义把周国武罚了喝墨水,谢吉林则罚谢庆胜跪火塘石,花样百出。孙平玉听了,说:"可怜这帮家长啊!都是猫儿吃酸菜——龇牙了!火烧眉毛无办法,才拿儿子出气!"陈福英说:"你把你可怜好就行了,你还可怜这个可怜那个!你不可怜?"孙平玉只得出笨气,想不通时,仍是打孙天俦出气。

过了两天,学生成绩到了荞麦山。恰好这日孙平玉要去荞麦山卖猪,叫孙天俦不要去了,他去。一位老师问法喇人,说带法喇学生的成绩。有人说孙平玉就是。那老师将成绩交给孙平玉。孙平玉一看几人成绩,就傻眼了。孙天俦的成绩还比郑朝斌高半分。郑家早送郑朝斌到县上去体检了,孙天俦则什么通知也没有得到。孙平玉急得一身汗水,连喊"糟了!糟了!"他猪也不卖了,请法喇人说:"你们帮我卖掉!"拿了成绩单就朝法喇狂奔。

一路赶街的法喇人见了,大为诧异,问他怎么了,他只"嗯"一声。五十里路,一气跑回,汗水已流到胶鞋上,叫孙天俦:"出事了,出事了!赶快到县上去告状!肯定是被人使手脚了。"孙天俦一看成绩单,就想,糟了。只得说："没有出事,我的志愿报的是高中。"孙平玉不相信,说："你莫记错啊!"连问两遍,孙天俦都说报的高中。孙平玉的火彻底来了,拣起一个石头就砸来:"那你还天天哄老子你报的是师范!老子写信给你咋个说的?"石头砸在孙天俦背上,第二个石头又来了,孙天俦躲过,想这场火发得不小,不跑要吃大亏,急忙拨步朝山上跑。孙平玉火齐顶了,决不轻饶,石头在孙天俦身前身后呼呼有声。落在石上的,马上开花;落在土里的,一砸一个坑。陈福英见孙平玉巴不得一石头把孙天俦打死,急忙追着骂:"孤寡和尚,打人是这样打的?一坨打掉又咋整?"孙平玉回骂:"你莫管老子的事情!这小杂种太欺人了!不打掉不行!"石头仍飞扬如故。陈福英哪里追得上这父子二人。

　　孙平玉追出村子,仍是不舍。听到吵闹声,全村都忙出来观看。吴明献出来,叫孙平玉:"孙平玉!你那天怎么劝我的?你这石头比我打的还大,更不像话!"孙平玉说:"我的事情你莫管!我这事比你那事还伤心!你那事算哪样?"吴明献说:"你那天说我的干法不对,你今天又对?"孙平玉说:"你那天是对的!我今天也是对的!"吴明献说:"我那天错了,你今天也错了,赶快住手!"孙平玉哪里肯听!陈明贺、孙江成、田正芬等全出来骂孙平玉,孙平玉不理。陈明贺叫孙天俦:"富贵,跑到外公这里来!"孙天俦忙朝陈明贺这跑。孙平玉怕石头伤了陈明贺,才不扔石头了,拣了一根棍子追来。孙天俦见父亲脸气得纸一般白,眼睛睁得比平时大了许多,明白这架是难吵了。陈明贺见孙平玉到他面前了,公然还不放下棍子,也发怒了,上前扭住孙平玉:"你硬是要把我这外孙打掉?"孙江成也来扭了孙平玉,孙平玉无法了,仍怒目圆睁,胡须抖动,指孙天俦骂:"你等着!迟早这一顿有给你吃的!你以为有人保,我就会饶你?"

　　孙天俦被陈明贺带走了,孙平玉被迫结束追剿,怒冲冲地回家。孙富民、孙富华等去扯猪草回来,全被这场战斗吓得六神无主,见孙平玉回来,战战兢兢地躲。孙平玉一脚将孙富民踢倒,骂道:"满船芝麻都丢了,还在水里捞油花!猪草老子不会扯?老子从小扯猪草到三十几了，扯到了哪样？"又给孙富华一脚："你这一生人如何交代？你以为当农民好当得很？你当到老子这个年纪试试！"进了屋，全家冷火秋烟的。孙平玉坐在门边骂，陈福英坐在门外。孙富民、孙富华忙笼火，屋内才有了点亮光。

孙天俦到陈明贺家，吃了晚饭，说要回去，陈明贺不让。孙天俦说："反正气都是要出的，我回去说清楚。"丁家芬叫陈明贺："你送他回去，交代孙平玉，叫他不要打了。这世上个个都在单位上，那农业生产不要人种了？"陈明贺带了孙天俦来，说："孙平玉，你想想你今天像不像话？一坨打掉又咋整？养儿养女我没养过？你以为就是你的子女不成器？天下不成器的多得很！我什么气都受足受够了，越到老来越感觉气不了多少，干脆懒得气，想开点算了。有些事情无办法啊！你想这样办，事情偏不按你的想象发展！要是什么都由人，那还了得？那么世上的事早办得清清楚楚的了。"陈福英就催孙平玉："爸爸来给你说了，你还在丧起个脸，爸爸得罪你了？"孙平玉才表态："害爸爸上一趟下一趟地跑，也是不好意思了。你放心，我不会打他了。今天是太鬼火了齐脑壳顶了！硬是想给他两石头栽掉算了！这样淘人！考不起还有想场！只要说人努力了，考不起，那是没办法的事！气上一头也就想得通！考起了自己整脱掉叫我咋个想得通？我想一万年也想不通！"又说一阵，陈明贺才去了。

孙平玉还在唠唠叨叨骂个不休，提起他今天从荞麦山跑回来，火气又来了，就跳起来打孙天俦。陈福英见势不妙，忙来拉，拉不住。孙天俦挨了两脚。孙平玉觉用脚踢不过瘾，回头找棍棒，陈福英急了，哭骂道："你要死了，你一个人去死！你死了老子家娘几个慢慢地过！留着你硬是不得下台了！你舍不得他用掉你几文含口钱，就叫他还你嘛！他是个人，你以为你的几文含口钱都还不起？"孙平玉伸手道："还来！你说还得起就还来！"陈福英说："还得起的，你以为就还不起了？"孙平玉吼道："你说还得起，那就还来啊！"陈福英不理，扶了孙天俦坐下，就问孙天俦："你是咋个考的呢？咋会分高还考不起呢？"孙天俦说："我想读高中，考个大学。"孙平玉应声说："你这下去考你的大学去！鬼大二哥还供你！老子不耐烦供了！你一辈子吃屎老子也不耐烦管了！"见陈福英守着孙天俦，自己是无法得逞，就丢了棍棒，进屋睡去了。

孙富民等把晚饭煮熟了，叫陈福英吃，陈福英不吃，孙天俦也不吃。叫孙平玉，孙平玉不理。连叫几声，孙平玉吼道："要滗血各人滗！老子把粮食从地头苦在屋头来了，你几爷崽瞟现成的都不会滗？硬是要老子来喂你们？"几人只好埋头默默地吃。陈福英想孙平玉早上去荞麦山，来回跑一天没吃东西，又急又气，饿坏了，就叫："要滗血还不起来滗？这几个小娃娃煮熟了喊你，你还不得！当真你会苦粮食了，别人不会苦？"孙平玉吼道："耐烦要你管？你会管得很，这个家就请你来管！"

陈福英也饿了，就吃了两个洋芋，教育起一帮儿子来："任说不信嘛，见了没有？"

次日孙平玉一见孙天俦，又骂起来了："你这贼养的天天哄我这憨农民！像哄猪一样，哄嘛！哄着谁了？还会哄着我？现在师范不在了，谁的损失？老子无所谓了，再过过一二十年，就是六十来岁，一闭眼睛就好了！你这些小杂种呢？地是好挖的？农民是好当的？一年到头苦死苦活，你出去问问有几家粮食够吃？昨早上我去赶街，和王光文那个亲家同行，他现口无粮，到荞麦山去找。他现在借了一百斤苞谷，再过几个月挖洋芋，就得还五百斤洋芋！还得背到荞麦山去！五百斤洋芋呀，亏惨了！一百斤苞谷才十五块钱，五百斤洋芋二十五块钱。吃亏便宜，送来送去都是小事！求人难求，扳人的下巴壳难扳啊！还不知谁会借给他！他路上就跟我讲：'平玉啊，我是无法了！地头十年的生产，不够还我一年的账。不是看着几个娃娃可怜，我死了他们连个出去帮他们讨口的人都找不到的话，我真想一闭眼睛跳岩算了！人死烂账消！我一死了，别人也就不会向我的儿子要这些破账烂账了！我活在世上的作用，就是还可以厚着脸皮，帮几个小娃娃出门讨口啊，再帮他们讨几年，他们自己能出门讨口了，我是准备跳岩了！'你几个小杂种听听，这话有多惨啊！"

骂着骂着，孙平玉又怀念起他的羊来了，那群羊之所以被卖光，罪魁就是孙天俦。于是老账新账，新仇旧恨一齐涌来，想到哪里骂到哪里。好多不怪孙天俦的，也怪孙天俦了。屋里的家什，往天不觉得碍路的，如今也觉碍路；不是孙天俦放的，也说是孙天俦放的，就罚孙天俦捡家什，或罚孙天俦去大红山背柴。孙天俦上了大红山梁子，眼望则补，心中凄凉。对晏明星既思念，又难过，更觉与晏的差距之大！晏有不读师范的道理，他孙天俦、吴明彪等没有不读师范的道理。晏能考师范而不考，晏的父母唯恐其考师范。而吴明彪、吴耀军、谢庆胜、周国武及他孙天俦这帮人呢，就比晏明星等惨多了。晏明星、史元洪等考个高中，他们的父母的石头会在他们头上翻飞吗？吴光兆、吴明献等，比之晏、史的父亲，也不知惨多少倍啊！

　　孙天俦背柴回家来，吃饭时孙平玉看见，又骂了："你是神经失效了，煮熟的鸭子放飞掉！你嫌我养你养得还不够？我哪点责任还没尽到？你说！一生下来就天天哭，哭到三岁脸都哭了开麻皱，今晚上抽气抽气的，明晚上抽气抽气的，万人说不会活了。找医生，找草药，找人翻书看关口，又是过房，又是拜祭，想不到的都做到了。那两三年我就被你折磨个够，给你起个孙富贵，你还嫌不好，改成什么孙天俦！我这个憨农民硬是没得一点学识？你硬是瞧不起了？全村子都在说你这个名字，怎么要当老天的仇人，你硬说你不是天的仇人，是天的朋友。你既是天的朋友，现在老天怎么不来帮你考取师范？你不是老天的仇人，老天会无缘无故发疯使你考得起的也考不起？天天有人跟我说，怕是怪你的名字起糟了，今天马蚊蚊又说：'老表，听说你家儿子本来考取大学了，当官的一看，是老天的仇人，赶紧说"不敢要，不敢要"，就考不起了。是不是这样的啊？叫他赶快改个"孙荣华""孙富贵""孙当官"之类的名字，当官的就会要他了。'人家还不知你本来就叫'孙富贵'呢，还叫我赶紧给你改成'孙富贵'！老子的苦处你知不知道？你只想你要读大学，你不想想老子连中学的门都没进过。你只图你好，就不体谅老子？王元景有供他儿子读大学的道理，老子没有这个道理！老子哪里配有这个道理？王元景领工资，老子在农业上，你竟拿老子跟王元景比！你小杂种一辈子心高气傲，高个屁！傲个屁！"

孙平玉越骂越远:"前三十年看父敬子,后三十年看子敬父。可怜包老文和包老志,亲弟兄俩。张家办酒,满屋的人。包家和张家是亲戚,于是包家唢呐火炮地去。到张家门口,两弟兄推让一番。包老文想自己人穷了,一年到头饿饭,儿子又不成器,而包老志儿子在小学教书,受人尊敬,就要包老志打头。包老志想自己是兄弟,无论如何也不上前,终归是包老文上前。火炮一响,张家满屋的人忙站起迎候。包老文一脚进张家的门,一样声音没有。包老文只好站在墙角。包老志第二个进屋,马上满屋'二爸来了''二舅来了',一些手来拉,一些手来扶,扶到火塘里边板凳上坐下,一些手递烟来,一些手递酒来,一些手递茶来,包老志想接,根本忙不过来。包老文一看,心酸了,急忙溜出门,跑回家就哭。按理他是大的,要尊敬得先尊敬他,再尊敬包老志。但人家不尊敬你,你有什么法?包老志只好批评张家'你们为何尊敬我而不尊敬我大哥?'这个社会分层次得很!你无能了,谁理你?你老祖以前最恨我们这一家人弱,说:'人要是无知识,只有点蛮力气,活在世上就无益了。要犁地,买条牛来就可以了;要背东西,买匹马来驮就是了;单为犁地背东西,牛马比人还方便!要人干什么?之所以要人,是因为人有知识,跟牛马不同!'"

陈福英见孙平玉越骂越无边际,说:"你小声点!自己骂起不觉意!别人听着麻酸筋死了!考不起第二年再去考。那些小学生还不是考多少年才考取初中。像孙国达连考六年才考取初中,老大爸打他没有?以前逢年过节爷爷、爹爹都在讲:某家某个连考三四十年才考取状元,有的考到六七十岁都考不起,爷爷、儿子、孙子一起去考!都按你的想象,那世上的人都是官了,那谁盘生产来养这些官?你骂一天两天就可以,骂十几天了还不歇气,你要骂到老死?供也供他到这个地步了,有什么办法?你硬是不饶,那只有把他打死了!他今年都考得起,明年也一定考得起!开学就让他去补习!你不放心他填志愿,那你去填!总可以了吧?"

孙平玉终于哑口。过上一阵,终是刻骨铭心,耿耿于怀,实在想不通,又骂起来了。陈福英说:"你有耳性没有?我说了明年去考,不放心你就去填志愿,还不行?是人都是会犯错误的,只有你不会犯?你以前也读过书,听爹爹妈妈说下来,语文考二十分,数学考十分,富贵从来没考过什么一二十分!你咋不考个师范来?给你这帮儿子做个榜样!儿子跟着老子学,怪他们还是怪你?"

孙平玉的伤疤被揭了,火冒三丈:"我不怪你,你还来怪我!都是你惯适的!以前他躲学,我要打,你硬拉着不准打!在荞麦山读书,我说要艰苦,要艰苦,是哪个瞒着我一块一块的瘦肉煮给他?他还没出门,就号丧滴夺地送!人到学校了,今天请人带油给他,明天请人带肉给他。隔几天又要跑到荞麦山去看他。看又不会看,尽是拉着'瘦了瘦了'地号丧!他是去读书,不是去吃酒!不瘦还行?你又煮瘦肉又哭,他不是天天想着家里?哪还有什么心肠学习?那些在学校里吃胖了的学生,哪个读成功了?我不追根究底就好了,你还来追我的根!你要负这种种责任!他考不起师范,我就要问你要师范!好了,你怕他瘦,这下考不起回来,我就请你一辈子养着他,把他喂成个胖子!我没本事,考不来个师范,做不成榜样!那请你来做!"陈福英哭道:"富贵还不艰苦?你给他好优越的条件了?别人穿新衣裳,他穿旧衣裳,你还嫌他不艰苦?你要他身上一样不穿去上学才是艰苦?别的学生回家,一个星期一二十块钱,你给了富贵多少钱?硬是要他饿死才是艰苦?"孙平玉理屈词穷,火绿了就把锄头丢在地里,回家了。

陈福英哭一阵,就叫孙天俦:"你还挖哪样?这地是挖得完挖得尽的?在农业上,莫说一辈两辈,就是十辈八辈人也挖不完!孙家几辈人、陈家几辈人,在法喇挖了一两百年了,挖到个什么了?再苦再累我们挖,求你好好地读书了。你看你爹一火绿,就怪我给你吃好穿好了。你吃在哪里,穿在哪里?你又吃掉他些什么,穿掉他些什么?年年穿烂衣裳烂裤子去学校,我只想你还小,还不会在姑娘面前害羞。要是大一点的,咋办?一去学校我见那些学生都比你穿得好,心就寒了,才想办法给你买件衣裳!裤子我还买不起,是你三舅见我买衣裳给你,说:'姐姐,你不要买了,街上打了卖的,贵得很!我叫冷树芳打一套给富贵。'这样你才有了套新衣裤!娃儿,你们投生投错了，生在这个穷窝里是无办法了！爹妈也是无办法，对不起你们！愿你们二世投个好人家去，过好日子好生活！你也要体谅你爸爸，你爸爸也可怜得很！我看全村子最可怜的就是他了，穿的不像穿的，吃的不像吃的！他又直又笨，心头一想不通，只会打人骂人出气。可怜他也靠不着什么人，想不出什么办法，什么事情都只有靠你自己。你还不去荞麦山问问，看你能不能考个高中？考得起怎么办，考不起怎么办，你要赶紧打主意啊！你硬是要做牛做马，在这农业上苦一辈子？"

孙天俦流着泪，跑回家去，洗了脸，捡几个冷洋芋揣了，就要出门。孙平玉问："要去哪里？"孙天俦说："我去街上问问高中的通知书来了没有。"孙平玉道："我以为你硬是等着要我帮你去问啊！你听好，要是录取了，我也供你！录不取，我供你补习一年！补一年都还考不起，不供了。你明白我也无办法！你要叫我帮你丢石头打天，我愿意帮你打，但怎么打得着？"

孙天俦到荞麦山，高中的录取通知书已到荞麦山了。秦光朝见到孙天俦，就发火："你是蠢到家了！你读了师范，以后可以进修大学嘛！脱产、函授、自考都行。你的情况，不是要一下子考个什么大学，而是要赶快读出来，减轻家里的负担。你几个弟弟还要读书啊！你爹不是只供你一人！高中三年，大学四年，要多少钱？在我们这些穷地方，首先是生活，其次才是事业。我们比得起人家城市里的人？他们生活不愁，所以才谈事业。搞事业也比我们有条件，有关系，有背景，有后台。我们有哪样？你以为凭一腔热血就能干事业？"孙天俦想想，自己实在对不住父亲，便说："我干脆补一年习，考师范，这样只需要四年。"秦光朝说："不必了。凭你的素质，你该读高中。只是凭你的家境，你才该读师范。到现在这一步，你就坚定信心读高中算了。从今天开始，全力以赴，花大力气，你能否考取大学，还是未知数啊！"

孙天俦回家的路上，又翻来覆去地想。他爱走极端，考师范，发展有局限。这次即使考取，也是失败。而读高中，才是全胜之道。虽给家里带来一时的困难，但最终带给家里的会是比考师范更大的辉煌。他想，要么当伟人，要么当农民！绝不当师范生！但回到家以后，心又略有动摇。孙平玉天天情绪低落，每晚失眠，怨自己睡不着，有时半夜起来干活。孙天俦良心受到极大的谴责，想一时轻率，给父亲造下这样大的苦痛。

第四章 拒婚

瞒父报高中

二十二 单刀赴会

  郑朝斌的分数，比录取预选线高零点五分，同班戚老师之弟戚国文，比郑低零点五分，就是预选线。体检过后，进行录取时，到郑朝斌这里，人就够了。戚家着急了，见前面的都是县城的人，关系比他家硬，不敢动。唯独郑家是法喇人，没有关系，就活动了，借口郑朝斌手是疤的，将郑废掉，录了戚国文。那郑朝斌小时，割草不慎，将手掌内割去了一块，长大后，留了拇指尖大的疤。这本是谁也不能发现的，即使发现也不碍事。郑参加体检，就没检查出来。郑、戚同班，平时打扑克时，不经意发现郑手心有这一小疤。如今到县教育局活动，戚家的亲戚拼命找郑的弱点，找不到。戚国文也天天想郑的弱点，后说郑手心这一疤。但体检表上，郑都是合格的。戚家硬欺郑家无人，抛开体检表不管，叫了郑去验过，篡改体检表，言郑手部有伤，以后当教师，有损教师形象，就废了郑朝斌，录取戚国文，而将郑录入高中。

  郑家唯一能靠的就是吴家，郑元顺之妻是吴光友长女。吴光友之子吴明光在黑铁供销社工作。郑元顺跑去求吴明光，吴明光无奈，跟着跑到县上，不起作用，就跑回找吴光耀。吴光耀召集吴明献、吴明雄等商议，左右为难。不帮忙，丢了吴家的名声；要帮忙呢，又无什么掌大权的亲戚，帮不上忙。

孙平玉听了，大吃一惊，才不骂孙天俦了。他想的是吴家那么大的势力，尚且无法，何况孙家！孙天俦仅比郑朝斌高零点五分，即使孙天俦录上了，戚家不收拾孙天俦，就收拾郑朝斌，但自己比郑元顺更无势力，戚家必收拾孙家，孙家也无办法。

吴明雄在厂里生病，病休回家。吴光耀家把吴明雄回家当一桩挽回不能帮郑家丢面子的大事来抓。但吴家其他支派，都不来凑脸面。吴明才家，与吴光兆等更亲，与吴光耀家，分支已远。吴光兆等无动于衷，吴明才也就不想去迎吴明雄了。干斤斤说："和尚！你以为你不求人？孙富贵万一考取不要你姑娘，你咋办？"吴明才就问："那要怎么办呢？"干斤斤就买了火炮，参与吴光耀家去公路上迎接吴明雄，将怀里的火炮不断掏出来炸得疯响。陈福英正从地里回来，见干斤斤也在迎接的行列里，脸色就变了，叫孙平玉："你看看。"孙平玉看了，脸也沉下来，说："这不是向着我们来的？"

干斤斤卖力为吴明雄争脸面，吴明雄感动了，说："妹子，农业上的人，哪家有得很？这样浪费，二哥不好意思啦！你空着手来迎二哥，二哥都感谢不尽了！莫浪费了，莫浪费了！你衣兜头那些火炮，不要炸了！"干斤斤不管，硬将火炮全炸光。吴明雄说："给明才说，有什么事，只管找二哥！二哥帮得上忙的，绝不推辞！是一家人嘛！"干斤斤急忙感谢："不靠二哥这样的大树，还去靠谁啊？古话说'大树底下好歇凉'嘛！有风吹大坡，有事找大哥！以后是要来找二哥呢！"吴明雄平时大话连天，此时又欺吴明才家无什么本事，就说："你家也不会有什么大不了的事！天大地大，顶多孙平玉家儿子不要你姑娘，只消我哼一声，孙平玉就不敢动了！"干斤斤不料吴明雄如此说穿，着急了，但不敢拂吴明雄好意，忙感谢："那以后是要来请二哥哼一声呢！"吴明雄来劲了，说："不消以后！我现在就帮你哼了！你看着！"就轻轻哼了一声，笑道："咋个样？我已哼过了！孙平玉敢不要？"干斤斤又忙感谢。

迎接吴明雄的人，都被吴明雄如此欺侮孙家吓住了。按吴家常规，这并未欺孙家过分，只是重复从前欺负孙家的方式而已。从前吴光耀欺孙江成，都是这样欺的。孙江成胆小，不敢反驳，但这恰恰又是他的成功之道，以是平平安安当了一生的支书。如今吴明雄如是说，孙江成并不以为然。就是孙平玉，几十年来这样的话也听惯了，然而对孙天俦来说，这是第一次。

此事又被当成法喇一大新闻，立即传开。全村人道："孙家被吴明雄欺负干净了！"孙平玉、陈福英得知，闷着头气。孙天俦立即道："马上退婚！"孙平玉吼住孙天俦："想都还没想好，你就跳起来了！你去退嘛！有这么好退的？你惹得起吴明雄？"孙天俦道："我惹给你看！"就进屋提了斧子，要去找吴明雄。孙平玉跑来给孙天俦一耳光，骂道："你了不起！世上只有你行？吴明雄咋个欺负你了？"孙天俦脸上火辣辣的疼，也火了："你只在家欺得起我！出门你敢欺哪个？吴明雄放个屁，你就不敢动了！这不是你的事，这是我的事！你让开！"孙平玉的短被揭了，暴跳如雷，提了棍子就来打孙天俦，孙天俦就跑，仍愤然道："我说了：你只敢打我，你不敢打别人！我不敢打你，但我敢打别人！"陈福英一边拉孙平玉，一边骂孙天俦："他是你爹啊！你这样说他！"孙平玉伤心过度了，见陈福英拉着他，就给陈福英一棒，然后挣脱，拼命追孙天俦，石头黑压压朝孙天俦砸来。孙天俦也怒到极处，站下来，不避石头了，说："死了也算了。"立刻就有一个大石块砸在脖子上。孙平玉追上，棍棒打来，孙天俦腿上挨了一棒，感觉脚就断了，就咬牙抢孙平玉的棍子。父子俩就咆哮不已，扭打起来。

陈福英被孙平玉一棒，就觉一只腿不在了，跌倒下去，哭道："要死，你爷两个去死！老子不管了。"后见孙天俦挨了几斤重的一石头，父子俩又扭打起来，忙哭向孙富民喊："还不快去喊你外公？你忍心让你大哥被打死掉？"孙富民忙哭着跑，边跑边喊："外公！外公！"孙富华也忙哭着去喊孙江成。

孙天俦扭不过孙平玉，又挨了两棒，感觉两腿都断了，倒在地上。孙平玉余怒未消，仍用脚踢孙天俦。孙天俦问："你只敢这样踢我，你敢踢吴明雄？"孙平玉骂道："老子干脆打死你这小杂种算了。"陈福英见儿子被打得不行了，就忍痛站起，进屋提了菜刀来，要和孙平玉拼命。孙平玉才丢开孙天俦，来抢菜刀，又和陈福英扭打起来。孙天俦想站起来，但站不起来，就爬来想劝开，但哪里劝得开！

陈明贺和陈福达老远就喝骂着跑拢了。孙平玉生平怕外人，急忙住手。陈福达捞起两袖，就要来打孙平玉。陈明贺忙吼："陈福达！你信不信？"陈福达才不动手，指了孙平玉骂，孙平玉就骂着走了。陈明贺扶陈福英，陈福达背孙天俦，回孙家来。陈福达见陈福英腿上一寸来宽、两寸来长又黑又肿的一痕，又嚷："等老子把孙家这杂种打死再说！他只打得起我姐姐，怎么不敢去打吴明雄？"提了棍棒去找。孙平玉听陈福达在找他，忙躲到孙平文家，一夜不敢回家。陈福达找不到，才骂着回来。

陈福全、陈福宽也来了。陈明贺爷四个找了药来给陈福英母子或吃或贴，然后坐在孙家火塘边，从孙家祖宗三代骂了下来。孙江成家见陈家爷几个来了，生怕找他家算账，大门紧关，不敢出来。骂到半夜，陈家爷几个才去了。

孙天俦身上全是又青又紫的伤痕，躺在床上，处处像被刀割着，被打时全身麻了，不觉疼，如今才回过来，钻心地痛。他既为受辱愤恨，又为自己有一个极日脓的父亲而伤心，泪如雨下，几次想站起来，离家远走了。陈福英见他穿鞋子，问他要去哪里。孙天俦说："我要远远地去了！"陈福英就挣扎起来拖住，哭道："你爸爸在这里被这人践踏来，那人践踏过去，正指望你！你走了他更要被人欺负了！"孙天俦哭道："我在家也不起作用！像这样我要去打，他不许我去，在家也枉然！"陈福英说："他是一辈子的小胆子人了，无办法！你硬是要他一下子胆子大起来，咋个可能！你可怜他，不理他就行了！"孙天俦只好又躺下，一旦又愤恨这个家时，又欲走了。但陈福英已叫孙富民等守着了，他哪里走得了。

天明，陈福宽等来望，又骂："孙家人就是日脓！该让富贵昨晚提了斧子上吴明雄的门。吴明雄他敢怎样？只消这样搞上一两次，赌他还敢再哼！就是一次欺孙家，孙家不敢动。二次欺孙家，孙家不敢动，他胆子当然越来越大，把孙家不当人地欺了！孙家人是自己把自己欺弱了！像昨晚上这样子，吴明雄听见，更要欺他孙平玉！"

孙平玉请孙平文到他家瞅着，硬是等陈福宽等走了，才回家来。全家人都不理他。他面青脸黑、憔悴不堪，极其猥琐，在屋里灰溜溜转一圈，就背背篓割草去了。孙天俦看见，又可怜起父亲来。想父亲的确可怜，他怎么敢去惹吴明雄！要惹得自己去惹。这个家，以后得自己来当！就走出来，陈福英问去哪里，孙天俦说上厕所，即跑下坡来，到孙江成家，说借斧子砍柴，借了斧子，直朝吴明雄家冲来。吴明雄正在大门处跟人吹牛，见孙天俦来了，大惊，忙朝里面跑，惊叫关门。孙天俦到门前，大门已关。孙天俦就在大门外喊："吴明雄狗杂种！你出来哼给老子看！"吴家不应。孙天俦就在门外，破口大骂，吴明雄仍不应。孙天俦就以石块击吴明雄家瓦房。旁人想来围观，但不敢来，只远远地听。

吴光耀、吴明献、吴明章等来，远远地站着，怒火万丈地盯着孙天俦。吴明献压着愤恨威胁说："富贵，你二舅怎么惹你了？你这样骂他，打他的瓦房，你要想想后果啊！"孙天俦道："吴明雄这个狗日的！他说他哼一声我爸就不敢动，我来找他哼！"吴明献说："你二舅不可能这么说！你是听谁说的？你找不出依据来怎么办？"孙天俦见他越发威胁，也厉声问："那你想怎样？"吴家人越来越多，吴光耀的孙子、外孙等一大群，都骂孙天俦，喊把孙家这小杂种打死，跃跃欲试的。吴明献等装作劝，欲压降孙天俦，就说："你还要问大舅怎么办啊？大舅正想问你呢！"孙天俦说："任由你！"吴明献咬牙道："小伙子！我警告你！你想跟吴家作对，嫩了点！我劝你不要冲动！规规矩矩向吴明雄认错，对你有好处！否则你走着瞧，有好果子给你吃的！"孙天俦想：敌强我弱，不对劲！必须豁出来干！做好多拼几个的准备！就说："不消走着瞧，现在就瞧！来！"即执斧而待。吴明献大怒，指孙天俦道："小杂种！是不是真的？"孙天俦挺胸骂："老杂种，来啊！"吴明献已无退路，即朝几个儿子喊："上！消灭孙家这个小杂种！"吴明章也叫几个儿子："上！"吴明义也叫几个儿子："上！"

吴明芝嫁与崔绍采，也叫几个儿子："上！帮你几个老表！"吴光耀本人，听诸孙从买来的小人书上读到有岳飞的岳家军和戚继光的戚家军，便也名诸孙为"吴家军"。自以为吴家王朝的皇帝、吴家军的总司令，吴明献家为第一军，吴明雄家为第二军，吴明章家为第三军，吴明义家为第四军，吴明洪虽才结婚，也是未来第五军，另以两个姑娘家为"吴家军"的"志愿军"，专欲在村里称霸。当下吴光耀怕逼近了伤了诸孙，就命："一人三五个石块，就可把孙家这小杂种埋了！不要逼近，用石块打。"吴明献也道："你们一人丢几个石头，就成孙家小杂种的坟堆了。"一时十多人围上，各执刀斧，但都不敢冲拢，围成一圈，向孙天俦扔石头，石块如雨而下。孙天俦先想敌多势众，自己宜近拼。但这样冒险甚大。而只要自己边打边撤，光荣退回，孙家就胜利了，犯不着去冒险。因此他边捡石头还击，边忙朝吴明雄家房后退去。诸人随石块压进，越压越紧，孙天俦被压朝吴明雄家房后。没想房后是个洼塘，周围都是高墙大院，无有退路。地利已被"吴家军"占去，吴光耀即喊："分两批，屋后去一批，把这小杂种压过来，我们在房前消灭他！"

　　人分成两批后，石块从两面来，孙天俦抵不住了，对方越压越紧，想到压上来的结果是什么，立时身上的水分，一时冒出，汗顺手脚流，心在狂跳，腿在发抖。孙天俦想：这样就坏事了！忙咬牙握拳，连呼："镇定！镇定！"心刚一定，怕再犹豫，忙对自己下令："事到万难须放胆！冲锋！"就提斧冒着石块，口中"嗒嗒嗒！嗒嗒"地吹起军号，一手扬斧如执大旗，一手像电影中身先士卒的连长向后招引部下，跃将出来。吴家诸孙以为孙天俦欲逃，大喜，忙用石块狙击，欲把孙天俦阻住。孙天俦挨了几石块，血出来了，仍冲不止，吴家诸孙仍以石块狙击，但孙天俦不顾，越冲越近。吴家军大骇，阵脚渐乱。孙天俦仍不顾性命往前，吴家军大败而逃。孙天俦就不正面冲了，朝吴光耀、吴明献等冲，大呼："吴光耀，拿头来！"吴光耀边呼诸孙："过来消灭这小杂种！"边往后逃。吴明献等边逃边以石块还击孙天俦，孙天俦不管，只闷着头嘱自己："生命不息，冲锋不止！"吴光耀等各忙朝家里狂奔。孙天俦追到门前，大门紧闭。孙天俦返回，追吴光耀诸孙，吴家诸孙各自飞逃。

全村被惊动了。孙家全族知孙天俦与吴家对峙，各忙闭了大门。孙江成关了大门，手足无措，连呼："养虎伤人，惹大祸了！"忙烧香焚纸朝供桌前叩头，说："请老祖宗保佑我孙家！"田正芬等急得发抖，直骂孙平玉孙天俦。孙江才、孙江华、孙平文等得知，高兴得只恨不能去替吴家军摇旗呐喊、擂鼓助威，迅速灭了孙平玉一家。陈福英知了，手脚慌乱，就叫："天也！"哭叫诸子："你大哥被吴家杀了！快提刀子走！"全家人提了刀子哭着随陈福英跑下坡来。陈福英去叫孙江成，孙江成家大门紧闭。又找孙江荣、孙江华、孙平文，家门也是紧闭。陈福英忙带诸子携刀斧朝横梁子跑。孙江成等陈福英家去了，才说："快开门叫陈福英，舍孙富贵一个人算了！"孙平元等紧紧拖住，不让开门。

陈明贺爷几个听孙天俦被吴家包围，急得手足错乱，跑拢商量，无法决断。要去和吴家拼呢，不是吴家对手。陈家能上阵的，只是父子四人。而吴家吴明献与孙江成同岁，吴明雄比陈明贺大三岁，吴明章与陈明贺同岁，吴光耀的孙子年纪超过陈福宽的就达五人。孙江成家、陈明贺家人口并起来，尚差吴光耀家五六人，能上阵打的也差二三人。缺了孙家，陈家父子的力量仅及吴家三分之一，若去硬拼，不单救不了孙富贵，且还要全家跟着遭殃。大家商量一阵，决定不救孙富贵，而忙去保孙平玉、陈福英等，舍小救大算了。陈明贺说："孙富贵必死无疑，救不出来了。吴家杀了孙富贵，必然去围孙家。现在去救你姐姐和几个外甥！把他们救过横梁子来。吴家追来也不怕。"即提刀扛棒奔黑梁子救孙家。正遇陈福英来，陈明贺哭说："福英，富贵是无望了！我们不去救他了！你和几个外孙来了就好！我们与吴家无论如何拼，都会保你们母子！孙平玉是大人，他自己能逃出来，一定会逃过横梁子来的！"陈福英挣扎着要去救儿子，陈福全等拼命拉住，哭说："姐姐，不是我们不救外甥，到那里一定晚了，吴家有准备，我们无准备啊！要是都有准备，我们会怕吴家？打就打嘛！事出意外，一样准备无有，想救救不

孙天俦想：这样就坏事了！
忙咬牙握拳，连呼："镇定！镇定！"
心刚一定，怕再犹豫，忙对自己下令：
"事到万难须放胆！冲锋！"
就提斧冒着石块，口中"嗒嗒嗒！嗒嗒"地吹起军号，
一手扬斧如执大旗，
一手像电影中身先士卒的连长向后招引部下，
跃将出来。

了！"然后死死拖住陈福英。陈福英量定儿子一定死了，晕了过去，陈家又忙救她。

　　孙平玉正在山上割草。听村内吵骂之声，先不在意，还说："看来世上难过的人，不只我一个啊！"后听吵闹声中，有声音是孙天俦的，才忙站起听，又听出对方是吴光耀等的声音，慌神了，抓起镰刀就跑，边跑边骂孙天俦。近村，才听已打起来，吴光耀大声指挥的声音，急得边跑边哭，想镰刀不起作用，忙回家提斧。隔家老远就喊："富民、富华，快去救你大哥！"冲进屋一看，屋内一片乱，人全不在了。孙平玉急得一惊："天也！全家都死了！"以为陈福英等去救孙天俦，必死无疑了。他找不到刀斧，就冲下孙江成家借斧。孙江成家大门紧闭。忙拖一根大棒就奔吴家。隔老远见吴光耀长孙跑过来，孙平玉就冲上去："杂种！一命还一命！"吴光耀长孙已被孙天俦把魂吓飞了，见孙平玉来，忙朝旁边逃。孙平玉舍了，朝吴家跑，老远见孙天俦还活着，大喜，连哭带喊："富贵！爸爸来了！"人都冲散了，父子俩冲到吴光耀门前骂一阵，见胜利已到手，才回家来。

　　陈家以为吴家收拾了孙富贵，到黑梁子找不到孙家，必来横梁子找，全家老幼，全副武装等待。久见无动静，才请陈明益出来探看，方知吴家败了。他忙跑来叫父子俩到横梁子。陈福英见全家无恙，才喜极而泣。一家人在横梁子庆贺胜利，至晚才送孙家回家，又庆贺不已。陈明贺笑说："我这外孙命大啊，命大啊！"陈福全对孙平玉说："大姐夫，咋个样？就是要豁出去干！要是孙家这帮猪今天趁机全部冲出来，以后谁还敢欺孙家？"于是又骂孙江成、孙江荣家。陈福宽说："趁这个机会，跟吴明才家退婚，不然以后麻烦！"天黑了全家才煮晚饭吃。吃到半夜，陈家爷几个才回横梁子。孙平玉怕吴家来复仇，一夜在外放哨，孙天俦说："不会来。"孙平玉说："你以为世上的事这么简单？"吴家果没有来。

　　孙家第二天就请了媒人，要求退婚。吴明献得知，怒得跳了起来，就要去找吴光耀，商议压吴明才家不许退，如孙家硬要退，就叩黑梁子攻孙家。其长女吴耀敏已十三岁，就叫："爸！孙家退不退，跟你有什么关系？就让他们退嘛！"吴明献吼道："你懂什么！"就出门。吴耀敏就挡住其父，吴明献盯着女儿看，说："你想保孙家小子啊？"吴耀敏说："你说我保，我就保！"吴明献又看女儿两眼，忽然大悟，拊掌大笑："噢！我明白了，你想乘虚而入啊！"就拉过女儿，抚其头道："将门出虎女，不愧是吴家姑娘！"就拉女儿坐下，问："你喜欢孙家小子？"吴耀敏脸红了，嗔道："你先答应我，我才答应你！"吴明献说："等我和你爷爷、几个叔叔商量了再答复你。"吴耀敏说："无论你怎么商量，都得答应我！不答应我就和你拼命！"紧随着吴明献。吴明献就问其妻："耀敏是不是想嫁孙富贵？"其妻说："孙家与吴明才家退婚，跟你什么相干？为别人的豆子，炒烂自己的锅！干拣得被孙家小娃儿来骂祖宗三代！吴明雄口叉黄潭①，干拣得被一个奶娃娃又骂祖宗，又打房子，哪块脸见人？耀敏天天和陈福英在一起，你不是眼睛瞎了耳朵聋了，看不见听不着？"就不理吴明献。吴明献就坐着沉思，吴光耀已冲来了，叫吴明献："去叫你几个弟弟来！我听说孙家要退婚，坚决不许！压住吴明才家！孙家敢反，打上门去！"吴明献道："爹你怎么想的了，我养姑娘，为了什么？你就不为你的孙女想想？"吴光耀吃了一惊："你的话什么意思？"吴明献道："你不见耀敏十三岁了？男大当婚，女大当嫁，你不为她着急？"吴光耀张口"嘀嘀"两声，恍然大悟，低头想了一阵，说："问题是刚和孙家结仇了，有这么容易？"吴明献说："反正也没把握，试着看！"吴光耀说："你自己拿主意！我认为成功的可能性只有一半！"

吴明雄得知，也急得跳了起来，要去找父亲和诸兄弟商量如何收拾孙家，其妻道："万人养子女，未先不先就为子女考虑！只有你蠢到家了，一点不为子女考虑！"吴明雄骂道："岩羊蹄子！有给你张嘴的？老子姑娘儿子都会养，还不会考虑，赶快闭住你的猪嘴，不然老子拿两柴块给你吃！"其妻道："你会考虑个屁！你这种猪脑壳！我说了你还不懂，等你识过称来，姜都卖完了！我提醒你，你眼睛瞎了，不见我

---

① 口叉黄潭：吹牛说大话。

们耀凤和陈福英关系有多好？"吴明雄道："你想让孙家与吴明才家退了，再把耀凤嫁孙富贵？"其妻道："不是我的目的，是你姑娘的目的！你去问你姑娘！"吴明雄道："她跟你讲的？"其妻道："你这种憨猪脑壳，她不跟我讲，还敢跟你讲？多少人巴不得孙家和吴明才家退婚，好为自己的姑娘作安排。只有你这憨猪脑壳，干斤斤一巴结你，你就冲昏头脑，帮干斤斤哼了，跟孙家结仇，好事干成坏事！"吴明雄说："莫说这事一点基础没有，即使有基础，但吴家现在跟孙家闹得水火不容，也搞不成了！你莫妄想了，早点打消这个念头！"其妻道："妄想不妄想，都不是我的事，是你姑娘的事！我只是把她的想法传达给你！"吴明雄道："我的名誉呢？她只图她的好处，我不图我的好处？当时不小心，确实哼错了！但事到如今没办法，再错也得错到底了！如果这小婚真退掉了，我吴明雄哪块脸见人？"其妻道："你既知哼错了，就收手了嘛！你还要错到底，哪家的爹妈不为姑娘考虑？我只怕你对你姑娘也错到底！想后悔也后悔不了！你怕无脸见世人，却不怕无脸见你姑娘？"

吴明雄犹豫不决，问："那你实在地告诉我，这事情有多大希望？没有百分之八十的希望，我劝你早点断念头，我好安排我的事！"其妻道："把握有多少我也晓不得！要你姑娘才有数！只是我平时观察，陈福英对你姑娘还是很满意的！"吴明雄说："那真得问我姑娘了！"就叫吴耀凤来道："耀凤，你的要求你妈说了。爹不是不为你考虑，但爹做错了事情，无可奈何，只得烂船下陡滩，以烂为烂了。现在吴明才家这桩事，事关你爹一生的名誉，也关你爷爷的名誉！按理无论如何要镇压住孙家才行！但你又来扰乱我，爹为你考虑，现在问你：你有没有百分之百的把握？没有这个把握，爹就劝你算了！爹的名誉要紧，你也有责任为你爹争名誉！"吴耀凤红了脸，半日不说。

吴耀雄明白了，叹息而起，在屋内徘徊。下午又问吴耀凤："爹打不定主意，你说一声，爹听你的！"吴耀凤脸红成一张金纸，说："那就由他们退吧！爸爸你不要管就是了！"吴明雄满心希望女儿打消念头，不料这样答复，丧了脸，站出门去，长吁短叹，良久，对女儿说："耀凤，爹是对是错,都不论了!对是为你对,错也是为你错,爹都不会后悔!为你错,错到什么地步也值得!爹不管全村人如何评论,答应你了!我只要想到是为我姑娘而忍辱负屈,就宽心了。你也要争气啊,孙富贵能为他爹争气,你也应该能为你爹争气。"吴耀凤听了,喜得全身都在笑。吴明雄看了,深觉可怜,又站起去叹息。

吴耀凤哪里知其父心事,跑出去喜悦去了。吴明雄对妻子说:"可怜我这姑娘是在单相思啊!孙平玉那儿子,心高气傲,不可一世,怎么可能爱她?别的不说,单为这次吵闹,便肯定不会喜欢耀凤!"其妻说:"你不是说了为你姑娘错也值得?连为你姑娘错你都舍不得,那你为何为吴明才的姑娘错就舍得呢?"吴明雄叹息:"人这种动物好不可怜,比畜生还不如!畜生没有感情,过得很好,想吃就吃,想睡就睡,被杀了都还不晓得!人呢?被这感情折磨来折磨去,明知当奴隶,却不得不当!我不为我可怜,我为我姑娘可怜!她这是地地道道、一厢情愿的单相思,毫无结果,只便宜了孙平玉那小子!"就去找吴光耀说了,吴光耀脸色极难看,说:"吴明雄,事情是你干糟的!我们全家被你绑上这战车,闹得鸡犬不宁,险些出人命!你知道我至今未批评你一句!我近七十了,还为你奔波,为你争名誉!我这当爹当爷爷的为不为儿孙着想?要说我不为你姑娘着想,那是假的!我也同情你的处境!古人就说'可怜天下父母心'!我是过来人,一切都明白!这件事由你!你要同情你姑娘,只照顾了你姑娘一人,却损了全家人的名誉!要同情全家人呢,又损害你姑娘一人,你自己去想!"吴明雄明白父亲的意思,但仍说:"还是不管此事算了。"吴光耀痛苦地躺上床,扬手驱吴明雄:"你滚吧!"

吴明章等闻知,摩拳擦掌要攻孙家,找吴光耀商议。吴光耀已明长子次子心态,动摇不定,只得开会商议,意见对立,吵了起来。吴明献、吴明雄态度一致,反对干预,却推口道:"孙家是好收拾的?陈明贺那三个儿子是吃素的?"吴明章、吴明义各有一女,都才数岁,吴明洪子女尚无。这三人明白大的两人的心态,说:"你们的想法我们不明白？不过是想得孙家那小子当姑爷！为了你们的私利，丢了全家的名誉！"二人火了："要打孙家现在就走嘛！"这三人说："我们不想打了，要打也要你们两家冲在前头！"于是就吵骂起来，不欢而散。吴光耀虽不置可否，但情况明白，袒护大的二人。吴明章就叫吴明义、吴明洪："孙家如退了婚，吴家名誉何在？他们不管，我三人去管，打上孙家去！"吴光耀就叫三人来，骂道："你三人不得了了！以为我和你们的两个哥哥就不要名誉了，只有你们会要！他二人也是不得已啊，我也是不得已啊！你们还没尝到此中滋味！终究要尝到的！这是相当痛苦的，尝不尽的！我七十几了，姑娘儿子都成家了，现在同样不得不已还得尝！我求你们了，你们同情我这老者也行，不同情也行，你们自去看着办！"

　　事情已闹到这一地步，孙家既要退婚，吴明才家只得同意。因孙平玉家和吴明才家关系历来很好，到场后都说明情况。陈福英说："我们两家关系历来好，主要是半边人欺我家欺得气人，不然是不退的。这事情不怪你家！怪半边人！"干斤斤也说："这事情我们敢怪大姐夫和姐姐？你家也说明情况了！反正退就是了！富贵和小芬各找各的对象，但愿双方都找到合适的，就行了。"退之中，对孙家给吴家的一些小的东西，吴家要给，孙家不要。吴家退了孙家一百二十元钱，煮晚饭招待了孙家，孙家才回，以后双方和好如初。

　　这事件震动全村。吴光耀家面子受到一定损伤，但并不大。相反全村人因吴明雄家被孙天俦吓住时，吴家倾巢而出，相互支援，与孙天俦打硬仗，且必欲消灭孙天俦，吓垮了全村人，更怕吴家。吴家已是虽败犹荣，连孙平玉事后都畏惧说："这个杂种家惹不得，惹着一个，像老母猪带儿一样，一窝蜂就出来了。"孙家挣到一定面子，但也不大，相反孙江成等事件发生时的表现，更证明了孙家无能。吴光耀开头还每天吹："老子家有事时，老子近七十岁了，亲自带领全家人上！孙江成呢？你们好好听听！不是吹，孙江成永远在我的手心，他敢动？"后为挽回同孙家的关系，才不吹了。最后结束，全村评论："这场战斗没有胜者，也无败者。是孙家运气好，不然孙家必败无疑！十几个围着打一个，那种下死的打，公然没有打死。是孙家娃儿命大！换命小的，莫说一个，十个也完了。"最后，孙天俦冒死一战，反为吴家树了威。

倒是孙平玉，对儿子又敬又畏了。孙天俦感到，父亲看他时眼中已有几分惶恐。的确，在孙平玉眼中，孙天俦仿佛突然长大了几岁，跟一个十七八岁的伙子一样，能令他有一种安全感和寄托感了。孙平玉此后要叫孙天俦办什么事，突然变成了商量的口气，不再是以前命令的口气。孙天俦仿佛已是家里的半个主人，孙天俦想，自己想对了，以后就是要敢于当家，敢于做主！

吴明献、吴明雄计虑出此，架刚打完，就忙于和孙家修复关系。吴明献一见陈明贺，老远就喊："大爸，快进屋来坐！"请了陈明贺进屋，就解释说前面的事是一场误会，不影响双方的关系，双方应仍和好如初，请陈明贺告知孙家。陈明贺见事出意外，大喜，说就是该这样，回家与丁家芬说："这个杂种家怪招多得很，主意一天变一个！不知葫芦里又卖什么药！"丁家芬也弄不明白。陈福九说："这简单得很嘛！你们不见吴耀敏一见姐姐在哪里，就朝姐姐跑。姐姐扯猪草她来帮忙扯，姐姐挖洋芋她来帮忙挖，这下富贵与吴明才家姑娘退了，机会不是来了？"陈明贺、丁家芬说："是了！是了！"

吴明雄也忙和孙平玉套近乎。他每天无事，见孙平玉夫妇在地里挖洋芋，就去地埂上站着，说："平玉，挖洋芋啊？"吴明雄平时哪里看得上孙平玉，二人以前未说过一句话。孙平玉认为吴明雄不会耐烦和他说一句话，加上最近吴明雄侮辱孙家，孙家又反侮辱他，以为他要来找岔子，更气愤，不理。吴明雄自讨没趣，只得跟陈福英说："妹子，挖洋芋啊？"陈福英虽气，见吴主动来搭白，就和气地说："是，二哥。"吴才忙说："那天发生的事，是过话人生事！我根本不可能那么说，是假的！外侄听半边人的一面之词，就来骂我，打我的房子，我几十岁了，外侄才十多岁，我不会跟外侄计较！他骂了就骂了，打了就打了！我是那天就想来找你们说明情况！话明了气散，对不对？"陈福英说："是！你也在黑处，我家也在黑处！你是不是那么说，只有翻话的人晓得！既然二哥说没有说，就当没有说了。按理，我们听到了，无论有无，该来问问二哥。如没有其事，说明掉就行了。哪知我们活路忙，还忙不及来找二哥问一声，富贵性子急，瞒着我们，就去骂二哥了！事情是不是像旁人说的那样，也还不知道，富贵就去冒里冒失地干出那种事来。即使有这事，他是个小辈，也不该骂二哥，更何况还没搞清，我们要教育他的！"吴明雄说："教育就不消教育了，情况说明就行了！虽然闹了点小纠纷，但不能影响我两家的关系！我佩服平玉啊，养了个好儿子！转眼就要是个大学生了！我们这种地方，穷山恶水，哪个狠得很？要供个学生，莫说平玉在农业上的，比较困难，就是我靠了国家开恩，每个月领得二文半，要供学生，也困难啊！以后紧急忙把，你们经济车不转时，只管给二哥说一声，二哥手边稍比你们是要宽松点，车借一下是可以的！世上哪有不求人的人？是不是这样？平玉？"孙平玉见他满是好话，与平时截然不同，虽然纳闷，但好话上前了，不好拂他好意，说："行。"

吴光耀因两个儿子已有所图，也改弦更张。见了孙江成，忙叫："江成，好久不见你了！来坐下，我两弟兄好好吹吹！"孙江成不理，走了。吴光耀碰了一鼻子灰，倘在从前，早骂起来了。但现在不好骂了，只得向旁边人说："这个孙江成，还是老样子！脾气一点不会改！"解嘲下台而罢。

吴家突然来了个大转弯，孙江成、孙江荣等以为是吴家怕孙家了，到处吹孙天俦一人打败了吴家三代数十人。魏太芬就叫孙平文："你快叫你爹，会说就说，不会说就闭嘴！孙家真打赢了？要是吴家火绿了，真来打上一架呢？孙家会赢不？就是孙家真打赢了，要吹也只有孙富贵家配吹！别的哪块脸来吹？孙富贵被吴家围着打时，孙家的门哪家开着？要是会想事的，鬼都碜死了，还好意思吹！"孙平文才去对孙江荣说："你吹吧！吴光耀家火绿了冲上你的门来，我看你怎么吹？"蒋银秀等也骂，孙江荣才知不对劲，不吹了。孙江成则是孤家寡人，平时只有孙平玉家会为他家提点意见，尚恨孙平玉家入骨。如今孙平玉家恨孙江成家不已，就无人提意见，孙江成就一直吹。吴光耀听了，异常鬼火，屡欲派吴家军向孙江成问罪。

这天孙江成与陈明益一同上山，又吹时，陈明益听不下去，问："孙大哥,你孙子差点被吴家打掉了。当时你在哪里?我听说你把大门紧关,陈福英、孙平玉去找你,你都不理!"孙江成立即气得跳起,骂陈明益。陈明益说:"你莫骂得难听,我不看那几个外孙的面,我当场把你打趴在这里!"孙江成越骂越有劲,越骂越有理,竟骂陈家的祖人了。陈明益说:"我也不看什么外孙的面子了!打了你我遇上几个外孙也讲得清楚!"跳上来就给孙江成一耳光。孙江成不敢还手,也不敢骂了。陈明益才开始骂:"孙江成!烂杂种!狗杂种!你刚才很有劲,现在怎么没劲了?"晚上,陈明益就到孙平玉家,说了原委。孙平玉、陈福英说:"我们怎么敢怪三爸!"陈明益又回去与陈明贺说了,又与陈庆堂、常世英讲,大家都说:"就是该打!"

  孙江成被陈明益打,就带了孙平元、孙平刚、孙平会来打孙平玉。孙平玉说:"你们啃不动青冈啃泡木①,怎么不敢去找真正打人的?"孙平元道:"是你的亲戚打的,还是我的亲戚打的?你的亲戚打的当然要你负责!"就打起来。陈福英急了,冲出来厮吵。孙江成等因畏陈家,不敢惹陈福英,急忙撤走。田正芬就天天骂孙平玉、陈福英。孙平玉无奈了,朝着天喊:"老天,清汪汪的天啊!我无奈了,只有向你诉苦了!你知道我是清白的啊!"

---

  ① 啃不动青冈啃泡木:青冈,即槲栎(húlì),落叶乔木,木质坚硬;泡木指泡桐,木质疏松。

二十三　坚拒富贵婚

　　法喇人无事，火塘边总是牛吹得满天飞。全村人一起吹，亲戚朋友一起吹，更多的时候是一家人吃了饭，就坐在火塘边吹。吹得最多的，一是祖坟，二是家族。除此之外，就各有特色了。像孙家，孙运发在时，喜欢吹他从古书上读到的中国未来会发生些什么事情，会出些什么伟大人物。孙江成喜欢吹他革命的光荣历史，以及如何度荒年，如何勤劳致富。陈家人呢，勤于稼穑，吹如何盘牛马，如何种庄稼。即使是陈福全三弟兄，也各有各的招数，不死盯在农业上，却也喜养大骡大马，也吹如何买大骡子之类。吴光耀一家呢，讨论的是这家的种如何，那家的种如何，总想将别家女的娶来做儿媳，男的招来做姑爷。研究来研究去，认为孙家的种不错，代代当官。陈家的种也不错，男的健壮，女的漂亮，衣食不愁，人口发达。但孙家人胆小和窝里斗这两项，吴家看不上。唯是孙天俦，令吴家稍改了印象。全村的姑娘，包括吴明献、吴明雄之女，一是盯上王勋杰，二是盯上孙天俦。而王家是大族，王元景也有钱，一心希望儿子在外找个大官当丈人，眼光不在法喇村，吴家也就失了希望。而孙家呢，族小人弱，孙平玉又穷，肯定一要投大族以求安全，二要奔有钱之家以免穷苦。吴家认为这两项，孙家都得找他吴家，所以早有和孙平玉结亲的打算，无奈孙家早已说了吴明才之女，要倾夺呢，是一族人，名誉不好听，念头才消了些。不料如今这一阻碍突然消除，以是大喜。

吴耀敏、吴耀凤与陈福英的确很好。二吴与孙天俦是表兄妹，辈分正合。只要陈福英在哪里，二人就跑来和陈福英坐着。陈福英背什么，二人也会抢过来背。魏太芬见陈福英带着二吴，有如婆婆和儿媳，心虽不悦，口头仍开陈福英的玩笑："大嫂，你要给富贵讨吴家的两个姑娘？富贵如何消受得了？"

吴明雄一时糊涂，导致孙、吴两家结仇，二吴自是着急，不过事后和陈福英仍然如故。吴家的主意，孙家不可能猜测不到。孙平玉真动心了，他在法喇被人欺负够了，巴不得结上一家强有力的亲戚，结束被人欺侮的历史。但在从前，吴家如何看得上他孙平玉家呢，不料儿子成器，吴家青眼有加，能攀上吴家，自是他睡梦中也想望的事。再加上二吴都极聪明漂亮。这日，二吴借扯猪草，到了孙家地头，与陈福英说："大娘，我们要来你家地头扯猪草！"陈福英笑说："只管来。"二吴就进了孙家的地，一边扯猪草，一边和陈福英谈，就埋怨父辈、兄长们行事无聊，差点把孙天俦打死了，又问陈福英孙天俦伤好了没有。她们扯了猪草，全装进陈福英的背篓。陈福英说："你们只管扯给你们！我自己会扯！"二吴不管，把陈福英的扯满了，才扯自己的。陈福英过意不去："你们天天帮大娘扯，大娘不好意思啦！"

二吴去了，孙平玉说："吴家这两个姑娘很可以啊！"陈福英笑说："你想不想把她们讨来做儿媳妇？"孙平玉笑了："怎么不想！是不是干脆就请个媒人去说？"陈福英嘲说："是凭你有钱？还是凭你有势？吴家凭哪样会看得上你家？你莫饿老鹰想吃天鹅屁，去吴家门上碰一鼻子灰！"孙平玉自豪地笑说："你莫嘲笑我嘛！我权、钱、势一样无有，但我有儿子啊！"陈福英说："儿子哪家没有？孙平文同样三四个儿子！你也三四个儿子！"孙平玉说："儿子与儿子不同啊！我有行势的儿子啊！吴明雄也得求我，他还吹他哼一声我不敢动，现在是我哼一声他不敢动了！"陈福英道："呸！不要鬼脸！不靠富贵，你想哼？是他哼你还是你哼他？"

孙平玉越来越动心于这门婚事，晚上又说："我是想请个媒人去说了。吴家有钱有势，结亲后就没人敢欺压我们了。"陈福英说："不行！你莫打错主意！唯一不被人欺的，只有富贵！你其他三个儿子呢？吴家不欺他们？"孙平玉说："富贵不是这样的人！"陈福英说："你以为我不知道？但我更希望富贵不是，他媳妇也不是这种人！"孙平玉说："我是想这两个姑娘放跑了可惜了啊，还去哪里找呢？"陈福英说："你以为我不觉得可惜？"

陈明贺家爷几个，见二吴天天跟着陈福英转，也劝孙平玉夫妇："就挑一个给富贵算了！吴家有钱有势，姑娘也不错，像这种人家，还去哪里找？除了吴明献和吴明雄，在村里还找得到第二家？这种机会一错过，再也没有了！"陈福英就是不同意。

这天吴明雄遇上孙江成，热情的"大爸大爸"地喊。既夸孙天俦，又夸他姑娘，孙江成也夸他孙子。互夸一阵，孙江成说："侄儿子！是不是让你姑娘服侍我孙子算了？你家有权有势，名声很大。我家呢，我爹名义上是个上中农，其实是占我当时当事才没划成地主，不然真是个地主！要钱有钱，要粮有粮，直到老死！我呢，当了几十年的支书，现在退了，同样要钱有钱，要粮有粮，一辈子衣食不缺！唯独孙平玉没有出去，在农业上，但你明白他没有出去的原因，是因为当时我在红中，嫉妒我的人多，斗我的人多，我要留他在家，多把脚手，才好与人斗。他出去了，我更孤了。不然他有文化，人还是不错，好多单位都要他。再说他再无本事，我当时掌着法喇的大印啊！大印一盖，他就有工作了！包括你都是我盖出去的嘛！但孙平玉尽管在农业上，衣食还是不愁，只是供儿子读书，经济才困难点。不然多少单位上的还不如他呢！我孙子呢，更厉害了！我家多少代人，就数我孙子厉害！前途无量！总之我两家门当户对，结亲就是要结这样的亲！你也有能力帮我，我也有能力帮你！两蹬步就大家都上去了。结上无能的亲呢？他帮不了你，万事望你帮他，帮得了多少？"吴明雄大喜："大爸！行！我就让姑娘服侍你家算了！要是结成这门亲，孙平玉供孙富贵有困难，经济上绳不住了的时候，有我！我就提一千块钱出来，把孙富贵绳起，供他到大学毕业！

一万块钱用了，既不要孙平玉还，也不要孙富贵还，就当我给姑娘的嫁礼！只是孙富贵虽是你孙子，但是隔辈儿孙了。你虽然同意，但还要孙平玉和陈福英同意！儿子是他们养的！大爸你回去，就和孙平玉商量一下，看行不行？如果行了，我马上提一万块钱出来，供孙富贵读书！"

孙江成别了吴明雄，高兴得唱起歌，就朝家里跑。人们从来未听孙江成唱过歌，惊讶不已，说："这老者肯定有天大的喜事了！"就问："孙大哥，有什么喜事？又是笑，又是唱？"孙江成不理，只说一句："当然是天大的喜事！不然我耐烦唱歌？"一到家就讲，田正芬、孙平元、田永芝、孙平刚等高兴得要跳起来，说："富贵这下一脚跌在钱窝里了，想爬都爬不出来！享不尽的福了！谁不知吴明雄的钱多？大的两个儿子都工作，只剩这个幺姑娘！以后全部家产不就归吴耀凤了。我们家结了这门亲，在法喇就猴起来了！谁还敢惹我们？那时孙江华、孙平文等人见我们，要吓得尿淌！"本因陈明益打了孙江成，全家和孙平玉家吵翻天，互不理睬。这下都欢天喜地到孙平玉家来了，孙平玉、陈福英望着，惊讶不已。

孙江成未及坐下，就说："孙平玉，陈福英，你家两个的苦命，到今天就为止了！从明天起，你两个人就从人下人变成人上人了！"孙平玉夫妇摸不着头脑，忙问："爹，咋个回事啊？"孙江成说："咋个回事啊？吴明雄跟我讲了，让她姑娘服侍陈福英，并出一万块钱，供富贵到大学毕业！不要你们还，也不要富贵还，就当他给姑娘的嫁礼，白送你们！我们孙家不知是哪位祖人的阴德，中在富贵身上了！又得人，又得钱，又得大后台，又得大靠山！样样都得，一揽干饱！不说钱和后台了，单得吴家那个姑娘，富贵都享受不尽了！她聪明漂亮，全村有几个？不是靠富贵学业有成，吴明雄耐烦把姑娘给我们家？还倒贴一万块钱？恐怕叫你掏一千块钱，买吴家姑娘来做儿媳妇，吴明雄也不会干！这桩好事，我一听了，马上答应，立马就来跟你们讲！本来嘛，富贵是我的隔辈儿孙了，不是我管的事了，我只管到你们成家！富贵的事，是你们的事，但我还是答应了！你们考虑考虑！想好了马上回吴明雄的话!"田正芬就说:"何消考虑!就去答复说可以就行了!这种送上门来的好事,有好多?多少人家养儿子,想讨个媳妇,抱着几千块钱,找不到送处,无人耐烦接!这桩事呢?送上门来,人财两得,做梦都做不到这样的好梦!现实当中,哪里去找?"孙平元说:"这跟古书上说当状元讨皇帝的姑娘是一回事了!虽说吴明雄不是皇帝,他姑娘也不是皇帝的姑娘,但走躜不大了!富贵攀上这股势力,我们家就真正翻身了,谁还敢惹我们?"

孙平玉、陈福英听了,就说:"等我们想想!"孙江成说:"要快点想,要想快点!想好了马上给我说!我就亲自给孙子当媒人!我一生有吃有穿,当官发财,多少人想请我这样的人当媒人我还不耐烦干,但愿我的福气又转在富贵和吴家姑娘身上。他们也有吃有穿,当官发财!他们结了婚,生的儿子姑娘也是这样,辈辈人发,永远发!"孙平玉、陈福英笑起来:"谢蒙爹爹!谢蒙爹爹!"田正芬说:"呸!事情还在哪里,你一个当爷爷的,就有脸说生这样生那样了,不要脸!"孙江成说:"我说的都是正话!什么不要脸?哪家不望儿孙满堂?"田正芬说:"你话倒是正话,但你要调个方式说!同样的话,有多种说法,有的可以直说,有的不可以直说!"孙江成说:"直说不直说,不是一个样?"孙平会说:"我爹,你这话就是不该直说!"陈福英忙笑着叫孙平会:"这是爹爹和妈妈的事,你不要管!"接下来全家就吹吴家的势力如何了。孙平元说:"还亏是共产党统治,要是国民党,那法喇就是吴家的了!哪家人强,社会就是哪家的!哪家还敢和吴家争?"孙江成说:"你说得好听!要是还是国民党统治,会是吴家的?解放前吴家在哪里?吴光耀吃了上顿无下顿,跟叫花子一样!共产党不来,他早就饿死了!吴家是共产党来了,才翻起身来的!全靠共产党!共产党不来,米粮坝的天下既不是国民党的,也不是共产党的,是四大黑彝的!会是吴家的?民国年间米粮坝的县长,谁不怕四大黑彝?最后一任县长,被陆议长打得跑!"

孙平玉、陈福英决定问孙天俦,对天俦说:"吴明雄把姑娘给你,我们不敢做主。一旦我们做主,定了呢,以后你不愿,又埋怨我们。要是不要呢,又怕以后你说吴家姑娘可以,我们不给你说起。我们反正都为难,干脆由你定。免得以后你埋怨我们。"孙天俦说:"不要。"

孙平玉去跟孙江成说了,孙江成急了:"咋个不要?无命享受吴家的钱和人才不要!赶快要起,这不单是订亲结婚,而是订亲结婚加享福!"孙平玉说:"我们也是这么想,但富贵硬说不要。"孙江成就来找孙天俦:"富贵你憨了!像吴家这样又有钱又有权又有势,姑娘又好的人家,去哪里找?你找通天也找不到!快莫憨了,把这桩婚事订成!这是叫你去享福啊,不是叫你去干什么!从我的老祖辈数下来到我,到你爹,谁遇上过这种好机会啊?祖祖辈辈在地里挖,尚享不到福!你一样不做,吴家请你去享福,你都不去啊?"孙天俦左解释右解释,孙江成硬是不同意。

孙江成又逼孙平玉、陈福英:"他是小娃娃,还是个梦虫虫,做什么主!你们拿主意就行了!等他做得主时,雨都过了三丘田,晚了!世上没后悔药,你们不拿,我拿!是得把这门亲事订上!这是关系我孙家子孙后代兴旺发达的大事啊!"孙平玉、陈福英又问孙天俦,孙天俦就是不同意。孙江成说:"管你同不同意,我都要去把这婚订上!反正你以后不会怨爷爷的!"孙天俦见孙江成不管自己的意愿,急了,才说自己的真实意愿:"爷爷,你不要害我!我发誓要讨个杰出的姑娘做妻子,不是女中龙凤、巾帼之杰,我不要!晋代有段仪的两个女儿,一个不当凡人妻,一个不做庸人妇,后一嫁慕容垂,一嫁慕容德,皆是人杰。女人尚如此,何况男人!吴家姑娘算什么!"孙江成火了:"你尽说梦话!你是睡着的还是醒的?你如果是醒的,就不要说这种梦话了!"孙天俦说:"我说的是真话。"孙江成说:"富贵你听好,爷爷是为你好!是为爷爷好不是?爷爷五十几了,顶多再活一二十年!是为你好!我求你,这婚非订不可!爷爷现在得罪你,以后不得罪你!"孙天俦说:"爷爷!孙子向你保证,一定娶一个世上一流的姑娘做你的孙媳妇,要远胜吴家姑娘万倍!要为你争光,要为全家争光!"孙江成说:"你讨吴家姑娘,就给爷爷争了天大的光了,也给全家争了天大的光了!你再也争不来比这更大的光了!这是我们祖孙私下讲,吴光耀一

辈子欺负我,叫我孙山弯,而且玩人强马壮,把孙平丽强行霸去,孙家被他欺得牛马不如。如今呢,姑娘送上门来,钱送上门来,还担心你不要。我们不是像他家凭武力霸孙平丽一样把他家的姑娘霸来,而是要他自觉自愿地把姑娘送上门来。等你把他孙女讨来了,我才问他,你家霸了孙家的姑娘去,孙家霸了你家的姑娘来,哪家霸得再高明?所以,富贵啊,你名义上是讨吴家姑娘,实际是霸吴家的姑娘!是给爷爷报仇,给爷爷争光!你以后就是讨了皇帝的姑娘,爷爷也不会高兴!因为皇帝没有欺负过我,而吴光耀欺负过我。你即使讨皇帝的姑娘,但始终没有把吴家的姑娘霸过来!没有给爷爷报仇!就是你呢,之前吴家恨不能把你打死,现在又拼命把姑娘送你!你讨吴家姑娘也是为你自己报仇啊!"孙天俦说:"爷爷,比这更能争光的事情多得很呀!你不要只盯着吴家了不得。"孙江成说:"莫说了,爷爷明天答复吴明雄,就说我们要他姑娘了!"孙天俦又央求孙江成,孙江成不听。孙天俦说:"爷爷,反正我不要!你前脚去与吴家说,我后脚就去退婚,坚决不要!"孙江成脸气胀了,吼道:"真不要还是假不要?"孙天俦说:"真不要!"孙江成站起来就走,骂道:"朽识!你不看看你是什么头型,就想讨个女中龙凤!癞蛤蟆想吃天鹅屁,眼睛望绿,脖子伸细,量你也吃不到的!你以为吴家硬是觉得你了不起,才把姑娘嫁你?这是吴家可怜你,提拔你!你这种不服人尊敬,不受人怜悯的东西,就像辏狗①要它爬树一样!爬不上去!你也就是那样的狗了!你以为你是人?要真是个人,吴家这样辏你,我这样辏你,你早爬上树去了!正因为你不是人,是狗,所以吴家和我这样卖力地辏,你都爬不上树去!"骂到这里,站起来又跺脚吼两声,气冲冲地去了。

孙天俦不要吴家姑娘,孙江成家又不理孙平玉家了。孙江华、孙江才等听得,连呼万幸:"亏得老天让孙平玉生了个白痴啊!亏得孙富贵是个大草包,不然我等在法喇还有立足之地?"魏太芬听了,喜得向天作揖:"老天啊!老天啊!你太会做了!真不愧为天啊!"只有孙江荣连呼可惜:"哦

---

① 辏狗:将狗由树下向树上推动。

哦！可惜了！可惜了！送上门的福都不会享！可惜了！"孙平文吼孙江荣："你哦哪样？可惜哪样？等你觉得不可惜时，早不知被孙富贵赶到哪个西天去了！"

陈福宽等得知都来怪孙平玉、陈福英："哎呀！你们不会打主意，不会来找我们？现在还来得及！我们去找吴明雄，把婚事应下来！"孙天俦又反对。陈福宽三弟兄说："富贵，有福你都不知去享！舅舅们要赶你、勒你去享福了！说不客气点，就是捆你绑你，都要把你捆了送到吴家去，逼你享福！你不享也不行，非逼你享不可！"就不理孙天俦，只对孙平玉、陈福英说："就这样，我们去找吴明雄了！"就跨出门。孙平玉、陈福英也几乎同意，不阻拦了。

孙天俦忙跑出拦住，硬说不行。三人道："你还小，不懂！你问你爸爸你妈，舅舅们是不是对你好啊？"孙天俦急了，说："你们这样不是对我好，是在害我啊！"三人说："我们怎么是害你，你讲清楚！如果你有道理，我们听你的。如果你讲不清呢，听我们的！"孙天俦明知按他们的世界观，就是又得人又得钱又得后台之类，自己根本讲不过，就不讲，只要横说就是不行。三人说："你怎么既不讲理又不讲礼？你说我们害你，我们就请你讲，你又不讲！只说不要，要讲出不要的理由来啊！"孙天俦干脆不顾一切，说："反正我说到这里为止，即使你们去说了，我也要去退婚！"三人听了，不顾孙平玉、陈福英的面子了，骂起孙天俦来："是你只有吃屎的命，你就去吃屎吧！你生成吃屎的命了，我们想叫你吃米吃肉，你也吃不成！你孙家只有这点薄命，就不要怨天怨地了，要怨就怨你孙家！猪圈里的猪再憨，丢个洋芋给它，它都会忙着来吃！你家这个狗再憨，屙泡屎唤它，它也要忙着来吃！才是个洋芋和一泡屎，它们尚且要来慌，更莫说送它个姑娘和一万块钱了！送上来的发家机会都不会要，你比猪比狗都不如！"骂着走了。

全村人得知，都不说孙富贵蠢，都说孙平玉、陈福英太蠢。全村人评陈福英蠢，这还是第一次。凡是亲戚，真关心孙家的，都劝孙平玉、陈福英快把这婚事应下，理由都是孙江成等说的那一通。孙平玉承受不了这些压力了，回来就说："富贵，全村骂我们一家蠢到极点了！像那些人无能的，讨不到媳妇被人家骂了，还想得通。你这种情况被骂，我也想不通了。吴家的确有钱有权有势，姑娘也不错。你就答应算了。这真是你几个舅舅说的，是逼你去享福啊！"孙天俦仍说不行。

吴明雄见事情久拖不决，去找陈明贺，说："老大爸，我家和孙家这事，闹得满城风雨，对两家的名誉都不好！如果成了，满城风雨也无所谓。问题是不成，闹得满城风雨，这就不对劲了！我还是跟孙江成老大爸说的那话不变！请大爸去跟孙平玉家两口子说一声：能成，尽早来说！不能成，也请大爸尽快转告我一声！成与不成，都早点归在正路上！"陈明贺、丁家芬就跑来，把吴明雄的话转达了，就骂孙平玉、陈福英："你们出去听听，全村都在骂你们了！送上门的福不会享，只会在地里闷着头苦！你们怎么没有一点主见？富贵才是个梦虫虫！懂得什么？你们没成家时，懂不懂婚姻大事？现在却要他拿主见！要是你们没成家时，我们叫你们拿主意，你们怎么拿？三四十岁的人了，还是一点不知事项！"

陈福英就问孙天俦："富贵，万人都说你做错了！我和你爸爸也被全村人骂！你外公外婆，从我记事到昨天，从没骂过我一句，今天也跑来骂我了！一个两个憨，说得过去，不可能你爷爷奶奶，你外公外婆，你舅舅叔叔个个都憨！也不可能全村人都憨！你一辈子总以为你的意见都对，这不行啊！也得听听别人的意见！现在还来得及，吴明雄的话是这么说，你外公外婆是要我们不问你，就帮你定了。我们还是遵从你，要还是不要，你说一句。"孙天俦又道不行。孙平玉火了，提起柴块威胁："要吴家姑娘不要？不要老子就一柴块给你打掉！老子给你讨不到媳妇，别人骂老子无能，老子还想得通！现在别人送上如花似玉的姑娘，你不要，害老子天天挨骂，老子如何想得通？养你一料，不图你报恩也就可以了，倒天天被你折磨得吃不下，睡不稳！你是成心要折磨我啊？"

陈福英见爷两个又要打起来了，急得忙站起扭住孙平玉："你又要死了？他不要就算了嘛！我们尽到了责任，以后讨得到讨不到媳妇都是他的事！他敢怪我们？"孙平玉吼道："你莫闹！我要问他是不是成心折磨我！"孙天俦道："谁成心折磨你？"孙平玉说："你不折磨我，那为何不要吴家姑娘呢？这是让你讨媳妇，享大福，不是要你去犁田耙地！你只要轻轻答应一声，事情就了了！你连两个嘴皮动一下的工夫都不耐烦给我，不是成心要折磨我？"孙天俦说："你也不是要我去享福，也是折磨我！"孙平玉咆哮了，柴块砸来，孙天俦躲过，就忙朝屋外逃，屋内孙平玉和陈福英又打了起来。陈福英哭着说要和孙平玉拼了。孙平玉则在骂陈福英。

　　孙天俦在外站下，听屋内闹得不可开交，无可奈何，泪如泉涌。他真仇恨这个社会，这个社会总在世界观、人生观、价值观等方面，处处和他对立，总把他往绝路上逼。他想远走了，又听陈福英的痛哭声，深觉悲惨，不忍远去。留下呢，他毫无空间，毫无自由，天天吵架，又有什么意思呢！又想自己真走了，孙平玉的处境更悲惨，更凄凉，更受人欺凌。无奈了，他就在外大声喊："爸爸，你莫闹了！我不是有意折磨你！我心中难过！我真想远远地走了，又想我走后你们更可怜！我只得留下！留下你们又天天吵架！如果真是这样，我就真的远走了，一去不回了！"屋内才不闻孙平玉的骂声。陈福英更哭的大声："儿啊！你要去你就远远地去了！在家你也难过，不被人骂就被人打！妈想起也惨！你去了后妈怎么过就怎么过，过不下去也不过就是绳子吊一下脖子就完了！"

　　许久，孙平玉出来了，抹了眼泪叫孙天俦："你还不回来啊？我怎么折磨你了？我养你供你读书，还对不起你？你又威胁我你要远远地去了！"孙天俦见父亲满面的泪，又可怜父亲了。全家这才不闹了。孙天俦第二日就去与陈明贺说了，陈明贺又可惜："多好的一桩婚姻啊！我去问你爸你妈！"丁家芬就吼陈明贺："你聋了还是瞎了？晓不得他家昨晚上才吵架打架？你又要去问了！不怪你这孤寡老者，人家会吵会打？他家认不得这婚姻好不好？是好的还会不要？"陈福九也道："你就去对吴明雄说了不就完了嘛，还要去问！"陈明贺才满怀遗憾地去与吴明雄说了。吴明雄说："孙平玉、陈福英是怎么想的啦？这婚姻对他家有百利无一害啊，不是我一人在这里吹大话，而是全村都是这么说啊！大爸，你虽这样说了，我还是要托你，以后他家想过味时，你随时可以来跟我讲。只要我的姑娘在你来说之前没有给人，你随时来说，我随时把她给孙富贵！"陈明贺说："行行行！大爸佩服你！"吴明雄说："大爸还不知我家的为人？我说句不好听的话，虽然我家看中了孙富贵，我还是看不起孙家！孙家人就是这样，鸡毛蒜皮的小事就斤斤计较！我家吴家，不是这样！换个角度，不是孙富贵的话，我耐烦把姑娘给孙家？抱十万块来，我也不耐烦的！"

这桩婚姻就这么不成了。吴明雄并不以为意，吴耀凤也并未受多大影响。见陈福英，只脸稍红了些，关系仍如故。陈福英佩服了，暗地说："我佩服这姑娘好大肚量啊！不愧是吴家人，吴家人就是值得敬佩！"

二十四　交粮受辱

　　开学在即,要转粮食到学校。以前转粮食都是陈福达等找个粮单来,送给孙平玉,拿到粮管所去,办一下手续,粮就转掉了,很方便。现在陈福达等未帮他们找到粮单,要转粮,只有背粮食去转了。孙家能转的只有荞子,见苦荞刚黑,忙割了打下来,抢着日头好,晒了几下,差不多干了,逢赶街天,孙平玉背一百斤,陈福英背七十斤,孙天俦背五十斤到荞麦山去转。天不亮就出发,中午十二点才到。虽还是以前的路,但孙天俦一年不走,便觉异常的远,他不明白以前的日子自己是怎么过来的。

　　孙平玉、陈福英衣裳、裤子补了又补,汗水不断滴下。有的赶马车,嗒嗒地跑过去了。有的骑自行车,一冲而过。路上的人,穿的都比孙家要好,也悠闲、舒服得多。孙天俦感到痛苦,他不单觉难以奢望有马车、自行车给父母坐,就是能免掉背上重负,他也办不到啊!

　　到粮管所,等了半天无人。工作人员或上街去了,或在打牌谈天。孙天俦到处去找,找到一个女的,说了,那女的叫等着。孙天俦等了许久,她都不动。孙天俦又求她,她说:"等我把毛衣打好再说。"孙天俦估计她那毛衣,到天黑也打不好,就说:"请你去交了粮再来打行不行?"那女的火了,问:"那你把粮食背回去,等我打好了毛衣再背来行不行?"孙天俦大怒,质问:"你们领着人民的血汗钱,就是这样对待人民群众的?"那女的跳起来:"我领你的血汗钱又如何?你要怎样?告诉你,我就是不收你的粮食!"孙平玉等听到吵声,忙来骂孙天俦,说好话。那女的说:"不收就是不收!你们背到县上去转!"陈福英说:"同志,是他的错,我们向你道歉!求你行行好,帮我们收掉!求你开恩了!"孙平玉说:"同志,望你不要跟他计较,帮我们把粮食收下!如果背去县上转,两天都到不了。"那女的总是不理。

孙平玉、陈福英卑躬屈膝求了近一个钟头,那女的才说:"看在你家两个人的面上,如果他向我认错,态度好,我就收!态度不好,不收!"孙平玉、陈福英忙来骂孙天俦,叫他向那女的认错。孙天俦异常悲愤,刚才见父母卑微地求,已是怒火万丈,想父母多么可怜,如地上的昆虫了,上天竟还忍心往地里踏啊!这是天大的耻辱!他多想把这耻辱一人承担,也想狠狠收拾这女的,然而眼下父母逼着他认错,他只得死心塌地学勾践,说:"同志,我错了!我向你道歉,求你把我们的粮食收下。"那女的说:"你行得很!怎么不行到底啊?"然后盛气凌人地站起来,三人紧跟其后。女的不耐烦地伸手一摸荞子,道:"背回去晒干再来。"三人明白她成心整人,急了,陈福英忙又求说:"同志,我们晒了好几天,晒得很干了!"这女的指着陈福英的鼻子道:"不行!你再跟我啰唆,你再晒十天我也不收。"陈福英就不敢说了。三人围着这女的求了半天,无法,陈福英只得求:"同志,我们是法喇的,要是背回去,天黑都背不到家。求你了,能不能在你们这里晒?"好话说了一大通,那女的终于才同意就在那场坝里晒。没有布,又得求那女的,那女的一味呵斥,叫孙天俦扛了布,把荞子摊开晒了。

孙天俦受辱不小,平时他总以为上天会据人才情之愚智、志向之高低、识见之清浊分别对待,于贤才有宠,于愚夫寡恩。他的才气、志向、理想特出,上天应该骄宠他,这才叫公平。不料全然不是这样。今天人类有史以来最伟大的人物受辱了,最伟大人物神圣的父亲母亲也受辱了!他总有一日要替天行道,进行报复的!

他们因出门就没吃饭,一路背来,又不断求那女的,都饿极了,

孙天俦估计她那**毛衣**，到天黑也打不好，**"**
就说："请你去交了粮再来打**行不行？**
" 那女的火了，问：
那你把粮食**背回去，**等我打好了毛衣
再背来行不行？**"**
孙天俦**大怒**，质问：
"你们领着人民的血汗钱，就是这样对待**人民群众**的？**"**

身上却无一分钱，孙家出法喇就举目无亲，到荞麦山不带晌午饭，就只得挨饿了。天俦就到街上，找同学借了十元钱。陈福英舍不得钱，说："我看荞子在这晒，你爷两个去吃。"孙平玉说："我看了晒，你娘两个去吃！"孙天俦说："没事，一起去吃。"陈福英不放心，说："富贵，你不知道苦一颗荞子，有多艰难啊！要是被偷掉点，就可惜了！苦一年到头，就得这点荞子！"孙天俦总说无事，孙平玉也相信了，说："一起去吃。"到街上，孙平玉、陈福英说在街边吃碗凉粉算了，三人顶多吃得掉一块钱的。孙天俦想父母从没在街上的饭店吃过，从来家里炒肉，都只放油和盐，顶多再有点辣子，从来没用过什么酱油等。为了让父母尝尝味道，坚持去饭店吃炒肉。他认为区区几元钱，在他伟大的未来是不成其为钱的！

  孙平玉、陈福英坚持一阵，信了孙天俦的，进了饭店，但叫吃碗面条就行了。孙天俦不依，坚持叫炒了肉上来。肉刚炒上，孙平玉、陈福英就叫不要菜了，单用肉下干饭吃。但那肉中大半是蒜和辣子，肉只占三分之一，根本没吃出个什么名堂，吃好一算，六元钱。孙平玉、陈福英一听，后悔不已。出来就埋怨孙天俦，陈福英说："富贵啊，六块钱就是六十个鸡蛋了！这些饭和肉在家里顶多值十个鸡蛋钱，五十个鸡蛋钱就白送人家了！要苦这五十个鸡蛋钱，妈苦一个月都苦不来！才吃一顿饭的时间，就送人了。"孙平玉道："你以为钱好苦得很啊？我们今天累死累活，跑一趟荞麦山，怎么没人给我们一分钱？你马上就送人家五元钱了！"孙天俦早已后悔，本是受辱、受累、受饿够了，想招呼父母吃顿好饭菜，弥补一下，没料更添悲哀。真是贫穷家庭，事事不幸，怎么做都是错。陈福英见孙天俦已大为后悔，就不说了。孙平玉叹息："人家挣钱是这样的好挣，我们要挣钱，比登天还难啊！"

  孙天俦终于明白，他未来辉煌的一切都不能弥补今天的损失。未来他可能是伟大的帝王，但无补于今天父母受辱。未来他也可能富有天下，但已无补于今天吃一顿饭的痛苦。受辱已成事实，而他的梦想还在渺茫的未来。他常出的错误，原因是总将美好的梦想和残酷的现实混淆。他离不开幻想，离了幻想他活不下去。但他又离不开现实，现实常常折磨他，就是幻想和现实的不谐，造成了多少他难以弥补的悔恨。

回到粮管所，陈福英眼尖，老远就见荞子有异样。走近了一看，两块布的荞子被偷光了。孙平玉和陈福英痛惜连连，陈福英坐在旁边，急得泪要下来了。孙平玉气得朝孙天俦就是一脚："畜生！老子苦十天苦不来这两床布的荞子啊！"

全家颓然无力地坐在荞子边，守着荞子晒，太阳西去，又忙去求那女的。那女的正和男友吃饭，饭菜皆比孙天俦等去馆子里吃的好。孙天俦就想，别人吃顿好菜好饭，心情愉快。我家吃一顿，后悔十天都不止。那女的白衬衣、红毛衣、高跟鞋，一身光洁。男的西装西裤大皮鞋，上下亮闪闪的。孙平玉、陈福英呢，全身补丁，上下灰尘，大汗淋漓，饥肠辘辘。那男女叫："外面等着！等我们吃好饭再说。"于是全家只好饿着肚子在外干等。等吃好了，才好话一通又一通地求，那女的才来了，颐指气使孙平玉一家装了荞子，过称，倒好粮食，她连指头都没动一下，完全像指挥三个奴隶。孙天俦见她吼孙平玉和陈福英，心中大怒。他觉母亲无论身材、容貌、智力皆比这女的强数十倍，而地位却如此卑贱。父亲比她那男的，也强数十倍，而也是如此可怜。自己呢，是天下最伟大的人啊，结果呢！

等转好，那女的开了票，天已黑了，全家急忙往回走。孙天俦气愤不过，想自己成功时才来报复，不知要到何时！或许就是一场幻想，决计当场报复。于是就说："你们先走着！我回去解个手！"即返回粮管所来，指那女的骂："臭婊子！我日你的妈，你这杂种养的！你中午问老子敢怎样，老子现在告诉你，老子敢日你妈！"那男的见天俦不及他腰高，竟敢来放肆，就提根棒冲出来。孙天俦早备有石头，就朝那男的砸去。见石头砸在那男的身上，他才得意地往回跑。那男的追一阵，没追上。孙天俦追上孙平玉、陈福英后，天已黑了。一家人又累又饿，摸黑往回跑。到家已是半夜，孙富民等早睡着了。他们本在荞麦山时就饿得要站不住了，又跑了五十里路，早饿枯了。热了饭吃后，天已渐明。他们就不睡了，提锄子上坡挖洋芋。天黑回来，吃了晚饭，孙平玉忙洗肉煮。煮熟就挂在火上，火塘里加了火，才休息。孙天俦半夜醒来，见灯已亮着了。孙平玉已起来煮饭，又过了一阵，陈福英也起来。孙天俦起来，孙平玉说："才半夜，还不亮，再睡一阵。"饭菜煮好，久等天不亮。全家没一只表，不知是什么时候。孙平玉多次出门看天色，总觉要亮了，却不亮，只好又睡下。等孙天俦又醒，孙平玉、陈福英已起来，在烧香烧纸敬天地和祖人。敬好，就开始吃饭。吃好，天始微明，孙平玉就背上箱子，孙天俦背了行李，又如三年前去荞麦山，朝米粮坝走。

路上遇到熟人，都说："孙平玉，坐车嘛！"孙平玉说："走路省两块钱。"十二点，父子俩到了荞麦山，向西爬海拔近四千米的高山。这里处处泥石流，小路在悬崖上折来折去，偶尔蹬一个石头下去，根本听不到回声。爬了一山又一山，到中午，上了山顶。回望大红山，巍巍高入云天。前面已是金沙江河谷，但根本看不见金沙江。下山十里，才见到河谷底部。青色的江从南面流来，向北流去。因气温很高，谷中白气弥漫。江东一个仅一平方公里左右的缓坡上，尽是绿色的甘蔗，中间一堆白色的房子，就是米粮坝县城了。四面高山环合，像一口大锅，米粮坝在锅底。尽管已是下午，父子俩下山，仍觉异常的热。眼看县城就在脚下，但走了几个钟头，都走不到。

近于天黑，才到县城。见街道宽到可并排行两辆车，路灯明亮，如同白昼，人来人往，熙熙攘攘，孙天俦大吃一惊。父子俩在向人询问米粮坝中学时，孙天俦迎头见晏明星和几个女孩迎面而来，她看见了他父子俩，孙天俦就一阵慌乱，父亲穿的又破又烂啊！他忙朝街边跑，以远离父亲。孙平玉急了，朝孙天俦喊："跑什么，不要跑！注意车！"忙来追孙天俦，拉住孙天俦叫："你看街上这么多车！要注意啊！碰着怎么办？"孙天俦又急又愧，晏都在望着的啊！她们走了过来，孙天俦脸一阵红一阵白，晏看一眼孙天俦，又看一眼孙平玉，本已张口要与孙天俦打招呼，见孙如此狼狈，就调过头装作和同伴说话，过去了。她们走远，孙天俦才自愧，责己不已，父亲已够可怜的了，自己还看不起他！自己比畜生不如。他后悔不能再迎面遇上晏明星，否则他要紧紧和父亲站在一起，介绍说这是我的父亲，看她如何。但这已不可能了。孙平玉不明孙天俦动机，还以为孙天俦初入县城，被这繁华景象吓住了，就笑说："你怕哪样，只管往街中间走嘛！"到了中学，找到宿舍，放好行李，父子俩将箱子里的冷洋芋拿出来，吃了就睡了。孙平玉好几夜没睡好觉了，也不消担忧明天的农活，因是一上床，就鼾声大作，睡得极是舒畅。孙天俦睡不着，一听父亲的鼾声就可怜父亲，他多希望父亲后半生能过上幸福的日子，都睡今晚这样酣畅的觉啊！又反思自己今晚行为，实在可耻、可鄙、可憎！父亲已竭尽全力，卑微可怜，自己还要折辱他。连我孙天俦都折辱他了，那世上还有谁不侮辱他呢！他越想越愤然，恨自己竟沦为庸俗无耻之徒了！

　　乡下学生及其家长初来县城，大觉新奇，尽出去逛街了。半夜才回来睡觉。孙平玉的鼾声激起了全宿舍学生及家长的反感。不断有人来叫孙天俦："把他推醒！"孙天俦不忍打扰父亲，只轻轻地推，限于不推醒孙平玉而止。孙平玉被推，动了动，鼾声减弱了，但不到几分钟，鼾声恢复，人们又来了，叫孙天俦推。孙天俦又推，但极轻，又不起作用。这些人就骂着兀自来拉孙平玉的脚："醒醒！醒醒！"孙天俦恐推醒父亲，火了："你没见我在推了？"对方就道："你在推还用我来？宿舍不是猪圈，要打呼噜，去猪圈打！"孙天俦怒目欲裂，跳下床来，骂道："老子砸烂你的狗头！"就吵起来。孙平玉被吵醒，问孙天俦："怎么了？"孙天俦说："没什么！"只好不与对方吵了。孙平玉忙向对方道歉，息事宁人后，就把头担在床架上，严防睡着。孙天俦叫父亲睡，孙平玉不睡了。挨了许久，夜正漫长。孙平玉就说："我要走了！明天还要挖洋芋！"孙天俦劝他天明再走，他不听，下床来穿了鞋，就叫孙天俦："你睡吧，我走了！"孙天俦只好下床跟出，孙平玉叫他不要出来，他不肯。

　　父子俩出校，已是半夜，满街已经没有人了。两人到了城边上，就是爬山的路了。孙平玉就叫孙天俦："你回去了！好好读书，不要想家里！月亮正好，我走惯夜路的，不怕！你不要担心。"孙天俦答应。孙平玉说："回去！"孙天俦见孙平玉不走，只好走回几步。孙平玉以为孙天俦已回，便忙爬山。孙天俦含了泪，又追起来，夜茫茫，月茫茫。孙天俦见父亲矮小的身子在前面时隐时现，泪流不断。但孙天俦毕竟跑不过孙平玉，不久就见孙平玉去高了，去远了。后就越来越难见孙平玉的身影了。孙天俦这才站下来。高山之上，无声无息。孙平玉就消失在高山顶上。孙天俦多想喊一声"爸爸你慢走"，又不敢喊。他就静静地坐下，望河谷中，一片寂静。近天明了，他才往回下山，回到县城。想父亲几夜不得睡觉，昨晚好不容易得睡了一阵，又被吵醒，连夜远去，一夜奔跑，天明后到家，又要忙农活，更不得睡觉了，孙天俦的泪又刷刷下来。

米粮坝县城历史不久，却多次被泥石流埋没。如今的县城，只有一百来年，但已极为古旧。米粮坝历来地处偏远，没有城池。城内就是狭窄而曲折，总长不到两公里的一条街，两边是又黑又旧的木板青瓦民房。虽有建国后修的水泥楼房，但并不多。孙天俦绕了十来分钟，就将全城走完。但尽管如此，他还是觉这里比荞麦山、则补大多了。十个荞麦山或则补加起来才有县城大。县城又有图书馆、文化馆，书和报纸之多，也非荞麦山或则补可比。孙天俦跑去一看，脸就白了，心中痛苦，悔恨不已，我以前的时光，全被浪费了！要是从小就在县城生活，从小就得读这些书，那是多么令人痛快的事！现在只有从头弥补，把浪费的时光通通追回来。他写道："贫穷落后，无比悲哀。年华虚度，碌碌无为。今日始知过往无时不非、无日不妄、无事不悔矣！"

孙天俦报名后才得知，荞麦山中学的学生，朱成现、柯金成、郑世杰、刘文勇、何文勇、马卫军都考取师范，有几个考取地区卫校。何明辉、周朝文只考取高中，王维敏、刘国辉也考取高中，韦元甲、李云武均未考取。则补中学呢，刘振刚考取师范，另有几个考取地区卫校，有两个城镇户口的考取地区技校。晏明星、史元洪分数都上了师范线，但报了高中。其余考取高中的有五六人。尚有一二人考取农中。法喇的考生，全部考取高中。法喇学生及王维敏、晏明星、史元洪等，全分在其他班。

孙天俦原以为高中课会新奇，县城的老师会讲得比乡下的更好，但结果令他大失所望。老师上课枯燥无味，一上讲台就叫："今天翻开第几页，我们上某课。"孙天俦想：这是教小学生啊！而这伙高中生呢，一板一拍，真翻开某页。然后老师在台上照教科书念,学生在下面拼命地记所谓的"笔记"。末了,老师下讲台来"检查"笔记了,孙天俦不记,自然成了被收拾的对象。孙天俦说:"课本上就有,还记了干什么呢?真要记的,是教科书上没有的!"课完了,老师布置作业,学生规规矩矩做好。老师改了,第二天又发回来,做得认真的,表扬;不认真的,批评。学生仍像小学生,既忙笔记又忙作业,又忙在什么学习指导丛书里面钻研,以博老师夸奖。得了老师表扬的,面红耳赤,兴奋不已;不得表扬的,失魂落魄,就像幼儿园的小孩争小红花。孙天俦愀然环顾四周,窘急不已,这是浪费生命,浪费光阴啊!别人浪费得起,我可浪费不起!时光紧迫,人生短暂,赶紧走!一趁老师不注意,就溜出教室,朝图书馆跑。走到操场,回望教室,孙天俦就摇头:都是高中生了,马上要考大学,要独立开创事业了,却都还是这个样子,那这个国家、民族何望?

二十五　自比夏完淳

晏明星没有住在学校,而是住在其县城的亲戚家里。她和孙天俦等仍是全校年龄最小的学生之一。她是则补的小公主,却不再是米粮坝的小公主。米粮坝家境比她好的女生多的是,这些人才是米粮坝的公主。而且学生众多,都差不多,谁也说不上是米粮坝的公主。地位决定一切,学生也不例外。家境、财富等等,决定了人在社会上的地位,同样决定学生在学校的地位。晏明星在米粮坝的地位,比在则补时一落千丈,她也变自卑了,巴结县城里的女生,以能与她们为伍为荣。

她和孙天俦不同班,虽同在一幢教学楼,却很少遇上。一是孙天俦不上课,专往图书馆里跑,根本见不到;二是孙天俦即使偶尔来上课,就在教室里埋头看书,上课下课不出教室,放学了,如书精彩,不看完不走。等出教室来,学生早走完了。一个月顶多见到晏明星一两次。一个人自卑与否,无论他如何伪装,一眼就能看出。当他看到她和城里女生走在一起那种高兴的神情时,就为她难受,觉她比他差多了!心想何苦呢,县城里的人有什么了不起?她何苦自卑如是!没见他孙天俦吗?他孙天俦决不自卑,天马行空,傲视一切!二人见面,天俦总想向她说,但又不好说,能怎么说呢!再者,孙天俦和晏明星都比前一年大了一岁,这正是敏感的年龄,对男女之事比在则补更懂了。孙天俦在则补时,在混沌与黎明的边缘,和她处时,出于天然，无拘无束。而今呢，大了一岁，稍懂了。孙天俦家里只有几个弟弟，没有姐妹，不知如何和姑娘相处。如今遇上晏明星，就陷入窘境，不知该怎么办。而晏明星，也是这样，在则补时出于天性，能大言不惭"我家两口子"，而今大了一岁，即使再在则补，也不可能敢说这样的话了，何况在米粮坝呢。但二人原来有约，不同一般的同学。平时两人遇上，她老远就害羞，不和孙天俦说话，顶多看孙一眼，就移开眼睛赶紧走。孙天俦也一样，心里想见到她，见后又发窘，所以在米粮坝半年，二人遇上几十次，但一句话都没说过。唯独都还以则补时说的话当回事。孙天俦想的是她永远属于他，她也同样，话虽不说，心有默契。

孙天俦初入县城，目标坚定，要忙着以三年时间，把县图书馆的书过上一遍，忙得不亦乐乎。晏明星呢，就惶然了，仿佛失去了方向，变得无所适从。县城比则补大多了，她的地位也不如在则补时了，她也就适应不过来。孙天俦设身处地想，为她悲哀："女人比男人可怜得多啊！如晏是男的，从则补到县城来，环境发生变化时，完全可以像自己这样采取对抗的方式，来应付挑战，而她是个女的，要她像自己一样，显然不切实际，但如她现在这样呢，也很可悲！"但晏的学习还是很好。

第一学期的三好生榜，孙天俦自然是无缘。而晏明星是全年级第二名，是三好生，仍是万众瞩目的姑娘。她人既漂亮，学习又好，仍是男生们的偶像，并立即引来一伙好色之徒天天写信给她，或是天天跟在她后面。孙天俦有所知闻。

社会变得真快，孙天俦刚进初中时，学生狂趋中山装。如今在县城，中山装已过时了。如见穿中山装，那一定是乡下农村学生。有钱的农村学生已学着城里学生穿夹克，穿短裤，穿喇叭裤，穿大皮鞋，蓄长头发，皮鞋上了油，亮光光的，才三三两两，攀肩抱腰，在街上走着炫耀。

王勋杰师专毕业，分在米粮坝县中学教高中化学。人既年轻漂亮，衣着也甚光鲜，书也教得不错，颇令一些女生想入非非。孙天俦初见他来上课，很是激动，法喇那偏僻落后的地方，竟有人站在县中学的讲台上！便常去他那里玩。王对生活一丝不苟，衣着谈吐均很讲究，不同孙天俦对这一切毫不在意。但孙天俦去了几次，就发现从前质朴勤学的王勋杰，也被社会压迫牵引，趋附庸俗了。王勋杰虽书教得不错，却同样以出身农村家庭而自卑，拼命巴结县城出身的年轻教师，跟着他们打牌、打麻将、踢球、喝酒，学他们说话，学他们对一切满不在乎的神情，而不再研究学问，神情与晏明星趋附城里女生完全一样。

他很悲观，孙去拜访时，与孙说："在我们那些地方，能翻身吗？永远不可能！像我，拼死拼活，考了个师专，已是极不错极不错了！但也就到尽头了！一个师专生，能做什么呢？充其量多教几个学生，所谓桃李满园而已！还能有什么出路？没有了嘛！而如果我家不在法喇，而在这米粮坝，我学习成绩可以更好，能考取本科而不是专科，到大城市去读名牌大学。那我就完全可以努力奋斗，分在大城市，真正的干事业，那才是出路！我在米粮坝读高中，成绩全班最好，高考是全班状元，仅考了个师专！我考取个师专轰动到什么程度，你是知道的！那就是强弩之末了！我本想考名牌大学，所以只考取师专，心中并不太高兴。虽想不去读而重新补习，考个名牌大学！但怎么可能？环境不容许！有什么办法？所以我们这些人，尚未生下来，就决定了悲剧的命运！无可奈何！无论怎么拼都无可奈何！"孙天俦不同意，说仍可以奋斗。王勋杰说："怎么奋斗？两条出路：一是搞研究，我在这米粮坝，怎么搞研究？我现在的情形，就像法喇农民。如果你叫一个法喇农民：'来！我给你一把斧子！你给我把空气的成分弄清楚！'或者叫一个牧羊人：'你就用你的牧鞭，把相对论搞出来！'根本不可能！这不是牛顿见苹果落地就深思冥想发现万有引力定律的时代了。第二条路呢，只有改行当官，但这要有后台、要有关系、要有背景啊！我们都是一样的：从农村来，有什么？父亲好不容易有个工作，能领几文工资！母亲呢？农民！亲戚呢？农民！朋友呢？也是农民！现在交几个朋友，跟我一样！同学呢？我就是他们当中活得最好的了！他们都要来求我，我去求哪个？要调动，调不走。要当官，无门路！怎么奋斗？只能为早晚两顿饭好好奋斗，不饿着！"孙天俦叹息而出。

在米粮坝，农村籍的学生被县城籍的看不起；农村出身的教师，被城市出身的瞧不起。农村籍学生的出路是投降，农村教师的出路也是投降！多少英才都投降了！王勋杰是法喇的英才，向米粮坝的庸俗投降了！晏明星是则补的英才，她也向米粮坝投降了！孙天俦深感可怜，这些人聪不聪明？很聪明！正因聪明，投降了。如果不聪明，尚不至于投降！多少本可以成才的人，都投降了，多么可惜啊！

唯有孙天俦不投降，他要与世界作对到底！人人学城里学生穿喇叭裤了，他不穿！人人学城里学生说话，他不学！有意土头土脑，结果班上有几个城里学生看不惯他这有意为之的干法，来欺侮他，他们见他个子矮，突然走近一扬腿，腿就从孙天俦头上移过。孙天俦大怒，抱起石头就砸去，结果就打了起来。孙天俦自然打不过，被打了趴下。打过几架，城里学生虽看不惯孙天俦，只是嘴上骂："这个土包子！"而不敢再与孙打架了。

唯一可以与天俦同志的就是法喇学生岳英贤。岳头个学期高考，未考取，今来补习。他假期里干农活干怕了，因此拼命读书。他个子、年纪也小，心性也傲，也被骂为"土包子"。在这县城，饱受歧视，与孙天俦惺惺相惜，说："以前没有尝到当农民的滋味，这个假期回去，天天背松毛丫枝，背怕了。我爸爸问我：'苦够了没有？'我赶紧说：'苦够了！'他才给我一百元，叫我来补习！你想在我们法喇，既不兴洗澡，又不兴理发，一两个月才洗一次头。一路的坐车来，全身的灰，一到这县城，就有人骂我'高山人'！这些杂种！我们哪里比他们差了？我们虽是吃洋芋坨坨长大的，但志向、理想并不比这些吃大米瘦肉的杂种差！"

岳英贤是拼命苦课本，很少读课外书。孙天俦则不上课，拼命地看课外书。他们有时谈起王勋杰来，见他跟在一伙城里的纨绔子弟后面，都道可惜。二人原都极敬重王勋杰，认为王是法喇的骄傲。岳英贤说："王勋杰可惜了啊！他又有才能，又有志向，刚从学校毕业，正是干事业的时候！他原来很高尚，现在怎么变庸俗了呢，人一变庸俗，那就完蛋了！"

县图书馆书多，孙天俦越读越是着急，越读越感到自己的无知和以前在荞麦山读那点书的可怜。这日孙天俦读到明代少年英雄、诗人夏完淳的诗及其事迹，大吃一惊。夏完淳生于明崇祯四年，死于清世祖顺治四年。满清入侵，夏起义兵抗敌，被俘就义，年仅十七岁。少年早成，著有《夏内史集》。孙天俦阅其诗，为其格调高亢、诗艺工精而吃惊，认为他是明代最优秀的诗人。每日朗诵其诗："复楚情何切，亡秦气未平。雄风清角劲，落日大旗明。缟素酬家国，戈船决死生。胡笳千古恨，一片月临城。""战死难酬国，仇深敢忆家？一身存汉腊，满目尽胡沙。落日翻旗影，清霜冷剑花。六军横散尽，半夜起悲笳。""三年羁旅客，今日又南冠。无限山河泪，谁言天地宽？已知泉路近，欲别故乡难。毅魂归来日，灵旗空际看。"读得吃不下饭，也睡不着觉了。自觉比夏完淳，是地欲比天。夏十四五岁起兵抗清，即事命篇。十七岁就义时已是著名的民族英雄、爱国诗人，在中华历史上流芳千古。而自己呢？已近十六岁，在中国历史上留下了什么呢？

孙天俦徘徊惆怅，夜里失眠，辗转反侧，忧心如焚，一夜眼亮如火。怎么办？像夏赴国难而死吗？眼下无外敌入侵！否则尚可御敌以死，不愧于夏。但即使能赴国难而死，那诗呢？死时能在中国文学史上留下夏完淳那样优秀的诗作吗？

孙天俦深感无奈，上述两项，他一项也无法在十七岁前完成！他几乎要疯狂了，比不上夏完淳，那还活着干什么呢？他越想越悲观，越想越糊涂。如果自杀呢，那更是死一万个孙天俦，也不如夏一个。宿舍内鼾声此起彼伏，城内城外鸡声一片。孙天俦憎恶起这个社会了："多少庸人正睡得死气沉沉啊！"外面渐渐明了，有喜欢晨跑的学生已起床赴操场。孙天俦躺在床上无益，也下了床，只觉头脑昏沉，眼痛如灼，又上床去，还是睡不着。天明了，他只得起来。整个白天，眼睛火辣辣地疼。书拿到手上，不久看完了，但是什么内容，立刻忘记了。孙天俦只好不看书，到操场里走着玩。足球场上，高一年级的学生正在踢足球。城里的纨绔子弟，分成两帮，围着那圆的东西拼死拼活。孙天俦见着就觉他们可悲，这争个什么东西啊？人比动物高尚得多，一群老虎和狮子捕擒食物时，是异常雄伟，而如果一群老虎为个足球拼命时，是何景象！两个班的姑娘，拼命呐喊助威。晏也在她们班拉拉队的行列，大喊大叫。那些球场上的学生，为了要表现自己，不单脚上卖力，手上也在使劲，抢球时相互拳打脚踢，终于不成踢球，而成踢人了。双方学生在球场上打了起来，血出来了，嚎叫声也起了，两班女生也相互骂了起来，晏也在骂对方女生。

孙天俦看得惊心，猛觉此女已庸俗化，与他已相去甚远了。夏完淳十多岁为国而死，球场上这一伙呢，晏之流呢？孙天俦不敢想象如果外敌侵我中华，晏等是否会上阵厮杀，为国捐躯。孙天俦看了一阵，不忍见他们那庸俗劲，回来看书，可是眼睛一沾了书，像被针戳。孙天俦无法，只得回到球场边，庸俗就庸俗，他只好也看足球。打架止歇，双方又开战，都为复仇，争抢得更激烈，也更野蛮。女生都为压倒对方女生，巴不得自己的班赢，叫得更有劲，边鼓励本班男生，边骂对方女生，晏也更卖力地叫。孙天俦斜眼看着她，晏猛见孙天俦在对面，叫得不大声了。孙天俦盯住她看，想：多聪明的人啊！世上的知识学都学不尽，她怎么不珍惜青春，珍惜年华，好好读书呢。

足球赛结束了，晏所在的班赢了。姑娘们又叫又跳，又唱又笑，忙给男生们倒水，庆祝胜利。晏始终因孙天俦在对面，拘束不已。男生与女生们谈笑的谈笑，打闹的打闹，颇为疯狂。晏独自走向孙来，孙天俦明白是自己把她逼来的。她渐渐走近时，脚步就犹豫了。孙天俦就叫："晏明星！"她站下，脸红了，问孙天俦："有什么事？"孙天俦说："没什么！"她就站下，等他再说话。孙天俦很窘，说什么呢？二人各自看着自己眼下的地面，有时偶尔互看一眼，站了许久，她就一笑，说："我走了！"孙天俦点头。她又看他两眼，像在询问，见孙天俦无话可说，她就走了。孙天俦盯着她的背影，感情复杂，她的眼神仍充满对他的关切！他心内立即像水一样漾了起来。孙天俦明白只要自己叫一声，她随时可以属于自己，他甚至又想入非非了，心中尽是对她的依恋。

孙天俦连续多少夜晚睡不着觉,只要一上床,思绪就飞扬起来:他要当天地的霸主,宇宙的君王了。眼睛又疼起来,眼看又将失眠了。孙天俦急得骂自己:"你算什么狗屁东西!滇北山中的小农民,学习成绩极差的高中生!全球几十亿分之一,一个渺小的蚂蚁!地球算什么?才是太阳的几百万分之一!太阳系算什么?银河系的一千五百亿分之一!银河系算什么?只是已知星系的十亿分之一!你算哪样呢?"骂也不起作用,他就回想站在大红山顶俯瞰法喇村人如蚂蚁的情景,又回想站在大红山看则补只是个针尖大的白点的情景!又回想开学时自己与父亲来县城时,站在高山上俯瞰县城,整个县城只有一颗米大!孙天俦就问自己:从天上俯瞰你,你有多大呢?然而还是睡不着!无奈之余,孙天俦大怒:既然都不争气,那要想就想吧!又想夏完淳,又想自己要怎么办?又着急起来了!十几年的光阴,碌碌无为过去了啊!满腔愤怒,他就跳下床来,走出宿舍。

月色很好,大块的夜云在不断地分裂、组合,向东奔涌而去。孙天俦仰望它们,感觉大地也在奔涌斡旋。整个县城呢,悄无声息。孙天俦想:昏者多而醒者少。看看如今,能起来欣赏这夜色的,能有几人呢?更多的人,包括晏明星在内,都在黑暗的屋里做着浑浊的梦啊!

坐了许久,睡意来了,孙天俦又回宿舍。宿舍里热烘烘的,尽是人们鼻内呼出的热气。鼾声一片,有如外面的蛙声。孙天俦一喜:人就是青蛙!尊贵何在呢?

经过长达两周的惆怅和愤懑,孙天俦才想清楚:要比夏完淳很困难!当不了民族英雄,那就在文学上赶上夏完淳。他想的是在十七岁之前,拿出一部长篇小说来,只有这样才能证明自己不比夏完淳差。至于小说的内容,他也早已想好了。孙家到云南来这么多年,这么多代,不是过得很可怜,很悲惨吗?法喇人不是也过得很凄凉吗?就以孙家和法喇人的历史为依托写作,叙述那些凄凉的人生道理,他已不想写什么英雄美人的故事了!

他转而研究米粮坝的历史。在荞麦山中学时,他知道了一些,这下又进行核实补充。他白天去找资料,晚上进行构思。一构思就睡不着觉,夜夜失眠。对镜一望，双眼红肿，眼珠尽是血丝。他从书上学到控制失眠的办法，从一、二、三数到几百、几千，但数着数着他就失去了耐心，骂自己也不管用，又只得放任自流。想眼睛红肿到哪一步，也不管了，生命到哪里完结也管不了了。他原以激情自鸣，以豪迈得意，不料如今尽吃了激情的苦头，每晚被激情驱使，直到天明。

城里学生，当时最值得自豪的东西，就是他们能提上录音机到班上来炫耀。放什么"你就像那冬天里的一把火，熊熊火焰温暖了我的心窝"，以及"迪斯科！这是心灵的安慰，这是无已的追求"。他们拼命跺脚扭腰，叫跳"迪斯科"。惹得一班农村学生羡慕极了。农村学生的羡慕，更添了城里学生的自豪。连王勋杰也买个录音机来，教给他那班的学生跳，他自己也跳。孙天俦他们班上，城里学生不多，也没有别班城里的学生阔，但录音机和迪斯科还是有的。教室被跺得黄尘飞扬。农村学生都站在角落，瞻仰他们的舞姿。孙天俦有时到教室，看见了，就想：真是百兽率舞啊！到王勋杰的那一班，见王和男生女生们在跳，孙天俦想：王也要同百兽了！再到晏明星他们教室，见晏也在和城里男生女生哈哈大笑，边笑边跳边擦额上的汗。孙天俦就摇头：这姑娘越来越庸俗了！

半年匆匆而过，元旦将到，班上搞了个联欢会。几个城里的男生女生是班干部，受班主任委托，领了班费，买了彩纸来，把教室的电棒裱了，就成彩灯了。他们把桌子移到边上，上面放好糖果。王勋杰等老师也被请来坐着，联欢就开始了。农村学生只能当观众，看城里学生的迪斯科和听他们嘶哑的"你的大眼睛，明亮又闪烁。仿佛天上星，最亮的一颗"和"你给我，笑一点，滋润我心窝"，嚎叫一起，掌声如潮。孙天俦火了，决心大扫荡，就自报节目。那些女生平时欲逗孙天俦，但孙太冷酷，总逗不动。这下巴不得听听孙天俦的歌声，急鼓掌欢迎。孙天俦就上场。他没有录音机也没有磁带，就搞清唱："起来！全世界受苦的人！满腔的热血已经沸腾，要为真理而斗争！旧世界打个落花流水！从来就没有什么救世主，也不靠神仙皇帝！奴隶们起来，这是最后的斗争！"女生们一听就皱眉头，叫孙天俦："你唱个流行歌曲给我们听听嘛！"男生则高喊："下来了，下来了！你唱的这个不好听！"孙天俦不理，仍然唱，他最欣赏《国际歌》。男生见吼不下孙天俦来，嘘声一片，叫孙天俦："下来了！再不下来我们要打了！"《国际歌》唱完，孙天俦有意挑衅全班学生了，又唱："风在吼，马在叫，黄河在咆哮！"学生又轰他下台，他不下，唱完，又是《中国人民志愿军战歌》："雄赳赳，气昂昂，跨过鸭绿江！保和平，卫祖国，就是保家乡！"完了又《苏武牧羊》了。包括王勋杰等老师，都为孙天俦这有意捣乱而不满。这时冲上来几个学生，强行把孙天俦拖下讲台，迪斯科又开始了，王勋杰等又和女生们率舞了。孙天俦已满足，走了。

　　学校搞了个文娱晚会迎接新年。大礼堂里，人山人海。上台的，仍是什么"我是一匹来自北方的狼""没有你的日子里，我会更加珍惜自己"等等，还有就是迪斯科，单个跳，团体跳，你方跳罢我又跳。孙天俦又想："正声何微茫！哀怨起骚人。"就想上去吼《国际歌》了，可惜有人见他上去，就忙阻着，所以他上不去。

　　孙天俦以阳历元旦是西方的东西不予承认，他定要以阴历正月初一为元旦。他一直坚持以甲子乙丑等干支纪年直到现在，这给他带来了极大的麻烦。老师反对，学生也反对。孙天俦我行我素。答历史试卷，涉及年代，孙天俦就是不用公元纪年。题虽答对了，但老师却不给分。孙天俦就和他讲理。他又说："你这个极端、反动而且狭隘的民族主义者！滚！我教不下你来，你去另请高明！"

　　孙天俦还觉不能抒发他的愤怒，又理了个光头。全校就他一颗亮光光的脑袋，极是惹眼。校长看见，就问是谁如此大伤风雅。叫孙天俦来盘问，命令孙天俦戴上帽子，否则警告处分。孙天俦被迫整个帽子戴着。校长又在教师会上提此事，历史老师说："这不算反动！他公然以干支纪年！"校长大惊："有这回事啊？是不是真的？"又捉了孙天俦去问，又警告："你再敢以干支为纪年，就开除你！"孙天俦便不能公开用了。

　　寒假到了，因交通不发达，全县只有几辆班车通往则补等较大的区。荞麦山在全县正中,无专跑荞麦山的车。孙天俦等回家,得搭其他车。但这些车又都是短途,客运站只卖长途的,不卖短途,买不到车票,荞麦山的学生就只好大家出钱,去找到一辆货车,谈好价钱,坐到荞麦山,再从荞麦山走路回家。一到家里,他就忙着在全村采访。近一个假期,基本将法喇的历史弄清楚了。

二十六　吝啬鬼害妻丧命

将近两月，孙天俦走访了全村，深觉法喇人民可怜，每晚回家，兴叹不已。这日他去采访曾于乙巳年①开赴越南抗美援越的何国才。何与安正书等人甲辰年②入伍后，调到乌蒙训练三个月，又调到昆明步兵学校训练半年，十月分别调入昆明军区、广西军区，开赴越南，转战于老街、安沛、富寿等省。安正书等在高射机枪班，何国才在排雷班。安等所在连队击落美军轰炸机二架，俘虏美军飞行员三名。何国才则以精湛的排雷技术，排除数以万计的地雷。但这个当年的排雷英雄，如今穷困潦倒。他为人又有些懒，就苦不到吃的。

孙天俦去找他时，他妻子说他出去放猪了。孙天俦到地里去找他。他哪里是放猪，而是在剥削猪。他把猪赶到早已收过的洋芋地里，猪就在那地里拱。猪拱半天，拱到个洋芋了。他早观察着的，一见猪有喜色，忙提了棍棒上去，拼命打猪，把猪打得嚎叫而逃，洋芋从猪嘴里掉了出来，他就把洋芋捡了，揣进自己的包里，又让猪拱。拱到第二个，他又冲上去打猪，把洋芋夺下。孙天俦来了，他边与孙天俦讲他在越南战场上的英雄故事，边盯着

---

① 乙巳年：指1965年。
② 甲辰年：指1964年。

猪。见猪又拱到一个，立即飞起，棍棒沉闷地砸到猪身上，猪一声惨叫，洋芋掉了，他就把洋芋捡了，又对孙天俦讲起来。孙天俦见那洋芋上，尽是猪的唾沫。采访完，孙天俦就往回走，心中既怜悯那猪，也怜悯何国才。

孙天俦回家，还在想着这事，长吁短叹，想何国才这日子怎么过。孙平玉、陈福英又借此事教育诸子："你们一天无事，好好地在这村子看看！惨的人家多得很啊！不消我们说，你们一去看就明白了。"陈福英就讲起陈福芬家来："过年那晚上，你们去你爷爷家玩去了。我和你爸爸下去喊你们，黑得路都看不见，我们也摸着走。后见前面一人也在摸路。我们一问，等出声了，才知是陈福芬。我说：'姐姐，你咋在这里啊？'她就哭了，拉起我说：'我的大妹啊！过啥子年啊，是过可怜啊！人人在过年，家家在过年。我呢，过的是可怜，哪里是过年！他爷两个前天就去堂琅坪找粮食，年三十晚了，人花鬼面不见一个！我昨天就心焦了，想即使找不到粮食，也该回家来了。大年三十，好上哪家门上讨口？我昨天就出来望，天黑了都不见他们回来。半夜我才回家，娘两个上楼找了半天，找得两个洋芋下楼来，烧在火头，一人吃一个。吃好，我说：'孙平仙，明天就过年了！他爷两个今晚上就该回来了。明天三十晚上，大过年的，收账的都不好上门，莫说他们找粮的，好到哪家？恐怕是找到点粮食，被人家瞅准了，图他们那点粮食，把粮食抢了，人也整掉了！'娘两个就哭。要想请人去找，大过年的，好请人家哪个？再说你请人家去找，也得粮有一颗，米有一撮，才好请，难道还好意思请人家饿着肚子帮你家去找人？我今天天不亮就起来，坐在上面梁子上望，眼睛都望花了，不见他们回来。两条牛走来，我以为是他们来了，忙站起来去接，走半天才发现两只角。到天黑，还不见回来，我就没有想头了，坐在那山包上，越哭越想哭。哭齐刚才，我听别人说孙江富去找粮回来了，想去问一下看见他爷两个没有。去问时，孙平毕、孙平东才说孙江富也去找粮还没有回来。我的大妹啊，姐姐这一生，不晓得前世犯了什么过错，弄得这样可怜，凄凄惨惨。'我和你爸爸商量,她平时虽像不知事的,叫他儿子来我面前争辈分,但现在看着也可怜,难中好救人。她家里现口无粮,还饿着肚子,就想荞、麦还要过推,等推了整出来吃,今年都过了,到明年了。还是洋芋最方便,就端了一撮箕洋芋去给她娘两个。进门一看,好不可怜,冷火秋烟的。娘两个就黑摸摸地坐在火塘边哭,差不多要饿瘫了。我们倒了洋芋,她又哭起来:'大妹啊,你救济姐姐,姐姐感激不尽啊!姐姐没有脸见你啊!一样的祖人,一样的骨肉,一样的姐妹,你有吃有穿,姐姐无吃无穿,你左一回端撮洋芋给我,右一回撮碗麦面给我,姐姐吃得害羞啊!大妹你长双脚手,姐姐也长双脚手,都能劳动,姐姐却像个讨口的,说不过去了啊!你有吃有穿,不是偷来的抢来的。姐姐无吃无穿,也不是被人偷了抢去了。我家这运气,是丑得很了。生产种下去,地犁得同样深,种切得同样匀,粪盖得同样足,偏偏别家的长得好,就是我的长不好。人家的一亩地挖十箩洋芋,我的十亩地挖不得一箩洋芋。我奇怪了,天天去看王元国家的。我怕自己运气丑,就去请王元国,说:'王元国,大婶图你的运气好,来请你帮我家犁天地嘛!我家运气丑,无法了。'王元国就来帮忙犁了。丢种也是请王元国家媳妇丢种,盖粪是请王元国家姑娘盖的粪。等出出来一看,气不死人:一亩地还出了不到五十棵洋芋,而王元国家的呢,出得像树林一样。王元国来看了,连说:'奇怪!奇怪!'他媳妇也来看,说'怪了怪了。同样的种,同样的粪,同一天种的。我家的好得很,你家的一窝不出。'我又赶紧补荞子,才得点收成。几百斤种,几十箩粪,就像漏下地底去了,一点反应都没有!'"

看来孙富民已注定在农业上了,孙平玉、陈福英为他的婚姻着起急来。就他的年纪,隔结婚还远。但法喇近年风气日差,女方逼男方比从前厉害许多。以前也有逼的,但顶多逼一两条猪,现在呢,逼男方修起大瓦房,否则不嫁。起一间大瓦房至少两千元,谁家起得起几间?陈福达开陈福英的玩笑:"姐姐,你还不准备起大瓦房?四个外甥要结婚,你得起四间大瓦房啊!"陈福英说:"我住的还是茅草房,哪个起得起大瓦房?要讨媳妇的,各人自己去想办法,我是起不起大瓦房的!"说归说,但孙平玉、陈福英听这家逼那家起大瓦房,心里也真为之着慌。想还亏孙天俦成器,看来以后在单位上，就少一个逼他夫妇起大瓦房的了。而孙富民呢？问题就来了。

女方拼命逼男方，男方不是就不会想办法。有的人家老实，儿子也的确不成器，就只得卖猪卖牛，把大瓦房起起。有的人家呢，儿子稍有些才貌，便将姑娘哄了，带着跑米粮坝，在旅社里包间房，住两晚上，生米做成熟饭，叫做"旅行结婚"，免掉被对方逼大瓦房的苦恼，这是一个当兵人名秦国政的发明的。秦家原来很穷，长子秦国政去当兵，回来一身军装，很威风的。秦从小至今二十几岁，因其家穷，找不到媳妇。如今回来，家虽还穷，但脸上干干净净，牙齿刷的白朗朗的，看着不错。当父母的当然不会被那表面现象所迷惑，而未知世事的小姑娘呢，就不同了。赵家的姑娘就上当了，秦国政对赵家姑娘吹他在部队如何如何，吹得天花乱坠。姑娘就瞒着父母和他私奔了。他把姑娘带到部队结婚了。赵家到处找姑娘，秦家老者才去与赵家老者说："你家不消找了，你姑娘已嫁我儿子！他两个到部队去结婚了！我来说与你知道！"赵家老夫老妇听了，气得几天没吃饭。骂姑娘瞎了眼睛，好日子不会过，嫁了个讨口之家，这下去跟秦家讨口了！气愤之极，就到秦家门上，逢锅便砸，逢碗便摔，要秦家起大瓦房。秦家不起，说："既然你家不愿这桩婚事，就算了！我带信去给儿子，把你姑娘退还！"

赵家这姑娘，从小就许给了刘家。刘家以前来商量婚事，赵家就逼刘家起大瓦房。大瓦房不起起，姑娘不嫁。刘家无奈，正在起大瓦房，赵家姑娘却被拐走了。刘家大怒，来逼赵家要人。赵家就带了刘家到秦家门上。秦家求和，刘家不听，非要人不可。秦家如何舍得给人，只得高价求和。刘家历年与赵家的东西，不过五六百元。这下刘家连一根猪毛都算成钱，赵家亏了理，不敢与刘家辩，只得讨好刘家。有的无的，只要刘家说给过，赵家都答应说给过。左算右算，共是一千八百元，赵家既答应说有，秦家只得给。秦家被迫卖了牛、马，又投亲靠友借足一千八百元，给了刘家。这样婚事才退好。赵家老夫妻二人，又来秦家，将秦家的一条瘦猪捉走，秦家只有一条狗了，也被赵家拉走。秦家最终一无所有，但反正是讨到个儿媳妇了。全村人都说："莫看秦家不行！人家还轻轻就把儿媳妇讨到手了呢！"从此都效仿秦家。今天东家的姑娘被西家哄走了，东家跑到西家砸一通，但终归谈判和解。明天甲家的儿子又哄走了乙家的姑娘，乙家又去砸甲家，又以谈判告终。村里隔不了几天，就要为这类事打一架，吵一架。婚姻都是父母之命、媒妁之言，正式办酒成婚的惯例渐渐被打破，"自由恋爱"就这样登台了，而且一发不可收拾。才过三两年，正式办酒结婚的就少了，一年只有一两桩，百分之九十五以上的，就被原来叫做"私奔"的"旅行结婚"代替。几年前，倘哪家姑娘敢私奔，其家要蒙受巨大耻辱，被亲友村邻看不起。而今呢，人们已不以为意，只是增点笑谈而已。

但这"自由恋爱"也不是没有条件，那就是至少男方要能哄得到个姑娘生米做成熟饭。儿子没有这一本事的，还是得受女方家的种种条款，处处受限。孙平玉、陈福英着急："孙富民可不是这样的料子，能把哪家的姑娘哄来？"二人没办法，虽才给孙天俦退了婚，但又忙着张罗给孙富民订婚，孙天俦反对。陈福英说："你莫拿你打比！个个都像你，那这世上的事就简单多了。你不知道现在的风俗，突然变到了什么样的地步！十几岁的小姑娘，被人带着去结掉婚了大人还不知道！订上一个，毕竟放心点。我们在这个村里，还算有的人家。比上不足，比下有余，还过得去。不说穿的吃的，单看我们这个林林，看我们这股水，富民订上一个，也不会被别的哄走，以后可以少费点精神。不然你天天看着的，这家不吵那家打，天天乌烟瘴气，想着就头疼啊！"孙天俦就不好再管。

陈福英就对孙富民说："人要自己争气啊！你看着的，你大哥订了小婚，却担心退不掉。你呢，我们担心你说不到媳妇，又忙着给你订小婚。像富华书读得走，我们就不给他说，只供他读书，等他大了自己去找媳妇，免得以后他读出书来，又难退婚。人不上进，自己害自己啊！"陈福英早相中了丁家芬之妹，丁家敏的孙女，骆定安之女骆国秀，就请了丁家芬去说。骆家好不高兴，虽然孙富民读书不行，看来以后是在农业上，但过日子还是过得去的。孙家既有，又柴方水便，乐意之至，一说就成。丁家芬回来说了。孙家就正式背了东西，去许口①。规定从此到讨过门之日，孙家三年供骆国秀两套穿的。许口不久，到了新年。该去送穿的了。陈福英就请丁家芬去问了骆国秀身高等等，就坐了陈福达、陈福宽的马车，和陈福九去荞麦山买穿的。衣服是买了十二元的一件花衣服，裤子也买了十元的一条涤卡裤子，胶鞋买了新胶鞋。陈福英从未如此大把地花钱，就是给孙天俦买穿的，也没舍得这样。以前为孙天俦说吴明才之女，因干斤斤聪明懂事，一直反对孙家花钱，不要孙家什么东西，所以孙家基本没去过多少东西，也没这样买过东西。如今一买就感到为儿子说个媳妇，实在不易。陈福九也可惜这些钱，说："姐姐，少买贵了。买便宜点的。戴家说了我十几年了，来得最贵的，也才和这个差不多，还只来过一回。你这个才说成的，先买点便宜的，何必买这么贵？"陈福英说："反正顶多也就是便宜几块钱，不如多几块钱，买点好的。要是买得不好，妈妈拿去，骆家不接怎么办？"陈福宽见买这么贵的，说："富贵是高中生了，也还没穿过这么贵的。姐姐拿来，我去退了买点便宜的。"陈福英说"算了算了。"回家交与丁家芬，丁家芬就拿到骆家去。

谁知骆国秀看了，说："姨奶奶，我不要。谁不知道孙家有得很，哪知这样夹壳郎当的。现在法喇的小姑娘，哪个还穿这种衣服？现在她们穿的，都是五六十块一套的。孙家买这个，三十块就买一套了。"骆国秀之母丁国芬即丁家芬堂弟丁家高之女，丁家芬说："丁国芬，你的意见呢？"丁国芬说："姑妈，这事我们不好说，得听姑娘的。"丁家芬不悦，问骆定安："定安，她娘两个说不要，你看呢？"骆定安说："姨妈，我也不懂，以她娘两个说的为准。"丁家芬本只是媒人，不能为哪一方说话，但想骆定安是亲妹子的儿子，丁国芬是堂弟的姑娘，同时她又可怜陈福英家经济困难，就说："骆定安、丁国芬，我既是

---

① 许口：正式下聘。

你们的姑妈，又是你们的姨妈，也不是我为我姑娘说话，我也养得有姑娘，陈福九给戴家十几年了，戴家从没来过这样贵的东西。陈福九身上穿的，也就值二三十块钱，还是多大的姑娘！骆国秀比她小得多，要穿多贵的？再说养姑娘，给姑娘，是为了给她找个好人家，为她将来好。不是为一时把她给哪家，图件好衣裳好裤子穿就完了。再说姑娘都养得起，衣裳裤子供不起？也是老古里的礼节要这么过，不然就是不要穿的，难道过不去？耐烦图这个虚名？我的意思，我也老天泼地的了，跑来跑去也难跑。你们看这衣裳裤子勉强过得去不？勉强过得去，你们就收下。实在过不去，我只是个媒人，你家咋个说，我咋个应。我这就去叫陈福英重新买！你们觉得咋个样？"你推说："我倒觉勉强过得去，就是姑娘不得。"我也推："只要姑娘同意，就可以了。"而骆国秀总说不行。

丁家芬见夫妇拿姑娘来背名，就带了衣裳、裤子、胶鞋、袜子等回家，路上就气得骂："老子见着的，妈的年年穷丝丝的。吃的吃不上，穿的穿不上，一下子养了个姑娘就狂尸尸的不得了！"回家。陈明贺说："骆定安和丁国芬怎么能这样呢？先莫忙拿去给陈福英，等我去给骆朝厢说。"丁家芬知骆朝厢愚鲁，平时总无端打骂丁家敏，丁家敏从不敢惹，就追出来说："你要说就只跟那个老孤寡说，不要跟我妹子说，你莫害她挨打。"

骆家正在吃饭。骆朝厢、丁家敏忙叫"大姐夫坐"。陈明贺说："骆朝厢，陈福英买了三十多块钱的东西来给骆国秀，骆国秀不要，骆定安和丁国芬也不劝劝。我的意思，也不是说陈福英硬是夹壳郎当，舍不得钱。如果只买了几块钱的东西来，我就要批评陈福英。问题是三十多块钱的东西了，相当够意思了。崔绍武那些在城里工作的大干部，也才穿一二十块钱的衣服。我活一辈子，从来没穿过三十多块钱的东西，你也没穿过啊！就是骆定安一家人，我看也没穿过。骆国秀现在穿的，顶多值十来块钱。怎么硬逼陈福英要买多贵多贵的呢？你去劝劝他两口子，教育一下骆国秀，小姑娘家，不要养坏脾气！你看我那五个姑娘，两个出嫁，从没逼过孙家、陆家一分东西。福九给陈明珠这么多年，也没接过他家多少东西！东西在姑爷家，跟拿来自己家，有什么区别？"骆朝厢说："大姐夫，这个事情我看算了。要说，你直接去与骆定安说。他是隔辈儿孙了,我不好说了,管不了他们的事了。当今的风俗,哪家少得了两千块钱?养姑娘十几年,嫁出门去,饭食钱都不要点了?"丁家敏很惭愧,尽管平时怕骆朝厢,这时还是说:"大姐夫来说了,你就去与骆定安说一声嘛!"骆朝厢听了,暴跳如雷,举起柴块就要打丁家敏。陈明贺火了,就骂起骆朝厢来:"骆朝厢,不看我妹子的面上,我不把你打得稀屎淌才是怪事。你这种畜生不如的东西,老子看着就鬼火冒!养姑娘是养牛养马?公然要饭食钱!把她们当牛马畜生标价卖?当今风俗是这样,我怎么不这样?你前年嫁姑娘,去年也嫁姑娘,共砍了四千块钱来,吃胖了没有?你这是吃谁,是吃你姑娘!是卖儿卖女!"陈明贺走了。骆朝厢招亲到法喇,孤身一个,历来靠陈明贺家爷几个撑腰,哪敢惹陈明贺。

孙家没想到骆家这样要挟人,孙平玉就骂孙富民:"蠢猪,看见没有?平时喊你学习学习,不听嘛!见到真功夫啦?骆家要是再逼我起大瓦房呢?老子起不起!老子住的都是茅草房!你看看这全家人,哪个像穿三十块钱的?平时还总觉得骆家不像搅的人家,照样搅给你看!"陈福英气了,说:"三十块钱的,都还嫌不好,我也买不起好的了,孙家只买得起三十块钱的。她不嫁算了!难道她不嫁,孙家就讨不到媳妇了?"就不理此事了。骆家见孙家不理了,方知不妙,悔已晚矣。这桩小婚刚开始就不顺利。

冬天,丁家敏一人在家,晚上马从圈里跑出来。丁家敏听了,以为有人偷马,不及穿衣,披了衣服就下床出来看。天上正下桐油凌①。结果天气太冷,丁家敏穿得少,等把马赶回,她感冒了,咳起来。骆朝厢一辈子夹壳郎当,丁家敏咳得挨不住,欲要一元钱去买点咳嗽药。骆朝厢就骂:"咳嗽点就要吃药!哪有多少钱给你吃?我没有咳嗽过?咳两天自然就好了。"丁家敏又咳了几天,陈明贺骂骆朝厢:"到我这来

---

① 桐油凌:夜晚下雨雪结成冰凌冻在路面,如涂上桐油一样光滑。云、贵、川等省山区称之为"桐油凌"。

拿几块钱给你去买点咳嗽药给丁家敏吃！"骆说家里有钱，也的确有钱，因卖两个女儿的四千元钱都还放着。但他图陈明贺这几元钱，还是接来了，就是舍不得拿了去买药。结果丁家敏越咳越严重，十多天后，身体肿了。请土医生来看，说是咳起肺炎了，赶快送荞麦山，能医好。骆朝厢问要多少钱才医得好。医生说看这情况，怕要好几百元钱才医得好了。骆朝厢舍不得钱，仍不送。陈明贺父子可怜丁家敏，来催骆家快送去医。骆朝厢不干，只找草药来医。陈明贺就骂骆朝厢："一匹牛马也才几百元钱，几百块钱就把丁家敏医好了，丁家敏难道不如一匹牛马？"骆朝厢任由陈明贺骂，就是舍不得钱。

陈明贺、丁家芬就对骆定安说："骆定安，你妈要死了！只要几百块钱，就救你妈一命了。你妈生你们一场，你们就不救她一命？"骆定安说："大姨爹、大姨妈，这账以后不好算啊！我家是四弟兄，都成家了，各顾各的。现在去医我妈，每人出多少钱？怎么出？要他们三人出钱，是不可能的。我一人出的话，也不合！都是我妈的儿子，要出得大家出，但统一不起来，还是算了！"陈明贺就指着骆定安骂："你们这些杂种，不如畜生！也就是她有儿有女有孙子，老子不好出面送她去医！要是她是个孤人，很简单，老子家爷几个每人出一百元，就送她去医！还用老子上门像求爹一样求你这些杂种？"丁家芬也坐在骆定安家火塘边，破口大骂，回来叫陈明贺："我这个妹子可怜得很！这个杂种家不医，我们送她去医。"陈明贺就叫几个儿子备钱备马车，陈福全等很为难："如果我二娘什么人也没有，那不用说，我们早送她到医院去医回来了。问题她儿子姑娘一大群，我们却拉她去医，这不像话！别人会怎么说？钱是小事，顶多我们每家出一百块钱，问题是说法就多了！是我们看不起骆家？还是我们是二娘的儿子而骆定安等不是？可以出几百种说法来！不好办，算了！"陈明贺、丁家芬想也是。

丁家芬就天天骂，丁家敏又挨了十多天，头也肿了，比盆还大，最终死了，年仅四十五岁。陈明贺家火了，丧事不到场。骆家历来靠陈家，这下丧事冷场了。无人帮忙，骆朝厢哭哭啼啼来求陈明贺。陈明贺、丁家芬又大骂。终是怜丁家敏尸体摆着可怜，陈明贺父子才去主持起将丁家敏抬去葬了。陈家本就不满,因此只叫骆快拿钱出来,将丁家敏的丧事办得很风光,最终用去近一千元。骆朝厢尽管舍不得钱,无奈陈家逼着,只得交出。全村人尤其是丁家、陈家的亲友,都恨骆朝厢,怂恿陈家父子:"骆朝厢舍不得含口钱医丁家敏,丁家敏是他逼死的,现在就拼命花钱!生前对不住丁家敏,死后就必须对得住,让骆朝厢最终觉既失了人,又失了钱,从哪头想都划不来,看他能否得个教训!"陈明贺、丁家芬早打了这主意,所以大肆花钱。

骆朝厢得不偿失,别人才奚落骆:"你如果最初买咳嗽药给丁家敏吃,只要一两块钱,就人在钱也在!后来如果送丁家敏去医,也顶多要几百块钱,人也在的。这下人死了,钱也花掉一千块!你赚了一大笔了!"骆朝厢不敢骂陈家,也不敢骂奚落他的人,就骂丁家敏。丁家芬得知,就来骂骆朝厢:"老子的妹子被你害死了!她的冤魂还在阴间找不到诉苦的地方,你还在骂她!"要打骆朝厢。骆才不敢明骂丁家敏了,但想到丁家敏浪费了他一千块钱时,又恨得暗中骂。陈家于是后悔,说:"当时办丧事时,该把他那四千块全部用掉,现在就可以任由他骂了!"骆朝厢用其余三千块钱买了两头牛两匹马喂着。丁家芬遇上就骂:"骆朝厢,你这下赶着你那两个爹,拉着你这两个妈,日子倒好过了!我妹子死了半年了,你烧过一张纸给她没有?"逢骆必骂,骆家再不敢见到丁家芬。

二十七 痛打毁坟人

冬天里，法喇事故不断，先是吴耀邦打了吴光兆。吴耀邦当兵回来，刚好其兄吴耀庆调在荞麦山区政府来，就在吴退伍时想了办法，搞成乡政府的临时民警。吴光兆与吴光耀家，在老祖辈是亲两弟兄，如今分支下来，越隔越远。吴光耀家历来是长房，吴家开初到法喇时，唯有一本家谱。当初吴家老祖人们只想弟兄和好，家谱放在哪家都行，也未多加传抄。没想老的一死，小的渐渐疏远，有的又起矛盾，均出乎老祖人们的意料。家谱就成为收藏者的专利了，别人无法染指了。

如今家谱落在吴严重老者手中。老者是全严字辈中最小的一个，所以还在世，已是吴家光字辈以上唯一一位存在的老人了。吴严重的长孙吴明凯，现才十三岁，而吴光耀的孙子都要进小学了。吴家都知家谱一直由吴严重老人保管，家谱在吴严重手里，来要了抄时，吴严重就说多年前就被火烧了，一句话推个干净。从吴光耀的父亲时起，就为家谱着急。一直想办法，千方百计使了，吴严重就是不上当。文革中，吴光耀想机会来了，仗着自己家人多势众，硬是把吴严重诬告成了投机倒把分子，进行抄家。吴光耀尚恐别人去不中用，自己亲自去跟着抄，但家谱就是抄不到。历次运动，他都把吴严重列为第一攻击对象，不把家谱威胁出来心不死，但每次都没有达到目的。吴光耀见老办法不行，就改了方式。一次吴光耀哄当时十六岁的吴明凯，说吴明凯要是把家谱偷给他，他出十元钱，并先付了五元，吴明凯答应了。但家谱被吴严重用铁箱子锁着，吴明凯撬箱子，撬不动，去与吴光耀说，吴光耀就叫他把箱子扛出来。吴明凯人小，哪里扛得动箱子。吴光耀就叫孙子跟着去扛。他俩刚扛出来，就被吴严重发现。吴明凯被吴严重狠狠收拾了一顿，连同其父吴光洪也挨了吴严重打。以后家谱就被转移了，吴明凯再也不知家谱在何处了。

吴家全族，原也不关心家谱。吴家的字辈，清代咸丰中转谱，定了二十字，到耀字，才是第五辈。吴光耀等仅凭父辈的记忆，知道第六辈的字辈，但到第七辈就不知道了。眼看到吴明献等的曾孙辈，就无法起名了，吴光耀焉能不着急。等吴严重家呢，等不得。吴严重的孙子都还要几年才结婚，吴光耀这一房如何等？吴光耀气急了，真想发动子孙们攻上吴严重的门去抢了，但谁知吴严重把家谱收在哪里？家谱不在家里，想抢也抢不到啊！

吴光兆之父，就是吴严重的亲大哥。吴光耀家认为，多年威吓不奏效，就是吴光兆在给吴严重谋划，叫吴严重不给。加上这一房人，只有吴光兆在单位上。吴光耀积年有恨，又想通过打吴光兆，吓吓吴严重，就叫吴耀邦瞅机会，收拾吴光兆。这日吴光兆从单位回家，刚好和吴耀邦坐同一辆班车，到法喇刚下了车，吴耀邦揪住吴光兆就打。吴光兆五十来岁了，哪里打得过才十七八岁又当过兵的吴耀邦？被吴耀邦打倒，骑了上去，左一耳光右一耳光，打的口鼻流血。有不明吴家这一大族内情的，劝吴耀邦："孙子打爷爷，怎么行啊？快莫打了！"吴耀邦哪里肯听？直把吴光兆折磨了几个钟头，晕死过去，才被陈明星带几个儿子来抬回家。医了半个多月，吴光兆才能起床。

吴光兆的势力斗不过吴光耀，此事就这么罢了。吴光兆只能等以后他家的势力胜过吴光耀家，再图报复。

打了吴光兆，威慑了吴家全族，吴光耀就说重新修家谱，要吴严重将老的家谱交出来，吴严重就是不睬。吴光耀恨得咬牙，但又无可奈何，只得将所知祖人名号列出，到吴光耀的孙子辈，另行转谱，重拟字辈，吴严重家这一大房就到处吹，说吴光耀为子孙拟的字辈，有的重了吴家祖人的字辈。吴光耀一家听了，也无办法，到底重不重，重了哪些，根本不知。要用新拟的字辈呢，又怕真有重了祖人的。

吴家老祖人到法喇时，寻了一个大坟堂，连续四代人，都埋在那一坟堂里，共十六座坟。四代人以后的，因人口多了，才规定不准再入祖坟堂了。为怕后代们弄不清坟主，吴家先人就把每座坟的情况，都写在家谱上。家谱得不到，吴光耀等根本不知坟的情况，只有吴严重家这一房根据谱书，弄得清哪座坟是那个祖人的。逢年过节，吴光耀带了子孙，到坟堂给祖人拜年，弄不明白，只好乱拜一气。吴严重这一房又吹吴光耀拜错了祖先，把香纸都烧在吴严重家这一房的祖人坟上来了。是否拜错，吴光耀家也无法知道。吴光耀后来火了，就不到坟山为祖人拜年了，但想想又不对劲，明知祖人是在那个坟堂里，不去拜不好。要去拜呢，坟又多，分不清楚。吴光耀家称霸法喇，对祖先的坟及后代的字辈，却无法得知，一生的难过，可想而知。吴光耀气得给子孙立规矩：以后再不能几辈人埋在同一坟堂了，免得又你说我拜错了，我说你拜错了。

孙江华多年前就说："老的不摆谱，小的失了谱。我们这一家，我们这一辈老了，小的呢，没有一个能管管家务事的。年轻人也渐渐不信话了。得开全族大会，选个族长出来，严加管理。"众人谁不知这一家人口是心非，陈福英、魏太芬等都说："那就选他了嘛！"到期在孙江华家召开全族大会，唯孙江成、孙平元、孙平刚不到会。孙江才如何能不想当族长，但无人选他。最终选了孙江华，孙江华就说："我们这家以后要加强团结，扭着一股绳，连外人都说我们家不团结，说到家族不团结，就拿我们孙家来作比方，说'不要像孙家那样'。"于是众人都说要团结，但会一散，各行其是，谁管得了谁？

刚选了族长，大桥的孙江国就跑到法喇来求助了，共是二事：一是孙江国前妻死后，讨了个后妻。这后妻从前夫那里怀了个儿子来，今已二十岁，前几天打了孙江国一顿。大桥那里家族弱，又都像法喇的一样，各有矛盾，谁耐烦管他的事情。如今这儿子更甚，要孙江国滚，把房屋田产让他。孙江国想到乌蒙去搬家族，但乌蒙那里已不把他当什么家族了，只得跑到法喇来求援；二是说大桥的祖坟堂，被那里的一个大族傅家的人犁作耕地了。大桥孙家甚弱，虽与傅家历代都是内亲，但不敢惹傅家，所以如今全族商议了，由他到法喇来搬兵。这第二件事，是孙江国怕法喇之众不去大桥助他，所以说出来胁法喇之众。他还说他是专为此事而来，顺带中说到他个人的事，说如果去的话，连带教育一下他那不孝之子。

法喇人大惊，问坟堂被犁了多长时间了。孙江国说犁了两年了。前两年他们就想来法喇求援，但因事忙，一直没来。孙江国年纪比孙江成还大，法喇江字辈的都得叫他大哥。他刚来时大家还叫他大哥，这下火了，都不叫了。孙江华径直提名吼道："孙江国呀孙江国，你们大桥这支头的人，还叫不叫人？我看不该叫人了，该叫畜生了！祖坟被人犁成耕地了，不管不问！那要这些后人干什么？要儿孙干什么？就是要了守那个坟堆堆啊！祖先的尸骨都被人犁翻在地皮上来了，你还有脸活在世上！我说直接点，你不是为什么祖坟被毁之事而来的，你是为你个人的事而来的！要是你个人的事不出，再过十年你也不会来说祖坟被毁的事！"孙江成与孙江华有矛盾，开家族会不参加。但为这一事，都参加了，他先对孙江国还甚尊敬，这下也不客气了，说："孙江国，你仁义道德一样不知了，只知个钱字了！天天只忙做你的生意，祖坟也不管了！现在祖坟被毁，我们要找哪一个？就是要找你！你家看祖坟呢！看得怎么样了？我们全族人的老林交给你家用，你家把它砍光，老林败了，坟也被人犁翻。我劝你自己找根索子，勒死算了！"

孙江国脸白了，只叫："各位兄弟、侄儿、侄孙们，望你们原谅我们了！我们那几支头，实在是败干净，无办法了！人家想欺就欺，想打就打，毫无办法。要是力量称得过，哪个会甘心祖坟被毁，落万年的骂名？我们要是斗得过人家，也不用来麻烦各位兄弟了！守祖坟是我们分内的事啊！我们守不好祖坟，哪块脸来见你们？但事到如今，真是无办法！只好麻烦各位兄弟去给我们撑撑腰，把祖坟整好，既让祖人们得个安宁，也图我们大家有个好名声！"过后背了孙江国，大家商议，一致痛骂大桥这支头的人。

原来当初孙寿康搬到法喇来，曾认为自己隔远了，无法看守祖坟，出了一笔钱，将祖坟堂周围的地都买了过来，种上松树，说松树就交由几支头的人使用，请他们代为看管祖坟。孙江国家爹为图孙寿康种的这片老林，一下子就说祖坟他看，孙寿康就将老林交给他了。孙江国家爹的一生，就靠卖那片老林的木料发了起来。到孙江国，将老林砍光，全卖成钱，用来做生意，家也发了，祖坟却不管了。如今祖坟被毁，叫法喇人怎能不气！大家认为去是一定要去的，问题是怎么去。最后决定全族十七岁以上的，都要走。每家出十元钱，以充公用。

孙江才不敢去，怕自己是个支书，去管这事，于其仕途有碍，说："我是最近区要改乡，乡要改村，事情有点忙，恰恰最忙的就是这几天。能不能推后几天去啊？"众人说："这是十万火急的事！枪响火着，立马就走！哪个等得你几天！天大的事也得走！你叫安国林、罗昌兵顶着不行？"孙江才说："不行啊！规定要支书在家守着！"孙江华毫不客气地说："孙江才，不去你就滚开了，莫影响我们谈正事！你当这臭官，哪里得来当的？不是祖先的阴德，你当狗屁的支书？祖人不赏你这几两干巴，你在哪里？推这推那，推得难听！烂支书我没当过？孙平玉家爹没当过？你这个支书，起狗屁作用！我当那个党代表，有杀人权，有警卫员给我扛枪！我还不会在关键时刻讲区上如何乡上如何！你说给哪个听？莫说区上县上，就是省上中央我们也卵不起！你滚远点说！"全族人都向孙江才投去白眼。

孙江万见全族人看不起孙江才，忙骂孙江才："你啥子事了不得了？规规矩矩地走！祖坟被毁，就是叫你去死，也要毫不犹豫地去死！以前说了嘛，'君要臣死，臣不得不死；父要子亡，子不得不亡。'"孙江才无法，亏他二哥帮了忙，找到台阶下了，忙说："那我也跟着去。"

孙江富流浪在外，就不管了。孙江荣因他的羊无人放，由孙平文去。全族决定去孙江成、孙江华、孙江万、孙江才、孙平玉、孙平文、孙平元、孙平刚、孙平拾等人，每家出十元。孙江荣对自己出的十元感到很可惜，抱怨说："我家出十元，孙平文要出十元，我爷两个就出了二十元，加上我哥的十元，孙平玉的十元，孙平元的十元，就是五十元！我两弟兄就出了五十元，他们两大房总共才出四十元，比我们一房的还少十元！孙江华才出十元，孙江汉也才出十元！孙江万、孙江才都只才出十元！孙江富更一分都不出！要这样出才对：按三大房出，大房出多少，二房和小房就出多少！我们这一房出了五十元，二房和小房也得各出五十元！去的人呢，也是大房的最多！大房去五个，二房小房才去四个，也不合！"魏太芬听了，说："你闹哪样？出就出嘛！为祖人的事，哪里会有亏的？就是事情迫人，要你出一百块呢，你出不出？你家人口发，能得出二十元，还要想到是光荣的事才对，公然说吃亏了！真正吃亏的是谁？是那些只出十元的！他们人口不发嘛！你家算出得多的？出得最多的是老大爹家！他要出十元，孙富贵家爹要出十元，孙平元要出十元，共是三十元。人家还无怨言，你有什么怨言？同样，只有人口多的人家，人才能去得多，像孙江才，他只有一个人，你要叫他去三个两个，他哪里有人去？"于是全家都骂孙江荣，孙江荣才不闹了。孙江华、孙江才等知道，好不气恨。

孙江国被打发了先走，孙江华等与他约了到大桥的日期，叫他通知大桥全族的人不许走散。于是法喇的分了工：万一要打，孙平玉、孙平文、孙平元、孙平刚、孙平拾冲锋在前，江字辈的负责讲理，平字辈的负责打架。先收拾孙平清，以儆傅家，再找傅家。孙平玉等全准备了钢筋等带着走。

先声夺人。大桥的知法喇的要来，忙杀猪宰羊，备了酒席等待。连傅家都不明其故，有些惊恐了。法喇人一到，大桥的忙请上席，孙江华吼道："我们来，是图吃啊？"就叫："把那不孝子捉来！"孙平玉、孙平文等一齐扑上，把孙江国那儿子名孙平清者捉了来。孙江成、孙江华坐中央，法喇及大桥江字辈的全坐两边，进行审问。孙平清先已挨了几下，被吓萎了，只管朝孙江成、孙江华为首的江字辈老人们叩头谢罪。孙江华见状，问："不孝之子，服了不？"答慢了，立即就被孙平拾踢一脚。孙平清忙说："服了！"孙江成道："孝敬你爹了不？"

孙平清说："孝敬了！"孙江华说："向你爹认错！"孙平清忙朝孙江国叩头认罪。孙江成、孙江华才向他讲一大通孝敬父母的道理，又问大桥江字辈的："你们原不原谅这小子？"大桥诸人说："他今天态度还好，认错也认得好，可以原谅他了！"孙江华才说："看在你这些大爹叔叔的面上，也鉴于你认罪态度好，我们既往不咎，饶你一码！你要是敢再犯，下次我们就不是这样收拾你了！我们法喇厉害的都在外面，因为事情仓促，没来得及回来！那个孙平强，现在在部队上，一拳打得死一条水牛！要是他来了，你这几根勒巴骨够他怎么打？一拳就把你打掉了！现先警告你，给你提个降头！腊肉不放盐——有盐（言）在前，免得以后你说我们这些做叔叔的不先警告你！"

傅家全族有五百多人，是当地大族，与孙家是连续五代的亲了。现大桥孙江和、孙平高、孙平华之妻，皆是傅家姑娘。孙家姑娘嫁与傅家的，也有三四人。但傅家平时欺孙家软弱，不把孙家放在眼里。这毁了孙家坟地的，是傅家一个二流子，平时在村里行为不正，欺软怕硬。毁了孙家祖坟，傅家都觉得不应该，不断有人劝，这人不听。且这人平时也欺傅家族内软弱之人，得罪了不少人。傅家内部也有人望孙家真来收拾一下这人。孙江成、孙江华等摸清这一情况，估计上门去，傅家会帮这人的很少，就改变了原来找傅家族长进行谈判解决的打算，决定武力征服。

找了大桥孙家来商量，都说要是打，傅家族内无人会帮这人的忙，但这人平时就以打架行而令人畏惧，孙家都怕，因劝孙江成、孙江华等："还是找他们族长好！这族长就是孙平高的亲舅子，三十岁，很有能力，很懂道理。你们来后降服了孙平清，傅家全族都佩服了，包括这个毁我们祖坟的二流子也怕了。现在条件很好，通过谈判，事情一定会得到解决。如果强行打，傅家内部不会帮这人的忙，但我们怕你们远来，万一打伤一个，就不好办了。能不伤人，好好丑丑解决，是最好的。"法喇人知傅家不会帮忙，都主张："他平时能打，就跟他打！"于是确定强攻。探知这人在家后，孙江成、孙江华等就叫："冲！把这杂种拿下来。"于是孙平玉、孙平文、孙平元、孙平刚、孙平拾五人全提了棍棒，就朝这家冲去。那人听法喇人来打了孙平清，毕竟慌神，见五人来扑自己一人，也取了棒子掩护，欲要逃走，被孙平玉等围上去，棍棒齐下，将其棒压住。孙平拾抽空一拳，打在其鼻上，孙平玉又朝其脚上狠命一棒，就将其打倒，压翻在地，就是一顿拳脚。

孙江成、孙江华见武力得手，大喜，即叫孙平高以孙家全族的名义，通知傅家族长。傅家见平时无人敢惹的二流子，被孙家来几棒就打翻了，震惊了。族长就请了全族年高和辈分高的老人共是十人前来。孙江成、孙江华报上头衔："这是原则补区委书记、法喇村党代表，这是统治法喇二十六年的村支书，这是法喇村现今的支书！"等等。孙江华说："五代人的亲，因隔的远，没来走访了！这次事情仓促！我们那里在米粮坝县委、县政府、县公安局、县法院等单位的十几人，都来不及通知。仅我们在农业上的先来，看看情况。如果亲戚都不像亲戚了，我们再通知他们来！"傅家大惊，交头接耳："这小杂种眼睛瞎了，惹着强敌了！"

那傅家二流子被孙家打了全身是血，带了上来。傅家老人于是都责骂："平时跟你讲，我们跟孙家代代人的亲，是一家人，你不听！这下知道厉害了不？孙家的祖坟，也当我们的祖坟啊！你毁了孙家的祖坟，有的就是毁了你姑老祖的坟，有的是你姑奶的坟，跟毁你自己的祖坟有何区别？还不赶快向这些远方来的亲戚叩头谢罪！"傅家这二流子平时之所以耀武扬威，是因村里人都不敢惹他。如今有敢惹他的了，吃了大亏，就投降了。他本与孙平玉等一辈，于是忙到孙江成、孙江华等面前，逐一叩头，都叫叔叔。

孙江华吼道："小杂种！是老子家在县上工作的人都没来得及通知！不然我家在县委、县政府、县公安局工作那一帮来，当即就要你小杂种死！现在怎么办？老子们就发电报回去，第二梯队要来四百人，那就不是老子们几个村支书带队，是米粮坝县长、公安局长带队来！你毁老子们的祖坟，老子们就毁你的祖坟，大家都无怨言！"傅家伙子又忙叩头。傅家老人们就打圆场，说要傅家伙子选好日子，把地退出，把坟垒好。孙江成、孙江华等吼一通，见傅家不断求饶，满足了，才知足而止。

孙江成吼道："老子们那里一得知，全族几百人，都呼要来把这小杂种拼掉！看你小杂种认错了，又是历代的亲戚，饶你一码，明天跟老子们上坟山！"孙江华吼道："明天看情况，不满意，老子们还是要发电报的！"就当场释放了傅家伙子。这人忙回家去准备钱买香、纸、蜡、烛了。孙江成、孙江华又责备起傅家族长和老人们来："你们看看这'天地'上，写的是'天地君亲师位'。'亲'是仅排在'天、地、君'之后，而且还排在'师'之前！虽说亲有三代，族有万年，但族这'天地'上就没有！亲帮亲，戚帮戚，自古只有亲戚联手，共抗外敌的。你们怎么有脸活在世上？你们还穿裤子干什么？该脱光衣裤像牛马畜生一样了！我跟你们讲：如果我孙家有敢动着傅家祖坟的，不消你傅家问，我孙家就把他收拾了！这种无君无亲之人，留在世上何用？留着给全族人丢脸？也是孙江和、孙平高、孙平华这些人无本事，否则早叫傅家姑娘回你傅家去了，我孙家只和人开亲，不和牛马畜生开亲！"孙江成说："天地之间，忠孝最大。像孙平清，敢欺他爹，我们来后，问都不耐烦问，吊起就打。他求饶认错，那好，可以饶他！要是敢不服，这种无人伦的东西，留之何用？两棒打死扔出门给狗啃就完了，要抵命我先去。你傅家枉自大族，要是像刚才这个小杂种出在我孙家，一阵乱棍打死！还有什么说的！"孙家人人有一通，都是讲亲戚的大道理。傅家族长和老人们被责备得面红耳赤，一言不敢发。

那二流子家杀了猪，第二天，将煮熟的猪头背了，背到坟山上。一看茫茫一片麦地，哪里还有坟堆？昨晚孙江成、孙江华等商量好了，到坟山要齐声痛哭，以免失礼，如今来看见，见如此可怜，不消按昨晚商定的了，各自伤心，大哭不已。众人又按住傅家那二流子揍了一顿，孙江成、孙江华等均上去踢。无不一面大骂大桥之支人及傅家祖宗，一面在麦地里寻找尸骨。那地已种了两年，坟地被犁平了。偶尔才见一两块尸骨露在地面。那傅家诸人，只听说孙家的坟被毁，尚以为还留有坟堆，就是孙江成等也这样以为。不料破坏已尽。慌了手脚，怕孙家诸人气极之后，将傅家伙子打死，急忙又拉又劝，着人将傅家伙子抬回家，转移往别处去了。孙江成等后说将那小杂种打死以难抵毁坟之恨，孙平玉等去傅家门上寻找，哪里还有踪影？

原来坟堆如何，大桥孙家一点印象都没有。孙江华叫孙江国来问，孙江国说不出名堂来。孙江华边哭边指着孙江国破口大骂。这里原大约有十来座坟，与法喇孙家有关的，顶多一两座。孙德志的坟，如今谁也不知在哪里，但百分之百的把握是在乌蒙。孙东荣的坟，极有可能就在这坟堂里。与法喇孙家有关的，顶多就是孙东荣夫妇的坟。而孙江国等三大房的爹妈的坟，全在这坟堂里。有的坟才埋了十几年，是现在世的人埋的，公然被毁而无人过问。法喇之众也弄不明孙东荣的坟的位置，只能随便将捡到的全部不到一撮箕尸骨，一处分一两块，垒成坟堆，就算是一个祖人的坟，有的一个坟堆，仅是一个颅骨而已。

傅家原本杀了猪，备了酒，准备办好事情后，请法喇人赴席。如今见这情况，不敢请了。将坟堆垒起后，各自偷偷逃走。

法喇人到大桥来后，大桥的就派人到乌蒙去请乌蒙的，说法喇的到大桥了。等坟堆垒好，乌蒙支才来了个孙江虎，是孙江成等的大哥了。孙江华一见，就骂："乌蒙支死绝了？只剩你一个了？可怜五个大老板何等英明，留下这些猪狗不如的后人！你们把德志祖人的坟守得如何？"孙江虎愧红了脸，一言不发。后众人骂够了，他才绕坟堂看看，见坟已垒起，面貌一新，感佩不已。到晚上，才说："各位兄弟，对不住了！我自感惭愧！怪不得你们法喇的人口上去了，人也上去了！做事就比我们有道有德！我们乌蒙这支，莫说了，都是些畜生！我家家上门叫：'法喇的弟兄已经到大桥来了！我们赶紧走啊，去晚了被法喇的弟兄骂，哪块脸见人啊？'这伙畜生一个都不听我的，像什么人！比牛马不如！无奈何，我只好一个人跑来，任凭各位弟兄骂了！我已经不把这伙畜生当人看了，弟兄们也就莫责怪了！都把他们当畜生看就行了！尽管你们想抬举他们，想把他们当人看，当弟兄对待，但他们不配啊！他们没有这一做人的资格啊，想抬举他们也抬举不上来啊！"

晚上攀谈起来。如今乌蒙五个大老板的后人，共只有四十多人，没一个高中生，只有一个初中生。大桥支孙寿康的三个哥家，总共后人

四十来人，也只有两个初中生。而法喇人口则要有五十人了，现有一个高中生，一个初中生，其余孙平文、孙平刚都读过初中。谈到天亮，开水喝掉了十多壶。

谈到如何治理这一大家人。众人都说几十年来，三地的人是唯一一次集到一起，实在不容易，都说要选个三地总的族长。孙江华巴不得当三地总的族长，极力赞成。乌蒙、大桥两地的呢，见法喇支的确强大，也望推法喇人当族长，以后有事，好请法喇人来撑腰。在讨论族长时，两地都说要推法喇的，请法喇推一位候选人出来就行了。孙江华想当，但这次来大桥，孙江成家使的力最大，来了父子四人。孙江成能说，三个儿子能打，而孙江华则孤身一人。大桥人也见孙江华虽能说会道，但无孙江成有势力，想请孙江成当族长，但不好明言，就说请法喇先推出来。孙江成呢，不喜欢干这种出风头的事，认为无益，他不同于孙江华好大喜功。孙平玉、孙平元都觉无所谓。孙平刚则不同了，认为这次来，他父子四人立功最大。见乌蒙、大桥两地乐推孙江成，就希望孙江成当族长。孙江成、孙平玉、孙平元都骂孙平刚，于是三地推孙江华当了族长。孙江成、孙江勇、孙江虎当副族长。孙江华大喜，狂吹起来："好！这下就把全族好好地管起来！我原只是法喇支的族长，把法喇支管得顺顺溜溜的。在法喇，多少大家族不敢惹我们！对我们望风而降！"就吹他如何治理法喇一支。法喇的听了，都不舒服，只是不好揭穿他而已。

第二天，大家要走，大桥的苦苦挽留。孙江虎也硬拖众人，非要大家到乌蒙去玩一次不可。众人无奈，只得在大桥又待一天。孙江华仍是狂吹，嗓子都吹哑了，吹到他十七岁当则补区委书记，众人无不惊叹，都说可惜了，他要是不跑回家，或许现在已爬到省上。他要是当个省长、副省长，那这全族人就都有好日子过了。孙江华说："我不想当省长？问题是那种环境，得逃出来就不错了！则补区除我一人逃脱外，区长、连长以下从一般干部到整整一个连的解放军，一百多人，一个都没逃出来！老命在时万般在，老命休时万事休！我能今天来和各位弟兄相会，就不错了！不然你们到烈士陵园去看看，那些死了的，除了一堆坟，一块碑之外，还有什么呢？"乌蒙、大桥诸人就问："那兄弟是怎么逃出来的呢？"孙江华就不讲了。任众人怎么追问，他就是不讲。后乌蒙、大桥的又问孙江成等："孙江华是怎么逃出来的？"众人都说："只有老天和他知道他是怎么逃出来的！"

天明众人又要走，大桥诸人拼命挽留。孙江国说："各位兄弟侄子，你们来给我们争了天大的光啊！我们被人家欺负几十年，好不容易有今天，真是扬眉吐气过日子啊！我们留你们一天，我们脸上就多一分光。你们多在这里一天，你们脸上也多一分光。现在的大桥，已震动了。说孙家多年前迁一支到米粮坝去，人财两发，极是兴旺，大桥的被欺了，说一声，就回来撑腰了！你们多在几天，对你们的名声也有好处！"法喇人无法，又留下来。家家大酒大肉地请，从早吃到晚。法喇人在法喇，每天就吃几个干洋芋，如今来吃上几天，个个满面春风，容光焕发。

法喇人的行为，的确引起了震动，能把远近人人畏惧的傅家二流子降服，想下来实在不得了。到处都在传积贫积弱的孙家，在米粮坝有一股势力强大的后台。有好事者便来看孙家到底有些什么亲戚，哪知一来看，法喇人除孙江才穿着已洗得发白的军装，裤子上有一个补巴外，其余的都是对襟衣裳、羊毛毡褂，裤子鞋上到处补巴，活像一群乞丐，就说孙家是去不知哪里出钱请了一伙叫花子来，打败了傅家二流子。

过了几天，法喇人非走不可了。大桥每家的酒肉，他们都已吃到。告辞之后，一上班车，大家就心情不大开朗了。来时紧密团结，一心对敌，气氛友好，如今回去就不同了。想一回到法喇，孙家人也如同大桥人一样，又被别的人家欺压，要是都像这次一样团结，那在法喇谁还敢欺呢？孙江华在大桥天天壳子吹得满天飞，上车后一句都吹不出来，因为无人听他的！别的人呢，也都明白，这次来大桥，多亏了孙江成家。他们平时都巴不得把孙江成家排斥开，而这一次要是孙江成家不参战，单是他们几家，仅组织得起三五人，根本不敢来大桥。孙江成呢，吹是喜欢吹，但在家族内部，历年把家族看白了，所以一言不发。

到中途，孙江才才无话找话说："其实细想我们这次来，打孙平清和傅家伙子，都是违法的啊！"孙江华就说："孙江才，你嫩了！暴力是一切行动的基础！没有武力，你想成事？就像你当支书，为何人们都得听你的？听别人的不行？为何非听你的？是你比别人行？都不是！是你后面有强大的国家机器在助你的威！法喇比你强的人多得很！单是你一个人跳的话，莫说你不会跳，即使你会跳，跳十丈高也等于零！孙悟空最会跳，一纵十万八千里！结果呢，因为他没有后台，没有势力，照样得压在五行山下！为什么这家也在选族长，那家也在选族长？不选不行！就因为要集中全家族的力量对付外敌，所以才会多此一举！一个国家也是如此，为什么要搞爱国主义？就是为了集中全国的力量，去收拾另一个国家！就是在一个国家内部，这伙人为了对付另一伙人，还要拉帮的拉成帮，结团的结成团，扭党的扭成党。为了啥？没有后台，没有依托，谁能在这世上混得下去？你莫看那些皇帝、国王、总统神气活现的，他也是靠后台活着！没有后台，他能神气？后台是什么？就是他的人民，他的亲戚，他的党！我们孙家人没有党啊！我们得靠哪样？得靠武力！不靠武力的话，要是到大桥坐着说，傅家伙子会怕我们？说上三句，可能不是他怕我们，而是我们怕他了！"

回到法喇，孙家就吹到大桥如何打败了那里的大族，尤其孙江华和牛兴莲吹得最厉害，说孙江华指挥孙家如何打，如何威震大桥，深得乌蒙、大桥、法喇三地信任，已当了三地总的族长。无人听他们的，倒是田正芬听了，骂起来："讲是老子家去讲赢的，打是老子家去打赢的！他厉害得很，怎么不去上十个八个把傅家打垮？妈的就去了个独巴丁①！好意思将老子家的屁股拿去做他的脸戴！"

---

① 独巴丁：独儿子。

二十八 焚 稿

孙天俦在假期采访所得竟有二十余万字的材料。一回到学校,他就买来一尺多高的一摞稿纸,开始写作。他想把这堆稿纸写完,那他的长篇小说也就差不多了。开始他忙着设计人物姓名、简历,编写故事提纲。故事梗概写了三万多字,然后他就开始创作。他边写边改,刚写好一个自然段,就回过来改,即觉不满意,改了半天,再回过来看,又不满意,毁稿重来。一天忙忙碌碌,最终却只写了几百字。到第二天,连写带改,又只是几百字,有时全撕了,等于一字没有。这样写了十多天,才完成四千多字。孙天俦一进行总结,就知不妙,照这个进度,何时才能完成呢?于是改为写完每个自然段,不许回看,要每天天将黑,才回过来看看全天写的行不行。一看,好不恼火,心想怎么写得这么幼稚呢,就撕了重写。下次又看,还是不行,又开始重写。所以每天进度虽在七八千字以上,但一重复,就等于两三天才完成七八千字了。

孙天俦又觉这也不行,干脆规定每天写了都不看,过几天再回过来看。过上几天,回过来看,又是不行。于是这几天就白写,又从头写起。这样过了一个月,他勉强满意的只有一万多字。

孙天俦又开始反思,责备自己事事都求全责备,就是一下子为求成熟、完美的稿子,因此浪费了大量的时间和精力。最后他只好转变方式，只写不改。但还是很难办到，感觉有不关痛痒、啰啰唆唆的文字的时候，他那疾恶如仇的心又按捺不住，还是回头改起来。

　　失眠伴随他创作的始终。他的生活被弄得天昏地暗、昼夜颠倒。有时晚上在写作，白天在睡觉。有时一夜失眠，天明才能睡着，有时醒来时已是黄昏。孙天俦成天不上课，躲在宿舍里，严重违反了学校的规定。学校对他极是恼火。老师们一遇到他，就说："小伙子，写什么小说！你现在要紧的是好好学习，考取学校，找个工作，改变人生。以后你有了工作，几十年光阴，要写多少？高中几年混过去，你后悔就晚啦！"孙天俦不听。这个老师又来劝："我们都知道你家境并不好！你要紧的是找个铁饭碗。你不是考不起的那种学生！只要努点力，一般的大学是考得起的！你拿两三年时间不写小说难道不行？你考取大学，读个中文系，专门搞写作，以后成个大作家，也是我们学校的光荣！我们欢迎你这样做！但现在就写，对你不利啊！"语文、数学、英语、政治、历史、地理等各科老师都这样讲了，孙天俦就是不听。

　　同学一下课，就回宿舍来围着孙天俦，要他的稿子看，他不给，对方就认为他是自高自大，嘲讽说："有什么了不起！想当作家？不屙泡尿自己照照，是什么嘴脸！"孙天俦想："这些杂种着实可恶！天下至广，各行其是。我不扰你，你为何来扰我呢？即使你请我去扰你，我还根本没时间、工夫，也根本不耐烦去扰你！你却过得无聊，专来扰人。"心中气愤，但还是压抑怒气，仅反眼一望，发泄而已。有时围上一大群人，硬要看孙天俦是怎么构思、怎么写，写时是什么样子。光都被遮没了，面前一团黑暗。孙天俦陷在暗影里，无法写了，只得停下。这伙人又以为孙天俦是故意不写给他们看，双方都气愤。有时呢，有人要考验孙天俦写作入迷到何种地步，在孙天俦构思时，突然窜到后面惊吓一声，孙天俦的创作思路尽被打断。孙天俦要回想，踪影全无了。孙天俦就怒不可遏地问："你干什么？"对方说："我看你入迷没有？"孙天俦实在痛心思路被打断了，就骂："老子要你看？"就吵了起来。还有呢，孙天俦被所写小说中的人物、情节感动了的时候，又是哭又是笑。有的学生已知孙天俦这一情况，有时会回来暗中观察孙天俦如何哭如何笑。有的女生产生兴趣了,也跟着来看,见孙天俦实在哭笑得不成体统,就忍不住哈哈大笑。孙天俦本在小说中沉得极深,一下子被这些男生女生的笑声惊扰过来,每天就这样被弄得心情极是烦躁。

后来班主任老师来干扰了,对孙天俦说:"班上统计你的缺席,你已可以被开除了!怎么办?"孙天俦答应上课,而实际上不去。班主任朱老师屡次教育,孙天俦都不上,一天中午学生都在上课,孙天俦仍在宿舍里埋头写作,班主任就进来了,孙天俦不发觉。班主任老师也不发言,静静地看,时间长了,班主任老师就坐下来,点支烟吸着。久见孙天俦一动不动,埋头疾书,他有些感动了,等孙天俦写得高兴,跳起来活动时,才发现班主任老师坐在宿舍里,一惊愕。朱老师说:"写得怎么样啊?"孙天俦不语。班主任说:"你写了两个多月了!有多少字了?"孙天俦如实说,老师一跺脚:"那你要写到哪个猴年马月?你两个月写十七万字,六十万字就还要几个月!那我劝你不消读书了,回家去写,写到高中毕业!"孙天俦说:"我争取这个学期写完。"

因宿舍里极脏,朱老师带孙天俦至其宿舍教育。孙天俦说:"朱老师,我不会误事!我今年把小说写完,过后就来搞学习。考个一般的大学不成问题!"朱老师说:"你知道高考有多激烈吗?千军万马过独木桥!养兵三年,用兵三天,犹恐不足。你居然与我谈你这荒唐的计划!你到高三的教室去看看,那种如火如荼的备战!"教育一阵,就叫孙天俦帮他改学生的作业。孙天俦就抱了学生的作业,到阳台上改。这些作业都是晏明星她们那一班的。孙天俦就面赤心跳,先找了晏明星的来改。没料改了几题,都是错的。孙天俦有些不信了,翻开作业本表面,有晏自己写的名字等等,孙天俦熟悉她那笔迹,知是真的。又打开作业本前面看,以前的作业,也是错的多,孙天俦默然。这已不是以前那个晏明星了啊!他心情烦躁,就站起来,朝外看。

朱老师这阳台外,就是县游泳池。正好,是晏明星她们班的游泳课。孙天俦找了一阵,猛见到晏明星了。她穿了泳衣,两只臂和两条腿全在外面,正在游泳池上面和几个女生说笑。她那形态,美极了。孙天俦是首次见到她的四肢露在外面。孙天俦忽一阵激动,要是以后抱着那么美的她睡觉,是何等幸福!他一定要实现这一目的!她永远是他的,只要他愿意要她!他一定要把她讨到手,以后遇上苏学升,就对他说:"弟兄,你预言的错了!晏明星永远是属于我的!"孙天俦一直贪婪地看她,直到他们下课回去。孙天俦又改作业,忽想在她的作业本上表达他对她的关心。他想了想:我把作业本全改完,朱老师就不会再改这作业本了,就不会发现我在其中搞鬼。于是把作业本全改完,就将晏明星的作业本翻开,在下面写道:"明星,你的学习下降了!怎么回事?我万分惊讶!你极聪明,如果好好学习,会有远大前程!祝你能实现我的这一期盼!孙天俦!"

下课以后,朱老师就留孙天俦在他这里吃饭。孙天俦一直留意他是否会翻学生的作业本看,他一直没有。第二天,孙天俦一反常态,去上课了,观察朱老师对他的脸色。朱老师没有过多的反应。孙天俦想,朱老师没有发现!以后又是几天观察,仍没有过多的脸色。孙天俦这次冒险算是成功了。他又注意晏明星,但很遗憾,他到教室的次数少,去的几次,都没有见到晏,他又开始写他的小说而不去上课了。

孙天俦终于感到创业的艰辛。小说越往后写,越发超出了他的控制能力,他有些驾驭不住这七八十万字的小说了,自己都知道是在乱写一气,只能是凑足数字,只能自己安慰自己,反正是写了七八十万字的小说。后来他写得熟练了些,终于会不顾前后如何写了,不改地写下去。眼看这一学期将要结束时,他也写足了六十万字。已要有满满的一箱了。待他写完,箱子可能就满了。

这日,孙天俦偶尔走过高三的教室,教室里、走廊上,尽是埋头苦读的学生。有的脸都要贴在书上去了,有的笔在天上画,有的手指朝天空写,有的口中念念有词,气氛果然热烈。

越到小说要完,天俦越是勤奋,昼夜不停。即将到来的考试他也不管。再有十万字,他就要完成伟大的事业啦!他天天写得兴高采烈,疾书不停。有时因太高兴,太激动,写不下去了,就站起来跳跃舞蹈不已,心气平和后又往下写。写着写着激动不堪,又跳了起来。真是乐不可支,欢乐天天伴随他。这天朱老师又走了进来。孙天俦正掂量他那已是数公斤的稿子，沉甸甸的，禁不住哈哈大笑，朱老师以为除孙天俦外还有人，进来一看，只孙天俦一人。孙天俦正高兴，朱老师进来了。孙天俦忙不及将稿子收回箱子，狼狈不堪。朱老师接过来，掂了掂，大为吃惊，一页页地略为翻了，就放下，说："可惜你这毅力了，要是用在学习上来，考北京大学、清华大学也不是难事！这是无用功，你知道不？我为你可惜呀，万分的可惜！"

但在背后，朱老师夸赞孙天俦不已。这日，他在晏明星他们班上说："我教了十年书了，最好的学生是孙天俦！如果孙天俦能充分发挥他的才能，前途不可限量！我崇拜我教的学生，我自愧不如！"在孙天俦他们班上，他说："同学们，孙天俦已写完七十万字的长篇小说了！好丑不论，能完成七十万字，就了不得了！他有抱负、有眼光、有毅力！像这样的学生，无坚不摧，无敌不克！值得佩服，值得学习啊！"学生都回来跟孙天俦讲："班主任老师都夸奖你啦，你干得不错啊！"

小说越近尾声，孙天俦越着忙，总感觉速度太慢。他每天除到厕所外，不出宿舍了，连去打饭吃，也懒于去了。于是他经常忘记了吃饭。都是到天黑了，才到外面街上吃碗米线。每晚睡下，才觉眼疼。第二天起床，眼屎糊紧了眼睛，要用水努力泡一阵，才能把眼屎摘下，摘后又忙着写。有一天起来，眼前黑暗一团，努力睁眼睛，怎么也睁不开。用手一摸，两眼外核桃大的一团，像两团胶。天俦吓得"妈"的一声，想双眼完蛋了，这下成个瞎子怎么办。忙起来用水泡了，一摸眼睛，也肿得核桃大，急忙在同学的床上找到个镜子来看，眼睛睁不开，从一条缝里，只见里面的眼球，像一团血。天俦忙朝学校医务室跑。医生看了，大吃一惊，说："你这眼睛我们不敢医了！你赶紧去县医院！"得知这就是闻名全校的"长篇小说作家"，两个女医生说："小伙子，慢慢地写嘛！眼睛写废掉，小说写得再好，又有什么用？"天俦忙朝县医院跑，到了眼科，医生看了天俦挂号的名字，说："听说有个姓孙的学生在写长篇小说，百万字都写完了，是不是你？"天俦一惊：我的名声竟传到这医院来了？说是。医生看了，说："小伙子，照这样下去，担心你这眼睛废掉！十天不许看书，好好休息！"就开了药。医生见天俦穿个中山装，裤子上是补巴，就问天俦家在哪里，天俦说在法喇。医生说："那地方穷啊！"天俦说："你到过？"医生说："坐车经过时看过。法喇的名声，全县干部多半知道嘛！全县最日脓的地方！那地方能出你这种小伙子，不错了！只是你要好好爱护眼睛！眼睛废了，就什么都废了！"就怜惜地说："你开药也伤钱！我送你点药算了！"就取了些眼药送与天俦。天俦谢了，就回学校点了眼药，躺下休息。

　　一时全校又盛传孙天俦写一部长篇小说，把眼睛写废了。法喇在县城工作的干部回法喇一吹，法喇人也都知天俦写小说眼睛出问题了。天俦眼痛，每天好不难受，他也写不成小说了，就只有去上课。全校学生都盯他那眼睛看，看这人眼睛是否真的瞎了。课堂上，老师讲得异常乏味，天俦又明白自己到教室，是纯粹浪费生命，又回宿舍，不管眼睛疼不疼，点了眼药，又开始写起来。这是他一生最高兴的时刻了。有时写一阵，就要看看箱子里的书稿，禁不住又高兴得跳起来。这可是他的无价之宝啊！看足看够后，提笔写时灵感更多，干劲更足。与原先构思时不同的构思更胜百倍的美好情节和文字不断涌来，成了前面几十万字的自然发展。他只管不断地记。他已不是在构思、创作，而是在记录一部现成的小说而已。

　　小说近尾声了。孙天俦一想起自己的这部小说，就有无比的自豪感，成就感。即使小说失败，他也胜了。他毕竟尝试了如何创业。到最后两天，天俦兴奋异常，高兴起来时，宿舍已不足发泄了。他时常停了写作，冲下楼去，在操场上跑。其他学生都在上课啊！学校如今对天俦是异常的宽容，基本不管他，任由他写。校长平时听说孙天俦写作时又哭又笑，他就说："不要搞出个疯子来我们才麻烦呢！"如今见孙天俦独在操场上狂舞，真以为他疯了。校长着急了，叫学校保卫去看看。保卫就来吼孙天俦："你这个疯子，滚远点跳去！"孙天俦被学校保卫的骂声打扰了。他盯着学校保卫看，想这保卫比他箱中那部书，真是无限的小，真像天上的云地上的尘啊！晏明星她们班正在上体育课，全班同学像看马戏一样，有的大声喝彩。孙天俦竟不为所动，还在唱自编的东西："人总是没有事业伟大啊！"连体育老师也忍不住笑起来。晏脸红了，想孙天俦大约真离疯子不远了。孙天俦朝她看，她已以为耻，躲到其他同学后面去了。孙天俦跳一阵，像个疯子暂时清醒了一样，又冲回宿舍去了。这里体育老师与晏明星这一班学生才在谈孙天俦如何疯，校长都不敢管了，谈得大笑时，孙天俦第二次又冲下来了，又在球场边唱了起来。晏明星已深感耻辱，尤其有些则补来的学生，会在这里说她在则补时如何，说她与孙天俦"我家两口子"等等。如今有的女生指孙疯子问晏："看看你家那口子，疯啦！"整个学校传孙天俦瞎了之后，又传孙天俦疯了。

　　晏明星这天受的屈辱多了，一下课，就写了一封信给孙天俦，也不提头，也不落款："你在学校操场上跳的样子，出尽丑态，相当难看！全校学生像看猴子一样看你！如果你真没有疯，望你自尊自重！如果你真疯了，那这封信就当白写吧！"孙天俦收到信，见没头没尾，字迹呢，像是晏明星写的，就回信说："是不是你写了封信给我？如果是，我回答你，我没有疯！我的小说快完成了！我无法抒发心中的快乐，才去操场上跳！别人怎么看，我不管！"

　　最后一天，孙天俦一夜没睡觉。到天明，只剩最后一页啦！他情不自禁地哼："真是'虎踞龙盘今胜昔，天翻地覆慨而慷'啊！"他感觉他已从半年前开始创作时的一个微不足道的人变成了一个伟大的人。他学到了很多知识，取得了无比的成就。书完时，孙天俦心花怒放，署上"全书完！"就将全书抱起，大唱《国际歌》："从来就没有什么救世主，也不靠神仙皇帝！"

　　唱一阵，孙天俦锁好小说，冲下楼去，迎面一人问："高兴哪样啊？"孙天俦高声道："小说写完了！"又一人问时，孙天俦说："小说写完了。"孙天俦就这样边走边笑，手舞足蹈。他背了手，像伟大领袖视察一样，边走边笑。朱老师在楼上见了，想哪像个学生，像个疯子一样，很是生气，大声吼孙天俦："孙天俦，你搞哪样？"孙天俦扬手笑道："小说写完了！"朱老师哭笑不得。校长刚好检查到这里，喝道:"你还像不像个学生?成了傻子了!"孙天俦又一扬手:"小说写完了。"校长摇摇手:"快滚快滚!"

孙天俦在校园里疯子一般,不断"小说写完了",又引起全校轰动。校长无法,叫人把孙天俦关起来。孙天俦被保卫带到值班室,拘留了。保卫盘问到下午,才放了他。孙天俦出来又高兴得忘乎所以,想这是个伟大的日子,值得纪念。怎么纪念呢?他忽然灵感来了,到宿舍抱了书稿,就朝照相馆跑。到照相馆,就抱着那书稿照了两张相,才回学校来。肚子饿了,才跑到一家饭馆里,要了菜,要了香槟酒,大吃大喝起来。对面玻璃框中映了他的身影,他才发现自己每个毛孔都在笑。吃好回来,孙天俦才睡下,一觉睡了十三个小时,第二天上午的课下了时他才醒来。

他已急欲评定自己小说的价值,下课吃饭后,就提了箱子,到学校后面的山上,找个僻静处从头读起。读了前几页,很满意,但觉还需改动。再往后读,感觉良好,但已明显不如前面了。再往后读,孙天俦渐渐不满起来,想怎么能这样写呢?又感羞愧了,这就是我孙天俦的小说水平?再往后,感觉小说越来越空洞,实在的东西越来越少。他憎恶起自己来了,自己鄙视别人多年,原来自己也一样不高明。到第五十页,他已无法再读下去,"啪"地打了自己一耳光,气呼呼地站了起来。

休息一阵,气消了一些,他又坐下来读,还是读不下去。失败的感觉罩紧了他,鼻尖、额上尽是汗珠。他已紧张了,这样无能地活有什么意思呢?写这样糟的小说的人,还有什么希望呢?看看写这小说表现出来的水平,实在是低能,做不成任何事情。自己今生无望了,他想到了死。与其耻辱地活着,何不如痛快地死掉?他又站了起来,徘徊不已。

但他不甘心,他记得在创作之时,他不是哭过很多次,笑过很多次吗?这小说里很多东西不是很感人吗?它们到哪里去了呢?也许还藏着自己没读到吧!他又坐下,往后寻找,但越找糟粕越多,依稀记得创作时极好的部分,还是找到了一些,但一读就味同嚼蜡。他奇怪自己当时为何为这等无聊的文字可以高兴到跑到操场上当众疯狂地又跳又唱。读不下去时,他又痛苦地站起,用极脏的话骂自己。

不断失望地站起，过一阵又怀着希望坐下来读小说。孙天俦不断地翻，越看越恶心，便越翻越快。以前他蒙受耻辱时，最好的方法就是迅速逃离。现在他感到耻辱时，就忙翻下一页，盖了上一页，但每一页都是耻辱。到最后他每面只看上一两行，不停地翻。书稿厚了，半天翻不完。已是最后一册的几十页了。孙天俦拿在手上，已颇觉绝望。再翻呢，仍是老样子。最后十页、九页、八页、七页……到最后一页，孙天俦失望已极，奋力把书稿砸了，又一脚把木箱踢飞，木箱落地，碰在石上，裂开了。

"怎么办？怎么办？我怎么办？"孙天俦痛苦地问自己。世界如斯苍白，人生如斯渺小，事业如斯无望。好好学习考大学吗？无聊得很！干伟大的事业呢？干不成！自己不是干伟大事业的料！他恨自己，不是一块钢铁。他就是耻辱之源，有自己这不成器的料在，才会有不成功的小说，才产生了耻辱，才造成了失败！要是世上没有自己，那哪来的耻辱呢？

孙天俦抽身就走，他也不知要到何处去。流浪天涯？回学校？他无所适从。信步爬上了山，下望县城，好不渺小。人生如蚁啊！他坐在山顶往下看，不成就伟业，人是何等可悲。而如何成呢？有这么好成吗？自己不是欲成而成不了吗？那怎么办？疯狂而死？他忽然想，总有一天我要疯狂而死的！就像晏明星说的那样，自己定的目标太大，怎么可能都完成？完不成不就是自己找死？

天渐晚，山上凉了。他感到了冷。冷使他务实了许多，他就下山。一下山，心态竟渐渐地平了。到了看小说的地方，看看那几斤重的一堆，孙天俦又痛惜起来，但还是在书稿上点着了火。火焰呼呼而起。他很痛惜，又问自己："是不是要救救它们？自己常流于偏激，这是否又是偏激呢？"火焰在消灭他的耻辱。他像一个罪犯在消灭罪证，以逃避惩罚。这书烧完，他不是就没有耻辱了吗？谁还敢说他孙天俦是个失败者呢？我仍可以向世界宣称我很伟大，那谁也不敢怀疑我伟大。这书在呢，别人一指这书："你伟大个屁！"岂不就全完了？因此他不断地将书稿点燃。但那书稿太多，长时间烧不完，孙天俦烧的时间长了，心又在起变化了。烧到最后两册，他想："再丑也是自己写的！留下吧！明天再不满意，想烧也不晚！如果今天都烧完，明天后悔就晚了！"

天渐黑了。孙天俦提了那已破的箱子，带两册未烧尽的书稿，回学校来。就躺上床，心中不乐。站起来，又往哪里去呢？他忽然想："我总有一天要死的！趁死之前，也去寻欢作乐吧！找晏明星去，爱她！"他就走出来。到她们班的教室，孙天俦往里一看，找不到她。人人都在上晚自习，她去哪里去了呢？孙天俦走出，无处可去，就走出学校，朝街上走。

这时的中国，已被金庸和琼瑶征服。愚昧的国民被这两个混账东西胡编乱制的混账故事践踏得更为愚昧。书在狂看，电视剧在狂放。孙天俦以前见同学都在疯狂地看，就要了过来，随便翻了几页，便扔了。电视剧呢，他只在街上走时，听见黑布帘里面传来法喇杀猪时猪一般的叫声。孙天俦走在街上，也觉无处可去，就想："看看这些庸俗的东西到底庸俗到什么地步。"就逆斯杀声进了一家录像厅，正是金庸的《射雕英雄传》。孙天俦坐下看了两分钟，鬼火又起了：我今天烧了的这小说就够幼稚了，这家伙的东西比我的还幼稚！却一点不自觉！竟有脸拿了到处张扬！我的都自觉地烧了，他的也应该自觉惭愧，偷偷地像我一样一把火烧了啊！

观众不断为里面的武打发出喝彩。孙天俦愤怒地看这伙观众。凭录像机屏幕的微光，孙天俦看着这一伙可怜的男女。突然他发现有几个男女生是晏明星他们那班的。他就怀疑晏也在这里。又寻一阵，竟把晏寻到了。她在前面，耳朵以下都掩埋在人丛中。但孙天俦一看她那漂亮的头顶，就知是她了。他一直盯着她那头顶看。过一阵，她歪头和旁边两个男生说话。孙天俦一看都是她们班那一伙城里的纨绔子弟，在和她动手动脚。晏明星红了脸骂他们，孙天俦就大为羞愧，生怕再在这里，被她看见，忙偷偷逃了出来。

又走在街上了。孙天俦责问自己："孙天俦！你来到世上的伟大使命，就是要扫除一切庸俗、低级、无聊的东西！你扫除没有？"爱恨交织，他又气得发誓：我就是要做出最伟大的事业来，让晏明星惭愧！让她知道我是何等伟大，她是何等渺小！要让她为她如今的行为永远后悔！跑回宿舍来，孙天俦又看那烧剩的残稿,点头说:我比世人伟大!比晏明星伟大!这是不容置疑的!我要不断进步,更伟大,更崇高,让全人类瞻仰我时,深愧于他们自身的渺小!睡下了,他又想:振作精神!明天重新开始!我永远是不可战胜的!世界敢阻挡我,我消灭世界!命运敢抗拒我,我消灭命运!谁说没有救世主?我就是救世主!

孙天俦这一夜睡着了,又是十几个小时才醒。醒来又觉空虚。以前一醒来,就忙写书,如今呢,怎么办?在宿舍里坐不住,他朝教室走,又想教室里也无聊,就朝图书馆走,又想去图书馆也无聊,就在街上闲逛。在街上逛也无聊。孙天俦想:哪里都无知,哪里都无聊!世界上本来有一个不无聊的人,现在也无聊了。要找无聊者,还得找自己!只有自己才是自己永远的伴侣,他在世上是没有老师的!也没有伴侣的!也没有朋友的!他不可能放弃自己的理想、信念,降低层次去适应晏明星等。他也无望晏等能自拔于泥潭,提高素质到能和他比肩。他能有的知己,都逝去了,只在历史书上了。黄帝、尧、舜、禹、汤、周文王、秦始皇、刘邦、曹操、孙权、刘备、司马炎、杨坚、李渊、赵匡胤、铁木真、朱元璋、努尔哈赤、孙中山、毛泽东等人,才是他的知音啊!但这些知音都远去了,只剩孤独的他在这里难过。他所有的老师、朋友、伴侣都是他自己!他只能爱他自己!以前爱晏明星,错了!极有可能他在世上找不到一个适合他的姑娘!有哪一个姑娘能比得上我呢?推而远之,孙天俦就想:人活在世上无聊!你崇拜别人,那是你不如别人,不如别人就没有意思。别人崇拜你,那是别人不如你!被一伙不如你的人崇拜,又有什么意思?男女之爱也如此,你爱那姑娘,是你不如那姑娘;那姑娘爱你,是她不如你!你爱一个你不如她的姑娘,无自知之明,太厚颜无耻,是污辱这个姑娘,不如惭愧自杀!这个不如你的姑娘爱你,你不拒绝,是虚伪,是戏弄这姑娘,是无道德,而且她本身也不值得你爱,你又何必要去浪费生命,浪费光阴呢?这样一想,孙天俦就想:那就是无爱了!既不爱别人,也不被别人爱,永远爱自己!

他每天就这么乱想一气,有时想得悲哀、绝望。比如想到自己虽统一世界，但有什么用呢，地球总有一天要毁灭的啊！太阳也要毁灭！太阳系毁灭之后，宇宙中谁还知从前的世界有一个伟大人物名孙天俦，他统一了世界呢！他的崇高理想、抱负、激情如何寄托呢？虽说可以写成书暂时传世。但地球毁灭之时，这书往哪里藏呢？这书也得被毁啊！那我孙天俦不是同样身名俱灭了吗？悲哀之至，声泪俱下，哭着填一词《一丛花》：

战天斗地事长征，行迹堪殷勤。
人间事不堪取舍，拣择尽唯有功名。
人生来世，不存大义，何异兽与禽？

千秋万代谁相亲？棋局日日新。
红太阳可能万古？天地谁传我深情？
夙兴夜寐，犹恐未尽，可怜壮士心。

第五章 耻辱

焚稿

二十九　退　婚

　　孙天俦彻底地失败了，这个学期也结束了。学生都在期末考试，孙天俦连试也不考了。在米粮坝他也待不下去。他原望信心丧失后，能去找晏明星，永远爱她。晏也使他失望了。天晚，孙天俦站在学校操场上，痛苦地望着天上，不明白自己以后要怎么过。忽见天上刷地冲过一道赤红的线，立即消失了。孙天俦忽想：一颗星就这么完了。晏明星呢，也如这颗流星一样，正在刷过天空，也将消失的。孙天俦大为怅恨，还到哪里去找知己呢？老师都不知他，同学也不知他，晏明星也不知他。他太想找个人诉说心中的苦恼，然而天下无其人。古人云"人生得一知己足矣"，看来也是尝尽了其中的痛苦才有如此感叹啊！

　　圆月正在天上，孙天俦信步出城来。望着城后巍峨的高山在月下像披了一层霜，就朝山上走。不知不觉，就到山腰，俯瞰米粮坝城，异常的小。孙天俦仇恨地盯着下面的灯火，觉那灯火虽是红色，但那里没有他的同志，也跟冰一样。看天空，广大无垠，星辰虽繁，也是冰冷的。无论天地，都如冰河一样，令他绝望。孙天俦又朝上走，寒冷的高山上，孤独的山影，孤独的他，还有月光，此外再无何物，他的孤独感、悲壮感更深了一层。走一阵，要看不见米粮坝了。向东一望，月下竟见大红山顶。孙天俦激动得眼泪流下来，空虚的心，忽然热了。原来觉无处可归的他，现在有可归之地了。世上还有一个地方叫法喇,还能收容他。孙天俦立即朝法喇狂奔而去。

　　天明,孙天俦回到了法喇地界,热泪在眼眶里涌流。故乡,是如此令他亲切啊!这里的一草一木都仿佛在欢迎他回归。熟悉的山,熟悉的水,熟悉的村庄,熟悉的路,一切都是熟悉的。孙天俦大喜过望。他真想回到家就再也不去什么米粮坝了,什么地方也不去了。天地间处处使他心寒,只有这里令他心暖。理想、信念,都是折磨人的无用的东西,都去它的吧!当农民有什么不可的呢!愚昧混沌,无知无觉,就到老死,不受折磨,何等快乐!人生在世,归宿不都是个死吗,何不死前少受点折磨呢?

　　一进村子,有人见了,都说:"富贵回来了!"孙天俦一听这温暖的话,泪就要涌出来,忙答应,一路都如此。到家了,一进门,虽是茅屋,屋内一无所有,但有他的亲人啊!亲人就是一切。孙平玉、陈福英见孙天俦喜笑颜开地跑进来,都吃了一惊,就问:"放假啦?"孙天俦说:"放了。"于是孙平玉去割他的草,孙富民、孙富华、孙富文去扯猪草,陈福英煮早饭,孙天俦在火塘边笼火。陈福英洗了洋芋,叫孙天俦煮着,就去洗菜。火塘里,上面吊的是装洋芋的吊锅,四面是装洗碗水的吊锅、装洗脸水的茶壶等,将火围紧,火塘都挤满。松毛火极不好笼。要时时用火钳挑着才能燃,挑慢了,就是一团烟,根本不燃。孙天俦挑了半天,只听锅里"夸嗒夸嗒"的,就是涨不起来。陈福英洗菜回来,说:"像你这样笼火,煮一天也煮不熟。我来笼,你扫地。"

　　陈福英笼了一阵,锅里才涨了起来,蒸气喷出吊锅来了。陈福英才边笼火,边在已煨热的吊锅里洗碗筷,洗好,那锅水就成喂猪的水,等着煨涨后烫猪草。孙天俦用竹秧扫把,慢慢地扫。屋内大约好些天没扫了,到处是松毛、树叶渣渣。扫把一下去,地上黄尘飞起。家里也没个装垃圾的簸箕,陈福英就把吊锅从火上拉开,叫孙天俦:"扫在火头来烧掉!"孙天俦于是将垃圾全扫进火塘。陈福英才叫孙天俦:"涨了,你笼起煮。"她就去堂屋中砍猪草。孙天俦笼着火时,猪时时拱开小门

进屋来，狗也不断进来，鸡也飞过小门，冲进来。屋内尽是鸡啊猪的。他隔一阵就要站起来打一阵，将它们驱逐出门。洋芋煮好，陈福英就叫孙天俦把猪水锅挂在火上，煨涨了，才端了猪草来烫熟，然后提到外面猪槽里，抓了荞面和好，就打开猪圈放猪来吃。陈福英放猪出来后，递根棍子叫孙天俦打着猪，她忙去煮菜。

  猪一放出来，孙天俦就忙闪开了。小猪的食，面要和得多一点。大猪就常舍了自己的，来吃小猪的。孙天俦得打住大猪，不许它们来吃小猪的。狗也忙去吃猪食，孙天俦还得打住狗，不许狗吃猪食。鸡也忙飞到猪槽上，和猪争食，也得把它们打住。孙天俦打时，就想：人生可怜，这些动物也可怜啊！也都受命运的支配，而无可奈何啊！命运的安排，像米粮坝有的人家喂的哈巴狗，吃的有米有肉，比人的还好，睡的是钢丝床，也比人睡的好，一天还要洗一次澡，梳一次毛，出行都是主人抱着。而法喇的狗呢，白天无吃的，见哪个小孩屙屎都争去抢！每天有多少屎？大多数时候只能饿着肚子，像猪食也忙争来抢吃。晚上呢，无个睡的，在主人门前的地上，自己找个睡处，还要担负守门看夜的重任。一生无人为它洗一次澡，梳一次毛，也不可能抱着它出行。狗比狗尚差得如此远，何况人比人？法喇人说："人比人，气死人，马比骡子驮不成。"形容人生无法比。又说："人岂止才分上、中、下三等，简直千等不尽，万等不余。"孙天俦想：岂止万等！是几十亿等！世上有多少人，就有多少等！

  猪吃完食，孙天俦忙关猪，但猪都忙着朝院门外面跑。陈福英忙出来帮着围猪，说："这些猪奸得很！关怕了！一吃好猪食就知道要关它们了！急忙朝大门外跑。每天早上，少了两三个人，根本无法把它们围进圈去。"母子二人围了半天，拿棍子狠狠地打，猪才投降，被迫进圈，孙天俦忙去关圈门。猪圈前尽是流出来的猪屎猪尿，上面苍蝇、蚊子黑压压的。猪圈里面，全是猪尿，猪脚陷完，肚子都拖在尿里。孙天俦说："要割草来垫垫嘛！"陈福英说："你爸爸天天早上割草来垫，哪里垫得住？"

  孙平玉割草回来，大汗淋漓，叫孙天俦将草洒进猪圈。孙富民、孙富华、孙富文扯了猪草回来。一家人吃洋芋了。吃好，孙富民、孙富华、孙富文去读书，孙天俦和孙平玉、陈福英去壅①洋芋。正是盛夏，植物都在疯狂地长，洋芋已长到有人的腰深了。天气热烘烘的。孙平玉、陈福英每壅两行，孙天俦只能壅一行，但孙平玉壅的远远地去了，孙天俦壅一行还远远地落在后面。太阳像一口热锅覆在人的背上一样，仿佛要把人的背和头烙煳。头上、身上、脚上，大汗齐出。孙天俦壅得不好，孙平玉来指导："堆子要壅圆，不然以后洋芋长大，把土拱开，被太阳一晒，就成绿麻洋芋，吃起就是麻的了。而且还要注意把草挖翻过来盖上，草被焐住，才会死，不然十来天，就长得多深的了。扯猪草的又要进来炼地②。还有的是借口扯猪草，来偷洋芋的。你叫她呢，她就说来扯猪草，你办法都没有！地头无猪草，你叫她时，她就没有借口了。"孙天俦说："有人来偷洋芋啊？"孙平玉说："你才晓得啊？"陈福英说："厉害得很了！你以前没有听见你三姑外公教你三姑外婆偷合作社的洋芋？哪里土拱开，就朝哪里用镰刀挖！从此人人学会了这个方法，一去地里，镰刀就挖！都像捞水饭的一样！"

孙天俦先还有干劲，堆子壅得圆，草也挖了过来盖好，但不久手就酸了，要壅好一个堆子并把草盖好，没有使劲的几板锄，是不行的。不久孙天俦就毛躁起来，堆子壅不圆，草也露在外面了。孙平玉说一阵，陈福英说："闹得这么麻筋③！盖不圆就算了嘛！"孙平玉才作罢了。到中午，陈福英就忙扯猪草，家里猪多，尽管孙富民、孙富华每天早上、下午各扯两箩，共是四箩，还是供不住。陈福英每天得扯上两箩才够。陈福英扯好，见孙天俦壅不起了，就叫孙天俦："你回去煮晚饭，我们壅。"孙天俦于是带了钥匙，回家去把洋芋洗好，猪水掺好放在火塘里，忙笼火煮。一时又要笼火，又要洗碗筷，又要洗菜，又要砍猪草，鸡狗又冲进屋来，孙天俦又得赶它们，忙个不亦乐乎。孙富民、孙富华放学回来，丢了书包，忙背背箩出去扯猪草。等到天黑，孙平玉、

---

① 壅：从洋芋苗行间挖土覆盖在洋芋苗根部保墒。
② 炼地：踩地。
③ 麻筋：肉麻。

陈福英、孙富民、孙富华才回来，人人累得嘘啊嘘的。孙天俦才把洋芋煮熟，别的都还没煮好。等到把晚饭煮熟，已是深夜。要先点着灯喂了猪，人才能吃饭。等吃好饭，已是半夜，就睡了。

累了一天，孙天俦一上床就睡着。还在梦中，孙平玉就喊："起了起了。"天已亮了。孙平玉仍是割草，孙富民二人仍是扯猪草，孙天俦又帮着陈福英煮早饭。早饭煮熟时，陈福宽来了，说他的荞子全黑了，在地里割不起来，请孙家帮他割一天，哪天他家再帮孙家。陈福英答应了。吃了早饭，孙平玉、陈福英和孙天俦带了镰刀，来帮陈福宽家。陈明贺家、陈福达家及马友芬也来帮。在荞地里铺了布，边割边打。孙天俦无经验，一割时荞子刷刷地往下落。陈福英忙叫："你来跟你外婆打，我们割。"孙天俦去布上，提起荞棒打荞子。但他用力又猛，荞子飞出布外了。孙平玉又说不行，叫打轻点。孙天俦打轻了，但荞子又巴在荞草上不下来，得重复不断地打。陈福达、陈福宽又说："富贵是缺乏社会知识啊！书本知识倒是不错了，要赶紧学社会知识！"丁家芬就说："陈志伟、陈志诚社会知识就好了嘛！天天猴跳舞跳的！会书读不走你们天天按着打啦？"廖安秀、冷树芳于是都批评陈福达、陈福宽。

陈福达、陈福宽历来说孙平玉、陈福英不会教育子女，在教育陈志伟、陈志诚时，一味鼓励胆子要大，不要像孙天俦家几弟兄。二是要什么都敢做。陈志伟书读不成，陈福达只好由他了，回家天天放骡子。陈福宽长女陈志琴，也读了几年书，读不走，天天说要回家来扯猪草喂猪，不读书了。长子陈志诚与孙富文同岁，极是聪明，幼时陈福宽一味放纵，就不爱读书，成天只会骑马。等他到进小学，还是这样。陈福宽这才着急了，比较还是孙天俦家几弟兄那样好，于是拼命教育陈志诚，教育不回，就死命地打，也打不回。但陈志诚只是读书不好，为人比较有礼貌，也很有能力，陈福宽好不失望。陈福达对子女也无过高的要求，只要在农业上能混碗饭吃，混件衣穿就行了，所以对陈志伟还满意。而陈福宽一心望陈志诚学业有成，如今事情不谐，万分失望。

陈志伟、陈志诚一比孙天俦小六岁，一小十岁，割荞子、打荞子，都比孙天俦出色。陈明贺见状，哈哈大笑，说："富贵是只有读书行啊！在农业上是干不过志伟、志诚啊！"陈福九就说："我爸爸，我妈刚才说了！在农业上再会苦，苦得到哪样？"陈明贺笑说："我是见富贵干不赢这两个，才说了玩！"陈福九说："是了嘛！是干不赢！你这些姑娘儿子个个在农业上，别人是干不赢你家了！"众人心知陈福九对读不成书心中不快，就都不说了，陈明贺也不自在起来。不过陈福九说上这几句出出气，见陈明贺难过，也就不多说了。

到下午，荞子打得差不多了。陈志伟、陈志诚就鞴了骡子和马，往家里驮荞子和荞草，别人仍在地里打着。天晚，两块地的荞子全打完了，收工回家。在陈明贺家吃了饭，冷树芳打荞子，陈明贺就叫："福九呢？叫她把我们的荞子扛来，趁陈福宽家在打，把我们的也打了。"丁家芬就恨他一眼："你早天往天不会打，硬要现在打？"陈福英也忙叫陈明贺二一天再打。陈明贺才明白，不叫了。原来陈福九见孙天俦回家，心中又难过了，在地里说："人家别人要成大学生了，只有我一辈子在农业上了。"一收了工，就独自回家去了，饭也不来吃。陈福宽叫陈志莲和陈志琴去喊，硬把她拖来，但吃了饭，又独自回家伤心去了。孙天俦后来得知，心中也难过，回到家来，也自不乐。

如今且说陈家，陈明贺相貌雄壮，脸盘宽厚，笑起来极是爽朗。他一生勤恳，家里一直过得去。儿子姑娘头上，家家使力。陈福英嫁时，他也没什么，仍打了对银项圈送陈福英。后陈福香嫁，他又硬补给陈福英一只羊。孙天俦小时，最记得外公爽朗的笑声，在全村绝无仅有。也记得陈明贺每在山上挖得上百年前烧法喇山时埋在土里的木炭，都要背两背送与孙家。孙天俦读小学时，冬天下雪，就用个烂瓷盆提了木炭火去学校烤。别的学生提的火盆，都是烧柴。只有孙天俦提的，是这种木炭火。以后记得每年陈明贺不是打个猪槽送孙家，就是削个猪食榽送来。陈明贺在悬崖上找得几根所剩不多的姜子树①，木材很铁，就打成

---

① 姜子树：刺栎树。

板凳，扛了送来给孙家。在山上找到个好犁弯，又打成犁，送与孙家。以前孙平玉家修现在住着的草房，是他来亲掌墙板亲执墙槌，一榧一榧地舂起来的。后起牲口圈，孙天俦已记事了，从一开始砍木料，就是陈明贺来指挥着砍好，舂墙时，也是陈明贺来一直掌墙板舂起来的。相反孙江成则根本没有动什么墙槌。有时孙江成对孙平玉家这也不是，那也不是。陈福英就对孙平玉说："你家这个爹够了！你起两间房子，他来看一眼没有？他还有脸教训人！这两间房子，哪间不是我爸爸来磨手板皮磨起来的？"一提起这些就流泪。几个儿子家，也是这样。陈福全、陈福达、陈福宽的房子，都是陈明贺全过程一手亲自起起来的。陈福全前妻死，抢后妻，陈福达、陈福宽两家初结婚时，都是又吵又闹，都害陈明贺忙上忙下。

陈福香嫁去陆家，陆家起房子。从砍木料到起房子，陈明贺天天在陆家忙，一直不得休息。陆国海父子，平时就懒。陈家、孙家都去帮忙。陈明贺在墙上舂墙，陆国海一生专爱踏削人，说别人的雀话①，说了别人还省悟不过来，还以为他说的是好话。陆建琳也学到了他爹这一脾气。一次陆建琳到孙家，见孙平玉勾着头在地里苦，就说："我倒不耐烦这样苦。"陈福英听了不舒服，与丁家芬说了，丁家芬就骂。

这时陆国海看不起陈明贺，就在下面和人吃着烟，喝着茶，说："叫我这样下苦力我不会干！我一辈子只会做生意，今天到米粮坝，明天到荞麦山，知道这里的荞子卖五文，那里的荞子卖三文，我就把荞子从那里倒到这里，赚几块钱。知道那里的麦子卖三文，这里的麦子卖两文，我就把麦子从这里又倒到那里，赚几块钱！"陈福英正在刮泥巴，听他说风凉话贬陈明贺，就不管陈福香和陆建琳的面子了，说："大姑爹，你是会做生意！又识字，今天到这里，明天到那里！逍遥得很！像我爸爸这种憨人，一字不识，只会捏起墙槌在墙上使笨力气！可能今天到荞麦山，就找不到路回家！"陆国海急了，说："这个憨姑娘，大姑爹哪里是要说你爸爸啊！你听错了，你听错了！"忙丢了烟，脱了鞋子，就找个背箩朝墙上背泥巴，挣得咯呀咯

---

① 雀话：不易被人觉察而伤人的话。

的。陈福英后来心中仍难过，对陈福香、陆建琳说："陈福香，我们就是来给你家舂十间房子，出多大的力，都无怨言。但大姑爹说的话，太伤人了！爸爸为儿为女，做牛做马，苦得可怜！哪家的爸爸为儿女为到像爸爸这样？爸爸来给你舂房子，还受这种践踏，你好好记着！"说着就流下泪来，赌气回家，不再帮陆家了。

陆建琳、陈福香的大瓦房刚起好，上梁那天，煮了一锅豆花。丁家芬和陆建琳之母点的，石膏点下去，就变成了一锅血。众人惊诧不已。无奈只得将那锅血倒了，重新推黄豆来煮。煮时都还是好的，刚将石膏点下去，又变成了一锅血。这天就吃其他的，没吃成豆花了。几年以后，陈福香生一女两子，两三岁时都是好的，到三岁上，视力就不行了，三个都是这样。陆国海认为是祖坟上的关系，天天找端公、师娘收拾，不见好，就请风水先生来看，说要起祖坟重新安理。他两个弟弟不同意。他不得，后二人只得同意，起了祖坟重新安理后，小的还是同样，到三岁左右眼睛又不行了。陆仍天天找端公收拾，花了不少钱。而陆建琳呢，毕竟是初中生，说不怪别的，怪他和陈福香是表兄表妹，是近亲通婚。陆国海听了，就给陆建琳一耳光："说你妈个屁！"就道："近亲通婚的话还说得？陈福香知道是近亲通婚，觉得没有希望，偷偷跑了怎么办？谁还来养你那三个瞎子？"陆建琳就不敢说是怪近亲通婚的话了。

陈明贺呢，一面忙找草药医治，一面说："怪什么祖坟！肯定是怪陆国海平时总爱说人的雀话，有的话他说了，人家根本听不过味来。按老古里的话说，他说别人的雀话，别人听不过味来，倒准在说的人身上。定是陆国海平时雀话说多了，丧着德了，所以准在这几个外孙身上！"就叫陆建琳、陈福香劝劝陆国海平时少说雀话了。陆国海嘴上不说，心中就恨陈明贺。陈福英、陈福全等全怪陈明贺："他说不说雀话，丧不丧德，跟你有什么相干？"陈明贺说："定是陆国海说雀话丧着天良了！我是可怜我那几个外孙，才叫陆建琳劝他少说雀话！"丁家芬就骂："他说了是损着他的孙子！你才是个外公！他当爷爷的都不可怜，你当外公的可怜了？他要丧德，等他去丧嘛！"

陈福九不愿戴宝雄，陈明贺又压着陈福九不准退。许多人家知此事一定不成了，贪图陈福九才貌，纷纷打主意。像孙江荣家，就来请陈福英想办法，把陈福九介绍给孙平强。陈福英拒绝，说："现在还没有退！等与戴家退了时，你们要我帮忙，我就帮忙，现在则不行！"过后暗中说："不看看他家那个夹壳郎当的样子，就想得我妹子！我妹子来他家咋个过？再说我会有恁个蠢，得罪我大娘？"孙江华、牛兴莲也来请陈福英把陈福九介绍给孙国达，陈福英也以同样的说话婉拒了。凡来请陈福英想办法的，陈福英一概拒绝。陈福香呢，就不同了，不会看势头。陆国海两个弟弟的儿子，都到十七八岁，都请陈福香介绍陈福九给他们，天天请了陈福香、陆建琳去吃饭，并许诺各种好处。陈、陆二人平时只会在家办吃的，如今有人请，如何不去，既图两家的酒肉吃，自然答应办事。二人就来约了陈福九去，看两家情况，陈福九不同意，陈福香、陆建琳仍不时想办法。

陈明珠得知，天天骂陈福香、陈福九。二人也回骂，越骂越仇，陈明珠竟连陈明贺、丁家芬、陈福全、陈福达、陈福宽也骂了，只不骂陈福英，见到陈福英就说："福英，你没得说的，大娘不敢骂你。陈福香那个烂货，我倒走起也要骂，坐起也要骂！"陈福全、陈福达、陈福宽三人，实不管此事，陈明珠不单骂他三人，连陈明贺、丁家芬也骂了，他们也火了，说无论戴家怎么来了。这日陈福全独自赶了马车在公路上冲，陈明珠就约了几个儿子，拦住陈福全就打。陈福全火了，进行还击。陈明珠挨了几石头，但终是一人难挡众手，陈福全吃的亏多。陈福全逃回家，提了斧子，赶上马车，就约陈福达、陈福宽去帮他报仇。三人刀斧齐备，要上路了，陈明贺跑来，狠狠骂三人一顿，三人就去不成了。陈明珠越发得势，以为她凭武力压住了陈明贺父子，扬言陈福九敢退，她就带几个儿子打上陈明贺的门。陈福全等可就不管陈明贺的态度了，明确扬言，陈福九就是退了，戴家敢怎样，并声明退了。

陈家宣布此事彻底吹了，陈明珠哪敢来寻衅，只是在家骂，骂陈明贺："这个烂结巴儿子，这个杂种日出来的！"陈明珠扬言遇上陈明贺，就收拾陈明贺。全村都说陈明珠不该这么骂,但谁也不管此事了。陈福全等也公开扬言:"戴家敢摸我爸爸一下,叫戴家绝种!"戴家实际并不敢惹陈家哥三个,哪里还敢再动。陈家宣布退婚以后,许多人家也就不管戴家如何想,纷纷上门说亲,陈福九都不同意。

三十　落榜生求婚

孙天俦回学校把东西放好就回家来，又振作精神，重新创业，在荞麦山乡十几个村又开始了社会历史调查。

假期里，又传来岳英贤考取乌蒙师专的消息，法喇村第二次震动了。原来以为王勋杰之后，法喇再难出第二个大学生了，没料到仅两年，这一观念即被打破。孙天俦这天回家，路上就听吴明远说："嘀！不得了了！岳万光家儿子又考取大学了！"孙天俦听了，又振奋不已。

但这次的影响明显比不上王勋杰那一次。一是王是破天荒，而岳是第二次；二是王未毕业前就是万众瞩目的人物，岳则不是。王考取，人们以为是必然的事，岳则是爆冷门；三是王元景之妻平时喜吹他儿子，岳家则不进行宣传，所以王的知名度高，岳知名度低，但自此以后，王勋杰的神话就开始破灭了。

岳英贤也是订了小婚的，对方是景家。景家都在农业上，势力不如岳万光家。景家虑浅，听岳英贤一考取，别人就说："岳万光的儿子考取大学，一定不会要你姑娘了，就像王勋杰不要他表妹一样！"景家大怒，就冲上岳家的门，到岳万光家砸锅摔碗。那岳万光正为如何退这桩小婚而发愁，但不动声色，没料景家这么听外人的话，就冲上门来砸了。岳家家中遭此一劫，趁机大闹："你家既不满意这桩小婚，那就退吧。"景家先还以为得计，等打了岳家回家，又有人说："你家做事怎么这么蠢？岳万光家说不要你家姑娘了？只是旁人说说，你家就冲上门去打，你家讲不过岳家了。"岳家叫了媒人来退婚，景家就再也讲不过岳万光了。景家说岳家不要他家姑娘了，岳万光就问谁说的？景家答不出来。岳万光就数起景家到他家打砸的恶行，把罪尽归于景家。景家有苦说不出来，自知理亏，只得认错，并答应退婚。岳家本就巴望退婚，打砸等事就不再提，就退了，众人都道岳万光狡猾。

岳家又出个大学生，全村震动之余，多少父母又为之心中难过，彻夜难眠。法喇如今在荞麦山中学读初中的学生，基本都成了废物，有的偷，有的抢，有的赌，有的谈恋爱。赵国成之子赵家寿毕业后考不起，已回家务农了。赵国成供儿子读书，原本殷实之家，供了个一无所有。儿子回来后，家里又忙着给他张罗对象，谈了马家的姑娘，马家提出要一千块钱，要起大瓦房，赵家无法，只得答应。赵国成就将赵家寿捆起，吊在楼梯上，边打边骂："小杂种，不成器嘛！马家姑娘多稀奇？比王勋杰、岳英贤休掉的差多了。王勋杰、岳英贤呢，那种好的姑娘送上门都不要！你这小杂种呢，讨坨狗屎，也得要一千块钱外加大瓦房！老子这个家，被你小杂种就糟光了，老子哪里去找这一千块钱和大瓦房？"最后打儿子也不是事，只得到处借钱，凑得一千块钱抱去给马家，问行不行。马家问大瓦房起起没有，说没有起起，马家说不行。赵家又卖马卖树，起大瓦房。

赵国成原和孙平玉一同放羊，关系甚好，如今一见孙平玉，就诉苦："日他的妈呀，也是生成的父子无奈何了！不然我是想把这小杂种一刀剁了！我这个家，就被这小杂种败光了！当初要是不供他读书，将钱用来给他买婆娘和起大瓦房，我根本不会这样穷！你倒好啊，儿子成器，送上门的姑娘也不要！我呢，抱起钱去买猪屎狗屎，买不到不说，还买一肚子气！"

房子起好，马家来看了，姑娘才嫁了。赵家讨过来，见马家姑娘天天眼上一坨大眼屎，又脏又烦，又实在无本事，只会放羊，缝些香包荷包挂在羊脖子上。赵国成夫妇天天气恨，就又黑又瘦，老了许多了。不想他们刚把儿媳妇讨来，老二又考取初中，赵国成一文钱无有就不供了。老二急了，质问赵国成夫妇："老大是你们的儿子，我就不是你们的儿子？不供我也可以，你们供老大初中三年，花掉多少钱，算给我！给老大讨媳妇去了一千块钱和一间大瓦房，也算给我，我就也不读书，也不跟你们吵了！"赵国成夫妇哪敢答应，那一算就是四五千块钱，只得答应供。但要供呢，家中一无所有，拿什么供！老二就在家找东西去变卖，找不到，只得提了楼上仅有的几十斤麦子，到荞麦山去卖，但又卖不掉，老二饿着肚子跑回家就扛了楼梯，爬到赵家寿瓦房上。

赵家寿问干什么，老二说他拆瓦下来卖了去读书。兄弟俩就吵起来，赵家寿丢石头上去打，老二丢瓦片往下打，赵家寿的瓦房马上就打烂了。赵国成夫妇哭了来劝，劝住了，但老二的学费还是没有。老二就逼赵家寿去其岳父家把那一千块要回来，赵家寿不去，说："那是爹妈给的，不是你给的！我没有欠你哪样！横要直要，你向爹妈要！"老二又向赵国成夫妇要。全家吵成一团，赵国成指着赵家寿骂："你小杂种就是这一切不幸的祸根！"就来打赵家寿。赵家寿之妻忙来保赵家寿，挡在前面，叫："要打你就打我！一千块钱是我要的，大房子是我要的！"赵国成无法下手，叫儿媳妇："你让开！我请你让开！"儿媳妇不让。赵国成火了，连儿媳妇一起打。赵国成妻见老公公竟打儿媳妇，忙天一声地一声地来打赵国成："你打你儿子，老子不管你！你碜不要鬼脸了，竟打儿媳妇！哪家的老公公像你一样碜？"赵火了，又打其妻。赵家寿趁机进攻老二，把老二打得全身是血，赵国成又来打赵家寿，老二也提了刀来，要杀赵家寿。赵国成忙拉住老二。马家姑娘就回娘家去搬兵了。

马家来了十余人，把赵国成的茅草房围住，喝叫赵国成出来。赵国成提了斧子，说："我也活够了！活得无奈了，出去拼了算了！"其妻拖住他，他又打妻子。赵国成母才忙来打赵国成。马家听赵国成真是不想活了，心怯了，才撤围到赵家寿家去，要将马家姑娘带回去了。赵家寿慌了，忙去找他爷爷奶奶，他爷爷奶奶又来找赵国成，赵国成不管，被骂了一通，赵国成被迫来向马家认错。赵国成的老二见自己是要读不成书了，就提斧子拦在赵家寿门外，威胁要将赵家寿及其妻杀掉。马家见事至如此，要将女儿带回，不妥，留在这里呢，看来也免不了天天吵打，又见赵国成实在成无路之人了，终于生了点怜悯之心，就妥协了，说那一千元钱退赵国成五百元，供老二读书，但须保证从此赵国成的老二不找赵家寿的麻烦，如老二再找赵家寿的麻烦，马家仍要回这五百元钱，并把姑娘带回。赵国成同意了，老二也同意了。双方写了字据，立下誓约，签上名字。

马家退了五百元钱，老二便要一分不少全交给他。赵国成呢，想先少给老二一百元去报名，其余的钱去买个猪来喂着，他如今连个猪都没有了。老二不得，又吵了几天，赵国成说："老二，爸爸是为你好！钱全归你，到明年还是这五百元钱！爸爸买个猪来喂着，年底卖了，多赚得几文钱，更好供你读书！爸爸是无路的人了，只能在这五百元上打主意！很想用这五百元钱，努力拼，努力扳，钱赚钱，供你到初中毕业！除此之外，你明白的，爸爸无法了！你不把钱给爸爸，爸爸想帮你也帮不上！五百元钱，你初一就用完了，初二、初三怎么办？你不信爸爸的话，爸爸请你爷爷奶奶、大爹叔叔来作证，写个字据，保证这五百元全归你！"于是老二这才同意，请了全族人来作证。

全族人看着赵国成实在可怜，都满含泪花在字据上签字作证。老二也哭了，保证要好好读书，报答赵国成，赵国成也哭。一时赵国成的父母也哭起来。全族人看不下去，各抹了泪走了。赵国成立下字据，才得了钱去买了几个小猪来，夫妻二人天天扯猪草喂猪。还剩点钱，赵国成说："无办法了，我还是去学着做点小生意！"就今天赶这里，去买这里的东西背到那里去卖，明天赶那里，又买点东西背到这里来卖，天天在路上跑。他只有几十元的本，做不成什么事，每天顶多赚得几角钱，还不够老二在校一顿早饭钱。哪知老二在校，家里穷了，只得去偷，偷来偷去，以偷为事业了。

吴明华之子吴耀祥也未考取，吴明华家也供个一无所有。吴耀祥回家，吴明华成天想不通，就打吴耀祥。吴耀祥胜不住打，逃出去流浪半年才回来。吴明华不放心了，想给儿子找个媳妇，请媒人去说刘家姑娘，刘家更绝，说："你是赵国成的姐夫，赵国成给儿子讨媳妇你见着了。我们多的也不要，就按赵国成家的例子办：一千块钱加大瓦房！"回家来商量，全家就吵开了。吴明华二儿子、三儿子分别十二岁、十岁，学习也好。老二刚得到荞麦山中学的录取通知书，老三已读五年级，二人商量："我们这个家，供大哥就供穷了！要是再给他讨媳妇，牛马房屋要全卖了才够，那我两个就休想读书了！赵家兵老表就是例子！赶紧约起拼①，不拼就完了！"于是二人就提出来："要给大哥讨媳妇也可以！先把我们两人读初中三年的钱给来，再给他讨媳妇！我们还作让步，不要你们同时把给我们讨媳妇的钱给我们，我们只要一样，不像大哥要两样！"吴明华夫妇无法，又不敢说二人说的不是，也不敢卖牛马给吴耀祥讨媳妇了。吴明华每天想不通，又揍吴耀祥，吴耀祥只得又逃到外面流浪去了。老二进了初中，吴明华天天变卖家产供老二读书，不到一年，才三十多岁的汉子，就瘦得不到一百斤了。不想老二进了初中，马上又变坏，赌钱偷盗，样样在行。吴明华再也无当年去捉吴耀祥的兴致了。妻子说："万人都说他天天赌钱，不上课了。你去学校捉他两回，好好收拾一下！"吴明华说："你去捉吧，我实在是没得心肠了！这些小杂种都是自作自受，不值得怜悯！他要自己作孽，任他去作吧！"

　　吴明义之子吴耀周，毕业了也考不起，回家种地。吴明义也供了个一无所有，同样天天打吴耀周。打了半年，为给吴耀周讨媳妇，又花去八百元及一间大瓦房。老二又考取了。吴明义急了，他的姑娘吴耀菊，才七岁，许与他亲大姐吴明芝家。吴明义就上门说："你家要姑娘不要？要的话一千块钱给来！大房子我也不提，你家若起大瓦房，少了两千块起不起！现在折成一半的钱给我，一千块，总共两千块！我也不要你家一齐给，每年给四百，五年给清！"吴明芝一听，火了："吴明义，你要卖姑娘啊？"吴明义说："你说我卖我就卖！我卖给你，要不要？不要，我卖给别家啊！"吴明芝不敢大声了，忙去求吴光耀。吴光耀为难，来与吴明义说："你大姐来求我给你说，钱能不能少点？"吴明义说："我爹，我是无法了！老二要上初中，我要干得

━━━━━
① 约起拼：相约去和别人拼命。

像赵国成一样提刀弄斧干个鸡犬不宁,那你脸上也无光啊!现在是急着等米下锅啊!我把姑娘卖给别家,也是这个价!你转告她,一分不少,赶快把四百元交来!不然我把姑娘卖给别家了,那时她莫后悔!"吴光耀转告了。吴明芝又来找吴明献,吴明献不敢答应。吴明雄就跑来骂吴明义:"吴明义,你把吴家的脸丢干净了,竟然公开标价卖姑娘!我吴家穷得新鲜,饿得硬气,多少辈人了,哪个卖过姑娘?"吴明义说:"你是大地主!我是干穷人!你不懂穷人怎么过的!你先莫卖声气!你看看我这屋里头!"吴明义带吴明雄楼上楼下看了,说:"我不卖姑娘还行?"吴明雄见吴明义一无所有,问:"那你这个家底哪里去了?以前多大的家啊!"吴明义说:"你没见我供儿子读书讨媳妇?"吴明雄说:"我没供儿子读书讨过?单是你供过讨过?"吴明义说:"你是天天领工资,钱从别处来到别处去,你认得钱的重要?谁发一文工资给我?我的钱,每一分都是亲自流汗苦来的!"吴明雄见吴明义困到底了,无话可说,掏了两百元给吴明义:"我错怪了你,不管你卖不卖了!"吴明芝无奈,卖了马,把四百元交来。吴明义叫老二:"钱你接去读书!我一分都不要!反正我卖姑娘,不是卖了图我吃图我穿!是卖了供儿子读书,是光荣的事情,谁也不敢骂我吴明义!"

孙江华听岳英贤考取,连续几夜睡不着觉,把孙国达翻来覆去地骂。孙国达在校,学习极差,又和一伙荞麦山的学生鬼混,最后打了荞麦山中学的一位老师,学校要将其开除。孙国达去求秦光朝帮忙,进门就说:"老表,我来请你帮个忙嘛!"秦光朝不理。孙国达回家就讲,牛兴莲就骂秦光朝:"才是一个老祖手头分支的,就看不起人了。当真他家当大官不得了了!当好大个官了?以前还不是和我家差不多,吃的不像吃的,穿的不像穿的!稀奇哪样?一头子换毛,就看不起人了。"别人说:"这要怪孙国达,人家是老师了,还比在农业上的人?在农业上的人,你叫一万声'老表',也无事。人家是老师,要面子了,你还去叫'老表',肯定不行,应该叫声'秦老师'!"又有一些责难者说:"秦光朝就是当皇帝,孙国达难道不可以叫他一声'老表'?明

明是不想睬人了,哪里怪叫'老表'?不想睬你,你叫'老师'也枉然!"有的说:"孙江华穷了,秦光朝硬是耐烦睬了?要是孙江华还当则补区委书记,那不用说,秦光朝肯定睬孙国达了,不叫他'老师'他也得睬!"孙江芳得知,也骂:"老子供书的时候,哪个睃个眼角落来看一下?书供出来了,你也来找了,我也来找了。稍不对头,就骂起来了。要是秦光朝还在农业上,哪个看得起秦光朝?他现在骂得起人了,咋不想想我供书之时,他看过一眼没有?"往事越想越伤心。孙江芳供秦光朝之时,秦家吃了上顿无下顿。孙江芳应孙运发之喊,来孙运发处背干巴洋芋去吃。那时孙江华、孙江汉正红,一是队长,一是会计,煮米白酒吃,成天设计收拾孙运发、孙江成父子,知秦家无粮,势必来孙运发处背洋芋,一直伺候着。孙江芳来,晚上偷偷背了洋芋,刚出孙运发的门,就被孙江华兄弟派来的人捉住。孙江芳被带去审问,一篓洋芋被没收,正好全村都在闹饥荒,洋芋被村民一抢而光。孙江华等又道:"我大爹瞒粮食,发动人到孙运发家去,趁机将孙运发楼上几百斤干巴洋芋抢光。"孙江芳大哭,对孙运发说:"爹,你不成器的姑娘害你几十岁了,还受人这种夹磨!我不来背洋芋,别人不会找你的麻烦,也不会害了你的洋芋全被人家搜去。"孙运发哭说:"你不要哭了,赶快走!爹想帮你,也帮不上了,你自己回去想办法!"孙江芳就这样空手而归,孙运发不单粮食被搜光,还天天被孙江华等批判。

　　孙国达请不动秦光朝,只得到处想办法,终于求到一个平时和他们鬼扯的老师,求了情,不作处分,转学到梭山中学去读。到了梭山,孙国达又带领一伙流氓学生打了梭山中学的老师。那老师在当地家族大,就来学校要打孙国达等,孙国达等全吓得四散而逃,就这么辍学回家了。他原来在荞麦山谈的那个姑娘,也和他分手了。

　　孙平文之子孙家文,在三年级以前学习极好,到四年级以后,也伙上了一帮能玩的学生,天天打牌赌钱,学习下降了。孙平文、魏太芬疏于监督,只想儿子聪明,有识别是非的能力,不会去为非作歹。无论孙家文怎么说,他们就怎么相信。小学毕业,孙家文没考取。孙平文忙去求秦光朝,秦光朝问多少分,孙平文也说不出来。秦光朝就说他查查分数看。荞麦山姓孙的,只法喇有这么几家。秦光朝按着孙天俦的"富"字辈,找"孙富某",找不到,虽见到"孙家文"一名,哪想到会是孙平文之子。再兼孙平文平时就不同于孙平玉,孙平玉与孙江芳关系极好,秦家穷时,不单孙运发救济,孙平玉本人粮食也够吃,就不时送洋芋、荞麦与孙江芳,孙江芳感激不已。而孙江荣、孙平文父子,粮食自己都很不够,哪有给人的。孙江芳说到后家,都叫几个儿子要永远记住孙运发的恩、孙平玉的情。就不提孙平文家。秦光朝也并不想太帮忙,只说找不到孙平文儿子的名,这事就罢了。孙平文在家等了许久,学生都去上学了,孙家文仍没有通知。这天和孙平玉去赶场就一同到孙江芳家。孙江芳说:"你家小保富叫什么名字?秦光朝去查分数,找不到'孙富什么'的。"孙平文说:"叫孙家文。"孙江芳明知其故,就问为何不起"富"要起"家",孙平文答不上来,孙平玉则在一旁冷眼而观。孙江芳就说:"找不到家谱,就大的怎么起,小的就跟着怎么起嘛!孙平玉是大的,他家的起'富'字,你是小的,就该把小的跟着起'富'字。回去改回来!"孙平文忙答应说回家就改。二人出了孙江芳家,一言不发,默默回家。到家以后,孙平文不给儿子等改名,就让孙家文重新到小学补习。

吴明才之女在与孙天俦退婚后,立即成了抢手货,上门去求订婚的不断。崔绍周之子崔继安,比孙天俦大一辈,也跟吴明才同辈,因家穷人长得又不出色,二十三了,还没找到对象,和孙平刚等同是村里未找到对象的"老者"了。如今见空出一个名额来,忙请了吴明芝去求婚,崔继安天天拉了牛马去帮吴明芝家干活。吴明芝去说,吴明才家说别的人家已有出到一千四百块钱的了,看崔家出多少。吴明芝回来问,崔家咬牙商量半天,想自己的孩子年纪也大了,再拖不行了。且求婚的也多,不出高价,休想指望,硬将价格抬高,说出一千八百元。吴明才家以为崔家只会出上一千六左右,没想出一千八,就想给崔家。横梁子岳家一个叫烂木枪的大龄青年,听崔家出一千八,就出两千,硬将吴明才之女讨去了。干斤斤自我解嘲,说:"还亏没有嫁孙富贵,不然想要孙平玉家一分钱?那我这姑娘就白送他家了!"崔家出一千八都没讨到媳妇，又被全村有儿子之家骂个干净，因为这些人家最怕有人抬价。第一家的姑娘卖多少，第二家的跟着要多少，崔家出一千八，那以后法喇的姑娘不都跟着要一千八了？果然此后每家的姑娘，都喊价两千了。崔继安在法喇讨不到媳妇，就过了金沙江，到凉山招亲去了。

陈福英听吴明才之女都卖了两千，对孙天俦说："看看，你还不好好读书啊！回农业上来，少了两千块，想讨媳妇？吴明才家姑娘一点本事没有，还卖了两千块！"这日，陈福英、陈福九去赶荞麦山，陈福香也在街上。三姊妹正说话，吴耀敏、吴耀凤也去赶场，见了她们，就拉三人，吴耀敏说去她二哥处喝水，吴耀凤也说去她二哥处。陈福英说算了，二人不答应，只得说："两处我们都去。"

先和吴耀敏去荞麦山乡政府吴耀庆处，陈福英三姊妹进去，见了许多东西都不懂，手足无措。吴耀敏说："娘娘，坐沙发上。"陈福英等才知那东西叫沙发，可以坐，被安排了坐下。吴耀敏就拿水果出来吃，三人从没见过那东西，拿到手里，不知所措。吴耀凤说："娘娘，这是芒果，剥开吃。"教三人剥了吃。吴耀敏又说："娘娘，我放录像给你们看！"陈福英等见那黑扑扑的一大团，像个黑色的大石头。陈福英、陈福九都不好意思问。陈福香口快，问："搬恁大一个石头放在柜子上，把柜子压烂了嘛！"吴耀敏说那是录像，就是电视机。吴耀凤已着急了，说："去我二哥那里嘛，我二哥那里也有录像！"陈福英见她着急得不行，就与吴耀敏说些好话。吴耀敏虽不情愿，还是同意了，锁上门，五人就到吴耀凤二哥所在的荞麦山乡财政所来。开了门，摆设和吴耀庆家一样。她们在沙发上坐下，吴耀凤就拿黄果出来吃，也搬了录像出来放给陈福英家三姊妹看。看了看录像。三人说不留了，就出来，忙朝家走。陈福九说："今天沾姐姐的光！又吃芒果，又看录像！"陈福香就劝陈福英："姐姐，赶快把这两个姑娘挑上一个给富贵！你就一辈子享福了！你看看吴家这种气派，法喇哪家有得起？要钱有钱，要势有势，要人有人，两个姑娘都不错！也是富民学习不好，要不然两个你都要起，一个给富贵，一个给富民！"陈福英也很动心了。陈福九也说："姐姐，这两个姑娘真的不错，错过了就真难找了！"

三十一　跳龙门

　　暑假结束，回到学校，已高二了，学生分科。孙天俦读了文科，晏明星也读文科，但和孙天俦仍不同班。朱老师老家在思茅地区，已办好手续，要调回老家了。他叫了孙天俦去说："天俦，好好学习啊！你只要考上大学，就是飞龙上天，必然成名，就有辉煌的未来！考不上，就难说了！万望你要争取考上！老师在远方，静候你的佳音。"孙天俦又激动了，说："朱老师，我绝不辜负你的希望！我一定要成为伟大人物，给老师增辉！"

　　新的班主任老师区文光，头发花白，看上去近七十岁了，其实才五十岁。区老师是乌蒙人，出身地主，七岁父母双亡。解放后，是共产党把他抚养大。他十七岁在乌蒙师专毕业后，被分到米粮坝中学来教物理。他既是米粮坝全县跳高、跳远纪录的保持者，又是当时县篮球队的中锋，还能写一手漂亮的草书。工作刚一年，中国的政治形势就变了，党请老师们去提意见。区老师对中国共产党没有说的，他对中国共产党感激涕零，如没有中国共产党，他一个孤儿，可能永远流浪于街头、倒毙于荒野，不可能成为一名光荣的人民教师。他在会上，提了许多意见，目的是让中国共产党改掉缺点，发扬成绩，更伟大、更光荣、更正确。没料这一来，他被打成了右派，炼狱二十二年。十八岁进监狱时，风华正茂，四十岁出农场，腰驼发白，人生最珍贵的东西全失去了，之前忠心耿耿地喊"伟大的中国共产党万岁"，现在不喊了，以前忠心耿耿地喊"毛主席万岁"，现在也不喊了。

　　他讲课倒是生动，但问题是讲课的时间少，发牢骚的时间多。学生都是死记硬背过来的，语文、数学尚且能背，辩证唯物主义，就背都背不懂了。区老师时时向学生提问，学生茫然如坐云雾，一个一个的学生叫了起来，同一个问题，谁也答不上来。学生站起来要像一片森林了，区老师就叹息："还是只有请孙天俦了。"叫了孙天俦起来，把问题答了，叫全部坐下。在别的班，一个问题提了一大群学生起来，无人能答。区老师又叹息："可惜孙天俦不在这里，都坐下。"

　　区老师为人坦率，与其他老师不同。其他老师教育学生，都是书上的大道理，像个政委教育士兵一样。区老师不同，说："同学们，你们读书，就是跳龙门，改变自己的命运！像孙天俦是农村学生，就要努力改变，变成一个城市人！要从一个农民，变成一名干部、一名教师等等。这道门就是高考！进了这道门，你就改变命运了！进不了这道门，你就没有改变命运！国家、民族的大道理，不是不可以讲，但对你们现在来说，太遥远，太不切合你们的实际！你们现在就是要集中全力打好高考一仗！抹掉'农民'的帽子，逃离农村，走进天堂，城市就是天堂！你还在农村，还是农民，谈什么报效祖国、报效人民，都是空的，你想报效也报效不了！能为国家、民族作贡献的，是大科学家、大工业家，农民怎么报效？看看我们米粮坝的农民，四十八万人啊！对国家有多大的贡献呢？很小很小！天天捏着锄头挖地，自己都养不活自己，要靠国家救济！挖来挖去，地球被挖烂了，人口爆炸，水土流失。将过抵功，倒反于国家、民族有过！整个米粮坝县，几百年前都是原始森林，我们这些农民来了，把森林破坏完了，米粮坝到处泥石流！每年流进长江的泥石有多少？不知道！反正我们的泥石流全中国闻名，照这样流下去，不消其他地方了，单米粮坝流上几千年，长江就成黄河了！重庆、武汉、南京、上海就像开封一样埋在地下了，所以大家只要回家当农民，就是为患于国家！对你自己不利，对国家也不利！你们考取大学、考取中专，或是考取任何人都看不起的学校，即使是米粮坝师范，只要你的户口从农村迁出，你就为国家作贡献了！因为这样米粮坝就少了一个造成水土流失的农民！"

有时他说王勋杰："你们要学谁，要学这个王勋杰王老师！他家在我们米粮坝最高最日脓的地方，那个地方叫法喇！以前我坐车回乌蒙，经过那里，到大梁子上，雪深了，车无法走。没办法了，我们到村子里买洋芋吃。村子全是茅草房，进屋去，一无所有！连洋芋都没有啊！火塘边呢，光屁股郎当的。七八个小孩，就什么也不穿，爬在地上啊！那些妇女呢，怀里抱着一个，背上背着一个，左手拉着一个，右手拉着一个。前后还围着几个，哭哭啼啼。我说：'你们能不能少生点？'那些妇女说：'不行！多子才多福，就是多才好！'就是这样的地方，出来了一个王老师，是个大学生！我就问王老师：'小王老师，你能从那地方走到米粮坝最高学府的讲台上来，我都深感惊讶，实在不容易！你有什么样的感觉？'他怎么回答我？同学们想想。"全班同学答不出。区老师说："他就跟我讲，'区老师，我有上天的感觉！'"全班哄堂大笑。有的女生爱王勋杰年轻英俊，听区老师说王勋杰家那儿如何落后如何贫穷，又说有上天的感觉，脸红了。那些城里的男生女生呢，听了就鄙夷王勋杰。

区老师实话实说，在各班都这么说。有时他说："王勋杰老师，不错的！人也不错，书也教得不错！在海拔三千多米的茅草房中，在那种饥寒交迫的地方，能出这种人才，实在不可想象！这就说明了，谁也不比谁差！人生来是平等的，没有区别，是环境、是社会造成了人的差别！人通过努力，通过教育，又可以消灭这一差别！同学们，这就是真理！你们掌握这一真理，去勇敢地奋斗吧！"王勋杰到米粮坝中学，原本处处掩盖他的家乡、他的家庭的情况，没想区老师尽讲了出来，引得许多学生也看不起他，一些年轻的城里出身的教师更看不起他。他很恼火区老师，但又无可奈何。区老师是老教师，校长尚敬三分，何况于他，所以只能阴着气愤。

岳英贤头一学期在米粮坝补习，区老师也教着他，于是又讲岳英贤："去年我教到一个学生，叫岳英贤，也是法喇的！小伙子来报名补习时，穿个毡褂，全身灰扑扑的。可能在家从来不洗澡，脖子耳根后面，全是黑的！隔两米远都能闻到他身上的臭味。他带了一百块钱，来报名。我一看那样子，就跟其他几个老师讲：'这个学生不消他说，看着就可怜，家里一定很穷，算了，免他的补习费了！'于是我们就不要他的补习费，让他来补。他开头学习并不好，他一直咬牙不分白天黑夜地苦，几个月时间，成果出来了，高考一战，考取师专，甩掉'农民'的帽子了，正式跳入龙门，过好日子了。岳英贤家那地方，我跟你们说过了嘛，比非洲好不了多少嘛！但人只要立志，没有不成功的，有志者事竟成！"

最后区老师举完王、岳二人后，就在各班举孙天俦了："孙天俦这小伙子，也是法喇那地方的！穷啊，相当穷！你们看他穿的，都有补丁啊！我问了王勋杰，也问了孙天俦，孙天俦家比王老师、岳英贤家还穷！但穷又怎么样呢？你们不信看着，孙天俦只要能在明年大比之年考取一个学校，那就是非凡之人！那我就远远比不过他了！你们这些米粮坝县城出身的富家子弟们，也就不是他的对手了！而他要考个名牌大学，不大可能，考个一般的大学，我认为没有问题！他就像跳高一样，背部已要越过杆顶，'农民'的帽子即将甩掉了！"

有时他又说："同学们，你们好好看看电视，我们中国的足球队员，才上场时，奋勇拼搏，奔跑如飞，跑一阵呢，就跑不动了！西方发达国家的呢？一直跑，跑到终场，还能跑！为什么呢？因为我们穷，我们的球员都是吃淀粉长大的。人家富，人家的球员是吃蛋白质长大的！所以体能上我们就斗不过人家，这球还怎么踢？"或者就说："同学们，赶快跑啊！我们以前是没有机会跑，现在呢，好不容易开条缝了，赶快冲！冲到上海去，冲到北京去，不要回来了！就在那里过一辈子，就死在那里算了！骨灰都不消带回来，坚决不回来！回来干什么？回来一切就都完了！像孙天俦，也是他家境困难，读出书来，还要照顾他的弟弟，责任重大，任务艰巨，否则我就叫他考个大学，立即高飞远走，屙屎屙尿都不朝这个方向屙！我是无法了，只能死在这个小小的米粮坝了!'"

区老师教政治,全年级六个班他教了四个班。天天举此三人为例,搞得法喇学生及荞麦山学生极是狼狈。全年级学生都知法喇穷。吴明彪、谢庆胜、吴耀军、郑朝斌等不用说,就是吴明道从小长在县城,与一伙城里学生没有区别,也听得羞愧。这帮法喇学生,唯孙天俦、谢庆胜学文科,其余均学理科,成绩是孙天俦和吴明道最好。

孙天俦本被朱老师等吹了,名声大振。现在区老师等又吹,名声更大,全校连初一学生都知有个孙天俦了。但不久孙天俦就令区老师失望了,孙天俦已决定报考军事院校。第一步报陆军学院,陆军学院毕业后报中级军官学院,毕业后再报考国防大学,成为一名将军。因此他每天早上起来,在球场上跑步,锻炼身体。孙天俦从不在操场里跑,这一来,引得好多人好奇,以为孙天俦以后想报考个体育院校了。锻炼已毕,就朝县图书馆跑,不上课了。县图书馆有套《二十四史》,长期无人读,更无人将其看完,孙天俦雄心大发,决心用一两年时间,将其看完。那史书全县只有一部。不许外借。管理员怜悯孙天俦,允许孙天俦每天坐在里面读。区老师见孙天俦成天不上课,到处都找不到,就来这里找。见孙天俦正在读《史记》,说:"小伙子,你读成司马迁,也无法将你这'农民'的身份甩掉!眼下你最重要的是考学校,这比读一百部史书都重要!你考不起回农村去,再会读《二十四史》又有什么作用?"孙天俦不听,读上了瘾,不可收拾。区老师无论如何劝,就是不听。一个月过去了,区老师问读到哪里了,孙天俦说把《汉书》读完了,要开始读《后汉书》了。区老师说:"你何时读完啊?"孙天俦说:"两个学期把它读完。"区老师说:"好好好!到时你刚好高中毕业,读完了你也就可以回家挖地去了。"

原历史老师退休了,学校新来一个大学生,名唐志文。这唐老师是米粮坝前几年考到省师范大学去的,在校学习很好。他毕业时,就不想回米粮坝了。米粮坝不出人才,好不容易有个师范大学毕业的学生,却不回米粮坝,于是管教育的副县长、县教育局长就到省上闹,硬是将这一大学生捉回米粮坝。回到米粮坝后，就将他分在米粮坝中学高中部教历史，刚好是教孙天俦等。他一头乱发，衣履不修，很朴素但也愤世嫉俗，明显对社会一副不满的样子。第一天尚未来上课，区老师就讲了他的经历，学生都很敬佩这唐老师。孙天俦听了，也很敬服。唐老师来上课后，对孙天俦感觉不错，又在各班到处吹孙天俦这人了得。学生对他很崇敬，他说孙天俦行，那孙天俦就是行了。孙天俦以为他是大学历史系，《二十四史》定是看过一两遍了，哪知唐老师根本没看过，《资治通鉴》也只随便看看，没看完过。《二十四史》各书，仅知书名，看过《史记》。他听孙天俦在读《二十四史》，就对孙天俦说："我劝你不消读，我都不耐烦读！你要研究历史，就去研究希腊、罗马、欧洲、美国的历史，才划得来。中国的历史，鲁迅说过了嘛，是一部'吃人'的历史！李宗吾也说过，是一部'厚黑'的历史！《二十四史》不过就是歌颂二十四家专制魔王的历史！不值得研究！"

　　孙天俦大不同意他的意见，不过二人都比较要强，谁也无法说动谁。但劝不了孙天俦，他也就不劝了，但常叫孙天俦去和他踢足球、煮饭吃，他说喜欢孙天俦的思想。孙天俦已研究了法喇、荞麦山的历史，下一个假期，就欲走遍米粮坝县，搜集有关米粮坝的历史，孙天俦就向唐老师讲了。唐老师说："米粮坝的历史我比你清楚，没有研究场，你这是无用功！"他一谈起来，就是英国如何，美国如何，称霸世界，中国呢，是在自吹自擂，对世界历史无多大贡献。孙天俦和他争论，他也不听。唐老师到校，因性情古怪，对谁都不理不睬。开始老师们还畏他名声很大，不久见他不过如此，就开始轻视他了。学校领导以为他自高自大，看不起人，也不分住房给他，让他天天住在旅社里。他冒火了，又到县政府去找把他死死要回来的副县长吵。副县长给学校说过一两次，就不管了，反正原先觉他不得了，如今想你不过就是一个教师，有什么了不起！一个穷教师，你只配找校长，配来找我吗？后唐老师去找，副县长就不理了。唐老师于是又骂学校，又骂县教育局，又骂县政府。他在学校的地位也就不断下降，才来半年，就人人摒弃他了。

　　三个月了，这一学期将要结束，孙天俦眼睛都读肿了，才读完《三国志》《晋书》，这个学期就结束了。假期一到，孙天俦就一个乡一个乡地走访群众，记录传闻。他先顺金沙江河谷，后又顺牛栏江河谷走，这个假期，他走完了米粮坝全县，才发现米粮坝其实只是一座大红山，中间孤独地耸立着，悬崖陡坎相连，沟箐狭长幽深。这里浸蚀严重，岩崩、滑坡、泥石流不断。从汉朝至今，米粮坝山崩，五次造成金沙江断流。清乾隆年间一次米粮坝山崩，一座山跃过金沙江，跳到江对面，从云南跳到四川，云南叫其为"石龙过江"，四川称之为"云南石头搬四川"。

这里交通困难，直到共产党执政时，米粮坝对外交通均靠驿道进行。几百年来，全县人民都在修驿道。一是百姓相约修建，二是大户捐资修建，三是标右营府修建，四是积德行善修阴功者修建，或烧岩作路，或请石匠凿开悬崖。

在清代，驿道都设有汛防，各设把总一员、率兵百名驻守。米粮坝县通往乌蒙的米通道，尽是悬崖峭壁，下临深渊，人不敢过。乾隆五十二年至五十六年，米粮坝人刘汉鼎捐资修马颈子坡驿道谓之"石匠房"。米粮坝敬称刘汉鼎为"刘公"，县志为之作传。光绪七年，江西人王世泰、夏永顺捐银数千两，由峭壁间凿隧道一公里，可容轿马，并于出口处悬崖峭壁间建长十余米铁索桥一座。直到如今，联系米粮坝全县的公路，都得从海拔几百米的地方爬上来，到达海拔近四千米的大红山，才能越过山到另一面去，像一只鸡爪。从县内任何一地到另一地，都得经大红山。大红山像一个专制魔王，任何地点都得与它进行单线联系，而不许它们抛开它直接联系。很多乡政府所在地也不通公路，全县也没一寸柏油路，两边是两条江包围着，两江均不通航。金沙江在米粮坝县地段，有十九个险滩。明万历三十六年，工部右给事中王元翰开发金沙江航运。清雍正、乾隆间，铜运艰难，为保京都铸钱用铜，鄂尔泰首倡、庆符力主，由云南巡抚张允随负责开浚金沙江水运。乾隆七年，动员八十万人，耗银数十万两，只开通部分航段，由乌蒙府米粮坝厅小江入口至永善黄坪，间断通航。到乾隆十四年因滩险难航，仍改陆运。民国二十六年抗战爆发，东部沦陷尽净，民国政府为打破日军封锁，急欲开浚金沙江航道，于次年二月，由王伟、张官伦率队由昆明出发，沿普渡河入金沙江，欲沿金沙江而下，直达四川，对沿江水流、滩口、里程、行船条件进行调查。民国三十一年，民国政府交通部派督察万宗领队试航，到米粮坝段失事，六人死于米粮坝段，其中数名为外国人，开发金沙江一事只得搁置。共产党执政后，多次整治金沙江航道，炸石开滩，仍无济于事。近五百公里的两条江上，竟没有一座桥。县内于两江置渡口九处，以小木船以人力摆渡，机动船极少，这里极其危险，还有就是有些地方谷深水急，明清时期，以藤、竹编索系牢两岸，称为溜索。溜索上套以约三十厘米长的木制溜筒，筒上固定一个长一米许椭圆形吊环，环上系回绳，离江面三至五米，交过溜费过溜，像蛛丝一样挂在江上。

这些年来，孙天俦不时听到这里船覆，那里索断，造成多少人死亡等消息，省上的报纸时常刊登米粮坝船覆造成几十人死亡的消息。大红山向四面伸下去，就构成了米粮坝县的山川。全县最大的一块平地就是米粮坝，不到半平方公里，且都不平，是一个坡。全县没有一个乡政府不在坡上，很多乡政府修不起一条直的街。有的乡政府街边就是悬崖，没有房屋。在高山上望着别的山，只见山脊沉沉的。那些地，在倾斜达七八十度的坡上，像贴在墙上的大字报，也像一些晾挂在绳子上的破衣服，那山脊就是晾衣服的绳，不堪重负，像要断了。许多房屋，在陡峭的山上，不是顿在山上，而是像米粮坝住楼房的人家，挂在外面墙上的鸟笼一样挂着。只要上面的钩断了，鸟笼就掉下楼去了，这些房屋也一样，只要稍不注意，就掉下万丈悬崖下去了。无论上山下山，孙天俦都觉在米粮坝上走像上下楼梯，每迈一步都有高差。

因历年开矿，米粮坝森林破坏殆尽。全县最大的一条泥石流，长十二公里，每年爆发十多次至三十次。规模大的时候，泥石流总量达三十七万立方米，延续时间达十二小时，最大瞬时龙头流量每秒二千四百立方米，在坡度百分之六点五的山谷中，最大流速每秒十五米。丁巳年的一次泥石流，阵性流一百七十次，总量十八万立方米，测定容量每立方米二点二吨，冲击力达每立方米六十余吨。米粮坝泥石流暴发频繁，规模巨大，世界罕见，据称是世界第二大泥石流。壬戌年即有成都地理研究所于米粮坝县建立观测站，承担中国科学院重点课题，进行泥石流形成机理、运动特征及综合治理的研究。

三十二　父向子下跪

因种族的影响，孙江成家这一家人，包括孙平玉在内，头脑单纯，社交力弱，不与外界交往，只会一家人在地里苦，勤奋是没有说的。但因极封闭，多做出许多经不起外人推敲，荒唐而幼稚的事来。

孙江成当支书数十年，从未在哪家吃过一顿饭。法喇人有中原遗风，极好客的，客人到家，必请了坐上座。而孙江成呢，无论到哪家，无论主人如何邀，就是不上桌，都说："我吃了来的。"主人说："你吃了来的，也还要上桌来拈点菜吃。"孙江成说："我吃饱了。"主人说："嫌我家饭菜不好？就是毒药，你也来吃一碗。"孙江成就是不吃，一拉一推，经常像打架一样。害主人家饭菜在桌上冷了，却无法上桌。要拉他上桌呢，拉不去，不拉呢，岂好全家坐在堂屋中大吃大喝，而把客人冷落在火塘边，无奈何时只有全家上桌吃，把孙江成遗在火塘边，但边吃就边不安心，吃得也不舒服。而其他村干部，到哪家后，不消主人请，见要吃饭了，自觉坐上桌去，还故意说："快拿筷子来，我肚子饿了。"主人不消邀不消请，上桌就吃，少了很多麻烦。随便拈点菜吃了，就退席，主人问时，就说在家吃了才来的，饱了。主人也就没有觉对不住客人，结果就很欢迎其他村干部，而讨厌孙江成。不单在村里，到乡上、县上开会也是这样，开会的车费要报账，吃住都有补助，任何村干部去开会，都要坐车，并一样不带。孙江成呢，烙上一摞荞麦粑粑，帆布包一背，就上路了。走到县上，开完会吃饭时，别的都去席上啃大鱼大肉，他不上席，一杯开水下着，就啃他的荞麦粑粑。而且凡去开会之人，虽都是村干部，但家在农村，平时在家都不讲究，也和农民一样，但去开会，大家都找点好的衣服穿上。到会一看，虽是些村干部，还穿得都不土，不像农民了，但整个会场里就有一个土的。孙江成穿个大毡褂，坐在会场里，真是个农民，所以很显眼。米粮坝天气热，像荞麦山去的人，一到县城就忙脱衣服，光着上身一样不穿照样热得淌汗。而孙江成到米粮坝，穿的和在法喇一样，照样三四件衣服，外加羊毛毡褂，一颗汗不流。上街时，别人穿衬衣，还怕太阳晒，要走墙脚躲阴处，照样淌汗。孙江成穿了毡褂，走街中心，任太阳晒，也不流汗，整个县城的人以为稀奇。所以到县上乡上开会，乡干部村干部也都讨厌和他在一起。

　　孙平玉家与孙江成家多半时候是矛的。孙江成与孙平玉矛，于是田正芬、孙平元、孙平刚等全不理孙平玉一家，不得已说到孙平玉家，就说"上边那家"。孙平玉想：我跟我爹矛了，跟你孙平元、孙平刚、孙平会何干？你们公然不理我，我又耐烦理你们？于是都不理。陈福英常说：孙家人真是无聊，这个跟那个矛了，就仿佛跟全部都矛了。一点不会分人。要是这个跟那个矛，还要中间的来劝，一矛就个个都矛，无道理。

　　孙平元之子出世，按理也该取"富"字辈。但孙平元和孙平玉吵矛了，不取"富"字，因和孙平文家也是矛的，也不取"家"字，另取一"全"字，为子取名孙全荣。孙江成也不管，其实孙平元和孙平玉并没矛盾，皆因孙江成和孙平玉吵时，他来助孙江成，骂孙平玉，就这么矛了。孙平玉见他自取"全"字，想：我和你是亲弟兄，本无矛盾，你要这样干，也可以，你去干吧！孙江成不管，孙平玉更鬼火绿。

　　田正芬一心望孙平元家超过孙平玉家，不断将粮、钱、布匹尽挪与孙平元家，每次数量又不多。陈福英时常看见，心中气愤，说："脑袋瓜太蠢了！你真正要送，就叫孙平元、田永芝来，一晚上背几千斤去，我还不气！这样今天三斤，明天两升，看得人戳眼睛，还要这样借口，那样借口，令人想呕。我穷得新鲜，饿得硬气，耐烦要你施舍？"陈福英历次碰上，知她在送东西给孙平元家去，故意问："我妈去哪里？"田正芬说："我借孙平元家一升荞子，提去还他家。"时间长了，陈福英火了，下一次遇上，田正芬又如此说，陈福英说："借的？孙平元那穷鬼借得起东西给你？你要到六十岁了，孙平元也该养你了，不是你向他借东西的时候，而到你要他养你的时候了。你是我的妈，我正传养你！你没有吃的了，你不会问我要？我敢不给你？你现在家里有没有？没有的话，要多少米多少肉，我马上送来！你不要借得瘆人了！今天也向孙平元家借，明天也向孙平元家借！"田正芬忙说："我咋个借咋个讨，我自己借自己讨！你们也紧，富贵在读书，我哪好向你们伸手？吃的嘛，的确是没有了，来孙平元家借去吃。"陈福英更鬼火，把她怀中的荞子接过来，说："把这荞子端回家去，晚上我撮我家的去帮你还孙平元家！"又叫孙富民："你奶奶家缺粮了，快叫你爸爸撮粮食背到你奶奶家去！"就朝田正芬家走。田正芬假装跟着走一阵，连说："不消了，不消了，我自己想办法，我会去借！"陈福英说："你老了，我们有义务要养你！我去看你皮箩里，如果真没粮了，我今天就不出工，背粮食送来给你！"田正芬慌了，说："不消回家了！你不消去看，我皮箩里、口袋里都是满的，都是你爹前天去荞麦山借来的！借了七百斤来！够吃今年了！"陈福英说："向荞麦山哪家借的？我背我的去还！"田正芬就编不下去了，神色慌乱，勾头朝后走了。陈福英才不管，往家里走，田正芬过后就骂陈福英。

孙平元见自己与孙平玉矛了，担心以后更斗不过孙平玉，就怂恿孙江成，多番设计，如何能将孙平玉家远远地赶走。凭他爷两个，是无法将孙平玉赶走的。于是就想借孙平文之力，赶走孙平玉。便去约孙江荣、孙平文，孙江成说："孙平玉的房子、猪圈占了大片地盘，这些地盘都是老人的，没有分断过，应该我和孙江荣平分，以后孙平文、孙平元你们才也有分的。现在全被孙平玉一人占了，我们大家联合起来，把孙平玉赶走。"孙平元说："要赶就现在赶！孙平玉没多大本事，好赶！一赶走，他儿子也就读不成书了！现在不赶，过上几年，他儿子一读出书来，翅膀一硬，就不是我们赶他，而是他赶我们了。"孙平文也正恐惧孙平玉家力量正在强大起来，且他平时想欺孙江成、孙平元等，正怕着孙平玉而不敢动，听了大喜。孙江华等得知，大喜过望，全来凑合。魏太芬见孙平文兴头很足，就说："我看你是自己找虱子放到脑壳头上来爬！孙平元家爷三个赶得走孙平玉，还用得着来约你家爷两个？你爹能不能把孙平玉赶走？说到头要用谁把孙平玉赶走？就是要用你这个傻瓜！而且按你们商量的，这地盘是爷爷的，没有分断过。那把孙平玉家赶走后，谁得这个地盘？是你爹和孙平玉家爹得！你爹得了一半，会不会分你？即使分你一分，你家是四弟兄，你顶多得四分之一！你白费力气，帮别人发财！而且孙平玉家是好得罪的？你们敢惹孙平玉，但谁敢惹陈福英？你去惹了试试，小心陈福全等来把你脚杆放断掉！"孙平文一听，失了兴头，任孙江荣怎么催，都不动了。孙江成就催孙江荣，孙江荣又来催孙平文，孙平文不动，就骂孙平文。但整个阴谋就这么搁浅了。魏太芬有了可献殷勤的东西，决不放过，马上便将孙江成、孙江荣等如何谋划，她如何劝阻孙平文等，向陈福英和盘托出。孙平玉得知，恨孙江成等远过于恨孙平文家。

　　孙平文见孙江成父子已分崩离析，孙平玉再不会帮孙江成等的忙了，便放开手欺压孙江成、孙平元、孙平刚。原来孙运发的房子，共是两处，一大一小，每处是两间。分家产时，只有两个儿子，便不好分，就用这样的分法：大的一处每人一间，小的一处每人一间。孙江成和孙江荣共住了大的一处的两间，规定中间那堵墙虽归公用，但属于孙江成。小的一处，如今归孙平文和孙平元住，规定中间那堵墙虽归公用，但属于孙平文。小的那一处旁边有个菜园，当时不好分，也分成两半，孙江成、孙江荣各得其一。孙江荣的就给了孙平文。孙江成抛开孙平玉分家产时，将这菜园分给孙平元。孙平文早想独占这一菜园，长期因孙江成未将这一菜园分断，惧于孙平玉，不敢惹。现在孙江成将菜园分给孙平元了，孙平文就对孙平玉说："大爹已将这菜园分给孙平元了呢！你不问问你的分在哪里啊？"孙平玉说："让他去分吧！"孙平文便将孙平元的菜园霸占。先是孙平元种了菜，孙平文就将猪赶入孙平元的菜地，将菜吃光。孙江成、孙平元敢怒而不敢言。孙平元无论种什么，孙平文都放猪去吃光。孙平元种了两年，无法种了，地就荒着。孙平文就叫孙家文等去把孙平元这地挖了种上，霸占过去了。

孙江成家富，己未年就将茅草房换成瓦房了。因孙运发原来这房子矮，只有五板，孙江成便将墙加高到七板，中间这堵墙也加高了。孙江荣后几年想把茅草房换成瓦房，也得加高墙壁，但其他几面都好加，中间这堵墙却难办了，早被孙江成独自加高上去。孙江荣找孙江成商量，孙江成恨孙平文平时欺他父子，就是不让孙江荣的大梁搭在中间这堵墙上来。孙江荣茅屋拆了，墙也加高了，梁却上不去，房子盖不起来，急得到处求人来劝孙江成，先去找孙江芳，孙江芳说："虽说你两个都是我的兄弟，我可以说。但你和我是亲家，我来出头，孙江成说我帮我亲家的忙，又怎么办？你不如去找小舅，请小舅出面。"孙江荣就去请蒋小老者。

蒋小老者近八十岁了，是孙江成等的亲舅舅，是蒋银秀的亲小爸。蒋小老者来到，孙江成就历数孙平文欺他和孙平元的情况。蒋小老者责骂了孙平文一通，勒令孙平文将菜园还给孙平元。孙平文将菜园还孙平元后，孙江荣父子又同意小的那一处房子中间那堵墙归孙平文和孙平元共同拥有，无论谁要动，都得经对方同意。签了协议，孙江成才同意孙江荣的大梁搭上中间这堵墙。孙江荣的大梁搭上去，房子一盖好，孙平文又将已还孙平元的那一菜地霸回。田永芝到那地里种菜，孙平文就叫孙家文出来骂："老子家的地，你敢来种？"就打田永芝。孙江成等不敢惹，地又被孙平文占去。孙江成去找蒋小老者，蒋小老者知这是桩永远打不尽的官司，便推这推那，就是不来。如今孙江成与孙平玉一矛，孙平文刚好要拆老茅草房起大瓦房，便拆了房子，连中间那堵墙也拆了。孙平元家劝阻，孙平文就要打孙平元。孙平元不敢动，和孙江成想来请孙平玉出面干涉，又无脸面来，眼睁睁看着自己房子四面墙被挖掉一面，只剩了三面墙，整个顶上的茅草和梁塌了下来，房子就等于报废了。孙江成又去找蒋小老者，蒋小老者外出躲避。孙江成也不管什么亲舅舅了，大骂而回。孙平元家被迫搬到孙江成家住。孙平文房周围，本都是孙江成的，孙平文想扩大地盘却无法。孙江成在去约孙平文赶走孙平玉时，为讨好孙平文，知孙平文想打地基建房却无地盘，孙平元、孙平刚就献计于孙江成，将那周围地盘全赠予孙平文，孙平文说："大哥不在场，我不敢接受！"孙江成说："他不是我的儿子，我的家产全分给这两个了，这两个在场就行了。"孙江成就写字据赠孙平文，孙江成、孙平元、孙平刚全签了字，盖了手印。孙平文得了地，表示共同努力赶走孙平玉。后来魏太芬说："这事还是要问问孙平玉家，不然以后孙平玉家不得，我们无办法！那孙家文和孙富贵等，就成了子孙仇！去问孙平玉家也肯定同意。"孙平文、魏太芬拿了孙江成等盖了手印的赠地字据来找孙平玉、陈福英，孙平玉、陈福英看后气得面红脖子粗，说："别人横赠直赠，那是别人的事，不关我家的事。"魏太芬说："我们怎么敢要？万一以后富贵他们说不行呢。"孙平玉说："别人都无意见，我家还耐烦有意见？"孙平文既不共斗孙平玉了，又把中间的墙挖掉，同时又大肆占了孙江成三父子所赠之地，孙江成父子后悔不迭，那地都可作好几个屋基，孙平元、孙平刚还无起房子的地方啊！无可奈何，只得厚了脸皮，爷三个来求孙平玉了。

  一进屋就觉气氛不对，孙平玉一看三人来，就睡到床上去，陈福英也不管。爷三个蹲了半天的冷火塘，不得已说："孙平文这杂种欺我们太过分了，霸占我们的菜园，撬毁我们的房子，又霸占我们的地！我们约起去找他，逼他还回来！"孙平玉不理，孙江成又求。孙平玉说："哪们的地？是你们的还是我的，我还想得一寸？你不是说你只有两个儿子，把家产全分给你两个儿子了？地是孙平文霸去的？是哪些人签名盖印送孙平文的？要是孙平文与你们联手，我早被你们赶到天涯海角去了！不是孙平文欺你们过分，是你们欺你们自己太过分了！"仍然不理。孙富民、孙富华见孙平文家疯狂占地，不得了，要去找孙平文。孙平玉、陈福英就吼："那是占你的地？"二人说："是占我爷爷的地！"孙、陈道："你爷爷都不承认你们是孙子了，你去嘛！"二人被迫停下。那周围的地马上被孙平文打成屋基，建起了大瓦房。

孙江成三父子又恨孙平玉入骨，就单独来收拾孙平玉。包产到户之时，土地是按人口分配，人多的家庭地多，孙江荣家七人，分得的地最多，后孙平竹、孙平丽嫁出，五人种七人的土地。孙平玉家当时六人，分得的地也多。孙平文家当时五人，也分得不少。孙平元家当时只孙平元和田永芝二人，如今已是五人，仍种二人的土地，其时孙平元家还和着孙江成家。孙平玉家当时人手只孙平玉和陈福英，盘不过来，将地送一些与孙江成种。如今多年过去，孙江成不但不还孙平玉家的地，这晚，倒带了孙平元来找孙平玉："孙平玉，孙平元现在五个人了，才有两个人的地，你家六个人，有六个人的地，这不公平，把地并拢来，按十一个人口分。你家分六个人的，他家分五个人的。"孙平玉说："这不合道理嘛！"孙江成吼道："咋个不合道理？土地都是你爷爷的！子孙后代要公平使用。"孙平玉说："土地是我从合作社签字盖印包产来的！若说地是爷爷的，吴家、崔家，多少人家种的都是当年爷爷的土地！"孙江成道："问题现在孙平元的地不够种了！你要分地给他！"孙平玉说："他不够种，去找合作社，跟我有什么相干？我的地同样不够种！"孙江成就举起孙平玉家火塘边的柴块："你分不分？"孙平玉说："不合道理，我怎么分？"孙江成就将柴块打来。孙平玉挨了一柴块，就跌倒下去，说："哎哟，我的脚断了。"

陈福英忙跑来道："爹，你哪里来的道理？土地是该你的还是欠你的，是你给孙平玉的？"孙平元吼道："因为地是爷爷的，也当该欠的！"陈福英就举起柴块朝孙平元打："你这些杂种只会欺软怕硬！孙国军家现在五个人种着七个人的土地，也是爷爷的，你咋不敢去要？"孙平元因惧陈福全等，不敢惹陈福英，忙跑出门去。孙江成还在屋内大喊大叫，陈福英道："富民，去喊你外公来，问孙平元这个杂种还要不要？"孙江成听要去叫陈家，才忙边骂边走了。

孙平玉强按着板凳站起，捞起裤子一看，小腿上又黑又肿。陈福英忙去园中挖了药来包上。

陈明贺等来到，说："孙江成天天干闹干闹的，不吓他一下不行！"就和陈福全等下去，陈明贺直叫："孙江成，你很能打，出来我跟你打！"孙江成家早把门关上，不敢出来。

　　之后孙江成就对孙平元、孙平刚说："上边那个不是我儿子，我的家产全归你两弟兄分！"就将家产分了：两间大房子，一人一间；三百棵白杨树，每人一百棵，孙江成留一百棵。孙江成做事，历来无保密观念，在家高声大气地讲。孙江华、孙江荣家隔得近，时常来偷听，都转与孙平玉家。有听不到的呢，田永芝、孙平会生性愚笨，牛兴莲、魏太芬用话一套，不消几分钟，头就被套晕了，和盘托出而自己不知。孙平玉得知此事也不理睬。后大约孙江成觉得他这办法还不错，于是逢人就吹："孙平玉不是我儿子了！我的家产都由孙平元和孙平刚平分了。"

　　孙平玉听孙江成已公开说自己不是他的儿子了，气得要命，遇上孙江成，就问："爹，你可是说我不是你的儿子了？"孙江成说："是说了！"孙平玉想问他一句"那我是谁的儿子"而没有问，就说："那我刚才叫你爹，你怎么还答应？"孙江成说："以后你喊时我不答应就行了！哪个想答应，哪个来答应！"孙平玉说："我碜得脸都找不到搁处了！我求你了，我不要你的家产，也不要你什么东西，你横分直分，我都不管，只求你不要说这样瘆人的话了！要说也躲起说，不要公开说！人是要名誉的，即使你不要，子孙后代也要！"孙江成说："我不要名誉，我就是要逢人就说！"孙平玉说："那好！既然你都这样不要脸了，我不是你的儿子也行！但你要说清，我是谁的儿子？"孙江成说："你是谁的儿子，我怎么晓得？"孙平玉气得大哭，向天诉说："老天在上，你开开眼，这种事情你都不管吗？"孙平玉无奈，找孙江华、孙江万等，请他们来评理，孙江成这样说对不对。孙江华巴不得孙江成家斗到杀死两个才好，说："你爹跟我是矛的！即使不矛，他是大的，我们小的怎么好说他？"孙平玉说："大爸是族长，哪有不好说的？"孙江华说："族长只是你们选的啊！开家族大会，你爹和你两个兄弟就没有来啊！他们不承认我，我也不承认他们！"

　　孙江成仍到处吹："我就是要拼命地折磨他！到他胜不住折磨那天，他只要说一声：'你不是我爹，我不养你了！'我就有把柄了！那他就一点也不能沾我的家产了。"别人来说了，孙平玉说："他的家产是多！到他死都吃不完！到他死，还会有家产留着？早就被别人吃了屙光了！"陈福英说："见多识广了！哪家折磨儿子是这样折磨的？他到老了无吃的找上门来，你还好推他出去？反正他是当癞子，以癞为癞！"孙平玉说："你看着，他到老了上我的门！我把他推不出去？他的家产我哪样不知道？单说布草，那年孙江华等派红卫兵来抄家，连夜得知，我和他一人一大背，一背都是近两百斤啊！背在我外公家去收，田家人人知道的。后来我小舅办酒，我外公怕人多了去看见，来通知叫搬掉，他不敢搬回来，又搬在姑妈家去，秦光朝等，谁不知道？这些年他穿了没有，全部给孙平元了，以后我不会问他？"

陈福英说："你莫夸了，到时候他说没有了，你好啃他？见多了！以前我大外婆家，就是不要我大舅，要赶我大舅走，认为我小舅心好得很！到我大外婆老了，遛不动了，那时她才认得我小舅心不好了，生着硬是要去找我大舅养。我大舅说：'你以前说我不是你的儿子，你小儿子才是你的儿子，去找你小儿子养去！他才是你的儿子！反正你说过了我不是你的儿子！'就把门打了关了。我大外婆不走，硬是站在门外。无办法，我大舅同样得养！我大爷爷家，同样是这样，被我几个二大爹三大爹拱了，就是不理我大爹！天天爷三个约起去打我大爹，时常把我大爹打的几个月爬不起来。大爷爷把家产、房屋全分给我二大爹三大爹吃光，老来无法了，只得来找我大爹，说：'陈明耀，我对不起你！我上那两个杂种的当了！以前那两个杂种天天哄着我吃，哄着我糟！都说他们孝心才好，你的孝心不好，把我的东西哄了吃光糟光，那两个杂种的孝心就不在了。我无法了，只得来投你，反正你是我儿子，就是要养我！你养我也有好处，我封赠你的子孙万代，当官做府，人财两发！'我大爹说：'我不敢要你封赠，你以前封赠我的太多了！到我门上来咒我要断子绝孙的，是不是你？咒我要被千刀剐万刀剁的，是不是你？我反正孝心不好，你去找孝心好的养！'就不理睬。我大爷爷无法，来找家族，家族也不管，说：'你以前打陈明耀，我们就劝你，你不听！

孙江成则"咚"的一声跪在孙平玉面前骂孙平玉道:"你要我的家产,我就把家产房屋全打交代给你!"孙平玉就走,裤脚被孙江成拉住。

现在我们敢去找陈明耀？要是我们管，陈明耀将你以前那些行为举出来，问我们时，我们怎么办？'就谁也不敢管。我大爷爷饿得无法，天天跑到我大爹家门前去哭，就是不走。我大爹有什么办法，只得养！我爸爸不是这样？以前我爷爷奶奶瞧得起他？我爷爷我奶奶打人都心黑，有一回我爷爷一柴块就把我爸爸打晕死了，还是我老祖把我爸爸抱回家去才救活。爷爷分家，一样不给我爸爸，天天只是他几个姑娘好。他几个姑娘一一嫁掉，其他几个儿子也靠不上了，同样厚起脸皮来找我爸爸了。凡事都要来找，一刻也离不了了。我爸爸咋个好说，来找着同样只得做。反正你以后遇到这种情况，你怎么办？同样只得养！"孙平玉说："怎么这个人一到五十几六十岁，家家的老人都偏心起来？一点不讲道理！人老了就是要生数，不生数就麻烦了！"陈福英说："也只是这些老人不生数。说了，要是我老了，根本不会学他们那样！哪里会兴喜欢一个不喜欢另一个？个个都是自己生的，一样对待！"

　　因孙江成始终无法逼孙平玉说一声"我不养你"，孙平元、孙平刚又献计。孙江成去找了田正安、田正华来，半夜将孙平玉叫到孙江成家。二人在远处，哪里知孙家内情，听了孙江成的话已七分相信是孙平玉的错。到了法喇，田正芬又对二人骂孙平玉的坏处。孙平元、孙平刚等全骂，便全信了。孙平玉一去，就遭二人责骂。孙平玉说："大舅、二舅，你们听不听我讲？"二人不听，仍是骂。孙江成则"咚"的一声跪在孙平玉面前骂孙平玉道："你要我的家产，我就把家产房屋全打交代给你！"孙平玉就走，裤脚被孙江成拉住。孙平玉走不脱，就质问田正安、田正华："两个舅舅，你们喊我来就是要玩这一折啊？"二人没想孙江成会干出这一通来，无言可答，面面相觑，急忙开溜。孙平玉又扭住二人："你们莫跑，我要请你们来讲清楚。"二人拼命挣扎逃跑，跑不脱，忙说："平玉，我们哪想到你家的事有这么复杂！看来不怪你，看来不怪你。"挣脱了就跑。孙平玉从此恨这二人："我爹给我下跪，出乎他们的意料，我不怪他们。但我爹跪下去时，他们应拦一下啊，硬坐着不动，任我爹又跪又骂。我当然要恨他们！"

　　孙江成家既与孙平玉矛了，又与孙平文矛了。孙江华等欲怂恿其继续斗，便来讨好孙江成家。孙江成家势孤，便与之和好。陈福英的外婆死了，孙江成等不闻不问。而当年孙运发之妻死，丁家送来了一捆纸。孙运发死，丁家又送来一捆纸。当时困难时期，且物价比如今低得无法想，那时一捆纸当如今三四捆纸。在法喇即使如今，送一捆纸都是相当的厚礼了。当年丁家来如此送，在葬毕孙运发后，孙江成与孙江荣分东西时，这两捆纸便由孙江成独得。同时规定这礼以后丁家有事，要由孙江成也代表孙江荣去还这一捆纸。孙江成用了那一捆纸，如今厚脸皮不管。田永芝的母亲死，陈明贺同样提了一捆纸来，跟着孙家去田家。如今丁家芬的妈死，按礼节，孙江成也应提一捆纸，跟着陈明贺家去丁家才对。孙江成又不管，孙江成处处亏理。陈福英都买了一捆纸去送了，气愤不已，对孙平玉说："再没有比你爹你妈更不要脸的了。你外婆头上，我爸爸提一捆纸来帮你爹撑面子！现在我外婆死，你爹在哪里？你爷爷、奶奶头上，我小舅家来了两捆纸。现在我外婆头上，你爹你妈何尝有个人花鬼影？"孙平玉说："他不要脸，我有什么办法？亲戚朋友，会去哪家？孙平元、孙平刚这些蠢猪，以为他们不会有事，永远不求人！以后爹妈头上，我看他怎么办！"陈福英说："他耐烦瞧！有你这个老长年在，还好让你爹你妈死了不抬上山去？"

神史

孙世祥 著

A Person's History

中

语文出版社

中　部

第一章　迷失的爱

人生来世，实属不易，而生来世上，又异常短暂！白驹过隙，忽然而已！此前此后，皆是死绝！我得珍惜这短暂的生命啊！所以你会发现，我很疯狂！我不顾一切！像一个赌徒！

三十三　情　争　P002
三十四　别　恋　P016
三十五　改名孙天主　P026
三十六　联　姻　P036
三十七　权　惑　P050

三十八　斗　气　P058
三十九　最后的桃花源　P070
四十　　计赚副主任　P082
四十一　五牛失踪　P092
四十二　天　灾　P100

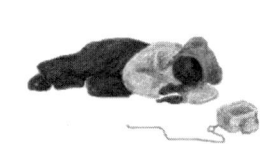

第二章　失乐园

这世上美好的事物和值得怀念的东西太少了，法喇村就是最后一个！法喇村也完了，那这世上好的东西就全完啦！

目 录

他回到了一百多年前孙家的故土,甚是激动。祖先们,你们的子孙打回来啦!我不单要打回乌蒙,还要打回南京去,把这二十多代人浪费了的六百年光阴挽回来。

第三章 大学

四十三	觅知音 P110
四十四	反目成仇 P120
四十五	贷款受辱 P129
四十六	恋爱与饭票 P143
四十七	老无德 P151
四十八	错失好婚 P161

孙江成身上,穿的有如破旗,破布在身前身后飘扬。路一见大惊,叫他坐下说。孙江成说了情况,很夸张地说他现在已无粮吃了,县上不救济他他不回家。

第四章 饥饿

四十九	"美丽"的西双版纳 P172
五十	撑死马 P181
五十一	兄弟争家产 P194
五十二	特批救济粮 P201
五十三	富家女 P211

03

第五章 回乡

他悲哀地看到全球的工业一体化、世界经济一体化在加快,而父亲在半边箐等各地为找煤而挖的一个个又深又大的山洞时,他的心碎了。

五十四　情　劫　P220
五十五　辞职避超生　P229
五十六　探　婚　P238
五十七　倒　追　P255
五十八　留　乡　P261

五十九　痴心女殉情　P268
六十　朱丁大盗　P279
六十一　无望致尧舜　P291
六十二　因爱成恨　P307
六十三　群攻占山人　P322
六十四　无端遭殴打　P334

第六章 桃李

天主人人致尧舜的希望大受挫折。他撕了数十次作文本,还是有学生抄作文,有的学生根本就不会改。他才相信古人之言:唯上智与下愚不移。

第一章 迷失的爱

三十三　情　争

新学期开始，孙天俦又去上学了，到公路边来拦班车。从早上拦到中午，每来一辆，都是满的。车里面站得黑压压的，引擎盖上都堆了七八人。司机见孙天俦等招手，摇摇手就走了。孙天俦等得好不烦躁，就不想去读这书了。到中午过后，已没有到米粮坝的车了，孙平玉等失望地站起，欲和孙天俦回家。

王元景走过，见孙家父子，就说："富贵不消回家去了，就在我家这里住！明天勋杰、勋众也要去米粮坝，一起拦车。"王元景听孙天俦在学校学习异常厉害，是个考大学的材料，所以一遇上孙平玉，就说："侄儿子，全村子都说你养了个好儿子啊，你要出头了！"孙平玉说："哪里比得上大爸！大爸供出个大学生来了，我还高中生都没供出一个来。"王元景说："快了快了，你也要供出大学生来了。"全村都佩服王元景会为人，就在这些地方。听说孙天俦要成功了，他就主动和社会经济地位比他相差甚远的孙平玉父子相交。时常与孙平玉说："富贵回来，你叫他只管来我家玩！和勋杰、勋众在一起，互相切磋学问，让他们叔侄也增进感情！"孙平玉每次都答应，也给孙天俦说了，但孙天俦一直没有去。现在王元景又叫，孙平玉就对孙天俦说："你就跟你大爷爷去嘛，我回家去了。"孙天俦就和王元景到王家。

王勋杰与其弟王勋众在屋里收东西。王元景则在火上烧腊肉，洗好，就拿到外面吹干水气，晚上装进包里让王勋杰和王勋众带走。孙天俦帮他笼火，二人在火塘边边做事边谈。王元景说："这肉他们拿在米粮坝去，一是都用电炉，没有这柴火好烧，麻烦得很。二来烧了洗了，洗肉水就倒了。我在家里烧来洗呢，洗肉水就倒给猪吃，不浪费！"孙天俦一听，深觉英明。

天晚，王元景与孙天俦吹起劲了，大为感慨："富贵聪明啊！懂得的人生道理，多少二三十岁的大人都比不上啊！"就与王勋杰弟兄说："你两弟兄都要学学富贵！"他本是叫孙天俦来和王勋杰吹的，没料来了，自己一直在跟他吹。夜里，他又叫孙天俦和他睡一床，又吹，近天明才罢。次日天明，煮早饭吃了。王元景见在飘雪花，就嘱众人："你们在家里烤着火，我出去守着。"就披个毡衫，出去在公路上拦车了。拦了一阵，回来说："去掉一辆了，挤得满满的。"王勋杰说："不行，还是我们出去拦！万一有我认识的司机，来了你也认不得，就跑掉了。"于是大家找毡褂毡衫穿了，出来拦车。雪越下越大，地上全白了，老鸹在孤零零地叫，他们边跳边等。不久又来一辆，人挤到仿佛要压到司机身上了。司机不停，去了。王元景说："看来难等了。实在不行，明天再走。"王勋杰着急了："今晚老师要开会，我还在这里啊！"又来两辆，还亏司机都认识王勋杰，那人都站了贴到前面的玻璃上了。司机停下，门打不开，就叫王、孙等三人从司机的座位爬上去。王勋杰兄弟上了一辆，孙天俦上了则补来的一辆。司机站下地来，把孙天俦从方向盘那里推上去。他才上来，叫引擎盖上的五六人："往里面挤！往里面挤！"他又努力推孙天俦，把孙天俦推了在引擎盖上站着，孙天俦四周被挤得紧紧的。车走动了。孙天俦想：若不是王勋杰认识司机，自己今天也走不成。

没料晏明星就在旁边！她一见孙天俦，就从座位上站起来，叫孙天俦："你来坐！"孙天俦想那她坐什么，就不坐，叫她坐。她也不坐，硬要孙天俦坐，孙天俦哪肯坐。她一站起，就被人群挤了巴在车玻

璃上了。孙天俦叫她快坐,她不坐。司机认识晏明星说:"明星儿,你们到底哪个坐?车这么挤!"车内的人本就嫌站着的多了,公然还有一个不坐座位,又站起来争空间,把座位闲着,就嚷:"你们坐不坐?不坐我们要来坐了!"孙天俦催她坐,她催孙天俦坐,谁也不坐。

外面雪越下越大,世界好不荒凉。路况不好,又绕来绕去,车内又挤,孙天俦头晕了,不久就欲吐。晏明星头晕了,不久就吐了,忙凑到车窗往外吐。孙天俦感激不已:"她是为了我而吐的啊!"她吐好,孙天俦叫她坐在座位上,她仍叫孙天俦坐,孙天俦不坐。二人红了脸,不出一语。孙天俦盯着她漂亮的身材、面庞想:"我要是娶她,会是很幸福的啊!她会永远爱我的!"过一阵,孙天俦见她站着,被人挤压得可怜,又叫她:"你快坐!"她说:"你坐!"还是谁也不坐。孙天俦想拉她坐下,又想这样不对,我不该拉一个女生的手。劝她呢,又不起作用。她有时劝孙天俦坐,孙天俦不坐,劝急了,也想伸手强行拉孙天俦坐下,但手伸到孙天俦面前,又缩了回去。二人就这样整整站了一天,谁也没坐那座位。那座位也一直空着,直到米粮坝。二人下了车,孙天俦帮她提东西,她说:"我自己提。"忙把东西自己提了。虽并肩走,也不说一句话。谁都明白在车上还可以互促"你坐"而现在不能叫"你坐",因而没说的了。孙天俦想问问她是否见到他以前在她作业本上写的话,又没有问。到学校,两人就分手了,互看一眼,都没有说。

一回到学校,孙天俦又开始读他的二十四史。区老师又劝,孙天俦仍是不听。但管理员对孙天俦放心许多,允许孙天俦将二十四史借到学校去读了。孙天俦每天就带了《宋书》《齐书》等到教室里,老师在上面讲,他在下面埋头看书。

学生的生活实在清苦,每顿吃的都是苞谷饭。虽有米饭,但与苞谷饭实行两个价,比苞谷饭贵得多。八名学生一盆饭一盆菜,饭端出来后,八双筷子努力从盆里向外擀饭。有狡猾的,用碗进去舀,于是都用碗,碗磕得一片响。饭分好,菜盆一端来,各自忙了捞着,拼命地吞。要是吃得不快,别人先吃完,菜一光,你就只能吃干饭了。孙天俦他们班的学生,要狡猾些。菜端了来,众人先用筷子在盆里拨着找虫,找到了又白又大,煮得极其丑恶的虫就拈到盆沿上放着。然后就争先恐后努力捞菜吃。吃得差不多了，一帮人放下碗筷，将那虫放回盆里，全体气势汹汹地去找食堂算账。食堂见了盆中的虫，无话可说，为息事宁人，答应重给一盆菜。众人又端了一盆菜来，仍是用筷子先拨着找虫，这次是找到就拈了扔了，又开始争先恐后吃菜。因油水少，学生都从家里带了猪油或油炸辣子来，每顿吃饭前，先挑一块油在碗里，将饭擀到碗中，将油烫化，拌了饭吃。

陈明崇听说孙天俦学习很好，有考取大学的希望，就叫孙平玉、陈福英："你们可以叫富贵有什么困难就来给我说！"后来孙平玉等知孙天俦说油水不足，就与陈明崇说了。以后孙天俦从家带点腊肉来就放在陈明崇那里，每到星期天，就去那里煮了切好带回学校，每顿用饭烫冷肉吃。时常肉只能被烫得有点温，表面的油都没化，就将那肥肉一嘴一片嚼下，很是舒服，后来他就专门吃冷肉了。不论肉质肥瘦，都吃冷的，甚至猪油，也吃冷的。挑了放在口里，化了，就吸下去。

农村学生，无论高山、河谷，都是一样的：穷。家境极困的，读初中就把家读垮，无法读高中了。能读高中的，都算是在农村不错的人家了。但经初中三年消耗，即使很有的人家，也被消耗得差不多了。所以在米粮坝中学高中部，穷学生很多。一个与孙天俦同宿舍的学生饿极了，身上又没有钱，只有从家里带来的一块冷肥肉，就跑回宿舍，打开箱子，抱起那块肥肉就啃，肉在口里未化，就全咽了下去。肉到肚里了油才开始化。他与孙天俦说："你写小说，我提供给你一个感觉，冷肥肉吃到肚里油才开始化，那感觉真是无比的美妙！"

孙天俦他们同年级有一高山的学生，姓牛，家里有时带不来钱，他就饥一顿饱一顿。有时两三天不得饭吃，面黄脸瘦，无可奈何，就天天睡在床上，以减少运动量。终于借到点钱或家里带了钱来时，吃饭如同复仇，拼命往肚里装，直装到感觉饭要从喉咙里溢出来了，才觉报了平时受饿的怨愤，才喜气洋洋地站起。同班有两个虽也是乡上来的学生，一姓马，一姓龙，但二人父亲都在单位，母亲在农村，还较为阔气，平时穿大皮鞋。姓牛的学生平时常受饥饿，而二人较有，就去投靠二人，帮二人做事，二人赏他顿饭吃。如二人叫他去打饭，那他这顿饭就由二人供给。下课了，姓马的就叫姓牛的："牛大儿子，去把你爹的饭打来！"姓牛的说："马大儿子，拿票来给爹，爹去帮你打！"姓马的就撕一张票递给姓牛的。姓牛的说："怎么只撕你的？我的呢？"姓马的说："儿子，爹养你到十八九岁了，可以了。难道要一辈子养你？"姓牛的说："快莫闹了，再撕一张票来！"姓马的说："你喊我一声'爹'，爹就多撕一张给你！"姓牛的说："快撕来！不然我不去给你打饭了！"姓马的说："把爹的碗还来，爹自己去打！"姓牛的说："还是爹去给儿子打，快撕票来！"姓马的说："那你就叫我一声'爹'啊！养你十几年了，'爹'都不叫一声？"姓牛的就来抢票。姓马的就叫："同学们看看！儿子竟敢打爹了！"倒反将姓牛的几拳打了，才说："儿子，爹见你可怜！饶你了。"才多撕一张票给牛。牛去打两碗饭来，自吃一碗，吃好饭，又要给姓马的洗碗。姓龙的要吃包子，就叫姓牛的："牛大儿子，去给爹买十个包子来。"姓牛的说："爹去给儿子买。"买了回来，路上吃掉几个，剩五六个交给龙。龙说："同学们看看，我这牛大儿子不孝！帮他爹买包子，还要路上偷吃掉几个！"

　　这天姓牛的学生家里带钱来了。姓牛的这几天饿极了，去打了一碗苞谷饭吃了，心中不好过，再打一碗来吃了，心中稍微乐意了，但仍不足，又去打了一碗来吃下，肚里装得满满的，一路打着饱嗝。回到宿舍，拍着肚子，喜笑颜开，在宿舍里逛来逛去。姓马的说："儿子，你今早上吃了多少？"姓牛的说："马大儿子，爹今早上吃掉两斤苞谷饭。"姓龙的说："你哄你爹！你吃不掉两斤又咋个说？"姓牛的实才吃掉一斤五两，多吹了五两，但想再加五两没有问题，就质问二人："爹要是吃得掉又咋个说？"二人说："你如果吃得掉，爹们就输你五十块钱！如果你吃不掉呢？"姓牛的说："爹也输你们五十块钱！"二人说："儿子，怕把你肠子撑作几十截啊！我们和你妈养你不易！"姓牛的说："龙、马二舅子，敢不敢打赌？"二人就各掏二十五元钱出来："牛大舅子，咋不敢？"吵了半天，说今下午赌，牛不干，因为他是饿了好几天今早才吃掉这么多的，下午就赌，绝对吃不掉，就约定明下午赌。牛就当天下午和第二天早上都不吃饭了。

至期，龙、马二人打了两斤饭来，足足四大碗。龙马二人掏钱摆在桌上，监督着牛吃。按牛平时饿极时，这四碗饭能吃掉。但他昨天上午刚拼命吃了一顿，肠胃容量有限了。第一碗不费力就完了，第二碗也下去了。第三碗刚到手上，牛就心存畏惧了，但硬全吞了下去。第四碗时，就胜任不过了。吃一嘴就歇一阵。龙、马就呵斥："快吃！你想慢慢消化啊？消化了也不许你屙出来！"牛吃到第四碗的一半时，面色紫胀，大汗齐出，坐立不是，饭只在嘴里嚼，咽不下去，牛边嚼边摇身子。龙、马又叫："你想摇了多装点？"牛汗流如注，若重病之人，实在无法吃了，就站起要往厕所跑。二人就按住："往哪里去？""快吃！"牛说："快让！我要去厕所！"二人不让。牛急得要哭："我肚子要炸了！快放我！"二人不放，问："你认输不？"牛说："我认输了！"二人说："输我们的五十元钱呢？"牛拿不出钱。二人就捉牛起来，说："牛大儿子，你口吐狂言，竟敢戏弄爹们！爹们要收拾你了！"即将牛双手反扭拖起，押着牛在宿舍里走，喝令："踢正步！"牛胃早胜不住了，急得哭："你们饶我了！我输钱给你们！"二人说："你杂种有狗屁的钱！一个学期还带不来五十块钱！"仍押了走。牛咬二人，咬不到，用脚踢，二人反踢他。牛面色大变，顺地倒下去。二人说："牛大儿子想耍赖了！起来！"又拖起来走。牛喊："我肠子断了！"二人仍不放。牛面色变黑，有气无力了。二人押了走一圈后，又押他下楼梯。牛求饶，二人不听。强行押下楼去，牛倒在地上。二人又踢上几脚，才放了。牛在地上滚，面无血色了。很多学生发觉牛要不对劲了，说："糟了！要死掉！"龙、马二人去看，见牛已如死人一般，慌了，忙叫了几人，抬着牛往县医院跑。路上，牛就晕过去了。到医院，医院以为抬个死人进来，忙进急诊室，说已不行了，牛死了。

　　学校得报，大惊失色，学校领导被县上批评。教育局忙着与学校处理后事，着人通知牛家亲属，深恐牛家到学校大吵大闹，教育局长和校长又到县公安局去请示协助。没料过了两天，仅牛的父母来到学校，皆五十余岁，全身破烂，面色苍灰，异常可怜。一看就知历来被生活折磨

二人说:"牛大儿子想耍赖了!起来!"又拖起来走。

牛喊:**我肠子断了!**

二人仍不放。

牛面色变黑,有气无力了。

得不成了，异常的微弱，说话都是有气无力的，人人以为是从家里饿了肚子来。学校大出意料，忙说送他夫妇到饭店吃饭，夫妇俩的确没有吃饭，但儿子都死了，哪里吃得下去。学校异常怜悯，抽了一点款赠予夫妇二人，就打发走了。孙天俦再去时才见到牛的父母模样，几乎与孙江富一样，即知平时也无法饱暖。只见校长等送牛的父母走，牛父抱着儿子的骨灰，眼泪簌簌，牛母直用双手抹泪。孙天俦深觉可怜，跟着走了很远。

不久，关于牛家的故事就在学校传开了。牛父为供儿子读书，到儿子初中毕业，便将牛、马卖完。儿子读书到现在，东西全卖干净，连一间茅草房也卖了，夫妻俩现在住在山洞里。今年过年时，全家煮几个洋芋就过了。一过了年，家里就已缺粮。钱更没有一分。但牛父仍供儿子读书，这半个学期寄来给牛四十元钱，是牛父帮人舂墙起房子得的工钱，牛父一分不花，一个月前得了工钱，便全寄来给儿子。儿子死了，学校去通知时，牛家既无一分钱，也无一颗粮食。牛父母饿着肚子，从家里走了两天两夜，来到学校。

区老师在班上讲起，大是动情，说："我根本想不到，我们米粮坝的农民是这样穷，也想不到，米粮坝的农民是这样伟大！姓牛这位学生的父亲，把牛、马、房屋全卖给儿子读书，自己住岩洞。要是我，恐怕都很难办到啊！同学们，尤其是农村来的同学们，要努力啊！还是我以前说的那句话，当农民永远是悲惨的。你们无论如何，都得想办法从农村逃出来。"

一伙城里学生，以前听王勋杰、岳英贤、孙天俦等的可怜故事，就发表一些鄙视的话，如今得知牛家的悲惨故事，又鄙夷不已。

学校开运动会，最精彩的是高中部跳远。竞争对手都是高二学生，一个是史元洪他们那班的，姓文；一个是晏明星所在班的，姓武。两个都是城里学生，学习不行，体育蛮好，好找姑娘玩。二人初中就读了五年，想考体校，历年考试体育成绩都很高，而文化成绩上不去，年纪也混大了，如今都二十多岁，也都是近一米七的个子。二人在初中时，就展开竞争，时常难分胜负，今年你胜过我，明年我胜过你。因此成仇，你争我正在谈的姑娘，我夺你正在谈的姑娘，时常打架，臭名狼藉。二人便由比跳远跳高转到比拳击。到了高中，也还是这样。这次跳远，文先打破了原由武在高一时创造的全校纪录,就骂武。武不服气,又打破文刚创造的全校纪录,又骂文。文又不服气,又打破武刚创造的纪录,又骂武。如此你争我夺,都不服气。两个班呢,成绩差不多,都要争团体总分第一,团体总分又紧紧咬住。于是两班班主任亲自助威,两班学生在旁呐喊。上午一战,八次破纪录,已逼近米粮坝全县纪录。下午又战,又互破纪录,打破米粮坝县纪录。到天黑,终以姓武的得胜告终。武所在的这一班,欣喜若狂。文就不服气,到武这班的教室来打武,双方就大打出手,把教室玻璃等打得粉碎。二人以前多次喝酒、打学生、打老师,本该被开除的,但二人扬言谁敢开除他们就杀谁,学校就不敢开除,每次加一级处分。从警告、记小过、记大过到留校察看,按理这次都该开除了,学校领导又宣布仍给二人留校察看。

孙天俦仍是每天早上锻炼,以备考军校,然后就看二十四史。这日他正看《旧唐书》到太宗本纪,深感佩服,就罢书欲作一诗。忽见前排一个姓连的城里姑娘,正回头迷茫地死盯着他,脸像烧红的柴炭。孙天俦大吃一惊,吓得不知所措。对视数秒,孙天俦承受不住那脸上那火焰般的力量了,低下了头。一分钟后他抬头看她是否还在看自己,却见她脸上红色褪去,恨恨地盯着他了。她恨了他一眼,就调过头再不看他了。孙天俦又吃一惊,我哪里得罪她了?仅仅一分钟,就生仇恨,前后判然,是何缘故?他想了许久,莫非她爱我,然后立即转为恨我?此后她凡见到孙天俦,都恨孙天俦。孙天俦想:直到今天以前,我和她无关。自她红着脸看他那一瞬间,才有关联,恨就从我那一低头始!以后几天,她的脸色眼色无非恨他。孙天俦不知如何才能让她不恨他,向她道歉吗?不对。那该如何办呢?他也无办法。

又一天,孙天俦到县图书馆借《新五代史》回来,迎面走来一个史元洪所在班的姑娘,姓华,也是城里的。华姑娘的漂亮全校出名,孙天俦也喜欢看她的面孔、身材,但和她不认识。她老远见孙天俦走来,忽然脸变绯红,又成赤红,快步走着的,忽然慢了下来,羞愧地看着孙天俦。孙天俦又吃一惊,这不是跟姓连那姑娘一样吗?他不犯错误了,也看着她。但他看了两眼，抵挡不住了。她那眼睛和脸色，仿佛万丈光芒，就要把他烧化了。他想逃避一阵，就低下了头，但马上他又抬头看她时，她已恶狠狠地看着他了。孙天俦一拍手，暗呼"完了，又得罪人了"。姓华的姑娘恨着走近孙天俦，孙天俦就忙说："对不起！"她立刻怒道："你说什么？你是谁？"孙天俦想我是谁你不知道那你还看我干什么！女人就是怪！但她实在漂亮，他不忍心得罪她，就又好气地说："我刚才对不起你！"她又说："你说什么？我不认识你！你这人怎么一点礼貌都没有？"气呼呼地走了。孙天俦大怒，岂有此理！孙天俦愤怒地回到教室，想了一阵，就觉惭愧：我何才何德，蒙那姑娘爱上我啊！这岂不是糟蹋她吗？

　　姓华这姑娘，是全校的校花，是男生崇拜的对象，她一举手一投足，都仿佛艺术，要令多少男生疯狂。孙天俦初见到她时，也吃一惊，造物主实在厉害，造出如此美人来！她的一举一动，都是异常完美。而其他女生同样动作时，就不美了。她穿的衣服，其他女生也有穿的，但就数她穿着好看。在别的女生身上穿着去极丑的衣服，一到她身上，尽成好的了。孙天俦过后又观察她，但她仍恨孙天俦，老远就不理。

　　又一天，孙天俦在学校的图书室去看报纸，一个高三甚漂亮的姑娘见孙天俦到那里，正在翻报纸的，忽然脸红了，呆呆地看着他。因隔得近，孙天俦见她面上尽是潜伏的血流，眼光迷离，双唇微张，但粘连在一处了。她见孙天俦要找地方坐，早已站起把座位让出，呆立着等孙天俦。孙天俦一见，心想糟糕，又难对付了，恐怕还得得罪她，也看着她，而不知怎么办。对视不到十秒，她的脖子也全红了，孙天俦全身仿佛受到电击，极度的舒畅变成了痛苦，他又支持不住了。她在示意他坐她的座位。孙天俦为了逃避她那火一般的眼睛，忙坐下去。她就近在咫尺，孙天俦忽听见她的心跳声。他虽未抬头，仍觉她像火炭一样烧着他。他抬头一看，她那一张脸，红得恐怖。他抬头时几乎碰到她脸上。她脸上的香气热气扑面而来，而他如个呆子一样，不知所以了。孙天俦的心咚咚地跳，若非周围人多，他真想扑向她，被她烧死算了。她的心仍在跳，孙天俦一一听见。整个阅览室里，很多学生都惊讶不已，奇怪地望着这姑娘和孙天俦。周围望的人多了，她半天才清醒过来，羞愧万分，急忙捂头而逃。孙天俦坐在那里，心还在跳个不停。他无法看报了，秦皇汉武的功业一钱不值了，许久，才见她的书忘在这里了。他拿过书看，书上她的名字是路昭晨。他将书拿了，朝她所在的班走，心中狂跳。到了她们教室前，她见孙天俦来，面上又涌起赤潮。孙天俦忙将书递给靠窗的一男生，请他转与她。她一直脸如赤霞，死盯着他。孙天俦忙跑下楼来，心跳不已，晚上就失眠了，慨叹路是个千年难遇的尤物。命运大约要他在斯时、斯地与她相逢。试想茫茫宇内，他早生百年，晚生百年，都无法遇她。她早生或晚生百年，也是如此。或同时生于今天，而她生于别国他洲，或己生于别国他洲，又何由得遇？以时间之长远，空间之浩茫，概率之低，不可想象，得遇于此，实是奇遇，仿佛天地专为他孙天俦而造此女也！

"床上想起路千条"，一夜荒唐，天明头目昏沉。他因厌己道：说不以物喜，为何因她而喜？如此能称霸古今？路也仅天地一物尔！但后就想这太残忍。做课间操时见到路，她也焦头烂额的。孙天俦想：看来她昨晚也失眠了，就想：我有什么优点，值得她青眼有加呢？岂不是太离谱？只有他自己才明白自己的缺陷和毛病，这些毛病与生俱来，也必将终身始罢。自己只是一团废物，不值得她来爱。可怜的姑娘啊，你瞎眼了！

孙天俦尽管在看书，却看不进一个字去。路昭晨使世界失色，也使一切失味。他的思绪一直在天上飞。他将她和别的女生比较，其余女生真如草芥一般。他又在畅想，要是构成路和他自己的轻重原子不在这一银河系或太阳系内，又如何得此奇缘呢？越想越增浩叹，越想越觉得路就是为他而设的。

以后仍是这样，无论隔多远，只要一见孙天俦，她那脸上就起红霞，就是隔一两公里远，孙天俦都能看得见。过后孙天俦就留意了解这个路昭晨，才知她家在县公安局，父亲是公安局副局长，母亲在县人民医院，她是省级三好生，在高三年级都是前几名。她人又漂亮，学习又好，孙天俦真有点野心了。

孙天俦座位前后左右，都是女生。有的女生原本不在他周围，是和其他男生调座位来的。如两个女生来找孙天俦座位周围的男生调座位。这两名男生就问："是不是想调来离孙天俦近点？"女生都说不是。男生就说："那就不必调了嘛！"两个女生羞愧而去，过两天，又来商量，男生又故意这么问。两个女生赌气说："是啊！"男生就说："我们也想离他近点啊，好追求他啊！"两个女生红了脸，就骂这两个男生，问两个男生："调不调？"男生说："不调！出钱我们才调！不然你们占便宜，我们占不到便宜！"两个女生就约了，下一节课老早就来到，把两个男生的座位坐了。等两个男生来到，互争座位时，老师已上讲台了。两个男生不得已去坐了两个女生的座位。女生们都是采取这种方式，结果孙天俦座位周围就变得花枝招展的。孙天俦的同桌每天高兴得咧着嘴笑。很多男生就故意来找孙天俦的同桌："兄弟，这节课我跟你调调，你去我座位上坐，让我来享受享受。"只要孙天俦不来上课，一些男生就喊："有些人今天不舒服啊！"孙天俦来上课，又喊："有些人今天舒服了。"把孙天俦座位周围的女生，说得抬不起头来。孙天俦不来上课，几个男生就来争孙天俦的座位，故意大吵大闹："兄弟，让大哥享受享受嘛！""大哥，你让兄弟享受享受嘛！"有时两三个男生共坐孙天俦的座位，等他们争定，这些女生一哄跳起，远远地去坐了，说："那等你们享受嘛！享受到没有？"孙天俦来上课，这些男生大叫："可惜可惜。"说："兄弟，你莫来上课了嘛！等我们来你那儿享受享受啊！"或者干脆来和孙天俦换座位："你天天享受，我嫉妒你了，我也要来享受享受！"换好座位后，女生们也远远地跑了。

调座位的多是农村姑娘，城里姑娘鄙夷她们如此做。城里姑娘比她们大胆得多，眼睛盯着孙天俦就不放，孙天俦被盯得无奈何。当他先见姑娘红的脸时，不知所措，一低头就得罪她们。后来不断得罪，再到后来则他有意得罪。当有他不满的姑娘红了脸看他时，他有意低了头，再抬头时对方果然恨他了。孙天俦想这样也好，一次性结束纠缠，免得啰唆。不久，他就把几乎所有的姑娘得罪了，她们也对他无情无义了。孙天俦过后想再朝她们脸上找到对他的好感，很难。孙天俦想："感情的变化，竟是这么快啊！还说天上的云变化快,其实根本没有姑娘的心情变化快。不到一分钟,她们就由爱他变成恨他了。

有一个农村姑娘,姓徐,家里很贫困,却身上搽得怪香,脸上厚厚一层粉。孙天俦想:家里贫困怎么还花这份无用的钱呢。她以前隔孙天俦座位远,就常跑来问孙天俦作业。孙天俦闻不惯香味,好不烦躁。后来她把座位调到孙天俦前面来了,时常回头借书借笔。她一回头,那脸上的异香也跟着回头,孙天俦捏着鼻子借书借笔给她,打发她早点回头,待她回头才进行呼吸。没料刚呼吸好,她又回头借东西了。孙天俦急忙迈脸,把鼻子让开。她边朝孙天俦借东西,边朝孙天俦施媚脸媚眼,每节课如是数次。学生则嘘,老师则停了讲课。孙天俦火了,不得罪她不行了,以后她回头,孙天俦就喝问她:"干什么?"她说:"我回头都不行?"孙天俦说:"行我还问你?"她仍不改。一次上区老师的课,她回头不断跟孙天俦讲,孙天俦一句不答。区老师以为是孙天俦的责任,停了课,叫孙天俦:"站起来。"孙天俦站起来,区老师就叫孙天俦坐下,又接着上课。她又回头借笔了。孙天俦大怒,大吼:"不借!"全班震惊。区老师火了,砸了书,又叫孙天俦站起来,质问怎么了。孙天俦说:"她天天借啊借的,借得人心烦!"这姑娘才从此不理孙天俦了。

区老师就在其他班讲:"孙天俦这个小伙子,人是不错的。但成天和姑娘纠缠不休,脾气搞坏了,我为他担心啊!一个再聪明的学生,只要收不了心,一谈恋爱,必然报废!"其他班的学生,听班主任都这么讲,认为孙天俦一定在和女生谈恋爱了。孙天俦听其他班的学生说了,就想:糟糕!晏明星岂不恨我?

三十四　别　恋

这一学期，晏明星明显地在孙天俦面前自卑了，孙天俦看得出来。孙天俦看着她有时那卑微的神色，便想安慰她，然而终是不能安慰的。区老师在各班说孙天俦被女生纠缠，很多别班的女生果然一见孙天俦，就变怒容而去。晏明星听到区老师的话是如何，孙天俦不得而知。但孙天俦始终怀念则补班车上她的让座之情，对她情怀依旧。

这日，孙天俦在县图书馆读《元史》太祖本纪，大受震撼。在那阅览室里坐了好几个钟头，就改一组诗。但总改不好。终于改好二诗《蒙古》：

东征爪哇又伐倭，西讨埃及攻德国。
壮志浩荡包宇宙，手法狂放如泼墨。
周秦汉晋比筑巢，隋唐明清似垒窝。
曹操孙权岂足道，苦争微粟类鸟啄。

征战必欲尽世界，何苦四夷即天涯！
秦汉隋唐无远见，除却蒙古无征伐！

作罢两首诗，孙天俦大喜。飘飘荡荡出来，仍一路读着《元史》走。

等他回到学校，已错过打饭的时候，在学校吃不到饭了。孙天俦就到街上来吃米线。他慢慢读着书走，到一家饭店，要了一碗米线，但心还全在幻想中，根本吃不下去，吃了几筷子，就觉咽不下去，于是索性看着书，细嚼慢咽起来。等他出来，入夜已两三点钟。走在街上，他又开始背《元史》对元太祖的评价："帝深沉有大略，用兵如神，故能灭国四十，遂平西夏。"猛见晏明星和她们班那姓武的拉着手从一饭店出来。孙天俦大惊，停了背诵。他不相信自己的眼睛，再定睛看。晏刚还笑着，见到孙天俦了，微笑戛然而止，灿烂的脸突变死灰，遽然将手从武手里挣脱，迅速跳离武数步，与武拉开了距离。武大为不悦，死盯着她。过两分钟才四处张望，看到了孙天俦，但没料到孙天俦竟是干扰源，又往别处看，晏明星已匆匆而逃。武追了去，把她擒住，抱着她走。晏挣扎不已。武就恶狠狠地扭住她，吼了起来，晏也吼，吵着过街拐弯处去了。

孙天俦失神落魄，站在原地许久未动。他不相信晏怎么会和这姓武的裹在一起，从各方面来说都不配啊！武五大三粗，愚如野兽，晏聪明过人，漂亮伶俐。武是著名的流氓，而晏还是个未谙世事的小姑娘，且年龄相差甚大，武不知大晏多少岁。且晏身高只及其腰部。孙天俦真想不通，晏何以会愚蠢如是呢！但有一点是明白的，晏已背叛了他！这一奇耻有如当年吴明雄侮辱孙平玉一样！孙天俦骂起晏明星来，他后悔刚才没冲上去打晏一耳光，该好好教训这个臭婆娘一通，然后永远抛弃她，让她痛苦地过一生，永远不饶恕她。

原地站了许久，孙天俦才回宿舍，仍骂晏不止。第一是骂，第二是想今生如何报复她，让她为今天的行动付出沉重的代价。许多同宿舍的学生见每天神采飞扬的孙天俦委靡不振，以为孙天俦得病了。孙天俦一夜未睡着觉，骂了晏一夜，报复她的计划列出千万条，最终定的一条是：发愤努力！成为世界英豪。让晏永远羡慕自己不已。让她在对比武和我孙天俦后，发现武只是地上的微尘，而我孙天俦是顶天立地的伟人。待她后悔来找我时，我也像姜太公对待黄氏，覆水而令其收。或如朱买臣，将其妻气死。以前孙天俦看书看到姜太公和朱买臣时，不耻二人，想二人既是大丈夫，何苦对无见识的小女子如是。不料如今他的境遇同二人时，想的尽和二人一样了。看来自己不处在那样的环境，轻易不要讨论人啊！要评论人，先得设身处地为之着想。

第二天起来，孙天俦想的就是先不理晏，永远不理她！第二就是报复她。他恨女人了，深知孔子"唯女子与小人为难养也"了。想想周围这些姑娘，他仅低一下头，她们就恨他，实在可恶，像玻璃瓶一样碰不得，一碰就碎！妈的，这是什么道理？我硬是要捧着她们呵着她们？滚他娘的！

孙天俦天天处于气愤之中，有时想：你晏明星如此，我就不能以其道还治于你？他想他无论去追求那姓华的姑娘，姓连的姑娘，还是去追求路昭晨，都可以折辱她。无论哪方面，华姑娘和连姑娘都比她行。路昭晨呢，更如在天上。如果她见我追到路昭晨，那她要活活被气死！她比路昭晨差多了！路比她漂亮，比她家境好，人品比她好，学习比她好，任何一方面都比她强！她算什么东西呢？孙天俦把铁木真训斥诸子之言抄在床畔："世界广大，江河众多，你弟兄只管四出攻取，夺取土地，建立国家。"孙天俦想：是的，天下美女也是如此，不是只你晏明星一人！而世上的英雄只我一人，除我之外，尔将何求？

此后每天见到晏，孙天俦都见她委靡不振，她老远一见孙天俦，忙绕道远走。孙天俦自不耐烦见她，见她颓唐之状，就想你是罪有应得，自作自受。你知有今日之难过，为何不当初好自为之呢？他感到了报复的快乐！他所设计的报复手段尚未实施，她就遭到报复了。但此后就不见她和那姓武的在一起。孙天俦想：莫非她和那姓武的分手了不成？分手了老子也不要你了！你以后无论如何弥补，都补不了你当时给老子造成的损害！但长达一两个月，晏精神不振，孙天俦又可怜她了。没想她遭这么一击，就恢复不过来。事实上，晏几乎从此都没恢复过来，她的脸上因长期烦恼而粗糙起来，再没有以前漂亮了。

已是夏天了，但据说远远的高山顶上，杜鹃花刚刚开放。王勋杰等年轻教师，喜欢玩乐，每年都带学生去春游。今年情况更甚，因干部年轻化，学校领导中上去了几个年轻的，也喜爱玩乐，就组织全校春游。四川凉山的山，都是四千多米，比米粮坝的大红山还高。那上面的原始森林，也未破坏，不像大红山被破坏光了。学校决定组织学生游大凉山。高三年级虽面临高考，但班主任都是些年轻教师，照样组织学生前往。孙天俦刚遭晏明星事件打击，书也不看了，天天颓废无聊，也就决定跟着去逛。区老师无这份心肠，将班上的学生交给另一个班的班主任，请那班班主任帮忙带了去。

从县车队包的近十辆车到学校来，拉了学生就走。孙天俦看着晏也在其中，武也在，但和武好像没有关系了。武又在和其他姑娘纠缠了。晏也不和谁为伴，独自一人，看着很可怜。姓华、姓连的姑娘等，众多男生围着，如众星拱月。孙天俦上了车，那路昭晨老远看见，跑了来，到孙天俦他们车上。孙天俦明白她是为他而来，忙站起让座。孙天俦他们这一班的姑娘，论各方面无人比得上路，因是女生尽生醋意，男生皆大欢喜，都盯了她。她所在的那一班人，都叫她回去，她摇摇手作罢，在孙天俦旁边坐下后，她的脸立即变红了，极不自然。孙天俦心中快乐，但也不自然。全班学生才见出她原是奔孙天俦而来，大惊，没料孙天俦竟把她勾走了。车到金沙江边，等待渡轮。老师们就叫有学生要照相的，下车照。路从上了车，与孙都没说一句话，这下问孙："你照不照相？我带了相机。"孙天俦说："我从来不照相。"她说："你脾气怪，我却喜欢照相。"孙天俦说："古人云人生三达德：立德、立功、立言，其余便不消了。"全班其他姑娘好不恨孙天俦，孙天俦不管，看着身旁有路，已大满足。他心花怒放，不时盯路一眼，她脸多红啊！孙天俦想：所有漂亮的花比起姑娘的脸都失色。世上最美的花其实是姑娘的脸，脸部、鼻子等是花瓣，眼睛是花蕊啊！

中学有好些年轻教师想追路，路未上车前，这个教师也叫她，那个教师也叫她。到江边，又有好几个老师跑来，邀路下车照相。路听了孙天俦之言，已将相机收起，不提照相之事，都拒绝了。那些老师失望而去。车渡过金沙江，朝山上爬。各车内都唱了起来。这一车上，歌声震耳欲聋。孙天俦对路说:"你不唱歌?"她说:"我不会唱。"孙天俦说:"你怎么不会唱!我听见你在元旦文娱晚会上唱的歌,唱得相当好。"她说:"你哄我!刚才我想想你说的很对:立德、立功、立言。别的真的可以不消了。"孙天俦说:"古人说的,不是我说的。我还没有这个水平!"她说:"古人说了,但我们都不知道啊!你不说,我就不知道,我只当你说的。"孙天俦说:"歌还是要唱。不能只这三立,别的就不要了。能达成三立者,古今能有几人?多少帝王立功,不能立德,也不能立言。如孔子等,能立言、立德,又不能立功!古今无完人啊!"路说:"你能几立?"孙天俦说:"我能三立!"路说:"那你比古人都行了?"孙天俦说:"肯定比他们行!"路说:"你为什么能肯定?"孙天俦说:"我都发现了他们的缺点。他们很多人,到死发现不了自己的缺点!即使发现了,也溺于所欲,无法改正缺点,所以非失败不可!"路说:"你尽说大话!你发现了他们什么缺点?"孙天俦说:"我举例子给你听!"就从怀中取出一本笔记,念与她听:"先说秦始皇,修长城就是一大缺点,要是我,就不修!派上百万大军扫平匈奴不就得了,敌人都无了,还用修长城?汉武帝修长城没有?所以我作两诗讽刺他:第一首:'筑墙万里阻敌军,如此居然号强秦!匈奴灭在北海上,汉家没有戍楼人!'第二首:'英雄创业皆任刀,岂有筑墙策为高?自古征战皆无据,全凭智勇驱狂潮!'"

路就要了孙天俦那笔记本去,见上面尽是诗和一些令她不懂的东西,就指一段"太祖运筹演谋,鞭挞宇内,揽申、商之法术,该韩、白之奇策,官方授材,各因其器,矫情任算,不念旧恶,终能总御皇机,克成洪业者,唯其明略最优也。抑可谓非常之人,超世之杰矣。"问孙天俦:"这是什么意思?"孙天俦说:"这是《三国志》对曹操的评价,这一段也是!"就指下一段:"帝知人善察,难眩以伪。识拔奇才,不拘微贱。随能任使,皆获其用。与敌对阵,意思安闲,如不欲战然;及至决机乘胜,气势盈溢。勋劳宜赏,不吝千金;无功望施,分毫不与。用法峻急,有犯必戮。或对之流涕,然终无所赦。雅性节俭,不好华丽。故能芟刈群雄,几平海内。"说:"曹操少机警,有权数,任侠放荡,不治产业。讨董卓,诸军莫敢先进,操独引兵西。诸军十余万日置酒高会，操责让之：'失天下望，窃为诸君耻之。'破黄巾，收其精锐为青州兵。挟天子以令诸侯。刘备奔操，程昱劝谏除之，操怜刘备'天下英雄，唯使君与操耳'而不除。壮关羽为人，去而不追。"路昭晨打断他说："你尽说曹操的好处，发现他的缺点没有？"孙天俦说："曹操的缺点可多啦！像他不除刘备，留下大患，也不除关羽等等都是失误。还有是张松来献地图，曹操也犯大错，夺取汉中，却不趁刘备立足未稳之际攻取蜀中。最大的失误，是他知司马氏为曹氏大患，而惑于曹丕，犹豫缺点，为操之大患病！"路说："我觉得你学这些东西，没用处。世上有几个曹操？你还想超过他！"孙天俦吃一惊，说："即使只有一个，我也要超过！如果认为超不过他，就不超了，那还叫人吗？所谓人，就是要如孔子所说'知其不可为而为之'，如果都知其可为而为，我就不消来世上了。世上现已有很多庸人了，还要我来凑热闹？我不来世上，世上就已经很热闹了！"路说："你把很多人都说成是庸人啊？太绝对了！"孙天俦说："我也是庸人啊！庸人自扰，我现在不是在自扰吗？我恨我成不了那种不会自扰的人！"路说："那种人根本就没有！"孙天俦说："有！我未来就是！"路笑了，说："你这是什么道理？立刻说自己是庸人，立刻又说不是。"孙天俦说："这才是我！我就是与人间的准则不同！"路说："我从没见过有你这种人！"孙天俦说："如果你以前见得到，那还得了？那我还来世上干什么？我就是要当漫漫历史没有，迢迢未来也没有的人！你活一万年，你也再找不到我这样的人了。"路摇头，说："你的道理荒诞得可怕！"

车到一个乡政府所在地，就得弃车爬山。下车后，孙天俦觉所有的男人女人都成了他的敌人，包括老师在内，男人都恨他得到路的欢心。大多数女的，又恨他公然和路在一起。华姑娘、连姑娘等，尽不舒服，晏明星更不痛快。自她与武的事暴于孙天俦目中后，唯有孙天俦恨她的。她见到孙天俦都异常惭愧。今天呢，她脸上的惭愧消失，仇恨起孙天俦了。孙天俦想不刺激她，想离开路昭晨了。但路就是跟着他，向他提问题。孙天俦干脆向她提问,问她的理想。她就与孙天俦谈起来,她崇拜居里夫人,想当居里夫人第二。孙天俦就想:那我不是居里啊!你永远只能当孙天俦夫人,当不了居里夫人。就说:"你当不了居里夫人第二!"她说:"你讽刺我当不了科学家啊?"孙天俦说:"不是!我是说你哪里去找居里呢?"她红了脸,说:"我总以为你是好人,不料是个坏人!"孙天俦见她那红彤彤的脸,真想去咬一口了。他太想说:"请你当孙天俦夫人第一吧。"但无法说出口。

队伍走走停停,一路高歌向上爬。路不时把相机递与孙天俦,叫孙天俦为她照相。孙天俦是第一次摸相机,不懂,她就教他。有时他的手碰到她的手上,急忙缩回,搞得她也不自然。路教会了他,孙天俦就拿相机对着她,贪婪地从里面欣赏她漂亮的姿容。她的脸竟一整天红着。孙天俦光对着,却不按,她明白了他在借机看她,羞愧了,这时最漂亮,孙天俦忙按,每次都是如此。孙天俦乐此不疲,不久就按了两筒胶卷。她说:"我给你照一张吧。"孙天俦说可以。她就对着他,又是半天不按。孙天俦明白她又在看他了。她的脸几乎被相机遮了,但她那红的下巴、漂亮的身材都看得见。孙天俦想有如此美人给自己照相,好不快活,不由便笑了。等笑好,她已按了,说:"你笑得太漂亮了。我看了好多电影,在电影里都看不到这样的笑。"孙天俦说:"你没见我外公笑,那才笑得漂亮呢!我算什么!"

路便问起他家里的情况,他们刚好爬山已高,到三千米以上,隔着金沙江,对面能看见大红山了。孙天俦就指与她:"那最高的山顶,就是大红山,那顶上就是我时常放羊的地方。我家就在那悬崖下面。"看着大红山那么荒凉,孙天俦真不想回那大红山下,不想回那法喇村了。路昭晨等人的家,才真是家啊!他们这伙农村人的家,是什么家呢!他边望下面的米粮坝县城,边望法喇,心中惭愧。不过他倒如实介绍,不加隐瞒。反正想如果你爱我,就得爱我的一切,包括我那破烂的家。如果你只是部分地有条件地爱我,我是不干的!世上美女多得很!他边介绍,就觉是在出考题,边打量路的反应。路脸上的惊讶看得出来,但强制着没有一丝反感。孙天俦明白她在强制自己,有反应是很自然的,他满意了。她考试合格。

到海拔三千米以上，有的学生就有高山反应了，路也有了。老师们就不敢再把学生往上带，说在海拔三千米的地方露宿了，于是开始砍柴。周围都是原始森林，景色绝美。孙天俦又给路照相。奇怪她那脸竟整天红得一刻不停，也笑得一刻不停。过一阵，孙天俦实在想爬山了，就说："我要去登山顶。"路欲跟去，上去一段，走不动了，说："我在这里等你。"孙天俦就独自往上登，冲到海拔四千米的顶上，见北面仍有高峰，又冲了去，那山顶近四千五百米，孙天俦冲上去，见远处仍有高峰，大约在海拔五千米左右，但隔得太远，走一天才能到，忙跑回来，路已爬上海拔四千米来了。等他们走下来，天已黑了。路的脚疼了。

月亮升上来，一处处篝火烧起来了。路在孙天俦他们班这里，大家虽嫉恨她，但都畏敬她。录音机里又开始放迪斯科了，一群人又开始跳迪斯科。草地踩了不断弹动。路昭晨也跳，但她一跳，孙天俦就觉得这迪斯科还是很好看的嘛！很多老师弃了自己今天原跟的班，专奔路而来跳迪斯科。几个班主任也弃了本班学生，跑了来拼命地跳，目的就是让路看他们的舞姿有多好。今天路一直跟着孙天俦，真把他们气坏了。他们想这下孙天俦不会跳这东西，该出出洋相了吧，到底是谁行呢！路很快被他们包围，有的老师要讨好路，提了自带的相机来，路跳时就给路照相。不久，一个在省上毕业的老师，说会跳交谊舞，邀路跳，路说她不会跳。他就说教她，路被迫站起。那老师对面拉了路的手，揽了路的腰，就教她什么三步、四步，路跟着学。那老师说："咳！其实你会的嘛！怎么还瞒我！"就跳起来，路果然会。

立时全体学生都震惊了。怎么能这样呢！男教师在众目睽睽之下，竟拉了女生的手，还抱了女生的腰！这一男一女太无廉耻了，都蜂拥来看。那些只会跳迪斯科的老师也傻眼了。不过他们比学生多知道的一点是，这是合法的，他们也曾见过，只是他们不会而已。而学生从没见过这东西，认为太不合道理。孙天俦也没见过，他听说过西方腐朽的生活方式之一，就是跳这种叫交谊舞的舞！如今一看，果然腐朽！怎么能这样呢！姑娘的腰，是神圣不可侵犯的啊！他真想喝令那老师快缩回他那双脏手，不要再玷污姑娘圣洁的腰了。但他刚如此想，乐曲已完，那男教师放开了路昭晨。全校学生都窃窃私语，骂那教师是个男流氓，路也形同个女流氓了。

路昭晨一夜不得安宁，先是老师们都来跳舞，后是老师们来邀她打扑克，她不好拒绝，都得答应。她的东西都由孙天俦保管着。孙天俦看到半夜，就穿了她的大衣，睡了。但空中下露，极是清冷，他睡不着，又坐起来，要天亮了，路才借故走开，来拿了衣服穿上，远远地坐着。孙天俦与她对望着。她有时问孙天俦："倦不倦？"孙天俦说不倦，问她，她说她就是脚疼腿疼。

半夜一过，大家就开始爬山看日出。学生顺荒坡向上爬去。东面大红山顶上，夜空已变得明亮了。路和孙走着的时候，晏明星走了上来，孙天俦不知。她跟在二人后面走了好一阵，孙天俦偶回头，虽在夜里，还是能辨出她来。她那双眼睛，恨着他，虽是夜里，孙天俦也能辨出来。既然已被发觉，她就走上了前去，超过二人时，她又恨了他一眼，将背上的包朝孙天俦打来。孙天俦被她打了，不出一声，心想：你恨我还会有我恨你厉害？我早已立过誓言，你伤害我时你就应该想得到！我的誓言不会反悔！

大队学生走不动了，他们只选了一处不到四千米的山头，等待日出。到山顶不久，太阳就从大红山顶出来了。孙天俦见光芒从自己的家乡出来，深感神圣。但这里看日出，根本没有大红山看日出好看，也没有燕子。但路昭晨从没这么见过日出，激动不已，直叫孙天俦为她照相。又有老师来自愿为之服务。天明了，孙天俦看着远处的横梁子、黑梁子、光头坡梁子，它们是那样荒凉，那样贫穷！而他的父母，还在那里过着贫穷悲惨的生活。他今天能和路这样的姑娘在一起，都是父母的恩赐啊！他何日才能报答得尽呢！想到此，眼眶里就全是泪了。

太阳升高，大家就下山了。路一夜未睡，还是那么快乐，脸上总是红的，总是微笑。中午，到了那乡政府，众人上车之时，晏明星突然也跑了来，坐上孙天俦他们这一班的车。她丧着脸，坐了离着孙、路两排的地方，不时恨恨地看着孙天侜。又来了个漂亮姑娘，这班的男生又激动起来。周围的女生都是她那种脸色，路昭晨也就不觉得了。孙天侜默然，还亏路已累了，上车就睡着。孙天侜不时瞅瞅她那睡脸，仍是笑着，红扑扑的。还好，不久以后，晏明星也在车上睡着了。

　　车到金沙江边，等待渡轮。路就醒了，又与孙天侜说起话来。车到县城，经过公安局时，路就下车了，叫孙天侜："走，去我家坐。"孙天侜想去，但晏恨着他。他就说算了。路下车后，孙天侜猛觉一身轻松。晏明星猛然跑来，同孙天侜坐了，仍是恨恨的。孙天侜想想她也可怜，对她的惩罚就至此为止。他想安慰她，不知怎么安慰。到学校下车，他先站起让她，说："你先下。"她不语。人都下完了。司机说："你俩怎么还不下啊？"晏才又将书包朝孙天侜打来："还不下？"孙天侜笑笑，先下了。她才微笑了一下。孙天侜下车等她，她不理他，兀自走了。

三十五　改名孙天主

改革开放没几年，风俗渐变，拖鞋、喇叭裤，什么都来了。尤其更令一般老年人痛心的是，男女授受不亲的观念也渐渐在崩溃了。街上竟然有十多岁的小姑娘和小伙子，手拉着手，更有不知廉耻的，当众亲嘴，叫做亲吻。有的老师在班上骂："现在这些人，不成体统了，公然敢在街上手拉手！而且还亲嘴，叫做什么亲吻！以前谁敢这样？那要立即当做资产阶级生活方式批斗！我看现在也还该当做资产阶级腐朽思想狠狠批斗。"邀请路昭晨跳交谊舞的老师，因影响极坏，公然当众搂学生的腰，太流氓了，遭到学校的一致攻击。教育局将之当做流氓行为，进行批评。他写了检查，承认错误。由于有悔改表现，从轻处罚，罚了半个月的工资。路昭晨也遭到批评，说她年纪轻轻，还是个学生，就向往西方腐朽没落的生活方式！她也写了检查。学校因她历来学习极好，表现又不错，再加其父是县公安局领导，学校时常去求其帮忙，也就仅批评批评就算了，不影响她的升学等等。那老师呢，从此臭了名声。他原来还以自己掌握些先进的生活方式而自鸣得意，看不起其他老师，认为他们土，这下他却倒了大霉。老师们都骂他流氓。区老师算是较开明的，说："跳交谊舞这东西，毛泽东在延安都跳过！蒋介石也跳过！孙中山肯定也跳过。以前乌蒙也有人跳！"但对街上的年轻男女手拉手就不饶了，与其他人持一致的批评意见。

崇洋媚外的现象也出现了。高中部的学生名字里，尚无美化、欧化、日化的名字，但在初一年级的学生名字中，就有什么刘顿、马亨利、刘琼斯、郑比尔、赵因斯坦、何莎娜等欧化名字，也有何信子、孙英条子、郑哲纠夫等日化的名字。听说小学和幼儿园里，这样的名字更多。米粮坝城关幼儿园里，有一班学生近一半多的名字是欧化日化的。甚至米粮坝中学的年轻老师，也有为子女取欧化、日化名字的。有的老教师就骂起这些人来，称他们为卖国贼。而这些人又骂这些老教师是老古董，是不识时务的老杂种，双方谁也无法改变谁。但是这崇洋媚外已成了风气，听说全中国都是这样。崇洋种群成倍地滋生，而热爱中华文明的老教师是在一天一天减少，爱国者怎能斗得过媚外者呢？

孙天俦异常仇恨这伙崇洋媚外的家伙，他鬼火了，不做天的朋友了，要做上天的主人，将自己的名字改成了孙天主。因孙天主这一名字甚响，立即群起效仿，有人也将自己改名郑孙天主、马孙天主了。

不久路昭晨等就要高考了。孙天主这时才从招生简章上发现：陆军学院只招理科生，不招文科生，在全省招的十五个名额，全是理科。孙天主大失所望，读不成军校了，怎么办？又失神落魄起来。他这学期本望将二十四史读完，没料因发现晏明星与那姓武的关系后，心情不畅，一二十天无心读书，后读也无心肠，刚将《元史》读完，就放假了。他爬山回来后，路忙高考，时常不见。有两次碰上，她说："能不能把你那天带着的笔记本借我看？"孙天主便想她大约想抄他写的那些咏史诗，借与她了。她都叫他："来我家玩。"孙天俦答应，并未去过。

过了不久，她还了他那笔记本，说："我未经你的允许，抄了你写的诗。"孙天主说："无事。"她说："你那些诗，一读了就令人很自信，很坚强，对我启发很大。但我觉得，你这人不得志则已，一旦得志，将给世界带来恐怖和灾难。"孙天主说："谁也不能给世界带来灾难！所有的灾难都是世界本身产生的！"她说："但是世界上多几个善良的人，世界会变好一些！"孙天主说："何为善良？"她说："热爱和平，不主动侵略、欺负别人的，就是善良的！"孙天主指着头上的太阳说:"太阳善不善良?"路说:"太阳怎么不善良?"孙天主说:"你错了!太阳也不善良!它也不热爱和平!它也欺负别人!侵略别人!它不是把地球征服了,逼着地球天天围绕它转吗?地球也不善良!它征服了月球,逼月球围着它转!银河系善良不?不善良!它逼太阳系围着它转!整个宇宙善良不?也不善良!都在以大欺小,弱肉强食!我比你大,你就得投降我!但如果宇宙善良了好不好?不好!那宇宙就不在了!一切就消失了。所以这侵略、统治等等,才形成了让宇宙稳定的秩序。有了秩序,才有了一切!地球上的万事万物,同样如此!优胜劣汰,适者生存。人不是在取食于动植物吗?按和平者的观点,这既不仁又不义。有的人不食动物,而食植物,以为仁义了,其实是掩耳盗铃,不是跟食动物一样吗?真要仁义,就得连食物也不食!但怎么可能?所以世界的本质就是侵略、征服!你敬佩的居里夫人等,终身碌碌,不知此真理就死了,何等可悲!所以我劝你不要当科学家,就是这个道理!否则你到死也找不到真理!"路昭晨听了,大惊失色,咬牙思考,脸红成一片。半晌说:"看来是我幼稚了!还是你成熟!"

孙天主要彻底征服她,说:"古往今来,所有过客,皆是幼稚之辈。秦皇汉武如此,唐宗宋祖如此,我到死那天,也是如此!都像活在梦中一样!皆不成熟。但事物都是不成熟则好,成熟了就完了!如果成熟了,那就毁灭了!树上的桃李成熟之时,即其毁灭之日!一个国家不成熟之时,政治反倒清明,社会积极进取,一旦成熟了,贪污腐败,什么都来了。这个国家也就抵敌不住,灭亡了。原始社会不成熟,所以它天天吃不饱,穿不暖,天天是原始社会。社会一富足,原始社会就到尽头了,奴隶社会取代了它!奴隶社会才产生时,能不能就变为封建社会?不会!发展到顶峰,完了!它又把它自己埋葬了!它萌芽了资本主义因素,资本主义最终摧毁了它!所以不成熟是悲剧,成熟了也是悲剧!所以人生也罢,宇宙也罢,彻头彻尾都是悲剧!"

路昭晨脸变白了,惧然道:"那人活着还有什么意思呢?"孙天主说:"意思正在这里!正因为是悲剧,才要努力!才要奋斗!知其不可为而为之,才有意思啊!所以庸人期望有一天进天堂,而我则希望永远在地狱里战斗!那些从地狱奋斗到天堂的人,一进天堂,就完了!我永远在地狱里战斗,那我永远不会腐朽堕落,我永远是强者,永远具有不屈不挠、高歌奋进的精神!"路打断他说:"你这没有希望的奋斗,有什么意思?既无目标,又无奔头!令人绝望的奋斗!"孙天主说:"有希望有奔头的奋斗,又有什么意思?希望、奔头实现了又怎么办?"路说:"那向第二个目标前进!"孙说:"第二个完了呢?"路说:"第三个!"孙说:"那也不是没完没了,令人绝望!"路说:"终是一样一样地实现了啊!"孙说:"那是自欺欺人!就像用一次作业得了一百分安慰自己一样!一千次作业得了一百分,能否就认为是考取大学了呢?不是!必须是最后的成功才成!中间千万次小小的成功,起什么作用!"路说:"什么是最终的成功?除非你统治宇宙!但怎么可能?"孙说:"从物质上考虑,那你永远不会成功!统治了宇宙又怎样呢?我认为的成功是精神上的成功!是一腔豪情和斗志的挥洒,失败了更能体现那种精神!"

路笑说:"我懂了!你想当鲁迅笔下那个人物!"孙笑说:"你如此讽刺我啊?"路笑说:"你自己说的啊!不是我说的啊!要不要我重复你的话让你自己听听?"孙说:"不消你重复,我讲解给你听!我具体要怎么做,人生来世,实在不易!宇宙中没有这个太阳,这个地球,能有你我?有这个地球,而这地球或大或小,能有你我?正因有适宜的质量等,才有了适宜生命存在的空气、水分、温度等。这一切,若非天有意而设地刻意而造,怎么可能!所以生命来得不易!但如此上天也还看得起我们,让我们成为生命,生命种类又无计其数,让我们投生为鱼、虾、老虎等,天地亏待我们没有?没有!但让我们成为人,这恩情就不得了啊!而若成为几千万年前的人呢?还在蒙昧社会,既无语言,又无文字,个人什么也做不成!也谈不上什么理想、信念!而让我如今才来到世上,这恩情又大得无边!我一来到世上,就可以立即享受宇宙、地球、人类亿万斯年积成的丰硕成果,在此之上进行创造!所以我不敢负天地生人之大德,要倾尽心力以图报答!而这报答是无尽

的，永远报答不了的！但我明知报答不了，也要不断地报答，鞠躬尽瘁，死而后已！所以我说精神上的成功，只能是精神上的成功，知恩而报恩的行动上的成功！而不可能有达成目的、实现目标的成功！我知道自己非常渺小，天地不是一定要生我，不生我宇宙照样运行！是天地可怜我才生了我！天地有亿万万亿分之亿万万亿的概率不生我，只有亿万万亿分之零点零零多少的概率生我。人生来世，实属不易，而生来世上，又异常短暂！白驹过隙，忽然而已！此前此后，皆是死绝！我得珍惜这短暂的生命啊！所以你会发现，我很疯狂！我不顾一切！像一个赌徒！因为我每天都有深深的危机感啊！生怕完不成目的就回去了！所以我只得发狂！只能豪赌！我不生来世上尚且要过，何况我生来了呢！我万幸得以生来世上，我就要紧握拳头，抚膺而战！穷天下之功，尽天下之能！不达目的不止！如果失败了，毫无所谓，我不过是回到天地没生我时的状况而已！我没有什么遗憾！我这性格，有拿破仑可相比较。拿破仑征服欧洲，他若知足而止，即可一生安享欧洲。为何他要冒险攻俄，彻底覆亡，遭到流放？他与梅特涅吐露过心曲：'你们的君主生来就占有王位，即使战败二十次，仍可以回到自己的都城。而我原先是个下层人，是个暴发户，一旦我不再强大，一旦人民不敬畏我，我的统治就完了。所以我不得不断前进，直到失败，最终我因此失败了。'他具有'要么全部，要么全不'的赌徒心理，我能理解！我同情他！不是因为我和他都是穷人的儿子！我即使天生是君主也同情他！他具有这一性格，是因出生下层。而我，是因深感命运的悲剧性而具有了这一性格！不会适可而止，见好就收。"路说："你这种性格注定要失败！你明年高考就面临这一问题。如果你现在好好学习，高考没有问题。但你现在就不学习，我听说你的英语、数学极差，去了两科，还考什么大学？"孙天主说："路多的是！世界是英雄进行表演的舞台。这舞台本来已有，就不必规定演出的内容了。考大学只是小小的一出戏而已。"路说："那更证明你非失败不可。"

路昭晨又问："你怎么改这个名字啊？"孙天主说："改得不好？"她说："改得太好了，你怎么想到要改这么一个名字？"孙天主说："我这种性格，必然如此。连这个都想不到，还行？"路说："你在夸奖你自己时，总是不遗余力。你要是这样夸奖我,那我就太高兴了。"孙天主说:"你真想我夸奖你?"路说:"那要看你夸奖得有没有才华,没有才华就不行!"孙天主说:"肯定有才华。"路说:"那你夸奖吧!"孙天主想说"我夸奖你做孙天主夫人"话要冲口而出,又止住了。路见状,说:"找不到有才华的话夸奖了吧!"孙天主说:"有。只是不好说出来!"路说:"那你说啊!我很想听啊!"孙天主说:"现在不说,以后说。"路说:"我要你现在就说,以后说了我不听。"孙天主说:"我说了你莫怪我啊!"路说:"不怪!"孙天主说:"真的不怪啊?"路说:"我说话岂是会反悔的?来,不信就勾拇指!"即将食指弯了伸来。孙天主说:"不消。"路说:"那你就说吧!"孙天主无法说。路就笑说:"你说啊!"孙天主盯着她那绯红的脸,想说了也无事,就红了脸,回头看看道路,准备说完就跑。于是不敢看她,把双眼抬了望着天,说:"我夸奖你做孙天主夫人。"话未说完就逃。逃了很远才回头看,见路还在当地,脸红彤彤地看着他。孙天主才站下,她才羞不自禁地回家了。孙天主这一天没有吃饭,一直沉浸在喜悦之中。

过后碰上,路就红了脸。孙天主老远地和她打招呼,而不敢走近,生怕被她打。一次他出校门,迎面碰上她,逃不开了。她笑说:"今天捉到你了。你那天怎么说的?敢说就要站下说,不要逃啊!怎么边说边逃?"就拿书打了孙天主一下。孙天主说:"那句话如何啊?"路说:"我开头就想到你要说浑话!果然说出来的话一点才华也没有!"孙天主说:"我问的是那句话有没有作用?"路红了脸,又打了孙一书,说:"你给我老实点!不要见我好欺负,就专想欺负我!你怎么不敢用那浑话去欺别人?"

路高考结束,孙天主碰上她,她说:"那些胶卷我请我叔叔带到省上去洗回来了,走去我家,我拿给你看。"孙天主便同到她家。她将照片递来,全是彩色的。孙天主以前照过几张相,都是黑白的。米粮坝是最近才开始照彩色照片的。孙天主见自己的照片,都是笑着,说明那天自己也是极高兴了。她的呢,每一张都极漂亮。孙天主看了,又要她的影集看，看完，说："把你这天的照片送我两张行不行？"她叫他选。孙天主选了，就问她考得怎么样，她说："成绩倒肯定马虎点，就不知志愿如何了。你该也报名来考。数学、英语我都可以帮你作作弊，那你的大学就稳了，可惜我早点没想到这一招。"她报了中山大学，她说："从电视上看到香港、深圳等地发达得很，我很羡慕，很想到沿海地区去看看，广州隔那里近。"孙天主对什么香港深圳不感兴趣，也对她的当居里夫人的理想不感兴趣，深希望她抛弃什么居里夫人的幻想，追随他去搞政治、军事，说："香港深圳，就是个钱字啊！钱有什么意思呢？"路昭晨说："香港深圳仅是个钱？况且钱难道不好？没有钱，你想当政治家、军事家也当不了。打仗也要钱啊！你能赤手空拳去征服世界？社会主义没有原子弹，也保卫不了自己的安全啊！苏联没有原子弹，它还想不想称霸？中国没有原子弹，还会有在安理会的位置？原子弹从何来？从钱来！有钱就有原子弹，也有飞机、大炮。"孙天主说："你说得是！但我总是瞧不起钱！钱不能决定一切！"路说："我不是说钱就能决定一切啊！但有总比没有好吧！我同样看不起资本主义，他们腐朽没落，崇拜金钱，崇拜权力，为了钱，什么亲情都可以不要，父子之情，兄妹之情等等都不要了。是赤裸裸的金钱社会！我一看西方资本主义国家的小说，什么葛朗台，什么乞乞科夫，就痛恨资本主义。"孙天主说："你痛恨资本主义就好！不要爱什么香港了，爱西安吧，那是中国的古都，周秦汉唐的都城，它代表中华文明。"路昭晨说："我尊重你的选择，并没要你也像我一样爱香港、深圳，你怎么要我爱西安呢？况且我并没说我爱香港、深圳啊！我离爱它们，还差得远呢！你总是以你的意志强加于别人！怪不得有的老师说你是个帝国主义分子、霸权主义者！我如今也越看你越像！"

孙天主说："你那什么交谊舞是如何学来的？"她脸微红，说："我从电视上学的。"孙天主说："你跟着电视机就能学会啊？"她说："其实很简单，你要不要学学？"孙天主说："我不学！"她说："你不学也可以，我比给你看！"就站起在房中走，说："咚哒哒，进三步；咚哒哒，又退三步，四步也是这样，咚哒哒哒，进四步，咚哒哒哒，退四步。"孙天主一看她走,已会了。她说:"你走了看看。"孙天主就站起,她念:"咚哒哒,进三步。"孙天主走了三步,她念着,孙天主又退回。她说:"你相当聪明!我再放音乐让你听。"就开了录音机,教孙天主:"你看我踩,再听音乐!看我的步子着地时音乐怎样!"就走。孙天主看一阵,说:"你踩在个鼓点上!敲鼓时你就踩!"路昭晨一拍手,笑道:"你太厉害了!是不是有人教过你?"孙天主说:"你正在教啊!你不教我怎么会?"路说:"你站起来走。"孙天主站起来,顺着鼓声走。她说:"还不对,从最重那声开始走。"孙天主听一阵,找到最重那声,起步走。她说:"对。然后是姿势。"就教孙天主身子要如何,眼睛要如何,脚步要如何。

孙天主跟着学了半天,说:"看来这东西很简单!"她说:"然后是礼节。"就讲跳舞中男的要如何,女的要如何。说:"来不来试试?"孙天主并不想跳舞,只想拉拉她的手,就接了她伸来的手。双手将她的手拉住,感觉非常不同。她更红了脸,说:"手!手!放开我的手!"孙天主双手放开,她只伸一只来让孙天主拉着,另一只手欲伸来放在孙天主肩上,孙天主吃了一惊,肩一缩,她也吓了一下,随即一掌打在孙天主肩上,嗔道:"不要缩!"就将手放在孙天主肩上。孙天主简直无法呼吸了,他要晕倒了。她的脸离他这么近啊!他急忙低下了头。她也呼吸急迫起来,面赤如火。

二人就这么站着。过一阵,她喃喃地低声说:"你的那只手!"孙天主明白那手应该搂着她的腰,但他不搂。搂她的腰,那多下流啊!又都站着。孙天主心跳不已,也听到她的心跳声了。孙天主抬头,见她整个脸、脖子全都烧红了。他因欢乐过度,承受不了这一痛苦了,痛苦地说:"昭晨!"她轻轻"嗯"了一声,他听出了她内心也同于自己。孙天主说:"我爱你啊!"她激动地"啊"了一声,双手缩回去了,不知所措地推了孙天主一掌,跑到沙发上去坐下,蒙着脸,半天,她抬头扫看他。他见她面涌赤潮,全是汗水。孙天主那次说了句"孙天主夫人"就逃,过后就觉荒唐,有什么逃的呢,今天才不逃了,站在原地，望着她。要是那天没试过，他今天肯定逃了。她找了块毛巾抹了脸上的汗，赤了脸问："还学不学？"孙天主忙说："学。"她走近，双手垂着。孙天主去拉了她一只手，她把手放在孙天主肩上，看着孙天主。孙天主说："就这样跳。"她说："规定是你的手要放在腰部。"孙天主说："从我这里改此规定！"她咬牙说："那你那只手怎么办？伸来！"孙天主心又狂跳起来，将手伸出，由于畏缩，半天伸不到她的腰部。她已偷偷将腰伸来，孙天主摸到她的衬衣了，立觉她腰部的热量传导到他的手上。她就退，叫孙天主："进！"孙天主跟上。退了三步，她叫："退！"孙天主退回，三步完了，她道："进！"孙天主全身滚热，感觉她像一个巨大的磁源，在拼命吸他，他真想扑在她身上了。想再跳下去，他一定要扑在她身上，忙说："不跳了。"都松开了手。她看看表，说："真跳不得了，再一会我爸爸来看见，要骂我。"孙天主说："那我走了。"她说："不是。不是不准你来，是我爸爸不准我学跳舞！"孙天主说："为什么不准？"她说："他们认为这是资产阶级的东西，腐朽得很！不准学！我爷爷更不准，说资产阶级是他们亲手消灭了的，岂容又在他们眼里复活！我在电视上看西方国家的电影，他都不准看！说小姑娘家，哪能看西方国家那些腐朽的东西！生怕我被电视教坏了。我只敢偷偷学！那天晚上跟那个老师跳一曲，回来我就挨骂了。我爷爷只要见街上姑娘和伙子拉着手，非骂不可。"又坐了一会，孙天主说要走了。她留吃饭，孙天主不吃。孙天主下了楼，她一直送下来，二人挥手，孙天主就回学校了。

　　唐志文老师分来一年，受了折磨，发现他原来那种生活混不下去，忙改了另一种生活方式。按他与孙天主说的，是要换一种活法。他分来时天天欧美如何民主，如何自由，批评米粮坝中学在实行封建家长式的专制统治。学校就对他进行批评。这半年他被搞得很惨。他见原来那一套吃不开了，忙捧校长了。今天见校长提水，急忙去抢了提着。明天见校长要做炭，急忙脱了鞋子跑到炭中去踩。以前他才来时，见有人如此就骂说那人是奴才，是中国两千年封建统治的余孽，如今他也当余孽了。刚来时他有不满，就空手去找副县长吵，认为副县长既是人民的公仆，就该为他办事，也觉得副县长理所当然为他办事。半年下来，他不再认为副县长是公仆了，不去吵了，常提点老家的土特产朝副县长处跑。副县长于是就真当公仆，为他说话了。教育局长以前也被他骂，如今他不骂教育局长了，也提东西朝教育局长家跑。于是大家都说他是个人才，人才难得，我们要关心人才。他才分到了一间房子。房子虽旧，毕竟是分到了，总比他以前没有好。学生则不同，以前他骂副县长，骂局长，骂校长，号召学生要为正义、平等而斗争，大家都承认他说的对，这下学生说他以前在讲假民主、假自由、假平等、假斗争。学生一骂，他就火了，在班上发火："谁说我讲假民主假自由？站起来！"无人敢站起来。他才说："对嘛！在我的压力之下，你们不敢站起来！我在别人的压力之下，又怎么直得起腰来？"有人马上将他的话转给副县长、局长、校长，三人大怒，要找他的麻烦了。他又为那一句话付出了许多土特产为代价，三人才说他这人不错。

　　刚要放假，岳英贤从乌蒙师专回来，来找孙天主。一头长发，披到了脖子上。孙天主大惊，孙天主说："我先还以为你是个姑娘！咋搞这么长的头发？"他说："我对这社会不满，才留这么长！一回来我大哥就骂我，逼我出来剪掉。我先来找你吹吹，再去理发。"二人吹一阵。岳英贤到乌蒙师专一年，变得玩世不恭了。一说起来就骂政府，说如何专制，如何腐败，要如何追求民主，追求自由。孙天主陪他到理发室去。那理发师傅未细看，也以为是个女的，就以个女的来收拾。搞了半天，孙、岳二人莫名其妙，岳说："我是个男的！要理短！"师傅才细看，大张着嘴，说："你怎么不早说？"岳英贤说："男的女的你都看不出来？"师傅说："你走出街上看看，哪个男的像你这个样子？"孙天佇说："算了算了，几下把他推了算了。"师傅才不情愿地将岳英贤的长发用剪子只管夹下来。孙天主一看，那头发足有十七八厘米长。等剪好一看，岳的脖子长期被长发盖着，如今突露出来，一片雪白。他们出来时，那师傅道："男不男女不女的，妖怪一样！"岳想回头骂师傅，孙拉了他就走，说："没有意思！"岳说："妈的他没见过世面。在乌蒙师专，男生像我这种长发的，多的是！真是蜀犬吠日！"

三十六　联　姻

　　学期结束，孙天主欲去找路昭晨告别，但她不在。孙天主就回学校，收了东西，寄存了，就与吴明彪等说了一声，请他们转告孙平玉和陈福英，他去游四川凉山了。孙天主也没什么钱，游其实就是流浪，一路取农民地里的东西吃了，晚上在人房下过夜，白天接着走。等他从四川会理、会东、宁南、普格、布拖、昭觉、金阳、雷波过江，从永善、大关等地走回，已近一月。人消瘦了许多。孙平玉、陈福英一见，大吃一惊。

　　回到学校，方知路已考取中山大学，早已到校去了。米粮坝历来无学生考入重点大学，这下引起了轰动，都道米粮坝出了个才女。上学了，孙天俦想读文科无法考军校，便欲去学理科。区老师大惊："你是不是开玩笑？到高三了你才去学理科！"但孙天主硬是跑到理科班，去上了几天课。物理、化学等，因他在高一就未好好地学，高二又没有学过，如今老师在上面讲，他在下面什么也不知道。他仅在初中时学了点"氢氦锂铍硼，碳氮氧氟氖"等，如今全用不上了。而且数学、英语两科，他也听不懂。这四科都不行，还学什么理科。孙天主绝望了，军校是读不成了，将军啊将军啊！考取了才有望当孙将军！如今当不成了。

　　孙天主只得回到文科班来。但数学、英语还是听不懂。英语科他如今连二十六个字母都不能全读，单词记不到十个。数学呢，一看老师黑板上解一道题，竟满满一黑板，有时甚至一黑板还装不下，只得擦了半边黑板再来。孙天主从那题开头看到尾，除了涉及初中学过的能看得懂之外，别的都看不明白。孙天主一拍手：完了完了，我将彻底地完了。于是他认定高考考不起，作为社会青年应征入伍算了。多年来云南兵都往西藏去，孙天主也决定当兵到西藏，去保家卫国再考军校算了。他于是放心地又从《明史》看起二十四史来。看了两个月，连《清史稿》也看完了。

路来了封信，说了她到学校的情况，鼓励孙天主好好学习，是要考取大学才行，并说她考取大学后，才觉读高中简直是玩儿戏，大学才能学有专攻，学到真正的知识。孙天主回了信，说了他到理科班去，又折回文科班，深感升学无望的苦恼，并说自己已全然不学了，等着明年高中毕业，当兵到西藏去算了。她又回信对他进行批评，叫他尽力而为，并说数学、英语不行的话，她假期回家，帮孙天主补。孙天主没有补的信心。这一学期就这么结束了。

晏明星与那姓文的谈恋爱了。孙天主看见，已引不起他多大的醋意了。他们二人相见，平平常常，如今谁也没觉得欠谁的。孙天主天天在看二十四史，哪里管这么多。倒是学校里恋爱之风，吹得颇炽。孙天主他们班上，无什么好看的姑娘，城里的男生都忙着去追其他班或初中部的女生去了，孙天主听到的新闻颇少。班上的呢，晚上在宿舍里，听到的就多了。县城周围的几个农村男生，买了辆自行车，骑着到学校来。自行车这东西，对农村女生来说是了不得的新事物啊！像荞麦山呢，孙天主等读初中时，老师们就天天学骑自行车，在路上摔了头破血流的，来上课时学生就盯着老师头上脸上的疤看。但没用几年，一半的老师还是学会骑自行车了。有个别老师负担不重，经济宽松，买上了自行车。则补呢，孙天主去读了一年书，没见到一辆自行车，会骑自行车的老师，不知有没有。当地学生自然也不识什么自行车了。到米粮坝来看，自行车也少。因米粮坝县城，也是一个坡。如果买辆自行车，是所谓下坡人骑车，上坡车骑人，也无各单位职工买自行车。反正上下班、办事会友都是走路。这几个男生从家里想了办法，买个自行车来，就是为了好追姑娘。班上这些农村姑娘一看，果然被吸引住了，就被这些男生带去学骑自行车。什么女生的裤子被自行车座垫挂烂了，什么月经把座垫染红了等庸俗的传闻接着就来。其他几个班呢，有的作风不正的女生与外面的社会流氓鬼混，流产了。有个女生天天和一伙流氓鬼混，一天晚上，另一伙流氓哄了这女生夜出，在学校旁边的甘蔗地里，对这女生进行轮奸，闹得沸沸扬扬。

孙天主读完二十四史，深感空虚，找不到别的读的了，就读中国及各国小说。一两天一本，很快就读了几十部。有的小说名声很大，孙天主借来一读，才觉无聊。与他去年写那部比下来，差不了多少。孙天主于是雄心勃发，又想写小说了。但终是对去年的失败记忆犹新，不大敢动笔。而且如今只有一年时间了，如果又像去年那样写，那到高中毕业，不一定能写得完这部小说。县城里的小说，毕竟也少。读到这一学期将尽，孙天主就感觉找不到读的了。于是回头写散文，想把以前写的东西都整理一下，向报刊投稿。但整理好了，如何投稿，他不知道。他就用信笺写了，拿到县邮电局去寄，亏那邮电局里一人稍懂，说："小伙子，你要投稿，不能用信笺写。我为什么知道呢，以前有个省上来的记者，来米粮坝采访，写的稿件用稿纸写。他写好了拿在邮电局来交，我说：ّ记者同志，用信笺纸写不行？'他说不行，我才知道。"孙天傋就买稿纸来写，为什么在稿纸上写稿，他又不懂，便去请教那邮电局的老职工，那老职工当年也没注意那记者是怎么写的，无法回答。孙天主回学校，自出心裁地写。他一笔一画地写，历来考试都没这样认真过，但就因力求写好，却怎么也写不好。句号也成了逗号，"二"字写成了"三"字。孙天主只得撕了重来，再写呢，又出错，又撕，近千字的稿件，写了十多遍，才写好。写信封呢，米粮坝无人写东西，更无人发表文章，无人知信封怎么写。孙天主踌躇了好半天，他想干脆试一下，就按报纸下面的报社地址抄，但抄时因激动，又出错，连写几个信封，才写好了，用挂号将文章寄了出去。寄时孙天主很激动，我要开始发表作品啦！第一信寄出，孙天主激动一夜，第二天就忙去县图书馆翻报纸上看是否有他的文章。找了半天，没有。他才失望地想，我那信到省上，少说也要十来天。昨天才寄的，弄不好今天那信还没出米粮坝地盘呢！一发不可收拾，他第二天又抄了一篇，寄了出去。第三天，又是一篇，不久就抄了十来篇寄出去了。

个学期就这么结束了。路昭晨又写了信来，叫孙天主假期留下来，她帮他补数学、英语。孙天主犹豫不决：留下来又留在哪里呢？不可能去她家啊！住旅社，他没钱啊！世上没有不透风的墙，孙天主与路有亲密关系的事，路父也知道了，路父很恼火。米粮坝中学的老师在路考取大学后，多少人天天写信去给路，路父都叫女儿莫理睬，好好读书，一个农村小子，比米粮坝中学的老师差多了。路是名牌大学的学生了，如此怎么能行，所以他也批评其女。孙天主也知道了。他天天去县图书馆看报纸，天天在报上找啊找，一版一版地找完了，就是没有他的文章。期末考试已结束了。人人都在准备回家，孙天主也要回家了。这日他又到县图书馆去翻，翻了许久，猛见第三版中间巴掌大的一块，用线框了。上面指头粗的五个大字："难忘的童年"，下面荞粒大的三字："孙天主"。孙天主立觉发现了金子，心花怒放，将全文一气读完，又回头读。读完，就盯着那标题的五个字和作者名的三个字呆笑。笑一阵，又通读全文，字字都是金子啊！一千多粒金子在闪光啊！他呆笑，端详，端详，呆笑，陶醉了。那管理员问其故，孙天主说："我的文章发表了。"管理员大惊，忙跑来看，果是"孙天主"三字，红了脸，激动不安地将报纸拿了读，完了，就叫认识的人："你们快来看，这个小伙子的文章发表了。"一时拥来多人，见上面"米粮坝县荞麦山乡法喇村"等，都或难过，或激动，红了脸，盯着孙天主看，从下看到上，从上看到下，问孙天主："你是荞麦山的啊？那么穷的地方，竟然还有人会写文章。"

孙天主一路欢快地跑回学校。邮电局前的读报栏，这一报纸也贴出来了。已有几个爱读报的学生发现了，喊了一声，叫来了一大群米粮坝中学的学生，大家都围在那读报栏前，抢着看那文章。但文章只有巴掌大，人是一大群，许多人看不到。人越来越多，孙天主见晏明星等听说孙天主的文章发表了，都跑来看，但隔着老远看不到。她红了脸，盯着孙天主笑，眉毛鼻尖等无不是对孙天主的恭维。孙天主也咬着牙向她点头，心想：你知道我的厉害吧！

那姓华、姓连的姑娘等都来了，脸红彤彤的，都像些苹果一样。她们看不到文章，就来向孙天主撒娇："孙大作家，背给我们听听嘛！"孙天主想：我那是悲惨的童年，你们听了要惭愧的，不背。里面报栏下，有人对外面这些姑娘说："你们听好，我念给你们听：难忘的童年，孙天主。米粮坝县荞麦山乡法喇村，海拔二千七百到四千米，是个高寒、偏僻、贫穷、落后的山村。十多年前，我就出生在那里。"这些姑娘边听边朝孙天主笑，恭维说："大作家，写得多好啊！"孙天主红了脸，想：不好的要来啦！他想逃走了。但他实在想看看这些在城里娇生惯养、花容月貌的姑娘们对他的贫穷的反应如何，咬牙站着，等下去。

里面还在高声地念："我的父母都是农民，父母对我的期望也不过就是把我养大，长大做一个能自食其力的农民而已。"这时晏明星等脸上便有惭愧之色了。那连姑娘、华姑娘等也不自然，不恭维孙天主了，还对孙天主微笑，但笑得稍不自然了。

里面的人又念："那时合作社农活很紧，父亲每天背粪、犁地，毡褂、背箩总离不了身。母亲每天要背种，盖粪，背上还得背着仅半岁的三弟。没办法，四岁的我和两岁的二弟便只有自谋生路了。因人小，防不住贼，父母出工就得把门锁上，我和弟弟每天带几个冷洋芋做响午饭。"那些城里男生开始哄笑了，女生们更不自然了，偶尔偷偷看孙天主，虽还在使媚眼，但有几分怜悯了。孙天主咬牙听着。

"屋后有株小柳树，我们就扒在那柳树上拼命摇晃，口里'嘟嘟'地叫个不停，说是开车。园里有一堆松毛，我们开车开累了，就趴在松毛上去睡。睡醒了，就在松毛里像老鼠一样打起洞来。从这头打到那头，又从那头钻到这头。上半天一般都这样快活。"全场人都笑起来。有的女生偷偷说："这童年过得好可怜！"虽说的很小声，但孙天主还是听到了。他想：是的，我的童年比你们惨多啦！

"但时过中午，响午饭吃完了，肚子又饿了，二弟就哭起来。我哄不住他，也就一起哭起来，边哭边喊父母。弟弟哭到声嘶力竭，只能哼哼了，终于睡着了。我也又倦又饿，也睡着了。有时雪花飘在脸上，把我们弄醒了；有时雷声把我们震醒了；有时呢，雨水淌了来，把我们泡醒。我们又冷又饿，忙跑到房檐下去，又哭起来，哭久了，又睡着了。到父母回家来把我们叫醒，才见他们眼里也是泪。弟弟又哭起来，直到找到个冷洋芋吃着，他才不哭了。"这时男生们脸上都得意起来，女生们则抬不起头了，一个个红着脸，像默哀一样。

"每天伏路而眠，都是很危险的。农村孩子，几个月不洗一次衣服，成年不洗澡，由于衣上身上极脏，苍蝇嗡嗡个不停，只管扑来粘泪痕和眼屎。狗会来舔脸，猪也会来嚼衣服、鞋子、头发，有时弄得人满身都是猪嘴抹的泡沫和泥浆。尤其是鸡，一见脸上的鼻涕，飞起来就啄。那啄的地方不是眼角，就是嘴角，常把我们从梦中啄醒。"

听到这一段，姑娘们更难过，不敢看其他男生，只回头可怜地望着孙天主，为孙天主悲哀。有的啧啧有声："咋能这样写！要写好的嘛！"有的姑娘平时爱着孙天主，这时别的男生尽向其投去奚落的眼光，好不惭愧，红脸望望孙天主，仿佛责怪孙天主为何要这样写，终于不等听完，愤愤地走了。连姑娘、华姑娘等都难过地离去了。晏明星急得要哭了，一直咬牙听着，脸上一阵红一阵白。孙天主一直边咬牙听，边冷眼看动静，冷峻得像座雕塑。

到念文章的最后一段了："二弟七年前死了，死于缺医少药。要是在荞麦山或米粮坝，他都不会死的。弟兄情深，我永远记得他。一晃数年，我家那茅屋老了，那树长大了，那园也左改右改，物是人非。只是法喇村仍是那个法喇村，衣裤破烂、遍体脏黑、伏地而眠的孩子，仍然全村都是。在村中走，从他们满脸的泪痕、鼻涕，在猪狗包围中沉祥的睡态，我就看见了我的幼年，这时热泪就会夺眶而出。"全文完了，人还不散。没有见到的还在往里挤。晏明星老远望着孙天主，她脸上又是佩服又是惭愧，什么都有，一瞬间脸上神色要变数次。孙天主往学校走，她就跟在后面，直走到孙天主的教室前，孙天主回头望着她，她低了头。他们班的教室在楼上面。她从他面前走过，正到他面前，一抬头，孙天主见她为他伤了半日的心，心中惭愧，说："明星。"她就站住，说："什么事？"孙天主说："没什么事。"她说："有事你就说，没有事啊？"孙天主无法，借口说："你学习怎么样啊？"她说："差得很！没事我就走了。"孙天主说："没事。"她想了想，仿佛下决心，快步走了。孙天主忽大觉失望。

第二天孙天主又忙去看新报纸，看他寄去的第二篇文章发表没有。哪知找遍全报各版，均无他的文章，于是大为失望。第三天，放假了，学生都走了。学校腾出一间学生宿舍，供假期不回家的学生住宿，孙天主也就搬了宿舍，每天仍去县图书馆看报。同时也去县公安局，看路回来没有。第四天，孙天主刚打开报纸，猛见《我的二弟》又发表了，下面标着"孙天主"三字。又大喜过望，忙读了起来，一遍又一遍地读，感觉又跟前一篇一样。

第五天，路就回到家了，到学校来找了孙天主。她又长高许多，漂亮多了。孙天主在她面前，颇为自愧，自己是否配得上她呢！她说："我如果不是要回来看你，我是不想回来了。云南太落后了，像我们看非洲一样。从这去学校要几天几夜，从米粮坝坐一天汽车到西昌，从西昌坐一天火车到昆明，从昆明坐三天三夜火车才到广州。我一出去一看，人家别的地方，哪里像我们米粮坝一样，尽是高山。我到了昆明就吓着了。山没有了，我就吓了一跳，太想回家了。到广州一看四周没有山，我又着慌了，真怀念米粮坝的山啊！到广州时间一长，想起米粮坝来，真像是在地窖里一样。我天天为你着急，你要赶紧学习，应付高考，赶快跳脱这里，否则就完了。我认为你不跑到北京、上海、广州这些地方去，那你这一生都失败了。凭你的能力应该跑到那些地方去才行。其实我出去一看，这世上的庸人，真像你所说的那么多。我原未读大学，以为大学生有什么了不起。到大学里一看，也是一伙庸人在里面。不会写文章的大学生，多的是。你在这里埋没着，太可惜了，我天天为你可惜。你要赶紧努力啊！"孙天主听了，躁动不安，真感觉自己埋在一个黑窟窿里。她说："广东那些地方，太发达了。米粮坝再过一百年，也赶不上。你如果陷在米粮坝,这一生就白来了。"孙天主说:"不可能一百年都赶不上吧?"她说:"我问你几个问题,你回答我就行了。第一,再过一百年,米粮坝能不能有个飞机场?"孙天主答不出。她说:"不可能有!即使米粮坝真发达到要修飞机场,但整个米粮坝哪有一寸平地?飞机场修在哪里?就是用米粮坝这一坝子来修,飞机也飞不起来。第二,米粮坝能否修得起高速公路?"孙天主说:"不晓得。"她说:"也修不起。你看看米粮坝这些山,都是些悬崖。要修高速路,就得到处打隧道,也修不起。"

  第二天她来问他:"我一回到家,就听同学说你的作品发表了,让我看看。"孙天主说自己没有,带她到县图书馆看。孙天主默默地看着她把文章看完,心里既激动又惭愧,想那文章的内容吓着她了吧。她看完绝口不提文章了,只说她在学校的生活。孙天主明白其故,那第二篇《我的二弟》,也有很多涉及孙家贫穷的内容。如孙富才晚上吃肉屙屎在床上,孙平玉骂不许晚上吃肉等等,以及他们弟兄一放学,就到山上拾粪等等。路长了这么大,可从来没有拾过粪啊。路父也看了孙天主写的文章,路的祖父也看了,都说这小伙不错。路才将孙带到她家,其父也允许了,只嘱女儿只能和孙天主作一般的朋友交往,不能发展成恋爱。其父现在已面临一个困难的抉择,那米粮坝县委书记,就是乌蒙地委书记的亲外甥。县委书记有一子,大学毕业,去年刚分工,在乌蒙地委办公室工作,当地委书记秘书。县委书记见路昭晨不错,便找路父商量将路许与其子。路父已见过县委书记之子,人品才能,均大不错,大喜过望。县委书记同时表示,只要成为亲家,立即推荐路父为米粮坝县委副书记。地委书记就是他亲舅舅,一推荐就准。路父既喜找到个好姑爷,又喜攀到个大后台。路的祖父也道这是桩大好事。路父立即叫了女儿去商量,其实已不是商量,已形同强迫。

  路的心事,不敢说出。孙家比县委书记家,差在天地之间啊!她说出来,其父、祖均不会同意。要答应呢,岂不就断了和孙天主的关系了。孙天主未来难料,或许就真是个伟人,或许一钱不值。路便推说过几年再说，路父不同意，说："现在就得决定。"路母也来催："书记家那儿子真的不错。"路仍说过几年再说。路父母就商量："她是看中了孙家那小子，孙家那小子的情况，不消问，这报纸上就登有。"夫妻俩读着孙天主的《难忘的童年》《我的二弟》说："这种家庭怎么行呢！人固然不错！但最终得靠我们啊！即使孙天主考取名牌大学，毕业后也难有大作为。在这种关系社会，没有后台，他想上去，怎么可能！而刘书记的儿子呢，是个大学生，其父是县委书记，舅公是地委书记，亲戚或在地区掌要职，或在省上当厅长，有权有势。小刘的发展前景也看好。为他舅爷当两年秘书，或许就来米粮坝当县委副书记了，再混两年，就是书记。哪里还找得到这种人家呢！"一时全家劝降。

路母说："你定是舍不得孙家小伙。我们也承认孙家小伙不错。但孙家小伙要改变他当农民的地位，几乎不可能。你看看他写这些东西，孙家实际和叫花子没多大区别！即便孙天主考取大学，他这一生也不可能拼到像刘书记家这样的地位！孙天主最终能当个县委书记吗？而小刘呢，混上几年就是个县委书记了。"路仍说："我才进大学，过几年再谈此事行不行？我跟妈说实话：你们觉得孙天主不行，那就观察几年！看他明年能否考取大学。考不起，我就答应你们！"路母说："不行。你观察两年，刘书记的儿子万一不想观察两年了呢？他那种地位，还愁找不到个名牌大学的姑娘？就是乌蒙地区，比你好的姑娘也多的是啊！万一他找了一个呢？你以后哪里还去找这样好的人家呢？况且也不是我们要用你去攀龙附凤，而是问题就摆在这里，你爸爸当不当公安局长，就是刘书记一句话。为这事得罪刘书记，你对得住你爸爸不？你爸爸养你到如今，从来没得罪过你啊！你要为你爸爸着想！"路仍不同意。路父母便去与刘书记讲了。刘书记难过了老半天，连声叹气，说："那不好强迫啊！她不同意就算了。我的本意是我们结个亲家，以后互相关照！我已向地委推荐过了，给你加担子，让你任米粮坝县委副书记兼米粮坝公安局党委书记、局长，好为米粮坝人民作出更大的贡献。地委组织部下星期就来考察。我也叫小刘跟来，看望看望你们。"夫妻俩一出来，就道："刘书记的意思太明了了，逼我们上架啊！看来同意也得同意，不同意也得同意。"

二人回家,路母先找路昭晨:"姑娘,我把此事彻底跟你讲明白,刘书记在逼你父亲。他已向地委推荐你父亲担任米粮坝县委副书记,地委组织部马上就来考察,小刘也要来。目的就是来看你。我们也不逼你,你从来不会做对不住父母的事。干脆这样:小刘来了,你看看小刘,对比一下孙天主,哪个更好!然后立即作出决断。你要是愿意小刘呢,就答应刘书记,也不是我们希望就借你让你父亲往上爬。如果不同意小刘呢,也说明了,你爸爸也就为你丢官,不当这个公安局长了,退下来当个老百姓,过平平常常的日子。"路同意了。但明白父母的意思,是要逼她嫁姓刘的了。她去找孙天主,也不敢说此事。路父母已盯着她,不让她没事就去学校找孙天主。

下一星期,地委组织部人马全到米粮坝县城。组成人员有地委组织部副部长,有小刘,有小刘的母亲即地委组织部干部科科长,有小刘的舅舅等。小刘母子一到,刘书记就叫路父:"他母子俩来了,我很高兴。我家想邀请你家来家坐坐,赏不赏光啊?"路父说:"书记有命,哪敢不来!"刘书记说:"那就今晚上吧!莫忘了带小路来啊!"

晚上,路父母带了路昭晨赴刘书记家。进屋一看,组织部全班人马都在这里。路父不悦,想这刘书记太夸张了嘛,你要逼我也不能如此逼啊!路母也不悦,看着路昭晨。小刘母亲见路家一进屋,忙来拉了路母,又拉路昭晨,直说:"以前听他父亲夸奖小路不错,如今一见,真是不得了。乌蒙城里,要找小路这样的姑娘,找不到啊!"小刘也忙来叫路父叔叔,叫路母婶婶,又来与路握手,说:"慕名已久啊!"小刘西装革履,方脸阔肩,形象甚伟,路父母一见倾心。路也吃了一惊,想:不愧是地委书记秘书,真不错啊!想想孙天主,虽也形象雄壮,但那一身洗得发白的中山装,比起小刘来,惨啊!

刘书记忙介绍,路家只得跟地委组织部副部长等一一握手,刘书记说:"这是私人集会,不在公开场合,恕我就都不介绍职务了。我只介绍我们间的关系。"但官场上的事,不介绍不行,实际还是介绍了。

说:"这是我的朋友路国众,我的兄弟,米粮坝县公安局长,这是路兄弟的爱人,在米粮坝检察院工作,股长。这是路兄弟的女儿,在中山大学读书。路姑娘甚是厉害,是我们米粮坝第一才女啊!容貌才能,在乌蒙地区无出其右。"又对儿子说:"你要多向妹妹请教啊!"小刘忙躬身说是,看着路昭晨。刘书记又介绍:"这是我表弟,现任地委组织部副部长,去年刚从武威县委副书记任上调上来,就是他任组长来考察路兄弟。反正都是一家人,路兄弟的事就包在你身上啦!"副部长忙说:"路局长大名,知闻已久。幸会幸会。表兄已向地委推荐,地委已经同意。我们组织部吗,路局长你也明白,是来履行手续而已。表兄和路局长都请放心,表弟决不误事。回去立即报告部长,在部长办公会议通过,以最快速度提交书记办公会议,也一定通过,就报上地委委员会议批准任命,争取吧,半年完成一切工作。请局长大人,未来的路副书记走马上任。"路父大吃一惊,天啦,这些人真不得了。他在这米粮坝,为拼这一小小的局长,命都要拼脱了,好不容易才拼来。他根本不敢指望拼个县委副书记,长期以来他只望能得保住他这局长的位子到退休,就不错了。没料如今事情来得这么快,他尚未醒过来,就要当县委副书记了,而且来得这么容易!真是不敢想象!激动之余,不断向刘书记和副部长道谢。

刘书记接着介绍:"这是我爱人。她常听说路兄弟的爱人贤德,想来拜访拜访,又听说小路不错,也欲来看看。你们多谈谈。"刘母就拉了路家母女,说这说那,说路副书记的事,没有问题,她就是干部科科长,副部长又是表弟,部长也是叔叔,书记是舅舅,还会有什么问题?路母一下听她已称自己的丈夫为路副书记了,大惊。路昭晨也吃惊不小,自己的父亲马上就升副书记啦!说升就升,升个县领导,竟如喝杯茶一样简单。母女俩都被刘家的权势吓住了。

刘书记又介绍了其余两位组织部的同志,也都是亲戚。于是就上宴席,路父夹在副部长和刘书记之间,二人频频敬酒,路父喝了个满面红光。得两位大领导敬酒,是他今生最大的荣事了啊。他平时见个副县长,还得低头勾腰伺候。如今呢,要是真升了官,副县长们就得勾腰伺候他啦。莫说这米粮坝的局长、主任们了。他高兴得心花怒放，也时常回敬二人。路母则和刘母坐在一起，她只是个小小的股长，而刘母呢，管着全地区所有县处级干部啊！自己的丈夫升到副书记，都还属她管着呢！如今小刘当秘书，混上一两年，就准备将他放下去，任个县委副书记之类的了，那时也才二十三四岁啊！刘母直夸奖路昭晨，说刘书记天天夸小路不错，她如今来看也不错，附耳对路母说："妹子，你回去想想，能不能让小刘和小路成一对啊？要是他们能成，我们之间互相照应，他们俩以后也好相互照应。"路母说："姐姐，我回去问她。"路昭晨则被有意安排了和小刘坐在一起，小刘不断问她在学校如何等。

路父与副部长、刘书记都已喝得神经渐麻了。副部长攀路父肩说："兄弟的事，表兄使了大力啊！兄弟的年龄已过限了。按现在中组部的规定，干部实行四化，其他三化还易钻空子。年轻化这一条，年龄是死死卡住的，说不行就不行。表兄在地委去费了很大努力，才通过了，不容易啊！"路父忙感谢刘书记，刘书记说："你我弟兄，不要说那么多！喝酒喝酒！"宴席罢了，就到县委舞厅里，大家坐着说话。音乐响起，小刘便邀路跳舞。二人翩翩起舞，舞姿优美，双方父母几乎都要嫉妒了。副部长说："二人真是天生一对，地配一双啊！"刘夫妇就望路夫妇，路夫妇对望，征询意见。不久，舞会结束，等副部长、刘书记等上了车回去了，路家就如失魂魄。回到家，夫妻二人急忙商议，路母就找路昭晨："姑娘，此事怎么办？"路昭晨已爱上刘了，但也爱着孙天主，无法决断，正读孙的诗，想挽救自己，说："等我再想想。"路母说："无法再想了。小刘母子为什么来？就为来等句话啊！"路说："妈，我说实话。孙天主和小刘同样优秀，我爱他们两人，现在无法决断。等我再想一夜，明天早上告诉你们好不好？"路母无奈，只好同意。路忙取去年所抄孙天主诗出来读，道："老天保佑我吧！我无法作出决策了。我爱孙天主，但愿他这些诗能帮我忘掉姓刘的吧。"读了一夜，读到"长空万里不欲平，三春壮志激青云。不将秋色饶天下，枉赋七尺有人形。""商周秦汉又隋唐，千般雄谋竞刚强。自古兵法演不尽，至真至切说自强"时就想：我非嫁孙天主不可。但读《难忘的童年》《我的二弟》等时，再想想小刘的家身、风度等时，又觉孙天主可怜。再想想小刘的面容、舞姿，又动摇了。又忙告诫自己："这是一念之差就犯大错的时刻，不能掉以轻心。"又读孙天主的诗，读到孙天主《咏刘备》"微贱何妨天下英，髀泣皆因无基根。百败未屈实昭烈，玄德赠我泪如金"时，她就流泪了。是的，孙天主也像刘备一样，出身贫贱，毫无根基，哪里比得上小刘呢！但是一句"微贱何妨天下英"和"英雄莫要问出处"不是说明了问题了吗？她咬牙想，无论如何，顶住，就是不嫁小刘，万一以后孙天主成就大业，自己何颜见之呢？但想孙天主未来的人生道路，终是渺茫，创何大业呢！能混碗饭吃就不错了。他能比得上小刘过几年就混个县委书记吗？不可能。如是一夜，翻过去想翻过来想，就是无法决断。

　　很快天明了，路夫妇也是一夜未睡着，商量了一夜，明白姑娘爱上小刘了，估计没问题。起来就高兴地问："想好了吧？"路说："请父母原谅女儿。我说原因给你们听，你们不知道孙天主的才能和他的抱负，为何以前好多米粮坝中学的老师追我我不理睬却看中孙天主？他们论各个方面都比孙天主强！我为何一比较，就选择了孙天主，因为孙天主有着别人根本不可能有的东西！别人有的东西，孙天主通过奋斗，一定会有！小刘有的东西，孙天主通过奋斗，也会有。而孙天主有的东西，小刘永远也不可能有！我选择孙天主！他必然有一个无比辉煌的未来。"路父急了，道："孙家小子有什么未来？小刘过几年弄个县委书记当当，这是明摆着的事实！孙家小子能当什么？"路母道："孙家小子顶多混得碗饭吃！志向、理想有什么作用？有理想还得有门路、有关系啊！小刘没有理想？没有志向？小刘的理想哪点比孙家小子差了？论后台呢，论关系呢？你看看一个组织部，基本就是刘家人，来办公事像办私事一样！孙家能达到这一步不？孙家小子说一句话和小刘说一句话比，谁的起作用？小刘说一句话，整个地区要震起来。多少县委书记、县长都怕他！孙家小子说一句话呢？姑娘，我们是为你好啊！"

　　路父路母无论怎么劝，路昭晨就是不同意。路父母就商量："她其实爱小刘，答应了就是。"于是就说："管你同不同意！我们都去答应了。"路昭晨哀求，路父母不同意，路也无奈。于是路父就与刘书记讲了。刘书记大喜："好好好！太好了，太好了！"刘母也喜得笑逐颜开，要邀路母女到地区去玩。路母忙推脱。那副部长等在县委、政府各部门征求意见，但谁敢惹刘书记呢，都一片奉承。仅几个月，地委便决定："路国众任中共米粮坝县委副书记，兼米粮坝公安局党委书记、局长。"仍是这副部长来米粮坝宣布，不免又对路父夸上一番，说："路副书记，我们是一家人啊！好好干，前程远大着呢！"

路昭晨想大吵大闹，但明白父亲的一生全系于此。她出生于小官员家庭，不同孙天主生于农民家庭。孙天主一生无所顾忌，她虽刚烈，但有顾忌，她从小耳濡目染的，都是权力给人带来的好处。像他父亲当副局长时，人们都尊敬局长，不尊敬其父。人们也只尊敬局长的姑娘，却不尊敬她，其实她比局长的姑娘强多了。他父亲当局长了，尊敬的人立即多起来，她也受人尊敬了。以前公安局的吉普车，都是局长家在用。他父亲虽是个副局长，除非公事，很少得坐，副局长得坐吉普车的次数，根本没有局长姑娘得坐的多，她更是几年中，才得坐一回。而到他父亲当局长了，她要去哪里，驾驶员就开车送她去。驾驶员还不时问：'你想去哪里逛？我开车送你去！'那两个副局长，坐车的次数根本没有她路昭晨坐的多。但她虽是个局长之女，比县长、副县长等的姑娘，又差多了。她们坐的车，都比她的高级，也比她的气派。因她比她们聪明，也比她们学习好，她们就恨她。像她和孙天主好，就有一个县委副书记和一个副县长的姑娘恨她。一句话，她虽只十多岁，已体验到了人生没有权力，就过不下去。权力是人生重要组成部分，一时一刻离不了。而孙天主呢，从来未与权力沾边，一生未有一时靠权力活着，所以也就敢于反抗。至如此，她虽爱孙天主，却也无奈何。孙天主见了路，路未告诉他此事，他根本不知。因将到春节，孙天主便回家过年去了。

三十七　权　惑

路父母强行将路许与刘家，路并不愿意，天天生气，路母劝说，路不听。路昭晨说："你们怎么眼界这么小？不出去看看世界有多大！一个小小的县委书记，在中国算什么东西！就是地委书记也是如此。中国有多少地委书记？几百个！谁知道中国有个乌蒙地委书记呢？"路母说："那谁知道中国有个荞麦山乡法喇村？又有谁知道中国又有个农民叫孙天主？你嫌地委书记小，怎么不嫌孙家小子更小？"路说："总有一天世界要知道中国有个农民叫孙天主的！我妈，我真实跟你讲，在广州一看，一个地委书记太小了。像小刘这种人，我在哪里都找得到！有权有势的人多得很！世界上现有上百个国王、总统、主席，刘家算什么？如果你们要我求权势，除了刘家也可以到处选择！为何定要选刘家？而孙天主这样的人，过了此山无鸟叫，你要我找我还找不到！"

路父母无法，除了进行强迫以外，毫无办法。报纸上呢，隔几天孙天主的文章就又发表一篇了。路父捏着报纸看，也时常暗自叹："这小子真是厉害啊！可怜家境贫寒了，没有后台啊！要是有后台，那可不得了！可惜我也当不了他的大后台。要是我是个总统，老子才不会要刘家小子做姑爷，那非孙天主不可！"回家就将报纸与其妻看："看看孙家小子的文章！只是别让姑娘看见！他爹生了个好儿子啊！可惜我官不大啊！白白把这样有才能的人放跑了！要是我官大，得这样的人做姑爷，我这一生就幸福了！"其妻看了文章，叹息说："那有什么办法呢！谁叫你命中只当这么小的官呢？你官当大一点，姑娘就可以嫁个有才能的了。官当小了，像这样找到一个有才能的，也不得不放跑掉！"

刘书记也知路不愿，天天在想怎么办。孙天主的文章，天天在报纸上发表，刘书记也着急了，再这样发表上一个月，自己还想路家姑娘做儿媳？捏着报纸边想这小子厉害，边寻思怎么办。主意定了，就叫妻子来米粮坝，邀路母女到乌蒙去玩。反正他们认为，人只要在一起混上几天，混熟了，感情一生，就难动摇了。他们觉得路不喜欢他儿子，是因和孙家小子混得熟，而和他儿子不熟的缘故。再者认为路是没有见到过权力的力量，让她到乌蒙去看看吧！刘妻也同意，带了儿子到米粮坝来接路母女，并说如果路家愿意，就将路家调往乌蒙。路国众就与妻子商量，说："她成天只见着孙家小子的文章，所以只恋着孙家小子。她跟小刘不熟，怎么会愿小刘？只有带她到乌蒙去，和小刘处上一段时间，人一熟，生了感情，孙家小子再好，也动摇不了女儿和小刘了。那时不消我们劝，她就会愿意小刘的，否则我们说得再多也枉然。刘家也肯定打这一主意！"于是刘家母子就接了路母女往乌蒙去了。刘书记又与路国众商量："干脆就把家迁往乌蒙算了！"路听了又是大喜。多少县委书记、县长要把家迁到地区，尚困难重重，我这下呢，轻轻就走了，于是也同意。刘家于是立即动作，将路调到乌蒙地区做人事局副局长，把路妻调到乌蒙地区检察院，路家彻底离开了米粮坝。

路家一到乌蒙，小刘就天天缠着路昭晨了。地委书记的秘书，那还了得，开的是豪华轿车，吃都是在宾馆里吃。路在米粮坝，能坐的就是吉普车。米粮坝也没什么宾馆，只有个县政府招待所，还是破破烂烂的。这下小刘天天开豪华轿车带她转，今天带她去地委书记家，明天去专员家。哪里还是她家在米粮坝时的感觉。不单路夫妇有登天之感，路昭晨也有了这样的感觉。她十多天前还说地委书记在中国算什么东西，这下再也不说了。一个地委书记，实在不得了，掌握着乌蒙地区四百万人的命运啊。多少小国元首，掌握的人口都没有乌蒙地委书记掌握的多呢！报纸上仍在发孙天主的文章，虽然她仍天天找来看，但越看越可怜。这天小刘带她到地区迎宾馆，上了楼，就叫了服务员开了歌厅，二人唱歌，其后又舞。庞大的舞厅内，只有他二人。小刘说："这舞厅是全地区最高档的啊！广州也没有这样高档的吧！装修花了一百二十万，只允许地厅级以上干部进来，我俩是提前享受啦！"路不说话。跳着跳着，她就心热起来，脸红了。小刘也醉了，停了跳舞，一把将她抱在怀中，又将她拖到旁边的沙发上，按住狂吻。路一动不动，任其所为。心却在想：白让你小子得便宜了。你凭什么得吻我呢？不过凭你那点臭权力！其他你还有什么呢？吻了近一个钟头，刘才放了她。二人出来坐着，刘睡在地毯上，路就叫服务员将最近的报纸抱来与她看。这日报上登了孙天主的文章，就是孙平玉夜晚送孙天主到校，孙天主又从后追的全文：

　　那年七月，我考取了荞麦山中学。学校隔家有三十多里远，全是山路。我家里贫寒，吃不起学校食堂，就只好每周从家背洋芋和柴到学校煮了吃，每周都得回家背洋芋。星期六下午义务劳动，要到下午五点才能回家。我们为了省钱，只吃早饭，下午一完工就往家跑，那三十里路够难跑的。其他同学年纪比我大，步子也大。我尽管拼命地跑，仍是追不上他们。没办法，我就老远盯着公路将拐弯之处，朝其内侧跑。这样我就可以少跑几步。但这样穷于算计还是不行，只有其他同学拉着我跑了。三十里路跑完，暮色中见到大红山下的法喇村时，我们已饿得要走不动了。残冬的地里，还有农民拔剩的小蔓菁，我们就拔它嚼着充饥。

　　各家都很忙，我们回家后，第二天要回学校，一般上午还得帮着家里做点农活，也就无法约着回学校，只得各走各的。通常是我在地里跟着父母忙一阵，别人早走了。从我家到学校的路上，狗极是凶恶的。路边的小学生见我孤身一人，就会守候在路边，既唆狗咬我，又抢我的东西。我打不过他们，对那条路直发愁。

　　父母发觉后，每次都是父亲送我到学校。全家只有他和母亲两个劳动力，他成年累月起早摸黑，太阳不落月亮不出他是舍不得离开地的。太阳落了，父亲把背篓、犁具放到地埂上，就拉着我的手匆匆上路了。幽深的大峡谷里，夜凉凉的。前面一有狗的声音，父亲就把我藏在他身后，怀里一抱石头打出，将狗打退，然后又拉着我走。又有狗了，又把我藏在身后，打退了狗又走。一路打退了几十个村子的狗。我被伟大的父爱激动得热泪盈眶。那泪越流越凶，汨汨地挂下来。我怕父亲发现，不敢用手去揩。泪水流到唇边，我只好把它吸进嘴去，以免在衣服上留下泪痕。我那时还不能自己洗衣服，衣服都是每周回家交由母亲洗。她是能发现衣服上的泪痕的。

这样等到脚疼了时，已走了二十多里，远远能见到学校的灯火了，前面路上已没有狗，父亲站下来，说："前面没有狗了，你自己去吧。我回去晚上还要背粪，就少跑点路。"我不敢答言，接过背篓，背了就走。因为我的泪还在不断地流，一说话就是哭腔啊！

父亲未发觉，让我走了。夜色很快隔开了父子俩。父亲沉沉的黑影在山头屹立，他洪亮的声音不时在山间回荡："富贵，慢慢走！爸爸在这里看着你的！"我不敢回答，只是走。过一阵，父亲又喊："慢慢走，爸爸看着的。"许久，父亲见我总不回答，不放心了，就喊："富贵，你到哪里了？"我只得回答了，但一回答就是哭腔，泪水刷刷而下。父亲听出来了，声音中听得出他哭了，他说："富贵，你等着。"我深知他每天的艰苦，知道他从早上至今未吃晚饭，还得赶二十多里路回家吃饭啊！忙说："你不要来了，我会走。"但怎么也控制不住那哭腔。父亲急急地跑了来，将背篓接过去，又拉了我走。星光下，我仰头就能望见他鼻上那硕大的泪珠。我屡屡劝他回去，他不肯。泪珠不断地从他鼻尖滴下来。

到了学校，他用衣袖揩揩眼角，叫我在路边的水里把脸上的泪痕洗净，将背篓递给我，他那湿润的眼眶直看着我走进校门。我刚一进校门，泪又如飞瀑下来了，立即飞跑到宿舍，放下背篓，即朝校外跑，我多希望永远和父亲在一起，永远不分离啊！

父亲又急匆匆地往回赶那三十里路了。我心痛万分，追着他过了一个又一个山头。父亲的身影在夜里是那样矮小。他匆匆急行,哪里想到我跟在他的后面。但就是他那矮小的身子,承担着多大的重担啊!

直要追到父亲刚才站下的地方,我无法追了。前面村子有狗,再上前狗一叫父亲就会发觉我跟在后面,我不得不立住脚。父亲的脚步立刻远去,背影越来越模糊,终于都溶入夜色,听不到也看不到了。前方传来了狗叫声、父亲的打狗声和狗被打中的惨叫声。我的泪又汩汩而下,我竟有那么多的泪能流!

近处的狗叫声歇了,远处的狗叫声又起了。那声音歇后,更远处的声音又起了。父亲越去越远,终于什么声音也听不到了。我边哭边想父亲此时该走到哪里了。他回到家里,该是多么的饿,多么的疲惫啊!想到他回家吃了饭,还要连夜背粪,明天还得早起,忍不住又要哭。直要哭得泪都尽了,我才回到学校,天已渐明了。

光阴迅疾,一晃多年了。父亲那时三十多岁,如今要近四十了。因忍饥挨饿供我读书,积劳成疾,百病缠身,鬓发已白。但就是父亲出卖了他的身体,牺牲了他的一生,换我取得了知识,取得了文化,走上了和他根本不同的人生道路。而我可怜的父亲,除了他疾病的身体、悲惨的命运,什么也没有!如今他仍是满身债务,仍在那遥远、贫穷的小山村里,用他的锄头,用他的双手,用最悲惨的生产手段侍弄他的土地供我读书。而做儿子的直到如今,还要靠他供养,更谈不上报答他、奉养他了。每每想起,我就要落泪。父恩深沉,我何日才得报答其万一呢?

路昭晨读着读着,泪就下来,终于读得满眼是泪。看看在旁边睡着的小刘,想命运怎么这样不公平,越想越恨,就独自下楼,走回家来,带了东西,就要到米粮坝去找孙天主。路母看见其满脸是泪,以为女儿被刘欺了,忙问怎么回事。路不言,走出屋来。路母忙上前拦住问怎么了,路不答,将那报纸塞与她看。路母看了,热泪满眶。路父回来,问怎么回事,路母讲了。路父看了那文章,也落下泪来。路昭晨要走,路父落泪问:"姑娘,你要去找他?"路哭道:"我还有脸去找他?你们把我这一生害惨啦!我回学校去,望你们莫拦我。"就走。路父母拦不住,只得任其回学校了。刘陪她乘飞机抵昆明，她便独往广州了。路于途中，始终未与刘说一句话。

路回到广州，孙天主的文章，还在报上不断发表。她天天看，心中难过。想米粮坝传路国众卖女求荣的丑闻，孙天主不可能听不到，他也一定知道了。她天天想这事不知该怎么办。思量多时，才提笔给孙天主写一信，说明事情经过，言其无辜，皆为父母所逼。如今其已与姓刘的不存在任何关系，希望得到孙天主的谅解。

刘家费了半天力，到底不得路的欢心，这一事情就处于停滞中，大家都不愉快。而路国众突然升任县委副书记，家又立即调往地区，嫉妒者众。纷纷造言说路卖女求荣，路好不恼火，刘书记也气愤，下令调查谣言所起。但哪里查得出来。且说如今的老百姓，又与毛泽东时代不同了。毛时代无人敢议论政治。如今呢，政治气氛宽松了，议论政治是常事了。老百姓有不舒服的地方，就在街头巷尾指天骂地。米粮坝的老百姓多年不满当官者的胡作非为，骂了多年。如今路这事，是典型的卖女求荣，于是老百姓认为又找到了个好题材，一番加工，好听的东西就出炉了。路的丑闻，立即传遍全县各乡镇。荞麦山乡的干部也在传路卖女，一下子就当了副书记了。法喇村偏僻，孙天主整个寒假一直不知。

第二章 失乐园

三十八　斗　气

寒假里孙天主回到家，将其发表的文章让孙平玉看了。孙平玉激动不已，说："原来报纸上的文章，也是人写了发表的。"孙江成忙跑来，看了报纸，哈哈大笑，说："人人都说我们祖坟埋着了。看来真埋着了，谁能想到我的孙子能在报纸上发表文章呢！富贵，好好地干，你真是光宗耀祖了。等你考取大学，我们家才在你老祖的坟上，立围挂斗①。以前那个时代，哪家出了狠人，就要在祖坟上立围挂斗。你老祖死的时候，就说过的：'你们无论哪家以后出了人，都要给我立围挂斗。'"孙江荣家听了，大不痛快。魏太芬说："要立围挂斗，一家出了人立不行。要两大家都出人了，才能共同去立。"孙平玉、陈福英知道，也不好责孙江成，只得装作不知。

孙江成也仅是孙天主回家到了孙平玉家这一次，其余时候，父子二人已如水火。孙平元家超生了，计生办来罚款，孙江成拿出自己的钱给孙平元付了罚款，对孙平元、田永芝说："就是要有人才好，就是要生！多多地生！你们只管生，罚款有我！争取超生的人口超过上面那家！上面那家穷得很，

---

① 立围挂斗：家族后世昌盛后在其祖先坟前左右两边立桅杆挂斗，出文官挂的斗的上部是笔尖形的斗、武官上挂狮子形的斗。若文武官员出两人以上时，便在斗上加挂斗，称"斗上加斗"。

他想超生也超生不起！因为他给不起罚款钱！"陈福英听了，说："孙家人真有脸！公公叫儿媳妇努力生，还代儿媳妇给罚款钱！这种故事，说出来谁相信，万人来评都要说是编出来的。他打量我超生不起，我就超生给他看。以为他不帮忙，我就给不起罚款钱了！"再加上魏太芬有三子一女，而陈福英只有四个儿子，没有姑娘，魏太芬平时就骂陈福英："她有多稀奇？是个半边孤！她以为她了不起！"陈福英火了："他妈的人在世上真难过！没有儿子呢，人家要骂你绝了种！老子有四个儿子了，还是落人骂！"赌气要生个姑娘给魏太芬看看。于是就生了，果是个姑娘。那魏太芬听陈福英要生，心想如她不生，让陈福英多生一个，陈福英就比她多一个子女了，也赌气生，又生了个儿子。这下两人都是四子一女。陈福英才说："魏太芬怎么不骂啦？"又卖了一条猪，给了罚款钱，才说："给别人看看，谁说我给不起罚款钱！"

　　孙平元没有了房子，孙江成便为他修大瓦房。孙平元一无所有，一切得靠孙江成。孙平元原来那房子周围，本可修间大瓦房的，因被孙平文霸去，无法了。要找地基呢，找不到。于是只有把孙江成的包产地拿了一块出来，给孙平元起房子。孙江成全部包到底，还与田正芬天天帮孙平元挖泥巴。孙平玉当年分出来时，孙江成一样不分，房子没有，锅碗也没有。孙平元分得房子，被孙平文撬垮，孙江成又给孙平元修大瓦房，孙平玉、陈福英如何不气！大瓦房修起，孙江成又买了大锑锅、大吊锅等送去，说："老子就是要给孙平元起间大瓦房，让有的儿子眼红！他想起也起不起！把他气死！"孙平玉、陈福英火了，陈福英说："他要是说帮孙平元供个大学生来恐怕还气得死我！修间瓦房就想气死我？他起得起，我照样起得起！"本来家境很困，又赌气要起大瓦房，于是又卖了猪，拿五百元到米粮坝买了瓦来。整个冬天，全家人忙着打屋基。孙天主知道，说："斗这样的闲气做什么？"孙平玉说："我住几十年的草房，都住过来了。只是这说法气人，一定要起。"陈福英说："你不在家不知道，你爷爷奶奶嘴里天天在嚼蛆，不气人的不嚼。我们是听怕了，所以决意要起！不然钱都要留了供你们，再过十年都不想起瓦房。"孙平玉家那里是个坡,要把那坡擀平,实在不容易。全家人包括孙富文都上阵,有的用撮箕端土,有的用擀板擀土,一个月工夫,才打好地基。田正芬天天站在孙平玉家下面骂:"他哪里是要起房子,他是要斗劲!他看着平元起,他也就要起!弟兄唯愿弟兄穷,他哪里希望平元有间大瓦房!"陈福英就叫孙天主:"你听吧!多好听!不然你总以为我们是在争闲气!我们是听怕了,所以一定要争气!"孙江成则到处说:"老子唯愿他那房子起着起着时,一下子垮下来,那就好看了!"孙平玉又叫孙天主:"你听到没有?这就是你爷爷的希望啊!哪家的老人会说这样的话?"撮箕烂了好几个,锄头烂了好几把,才把地基打好了,这下等着起房子,孙江成一眼都不来望。

孙江成平时不喂马。因退职回来,钱无用处,买了匹马来喂着,孙平元也跟着喂,驮时孙平元也拉去驮。这日,田永芝赶马上山。路过孙平玉家旁边时,孙平玉全家正在打屋基。田永芝气愤,就骂那马:"你不好好地走!老子看你要滚岩!"法喇人的风俗,凡起房盖屋、死人抬丧等一家人的重大活动时,叫做关键时刻,只能在旁说好话,不能说不吉利的话。陈福英家正在打屋基,田永芝在旁如此骂,陈福英大怒,立即回言"还掉":"田永芝,你骂得好!你那马是要滚岩!我家呢,从大人到娃娃,直到牲口,样样平平安安,你骂不着!"田永芝说:"大嫂你咋一点不讲道理?我是骂这马,不是骂你家!"陈福英说:"老子不管你骂谁,你不骂我家更好!你骂那马,我就希望你真骂掉,那马真的滚岩!"田永芝不敢回言,赶马走了。陈福英本和田正芬是矛的,平时都不来往。这下陈福英骂了田永芝,才去找田正芬:"妈,我来跟你说桩事情!田永芝早上赶马上山,我家正在打屋基,她到我家那里,就骂那马:'你不好好地走!老子看你要滚岩!'我当场就回她的话:'田永芝,你骂得好!你那马是要滚岩。我家呢,从大人到娃娃,直到牲口,样样平平安安,你骂不着!'她就说:'大嫂你咋一点不讲道理?我是骂这马,不是骂你家!'我说:'你不骂我家更好!你骂那马,我就希望你骂真掉,那马真的滚岩!'我来请妈评评理:她说不是骂我家,她是骂马,怪我骂她骂错了。如果你认为我真骂错了,我去向她赔礼道歉。如果她错了，那我骂了她，不向她道歉！也是今早上是看在你们的面上了，换成别人，我不会骂骂就完事的！我要叫她包着我家娃娃大小猪鸡牲口样样无事！"田正芬于是就叫了田永芝来骂："人家起房盖屋，你竟敢在旁边骂这骂那！陈福英骂你是对的！骂得好！即使你真是骂马，也要骂你！你要骂马，你不会在别处骂？偏偏要在那里骂？你不会在别个时候骂？偏偏要在那个时候骂？也是看在哪里了，不然陈福英把你打了喂狗，我也要说陈福英打得好！"孙平元也来打田永芝："骂得好！这种无耳性的东西就是该骂，该打！"

这里纠纷刚歇，到中午时分，那马竟在悬崖上去吃草，从岩上滚下去了。听到马死了，孙平玉、陈福英大惊，说："老天菩萨！咋恁个神啊？还亏早上骂了还掉了！要是不还掉，你看看！"马死了，孙江成全家就认为那马是被陈福英骂死的。田正芬天天偷偷地指桑骂槐，尽是"她把我的马骂死了，但愿她的也死掉"之类。陈福英听了火了，问："我妈在骂哪样？"田正芬说："我没有骂哪样！"陈福英："你怎么没有骂哪样！你明明在骂马这样，马那样，我是骂了那马。我为什么骂那马？"田正芬见处处被陈福英拈了点子，恼羞成怒，就骂："好了，是了，我不骂了！我说句话都要被人家管着了。哪家讨儿媳妇，是讨来封老婆婆的口的？只有我家讨的儿媳妇，是专门讨来封老婆婆的嘴！"陈福英说："是不是封你的嘴，我也不说，老天知道！我做事凭良心做！人不知的话，我做给老天知！"田正芬说："我咋敢批评你封我的嘴啊？我还敢批评你？我说一句你就要还三句！我还敢惹你？"陈福英说："你既然不批评我你就住口了！你要骂，你就正一作二，指名道姓地骂，直接点名骂我陈福英！你不要指桑骂槐、阴一句阳一句地骂！哪家骂小的，不是光明正大地骂？"田正芬又道："我还敢光明正大、指名道姓地骂？我在这里说句话都不敢说了！我还敢骂？"孙平玉在远处听得火了，说："你天天阴一句阳一句的是在说话？你还不敢骂？"田正芬于是就真骂起孙平玉来。

春季学期孙天主等上学去以后，孙家开始修大瓦房。陈家族大，人人来帮，才十多天，就起起了。而孙平元家去年起时，因平时孙江成父子就不会帮别人，都以为自己万事不求人，结果事情到头，无人来帮忙。天天只有孙江成夫妇、孙平元夫妇、孙平刚孙平会几人在那里起，洋相百出，为法喇古今起房子最可怜的一家，起了一个多月才起起。陈福英就说："我无爹帮无妈帮，才用了十四天，就起间大瓦房。别人有爹有妈帮，起了一个月。"

孙江成因马被陈福英骂死，因欲报复。因孙平玉家的猪时常出来在周围树林里乱拱。孙江成就跑在孙平玉家树林里去屙泡屎，然后倒了耗子药在屎上，用棍子将药在屎里搅匀。孙富民到林中屙屎，老远见孙江成也在屙屎，屙好后又不走，在那屎上拌来拌去的，颇是好奇。等孙江成走了，就跑去看，却看不出什么名堂，回家就说："爷爷在我们林中屙屎，屙好了就用棍子搅屎。我跑去看，就是一堆屎！他竟然有兴趣搅！"孙平玉吼道："你一天尽是东游西逛！学习不用心，别人屙屎你却有兴跑去看！你搞学习也像看别人屙屎一样用心，那学习也搞好了。"就捡棍子打孙富民。陈福英则说："你莫忙打他！说不定你爹在打你的主意啊！为什么跑在我们林中来屙屎？又要拌，大有名堂！我们的猪不是天天到林中？"孙平玉大吃一惊，说："他公然使这种黑心啊？"于是孙平玉家忙把猪关了，不放出来。

哪知天黑时分，孙平玉家的母狗和两只小狗在门前拼命地吐，开始吐的是屎，后吐的就是血，不久叨叨脚，就死了。那母狗刚生了小狗一个月，小狗刚会跑。孙平玉见狗死了，大怒，忙叫孙富民带他去看孙江成屙的屎。父子二人跑去看时，还有部分屎的印迹和狗舌头舔的样子，孙平玉就要去找孙江成讲道理。陈福英说："你去那就被他打死了，我去。"就带了孙富民到孙江成家门前，问孙江成为何要屙屎下毒。孙江成说他没屙什么屎。孙富民就说："我亲眼看见你屙的！你屙了不走！用棍子搅！你走了我跑去看，屎全被你搅乱了。"孙江成就来打孙富民，被陈福英拦住，道："是我来找你讲道理！你要打就打我！不要欺小娃儿！"孙江成不敢打陈福英。田正芬出来说："富民，你爷爷今天早上根本没有上去过，他怎么会到你家林中去！"孙江成也说："是嘛！我一早上都在家里蹲着！竟然诬赖我下毒！"

孙富民说:"有证人!你和王元富一起说着话上去的。你和王元富分手后,就到我家林里来屙屎了。"陈福英就叫孙富民:"那快去把王元富叫来作证。"孙江成听了,脸上发白了。田正芬见事情不对,才骂孙江成:"你屙没有?屙了你就赶快说!磣不死鬼脸①了!老几十岁了还去做这种笨事。你还好意思戴着鬼脸壳壳活在世上!要是我,早就吊脖子死了算了。"孙江成无奈,说:"那我赔你家的狗钱!"陈福英说:"谁要你赔?以后不要这样丢名失气的就行了。一辈做给二辈看,老的做给小的看。你老了都这样做,这些小的咋个学?"孙江成大喜,说:"该得!该得老子不折这点财!要是你家要我赔,我又得出几十块钱了。"陈福英听了,想真无道理,要是个懂道理的,该气死了,竟然还有脸哈哈大笑。回家就说:"可怜这狗啊!一死就是三母子啊!这下欠了三条命了。才生了儿的狗,他都忍心下毒手。"将那狗埋了,说:"你莫怪我家!你去找那下毒毒死你们的人吧!"

狗才死,猪又死了。孙平玉如今运气旺,有大小十几条猪,所以才会很阔气地又交超生罚款,又起大瓦房。那猪病了,有的说喂红糖喂得好,陈福英就喂红糖。有的说喂尿素喂得好,陈就喂尿素,终是都喂不好,后来猪全部死光。猪死光后,鸡又死了。几十只鸡,不到半月,就死个干净。这下孙平玉家着急了。以前认为有这些猪,供孙天主读大学也没问题,这下问题来了。夫妇俩都认为是田永芝那天骂那一句骂着了。陈福英从来不公开骂人,急了也跑在孙平元家新房前去,大骂孙平元家,说:"老子起房子时,田永芝这个烂货跑去那里骂,把老子家的狗骂死,猪骂死,鸡骂死,老子要找田永芝算账。田永芝这个烂尸,你出来,老子把你那屁眼撕烂掉!"孙平元家关了门,不敢出来。

鸡才死光,这天吴光海上山找牛,因孙平玉家的几条牛和吴家的牛,在大红山上打野,成年累月在一起。两家就约定:隔十天每家去找一次。这天吴光海去找了牛,回来就来对孙平玉说:"其余的牛都

---

① 磣不死鬼脸:形容人脸皮厚,不知羞耻。

在大雪槽，包括老母牛带的儿都在，只有你家老母牛不在。我把大红山都找遍了，都没有找到你家老母牛，会不会被人偷去啦？明天赶紧去找找。"孙平玉急了，手中捏着个洋芋再也吃不下去，说："运气不顺啦！牛不在了，这个家还咋个维持得下去啊！"孙富民说："牛肯定在的，不会被偷去。小牛儿才带了几个月，还在吃奶，不会离老母牛。要不在，就小牛儿也不在才合，而且老母牛性子暴躁，谁也偷不去。再说贼要是偷牛，就要偷大牯子才划得来。哪里会偷我们老母牛，偷了老母牛去，也卖不得几块钱。而且要偷就一群都偷，不会单偷老母牛。"孙平玉说："你分析这个是对的。但这几条牛天天脚跟脚，寸步不离，为何别的都在，老母牛不在？"

　　一家人一夜都睡不着，陈福英急得在供桌前烧香，请老天保佑。天明，孙平玉和孙富民就上山找牛去了。父子俩就背上半口袋洋芋和火柴、镰刀，一朝横梁子，一朝黑梁子找上去。找到中午，找到那群牛了，老母牛是不在了。父子俩忙满山问人看到孙家那头老母牛没有，都说没看见。后问到何正安，何说："昨天吴光海就问我看见你家那老母牛没有，你们的牛昨天在大雪槽，前天在紧风口，大前天在杀人坪子。那天我是看见你家老母牛的。昨天、前天就不注意了。要找，你们就到杀人坪子去找。"父子俩就赶往杀人坪子去找，但把杀人坪子找了几遍，都不见。孙平玉又急又气，到中午，饿极了，就割柴烧洋芋吃。何正安在悬崖上割了韭菜上来，又帮着孙家找，也找不到。孙平玉回家，忙去请了陈明贺、孙平文、崔绍安、吴光海等，又于次日上山去找。何正安把羊放在大红山上，也来帮着找。陈明贺细心，专门找窟坑。不久，陈明贺说："在了，你们来看看。"孙平玉一听，高兴得大叫："在啦？"飞步跑了来。陈明贺指洞中说："牛从这里掉下去了。"

　　那是一个直径过两米的深洞，下不见底。洞口长了一丛竹秧。两只牛蹄印从洞口一直划下去了，那印痕亮亮的。陈明贺说："为什么我判定孙平玉的牛从这里下去了呢！一是蹄印，那印子一直划进去，什么东西只要划得出那印子来，都必然掉下去了。二是有那竹秧，没有竹秧，老母牛不会到这洞口。因为有它，老母牛来吃它，才出了事。那竹秧上有牛毛。牛下去时毛挂在竹秧上了。"众人看毛是红的，说："是了，是孙平玉的老母牛的毛。"

孙平玉愁眉苦脸，说："那这条牛死定了。我还拿什么供富贵呢？"

大家就讨论怎么办，陈明贺力主把牛尸拿上来，这样卖牛肉还卖得百把块钱，也够孙平玉供孙天主一个月。众人见陈明贺如此说，都主张如此。于是就讨论说："这个洞不知有多深。听说以前土匪在这里杀人；杀后就把人丢在窟坑里，就是这些坑中。"崔绍安说："管这些干什么！下去就是了。趁今天人多好动手。"讨论已毕，决定由孙平玉父子回村找皮条、斧子等。父子跑回家，找到二十多股牛皮条，并叫陈福英煮晚饭，谈起这牛就伤感。孙富民说："早知它要死，就四百块钱把它卖了。"陈福英说："谁知它会死呢！"孙平玉说："就是卖我也不忍心卖它！我可怜它！不忍心把它卖给人去杀死！我只想喂它到老死算了。这些年来，我这些板地，都是它犁出来的啊！天阴一包脓，天晴一块铜，都是它挣出来的啊！卖了丧德！"说完就抹眼揩泪上山了。

大家在洞边咂了一阵烟，陈明贺说："可怜我们这穷地方了。人可怜，牛马也可怜，连草都找不到吃的。不为那几片竹叶，那老母牛会死？"吴光海说："大哥说这话了是。十几二十年前，到处是竹子，到处是草，什么牛耐烦来这洞边？都是在坪子里吃了睡，睡了吃，膘肥体壮，跑得比马还快。现在就可怜了，找不到草吃，牲口也瘦了。如今的马，还跑不过以前的牛。"孙平玉说："我真可怜我这条牛啊！这种无底洞，不等掉到底，肯定就掼碎了。"孙富民也可怜这老母牛，说："不拿它上来了。就当这洞埋它了。"崔绍安说："富民莫憨，要拿上来！牛皮卖得成钱！你家猪等死光了，你爹怎么供你大哥读大学？肉拿上来，也可以吃上几顿，成年累月喂猪还要过！几条猪的肉，都没有这牛的肉多呢！"

烟咂好，二十多条牛皮条结成了一条。崔绍安胆量大，先系了绳子在腰，就退到洞边，众人拉着牛皮条，慢慢往下放。崔绍安脸渐变白、变青。众人知他怕了，问："是不是上来？"他咬牙说："放。"众人往下放。他下去就喊："四面青苔，滑得很。"大家叫他："小心啊！"绳子放了数丈了，他说："四面黑的。看不见底。"大家就在洞口大声喊叫,为他壮胆。绳子越放越多,问他时,他一直说没到底。众人边放脸边变了,直伸舌头。放完十八截皮条,再问他时,已几乎听不到他的声音了。众人大喊,他说他也在努力喊,但声音很微,说还没到底。众人不敢放了,叫他上来。他说再放一点试试,又放一丈,他终于说到底了,说摸到牛了。众人将他解了的绳子拉上来,才又放人下去。三人下去,把牛砍成几块,逐一吊上来。天已将黑。他们又将肉砍碎,每人扛一块往回走。孙平玉要每人分一块,众人说不行,都劝孙平玉:"富贵要读书,你钱紧得很。你也只能指望这牛了,哪知牛又闪你的手!明天把这牛肉背到荞麦山去,能卖百把块钱。加上牛皮的百把块钱,也可以供富贵几个月了。"孙平玉说:"大家帮我找牛,情义就很大了,又帮忙下去拿牛肉,我心里也不平静啊!这么深的坑啊!反正这牛也不当是我的了,是露天坝里捡回来的了。"崔绍安说:"孙平玉,你听我说。这号东西,吃不吃有什么关系?吃了它人就要胖点?不吃他人就要瘦点?都是亲戚,你还说哪样?你供儿子困难,大家都知道。这文钱是好苦的?你苦三个月,赌你苦来一百块钱!吃下去呢,明早上起来,就屙光了。我今天是真正可怜你,所以抹抹胆子就下去了。要是换个人,你说我下不下?去年吴家的牛同样掉下窟洞,还没有你这老母牛掉下去的洞深,谁敢下?吴家到处求爹告奶奶,说谁下去帮忙拿上来,牛肉牛皮条平分,那也没有人下。那牛就这样掉下去就算了。响鼓不用重棰敲,明白人不用重话说。我几句话定案了,荞麦山那些人收购死牛烂马,吃药死的也要,说是买去做罐头。我说那些杂种在做丧德事,赚昧心钱,以后不知要怎么死。只要听到你的牛死了,不消你背到荞麦山,他们就来收了。你把这肉卖给富贵读书,要是觉得不过意,那我们今晚上去你家吃一顿饭,就得了。"众人都说:"你的经济,就是这几条牛。牛一死,谁都明白的,你的经济就完了。你难过的还在后头。能卖一文算一文,省得你以后东家借西家讨,这帮人谁不是老亲老戚,老脸老嘴,转过来转过去都是亲。莫说吃饭,就是一顿饭不吃,谁又敢怨你?要是你有几千几万,很简单,不消你说,各人扛上一块就走了。"

孙平玉也无话了,众人尽将肉扛到孙家。陈福英已满满煮了一锅猪肉,众人饱餐一顿，在火塘边吹到半夜，才散去了。孙平玉直叹今天这帮人可怜。陈福英说："我才听说要拿绳子下窟洞，心里就酥了，怜悯了几十回。"孙平玉说："我最可怜他们下去的几个，等上来全身湿透，冷得打战战。"孙富民说："你不知那洞底下，冷得像冰洞。上面的岩浆水滴下去，像下大雨一样，一点光线没有，都是摸着刨，砍也摸着砍。我最后下，半天不到底，心就到了脖子眼，更莫说他们先下去的。下去时怕皮条断，上来也怕皮条断，吊牛肉上来时怕牛肉掉下去打在身上。下面非常窄，根本无处躲。一人掉下去，不单这一个死，下面的都要被打死。"这帮忙的几人都很可怜，有几家现在就没吃的了，孙平玉第二天就端了荞子麦子去送他们。牛肉卖得一百元。牛皮卖得一百二十元，全寄去与孙天主，够孙天主读四个月的书。

祸不单行。仅过一月，那条草白牛，也刚生了儿两个月，又从那窟洞不远的悬崖上，掉下悬崖去了。也是去吃悬崖上的草，母牛一死，尽管孙家天天喂洋芋，两条小牛都没养活。孙平玉不到一月，就损失了四条牛。孙平玉、陈福英无可奈何，天天请端公、巫婆算，都说是被一妇女在关键时刻骂着了。孙平玉、陈福英认为那就是田永芝骂的，于是又骂田永芝。陈明贺来说："我看孙平元也有鬼。当木匠的，有的会读《鲁班书》，读了就会整人。以前撒坝有个刘木匠，读了《鲁班书》，专门整人害人。有一天，别人要收拾他了，认得他妹妹要从路上来了，就对他说：'那里来了个姑娘，你叫她把裤子脱了扛在肩上走过来。'他说：'好。'就念了一句咒语。她妹妹当真把裤子脱了扛在肩上，光着屁股就走来了。走到这伙人面前，这木匠才发现是他妹妹，就说：'我眼睛瞎了，连我妹妹都要这样整。'结果他眼睛当真就瞎了。孙平元是不是读过这书？"孙平玉这时才想起来，说孙平元真读过，一家人又认为是孙平元使的手脚。

牛才死了不久，这天，陈明贺说："孙平玉，把你的马借我去驮一天柴。"就拉了马去，在白山林挖了柴驮着回来。走到半边箐，上面是悬崖，下面的泥又软了。马让那岩壁时，外面的泥就踩了陷下去。马一惊,忙跃起欲退回,但马箩撞在里面岩壁上,因马跃起时用力甚大,这下反弹力也大。马即刻被弹出路外,要滚下悬崖去了。陈明贺大惊,自己背上又背着一背柴,也忙不及放下,就拉马缰绳。马爬在悬崖边挣扎,拼命叫唤,陈明贺也无办法。别的人忙来救时,那马背上还驮着近两百多斤柴,已胜不住那柴的重压,掉下悬崖去了。陈明贺只得放了绳,呆看那马从悬崖上慢慢滚下,等马滚下三个岩腰才忙跑下去,见马浑身是伤,口鼻流血。陈明贺把柴扔了,把马箩解下,想把马扶起来,但马已起不来了。推了好一阵,好不容易将马拉起来,才拉着回家,忙找红糖来喂。马已站不住了,躺了下去。陈明贺不断喂糖,但那马越发衰弱,割草来喂,马吃不下去。丁家芬天天骂陈明贺。陈福英说:"这怪得了爸爸?谁知它要出事。"丁家芬说:"他把马好好拉着就不出事了嘛!"孙平玉说:"马身上这么重。爸爸也背着柴,怎么拉得住?"马实在不行了。孙平玉就把马拉回家,见马总在抖,喂红糖也不吃了,说:"在家里也救不活它了,干脆把它送上梁子去,凭运气了。好了也就好,不好也算了。"叫孙富民孙富华把马拉上大红山,找了个草好的坪子叫洗羊塘,就回家了。

  第二天二人又去看马,未到洗羊塘,就听见老鸹一群群地噪叫,扑下沟去。二人下去看,见马倒在一条沟里,脖子被塞在一块石上,根本爬不起来了。老鸹正在围着啄它的眼睛。二人气极,上去打老鸹,老鸹飞起,在空中盘旋。马听见主人来了,鼻里就哼,口中呻吟,眼眶就眨起来,但眼珠已被啄光,每一眨,血就从眼眶流出。二人不忍目睹,把马推了坐好,看马更不行了。割了草来喂它,它已口都张不开了。二人流泪坐在旁边守着马。老鸹又叫着扑下来,去啄马眼,马一被啄,不断惨叫,遍地打滚。二人哭着扔石头去打老鸹,老鸹又飞起,哪里打得到。孙富华骂道:"等老子哪天买支枪来,要把大红山的老鸹全打干净。"守到下午,马仍未死,还在呻吟。村里的人来见了,说:"你们不要憨痴痴地守着了,快回家叫人来把马剐了,马肉卖得到几十块钱。"二人就骂这些人心黑。天黑,二人无法守马了,只得回家。一过山坡,那些老鸹见人走了,又扑下去啄马眼,马又惨叫起来。二人听了,泪如泉涌,只得努力逃远,听不到为好。回到家里,说了情况。孙平玉说:"这马惨得很!还忍心剐它?今晚一定死了,明天去把它埋了。"第二天父子三人提了锄头到洗羊塘,马仍未断气。老鸹仍在啄它,但它已不会滚,也不会叫了。他们把老鸹打散,就守着马。别的人见孙平玉一个大人守着马无可奈何,说:"孙平玉,把马剐了吧!还能卖几十块钱。"孙平玉说:"这马惨得很,不剐它!等它死了就埋了。"到中午,马死了。父子三人就挖坑埋马。旁人又劝,孙家就是不听。埋好了,又为它砌了座坟。没料第二天孙家父子去大红山找柴,绕去看那马的坟时,见坟已被挖开,马被偷去了。孙家父子气得大骂。过后才得知,马是被孙平拾、孙国达等晚上去挖开坟偷走的,一半吃了,一半拉到荞麦山去卖了四十元钱。

陈明贺来与孙平玉、陈福英说:"那马是为我驮柴整死的。我赔你家一匹马,你家也不会要。干脆我那黑马,就算你家一半,我家一半。"二人不要。丁家芬说:"陈福英,就这样了。要说全赔,你家不会要。不赔,这庙老者过意得去,我过意得去?他成天昏天黑地的,连个马也不好好拉着走。"最后孙家只得听了。

这下孙平玉的牛、马、猪、鸡、狗全部死完,彻底穷下来。孙江成见孙平玉成了个穷光蛋,又得供孙天主读书,势必无法,要去求他,便忙做出架势,不理孙平玉,好让孙平玉断了妄想。

三十九　最后的桃花源

孙天主回到学校，才惊悉路家已调乌蒙。米粮坝关于路国众卖女升官之传闻，立即进入他的耳里。米粮坝中学的老师，恨米粮坝的当权者，都在讲台上发泄不满。如区老师等，大讲特讲县委书记逼公安局长纳女为其儿媳，因公安局长献女有功，就将公安局长升为县委副书记。又讲公安局长如何为升官发财，如何献女求媚等事。老师在台上讲，女生们都朝孙天主看。孙天主以前不理她们，只理路昭晨，这下孙天主受辱了，她们乐开怀了。孙天主听得低下了头。偏偏此事一直不息，这个老师这节课刚讲了，下节课又一个老师来，又讲，都是边讲边骂。姑娘们又朝孙天主看了，她们都在可怜孙天主啊！孙天主失望之至，备受打击。圣洁的爱情，原来可以如此轻易亵渎，才仅一个多月啊，路就变心到如此地步了。人活在世上，还有什么意思呢！

孙天主整天课也不上，书也不读，躺在床上睡懒觉，但他无睡懒觉的习惯，非但睡不着，头倒疼起来了。起来走，也不知该朝哪里去。他整天想的，是如何报复路昭晨，她使他彻底受辱，她欺骗了他。以前晏明星背叛了他一次，他以为路不会背叛，没料路又背叛了。他恨女人了，终于觉得一切都是假的、虚伪的。世上没有什么东西不包含着自私，爱情尤其自私。举例来说，晏、路不美，他不会爱她们。他没有才华，二人也不会爱他。那么多姑娘爱我，我为何不爱她们？也有那么多人爱晏、路，二人为何不爱他们？

假的，一切都是假的。

孙天主成天过得恍恍惚惚，心境苍凉。报上还在发他的文章，他的名声在米粮坝如日中天，但他已不感兴趣了。报社编辑也写了热情洋溢的信来，称赞孙天主，叫他不断赐稿，报社将一如既往热情用稿，将他的文章当一个栏目开下去。孙天主也无动于衷了。那些姑娘，因孙天主爱情上大受挫折，重新又燃起希望之火来。孙天主颓唐不堪走着的时候，最精美的风景总是突然出现在眼前。又一个姑娘绯红的脸，比春天的花还艳，又出现在他面前。孙天主精神一振，天呐，又一个姑娘爱上我了，但他立即又颓唐下来，可怜这些姑娘，世上好人多的是，你们何苦看上我这外强中干的废物呢！他已觉得世上的人都可怜。

路昭晨的信来了，孙天主看完，就扔了。她信中说了事情缘故，声明她已与刘无关，仍然爱他，要他阅后回信。孙天主不回，想真是此地无银三百两。我孙天主爱你，就绝对不会弄到背着你路昭晨搞上一手，还写信讲原因，声明仍然爱你。我不会的！我要爱就爱，要恨就恨，不耐烦像你一样使手脚！不久，路第二封信又来了，问第一封信收到没有，仍请回信。孙天主仍不睬。到第三封信来，又问一二封信下落。孙天主火了，到邮局拟一电报："均悉。天已崩，地已坼；海已枯，石已烂；人已死，心已灭，情已尽。不欲再见矣！"后想想，又改为："均悉。此地无银三百两。绝矣！"发了电报，心中又隐隐生疼，忽觉这样不对。路若于我无情，何苦三番来信呢！这一电报去后，那一切都告断绝了，他也有所不甘啊！他回到宿舍，难过起来，欲去重发电报更正，又心情矛盾，必须更正和不能更正的理由都有，两种理由都是异常的充分。他终于没复电复信更正，你令我悲愤欲绝，我也让你悲愤欲绝吧！

高考在即，区老师等着急起来。孙天主若高三时猛苦一通，大学虽无望，专科学校等，希望还在的，于是天天催。孙天主无动于衷。他对什么升学等，都不感兴趣了。报社也发来电报，言孙天主以前所投稿件将刊馨，望急速赐稿，孙天主也不睬了，现在就是让他当世界英豪，他也不感兴趣了，除非路回到他的身边。有时他跑到邮电局，欲发电报叫路回来，如她仍未变心，就叫她回来当面向他说清楚。他明白只要她一到他面前，不用她说上一言，他就会仍然爱她。但到邮局，他又彷徨半天，发不出电报去。他想象路极聪明，会想到他对她一片痴心，会想到她一回来，不用一言，就令他爱她了。她应该会想到这一着，主动找来的。

　　实在难过了，孙天主心中又无法排遣。这日出校，忽想小学时的李老师，多年不见他了，去见见他，也好排解心中的难过。就打听了，投李老师家去。找到李老师家，是一间颇旧的瓦房。一位头发花白、精神衰迈的人出来，孙天主以为是李老师的父亲之类，说："同志，我找找李老师。"那人说："你找他做什么？"孙天主说："我是他的学生。"那人说："你是哪里的？"孙天主说："我是荞麦山的。"那人说："你叫什么名字？"孙天主辨认半天，忽觉面前的就是李老师，就喊："你是不是李老师？我是孙天俦啊！"李老师也才认出来，忙来拉了孙天主的手，说："你长高了，长大了，也变样了，我认不出来了。"就拉孙天主进屋。孙天主惊讶不已，李老师老了许多，再不是当年那副皮肤光生、精神饱满的样子了。他暗中屈指一算，别来已六年了。六年的李老师，已形同朽木，人生最美的光景，去了。他不由有点黯然神伤，不知六年后的路昭晨会是如何，自己又是如何。

　　李老师家中，甚是贫寒。进屋一见，一无所有。找了半天，李老师找到个凳子，上面尽是灰，他就忙用口吹灰。孙天主忙接过就坐了。李老师直叫："吹吹灰再坐。"他又进屋想找点东西出来给孙天主吃，找了半天，找到几个冷红薯，递与孙天主说："天俦，我想找个香蕉给你吃，却没有了，你吃个红薯。"孙天主接过，心想走到这县城周围人家，哪家不富裕了呢，只有李老师家，像走进了法喇他孙天主的家一样。李老师问起孙天主这些年读书的情况，孙天主讲了。他问："那今年毕业，能不能考个大学？"孙天主说："本科无望了，专科还有一线希望。"李老师忙说："考取专科也好啊！也是大学啊！"继而难过地说："这些学生，只有你来看我啊！如王勋杰，我也教过他几天，即使没教过，我当时是法喇小学的校长，也当教过他。他不认识我吗？认识。但在街上一见我，老远就把头抬高了，眼睛一迈，从旁边走了。又如谢吉林家大儿子，也是这样。一生耕耘，结果如此，令人失望，早知如此，当年何苦那样费心费力呢！"说完便颓唐不堪。李老师说起自己的遭遇来，妻子前两年死了，死时才四十六岁。大姑娘前年米粮坝中学高中毕业，未考取，去年补习，又没考取，今年嫁与她高中时的一个同学了。二女儿去年从米粮坝中学初中毕业，也未考取，今年也嫁她的一个同学了。三女儿现在在米粮坝中学初三学习，成绩也不好。四姑娘在初一，学习也不好。小儿子呢，才读小学四年级。李老师说："我这些年，年年举债，债都还没还清啊！"

天晚了，李老师煮好饭，叫孙天主一起吃饭。灶房里一片昏暗。李老师的小儿子放学回来，于是三人蹲在灶房里吃饭，连凳子都没有。饭也仅是一点米，菜是淡南瓜、淡茄子，煮熟了蘸着辣子蘸水吃，几乎没有油。孙天主见老师辛勤一生，傍晚只有个不谙世事的小儿子在身边，晚境如此凄凉，就吃不下饭去，想想自己如今，也是悲哀。想想佛教云，人生生老病死，皆是痛苦，此话真不假啊！

吃了晚饭，李老师的儿子就去睡觉了。师生二人，就谈起法喇的人和事来。李老师问孙江成等的情况，孙天主说了。又问孙天主他们当时那班学生的情况。孙天主说："那年就考取我和吴耀军等四人，另两人在荞麦山中学读了一年，因家境困难，失学了。只有我和吴耀军坚持读下来，吴耀军现也在米粮坝中学读高三。其余的呢，谢吉林的儿子谢庆成当年未考取，又在小学补习，第二年考取荞麦山中学，初中毕业又没考取，补习一年，今年考到地区农校去了。赵家寿第二年补习考取初中，初中毕业也未考取，现已回家结婚了。吴耀祥第二年考取，初中毕业也未考取，如今流浪于外地去了。吴耀周第三年考取荞麦山中学，初中毕业也未考取，回家结婚了。王勋科第二年考取，初中未毕业，就回家了，如今也结婚了。其余的人，小学毕业未考取，如今都结婚了，有的小孩已两三岁了。"

李老师又问起群众的生活。孙天主说："都比你走时好些了。你走时都是茅草房，如今一半多的人家，都改成了瓦房，但要在法喇生存下去，更困难了。山比你走时，更光了。泥石流也比那时更厉害了。河坝里的石头，已高过小学，那小学很快要被泥石流冲去了。去年泥石流，就卷走三户人家。法喇的水也干涸了。有的人家在法喇无法生存，已迁往西双版纳等地去了，还有的往昆明打工去了。"李老师说："那观念变化大了嘛！我在法喇时，法喇仅几个当兵的到过昆明。到过县城的，也就是你爷爷等人。如今居然远远地去了。"孙天主说："这六年来观念变化的确很大。你走时，法喇人结婚，都要正式办酒，还很老式的。如今呢，办酒结婚的，太少了。多是男的拐了女的就走，且都不到结婚年龄，结婚证也不办，天天为此打闹不已。"

李老师说："我很怀念那时法喇淳朴的民风啊！很富于人情味。一到冬天，家家杀猪。一家杀猪，全村都请，人们都去，异常热闹。我们几位老师，今天到这家做客，明天到那家做客。我一读陶渊明的《桃花源记》，就想起法喇村。我多想还生活在法喇那种环境里啊！这县城周围的人，可就势利多了。"

孙天主说："李老师，法喇村这个桃花源也在消逝了。如今那种一家杀猪全村去吃的景象，不在了。人们都很会划算，除非关系极好，才会杀猪时请了去吃。以前那种干法，今天你家杀猪请吃，明天我家杀猪请吃，一个冬天，杀的一条猪就全吃完了。到春耕夏种秋收，就肉、油俱无，大家认为划不来。所以现在杀猪，冬天吃得少，留着春夏吃，人情味就薄了。莫说杀猪，就是帮工，也不同了。以前哪家有事，人们不请自到，认为帮别人，是自己应该尽的义务。如今呢，上门去请，也请不到了。就是大米大肉煮了，也请不来人帮忙了。老师还记得那个崔绍安吧，合作社时，他家无吃的，自家的活不做，专门帮人做活，图帮别家，晚上有肉吃，而在自己家里做，晚上洋芋还吃不到。弄得他帮人能吃肉，老婆儿子在家饿肚子。吴明义家几弟兄，专门哄着崔绍安帮他们，晚上就捞锅里的大骨头给崔绍安啃。吴家几弟兄就吹，他们养得有一群会说话的牛马。而从去年以来，崔绍安等就不帮别人了，吴家几弟兄打了酒上门来请，也请不动了。崔绍安说：'以前憨啊！帮人家苦富了，自家还在穷。老子与其图你的肉吃，不如睡在这檐下晒太阳。'又如起房子，以前只要哪家的墙棰一响，亲友自动上门帮忙。每天上百人，一间房子不到十天，就起起了。如今呢，去请也无人来。即使是亲戚，去请时，还要看你这人是否有权有势。如你都有，可能我明天会求到你，那我今天就来帮你。如果你无权无势，那再怎么亲也不行，怎么求也不行。有的起房子，一个月都起不起来。死人也是这样，以前哪家死了人，全村人无论是否亲戚，都不请自到门上帮忙，如今呢，请也请不动了。当然有权有势的人家，一切还是以前那样，是亲不是亲的，都跑来帮忙，还是那样熙熙攘攘、轰轰烈烈的。"

李老师听了，怃然不已。说："那这最后的一个桃花源也完啦？"孙天主肯定地说："完了。"李老师说："我时常还在梦回法喇啊！难忘那个淳朴、善良、忠实、厚道的法喇村！我还希望法喇人还像原来那样美好，不致像你说的这样糟！这世上美好的事物和值得怀念的东西太少了，法喇村就是最后一个！法喇村也完了，那这世上好的东西就全完啦！"叹息不已，就滔滔不绝地向孙天主说起他记忆中的法喇来：悬崖峻峭，草场辽阔，空气清新，流水清澈，杜鹃花满山开放，整个村里到处是鸟鸣，冬天杀猪聚宴的热闹场面，姑娘出嫁时的送亲场景，死人抬丧时的送葬队伍等。

孙天主也就默然，在他孙天主小时记忆中的法喇村，的确是很可爱的。小时他跟在田正芬身边，田正芬边用坠子坠羊毛，边唱那些传唱了几百年的歌谣，音调悠长，词意绵永，常使他听得入迷，不觉就在地上睡着了。冬天夜晚，大家聚在火塘边，烈火熊熊，人声喧阗，热闹极了。他坐一阵，起来就在屋里迷失方向，以为供桌方向是大门。陈明贺家的火最大，洋芋最好吃。他每次去外公家，都舍不得走。还有就是每逢死了人，海歌声声，锣鼓齐鸣，细细怀念起来深有味道。然而无论如何，社会发展的规律总是要将一切东西淘汰的。李老师怀念法喇村，何尝不如他怀念晏明星、路昭晨一样呢？他何尝不希望晏、路像原来那样纯洁可爱。然而他的幻想，也如同李老师的幻想，是经不住现实的冲击的。一切都将被时间、空间所消灭啊！无论法喇村，还是晏、路，都是如此。

孙天主也就默然,在他孙天主小时记忆中的法喇村,的确是很可爱的。小时他跟在田正芬身边,田正芬边用坠子坠羊毛,边唱那些传唱了几百年的歌谣,音调悠长,词意绵永,常使他听得入迷,不觉就在地上睡着了。

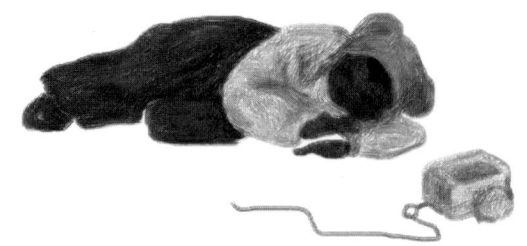

谈到深夜，师生上了床，仍谈当年。李老师回忆起当年的孙富贵易名孙天俦来，师生大乐，哈哈大笑，直到天将明才睡着。

次日起来，李老师的大女儿大女婿、二女儿二女婿都来帮李老师砍甘蔗。那两男两女，都是无知之辈。李老师两个女儿，在校即已知孙天主大名。只无缘得近。如今见孙天主跑来，是自己父亲的学生，真是天赐良机，都动了情，忘乎所以，脸红着凑在孙天主身边，几要扑到他身上来。孙天主立即被两边的热情包围，要透不过气来。李老师也看在眼里，时喜时悲。那两个男的见妻子都去围着孙天主了，嫉妒心大发。他们也颇知孙天主名声，如今不断诋毁孙天主。二人说文章有什么写场，他们是不想写什么文章，否则也当大作家了。两个女的则鼎力为孙天主辩护，说二人是嫉妒孙天主，才诋毁孙天主。李老师也助孙天主，批驳两个姑爷。二人辩不过两个女的，又加李老师助阵，处处露出马脚。越辩越急，脸都红了。中午回家吃饭，二女又将孙天主夹在中间，不断拈菜给孙天主，劝孙天主饱食。甚至筷子将菜直拈了朝孙天主嘴里去，嗔叫孙天主吃下。孙天主稍一慢，另一只手就伸到孙天主腰间来掐了，掐得孙天主乱动乱跳。饭菜都从碗里掉到地上。二男火了，直叫："正儿八经地吃嘛！你们打闹些什么！"二女道："你们不吃就过去点。"仍旧如故。二男罢食而去。

李老师也吃了饭，到小学上课去了。二女便围在两边，将孙天主围在中间，两张红脸凑到孙天主鼻前，直要孙天主教她们写作。手则在孙天主的身上捏来掐去。孙天主如沉醉在花园里，心想，看来除了晏明星、路昭晨，天下的好去处也多得很。二人问孙天主和路当时恋爱如何，孙天主说谈不上恋爱。二人不服，问孙天主吻过路没有，孙天主说没有。二人说："要不要我们教你？"孙天主说："你们教吧！"两姐妹相视笑了半天，说："你真没吻过啊？"孙天主情早被逗动了，说："快来教吧！"姐姐说："你教他！"妹妹说："你教他。"姐姐就推妹妹："快去教。"妹妹红了脸，将孙天主扳入她怀中："我教你。"孙天主闭了眼，她就将舌头伸入孙口内，孙天主大惊："如此温柔啊！"刚想再体会，她已将他推与其姐："你再教他！"姐姐红了脸，将孙天主抱入怀，将脸贴上来，舌头伸入孙口中。孙天主怕她又轻轻吻吻就走了，忙一把将其抱住，扑上去狂吻。她慌了，忙推孙天主："快走地里砍甘蔗去了。"孙天主不放。姐姐就叫妹妹来帮忙，将孙天主拉开，二人才脸如红纸，往地里去了。

孙天主坐着，体味不已。许久，才到地里去。二女见孙来了，脸立即又红了。二男又火绿了。又攻击起孙天主来。二女又作辩护，只是这下不像早上，都离孙天主远远的了。孙天主听四人舌战，二女努力保卫他。心想我真幸福，处处有女人在保卫我。

近晚回来，吃了晚饭，二女就和男人回家了，她们去时，好不惆怅。孙天主心中也好不难过。李老师也沉默不语。而李老师的两个在中学读书的女儿，今日星期六回家，一见孙天主这个举校闻名的人物竟在她们家来了，立即红了脸，笑个不停，问李老师："爸爸，孙天主来干什么？"李老师说："他是爸爸在荞麦山时的得意门生。"二人大喜，围着孙天主问这问那。孙天主刚见她们两个姐姐去了，心中不悦。二人又来，两张红脸，春色依旧，心中才痛快起来。二人话无遮拦，都说："有多少女生爱你，却不敢追求你啊！"孙天主说："能有多少呢！"二人说："能有多少就有多少。"孙天主说："她们为何不敢追我？"二人说："一是因为你的名声吓到她们了。就是路昭晨，大家都觉得她根本配不过你。是她占了你的便宜。二是你平时不理人，相当高傲，别人一见就觉追也枉然，不会得手，倒自讨没趣。"孙天主大吃一惊："路昭晨怎么配不过我！"二人说："反正大家都是这么评论的。说她有什么？论漂亮，有人比她漂亮；论学习，有人学习比她好；论家底，她爹才是个局长，有些姑娘的爹，是副县长。她算哪样？她不是白占了你的便宜！"孙天主说："但我觉得没有谁占了谁的便宜。反倒是我不如她。"二人笑说："大家都说爱情中的人是瞎子，说你就是眼睛出问题了，才被姓路的缠住。要是你眼睛雪亮，那路昭晨算哪样！"

二女才忙去热饭吃。孙天主想："爱情中人的眼睛是瞎子！路配不过我！这些话是不是真的呢？"但想不透。二人热了饭，要孙天主和她们吃。孙天主说吃了。二人不同意，逼孙天主再吃。李老师笑说："天俦,就和她们吃吧。"二人说:"爸,你说错了,他叫孙天主。"李老师说:"好好好,我改。"孙天主只得坐下,二人不断拈菜给他。他肚子已饱了,哪里吃得下去。但二人好不容易得了一个折磨他的机会,要充分利用。后是李老师说饶了他吧,二人才饶孙天主。

  晚上,师生俩又谈到天将明时才睡下。李老师说:"天俦,我是多少年没像这两夜这样开心了。一年说的话,加起来恐怕还没今晚说的多,你要好好努力啊!"孙天主说是。天明,又去砍甘蔗。这两个姑娘可就娇气了,不是说甘蔗毛刺得手疼,就是说天气太热,刀在手里,就是站着,半天砍不了一根甘蔗。一边红了脸望着孙,一边议论孙。李老师则在忙着挥汗猛砍。孙天主不悦,也埋头砍,手被甘蔗毛叶划了,尽是血痕。二人可怜孙天主,在旁叫孙天主歇歇,李老师也不断叫孙天主歇歇。砍到中午,回来吃了午饭。孙天主就和李老师的两个姑娘回学校了。李老师送了很远,不舍得孙天主离去。临别,叫孙天主时常来找他聊聊,最后边抚孙天主的头,边看着两个姑娘,叹说:"天俦,我羡慕你父亲啊!他虽是一个农民,却有一个好儿子,这就足够了!我是一个老师,最后却比不上你爸爸!为师不见你不遗憾,一见到你,心中极其遗憾啊!"

  别了走在路上,孙天主一直品味李老师的话,心中难过。李老师何尝不望他的儿子能像自己一样,或是自己成为他的儿子,或是他的姑爷啊!人生真是无法可想,皆不以人的意志为转移。李老师寄望于子女,落空了。法喇村多少父母寄望子女,也落空了。历史上多少英雄人物,寄望于后代,皆告落空。启建夏国,未尝不望其子孙永保江山,哪知传到桀这样的昏妄之辈,江山易手。汤建商国,不是如此?周秦汉魏直到如今,任何王朝都是子孙微弱丢了江山!如果子孙都像他们的父辈一样强大,那谁家的江山还会丢呢?有关于此,他写诗论述的就多了。《读史有感》:"从来始祖开霸图,才计高明气势足。末代十九皆庸竖,史非太祖不堪读。"《刘备》:"刘焉事业子弄丢,昭烈山河禅不收。可怜多少痴心父,望断犬子泪空流。""千古英雄泣,最怜昭烈帝。奈何煮酒英,养子不如豕。一统志不得,三分已悲咽。更奈不思蜀,亡国恨曷雪?""篱下匕失腑肺愁,日暮身老髀泪流。可怜三次捐妻子,换得谯周封列侯。"《司马氏》:"魏武雄杰用自足,司马只堪履刍牧。英雄一去砥柱已,奸回来充栋梁属。驾驭非但失智力,九鼎还由任迁绌。男儿自立方为贵,希援求助总妄图。"《刘元海父子》:"匈奴父子咏孙吴,司马君臣斗珊瑚。怀帝行酒憨为导,苍天加减不含糊。"如孙坚那样的儿子有多少?世界上更多的是刘焉、刘备、曹操那样的儿子。看来我自己,也不能寄望于任何人!也不能以后寄望于自己的儿子!要奋斗,就得我自己奋斗。要成功,必须靠我自己成功。权衡比较,我的聪明才智,我的勇毅努力,都是绝无仅有。世上太多的人有着聪明才智,常是溺于所欲,因此转折人生方向。两方面要找到我这样的人,都难啊!我不敢奢望我的子孙像我一样奋斗!我自己如此奋斗,都不能成功,更何况于他们呢!他深觉绝望,只能靠自己啊!

李老师的两个姑娘,路上不断要逗孙天主说话。但孙天主有心事,忙着思考这些问题。二人见始终逗不乐孙天主,孙天主对她们倒理不理的,大失兴趣,也不理孙天主了。路上碰到更多的米粮坝中学的学生,他们见了孙天主,大吃一惊。那些女生脸又红了。一路上各怀心事,走得沉闷。李老师的两个女儿,好像都有男友了。既然孙天主不理她们,她们也各自去与自己的男友一路打闹着走。孙天主见那两个男的,活像两个流氓,也就鄙夷二女不知深浅,不知李老师的苦痛,更不理二人。到了学校,就各自分手了。

四十　计赚副主任

孙天主的绝交电报使路昭晨失去了幻想，刘又在不断写信关心她，她终于同意父母的安排了。且说这次刘随地委书记所带的招商团赴香港、深圳招商。招商团什么商也没招到，不过是在香港、深圳玩了一趟而已。舅爷关心小刘："你到广州，就把小路带上，让她也陪你逛逛！"路就被带了与招商团同行，天天与小刘卿卿我我。孙天主和她在一起时，孙比路小一岁，且不懂人事，呆呆地不敢动她。而小刘不同，不单年龄大路五六岁，且在大学时就与数名女生恋爱，并造成女生流产，对付女流手段老到。分工一年多来，又将乌蒙电视台的播音员、乌蒙师专的女教师等搞得流产。路昭晨也不懂得什么，哪里胜得住他的进攻。路立觉孙虽才华胜过小刘，却是个呆人。小刘才华虽不如孙天主，地位却远胜孙天主。不上十天，路已觉离不开刘。这晚在宾馆，刘到路的房间，待到超过十点，歌来舞去，路被他弄得恍恍惚惚。他就扑将上去，剥了路的上衣，路未引起警惕，以为还同以往几晚上一样。等他去剥她的裤子时，她才挣扎，却已晚了。刘强行进攻，不由她挣扎，很快就失身于刘了。这下她明白回到孙天主身边的路已断，只得死心塌地跟刘。等招商团回乌蒙，她回到学校，一读孙天主的诗，就废诗叹息，其后渐知刘在乌蒙声名狼藉，更增愤懑。

路家渐知刘在乌蒙是条"色狼"，痛恨不已。那路国众也在读路昭晨所留孙天主之诗。读到孙天主咏刘焉、刘备、曹操等人诗时,废诗而叹:"我养了好姑娘,本望可无愧于这数人,是我自己干糟的啊!"这日读到孙天主咏《孙策》三诗:"无土无军无助援,江东居然起少年。当时列强皆前辈,十九烟消愧儿男。""割壤开疆志昂扬,袁术魏武望颓唐。英雄来世本何恨,自此望子慧孙郎。""自古开疆罕牛犊,少年君臣割东吴。曹操年迈备已老,嫉妒羡叹空踟蹰。"即一拳砸在墙上:"这是又一个孙郎啊!"将三诗抄在墙上贴着,每日咏叹。只不过将好些句子改了,如:"如今刘路皆前辈,必然烟消愧儿男。""割壤开疆志昂扬,国众今日望颓唐。英雄来世本何恨,自此望女悲孙郎。""国众夫妇年已老,嫉妒羡叹空踟蹰。"但他如今哪敢惹刘家呢!无奈对妻子说:"当时你怎么不多生一个姑娘呢?拿一个给这个刘杂种家殉葬,拿一个给孙天主!"其妻说:"谁会想到有今天呢!"路时常想不通,晚上与妻取乐,就调侃妻子说:"快生个姑娘吧!孙家小子放飞了太可惜了,千古的遗憾啊!"其妻说:"你说昏话了。等你再生个女儿长大,孙家小子早老了。"路说:"你还嫌他老啊?我只怕你在世上要找个这么老的还找不到!此人一旦老死,你遍天下去找吧!你找得到吗?况且养个姑娘长到二十岁,孙家小子也才三十六七岁!"其妻说:"那何必多此一举,就把昭晨给他不就行了?"一时又触动路的伤心事,一时兴趣大减,从妻子身上下来,长叹不已。

路国众成了刘书记亲家,立刻势焰熏天。罗昌才的荞麦山乡乡长也就到头了。原来路从前就认识罗,以前罗昌才与荞麦山鲁家有仇。鲁家超生,罗趁机报复,将鲁家捉到,要结扎了。鲁家与路有亲戚关系,托路与荞麦山乡计生办说。路便叫荞麦山派出所想办法,荞麦山派出所建议找罗。路时任公安局副局长,路就请罗帮忙。罗推说:"鲁家不把乡政府放在眼里。一生再生,又不加隐蔽。乡政府开了会议,讨论决定后才捉鲁家。鲁家被捉,全乡皆知。捉时不是我一个人去捉来,而是全乡几十名干部去捉的。我一人怎么敢放?乡党委、政府一班人及各站所领导,与我颜合心不合。我放了鲁家,这伙人必定收拾我,不好办啊！要是在乡党委、政府刚研究时打招呼，那就好办了。现在人都抓到了，我一人怎么敢放？我反正帮忙，你跟其他几位打打招呼。他们同意放，我暗中帮忙。"路只得请荞麦山乡党委书记想办法。荞麦山的党委书记正在党校读书，荞麦山党委的工作正由罗主持。党委书记与罗也是矛的，正想以此让路去收拾罗。就打电话到荞麦山，叫罗放人。罗说："你是书记，你回来放吧。我支持你。"书记却推："我回来不了，你放了算了。反正有事我顶着。"罗说："那你写个条子回来。"书记不写，只是口头叫放。罗与路说："你问得怎么样了？"路明知就是罗不放，又求罗。罗又推是集体研究了去抓来的，要放得等书记回来，乡党委集体研究了才放，但党委书记回荞麦山，也不敢召开什么会议来研究此事。

鲁家终被结扎了。路国众大怒，时思报复。但路也不过就是个副局长而已，罗也不以为意。后路升了局长，但也无法收拾罗。如今时来运转，路升上去了，首先考虑的就是报复鲁家被结扎之事。罗一听路攀上刘书记家，就知自己完了。县委常委会一讨论干部，路就说荞麦山的班子如何如何，常委都望风使舵，附和而上，罗的乡长就被免了。

罗想来想去无法，知虽路昭晨已是刘家媳妇，毕竟与孙天主有感情，只有这条路可走了。于是急忙来找陈福宽等。陈福宽等忙来找孙平玉、陈福英，说保住罗的乡长位置，罗也会努力报答孙家的。孙平玉、陈福英就写信给孙天主。孙天主哪耐烦做这种事，且叫他去求路昭晨，怎么也不可能。

罗无法，就心生一计，私自写信到中山大学给路昭晨，辩白当年鲁家之事，说自己无辜，并言己与孙天主是亲戚，路父收拾他，就是收拾了孙天主的亲戚了。路昭晨得了信，欲问孙天主，孙天主已电报宣布绝交，而且其父假公济私，是好和孙天主商量的吗？既不好问孙天主，只得问孙天主的父母。她就写了信到法喇村来问。那法喇的信，到了荞麦山，要压十天半月，才请赶街的人顺便带到法喇村。这天罗去邮电所玩，所长得了这封信，说："还人人传路副书记家姑娘跟孙家小伙绝交了，看来还没有。还写信来给孙家呢！"罗一见信，又惊又喜，喜的是路果有动静了。惊的是怕孙家不帮忙，就说："我今天刚好要回家。我把它带去给孙家。"所长说："挂号的呢！"罗说："我签字，我负责。"就签字领了信，跑回宿舍打开一看，果是路来信问此事。罗大喜过望，忙变了笔迹，以孙平玉的名义，写信给路昭晨，言罗是孙的舅舅，务必帮忙，将信寄了去。路见孙家回信，以为自己与孙天主的关系有转机了，即措辞坚决地写信给其父。路国众本是靠女儿才得以爬上来的，心中于女儿有愧。见女儿又语意坚决，不帮成此事不罢休，只得违心地叫了罗来，说明不是自己整罗，是县委常委的决定，怪罗多心了，并说努力帮忙。罗见事情好转，忙天天扛土特产朝路家跑。路大大吃了罗一口，才答应帮忙。但罗的乡长已不在了，只得将罗调到县上，任县计生委副主任。路即回信女儿，言已按其信办理。路本不写信给孙家，但为将事情转圜，又写了信来，言前面所说之事，已按要求办理。这下信到孙家手中了，孙家莫名其妙。"前面所说之事"是什么事呢？孙平玉又将信转与孙天主。孙天主看了，也莫名其妙，想半天，心想会不会是罗之事。但那是官场狗咬狗的混账事，与他无关。他再不想与路联系，看了就扔了。路以为孙天主因此会写信给她，哪知等来等去，毫无消息。

罗当了副主任，知孙家不知其情，也不报恩。却说陆建琳家，与罗家本是亲戚。但罗家上去了，看不上陆家。陆家也嫉恨罗家。那陆国海、陆建琳父子，生平爱说别人的风凉话欺负人。罗的乡长被罢了，陆国海、陆建琳就嘲讽不已。父子二人一天到荞麦山见罗被罢乡长之后，无事只得到街上逛了玩，就说："以前见你很忙啊！这下终于得清闲了，祝贺祝贺！"罗听了大怒。但怒虽怒，无可奈何。不料时来运转，路昭晨竟上了当，帮他得了计生委副主任要职，立即报复陆家。

那罗昌才本和陈家几弟兄关系不错，如今又得孙家之力，虽孙家不知，其心中是明白的。如不是陆家欺人太甚，他不会收拾陆家。陆建琳和陈福香的几个子女，因都办了残疾证，允许超生，也办有准生证。而罗不管，下令荞麦山乡计生办："陆建琳已生四子，超生二人，立即捉到县上结扎。"陆家哪里知大祸降临，睡在家里不知。计生办将陆家围住，将陆建琳从床上捉起，就送米粮坝。陆国海才慌了，跑到陈家,请陈家救人。陈明贺才大骂陆国海:"你一辈子张着屁股就说人,说嘛!"陈家父子商量:"罗昌才恨这爷两个人骨了,这是明显报复,我们去求也枉然。前次罗昌才来求大姐夫,后大姐夫家又收到路家姑娘的信,肯定是罗昌才冒充大姐夫写信去求路家姑娘。路家姑娘帮了忙,他才得这个县计生委副主任。路家姑娘才写信来说'前面所说之事',现在只有请大姐夫出面了。"就来找孙平玉、陈福英商量。陈福英说:"我就怀疑是罗昌才冒充我家写信去给路家姑娘,路家姑娘帮了忙,才会回信'前面所说之事已办好。'罗昌才不但不感恩,倒还收拾人。我们是要叫富贵问路家姑娘,如果真是他冒充,那对他不客气。"孙平玉无法,只得跑到县上来,到学校找到孙天主,说了此事。

  孙天主无法,只得和孙平玉同到罗昌才处。罗见这父子二人来了,脸立即白了,急忙请坐,倒了开水来奉上。孙平玉就说了来意,请他帮忙把陆建琳放了。罗说:"好好好!都是家乡人,一定要帮忙才对。只是他这事已比较麻烦了,因为是乡计生办抓来的,送来县上,都有手术。而且他家生了四个,超生两个,荞麦山乡尽人皆知,怎么好放,我还得好好想想啊!"过后就回孙家父子的话:"办法有了!计生委开会也同意,改结扎为罚款!他超生两个,超生一个罚款一千四百元,两个就罚两千八百元,交了罚款就放人。"陆家无法,只得交了罚款,陆建琳才被放了出来。

  陆家心中大恨。陆父子就来找陈家、孙家商量:"罗昌才这个杂种!靠了富贵这点关系,才得当个副主任!他不想他官是哪里得来的,倒还来敲诈我们!叫富贵写信去问那路家姑娘,是不是有人冒充孙家写信去!那不消我们收拾他,路家就把他收拾了。他原来的乡长,就是路家将他踢下来的。当副主任,也是路家把他提上去的。路家要收拾他,太简单了。"孙平玉又写信给孙天主,要他写信问路。孙天主不理,陆家就说:"富贵不写,我们写!他姓罗的都敢冒充孙家,我们哪里不敢!"就又来找陈家、孙家商量:"就请大姐夫写一封去问,也当富贵写的。"陈福英对孙平玉说:"不要得罪人了,富贵不写就算了。我们还写什么!本来就是陆家不对!人家当不当乡长,跟你有什么关系!那样骂人家,人家当然要恨你,不收拾你才怪!告诉他们，我们不写，也不允许他们冒充我们写。"孙平玉说了，陆家倒恨孙家不帮忙。

高中生涯将终，高考将至，孙天主忙着复习了。其实他这三年根本就没好好学习，高一的书，都还是新的。米粮坝夏天天气热，室内气温四十多摄氏度，人都要焉了。孙天主白天就读《鲁迅全集》，晚上天凉，才开始猛攻课本。数学、英语他已无可奈何，就纯粹不管。火力全集中于语文、政治、历史、地理四科。他的打算是保专科。看往年的分数，三百六十分左右就上专科线了。孙天主想我数学、英语扔了，只要这四科平均达到八十分，仍有专科学校。他家如今已穷下来，补习已不现实，去当兵也不现实，考个专科学校救家中之急最现实。他便把目标定在保个专科学校算了。这四科呢，他不读杂，而是一个时期专攻一科。攻一科时，将初、高中该科的书全部找来，通读一遍。攻下一科，进行总结，看能否保证考九十分。这样一科一科地猛攻，用了两个月，四科都攻得差不多了。孙天主又回过来，每天晚上复习一科。每复习一科，当晚必须把该科课本全部读完，取得对整门学科综合、全面的理解，然后才将该学科分解，看哪里还有漏洞，进行修补，如此搞完，会考来了，考了下来，孙天主英语三分，数学六分，语文一百一十六分，历史满分，地理满分，政治九十八分，居然排在全校文科第二名。孙天主天天不务正业，公然还考了第二，又轰动了。孙天主看着那成绩就发呆：我都考了第二，那说明这三年中，不把学习放在心上的人，不只我一个啊！

事实上的确如此，由于忙于恋爱等等，许多人荒废了学业，虚抛了青春，浪费了生命。晏明星的成绩，令孙天主吃惊不小。孙天主得了四百二十三分。她呢，只得了二百一十分。孙天主两科浪费了，她的尚不足孙天主的一半。连姑娘得二百六十分，华姑娘得二百四十分。这天进行历史补考，有人请孙天主进场帮忙补考。孙天主一进场，见她们都在补考场中。众人一见他来，脸红了，埋下了头。孙天主就在晏明星的后面坐下。考卷发来。孙天主用十来分钟，答完了。他伸头看晏明星，晏明星只答出几题，上面尚未写上姓名。孙天主轻声附其脑后说："换卷子。"就将自己答的一份，写上"晏明星"三字，从桌下递了过去，她接了，将她那份从桌下传了来。孙天主一看，她答的几题，错的占一半，也不管了，将别的题答完。华姑娘见孙天主与晏换，也将自己的偷偷背开监考老师递了来，将孙天主所答者换去了。连姑娘也忙效法，孙天主也与之换了。到头来考场里最忙的，却是孙天主。到终场钟响，孙天主共为十二人答卷。等出场来，她们全挤在门口，直说感谢。孙天主想："我以前得罪你们，如今以此谢罪，正好。"地理、政治等科，孙天主又应人之邀，进行帮忙。晏等仍在其中。孙天主连为晏作三科的弊，孙天主边为晏答卷边想：真不可想象这颗聪明的脑袋，学习上却如此愚蠢。他实在无法想通。这天补考了政治出来，她一直在前面扭扭捏捏地迈小步，在等他。他走上去，质问她："你学习怎么差到这种地步？"她答不出。孙天主说："晏明星！我为你太可惜了！你如此聪明，本来考个大学毫无问题！看看，恋爱把你害惨了！"她一听他指责她的恋爱，红了脸，忙小跑逃了。

孙天主的数学、英语，有多名数学英语的好手来帮他效力，都补考及格了，拿到了毕业证。隔高考还有一段时间。孙天主想是否学学数学，但一看去年的高考数学题，很难，就放弃了这个打算，仍白天看《鲁迅全集》，晚上复习。

这天晏明星遇上他，说："能不能把你的作品送我一些看看？"孙天主说："报纸上都发得有了。"她说："还有你没有发表的呢？"孙天主带她到宿舍，一路二人不说一句话。他有时看她，她也有时看他，目光交织时，都很复杂，什么感觉都有。到了宿舍，孙天主取出一些未及投稿的东西递与她。她翻了，见都是文章，说："能不能把你的诗也借我看？"孙天主说："我不会写诗。"她说："你不要瞒我了，你能给路昭晨，就不能给我？"孙天主一惊："没有这回事！"她立即怒道："那你给不给？不给就算了！"孙天主想想，说："我给。你怎么知道路昭晨有这东西？"她说："谁不知道！以前她走在路上都在背。你为什么只给她，不给我？"孙天主看看她，想问她有什么理由问这话，但想想，还是算了吧。那一问就触动了双方的伤心事,没有意思,就将诗都递与她。她说:"我不还你啦!你得送给我!"孙天主说:"那不行!必须还回来!"第三天,诗还回来了,但她不是亲手交与孙天主,而是托学生递进去与他。孙天主纳闷她怎不亲自还,她完全可以亲自还来啊!接了诗过来时,发现里面有一纸:"孙天主哥,妹妹爱你,爱得比天还高,比海还深。妹妹做了错事,你原谅妹妹吧!妹,明星。"孙天主一见,泪夺眶而出,急忙朝外跑,一路抹泪,总是抹不住。跑到学校后面才大声嚎哭。又看那纸,越看泪越急,哭个不停。回来立即写了一纸:"明星妹,哥一切都原谅!你没有错!哥,孙天主。"即用信封装了,到她们教室前,请学生递与她。

高考前两天晚上,班上举行毕业晚会,做最后的告别了。平时人人指责孙天主说疯话、狂话,如今呢,人人都有疯话、狂话说出来了。反正人之将走,其言也善,以后这一生中,能否见面,天知道了。孙天主周围坐满女生。他如今爱她们每一个人,她们每个其实都是那么可爱,是他以前想错了。姑娘们说:"孙天主,你知不知道我爱你?"孙天主说:"不知道!"对方说:"那你太对不起我!你怎么向我认罪?"孙天主以为不过是逼他吻她们,那他无论如何奉命,反正人生一世,同学一场,她们最后一次机会向他下令了,说:"你说怎么认就怎么认!"对方说:"真的啊?"孙天主说真的。对方说:"我爱你爱得发狂。你把我讨走,我随你到天涯海角。"孙天主无法了。她们笑笑:"跟你开玩笑的。你要远走高飞了,我们哪敢再拖累你。只是以后啊,莫忘了我们啊!"孙天主说:"不敢忘。"对方说:"忘了也有办法收拾你!"

有热恋多时如今要分手的,天天缠绵不已。更有平时有仇恨的,抓住这最后的时刻报复。那姓文的和姓武的,各拉了一帮人来,收拾对方,都打得人仰马翻。孙天主无感情拖累了,一身轻松,仍去借《鲁迅全集》来看,管理员吼道:"马上就要高考了,还在看鲁迅鲁迅!你考得起大学?我才不相信!"

高考了。孙天主才见数学题异常简单,他平时不学,如今也答出了数题，于是大为后悔，想要是用会考后这一段时间复习一下，考个七八十分没问题，那自己的本科就稳了。不过想想这也许是命吧，也就算了。反正他最初的目标是保专科，能保住也就行了。考了出来，一身轻松。但报志愿时，他想报其他的。刚好这时陈福宽卖了两个大骡子，来学拖拉机，听谢庆胜等说孙天主报的志愿不是当老师的。他的儿子陈志诚等，正巴望孙天主以后当个中学教师，好帮上一把。于是跑来说："富贵，快改志愿。你爸爸在农业上支持不下去了。你如果出来当个老师，可以带着你几个兄弟读，你爸爸少点负担。你分在别的单位，就没有这样的条件啦！"劝令孙天主将志愿改成了乌蒙师专。

　　高考已毕，孙天主和吴明彪、谢庆胜等急忙回家，却又买不到车票，只得在车上站着。王维敏有座位，王原就爱着孙天主，只因自己一直跟这个恋爱那个恋爱，名声昭著了。而孙天主被别人哄着，王且怕追了也白费劲，才不敢追孙天主。她历史、地理补考，又是孙天主帮她做的。她正无所感谢，就毕业了，见他们上车，就站起来，让孙天主坐。孙天主不坐。王又让吴、谢等坐，吴、谢等人知她欲让孙天主坐，孙不坐才故意客气，故都不坐。她又催孙天主坐，孙又不坐。那座位就空着，直到荞麦山。孙天主见陈福英在街上，就喊。陈福英上车来，王就拉陈福英坐在座位上。陈福英一见就是那年那姑娘，高兴起来，直朝她看。王明白陈福英之意，红了脸。孙天主明白，王也考不起学校，她这些年的读书史，尽是恋爱史，会考才考了两百多分。到法喇下车，孙天主等上车顶解行李，她又下车来问陈福英："婶婶家在哪里？"陈福英指她："我家在那个悬岩脚底，那间新瓦房！我们这地方落后啊！"王说："婶婶，哪里都落后啊！我家那地方也落后！到处都是一样的。"陈福英说："你不要走了，跟我去我家玩！"王说："现在行李等都在车上，不然倒想和婶婶去玩玩！婶婶，我下次一定来。"陈福英说："那你以后一定要来啊！"王说："一定来。"见孙天主等下好东西，她就和陈福英说别，上车去了。等走时，陈福英就轻轻对孙天主说："刚才那姑娘太好啊！"孙天主明白母亲之意，说："好姑娘多的是！"陈福英说："我倒认为不多啊！这个姑娘又漂亮又聪明，实在难找！"孙天主说：

"妈,好姑娘真的多得很,你见到的太少啦!"

吴耀敏得吴耀军带信说今日回家,就来公路上接,以为孙天主也当一同回来,果然同时下车。吴耀敏便不忙接她哥了,忙来与陈福英说话。众人捆好东西,背着朝村里走时,她也一直和陈福英走在一起。有时她回头看看孙天主。孙天主就见她那通红的脸,又想想这一天王维敏的神情,心中悲哀:"可怜人都是在自己折磨自己啊!你们这么多人爱我,我爱得过谁来?也许这也如多少人爱路等一样,路也无法爱得过来,只有割舍我了!看来世上还是没有爱才好!谁也不折磨谁,谁也不会自己折磨自己!你们不爱我,你们就自己不会折磨自己了。我不爱你们,我也省得自己折磨自己!他终于明白他爱晏、路,是自己折磨自己!不是二人折磨他孙天主!折磨来折磨去,他已有一种悲天悯人的感觉了!他不想折磨谁,也望别人不要折磨他了。他想:佛教真有力量,对世界大慈大悲!真是好一个"大慈"!好一个"大悲"!

四十一　五牛失踪

　　陈明贺父子均很有能力。陈家族大，历来也无人敢惹。人一有势力，行事不顾众议，不拘细节，往往也就得罪人而不知。陈福宽到马颈子去，见那里有一木匠手艺好，就请了来家装门。门装好，陈福达见门装得不错，也请了去装。陈福全又觉不错，也请了去，后是陈明贺也请去，爷四个的门都由木板门改成了所谓盒子门。陈家爷四个也有钱，顿顿大米大肉。这木匠甚穷，偏那马友芬、廖安秀、冷树芳等，见这木匠衣服破烂，胶鞋也烂得穿不住了，就嫌这木匠穷酸，埋怨陈家几父子怎么请这种人来装门。她们招待这木匠就因看不起而刻薄了些。这木匠的怨愤从脸上都看得出来。

　　门装好一月许，几家的牛、马、猪、鸡不断地死，每天都有死的。又不多，每日有一家的一样东西死。天长日久，就死多了。过了一月，父子四人方觉不妙，一统计四家死的东西，多得惊人：马死了十一匹，牛死了三头，猪死了三十多头，鸡死了一百多只，损失已是三四万元。陈明贺说："不对！肯定是那木匠使了手脚！为何不装门前牲口不死，装了门牲口就死呢？赶快把这些门取下来，不要了。"于是都把新装的门取下，将那原先的门换上。新装这些门时，法喇都没好木料了，都是爷四个在外地买来的，花了数百元钱。给木匠的工钱又近一百元，损失数百元，门却不起作用，都取在火塘里烧了。这下牲口才不死了，然而已几乎死光了。陈家爷几个发家之时，孙平玉也发，且陈家、孙家都是靠牲口发家。陈家虽不是靠牲口发起家来的，但如陈福宽，靠柴油机发家后，买了很多大马大骡，也当是牲口发家了。这下一出事，牲口一死光，家家境况都大不如前。陈福宽又不顾众人劝阻，去学拖拉机，花二千七百元买了全县最先进的拖拉机来，却不起作用，成天只是开着朝荞麦山跑了玩，钱却挣不到一分，不得坐车的人，倒大骂不止。马一死，拖拉机不起作用，原先的法喇首富，也陷入了经济困境。陆建琳家虽没死牲口，但被罗昌才收拾的这一下，也把家底搞光了。

　　陈家爷几个想不通了，为何一下子陈家、孙家、陆家同时出事，总计六家损失，已够买好几辆大汽车了，又就请些端公、师娘来算，都说被人使手脚了。又请端公、师娘"收拾"。陈家爷几个原先不信这些东西，从来不许端公、师娘上门，如今遇到解释不清的事，也只得向这些人请教了。其中一个师娘，就是陈明贺的大嫂，其夫是三房上的，多年前死了，剩下妻子和几个儿子过日子。日子过不下去，这寡妇就当起师娘，以此为生。但因穷了，大儿子已三十岁，未讨到老婆，二儿子已二十八岁，也未讨到老婆。而陈明贺家是五房上的，历来甚阔，也曾周济过这家。如今请这寡妇来收拾，渐渐处熟了。陈家爷几个见这家人可怜，就帮忙了，陈福达将廖安秀的二妹介绍了嫁与老大，陈福全将丁家芬堂弟的姑娘嫁与老二。当今法喇风俗，一谈婚事就是大瓦房和两千元钱。而这二人呢，分文不用，就把媳妇讨到家了。其原因就是陈福全、陈福达会哄，哄了分文不出，而且这二女都是吴家媳妇。廖安秀之妹，是许与吴光友的儿子的；丁家姑娘，又是许与吴光洪的儿子，都被陈明贺父子夺走了。倘是别人，哪敢吃这豹子胆，去惹吴家呢！吴家大哗，我吴家到法喇两百多年，从来只有我吴家夺别家儿媳妇的，哪有别家敢夺我吴家的儿媳妇的？吴光耀等大觉伤了面子，天天筹划此事怎么办。陈福英知吴家恨透陈明贺父子了，说："你们做事要按量①着点，吴家

---

① 按量：双方有摩擦时警示对方不要做得太过分。

恨你们了。"陈明贺说："不怕不怕。"陈福全等则道："姐姐，吴光耀他敢怎样？那年他家打富贵，我们不提就是对他客气了！如果要提，全部提起来，他打富贵的仇还没报呢！"陈福英见劝了不听，也不劝了。

恰好事情就来了。吴光发、崔绍中等几家的五条牛，在山上打野，一夜间丢失了。又是请人找，又是报派出所，均不获结果。吴家等去请左角塘的一个师娘拃布，那师娘胡说一通，说是牛被爷五个偷走的，偷了用拖拉机拉去卖了。吴家回来与崔家等说。崔家去大岩洞请端公看水碗，也说爷五个偷的，拖拉机拉去卖的。众人猜一通，说："恐怕是陈明贺家爷五个，陈明贺、孙平玉、陈福全、陈福达、陈福宽，刚好爷五个，陈福宽又有拖拉机！而且这爷五个胆子又大，吴家的两个媳妇都敢霸去，我们的牛他不敢偷？而且这爷五个以前都有得很，今年突然死了无数牲口，经济垮了，他们不打这种主意，还打什么主意？陈家三弟兄在外人缘又好，关系又广，偷到牛了正好销赃，且两处的算来，都是一样的，这就神了。"一时想来，处处迎合，都有做贼的可能，便深信不疑。于是越编越像，说陈明贺、孙平玉负责偷牛，陈福全负责联系，陈福达、陈福全负责销赃。于是有人就说："这家爷五个原来富，原来是偷起家的。"并谣传公安局已要来抓陈家爷五个了，法院已准备判案，陈家父子都要被判刑。有平时嫉妒这爷几个富裕的，有恨陈家爷几个阻其称霸的，如今听了，好不痛快，巴不得立即将这爷几个抓去，人头割了，家产没收才好。孙江华、孙江才、孙平文等要收拾孙平玉家，吴光耀要收拾陈明贺爷四个，都去为吴家崔家设计。孙江才更到处说："法喇的贼越来越猖狂了，不破两桩案子收拾收拾，看来煞不住了！就是要利用这桩案子，好好收拾有些人！"

陈家得知了，大为气愤。商量道："这些杂种胡闹！瞅着！当场抓住传谣的，再好好收拾！"就爷几个一齐出动，到处去抓传谣的。但传谣的一见他们来了，早就闭口了，所以抓了许多天，总是抓不到。无奈只得换陈福英、马友芬、廖安秀等出去捉。但传谣者一见，立即走光，仍是捉不到。只得又换陈福九、陈福梅等出去。这下传谣的人即使见这二人在旁，也不以为意了，大传其传。这日崔绍中的儿子正在大营门吹陈明贺父子如何偷牛，陈福九正在旁边，走上去就是一耳光，骂道："你说老子家偷牛，找出证据来，找不出来老子对你不客气！"崔家伙子被打了，不敢还言。崔母听儿子被陈福九打了"独挞儿"，就来扭住陈福九，要和陈拼命。陈福英等得知，全冲去打崔母。崔家来了一群人，要打陈福英、马友芬等。陈明贺家爷几个冲到，虎视眈眈。崔家不敢动。吴明义次子吴耀周在旁大喊："贼公然敢打失主了。"陈福达就提了手中的十八磅大锤，去找吴耀周问谁是贼。吴明义忙说好话，就打吴耀周给陈福达看。

崔母被陈家打了，这一谣言立即被扑灭下去，谁也不敢再传谣言了。不久，案子被县公安局破了，偷牛者竟是孙平拾、孙国达等。孙平拾、孙国达等，早逃往昆明去，公安局发法喇来，抓不到人，案子无法了结。这下陈家不得了，要去找崔家的麻烦，崔家只得请了人到陈家求饶，陈福英说："事情到这一步得了！万人说牛不是我们偷的就得了！"于是陈家饶了崔家。

孙江华在谣言盛传之时，天天到吴光发家对吴光发和孙江兰说："牛就是孙平玉偷的！你们要赶紧告！不趁现在把孙平玉拿下去，再过两年他儿子一成器，我们更斗不过他了。"二人说："大哥，无证据，怎么告啊？"孙江华说："要什么证据？秦桧收拾岳飞，同样没有证据，照样把岳飞干掉！"没有料到搞了半天，贼就是孙江华之子等人。孙平拾、孙国达逃走，孙江华也不去向吴光发说明情况，也不把卖牛所得款项还与吴光发家。吴光发气得天天骂孙江华，要告孙平拾等平时在村里为非作歹等事。孙江兰说："是两个亲侄儿子，怎么好告？"吴光发骂："这下你知道他是亲侄儿子了！他们偷你的牛时，怎么不想想你是亲三娘，我是他们亲三姑爹呢？"孙江兰说："等我去找大哥，叫他们把我们的牛钱还回来就得了。"孙江兰即来找孙江华："大哥，孙平拾、孙国达偷我的牛，我也不说了。只要你把卖得的钱还我家就行了。"孙江华说："孙江兰，谁偷你的牛啊？你空口无凭就诬陷人偷你的牛！你以为我不收拾你啊？"孙江兰说："你是我一个亲大哥啊！我还会诬赖你？也不是我说你们偷，是公安局说他们偷。"孙江华说：

"那是公安局说的！是真是假，公安局知道！要赔你的钱，也是公安局叫赔，公安局叫我赔，我就赔！跟你无关！你莫在我面前闹！"孙江兰气得直哭："天呐！是什么同胞兄妹啊！还不如远路人！"孙江华说："要嚎你滚远点嚎，不要在我屋里嚎！"就将孙江兰赶出。吴光发气了，把孙平拾、孙国达等的劣行全报到派出所，从此同胞兄妹，有如水火。

　　这日孙平玉遇到吴光发，说："三姑爹，这下证明我没偷你的牛了吧！"吴光发说："侄儿子，说是别人说啊！我没有说过啊！我只是气愤孙平拾、孙国达这两个杂种，一点不分人。我是他个亲三姑爹，照样吃我啊！吃了，我不告他们也得了，你三娘去找孙江华，说还我的牛钱就行了。孙江华比畜生还不如，不但不还钱，倒反骂你三娘！以前怂恿我家收拾你家的，就是孙江华。他偷了我的牛，倒反来说你是贼，叫我收拾你！"即到孙平玉家，将孙江华如何劝他夫妇等事，和盘托出，并说："我可以作证，你不信叫孙江华来！"

　　二人正说着，外面孙江华已说着话来孙平玉家了。吴光发即说："我进去躲着，你问他！到时我出来作证。"即跑进孙平玉家房间里坐下。孙江华进屋，说："平玉，孙平芳和范正兴到我家里来了，想来向你借点荞子。"孙平玉说："没有。"孙江华说："那借点麦子。"孙平玉说："没有。"孙江华家中一无所有，要借东西去应急，便说："那你送我一撮洋芋。"孙平玉说："不送。我偷了吴家的牛，现在案也破了，要我赔牛钱！我连赔贼账的都没有，哪里还有东西借你！"孙江华恼了，站起要走。孙平玉说："你莫走！这些年你借我的东西，借去就不还。现在都还来！还来，我好赔贼账！"孙江华说："我会还的嘛！"孙平玉说："你会还个屁！最长的已借去七八年了不还，通通还回来！"孙江华说："好好好，我回去整来还你！"孙平玉说："人人都长块人脸，你长了块畜生脸！反正也认不得羞耻，才要把我当贼收拾掉，又来求我这个大贼了！我的东西都是偷来的，都是赃物！你不会做贼，借贼偷来的赃物去吃了，那你脸上也不光彩啊！"孙江华说："孙平玉，你怎么信口诬陷人？我哪时候说你做贼？你讲清道理！讲不清我不饶你！"孙平玉刚要叫吴光发，吴光发已走出来，说："这道理不用孙平玉来讲，我就帮孙平玉讲了！"

孙江华哪料到吴光发藏在孙平玉家房间里，一见吴出来，脸急红了，急忙推了门就逃。吴光发对孙平玉说："在你家这发财屋里，我不好骂他。等我追去，狠狠骂这个杂种一顿！"就追了出去，在孙江华家屋后追上，就大骂起来。孙平玉也越想越来气，又冲来助吴光发的阵。二人一齐高声，在屋后骂个不绝，牛兴莲等不敢出来。孙平芳和范正兴出来，孙平芳对吴说："三姑爹，我爸爸是你个亲大哥啊！你怎么这样不分青红皂白地骂？"吴光发就说了情况，然后说："不是三姑爹不看在你家两个人的面上，而是气愤过度了！现在请你家两个人原谅三姑爹！我不看在你家两个人面上了，我要照常骂！"又骂起来："孙江华，猪日的，牛日的，马日的，只会拿脸揣，一点不分人！亲妹子的东西也要偷！你再偷，也填不平你那个穷坑！你不是专做坏事，损了阴德，你会这样穷？你这样丧德下去更好，那你家更要代代穷，永远穷！你这家是败定了的，永远翻不起来了的！你会兴旺吗？不会兴旺！老子是你个亲妹夫，都巴望你败个人财两空，山穷水尽，关门闭户！你怎能不败？"孙平玉骂道："从我爷爷起，你就收拾！被你收拾着没有？没有！你专门黑心锭子害人，老天怎会让你得逞？你就是丧德事做多了，现报了！报吧报吧！就是要像你亲妹夫骂的一样！败绝根种，败断门户，败个山穷水尽！败个一无所有！"

范正兴对孙平玉说："大哥，我爹是你个大爸啊！怎能这样骂啊？"孙平玉就讲了情况，说："本来看在你和孙平芳的面子上，今天无论如何不能骂了！但是气愤不过了，就是要骂，也不看你家两个人的面子了，望你家两个人原谅！"于是又骂起来，吴又道："孙江华，你就是要像你侄儿子骂的那样！加油地败，像陡滩中的烂船一样败！败败败！努力败！但愿孙国达刀上死，孙国要枪下亡！你这杂种呢，可以活到一百岁，当个老孤寡，亲眼看看你这家是如何败尽的才行！"孙、范二人无颜再说，只得回屋。吴光发、孙平玉仍在屋后骂个不歇。孙江华家既煮不出东西来给孙、范二人吃，又得听吴、孙在屋后不停地骂。

孙、范二人刚到孙江华家，听不下去了，就流着泪，一路饿着肚子回家去了。

吴、孙二人骂到中午，骂得口干舌燥，才回孙平玉家，煨了开水，泡上茶叶，边喝水边畅谈："今天骂得极是痛快！多时的气，一口出尽了！"回忆起骂的情景，骂的内容，又哈哈大笑。笑一阵，孙平玉无所谓，吴光发又愁上来了，对孙平玉说："侄儿子，我被孙江华这个杂种家整惨了！你是知道的，我也是成年累月，粮食扣不上手，一年差半年粮！我猪鸡狗马无一，只有这条牛！你三娘哪年就说无粮了，只有卖这牛来买点粮吃！我说，'死也不能卖！卖了这牛，我还有啥？那只有这间茅草房了。老大十八九岁了，媳妇还没找到一个，怎么办啊？留着这牛，老大讨媳妇时，也才稍有点指望！'才没卖这条牛！现在这两个杂种一点不分人，把这牛又偷走了。我还有哪样？那间烂茅草房，四百块钱都无人要！老大讨不到媳妇，老二现在又是十五六岁了，也讨不到媳妇！我是真被逼得想自己找根索索吊死算了！孙江华这样逼我欺我，到我走投无路那一天，他就不想想我会不会提把刀来，把他全家一切剁翻，然后自杀？"又长吁短叹，到天晚，才回家去了。

法喇村山光水涸了。大红山上每天数千人次挖树根，渐渐挖光了。从村里举目一望，以前的森林，如今都成了地。有点树林的人家，每晚要到林中看到半夜。孙平玉房周围有点树林，每晚一听到动静，就得爬起来看，朝林中扔石头。那水也小得可怜，几千人的村子，春天只有小拇指粗的一股水。每天早上，几百人在水边争水，吵打不断。有人在下游争不到水，就到上面把钢管扯了，从上面汲水，下面的只得再往上去扯钢管。于是输水钢管被一段段扯脱，一直扯到黑梁子上。孙天主家周围，天天只听到桶响，那一定是有人挑水跌跤了，人也摔伤，桶也摔烂了。如田正芬、丁家芬等，都裹了小脚，这下根本无法挑水来吃。陈明贺家的水，都是陈福九挑。有时天亮就去，到中午才挑得回一挑水来。陈福九挑水挑得伤心，与陈福英说："姐姐，我倒是想远远地嫁了，再也不在这里了。有吃有穿不管，单挑水就得把人累死。"白天挑不到水，人们只有晚上挑，山上一夜都有火把在上上下下。

有法喇搬家到西双版纳去的,回来说那地方甚好。陈福达历来不安分,觉在法喇发家不痛快,非得到外地去好好地发个家才行,就要跟那些搬家户到西双版纳去看看,如果真是说的那样好,那他也要搬家了。陈福宽呢,拖拉机买来不起作用,只得减一半的价,将拖拉机卖了,损失一千多块钱。秦国安退伍后,有几个战友在昆明铁路货场当包工头,回法喇捉了几只狗打死,送与那几个老战友。那几个就收留他,他也当了个小包工头,不久就发了起来,超过陈福宽了。法喇人见秦国安没多久就超过陈福宽,立即发现昆明是个发财之地,纷纷扛了猪脚火腿去,送与秦国安,在其手下谋点活计来干,所以去昆明打工的,越来越多。陈福宽与秦国安关系好,于是秦就约陈,陈也就去了。

四十二　天　灾

整个暑假，阴云都笼罩着法喇村。孙天主一直失意，那天气也仿佛和人相通，让人不舒服，但恶劣的天气并不能阻挡人们的劳作。陈福英每天都得冒着雨，到荞地里掐荞叶喂猪。雨水、露水只消半个钟头就把她淋得全身湿透，而她从早到晚掐一天的荞叶，都不够喂猪，还得孙富民、孙富华帮忙。

河坝里天天满河坝的水，孙天主家靠河坝边的地，被水冲塌了。那地上种的洋芋，全滑入河中，地边的白杨树也倒了，水还在冲那地。孙家父子忙去堵水，水堵住了，才又砍树，将树砍倒，修了树枝，就抬着回家。雨越下越大，孙平玉叫儿子在大树下躲雨，但刚站到大树下两分钟，身上就冷起来。孙天主说："还是抬着走吧！"就和孙富民扛了树，冒雨往回走。人身上被淋湿了，水从后背的衣服上流下裤子来，屁股、大腿尽被裹紧，步子都迈不开。地上又滑，树又重，孙天主被压得喘不过气来，扛了走一阵，孙天主说："是不是放在这里，等天晴再来扛？"孙平玉说："你放在这里半个钟头，就不是你的了！你放吧！"来换了孙天主扛着，孙天主又去换孙富民，孙富民不换。走了一阵，孙富民抵不住树的重压了，才换与孙天主扛着。孙天主刚接过来，就觉整个世界压到肩上来了，肩膀被压得极疼，他不时将树从左肩挪到右肩。孙富民见他抵不住了，又来换了。孙天主顿有当了神仙的感觉。他去换孙平玉，孙平玉不让换。走了一阵，孙天主又换孙富民。经过一塘水时，孙平玉在前大步而行，而孙天主在后，要绕那水。树却被孙平玉拉着往前，孙天主被拖进水里。水里长了青苔，孙天主立脚不住，滑倒下去，树也砸了下来，还好砸在了屁股上。孙平玉的脖子，也被树撕破了，血流了出来。孙天主一倒，大家一声惊叫，急忙来看。孙天主泡在水里爬不起来，大家将树搬开，扶孙天主站起来。孙天主觉整个腰都没了，伸腿，还能动。大家都说："再砸歪一点，问题就大了。运气好，运气好。"孙天主歇了一会，能走了，才跟着走。心想要是刚才树砸上来一点，那腰断了，砸下去一点，那双腿也断了。

孙平玉和孙富民仍扛那树走。雨不断地下，路甚滑，孙平玉和孙富民都被那树压得直哼。孙天主换他们，他们不换。雨水顺着孙平玉、孙富民的衣服流下来，流下裤子又流到鞋上。孙平玉鬓发已有白的了，而孙富民呢，个子矮小，只有同岁的孙家文脖子高。孙天主眼眶就热辣辣的，农民真难当啊！他才回家来当了几天，就当怕了！父亲整当了一生，而孙富民眼看也将要一生当农民了！这一生何其漫长，怎么过呢！

孙天主回到家脱了裤子看，屁股又青又肿。屋里冷飕飕的，孙天主在火塘里笼了火，拿了干净衣服来，手一摸，像冰一样，忙将那衣服在火上烤热，才换了湿衣裤。孙平玉、孙富民将树扛回家，又冒雨拿绳子去背那树枝。雨越下越大，屋内就只有孙天主一人，感觉到好不寂寞荒凉，于是就出屋来看那雨，想父母还在雨里劳作，心中悲哀：要是我这一生这么过，那还怎么过呢？我是否有耐心把这几十年过完？平时说人生苦短，但细想下来又是如此漫长！我得赶紧走，逃脱农村，逃脱当农民的悲惨地位啊！

孙天主在檐下站了许久，冷了起来，就进屋烧火，加了猪水来煨，又忙砍猪草。因长期天阴，松毛变潮了，怎么也不燃，屋内浓烟密布。等他把猪喂了，已忙得头晕眼花，又忙洗洋芋煮晚饭。煮好，又想，莫说如何生产，如何劳作，单是煮顿早晚饭，都难煮啊！

到天黑，孙平玉等才回来了。全家人都无换的衣服，只得仍穿着湿衣裤，坐在火边烤干。每人身上热气直冒，头发湿的，头发在冒气，衣服是湿的，也在冒气，裤子湿的，也在冒气，鞋子也是湿的，也在冒气。烤一晚上，衣服、裤子是干了，而鞋子不会干，只能就由它了，明早上起来，仍是湿的，就又穿着湿鞋子出门了。说起来呢，孙家还是好的了，回家来还有大块大块的柴，大把大把的松毛放到火塘里将衣服裤子烤干。许多人家连煮饭吃的柴都没有，哪来烤火的呢！回家以后，湿衣裤脱了挂着，就睡了。等次日起来，衣裤还都是湿的，又拾来穿上，就出门了。白天黑夜，只有睡着时被子是干的，其余的都是湿的。

　　天阴使得劳动进度极为缓慢。尽管白天黑夜地忙，洋芋才壅了一半，荞子已黑了，孙平玉急了，说："壅不过来只有由它了！赶紧忙荞子！"于是一家人冒雨忙收荞子，割时雨水顺荞秆、镰刀流。背时水从荞秆流下人的背上来，背回家来后，仍不会干。白天全家忙着割和背，晚上就忙把荞粒刷下来。荞粒刷在筛子里，还是湿的，又得端着在火上烤干。陈明贺家火小，陈福宽家烧的煤炭火就端在陈福宽家去烤。今天听这家的荞子没火烤，出芽了，明天听那家的又出芽了，孙家听了还挺得意，毕竟我家有火啊！这也是一个优势。但孙家天天赶，荞子未及收完，就有一些在地里出芽了。孙平玉、陈福英又急了，说："以前把荞子割回家刷，那是憨事情，不赶工，应该在地里刷！"于是每人带个口袋，就冒雨站在荞地里刷荞子。刷了回来晚上又烧火烤。但先刷回来的，虽烤干了，但是一送上楼，楼上空气也湿，都出芽了。孙家忙得人仰马翻，今年的荞子仍全部报废，一年的辛苦，白费劲了。

　　荞子出芽，麦子也出芽了，麦子割起来也枉然，不同荞子还可刷，于是只好看着它在地里出芽。听别家说洋芋已开始烂了，孙平玉这天就去自己地里挖一棵看。把洋芋挖起来一看，已出现斑点，孙平玉急得喊："完了，完了，明年是个荒年了！"孙家又弃荞子不顾，忙挖洋芋。此时天却晴了，全村人急得哭，又祝祷老天莫晴。原来阴久了的天，乍晴起来，洋芋一见太阳，只消一天暴晒，立即蔫死。而天偏不顺法喇人的心，天天云花花都没有，圆滚滚的太阳，天天死命地晒，洋芋没几天就都死了。孙家的地，地势矮，因当年孙运发无地种，将法喇无人要的河滩硬是将石头捡尽，造成地来，种了庄稼，人人都嘲笑孙运发。那地常常受洪水袭击，孙运发父子终年打河埂，打到孙运发老死。江字辈的打，如今一到涨水，孙家都去打河埂。那河埂打了近一百年了，耕地仍未摆脱洪水威胁。埂高一寸，河滩高一尺，上游泥石流不断下来，将河床加高。如今河床已高过孙家的耕地数尺，洪水虽不能明冲进去，却从河埂下渗将进去，从耕地中冒起来，冲起数尺高的浪花，将洋芋地淹没。天虽晴了，那水仍从地底冒个不停。孙江成、孙江荣两大家几十人，天天站在齐膝盖的水中挖洋芋，洋芋烂的情况，一天比一天严重。洋芋上的斑点越来越大。因陈明贺爷几个的地都在高山上，洋芋暂时不烂，孙平玉家就请了陈家来帮忙。陈明贺等来站在水中挖洋芋。一时几十人站在地里，像下田栽秧似的。不久，他们因天天站在水里，毒性发了，每人脚上都生了疮，溃烂了。马友芬等说："姐姐家这地，适合种谷子。"陈福英说："真适合种谷子又好了，问题就是只能种点洋芋。矮处那些地方种谷子，哪个脚上生疮？倒反我们生疮。"孙平玉家坪子里的洋芋地挖完，又去帮陈家挖。各人脚上的疮过了十多天才消了。

孙平玉家的洋芋倒因有陈家帮忙，挖了起来。陈明贺又发动几个儿子家："你姐姐家这洋芋太嫩了，又有烂斑了，放不住，我们几家赶紧把它分来吃了，过后还他家点好的。"孙平玉、陈福英说那样怎么行，那么那几家就亏了。陈家都说分，于是分了孙家的洋芋去，所以孙家就损失不大。其余孙家几家，因无人帮忙，洋芋才挖到一半，都脚上生疮，望着那洋芋地无可奈何，洋芋也烂完了。挖起来的也开始烂了，最后不到一月，就都烂完了。孙家几家除孙平玉家靠陈家帮忙稍有收获外，荞、麦、洋芋也均告无收，一年辛苦，倒贴老本。

孙江荣、孙平文父子已着起急来，下一年的生活咋办？孙江成呢，有钱，忙拿出钱来贴补孙平元家，叫孙平元家："赶快买粮食，准备过荒年。"别人在忙秋收，孙江成已在购粮了。他天天跑到荞麦山去买苞谷往家里背。这天陈福全又买了匹大叫马来，赶着大马车从荞麦山往法喇跑，见孙江成背一背近百斤的苞谷，大汗淋漓地往家走。陈家马车、拖拉机在路上跑，而孙江成无论背什么，虽然陈家几弟兄叫他将东西放上车拉着走，他从来不答应，都自己背了走，跟陈家根本不像亲戚。陈家历来将此作为笑谈。这天孙江成累极了，陈福全说："孙大爹，放上来我给你拉！"孙江成忙摇手："算了算了。"陈福全就赶马车走了。孙江成背不动了，绕道走到孙江芳家去，天已黑了。在孙江芳家吃了晚饭，孙江芳要安排他睡觉了，他却穿了毡褂，又去背苞谷，说要回家。孙江芳叫他明天走，孙江成硬是要走，就背了苞谷走了。半夜过后，鸡已叫了，孙江成才回到家里。秦家说："大舅好像生怕我们偷他的苞谷一样！"孙江芳说："不要乱说！他一辈子的性情都是这样的。"

孙天主天天在家劳作，亲身参加了这场颇为悲凉的秋收，心中极是难过。他在学校读书，读一点就收获一点，写作也是这样，写一篇就是一篇，都不存在亏本的事。而农业生产呢，完全不是由人的想象来啊！无论你如何勤劳，天气一差，就什么都完了。靠天吃饭，运气好时好了，运气不好时就一切都完了，还有比这更可怕的吗？

孙家既忙秋收，又要关心高考。孙平玉在孙天主高考前做了一个梦，一位老人，自称是孙寿康，来围绕他房子转了两圈，说："要出人了，要出人了。"后老人就去了。孙平玉醒来，大喜，说："富贵要考大学了，我就做着这个梦，我老祖来这样说，看来是有希望了。"他出世时，孙寿康已去世二十年了，根本不得见老祖是什么模样，于是就去问孙江成，孙江成形容一番。孙平玉说："正合。他老人家在梦中一手捏烟杆，一手捏块牛屎。"就打了点纸到孙寿康坟上烧了。以后天天讲这梦，讲时就喜形于色。陈福英嘲讽说："也看富贵考取，看怎么样了。不然像那年没考取，有些人天天丧着脸，一跳八尺高，胆小的魂都要被吓落掉。"

孙天主等回家来后，群众都在议论："看今年了！听说孙富贵也厉害，吴明道也厉害，郑朝斌也厉害，看哪个能考取大学了！"孙天主每晚劳动回家，关心此事，有时睡不着，起来点着煤油灯看书。有时盯着昏暗的灯光和自己投在墙上的黑影，就感到悲哀，要逃脱这农村，是何等难啊！要是自己没有这一学习的机会呢？要是父亲贫困供不起自己读书呢？要是父亲的观念很差呢？所有这些，都可致他永远埋没于农村。他这一生，逃离农村的概率，本是只有万分之一，亿分之一啊，任何一个小小的差错都可毁掉他的一生，任何一个小小的歧途也可毁了他的一生！他这一生的命运像个玻璃瓶，时刻充满了危险，一触就碎，一碰就裂。好不容易才有今天啊！战胜了多少恶浪险滩，才终于走到如今，未来不知还有多少艰难的路要走，太不容易也太可怜。相反他羡慕晏明星、路昭晨等人，她们的命运比他好多了。她们一生下来，就不必为如何逃离农村而发愁。她们在比他高得多的起点上往前走。同时他又悲哀，这场拼搏看来还是遥遥无期，还是漫长。从他读小学至今，父子俩整整拼了十一年了，如今呢，结果还没出来。还要拼多少年才有结果？要想将这个家拼到像晏明星等人的家，要到什么时候？如今他一回法喇，就有沧桑之感。那些读小学的学生，再不是他孙天主了，那些考入米粮坝初中读书的，也不是他了。他们活蹦乱跳，而他再也不能去和他们一起跳了。他有一种被人驱逐的感觉，有一种老了的感觉。老了的感觉已有了，而全家垫的仍然是烂毡子，盖的仍然是臭铺盖。也许他们父子拼搏一生，到他孙天主死时，才会达到晏、路刚出生时相同的家境，甚至还差着呢！此生将老，吾复何望？那自己这一生，价值何在呢？像晏、路等，生来就享福，一生忙着恋爱！而我孙天主呢，生来就受苦。什么叫恋爱，都从没舍得时间去谈啊！她们都有幸福的童年，我没有。我只有艰辛的生存，忘我的奋斗。而这能补那幸福的童年吗？永远无法弥补！这是永远的缺陷！无论他孙天主的未来如何辉煌，也无补于如今的凄凉！天地就是如此不公！命运就是如此不平！于是作一诗：

兀兀穷经十余年，辛勤未见寸功还。
可怜我无骑马乐，转眼即感头将斑。

这天晚上，天已黑了，孙平玉去地里背洋芋，天黑许久了都不回来。孙富民就站到外面去喊，孙平玉答了，说马上就来。孙富民回家就说:"爸爸肯定有什么值得高兴的了!好像在笑着回答我啊!"不久孙平玉就背洋芋回来了,进门就在笑。一放下背篓,就说:"啊!分数来了!三姑爹在城里抄了,请人带到荞麦山,然后才带到法喇来的!富贵的最高,三百八十分!比吴明道的还高!"于是就坐下,笑着说:"吴明献气很了,才看分数,就骂吴耀军,说晚上回去再收拾!肯定又是像那年一样,石头翻天地打了!"陈福英说:"你今年不石头翻天地打你儿子啦?"

孙平玉喜气洋洋,眉开眼笑,边吃着洋芋边吹:"吴明献、谢吉林他们刚才看了分数,都说富贵这么高的分,一定考取了!当时在场的人,个个都说这么高的分,一定没问题!"到睡了,还在吹。

但今年没有出现当年那种家家打儿子的场景了。吴明献、谢吉林、吴光兆等都想,既然吴明道的分数都低,那题目肯定难。所以只是骂了一通,没有打。再说这是考大学,不是那年考师范啊!大学有这么好考?于是,如孙家,在等着录取,其余几家,都在准备送儿子到高中补习。

到录取阶段了,孙天主久等通知书不至,就拦车到米粮坝来,一到县城,从头到脚,一身的灰。他大汗直流,两边直投来鄙夷的目光。到县教育局一问,说才录完本科,专科刚要开始,不过都说:"你这个分数,差本科控制线五分,专科毫无问题。"孙天主又到区老师处,区老师说:"没问题了!我当时看你天天书不读,字不写,成天搞小说,以为废掉了!哪知你还弄得个专科来读!可以了,可以了,你逃脱了农村,甩掉农民的帽子了!回家准备点钱,等通知书就是了。"孙天主只得回家,过了十来天,秋季学期已开学了。孙天主又到县城,教育局说:"最近可能要来了。你在县城等着,不要回家了。"孙天主就在县城等。史元洪考取浙江大学,其余又有数名理科生考取本科。文科生呢,孙天主算是全县状元,却只能等着录取专科。孙天主好不悲哀,看来米粮坝是落后啊!二百余名文科考生,状元都落选,实属荒唐。过了几天,录取乌蒙师专的出来了。米粮坝共十人考取师专,孙天主名列其中。还有几个平时其貌不扬的女生,因无男生去骚扰她们,也考取了。其余长得漂亮的女生呢,全被好色的男生淘汰,当然这是同归于尽,这些男生也没有好下场,谁也没考取。

孙天主取了通知书等就往家跑，法喇村数人，仅考取孙天主一人。孙家出了大学生的传闻，一日千里，全村震动。且说王元景和岳万光儿子考取大学，但二人都在单位上。孙平玉呢，是全靠他的锄头把儿子供进大学的。王勋杰一考取，人人去观察王家的祖坟和房屋，看风水到底好在哪里。岳英贤一考取，迷信风水者又去看岳家的祖坟和风水。孙天主考取，又立即有人到孙寿康和孙运发坟前后及孙平玉家的房子前后观察，说出许多风水道理来。有人说是孙寿康的坟埋着了，有人说是因孙运发的坟才埋着了。又有人说孙平玉的房子地理不错。有人又说孙家阴地和阳地都拿着了，所以才出人。全村人张口孙家，闭口孙家，看孙家的脸色，立即迥异。孙家无论什么人，都感觉自己在人们的眼里地位一夜之间变高了，连孙富文都感觉得到了。孙江华等听别人吹孙家出大学生时，也为之高兴，回家细想，好不难过，魏太芬等亦然。魏对陈福英说："这两天人人在说孙家了！都说孙家出人了！孙家得了好名声了！我还是高兴，虽然儿子是人家养的，不是自己养的，但人们说时，都左一个说'法喇孙家'出人，右一个说'法喇孙家'出人。既不说'孙平玉家'，也不说'陈福英家'反正一说就是说我们这一大家，好像富贵是我们全族人供出来的一样。我也得沾光，也跟着高兴。倒反你费了半天的力，供出个大学生来，人们也不单独表扬你，只把你和我们一起同时表扬，我们太占便宜了！"

孙江成走到哪里，都吹他孙子成了大学生了。别的说："你家辈辈人当官啊！孙江华当了，你接着，你当了，孙江才接着，孙江才当了，我们才在想你家谁又能接孙江才的班，没想你孙子又考取大学了！法喇的江山，硬是要被你家霸个千秋万代？"孙江成大话连天："我家以后再也不耐烦当个小支书了，要去当中央委员！"别人不明中央委员是什么东西，惊讶相问，孙江成补充说："中央委员就是中国共产党中央委员会的委员，权力大得很啊！天天坐在北京城啊！"

孙平玉也无心肠再挖地里的洋芋了，忙着借钱，转粮食等等，边跑边在笑。借好了钱，孙平玉定要亲自送儿子到校。当年王元景就是亲自送儿子到学校去的，回来说大学里如何如何。他也想效仿一番，王元景能做到的，他孙平玉也能做到。但孙天主没想到这些，他要独立生存，因是力劝孙平玉不要去了，他自己去。父子俩的主张都很坚决，后是孙平玉放弃了自己的主张。他看好了日子，头一晚上煮了刀头等，又是半夜就起来，将饭煮好。天明，敬了祖宗，一家人就开始吃饭。吃好，全家送孙天主到公路上拦车。谢吉林正好出门，看见之后，羡慕不已，问了一声，就埋头走了，脸色很难看。

到公路上等了几个小时，那从米粮坝到乌蒙的班车就来了，黑压压的尽是人。孙家招手，车不停。孙平玉和孙天主跟着追，车不停就走了。只好拦到乌蒙的货车。拦到下午，拦到一辆货车。驾驶室人已满了，孙天主就站上车厢里去。车一走动，就告别法喇了。尽管秋风秋雨，满目凄凉，孙天主仍是满腔豪情，兀然挺立，新的生活开始啦！他一直咏自己以前写的诗或新作一些诗，来表达心中激动：

男儿生来只看天，誓以全策扫狼烟。
一统山河连星月，勤浇春色到日边。

丈夫无往不英雄，随处可起浪千重。
呼吸群众八百万，任凭东西南北风。

秦汉终于扫地空，万古代谢归浩茫。
英雄所以倔强起，欲将壮怀赋大风。

长空万里曙色红，灵类一齐皆向东。
但使盛德如天地，挽回青天不是功。

四十三　觅知音

　　孙天主顶着绪风绪雨,到了乌蒙,乌蒙坝子比米粮坝大得多。他回到了一百多年前孙家的故土,甚是激动。祖先们,你们的子孙打回来啦!我不单要打回乌蒙,还要打回南京去,把这二十多代人浪费了的六百年光阴挽回来。这六百年我们步步落荒,把发展的机会、成功的机遇都让与了别人!如今我们要把失去的机会都抓回来,发展自己!壮大自己!

　　孙天主尝透了当农民的苦楚,当农民就是退出竞争,将生存权、发展权交由别人掌握!如果孙家这六百年中不离开古都金陵,那六百年的发展,会是何等境界!而孙家离开了那"江南佳丽地,金陵帝王州",来到蛮荒之地云南,来到"远在天末"的乌蒙,来到米粮坝,来到荞麦山,来到法喇,一切发展的机会都丧失了,一代比一代落后,一代比一代活得凄惨,终于落得如今这个下场!

　　乌蒙师专在乌蒙城南面。秋雨之中的乌蒙,楼房灰黑,道路泥泞。虽环城路上是柏油路,但泥汤不久就将他的胶鞋浸黑了。他找到学校,到了宿舍,那宿舍里其他各县的学生都早到了,只是他最后赶到。那七人见他来了,说:"你就是孙天主啊?我们等你好几天了。你这名字不错啊!连我们都想改成和你一样的名字呢!"孙天主说:"何必跟着我改呢?你们不会起牛地主、马人主、张皇帝、李霸王?"住下后,当晚孙天主就筹划他的创业大计了，从今天开始，顽强拼搏，努力奋斗，成就大业。第二日，他忙去找学校图书馆，看看是何样子，能否满足他这三年的需求。没料找到图书馆是几间又潮又湿很低矮的瓦房，跟米粮坝县图书馆一个样，隔窗往里看，藏书也不多。孙天主心就凉了，想要是像路一样考个好的大学，或许会遇到个好的图书馆。如今在这里，岂不全完了？后他又去找地区图书馆，见比米粮坝图书馆好得多，才高兴了些。

新书到手，孙天主看了近一个星期，全看完了，他再不看课本了，而是专找课本涉及的书来读，又一头扎进图书馆，天天埋头读中外文学，不再上课了。

中文系年轻的老师居多，年老的也有。老教师爱古文，什么唐诗宋词明清小说等等，中年教师爱什么近、现代文学，年轻的呢，就是什么艾略特、川端康成、马尔克斯等了，年轻教师迷信西方现代派文学，斥中国古代文学为垃圾。教古代文学的老师将要退休了，又斥西方什么"荒诞派""魔幻现实主义"等为粪土。但学校年轻教师多，西方现代的东西就稍占上方。老师们在讲台上，都在排斥对方。老教师中十之一二有时写点东西，都是赋诗填词，但孙天主看他们填的词赋的诗，不如自己高中时的水平，有的甚至念都念不通。其余十之八九的老师，教学生唐诗宋词却一生没填过一词赋过一诗，教书就是谋生而已。孙天主一时就把这些老师看白了。年轻教师呢，写作的多，但有很多写不成的，只能叫做习作者，像中小学生作文一样。能写者只占中文系老师的十分之一左右，其中令孙天主看了满意者就更少。老师们都自吹自擂，有的老师，苏轼一曲《水调歌头》竟洋洋洒洒写出《〈水调歌头〉鉴赏》《〈水调歌头〉意境谈》等四五篇"论文"，每篇上万字，发表在某些大学的学报上，然后在课堂就叫学生鉴赏该词，非鉴赏出几千字的论文来不可，并说："如果不会鉴赏，我在某某学报某某期的论文可以参考。"于是学生就蜂拥而去找该论文来读，一读就觉老师了不起，干出这么长的论文，真会鉴赏，对老师敬服不已，拿到教室里观摩不已。老师也激动了，吹他这论文"经某某论文奖评委评定得了某某论文奖。"只隐瞒了靠这些"论文"晋了什么职称、加了几级工资、分到什么住房。孙天主听了想，觉得不过就是一阕词，看两眼就可以扔开了嘛，有什么值得为之大作论文的？这世界太胡扯了。

所以一到学校不满两月，孙天主就对老师们大失所望。他原以为大学老师，当是如何地厉害，其实不然。他们上课都是照着课本念，要学生记笔记，记了一月，也是抄课本。记了一年，也是抄课本，记了三年，师专毕业，还是抄课本。孙天主想，课本发来，我才一周就看完了，我还记什么笔记呢？老师完全对这伙所谓大学生像中小学老师教书一样，凡记笔记者，期中考试就加分，期末也加分，笔记就是分数。孙天主反抗，既不记笔记，也不上课。学校的管理，也像对中、小学生一样，上课要打缺席。孙天主就成了出头鸟，首遭枪打。期中考试，孙天主看老师出的题，都是偏题怪题，如古代文学，要学生默写某诗，赏析某词等。孙天主本来就看不起那些诗词，就不默写，也不赏析，想：你这题要是出得有水平的话，就让学生写上一首诗当考试！又如写作，考试就是什么什么写作方法等等，孙天主早尝试过了，那些所谓写作方法都是骗人的。他也不做这试卷，所以每科都不及格。

古代文学老师教书不行，却能识人。孙天主期中考试只二十分，不及格，他在课堂上教育了孙一通，后说："你还是不错的。我饶你了，给你打成六十分！"就将孙天主的古代文学成绩打成六十分了，其余不及格者却被他罚去补考了，孙天主是唯一的例外。孙天主想：哦！还有这种好事啊！写作课也是这样，老师将其他学生都揪去补考了，唯大笔一挥，即将孙天主的打及格了。

对同学呢，孙天主一到校，就想找个同道同志的，却找不到。他们是中文系的学生了，却连作文都不会作。全班六十人，写个千把字的记叙文能不出错的，只占百分之二十，能写好个说明文的就更少。孙天主想：能知道读中文系为个什么的人，怕不到百分之十吧！课堂上，每见全班学生规规矩矩，老师在讲台上照本宣科，学生在下面埋头记"笔记"，却不看自己的课本上一切早有了，孙天主就想哈哈大笑，心想：蠢啊蠢啊！中国的大学生，蠢啊！有的课堂上记不赢的，下了课才找同学的笔记来补上，在宿舍里伏在箱子上，苦得可怜，孙天主就怜惜不已。

学生当中也有忙争个官当的。当班长、学生会主席、团委书记，都很积极。因为官当好了，以后成了优秀班干部、优秀团干部等，都是有好处的。或可以升本科，或可以分工时得到照顾。有的学生，埋头苦读，欲当三好生，成为三好生以后也可以得到推荐，所以笔记好好地记，课好好地上，考试前好好地背，考场上努力作弊，提高成绩，这样的人占三分之一许。其余的呢，反正过混，六十分万岁，三年毕业分到某个中学，当上教师，领到工资就行了。

班上有两三人，是从民族预科班升上来的，他们先在这里一年，知此中情形了。学校有个文学社，就叫乌蒙。他们先也学着写点新诗之类，这下就在班上写诗，但写者也不多。渐渐地孙天主也就知那乌蒙文学社，是几个中文系三年级、二年级的学生在撑着。这几人在一些刊物上发过一两首新诗，就成为"著名诗人"，当社长或主编，还有写几年都不得发表一首者，就在这文学社的刊物上发上一两首，也成了"诗人"。凡是"诗人"，都有部分女生会崇拜。"著名诗人"者，崇拜者更多。社长和主编们见哪个姑娘长得漂亮，就去发展那姑娘当"诗人"，趁机谋取好处。就像社会上某个组织、团体的领导见某女漂亮，去发展其为成员一样。

班上这几人当不了乌蒙的社长、主编，就来约孙天主办个文学社，自己当社长、主编。孙天主爱写古诗，古诗不合当今潮流，是"历史的垃圾"，该抛弃了。孙天主虽然答应，但自己忙自己的。他们就办了文学社，当了主编、社长，开始以此为鱼钩，钓姑娘了，去发展班上姑娘呢，那些姑娘多半不想写什么诗，也不想当什么"诗人"，不免碰一鼻子灰回来。想当"诗人"的姑娘呢，虚心来请教了，但又不漂亮，不中先前的"诗人"们的意，所以"诗人"们很费劲，收效却不大。

其实最幸福的，还是那些干部家庭出身的有钱的男生、女生。有钱的男生大把撒钱追女生，一追就到手。而这些穷"诗人"呢，多是农民子弟，包里没子儿，只能卖虚名，忙半天空费劲。偏那些长得漂亮的姑娘，都是干部子女。这些富裕的女生才不把农民出身的穷"诗人"看在眼里，她们也庸庸碌碌，反正混日子，并不想当"诗人"。她们看得上的，还是那些也不当"诗人"的纨绔子弟。这些人有风度，有钱，也长得雄壮，又会踢足球，也因高中时代勤于操练，精于恋爱，会玩爱情游戏，比那些只会写臭狗屎一样的诗的"诗人"们厉害多了。

对师专是不是大学，乌蒙师专的师生定义的是："乌蒙师专是世界最日脓的大学"，意思呢，这就是大学了。反正老师也自卑，学生也自卑，就夸大其辞以获点自尊，乌蒙师专再日脓，也是最丑的大学嘛！反正是大学，就行了，我在这大学里教书，是在这大学里读书，还是有点自豪感的。有人呢，就自大狂妄了，说："这是乌蒙大学。"还有的委婉说："乌蒙最高学府。"一提到"最高学府"，那这级别就高啦！孙天主见老师如此，学生如此，就觉可怜。这学校是大学又如何，不是大学又如何呢？关键不在学校，在人啊！但这样想的，有几人呢？

孙天主一到校就埋头学习，劲头十足，但压力不是没有，而是很大。乌蒙海拔高，两千来米，又极空旷，天气冷极了，比海拔三千米的法喇还冷，一进冬天就下雪。打饭吃时，一碗饭打到手，还没吃完，碗也冰到要将人的手指冰落下来了一样。他穿的衣服单薄，没有毛衣，也没有毛裤，他是如今才知道人们冬天穿毛衣毛裤。冷得无办法，他在教室里时，咳起来了，多加件衣服吧，无济于事。要用意志克服那咳声，也不容易，那东西本身就不是用意志能克服得了的。喉咙要咳，意志起什么作用！但他一辈子迷信意志，认为意志能战胜一切，所以就用意志与之斗争，但失败了。他咳的声音越来越大，越来越频，搞得自己都不好意思了。下一节课，他就跑回宿舍，干脆睡在被子里。他想写信让家里带点钱来，买件毛衣，又想家里大不如前了，要是前两年，买什么都好办，牛马都在，顶多家里卖条牛或马，一切就都解决了。而现在牛马都死了，家里已将空了。他不忍心逼父母了，再怎么困难，自己坚持吧。

全班甚至全校同学，农民子女的学生占一半左右。孙天主如今算是极贫困的学生之一了。当然一些农民家庭出身的学生，也都很可怜。饭吃不饱，衣穿不暖的学生，大有人在。孙天主个子不是太高，饭还勉强吃得饱。师范学生国家每月有十多元的补助，都发成了饭菜票，够吃半个月左右，另半月就得靠家里提供了。一些家境好的学生，看不起家境贫寒的学生。班上就有所谓父母在某县什么局上班的学生，自以为了不起，只和父母也在某些县的部委上班的学生结在一起，看不起父母是农民的学生。父母是农民的学生，自卑者多。学生就被这么凭经济地位自然分成无数群。孙天主什么群也不是，独来独往。他不是农民子弟们结成的"诗人"团体、"扑克"团体，更不是纨绔子弟们的"麻将"团体、"足球"团体、"篮球"团体，更不是男女二人混在一处的那种情景。

　　因为阶层不同，宿舍里不久就吵架打架了。这一间宿舍里，农民子弟五人，有一干部子弟，父亲在某县农业局任小科员，就看不上这伙农民的儿子。他到校来，当了班上的团支部书记，仗他有钱，叫其余四人帮他做这做那。无骨气者，他喊时就做了。有骨气者，他不敢喊。孙天主无毛衣，他就作为班干部，将他多的毛衣借孙天主穿，孙天主接受了。他就叫孙天主给他倒洗脚水。孙天主大怒，一脚将那盆踢了。他年纪个子都胜过孙，就要打孙，二人对峙，那人怯了。孙天主将那毛衣脱了掷还给他，向别的借了十元钱，去商店里买了件毛衣来穿上。这家伙后来在这宿舍里和这几名农民子弟搞不成，就和其他宿舍的人调了。这宿舍另两人呢，一个的父母在某县政府办、农工部；一个的父母在某县卫生局、小学。这二人天天和一伙其他年级的学生打麻将赌钱。因在别的宿舍和农民子弟打了架，赌场无法维持，便欺这一间宿舍里的人，将赌场移来这间宿舍，每晚从各年级拥来数十人，麻将响声直到天亮。这五人中有胆小的，也有胆大的，孙天主是胆大者之一。他们白天要上课或是如孙天主要去图书馆看书，晚上麻将不断地响，人根本睡不着觉。胆大者就抗议，叫二人不要带人进来赌。二人不理，战争就爆发了。双方各持钢筋，在宿舍里作战。孙天主等共三人，对方二人。孙天主等打胜，那二人挨了几棒，就去叫那帮赌友来帮忙，一时来了十几人。孙天主也挨了几棒，头被打晕。过后三人又报复，打了几架。那二人无奈，才和别间宿舍的调。连调几个干部子弟,孙天主等不准他们进来。最后调整了两个农民子弟进来,这一间才清静了,全是农民的儿子。但那一间就惨了,从此夜夜聚赌,有两个农民之子,想调宿舍,无人与之调,想惹那伙赌徒,又惹不起,景象惨不忍睹。

孙天主他们的班主任是个二十三四岁的年轻人,姓尉。去年刚从省上的师范大学毕业,来校就当班主任。他好写作,写得也很好。他在学校里信奉民主、自由等等。如今当了班主任,在讲台上就大骂政府如何专制,官员如何腐朽,反正如何骂政府和骂官员成了时髦,骂者高明,不骂者愚蠢。那谁能不骂呢?有句话叫"坐上桌子吃肉,放下筷子骂娘",就是形容这个时候。尉老师讲美国的三权分立如何民主,欧洲的宪政如何自由,对学生就极为民主,对班上管理不严。他说:"对大学生,怎么能像对中、小学生一样管理呢?他们学习的地点应是图书馆,而不是教室,把他们都限制在教室里,那还学什么!"他这一教学方式是对的,对孙天主就太适用了。但对其他不自觉的学生,就不适用了。学生都去宿舍打扑克、打麻将去了。往图书馆跑的,只有孙天主一人。学校领导很恼火,找尉老师,尉老师说了他的理由。校长说:"你说的对不对呢?我承认对的。我刚教书时,跟你这主张一样,但我们的学生素质低了!搞不成!还是只得把这些假大学生当中、小学生对待!就像你讲的民主自由一样,好不好?谁也不说坏啊!但在中国用起来呢!国民素质低了!搞不成!必须玩专制!"但尉老师还是不管,结果这一班就成了著名的烂班。管理松弛,纪律混乱,学习下降,一无所成。自师专建校以来,中文系都是师专的顶梁柱,文艺表演、足球比赛、篮球比赛等,凡是能进行对抗的,其他系都不是中文系的对手。冠军、第一名等奖杯,通通放在中文系的会议室,从没流走过。到如今,中文系仍占着统治地位,但这新来的一级被尉老师一放松,什么都搞不起来了。中文系急了,让尉老师当完一年级的班主任,就换班主任,但已无法将这一班学生扭回来。

尉老师对孙天主是不错的。孙天主刚去他那里报到,他就说:"你就是孙天主啊?你的高考作文我看到了,不错的。"说他向乌蒙文学社推荐过孙天主了,孙天主对文学社不大感兴趣。他的很多观点,如说西方现代派文学等如何好，如何深挖人性，把人性刻骨地表现出来，中国文学如何糟，表达不了人性等。孙天主并不赞同，想西方文学中，表现人性力度比得上《红楼梦》的几乎没有。什么荷马、但丁、莎士比亚等，比曹雪芹差远啦！但尉老师听了，说："《红楼梦》有什么价值？"孙天主自有一套。

孙天主始终只与岳英贤合得来，岳为人直率，不用什么"诗人""画家"的头衔去骗姑娘。两人因生活经历基本相同，对社会的一些看法有相似之处，皆憎恶虚伪，崇尚真实，远离庸俗无聊，也皆忙于正业，不爱恋爱、打牌、下棋、看电影诸务。但二人的差别还是巨大的。首先理想不同，岳的理想是当个好诗人，好画家，好书法家，孙天主的理想是当霸主。孙天主如今对什么事都懒于评论，而岳英贤不同，有所感触，口必伐之。他在班上是三好生，也爱写诗，也喜画画，都甚不错，而失于气魄不大。如他最爱朱自清的文章，闻一多的诗，陶渊明的诗及《桃花源记》，而孙天主则认为这些人不过是中国的三流作家。孙天主只背得个《桃花源记》，就丢开了，决不再去思索不已。而他则将《桃花源记》形之书法，挂于床头，又形诸图画，悬于壁上。他常与孙天主说朱自清的《背影》甚是美妙。孙天主认为《背影》再好，也是一溪一谷，绝非大海。他又常与孙天主说法喇村以前每家杀猪宴请全村时的热闹场面是何等美好，说法喇村就是个在消逝的桃花源，因之怀念不已。孙天主不同意，他所知的法喇与岳所知的法喇不同。孙天主不认为法喇是什么桃花源，所谓桃花源的错觉是因对法喇的认识不深刻才造成的。孙天主绝不怀念那地方，那只是可怜的地方。于是岳的诗始终怀念法喇村，写的是母亲、茅屋、土地等等。他的画也是茅屋、大山、小鸡、羊群等，但表现得很优美，很诗情，在同学中引起轰动，大家都公认他是个才子。孙天主看了他的诗，他的画，也很激动，的确很不错。但岳用力太分，无法专攻，他既要搞好学习当三好生，又要写诗，又要画画，还要搞书法，同时又参与乌蒙文学社的杂事，忙得头昏眼花。孙天主认为他没抓到要害，当前的要害是读书。劝他把兴趣砍掉一两样，专攻一两样，要学画，就不写诗，要写诗，就不学画。先搞好了一样后，再来搞另一样，书法等均可休矣，参加什么文学社的俗事更是无聊。岳那性格受父辈影响甚深，求全求稳又求精工。他不像孙天主那么把读书当最重要的事来做。他在每个方面都有才能啊！觉得扔了都可惜，不听。孙天主说正因为在每方面都有才能，这样就更要取舍，他始终舍不得。而孙天主的性格则不同，从不求全，也不求稳，比他更具冒险精神。

岳对孙天主"破釜沉舟""陷之绝地"的干法，甚是吃惊。说："你这样干太危险了！师专每年要开除多少成绩不及格的学生啊！你以为这个师专来得容易？是我们几代人艰苦奋斗好不容易得来的一点成果。要珍惜啊！反正慢慢混满三年，一旦分工，我等就大功告成了。"但孙天主不珍惜，认为在师专混下去太窝囊，欲生不得，欲死不能，分工当老师之时，就是他失败之日。与其这样慢慢困死，不如等到开除，断绝后路，置于死地，逼着自己朝北京、上海跑。

岳英贤受一些青年教师的影响，也沾了无政府主义，认为有政府就是错的，每天大骂政府腐败无能，向往那桃花源的社会，希望远离政治。孙天主则不同，说："我不幻想那些荒唐无稽的东西！莫说几十亿人，就是只有两人，无论夫妻还是父子，还是兄弟，只要有社会关系，就有政治关系。政治一刻也没有离开宇宙，离开世界，离开人类。猴有猴王，蜂有蜂王，何况于人？"岳英贤说："你喜欢政治，那你就去搞政治，当个三好生，捧好校领导，弄个学生会或团支部的官来干干，毕业了好走仕途。"孙天主说："我根本不耐烦如你所说。"岳说："你要搞政治，先学厚黑学，我也认为抛掉厚、黑二字，无法搞政治。"孙天主说："你这看法狭隘了！以厚、黑玩政治的，是最愚蠢的政客！我有理想当政治家，我就要用伟大的道德力量去行政，要行出政治的典范！"于是给岳看他写的有关刘备、诸葛亮数诗：

汉前君臣无三顾，亮后征伐罕七擒。
天地难比英雄襟，宇宙总输豪杰心。

刘备事迹推三顾,孔明功德数七擒。
秦汉隋唐万古誉,总输蜀汉感人深。

秦唐兵车八荒行,汉晋铁骑万里征。
残德贼义怎能比,汉相南中纵七擒。

周翦殷商封万国,秦兼天下扫六合。
韵味总输汉刘备,三顾茅庐感人多。

岳英贤读了,大吃一惊,说:"厉害厉害!着实厉害!我再也不谈什么厚、黑了!读了你这诗,才觉厚黑学淡如水,一钱不值!"孙天主说:"我这一生行径如不盖过三顾茅庐、七擒孟获,就枉来世上了!"虽岳各方面观点都比不上孙,但孙能谈的也只有他了。

孙天主则什么事也不做,为了看书,他把学习甩在一边,也不参与什么文学社等,只搞一样,只图在一个方面的有成效,那就是这三年把知识努力积累以致渊博就行了。

四十四　反目成仇

高考一战，败多胜少，大多数人没有考取，但随后招工，城镇户口的学生，可以报考。一百人参考，录取九十人，所以这一届高中生，有城镇户口而没考取大中专的，几乎都通过招工立即分工了，如华姑娘分在干冲乡政府，连姑娘分在县土地局，其结果呢，比孙天主等考取学校的还好。高中毕业就分工，单位不错，且分工后就读函授大专，函授费用全部财政报销。等孙天主等师专毕业，这些人几乎也取得大专文凭了。农村学生呢，不能参加招工考试，无法通过这一途径逃离农村，所以秋季学期一开始，高中补习班里，坐的尽是农民子弟。有才华的农民子弟，已考取大中专走了，城镇户口的学生，也通过招工走了，到头最悲惨的，还是这些农民子弟。他们高中三年学习，都比城镇户口的学生刻苦。城镇户口的学生，天天恋爱，学习一团糟。而如今呢，狗屁不懂的也分工了。所以他们坐在补习班里，愤愤不平，骂社会不公："老子们哪里比他们差了呢？只要他们考，不准老子们考。"

吴明道、吴耀军都到乌蒙地区中学补习。孙天主有时遇上他们，忙与二人打招呼。二人应一声，都不与他说话，匆匆而去。高考是条鸿沟，它把人分了等级，连二人见孙天主，也自惭形秽了。这一日孙天主到地区图书馆借书，猛见晏明星背个书包，要去地区中学上学，就想叫她。她抬头见了孙天主，一脸惭愧，急忙埋头就跑。孙天主惊愕不已，想怎么能这样呢！等他省悟过来，她早跑不在了。他想起刚才她匆匆急逃的情景，比百米竞赛还快，心中就难过，想她何苦自卑呢！任何人都没有自卑的理由啊！

回到学校他就想：她没有去参加招工考试，而是补习，说明她的父母和她都是希望考个大学。但想想高考会考时他所见的她那成绩之差，想补习一年也大约无济于事，如果再在补习时谈谈恋爱，那更完蛋了！

在则补同班的学生，有的一直在初中补习，如今考取地区农业学校。这日，一个当年在则补同班的学生贺仁德，来找孙天主。他在学校专门赌钱、打架，是个学校为之头疼的坏学生。孙天主听他说他考在地区农校来读书了，大吃一惊。问他怎么考取的。他说："跟你我说实话，跟别人我不说实话！我带了匕首和课本进考场，考试时将匕首插在桌子上，就开始翻书。监考老师根本不敢过问，就这样考取了。"然后邀孙天主外出吃饭，猛然问："你跟晏明星还维持老关系没有？"孙天主难过地摇摇头，就说："谈别的，莫谈这问题了。"他说："我也听老同学们讲了，说你跟她毫无关系了。我想去追她！"孙天主默然不语。他说："我请你跟我去！"孙天主说："你自己去！我不去！"他说："反正你已不要她了，就陪我去嘛！我跟她虽说是同班，但素不交往，也无感情，去了她不理怎么办？你去了，她不得不陪着。这样去上一次，熟了，下次我单独去，也才好办。"孙天主想贺仁德本不蠢，此事却为何如此蠢呢，我跟你去，你还想追晏？就说："那你就莫去了！"他说："不去不甘心！她是我们学校当时的公主啊！我跟你一样，也是农民的儿子！我们比晏明星、史元洪、刘振刚他们，差了一大截！他们在高层，我们在底层！征服晏明星，是我最大的梦想！如今我是个中专生了，而她还是个高中生。她比我差了，我想有把握！"孙天主说："我问你一句，如果你真心爱她，可以追她。如果是玩游戏，她已经很可怜了，我们都是她的同学，要关心她，爱护她，请你饶她了。她就是因长得太漂亮，被这人追来，那人追去，追废了，追到今天这一困境。如果她不被人追，她早考取大学了。如果她这补习一年中，不谈恋爱，努力学习，她是有望明年考个学校的。如果你再去骚扰她，

那她这一生,就完了!彻底地完了!"贺说:"要说绝对真心爱她,以前是真的。在我们同班那时,就是她和你缠着那一段,我可以为她粉身碎骨,死而后已。现在呢,谈不上了。她在高中就被人搞流产了,我怎么还能真心爱她呢?即使想真心爱,也爱不起来了,只是追她玩玩而已。玩两年,了却我征服她的幻想,然后各走各的。"孙天主好不吃惊,说:"她流产了?"贺说:"你不知道啊?"孙天主摇头。贺仁德说:"她流了两次产。为什么我们都清楚?因为她是我们的女皇,全班学生都关心她啊!都在追问、探听她的一举一动。"孙天主难过地站起,说:"那我劝你一句,饶她了吧!天下之人,都是可怜人。"贺仁德说:"我始终要去追了试试!"

  孙天主便不理贺仁德,径自回校,心中悲凉,他有怒火万丈,却无从发泄。高贵的,低贱了;微贱的,恣睢了。当年聪明、漂亮的小姑娘,人人心中的女皇,如今连一个赌棍都打心里看不起她了。这是谁之过呢?明星啊,你为何要长得那么漂亮呢?漂亮于一个小姑娘,看来不是优点,而是大过。红颜薄命,果是如此。他想去告诉晏明星贺的这些想法,劝她小心,但想想,关我什么事呢?那是周瑜打黄盖,两厢情愿的事啊,就没有理会此事了。

  不久,又一则补时同班的同学文立艺,如今在农校读书,来找孙天主玩。谈起当年,自然又谈晏明星。文问孙:"你怎么不和晏好呢?"孙天主说:"事情很复杂,不按我的想象。"文立艺说:"兄弟,我认为不复杂。如果在高中,你仍和她好,她不会被人搞了流产,也考得起大学!在初中她不是和你好吗?她初中升学时照样得高分啊!那又怎么说呢?她其实很爱你,也会一直爱你不变心。问题是你不和她交往了,别人就乘虚而入了。十几岁的小姑娘,要上当太简单!就像现在,如果你又和晏重归于好,贺仁德会有希望吗?"孙天主吃一惊:"贺仁德怎么啦?"文立艺说:"你不知道啊?他和晏正谈得火热,晏天天朝农校跑。我们这伙老同学都估计晏又将流产了。"孙天主气极,一脚将凳子踢了飞起,半天说:"晏明星是瞎子啊!"文说:"我们都跟贺仁德说,要说爱晏,我们全班都爱她。但她现在在补习,不要去骚扰她了,她就是被人骚扰废了的。我们都是饭碗到手,有希望的了,毕业就分工,而晏还无着落,还必须考大学找着落,饶她算了。贺仁德就是不听,硬去把晏哄到手了。贺仁德对晏又不真心,就是玩玩而已。晏明星今年又白补习了,明年同样考不起!"孙天主直叹气,有说不出来的难过。文说:"兄弟,你要对晏负责啊!你对不起晏啊!"孙天主说:"我怎么对不起她?"文说:"要是你一直和她保持关系,她会有今天?就是你没把她保护好!"孙天主说:"怎么能这么推断!她自己都保护不了她自己,谁还保护得了她呢?"二人吃饭,文说:"你还爱她不?"孙天主说:"你呢?"文说:"对她感情复杂!什么也谈得上,什么也谈不上。"孙天主说:"同感!"

文立艺走后,孙天主几天之间,如失魂落魄一般。世事令他想不通。人是什么东西呢?恨极之时,他又想起她写的那条子来。妈的,假话连篇!爱老子比天还高,比海还深!他真想去揍她一顿,撤回那原谅她的话!永远不原谅她!无论她原先如何被人搞,他其实还爱她。如今她不这样愚蠢,他还可以爱她。但她不自重到如此地步,一错再错,永远在错事中生存,难道要在错事中老死?老子一次原谅你,但不可能永远原谅下去啊!他立即写了一信谴责她,狠狠地骂她,宣布与其断交。拿着信到邮局,又火绿自己:"你跟这臭婆娘有何交往,更何谈断?真是庸人自扰!"将信撕了就回。发誓日后见时,不与其些微颜色。

王维敏也到地区中学补习。这天当年同在荞麦山中学,如今也考取师专的罗新成来找孙天主:"我想去追王维敏,来请你跟我去。"孙天主忙得无法,说:"一个人去嘛!"罗新成说:"一个人去不好办,万一找不到话说时,就尴尬了,多一个,好解围。你能言善辩,最能帮我解围。"孙天主说:"你哪里学来的经验?"罗新成说:"凡追女生的,都是这么干。你陪我去追这个,我又陪你去追那个,都是这样追成的。我二人从此搭手!你陪我去追王维敏,以后你要追哪个姑娘,我又陪你去。"孙天主想这些人真是可怜啊,追个姑娘,竟要使这么大的劲。

孙天主不去,罗新成总来央求。孙说:"王维敏谈的男朋友,怕有一卡车啦！你怎么还去找这种姑娘？"罗新成说："你说的也是。但我不是要谈她来做妻子，而是只和她玩玩。"孙天主说："那更没意思了，莫去了。"罗新成说："你不知道我的心事。我讲与你听，那时候我们荞麦山中学全校最聪明、漂亮的，就是王维敏。我的初恋对象，就是她。你想想我不追她，怎么甘心！但追她的太多了，全校性的追她啊！我想追也追不上。她跟这个谈，跟那个谈，到如今我统计她谈过的正式的男朋友，有二十个了。我对她又爱又恨。爱呢，我一定要了却我的梦想，与她谈了玩玩。恨呢，我不会与她来真格的。谈了她又抛弃她，以此惩罚她。"孙天主说："她并没得罪你啊！你怎么要惩罚她？"罗新成说："她是没有得罪过我，我也没追过她。但我崇拜她，她却这样那样，反正最终她成为我一生的一条伤口。尽管没得罪我，也当得罪我了！"孙天主大奇，怀疑罗有神经病，问："你考虑过能否追得上吗？"罗新成说："那没问题！我现在是个大学生了。而她呢，只是个高中生。她惭愧都来不及，岂有追不上的？"孙天主听了，忽然恨罗新成了。人啊，怎么能利用这些东西来收拾人呢！那道德何在？良知何在呢？

孙天主最终同意陪他去了，陪去的原因，孙天主也莫名其妙。反正他想去看看，卑鄙的戏剧是如何演出的。二人进了地区中学大门，迎面就见晏明星出来。晏从没见孙来过，以为是来找她了，就红了脸恭候。孙天主本不理她，后忽想问问她。她叫孙天主去宿舍玩，孙天主就答应了她。她就回头，带孙天主朝女生宿舍去。孙天主叫罗新成："你先去王维敏那儿，我一会儿来。"罗新成说："我在这里等着你。"

孙天主和她一言不发，二人都心事重重，到了她们宿舍，还好，没有人，坐下，都不说话。晏看窗外，孙看门里，互不相视。后来孙天主开口了："明星！"晏明星一喜，满面春风，忙回头笑着答应。孙天主说："那天文立艺来约我，要我陪他来追你。他来追你没有？"晏明星以为孙天主要说二人私话，哪料话是如此，笑容收了，红了脸，垂了头，一言不发。孙天主说："他明确跟我讲，追你只是跟你鬼混两天，过后各走各的，他并不爱你！这些话你叫他来对证都可以。你的学习怎么办呢？这样下去你这一生怎么办？你前次高考为何失败？你怎么一错再错呢？"晏明星承受不了这份羞辱了，号啕大哭，睡到床上去了。孙天主站起来说："我走了！罗新成请我陪他来追姑娘！"就走出门来。听她还在哭，禁不住站下，想是否回去劝她。但罗新成已急了，跑来找他，问："你怎么倒把晏明星整哭了呢？"孙说："跟我无关。"二人就到王维敏处来。

　　孙天主二人一进门，吓了一跳，王宿舍里，尽是米粮坝高考失败而来补习者，如吴耀军等。原来这些人都是王的恋爱候补者，以前没机会和王恋爱，如今来填补，都来追王。孙、罗一进屋，那满屋男的都惭愧了，惶恐欲走。王一见二人来到，忙笑着迎接。坐下后，大家叙一些从前旧事。王只对孙说话，其余人醋意大发，纷纷愤怒而去，宿舍里立即就被无形清扫干净，只剩孙、罗和王了。王红了脸，又只和孙说话，罗新成想插言，半天插不上一句，好不容易急红了脸插上一句，王也不理，又问起孙天主来。罗新成受冷遇，涨红了脸，愤怒地看着王。王有时瞅他一眼，尽是蔑视。罗新成羞愧已极，站起，叫孙天主："我俩走了。"王说："你先走嘛！"罗新成大怒，掉头就逃了。

　　只剩二人，反无一言了。王低了头，红着脸，不时扫孙天主一眼，尽是秋波。孙天主大吃一惊，那眼里来的，尽是摄魂之光。他的灵魂已被摄起，朝她飘去了。王面色紫胀，手背、手指都红了，突然闭了眼，伸了手来，拉了孙天主的手。孙天主不动，听见她那心在跳，看见她那手在抖。她见他未骂她，才放心了，眼眶里热泪滚滚，说："孙天主弟，你知不知道姐姐爱你？"孙天主说："知。"王说："那你为何一直不理姐姐？"孙天主说："你在那里爱得忙不过来，我怎么爱你？"她说："我不爱他们，我恨他们啊！我想爱的人爱不到，我不爱的人疯狂地来缠我！你又不来追我，我被他们追得无处逃身！这些人，我谁也不爱，是他们要强迫我爱他们！"孙天主说："怎么可能强迫你？"王说："疯狂地缠你就是强迫你，缠到你无法就是强迫得你无法，既然无法就只得服从。"孙天主说："不可能。"王说："你是男的，你当然不懂姑娘的处境。女的比男的可悲得多啊！男的可以自由选择他所爱的人，看到哪个姑娘好，就去追哪个姑娘。女的却无法办到。她只能等着她爱的人去追她，如果这人不去追，那她就完了。"孙天主说："那女的不会主动去追？"王说："你说得好简单！反正你不懂！我再说也枉然！像我刚才拉你的手，我是豁出命来拉的，只拉过这一次。"孙天主说："我给你一句忠言好不好？"王说："姐姐都听你的。"孙说："你现在是搞学习要紧，还是恋爱要紧？"王说："这我知道！我现在很可悲。本来我父母叫我在米粮坝补习，我为什么要来乌蒙补？我是远离米粮坝那些厚颜无耻的地痞流氓们，想一个人躲到一个清静的地方去，不受一点干扰，什么也不管，埋头苦学习，一定要考取大学。我愚蠢吗？我不愚蠢！你知道的，刚进初中时，我是全年级四个班第一名，结果就是被那些男生把我害惨了，学习直线下降，高考也失败了。我知道我很可悲，就像今天，来了这么多人，一大堆！我往哪里跑？白天跑脱了，晚上有人来找。晚上跑脱了，白天又来了。缠得无法，我也不管，反正不是害我一人。你害我，我也害你。我学习下降，你也肯定下降，大家同归于尽，不然我真无办法。像这样下去，我明白我明年又考不起了。我现在就真想回家了。到乌蒙以为能逃脱骚扰，却逃不脱，我在哪里还能读成书呢？"孙天主说："你不对他们产生感情不就完了，不理就完了。"她说："你还是不懂！这完全不由人！纠缠上三天，人心就会软，也就投降了。"

说完，她就这么拉着孙天主的手，头低着，不说了。孙天主觉再被她纠缠一阵，他真要向她投降了，就说："我要走了。我也不纠缠你，我们以后互相关心，互相鼓励吧。"她说："你再坐一阵，我还有多少话想跟你说。"孙天主又坐下。她又不说，只低头想心事。孙天主又要走，她又不让走。孙天主的心更越发软，感觉心已贴近她的心了。她就死死拉着孙天主。孙天主说："你有哪些话，说吧，说完我好回去。"她说："你想找个什么样的姑娘？"孙天主说："我不知道。"王说："你不爱我？"孙天主说："爱你也没办法，现在要忙学习啊！"她就放开孙天主的手，俯向床头嘤嘤而泣。孙天主说："我走了。"她不理。孙天主就走出来，心中一直不快。

路国众已升任米粮坝县长。他之所以升得这么快，是刘书记使了大力。

但路刚升任县长十多天，乌蒙地区政坛就变天了。因原省委书记退下去，原省委副书记升任书记，对乌蒙地委领导作了变动：书记调省档案局局长。那书记先欲努力进省委、省政府班子，即使进不了，也想进省人大、政协，没料调省档案局，即觉这是降职，前途没有了。省委先告知他时，他就指使全区各县向省委上书，历数他的政绩，挽留他仍在乌蒙为乌蒙人民作贡献。省委答复：如欲留在乌蒙，可任省人大乌蒙地区工委主任。书记才慌了，忙服从安排，去了省档案局。刘书记的后台不在，忙着想办法。小刘原先在校时，同学中一女之父任省公安厅副厅长，其女长相一般，喜欢小刘，但小刘不要。如今小刘后台已无，刘书记急叫儿子快去找这女的。那女的见小刘来追，心中甚悦，只过十日，即表同意。小刘在地委办公室也突从书记秘书，变成了一般工作人员。自己知在地委办已待不下去，即忙活动调走。刘书记即对路国众说明儿子另有对象，欲与路昭晨脱离关系。路父大怒，同时见刘大势已去，即告断绝关系，并通知路昭晨，从此刘、路二人在米粮坝水火不容。

路是本地人，刘是外地人。刘原仗着后台统治，米粮坝畏之如虎。如今后台一倒，米粮坝立即将其看作一只猴子。自米粮坝有清建厅，民国置县以来，厅知事、县知事、县长、县委书记等职，直到路国众上台。米粮坝本籍人才得以当个正职，所以长期对外来官员大为不满。这下立即在路的带领下，向刘宣战。新地委书记要扫除前任残余，刘书记成了扫除对象。路国众等即得地委支持。仅半年，刘就被赶出米粮坝，调任地区科学技术协会主席。路未得升迁，仍是原职，米粮坝新来了县委书记。

路对其女的安排颇为为难。路昭晨要考研究生，路父虽不反对，但认为无益。说："在中国，文凭是小事，关键是后台，再有文凭，没有后台，也不起多大作用。古代还说女子无才便是德。你是个名牌大学的本科毕业生，也差不多了。要干事业，谈何容易！百分之九十九的人只能庸庸碌碌混一生，你去考虑。"且对女儿在外，始终不放心，对其妻说："不是我观念保守，要是个儿子，那我就任由他去闯，绝不阻拦。

但是个姑娘，能放心让她去闯吗？这个世界黑暗啊！"又自以为是个县长，还是不错了的，对女儿要求也不大，又对其妻说："告诉她，她的个人问题，自己考虑。孙家小伙的事，她决定。"夫妻俩见孙天主考取，虽学校很差，但人不错，也就不限制女儿了。

　　如今且说秦家，原来也甚贫困，孙江芳不时靠孙运发接济。长女秦光美，嫁与赵群伟，家境也甚困难，但儿子争气，赵国昆高中毕业，考取乌蒙财校，分在县统计局。长子秦光汉在农业上，家境也只过得去。其长子秦国孝与孙天主同到则补中学，也考取高中。与孙天主同时高中毕业，未考取，不想补习，就回家务农了。次子秦光平，在农业上。秦光朝毕业分到荞麦山中学以后，因县教育局长是他在米粮坝师范读书时的校长，他在荞麦山中学教书也认真，便三下两下，弄了个荞麦山中学副校长当。孙江芳二女秦光春，年纪已近十八岁，在农业上种生产，只未嫁与人家。秦光朝后将其带到荞麦山中学，从初一读起。到初三时，秦已是荞麦山中学副校长，升学考试时帮忙作弊，考入米粮坝师范。秦光汉次子秦国书，与孙天主同岁，小学毕业，未考取，也务农多年。孙天主考取高中时，秦光朝才将秦国书带到荞麦山中学就读。与秦光春同时毕业，也考取米粮坝师范。秦家先是无工作的，但秦光朝工作后，如今一年间，秦光春和秦国书同时考取米粮坝师范，家道立为之变，兴旺起来了。

　　秦国孝高中毕业未考取，回家务农。孙江芳慕法喇吴家之名，听吴明献女吴耀敏未许与人家，就与秦光汉说了。秦光汉就请田正芬做媒去说，田正芬就到吴明献家说。秦家是暴发户，突然红了起来，吴家也知其名。问题是秦国孝回家务农，哪肯再将其女许之，便一口回绝，说姑娘不愿。孙江芳又请田正芬去说吴明雄之女吴耀凤，吴明雄没好气，说："等秦家小伙有个工作单位了，你再来。"

四十五　贷款受辱

寒假，孙天主回到家里，才见家中一无所有。这日父子二人去地里拔蔓菁，地上尽是白霜，太阳也不出。孙平玉只穿一件衣裳，纽扣也扣不严，胸基本露着，那胸脯被冻得比苹果还红，清鼻涕也流出来了。孙平玉只得边拔蔓菁，边招呼鼻涕。蔓菁都被霜死死凌在地上，手指在霜上抠，又冰又疼。手指抠痛了，才抠得起一个蔓菁来。每抠一个蔓菁扔进背箩，孙平玉就得用那满是霜和泥的手，抹一下上唇，把清鼻涕抹下，又揩在满是霜的草地上，又拔蔓菁。孙天主呢，好不容易穿了件毛衣了，在旁看着，心紧如一块铁，这个家太可怜了啊！

蔓菁拔了，就开始犁地。孙平玉没有牛了，只得到横梁子到处去借马来犁地。横梁子如今牛少，人们都用马来犁地了。孙平玉仍是用多年的种地方法，总要把土埂挖翻过来。天一晚，北风呼啸，草上马上就有霜了。锄把立即像一根冰棒，耳朵疼起来，冷风像针尖，直戳进身体的每一个部位。光线昏暗起来，锄头挖在石上，火星乱迸。孙平玉痛苦地哼一声，就弃了锄头，握着手哼起来。他那满是裂缝的虎口被震开了，血珠又冒了出来，等手不疼了，又挖。又是一响，血更涌的厉害，锄把不久就红了。

天黑定，已看不清地了，父子俩才朝家跑，此时整个耳朵已失去知觉，耳心里钻心地疼。天天如此，挖了近一个月，又挖粪，猪圈稀得像个沼泽，孙富民赤脚站在粪水里挖。孙天主和孙富华用撮箕端。粪挖了焐上两天，即热气腾腾，孙平玉说："粪发了。"又开始翻粪。

农活艰苦，都还不算怎么难，孙天主的学费，就难了。孙平玉天天愁得伸不开眉头，天天朝信用社郑发宽那里跑。郑比孙平玉小几岁，嫉妒孙平玉儿子成器，哪里还耐烦把钱贷给孙平玉供儿子读书，这不是给老虎添翅膀吗？无论孙平玉怎么求，他都说："现在没得钱，等开春在村上放贷款，你来村上，我会贷给你。"孙平玉无奈，一到开春，农活都不敢去做了，天天出工时，要看看郑是否来村上。到腊月二十八，贷款了。孙平玉急忙拿了自己的私章朝村上跑。村公所大门紧闭，唯那小窗下，人山人海，在那里左一波右一浪地挤，谁不盼望得到救命钱啊！孙平玉急，别人更急。孙平玉一到，急忙抹了帽子脱了毡褂，往里面挤。人们都挤得大汗直流，全身湿透。孙平玉又急又慌，挤了半天，终于进去了一点。对面突来一股强力，这边抵不住，立即崩开。他被彻底挤出场来了。他又忙爬起来，冲到这边来挤，但前面是铜墙铁壁，哪里挤得过去。人越来越多，外面巨大的力量不断向心压来。孙平玉终于从外围进入中间了，但觉内脏都要被挤破了。孙平玉约着周围的人："快啊！快啊！钱万一完了怎么办？"他全力推前面的，又叫后面的全力推他。

小窗近了，近了，一点一点，都可以量出双方力量的对比。那边的力量强了起来，孙平玉本距窗近了的，又一点一点离窗远了，孙平玉急喊这边加油，这边拼命抵抗。后来时间长了，孙平玉已失去了力气，想使劲已觉使不出来了，肚子饿得冒虚汗。还好，挤到下午时，后面忽然来了一股力量，将他又向窗口推进了。孙平玉大喜，机会来了，渐近窗口，他忙掏出私章，叫郑发宽："老表，麻烦你贷点给我啊！我以后感你的情啊！"郑站起来，说："钱贷完了。"孙平玉又求，郑说："真的贷完了。"还有数双窗边的手都将私章朝郑递，这个喊郑"老表"，那个喊郑"叔叔"，都是哀求之声。郑不理说："喊我哪样都是淡话！钱完了我也没办法。"就说："手伸出去，我要关窗了。"孙平玉又求，窗子使力关过来，外面的把窗抵住，关不了。积压一天的失望的情绪,爆发了,都朝郑骂。更外面的人,不知底细,还满怀希望,往里拼命地挤来,孙平玉又要被挤离窗口了,他两眼都是怒火,盯着郑看。郑关不了窗,就走出来,要回家了。窗前挤的人群才散来又围住郑求。孙平玉又累又饿,坐在地上,挤这一天,比他干几天的活都累。村公所院内,失望的人们指天骂郑,说:"这个杂种是故意拿点钱来这里表示表示。大头呢,都是他拿去做生意去了。"天黑了,孙平玉才爬起来,往家走。一回家,就坐在火塘边起不来,拿孙富民骂:"不读嘛!以后就像老子如今一样,挤了一天,一分钱都没挤到。"

　　第二天大家就得知,说郑从村公所出来后,就到吴明义家,将带来不贷给孙平玉等的两千块钱贷给了吴明义。孙平玉就骂:"这个杂种啊,他是成心不贷给我啊!我刚挤到那里,他就说没钱了!"孙平玉又朝郑家跑,又求郑发宽。郑家正在翻楼上的荞草下来打糠,孙平玉就急忙上楼去跟着翻。那草积了数年,全是灰,孙平玉觉这天恐怕吃进数斤灰了。到天晚,孙平玉成了个黑人。郑看孙平玉实在可怜,今天帮他家功劳也大,才说:"钱实在是没有了,看明后天有没有人还款,你大后天来看吧。"

　　到那天天不明,孙平玉就跑了去,郑家大槽门关着。孙平玉喊,屋内的说话就小声了,总是无人来开门。孙平玉越喊越伤心,干脆脱了毡褂坐下来。周围的人说:"郑家在的,你加油喊嘛。"孙平玉说:"我脖子都喊疼了,不理我我有什么办法?"

　　过一阵,谢吉安也来郑家,叫一阵,郑家总不理。谢吉安儿子考进荞麦山中学,也无法了,来贷款供儿子读书,也说:"这杂种今天哄我明天来,明天哄我后天来。我是跑得这条路闭着眼睛都能跑了。他昨天又贷了一千块给吴明洪,哪里是没有钱!明明是怕我们把儿子供出来。法喇人啊,谁会希望别人有吃有穿?你的儿子成了大学生,他更不会贷给你!"二人等到天黑,郑家都不开门,只得失望而回。第二天孙平玉在挖地,郑去赶荞麦山,遇上了。孙平玉说:"老表,望你救我一下

孙平玉**大喜**,机会来了,渐近窗口,他忙掏出私章,叫郑发宽:"老表,麻烦你贷点给我啊!我以后感你的情啊!"

郑站起来,说:"钱贷完了。"

了！我以后会感谢你的！"郑说:"你明早上来吧,只有一百块钱!"孙平玉知其尽量压得不能再少来应付这事,还是忙连声感谢。

  当晚孙平玉就睡不着觉了,生怕明早起晚了,郑一溜走,又无办法了。东方刚动就出门,到郑家门口时天还不亮。郑已出来,要出去了。孙平玉心想:好险,差点他又跑了,急忙上前打招呼。郑说:"钱昨晚被我用了还账了,你明天来。我今天要去荞麦山。"不顾孙平玉的央求,就走了。孙平玉气得发狂,骂着回家,又拿孙富民等骂:"你这些不争气的烂贼!书不好好地读嘛!要是过到老子这一步,看你们咋个嚎声气!"

  中午拌粪,孙家无钱,就拌不起肥料了。孙天主埋头挖粪,孙富民从茅厕里打大粪出来,孙富华提来泼在粪上。孙平玉时常停下手中拌粪的锄头,高声大骂:"看看哪家拌粪,不是在放普钙肥?我们呢,肥料的影子都还没有!明年咋办?喝西北风吧!"骂到中午,孙天主说他去求郑发宽,就洗了脚,跑到郑家。郑家的粪周围,几十个人在围着拌。原来郑握了财权,这些人都是为贷点款,而自动跑来帮他翻粪的。这些人见孙天主跑来贷款,都叹息说:"孙平玉倒值得了,苦这一生也划得来了。我们呢,就惨了!苦到头一样都没有苦到!"郑发宽对孙天主说:"你爸爸倒值得了啊!我都羡慕你爸爸啊!"翻好粪,郑一一表态救济这帮人,又说钱现在都没有,过几天有了才贷给他们。人人都知他又是拿话诓人,但没办法,只得走了。孙天主说:"大爸,麻烦你救济一下了。我现在帮不上你的忙,以后帮你的忙。"郑说:"你以后出来是不是当老师?"孙天主说是。郑说:"会不会分到荞麦山中学?"孙天主说:"一定是分在荞麦山中学。"郑说:"那以后你这几个老表到荞麦山中学读书,要你帮忙啦!"孙天主表示一定帮忙。郑说:"侄儿子,主要是一直没钱,害你爸爸跑了好些趟,我都不好意思啦!等我出去借点来贷给你。"就出门去一阵,假装借钱,回来说:"只借到两百元,就贷给你了。"于是办了手续,将钱给孙天主,又叫过两个儿子:"看看,这就是你老表孙富贵了,是法喇的大学生啊!他爸爸一个农民,还供了个大学生出来!你们要好好向老表学习!以后老表分回荞麦山中学来,就教你们啦!"又吹一阵,孙天主才告别回家。

要过年了，孙家却无过年的猪。以前过年，孙家都是要狠狠杀条大猪的。今年呢，猪死光后，陈明贺到刘家赊得两个小猪来，他自己喂一个，分孙平玉家喂一个。孙平玉家喂这猪，才长到一百斤。陈福英说："不杀个猪，不像过年，全家东张西望的。"还是把那猪杀了，将孙天主去贷来的两百元钱，拿了五十元出来，去买了三条小猪来喂着。

一过了年，就动手栽洋芋了。陈家的生产，都在高山上，每年都比孙家的慢，于是都来帮孙家。陈福全、陈福达、陈福宽的马虽死光了，但又去买了来，仍然是一个马队。孙天主、孙富华、陈志贵、陈志伟、陈志诚赶马驮种，孙平玉、孙富民犁地，丁家芬帮着切种，马友芬等来帮着丢种，陈福九盖粪。成天狂风劲吹，黄尘万里。横梁子、黑梁子上，狂风将地里的土扬起，尘柱高达数十丈。人走在路上，被风吹了走不动。马箩里的粪，也被风翻出来向天飞洒。陈福九盖粪，人要躬着腰，紧紧抱着撮箕，以防撮箕被吹走。盖时手捏了粪，不敢撒下去，用手捏得很紧，勾腰放到犁沟里，照样被风卷起来。人人身上尽是灰，口里鼻里都是泥。牙齿偶动，碰到口里的泥沙，只听见嚓嚓的响声。孙天主望法喇山荒水涸，生态环境被破坏如此，想现在都如此，那再过几十年，不知怎么办。

开学以后，孙天主就到学校去。那钱买猪后只剩一百五十元。因春耕在即，却无肥料，又抽一百元出来买了点肥料，孙天主就只有五十元带着走，而到乌蒙的车费就是十五元，到学校，其实就没有钱了。书费、学费钱都没有。

孙天主才走，孙平玉就知孙天主到校就要挨饿，忙到处借钱。一天早上，孙平玉从天亮就出门，将全村几百户人家借周了，没借到一分钱，天已晌午了，他又累又饿，蹲在黑梁子的山包上，望着村子，也无心回家吃饭。想亲人也是这样，有钱就是亲人，家乡也是这样，有钱才是家乡。尽管孙家至此已近百年，村里都是亲戚，但他现在的感觉像个异乡人，他像个外村来此讨口的。以前见别人生活不下去，搬离这个地方，他很奇怪那些人怎么舍得抛弃生养了几代人的家乡，背井离乡去流浪。现在他才明白，人只要生活无着，求告无门，家乡的山山水水也就虚化了，不足以再使人牵挂。

人们都出工了，三三两两的人走上来，与他打招呼，他勉强应一声。不久，孔麻子上来了，问："侄儿子，借到钱没有？"孙平玉说："大爸，没有啊！"孔麻子说："钱还需向谁借？你爹就有钱啊！你借不到他的钱，偷也要去偷嘛！可惜大爸真是没有，有的话，一定要搭救你的。"孙平玉苦笑。孔麻子说："你爹从下面上来了，等我收拾他！看他交不交钱！"

孙江成拉马赶牛走上来，老远就说："孔大哥，搞哪样？"孔麻子说："等你有事呢！"孙江成走近，问有什么事。孔麻子就说："孙江成，你看孙平玉今早上跑遍了全村子，没借到一分钱！"孙江成听说此事，急忙就走。孔麻子一把把他捉住，说："你听我说完嘛！你看你儿子太阳当顶了，还没得早饭吃啊！一分钱都还没借到啊！你有这种好儿子、孙子，哪个不羡慕你啊？给你孙家的祖宗也增光了，给你脸上也添彩了。你有的是钱，却不搭救他们一下？你的钱硬是要带到板子里去？"孙江成吼道："放开我，我要走了！"孔麻子也吼："你给不给？"孙江成说："我没有钱！"孔麻子说："你怎么没有钱？你领了一辈子的工资，既不嫖，又不赌，也不穿，也不吃，你也没有行善积德修阴功啊！你的钱会在哪里去？"孙江成说："你去我家里搜！搜到钱归你！"孔麻子说："话莫说得这么难听！你真没有钱？"孙江成说："没有！"孔指孙江成河边的大树："那不是钱？你几万块钱摆在那儿啊！"孙江成无话可说了。孔说："好！出工的人也多！我就拦几个下来，请他们也帮我评评理！"孙江成说："放开我！我要放我的牛去了。"孔麻子说："孙利毛，古今中外我只见你这利毛了！你这么多大树，只要送你儿子三棵，就可以把你孙子供到大学毕业了！你那树一棵至少卖八百块，三八就是二千四！你孙子读书，还要不了这二千四！"就对孙平玉说："是不是？侄儿子？"孙平玉说："我一个学期只给富贵带三百块钱，富贵到毕业也只需要一千块钱了。"孔麻子就对孙江成说："你拿九棵树出来分给你三个儿子你都舍不得？"孙江成一言不发。孔麻子就开导他："孙江成！我两个孙子才读中学，红不见黑不见，不知以后是考取学校呢，还是回家当农民,但我每年都给我孙子七八百块钱!我既不是干部,又不是老板,是个干农民,用什么给他们?卖我的牛、马给他们!下一步他们还能读的话,我把我的老木卖给他们读!而你呢,你孙子已经是大学生了,明年就分工,看得见摸得着的了!而且我既不叫你卖牛马,也不叫你卖老木,你上百棵大树,我只请你分你儿子三棵,不卡拿你嘛?你不可怜你这儿子苦得可怜,也该可怜你那孙子在饿饭啊!全村人谁不知你孙子只带着五十块钱出门?你不知道?即使你不送这三棵树,把树借你儿子行不行?你孙子分工以后,把这三棵树的钱还你!"孙江成跳起来:"我哪天管过你孔家的事?"孔麻子开导半天,得这么个结果,大怒:"滚!你枉自当几十年支书,你知什么书?我还以为你家代代人都是知书达理的,你知狗屁的书!你不要赶那牛马了,你不如那牛马!让牛马来赶你才对!你看看你那母牛,还知拿奶给他的儿吃,你连那头母牛都不如!"

孙江成真的"滚"了。孔麻子回头对孙平玉说:"侄儿子,硬气点,好好努力!一定要争这口气!只需艰苦两年,你儿子就出来了。你爹这种老畜生,以后他老了,不要理他!我不是今天才骂他!前次我就骂他了,你们也知道!那次赶荞麦山,路上我说:'孙江成,孙平玉不懒不赌,白天黑夜弯起背脊苦,你养了个好儿子了!你那个孙子,报纸上发表文章,整个荞麦山,整个米粮坝都轰动,现在又考取了大学,你有这种点着灯笼都找不到的好孙子,我都羡慕你啊!你这儿子、孙子不同我那些儿子、孙子,我那些儿子孙子呢,说不成了。你有如此好儿孙,你该好好帮他们一下!'他不听。一路有人吹到孙天主时,他就吹是他亲孙子,如何考大学,如何写文章,听得我们这班同龄人好不惭愧!想想孙江成的孙子考大学,我的呢?越想越不自在。他一路吹到荞麦山,尽讲他孙子如何。我火了,骂了他一通,问他:'你孙子读了十几年书,你供了几文钱?你孙子是谁供了考取大学的?'我才骂完,他又吹他孙子了,就是这么个无脑筋的人!他的目的,谁不知道?就是想夹着这些东西到老死,不过一天穷日子!私心之重,哪里去找?"

过了几天,村支部开全体党员会议。孙江才才开始讲话,就被孔麻子打断:"我们这支部里有个共产党员,是个狗屁共产党员!说他老昏了呢,年纪没我大!说他无知呢,他爹在旧社会就供他到荞麦山去读书!说他没觉悟呢,他还当了几十年的支书!他当支书时,谁不记得,他天天在这支部会上要我们联系群众,为人民服务。他自己呢,六亲不认,连他儿子、孙子都靠不着他!他也天天教我们关心群众疾苦,可现在他儿子在借钱,孙子在挨饿,却不关心了!我建议,今天的全体党员会议,就讨论这一问题,该怎么办?"

老党员们早看不惯孙江成的吝啬行径了,立即群起而攻之。孙江成见情势不妙,爬起就跑,又被老党员们揪住,数落道:"还要不要组织纪律?这是赶街?想来就来,想跑就跑?你当几十年的支书当在狗屁眼里去了!"这时一个八十岁的老党员发言:"孙江成是我的入党介绍人!他当时也是支书,他既介绍我入党,又主持着让我对党宣誓!虽说我们都是党员,但其实觉悟都不太高。当今社会都是明哲保身,多栽花,少栽刺,各人管各人。但他做得太不像话了,我今天还是要批评他!孙江成是全村少有的大富翁,也当了几十年的支书,但我不佩服他!我佩服他儿子孙平玉,厉害啊!一个农民,供了个大学生出来,穷到一无所有了!听说前几天借了全村几百家人,没借到一分钱!我们现在在座的谁最有钱?孙江成最有钱!但他儿子却不敢去向他借!谁不称颂他有个好儿子、好孙子?吹写文章、考大学时是他孙子了,他孙子挨饿时却不承认了!我建议支部对他进行批评教育,逼他出钱供他孙子!教育了还不改正的话,给予党纪处分!"

这位老党员刚发完言,其他老党员又跟上了。孙江成急了,忙站起来表态:"支部今天对我的批评教育是对的!各位党员同志的发言也中肯。我虚心接受,坚决改正,我就拿出一棵大树来,送我孙子!明天就卖成钱,寄去给他!支部作证,各位党员作证!"

大家没料孙江成变得这么快,无话可说了,批判会看来就得戛然而止了。但孔麻子心里,孙江成送不送树与其孙子,对他都无所谓。他的另一个目的,是要出孙家的丑。结果已出了,仍不放过孙江成:"这还像话些!不然你孙江成太不成体统。你们孙家！"孙江才就打断他："孔大哥，现在这事已扯好。书归正传，我们开始学习乡党代会精神。"就要念文件。孔麻子仍说："那天孙平玉借钱，没借到一分，我遇到孙江成！"孙江才又道："孔大哥，闲话少扯！"孔麻子说："这是闲话？共产党人的宗旨是什么？就是要为人民办事！你是法喇的支书，我今天不在这会上吵，你会为孙平玉办点事情？按理来说，这事不应由我们来管，应由你来管。你当支书，应该逼信用社贷款给孙平玉，也应以家族的名义压孙江成交钱出来给他孙子，还应该见着孙平玉可怜，主动把你的钱借给孙平玉！孙平玉上你的门都借不到一分！这三个方面，你一个方面都没有做到。你算哪样人？你今天在此讲清楚！"孙江才气红了脸，一声不吭。孔麻子又说："我还有话说呢！你是法喇的一把手了，你自己都称你是'法喇的大总统'！大瓦房盖起，大肥猪杀起，白米饭吃起，院坝里水泥地板打起！你亲大哥孙江富呢？你堂大哥孙江华呢？哪批救济粮有他们的名字？我建议今天这一党员会议再来一个议题：孙江富、孙江华该不该救济？"

老党员们又群起评论此事，孙江才想止也止不住了。一位老党员站起来说："我们可以评评看全村比孙江富穷的还有几人！没有房子住的，全村只有孙江富！成年在外乞讨的，也只有孙江富！贫困到家里分家，妻子带着子女另过的，也只有孙江富！看孙江富是全村最可怜的人之一，也不会做坏事，每一批救济粮都该救济他！但孙江才就是不救济！有的人住大瓦房，杀大猪，吃大米，却批批救济粮都有！这是大公无私、廉洁奉公呢？还是巴望他孙家人人都不如他，唯他孙江才一人发达富贵呢？请孙江才当着全体党员讲清楚！"孙江才急了，也忙将刚才孙江成那一招拿来用："下一批的救济粮，就给我大哥！书归正传，传达文件！"但党员们都不听他的，又一位老党员站起来说："法喇的救济粮，实在是给得不公！富的得救济粮，穷的得不到！给孙江才帮工、送东西给孙江才的有救济粮，不帮不送的就没有！谢吉富送孙江才几背柴，孙江才才给他七十斤救济粮！崔绍国天天架着马车拉孙江才赶荞麦山街，也得九十斤！这些问题多得很，我举一天也举不完！念念文件就散伙，那文件有什么念场？开党员会，就是要讨论这些实际问题！"

孙江才下不了台，立即宣布："今天的会议就开到这里，散会！"急忙逃离会场。孙平玉正去山上铲了一背马刺回来，遇上几个老党员，都说："你爹今天在会上被迫送一棵树给你了！"孙平玉一听，说："他是当时说说，过后又不承认了！"老党员们说："他不敢这样了吧？再这样，下次开会，讨论开除他的党籍！"孙富民去扯猪草，也听说了，就叫："天长眼睛了！"急忙朝家跑。他那胶鞋已烂得露出两个大脚趾，这一跑，鞋烂了，就举着鞋赤脚跑，回家就喊："爷爷送一棵树了，赶快去砍呀！"

孙江成喊了起来，孙平玉出去答应。孙江成说："你听着！我拿出三棵树来，你们三弟兄，每人分一棵！走，看树去！"孙平玉大喜，回家说："他终于发善心了！"就穿了毡褂出门，和孙江成、孙平元、孙平刚到河坝里，挑了三棵差不多大小的树出来，每人一棵。孙江成说："无论你们是卖还是自己解，树尖要归我。我老了没柴烧，正望着这些树尖呢！"分了回来，孙平玉就到处说要卖树，要树的人快来买，又煮了点肉，蒸了荞疙瘩，请孙江成夫妇来家吃饭，孙江成夫妇不来。

法喇光秃秃的，全村只有孙江成有几棵大树了。吴明雄等多番哄孙江成卖树给他们，孙江成都不卖。如今有树卖，吴明雄等都来买树，不久就来了十几人。孙平玉想："妈的，我借钱时，这也说没钱，那也说没钱。我有树卖时，这人也抱几百元来了，那人也抱几百元来了。"

陈明贺听孙平玉要卖树，急忙跑了来，说："树莫卖！卖树比卖板板亏！卖树的话，七八百元就卖了，改成板板卖，起码要卖一千二三，可以多赚几百块。你一年苦到头，哪里去苦这几百元钱？你把树砍下来，我来帮你片削、弹墨，你爷两个别的没有，憨力气是有的。爸爸现在也紧，帮不上你多少忙，就帮你点力气！"孙平玉说："解成板板，至少要一个月才能卖，但富贵现在就无钱了！"陈明贺说："再从其他方面想想办法！借点贷点去给他！树是一定要解的，不解可惜了！"陈福英说："那又要害爸爸费力。你老了，我们哪好意思呢？"陈明贺说："不消说了！你们请好人，我去找锯子斧子，明早上砍树。"孙平玉就去请了孙平文等人。那些来买树的，听孙平玉要解成板板卖，很失望。但想到远处买板板也费力，又争着买板板，谈好价钱，交了定钱，孙平玉就将钱汇去与孙天主了。

第二天去砍树，砍了一早上，那树才倒。陈明贺用尺子量了，指导大家把树切成七筒，八个人抬一筒，都很费力。抬到下午，只抬了五筒回家。众人累得躺在地上，说："怪不得人人称孙家为孙利毛家，树已这么大，还舍不得卖。"陈明贺说："这还不算孙家的大树！大炼钢铁时，人人都说孙家的树大，争来砍孙家的树！大树都被砍完了！这些树当时只是些小树，人们看不起，才没砍掉！否则早被砍掉了！"崔绍安说："这些树啊，要是孙大哥不利毛，早被卖掉了！才包产到户那年，米粮坝有个粮食局长，来买这些树，说全部一万二千块钱。孙大哥不卖，看来还是利毛点好！"陈福全说："其实这些树越留越亏！当时票子多硬！一万二要当现在十二万！现在孙大爹的树，全部加起来，顶多卖五万块钱，起码就亏了七万！要是当时卖了树，将那一万二用来做生意，这些年过去，起码赚成八九十万，上百万了！当时卖了大树，又栽小树，小树起码也有水壶粗，又是几千元了！孙大爹白当了几十年的支书，脑筋僵化得很！当时荞麦山街上那些人，有什么本钱？几十块的本钱就开始做生意，如今家家买大汽车！哪家不是几十万钱？孙大爹当时有一万二钱，要是拿在我手里，到现在起码赚成一千万元了！"

陈福宽说："孙大爹这些树，我也打了好几年的主意，哄他卖给我！只要他卖，我当时就去贷五万块钱来买。买过来解成板板，赚上一两万块钱，当本做生意。但他不卖，说：'我现在卖了，我老了怎么办？'我说：'你老了有我大姐夫他们啊！'他说：'靠任何人都靠不住，我还是要靠我这些树！等我老了，卖一棵吃一棵！'我说：'你现在卖两棵树，把富贵供出来，成了大学生，你老了就有吃不完用不尽的钱了！'他说：'那是隔辈儿孙了！不关我的事了！'"

众人哈哈大笑。丁家芬说："这个老利毛，他以为世上的人都和他一样！像他这样的人有几个？不要儿，不要女！孙子也不要，什么人也不要！我看他就夹着他那几棵树到老死！"

众人在吃饭，孙江成来了，大声说："我这树大不大？"有人就讽刺他："这树砍了可惜了！要是再留着让它长一百年，更大得不得了！"孙江成说："要是不送我孙子，我硬是要留着由它长呢！再过十年，过心就比现在更粗一两尺。"丁家芬说："那时你都老死了！这些树还怎么给你？"孙江成说："你以为我有这么憨？看看情况不对，我就要卖来吃了嘛！"丁家芬说："那时你也吃不了啦！"孙江成说："反正我有办法！"孙江成一走，众人就说起他的笑话来。

此后陈明贺天天帮着孙平玉父子解板，解了一个多月，才解好，卖得一千三百元钱。庄稼已长到人腰深了，因无钱，孙家的庄稼一直无法买肥料来追肥，等卖了板板买来肥料，追肥的季节已过了。

第三章 大学

四十六　恋爱与饭票

孙天主一回学校，就陷入了困境，每天借钱度日。尉老师知道他的困难，叫他写了申请，去与中文系主任说了。中文系的老师都很赞赏孙天主，于是从中文系的经费里挤出点钱来，送与孙天主做书费、学费。每月国家补助那点钱，发成饭菜票，头年孙天主刚来时，人还小些，能吃近二十天。今年一年，孙天主忽从去年的一米五八长到一米七一，饭票只够吃十来天了，其余十来天就只好借钱用了。男生饭不够吃，多是朝女生宿舍跑，去谈上一个姑娘。女生的饭票，每月都吃不完，都要剩，这样就能挖女生多余的饭票来吃。同宿舍的几个，饭票不够吃了，都忙效仿其他男生这样干。女朋友虽没追到，一去跟女生们吹上两天，说到饭不够吃，女生们不论是不是男朋友，都救济，所以一去就弄了饭票回来了。他们都叫孙天主："女生们都爱着你啊！你去弄，比我们好弄啊！"孙天主不去，干挨饿，倒靠这几人从女生处弄了饭票来，又救济他。

饭票倒靠救济，菜票女生们救济不了。女生们的菜票也要靠家里，哪有救济男生的？孙天主就只吃饭，不吃菜。几天干饭一吃，上下唇就长出一层白色的硬壳来，开裂了。话都不能张口说，一说话双唇就出血。偏偏有那么一些人，闻孙天主之名，上门请教，本校学生，还好应付，谈到吃饭时，就回宿舍打饭吃去了。外校或社会上的来呢，到吃饭时总得招待顿饭啊！以前孙天主在这方面花费就不小。如今更糟，自己都没吃的，哪来招待别人的呢，所以孙天主就与宿舍的人约了，有人来找孙天主，都说不在。有人来时正问到孙天主："我们来请教孙天主，请问他在不在？"孙天主说："不在，已回家去了。"

饥饿将孙天主从图书馆里赶了出来。肚子不饿，他在图书馆能待上一天。肚子饿了，十分钟都待不下去。回来呢，几个同舍男生也正穷愁潦倒，大家去打了干饭来，用开水泡着吃。不解决问题，就相约到校外农民的地里，拔萝卜充饥，商量说："情况不妙了！我们原来去找的那几个女生，都有男朋友了！我们一时无法再去找了，即使去找也找不到饭票了。饭票要吃光了，下一步怎么办？"都叫孙天主快配合行动了。回到学校，他们就拉上孙天主朝女生宿舍走，说："我们带你去找一些富裕的姑娘，既弄得到饭票，也弄得到菜票。"以前他们去女生宿舍，只敢去找农村来的姑娘，这下就拉孙天主去找干部的姑娘，说："这些姑娘才有钱。"去了，就说："你们想见孙天主，我们带来了。"姑娘们激动起来，脸红成一片。男生们就偷偷向孙天主暗示：成了成了！于是这数人就向女生们吹起孙天主来，说是如何如何地厉害，渐渐就谈到孙天主的饭菜票不够吃。女生们慷慨解囊，既给饭票，也给菜票。这几人就像叫花子一样，急忙接了。姑娘们叫他们："你们饭票不够，只管说啊！"他们要走，姑娘们就巴望下次孙天主再来玩，送他们出门。孙天主回头总见她们眼直勾勾地望着他。心中就可怜：情这东西，太折磨人，不是好事啊！一回宿舍，大家就叫孙天主："女生追男生，隔层纸，一捅就破，男生追女生，隔座山，无可奈何。这些女生家底又好，又漂亮，又有钱，对你一片痴情，事情太明朗啦！不是你追她们，而是她们追你。你赶快再去，我们陪你去。"孙天主再也不去了，他见她们看他那痴深的眼神已很可怜，不想再去折磨她们了。交往尚浅，她们要退出容易，交往深了，她们陷在其中，就可怜了。众人于是都说孙天主太糊涂，不中用，送上门的好事不干。下次缺饭菜票了，又去找这些姑娘，只说孙天主无吃的了。姑娘们又救济，叫他们常带孙去找她们玩，但始终不见孙天主去。

女生们看他的眼神，仍和在米粮坝时相似。孙天主走在路上，毫无准备时，有时猛一抬头，就会发现一张姑娘的红脸灿烂地对着他笑。他仍没有找到一个最好的方法来对付，也对她们笑呢，那会给她们造成错觉，万一发起对他的追求怎么办？还是得罪人。不理呢，太绝情，也太残忍，自己不该如此对待这些白璧无瑕、天真烂漫的姑娘。但两种选择，都不理想。孙天主只得选择后一种了。当她们痴情地朝他笑时，他冷面相对。仅这么一次，下次再见时，姑娘们对他就形同路人，仿佛不认识他，笑容消失尽净。不久他就得了"冷血动物"的称号。

钱不够吃饭，孙天主只得放弃一部分时间，用来写作投稿来赚点稿费度日。有时穷到连寄信的邮票钱都没有时，只得将众姑娘们那里得来的饭票卖了，才将信寄出，但他的文章，合那些肤浅的编辑的口味的甚少。有时投出十篇，只发了一两篇，且稿费又低，一千字的文章发表了，稿费不到十元。有时朝那些干部的姑娘那里跑一趟，她们送的就远不止十元。

外校的女生，也有追孙天主的。米粮坝籍的学生，在与那些女生吹牛时，女生们问到米粮坝的孙天主，他们就大吹一通，说是孙天主的好朋友，姑娘们就对他们尊敬有加。他们也要显显自己确不说谎，来约孙天主去玩。孙天主天天读书，眼睛耐不住，隔一周得去爬爬周围的高山、原野，以休养眼睛。有时眼疼了，几天不能看书。他们来邀时，也就跟着去。无论任何学校，孙天主一被他们带去女生宿舍时，就是吹一通无用的散牛，或是逛公路，或是看电影，或是打扑克。散牛吹了，不起作用，公路逛了，还是那条公路，电影呢，都是些毫无内容的东西。那些女生看得心花怒放，拍手叫好。孙天主早看不下去，闭上眼睛以休养眼睛了。那些姑娘就拍他："这么好看的电影，你怎么不看啊？"孙天主仍不睁眼睛，说："我用耳朵听。"她们说："用耳朵怎么听电影？"孙天主说："有耳朵就能听出这电影有多庸俗。"她们说："这电影多精彩啊！你要是觉得庸俗，那就不看了，回去打牌。"姑娘们照顾孙天主的情绪，忍痛不看电影，可把男生们气坏了，"你们太破坏大家的雅兴了，正看得精彩，却要走，不能走，要看完。"姑娘们说："我们也看得精彩啊，可他说不精彩！"孙天主也不想打扑克，叫她们看完再走，他仍闭眼休息。她们也就不看了，逗他说话。周围观众又叫他们小声些。她们就叫他："走，出去说。"

把孙天主带到电影院外来，秋波横流，笑意荡漾，问他喜欢什么样的姑娘，要找个什么样的姑娘，一步一步去试探着。打扑克呢，都打千分，升级，男生女生，打得忘形，尿胀了也不管，一天就朝厕所跑两次。到打饭时，一休战，男生女生，拼命朝厕所跑。还未拉完，又从厕所冲出来，朝宿舍跑，一进宿舍又抓起扑克打起来。有的进厕所时间稍长一点，宿舍里的急不可耐，就朝厕所大声呼喊，甚至男生朝着女厕所大喊女生的名字："你解手就解快点嘛，让我们紧等！"她们争着与孙天主当对家。

孙天主也不欲打牌，这比看书更伤眼睛。人多一点，他就自动让出，坐在她们床上，看她们平时照搔首弄姿的照片。牌场上的那个就坐不住了，女的就喊："谁来打牌？"叫一个顶上，就来向孙介绍她哪张照片是在哪里照的，问他喜不喜欢，喜欢的话就带他也到那里照一张。孙天主只想看看她们那照片庸俗到什么程度，哪还有心情照什么相。她们则不同了，叫别的："你们打着，我们去照相。"打牌的又一片嚷，说坏了她们的兴致了。她们不管，就拉孙天主朝外走。

孙天主不去，她们死邀。到了，她们找了摄影师来，选景，造型，好了，来照时，硬要他拉她们的手，她们抱他的肩。照片取来，她们笑得合不拢嘴，孙天主一看，女的如妓女，男的如嫖客，扭扭抱抱，拉拉扯扯，成何体统，不忍看下去，就想抢来毁掉。她们却立即保护，夹进相册，珍藏起来。孙天主想毁也毁不了，后悔不已。有时这样相处时，痛感时光流逝得可惜，才明白这些人是时间多得找不到消磨，才以此度日。而他呢，时间根本不够，怎么陪得过她们？她们在逗他时，他就在心里想："这些姑娘的生命值得几文钱？一钱不值！"天下世界，国家民族，相煎何急！而这伙鸟男女呢，整天闲逛、漫游、高谈阔论、争风吃醋、庸俗愚昧、肤浅无聊。这国家民族还有何望？有时他看着那些姑娘如此情景，就急迫起来，欲回校看书。

她们呢,还在围着逗他。他火了,站起就走,毫不理睬,立即把她们气得乱骂不已。他一回到学校,天色已晚,夕阳西去,站到高处,就有虚度了一天的感觉,后悔不迭。

如此多去几处,老乡们也烦他,不来邀他去了。那些女生也不睬他,他也不想去了。走了一圈终于发现,世人都是浑浑噩噩而过,昏聩愚昧而来,淫污鄙臭而去。其丑陋龌龊,如实录下来,编为一集,其不近情理,世人必以为作者杜撰,谁能信其真实?倒是古今中外小说,故事情节,最离奇者,比这世界,并不离奇。到底世界上还是只有一个孙天主,再没有第二个!他得珍惜这世上唯一的一个啊!他浪费了他的才华,就是浪费天地的精华,就是对宇宙犯罪!这些庸人,他们杀人放火,才是犯罪,英雄辜负天地,即是犯罪,二者间有本质不同。于是作一诗:

刘项雄才与大志,岂为衣食争于世?
英雄犯罪与众异,辜负天赋即为是!

又想即如宋微子、箕子等,有才无命,实为可惜。无功于国,情有可原。但天生其才志,何可容易?二人辜负商国,事属可原;辜负天地,即不可原,仍是堪责,又作一诗:

英雄必须惜其特,不为国用即无德。
有才无命虽可悯,大义要之仍堪责。

这日,他对中国历史人物进行总结,作了一文《论中华人物》:
宇宙有两大极致:阴与阳。人生也有两大极致:功名与风流。只有二者结合,人生始告无憾。

小功名无聊,大功名才行。尧、舜、禹、汤、文、武、嬴政、刘邦直到孙中山、毛泽东,功盖中华,名垂万古,是为大功名。

小风流也无聊，大风流才行。老子著《道德经》、孙子著《兵法》、孔子创儒学，皆流乎万世。又如曹操、毛泽东，非其不能出其诗，气魄宏大，景象奇伟，也号为风流。

功名与风流如何结合？先举两个例子：一是项羽，灭裂天下，政由己出，是为功名；穷途末路，悲歌慷慨："力拔山兮气盖世，时不利兮骓不逝！骓不逝兮可奈何？虞兮虞兮奈若何？"而虞姬和歌："汉兵已略地，四面楚歌声。大王意气尽，贱妾何聊生？"即伏剑自杀。令人感慨不已。二是刘邦，驾驭群才，一统天下，锦衣昼行，回归故乡："大风起兮云飞扬，威加海内兮归故乡，安得猛士兮守四方？"也不愧人生矣！

综论中华人物，老子、孔子、孙子、李白、杜甫、曹雪芹、鲁迅等，皆风流人物，但欠功业。秦皇、汉武、唐宗、宋祖、成吉思汗等，功业鼎盛，但乏风流。勾践得个西施，唐玄宗得个杨贵妃，这不算风流。汉武帝、唐太宗、康熙等都能写诗，但写得不好，算不了大风流。

大功名与大风流结合者有三：周文王姬昌、魏武帝曹操和毛泽东。三人功业自不用说，周文王演《易》，吞吐天地；魏武帝的诗，沉雄浑厚；毛泽东诗词，雄视宇宙，才调绝伦。人生如此三人，稍无憾也。其余区区，何足道哉！

作完此文他就想：晏明星、路昭晨、王维敏等，在我的人生目标中，能算什么呢？于我的功名风流路上有何益呢？我以前为他们花那么多精力，实在不值得！从此以后，任何女的，都滚开吧！晏、路、王等等周围一切女人，做我的夫人不配！

孙天主从此不再和这些老乡去找什么女生了。眼痛时他就独自一人到外面去爬山，回来独自看书。他们有时还来找他。这日，米粮坝在教育学院的老乡跑来，对孙说他们学校有个校花，叫柏毅格，人人去追，都弄不到手，就发动大家去攻她，攻下来者有赏。各县组织力量猛攻。攻不下的县输一百元钱。各县都去试了，均败下阵来。米粮坝籍的学生吹孙天主能把她拿下来，其他县的学生就与米粮坝的学生打赌。他们就来叫孙天主去捉拿那姑娘，说孙去一定能拿下。孙天主说："我对这些事不感兴趣，你们自己去拿。"这帮人说:"这姑娘漂亮得很啊,比路昭晨还漂亮!我们来约你去,为米粮坝争光!你得姑娘,我们得笔钱花。"孙天主说:"我不去!"众人说:"你不去我们就输啦!已经下了赌注了!"孙天主说:"不去!"众人回去,到那姑娘那里试了,发现她一听孙天主之名,就激动起来,就想能成,即说约孙去她那里玩,她表示同意。众人说:"要是我们带了他孙天主来却输了,你要给钱啊!"她说可以。众人又来对孙说:"你去百分之百拿下她来!她已答应不让我们输,她基本上已是等着你去拿她了。"孙天主说:"这样不费力就能拿来的东西,不是好东西!"始终拒绝去。这些人缠了数次,只得去了。孙天主就想王维敏的话,是否是对的呢?这些男人活在世上,就是如此无聊,成天就是干这些无聊之事。攻不下来,悬赏都要攻。攻不下来呢,男人悲哀,攻下来了,女人悲哀。女人真是命薄,如晏、王等,就被这伙无耻男人不断地纠缠之下,光阴虚耗,前途路断,身败名裂,可悲可叹。自己要是也和这些人同流合污,也去攻柏毅格,也就沦为无耻之徒了,绝不能做这样的事啊!他从历来所见的所谓恋爱者身上,没见一人事业有成,也就引以为戒,自己绝不再蹈覆辙。

这一天,罗新成等几个师专中文系的学生到乌蒙师范去玩,谈起诗来。师范学生说汪国真的爱情诗太好了,几个师专生哪里看得上什么姓汪的,就讥其肤浅,说汪是"臭狗屎"。那伙师范生觉偶像受了侮辱,极力争辩。罗等见其为汪辩护不已,大怒,说这些师范学生素质低下,又骂汪是"猪屎堆"。唇枪舌剑,渐至失控,互相对骂,终至大打出手。师专生少,被师范生打败。师专生回来,又约一群人去打师范生,将其打败,说:"为中国诗坛清除垃圾"。那些师范生不服,从此双方时常开战。罗等来找孙天主论此事,正好岳英贤也在孙天主这里。罗等说:"日他妈的师范生,太肤浅了!像徐志摩的《再别康桥》这样的诗,才是好得不得了的爱情诗!"岳英贤又讥其肤浅,说:"徐志摩算什么东西!"就指指孙天主:"真正的大诗人在这里!"罗新成马上反驳:"你竟贬低徐志摩啊?你还写不出徐志摩那样的诗来呢!你嫉妒徐志摩的诗可以谅解，怎么对他进行人身攻击？"岳说："我耐烦嫉妒他？他那号臭诗，我还不耐烦写呢！"罗等大愤，也道："看你那尖嘴猴腮，也不像写诗的！"孙见二人又要为诗而战了，忙说："不要吵！不要吵！"岳英贤调侃数人够了，又说："徐志摩的诗相当不错！很好很好！"罗等仍絮絮不止。孙岳二人相视一笑，逛到街上来。岳说："妈的，世人的素质低得无法想！都跟老子们一样是农民出身的，说什么爱情诗！要说爱情诗，只有李商隐那两首还过得去！其余的都他妈的扯淡！"

岳英贤画画，天天只看画册，很少看中外美术史。看也是断章取义去看，年年被梵高迷住，言必梵高。孙天主则到看美术史时，从古埃及壁画，古罗马的瓶画，从文艺复兴到印象派，从拉斐尔到达利，无不鉴赏。孙天主对梵高只欣赏了一个月，就变达利了，欣赏达利也才一月，又变别个了。而岳直到毕业，迷于梵高不变，对达利等一无所知。

孙天主到师专一年，才发现师专的老师原来都不看书。中文系的老师不看其他有关知识，其他系的老师也不看中文系的书。尤其如中文系老师，教古代文学的不看现代文学，教中国文学的不看外国文学。甚至几个中文系年轻老师，也都是将大学学到那点东西拿着讲，大学出来以后学到的东西就少了，言必欧美，又菲薄亚非。如这日孙天主读波斯哈菲兹、海亚姆的诗，尉老师见了，说："这是美国的还是欧洲的？"孙天主说："波斯的。"尉老师说："波斯有什么诗！看看波德莱尔、庞德等人的就得了。"对欧美的呢，又只重西欧、美国，俄国等就不重视。这日，孙天主在看俄国文学，又一年轻老师说："俄国文学有什么看头？看看法国就行了嘛！"孙天主感觉，一些教授、副教授，其实都是把自己局限在一个很狭小的范围内，当了一辈子中文系教师，连中文系课程所涉及的东西都没有掌握，他们一生无所作为的悲剧就在这里。他必须要克服导致这一悲剧的根源。通过一年的埋头学习，他已将中国及世界文学所涉及的作品全部读了一遍。他想要用在师专的两年时间，将哲学、物理、化学、艺术、天文等等各种学科概览一遍，扩大知识面，当然每种学科都只能是粗浅了解。

四十七 老无德

  孙平玉好不容易靠孙江成给的一棵树支撑了孙天主的学费,但家里依然困窘不堪。那一百来斤的小猪杀了,家里人口多,过年就吃得差不多了。春耕时又请别人帮忙,肉、油就吃完了,从此每天都是清汤寡水度日。孙平玉家农活又重,没有油盐,身体根本耐不住,每天头昏,先是无论白天怎么累,晚上就是睡不着觉。后来就身体一天比一天差,先是陈福英病了一个多月起不来,病势严重,又无钱医,就听天由命。孙富春等天天哭,以为陈福英不会好了。一个多月后,陈福英勉强能站起来走。陈福英病刚好,这天孙平玉割草回来,递草上楼,头一晕,从楼梯上栽下来,肋骨跌在楼梯上,从此达一两个月爬不起来,人一天天瘦下去,也没有钱医,想吃个苹果也无钱买。孙江成家听孙平玉一天要昏死数次,一家人吓得惊慌而哭,以为孙平玉不行了,也不来望。孙平会每天咒孙平玉快点死才好。陈福英见孙平玉病情严重,隔死不远了,天天哭,自己无计,要发电报给孙天主,要他回来看看他父亲,怕孙平玉万一死了,孙天主连看都不得看一眼。陈明贺来说:"你发电报整哪样?富贵回来也无办法。而且他来去又无车费更增困难。"陈福英才没发。

  这天陈福英做梦,说孙天主回来了,天亮就说:"富贵今天要回来了。"凡孙天主要回家，头一夜陈福英总要梦到，从孙天主到则补时就是如此。孙平玉等开始不信，渐渐多了，都信了。刚吃了早饭，孙天主就回到家了。孙平玉、陈福英看儿子长高了，也瘦了，心里好不难过。孙天主刚一见陈福英瘦得脸如刀削，孙平玉病重不起，心里也就沉下来，贫穷家庭百事哀啊！

陈福英说："我也生病，你爸爸也病。病的原因也简单，就是活路太重了，却没有油盐，长期下去，身体耐不住，就垮了。你去你爷爷家借点肉来。"孙天主见家里顿顿清水煮白菜下洋芋吃，油肉全无，就来孙江成家借。孙江成带他上楼拿肉，孙天主见肉挂得林林总总，不下几百斤。前年杀的猪，肉至今未吃完。去年杀的两条，肉原封未动。今年又要到秋天，又得杀过年猪了。孙天主心就不悦，父子之情，竟淡如此。父亲的肉吃不完，儿子呢，无油无盐，营养不足，病衰卧床，殆死者数。同样是父子，爷爷待父亲，情薄如纸；父亲待自己，恩深似海，这怎么说呢！

孙江成借了孙天主两块肉，几斤油，叫吃了没有再来借。孙天主提了油、肉回家，煮了一块肉。全家几个月没沾油花了，肉一煮好切出，谁也不吃洋芋了，将那肥肉大片大片地拈到口里，像吃白菜一样。孙富春才一岁半，竟吃了近一斤肥肉，见碗中肉将完，急得大叫："我要我要！"要叫把肉留与她。陈福英忙说："砧板上还有，锅里头也还有！"忙装了一碗给她留着。孙平玉也不吃洋芋，将那肉舀在碗里，像吃饭一样一碗一碗去吃。孙富民等，无不吃了数斤肉。孙天主大惊失色，看得热泪盈眶。吃好，孙平玉说："这一辈子吃肉，就数这一顿舒服！"到夜里，全家都拉肚子。孙天主听这个起床朝屋外跑，听那个也起床朝外跑，门时关时开，一夜都在响，他在床上流了一夜的泪。

有了肉油，孙平玉一天天好起来，能外出劳动了。今年秋天仍然阴雨绵绵。云一直屯在大红山、黑梁子、横梁子山腰。孙家天天在雨里忙，荞麦仍收不起来，都在地里发芽。水又从沙坝的洋芋地里冒起来。孙平玉原来的打算，是要好好收一季洋芋，打成小粉卖钱供孙天主读书，没料又是如此，急得跺脚，说："完了，完了。今年又白苦了，赶紧挖洋芋。"那洋芋尚未成熟，皮都还是白的，挖回来煮了，味道是涩的，最大的才有鸡蛋大。而往年，孙天主家的洋芋年年都是半斤大一个的。孙平玉家在挖，孙江成、孙江荣家等，到地里一挖，见洋芋尚嫩，不忍心挖，孙平文家也是不忍心挖。后魏太芬要去挖，孙平文说："现在挖了可惜了。"魏说："烂在地里不可惜？"才跟着孙平玉家挖。全村人见了，都觉这两家人疯了，洋芋才在开花结子，就挖洋芋了。孙平玉家的洋芋挖了，就种上小春。孙天主头年就劝这地不要种洋芋，要改种其他。孙平玉舍不得，说："这地肥啊！产量高啊！"孙天主说："产量再高，像这样出水，倒贴老本。"孙平玉说："难道年年出水？三年总有一年不出水。"孙天主说："那你这三年就白种了！一年有点收获，两年贴本，拉扯下来，这三年岂不白费力？一直这么下去，一生都白费力！"孙平玉就是不听。如今孙天主说："这一季洋芋白种了，就忙种小春，将它补回来！"孙平玉、陈福英一听有道理，就忙挖了种小春。全家人脚上又生疮时，洋芋挖完了，开始种小春了。孙江成、孙江荣家这才开始挖洋芋，但整片洋芋地挖过来，无一个洋芋，都烂完了。只得打着牛，像犁荒地一样犁那洋芋地，想跟着孙平玉家种小春呢，节令已过，孙平玉家的小春已把地面盖绿了。

孙家出了个大学生，"法喇孙家"之名，传遍周围数十里。孙平刚已近三十，未找到媳妇。如今时来运转，有人介绍隔法喇三十里的周家姑娘。周家极穷，听介绍说就是那个出大学生的"法喇孙家"，又是大学生的亲小爸，就给了。姑娘叫周家会，才十六岁。讨来后，天天见田正芬偷偷送东西给孙平元家，就来与陈福英讲："大嫂，怎么办？妈天天偷东西去给田永芝家！我们两个该干涉干涉啊！爹妈都老了，过几年就要我们三家养！她现在把东西都偷给田永芝，那就跟妈讲明，以后田永芝养她和爹！"陈福英说："你不见天天恨我家？我哪里敢说！"周家会说："不是你不敢说，是你不说！他们敢惹你？一旦惹着你，你那三个兄弟就来把孙家踏平了。"陈福英也不好回答她不管此事，说："你先去跟妈说了试试再说。"周家会就答应而去。陈福英说："我才不耐烦管！亏也不只亏我一人！还有比我更困难的！"周家会就去跟田正芬说："妈，我跟你讲！你天天把东西偷给田永芝，那么你老了，我不管！田永芝养你！"田正芬以为周家无势力，远比不上陈家。她一直偷与田永芝，陈福英多年都不说，周才来的，就敢如此，就大骂周家会："我偷哪样给田永芝了？你数出来！你数不出来老子才对你不客气！"周家会立即发作，骂田正芬是孙平元的婆娘，才会天天照顾孙平元家。田正芬哪里吵得过，立即还不上口来，任周家会骂。陈福英听周家会号叫着骂田正芬，田正芬不敢还口，才高兴了，说："她欺我多年，欺着甜头了！以为周家会还像我一样，还想欺！这下欺好了！骂她是孙平元的婆娘了！"孙江成听周家会如此骂，就打孙平刚，孙平刚就去打周家会，周就骂孙平刚："憨猪脑壳！你婆娘天天把东西偷给孙平元那个烂杂种家，最后吃亏的是哪个？就是你这个憨杂种！你有哪样家产比得上孙富贵家？到时候你那婆娘田正芬老了时，三家一样一样地交出来，孙富贵家交不赢你？"孙平刚一听，就调过来与孙江成吵，说是田正芬的不是。孙江成又打孙平刚，周家会就提了柴块去打孙江成。孙江成以前打孙平玉时，陈福英只会站在中间来隔，让孙江成打不到孙平玉就行了。孙江成以为周家会也还会如陈福英一样，所以仍气势汹汹。哪知周来真的，棒棒朝孙江成打去。孙江成挨了两棒，才发现事情不如所料，不敢动了。周家会于是又骂田永芝是孙江成的婆娘，所以孙江成才会如此偏心，这下全家都怕周家会了。田正芬偷得少了，但孙江成也就开始偷东西给孙平元家，周家会也就无可奈何。

孙平元维持不了生计，就欲与别的人家搬到西双版纳去。孙江成吓了一跳，他原来欲甩开孙平玉家，靠孙平元家。如今才发现孙平元靠不住，着急了，说："我和你妈老了怎么办？你讲清楚再走！"孙平元恨孙江成明明有着大笔家产，只是夹着一个人吃，明说抛开孙平玉，把家产分给他和孙平刚二人了，其实都还全捏在孙江成手中，不给二人，就说："你那么多家产，还不够你吃到老死？"孙江成说："家产是我的，你莫管！我问的是你怎么养我？"孙平元说："你现在才知道要我养你！你以前怎么不知道？早点把你那些家产分给我家几弟兄，我几弟兄去做生意也行，盘生产也行，发起家来，还养不了你？你把家产死死捏着，几个儿子要做生意，没本钱！要盘生产，肥料籽种都没有，才会穷到这个地步！现在你问我，我问谁？"孙江成就打孙平元，田正芬哭着去拦。孙江成说："你这个杂种！老子的家产全被你哄着吃光了，这下你要搬西双版纳了！你这大瓦房是我起的，还我，我要卖它养老！"又将孙平元仅六岁的姑娘孙全芬、五岁的儿子孙全荣扣下："你要走可以！留他们给我养老！我无钱了就卖他们！"孙平元、田永芝仅带一百块钱，就哭着拦班车走了。孙江成硬是一分钱不给。孙平玉听到很怜悯，想送孙平元夫妇几块钱，又因平时两家是矛的，孙平元至走也不来说上一声，也不好去找孙平元。

孙平元一走，孙江成见孙平刚也穷得揭不开锅，也靠不住，自己唯一能靠的，只有孙平玉，但几十年来，他一直听从田正芬的，不把孙平玉当儿子看待，非打则骂，孙平玉也不理，父子俩仇怨已深，无脸来找孙平玉。就将主意打在比孙天主小一岁的孙平会身上，说要招个姑爷上门，享受他那笔巨大的家产，给他和田正芬养老。孙平会如今在村里已算个大龄姑娘，法喇的姑娘十四五岁就嫁了，许多比她小的姑娘，如今都有娃娃了。而村里从无人来说她。其原因呢，虽孙江成家道殷厚，但历来名声不好，吝啬得出了名。二是孙平会为人，也如孙江成、田正芬不长脑筋，一直追随全家与孙平玉家作对，天天骂孙平玉。一些比较狡猾的姑娘对她说："你怎么这么憨？还跟你大哥吵？你迟早有一天是外头人！你嫁到哪里，万一被人欺负了，还要靠后家给你撑腰啊！你二哥、三哥都不行！你以后能靠的只有你大哥！孙富贵这些人多行势！你现在要劝你爹妈和你大哥家和好才行！这样你大哥你大嫂就会感谢你！以后你嫁到哪里，他们都会帮你的忙！有你大哥你大嫂和你几个侄儿子做后台，你在哪里都好过！我们是可惜没有你这样的大哥和侄儿子，不然硬是要好好地投靠了做后台。"孙平会说："我才不耐烦要他做什么后台！我爹要把他家赶得远远的去。他家在法喇站都站不住脚，我还耐烦靠他家？"仍骂不停。

孙平玉已恨透孙平会，说："我们吵不吵，跟她有什么关系？她应该在中间劝和才是！公然尾着天天骂我！我发了誓了，永远不认她是妹子。"就因人人知孙平会愚蠢，又与孙平玉是矛的，讨了孙平会，也靠不着孙平玉家，尽管孙江成有家产，又当过支书，却一直无人来说孙平会。如今孙江成在山上放羊，就对一些老者说："你们帮我访着点！帮我那姑娘介绍个对象。我不嫁姑娘，要招个姑爷来！我那家产，几万块钱啊！全村数一数二！哪个来当我的姑爷，哪个来享一辈子的福！"那些老者说："你是老昏了！你三个儿子，一大帮孙子，还招什么姑爷？招来与你儿子、孙子打架？天下恐怕没这样的蠢人，敢来当你的上门姑爷享你这几万块钱的福！"事实上的确如此，孙江成放出风要招姑爷，但就是没人来享受他的什么家产。孙江成、田正芬、孙平会就将气发在孙平玉头上，认为无人来招姑爷，是因怕孙平玉、孙天主，所以天天骂孙平玉。而孙平刚结婚后，没有房子，只将原孙平元那被孙平文家撬垮的烂房圈圈盖了荞草住着，甚是可怜。听说孙江成要招姑爷进来，就要向孙江成要房子，说："你给我二哥起了间大瓦房，也要给我起一间，我现在连个棚棚都没有。"孙江成大怒，就打孙平刚。孙平刚扬言："哪个敢上门来当姑爷，老子就一刀把他剁了。"周家会就说："你爹收拾你，也就像以前收拾孙富贵家爹一样了。要阻挡孙平会招姑爷进来，就得和孙富贵家合作。只有孙富贵家才吓得住你爹。"孙平刚就来投靠孙平玉。孙江成见二人合作，自己成了孤家寡人，忙来找孙平刚："小会招了姑爷来，家产你和她平分。不给那两个。"孙平刚认为自己占了便宜，就听从孙江成的，又跟着孙江成不理孙平玉了。周家会说："你莫听你爹的！你与其跟孙平会平分，不如与孙富贵家平分，反正都是分，而且你和孙平会也不敢分这家产！孙富贵家不得你敢怎么办？"孙平刚就是不听。孙平玉见孙平刚又无缘无故不理自己，火了，说："这种无耳性的，下次再不理他了。"

转眼田正芬就满六十岁。法喇风俗，无论有无，六十岁都要做做"大生"，庆祝一下。尽管很矛，孙平玉、陈福英还是买布来为田正芬做了寿衣、寿鞋等。孙、陈就到田正芬处问"大生"怎么做。田说："我还做什么大生？别人少折磨我点就行了。"孙、陈听了，毫无道理，就回家了。到六十岁生日这天，田怕孙平玉夫妇来祝贺，就跑到田正安家去躲避。田正安问怎么回事，田正芬说了。田正安说："姐姐，那就是你的不是了！孙平玉尽孝心，你应该接他的东西！你这样大生也不做，跑了来躲，成什么话，赶快回去。"田正芬说："他倒有，当然想我做大生。孙平刚穷潦潦的，拿什么来做？他目的不是为我做生，而是欺孙平刚穷。"田正安说："你这样想，我也无法了！十个指头还有长短，哪家的子女个个一样？那么任何一家做生，都是富的欺穷的！那就规定任何人都不许做生日了。以前你和孙平玉家吵，我总以为怪孙平玉家！凭这桩事看来，是怪你！"田正芬又恨田正安。田正安妻觉得不妥，又劝田正芬："大姐，满六十做大生，是老古里的规矩。再穷的人满六十岁，都要做大生。你儿子、孙子成群，家里又有，孙子又是大学生，孙家名声也好，应该要做这大生才对。人活一世，有几个六十岁？过后儿孙们想孝敬你，你已过了六十岁了，还怎么过？你赶快回去！"田正芬不回。田正安说："你不回去，那我们给你做大生。"田正芬也不让做，过了大生之日，才回法喇来。陈福英说："这寿衣就留着等我妈六十岁，再送我妈去。"丁家芬后年满六十岁。

过了两月，又是孙江成六十岁生日。孙平玉来问："我们也不敢自作主张了。我来问问，你的大生要做不做？不然又说我的目的不是为你们做大生，而是欺别人穷！"孙江成吼道："你要做你只管做去！我的大生我还不会做？"孙平玉听得毛发倒竖，说："我到六十岁，会做大生的！热闹得很！我不像你一样！六十岁了，儿子搬得不知去向，公然还把孙子孙女扣下当人质！全中国恐怕只有我孙家干得出这一折来！我是第一次见到这种奇怪的事！你不要脸，子孙要脸啊！子孙还要在法喇住千年万代啊！"孙江成提了火钳就打孙平玉，孙平玉就跑。孙江成提了斧子追，陈福英听到吵闹，出来了，孙江成才回。

生日这天，孙江成早早煮了几个洋芋吃了，就赶着羊子上山去了，很晚才回来，又是几个洋芋，生日就过了！

孙江成只是少时放过牛，后就去打游击，回来当村干部，历来没干过农业生产。如今年满六十，才拼命地苦，准备像孙运发一样，家产吃到老死。当年孙运发到死，自己的家产都吃不完，从没让孙江成、孙江荣出过一粒粮一分钱。死后将孙运发的家产安理了，东西还剩，孙江成、孙江荣又分那家产。孙江成每天两次从大红山捡粪回家。别人见了，说："你老了，还苦哪样？"孙江成说："我要苦了吃到老死！死了也将我的抬我！"别人说："你家产再多，即使死了也够抬你！那还要有人承头抬啊！你不理孙平玉，到时你死了即使你粮如山钱成堆，他不抬你，你有什么办法？"孙江成就骂对方。

这日吴光耀拄了拐棍在村中散步。见孙江成背了一背篓的牛屎马粪，粪水从背篓里渗出来，滴到孙江成毡褂、裤子、鞋子上，就说："孙江成，我要像你这样的话，早就气死了！"就与人说孙江成的笑话，天天嘲笑说骂孙江成。孙平玉听见，说："人家吴光耀骂得好啊！我们敢怪吴光耀？都是他自招来的！天下的人只会骂他蠢，不敢骂我日脓，说老爹六十岁了还放了满山地劳动。人家吴光耀，到了五十岁，就不劳动了！由几个儿子凑钱凑粮养到如今。"

把所偷的牛钱赔清后，失主表示不再报案，孙平拾、孙国达就回家来了。吴光耀时常说："社会一变，就丢根索索给孙江才，让他自己勒死算了！"安国林时常对孙江才说："小姨爹，吴家对你虎视眈眈的啊！你孙家有的是人才，赶快提拔两个起来，当你的帮手！不然以后你一人斗不过吴家！"孙江才说："我家有什么人才？我大哥家那两个用得成？我二哥家的文凭最高的，只读到小学二年级。我三哥家大儿子才七岁，无办法。"安国林说："孙平玉、孙平文、孙平元、孙平刚，哪个没文化？不可以用？孙江华家孙国达，初中毕业，不可以用？"孙江才说："那就莫讲了！我提防还来不及，还能亲手栽培他们？与其栽培他们，不如栽培外姓！"安国林说："他们对你无威胁啊！你提防他们干哪样？"孙江才说："我提外姓人了！"安国林说："那说好啊！如是你孙家人占着位子，我不争不抢，我兄弟等我另外想办法！如是外姓人占着位子。等我兄弟他们初中毕业，万一考不起，我就要把你提上来的赶下来，换上我兄弟！"

法喇村差一辅导会计。孙江华想请孙江才提拔孙国达来干。天天朝孙江才家跑。孙江才表面应着，却将郑家一个小学毕业的，提了来干辅导会计，连孙平玉等开始都以为孙江才在村上势孤，必然提孙国达当帮手，壮大自己的力量，没料提了郑家。孙江华深感失望，孙家人也都骂孙江才心黑。

孙家文、孙国达、孙国军、孙富民等年年在五年级读，就是考不起，被孙富华追上。孙天主原来学习一直很好，全村都在夸，孙平文家好不气愤，孙家文在小学学习很好，魏太芬为和陈福英家竞争，就天天夸孙家文学习好，在校如何如何受老师夸奖，并把孙家文的作业本揣了，在地里做活时，也要将那作业本拿出来，给蒋银秀、陈福英等一干妇女看，说："我这睁眼瞎虽说不懂，但看人家老师把作业本改得红彤彤的，就说明家文的学习好。"她一天书没读过，蒋、陈等同样一天书没读过，看了也白看。只是陈福英虽一天书没读过，但毕竟供了几个儿子读书，还是有一点了解的，知道老师改作业，合的是红勾勾，错的是红叉叉。见孙家文的作业本上有红叉叉，魏太芬竟拿着夸，心中就好笑，但口里顺魏所欲恭维："家文这学习真是好！一个作业本都红彤彤的。"魏太芬以为陈福英佩服她儿子了，心中才好过些。

孙富民比孙家文大两个月，但学习远不如孙家文，同时去发蒙，孙家文到了五年级，孙富民还在三年级。孙富民比不上孙家文，魏太芬又高兴了，骂说："我还以为她的儿子个个都行啊！孙富贵行，我以为孙富民也行，终于还是有个不行的了！"天天说她家已在准备孙家文进荞麦山中学读书的学费了，又说她供个儿子读初中倒不费力，以讽刺孙平玉、陈福英如今家穷。孙平玉、陈福英背后说："她有什么家底？她现在的家底不如富贵刚考取初中时我们的家底！她没尝过供孩子读书的滋味，只看着她现在有两条猪就吹大话。她那两条猪，只够供一个学期，其他她还有什么？"孙天主考取师专，富华又很行，孙平文、魏太芬难过之极。孙富华追上孙家文等，孙平文、魏太芬就天天骂孙家文。偏偏小学毕业时，孙家文等都没考取，而孙富华考取了。孙平玉家大喜，孙平文家大愁。孙平玉此时能卖的，只有楼上的一点柴了，就卖了一千斤柴，得了六十元。然后背上箱子，孙富华背了铺盖，往荞麦山去，全家送出村来。孙平玉已是送第二个儿子到荞麦山中学，容光焕发。孙富华终于得盼到进中学了，笑容满面。孙天主见富华又矮又小，想想他以前不得读书，摸耳朵等事，而转眼已成中学生了，人生变化，如此迅速，激动得热泪盈眶。陈福英眼里也是泪花，说："那年送富贵去，天气也就像今天，晴得很好！富贵当时比富华现在还矮！"

那年孙平玉送孙天主到校，孙天主去时都很高兴，可到下午孙平玉要回家时，孙天主几乎要哭起来。这晚孙平玉回来，说："一路去时，就像那年富贵一样，他过于高兴得很！下午报了名，他就愁起来了。我走时，他就要哭了。"说着眼眶里泪就下来。陈福英的泪也淌下来，说："你一走，他肯定哭了。因为从来没有出过远门！"孙平玉说："一定哭了。我在时，他那眼泪就要掉下来了。"孙天主、孙富民听了，泪都掉下来。

第二天，孙天主也走了。孙平玉无钱，叫孙天主再在家几天，等他借到点钱再走。孙天主只要点车费就走，说他回学校后有稿费。孙平玉跟着追，边喊边流泪。孙天主听父亲带着哭腔喊他的声音，泪也就流下来。孙平玉追上，说："回家去，等我借到钱你再走。"孙天主不回，孙平玉拉不住，只得跟着孙天主走。父子二人都流了泪。孙天主见父亲和自己并排走，已没有自己高了。父亲如今显得又矮又老。他小时记得父亲很高大，没想如今自己长高，超过父亲了。而家道还是如此可怜，他真怕父母在他未成功之时就去世了，那他想报答他们的一切愿望，都将成为空中楼阁。他真希望老天保佑父母能活到他成功的那一天啊！

到了公路，拦车的人很多。孙天主心中顿觉阵阵疼痛，穿得最可怜的就是自己的父亲。车来了，孙天主也就走了。

四十八　错失好婚

　　吴明道考取了乌蒙师专物理系，罗正万子罗新成考取乌蒙师专数学系。法喇一年考取两个大学生，再次轰动。成功之家，喜悦自不用说。未遂其愿者，嫉妒惭愧，种种都有。无奈感叹命运的无情："看来还是那句话，'聪明有种，富贵有根'啊！法喇出这几个大学生，都是有根种的。王勋杰的爹，就是干部；岳英贤的爹，也是干部；吴明道的爹，也是干部；罗新成的爹，是教师。孙富贵的爹是农民，但他爷爷是干部。像我们这些人家无根无种，再拼也不起作用。"

　　谢庆胜、郑朝斌、吴耀军等未考取。吴耀军去乌蒙补习，学习未提高，倒把王维敏硬是追到手了。吴耀军被吴明献一顿揍了，跑到县城去躲避。吴明献正在家里生气，王维敏却找到吴家来了。吴明献听她说了，根本不理。吴家自煮了饭吃，上床睡觉。王维敏不得饭吃，忍耻含愧，欲要走呢，天已黑了，只得就在吴家火塘边板凳上坐了一夜。法喇海拔高，尽管是夏天，也同米粮坝其余地方冬天一样冷。王维敏哪尝过这种冷的滋味，一夜险未被冻死。次日天明吴家开门，王维敏急忙逃走。吴耀军回家，就被吴明献用牛皮条捆了吊在楼梯上，一顿的鞭子，骂："孙富贵比你小，明后年就大学毕业了！你这杂种呢，老子让你去补习，你倒去当种羊了！要不是那臭母狗找上门来，老子还以为你在学校好好学习呢！"

吴明献不要送上门来的儿媳妇，又在全村引起轰动。人们也不知那姑娘姓甚名谁，是哪里人，只是见到者，都说那姑娘漂亮。偏王来时，遇上陈福英，陈福英知道她。后与孙天主说那姑娘就是那王维敏。孙天主大吃一惊，她又被吴追到手啦？不过他已不大相信王的话了。要说追的人多，教育学院被悬赏捉拿那个姑娘追的人也多，那姑娘为何不如此呢？

这日孙平玉、孙平文从地里收工回来，就见一军人背着行李朝黑梁子走。二人大奇，忙追上去，却是孙平强。一问时，孙平强说他退伍回家了。孙平文就气得直跺脚："你这下回来怎么办呢？一样不是一样的了！你不是说你能转成志愿兵？怎么不转？原来叫你回来说媳妇，你也不来！现在志愿兵也当不成，媳妇也没有，这下你怎么办？"

孙平强在部队当了班长，入了党，孙江成、孙江荣都吹孙平强在部队如何不得了。孙江成还说："带信去，叫他当了团长再回来！"孙江荣家穷，以前魏太芬出主意，说叫孙平强请个探亲假回来，趁着还在部队，哄个姑娘做媳妇，比较好办。孙平文就写信去，叫孙平强回来说个媳妇。因被孙江成等吹了，法喇人不知底里，都以为孙平强真在部队不得了。有的人家真心动了，要是孙平强当即回家，尽管孙江荣家境不好，但孙平强要找个媳妇也毫无问题。但孙平强不回，回信说他在部队如何如何，说有望转成志愿兵，以后退伍找得到工作。孙家人一听，既然转成志愿兵，那就好了。那以后还找农业上的媳妇干什么？就找个单位上的了。但魏太芬明白孙平强的性格，做不成事，不放心，又叫孙平文写信去问，是否是真的，如果没把握，还是回家把媳妇说起，免得以后麻烦。孙平强又回信，说他的事有把握，事情就这么放下了。

没料才回信两个月，孙平强已回到法喇了。孙江成一见，惊愕不已，说："这下还当什么团长！只能在黑梁子当社长了！"孙平文、魏太芬等都埋怨孙平强："你不是说有当志愿兵的把握？叫你回来说媳妇也不回！这下什么都完了！"孙平强一回家，见全家天天围攻，也火了，说："志愿兵是想当就能当的？要钱啊！你们哪个给我几千块钱了？组织上叫我们回来建设家乡,在家乡同样大有可为!"孙家人都以为孙平强去当了几年兵,变厉害了,哪知还是跟去时一样。孙平文说:"哪个有什么屁本事我认不得?法喇比你能的成千上万,还没把法喇建设好!媳妇讨不到一个的,多的是!你自己都建设不好,还想建设家乡呢!"

孙平强回来无事做,法喇村党支部换届,因他是个年纪较轻的党员,将他选为支部委员。整天和孙国达在河坝里叼着过滤嘴烟闲逛,在墙角铺了毡褂、毡衫,打扑克玩。孙平文说:"你既然不是兵了,怕该理点正事了。原来叫你回来讨媳妇,哄也好哄,骗也好骗,一分钱不要,就可以讨到个媳妇。现在你虽有一千块钱,够讨媳妇还是够起房子?讨个媳妇要两千块,起房子要三千块,你这钱够整哪样?叼上一年的烟,我看你还有几文钱?"

孙平玉冷眼看了十多天,就把孙平强看白了,说:"跟去时一样,一点进步都没有。"就献计于孙平文说:"安正书有个侄女,叫孙平强赶快动手!孙平强又是党员,又是班长,又是支委,只要成了安正书的侄姑爷,再把孙平强这一千块钱塞给安正书。安正书一提拔,就成功了。万人在议孙家如何接班,这不就接班了?"孙平文一听,连呼:"大哥好主意!"魏太芬说:"这主意肯定是大嫂打的!大哥打不出来!赶快叫孙平强去动手!"孙平强一听,也认为是好主意,但不敢上门去说。陈福英、魏太芬叫孙平强:"怕什么?你只管去就是了嘛!她还是个姑娘,比不上你是个小伙子!她能把你吃掉?"孙平强就是不敢去。二人就说:"怪了!哪家的小伙子,都有一大批成行的!只有孙家的小伙子,尽出不得态势,上不了台盘的。在家族里面你咒我,我骂你,都有几板斧。一等上正场,二十几的男子汉,又当过兵,反怕一个十七八岁的小姑娘!"陈福英见赶不去孙平强,就叫魏太芬:"干脆你想办法算了。"

魏太芬就去哄那安家姑娘。这日,见安家姑娘在孙家地埂上扯猪草,就叫安家姑娘坐一阵,问安家姑娘可有人家了,以后想找个什么样的男的,愿不愿嫁在法喇等。话头渐露,那姑娘也试着回答一阵,明白魏太芬想将她介绍给孙平强，心中甚喜。当时虽草草说一通就算了，以后就时常来孙家地埂上扯猪草，和魏太芬、陈福英等越发熟了。

孙平强不敢去动她，她倒时常采取主动叫孙平强。陈、魏二人松了口气，知事必成。那安家姑娘之父安正元得知了，一日割草，来与孙平玉、孙平文坐在一起，说："我大哥要是提拔孙平强，比当年提拔孙江才还简单！孙江才那时只是个党员，钱没一分，也没有多大后台，还弄个支书给他当！孙平强又是党员，又是班长，又是支委，你们又可以撑一下，给他整个支书之类的官，简单得很！"二人故意说："法喇有支书了嘛！"安正元说："不会把孙平强派在其他村去当支书？"闪了这样的口气，就走了。孙平玉、孙平文相互对视，说："安家老者这话，等于答应把姑娘给孙平强了！又得媳妇，又得官，双逮！"就要回来叫快请媒人上门去说，路上又遇安国林，安说："听说我妹子与孙平强感情很好啊！我安家都是直性子人，说话做事不耐烦弯弯酸酸！凭孙平强的条件，我爹要给他整个支书、村长当，轻而易举！再不然法喇还有个计划生育专职干部的名额，这不消我爹，我就可以将它定给孙平强了！我小姨爹是支书，也是你孙家人，他敢不依？"二人说："看来这事，安正书百分之百知道了，安国林才敢这样放风！要走什么路子，孙家一点不用管，安家自然会去办！这是瞌睡来了遇着枕头，天底下哪里还有这种好事？"这下魏太芬问孙平强："是你正式向安家姑娘提出来？还是请媒人去提？"孙平强畏畏缩缩，说："我去不好说啊！怎么说？"魏太芬说："有什么不好说的！你就走去叫她嫁你！"孙平强说："不好说！干脆不去说了，难说得很，我最怕麻烦！"魏太芬厉色道："是真话还是假话？还枉自当过兵。要是叫你打仗杀人，你就抱着手等人家杀你？"孙平强说："那就请个媒人去说吧！"

没料孙江荣、蒋银秀都不要那姑娘，与孙平强说了，说是那姑娘嘴大，克夫。孙平强也不要那姑娘了。孙平文火了，骂道："你嫌她嘴大？恐怕她还嫌你嘴小！你嘴不大，所以要到手的姑娘和支书村长都吃不来！你以为这是讨媳妇？这是讨官！错过这个机会，恐怕你抱一万块钱要讨个能带个官来克你的姑娘还买不到呢！"魏太芬说："嘴大有什么不好？古话就说'嘴大吃四方'。老虎豹子的嘴大，能吃人！麻雀的嘴小，连一颗苞谷它都吞不下去！况且安家姑娘的嘴也只一般嘛！人家是看中了你的人物，还是你的财产，还是你的地位？人家不嫌你就行了，你还嫌人家！"

孙平玉、孙平文、陈福英、魏太芬天天劝，孙平强就是不听。蒋银秀倒骂起四人来，说四人不安好心，要给孙平强介绍个克夫的女人。四人气了，再不管此事。安家也等着，等急了就问孙平玉、孙平文，说村上的计生专干，还空着等孙平强。二人说此事不成了。安家等了许久，才明白不成，安家姑娘就嫁了吴家。安国林将那吴家小伙子提成了计生专干。孙江荣才后悔说："吴家小伙突然就领工资吃饭了！一跤跌在福窝里了！"蒋银秀、孙平强等这才后悔，但已晚了。

孙平玉家钱紧，孙平强的钱却借孙国达等使。魏太芬就对孙平强说："你那钱既不存银行，又不做生意，也不用了讨媳妇、买官，大哥大嫂为你打了那么好的主意，你也该感谢他们。你把钱借他们使！"孙平强就把钱借了三百给孙平玉家。孙平玉手上才要宽松点。

这日，孙平玉出工，见孙江富和一异乡人回村来，孙平玉就叫："大爸。"孙江富"嗯"了一声，就走了。与孙平玉同行的崔绍安就说："这孙江富无道理！侄儿子恭恭敬敬喊他，他竟嗯一声就走了。"孙平玉说："不能怪！可怜几十年了，谁不是冷眼、白眼看他？莫说外姓人，就是我孙家人，白眼看他的也不少。三个亲兄弟看不起他，我小爷爷的包上还不写他的名字。我大婶看不起他，与他分家，带两个儿子在半边过。兄弟不把他当兄弟，妻子不把他当丈夫，子女不把他当父亲，这种滋味，谁受得了？我们有时说话人家不答白，还会觉得难受。一生被人看不起，偶尔有人喊，不是只有嗯一声了？"崔绍安说："对了，对了，我也想通了，有钱就是男子汉，无钱就是汉子难！亲弟兄、爷儿父子都是这样。那几年我家境好，人人叫我大哥，这两年我穷一点，无人叫我大哥了。"

孙江富和那异乡人回家，孙家大小无人理睬。房子已垮了，卫顺芝自己搭了间棚棚，带两个儿子过日子，不让孙江富和那人进屋。孙江富说:"这是肖老板!他来我们这里烧瓦!我这下要发财了,要当大老板了,你们理我一下!"卫顺芝和孙平毕、孙平东仍不理他们。他就和那异乡人到孙平仙家来。

孙平仙家穷得连个洋芋都没有。那异乡人拿出钱来,叫孙平仙:"去买几斤来煮给你父亲和我吃。"孙平仙见那老板钱多,巴掌厚的一大沓钱,吓着了。她从小到如今,从没见过这么多钱,急忙去吴光兆家买了米来煮着,却又没有油肉。孙江富对那人说:"肖老板,那就这样吃吧!"煮了米,就端着米吃干饭。吃完,肖老板说:"老孙,不来看不知道,你这日子真是过得可怜啊!三亲六戚,谁也不认你!以后你发家了,不要理他们!"就商量说:"我今天看了你这地方的土质,可以的。先用这五千块把地买好,把窑子建起来,正式烧瓦的钱,我下次一起带来。"然后拿出五千块钱给孙江富,就走了。

孙江富得了钱,叫孙平仙明天到荞麦山去买点猪肉回来。孙平仙次日就忙去了。卫顺芝等得知孙江富这次回来,与往前不同,身上有大量的钱,就和两个儿子到孙平仙家来,问孙江富怎么发财的。孙江富说他到四川以后,帮这肖老板烧瓦,肖老板见他老实可怜,就问米粮坝能不能烧瓦,他说能。老板就想提拔他,说来米粮坝烧瓦。这次来考察,见法喇真能烧,就拿出五千块先建窑子。卫顺芝看了他那一沓钱,狂笑起来,忙叫孙江富回家,这下夫妻、父子团圆了。

消息传出,全村都说孙江富这下要发家了。孙江华、孙江才听了,原不理孙江富的,这下天天朝孙江富家跑,说:"烧什么瓦,莫烧了!这四川人是自找倒霉!他钱多了就叫他不断送来!见猪不吃有罪!快把这五千块钱吃了!四川人敢来要?强龙压不过地头蛇!他敢来要,就叫他有腿来,没腿去!"孙江富不理:"人心莫太狠毒了!肖老板和我来,见了我这家,有什么?不是可怜我,提拔我,他向谁不可以扔五千块钱!他提拔我,我就要报答他!我从娘肚皮下来四十六年了,谁把我当人看过?只有肖老板把我当人!"所以天天忙着买地等。

法喇人见孙江富突然成了阔佬,人人尊敬。孙江富脸上囤积了几十年的阴云，一朝散尽，终于有了笑容。当下有的献地于他，说："我的地也不要你的钱！你只要让我给你当工人就行了。"于是窑子开始建设，来求当工人的人不断。孙江华、孙江才天天跟着孙江富转，孙江华自诩是孙江富的军师，孙江才则跟在孙江富后面为之搞后勤。二人仍劝孙江富："先把五千块吃了，赶走姓肖的。那时你要烧多少瓦烧不得？烧一千也是你的，烧一万也是你的！而像现在这样烧呢？你也是姓肖的工人！你白为他赚钱！"孙江富只讲人要讲天理良心，不听。二人又说："那就先建起来，反正是在法喇地上，姓肖的也拿不去。以后就命名为'孙家公司'，三五年时间，赚他一百万！我们现已掌了法喇的政权，那时再掌了法喇的财权！就组织一支'孙家军'，有不服者，一举荡平！"

孙平毕如今已二十七岁，孙平东二十五岁，都找不到媳妇，原来孙江才也不帮忙。这下孙江才和孙江华商量一通，就去哄阎家的姑娘来给孙平毕。那阎家也穷得讨口，只有几个姑娘，等着卖姑娘度日。孙江才二人上门，才哄了半个钟头，阎家就觉孙江富如今是大老板，孙江才又是支书，攀上一门好亲了，急忙献女，一分钱不要。二人就将阎家姑娘带来孙家草棚，与孙平毕成婚了。阎家姑娘的亲表妹，姓顾，今年十六岁，也被二人去如法炮制，仅用一天就哄了来嫁与孙平东。

窑子建起，钱渐不够了。孙江富一面带信与肖老板，一面在村里借钱。吴明雄见孙江富要发了，也忙捧凑，把钱按信用社的利息贷与孙江富。其余有钱的人，都纷纷借钱与孙。孙江富一家穷困一生，如今暴富，大吃大喝。卫顺芝天天带着两个新讨来的儿媳，朝荞麦山去买米买肉买新衣服，后来嫌猪肉不香，要吃羊肉，又嫌敞锅煮的米不香，去买了高压锅来煮。

孙平玉见孙江富事业大了，也极羡慕，因他自己农活忙不过来，也就当不了工人，只能想法让孙富民去。就去找孙江富，说让孙富民去给孙江富当工人。孙江华、孙江才叫孙江富莫理孙平玉。孙江富就说工人够了，不要孙富民。孙平强、孙国达、孙国勇、孙国军、孙国要等，都当了孙江富的工人，所有工人的工资，孙江富答应第一窑瓦卖出后就付。那孙平东的小姨妹，也来当小工。孙国勇就哄那顾家姑娘，说他家有钱得很。那顾家姑娘从小知孙家有钱，但具体就不知孙家到底哪一户有钱，孙国勇一说，以为就是孙国勇家。孙国勇见她半信半疑，就带她到孙江成那些大树下，叫她抱那些大树。顾家姑娘围着树转，抱一抱留个记号，她要四抱才抱得下一棵大树。孙国勇说这些大树一棵要卖两千块钱。说孙江荣现有一百棵大树，因孙平文已成家，孙平强既得去当兵就不分给，现有大树他和孙国军平分，每人就是五十棵，十万块钱。顾家姑娘听孙国勇这么有钱，吓住了，问魏太芬，魏说："是的。我家先分家，说定不要这些大树了。孙平强得当兵，也规定不能得这些树。这些树全是孙国勇和孙国军的了。"顾家姑娘又问卫顺芝等，卫等仅知这些树是孙运发的，为孙江成、孙江荣所有，具体情形也不知，他们哪里会知孙江荣的树早砍光了呢，就说孙国勇的话可能是真的。顾家老者也问孙江富、卫顺芝，二人也这样回答。顾家相信了，也不要一分钱，姑娘就嫁与孙国勇，嫁后才见孙国勇家一无所有，树都是孙江成的，后悔不已。

　　肖老板来了，又带来五千元，看了窑子、瓦坯等，说已到秋天，今年烧不成了，明年烧。孙江富又得五千元，就听从孙江华、孙江才的劝，拿出一百块钱与肖老板："肖老板，你走吧！这里没你的事了！这钱你作回去的路费。"肖老板大怒："你这忘恩负义的杂种！老子见你是叫花子，诚心救你，你没过河就拆桥了！"孙江富听了，走出门去。孙平毕、孙平东就提斧子进屋问肖："你走不走？这里的支书就是我小爸！你敢怎样？"肖骂："你小爸是支书，还让你爹成叫花子？你这些杂种都是畜生！"孙平毕、孙平东就动手打肖。肖挨了几棒，骂着走了。

　　秋天已到，地上下霜，瓦本来就烧不成了，但孙江富听从孙江华等二人之劝，仍是大做瓦坯。那瓦坯一经霜冻，土崩瓦解。秋天尽了，瓦坯才够一窑。放进去一烧，瓦都碎了。孙江富这下无法还账，也付不起小工的工资，急得坐在窑上哭，哭一阵就家也不敢回，扭头向北，不知所往。

　　吴明雄等得知，孙江富已不在了。来孙家呢，只有那个烂草棚，一钱不值。愤骂之余，没收孙江富的土地以抵借款，但哪里抵得过来！孙平强等白帮孙江富几个月，一分工资未得。魏太芬听瓦烧败了，忙说到窑上去捡点烂瓦抵工钱。孙平强等跑去，窑里尽是抢瓦的工人，孙平强、孙国勇等就拎得几块烂瓦回家。

孙江富烧瓦的故事就结束了，这等于一场梦。有人做了好梦，有人做了噩梦。孙江富从建窑始，白天黑夜守在瓦窑边，直到瓦烧败逃走，头发上都是泥，苦得很可怜，唯一的好处是讨到了两个儿媳。卫顺芝及两个儿子儿媳呢，大吃大喝，嫌米、肉不香。孙江富一逃走，立即连洋芋都找不到一个吃了。地又被吴明雄等没收去，只得也逃往外地去流浪。阎家、顾家则做了一场噩梦，原以为攀上门好亲事，姑娘嫁与孙家，这下只得跟着孙平毕、孙平东去过流浪生活了。吴明雄等借出的款无法收回，大折其本。其余小工等，白帮孙江富苦几个月。孙平玉家则说运气好，没去白出力气。孙国勇则赚了账，倘不是孙江富烧瓦，他讨不到媳妇。魏太芬一日同陈福英和孙国勇之妻顾正芳等到地里时，说："老大爹这些树功劳大得很，立在那里，夸耀孙家有钱，就帮孙国勇讨了个媳妇来！但愿老大爹不要动那些树，再留几十年，以后孙平强、孙国军、家文、家武等讨媳妇，就把姑娘带来看这些大树，媳妇就讨到手了！"众人哈哈大笑。顾正芳就红了脸。孙平文说："那别的倒得了便宜，大哥家就吃亏了，富贵他们要读书，大哥家钱紧啊！大树却在这里白白地长着，白帮别家讨媳妇。"陈福英说："只要你们讨得来媳妇，我家吃亏点也不咋个！只是你们要哄姑娘就哄快点！大树一砍，孙家就没什么用来哄姑娘的了。"魏太芬就叫孙平强、孙国军等："你们听到没有？要哄赶快哄啊！等你们的媳妇全哄到手，大嫂家就砍大树供书，就几全齐美了。"

第四章 饥饿

四十九　"美丽"的西双版纳

陈福九当时上学不成，就回家了。如今又后悔起来，已无可奈何了。时常想起一生前途就流眼泪。众人劝她说少想了，以免想成个疯子。说法喇几千人都要过，也不单她陈福九一人。陈福九虽觉他们说的也有道理，但她另有想法。一人只能活一世，这一世活成这样子，哪里令人气顺得下来？自己是个憨包、傻子，那也罢了。问题是自己聪明，也有能力读好书，这就令人难过了，所以只得怨天怨命。

法喇山光水涸以后，烧柴吃水都成困难。陈家进法喇的时间，不早不晚，祖人也无多大家业。再加子孙众多，人口发达，有点家业，分到每人头上，也就没多少了。法喇在成立合作社时，每家入进去的土地，除非变动过的，到家庭联产承包时，各带回各的土地。陈明贺父子的土地就少。陈明贺就到大红山开生荒种庄稼。后来家业好了，才不种那生荒了。几个儿子家土地也少，但因各有才能，虽土地很少，家境照样无人能及。几家也没一片树林，没一棵树。孙平玉家周围都是树林，令他们羡慕。但他们想在周围栽棵白杨树，都没地方栽。所以几家的燃料，都是从米粮坝拉煤来烧。没有引煤的柴，就到外村去买。反正只要有钱，煤和柴就来了。

丁家芬冬天每有空时，就和村里的一些妇女一起，到别的村的松林里去偷松毛。天不明就去，在松林里摸黑把松毛抓满一箩，等天刚明，那看松林的人才上山来，法喇的妇女早将松毛背回法喇了。有时有的看林人起得极早，到林中就把这些法喇妇女抓住了。但陈家家族大，亲姻到处是，所以抓到了，一看都是亲戚。法喇妇女又说得可怜，说她们家里连煮饭吃的柴都没有了，所以才来偷松毛。那些村柴山都好，都是用树烧火，几根松毛，根本看不起，奇怪法喇人竟用得上摸黑来偷那东西。而且这些妇女也只是抓点松毛，并未砍树，所以顶多说上几句就罢了，松毛仍送法喇的妇女。

却说这夜丁家芬等去偷松毛，被那村里一个三十多岁姓常的家伙拿住了。这人是常世英的侄孙，与陈家代代有亲。按理见到是亲戚，也就该放人了。但这家伙不懂道理，任丁等求，就是不行。把丁等从天明扣留到中午过后，才没收了丁等的花箩和松毛，赶丁等回来。陈福全、陈福宽听了，赶了马车要去打这姓常的。到常家说了，常家家族责骂这家伙一通，说："对亲戚你怎么能这样干！"把花箩松毛等还二人拉了回来。二人见常家家族责骂那家伙了，也不好动手，就拉了花箩回来了。陈福英等仍是不服。想丁家芬要到六十岁了，去抓点松毛，又是亲戚，被那家伙如此责难，岂有此理。下次陈福英等在荞麦山街上见了这家伙，就大骂一通，又喊打。那家伙吓得急忙逃走。

陈福达去看了西双版纳回来，天天吹西双版纳如何好："那是抱着银子都买不到的好地方！靠近国界，那边是老挝，要出国，只消骑上自行车，五分钟，就出国了！我还去老挝赶过街呢！老挝的省城，不如我们的任何一个县城。老挝的民族，有的是露奶族，奶露在外面。有的是露屁股族，屁股露在外面。而坐在法喇的人，谁出过国？到处青山绿水，原始森林无边海洼。哪里有法喇这样高的大山！也没有这样的坡。老百姓都是骑自行车，柏油路上骑起又舒服又快当。连我都学会骑自行车了。我们米粮坝，连县城都找不到辆自行车。县城不如那里的农村！孙家的白杨树，在法喇就算最大的了。但在西双版纳，十棵树加起来仍没那里的一棵大。我在原始森林里，砍了十天才砍倒一棵树。那些树只消三棵就可以盖住整个黑梁子。那里烧柴有的是，砍一棵大树下来，一年都烧不完。法喇人天天到大红山背柴，背一年不如那一棵树。那里老虎、大象、豹子、獐子、麂子等什么都有。每天扛枪出去，都要拖几个回来。喜欢炒吃就炒，喜欢煮吃就煮。米酒喝起，肉吃起，过的是神仙日子。那里土质又好，把原始森林砍开，一把火把草和树烧掉，就种庄稼了。种上就不消管理，过一两个月只管去收就是了。这叫刀耕火种。哪里像法喇人，成年割草积肥。一天就割得一背草，烂得多少粪？种几棵洋芋，命都要种脱掉，还不得收成。那些米，一年出三季。你吃得了多少？胡咏周家，喂了四十条猪，全喂大米！那猪吃的，比我们法喇人吃的还好！四十条猪，卖了两万多元。当地人都是百万富翁。整天就是喝酒吃肉，从早吃到晚。睡到天亮，又接着吃。香蕉、菠萝、果、树瓜等什么样的水果都有。那地方气候又好，冬天哪里会下雪！人们都没见过雪，问我们雪是什么样的！现在冬天了，草仍然一晚上要长三寸。成年是夏天，哪里像法喇一样，到这冬天冷得死人。我要在那里讨口也不在法喇当万元户。现在就谁送我十万元，要我当法喇的支书、村长，我也不干的。大家通通跟我走了算了。在法喇过一辈子有什么意思呢？穿这毡衫、毡褂，又土又难看。那里呢，小姑娘都穿裙子，男子都穿西装。住的是木楼，想住砖房也简单，苦上几万元，就起砖房了。那地方文化也发达。一个才几百人的小村子，出了十几个大学生！都在北京、上海读大学。哪里像法喇，像富贵就是厉害的了！也才读个大专！但都不是在北京、上海读！那些人家的子女，要读高中，都不耐烦在当地读，都是送到省上读！法喇哪家的子女能送到省上去读？"他天天吹，把法喇人都吹得眼花缭乱。人人都想去那些好地方过好日子算了。陈福九也被他吹得极动心，欲去看看了。陈福达想把陈福九带去嫁与当地人，自己好有个靠头，就对陈福九说："福九，你也不要在这法喇了！你跟我去！嫁那些大学生算了！那些大学生多得很！"陈福九就决定跟他去。陈明贺等劝，不听。只好由她。

陈福达就忙卖房子，处理家产。陈明贺等说："房子你不能卖！你搬去住不稳，那回来好办！你把房子处理掉怎么行？先留着房子，去了几年的确住稳了，再回来卖，或者我们帮你卖了，把钱寄来给你！"陈福达不听，说："我巴不得你们也跟我马上走了！你们还劝我留这样，留那样！"陈福英、陈福全等都劝:"福达,这间大瓦房是容易起得起的?起时万分艰难,卖时怎么一点不怜惜?"陈福达终于听了劝,暂时留着房子,请他家周围的一家人看。又卖马、骡子等,陈福达的马、骡等,在村里都是数一数二的,别人的马只能卖五六百元一匹,他的卖一千块。别人的骡子只能卖一千块,他的要卖一千七八。但因他急着走,买主就蹋着价,说别的马都只卖五六百元,因此只给五六百元。骡子也只给一千元。陈福达说:"你不看看我这是什么骡子什么马!村子里找得到这样的骡子和马?"对方仍不加价,陈福达无法,只得一千块卖骡子、五百块卖马。

陈明贺等深觉他亏多了,劝他不要卖。陈福达说:"我这样卖真的亏。干脆你们几家买算了!还是这个价,五百块卖马、一千块卖骡子!与其亏给外人,不如亏给自己人!"但陈明贺爷几个,都又买起了马骡等。家家的牲口一大群,放还放不过来,哪里还想要他的!唯孙平玉家自牲口死光,就一直没有。但尽管陈福达说卖与孙平玉家,孙平玉也拿不出钱来向陈福达买。而陈家爷几个劝孙平玉家买而孙家买不起后,都说:"谁忍心蹋价买他的东西?趁他搬家发他的财?他搬家到那里等着要钱!他横卖直卖,横亏直亏,由他去卖与外人,亏与外人。我们如果要买,就要按实价给他。"都不买。陈福达跑来陈福英家,说:"姐姐,你买我这些马骡嘛!反正我卖给外人也只是这个价,亏了划不来!我们是姐弟,我情愿亏给你!反正你以后也得买!那时买就不如买我这个划算了。"陈福英说:"我哪里有钱买?你只管朝外面卖!"陈福达说:"只是我搬去急着要用钱,不然我就全赊给你!你以后给我的钱!"陈福英说赊也不赊,他只管卖就是了。

陈福达这些牲口全折本卖了。诸人给他算了一下,随便亏了两千来块。都为他可惜。单牲口等卖了,就得钱近一万元。陈福英说:"福达,姐姐为你这些东西处理了痍巴巴的。你去那里,哪年能苦起你这一万块钱的家底来?在法喇,你算是很富的人家了!不是日子过不下去!别人搬家,一是生活过不走,二是为躲计划生育。而你既不是生活过不走,也不是要去躲计划生育!法喇像你这样搬家的,从来没有过。按我的意思,你还是莫搬吧!就在老家过了!"陈福达说:"混得走的人在哪里都混得走,混不走的在哪里都混不走。姐姐,我在法喇,再苦十年也还是这一万元。而去那里,十年时间,我肯定赚上几十万上百万了。"陈福英说:"一个人新到一个地方,难站住脚啊!我们的祖人到横梁子,还招在吴家,受了多少磨难,过了近一百年,才没人欺,不然一直被人家欺!孙家来法喇也是这样!来了多少年了,直到现在还有人欺!就是那些招亲在法喇来的,也看得多了!这些人都是招亲来,还受人欺负!莫说你出去,既无亲又无戚!"陈福达有些愠怒,说:"姐姐,你一直看着的!谁敢欺我?我活到三十几了,从来没人敢欺!而且乌蒙地区和米粮坝已有好些人家迁到那里,我到那里也一样!"陈福英见他如此情形,也就不劝,过后说:"陈福达去了回来,就变了。以前我的话他句句听,现在听不进去了。"

陈福达卖了马、骡等,木板等就没卖了。他那些木板,都是这些年到处逛,在米粮坝各地买来的核桃树等解成的,板材极好。来买的人,也都蹋着价讲。陈福达火了,说:"不卖!"就与陈明贺等几家讲:"你们几家家境要好点,我也就不送了。姐姐家钱要紧点,我这些木板与其被这伙杂种蹋价买去,不如送姐姐家。"就来叫孙平玉去把木板都背来。孙平玉叫他卖。他不卖。孙平玉去背了来,要给他钱,他不要,说:"我的钱已够了!不消了。以后差什么钱,你们借点给我就行了。"

法喇横梁子陈家另有陈福伟、陈福华等几家听了陈福达的宣传,以为西双版纳是天堂了,也卖了家产,跟陈福达到那里发财去。于是到冬天来时,全走了。去时大家送到公路上拦车,整整一车人。陈福九也跟了去了。

陈福达的房子就空着。请那周围的一户人家帮忙看,陈福达的菜地送那家种,那家也还看得上心。但陈福达的狗,极为凶恶。陈福达家在时,无人敢近周围。如今陈福达家一走,那狗就无人喂,极为可怜,天天饿肚子,瘦了下来。法喇人历来可凭狗的凶恶程度,测知主人家的繁华程度。凡是狗很凶恶的人家,必然财富人强。狗很懦弱的人家,必然主人也又穷又弱。像孙家的狗,无论如何不恶。即使知哪家的狗甚恶,去找那恶狗生的小狗来喂,同一个很恶的母狗生的狗，偏偏别家抱去的很恶，孙家抱来的不恶。如今陈福达家这狗既瘦了，也不恶了，很是可怜。陈明贺家、孙平玉家等，见那狗就想起陈福达家来，说："要是陈福达家还在这里，这狗会是这样子？古话'狗仗人势'，再说不假。可怜这狗啊！"遇上时就可怜它，丢几个洋芋给它吃。但这样不能解决问题。那狗仍是饿。后来陈明贺见那狗毛也掉了，更可怜了，对孙平玉说："你去把陈福达家那狗拉来喂！那狗是一条好狗！看着它成天饿肚子，很可怜！救它一命！"孙平玉和孙富民去拉了它来。白天喂了它，它晚上又回陈福达家门前去看房子，对那空房子甚是忠诚。白天又来为孙平玉家看屋。孙平玉说："这狗通人性啊！是条好狗啊！"但不久以后，这狗就找不到了。一两年后才听说，孙平拾等见那狗看空房，无人保护它，晚上就去围住，把它打死煮吃了。孙平玉家好不恨孙平拾等，但只是听说，没有证据，也无可奈何。最后因法喇贼盗日益猖獗，主人在家尚且要去偷，何况那房子空着。那周围看的人家就来与陈明贺说贼盗多了，房子不好看了，他不想看，请陈明贺想办法。陈明贺家就搬进陈福达那房去住了看着。

陈福伟、陈福华搬去数月，人病得瘦弱不堪，回到法喇来，钱也用光了，家也搬穷了，人还差点死在西双版纳。回来就天天骂陈福达，说上了陈福达的当。按两家说下来，陈福达带他们搬去的地方，是在原始森林里。都是向当地人包了原始森林来，将森林砍掉，刀耕火种为生。森林里到处是动物，蚂蚁扭成拳头粗的绳爬，水都冲不开。野兽横行，疾病丛生。到那地方，没有不发疟疾的。陈福达家到那里后，因陈福达家钱多，人一打摆子就送医院，所以人不大吃亏，但钱基本就因医病就用去了四五千块。这两家呢，只带了三千多块去，打摆子没钱医，只能天天用碗刮背部、手部等，几乎死了几个人在那里。好不容易才得逃回法喇来。众人一听陈福达家光医病就花了四五千元，那钱肯定用完了。陈明贺问二人："那陈福达家还有没有钱？"二人说："医病挨掉五千来块，那其余的好歹够买点农具、籽种！还要人不再生病！人再生病，他连医病的钱都没有了。但那地方热了，不打摆子不可能！年年都要打的！年年得花几千块钱医！"

陆建琳家因和罗昌才交恶，见大的几个子女眼睛都不好，欲再超生，又怕罗来找麻烦，因陈福达吹西双版纳如何好，陆国海及陆建琳、陈福香都动了心，这下陆国海就叫陆建琳和陈福香到西双版纳投陈福达去，以图再超生。陆、陈就卖了部分家产，也搬去投陈福达。陈福达听说陆家要去，就不断来信叫快去，信上又说那里如何的好。陆、陈就动身去了。哪知去后，见陈福达家住在原始森林里，隔镇政府都是几十公里路，大失所望，认为受了骗。陈福香就每天和陈福达吵，怪他哄了她家夫妇来。陈福达说："是你自己要来的，还是我哄的？"所以两家后就互不理睬了。

陈福香打摆子，病了数月。陆建琳无钱医，又见陈福香瘦得皮包骨，以为陈不会好了，就弃陈福香而去，到老挝打工去了。想等陈福香死后，他也不回中国了，就在老挝讨个媳妇过日子算了。陈福香天天病在床上，听天由命。陈福达也不管。但几个月后，陈福香竟死里逃生，活了下来。陆建琳在老挝打工得了点钱，刚够从西双版纳回米粮坝的路费。听陈没死，才从老挝回来，带了陈福香回家来。回来就天天骂陈福达骗了他家，说以后再也不认他这个亲二哥了。陆建琳家这一次搬家，耗掉数千元，也一贫如洗了，不断靠陆国海周济，才能度日。

陈福九跟了陈福达家去后，在那里遇上从米粮坝搬去的胡安政。这胡家原在米粮坝。胡家以前有到西双版纳当兵的。转业后就留在那里了，见该地甚好，就来将家族迁了些到那里。这胡安政，父母早死，是个孤儿，为其叔父带到西双版纳长大。比陈福九大一岁，为人很老实，也如孙平玉一样。胡家见陈福九不错，就请人来说陈福九给胡安政。陈福九同意。而陈福达不同意。陈福达欲将她嫁与本地人，好找个靠山。胡家虽也有几个人，但也是外来户，力量不足。所以陈福达一直反对。陈福九不理，陈福达就打陈福九。陈福九就跑到胡家。陈福达打上胡家的门，将胡家的东西都砸干净。胡家伙子等都想打陈福达了。因看在陈福九面上，终未打陈福达。陈福达阻止不了婚姻，就勒胡家交一千块钱给他方可。陈福九与陈福达讲理，问逼钱的理由。陈福达答不出，一味耍横，说不交钱就天天吵骂此事，让胡家不安宁。

第四章 饥饿

后去把胡安政和陈福九仅有的一条水牛赶来卖得一千二百元钱，自把这钱吃了，才不骂胡、陈了。

又一年年底，陈福达和陆国海、陈福九回米粮坝来。陈家见了胡安政不错，同意此事。陈福达仍天天吹西双版纳如何好，仍是以前那一通。陈福英说："陈福达，你莫吹得麻烦了。陈福伟、陈福华和陆建琳家都恨你入骨了。"陈福达不管，并吹他搬去这一年，家产已达三万余元。他口才好，人们又信了。陈明贺、丁家芬偷偷问陈福九是否。陈福九知父母口不紧，自己说了必然传出去，陈福达知道，必恨自己，于是说是真的。陈福英偷偷问陈福九，陈福九说："姐姐口紧，我才敢说。爸爸妈妈问我，我都不敢说。他搬去那里，钱医病医光了。穷极了没办法，所以像个癞子一样，逼我的大水牛去吃。他从法喇搬家去时，多大的家业！不到一年就全光了。他怕丢面子，所以回来拼命地吹他如何如何富。因搬在那里去，人相当地孤，根本不敢惹当地人！他想回家来，好好地吹一通，又骗几家搬去，好和他做伴！所以假话连天地骗人！"陈福英得知，也不敢对陈明贺等说。陈福达到底又骗了陈福志、陈福文家，和他们一起搬家走了。陈福英送别时，偷偷问陈福九："那你以后怎么办？"陈福九说："胡家在米粮坝还有地。实在在那里不行时，还得搬回米粮坝来种地。现在是在那里住着瞧！"泪就要下来了。

陈福全裹住黄毛坡梁子艾家的婆娘，成年在艾家吃住。艾也不管。陈福全原有几个钱，如今都贴在艾家头上去了，艾家原来甚穷，被陈福全给了几个钱后，全穿新的了。艾家媳妇今天一套新衣服，明天一套新衣服地穿了炫耀，花枝招展的，搞个老来俏。马友芬和几个子女则无人管，尽穿烂衣裤。陈明贺去骂："陈福全，你要死了！你再不会看，也该看看你大姐夫和你姐姐，大学生都供出来了。你也三十五六了，子女成群，还要不要名声？"陈福全火了："孙平玉供大学生的钱，不是我的烟钱！我的烟钱还比他供学生用掉的多！"陈明贺骂："人家供大学生的钱不是你的烟钱，那你的大学生在哪里？"陈福全说："他有大学生在过日子，我没大学生就没有过日子？我吃的比他差，还是穿的比他差?"陈明贺火了,就动手打。一打陈福全就逃,想打也打不着。

　　名声越来越差,陈福全就打个主意:将艾家长女嫁与陈志贵。陈志贵从小死了娘,为人孱弱。那艾家姑娘呢,是个萝卜花眼睛,又长得难看。陈志贵不要。那艾家姑娘也看不起陈志贵。陈福全和艾家婆娘只为好掩盖丑事,哪管二人心愿。到底艾家压姑娘,陈福全压陈志贵,强迫二人结了婚。陈福全于是以亲家名义,天天住在艾家了。陈明贺和丁家芬就叫陈志贵:"你跑到西双版纳去找你二爸,不要这媳妇,看你爸爸拿你这媳妇怎么办?"陈志贵就朝西双版纳走了。陈福全拿这儿媳妇没法了。要留在家里呢,形同寡妇。只好叫艾家媳妇来把姑娘带回去。艾家媳妇丑事大布,这下姑娘才嫁陈家一月,又被陈家休了,一时招来全村的骂。其夫既失媳妇,又失姑娘,恨无从抒,打其媳妇了。那艾家媳妇问陈福全怎么办。陈福全说:"我能怎么办?"艾家媳妇就扭住陈福全要拼命。陈福全狠狠揍了她一通。从此艾家的路也就断了。

第四章 饥饿

五十　撑死马

孙天主回到学校后，孙平玉走投无路。还亏这时邻村修水库，陈福全去包得一段公路来修，陈福全送了指挥长两百元钱，将工程包了过来。三公里公路，共是一千五百块钱。孙平玉父子才有了奔头。地里的活路都甩与陈福英。白天打炮眼，炸悬崖，晚上挖土方，昼夜不息。

父子俩天天下苦力，做重活，又没有肉油了，成天嘈得无法。还亏孙家后面的崔绍云家杀猪了，来请孙家去吃饭。孙平玉、孙富民收工回来，全家才到崔家。客人都早吃好了。于是单摆了一桌与孙平玉家。孙家嘈久了，再加崔家这猪膘力不好，肉里没油，一碗肥肉端上来，像吃萝卜一样，一嘴一坨，吃得忘情。一碗吃光，崔家媳妇又舀一碗上来。全家又几筷子捞光。崔家媳妇不高兴了，丧着脸，孙家都埋头大吃，哪里发现。唯陈福英观察到了，无奈她也还想吃，只是过意不去。崔家历来和孙家关系好，倘在别的，反正只舀两碗上来，吃完不吃完都是这样。崔家媳妇无奈何，只得不断地舀上来，但不久锅里就光了。最后一碗，全家又将其一抢而光。只剩最后一坨时，被孙平玉筷子夹住了，孙富春急了，忙抻筷子来抢。父女俩的筷子都夹在那坨肉上。孙平玉才发现，一笑，放了筷子。孙富春把那坨肉吃了，又朝锅中望。以为崔家还会舀肉上来。陈福英可怜，忙说："吃饱了快站起来。"孙富春仍朝

孙家嘈久了，再加崔家这猪膘力不好，肉里没油，一碗肥肉端上来，像吃萝卜一样，一嘴一坨，吃得忘情。一碗吃光，崔家媳妇又舀一碗上来。全家又几筷子捞光。

锅里望,已被陈福英抱着,走出外面来,说:"肉完了,莫吃了。"孙富春只得遗憾收场。别的人先上桌时,崔家是克扣着的。每桌只有两碗肉,这些人都像孙家一样嘈,两碗肉够做哪样?刚引发吃肉的兴,肉就没有了。见孙家后来,崔家只管舀上来,吃个痛快,都嫉妒不已。崔家全家都还没有吃。肉却被孙家吃光了。只得再在火塘支上锅,切了点瘦的来炒。崔家也是嘈久了,无奈太想吃肉,才迫不得已宰的。一点瘦肉够怎么吃!倒吃得人心慌,大不自在。

回到家,全家笑说:"感谢崔家这顿肉啊!"陈福英说:"你爷几个一点势头不看。崔家媳妇在那里心疼得要命,丧着脸。也亏是我们,不然她舍得舀出来?你家一家人吃掉的,比人家四五桌吃掉的还多。"孙富民说:"有肉吃还看什么势头?"孙平玉说:"以后我们宰猪,请崔家来吃两顿,还这一顿。"陈福英说:"请人家来吃三顿,也还不掉这一顿。"孙富民说:"那就请她家来吃三顿。"孙家想农活还重,自己的猪要等孙天主回家才宰,隔放学还早。等不得到那时,想向崔家借点肉来吃。没料第二天早上挑水遇上崔家媳妇,那媳妇就说:"陈福英,你家要不要肉?我借你几十斤!你家的猪宰了,再还我家。"陈福英忙说:"那太感谢了嘛!我正想向姐姐借,又不好意思开口。我家的等富贵回来就杀了,那时再还你家!只怕膘力没你家的猪好,对不起你家!"那媳妇道:"还说膘力咋整?我这猪有什么膘力?反正以后你称足斤头还我就行了。这爷爷崽崽,妈的馋下八节来了。这猪还瘦,我说要再喂个把月才宰。这猪一直是喂草长大的,哪里有什么油水膘力!现在才开始挖洋芋,烂洋芋喂它几个,它的膘力也要好点。他几爷崽馋得要命,天天尽讲嘈得很了,说要宰猪。那几个寡母子也跟着她父子滚,硬是要宰。我不准宰。昨早上我去我妈家,他爷几个机会来了。我前脚才行,后脚就挖好锅洞,煨起水,将屠工请来,把猪杀死了。我回来气得要死。年年都是这样,先不先就宰猪。一宰了呢,顿顿想吃肉。我不准煮,又骂我。爷几个又还会偷嘴呢,趁我不在,大人娃儿,生的熟的冷的热的不管,都要偷点下嘴去。她爹在家要偷,几个姑娘在家,也要偷。吃成了豺狼饮食,有了一顿胀,没了烤火向。我把肉借给你家,看他爷几个怎么偷!要是不借你家,被他爷几个偷上一个月,准偷光了。"陈福英说:"那借肉之前,是不是要向他们说一声呢?"那媳妇说:"在一起几十年了,你还不明白?我当这个家几十年,说话准得数的!他爷几个不敢犟!他爷几个年年吃亏,也怕冬腊月就把肉吃光,第二年饿一年的油盐,还是巴望借出来。没办法时,也就无所谓了。"就叫陈福英下午拿称去称。

二人分手,陈福英怜悯这媳妇数十回。到地里,与孙平玉说:"崔家媳妇也聪明,但不知怎么就是苦不够吃,年年找盘缠。嫁了两个姑娘,得了四千块钱。我以为够吃了,还是不够。想他家得了四千块钱,既不供书,也不为儿子讨媳妇,不见使钱,却不够吃。那这四千块钱哪里去了?"孙平玉说:"是怪呢!我也想不通。估计他家不会缺了,又叫缺了。"

下午陈福英提了秤去崔家。到门口,就听屋内媳妇在骂崔绍云:"你这杂种馋下八节来了!老子叫过两个月再宰,你硬不听!现在才是秋天,农业上的人,农活最重,哪家屋里还有肉?都几个月不得沾点油肉,嘈得无法,吃肉像吃白菜一样。放开吃的话,这猪昨晚就吃完了。宰猪要怎么宰?要等到腊月才宰!那时你家也杀猪了,我家也杀猪了。你请我吃,我请你家吃。家家都吃得油饱肉足,口不嘈了。那时你叫他吃,他也吃不下去了。即使安心要来吃你,也吃不了。还会像昨晚上一样,左一吊锅吃光,右一吊锅吃光?跟你这杂种难淘了!老子怎么瞎了眼,嫁你这个憨包猪狗日不出来的!年年淘,年年淘不到头。淘不出头就老子也像孙江富家一样,分家各淘各的!你带你那几个馋痨饿疲的寡母子去淘去!"

陈福英听骂声歇了,崔绍云总不还言,怕一家人出来看见,忙跑回家来。不久听崔绍云在屋后喊:"孙平玉。"陈福英出来。崔说:"说你家要借几十斤肉,她在家的!你家来称吧!"陈福英答应,提了秤去。崔绍云称了。陈福英就提了肉回来。有了这点肉撑着,孙家才度到把公路修好。孙平玉父子分得九百元钱。到孙家杀猪时,还了崔家的肉,连请崔家来吃了两顿。

这崔绍云夫妇，年纪都比孙平玉夫妇大。生了五个姑娘，如今才生了一个儿子，家里一直贫寒。几十年来，一到秋末冬初，洋芋才挖完，崔家媳妇就带了几个姑娘提了锄头，背着背箩，到别家收过的洋芋地里散洋芋，一直散到春耕以后。春耕以后呢，麦地、荞地的母子洋芋出土了，母女几人又到人家荞地麦地里挖母子洋芋。时常连盒火柴都买不起。要笼火没有火柴，只得等别家笼火了，才捏着松毛去别家包火。许多人家都厌其家贫穷，不让包。孙家因陈福英随和，也不歧视其家，所以一直来孙家包。捏了松毛到孙家，孙家将火炭拈两个放入那松毛中。有时火炭又小又不红，崔家姑娘就要一路用口吹着那火炭走，否则就熄了，又只得回来重拈火炭。有时呢，火炭又大又红，这下不消口吹，崔家姑娘捏着就跑。它不久就将松毛引燃了，松毛烧着崔家姑娘的手，就只得扔了，重新来包。每顿要连续数次才包得去那火。后来崔家两个姑娘学奸了，两姊妹同时来，每人一把松毛捏着。火炭小时二人都包；火炭大时只一人包，路上燃了，火炭掉在地上，又拈起来放在另一把松毛里。再燃，又换一把松毛包。

崔家长女与孙天主同岁，次女原与孙富才同岁。如今两女都出嫁了。长女所嫁的赵家，原来家富人强。自崔家长女嫁去后，赵家就穷了。丈夫死，成了寡妇。后其夫之母死，夫之父又死，夫之弟也死。人人说崔家长女犯扫把星，要把夫家克尽克绝。赵家更将其逐出门。崔家长女又嫁刘家，刘家原也很富有。崔家长女嫁去，仍然一样，夫又死，夫父母也死，刘家又不要，从此没人敢要她了。她就嫁到四川去了，不知在四川情况如何。崔家次女命运稍好，嫁与葛家。葛家原也很富，从儿子讨了崔家次女后，葛家就变得历年不够吃，与崔绍云家一样。崔绍云嫁了两个姑娘，共得四千块钱。人人以为他可以发家了，然而仍是从前那样。其三女、四女仍同长女次女一样，要煮早晚饭先得看孙家冒火烟没有。孙家一冒火烟，就捏了松毛来包火。陈福英问："你家才得了四千块钱，五分钱一盒的火柴都买不起？"两女说："真是买不起！家里一分钱都没有！"有时陈福英买了多的火柴，就可怜她们，她们来包火时，就送她们两盒火柴。

崔家三女许与海家。海家也很有钱。但自说了崔家三女，经济一年比一年困。人们说:"又跟崔家两个大的姑娘所嫁一样了!"海家听了这些传闻,不敢要这崔家三女了。原来说时,已来了一千块的东西,海家也宣布不要了,就与崔家退婚了。崔家四女许与和家。和家也一样,原来够吃,一说了崔家四女,又不够吃了,也听了传闻不好,也忙丢原与崔家的东西,也跟崔家退了婚。这些事例也吓着了孙平玉、陈福英,教育孙天主说:"说在你心头,以后你找媳妇,不单要看姑娘的人物耳眼,还要调查这家人历史上衣食如何!只要衣食可以,各方面也就勉强点!衣食不行,姑娘再好看都不能要!像陈家,历来衣食就好,子孙发达,就好!像孙家,也过得去。就是要会学着观察!"

孙家连请崔家来吃两顿,崔家很感激。那媳妇与陈福英说起她那次女来:"都是些沙沙地,一点泥头都没有。我去帮她壅两天洋芋,每一锄挖下去都像挖在石沙上。那地一到冬春两季,地头干生生的,没有一丝潮气。一点不出种。我说:'老二,你这地都种得出吃的来,真是哄鬼了。在空欢喜也混不走了,要搬家了。听说西双版纳那地方好得很,又不缺草,又不缺柴,瓜果小菜一年都是。她家想搬了,如果她家搬去好,我也想搬。苦了几十年,气都要苦脱了,肚子都填不饱,这日子咋整?"

孙家无牛马犁地。崔绍云说:"拉我的马来犁一天嘛!"第二天崔就拉了马来帮孙家犁地。孙平玉撮了一盆荞子出来喂马,崔绍云惊讶:"拿这个喂啊?可惜了嘛!"孙平玉说:"要望它出力,咋会可惜?"崔绍云说:"也是你们有的人家,才喂得起!我喂这马六七年,从未喂过它一粒粮食。"那马得了荞子,拼命地吃。一盆吃完,孙平玉见那马可怜,拿了盆又欲上楼去撮。陈福英说:"你省着点!他那马从没喂过粮食,胀死怎么办?"孙平玉说:"牛羊才会胀着,从来没有马被胀着。"但是终于小心了些,只撮了半盆下来,让马吃光了。因马太羸弱,犁了半亩地,就大汗淋漓。早上犁了回来,孙平玉见马太弱,不敢大喂粮食,拌以草了。崔绍云则早上见喂荞子,胃口开了,见孙平玉荞子撮来少了,很不满意。孙平玉见他不满,说:"干脆这样,你的马你有数!你来喂。荞子都在楼上皮箩里,你自己去撮。"崔绍云拿了盆子上楼撮荞子,下楼就惊叹:"嗬嗬!你家这粮食太多了嘛!"又一盆荞子被马吃完,崔绍云又上楼去撮了。孙平玉、陈福英都不好说,孙富民说:"这马膘力不及我家原来喂那些马啊!那些马一天顶多吃三盆荞子!我舅舅他们的大骡子,都只吃得掉四盆!这马吃掉四盆了,要注意。"崔绍云说:"不怕,马的肠胃与牛羊不同。牛羊吃多了,会胀着。马是一根肠子通屁眼,边吃边屙,胀不着。"又撮了两盆来,也喂下去了。孙平玉慌了,就不敢犁这马了。崔绍云说:"怕什么?走!趁喂饱了好犁。"孙平玉坚决不犁,崔绍云就拉了马,扛上犁具,孙平玉只得跟着去犁。犁到下午回来,崔提了盆子,又欲撮荞子来喂马。陈福英忙说:"富民,你撮两盆荞子送在你大娘家去,把马拉上去,晚上好喂。"崔绍云听得大喜,那这两盆荞子就赚着了。他回家哪舍得再喂荞子呢!崔绍云吃了晚饭,喝了两杯茶水,回去了,就不用那两盆荞子喂马,而与婆娘吹今天这马享了福,吃了多少盆荞子等。

崔绍云一生只喝白水,从没喝过茶水,被茶刺激了,一夜睡不着觉。失眠已久,看看要天明了,都睡不着,他就爬起来,到房外来转。听见马圈里响,忙开了圈看。马已倒地,还在挣扎。他惊慌失措,忙叫起媳妇来:"快,马胀着了。"媳妇来看了,急得骂:"憨孤寡!憨和尚!这马从没喂过粮食,你不省着点!还跟老娘侃你喂了几盆几盆荞子!"因忙来叫孙家。孙家睡得正香,一听崔家叫,就叫糟糕:"定是马胀着了。"孙平玉跑来看时,马已不会动了。崔绍云坐在粪上,正在抹眼泪。婆娘又骂:"憨杂种,只会淌你那点尸水,你滚出去淌!"

孙平玉坐在那粪上,束手无策。陈福英来,心里叫苦:经济正困,又雪上加霜。咋办?按一般规矩,只要牲口帮别家种地,不是因人为因素而死,是两家运气都不好,一家折一半。但这马不是累死、病死,也不是孙家喂了胀死的,而全出于崔的贪婪无知。陈福英想只有一家折一半了,但口里说:"不怕,马是帮我家犁地死的,我家要赔,才对得住你家。"那婆娘道:"哪块脸敢要你家赔?不是病死累死,也不是你家喂了胀死的,是这老孤寡喂了胀死的!全怪这老孤寡!哪块脸敢接你家一分钱?我只恨前世不知做了什么错事,这一世瞎了眼,嫁这个憨猪都日不出来的。你看他现在只会抹脸上那点尸汤了!"孙平玉也说要全赔,崔绍云就说不要赔。最后陈福英转弯说:"我是个直人,说直话:马帮我家犁地死了,不赔我家对不住你家!既然你家不让全赔,那就赔一半。以后我家再在各方面帮补你家,最终要对得住你家!"那婆娘说:"哪块脸好要你家赔一半?你们问问这老孤寡,哪块脸好接你家的钱?"孙平玉说:"就这样定了!"婆娘说:"赔什么!这马要是被贼偷去,或者病死累死,难道不过了?法喇那么多大牲口被贼偷去,查出几个来?横竖就当这马被贼偷去了。"陈福英说:"被贼偷去是一回事,这是一回事。就这么定了。你家配一下马的价钱!"婆娘仍说:"赔什么?"但口已松了。孙平玉说:"配配价钱!"婆娘说:"这是匹瘦马!能管几文钱?莫赔了!"孙平玉请崔绍云配价。崔请孙平玉:"你说一句算了!"陈福英又请崔妻配,崔妻说:"咋个好配?你家说一句就算了。"

推让已久,事情不决。陈福英就配了:"那就把这马同朱家刚卖那马打比!两匹马样子、膘力都差不多。人们都说朱家那马卖得不吃亏也不占便宜!卖方不觉吃亏,买方也不说赚了。我先提这点详头。你们又评!"崔妻说:"差不多,我家这马也仅比得上朱家那马!"崔说:"差不多!那马卖四百三,我这马也顶多能卖四百三。"孙平玉说:"差不多!"于是陈福英说:"就这么定了,看在二百一十五元的基础上,你家要我家添多少?"崔妻说:"还敢要你家添?这马死,不是你家的错!我的看法是你家在二百一十五元的基础上降一点。"陈说:"怎么还降?你家考虑添一点!"崔妻说:"还添什么!"于是就这么定了。崔妻说:"那我们两家就剐这马去卖!卖了差多少,你家补我家所差的一半就行了。"孙家推辞,说马归崔家了。崔家不依。终是双方把马剐了,破开肠肚,见全是荞子,不下百来斤。崔妻又骂崔:"憨杂种,莫说一百斤了!老子塞三十斤在你那肚子里,看你死不死?这是畜生,它知道什么?你给它吃它就吃!干荞子吃下去,遇水就会涨!你这杂种白活几十岁,一点道理都不懂!"孙家也火绿崔。马皮、马肉共卖得一百八十元钱。钱全归崔家,孙家尚要补出一百二十五元。崔妻说:

他惊慌失措,忙叫起媳妇来:"快,马胀着了。"媳妇来看了,急得骂:"憨孤寡!憨和尚!这马从没喂过粮食,你不省着点!还跟老娘侃你喂了几盆几盆荞子!"

"钱先借你家用！你家要供书，手头紧！我家不用什么钱！等开年买肥料时，你家再还我家。"

吴明才家因两个姑娘嫁出，得了四千块钱，干斤斤一文不花，全买成牛马羊。如今牛欢马叫，发起家来。孙家借崔家的马来犁死了，处理好后，又找马犁地。这日，干斤斤遇上陈福英就说："姐姐，你家要犁地，就叫他爷两个去帮你家犁两天。反正他爷两个这两天都是闲着的。"陈福英忙道谢。就去请了吴明才父子。吴明才长子今已十五岁，长得比孙平玉还高。父子俩拉了两匹大叫马来，一由吴子拉着，吴明才犁；一由孙富民拉着，孙平玉犁。两匹马极是壮健，一天犁了六亩地。孙平玉大喜，要是借崔家那样的马，七八天恐怕还难犁出这么多地来。晚上吃饭，孙平玉知父子俩肉量好，直将肉一勺一勺地往父子俩碗里添。父子俩各吃数碗肉，说："吃够了，不消添了。"临走，孙家又撮了荞子相送。

吴家父子走后，孙平玉说："一天犁了六亩地，我在地里就念佛，感激不尽。"孙富民说："爷两个肉量太吓人了！吃掉这么多肉！"孙平玉说："这算啥？"就讲吴明才之父于祭龙之时，吃了锅边三转坨坨肉以及到老丈母家和小姨妹们开玩笑的故事。就说："可怜他父亲，肉量很好，一生就这两次得吃够肉，其余时候都不得吃够，没得过一天好日子，就死了。吴明才呢，饭量也大，粮不够吃；肉量也大，也不得吃够。一生贫困，看这下将嫁两个姑娘的钱好好地安排，看家境能否好起来。人活一世，饭量肉量都有大有小，关键是要得吃饱吃够。吃不饱吃不够就是一桩遗憾的事。像以前荞麦山的陆庆绪，肉量也大得惊人。每顿要吃一碗肥肉一碗瘦肉，少了不够吃，多了也吃不掉。每顿都是两碗，顿顿卯不脱。吃了几十年，吃得腰肥体圆，人称'陆胖猪儿'。有个穷人见他这样吃，深为羡慕，说'大老爷，我要是能像你这样过上三天，死了也值得了。'陆胖猪儿说：'简单！你就来跟我过三天，我怎么过，你怎么过。你能三天都跟我一样吃，我就饶你。'第一顿的两碗肉，陆的吃了，这穷人长期不得吃肉，也吃掉了。第二顿，陆照样吃，这穷人的只吃掉一碗。第三顿，穷人就只吃白菜不吃肉了。以后几顿也吃不下肉去。三天未完，穷人就输了，跪在陆胖猪儿面前，请陆胖猪儿饶他。陆胖猪儿说：'要我饶你，你就得出去宣传，宣传得不好，我不饶你。'穷人出来，到处宣传：'陆大老爷一辈子享福，是生成的富贵命！正因为生来天大的命，才享这天大的福。我这个穷鬼，没生到那样的好命。想吃不得吃，想穿不得穿！陆大老爷看我可怜，叫我跟他去享福。他吃什么，我吃什么。我没那点命，大老爷让我享，我也享不起。享了两天就拉肚子，差点享死了。爬都爬不起来！陆大老爷家摆上肉让我吃，我就是吃不下去！以前天天盼望享福，不得享福；陆大老爷让我享福，我又享不起福了。大老爷呢，顿顿两碗肉，吃了根本不吃菜，照样适受得了！看来怪不得天，怪不得地，要怪自己无那点命！人赏不如天赏，天赏不如命赏。人家陆大老爷有享福的道理，我有不得享福也享不起福的道理。'他这样宣传了一年，陆胖猪儿认为他宣传得很好，才饶了他。人的饭量、肉量都是天生的。要是当时换吴明才家爹去，哪有享不了的福？"

　　人人见吴明才家牲口众多，想干斤斤又聪明，这个家如今交由干斤斤来掌，岂不发家？都道吴家从此发了，没料一年过后，吴家牛也死，马也死，羊也死，发家仅一年，又穷了下来。人们又说："看来是命！吴明才家代代穷。如今看来家已发定了的，公然还是发不起来，这实在令人想不通！只能怪吴家生着穷命了。"

　　吴明才的两个姑娘嫁出去，比吴明才还穷。吴耀芬一无本事，生了个小孩，只会天天带小孩，睡懒觉。其夫到昆明打工，她老婆婆才三十岁就死了，她老公公是鳏夫。早晚饭都要老公公煮熟了叫她，她才起来吃，吃了又上床去睡。农活都是她老公公一人在地里忙，忙一阵得回来煮早晚饭侍候她。家穷得时常揭不开锅。吴耀芬就打她老公公，说要回吴家。吴家听得名声不好，人人耻于听到。于是这又成为众人论命的好题材："吴明才家生成了穷命，无办法。如吴耀芬，先许了孙家的。孙家有吃有穿。如果嫁到孙家，就一切都改观了，但偏偏她无命嫁到孙家！说成的了嫁大学生，偏偏嫁不到！老天是要她去嫁到穷人家里，这有什么办法？"

五十一　兄弟争家产

当年与孙天主同时考入荞麦山中学的三人，只有吴耀军家境好，高中毕业，补习时天天追王维敏，次年高考又没考取，被吴明献揍了一顿，又送去补习。而其余二人，因家境贫困，只读了初一，就辍学回家了。二人年纪都比吴耀军、孙天主大。家里原本就穷，供了一年的书更穷，回来一无所有。二人如今二十五六了，都没讨到媳妇。法喇人认为这二人恐怕永远讨不到媳妇了。

郑朝斌补习一年，也未考取，就回家务农了。他母亲吴明巧，是吴光耀三弟长女。郑家供郑朝斌读书，牛马羊猪全部卖光，一无所有。郑朝斌订的小婚，是其亲舅舅吴明高的姑娘。郑家穷。虽是亲表妹，从小就表示不嫁郑朝斌。后郑发愤学习，成绩好了起来，考进初中。中考被柳家欺了，只录取高中。吴家姑娘见郑朝斌学习好，以为考得上大学。如郑考取大学，势必抛弃她。吴家姑娘天天来帮郑家了，甜蜜地叫吴明巧为妈，叫郑朝斌表哥。吴明高天天想的就是郑朝斌考取大学如不要他姑娘，如何打上郑家的门，逼郑家要下姑娘。郑若还不要，就打断这大学生的腿，看这大学生还"大"得起来不！

郑朝斌回家务农，情况立变。吴家姑娘立即不叫吴明巧为妈，也不叫郑朝斌表哥了。吴明高传话来："要姑娘的话，交二千五来！大房子起起！否则我姑娘另外嫁人了！"吴明巧急了，天天去求："兄弟，看在爸爸妈妈面上，饶姐姐一下了！"吴明高说："我倒可以看爸爸妈妈面上，但姑娘不看！我也没法啊！我当爸爸妈妈，同样希望姑娘以后过好日子啊！"吴明巧又去求吴家其他的人，请他们劝劝吴明高家："哥哥兄弟们，求你们了！我五个儿子，要是一人要一间大瓦房，那我苦到死，也起不起五间大瓦房！把我卖了来起，也起不起啊！二千五钱我想办法出，请你们说说吴明高，看在我是他的亲大姐的面上，饶我大瓦房了。"吴家哪好劝吴明高？只吴明高听了可怜，再加郑毕竟是个高中生，且自己的姑娘也不成样范，终于饶了大瓦房，但说："看在你是我亲姐姐的面上，免你大瓦房！但话要提在前头！如果你其余四个儿子讨媳妇时，答应了大瓦房，那我姑娘的大瓦房，还是得起！"郑家答应。郑元顺请吴家帮忙贷了二千五的款，交到吴明高手上，姑娘才嫁与了郑朝斌。

  郑朝斌几弟兄，学习都很好。郑二弟在小学学习好，考取了荞麦山中学。但家境甚困，供着郑朝斌时，无法再供老二了。只得劝老二辍学回家务农，欲望郑朝斌考取师范后，出来工作了，领到工资，才由郑朝斌供老二，老二才进中学去读。哪知柳家欺郑家无人，硬取郑朝斌而代之。郑家见不怪郑朝斌，无法之下，只得又供郑朝斌读高中。这时老三学习也好，小学毕业，又考取荞麦山中学。仍是无法供，只得又叫老三回家务农，专供郑朝斌，希望郑分工，又才让老三复学。如今郑补习未考取，只得回家时，老四学习又很好，小学毕业又考取荞麦山中学了。只得让老四进中学去读。老二、老三立即不得了，成天既骂郑元顺夫妇，又骂郑朝斌。郑元顺夫妇理屈，只得低着头任他们骂，而郑朝斌妻则又朝老二老三骂。吴明高仗自己族大，带一伙人上门来问老二老三为何骂他姑娘姑爷。老二老三火了，提刀找吴明高讲道理。双方就打起来，老二老三倒反被打。郑家成天乌烟瘴气，不得安宁，老四也就被迫辍学。老五在小学学习也好，明年也有望考取荞麦山中学。郑元顺也绝望了，也叫老五辍学了。一时法喇多少人可怜郑家这帮儿子。个个都品质端正、学习刻苦，就因家贫，全部报废。说要是换在有钱人家，几个儿子都有望读出来的。

老二、老三在农业上做农活很努力，自然有一些农村姑娘看上了。二人都未烦父母，找到了对象。但女方父母的条件都是："大瓦房，二千元。"郑元顺只得与两个儿子讲："爸爸无法了！你们把爸爸妈妈卖了都卖不得这些钱！只有你们贷了款来，你们自己还！"二人说："道理不合！我们吃亏太大了！供大哥供掉几千块钱！他书没读成，给他讨媳妇，又挨二千五！前后加起来，近一万块。我们呢，一分钱不得！倒反因为只能供他，失了学。要是我们得读书，我们会在农业上？他误了我们一生！爸爸妈妈你们想！"郑夫妇愧然，深觉对不住几个小的儿子，就找郑朝斌来商量："你四个兄弟因为你失了学。我们对不住他们，你也对不住他们！现在要给他们讨媳妇，我一分钱都拿不出！要叫他们自己想办法呢，道理太不合！只有那二千五百元的贷款你去还！他们四个讨媳妇的钱他们自己想办法！他们都还亏得太多了！"郑朝斌答应，而其妻不答应。吴明高又率人打上门来了，逼郑元顺要说法。郑家义愤填膺，郑元顺也不顾吴是亲舅子，几个儿子也不顾吴是亲舅舅，冲了上去。吴家来的人，见郑家已是同归于尽的架势，吓着了就跑。吴明高被亲姐夫和亲外侄们捉住，一顿死打。这下吴家大怒，来了上百人，围住郑家，郑元顺被迫答应自己还二千五的贷款。老二老三都是自己请人贷了款来交了，才结了婚。全村人都佩服老二老三有本事。

郑元顺只有一间茅草房。郑朝斌和老二结婚，就将两个房间让与郑朝斌和老二。一房被分成三间，开了三道门。郑夫妇只住堂屋中二十多个平方米的面积。老三结婚，就无法了。郑夫妇觉对不住老三，于是将堂屋让与老三，自己带老四老五在那大房子前搭了一草棚住着。三个儿子住土墙房，老两口住棚棚。儿子如主人，父母如叫花子，景象实在凄凉。吴明巧见到陈福英就哭："妹子！你儿子倒成龙上天了！人人在捧！我那憨包儿子呢，成蛇钻草，亲兄弟也来踏亲姐姐了。我这家还像个什么家啊！比叫花子还可怜！要是我这憨包儿子也像你儿子一样，考取大学，我会可怜到这一步？那时就恐怕姑娘送上门还怕我家不要了！以前听说'亲有三代，族有万年'。现在呢，我还是个亲姐姐，就一点亲情都没有了！人心全是锅烟墨抹过的！我全看透了！有钱就是亲，不单三代，万代都可以！无钱就一代都不行！有钱呢，族也是万年！无钱呢，一年都不行！我是看透了！"

孙平玉家也恨孙富民不成器，照常叫孙富民："看看郑家！好好看看！你大哥要是考不取，我们的景象跟郑家是一样的！郑朝斌要是考取，郑家会落到这一步？全望人强啊！人要自己立志啊！"

郑家老二老三为人勤劳，讨的妻子又都聪明会事，而且勤劳，家里年年喂出大猪来，但因讨媳妇欠的账都得自己还，所以这些大猪都卖了还账，所以也富不起来，只是不饿饭而已。郑朝斌呢，就惨了。他这些年都读书，农活不会做，也无力气做。生产比不上两个兄弟的。其妻相貌又丑，品行又劣，又无本事，农活也做得一塌糊涂，倒比两个兄弟家穷。郑元顺夫妇见郑朝斌家无吃的，倒怜郑朝斌家，又招致老二老三家严重不满。老二老三媳妇的后家，都是小族人，又不敢惹吴家，所以郑家天天吵架。

吴明巧积劳成疾，又加愧愤不已，肺病重了。几个儿子家都穷，郑元顺也一无所有。郑元顺召集几个儿子来商量，老二、老三都说这病要由郑朝斌医。郑元顺呢，也不好反驳。按理郑朝斌欠全家人金钱、感情都最多，这病也该郑朝斌医。但郑朝斌一是家贫，二是妻子又强横，全家都不敢惹，也就无法逼郑朝斌医了。最后老二老三再次妥协，说凑一千块去医，郑元顺、郑朝斌、老二、老三各出二千五百元钱。老二、老三媳妇先不答应，后被做了工作，答应了。郑朝斌妻却不答应。郑朝斌求其妻："我已对不住全家人了！我是太想自杀了！老二老三次次吃亏，这次又出钱！我再不出钱就无脸活在世上了！"其妻骂道："你无脸活在世上，那就去死吧！死了老子好去嫁人！"这事就不成了。郑元顺也无办法。吴明巧睡在床上听见全家吵，哭着说："还医什么？干脆让我死了好！人一死就一了百了！免得天天听见吵架。"终于医不成，吴明巧在床上一天比一天肿。肿了一个多月，死了。这下要办丧事，吴明巧的棺材都没有！郑元顺也没有一粒粮。郑元顺找几个儿子商量时，老二、老三说:"妈是大哥害死的!大哥去处理!"郑元顺求老二、老三,二人只得又来商量,规定四家共同平均出钱办吴明巧的丧事,郑朝斌妻又不干。郑元顺无奈了,就说:"日他的妈啊!老子活不下去了!要杀人了!人死烂账清!老子只有死了!"提了刀去杀郑朝斌之妻。郑朝斌妻跑往吴明高家。吴明高领一伙人来,烧了郑元顺的草棚。郑元顺就要杀吴明高,吴明高家大门紧闭,郑元顺就在外扔石头打吴的房子,并抱柴草来,也要烧吴明高的瓦房。吴明高才慌了,请家族出面与郑元顺谈判,说让郑朝斌参与吴明巧的丧事,出四分之一。郑元顺不干,仍要和吴明高同归于尽。吴家被迫答应吴明巧的丧事由郑朝斌与郑元顺各分担一半,此事才了。其实这父子二人都一无所有。郑元顺葬了妻子,账就欠到五千多元了,没有办法,只好到昆明去打工。郑朝斌葬了母亲,账也欠下三千多元。夫妇二人在法喇混不下去,只好到昆明去打工。

　　吴明彪第一年没考取,吴光兆大失所望,让吴明彪去补习,仍未考取,吴光兆就断了让儿子通过读书走成功的幻想。他家里有钱,就给了吴明彪几千块钱,让吴明彪到荞麦山去开了个商店。目的就是想让吴通过在荞麦山经商,讨个街上有钱人家的姑娘,赚点资本,发财起家。如今荞麦山街上的人,都发家了,资金都比吴光兆雄厚得多。吴光兆之名,荞麦山的人都知道,也可能有愿与之联姻合伙做生意的。所以他这主意,还是有一定的基础的。哪知吴明彪到荞麦山开了个商店后,那店门前,有荞麦山街后一穷寡妇,只有一女。这母女二人生活不下去,就买点瓜子、葵花、花生之类小食品来,天天用个筛子端到街上来卖,以赚点薄利为生。这母女俩端了筛子来街上,别的人家店门前,都不许她们摆筛子。唯吴明彪良善,见这母女可怜,就允许母女俩在他店前摆筛子卖葵花等物。后不久,吴明彪就娶那姑娘为妻。这家人一无所有,姑娘又甚愚蠢,已二十岁,当媳妇了,还鼻涕挂在上唇,又毫无本事,只会带小孩,却天天掐孩子的鸡鸡玩,有时掐得又红又紫。吴明彪问为何要掐,她说掐了玩。吴问为何不掐别处,那地方岂是掐得的!吴光兆得知大怒,问为何讨如此女人。吴明彪说:"我看着这母女可怜!想救救他们!"吴光兆说:"老子还在这里觉你可怜,你还可怜起别人来了！你会可怜人，怎么不可怜你自己？不可怜一下老子呢？"勒令吴明彪不要这姑娘，吴明彪不听，父子俩又吵又打。不久，这女的就生了一子。吴光兆、陈明星气得要死。吴家、陈家全族，都想不通吴明彪为何会讨如此一个又穷又孤又愚又蠢的女人为妻。不让那母女俩来家，也不认那母女俩是亲戚。吴明彪无法，只得带那母女另过。吴光兆成天气，不久头上就出现白发了。

吴光兆次子吴明仁初中毕业，考高中都考不起。吴光兆送其到学校去补习，仍未考取。吴光兆见儿子不是读书的料，只得将多年的积蓄拿出，送其到驾驶学校学习，取得驾驶证，又贷了一万多块钱的款，买了辆新东风大汽车回来，由吴明仁开着。吴明仁年轻气盛，开了大汽车，异常得意。无论路况好否，都把油门踩到底，疯狂地冲。米粮坝无一寸柏油路，那路况能有多好？而为显自己的车是新车，动力很好，有的司机的车，拉了近十吨的货，上坡烂了时，吴的车也是重车，自己拉了七八吨，却公然开到前面，朝上坡拖后面的重车。吴光兆得知，狠揍吴明仁："你的车七八吨，那重车十来吨，加起来多少吨？你这个杂种，加出来没有？"吴明仁说："十七八吨。"吴光兆问："那加上坡的因素呢？"吴明仁说："二十来吨。"吴光兆说："老子还没听到过能拉二十吨的东风车呢！"又是一顿打。初中同班的学生，他是算过得很好的了。因吴家很有点钱，他在学校里时，就有许多女生追他。这下从学校毕业，这些女生也在外流浪，纷纷来坐他的驾驶室。一天他的车与对面来车相碰了，他的手还伸在女人的乳房上。因时常出车祸，吴光兆急了，生怕哪天这车连人也不在。他就得空时，天天跟吴明仁跑，严防吴明仁带女人坐车。跑了不久，自己的工作耽误了，只得叫陈明星跟在车上。陈明星一跟车，家里的猪无人喂，家也没人看了。后只好把吴明彪叫来跟车，因吴明彪老实，不会玩那些鬼花招。但吴明彪一跟车，他那愚蠢的媳妇连饭都煮不熟吃，吴明彪又不跟车了。吴光兆说："我求你跟啊！我晚上睡觉尽是噩梦，生怕这车翻掉啊！那我这一生就完了啊！我是求你救我的命啊！"

安国林的兄弟初中毕业未考取，回家不到半月，安国林便将那辅导会计换下了，将其兄弟换上来，当了辅导会计。那原会计抱了账本，说要到县上去告翻孙江才、安国林二人。二人急了，天天朝荞麦山跑。那会计到了县上，告到县政府。那信访办的人，原来和安正书是老战友，打电话到荞麦山："有人抱着账本到县上来告你儿子。我看那账本，证据确凿啊！"安正书忙跑到县上，又拉又塞，将这老战友买通了。这老战友即对这会计说："你既然来告，就请将账本交来，我们转县纪委、监察局查处此事。"会计不交。二人就请一人来冒充县纪委的，会计交了账本。那老战友即将账本转与安正书，安大喜，抱了账本回来，交与孙、安二人。二人得了账本，忙各加修纂，即将账本交与安弟掌握。会计再告，终不起作用。

第四章　饥饿

五十二　特批救济粮

尽管有大树支在那里，孙平强却不会利用。顾正芬的妹子十四岁，顾去帮孙平强哄了来，孙江荣等喜之不尽。而孙平强却嫌其年纪太小，说："我可以当她的爹了！"那姑娘见顾正芳家住在一间只十来平方米又黑又潮又臭的猪圈里，连火塘里都是猪屎，问孙平强："我来嫁你后住在哪里？"孙平强就不依众人劝地讲，说："只有一间猪圈，都被孙平勇和你姐姐占去了！你嫁了我，我们就到外面来像山上的牛马一样打野。"孙平文就骂："世上的人谁不希望婆娘年纪小？只有你这蠢猪会这么想！"孙平强一副牛心，固执己见。横梁子陈家也在哄这姑娘，孙平强既不要，姑娘立即就被陈家哄去了。等孙平强省悟，又迟了，那姑娘早和陈家伙子同居十多天了。孙平强不免又被全家骂。

孙平刚也穷到无法了，全靠孙江成家养着。孙平刚卖了唯一的一条小猪，说："做生意去了。"即用背箩背个筛子，从白卡背柿花到荞麦山卖。每个柿花，在白卡五分一个，在荞麦山能卖一角。一个筛子顶多能装二十个柿花。到白卡一天，到荞麦山一天，两天来回共计两百里路。即使全部赚到手也只赚得到一元。但时常赚不到而是白贴。只消在路上跌一跤，那所有柿花就全报废了。孙富民说："两天跑两百里路，赚几角钱。蠢啊！比孙国达等蠢到哪里去了！去山上偷条牛卖了，就是几百元。"孙平玉说:"这怪得了他?要怪你爷爷啊!他没有本钱,不是只有这样?你爷爷怎么不送他一棵树卖了做本钱?现在票子一天比一天泡。你爷爷的树长在那里,一天比一天不值钱!每天损失掉的,也不下你三爸赚得的柿花钱!"

孙富华又考取,孙江华更为难过。而孙国达如今到了昆明,天天偷东西,成了大盗。昆明市公安局到法喇来捉数次,没捉到。孙江华就吹:"孙国达现在厉害了!无论什么门,一分钟就打开了!武艺也高了。昆明的警察被他两坨就打翻了!他的弟兄,已有两百多人!孙国达说要手中有一百万钱了,才回来给祖坟树碑立传。要把我这烂茅草房拆了,建座摩天大楼!我要看那时有些杂种,敢正眼看我不!"孙平玉、陈福英听了,闷闷不乐,对孙富民说:"求你好好读书了。这些人心狠手辣,说得出来做得出来。真要是翻起身来,这一家人就死无葬身之地了。"又担心孙国达等收拾孙富华,总劝孙富华要小心:"你在荞麦山读书,无伴不要出学校来。怕孙国达等害你!回家的路上,要多有几个伴才走!没伴就不要来!我们见你没来,就会明白,我们就背洋芋来给你!"又担心孙国达等收拾孙天主,又写信给孙天主,也要孙天主注意安全。

孙平芳家,范正兴仍是赌钱,家境仍无改观。而孙平敏家,因朱永开不会赌钱,也如孙平玉一样只会在地里苦,孙平敏也很勤劳,所以家里很富,每年都要杀两三条猪。孙江华家一无吃的,牛兴莲就背了背箩,装作扯猪草,一到孙平敏家,孙平敏就偷肉油荞麦洋芋等相送。有时孙平芳无吃的,也跟牛兴莲装作扯猪草去,孙平敏同样偷了送孙平芳。年年偷了送,送的多了,朱永开骂孙平敏:"孙江华是你汉子?你要养着!要养你就滚回去养!老子哪年不把他养足养够?"后就非但不理孙江华夫妇,还叫儿子、姑娘不要叫孙江华、牛兴莲为外公外婆,要与孙家一刀两断。牛兴莲平时,一是可怜孙平芳家穷,二是可怜孙平敏时常被朱永开打,说:"可怜我家孙平敏了,就为我和范正兴家,时常被朱永开打得死去活来。"这次孙平敏因偷了四块肉送与牛兴莲和孙平芳,被朱永开打得晕了过去。恰好孙平拾、孙国达等为躲避追捕,跑回家来躲避,就到孙平敏家,要打朱永开。孙平敏哭着拦住:"我这老憨包哪里惹着你们了?千不好万不好都是我不好!我不能看着我爹我妈饿死,再打再吵都要偷点送去。你叫我这老憨包、老本分咋不气?一颗一粒,全是他手板皮磨来的啊!你们要打,先打死我,再打死他!"二人不饶,孙平敏跪下求。二人仍不饶,目的是要打朱永开叮吓孙平玉、孙平文家等。一群外甥见孙平拾、孙国达硬不饶其父,也跪下求二人。二人才警告朱永开:"不看我姐姐的面上,打烂你的狗头。"扬长而回,就吹如何打朱永开,以及在昆明如何打警察等:"我们那伙弟兄,有三百多人!即使是吴家,也可以几分钟踏平!以后他们要跟我们来的!扛着大旗放着枪开一个车队来!"孙平文就看孙平玉一眼,孙平玉会意。二人就商量:"不行了!得让孙富民、孙家文等去学学武功了!"就写信与孙天主,问乌蒙有没有武术学校,有的话要送孙富民、孙家文来练。

又是持续数月的涝灾,孙家地里又出水了。孙江成、孙江荣、孙平玉、孙平文几家损失惨重。乡政府叫报灾情,并派人到法喇检查受灾情况,认为法喇所有受灾户中,孙家几家最重。孙平玉家受灾七亩。但救济粮下来,没有孙平玉、孙平文等几家的。孙平玉跑到孙江才处,说:"小爸,我今年灾情严重,无办法了,来请你帮帮忙!往年虽受灾,但勉强撑得过去,也就不好来麻烦你!"孙江才答应了。但第二批救济粮下来,孙平玉又没有。

连续几批救济粮,孙江成等四家一粒未得。孙平文跑来说:"大哥,孙江华大爹与孙江才小爸说了,要卡我们四家!让我们饿死,怎么办?"孙平玉说:"还能怎么办!他这支书怎么当上去的?一是我爹昏,二是你昏,现在恩将仇报了。"孙江成、孙江荣也来,说:"这个烂黑心肠,他现在有权力整人了!他不想想他是哪里得来的!不是我们家出主意,他家早绝种了!"

孙江成担心遭遇荒年,就到县上去,县委书记找不到,就去找县长。他历来不修边幅,在法喇就穿得像个乞丐一样,到县政府大院,人们以为进来了个乞丐,要轰他出去,他掏出证件说他是老村干部,秘书报告路国众。路正致力于争取人心，听一老村干部找，就叫进来。孙江成身上，穿的有如破旗，破布在身前身后飘扬。路一见大惊，叫他坐下说。孙江成说了情况，很夸张地说他现在已无粮吃了，县上不救济他他不回家。路听是老村干部，又见如此可怜，提笔批了四百公斤粮食给孙江成，说："你带回去找荞麦山乡党委书记。"然后问孙江成村里民情如何。孙江成一生都吹他孙子，这下又吹起来，说他孙子是大学生。路一惊，问："你孙子读什么大学？"孙说是乌蒙师专。路才想起孙天主也是法喇的，问："孙天主是你什么人？"孙江成说："是我孙子。"路即仔细盯孙江成看，见孙江成实在穿得不成体统，摇头叹息，又问："你儿子家境如何？"孙江成就说："我儿子都去流浪了！谁也无法管我了。"路又一惊，问："那还怎么供大学生呢？"孙江成说："借钱供啊！借得到一文就供，借不到就让我孙子在学校里饿。"路想想，又提笔批给孙江成之子一千公斤粮食。孙江成走后，路国众心中一直不快。

孙江成带了路县长所批一千四百公斤粮食到荞麦山，找到乡党委书记。书记说："条子留在这儿。我与粮管所联系一下，你下星期来。"孙江才听说长房弄来一千四百公斤粮食，嫉妒不已，就跑到荞麦山来与书记说："法喇受灾面积很大。前几批救济仍解决不了问题。将孙江成这一千四百公斤粮食调一点给其他群众。"书记叫孙江才写了申请，即将路县长的条子和孙江才的申请联在一块，批示调七百公斤出来给法喇其余受灾户。孙江成这下只得七百公斤。孙江成火了，又到县上去，找路县长。路不在，路的秘书就电话与荞麦山乡党委书记："你怎么调的？县长批示的东西，你不报告县长就乱调？还亏县长不在，你赶快改过来。我向县长汇报时就说已处理好了。"乡党委书记大怒，到法喇来，将孙江才骂了一通。孙江才忙保证下两批救济粮将所调走的七百公斤救济粮补足。乡党委书记说："无论你怎么干，反正你得把事情平息。"就回去了。

孙江才又气又愤，无奈之下，只得抱了两瓶酒，晚上摸到孙江成家来，涕泪交流地说："望大哥看在爷爷只有我们这几弟兄的面上，饶兄弟一次。兄弟下次的救济粮全报成大哥的，把所调七百公斤补足。"孙江成说："是了,你说红就红,说黑就黑。老百姓是砧板上的肉,你想怎么切就怎么切!"孙江才又求。半夜过后,孙江成烦了,一一问他:"我爹对得住小爸不?"孙江才说:"我爹原来养不起儿子,全靠大爹帮忙算了八字,才养起的啊!我爹没吃的,都来大爹处拿。我们没吃的了,也来靠大爹大妈。"孙江成说:"我爹占小爸的家产没有?"孙江才说:"没有。我们爷爷为人相当弱,一辈子不理事,哪有什么家产!大爹的家产全是大爹一人苦起来的。现在人们还在传大爹苦生产的故事。就是你和二哥小时也比任何人苦。我爹有什么家产?"孙江成说:"那小爸为何拿我爹下死的整呢?"孙江才说:"那是我爹的错。明天我去大爹坟上,代我爹向大爹认错,请大爹饶恕我爹。古话说'整人整不着,整了自害着'。大哥一生有吃有穿,家富粮足。平玉、平元几个侄儿子呢,家境也好。富贵呢,是大学生,给我们孙家争了天大的面子,真是光宗耀祖了。我祝大哥的子孙发有千载,富有万年。"孙江成说:"我对得起小爸不?对得起你不?"孙江才说:"我们哪敢说这样的话?我爹当农会主席,被人斗了下来。不是大哥保,后果危险了。就是我呢,得当个兵,也全亏大哥啊!当时我爹是反革命,谁敢让我当兵?不是大哥掌着法喇的大印,我还想当兵?我退伍回家,要在农业上了,又是大哥使了大力,才得现在领到几文工资。要望大哥原谅兄弟了。兄弟祝大哥的子孙当官做府,世代发达!"孙江成就饶了他,叫他把七百公斤粮务必交来。孙江才保证一粒粮不少。

过了二十天,下一批救济粮来了,孙江成才得一百公斤。孙江才跑来说:"请大哥原谅,主要是一次给你补足,群众意见大。下一批我想办法补足。"又下一批,也只得一百公斤。渐渐没了救济粮,孙江成的粮就真被孙江才调出去补不回来了。孙江成也无心到县上去闹,事情就这么完了。

孙平玉的债越欠越多。已达一千余元。别人都说郑发宽要得火腿吃才贷款。孙平玉一遇上郑,就说:"老表,走回家去坐。"郑总是力辞。孙平玉拖,总也拖不来,就只得说:"猪火腿老子也有啊!但这杂种嫌我穷，硬不来我家里！拖都拖不来。"陈福英说："全村子哪家少猪火腿？还少了拖他的？"孙平玉只得将绿肥狠狠地送了郑发宽一背，郑才贷了两百块钱给他。

公路修通，开始修水库了。这水库中央、省、地、县共投资五千多万元，是米粮坝最大的水利工程。因米粮坝坝子下面虽有金沙江流过，但坝子却无法用金沙江水灌溉，始终是个干坝子。要灌溉米粮坝，只有从高处想办法。于是只好在大红山修水库，灌溉米粮坝。这来修水库的，是省上一水利建设公司。水库周围没有石料，而法喇河坝里，全是大石头。有的石头被水从山上冲下来，摆在法喇河坝里，比房子还大，四五辆车都拉不动。施工单位无石料，就到法喇河坝里来买石头。每车一百五十元，尚要求法喇人卖石头给他们。一时法喇人就轰动了，一钱不值的石头都可以卖钱了啊！真是老天扔钱下来了。都是穷疯了的人，谁不想钱？几千人冲到河坝里，拣石头卖，大跃进的情景也相形见绌。为争河坝里的石头，吵打起来了。又人人去求司机来拉自己的石头，也在司机面前争得吵打起来。原来司机开车来时，不单付石头钱，还得付石头的上车费等。如今呢，石头价格一降再降，上车费也不给了。一百元、七十元、五十元、三十元，才三天时间，石头价格就降到每车二十元，法喇人仍是拼命地争。司机不久就凭这石头赚肥了。

孙平玉父子知石头能卖钱，跑到河坝里拼命捡石头，后连陈福英、孙富文也来捡。全家人的手，都被石头磨破了，饭都不忙吃了。两天时间捡了近二十吨石头，却无法请到司机来拉。石头堆在河坝里，有人来偷。孙平玉又得背了铺盖到河坝里看。每家的石头，都堆得如小山一样。法喇河坝里处处金字塔。看了几晚上，见总求不动司机，孙平玉泄气了，对孙富民说："别人生财易，我却生财难啊！看着人家赚钱多容易！钱不挨我的身有什么办法？"

凡能生财的办法，孙平玉都想了，无奈之余，他就上山去找矿。见到好看的石头，就抱回来。他根本不认识什么矿，以为黄石头就是铁，绿石头就是铜，白石头就是银。跑了几个月，大红山每个角落都被他跑遍了。每天用毡褂包几十斤花花绿绿的石头回来，家里堆了数百斤各色石头。孙平玉一听法喇在外地工作的人回家，就想这些人见识广，或许认识各种矿，就抱了石头上门求教。这些人也不懂，看着石头好看，就说："看不出来啊！等我把它带到县上去问人！看是不是！"到底搞了几个月，孙平玉一样矿也没找到。

听说周围各村都挖到煤了，孙平玉就推断：这些村都在大红山周围，大红山的岩层是一层一层的。法喇和这些村都在一个岩层，于是推断法喇也有煤。于是他就跑到周围几个村打到煤的煤洞子里面去看了，回来就在山上去找煤了。只要看见黑色的土，就要挖了看看。山上尽是孙平玉挖的坑，法喇人都嘲笑孙平玉荒唐。挖了半月，孙平玉终于在二道岩岩上找到了一指厚的煤层，大喜，急忙挖起来。但那煤太薄，又夹在石层中间，孙平玉挖了几天，挖成了一个洞，里面都是岩石夹着了。他无钱，也买不来炸药来炸，只得每天用十字锹挖岩石。两天就把十字锹也挖烂，要去再买把十字锹来挖呢，连买这锹的钱都没有，无奈只得放弃，到别的地方再找。

孙平玉找矿不单挨了全村嘲笑，且农活全丢给了陈福英一人。陈福英又要忙农活，又要忙扯猪草，又要忙回家煮早、晚饭，根本忙不过来，结果就吵了起来。孙平玉说："再吵都没有用！在农业上苦一辈子，一样都没苦到，我是死心了！我只有望这些门路发家致富！我是苦足苦够了，到现在仍没有一点希望！如果你再吵，我干脆跳岩死了！"陈福英听了，就把手中的洋芋砸了，哭着说："要死就大家死！单是你会死？我也不种这生产了，大家比着死！别人嫁个男人得享福！我嫁你家得几天福享了？几十年的磋磨日子到今天，倒反无情无义，好话都没有一句了。"赌气不煮晚饭，坐到门前哭了。孙平玉已在山上挖了一天，又累又饿，回来不得晚饭吃，还受一肚子气，也发怒说："你单说你不得享福！我又得几天福享了？你要享福，那当时怎么不看准个有钱人家嫁？是我逼你来嫁我的？"就提了毡褂出门，到房后林中去躺着，越想越难过，泪就下来了。

这是个星期六，全家吵架了，就只有孙富民、孙富文慢慢煮晚饭。

孙富华天黑才回到家，也是又累又饿，到家就几乎走不动了。煤油也没有了，却无钱买。三人流着泪摸着把洋芋煮熟。外面太冷，孙平玉回家来，睡到床上去。到半夜，洋芋才煮熟了，孙富民等才叫孙平玉、陈福英吃洋芋。孙平玉来吃了几个，陈福英不吃。孙平玉吃了洋芋心中难过，就到外面去坐着，直到天亮。

孙富民起来，割草去了。孙平玉才回家来，见陈福英坐在火塘边，边笼火边流泪。孙富华本是在学校无一分钱了，回来要钱。见家里如此情形，也不敢要了，上楼捡了一背箩洋芋下来，就要背着走了。陈福英问："你差不差钱？"孙富华就踌躇起来。陈福英说："这里只有七角钱了。我哪天就为你省着的！小妹要根红头绳，我都不给她买。"就递七角钱来。孙富华不接。陈福英强塞在他包里。孙富华就流下泪来。孙平玉说："我记得供桌还是什么地方好像还有三角钱，我找给你！"就到供桌前翻来覆去地找。那里尽是烟灰，孙平玉找了半天，手上脸上尽是灰，一分钱都没找到。孙富华见状，背起背箩说："爸爸、妈妈，我走了。"孙平玉就流下泪来，无话可说，由孙富华走了。陈福英的泪又刷刷而下。孙平玉流一阵泪，又扛了锄头，饿着肚子，到山上找煤去了。到山上挖一阵，实在无法抵御饥饿，又回家来。

孙富华倒隔家近，时常回来背点洋芋去吃。而孙天主隔得远，就无法了，已是几个月没寄一分钱给孙天主去了。陈福英时常流泪："富贵不知饿了瘦成什么样了！"一到秋收，全家就忙挖洋芋，要急着打小粉卖钱寄给孙天主去。陈福英因长期忙碌劳累，又病倒了起不来，一分钱的医药钱都没有。孙平玉又想孙天主没钱，又怕陈福英病死，急得砍竹子卖。一根竹子才一角钱。砍了一大片竹子，得了十块钱，才请土医生来给陈福英打了两针，陈福英才好起来。水鞋早在前年打小粉时就踩烂了，如今也买不起水鞋，孙富民就赤脚在冷水里踩洋芋，全家人换着滤粉。陈福英见孙富民在水里洗洋芋，冷得发抖，心疼不已，说："富民，明年你还是去读书吧！在农业上苦一万年，也没有希望啊！"

孙平刚如今一无所有，孙江成又看不起他，生活实在难过。而孙平刚平时，无所事事，既不种棵树，也不想努力起间房子。孙平玉见状，说："这个孙平刚啊，三十几了，房没一间，钱没一文，成天还哈哈大笑，有劲得很，一点不着急啊！他以后这日子怎么过啊！"孙平刚家如今生了个女孩，跟着孙平元家起名孙平会。陈福英说："你把自己焦好就行了。人家才是个小姑娘，以后两千块打发了就行了。况且人家有老爹当后台，那么多树，还怕什么？你这一大窝，哪天能出头？"孙平玉说："我看他不怕！哭的日子在后头呢！"

听别的搬家户回来说，孙平元家搬到景洪以后，一无所有。而孙平元自己呢，也染了陈福达那一毛病，总生怕家乡人说自己不行，写信回来说他已成了万元户。孙江成相信了，且欲将孙平刚赶走，以后让孙平会招了姑爷来，免得孙平刚与孙平会争家产，于是对孙平刚说："孙平元去西双版纳都发家了，你也赶快去了！"孙平玉太直，听如此说了，遇上孙江成，就说："你只叫孙平刚去！你怎么不去？你打过游击，当过支书，更会闯天下，请你先去闯个万元户来给我们做榜样！"孙江成就骂孙平玉："是的！你的心很好！总希望孙平刚就在这里饿死！"孙平玉说："你的心更好！你小时我爷爷家境好，以后一直当官，一生在福窝里混，吃过什么苦头？你知不知道人生有多艰难？他连路费都没有，拿什么去闯？拿命去闯？"

孙平刚无办法，又去将孙平元那被孙平文家撬垮的破房子盖起来住。孙平文家见状，即将院中的土出了出来，堆在孙平刚房子周围，已要高过那房子了；又将阴沟里的水改了，朝孙平刚的房冲去，孙平刚那房墙脚全被泡湿了。孙江成、孙平刚不敢惹孙平文，眼望着那水来泡。孙平玉上下看见，说："孙平刚成死木头了，这种房子还敢住！也不来理理这水！"陈福英就道："你少要多嘴！孙平文家听见不恨你？孙平刚如值得怜悯，为何七八年了不叫你一声大哥？人家亲爹亲妈都不着急，你才是个大哥，着急什么？孙平文、魏太芬哪天没叫你大哥？你比比孙平文跟孙平刚哪个跟你更亲！我一天不吼你两次，你就无知了。"孙平玉只得唉声叹气。

孙平刚眼看自己的房子将被水泡垮，着急之下，只得请了孙江成来孙平玉家，说请孙平玉干涉一下此事。孙平玉想想，答应了。第二天天未明，魏太芬就来孙平玉家了，说来向陈福英找个筛子筛面，陈福英笑着借给她，大家都心照不宣。魏太芬借了筛子，已往回走了几步，终不舒服，就回头笑问："昨晚上大爹和孙平刚来说什么？"陈福英说："他们来说：你家阴沟里的水改了去泡着孙平刚的房子了！请我家跟你家说一下，把那水改朝别处去。"魏太芬笑笑，走了。陈福英回家与孙平玉说："魏太芬厉害啊！跑得这么快！你爹和你兄弟不是她的对手啊！等我们出工下去时，水肯定改开了。"等孙平玉家吃了早饭下来，那水果改朝别处去了。孙平文、魏太芬一见，就拿板凳叫坐。大家坐下，都不谈这水的事，说说今年的生产如何，就一同出工了。

那墙已被泡得久了。水虽改开了，墙却垮了。孙平刚想把那墙重新舂起来，又怕孙平文家干涉，只得又来找孙平玉。孙平玉去指导着他在原来的基脚上重新舂墙。孙平文、魏太芬脸色极其难看，但无可奈何。陈福英去帮着刮泥巴时，魏太芬也来帮着刮，悄声对陈福英说："我是看在你和大哥面上才来帮的！若是看孙平刚的话，他滚远点！"孙平刚见魏太芬都来帮他舂墙了，大喜，笑逐颜开地喊孙平玉"大哥"，喊陈福英"大嫂"了。房子舂起，孙平刚更高兴，成天吹："孙平文还想欺我！我房子一垮，以为我要找他的麻烦了！赶紧来给我刮泥巴舂墙！"孙平文听见大怒。魏太芬便与陈福英说，陈福英与孙平玉说了。孙平玉大怒，说："这个猪脑壳！一点不生数！"就去与孙平刚说："你恐怕到死也不会明白点好歹！是孙平文怕你去找他的麻烦，还是你怕孙平文来找你的麻烦？孙平文不欺你就行了！你还成天活不耐烦了又要找点事来应！你找吧！孙平文是很好欺负的？"孙平刚又不理孙平玉了。孙江成见孙平玉批评孙平刚，也又不理孙平玉了。

一波未平，一波又起。孙平刚到白卡赶街，请瞎子与他算命，瞎子说孙要生贵子。孙平刚大喜，回来就吹等他生了贵子时，要把孙平文家赶到天涯海角去。孙平文大怒，指孙家文等说："我这几个儿子就是'贵子'了！不看孙富贵家面上，我这几个贵子伸伸脚就把你踢到西天去了！"

五十三　富家女

　　春季学期又要开学。王元景带信来，说去他家那里和王勋众一同拦车到乌蒙。天未明，孙平玉和陈福英已起来坐着了，孙天主起来，正在私语。孙天主换了头天刚洗的裤子。热饭吃后，孙平玉、陈福英又煮了二十个鸡蛋。孙天主将鸡蛋每人分了两个，都吃了。陈福英又把煮熟的瘦猪肉包了一包，孙天主不要。孙富民等三人穿了毡褂，送孙天主走。要到车路，孙天主恐三人回来有狗，就叫三人回，便将那包肉拿出来。孙富民等忙跑，但毡褂孙天主穿着，还等着拿毡褂。孙天主递了肉，孙富民便哭起来，孙天主也含了泪，然后分别。孙天主到王家，王勋杰弟兄因拦不到到乌蒙的车，已拦到县城的车到县城了。孙天主拦不到乌蒙车，也只好拦了到米粮坝的车先到米粮坝。

　　一身灰蒙到了米粮坝，孙天主就到县汽车站问乌蒙的车，说没车票了。孙天主无法，只得买了到邻县的车，拟从那里再转到乌蒙。于是只好到招待所，买了八角钱一床达十三人一间的旅社票。叫服务员开门，服务员说里面有人。孙天主去叫半天，才有凶神恶煞的人起床开门，孙天主进去坐在床上，不久就有三人吵着进来。原来昨晚三人住于此，一人偷了二人的钱。那窃贼是县城人，被盗二人为荞麦山人。荞麦山二人被盗，贼拿住了，钱却要不回来。今天吵了一天了，仍未要回钱。孙天主后悔来此住了，就提包出来，各处逛到天黑，才回那旅社睡。三人仍吵，哪里睡得着。孙天主担心钱被盗，紧张了一夜。

天明坐了车走。中午时，又过法喇村。只见自家地里，孙平玉、陈福英等已在地里劳作，再看悬崖上自己的家，孙天主忽欲流泪。一路都是要搬家到西双版纳去的群众来拦车。车上挤的人太多。到下一个乡，班车就被那里派出所的拦住，拿去了司机的驾驶执照。司机只得把乘客都赶下来，说他到下一个乡后才调车头回来接。于是向派出所民警行了贿，才要回执照。班车往前走，这些乘客心领神会，跟着公路追。班车走了好几公里，叫孙天主等下了车，回头去接抛下那一伙。这些人追了几个山弯，车已回来，又上了车。如此慢吞吞走，天黑才到邻近县城。孙天主又去买到乌蒙的车票，已关门矣。孙天主一夜在旅社，想起家中，就流下泪来。

次日天未明，孙天主起来，到了车站。买到了票，却是车尾，前面的都被人拉关系坐了。一点车座位，都是如此不公平。那些来坐车的，都是父母亲戚相送，唯孙天主一人独自上车。孙天主又悲哀起来。日暮时分，到了乌蒙，顺街走向师专，孙天主忽有强烈的自卑感。到商店买香皂呢，售货员见他灰蒙蒙的，就说："拿零钱来。"孙天主没有零钱，那妇女就很蔑视，不卖与他。孙天主一路走向师专，沿途学生见孙天主灰蒙蒙的，都用惊异的目光看他，孙天主心情好不沉重。一到学生宿舍，学生都去上晚自习了。孙天主即去买了蜡烛来点上，提冷水来洗澡。

第二日同学就说有汇款。孙天主不明谁会寄钱来与他，即带了章去。那学校的收发员是一妇女，大约见孙天主那汇款单，嫉妒了，没好气地问孙："谁寄来给你的钱？"孙天主答不出。那妇女不情愿地嘟哝道："一定是弄错了。"把章盖了，汇款单递了出来。孙天主接过一看，大惊。原来他中了北京的一个征文奖，奖金一百元。大喜过望，拿了汇款单就朝邮局跑。那周围取款者，见孙天主的款是从北京汇来的，都很惭愧。孙天主于是慷慨地买了件毛衣穿上。

这一学期班上新转来一女生，名由敏，容貌也不漂亮，个子也不高，但是师专学生中父亲当官最大的。其父新调来乌蒙，任中共乌蒙地委副书记、常务副专员，因是这由敏甚傲。这日，学校道路因大雨冲了稀泥下来，关老师就嘱全班学生义务劳动。孙天主等农村学生，都在教学楼前铲稀泥；一伙城镇户口的，都在旁观望。学校领导和关老师在一旁催，城镇户口的男生才走近了些，仍是不动。女生们都站在一旁，但都无鄙夷之色。而那由敏，身穿披风，鼻朝上扬，对孙天主等尽是蔑视。众人大怒，却也无可奈何。孙天主大怒，朝她吼："下来铲土！"她嘲讽道："我不会铲！"孙天主道："不会铲也得铲！"她说："我不铲！那是下等人铲的！"孙天主想去揍她呢，不像话；不吵吵呢，已被她欺住了。无奈只好安慰自己，男不跟女斗，以此下场。铲一阵，孙天主裤子、鞋上尽是泥。别人换了他，他就站上去靠着柏树看。等铲完了回头走时，他才发现由敏在他后面不远处看着他。他很憎恨这姑娘。

一百元钱不起作用。不久孙天主就把它用完了。不过孙天主最近渐有稿费支撑度日了。这日春游，孙天主和同舍几个农村学生都无钱了，大家只得到处借钱。反正能出去玩玩，就去玩吧。班上学生大多无钱，于是班上到面包房去赊了些面包带着，说定回来还账。那面包师也说要去，于是一同走。路上歌声嘹亮，由敏也在车上。她脸通红，不时回头看他。孙天主一路吼他自己的诗。

路上有的学生高喊："乌蒙大学学生，至此春游。"孙天主说："狗屁的乌蒙大学！世界上没有大学！真正配当大学生的，古往今来只有一班人！我是这一班大学生的班主任！黄帝是这班学生的班长！尧、舜、禹、汤、直到孙中山等是学生！什么辛弃疾、陆游等人，还不配做这一班的学生！"全班立即围攻孙天主，叫他少狂了。关老师说："孙天主，你太猖狂了啊！"由敏也和孙辩："我们不是大学生？世界无大学？你太猖狂了！"

到了山上，晚上烧火，孙天主去和一个其母在某县县委的烧，其欲在由敏面前表现，孙天主来烧，于他不利，他就边烧边吐口水。后来孙等去玩，忽见那家伙带由敏去水边玩。孙天主就觉难过，毕竟地位不平等啊！

火烧起来后，洋芋烧得差不多，全班包括班主任老师等全开始吃洋芋。男生们为讨好由敏，先刨了递与她。她则不屑，说："我不会吃这东西！"全班学生听得大怒。班主任老师也沉了脸，不吃洋芋了。她根本不在乎，冷眼看众人吃。大家吃了开始唱歌。规定每人唱一首。孙天主最不喜当众唱歌，但到他时，他还是唱了一曲歌颂毛泽东的歌。到由敏，就是不唱。众人催也不起作用。催一阵她不唱就算了，只得跨过她，由下一个唱。又轮一遍，到她了，她还是不唱。傲视着众人。孙天主就斜着眼睛看她。她看孙天主时，见孙如此眼光，才说："好，那我唱一个。"就唱："我心里埋藏着小秘密，我想要告诉你。"但声音极小，人们听不见，她已唱完了，只不过是应付而已。她就再不看孙天主。晚上孙天主包了大衣睡时，她也披了大衣，就在他不远处坐下。孙天主睡一阵，因夜气太冷，睡不着。有时睁开眼，就见她在对面看着他。见他看到时，她忙闭眼，装没看孙天主。等下次孙天主再睁眼睛，又见她还看着他。一被发现，她又闭上眼睛了。

天明起来，吃了各自带的东西，就从另一路往回走了。孙天主冲在前面；而她竟也紧跟于后。她的东西多，孙天主的东西少。孙惯于爬山，本可主动帮她背东西，但孙见她傲得无法，就不理她。但见她背了那么多东西，还比许多男生走得快，暗自佩服，觉得这姑娘虽傲，傲得有本钱。走了十来里。到了一处地方，坡极陡，孙天主尚恐摔下岩去，好不小心。许多女生吓得哭起来。班主任老师叫男生站在两边，伸出脚在路中为梯，供女生们踩着走，女生们从中间走下。有的女生尽管两边都是男生，仍吓得直哭，在中间爬着走，不时要男生鼓励，有两个还是农村女生。孙天主因最能在陡路上走。其余男生也不敢在这路上行，便由孙天主将女生们的东西背下坡。孙天主身上背了东西，上下数趟，才背了下去。

由敏自始至终不屑地盯着看。其余女生都下去了，大家叫她把东西给孙天主，忙踩脚梯下坡。由敏说："你们走！我要自己下。"班主任老师催："这么危险的悬崖！谁敢放心你独自下，快下！"她坚决要男生们走，她不需要他们帮忙。但还是把她的大衣、水壶等给了孙天主。孙天主和男生们全下了坡来，她才一人从悬崖下来。全班学生朝上张望，目瞪口呆。她也很紧张，脸挣红了，但慢慢地，硬是独自下来。孙天主见她独自下来，极为佩服，想真是个女英雄。

她的东西被孙天主放在石上。她也不请他背，而请面包师："帮我背背这大衣嘛！"面包师不背，她才对孙天主说："请你背。"孙天主就背上。向上爬山了，孙天主和面包师又冲在最前头，但她仍傲得很，紧跟于后。有的男生去农民家里买了酸萝卜来，为讨好她，切了与她。她说："我不会吃这脏东西。"孙天主听了好不冒火。本对她极有好感了，上完坡，就把她的东西还她："来！还你的东西！"把大衣等全还与她。她立即怒容满面，把大衣等接去背着。孙天主见她小小的身躯，背了那么重的东西，立即后悔。孙天主同舍那几个与孙天主关系好的同学马上批评孙天主："人家是个姑娘，你怎么能这样呢？快拿回来背着。"孙天主即叫她："仍拿来我背着。"她不理，而将大衣等请另外的男生背着了。孙天主良心上过不去，又惭又愧，忙独自朝前冲。冲了七八里，到了车上。等了半个多钟头，后面的学生才到。由敏则过了一个钟头，才走到了。到车上，男生们还了她的东西。孙天主老远见她来，就躲到车的尾部座位上，缩肩埋头，装作睡着，但她却隔他不远，孙天主无奈，一路装睡。车往乌蒙走，同学们又唱起来，气氛热烈。唯孙天主埋头装睡。有时偷偷望呢，见由敏总是一脸怒色。车内气氛再好，她脸色也无法转好。

几个钟头后，车回到乌蒙。由敏在地委门前下车。孙天主稍抬头，见她直到下车，脸色不好。她不在车上，他才敢抬头了。到了学校，就决定明天上课时，去向她道歉。次日上课，孙天主到教室，见她没来上课。连续几日她不来上课。孙天主本是专为要向她道歉才去教室的。几天见不到她。他又不去教室，就一直没向她道歉了。以后遇上，她也不理他。

不单学生慕于她家的权势，连关力行老师，也时常要讨好于她。后来关老师让她当了生活委员。师专的书记、校长见了她，也忙点头叫她"小由"，追她的男生比比皆是。谁不想讨地委副书记、常务副专员的姑娘啊！孙天主同舍的几个男生都力图追她。她说她已有男朋友，其男友现在北京大学读书，事实也正是如此。后有些人为了捉弄班长，就怂恿他去追由敏："你又是三好生，又是班长，又是预备党员了，追由敏一定追得上！"怂恿的多了，这家伙终于觉此事很行，真去追起由敏来。据说由敏送了他一块镜子。事情真否，孙天主不知。

已是二年级的下学期了。孙天主研究东西方历史也已近于尾声。他深感担心。发现矛盾无处不在，无时不有。无论自然界还是人类社会的斗争，都是永恒的。从人类出现，斗争一直不息。从最远古的氏族、部落冲突，到如今国家集团间的对峙，均是如此。漫漫历史，迢迢未来，斗争不可避免。古往今来，亡国灭种的教训，不胜枚举。在残酷的国际斗争中，无论巨疆狭壤、古国新邦，一律平等。

埃及历史上被波斯、亚历山大、罗马等太多国家征服。最后被并入阿拉伯帝国，古埃及文明万劫不复，阿拉伯人、阿拉伯语、阿拉伯文明成为埃及大地的主宰。巴比伦亦然。阿拉伯人占领两河流域，古巴比伦文明就被消灭干净。印度在几千年中，不断被异族征服，所以印人号称"人种博物馆"。由于伊斯兰教侵入，两种文明对峙，终致印巴分治；后来成为英国殖民地，如今英语成了官方语言。可以说印度文明已被糟蹋得面目全非了。只有中华文明，完整地保存了下来。但如今西方文明占据全球，中华文明处其包围之中，如此情形，怎不令人忧心忡忡呢？他生怕数千年后回首，中华文明落到如埃及文明、巴比伦文明、印度文明的下场。那谁来怜惜我们？我们怎么对得起祖先和后人？

中华文明独立发展，已有五千年的历史。现在走到了重要的历史关头。现代文明日新月异，地球已成为小小的村落。民族、国家间越贴越紧，生存空间越来越小，前无缓冲地带，后无回旋余地，已呈肉搏之势。越是如此，斗争越残酷。消解危机的手段越来越少，全面失败、整个灭亡的危机无限增大。不是彻底的胜利，就是完全的灭亡。

阅读历史，对照现实，深刻的危机浸入他的心头。数千年前，希伯来人在埃及面临亡国灭种的危机，历尽千辛万苦，逃出了埃及，写出了《出埃及记》。但是现在，假如希伯来人在地球上面临亡国灭种的危机，试问：他们能逃出地球，再写一部《出地球记》吗？

兴亡如脆柳，身世类虚舟。历史上没有不灭的国家和民族。中国也亡过国，但都复国了。中国四千年的文明没有受到强有力的挑战。但现在亡了，还能复国吗？

第五章 回乡

五十四　情　劫

到校时间长了，孙天主对师专也熟悉了。且说师专以前的校长，极是关心学生，甚得人心。那校长退后，目前的校长，是原物理系主任。据说他的关系在省上，于是突然越过两名副校长，从系主任直接来当校长。这校长就一点不关心学生，老师也不服，学生也不甚服。

当时的两名副校长，管教学的副校长四十出头，他有无能力，大家并不知。只是他在台上讲话时，声音洪亮，抑扬顿挫，比校长老气横秋的官话，精彩得多。学生都不听大话套话，于是校长的话无人听，只听这副校长的。不久这副校长就调到地委宣传部任副部长去了。

另一位副校长管后勤，是原总务主任升上来的。听说是名牌大学毕业，关系也硬，所以能从总务主任爬为副校长。但学生认为后勤的都无学识，看不起他。

那管教学的副校长调走后，新提了中文系主任为副校长。这下就得人心了。这中文系主任相貌堂堂，是全校公认的美男子。一口标准的普通话，教学上能力也强。虽没见他做了多少好事，但他有一点：不做坏事，这样的老师就难找了。不单中文系的学生佩服，其他系的学生也佩服。从他当中文系副主任时，每次选人大代表，都令学校书记、校长、副书记、副校长及各系主任难堪：学生尽投这老师的票，都是这老师当选。尽管学校通过各班主任传话，暗示要学生如何如何选，但学生就是不听。他从副主任、主任一步步升上来，大约也是上级允从民意，选拔真才实学吧！他一当副校长，虽很谦虚，从未能见出他想当校长，但学生已到处在喊："校长该让了！等郑副校长来干校长，师专就有希望了！"

党委副书记还是以前被孙天主他们这班轰下台的那位，如今还上孙天主他们班的课。这日，他去省上开会，翻车了。他没大伤，只是眼角被眼镜挂破，流了血，再不能去省上开会了，他就回来。校领导叫他去医一下，他没去，随便包扎了，到他的课时，带着伤来上课。有的学生知他翻车了，就叫："怎么才划伤他的眼睛啊？该翻死他才好啊！"他到讲台上，学生就哈哈大笑。他知管不了，也就不管，忍辱上课，照本宣科，念到下课回去了。此事不久又被告密，关老师知了，就来班上道："再过一年，诸位就要出去为人师表了。专业不用说，我明白大家糟透了。道德水平呢，低下程度，令人震惊！老师翻了车，无人去看望、慰问，倒反说怎么才划伤眼睛，不翻死掉！带伤来上课，公然全班哄笑！以后配不配当中学教师？配不配做人类灵魂的工程师？我教了几十年书，执教师专也有十来年，如今听闻，好不心寒！我请你们反思，扪心自问：以后你当了老师，学生这样对待你们，你们会如何想？"但最终没谁反思。关老师刚出教室，全班立即骂："就是这杂种告的密！打死他狗日的！"班长哪敢分辩，咬了下唇，狼狈逃出。

因中文系主任升了副校长，主任就缺出来。原中文系两位副主任，一是蔡世洪老师，教写作。东拼一盘，西凑一碗，成了他的写作理论，敲敲打打为生，学生认为无多大本事。二是华老师，教现代文学。搞教学，搞科研，都令学生佩服。在中文系的威望，仅次于原主任。但原主任不涉政治，华老师呢，爱发表意见，看不惯就说。耿介太过，因此并不被学校领导赏识。蔡老师则专门捧领导，因此蔡老师就升了上去。

副主任又缺出。关老师这下不知怎么的，升了上去了。前两年争副主任，他败于华老师，因此与华老师矛到如今。

中文系的老师，大体就是如此。令学生满意的太少。如尉老师等，有水平也不大发挥得出来,其余教书就教得平庸。还有四五个,教得太糟。有一位女教师,凭关系调来教外国文学。课都是她丈夫帮她备好,其实就是从课本上抄一遍,她来讲台上念。偏偏学生也蠢,厚达百万字的课本不读,跟着她念时记笔记。她一字一顿念,学生一字不漏地记。有时念快了,学生赶不及,就怒吼:"念慢点嘛!"她脸红了,赶紧更张,但不久又快起来。学生又怒吼:"慢点!你没有听见?"她又红了脸,只得慢慢念。有的学生说:"你下来记笔记!俺来念!"有的说:"你这点水平,不如小学生!你该去读小学,让小学生来当这大学老师!"她公然说:"小学生来当老师,你们就成了幼儿园的了!"学生说:"你拿糖来哄我们的话,我们就叫你乌蒙幼儿园的阿姨!你也不消念这外国文学了,就唱点儿歌、童话之类给我们听听算了!"她说:"你们真要当幼儿园的学生啊?"学生又吼:"不是要当不当,而是已经当了!这乌蒙师专已是乌蒙幼儿园了!我们也不是中文系,而是幼儿园中班啊!"她又不理,仍红着脸念。孙天主有时上课,就想:乌蒙师专如此情形,要是讲与外界,谁会相信呢?

　　学校各方面不是太严,但也没到放任自流的地步。五十个缺席开除学籍,经补考尚有一科不及格者留级,两科不及格者劝令退学。孙天主一直藐视这一切。一学期缺席上百,补考仍不及格者也达四五科,老师都饶他了。而两年下来,这班被留级下去的达七八人,都是篮球队足球队的主力等。

　　孙天主古代汉语补考不及格,林英老师直接划了个及格二字报教务处就完事了。孙天主也没去找她求情,下次仍是如此。第三次她又帮孙天主把成绩划及格后,孙天主都没去找她道谢过。她遇上孙天主,就火了,叫孙天主到她家,把孙天主的补考试卷递来说:"你看看你的补考分数!你以为是你补考及格了?一再地饶你,你以为是该饶你的?王显贵、周舟他们,为中文系立下了汗马功劳,饶了没有?你对中文系、对班上有何功劳?"孙天主见自己的成绩,才二十分。王显贵的三十三分,周舟的四十分,而王、周二人都留级下去了,才觉实在不像话。忙向林老师道谢。林老师说:"我不耐烦要你道谢!只是你太不像话!王显贵、周舟没及格,来我这里哭哭啼啼的,我都没有饶!你自以为了不起。我饶你三次了,够意思了吧?如果真要卡你,单我这一科,就可以叫你回米粮坝了。"孙天主老实说:"老师的恩情,我历来明白。只是我的性格,从不言谢。给我恩情的人多,我从没谢过一人。以后我成功之日,才如韩信报答漂母。"林老师说:"你以为我是小人,施恩就是等着谢恩啊?像你这样学习法,我看你也成不了韩信!你去吧!"就赶孙天主走。

更爽快的,是壬红民老师。头次现代文学,孙天主补考没及格,他把孙天主的成绩打及格了。这次又补考,孙天主又舍不得时间复习,考场上又什么也做不出来了。有一题名"简答《虾球传》的主题"。孙天主没看过什么《虾球传》,答不出来。好在在荞麦山中学读书时,王维敏等女生唱歌时,孙天主不自觉地跟着她们唱,会唱电影《虾球传》的主题歌"都说那海水又苦又咸,谁知道流浪的悲痛辛酸?世道的艰难,满腔的仇冤。啊游子的心中啊,啊盼望春天!"于是因此就答:"主人公虾球"如何如何,根据那歌乱答一气,补考又没及格。壬老师把孙天主的打及格了,孙天主又没被留级。孙天主未曾去道谢,两次无动于衷,壬老师火了,叫孙天主到家,把卷子砸来,叫孙天主看。孙天主见上面尽是壬老师愤恨的红叉,从纸头到纸尾,连试卷都被叉通了,可见壬老师愤怒之极了。孙天主见那《虾球传》上那题也挨了一个愤怒的红叉。壬老师问:"看清了吧?"孙天主说:"感谢老师!"壬老师说:"我赏你个六十分!滚!"就把孙天主赶出门。孙天主为壬老师如此爽快而深为佩服,出门就叫"壬老师万岁!"回宿舍才翻书看时,原来《虾球传》的主人公哪里是什么"虾球"而是"夏球"。孙天主哈哈大笑,原以为靠那首歌,捡得点便宜了,看来是捡不到便宜啊!

而谢茹松老师就不同了。他教孙天主古代文学。屡次孙天主补考不及格,就把孙天主喊到他家,深刻教育:"你被开除了,是不是回家种地?"孙天主说:"是。"他说:"那你这一辈子怎么办?"孙天主说:"当农民。"他说:"那你的才华就浪费了啊!可不可惜?"孙天主说:"可惜!"他说:"那你父母好不容易把你供出来,你又回去当农民,对得住你父母不?"孙天主说:"对不住。"他说:"那你对得住老师们不？"孙天主说："对不住。"他说："既然对不住，那你该怎么办？"孙天主说："要好好学习了。"他说："你现在这样干法，是不是在好好学习？"孙天主说："不叫。"他说："那你该怎么办？"孙天主说："好好地读课本，复习应付考试。"他说："我也不要你读课本。你读课外书是对头的。只是到考试，你无论如何要复习复习啊！你稍复习下，是考得及格的。"诸如此类。完了，孙天主以为他会饶他，把补考成绩打及格了。哪知他又绕回来问了："你对得住你父母不？""对得住老师不？"孙天主一一回答。又是一遍完了，谢老师仍不给孙天主打及格，直到深夜还在问。孙天主边答边愀然："大好时光，浪费了啊！我要是不来这里，今晚又看了一册书了。"谢老师还在重复问个不停。孙天主心里更为焦躁，口中答着，脸上怒着。最后见谢老师还是不饶，为早点脱身回宿舍看书，就说："谢老师，干脆这样：我回去复习了再来补考。"就站起要走。

谢老师又按他坐下，说："好。这次我又饶你了！给你个六十分。我是第几次饶你了？"孙天主说："第三次了。"他说："下次再这样，行不行？你得好好反思！"孙天主说："我下次要好好学习了。但我平时也在反思啊！我总认为我只有像我现在这样学法，才对得住父母、老师，也才对得起国家、民族，才不愧于先人，不怍于后人。我现在为我如今知识非常缺乏而难过。'人生不满百，常怀千岁忧。'我是怀了万古的忧愁啊！触处皆悲，无时不悲，无处不悲。又道'人生何短短？百年苦易满。昼短苦夜长，何不秉烛游？'我很多时候悲哀难过，半夜起来戴月在球场上游。想来想去无可奈何。"谢老师说："老师们都知道你是有才能的，都很看得起你啊！你要好好努力，以后为学校争光，为老师争光啊！"孙天主答应。谢老师就去烧水，要煮面条与孙天主吃。孙天主说不消，要走，谢老师不答应。孙天主吃了晚饭还是饱的，只得又大大吃上一碗面条，谢老师才放他走。他明白谢老师之所以要这么折磨上半夜，目的是要他记住这恩情，于是走时就说："我记住老师的恩情了，日后会报答老师的。"

像教英语的乔清秋老师，属于英语系而不属中文系。孙天主的英语考不及格，他每次都叫孙天主去帮他搬煤炭之类。搬好，洗了手，于是支锅炒上瓜子等，与孙在炉边边吃边谈话，说："我给你打及格了。"即问孙天主发表的作品有哪些，以后理想如何等等，最后说："为师惭愧啊！要向你学习。你肯定有个辉煌的未来！以后你发达了，莫忘今晚的瓜子啊！"于是就叫孙天主把瓜子都带上，打发孙天主走。

有些老师呢，像如今的副校长、关老师等，凡孙天主没补考及格的，他们都打及格了，也不叫孙天主去谈话。大家都想日后等孙天主成功，反正师生不会因这分数而出现难堪的局面就是了。孙天主直到毕业未去道谢过，但心中明白。

孙天主这日上街，遇上路昭晨之母。路母见他了，并未喊他，只不时用眼看他。孙天主实际总还在怀念路。他原不欲喊路母的，见路母不时看他，后想想，就喊她了："伯母。"路母立即脸上有了笑容，说："孙天主，你是不是在师专读书啊？听是听说你考取了师专。你现在学习怎么样啊？"孙天主说："勉强过得去。"路母说："还有一年吧？"孙天主说是。她说："那你毕业了就好了，你父亲就可以摆脱经济上的困难了。"她买了一些东西，说多也不多，说少也不少，但她一人是带得回去的。她提了两样在手，有两样仍在商场玻璃上，说："我这东西不好带啊。"用眼看着孙天主。孙天主明白她的意思了，出于礼貌，就说："我帮你拿。"她说："好。请你帮我拿到家里。"孙天主帮忙拿了，路上说着，朝她家走。

孙天主感情复杂，去不去她家呢？碰上路国众又怎么办呢？但他刚才看路母看他及后欲要他去她家的神情，看得出路母仍是关心他，喜欢他的。要是她就是我的岳母多好啊！孙天主酸楚地想。到了她家门口，她将东西全部递给孙天主抱着，开了门。孙天主抱东西进屋就要走，她又忙说："我再麻烦你一件事行不行？"孙天主只得站下。她说："我这家里这个柜子摆在这里不好看。我哪天就想挪，一人又挪不动。想等昭晨她父回来挪，又久不回来。干脆请你帮忙。"孙天主只得答应。但挪这柜子就先得挪里面的东西，于是孙天主就挪里面的柜子，挪了才来挪外面的。其实那柜子都不必要挪，只不过是路母欲要找事与他做罢了。他边挪时，就听路母在与路国众通电话，路母说："我今天遇到小孙。买了些东西，一人拿不回来，就请他帮忙拿回来。他现正在我们家里。我想挪一下柜子，平时又挪不动，就请他帮着挪"等等。她打了电话，就煮饭。孙天主挪好，要走，她就不让走，非要孙天主吃了晚饭再走不可。孙天主不听，被她死死拉着，孙天主就只得答应。她叫孙洗了手，就坐着看电视，她在厨房里忙。孙天主坐着，见那屋中堂皇，哪是他的家能比的啊！再看路母对他，真如对女婿一样。孙天主想，要是我娶路昭晨，那多好啊！

　　路母做好晚饭，就叫孙天主吃。孙天主与她坐着吃时，她就问孙天主家中如今的情况。孙天主眼中热泪几乎要出来，她就像她的母亲陈福英一样关心他啊！后他终于问路母："路昭晨现在学习怎么样？"路母见他问路的情况了，立即神色大不自然，说："她学习很好。是三好生。她想考研究生。"便把路在校的情况说了许多。孙天主最关心的是路如今有无男友。她不好说，孙天主也不好问。但她明确说的是路一直在埋头学习准备考研，那可能是没有谈恋爱了。后来她的话完，这事就不好再谈了，终于无话可谈。孙天主闷着头吃完饭。路母又问孙在学校的情况。孙天主又答，但他始终关心路有无男友。吃好饭，他本欲走了。但因牵挂此事，总想走时又不走，与路母谈。天已晚了，外面路灯早亮了。他鼓起勇气问："伯母，路昭晨现在有没有男友啊？"路母立即又脸色不正常，但见他问，就笑了起来，说："她没有谈男朋友。前几封信写来，都说没有男友。我问问他爸爸啊！"就去摇电话。但那电话摇了近一个钟头才摇通。孙天主见她这一小事都故意问路国众，意思很明显了。她怎么可能不知道路昭晨有无男友呢！

　　电话终于摇通了，路母笑着问路国众："小孙还在这里！刚吃了晚饭，他问我姑娘现在有没有男友。我知道的是前几封信来，她都说没有谈。不知最近她写没写信来给你？我问问你！"其后路母声音就小了，只嗯嗯地说。有些话她明显想说，但哪敢当着孙天主说，多半是路在说了。孙天主也不大听得见。久后她放了电话，笑着回答孙天主："她爹说了，没有男友。"孙天主一听，泪要出来。路母于是拿水果给孙天主吃，孙天主哪吃得下。他现在考虑的是，是否要恢复原来的关系。路家的态度一目了然。他实在想就说恢复关系算了,但又想了许久。一直抬头望天花板想。路母也就坐着,又打别的电话,但明显在观察孙天主。

孙天主想了几个钟头,夜已深了。路母一直饱含期望等着他。但他到最后也没有说,而是站了起来,与路母告别。路母见他再不提路昭晨的事,很失望,就叫住孙天主,把她先已准备好的衣服、裤子等一大包递与孙天主:"这是姑娘爹的衣服、裤子。你也和姑娘爹一样高了。有的他只穿了几天,有的没有穿过,买来就放着。你不嫌的话,拿去穿穿。"孙天主推辞,她强塞来。孙天主只得接着。她说:"孙天主,以后你时常来玩啊!昭晨他爹回来,你来和他玩玩!他很欣赏你的,时常在念你啊!"孙天主满眼泪花,说不出来,只是点头。路母见他眼里已是泪了,却满腹心事不走。想了又想,最后说:"昭晨也还在想念你啊!时常在信中问你的情况。"孙天主一听,热泪涌出,说:"伯母,你告诉她,我一切都好。我永远祝她幸福!"为防难堪,急忙走了。走了许久回头,见路母并未回屋,还在窗前目送着他。

孙天主拐过街,发疯一样哭起来。他虽没经历什么大灾大难,但觉与路这事是经历了劫难了。"度尽劫波兄弟在,相逢一笑泯恩仇。"是否是与路昭晨泯恩仇的时候了呢?他哭啊哭。至半夜已过才回到学校。一夜失眠了。

他从此天天在想路的事,但他终未去路家。他想恢复此事,也明白只要再到路家找到路母说明即可,但他总没有去。要说原因,他总觉说不出,但总觉哪里有些烦难,心中总不舒服。去了这事能否与路母说明,他也弄不清楚。能否与路母说:"我就恢复与路的关系"呢,他也弄不明白。能否写信给路,表明与她恢复旧情呢,他想写,但提笔方觉这信不是这么好写的。过了数星期,这事又被他繁忙的读书所搁开了。

孙天主每天读自然科学的书。他越是苦读书,越觉悲哀,这书海无边,何日是岸?这日从图书馆出来,就见红男绿女,相拥相携,便大觉悲哀。倘在以前,他会为这些人感到悲哀,人在世上,就是为了拥一个小女人过一辈子吗?世上拥着女人过日子的太多了,不必他孙天主来添此热闹了。他自己这样执著,为了什么呢?他这回真有还俗之心了。因长期一种心态,如是一变,孙天主几天回不过神来,每日烦躁不已。

第五章 回 乡

五十五　辞职避超生

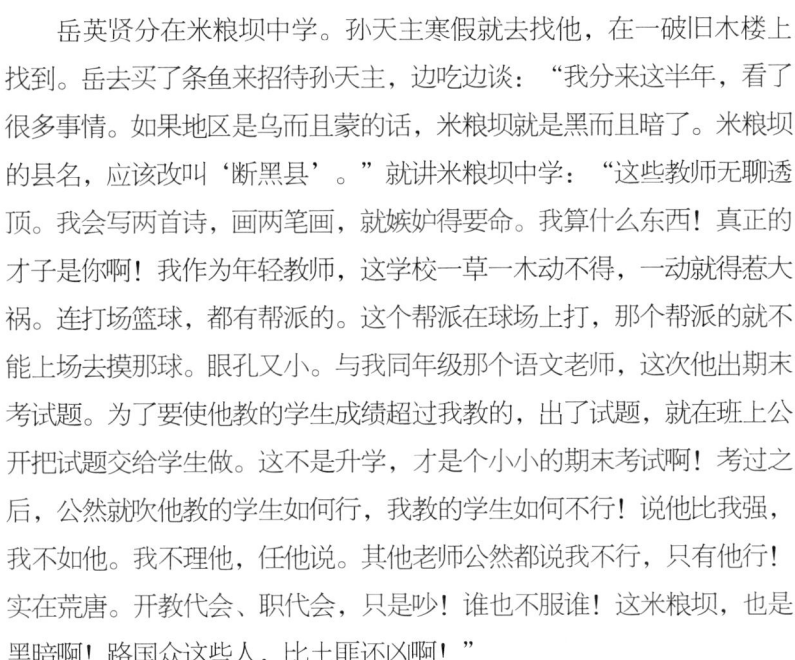

　　岳英贤分在米粮坝中学。孙天主寒假就去找他，在一破旧木楼上找到。岳去买了条鱼来招待孙天主，边吃边谈："我分来这半年，看了很多事情。如果地区是乌而且蒙的话，米粮坝就是黑而且暗了。米粮坝的县名，应该改叫'断黑县'。"就讲米粮坝中学："这些教师无聊透顶。我会写两首诗，画两笔画，就嫉妒得要命。我算什么东西！真正的才子是你啊！我作为年轻教师，这学校一草一木动不得，一动就得惹大祸。连打场篮球，都有帮派的。这个帮派在球场上打，那个帮派的就不能上场去摸那球。眼孔又小。与我同年级那个语文老师，这次他出期末考试题。为了要使他教的学生成绩超过我教的，出了试题，就在班上公开把试题交给学生做。这不是升学，才是个小小的期末考试啊！考过之后，公然就吹他教的学生如何行，我教的学生如何不行！说他比我强，我不如他。我不理他，任他说。其他老师公然都说我不行，只有他行！实在荒唐。开教代会、职代会，只是吵！谁也不服谁！这米粮坝，也是黑暗啊！路国众这些人，比土匪还凶啊！"

　　他发了一通牢骚，谈到法喇，就变了话题，说："好了，你这下能独立谋生了。我分到米粮坝中学那天，热泪盈眶。我家几代人在法喇那小村子里奋斗，终于从法喇奋斗到米粮坝来，成了城里人了。这是我父亲等根本不敢想象的事，做梦也梦不到的事啊！我刚领到工资那天，就明白我的命运、地位完全变了。没人敢再叫我烂农民、土农民了。我终于不是用锄头，而是改用粉笔头谋生了。不是踏着泥土，而是踏着讲台为生。这是天翻地覆的变化啊！那笔工资领了来，我就买了一百斤米，二十斤肉，带回去给我爸爸妈妈，说这是我的工资买来的东西。他们顿顿吃得满眼泪花，不断说：'好了，好了，这下你成了人上人了。'你想想，王勋杰和我，都是法喇的刍牧儿啊！如今在这米粮坝最高学府来当老师，我们再低贱，这些城里人再高贵，他们都得规规矩矩坐在讲台下，听我和勋杰的教诲。王勋杰书教得很好，学生很佩服。我书也教得很好，学生也佩服。我俩真正是给法喇人争光了。只遗憾王勋杰总不敢在学生面前承认他是吃洋芋坨坨、苦荞粑粑、燕麦炒面长大的，走路说话全学城里人，别腔别调，捏手拿脚，我心里很不是滋味。我呢，向学生公开承认我是吃洋芋坨坨、苦荞粑粑长大的，学生相反更敬我本分、朴实。我教学生，完全是用我们法喇人那套行为准则。"

　　二人吃了晚饭，就到区文光老师那里去。区老师当场表扬起王勋杰、岳英贤二人："两个法喇人，不错的啊！比这帮城里的八旗子弟，强了几十倍。岳老师初来，穿件皱巴巴的衣服，就上课了，朴实、本分！那年王老师来，也是这样。米粮坝中学里面，凡农村出来的教师，教学水平都比城里出身的教师高一截。责任心、事业心，就更不用说了。还是那句古话啊：'自古英雄多磨难，从来纨绔少伟男。'他们两个和你，都是磨出来的啊！"即又对岳英贤说："这伙城里的烂贼，我看不起他们！妈的他们以城里人自居。米粮坝算什么城呢？我是乌蒙府里出生的，尚不觉自己有什么了不起。唯有如贾宝玉等生于金陵城中的，才稍有点资格自豪啊！这帮烂贼有偏见，看不起农村人。你不要管他们！先把书教好。教出一届去，拿出硬功夫来，才叫他们'是骡子是马，拉出来比比'。把他们比下去，他们自然无话了。王勋杰老师初来时，我也这样给他说的。他这样干，第一届学生毕业，他教的学生高考成绩远比其他几个城里教师教的高多了，这下王老师才站住脚跟了。你好好干三年，成绩一出来，他们的看法就不得不改变了。"岳英贤急忙答应。

区老师又与孙天主说:"我们这里面,农村教师好些啊!不单岳老师和王老师啊!那个肖云彬,也是农村来的,大学毕业,家里欠了五千元的账。刚分来就带了三个弟弟来读书。他那点工资,连吃饭都不够,还得省钱还账啊!四弟兄在学生食堂打包谷饭吃。这就是我们的高中物理教师啊!打包谷饭吃啊!肖老师每顿要吃一大洋碗包谷饭。我问:'肖老师,你父母怎么不帮你照管一下呢?'他说:'区老师,我父母也无办法啊!供我出来,家里就把田地房屋卖光了,欠了几千块的账。现在只是苦得够吃。无办法,我这些弟弟只有我供了。我尽管艰苦,用这点工资,除了供我三个弟弟外,我还能每顿吃上包谷饭,这就不错了。我父母成天在地里劳动,顿顿只吃得上几个干洋芋,连菜都没一嘴。我尽管工资全部用在弟弟们头上了,但毫无怨言。我就是这一生都这样,也无法报答我父母的恩情。要是我父母当初不供我读书,我今天能吃上包谷饭吗?那我还是只得啃洋芋坨坨啊!'像肖老师这种人的品德,就有这么好啊!城里这伙纨绔子弟,谁能如此?我算了一账,肖云彬老师家那五千块的账,要肖老师省吃俭用十几年,才还得清。如果肖老师三个弟弟再考取大学呢?那就不单是这五千元的账了,可能要上万元的账。那肖老师要二十年、三十年,甚至四十年才还得清。那他这一生不过日子啦?肖老师现已二十四岁,过二十年就是四十四岁。那时不单是他弟弟,他的儿女也要用钱了,他的父母也老了,也要用钱了。我一算,他一生就这么几笔账,就把他算光了。他还能干什么事业呢?想干也干不了啊!否则像肖老师这样的人,又有才华,又勤奋,正是干事业的料子啊!可惜啊!你明年毕业,也是这样,我也把你的账算好了!你明年出来,先是还你父亲欠下的烂账!三五年还不清,然后你才毕业,几个弟弟就赖在你身上,十年八年你脱不了身。等你弟弟们读得差不多,你的子女又要进大学了,你的父母也老了。等把你的子女大学供出来,等把你父母养老送终,你也老了,已到你的子女对你养老送终之时了。孙天主,你的命运就是如此啊!你能干事业吗?你要干事业,就得通通把这些包袱甩掉,远远地走,才能干事业!但怎么可能呢?所以我每天都在为你惋惜：可惜了，可惜了！一个英才就这么将被几个臭钱困死掉。不是'一文钱难倒英雄汉'，而是'一文钱磨死英雄汉'啊！"

孙天主听了，心内一沉，想想的确如此，说："对于我，报答父母恩情，就是一大事业啊！"区老师摇头，说："此话不然。别人为报答父母浪费一生，我会为之起敬，如肖老师就是这样，而你不同。我给你提个建议：你估计你弟弟们的情况，如果只是中才之人，即使以后能考得起大学，但会很平凡，那你就牺牲这个小家算了。你就甩开这个家不管，远走北京、上海、甚至香港、纽约，去图远大的前程！你能成功的！虽说你只是个师专生，但你比很多名牌大学生强得多！也比很多博士还强！你的才华千万不要被浪费在这穷山沟里！上天不容易生个英才啊！"

孙天主听了，心内悲凉。过后告别区老师，还在想这问题。那肖老师、徐老师等，都是刚从省上毕业回来的大学生，听说孙天主在这县城，都跑来与孙天主吹，说："慕名已久啊！"吹了一夜，说："孙天主，你比我们当时在校的许多同学强多啦！好好努力，干出一番成就来。而且凭我们的经验是：你明年毕业，千万不要回米粮坝来，一毕业就远走高飞算了。不要档案、文凭就走！我们就是因为家里贫困，想回来帮帮家里，如今一回来就觉陷死了。这一生眼看就将这么完了。"

家里实在困难，孙平玉听说秦国安在昆明混得不错，也想去投靠了谋点苦力活计，给孙天主准备点学费。孙平玉到昆明，陈福宽掏钱买了条烟和两瓶酒给他提着，带着他去见秦国安。秦国安嫉妒孙平玉供出了个大学生，本不欲帮孙平玉的，但因与陈福宽弟兄关系极好，碍于陈的情面，安排孙平玉跟着搞装卸。秦于是到处吹："人就是要有钱，像孙平玉虽然供出个大学生，但没有钱，还是得到我手下干活。"消息传回法喇，人们都说秦国安做得不对。有嫉妒秦国安在昆明整到几个钱的，纷纷趁此机会攻击秦国安，欲把秦的名声搞臭。尤其吴家，早对穷门小户崛起、名声如日中天的秦家耿耿于怀，怎会舍此机会？吴光耀逢人就说："好了，好了，秦国安这小子成了人上人了，践踏起人来了！比起孙家，算什么东西！孙家代代人有吃有穿，已连续四代人上百年了。当的当官，发的发财，出的出大学生！而且好的还在后头！秦家呢，连续四五辈人哪辈人够吃，饿得像狗一样！秦国安发点混财，也才两三年时间！敢比孙家上百年？他一个打工的，看得见的。老板要他就要，不要他他就得滚回法喇来了！这种财都发得稳根？他在法喇房子还没有一间，就敢践踏人！也无个初高中生，更莫说大学生！孙家呢，大学生有了，初中生正在读书，发家的日子还在后头！有给他姓秦的看的！"一时全村敬服的秦大老板，成为众矢之的。秦父气得哭，又是传话，又是写信，大骂秦国安，秦国安才明白做了一桩无比的蠢事。

陈福英、孙富民在家，听到这些议论，气得哭。没有办法，孙富民就去附近的水库工地，偷得几根钢筋来卖得一百多块钱。

不久就听说孙平玉不在昆明，而到西双版纳去了。其原因呢，法喇人又传，说是孙平玉老实，除非陈福宽指导他买烟买酒，不然不会去捧秦国安。秦因此大不满意。二是因法喇人都骂秦了，秦急了，也不要孙平玉在他手下干了，说："你再在我这里干，我脸上碜得很了。"叫孙平玉到别处去干。孙平玉就到外面来找散包，人多活少，也苦不到钱。孙平玉因此去西双版纳看陈福达那里有没有活干。

没料才过二十多天，孙平玉回家了。说是那里太热，干不起。孙平玉一回来，全村人仿佛刚认识他似的，说："你值得了。你儿子当大学生，就值几十万块钱！秦国安苦一辈子，苦不到几十万的！即使他苦到几十万，也比不起你这几十万！他有几个臭钱，起什么屁作用？即使他有一百万，能买得来大学生？钱是泡泡货，今天使了明天就不在了。人呢，只要有人，家发一千年也可，发一万年也可，永远发下去也做得到！他有钱，全村人并不见得就尊敬他！你没钱，全村人都尊敬你！你即使讨口饿饭死了，也比他吃外国酒吸外国烟划得来！也比他有名誉！永远只有你奚落他的，没有他奚落你的。"有的人就慷慨起来，主动借钱给孙平玉，并说："我们手边暂时不紧，你哪时有了哪时还。我们之所以借钱给你，一是佩服你，二是要气气秦国安。让他明白他并不比你强！要让他明白大学生的爸爸，就是比他当老板的有身份！"

孙平玉就这么时来运转。以前他到处求人，无人借一分钱给他，如今竟有人主动借钱给他。债务虽急剧上升，人却活得轻松一些了。

只有孙江才等，无论孙平玉如何困，就是不借孙平玉一分钱，整天吹："我们孙家，要讲团结啊！看看人家吴家，内部有没有矛盾？照样有！而且大打出手！但对付外人，则是团结一致的拧成一股绳！我们孙家呢，既不吵，又不闹，只是阴在肚里。一等哪家与外人有事了，就火上加油。"孙江华也是如此，口上天天讲要团结，并吹："我们孙家，从我当了族长以后，哪里会红着盘子黑着脸，像吴家、罗家那样文进武出，天天打得鸡犬不宁呢？"大桥偶有人来，孙江华就说："你们大桥的人怎么这么日脓！你们看看法喇，被我统治得服服帖帖的。"法喇孙家无人耐烦戳穿他的假话，大桥的人不知就里，以为他真了得。孙江才呢，虽当支书，大桥的人以为他不行，不怎么敬服他。他于是就说："我看我得花点精力，好好把我们这个家族领导起来了。"孙江万、孙平文等，人人都说讲团结，只有孙江成不讲，也不信他们那些假话。

孙江才的大话假话越吹越厉害。他当了几年支书，富了起来，大瓦房修起，水泥院坝捶起。见其他人家都穷潦潦的，话就越吹越狂，反正也无人阻拦他吹。全村人历来会看一家人的盛衰，从而推断祖坟发在哪一房去了。如吴家，因吴光耀在弟兄间排行三，比其他弟兄都强。吴光耀三子吴明章，又远胜吴明献、吴明雄、吴明义等，就说吴家的祖坟发在第三房上。如陈家，因陈庆堂这一房远比其他几房人口发达，子孙聪明，家富人旺，就说发在四房上了。但陈庆堂几个儿子家，最旺的又是陈明贺家。于是又说陈庆堂这一房到明字辈，又发在长房上来了。孙家呢，因孙运发历来远胜孙运全、孙运周，孙江成又远胜孙江荣、孙江华、孙江才等，在江字辈中家资最富，子孙最多。孙平玉呢，在平字辈中无论家产、子女都远胜孙平文、孙平元、孙平刚、孙平拾、孙平毕、孙平强、孙国达等。到富字辈，明显孙天主远超孙富民、孙家文等，看来富字辈也无人能及孙天主了。从孙运发在世时始，全村人就评孙家的祖坟发在长房了。几十年来，孙家人听外人也说祖坟发在长房，自己多年看来的结果，也是发在长房，所以一直对孙江成、孙平玉、孙天主不满,包括孙运周家也是一直如此。

如今孙江才见他的家产再过几年要比得上孙江成的了,就到处吹:"我家的祖坟,发在我这一房来了。"而始终无人信他的。有的人就背着他讽刺,如孙江华等就暗中轻蔑孙江才:"这个蠢猪!祖坟明明发在长房去了,他还以为发在他身上呢!"有的则公开讽刺。吴光耀就公开讽刺,说:"孙江才说个狗屁!他那二两命细了!才发家不到十年,就敢吹大话了。他比孙运发比不起!孙运发发家几十年,到老死家产没吃完!孙江才有狗屁!孙运发的儿子当支书,孙江才的呢?孙江才比孙江成呢,差远了。孙江成当支书近三十年,孙江才才当了几年?孙江成出世到如今,没饿过一天饭,现在六十几了,还有几万块的家产。孙江才以前饿得没法,媳妇都讨不到,才去当兵!现在他当支书,也比不上孙江成不当支书的。再论子孙,孙江成三个儿子,十几个孙子,孙子成了大学生。孙江才呢,只有两个姑娘,要绝种了。孙江才比孙平玉,也差远了。孙平玉虽没当过支书,但历来也没饿过饭。要是不供儿子,现在也比他孙江才富。孙江才如今全部家当打下来,顶多一万元。孙平玉的家当打下来,单周围的老林卖卖,就是近万元。儿子是大学生,这是无价之宝,说值十万就值十万,说值一百万就值一百万!要说值一千万,也说得过去!再看子孙!孙平玉的儿子名誉传遍全县了。米粮坝县哪乡哪村不知法喇有个孙天主?再拿孙江才比孙富贵!孙江才的子女呢?更是天遥地远,比都无法比!说孙家的祖坟,还是得承认发在长房了!孙江才猖狂不了几天的!他没有那点发家的命!由他挣!"

吴光耀等评孙家祖坟如何发的话,传到孙江才耳中,孙江才大不舒服,更恨孙江成这一房。孙江才不好再吹祖坟发在他那一房了,又发明了新的吹法,说:"我们这一家啊!我这一辈,孙江成大哥当支书,孙江华大哥当党代表,我也当支书!富字辈呢,富贵成了大学生了。江字辈和富字辈都出人了。仅是中间的平字辈,硬是不出人!平字辈是日脓了!只看以后我家的了。"他这话表面谦虚,连孙江成、孙江华也吹了,其实只吹他自己,这二人虽当过官,如今不当了,只有他在当。

本身他就比不上孙天主,吹孙天主也是为了抬高他自己。于是全族又大为不满,说:"平字辈为什么日脓?就是他搞的鬼!孙平强、孙国达哪里差了?他就是不提起去,倒怨平字辈日脓!他还说等着看他家的,他都要绝了,还看什么呢?"

孙江才听全族人骂他,好不气愤。因吴光耀也骂他要绝了,全族人也骂他要绝了,骂得实在不轻。他只有两个姑娘。于是后来就传说他已超生了儿子,请姜家的亲戚养着,但传说归传说,谁也不得知真伪。有的又传他超生了收养着的儿子死了等等。众论不一。

法喇的未婚生育、非婚生育、超生等现象极为严重。法喇人自身数得出来超生的小孩就达两百来人。有人到乡上密报则说法喇超生小孩近四百人。乡上叫孙江才等去问,孙江才等百般抵赖,乡上也无法。于是密报又到县上,县上问荞麦山乡,荞麦山乡只得叫孙江才等去乡上,说:"既然你们说没有超生的,那就签下字来,我们好报县上。"孙江才与安国林被迫签了字,保证说密报属于造谣,乡上以此向县上交差。孙江才与安国林签了字回来,心中就虚了,时常担心此事一旦发作,不单官帽不在,万一再整进监狱蹲两年,才划不来。于是,一是拼命掩盖法喇超生严重的事实,二是拼命活动,想调到其他村去当村干部,摆脱这是非之地。乡上知其故,任二人去求,就是不调二人。二人天天跑在乡上去活动。孙江才活动了调不走,就向乡上耍赖,说他不想干这支书了,要辞职。乡上为防日后事发,有人来将此事抵着,哪会答应让他辞。孙江才于是不理事了,一不舒服,就向乡上写辞职报告。多次写了之后,乡上都做他的工作,他得了甜头,写辞职报告就成了他应对乡上的工作方式了。今天写,明天写,他越写越神气。吴家见他写辞职报告了,大喜,于是逢迎他:"你经验丰富,办法老到。法喇的事情,只有你才拿得下来。你要是辞职了,法喇就乱了天!无人能收场了!乡上还是只得请你镇守着!除了你无人能镇守住法喇。"孙江才听如此歌颂他,大喜,渐渐以其当真了,到处又吹:"法喇只有我才镇守得住!别人都镇守不住!没有我,法喇就乱套了!所以我天天写辞职报告,乡上就是不敢批!为什么不敢批?怕我走了以后法喇乱啊!"于是他的话,就被吴家等报到乡上。乡上好不恼火。

如今又进行改革,各自然村原只有社长,如今几个社要选一个自然村主任。黑梁子的社长是孙平文,横梁子的社长是陈福宽,法喇社的社长是吴明洪,三个社要选出个自然村主任来。孙家人呢,想孙江才上台时孙平文使了大力,如今或许会整给孙平文干干。有孙江才使力,自然村主任非孙平文莫属。谁知结果却是吴明洪,孙家人更明白孙江才之心黑透了!

五十六　探　婚

第二日孙天主回到法喇，刚下车，即见大红山、黑梁子、横梁子上的白雪，脚下茫茫的土地仿佛在旋转。他感觉双脚踩的不实，如踩在了棉上。他感觉心在摇晃。这法喇太贫穷了啊！这与乌蒙、米粮坝差得太远了，他立刻后悔回家来。这一寒假回来有什么意思呢？他又觉这法喇不是人待的地方了。明天他就得劝父母、兄弟赶紧逃离这里。他口里不断地说"惨啊！惨啊！法喇人是多么惨啊！"

他呆呆地坐下体会。冬日的法喇孤寂无声，山清风冷，村庄荒凉，偶有风起，黄尘漫天。既无鸡鸣犬吠，也无牛喧马叫，鹰在山上盘旋。有人赶着牛上山来放牧了，是崔继才。他原与孙天主小学同班，小学未毕业就回家结了婚了。如今肩上背个捡粪的背箩，前面赶着牛。见了孙天主，惭愧得脸红，忙故意赶牛，眼朝一旁，欲赶了牛快快走开。孙天主叫了他一声，他答应了，说："回来了啊？"就难过地赶牛走了，再未与孙天主说话。

孙天主口里轻轻说着"惨啊惨啊"往家里走。只见妇女们都坐在松毛前做针线，男人们或在翻粪，或在犁地，有的则铺了毡褂，在墙脚打牌，有的则纯粹在躺着晒太阳。他进村时，小学刚放学，小孩子都在河坝里你追我赶，一片喧闹。有的背个书包，有的无书包，书就双手握着，有的则两手空空，连书、笔和纸都没有，而是手握泥块，打别的同学玩。前面的学生边逃边笑，后面的边笑边追。孙天主不见一人在看书，心中就好不愤怒，吼道："傻瓜们，书不好好地读，怎么这么自甘落后呢？"但谁也不理他。听他乍地一吼，还以为他是疯子。

谢吉林的几个侄子在小学代课，也放学回家，毡褂披着，背箩背着，脸上笑着。他们得在小学代课，每月有几十元钱，比别的农民强多了，农民都羡慕他们，因是极为满足。就是他们，误了许多学生。孙富民等都是被他们误了的啊！他们见孙天主，因孙天主如今是个大学生，身份高了，他们就喊。孙天主憎恶他们，只应了一声，就走了。

上得黑梁子来，孤寂无人。田正芬正看着麦子晒。老鸹飞来吃麦子，她边扔石头打，边骂这些老鸹；猪又在拱白杨树的根，她又去打，又骂猪。孙江成正在翻粪。孙天主喊他们，田正芬喜道："富贵回来了？"孙江成则叫孙天主在粪堆旁坐下，问："你这个学期又发表几篇文章了？"孙天主则问二爸家的两个小孩："小芹和小荣呢？"孙江成说："小芹去挑水了，小荣去放牛羊了。"孙天主说："别家的小孩都在读书，怎么不送他们去读书呢？"孙江成立即大声说："你二爸都不供他们，我有什么办法？"孙天主说："二爸搬家远去，他在那里生活都为难，如何供？你有这么多大树，随便卖一棵就可以把他们供到初中了。"孙江成说："当然你二爸不供的话，我也可以供。但他们读书，比你差多了。像小荣我叫他去读，根本不去，和富民一样。有什么办法？"见孙天主一回来就教训他，也就不大理孙天主了。

孙天主回到家，见父母都不在，只孙富文一人在家，却在楼梯上打苍蝇玩。孙天主大怒，给了他一脚，问："考得多少分？"孙富文哭说："期末还没有考。"孙天主说："期中呢？"孙富文就不敢说。孙天主知他学习极差，于是火绿，又踢他一脚。他才说："语文二十分，数学二十五分。"孙天主道："那你为何不读书，打苍蝇呢？"又扫他两脚。

孙富文上楼捡了洋芋，端到水边去洗。孙天主才环顾屋内，荒凉不堪。孙富文洗了洋芋回来，就上楼端了松毛下来，笼着火煮洋芋。孙天主出屋来各处看，见房周围也空空荡荡。进屋，洋芋已熟。吃了洋芋，问父母去哪里了。孙富文说在岩脚挖地去了。孙天主就出门到岩脚，老远就见孙平玉、陈福英、孙富民、孙富华在挖地。孙平玉和孙富民就推了一个重数百斤的大石头滚下来。孙天主见他们举锄猛挖那地，就甚为可怜，想计算机都能每秒运算数亿次了，还在用这原始的生产方式，过这艰苦的生活。

见孙天主回来了，大家好不高兴。孙富春也高兴得喊："大哥。"谈一阵，孙平玉说："肚子也饿了，既然你回来了，那把这个石头推在埂边，就放工了。"孙平玉在埂边挖好个放那大石头的窝，全家动手推那近三百斤的大石头。撬的用锄把撬，填的往下填，一点一点地挪，终于到了埂边。哪知那石头太大，一到埂边，地埂胜不住，石头滚下地埂，一直往下冲，砸起一路黄尘。孙平玉连呼可惜，说："我哪天就想着要用它把这缺口填起来，哪知它竟滚掉了。"

全家收了锄子、背箩回家，夕阳在山。孙富春跑在孙天主前面，孙天主见她衣不蔽体，甚是可怜。五姊妹中，她比孙天主还聪明。刚半岁时，竟能爬上数丈高的楼，能走出法喇村，又自己找路回来。全村人大惊，有的不明她是谁家的，说："这小姑娘好本事啊！不知是哪家的姑娘？"她说："我是孙平玉家的。"吓得孙平玉、陈福英生怕她被人贩子抱走，再不敢放她单独在半边，都天天带着她上坡。魏太芬说："她被人贩子抱去也不怕，以后也一定找得到回来。你们不听到她和别的说'我是孙平玉家的'吗？"她性格又好，无论手中有何东西，都分与孙天主等。即使全给众人了，也毫无怨色，这是孙天主家四弟兄幼时无论如何做不到的。全族无人不赞孙富春。魏太芬等见陈福英数子已难对付，今这姑娘，虽才两三岁，表现出来的气概，竟胜过陈福英，人人评孙富春日后必定远胜陈福英。

回到家里，孙富文把洋芋煮好，在煨猪水了。孙天主又问起孙富华的学习。孙平玉、陈福英说："晓不得。我们生产也忙，每星期回来也没有问他。"孙天主说："这怎么行！"陈福英说："我们也不懂，只是听别人说，说中期还差不多。"孙天主又问孙富民，说："农业上的滋味也尝着了，苦也苦够了。我劝你从此改了，好好地去读书了。"孙平玉说："我们也时常在给他说,在农业上是没有希望了。他不去,有什么办法?"陈福英说:"拿给骆家也逼得眼睛插柴,丁国芬骂他是孙家的'矮蹲箩',骆国秀骂他是'矮子'。我也气得骂丁国芬的子女,其实丁家个个都是矮子,比孙富民还矮。我也劝他:'富民,争气点,赶紧去读书。读出书来才有前程。他就是不听。"孙平玉说:"单骂他一人都还好说,连你和富华、富文也被骆家骂,说:'老大是疯子,老二是矮子,老三是疤子,老四是傻子。'我气了,去问骆定安。你妈去问丁国芬。我说退了,你妈也说退了,你外公外婆又叫不要退,说是亲得很的人,要退也等骆家提出来。"陈福英说:"太骂得气人了。富民得罪她家,她若单骂富民我没意见,连你和富华、富文也挨骂,也骂得气人。骂你是疯子,你不是今天一个主意,明天一个主意?真的像疯的一样。什么事你都少想了。万人都要过,何况你一人?你明年就分工,日子就好过了。你还要爬到哪里去?天天闷着头想什么理想、事业,有什么想场?万一真想疯掉,倒落骆家好笑了。骂富民是矮子,富华是疤子,命生成是这样了,有什么办法?我就骂但愿骆家以后也尽出些矮子、疤子。骂富文是傻子呢,我是想都不想了。我们天天说啊:'富文,好好读书啊!'就是不听。回家来书包一丢,就去打苍蝇玩,就去追黄鼠狼,高兴得很。你爸爸也打,我也打,富华回来也打,就是不信。眼泪还在挂着,又去打苍蝇了,一打着个苍蝇,就哈哈大笑起来。一点耳性都没有。"

　　孙天主听全是一派烂账,无聊之至,听得心烦,就说:"不要提了,提起就心烦。"孙富民低头想了好大一阵,说:"那我开学就还是去读吧。"孙天主见他一提读书就萎靡不振,就说:"看你这样子就不像读书的。"

　　孙富春抱着陈福英的腿,在不断地哼,声音越来越大,要哭了。孙天主问:"哼什么?"陈福英说:"她要钱去买水果糖吃。我忙说话,没站起去找钱,她就要哭了骗人了。"孙天主火了,说:"过来我拿两脚给她吃。左一个不成才,又一个不成器,这个家还有什么希望?她刚哼时,早就该给她两巴掌!锅里这么多洋芋不吃,想吃水果糖。没有!"孙富春见状,不敢哼了。

孙天主痛苦地说:"你们不知道世界发展到什么地步了。一台计算机的工作量,相当于四千亿人的工作量。还要法喇四千群众都有知识有文化,也要这样的一亿个村庄的人加起来,才抵得一台计算机!如果都像现在全是文盲,那十亿个村庄也比不上。世界最大的公司,市场价值上万亿元。法喇人均年收入只一百来元,四千人也就仅四十万。就要多少个村庄,才抵得上一个公司?那要两百多万个法喇村才抵得过!要近一百亿法喇人拼命苦一年。世界最大的富豪,腰缠数千亿元。也要当数亿法喇人的总财产啊!当今世界电子显微镜分辨率达十万分之几微米,超导频率标准数亿年误差不到一秒,超纯分析质谱仪灵敏度为数亿分之一,激光测长器精确度为千万分之一毫米。基因工程可以使人进行单性繁殖。你们想想科技发展到什么样的地步了?"

夜晚天冷。全家围在火边,火小了根本不行。孙天主边用火钳挑火塘中的松毛,边说话。那松毛不经火,呼啦一下就烧完了。火焰一起,松毛就尽,就得又从撮箕里放松毛进去。放多了呢,只冒烟不起焰;放少了呢,一下就烧光了,单烧这火就得全部精力应付。火时常熄了,孙平玉就说:"你要说话,就我来笼。"要了火钳专门去笼火。尽管火烧着,孙天主仍觉寒气逼人。煤油灯异常昏暗,尽管灯花已扯出很长,孙天主仍觉屋内漆黑一片。陈福英说:"哪家敢用这么长的灯花啊!好多人家根本就没有煤油,天一黑人就睡了。也没有火烤,煮饭吃的松毛都没有,还有烤火的?"孙平玉剁了蔓菁来煮,把洋芋也放在上面煮。煮熟了,大家开始吃洋芋,那洋芋全成了蔓菁味了。孙天主觉得难以下咽。吃了两三个,就不吃了。

暂时把肚子填了,才撮米来煮。外面狂风大作,仿佛要将这法喇村卷走。孙天主听了,说:"怎么竟有这么大的风啊?"孙平玉笑说:"你公然把法喇的风有多大都忘了。"因现在水更小了,白天去挑水,人太多,根本等不到,只好晚上去挑。孙天主和孙平玉挑桶,刚打开门,风就卷进来,灯也被吹熄了。孙天主觉得冷得彻骨,急忙出门。但见天上月亮也被狂风吹得昏昏沉沉，群星闪烁，夜云有如野马，飞快地向东奔去。孙家的高达数十米的大树，被吹得如草一般，树身如弓一样。院内枯枝乱舞，败叶狂飞。孙平玉见风大，直叹糟了，孙天主问怎么的。孙平玉说树叶都抓了堆在林中，没时间背回圈里来。如此一夜大风，肯定被吹光了。

父子俩急急忙忙跑到水边。这么冷的天，将近半夜了，水边仍有人，父子俩只好站着等。孙天主感觉身上的热量，被风一层层卷去，站一阵就冷得抖，急忙又跳又跃。但根本不起作用。好不容易等到前面的人汲好，才汲了水，挑回家来，忙靠近火边，大大地笼火烤。

孙平玉边烤火边说："你以为这天气冷，别人却认为这天气好。出动做贼偷柴的，都是选这个时候。赶起马车到荞麦山、白卡、堂琅坪去，见老林就砍。反正天冷了，看林的人也怕冷，不出来看。砍够一马车，拉起就跑，等天亮已跑回来了。你不信现在到河坝里去看，马车已开始出发了。"孙天主说："要到荞麦山去偷啊？"孙平玉说："你明天上山去望望，哪里还有一根柴？地皮都被挖翻了。以前树砍光，挖树根，树根挖完了，现在挖竹根。顶多明年，竹根被挖完，就只有挖草根了。"陈福英说："现在哪家有烧柴？我们周围有这点林林，你爷爷、三爷爷、你大爸家眼红得要命。那天风吹反了，把你三爷爷大白杨树上的树叶吹到我们松林里来。你三爷爷急得要哭，跑来我们松林边，跳在空中去拦风吹来的树叶，又拦不到，急得连喊：'可惜了，可惜了。老天爷，你把风调过去吹嘛！'风还是朝这边吹，他就理起竹抓抓来我们松林里抓他的白杨树叶。哪有这种道理！以前风朝下吹，把我们的松毛全吹到他白杨树林中，我们就不去抓，那些松毛就全当送他了。他倒见风一起，就拍着手，喊老天把风使力吹，好把我们的松毛都吹到他白杨林中去。但他是个老的，既要厚起脸皮来抓，我们也不好说他，任他抓。他不单抓白杨树叶，连我们的松毛一起抓，你爸爸才不得了。你大爸大婶才出来说你三爷爷：'以前风朝下吹，你尽拍着手叫风使力吹，好把孙富贵家的松毛吹到你白杨林中来。松毛吹到你林中来，孙富贵家来你林中抓没有？这下风朝上吹，你的几张树叶吹到他家林中，你怎么不拍手叫风使力吹了？你以前既要拍手，现在就不要到人家林中抓啊！你去人家林中抓，人家不说你就对你客气了，你还要把人家的松毛也抓来。你像不像话？'于是你二爸、三爸等全责怪你三爷爷，你三爷爷才不来抓他的白杨树叶了。"

孙平玉说："现在群众已极为可怜了，在烧占林子草了。"孙天主从不知什么叫占林子草。孙平玉说："你认不得，只有一拃这么深，也只有松毛这么细。一棵占林子草，只等于一根松毛，而且不像松毛用抓抓一搂就是一把，那要用镰刀割。平地没有，都是长在悬崖上。要悬崖上才有，这怎么割？"孙天主说："一天能不能割一背箩？"孙平玉说："割什么一背箩！半背箩都割不到。而且割回来够怎么烧！我们今晚上烧掉的松毛，已是好几背箩了。就是说要去山上割十天，才够我们今晚上烧的。但割这种草的人家，全村都是几十家啊！有的人奸，见割占林子草不是办法，就发明了扳石头上的石包来烧。"

孙天主又不懂，说："什么是石包？"陈福英笑说："你爸爸识宝，扳得有回来。"孙平玉就出门去抱了一块进来。孙天主见是石头上偶尔落点泥长的地衣、苔藓之类的东西，说："这怎么能烧？"孙平玉说："你还问这怎么能烧，现在山上已没有这东西了。一家才发现这东西能烧，全村就蜂拥而起抢这东西。成天山上的石头上，都巴满了人，都争这东西啊！我是见别的都去争，快要争完了，我才背起背箩，也去石头上扳。等我扳得这么一背箩回家，山上已被扳完了。现在你想看这东西，都看不到了。"孙富民说："胆子小的，就只是去扳这种石包来烧。胆大的，就去荞麦山偷树，到大红山村子里面抢草皮。现在法喇村周围的人都怕法喇人了，都称法喇人为土匪。"孙天主说："偷还好说，抢难道当地人不还手？"孙平玉说："怎么敢还手？法喇人都是约好了才去啊！如去大红山村子抢草皮，一去就是几十张马车上百人。一进大红山村子，只管抱草皮上马车。大红山村的人要吵，吵不过法喇人；要打，打不过法喇人，怎么敢惹？解放前，法喇人到外地去抢姑娘，外地人都称法喇人为'土匪'。共产党执政以后，法喇人才不去抢了，'土匪'这一名声才没有了。现在法喇人没烧的，又开始到外地去抢了,外地人又称法喇人为土匪了。"陈福英说:"现在法喇人为土匪的名声太大了。荞麦山的人已不称法喇为法喇,而是称法喇为土匪窝。大红山那些妇女哄小娃儿睡觉,都是说:'你再不睡,法喇人就来抢你了。'"

孙天主听得直叹息。看看这个家,想想岳英贤说的翻身之喜,想王勋杰、岳英贤真是幸运,居然从这里逃走了。岳英贤说自己跳了一大步,孙天主如今也承认岳是跳了一大步了。就是他孙天主,考取师专,也跳了一大步,反正是逃脱法喇了。

谈到半夜过后,全家倦了。陈福英理了毡子等,到楼上铺了铺。毡子就铺在松毛上。孙天主上楼一看,仿佛如猪窝一样。睡下时,看看周围的松毛,孙天主就想:"这睡觉方法,真跟牛马猪狗一样啊!"孙富民则夸这睡法可取,说:"我们这都是学来的。别家都是这种睡法。我们以前不是这样睡。后来全村都这样睡了,我才试着睡,爸爸妈妈说我学猪睡一样。后来我睡了舒服,才允许我像这样睡。"孙天主听了一夜的风。但那松毛果然暖和。

天明起来,一地的霜,村里一片寂静。孙天主走到孙江成、孙江荣、孙江华家等屋前转了一转。见每家的火塘里,火都不旺。孙江成还好,火里烧的是柴。孙江荣家,烧的是孙江荣每天去山上挖来的竹根。孙江华家,只有一点松毛在火里,满屋的烟。孙天主想:这日子怎么过啊!

他走下河坝来,就见一老妈妈在地里咒:"贼杂种!贼砍头的!你偷了老子这蔓菁去,吃一嘴就当吃你那嫩儿嫩女一嘴。老娘爬着跪着地栽出来,你偷去献汤饭,献了屙血!你不得好死,不得好报!大年三十要来了,你吃了我的蔓菁,三十晚上你死在供桌面前!大年初一早上你的婆娘儿女全死在十字路上、九字路头!你全家吃了关门绝种、断子绝孙!死了扔在露天坝头猪拉狗扯,让野猫拖!让豹子啃!吃了也像我的蔓菁一样,也挨大刀小刀剁!"孙天主问:"那是谁在咒?"王元宽说:"不知是谁偷了老杜长长的蔓菁了。这些老年人也可怜,贼见她老了，只有一人，就专门偷她。前天才听说她的东西被偷，她咒了一天。昨晚上贼又偷她了。不是只有咒一通出气了？法喇是名副其实的土匪窝了。"

孙天主去横梁子陈明贺家。未上横梁子，就听一年轻妇女又咒起来："天收的！天暴的！拖尸弄骨的！贼儿子！贼孙子！贼大叫花子日出来的！贼老母猪一窝一拖带出来的！咋会这样伤心呀！偷一回两回老子不说也罢了，又偷在老子头上来了！你偷老子的东西去，一刀一刀地砍，就是朝你爹你妈的脚杆上一刀一刀地砍！你吃了老子的东西，要摔岩跌坎死！要死在你爹你妈之前！要死在你那些儿啊女啊之前！你吃了老子的东西，肠子要烂血水！肚子要烂成粪汤汤！"孙天主听出是冷树芳的声音。

陈明贺正带着四女陈福梅、幼女陈福秀挖粪。丁家芬正在煮早饭。见孙天主来了，丁家芬就叫陈明贺等不要挖了，洗手洗脚吃饭了。陈明贺父女洗了手脚，早饭刚熟。陈明贺家烧的是煤，比孙江成、孙江荣家等好多了。因煮的是洋芋，丁家芬提下来，叫孙天主吃着，又去淘米、割肉。孙天主忙说不要费力了。丁家芬只叫莫管。陈明贺和孙天主吃着洋芋，丁家芬、陈福梅、陈福秀洗肉等。煤炭火不好烧肉，丁家芬另笼火烧，但没有柴。用松毛烧呢，忽地一下就没有了。孙天主朝火塘里边抓，抓到的就是昨晚孙平玉所说的"石包"。丁家芬眼睛被火烟围住，直淌眼泪，就骂陈明贺："这个老庙老者，过于做得出来得很！火也不笼一下，好像硬舍不得把这点肉给富贵吃。"陈明贺说："咋能说舍得舍不得。"忙吹火，吹不燃。丁家芬说："舍得你还会不笼火？"陈明贺上楼，找到一块柴下来，划了放入火塘，火还是不燃，说："干脆今早上就吃洋芋了，富贵今天就在这里玩。晚上才煮肉吃。"丁家芬又骂陈明贺。于是把柴放在炭火上，才把肉烧了，半天才把米煮好肉炒好吃了。

冷树芳一直在咒，已是好几个钟头，听她的声音都咒哑了。陈明贺说："这个冷树芳，好大的精神！咒个不歇气！干秀，你去叫她不要咒了。这样拖声咽气的咒瘆人得很。"丁家芬就道："要叫你自己去叫！她东西被偷，不咒还行？她咒不咒，与你有什么相干？她东西被偷，不是去偷人，有什么碜的？"陈福梅也说："你竟管得宽得很！正因为一次偷了三嫂不咒，二次偷了三嫂也不咒，贼偷着便宜了，专门来偷。这下狠狠地咒，贼也会想划不来，看还来不来偷。"

孙天主走到陈福宽家来，冷树芳仍坐在麦草上咒，嗓子已沙哑了。见了孙天主，止住咒，叫孙天主回家，说："富贵，我收在院窝上的板板，昨晚上也被贼偷去了。我的东西，这一个月来，被贼连偷四回了。这些大贼就是看着你三舅没有在家，以为我只是个妇女，放心大胆地来偷，我怎么防也防不住！我咒了一早上，喉咙都咒疼了，早饭都还没有吃。"进屋就叫陈志琴舀饭舀肉来给孙天主吃，孙天主说吃了。冷树芳硬叫吃，陈志琴硬端饭塞给孙天主，孙天主只好又吃。吃好，冷树芳叫陈志琴找笔来，请孙天主写信，说："富贵，你帮我写封信给你三舅！叫他回来算了！他在昆明苦，贼来家里偷！白帮这些贼苦！昨晚上我家三娘母守了一晚上，半夜过了，想贼不会来了，才睡下。后来听到响，我一起来看，三四个人来。我忙追，哪里追得上。追下园坎去，人就不在了。这些贼因为你三舅不在家，恨不能要来屋里抢。你就把这些写上，叫你三舅回来。他如不回来，就说我也要去昆明了。板板都是小事，我生怕这些骡子、马被偷去。像这匹骡子，你三舅两千块钱买来的啊！万一被贼偷去，就折了两千块！哪家有几个两千块？"孙天主写了，才回家去。冷树芳因这一打岔，不骂了。而那杜长长，一直骂到天黑。

盗贼太炽，法喇人无法了。于是有人建议组织起来，晚上轮流站岗放哨。但孙江才不管这些事，也就组织不起来。孙家几家，尤数孙江成家被偷的次数多，肉、钱等多次被盗。孙江成家断定是孙江荣家孙国勇、孙国军偷的。陈福英、孙平玉也说："黑梁子单村，外面的贼来偷不去，总共只有几家人。东西丢了，肯定是内部的人偷的。"也认为是孙江荣家偷的。但孙平玉家与孙江成家矛的，也就不管此事。孙平玉家呢，单独在林中。贼怕孙平玉，孙平玉家从来未被偷过。但孙平玉家周围的树林，是全村子中最大的一片树林。既然都去荞麦山偷了，岂能没有贼看上孙平玉的树林，所以孙平玉担心的是他的树林。白天倒不怕，晚上就担心了。孙平玉经常睡到半夜，一是起来看天上的星宿，二是起来吓贼盗。时常捡了石头，朝林中乱打，口里大喊："烂贼你往哪里跑？""富民，贼朝你那里来了，砍两刀给他吃下去。"石头翻飞，即使有贼，也要被吓住。起先他一打一骂，孙江成、孙江荣、孙江华家等都以为有贼，起来看动静。后孙平玉经常如此，就知这是孙平玉的防贼之法，就无所谓了。只是孙平玉的树林，也从没被偷过。陈福英则认为不必，说："贼同样是看人的。平时你不惹他们，他们会来惹你？"孙江成的树林，就连着孙平玉家的。孙平玉家的一棵树未被动着，而孙江成家的被偷光了。无论孙江成家还是孙平玉家都明白就是孙江荣家和孙平文家偷的，孙平玉不管，认为只要不偷我的就行了，孙江成是明知而不敢惹，所以他那树林不久就偷光了。

　　如今法喇人都朝昆明跑了。年关一到，法喇人包了班车一车一车地回法喇来。有的年轻人到了昆明，搞到几个钱，弄一套西装穿着，脚穿皮鞋，胸系领带，头梳得油亮，叼着带把烟，在法喇河坝里走来走去，成为如今法喇的一大新景观。孙家文屡次补习考不起初中，这一学期和着几个年轻人跑四川。跑到凉山混不下去，就跑到昆明，也搞得几文钱，买了新衣新裤穿着，买上些饮料、巧克力等回来。孙天主多年的春节，都在家里埋头看书。今年春节，偶到法喇河坝里走走。到初一时，人山人海，打的打篮球，打的打泡团，都是些年纪比他小的人。与他年纪差不多的，前些年都是游玩的主力，如今都结婚了，忙于养家糊口，少有雅兴了。如今在各处跳的，都是这些比孙天主小一两岁的人。孙天主忽想："天啊！我已经老了！在被历史抛弃了！历史就是如此无情啊！这如我以前读《资治通鉴》、二十四史，当读到一个新的朝代时，前一朝代自然被取代，成了历史。"他如今的感觉，就如那被取代的朝代一样。

　　因冷树芳的信去，陈福宽也回家了。大包小包，直拖了数百斤大米、几百斤黄豆回来。一回家就来找孙天主："我在昆明听说荞麦山滕家姑娘在乌蒙师专读书。她爸爸到昆明进货，遇着我，谈起来，我才知道。说起你来，她爸爸说认识，说你跟他姑娘也认识。我看那样子，滕家对你不错。我想你去说他姑娘，一定说得成，我就赶快回来给你打这主意。滕家那姑娘我以前也见过，相当不错。滕家现在恐怕有二十来万的家产了。在街上地皮又好，正在街中间，地方又宽，已起六层楼的大砖房了，单那砖房就值二三十万钱。滕家五姊妹，全在单位上，就是这个幺姑娘，马上也分工了。全家人又有钱又有势，在荞麦山谁人敢惹？说了滕家姑娘，你爸爸妈妈都可以去街上做生意。"孙天主知那姑娘名滕樱，确实不错，但明白人生都有定分，不为动心。孙平玉、陈福英都知滕家名声，哪敢高攀。问孙天主，孙天主说："去说的话，是说得成，但我不说。"陈福宽一味怂恿，孙天主就是不听。

这日陈福宽驾了大骡子，到荞麦山去，有意到滕家坐坐。滕家弟兄都在单位上，如今回来过年。听其父说陈福宽是孙天主的亲三舅，都甚为客气。滕樱得知，脸即红了。陈福宽一个农业上的，走到荞麦山算不了什么。滕家弟兄对他客气，他甚感荣幸。法喇人去赶街的，见陈福宽竟在滕家高楼上，和滕家弟兄坐着喝茶，都大吃一惊，不知陈如何竟也跟声名显赫的滕家攀上了。陈福宽见其父母、弟兄及那姑娘对他这陌生人如此敬重，即知事情必成。看着那楼，就计算滕家有多少钱，以后能救助孙家多少。他并看了滕家的地皮，街边就可达三百平方米。滕家子女尽在外工作，只有老夫妇在家，根本无法发挥那地皮的作用。他想事成以后，滕家必然欢迎孙平玉夫妇到荞麦山经商，那他都可以分一杯羹，在荞麦山弄块地皮经商，那他的家也发定了。下午在滕家吃了饭，告别滕家时，滕家全家相送，直叫下次来玩。陈福宽赶了大骡子就朝法喇飞奔，心中直想："滕家万贯家财，都可送与孙家啊！我姐夫姐姐要发家啦！"

陈福宽又到孙家来吹他今天到滕家如何如何，说："我跟滕家并不熟。而一到滕家，全家欢迎。人家那么大的家身，滕家几弟兄，一在县公安局工作，一在县师范教书，一在地区商业局。我算什么东西？但我一去，几弟兄听他爸爸一讲，立即对我那么敬重。为什么敬重我？就因为富贵！为什么敬重富贵？大学生多的是！滕家耐烦敬重一个师专生？要是富贵结了婚，我去滕家会这么对待我？目的相当明显！只要你们一跟滕家结了亲，那就享福了。以前说说吴明雄的姑娘，全村人还说富贵跌在钱窝里了。吴家比滕家，一百家也比不上！赶快去说。"孙天主就是不从，他人生的目的并不是钱。

陈福宽发动陈明贺等来说。陈明贺、丁家芬、冷树芳等都说这好事哪里找！只怕高攀不上，哪里还能嫌滕家呢！赶快去说了。孙平玉、陈福英也很动心，孙天主就是不听。陈福宽屡谏无效，就叫陈福英："我姐姐，我拉你去看看。"陈福英问孙天主，孙天主说莫去看了。陈福宽不依，下一街子，又拉了陈福英，姐弟俩坐了大马车到荞麦山。陈福英老远见滕家大楼，就自惭形秽。陈福宽说："姐姐啊！你看这砖楼，你我姐弟苦十辈人，也修不起啊！"

到了街上，姐弟俩都有些着慌。陈福英说："算了，怕不去看了。"陈福宽说："一定要去，这种机会不能放过。"但他也面色发干。在街上逡巡两转，越看滕家高楼越发生畏。陈福宽指楼前楼上，说那是姑娘的爹，那是姑娘的妈，那是姑娘的某哥等。后见姑娘，就指说："就是这姑娘。"陈福英见滕家比她家高了无数等级，又见姑娘极聪明漂亮，大吃一惊，说："福宽，怕说不到啊！人家这么大的气派！我们这种穷人，拢去只瘆人家的面子。万一说不成，丢了面子不好。"陈福宽说："我姐姐，这事你没有数，我是有数的。不怕！"就强拉了陈福英，到了滕家楼前，装作到滕家买东西。陈福英急得出汗。到了滕家店前，滕家早已看见陈福宽了，就打招呼。陈福宽说："我姐姐要买点东西呢！你家这里有没有？"那滕樱之母就朝陈福英笑。陈福英忙与她打招呼，说："我来你家这里买点东西。"滕母明白其故，以为孙家来看姑娘了，就说："先坐坐，过后再买。"陈福宽已和滕父进屋了，又回头朝陈福英喊："姐姐，坐一阵再买。"陈福英就和滕母进屋。滕母叫大儿子去卖着东西，她就与陈福英坐着，说这说那。滕樱红了脸，端了茶来，远远地坐着，朝陈福英看。陈福英也偷看她，只越看越惭愧，想自己的儿子哪里配得上她呢！不知滕家如何想歪了，会让她家来占这么大个便宜。

陈福宽一直向滕父母介绍，这是他大姐，她儿子孙天主在师专读书，如何发表文章，如何前程远大等等。滕父母都说听到过孙天主读书厉害，只不认识等等。后陈福英就问滕家状况。滕母就介绍说儿子等都出去工作了，只有个幺姑娘，还在乌蒙师专读书，明年就毕业了等等，话越说越近。陈福宽不断向陈福英使眼色，要陈福英就向滕家求婚了。陈福英心中也巴不得就和滕家结亲，但想得回家征得孙天主同意，否则自己一提出，滕家定会同意，万一孙天主不同意，就狼狈了，所以一直没有提。坐了许久，陈福宽要去忙其他事，就说："姐姐，你坐一阵买好东西，我来叫你。"去了。滕父也就出去卖东西。陈福英也叫滕母去忙着，自己要走了。滕母叫她坐着，并叫滕樱来陪陈福英，自去卖东西了。滕樱红了脸，与陈福英坐着，陈福英问她在哪里读书等，她一一说了。滕樱又问孙天主的情况，说："人人都知道他是个大作家呢！"陈福英说："他也没什么本事。"滕说："他都没本事，那世上就无有本事的人了。"陈福英说："姑娘和他认识？"滕樱点点头。陈福英说："我们就是家穷了，对不起儿子。他在学校里读书，穿的不像穿的，吃的不像吃的，一直是饿着肚子读过来的。"滕樱说："哪家不是。我们也是这样读的啊！况且不能以经济条件评价人的高低。在法喇，在荞麦山，谁有什么办法？经济条件好坏，都无所谓，那不能怪人。看一个人要看他的理想、志向，不能看他穷不穷。穷有什么了不得？富有什么了不起？"

陈福英甚是满意。滕母又走来，和陈福英坐着，就谈姑娘。滕樱红了脸，一言不发。陈福英对滕樱越看越爱，情不自禁问滕母姑娘有无对象，滕母也脸上热了，说没有，双方越发亲密。陈福英实在想提出来了，但终于没有，就想再坐下去不行了，万一口不严密，说出来以后无法收场就糟了，忙站起说天晚了，要走。母女苦留，说就在这里住，陈福英婉拒。滕母就叫滕樱煮饭与陈福英吃，陈福英拒，不听。滕樱去煮饭，陈福英就去叫她不消煮，要煮的话煮碗米线算了。滕樱要煮饭，陈福英拉着，她于是煮了米线。吃了，太阳已西去。陈福宽以为事情都办妥了，来叫陈福英。滕家母女送姐弟俩出来，滕母已将陈福英说要买的东西包好，送与陈福英。陈福英要给钱，滕母不要。争了许久，因双方都坚决，都是明白人，后大家明白依对方的无法收场，陈福英付了一半的钱。

刚离滕家，陈福宽就问："讲明了没有？"陈福英说没有。陈福宽说："那怎么不讲明呢？"陈福英说："回去问问富贵。"陈福宽说："还问了干什么！你还不满意？"陈福英说："哪敢不满意？人家是何等人，我是何等人！人家不满意我家就行了，我还敢对人家不满意？"陈福宽说："家产是说不得的！人也是说不得的！你看这滕家老两个，相当好处！那几弟兄，个个能文能武。那姑娘，百里挑一啊！单找其中任何一样，找遍荞麦山都难找啊！那么宽的街面，以后讨过来，她哥哥等都不在荞麦山了，还会要？都归富贵。你们就来荞麦山做生意！不会做我帮忙。富民学习不行，就叫他也来荞麦山做生意算了。我帮着富民，几年就挣几十万了。要问也可以，晚上问问富贵。如果他说行，就行了。如果他说不行，姐姐自己拿把握，不要听富贵的！下一场我们两姐弟来，就直接向滕家说明了，把亲事订成，这一辈子你和大姐夫就享福了。"

至家，陈福英也劝孙天主："论钱，论人，什么都说不得了。那姑娘对你也很好，看样子一心巴在你身上，不会变心的。讨姑娘就是要讨个死心塌地跟你的最好，滕家姑娘就是这样。除了这个姑娘，再也找不到合适的了。我硬是好几十回打主意，想当场提出来了。终于没有提，回来问问你。如果行，那我和你三舅下一场就去向滕家提出来，一提就成。"孙天主想了许久，仍说不行。

陈福宽急了，直催陈福英和孙平玉："哎呀！你们定了算了！"陈福英、孙平玉虽没武断答应，却不断劝孙天主，孙天主就是不从。陈福宽天天跑在孙家来，口舌都讲干了，说："富贵，你以后哪里去找这种姑娘？又聪明，又漂亮，实在方圆几百里都找不到啊！钱呢，法喇过多少年也不可能有人在荞麦山修起那种高楼。"但孙天主也不听。陈福宽恨得咬牙。陈福英想起那么好的姑娘、那么高的楼房到不了手，也直可惜，一直劝孙天主。孙天主不听。孙平玉听了，异常羡慕，也决计去看看。于是陈福宽又拉了马车，二人到了荞麦山，这次不能再明去了，因为怕给滕家错觉，认为两次来看而不提，致生仇恨。只由陈远远地指了姑娘及家中之人与孙平玉看，孙平玉看得惭愧不已。与陈福宽坐马车回家，就骂孙天主不识好歹，这么好的姑娘都不要。陈福宽就说："大姐夫，回去和我姐姐商量，不要听富贵的，你们定了就算了，他也没奈何。"孙平玉回家，直说："天啊！那种姑娘！那种家身！我再在地里挖一百年，挖到老死，也无法比。"又劝孙天主要起算了。孙天主不要。孙平玉说："那你就亲自到荞麦山看看。"孙天主说："我知道。"孙平玉说："那姑娘好不好呢？"孙天主说："我知道她好。"孙平玉说："那为什么不要呢？"孙天主说："自有不要的原因。"孙平玉说："你是读书读昏了！不识好歹了。你枉自读书！读到牛屁眼里去了。"陈福英见父子俩又要如那年因吴家姑娘一样吵起来了，急忙劝："吵什么吵？不要就算了嘛。"不过全家都为此不愉快了。

孙天主经这么一折腾，对滕樱感情就复杂起来了。滕樱人不错，他明白。她对他好，他是知道的。也明白讨到她他会别无他求，一生都很幸福。但他总有许多道不明说不清的想法，就如理想，他没有固定的理想；就如对待以后的生活，他不期待一定模式的生活；又如婚姻，他也很复杂。他脑里装的姑娘，不单这滕樱一人，而是太多太多了，他总觉他都对不住她们。如今这一折腾，尤其陈福英回来说了滕樱有关他的那几句话，使他渐觉真要爱上她了。他因此对她也缠绵起来，但终没有答应。他总想讨个应该比他更强的女人，而滕樱等，不可能强过他。她们很多人爱他，只是爱而已。她们很幼稚，无法知他的胸怀。到底来说，他如今所见的女人，都最终会是一个仆人似地爱他，不可能像一个主人似地爱他，他不需要各方面对他百依百顺的女人。他具体要个什么样的女人，连他自己也不明白。只想以后见到她，那才麻烦了。经这么一搅，以后如何见面呢？实在有愧于她啊！他真是怕这爱情了。每件下来，都是他觉欠了别人一笔账。这账不还不好，还呢，这是无法还的。别的账都好还，爱情的账无法还。越还欠的越多。

这事到底传开了。孙江成等又道孙天主憨，叫赶快去动手。孙江成来说："滕家多大的家族啊！只要成了滕家姑爷，吴家怕我们，那就像我们如今怕吴家一样。在荞麦山讨口，也比在法喇当财主强啊！滕家在外地当官的几十人，在昆明、乌蒙各地都有。好大的家啊！"

第五章 回乡

五十七 倒 追

这日,孙天主又遇见路母。他本欲叫她,忽见她怒容满面,刚见到他就折过身走了。孙天主追上去叫,她不理。孙天主失神站下,心想此事糟了,路家已彻底恨他了。从那次到她家出来,这半年既不去她家,也没写信与路。路家岂能不恨他?他悲哀地想,既如此,那与路家的路是否就真从此断了呢?

这日班上棋类比赛,孙天主正在去图书馆的路上,被由敏看见了,就叫他来比赛。比赛在教学楼前的草坪上进行。正是樱花盛开的时节。孙天主见了那些樱花,没开几天,就谢了,想想日本人对花泣下,想他也要有此感受了。

由敏主持这比赛。孙天主不想下围棋,因那东西要深思熟虑才行,孙天主的性格一辈子玩不成那种要经深入思考的东西。于是他就下象棋,由敏一直看着他下。孙天主知她在考他的水平了,又见她这日忽很漂亮,也动了心,安心要显示给她看看。因是淘汰赛,淘汰了就没有下一次角逐的机会了,孙天主认真对待。身边的美人使他尽是灵感,下了许多好棋。有的招数,下了出来,孙天主也大吃一惊,怎么会想到如此妙着啊!接连淘汰两个对手,就进八强了。由敏对孙天主的棋每场必看,见孙天主招数狂放,连胜对手,因是大喜,坐得隔孙天主也越来越近。孙天主感觉得到她身上的香味了。有时孙天主使出妙着时,她就仰头朝孙天主看,孙天主看着她那张红脸,高兴得心花怒放。一时思维更灵敏,又战胜对手,闯进四强。四人抽阄,捉对厮杀。

　　这个班本有些围棋、象棋高手,被孙天主淘汰的几个,棋都下得不错。这时已有人说:"孙天主今天之所以这么厉害,完全是因为由敏帮了忙。"由敏听了,不理,叫孙天主:"机会来了,好好地夺个冠军!"孙天主又战胜对手,由敏高兴得鼓起掌来。孙和另一场战斗的胜者争夺冠军了,由敏头都要俯在那棋盘上了,生怕孙天主走出臭着,丢了冠军。最终,孙天主剩一帅一兵,对方剩一将一相,谁也无法杀死谁,就宣布战和。对方把冠军的东西递与孙天主,说:"本来冠军是你的了。"孙天主又还他。由敏见和了,大喜,一掌打在孙天主怀前,没料手挂下去,挂在孙裤子上,就把裤子拉链打开了。由敏红了脸,偷偷逃往别处去了,半天才回来,给二人发奖。孙天主见她面色发赤,真想把她拉到怀中算了。她说:"你今天下得真好。"孙天主见她面带微笑,神色就如要扑向他来,情不自禁伸手去拉她。她被他拉住,就笑,半天说:"人太多了,快放开。"孙天主不放。她才急忙挣脱。孙天主见她挣,也不强求,饶她了。围棋比赛也完了,由敏结束了比赛,叫孙天主与她拿东西回教室。教室里空无一人。放了东西,她又一笑,孙天主又拉住她的手。她低着头,手任他拉着。过一阵,说:"我要走了。"孙天主放了她,她就再不回头,一直骑着车回家去了。孙天主在楼上朝下看,见她竟不回头,想这姑娘真了得。

　　由敏坐前排,孙天主坐后面。此后上课,她屡回头看孙,但面色平静得出奇,仿佛没有什么事。因不同那些高中女生,也不同师专其他看孙天主的那些女生的表情,那些女生爱不爱孙,孙一眼便知。而由敏的眼神,就复杂得多了。孙天主嚼不透,不知如何对付她,只能呆看她而已。她见他如个呆子,看两眼,就回头看她的书了。如此两周,她不再回头看孙了。

　　孙天主此时已知她一直和高中时的一个同学相爱,建立关系今已数年,直到如今。那男生考在北京大学,今年大三。据说成绩很好,人也不错。孙天主从来不想去夺人所爱。他想:"由敏若爱我,那她就会自动断绝和那男友的关系。"他绝不会做破坏别人关系的事情,所以他一直不追由敏。而由敏有时无缘无故突然跑在他面前来,朝他笑着。孙天主问:"有什么事?"她不说,只看着孙天主傻笑。孙天主也看着她笑,在她笑着时,直把她口内的牙齿都数清了。二人傻笑一阵,她就走了。

由敏并不是太美丽,但要说不美丽,也说不过去,孙天主想就是算美丽但不是太美吧!她之所以引人注目,是因她家的权势。如无此项,她在学校仅是个平常姑娘。孙天主一生想的,是必得娶个天仙似的姑娘为妻。路、晏等,都美如天仙,而由敏无此项,但她同样令人动心。孙天主想,权势也是美啊!也可以叫人爱得发狂啊!由敏不是太美,但也不是不吸引人。因别人没有,权势她有,也就弥补了美的遗憾,同样动人。若说她就不如别的姑娘,那说不过去。为何她有权势,别人就没有呢?权势也是人生宝贵的财富。因有权势,由敏也就有其他任何漂亮姑娘所没有的骄傲的气质。权势这东西很特殊。这日,孙天主俯头朝图书馆窗往下看,她们这班女生正上体育课。很多女生畏惧跳马,而由敏呢,一直在旁鄙视着。轮到她时,只见她比一个男人还勇敢,咬牙助跑,一跃而过。孙天主觉她比班上那些农村来的姑娘,都勇敢多了。真是大家风范,大气得多啊!

乌蒙地区作家开笔会,孙天主也去参加。他认识了几位本区的作家。乌蒙如今也可怜。几个最好的作家,也只在省级刊物上发点作品,在省上有人听说其名。国家级的刊物,就发不上去。既无在省上出名的作家,更没有在全国有点名气的作家了。但这群人并不因自己成不了国家级、省级的名作家而自卑,单凭他们在乌蒙的知名度,就足够他们过得很快乐了。他们都是乌蒙的名人啊!有人在崇拜他们啊!会上,作家们大吹乌蒙历史上的英雄人物。某一省主席,发迹原因是法国拳师在昆明设擂,他上去与法国人交手。他身形瘦小,长于武术,一味在台上腾挪跳跃而避。那法国人一心想将他一把捉住,扔下台来。闪让已久,始终不是法国人的对手。法国人却也捉不到他。后他一腿向法国人踢出,草鞋的绳索断了,向法国人飞出。法国力士大惊,以为他在使暗器,急忙避让。他立即抓住时机，一腿将法国人踢下台来。这下为云南人争了光，被云南督军提为侍卫队队长，其后任军长、省主席等职。另一县出的一个英雄豪杰，是在家里穷得揭不开锅，没办法只好去当兵，混碗饭吃。贵州苗族反清，清军进行镇压。久攻不下。这晚这乌蒙兵拉肚子，就在阵地上解手。屙了屎后，遍地摸着扯草来打扫屁眼里的屎。没料一扯草，连大炮的引绳拉着了。炮弹从炮膛飞出。结果对面以为清军攻来，狼狈而逃。清军趁势进攻，将其一举镇压。后追查是谁开的炮，这下这乌蒙人就发迹了，一举当到总兵、提督。还有数名将军，也都是如此发迹的。于是大家就吹："我们乌蒙还是厉害！都有一股蛮劲、闯劲，尽出些将军。只可惜经济落后了，文化上不去，从来没出几个有名的文化人。"

英语系一女生，当新生入学时，全校学生去盯了新生名单看，有更俗的人在后喊："快来选婆娘啊！"有的喊："第一个就好！"孙天主也就记下其名，欧阳红。后新生来到，该生果美得出奇。总见她和其班上一男生在一起。不知是否恋爱。孙天主忙得要命，哪里去管这些事情！半年后又见她和同班另一流氓在一起。孙天主又不知其是否恋爱。孙天主在这些方面是异常迟钝的。且记挂着她的，非他孙天主一人。

欧阳红也无太多可称道之处，既不见歌好，也不见舞行；既不见她打篮球，也不见她学习多出奇，就是漂亮。如是别人如此，早被孙天主看不起了。就因其惊人的漂亮，孙天主便能原谅她。再如她跟那些流氓学生在一起，换别人，孙天主更不会理，但因是她，便又原谅了她。这是孙天主对晏、路等都不可能出现的。孙天主一再破例，就因她使他神魂颠倒之故。但孙天主以前都挂着路和由敏，无暇将心思放在她身上。

孙天主以前少看电影，被同舍学生带着去看时，总见她被那些流氓带着坐在电影院里。她老远见他，就紧咬双唇，死盯着他。同行的人便不自然，明白她爱上孙天主了。一日孙天主抱书回宿舍，她骑车进校，见了孙天主，便忘了形，一笑，有如桃花。自行车一摆，冲向旁边的树去了。她几乎被摔下来。但她立即将车控制住，又回头冲孙一笑，走了。孙天主被她两次笑脸弄得眼乱肠慌。

过了两个星期，校庆文艺晚会。黄昏，孙天主独自走向会堂。边走边在想着什么。近会场一抬头，她正阻在路上，咬唇盯着他。孙天主吃一惊，想她怎会如此。她就嫣然一笑，跑了。孙天主心又动将起来。

又一日，孙出校买早点吃。买好回头走，她正站在他身后，早在审看着他。孙天主回头，险些碰在她身上。她一笑，双眼盯着他。孙天主仔细盯她看。她才折了身，笑着去买早点了。孙天主走回，心中又得意洋洋。哪知刚回男生宿舍，上了三楼，就见她在四楼楼口站着朝下看他。孙天主站住，进退失据。知她的意图了。现在全校学生都在上课，男生宿舍楼空无一人，唯孙天主不上课。而她一该在教室，二该回女生宿舍，却跑来这里。而且他吃着早点就到这里来时，她还在买早点。速度这么快，赶在他前面来等着。这不是明明在追踪他吗？她见他站着不敢上来，就对他一笑。孙天主只得往上走。她一直笑看着他。他到了四楼楼口，她还在笑。孙天主从她面前，两大步跨了上去，就去开宿舍门。她笑出了声。孙天主回头看，她就朝他又一笑，跑下男生宿舍楼了。孙天主就从窗里往下望，见她下了楼回头看。孙天主心就漾起来了。他忽想叫她上楼来嫁他算了。她见孙朝下看她，目光一遇，她又嫣然一笑，骑了自行车，朝女生宿舍去了。孙天主瞑目想：怎么办啊！我该怎么办啊？

此后她每每跟踪他。这日孙天主因看一部有关生命科学的书，忘了时间，等看完时，眼睛痛得直流泪。再不敢看书了。就去和一群男生托排球玩。后过一阵，就见她在他身后，也挽了袖子，来站在孙天主身边。男生们见全校最美的美人来了，兴奋异常，争抢激烈，有的为讨好她，接到球就忙传来与她。她欲托来给孙，先就叫孙天主："接着。"就去托那球。孙听她说了，忙作准备。哪知半天球不到。旁边已哈哈大笑。才知她没接到那球，球早飞走了。而她的双手和孙的双手，还对面相向，如作揖一样。有的男生看出门道，嫉妒地说："你俩是在托球？还是在玩爱情游戏啊？"她红了脸，急忙跑了。孙天主见她那笑脸美极，心中狂喜。也无心托球了，回到宿舍楼上，就想她那笑容和刚才的窘状。书也无法读了。但孙天主无论如何不会失去理智,他还是重德的。她再美,但是德行比不上柏毅格等,她再美也不会去追她。

孙天主回到家,孙富华回来,学习也不好。考试成绩列全班五十二人中四十名,把孙天主气得够呛。但诸弟中也只孙富华可教导了,孙天主就苦口婆心地加以教育,又把自己的作品给富华看。

第五章 回乡

五十八　留　乡

这一学期王勋杰到省教育学院脱产读本科,法喇人又知有"本科"一词,传唱不已。而震动更大的,是崔绍武当了农业局局长。

崔绍武原在米粮坝教小学,后抽到乌蒙地区搞四清,就在地区工作。文革中地委书记受到批斗,一次被送到崔绍武所在的单位来斗。别的人都全力斗这书记,而崔不同。一者崔出自一个小山村,自己无背景,哪敢斗人。再则欲趁机结点关系,所以暗中保护了那书记。后来崔在地区无后台,站不住脚,调回米粮坝工作。如今那书记当了省农业厅厅长,还记得崔绍武当年保护之恩,因是打电话到米粮坝,要求把农业局局长一职非给崔绍武不可。崔就这样当了米粮坝县农业局局长。

法喇村立即为之震动。原来大家以为王勋杰是大学生,毕业后就是个大官,哪知只是个中学教师,回家过年还得走路,因此就把王看扁了。如今崔绍武一当了局长,回家再不是原来那样坐班车来,而是小吉普车送来;要回县上,小车又从县上来接。于是认为局长的尊贵,不是大学生所能比的。

孙平玉每天见崔的小车来来去去,激动不堪,说:"嗬!这下出个局长了!看以后出个什么长!"他真希望孙天主也能当个局长之类,又不由地与孙天主说:"'眼看黄家兴,眼看黄家败'啊!以前有个黄家,不得了。后来黄家败了,当地人就这样念,说他们既看见黄家兴,也看见黄家败。崔绍武五十多岁了,这局长当得几年?他儿子上不去,岂不就败了?"孙天主见父亲已是嫉妒崔家了。孙江华在旁说:"还上什么!崔绍武两个儿子,都不成器!老大崔继平小学毕业,还是崔绍武玩了关系,才得在县水泥厂当了个司机。老二儿子初中毕业,考不起,一样工作没有,就在法喇混。难道还爬得上去?几个姑娘,也不成器,都在农业上。"孙平文说:"这下崔绍武当了局长,他老二一定有工作了。"果然崔绍武当了局长才两个月,他老二儿子就被荞麦山乡籽种站录用,从法喇一下子到荞麦山上班去了。

儿子立即有了工作,自己又小车来小车去,法喇人对崔绍武羡慕已极。耕者罢作,走者驻足,都叹息道:"崔局长又回来了。"崔家人更激动不堪,欢呼雀跃,隔山跨河地相互高喊:"你大爸爸回来了!""我大爷爷回来了!"扔下犁具、背箩,朝公路上跑,把崔的小车围住,然后搀的搀崔局长,拿的拿崔局长的衣服,抱的抱崔局长的杯子,拉的拉崔局长的小车司机,往家里走。又挑的挑水,拿的拿柴,忙着煮饭炒肉招呼崔和司机。平时则洋洋自得地吹:"万没想到我崔家能出个局长!法喇这穷地方,除了崔局长之外,怕再出不起第二个局长了。"这种狂言别的人家怎么能服气?于是说:"晓得呢!"崔家人说:"怎么能出!他这个局长,是省上的厅长点名要他当。一般的人莫说结识厅长,就是能结识个县长,都不得了。但法喇人哪个能结识县长?哪个能救得了地委书记?所以我们才敢说除了崔绍武之外,法喇再无人能当得上局长了。"

崔绍武成了热闹话题,崔家的祖坟也成了热门话题。法喇人于是都回忆起从前葬崔绍武的爷爷的情景。崔家当时欺安家人少势弱,看上了安家的地,却根本不与安家商量。崔的爷爷死后,直接抬到安家地里安葬。安家气愤万分,却无可奈何。安家来了,数落崔绍武之父欺人太甚,说:"你家太欺人了嘛!说都不说一声,就抬来埋了。我看着你儿子崔绍武硬是要当官。"崔绍武之父根本不理睬。这事一过就是四十多年了,也无人提起,没料如今崔绍武真当了官。人们都回忆起这一情节来了,说:"硬是被安家说中节了。"安家的地被崔家霸了,一晃四十多年。安家也根本想不到崔绍武真会当官,而且当如此大官,就也想到当年那句话,以为是被那话说中了,后悔不已,说:"崔绍武之所以得当官,一是因为霸了我家那棺好地去。他爷爷葬得了好地,所以发了;二是因为我家祖人当时封赠得好。如今崔绍武当局长了,也不来谢谢我家。"崔绍武得知这话了,却也根本不耐烦感谢安家。崔家人倒奚落安家:"你家的地好,你家怎么不抬去安葬?你家会封赠,怎么不把你安家封赠出几个局长来?"全村人于是又评论此事,说安家被崔家欺得猪狗不如了。几十年前被崔家欺,几十年后还是被崔家欺。

孙家是作另一评论。当年孙江华之三妹孙江兰,即今吴光发之妻,幼时甚漂亮。崔绍武之父到孙运发家门上来,欲将孙江兰说与崔绍武:"老表,我想把三老表那三姑娘说给我家崔绍武。来请你当个媒人怎么样?"请了孙运发为媒去说。但孙运全说:"崔家的家境,倒是不用说。虽比不上大哥,但比我好得多。但他那儿子崔绍武,不成才!不单长得难看,一双白眼,看人斜调调的,而且十三四岁的人了,还是个大鼻脓!口水拉飞的,比我这姑娘差远了。不给。"事情就这么算了。没料数年之后,崔绍武大变,不再是个大鼻脓了,学习成绩也好起来。孙运全才后悔,但说:"量崔家小子也不会有什么出息!"后崔绍武到米粮坝读高中,孙运全更后悔,孙江兰也悔。崔当了小学教师,又到地区搞四清,留在地区工作,后回米粮坝。如今当了局长,小车来去,不单孙江华,就是孙江成等,无不言:"可惜了!可惜了!要是当时把孙江兰给崔绍武,就享福了。那我们孙家人也沾沾崔绍武的光。能得个局长照应一下,各方面肯定不同。"再对照孙江兰,如今在农业上,一年到头不够吃,哪能比崔绍武?其子吴明安等,天天背背篓,又哪能比崔子崔继平、崔继鹏等,开的开车,当的当籽种站干部!崔绍武那老婆,是二道岩人,无论才貌,都比不上孙江兰,而如今孙江兰却穿不成穿的,吃不成吃的,一年饿半年。崔妻却大为享福,农活都有崔家人帮着做,只是走走看看,米都是崔在县上买了用小车送来。孙与崔妻一在天上,一在地下。孙家人叹说："命啊！是无命享这福啊！当时一句话给了，如今就享福了，子孙后代都受益。当时一失过称，不单到如今苦不出头，如吴明安这些人，也不知要哪辈人才比得上崔继平、崔继鹏这些人。"

陈福达和陈福九、胡安政回来了。陈福达又吹起西双版纳来，好不天花乱坠，说："你们不信的话可以问胡安政。"胡只得说："比我们这老家，是要好点。"陈福九也说："在西双版纳青山绿水看惯了，现在回来见山上没一棵树，连草也没有，到处是黄灰是雪。天又冷，好些人家火塘里连柴都没有，穿的也都是毡褂毡衫，横竖都看不惯了。"

陈福达说人家胡家在那里有势力了，每家都是几十万，你们不用为我焦心。这一番话，把陈福全等也说心动了，都要跟他去。其余亲戚也有几家要跟去发财的。

陈福九悄悄跟陈福英说："小二哥吹得太厉害了。只管带些人去，我们也不好说他。大姐没去过那地方，但道理是知道的。天下乌鸦一般黑，哪里好得很？西双版纳，好是固然比我们这老家好点，有山有水有烧柴，种得出点吃的来，别的难说就比得上老家。那地方在边界上，山林又大病又多。小二哥说要苦几万，几十万，哪里有这么容易的事？万一这些人去了，必定后悔，一旦回来，就害了人家了。都是亲戚，怎么办？我家也是无法，胡家搬去那里，也无多大势力，只是多有几家人罢了。但无论人怎么多，还会比得上老家？我家只是勉强糊得住口。反正胡安政的老家，也跟法喇一样，只好在那里混，混到万不得已再说。小二哥家也是这样。他最终也得回来，现在却还要哄大哥家去。"陈福英听明白了，却也不好怎样。后来陈福全等要去时，陈福英意味深长地说多加考虑，要慎重行事，但也不敢提明。陈福全要卖房子，陈福英叫莫卖，去两年住稳了再回来卖。陈福达则巴望把家卖了，断了后路，好死心塌地在西双版纳，直催把房子卖了。陈福全家正在兴头上，见陈福英左拦右阻，已不满意，陈福英就不好再劝。但陈福全最终还是听了陈福英的，没有卖房子，陈福达甚是失望。开了年，大家就齐齐火火远征西双版纳，挤了两大客车才去了。

孙天主的学费又成困难。孙平玉送了郑发宽两大背绿肥，郑善心发见，才贷了三百元给他。吴明义又欺丁家朝，孙天主就扬言谁欺我舅外公家，就是欺我，吴才不敢明欺。丁成荣却不成器，白卡、三官寨到处读，就是不听话，天天玩。丁家想其明年小学就毕业了，而孙天主也刚好师专毕业，万一回荞麦山中学，必然可照应丁成荣，就来说如果你们钱紧我去帮你家贷几百元。孙平玉忙说感谢。丁家家境好，为人也诚实，与郑发宽关系好，同时郑防他也不同防孙平玉是怕贷款供儿子读书，一去就贷了五百元来。孙平玉、陈福英忙请他去吃饭，他总不去。

无论如何，在法喇，此时的吴家等都对孙天主心生畏惧之心了。

孙天主对未来踌躇不决。就他内心来说，他希望下学期再努力苦一下，毕业就朝远方走了。时不我待，他都二十岁了。人生有几个二十岁啊！正由于警惕于时光流逝之匆，才华崭露之难，自己必须走，而且如今深鉴于乡亲、兄弟、同学甚至自己的老师不以读书为务，庸庸碌碌，一误再误，孙天主深感到天地间要找到一个他有着这样聪明的大脑、这样顽强的意志、这样强烈的求知欲、这样旺盛的事业心、这样丰富的知识面，这样清醒地认识自己的家庭国家民族所处的环境、所面临的命运的人太少了。那么他生来世上是不易的，父母的培养不容易，而孙天主自己的奋斗更不容易。浪费这才华就是犯罪，要用自己的成果不断给法喇人以启示。要不断破除法喇人的迷信，靠说不起作用，必须要自己做出来，让法喇人看见，才能让他们心服。发表文章就是一例，考取大学又是一例。法喇人对大学、对发表文章的愚昧，不就是这样打破的吗？

但是环境、家庭不容许孙天主如此想。家庭的经济已到了崩溃的边缘。欠下了两千来块钱的账，孙富民失学，孙富华的学习越来越差，孙富文更不行，孙富春看来也不是成才的料，更添了孙天主的忧郁。自己要是远走，父母必被贫穷磨倒。孙富民、孙富华等最终也就是个农民而已。他悲哀地看到全球的工业一体化、世界经济一体化在加快，而父亲在半边箐等各地为找煤而挖的一个个又深又大的山洞时，他的心碎了。父亲现在是比自己矮了，未老而先衰啊！刚刚四十岁，牙已落了，鬓发已白了，积劳成疾，晚上被病痛折磨得直哼到天亮。孙天主看着父亲，万语千言全涌塞于喉内，眼泪潸然而下。孙天主要走了，说："爸、妈你们不用焦，分工后我一定回来的。"孙平玉说："好！我也是这样想。我是无法了，只有望你了。你回来带他们到学校煮了吃，可少些费用。再就是我也教育不了他们了。他们毕竟不同你，不会像你这样想事。我也气得无法，但又有什么办法呢？"陈福英说："也好。不说别的，也为我们争气。供你读书，万人都说：'孙平玉、陈福英，你供了做什么？你们现在倒卖牛卖马供他读书，他读出来还认得你？在单位上讨个媳妇，两口子小煎小炒地过他们的日子去了。账还得你们还，法喇出去在单位上的人多了，哪个不是这样？我们看得多了！'年年都有人这样说。你回来，就给我们争了这口气，这些人也就没得说的了。你要是真的飞了，我们就够人笑话的了。"孙天主当然也听到过这些说法。他也恨那些无道德的家伙，他们把许多美好的东西都破坏了啊！不怪法喇的老百姓会这么说啊！可怜的老百姓，连供儿子读书的希望都没了，还怎么翻身呢？

第五章 回乡

第六章 桃李

五十九　痴心女殉情

孙天主回到学校，这已是他最后一学期在校了。所有的学生都满是幻想，在向往毕业以后能过上全新的、振奋人心的生活。那时毕竟可以随心所欲地干事业了。孙天主也是如此。当然也有些毕业出去的学生回来说还是怀念这在校学习的时光，巴不得在学校再多读两年。

欧阳红那双美丽的眼睛总盯着孙天主。她更多地进入孙天主的眼帘。一日孙在教室前草坪上看书，一回头，她正在后面双手托腮望着他。脸上如火烧一样。见孙天主回头见了她，她并不撇开眼，而是朝孙天主一笑，仍看着孙天主。她那意思明显极了：我并不是偶然见你孙天主，而是有意如此。孙天主明白了她的目的，但受不了她那火辣的目光，回头问自己：怎么办？想一阵回头时，她早已达到目的，走了。

孙天主平时走路总高昂着头，一番畅想。那些与他不相识的女生路过时，笑着与他打招呼，孙天主毫无准备，有时则毫不发觉。到想及时已走过多远了，孙天主才想起，天呐！刚才那女生跟我打招呼而我未答言。于是忙追回去道歉，然已得罪人了。那些女生以为是孙天主故意不理她们，然后才又去装作道歉戏弄她们。因是有的大怒。而这些女生中就有孙天主很敬佩的女生。孙天主平时一脸怒容，太难亲近。这些女生好不容易大着胆子打个招呼，而孙天主并不理，于是也不理孙了。得罪其他女生还好。得罪了那些孙天主也很怀念着她们的女生，孙天主就大觉惋惜，痛恨自己。然而已无可挽回。等下次孙天主一见上忙叫她们时，她们只淡淡地应一声，就走了。孙天主才明白使人寰增辉的，到底还是个情字。无此一字，世界就毫无价值了。其时正是春天，樱花盛开。孙天主感叹那花，也就感叹于人。人也如花一样啊！

日子一天天过去，孙天主白天读书，晚上失眠。期中考试又到。欧阳把孙天主盯个形影不离。孙天主受不了夜夜的失眠之苦了，决意向她说明了。这天早上她从图书馆出来，孙天主就叫住她，她故作一惊，笑道："什么事？"孙天主说："我爱上你了，怎么办？"

她立即如坠梦中，情不自已，只会呆笑了。孙天主看着她那面容。半天她省悟过来，说："那你下午两点到我们宿舍来吧！"于是就笑着看看孙天主，跑了。孙天主看着她的背影想：可怜的小姑娘，我这么一句话，就使她控制不住自己了。

但孙天主自己也控制不住自己了。他一直高兴着。去打了饭来，却全无味道，根本吃不下去。这是他最高兴的一日了。到下午三点，他就到女生宿舍去，问到欧阳住的宿舍。里边只有一名女生，相貌平常。但认识孙，忙站起问孙找谁。孙天主说找欧阳，那女生大不高兴，虽倒了水来与孙，但就不与孙天主说话了。孙天主坐在那里好不难堪。

别的宿舍的女生见孙天主竟破天荒跑来此地了，大为惊奇，故意地走来，也看个究竟。知孙是来找欧阳后，都愤怒而去。孙天主等到三点半，见欧阳都不来，想其怕是庸俗，要故意让我等她。而外面看的女生太多了，都在外面议论他怎么会上欧阳的当。孙天主大觉无聊，想刚才如同展品一样，白出了一阵洋相。就怒而回来。

等孙天主抱了书到图书馆去时，刚下楼就见欧阳红骑车跑回学校来。一见孙天主，她就忙下车来，说："我有点事出去了，刚回来，对不起。"孙天主见她似乎要说话，又像在说了。他不知该怎么办。但鬼使神差，竟又受积习驱使，大步走了过去。

欧阳红呆看孙天主不理她，满脸惶愧，走过去了。孙天主走了，离她已去二十多米了，才回头时，只见她满脸泪花，还在看着他。孙天主恨自己，一扼腕说又弄糟了。他更疾走。几步后回头，见她还在看着他，却已是满脸的泪了。孙天主问自己，是否要回去安慰她呢！他又觉没有必要了。等他大步流星走到图书馆楼上，见她还在那里呆看着他。

孙天主良心受到谴责，忙跑下楼来要向她道歉。她一见孙来，骑上车就走。孙天主追不及。

当晚他到她们宿舍去找她，她不在。第二天，她仍不在。第三天也如此。

第四天才见到她。她仿佛病过了似的，变了一个人。迎面遇上，孙天主就叫她。她毫无感情地说："还说什么？"就走了。孙天主追了两步，她不理。孙天主站下，想：既然这感情已绝了，那也好。

此后几天，她一见孙，就改另一路走。孙天主看见，更冷了心。以后就是他见她时，先改路走。这下欧阳红一发现，不单不改路，又处处设伏以待了。一日孙天主到图书馆，她早站在楼口含笑等着。孙天主到楼下才看见，猝不及防。要上呢，明显要从她面前过，不与她说话不好。说呢，说什么？她在看着。要退呢，也不像话。一时失措，呆站着。她仍笑看着。孙天主鼓起勇气，沉了脸直走上去。走到她面前，孙天主仍一脸怒色。她笑说："傻瓜，我会吃了你？"孙天主并不理，直走进馆内。就站下想：我刚才是做对了还是做错了呢？答案是对的，男子汉要做大事啊！

这日，苗族花山节，中文系组织采风活动。两辆车，欧阳红她们班一辆，孙天主他们班一辆。到了盘河，欧阳和另一女生就走在孙天主身边。互相看着，都没打招呼。这日上万的人，孙天主一比较，众人都如泥土，只有欧阳红如花。他心中不由万分喜悦，想人生得以之为伴侣，也不枉了。但碍于两边女生，许多对孙天主因爱致恨，孙哪敢图欧阳一时之貌，惹众多女生的愤恨呢！且孙即使与欧阳言，欧阳不见得会理他。

众人到场中看，孙天主独自爬旁边高山，往下俯瞰，好不壮观，于是兴致大发，想以后壮志得酬去创一番伟大的事业，那当是多么伟大的境界。因是赋《水调歌头》：

生来堪不易，万世良悠悠。
不能展志建功，乃人生深仇！
必以全征天下，必以全成圣功，斯不愧远谋。
人为万物主，誓作天之俦。

全球一，争战毕，灭鸿沟。
所有英雄，尽转菊篱醉金秋。
青天来化田园，白云来伴诗酒，浇化万年愁。
圣人务岑寂，隐将天恩酬。

  有桑娅等三女生，也即孙平时很看重者，走了上来。孙天主以前得罪了她们，如今赶紧先打招呼。她们与孙天主谈起来。谈及孙的未来，她们说孙以后要当文学大师。孙说："什么大师，天下谁敢称大师？"诸人说："鲁迅、茅盾、巴金等，就是大师嘛！"孙天主说："即使两司马、唐宋八大家，也只尽了点写文章的本分而已。就是集他十人的文章为一人所作，也不见得就是大师。大师者，包天盖地也。谁人能达到如此伟大的地步？我的看法是把这些好词语收起来，不要被糟蹋了。人类做的事，都是华而不实。如总统一词，此也总统彼也总统，谁总统了？都只分踞地球一隅而已。而今的呢，不单厚颜，而且无耻，称总统已无聊了，前面还要加个大字。

  三人听得有些呆。热情地盯着孙天主。孙天主醉了。他其实爱她们。不经意中得罪过她们。他如今要道歉了，停了演讲说："其实我爱你们。"于是讲了每个姑娘的长处。她们说："你该去当个演讲家。"孙天主说："这号子武艺，就能称家？这个家字也被滥用了。什么政治家军事家一大串，谁懂政治、军事？"其一说："你对什么都不满意，那你对自己满不满意？"孙说："如果对自己满意了，还会对世界不满意吗？"一说："你其实该对你自己满意了！你那些诗，谁写得出来？多少人崇拜你啊！"孙天主说："崇拜这东西，更无聊了。不如其高乃觉其崇，不如其尊乃对之拜。人类的悲剧，就在于此。为什么要崇拜别人？我不如他，就努力赶上他。要与这之平等，甚至超过他！高山不会仰望深谷，走兽才会瞻仰飞禽。崇拜别人是悲剧，说明自己愚顽；被崇拜是悲剧，说明别人愚顽。只有谁也不崇拜谁，才是理想的社会。"

他们就坐在那里看着下面。孙天主看三人，想三人聪明灵秀，勤奋好学，不是欧阳之辈。要是自己不收留她们，不知日后什么样的男人会得了她们去！那他岂不就遗憾终身！

一个钟头后，河滩人散了。四人下山来。欧阳红已在山下看到了。就一直不走，直等孙天主下来，她一直咬牙盯着孙天主。孙天主以为她嫉妒了。想说明。但一想自己的心事尚不可诉，何用管她欧阳红的什么吃醋呢！千秋万代无安慰自己之人，自己哪还有心情安慰别人！因是闷着头边走边想。欧阳大怒："孙天主！"孙天主不理，径自走上车来。欧阳立于原地，流下泪来。

老师、学生都上车了，就等他二人。孙天主上车，欧阳红还在原地。学生全看着刚才这一闹剧。孙天主大愧。坐下后他见欧阳仍在原地站着。就如坐针毡。要下去拉她吗？怎么办？车都等着她，无法开。几个老师要下车叫她上车时，欧阳突然直朝孙天主他们这车跑来，直到孙天主身边坐下。她脸上还挂着泪。泪眼望着孙天主，拳头在孙腿上轻擂。孙天主不理。她取了帽，盖住自己的脸，轻问："孙天主？"孙天主又不理。车已动了。她突然哇的一声大哭，就要下车。司机停住车。她回到她们那一辆车上。孙天主看着她，异常的可怜，一时大悔，想我永远难偿这罪孽了。真恨不能立即去道歉。但车走着。他又想到校一定要向她道歉。但途中孙天主他们这车落后，等到学校，哪里还去找欧阳的影子？

此后遇上，她都望着孙天主笑。孙天主铁了心，不理。一天，两天，三天，都是如此。一日，孙天主去打饭。正好遇上，孙躲避不及，她已到他面前，笑得极是灿烂。孙天主低头，想：她笑得多美啊！但是这一切，多么无聊！孙就说："割断了好不好？"话刚出口，就悔言重了。欧阳一听，玉容倏变，泪夺眶而出。孙天主忙要道歉，她已跑了。

孙天主饭也吃不下去，愤然回到宿舍。才细想开头就怪自己。第一日自己在图书馆门外就对不住她。这十多天以来，自己不是在折磨她么？她有什么过错？过错都在自己身上！他坐不住，去女生宿舍要找她道歉，但她不在。

第二天见到她，他忙赶上去，众目睽睽之下，将她拦住，说："昨天是我错了，我向你道歉。"她不理，要绕过去。孙拉住她，问："你原不原谅我？"她力图挣脱，道："放开。"孙天主不放。闹了几分钟，她都不理孙。孙天主他们班班主任来了，孙天主忙放了她就跑。

整节课孙都在想：罢了！歉也道了。对不住她之处，反正也说了。自己还是读书要紧。再过半月毕业考试，再过一月，自己就走了。原来总觉她美好，如今眼前一看，只是一个女人而已。她不是天，也不是地。如果今生以她为归宿，那就是疯子。

以后遇到，谁也不再避谁。唯近时你低头我抬头你看东我看西就走过了。孙天主尽管如此，仍是夜夜为她失眠。

考试了。孙天主他们考外国文学。刚好与欧阳红他们同一考场考。孙天主头天拉肚子，到医院检查，是痢疾。吃了药也不见好。考一阵朝厕所跑一次。欧阳每次总看着他。如此数次，孙想：可怜的姑娘，姓孙的有什么稀奇呢！竟值得你如此看顾。直到交了卷，欧阳一直看着他。

孙天主在校的时间不多了。从这天起，欧阳变得更为疯狂。不管孙天主理不理，见了就拦住孙天主。面对她的笑容，孙天主无法，对她说："你不知道你的优点，你也没有看到我的缺点。我不值得你爱。分手了吧！"就走了，而不敢看她是何脸色。她拦了孙一月，孙失眠一月。有时想：娶了她吧，她是个好姑娘。有时又想：她只是躯壳好，既不读书，也不学习，何好之有呢？

孙天主他们班照毕业相了。就见欧阳和许蒙涛拉着手走来。她对孙天主笑着。孙天主怒从心起：果是小女人！如此拙劣伎俩，我不会演？不消为之而已！竟把我比到和许蒙涛一样了。孙天主大愤。回到宿舍又想：这说明她脆弱到极点了。他真想立即去把她拉来成亲算了。失眠了一夜，想通了，觉这样也好，可免得她痛苦了。

此剧连续上演。欧阳红有时到孙天主近时，竟靠在许蒙涛肩头，孙泰然处之。他只恨毕业之期还不到，否则早点不见欧阳好，免得成天见了心烦。而欧阳演了几天，见孙泰然自若，才觉得此计也不通。不演了。再不见其与许同行。每天她只用哀怨的眼光看孙。孙天主受不了她那目光，走了。

天阴沉沉。客车在滇北高原上越爬越高。满山的苦荞，在冷雨中开花。孙天主颇感悲凉。高山草甸上羊群出现了。牧童顶着毡褂避雨。冰冷的雾在草地羊群牧童间穿梭，射下绵绵细雨。车里的乘客说："太穷了。"羊连草都找不到吃。有人问这是什么地方。知者说是大红山。

法喇的悬崖、绝壁历历在目。乱石冲天，云雾沉沉。

司机停住车，孙天主下来。满车的人顿为孙天主可怜："怎么会生在这地方呢？在这地方怎么过呢？"

他呆看着悬崖下的村庄，无一丝活气。牛毛细雨润湿了孙天主。他全身发抖，牙齿打战，忙往村里走。人们都冒雨割草、扯猪草。孙天主回到家，白天跟着割草，晚上失眠，人越憔悴。

所喜者孙平玉、陈福英、孙富民、孙富华等，已觉这个家庭将迎来一个崭新的时代了。孙天主一分工，家里就有了个在单位上工作的人。这是孙家天翻地覆的变化啊！其喜悦远胜于三年前孙天主考取师专之时，估约孙富民考不取初中，于是全家决定由孙富民报名，孙富华去顶考。小学的谢吉林老师说："你家何必多此一举呢？孙富贵一回来，把孙富民直接带到初中去读不就行了？"

孙平玉料不到一个中学教师竟有此特权。谢老师说："不信你问问别个。莫说带一个，就是带两三个，也没有问题。"孙平玉问问其他的人，说果是如此。孙平玉听得大乐。

一星期后，孙天主回到学校，补考开始。孙天主见了欧阳红，欧阳面色发白，浮肿，连脸都大变，形容俱易。走路萎靡。孙天主不知发生了什么大的变故。

亏老师们照顾，孙天主的科目都补考过了。孙天主在填毕业后愿分去的单位时,毫不犹豫地填了"米粮坝中学"。几位老师关心孙天主,说:"你虽成绩差,但能力是有的。尽量留在地区吧。你这一回去,还有出头之日?农村的情形你不知道?你好不容易才跑到乌蒙来,转眼又忙回去了?"

孙天主不听,他相信事在人为,要跑的话,他不会图谋留在地区,那他就要朝省城、都城跑。他想反正他有能力,以后要从荞麦山跑中国的首都,也容易得很。再者要是和欧阳在同一城市,那日后的麻烦可就多了。

过了四五天,欧阳才恢复了从前的美丽。仍痴迷于孙天主。这日孙天主在球场上打球。欧阳就跑来呆呆地坐着,守着看他打,神色平静,眼睛一刻不离开他。他打多长时间,她竟守多长时间。孙天主看看她,她只是笑,并不与孙天主答言。他就不再打篮球,而与同学下棋。欧阳照样跑来远远地看。又痴又呆,看个长时间不转眼。他想走开,又觉残酷。

孙天主要走了,这日他遇上桑娅。她已知他要回米粮坝去。很遗憾的样子。她们尤其想不到他孙天主会是这个下场。会回到那谁也看不起的地方去。她红了脸,未发一言。孙天主看出她们现在已有可怜他的神色了。孙天主才知自己做错了。米粮坝是怎么也不能回去的地方啊!他这个人们心中的英雄,一下子一落千丈。姑娘们不再崇拜他了。对他来说,少了她们的崇拜,就是他的死亡。比死还难过。他忽发誓想:"我一定要创造惊天动地的业绩,让她们倾慕不已。"

又遇上柏毅格等诸人,也是如此。她们对他一下子变得复杂了。谁都明白回到一个偏僻的农村中学教书,那会是个什么下场。后来孙天主也怕再见她们。他受不了她们那怜悯的目光。她们这时对他的评价是他没有后台,没有关系,有能力又有何用!孙天主每天在宿舍里整理三年所得时,大为悲哀,三年前别离米粮坝中学时的豪言,一句也没实现。如此下去,三十年要混过去容易得很。他可能只能建立梦中功业了。

这日孙天主去打饭,一个人独自坐在草坪上吃。两个英语系的姑娘坐在不远处。她们也爱过孙天主。孙天主曾从她们的眼神上看出来过。他吃好后,走过时,曾想避开她们的目光。不过她们已在看着他了。她们一笑,孙天主也回之一笑。她们也站起来走。路稍远,她们就说:"你毕业以后要去哪里?孙天主知她们其实已晓得了,只是故意如此问。"孙天主说:"回米粮坝。"她们说:"可惜了,你怎么要回米粮坝呢?凭你的能力,你在哪里过不下去?怎么想到要回米粮坝?"一个姑娘说:"你什么都有,就是没有关系。要是有关系多好!"孙天主默然。他虽看不起什么关系,但人们是这么看啊!看来她们看这东西,也如看他的才能一样。你有关系,那你就行。你没有,那你就是不行。社会就是如此无聊啊!他想说他的那些豪言壮语,但他没有说。说出来有谁会相信呢?世界上没有能理解、相信他的人啊!说了又有什么用呢?非要他以后做出来了,人们是不会信的。

  孙天主又去辞各位老师,老师们不免劝孙天主回去后仍要努力,反正日后会有出息的。孙天主答应。但这样鼓励的老师太少了。好些老师认为孙天主这一回去,那就什么都完了。

  拿毕业证时,好几个学生拿不到毕业证。袁、王现代文学补考不及格,落在任兆国老师手中,任老师最恨这些人,骂说:"说你等是王孙公子,你等不配。说是纨绔膏粱,也不配。父母连科级都没挣到,充什么人样!"二人每日去跪着求饶,任老师看着厌恶,赏了二人及格,二人拿到毕业证,才大骂:"姓任的这杂种!老子们永远记着这笔账!非算不可。"

  班上同学互赠家庭地址。留的留言,照的照相,诸人要孙天主写句话,孙天主说:"三五万年之后,谁复记得世上有个乌蒙师专中文十班?"众人说:"少说冷心的话!"孙天主:"我这就是热心肠的话!"他也不要别人的地址赠言,也不参加照相,仅与大家握握手,就算告别。

  娄洪最后来叫孙天主:"全班同学,都在我这纪念册上签名了。只差你一个了。不知能不能劳驾你?"孙天主说:"那空白处,就是我。反正我总要在这世上碌碌无为消失的。空白就是我的签名。"娄洪说:"硬是请不动你啊!"孙天主说:"我已说了,你以后看见你这册子上空白之处,那就是我。"娄洪不悦而去。孙天主独自一个悲哀地想:仅仅几千年,人类的英雄人物就多得令人记不住。那几万年之后呢？几十万年之后呢？历史在不断地淘汰着啊！此前几千年的许多人物，最终将不免于消亡。最后连这个地球、人类都要消灭，功业未建，悲哀已甚，如今喧嚣嚣，适显人类之可悲耳。

一日孙天主下楼，正碰上欧阳红。欧阳见孙不理她，满面怒容，喝道："笨瓜，站住。"孙天主站住。她粲然一笑："你滚吧！整天装腔作势的，惹得我心烦。"孙天主见她那笑容和眼睛，实在漂亮，心中叹息，说："快了，要惹你心烦的时间不多了。我走了，你就用不着心烦了。"欧阳脸上立去笑容，只盯着孙天主。孙天主说："这数月来，我夜夜为你失眠啊！"欧阳又笑笑："谁耐烦要你失眠？你表白这些做什么？"孙天主说："你原不原谅我？"她说："永远恨你！还能原谅你？"就在孙天主背上打了一拳。孙天主一笑，走了。

班上最后一节课了，关老师说："这是诸位有生以来读书的最后一课了。我们这个班烂得全校出了名，但想下来，还是有可以令人怀念的。"就表扬孙天主："虽说孙天主不是好学生，但在学校里学到了真知识。我想不出意外的话，孙天主日后将会成名成家，成就事业的。"

明天要走，孙天主下午又遇上欧阳红，说："我明天走了。"欧阳说："跟我有何相干？"

次日一早，孙天主他们几个米粮坝籍学生就开始朝车站送东西。到中午，都差不多了。最后要出学校时，遇上班上两个女生。二人道："孙天主，你真会装神弄鬼。大家都以为你正经得很，话都不跟我们说一句。万没想到你真会哄人。你跟欧阳关系如何？"孙天主说："有什么关系！"二人说："听听，把人都逼了自杀了，还说没有关系！"孙天主惊问："谁自杀了？"兰琼说："我今天才明白了，标榜最恨虚伪的人其实是最虚伪的人。"孙天主说："你以为我虚伪？"池敏说："都要走了，谁还有闲心来扯这些闲事？"孙天主不舍，问："谁自杀了？"二人不答，走了。

孙天主无奈，到车站旅社住了。最后送单车回师专去还时，到师专门前,骑到一汪水里,车滑了飞出。孙天主裤子裤裆被撕烂。出来,正见欧阳红与另一女生在外吃烧烤。二人向他笑,孙天主本想下车来坐坐,但裤子烂了,如何好下来?只应一声就骑车走了。晚上到旅社,他面对满城灯火,和天上孤月,颇是发愁。因才问到米粮坝籍学生向儒楷,向是敦厚长者,说:"欧阳红自杀你不知道?"孙天主问:"什么时候?"向说:"就是你回家去那一星期。吃了药,等人发现送地区医院救活,闹的全校沸沸扬扬。"孙天主一惊,又急又气,忙朝学校跑。到校见大门已关。孙天主敲门。门卫桓朝英醒了,说:"瞎胡闹。"又把门关上了。孙天主再敲,不应。他退到远处呆看着学校的女生宿舍楼,认出欧阳红所在的那一间宿舍。回来,一夜站在旅社外出神。早上五点发车了。全班同学大多在此握手告别。车出站来,路过师专,夜仍沉沉的。孙天主道:"再见了欧阳!天佑你日后过得比姓孙的好!"

第六章 桃李

六十　朱丁大盗

　　孙天主回到家，心中正为欧阳红而大为烦恼，脸上都长了白色的疗疮。半月间，容貌大变。城乡差异，不可言说也。从乌蒙回家，深感不习惯了。

　　昆明传来孙国达被捕的消息。前年就有算命者，谓其今年有灾。去年他就不敢外出，一直在家待着。有时绿飞蛾成群地围追着他。挥之不去，他就打。因家里穷，在家一久，又没事做，因是只得仍到昆明混。两月前因偷盗被派出所捉住，捆了吊在柱子上达三天之久。后来放了，他就回法喇养伤。心想这下好了，前年算命先生所说今年的灾难已过，这下可以到昆明大偷大抢了。于是伤才好，又起程赴昆，这次和朱万发、张允哲等人窜至室内抢劫。主人是一退休干部，发现三人后边喊边举棒挡住三人去路。三人扑上夺路欲逃，主人不让。三人于是将主人打倒，夺路逃走。那主人一眼被打瞎。孙等每次行窃回来，总以为无事，放心睡大觉，这次却失算了。警察直扑来捉到了张。张带了警察来捉孙。张之兄塞了两万元到警察手里，朱也塞了三万元给警察，因此警察言朱自首有功，言张带彼捉孙有功，将二人拘留十天，就放了。孙每次行窃所得，尽作了嫖妓之资，有时带点回家，但家里穷，带回来就用了。如今出事，虽知朱家、张家是用钱行贿才得以无事，但自己家里一文钱没有，哪有去行贿的？只得听天由命了。

孙国达刚出事，孙平拾担心孙国达将以前与他所为招出来，忙偕姚正艳逃往凉山州。孙江华日夜忧愤，不知所为。牛兴莲日夜啼哭。因孙江华从前，总夸孙国达以吓唬长房、小房，因此孙江成、孙江荣、孙江才等无不畅快，只不表现出来，每天仍到孙江华家劝慰。孙江华家闹个鸡犬不宁。请人带信到昆明，也探不来个消息。孙江华要到昆明去，却一分钱都没有。昆明回来的人，总吹孙国达被警察抓住后，怎么打，怎么关等等。牛兴莲要卖两百斤洋芋到昆明去看看儿子。众人说两百斤洋芋卖了，坐车只坐得到半路，于是也去不成。范正兴在家赌输了钱，混不下去，要到昆明去打工，于是只好叫范去昆明问问情况如何。

陈福宽也到昆明去打工了。带信来说孙天主还没到过省城，就到昆明去看看。孙天主也想自己二十一岁了，还没到过省城，决意去看看。于是上路，第一天到乌蒙歇了。第二天车向南行，一过寻甸，山变小了，平地扩展开来，茫茫无边。孙天主慌张起来，感觉失去了依托，有如浮萍飘在茫茫的大海上。身下的座位仿佛被从后面抽掉，车越向前他越有走向末路的感觉。他拼命地寻找山，寻找依托。山就是他的依托啊！但小山是有，哪有大山呢！车入嵩明，山影全无。孙天主好不希望这车朝回开算了，开回米粮坝，开回法喇去，他再也不想到山外的世界了。但那车只在平坦的石子路上奔驰，哪里顾到他此时苍凉的心情？

车到昆明，孙天主感觉整个世界都在轰响。大地太平坦了，难以知道这城有多大。大街又宽又平，车都分流，来的来去的去，堵了车时前不见头后不见尾。孙天主被这阵势吓了一跳。他没想到会有如此壮观的场景。这哪是米粮坝县城和乌蒙城所能比的呢！

孙天主找到凉亭货场，又被货场中几十、上百道铁轨、火车线路和高大的货场所震骇。陈福宽与一群法喇人正在上毛竹。于是就与其他人说了，他带孙天主回出租房内来。这民房就在铁道边，火车一过，大地动了起来。飞机场也在这附近，飞机起降，都在这上面，孙天主又被震骇。陈福宽带他到后，又到货场下毛竹去了。孙天主没事，就到处转，顺铁路走。这一带住着上百的法喇人，老的六七十岁，小的才三四岁。老的是被子女请来看看这火车、飞机，小的也是被父母带来开眼界。更有一些妇女也来此，成天背着小孩在路上逛。她们向孙天主介绍谁住在哪里，谁又在哪个货场打工。

陈福宽下了班，就带孙天主到农贸市场买肉、米、菌类、竹笋等，边走边与孙天主说："富贵，比起这些地方来，我们老家算什么人住的地方！我们在法喇过的，不如这些地方的叫花子。在法喇，莫说挣不到钱，就是挣得到，也买不到吃的。舅舅在法喇算家境好的了，一冬三个月，肥肉片下干酸菜。哪里像这里，番茄、青椒、菌子、笋子、蒜薹、鱼鸭、海鲜什么都有。挣钱也是这样，你看这些人家，修幢房子起来，每月租金就是几千元。摩托、汽车、电视，哪样没有？而在法喇，苦一年到头，几家人够吃？法喇和这里比，是地和天比。"买了菜，又坚持买上一斤橘子、一斤梨、一斤苹果回来。孙天主煮着饭，他就去抱了一抱啤酒来。两舅侄边吃边喝，边聊此中感慨。孙天主说起自己从寻甸过来的感受，异常惭愧。二十多年了，自己是第一次两眼不见山，就慌得要命。想想从前的生活，每天不是上山，就是下山，都被大山包围着，形成了只有大山包围着的世界才是正常的世界的错误的认识了。现在想想，封闭是如何的可怕啊！

一夜只听见火车响，孙天主睡不着觉。陈福宽说是这样的，从老家来的人，前几夜都要被火车骚扰了睡不着。孙天主生平第一次听见这么多响声，好不烦躁，真想天明就跑回每夜只有轻微的鸡鸣犬吠的法喇去算了。但当次日起来，他又为昨夜的想法惭愧。喧嚣的昆明和宁静的法喇，比下来谁更好呢？但他昨夜竟以法喇为无比美好的地方，实在荒唐！

陈福宽找了辆自行车来，孙天主骑着入城。因不懂交通规则，胡冲乱窜，被警察捉到多次，不断地罚款。被罚了十来次，孙天主才弄懂靠右走和红绿灯的含义了。入城不久，见城市无边无际，他担心找不到回去的路，急忙往回走，但已迷失方向了。这下他一整天都在找回

入城不久，见城市无边无际，
他担心找不到回去的路，
　　　急忙往回走，但已迷失方向了。

这下他一整天都在找回去的路。城大得吓人，车多如蚁，人多如蝗，孙天主整天高兴得骑车乱冲。

去的路。城大得吓人，车多如蚁，人多如蝗，孙天主整天高兴得骑车乱冲。渐渐地，走到许多地方，他没带个地图，但以前在地图上看到过有些地方在城北，有的地方在城南，这下他都摸到了。直找到下午，他仍没找到回去的路。天将黑，突然眼前一亮，这地方不正是凉亭货场吗？于是放了车，找到陈福宽住的民房。晚上与陈福宽吃饭时就感叹："可怜啊，今日始知城市之大，人口之众，也才知道法喇、荞麦山等之渺微。过去二十一年，无日不非，今日也才知坐井观天、夜郎自大之害了。我们这些人，好不悲惨啊！"

法喇的亲戚们知孙天主在这里，都来陈福宽处吹。吹一阵就去抱了啤酒来，直喝到半夜。大家都说孙天主家这下好了，孙天主一出来，孙平玉就成人上人了，也彻底翻身了。但又说到法喇跟昆明的对比，说就是孙天主出来，也比昆明这些一般老百姓家差得远啊！

第二日，孙天主又骑车入城，又迷了路。那些广告牌、商场、高楼对他的威慑力，比昨天减轻多了。昨天刚入城时，看见那些高楼，他就感受到一种巨大的压力，产生很大的自卑感。而今天他只违了一次交通规则，被罚了一次款但仍一直找不到回去的路，又跑了许多条街，到了省委、省政府等机关前面。孙天主才想起吴耀国以前到省城来，到省政府前照了一张相，回法喇就吹他到了省政府门前的往事，不禁哑然失笑，想法喇人就是可怜啊！吴家弟兄，都是极聪明的人。就因为太封闭了，才会在他们的心目中，省政府高不可瞻。到了个省政府前，就觉自己很了不得。他又想起昨天他刚骑车入城，首先看到省文化厅时，立即对那"厅"字肃然起敬，于是又感叹：可怜啊！法喇人民是何等可怜啊！中国太大了，土地太宽了，人口太多了，而能走出法喇村的又太少了。怎不令人对省、厅之类字眼产生敬畏呢！想想就可怜。如孙家，自孙寿康时起，钻到法喇那小地方去，一封闭就是孙运发、孙江成、孙平玉直到他孙天主六辈人共一百多年了啊！

下午又终于摸回凉亭村。几个亲友买了一堆香蕉、菠萝来，开怀地吃了，提议明天到动物园去玩玩。法喇人来到昆明，回去没多少吹的，就吹到动物园的观感，说老虎如何，大象如何等等。孙天主并不想去什么动物园，他要去的，是省委、省府、报社、电视台等地方。结果也亏大家都不得空，于是孙天主独自骑了自行车,仍到省委等单位前参观。他到了以前他高中时投稿的报社,找到副刊部。一问当年写信给他的那位编辑,已退休了。与几个编辑谈下来,发现他们并不比他高明。他又在各部门转转,发现自己要超过这些人太简单了。于是他忽发奇想:那我就到外面来闯了,当个记者、编辑,实现法喇历史上最大的突破!但一想到回荞麦山中学当教师,就觉头疼,他赶紧不想。

但他着实动摇了。回到凉亭时,他已决定要在这里闯,生在这里,死也在这里,绝不回去了。他又后悔没将已发表的作品带来,回陈福宽房中就跌足叹息一番。陈福宽一听,着急了,忙劝孙天主莫这样想,要想想孙平玉、陈福英这一生的艰难。劝孙天主还是回去先教书,把几个兄弟供出来再说。实际他的意思,是陈志诚等将进初中了,孙天主回荞麦山去当中学教师,可以帮他一下忙。别的人也劝,孙天主心乱如麻。好歹吃了饭,天还未晚,陈福宽和几个法喇人,硬邀天主到飞机场去看看。到了机场边的草地上,大家就坐下,看飞机起降。孙天主也不免感慨一番。陈福宽就与孙天主去买好回去的车票,次日天未明,孙天主就回法喇了。到中午,车就行到大山中了。当晚到达南广,次日到达法喇。

孙江华家日日幻想孙国达能平安无事被放出来。劝的人也尽编好话劝,说:"他朋友多,这下他被抓进去,别的人也会想办法帮他出来的。他们这帮人开锁、翻墙,什么本事没有?还愁把他救出来?他一出来,因别处都不好在,不是只有回家来了?"又有的说:"他们平时是一伙,他被抓了,他的同伙难道不怕孙国达吃不住王法,把他们供出来?这些同伙必然要想办法出钱送礼去打点。现在的事,有钱能使鬼推磨。只要有钱,没有办不好的事。你们在这里焦什么?说不定明早上他就回来了。"听人们如此劝,牛兴莲真以为孙国达那些同伙会打点了把孙国达放回来,因是天天朝路口看,盼望孙国达突然出现在路口。只要路口出现人影,她都不免心中咚咚地跳一阵。望上十来天,眼睛就模糊起来,于是她的眼力就下降了。才短短十多天,她的头发也突然变白许多了。这日孙天主回到法喇那路口，牛兴莲一见，心中又咚咚地跳起来，急忙跑到路口来看。孙天主老远喊她一声"大奶奶"，她一听不是孙国达，泪就流出来。见是孙天主，就忙问孙天主："富贵，你大爸情况咋样？"孙天主哄她说："好的。"她说："你哄大奶奶啊！恐怕你大爸现在正关在监狱里，都被人家打死了。"孙天主说："大爸无事，早出来了，我看着的，躲在几个朋友家。现在他虽然出来，怎么好大明张势地回来？要等风声小点了，他才回来。"牛兴莲一想有道理，但说："富贵，你肯定是哄大奶奶。"孙天主就胡乱吹一通，说在哪里看见孙国达，如何情况等，说的牛兴莲心服口服，说："到底人家富贵是文化人，说得入情入理。听着就舒服！只消听上三句，不相信也得相信。"下午她又来孙天主家问，孙天主又哄一通，她说："富贵，大奶奶还是不信。你是哄大奶奶的。"她想各种办法提出问题来，都驳不了孙天主，又相信了。因为孙天主的一通哄话，她的忧虑竟减了许多。

第二天早上天不亮，她又到孙天主家来。因她一夜地想，以为孙天主是哄她的，又来问孙天主。孙天主又哄她一阵。但见牛兴莲老了许多，心中好不为之可怜。人生如此，有什么意思呢？下午孙天主家收了工，就到她家坐。孙平芳、孙平敏等都来了。一屋的亲友，议论不绝，都劝牛兴莲要听孙天主的，说孙天主说的是对的。孙江华也劝牛兴莲："人家富贵是读书人，哪样认不得？我都相信他的，你还不相信？"牛兴莲又询问一些，孙天主一一解释。她说："他被判了刑，那就被劳改农场的打死了。"孙天主说："判刑的人进了农场，也就像在法喇劳动一样，甚至还可以学开汽车学知识，哪里会成天关在监狱里？说不定等那时出来了，大爸还会开车了呢！"牛兴莲一听到那时儿子还学会了开汽车，一时喜悦，面上有光。孙平芳也说："我们村子里有个判了刑回来，不是学会了缝纫了吗？"于是孙江华等也专举判刑的人学会了技术的例子。牛兴莲又问："你大爸被判了刑，人家会不会打他？"孙天主说："谁敢打？他是个人啊！怎么交进去，几年后就得怎么交出来！人心同然，既没逗着别人，惹着别人，别人会无理打他？他进农场，也就像法喇人把小孩送进小学读书一样。"牛兴莲又信了。众人于是跟着说:"无论什么监狱,都是共产党管的嘛!像你说这样随便打人,那没王法了?"牛兴莲就叹说:"富贵倒是个大学生了,马上就是个老师了。明后年一成家,孙平玉、陈福英就不用操心了。我那憨包儿子就惨了,现在要进二十二岁,等判上几年出来,人都老了。现在这些姑娘就嫌我家穷,没人愿嫁给他。这下家更穷,他又背贼名,又蹲监狱,又被劳改,出来人又老了,谁还耐烦嫁给他?他可能一辈子的光棍了。"孙天主说:"怕什么?法喇这几年被劳改的还少了?谁劳改出来以后当光棍了?我们孙家这么多人,各处盯着,有合适的,就帮大爸说上。我们虽是侄儿子,也可以帮忙嘛!"话刚完,牛兴莲高兴得哈哈大笑,眼角的眼泪全被震落下来。笑了半天,才笑说:"咋个开交啊!我还在淌眼泪,被富贵一句话,说得我不知不觉就大笑起来。笑好了眼泪都还在呢!"又说:"这二十多天来,我只笑过这一声啊!还全得富贵。富贵一从昆明回来,跟我说了,我心上的负担,十分减去九分了。要不是富贵,我再愁上一个月,肯定被愁死了。"孙平芳等说:"到底人家富贵是个大学生,说得有条有理、方方圆圆。我们这几十人讲一个月,也打不出这些主意、讲不出这些话来劝。我们讲了几十天,哪里讲笑一句?富贵半天时间不到,就把我妈讲笑了。"牛兴莲说:"以后我不听富贵的话了,惹得我笑起来都不知道。"众人说:"他说得有理,怎能不听?"

尽管孙国达总不见回来,但牛兴莲已不望路口了,而是说:"既然富贵这样说,我也死心了,就安安心心地等他判几年刑回来。"

孙平玉、陈福英等原也恨孙江华家,但看出了这事后,孙江华家实在可怜,也帮着劝。牛兴莲说:"现在我不气了!我只气孙国达不单丢了他的名气,也丢了孙家的名声。他背贼名、当劳改犯不要紧,把孙家的好名声丢尽了。孙家几辈人从没一个被关、管、杀的,就是偷人家一张菜叶子的都没有过。孙家家族虽小,前几年靠富贵努力,给孙家挣了个大学生的名誉来,一时全村人哪个不说孙家族宗虽小,公然出大学生了。这下他一蹲监狱,把孙家的好名声也丢尽了。"孙平玉说:

"名声有什么了不起?这几年法喇被判刑的,少不下六七十人了。细细论起来,吴家、姜家、崔家、陈家、王家等等,哪家没有被判刑的?法喇村哪家都有一两个被判刑的了。而且现在这个社会,比他糟的多的是。现在谁还管名声好不好听?以前孙家名声虽好,实际呢,也不过这个样子!你说现在差了,也没见差在哪里去!"陈福英则说:"管得了这些?现在的看法是拿得来的才是英雄,拿不来的才无能!只要拿得来,谁管他怎么拿?吴小三就是个例子。"魏太芬说:"以前谁不嫌吴小三的名声?孙平丽就不嫁他!看看人家现在!吴小三还走着坐着都夸他自己是个赌钱汉!既不种生产,又不放牛羊,轻轻省省拿钱过日子!连吴耀财,都到处吹他爸爸会赌钱!孙家人不是天天说孙平丽嫁吴小三嫁好了?我说句真话,孙家文回来说:'法喇去昆明的人,百分之九十五以上的人是偷是抢!带回法喇来的钱和东西,不是偷来的就是抢来的。'正儿八经凭劳力苦,谁苦得到钱?恐怕全饿死在昆明了。"

但暗地里,长房各家还是异常高兴。因为孙江华以前总吹孙国达如何如何好,朋友如何如何多,以吓唬长房。如今大家就说他的朋友会帮他等等。孙平玉家与孙平文家说起来,就说:"要是我们落到他家现在这一步,他会来劝我们?恐怕早又落井下石了。这家人心黑得很!好也只能跟他家表面好!要时常防备着,我们不去帮着践踏他就是了。"

长期以来,孙家人历来行正,从无什么端公、师娘等。孙家人见其他人家出些跳神打卦的端公、师娘,都会自豪地说孙家人不会这么干。但这时孙家这好名声就被孙江敏、孙江兰破坏了。二人每天又唱又跳,说是被神捆住了,后就专门给人算命了。孙江华气得暴跳如雷:"我孙家历来不信这些歪门邪道!什么道教、佛教,统统地滚开!这下丢祖先的底,孙家的姑娘公然会跳神了!"但家贫言微,他虽是个大哥,那两家并不把他放在眼里。她们并且收了徒弟,在村里甚是吃香,荞子、麦子和钱,不断地得来。听到孙江华在骂她们,她们就不满意,神一下来时,就骂孙江华家:"他儿子当劳改犯,那是活该!几十年不到祖坟上烧张纸,也不请祖先吃顿饭,他能不一穷二白?穷得好!穷得妙!穷得孙江华哇哇叫!他一辈子专门烂肚子黑良心害人,这下终于害着他自己了!他要是不悔改,他还要背时的!不单大儿子出不来,小儿子也还要进去!"这话传到孙江华、牛兴莲耳中,更把夫妻俩气得直跺脚。

吴光发家与孙江华家矛了,这下吴光发家儿子吴明安看上丁家朝之女丁成琼,因吴光发家也与孙平玉家关系马虎,就来请陈福英做媒人去说。陈福英恨吴家人,但既请做媒人,不关她的事,只走去传话就是了,以为丁家不会答应。到了丁家,丁家朝听陈福英说了,他并不敢得罪吴家,不好亲口说他不答应,只与陈福英说:"侄女,全村人有几家的姑娘会愿嫁吴家?爷爷崽崽,从起根根发芽芽,心就是黑透了的。不过姑娘也大了,十六岁该懂事了的,也可以问问她。"问丁成琼,如喜欢就答应,不喜欢就算了。以为丁平时听全村人评吴家人如何如何,会不喜吴家人。哪知一问,丁说喜欢。丁家朝不好再说,一脸不悦。陈福英也不悦。问之再三,丁都说可以,陈福英就去回话,吴家大喜。丁家朝好不愤恨,成天骂丁:"你是姜太公钓鱼,愿者上钩啊!"吴家欺丁家人少势孤,自亲一说成,哪里把丁家当亲家来看待?一味地欺侮。

丁家原是法喇大族。进法喇的时间,比吴家还早。丁家朝的爷爷这一辈,是九弟兄,当时在法喇是极强盛的一家。但都是在娶妻一二年后,年轻轻的小伙子就死了,媳妇年轻轻改嫁,最后只剩了三弟兄。但三弟兄中,到丁家朝父亲这一辈,又都是刚娶了媳妇,二十来岁的年轻伙子纷纷病死,家道迅速衰落下来。丁家朝的父亲,只三个姐姐,无一哥一弟。丁家朝也是四个姐姐,无一兄弟。丁家朝势孤,多年来全亏陈明贺父子帮他撑腰。但人弱了,撑得了多少?

丁家不单人口日少,原来无偷盗、抢劫之人,如今也有了。丁家万是丁家朝的堂弟,其姐嫁在朱家,朱家这些年多的是游手好闲不务正业之辈,一来二去,丁家万也跟着朱家在光头坡偷抢过往车辆。一时被偷抢的车多了,案件不断报到县公安局,法喇的车匪路霸闻名全县。这日一辆车过光头坡,丁家万等又进行抢劫。那司机被抢,开车到乡上报案。县公安局出动,警车到法喇时,丁等刚在拍卖抢来的东西。警方正为无法破案而烦恼，听说有人拍卖东西，大喜，派人来买东西，买了就记住卖主。司机一认，那买去的东西正是被抢走的。一时全县警察出动，到法喇来，一下子围住村子，将朱家全族和丁家万等全部抓获，共是三十二人。丁家万之父，一时没了办法，姑娘女婿儿子儿媳全被抓去，只好讨口过日。陈明贺等见着可怜，时常照料。

　　孙江华大妹之女崔吉珍，嫁与陷塘地聂传顺。聂比孙平玉大两岁，初中毕业回家，虽在合作社，却时常在外混。先当代课教师，后去做生意。因他是崔家女婿，去投靠崔绍武。崔引荐后，他塞了县商业局局长许多东西，将县商业局在荞麦山的一幢楼承包与他经营。聂突然在荞麦山有了一幢楼，在法喇、陷塘地引起震动。他那长子聂学厚，因其父突然成个荞麦山有名的大老板，在荞麦山中学不务正业，毕业后考不起，聂只好出钱让他到乌蒙去学驾驶。回来后聂贷了款，为儿子买了辆农用车。聂家有了车，在法喇又引起轰动，聂带着儿子开车到法喇炫耀。孙江华原来在红中时，聂传顺对其甚是尊敬，左一声大舅，右一声大舅。如今孙江华维持不下去，见聂甚是风光，就去向聂借钱要去昆明看看孙国达。聂说："大舅，莫说了，我还欠别人几万元呢！一分都没有。"孙江华红了脸，无可奈何回家，心内愤恨，背上背箩，上山扯猪草去了。

第六章　桃李

六十一　无望致尧舜

孙天主从昆明回家半月，就到县教育局报到。区老师一听孙天主回荞麦山，就埋怨："可惜了。你不该回来。即使无关系分在地区，那你就应该关系、户口、档案一样不要也行，朝深圳、珠海、海南跑了。凭你的本事，还愁在那些地方混？年轻人糊涂啊！跳出米粮坝去，哪里不是天堂？你没经历过米粮坝人眼孔之小、害人之毒。周兴、来俊臣之流来此，也要拜米粮坝人为师。我是恨生错了时代，无法了。我到如今退休了，想跳出这臭粪坑，已跳不动了，不然我就朝北京、上海走了！你毕业也不问问我！公然还嫌米粮坝不好，还要回荞麦山去！这是典型的小农思想，可悲啊！"就带孙天主到米粮坝中学校长家，路上说："我带你去碰碰运气！能留在米粮坝，比你回荞麦山强几百倍！不过这已是无奈之着了。你的才能就不是在米粮坝混的！这周围都是俗人，你斗得过谁？你回米粮坝，就意味着你的才能白浪费了。这个地方，不信才能，信的是大舅子小姨妹姑奶奶外孙子那一套——关系！没有这个，也得有这个！"他就边走边搓手指，"但你这两样都没有！这个校长，是我的学生！但这个杂种，他也只信这个！"于是他又搓手指，"你没有三千五千给他，求不动他。所以我说带你去碰运气"。到校长家，区老师就说："我给你介绍个人！这是我教的学生：孙天主！才能没说的。

虽说是个专科生，比许多博士、硕士强多了。你能不能把他收下？"校长说："听说过！是个作家呢！"区老师说："他的才能，不只是个作家啊！现在叫他上战场指挥千军万马，他照样行啊！"校长说："是个人才！我早听说过了！但现在我也无法答应！既然区老师亲自向我推荐，而且天主又有才华，我一定努力向教育局要！"于是谈了一阵，出来，区老师就摇头："整不成！他杂种和这伙县太爷都是狐朋狗友！他要你，没有再去向教育局要的，可以当即拍板就要你了！但我出面他都推要向教育局要，那就是不要你了！"回到他家，区老师说："天主，为师建议你：你仔细想想！要留下，就去荞麦山中学。不留下，你现在就走！什么也不要了！直接走深圳！走香港！走纽约！走了！远走高飞了！是只大鹏鸟，就该去翱翔九天！"孙天主想想，想到法喇自己那个家，心中就沉下来。

过几天在县教育局会议室宣布分配名单。县教育局长刘朝文讲话，声色俱厉，一会儿是国家法律，一会儿是政府政策，吼了一早上，内容一个：师范生的下场就是农村中小学教师，必须在基层规规矩矩服从安排，干好工作。不久，那一百多师专生、师范生，进来时都带着天真无知的笑的，听了各各惊慌耸动，惨不忍睹。孙天主越听心越沉，想：这杂种，你口气温和点好不好？感觉全完了，一个无比严实的铁盖子自天而降，把他死死盖在一个小地方永世不得翻身。才想区老师的话，实是金玉良言，我这下还有机会跑啊！到底跑不跑呢？分配名单念完，果然有关系的，都分在了城里。孙天主等无关系的乡巴佬，被远远地发配了。孙天主分在荞麦山中学。

秦光春、秦国书师范毕业，都分回荞麦山乡。秦国书在分完后，满是愁容，与孙天主说："老表，你倒好，在这里一分，就定在荞麦山了。我们就更惨了，到荞麦山还要分，不知要被打在哪个又穷又远的山旮旯去！"孙天主吃一堑，长一智，忙与他说："赶快请小爸与荞麦山中心学校的领导说说，分在个好一点的小学。"

与孙天主同时分到荞麦山中学的还有二人：师专历史系的刘英军和教育学院数学系的许世虎。罗新成教育学院两年毕业，分在干冲的花紫岩中学。谢庆胜警校毕业，靠其舅舅崔绍武的关系，分在刚成立的县交警队。

孙天主还是高兴，回到家里，就准备到学校去的事宜。全家异常高兴。孙富华如今已读初二。孙富民因孙富华代考，录取荞麦山中学的通知书已到。于是孙平玉、陈福英将家里的被子等多拿一套出来与二人，孙天主的仍用他在乌蒙师专时的。孙陈夫妇装了洋芋、柴等，好让三弟兄在校煮来吃。刚好聂传顺父子的农用车到法喇来，孙天主就与其到荞麦山来。孙天主已是七年未进荞麦山中学了。三弟兄扛洋芋、柴等进校时，顶头碰上柳国开老师。柳老师在天主在荞麦山中学时教天主他们地理。孙天主刚见柳老师就想：多年过去，柳老师还在这里原地未动，我必须以柳老师为前车之鉴，在此顶多三年。要是以后我的学生毕业分回仍见我在此窝着，那就糟了。

进校一看，景物与七年前无甚变化。

总务主任姓周。对天主等新来者，一派傲视。许世虎早已到了。孙天主二人去请他分间房时，周永清磨蹭半天，带二人到陆家老院中，开了一间不足十平方的小房，门一开全是鸡屎味。周说以前教导主任家在此养鸡，叫孙、许二人共住。许说："他家就是哥三个。这小房顶多住得下他家哥三个。"周只得又开一间，地上也全是鸡屎。

孙、许二人气得直皱眉头，许骂："老子们这些大学生，就是如此对待啊！"没办法，孙天主去向周借了扫把来，孙富华孙富民提水来把那鸡屎等全扫出来。孙天主又叫弟兄二人帮许老师那一间也扫了。

屋内终于没什么味道了，孙、许二人就坐下。许也是荞麦山人，也是这中学毕业出去的。二人坐下，许说："人生真是神奇。我以前在荞麦山中学读书时，根本没想到我会成这学校的老师。我现在住这间，那时是赵老师住的。我并未想到我会比得上赵老师。对老师及老师的宿舍全是神秘感。在这里读三年，并未进过几个老师的家，进去都是胆怯不已的。像赵老师当时住这里，我就没来过他这里。不料如今，我已代替赵老师，成了这房子的主人了。"孙天主点头，他也有同样的感觉。他那时怎想到自己会成为荞麦山中学的老师呢！他原住这间，是秦光朝老师的宿舍，他以前进来过。但没料到如今他已代替秦老师，住进了这间屋里。

孙富民、孙富华万分高兴。孙富民是扬眉吐气，自己这下终于也成了个初中生了，可以圆几乎已绝望的中学生梦了。孙富华呢，以前在校常受人欺，这下自己的大哥来当老师了，不单没人欺他，脸上也生无限光彩了。他从此可以在全班同学面前骄傲，春风得意了。扫好地，安好床，因拉来的洋芋少，富民、富华又要回家去背洋芋。许来分了房子，就骑上自行车回荞麦山去了。孙天主则摆好桌子，开始读书了。

还未开学，校内空荡荡的。偌大的天井里，只孙天主一人。天主读完书，走出来时，见夜已来临，遇王德兴老师到这学校里来卖菜票，于是天主到他家，煮洋芋吃了。孙天主又上天井去，月亮已出。孙天主各处走了看，就想十年前自己刚考取荞麦山中学时，初到荞麦山时的情景。他去把当时住的学生宿舍、他们班的教室等都看了一遍，感慨万千。人生变化，谁也难以预测啊！他一个农民的儿子，终于逃离了法喇，走到这学校里来当一名老师了。

几个钟头以后，孙天主回到房里又开始看书。柳老师走来，见他正在看书，说："你耐得住寂寞嘛！这天井阴森森的，一到假期没人敢来住啊！你公然还看书看得这么起劲。"于是就对天主说："听说你发表了很多文章，成大作家了。你刚从大地方回来，有什么新观点、新见解，传授传授。我们在这里时间长了，人也麻木了。"孙天主与他谈了一阵，他把孙天主发表的文章要了些去。孙天主又开始看书。

如此寂寞凄凉地过了几天，老师们陆续回来了，学校里稍热闹起来。学生也有来问何时开学的了。那些在校园里绿了一夏的草，这下要遭涂炭了。孙天主一看，当时他在校时就在的老师已只剩柳老师、王德兴老师了，其余的都或走县城，或调往其他乡的中学去了。其余三十来人中，谢永昌、马朝海是天主在荞麦山中学时的同班同学。二人从初中考取米粮坝师范，分在此三年矣。其余的都是新面孔。师专前几届毕业分来的学生，有陈兴洪、扬黎波二人，也是三年了。其余也有从乌蒙教育学院、电大分来的专科生，共有八九人。更多的都是米粮坝师范的毕业生，通过函授，大多取得了专科文凭。

秦光朝如今是学校校长。第一晚上开教职工会，他介绍说："我们校刚分来三位大学生，孙天主、刘英军、许世虎。"然后宣布初一年级四个班班主任，孙、许均为班主任。孙天主悲哀，十年时光，搞了个大循环。许则很高兴，好歹才进来就当了个"主任"了。

开学了，学生一齐拥来，校内热闹若市。穿毡裓的家长，穿中山装的学生，在学校里穿梭往来。孙富民、孙富华也背了洋芋、柴来了。新生都来天主这里报名。学生大的大，小的小，小的才十一二岁，大的呢，仿佛十七八岁了。孙富华认得几人，与孙天主说这些人是在荞麦山中学毕业以后，没有考取，又回小学报名考试，重新考进来的。

孙天主当年即在这学校当学生，深知学生的苦处，对学生都和颜悦色。学生都感觉这老师好。他们一进来，就叫"孙老师"，孙天主一时还大不适应，以前可从没人这样喊他啊！一听喊他孙老师，他就感觉压力来了。每一个学生，都是可塑的。人人都可以成为尧舜啊！关键在于教育，在于他孙天主了。边报名他就边想：孟子云人生三乐。父母俱在，兄弟无故，一乐也；仰不愧于天，俯不怍于人，二乐也；得天下英才而教育之，三乐也。前两乐他都有了，这最后一乐不正来了么。他忽然雄心勃发：我就培养出一群世界一流的精英出来，为中华效力，为世界增光。这一想就又失眠了，半夜爬起来写规划，要如何把这些学生培养成栋梁。这下整天忙于学生事务，书也读不成了，文章也写不成了。他也不以为憾。

孙富华本该升初三了，但班主任就是学校党支部书记李国正老师，他说孙富华学习只在全班中下，如果升上去读，毕业肯定考不起，建议孙天主把孙富华留级。孙天主听了，大为气愤，回去把孙富华训斥一通，把孙富华留在二年级。孙富民一进来，就在孙天主这班。孙天主对他说："你以前学习不好也罢了，从现在开始加油，也完全可以把学习搞好。"

孙国要已要到二年级，但班主任老师说他学习不好，要给他留级。孙江华家里困极，只望孙国要混到初三算了。一听要留级，家里也不想供了，孙国要也失了信心。他跑去请孙天主去他原来的班主任老师处帮他说情。孙天主问他的班主任是谁，他说是梁榕，女的，又说："这个烂尸心硬得很，说到就做到。打学生比男教师还凶，一般说不起作用了。看你去行不行。"

刚开教职工会那晚上，孙天主就见一女教师甚是漂亮。后来开班主任会，她也在。她一到会就不时瞅孙天主。而当孙一看到她时，她就不悦，恨着孙。孙想这女的真怪，只许她看人，不许人看她。如今听孙国要一说，才知姓梁。

孙天主到梁老师处来。梁正在煮饭，见孙进来，就叫孙坐。孙天主便与她说孙国要之事。她毫无回旋余地，说不行就不行："孙老师，反正我以前向他们打过招呼的，学习不好，非留级不可。孙国要以前在校只过混，我警告多次，不听。现在你来说也不行。我说出的话从不更改。改了我还怎么做人？我给你个建议，既是你的亲戚，就把他留级在你这班好了。"孙天主说了孙国要家里面的困难，请她饶孙国要一码，梁坚决不答应。最后孙天主见说了不起作用，只得告退。而法喇在其他班的学生，也有被留级的，都请孙天主去班主任老师处求情，别的班主任老师只要孙天主一去说，就准了，完全与梁不同。孙天主刚去梁处求孙国要之事未遂，法喇吴家又一在梁这班被留级的学生，又来请孙天主去梁处求情。孙天主无奈何，只好带了吴家孩子到梁处，说："梁老师，不好意思，又来打扰你。他是我们法喇的学生，请你饶他一码。"梁又说不行，教育吴家小子："我以前说过的，你们听到过没有？"吴家小子说听到过。梁说："那好，就照以前说的办！你请孙老师来说也枉然。孙老师刚才来为他家亲戚孙国要求情，我都没答应。一个都不答应！谁叫你们以前不听话！一切都是你们自惹的。"

这事又不成。孙国要也不留级，就回家去了。不久就到昆明打工去了。但梁榕天天一遇上孙天主，就面若桃花，笑得极是美丽。孙天主大吃一惊。

孙天主对学生满怀希望。没料刚上了几天课，就发现学生素质太低。错别字连篇，有的连自己的父母的名字都写错了，有一二人连自己的名字也写错。四分之三的学生不会拼音，一半的学生读不全声、韵母，有十多人连声母都不会读。百分之九十五的人不会用标点符号，通篇只用逗号。有的老师见孙天主对学生的素质大惑不解，就与孙天释惑："矮子里拔将军，反正要在这个录取片区里把这二百四十人录够。所以小学升学考取，语文、数学两科总分两百分，而录取分数才九十五分，就是平均分还不到五十分啊！隔及格都还差二十多分。而且这些分数里也有水分，各村小学教师要图学生升学考试的成绩以保自己的工资、奖金，考场上想方设法帮学生作弊。有的呢，直接请荞麦山中学的学生去代考。你以后会发现，一到小学升初中考试时，很多学生就不在了，其实就是跑回去帮小学生考试去了。你莫看小学升初中的分数，有的学生分高得很，真正一叫来，长方形的面积都不会算。这样就害了荞麦山中学，进来的全是一伙日脓包。前几年我们就提出来，小学升学考试要由荞麦山中学的老师去监考。但提也白提，无人理。年年进来一些根本就教不成的废物。"孙才大悟。

　　许与孙联手，他教孙天主这班的数学，孙天主教他那班的语文。不久他来向孙诉苦："糟了，糟了，这书还怎么教！这些小杂种一半多连直角多少度都不知道。"孙天主说了语文课上发现的情况，说："不怕，加油地干。整个初中，也不过就是语文、数学、英语、物理、政治、化学几科，三年时间，还怕学生学不了？"许说："干劲我是有，你不用担心。我又单纯，除了教书，别的都可以不干。不像你要忙读书、写作，所以我可以把一天二十四小时都扑上去把书教好的，再说这些学生也可怜。一看他们那种天真、幼稚的样子，再加叫我一声许老师，不想讲也得讲，根本不忍心不把他们教好。"

　　学生语文素质差，孙天主仍是信心十足。乱世用重典，他边教初中的课，边补小学的。每天令学生抄书，以消灭错别字。学生每天抄五千来字，把手抄疼了时，就用左手来抄。不久就见学生有进步了。

　　孙天主每周布置学生一个作文，第一个作文《我成为中学生时的感受》。学生在小学天天被老师带着抄作文，如今一听写作文，也以为要找作文来抄。但发现孙天主出的作文题怪，作文书上也找不到类似的题目来抄，有的女生撒娇，来找孙天主："孙老师，你这个作文题出得太怪了。我们在小学的教师从来不兴这样出。你换个作文题来给我们写嘛！比如出个《一件小事》之类，我们就好写了。"孙天主不理。学生还是到处去找些作文书，抄了来，内容稀奇古怪，竟有"我们景山学校的学生，心情非常高兴"等。孙天主原已令学生自己怎么想就怎么写，写得不好不要紧，但不许抄作文，抄者重罚。这下在课上，问学生谁是景山学校的，学生答不出。孙天主把这些作文本都撕了。两班一百二十名学生，竟撕了一百本。于是学生反对了："孙老师，我们在小学，语文老师都叫我们抄作文。就是荞麦山中学，好多老师都是叫学生抄作文。"孙天主说："我不行。"

　　见学生都不会写，于是自己示范，说："这作文我来写怎么写？听着，你们把它记下来，就是我的作文了：十年前我从法喇小学考取荞麦山中学，得到录取通知书时，心情激动，想这下我终于成了个中学生，可以到荞麦山去读书了。结果一次割草时就这么想，一不注意，镰刀就把食指割出血来了。"学生听了大笑。孙天主举起左手食指，说："看，疤还在这里。"然后止住学生笑声，说："平时我只背得动三十来斤，但到开学那天，我背了五十斤，一气未歇，就到了学校。我一到荞麦山中学，奇怪那校门是用什么造的，别人说是水泥造的。我大吃一惊，水泥竟是黑的啊！我原以为是玻璃一样亮的呢！一下子我就对这有水泥门，有水泥房子的学校产生敬意了。同时以能在水泥楼房里读书而自豪。"学生哄然大笑。天主说："上了现在我宿舍下边那几十级圆石梯，我又感觉这中学不得了，竟有这样好的石梯。再上去，地主的庄园就跟书上画的宫殿一样，我就到处盯着看。我父亲为我报名后，领我到宿舍，地上铺好铺，他就要走了。我就愁起来，我父亲看出来了，只好又在学校里待了几个钟头，我很想跟他回家去了，但又不敢说。后来父亲还是走了，我送他出校门。他刚一上公路，我就哭了。"学生大笑。这时下课铃响，孙天主说："后面还有很多，反正要写真实的。撕了作文本的学生，必须重写，明天交。下课。"

　　第二天作文交上来，稍好了一些。但仍有的又抄成"我成了北师大附中的初中生"。还有二十来人，就写得到初中录取通知书后高兴了把左手食指割伤，完全将孙天主讲的照搬了来。天主想：怎么这样蠢得无法！又罚了重写。第二次作文，是《我们的语文老师孙老师》，规定就是写孙天主。抄作文的少了十来个，但还有七十来人。有的公然抄成："我们的语文老师四十多岁，她丈夫在县邮电局工作"之类，无奇不有。许来看见，哈哈大笑："这些学生笨得无法。这种作文题目卡死了的，公然还敢抄。"孙天主说："我就是防止他们抄作文，才出这种作文题，叫他想抄也抄不得，结果还是令人啼笑皆非。下次我就命题《我们的数学老师许老师》，看他们又怎么抄。"

天主又罚那抄作文的七十多人重写。下次的作文就布置了写许。过了几天许笑得满眼是泪，拿了作文本来与孙天主看："这些小杂种，写个狗屁。你看这篇，说我'脚穿布鞋，头戴帽子，苍白的头发下一副慈祥的面孔'。这一篇呢，说我'他已教了二十多年书，现在已是桃李满天下'。这类奇谈怪论，两班共有四十多篇。我天天光头，穿运动鞋。"到数学课，许就在两班问："我到底教了几年书了？"学生说才教。许即问写他教了二十多年书的学生："我这'教了二十多年的书'哪里来的？"学生说是抄来的。许又问："我每天脚上穿什么鞋？"学生说运动鞋，许问："那哪来的布鞋呢？"然后就如孙天主一样，教育学生不要太蠢了。

天主人人致尧舜的希望大受挫折。他撕了数十次作文本，还是有学生抄作文，有的学生根本就不会改。他才相信古人之言：唯上智与下愚不移。

他一天天地增加对学校的了解，渐渐失望了。这天是同是一年级班主任的郑老师叫了党支部书记之子，初三年级学生李志五到他那里受教训。这小子到郑的班上，逼漂亮的女生与其交朋友。郑问，李志五不答，反而挑衅地盯着郑，说："叫这些臭母猪来对质！如果我没去过你班上，我把她们的嘴撕烂掉！"郑大怒："谁不知你是荞麦山中学的太子？女生还敢来跟你对质？荞麦山的老师学生都怕你，老子不怕你！"就赏李一耳光。李捂着挨打的脸，说："我请你记住：这一耳光之仇，老子非报不可。"郑说："老子怕你报仇就不敢打你了！走，找你爹讲去，你爹是领导，你哥也是领导，反正这天下是你家的了。"孙天主站在台阶上，见师道如是，邪恶如此，心中大为悲凉。郑家在荞麦山极有势力，所以才敢打李。别的老师，畏惧李等，哪敢如是。而郑被李称了老子，同样无奈。

　　第二天孙天主知道李老师教育儿子几句，就罢了。而那几名女生已不敢再在学校读书，辍学回家了，李志五也不敢惹郑，但仍去惹那些女生，据说带了一伙流氓学生，到那些女生所在的村里，骚扰一通才回。一日郑来孙天主处吹牛，说："妈的李家那个儿子，一样狗屁不懂，只会调戏女生，是李帮忙作弊考取师范的。他大儿子分工在小学，被他调进这里来。老二据说明年也要调进这里来了。这些年，年年有人告他给儿子作弊，别处来监考的老师，有正义的，考场上都盯着他家，所以李志五考了三年没考取。年年补习，成了花花公子。被他带到宿舍玩过的女生，不下四五十个。他带回去，大儿子也跟着玩。所以日他烂娘，这书教得好么？你是有才华的人，天下大得很，怎么回这种小地方来呢？我们是无办法了，才在这里混，你回这种地方来，可惜了。过后你就会明白，在这里什么也整不成。"

　　李国正的妻子，天天蒸包子卖。那包子、馒头只比核桃大，两角一个。由于垄断经营，效益极好。但学生买的仍少，就因那包子太小了。学生情愿去买周围农民背来卖的洋芋。包子卖不掉时，李就叫儿子叫上一伙流氓同伙，每人分了几个，端了到各班教室去卖，强迫学生买下。老师尚且怕这伙人，学生更怕，那包子岂有卖不掉的？

　　校长秦光朝，凡事退让。他自己也从这里捞足了油水，要想调县城了。一年有半年不在学校，三天两头朝县城跑调动。以前他扣老师的工资，被扣的老师就去他屋里提相应价值的水壶、沙发之类，因他屁股里有屎，被提了也就算了。现在他则纯粹不管了。老师上课是上"良心课"。有良心的，觉要对得住学生，去上了。别的呢，就不在乎了。

　　天主每天上了课，就在门前摆个小凳读书。上午提一桶水来晒在院里，到中午水热了，就开始洗澡。他仍想起欧阳红就失眠。但时间长了，他脸上的疮不在了。他回忆欧阳红时,终于从原来的对欧阳红眼神、笑貌都记得,到现在一忆及,欧阳红脸上就像被一块布盖住,他想忆起欧阳红的相貌也无办法了。于是他明白他对欧阳红的记忆已在淡忘了。

发到了工资,孙天主回家,买个猪头提回去,全家煮了痛快地吃。看着父母吃得高兴,笑得愉快,孙天主心里很激动,觉人生不过如此,能永远如此孝敬父母下去,他就满足了。全村人见孙家买猪头去煮,就羡慕地说:"孙平玉、陈福英倒是值得了。才四十岁,就享福了。儿子又成器,又孝顺,一回家就买个猪脑壳回来。两个儿子又进初中,有他哥带着还怕读不出来?以后不知要享多少年的福,才享得到老死呢!"

孙平玉、陈福英听了,也非常高兴。有的人劝:"你家两口子还披星戴月的苦什么?儿子出来了,该轻闲了。再过两年富民、富华一读出来,更享不尽的福了。"陈福英说:"这倒还要再过几年啊!全家人要吃饭啊!富贵那几文工资,还不够他用,又要顾家中,又要供两个兄弟。当老师了,穿的没买上一件,吃的是三弟兄背洋芋去荞麦山煮来吃。连法喇回来的老师都说:'孙老师是学校里穿得最烂的老师,穿的是补巴裤子。'不苦,难道要富贵养起?富贵也养不起。"

学生回来都说孙天主在校如何艰苦。法喇人听了都很感动。说:"要这样才好,不忘本啊!谁不说富贵有德才呢!别的村的群众都会跟我们讲:'你们法喇那个孙老师,书又教得好,人又正直,又有本事,听说在报纸上发表了多少文章!生活又简朴,当老师了,穿的和学生一样,甚至还不如有些学生。吃的也跟学生一样,有的学生还比他吃得好。上完课一根小板凳,一本书,哪里去找这样的人呢!'我们与他们说:'你们还不知道呢!当了老师又如何!一回家,毡褂穿上,跟农业上的一样,照样在地里苦!根本不像有的人,认为自己在单位上,领到几文工资,就不得了了!尾巴翘在天上,你喊他他还不张你!'"

陈福英说:"没钱,不是只有穿的吃的和学生一样了?"那些人说:"不是。他有了钱也不会乱花。他真要一个人自私,只图自己肥,他的工资还不够他吃?而且真只顾自己,他只管拿起钱去荞麦山

进馆子，还会买个猪脑壳提回来全家吃？法喇出去工作的多了，我们也看多了。"

其实呢，倒是孙天主觉父母恩深，看来永远报答不尽，所以全力图报。孙平玉、陈福英呢，觉得对不住儿子！孙天主的收入，全带回来还账了，还要负担孙富华、孙富民二人，不用他们操一分心，出一分钱，连吃的肉，都是孙天主从荞麦山买了背回来，所以深觉对不住儿子。暗中常交代孙富民二人："你们在学校里，要少用你大哥的钱了。他自己也要买点衣服穿，不然他在学校里穿得太旧太烂了，你们也过意不去。而且他也要存点钱，以后要结婚成家。我们不能帮他几千几百，但至少也不能把他的钱花了一分都没有。"所以一心要苦了富起来，减轻孙天主的负担，倒反比以前还苦。孙天主见父母苦得可怜，屡劝他们少苦了，要保重身体，总是无效。他们劝孙天主买件衣服穿孙天主也不听。孙天主想，这真正是"相依为命"。

法喇人是早就恨小学里的这伙老师的，只管自己的子女，生怕别家的子女读书成人。有聪明的，不但不好好教，倒要想办法拖后腿，尽力压制，使之考不起中学。老百姓虽恨，却又无可奈何。能奈何的，却想的是与其动这些老师，不如留着他们害人更好。反正自己的子女可以带了到荞麦山或米粮坝去读，反正也只图自己的子女成功。自己要是动了，既得罪人，又成全了全村人，教学质量提高，岂不白帮别家培养人才？自己的子女一带走，倒巴不得这些老师更混，法喇一个人才都不出才好。

秦国书被分在法喇小学。书教得好，全村欢欣敬佩得了不得。又值秋冬之季，有杀年猪的，别的老师不请，仅来请秦去吃。孙家长房，自己的亲戚来这村工作，也欣喜非常。因秦国书每天早一趟晚一趟回左角塘吃饭，来回三十多里远，大家都热心地叫他到家里吃饭。他成了贵客，家家都热情过度。但不久，他就只到孙江成和孙平玉家了。别家叫，怎么也叫不去。孙平强几次叫他放学后去他家吃饭，叫的次数多了，秦心烦了，直言："二爸，算了。我在我们那种家庭搞惯了，进你们屋里去不习惯。"孙平强听了，惭愧万分，红了脸回家，说："人穷了有什么意思呢！好心请人家来吃饭，人家还不习惯。"魏太芬听了，问："你说什么？"孙平强讲了前后，魏说：

"那你要问他：'我请你来吃饭，图你哪一折？图你的工资？图你的地位？图你的名声？要说图你的工资，你来法喇孙家吃了几十顿饭，要你付一分钱了？要说图你的地位，我孙家中学教师也有，支书也有，不会图你那个小学教师！要说图你的名声，我孙家有大学生！莫说你还不是大学生，即使你是大学生，孙家也不耐烦图！'"孙平强说："说他做什么？这种小人没得说场！"魏说："你不跟他说，我以后也要跟姑妈说！我们是敬他？我们是敬姑妈！这下他秦国书要得孙家一张洋芋皮吃，也不可能了。"于是忿然对全族讲，全族都愤怒："他家有多稀奇？同样是农民！他干了几天工作？肚里的洋芋皮都还没屙干净呢！就践踏人了。"孙平文说："他一生人也屙不干净洋芋皮的嘛！他能顿顿吃米？比他玩格①几十倍的人，还在啃洋芋坨坨，他算老几？"孙江荣说："人家瞧不起我们，恐怕人家家境是要好点。"孙平文说："他家难道你不晓得？一年就是两三万斤洋芋，一两千斤荞子！其他还有啥？洋芋、荞子还没有孙富贵家多！孙富贵家牲口不死光，他家算老几？"魏太芬说："怪不得他只会去孙富贵家，怕是孙富贵家家境要好点，要吃得好点。"陈福英说："吃什么？米没买一颗。吃的全是洋芋荞麦。"魏太芬说："秦国书说得这样气人，我们几家就约好，就说怕他来家里不习惯，也不请他来吃饭。他即使找上门来，有喂狗的，也没有喂这种亲戚的！我们捧不起这种大官！我们住的是烂房子，吃的是洋芋坨坨，当然人家看不惯。但是，老天，即使我们吃的是粗糠，也是拿了敬奉他的！再看不上眼，再不习惯，你不要说出来气人！"

从此秦国书在法喇，只到孙天主家找得到饭吃了。孙天主回来，全家讲与孙天主听。陈福英说："也不怪秦国书看不惯。你三爷爷三奶奶多年的动作，自己吃还舍不得吃，洋芋不准烧吃，只准煮吃，说烧吃就零零星星的，边吃边消化，就要多吃一些下肚子，所以只准煮吃。每天两顿，每顿只煮扣定数的。煮都规定要煮透了才准吃。说刚透心就

---
① 玩格：形容人的经济条件突然变好后为炫耀而做出超出其消费能力的行为。

吃，也伤洋芋得很。谁要是煮着就揭锅盖捡洋芋吃，你三爷爷三奶奶就要打要骂。以前孙平文饿得实在没法，洋芋正煮着，就揭盖子捡，你三爷爷就用盖子盖。气正冒得沸沸沸的啊！你大爸被烫得哭。孙平丽等全吃过这个亏。去年孙国军捡洋芋，又被你三奶奶盖。孙平强将盖子打落掉，你小爸才得救了，手上仍被烫了全是泡。要不是孙平强，那手就残废了。自己吃还心疼不已，何况秦国书来吃？你三爷爷三奶奶咋不火绿？定是秦国书来了以后，你三爷爷三奶奶脸上不好看。秦家虽也吃洋芋，但哪见过这种情况，当然看不惯。可能秦国书也是实在火绿了，才会这样说。但秦家这憨包娃儿，再看不惯也闷在心里嘛！何苦要说出来得罪人？而且得罪他的是你三爷爷三奶奶，不是你二爸。你二爸好心喊他，他就该好好答应。"

　　天主听了，大惊。孙平玉说："你连这个都不知道，像我们这家境还算好的了。全村一半的人家，都是这样的。你没见后面崔绍云家，六七个人，每顿只准煮一小盆洋芋，饱也是那一盆，饿也是那一盆，只有我们每顿煮的五分之一。我看着只够我吃！大人出工，要把门锁上，以防小孩偷洋芋。韩农秀出门，要在洋芋堆子上打记号。回来见记号动了，就劈头盖脸地打。那些姑娘被打得东奔西跑，满山地嚎，连崔绍云都不放过。一次崔绍云偷洋芋吃，被她一棒打去，把崔绍云眼眶都打肿，差点就把眼睛打瞎了。"陈福英说："法喇哪家像我们这样，有人无人，火塘里火才燃，洋芋就满火塘的烧起，屡屡陆陆地吃。烧的吃完，又吃煮的。正顿才吃好，出工的要背一口袋，读书的要背一书包。你们读书哪天书包里的洋芋不是塞得满满的？一个学期要烂几个书包，就是被洋芋塞烂的！你们明天去小学望望，像富文这样书包里背得起洋芋读书的，全校有几个？"

　　秦光春分在左角塘小学，起先刚见陈福英、魏太芬等去赶场，都表嫂表嫂地喊得亲热。孙家人都说："人家秦光春当了老师也不大貌，农村本色不变。"但只几个月，孙家人就发觉变了。陈福英等去赶场遇到，非但表嫂不喊，见了就忙走朝半边。这二人也知数，说："你看人家当老师了，有地位了。我们是农民，身上黄邦邦的，怕别人说秦光春有这种穷亲戚，丢他的面子，所以倒反我们把着正街、街心走，害人家朝街角、河坝跑。我们也应该知数,见着人家就勾着头算了。"

这日孙平强与崔吉华到米粮坝去。秦光朝已调米粮坝中学。二人走到米粮坝中学前,热得直冒汗,又干又渴,孙平强说:"走,我们去我老表那里找口水喝。"崔说:"怕他想自己是堂堂米粮坝中学的老师了,我们去丢他的面子,还是不去算了。"孙平强说:"咦!是亲老表啊!我姑妈和我爹都还活眼健在,他敢不认?况且他与你也是表兄弟,也亲得很。就是我不在,你独自一人去他那里,说你妈是孙家姑娘,你与他是表兄弟,他敢不认?"崔说:"我独自一人,怎么也不会去的。"孙平强还是拉他,崔也只得跟着去。路上孙平强问:"你为什么说你怎么也不会去他那里?"崔说:"有个缘故:聂传顺是我个亲大姐夫,以前和秦光朝一起在大村代课。秦光朝每次回家,都要从我大姐夫家那里过。依着你们孙家喊,因为秦光朝妈是孙家姑娘,我家妈也是孙家姑娘,因此秦光朝就喊我姐姐喊表姐,喊我大姐夫为大姐夫。等秦光朝一成正式教师,我大姐夫什么也不是时,秦光朝见我大姐夫就不理了。等我大姐夫在荞麦山有了那幢房子,秦光朝又喊我大姐夫为大姐夫了。所以今天也亏你是他亲老表,可能会理你,才和你去。换别个,即使是孙国达等人,我也不会去的。"

二人刚进校门,就见秦光朝走出来。二人就叫:"老表。"秦看看二人,皱皱眉头说:"你们下城来啊?"就走出学校去了。孙平强红了脸一言不发。崔说:"这就是你亲老表了!"

二人就走出学校来,又遇上王勋杰。崔妻姓王,崔算王勋杰的姑爹。孙平强说:"你是他姑爹,水肯定要得到一口喝。"崔说:"难说。"二人见到王勋杰就喊。王勋杰说:"哦,你们来城里啊?"就走了。崔又气得要死。出来,遇上岳英贤,岳与二人都无亲无故,见了二人,就叫:"走,去我那里喝杯水。"二人好不感激。但已有了前两次教训,死活也不会去喝什么水了。好言感谢岳英贤后,就忙逃远一些,才坐下相对而泣:"人穷了实在无意思!还活人干什么呢?鬼都不睬了!"孙平强回家一讲,孙家人就联系起秦国书、秦光春及秦光朝之

妻在荞平麦山供销社不理他们的情形，说："我们孙家是不如人家了！再亲都是这样，穷了就不是亲戚！还亏姑妈还活着！连姑妈活着都找不到一口水喝，那要是姑妈死了，这门亲也就算没有了。"

昆明传回来消息了：孙国达判了四年的刑。

第六章 桃李

六十二　因爱成恨

　　天主教了一个月的书，就发觉这环境糟透了。老师不分白天昼夜打麻将赌钱，有的达两三天不出门。有个老师就因长期打麻将，坐骨神经坐坏了，学校用公款地区、县上到处送去医。全体老师的医药费，被他一人就医完了。有的老师不吃饭，专喝酒。喝酒都要喝纯包谷酒。周末递个酒壶给家中酿酒的学生："打壶纯包谷酒来。"或者亲自到学生家中，去喝刚酿出的热酒。有的老师喝醉了躺在操场上骂人，脏话流水般出来。有位老师酗酒中毒，死了。平时有的老师打牌、下棋矛了，菜刀明晃晃地提着互相追杀。全校老师、学生后面追着看。有的老师弄个相机来，专哄着学生照相。一年可赚两千多块，比一年的工资还高。有的老师给学生算命，一元钱一个。其余养条狼狗产仔卖钱的，买条骡子喂着赶马车的，无奇不有。还有的与学生结拜兄弟，称兄道弟，有的与学生谈恋爱。如此等等，占了半数。其余的呢，也有好好教书的，也有忙做生意的，还有就是忙调县城的。

　　学校学风大坏。李国正的儿子组织了个"四海帮"，专门敲诈学生。偷盗成风。学生谈恋爱，吃醋打架。天主对他那个班，天天讲读书、做人、创业的道理。而且他一开始就拒绝二年级那些只会打架、捣蛋的留级生。所以他这班虽有几个糟糕的，但都不成气候。其他班偷盗、敲诈普遍存在。孙天主这班学生也时常被其他班的学生来敲诈。孙天主从小被欺，深知这些学生的苦楚。出现这些事了，他只好亲自当灭火器。小到一个学生的调羹被人霸去了，孙天主亲自去拿回来。两角钱被人敲诈去了，孙天主也去讨回。而敲诈者都不受到应有的惩罚，我行我素。而孙天主也对此毫无办法。他只能如此而已。自己一生疾恶如仇，而这里恶太多，他根本疾不过来了。

最可怕的还是班上的老师不负责任。学生今天来向孙天主讲英语老师怎么连续几天不上课，政治老师只会拿书念，孙天主也无法。那英语老师叫徐和发，为人做事酸溜溜的，不像个男人，老师就名之为"徐小姨妈"。人既没水平，上课上不下来。并时常做气不上课。孙天主去求他时，他就说："老孙，看在你的面子上，我还是去上两节。"于是又来上两节。等学生不明白出了什么事时，他又不来上课了，声称是学生得罪他了。全班学生根本不知哪里得罪了他。孙天主只得又去求他。后来孙天主没有办法，只好在语文课上，数学、英语、政治地串讲。并且只得向学生鼓吹自学精神了，说自学多么重要。并向学生说："自学了不懂的，拿来问我。"

许世虎来校后先也还积极。但不久就不行了。那些流氓学生，以和老师称兄道弟为荣。孙、许等才来，这些学生都来找。且孙天主名声大，那些学生更有成天来找的。孙天主哪里理他们？而许来校看到如果不和这伙学生混，那在这学校根本混不下去。于是也和这伙学生打篮球等去了。并受这大环境的影响。见其他班主任将学生交来的班费乱用。他也手痒，将学生的班费，拿去买了个大录音机来，表面上说是全班的，实际就是他的，只有他能用。那班费就是许四个月的工资。攀上一番，他认李国正为舅舅，认李志五等为老表。学生偷了东西来，他就去没收了来自己享用。后来那些学生为讨好他，偷了就直接送到他这里来。酒喝得热了，学生就叫他大哥了，他也就答应，叫这些学生为兄弟。学生称："大哥有什么事只管叫兄弟们！兄弟们帮你杀人都可以！"许也称："兄弟们有什么事，只管来叫大哥！大哥帮你们撑着！"这些学生于是都留级到他那一班来，班上乱无天日。其他老师根本上不下他那班的课来。孙天主去他那班上课，也是乱相百出。亏许打招呼:"孙老师的课不准捣乱!"才稍好些。但孙天主渐渐也上不下去了。后来许那班有几个学习好,家境也好的,都转学到县城去了。孙天主也失了心绪。高兴时讲,不高兴时就不讲了。

最后连许世虎自己也上不下他那班的课了。这才大悔,与孙天主说:"我都上不下我这班的课了!你那班的数学课,反正我一如既往。你那班的学生太可爱了。又勤奋又老实。令我越讲越想讲。讲时自己也高兴。一看学生在下面笑了,我就想到讲通讲好了。一见他们脸上疑惑时,我就想糟了,难道哪里讲不对了?我那个班,妈的就糟糕了。搞来搞去在上我那班时,我就坐着备课,好在上你那班时好好地讲。"

孙天主决心对教学进行改革了。他决心从二年级起,把课程拉完后,二年级的语文教材,就是学生在一年级时写的作文集。经过几个月的努力,学生抄作文的积习已被杜绝。尽管错别字还普遍,但学生已会写真实的所见、所闻、所感了。学生每周两个作文。记叙文都用真人真事,则是说明文《从学校到我家怎么走》《农民如何犁地》等。学生的作文水平大幅提高。

孙富民、孙富华、孙富文的学习总不见好。孙富华尽管留级,在新的班学习都只在七八名。见孙天主如此教学生,孙富华羡慕得要命,说教他的老师只会照本宣科。两课时上一课,拼音、造句、中心思想、段落大意在黑板上大板大板地抄。却已是以前全校公认教得好的语文老师了。孙富民呢,就在孙天主这班,毫无进步。既不好学,又贪玩,书不能读,字不能写。孙天主的课,他仿佛在用心听着。其他老师上课时,孙天主去看,见他或望着天花板出神,或在课桌下与同桌打拳。只要一背开孙天主,就傻子似地与其他学生又打又闹。数学学了半年,负五加负十都加不出来。孙天主每有空时,把各科都拿了考他,一考发现根本就没用心学。孙天主大怒,用脚踢,用柴打,打去孙富民只像一团面,既不流眼泪,也不吭一声。孙天主怒极时,不给饭吃,或赶他到外面去,他站在哪里,竟能站上一夜。终是孙天主也没办法。觉这人没有耳朵,因为说了不会听;又觉其没有脑袋,因为听了也不会想。孙天主不见他还不气，一见就气堵上喉里。看看实在没出息，要打发他回家去算了。孙平玉、陈福英说："这是个没耳性的人！都十七岁了，还不会想事。我们天天年年拿张嘴背在身上。说了这么多年，仿佛一句话都没有说。搞来搞去倒是他不气我们气。气得没办法，只寄希望于你回来以后，由你带着他，让他看见你怎么刻苦，又看看富华如何好学，然后会不会改。既然你都对他无法，那我们更无办法。你打发他回来，我们也对他无办法。再怎么混，也让他在学校里混算了。这样别人不知内情，还以为他行。这样既给他遮遮羞，也给我们和你遮遮羞。如果打发他回来，那连他、连我们、连你都要被人耻笑。别家考不起中学的，拿钱都要买进去读。哪有他这样的好条件？要是他会想事，他就会明白这一切来之不易，好好读书。这下你当了老师，倒叫他回家来，别人怎么看？再等他在学校混两年，看他会不会想过味来。"

于是只好由他在学校混着。但他在学校混，往往使孙天主成天心不得宁。这日孙天主去荞麦山邮电所投篇稿件。自习课无老师，孙富民以为得自由了。和几个身量小的学生提倒腰。他两手将两个学生倒倒地提着。随后他就自己站定，叫那些学生来抱他。有时抱他起来，有时抱不起来，他都哈哈大笑。孙天主回来，见他如此，走去将他耳朵拧着，拖到讲台上就打。说："蠢猪，你不见我每天读多少书、写多少字吗？我何时只要求别人不要求自己？我给你做榜样你都看不见？你到底要我讲到哪一天，说到什么时候？书上有的我向你讲了，书上无的我也向你讲了。写下来是一部书了，还要我向你怎么讲？"

但仍是无用。孙天主无论白天黑夜，埋头苦读。孙富民呢，十天读的书无孙天主一天读的多。论写的，孙富民十天的作业、作文等，不如孙天主一天写的多。但孙富民仍不会省悟。这日孙天主到荞麦山买米回来，见孙富民正与几个学生打闹，被几个学生追着。孙富民边跑边回头笑。孙天主刚入校门，孙富民就已跑到孙天主面前，头却还向后看着。孙天主伸脚在他前方一绊，孙富民还向后笑着的，"咚"的一声倒下地去，半日爬不起来。头上脸上血出来了。孙天主又气又怒，只得带他到学校医务室去包扎。一时孙天主气得胸里出大气，鼻里出粗气。如此又气又恨，孙天主仅半年就觉气够了，再也忍受不了这种折磨了。但又无法解脱。日日受此煎熬。

孙天主同时感觉到当家的滋味了。每次他的购粮证上一月的粮,去买了米来时,仅三五天,就被三弟兄吃光了。孙天主几乎都在朝荞麦山街上去买米。在孙天主当了老师后,陈福宽说当了老师,至少要有个单车。于是在昆明买了辆单车带回来送孙天主。孙天主每天骑了那单车到荞麦山买米。孙天主本就不习俗务,粮袋放在后面架上,扎也扎不好。路上袋被后轮磨通了,米流了出来。孙天主只得解了扛着走。有时单车轮爆了,孙天主就骑瘪轮胎走。不久全乡的人都知孙天主不会过生活。

富民二人每回家去,孙天主就在学校里担心二人到家没有。第二天天明,就又为二人悬心从家回来的路是否会出什么问题。看看总不见来,就焦躁起来。既瞎想二人会不会被汽车碰着,又瞎想会不会被狗咬着。总担心出事。直要到二人到学校了,心才会落下。

秋天的荞麦山,景致极美。高山入云,红叶飘飘。教书之余,孙天主就带书外出,爬上山去读书。有时俯见学校在荒山中,球场上人如蚂蚁。就想自己每天如蚂蚁在这世界遥远的角落里活着。他就深感悲凉:在这样的地方活,活一万年也没什么意思啊!活到地球毁灭那天,又有什么意思呢?他已到二十二岁了。他何时才能从这里走出去呢?想想好不渺茫。

白天在山上看书,时间倒好混。傍晚,孙天主回到学校,看夕阳西去,他就着急:一天就这样过了啊!我能在世上多少天呢!即使活一百岁,也只三万六千五百天啊!活一天就少一天!他开始一生的倒计时,他以自己活六十年算,已去二十多年,只有不足一万五千天了。如此之短的人生,那能做什么呢?晚上,孙天主回忆一天所为,收获无几,不由大恨。于是一天积蓄的愤恨都向自己发作了。那时他就开始惩罚自己:读到天亮或写到天亮,以弥补昨日的损失。秋冬之渐,气冽风清。孙天主写一阵,就走出外来看看。秋月如钩,秋风似涛。整个山乡,鸡不鸣犬不吠,唯有秋风阵阵,在荒山上斥掠而过。

孙天主在学校极为孤立。大凡在这种地方,人们不结成一个小团伙，是过不下去的。孙天主却找不到一个志同道合者，哪怕结个仅有二人的小团体。别人都是以喝酒、赌钱、吹牛结为一伙。孙天主不参加这些，每天只看自己的书，只有自己独为一伙了。那些流氓学生，见孙天主不理他们，还处处与他们作对，大为不满。再加一些女生甚敬孙天主，他们大为吃醋。这一来，孙天主周围尽是敌人。

　　有几个教书教得还算好的老师。家在白卡的陈兴洪，师专中文系毕业后，分来荞麦山乡，他教书也还不错。孙天主来后，他就失色了。他为人也还正派，就是不惹别人，和其余人勉强过得去。他家在农村，来到荞麦山中学后和也出于农村的彦红谷老师结婚。对自己能从农村走出来，到这堂堂中学教书，大是振奋。与孙天主说："大事毕矣。"并抚着刚出世的儿子的头说："以后怎么闯，是儿子的事了。"钱吉兆师范毕业，人极聪明，书也教得不错。见孙天主总还在拼搏，说："难拼啊！算了吧！我都盘算好了，像我们这些农民的儿子，至少要三四代人不懈努力，才能达到目标。我这一代，家境贫寒，吃不饱穿不暖，得读书就不容易了。学校又差，老师又没水平。在如此情况下，怎么能达到目标呢？充其量我只能找到个铁饭碗就不错了。我有了一定的知识，也有了一定的经济条件，就为我的儿子打下基础。我能有经济条件供他读大学，也能从小就教育他。不像我的父亲既没钱供我读书，又一字不识，无法教我。在这种情况下，我的儿子在我的基础上，考个好的大学，拼到一个稍好一点的城市里去。在我儿子这一基础上，我的孙子再发愤努力，拼到个大城市去，那才开始真正的干事业！"孙天主呢，想想就悲哀。能说"大事毕矣"的，在这学校也不多啊！却也居然这么想。孙天主不同。他就是要将钱等设计的数代人才能完成的东西，在他这一代人就全部完成！人人都以孙天主为荒谬，以钱所说的为真理。孙天主则反驳："如果都像钱这样设计，那一万代人也实现不了目标！"他孙天主在想：他自己见了许多人了。才华、意志如他者鲜。自己都达不到目标，那自己的儿子能有何为？历史上虎父犬子的事情他看多了。万一我孙天主的儿子不如我孙天主呢？那还能对他寄希望吗？所以他硬逼着自己要将一切完成。

　　邹理全等，在社会上有一群狐朋狗友。有时去开辆货车进来，在学校操场里开着，威风得很。车喧人叫。偏有如陈、钱等，俱去围观。教师心智穷到如此，学生可想而知。车前车后，围者上百人。邹更边开边按喇叭。而有人骑摩托进校时，钱等上去，左摸右看，蠢不堪言。

柳国开等人，就完全变异了。父亲早死，其弟抵郑朝斌后，分在小学教书，却强奸小学生，被判刑，柳老师因此失去了大的希望。就专攻易经，为别人算命。为学生算时，每人一元钱。而算到别人命不如他时，面上大悦，乐祸之心顿生；算到命比他好的，嫉妒之心顿起，面色不悦。不久全校老师学生都知他这心态了。只好见他算着算着面色不悦时，那就证明自己命好了。只要见他面色好时，就知自己命不好了。以后其见孙天主相貌俊丽，才华出众，一日坐着，就与别人说孙天主以后大有出息。别人问："你给孙天主算过命？"他说："没算过。但看孙天主的相貌就看得出来。"众人就叫他给孙天主算一下。叫孙天把生日说与柳老师，请他算。柳老师排好四柱，面色大变，狼狈不堪。到底如何，终不示人。也不向孙天主说。后其自言自语道："怕不可能吧？"又按八卦算。刚排好，又是面色大变，叹道："硬是官星持世啊！"又大为不悦。也仍不向孙天主说。但众人看他那神色，就知孙天主命之好非同寻常，说从没见老柳如此狼狈过。后老柳见孙天主，神色总是怪怪的。

老柳等时常附孙天主风雅之名，晚上来孙天主处吹牛。梁榕也跑了来。一来就难堪。老师们就问她："你来干什么？"又说："你怎么不去找钱吉兆？"她脸红了，只好回去。孙天主后才知她和钱谈恋爱。不久二人就结婚了。孙天主再遇上她，就不敢再笑，她也就不笑。渐渐孙天主就知她是个有名的烈货，性格刚得要命，也轻易看不起男人。她在读中学时，人人羡慕她长得漂亮，想去沾惹的多，都碰了壁。时常被她劈头盖脸地骂退。搞来搞去无人敢去招惹她。因钱吉兆和她小学就同学，一直和钱吉兆好。且一直她只有钱一个男友。等分工后，钱吉兆在另一学校，梁直等他调来荞麦山中学才结婚。

没想孙天主就分来了。但凡无人处遇上孙天主，她老远就涨红了脸站着，咬牙看着孙。孙天主想真是怪事，她那脸比初中一年级的许多女生还红。更奇的是他和她并无一私言，只他因为她已有对象，不和她笑，她就恨孙了。

钱吉兆也极聪明，不在梁榕之下。但性情就柔得多了。所以他柔，才和梁刚强的性子合得来。万事只得听她的。以前二人关系和谐。而孙一来后，就不大和谐了。梁日渐看不起钱。钱被她挟制着，无奈了，也就下死的揍她一顿。哪知她这下只天天往孙处跑。钱心知肚明，也无奈何。孙天主呢，只遗憾自己来晚了。梁论才论貌她都是唯我独尊！孙天主总觉刚强比柔懦好，梁可合他的意得多。但到如今，只能任她一嗔一喜、一笑一怒，反复无常而为。

梁榕的妹妹在此读初二，也极漂亮。性格与梁榕同样，也无人敢惹。

再是蒋迎红。因吴邦祥去教育学院进修，二人好上了。吴邦祥比她大近十岁。她刚分来，吴就调下城了。因王龙毅的爹是县公安局副局长，她就和王好上了。孙天主刚分来时，大家正每天问王："摸到哪里了？"王说："摸到排骨了。"别人问："明天摸哪里？"王说："明天摸香肠。"但孙来后，王什么也摸不到了。后来去蒋处就被蒋赶出来。她不同梁榕，梁榕敢来借书。她自知比不上梁榕，也不来，只孙天主在院中看书时，她就拿她的毛线到院中打。时常请孙天主与她理毛线。孙天主与她理。她就问孙天主有没有毛衣。没的话她帮孙天主打一件。孙天主只说有，并不请她打。她时常问，但天主不请她，她也不好为孙打。有时就问天主有什么理想。天主东一句西一句地应付。她问天主有没有女朋友时，天主说有了。她就不好再问。但她仍不断地请天主与她理毛线。

学校还有个老处女易传凤，原与梁榕同班。二十八岁了。与梁同时分来，在此已五年。她人长得平常，却心高气傲。走路仿佛在跳舞。令人一看就厌恶。荞麦山中学单身的男教师也多，要找个女教师也难。她分来时，尽管长相一般。老师们先追梁榕，被梁骂退。于是都去追她。她见这伙人都蜂拥去扑梁，不得逞才来找她，也就效法梁，也骂。立即老师们约好：她有什么资格与梁比呢？全不理她。至今没有对象。今年她弟弟分在县政府办，娶了个副县长之女。众人一看她这里捞得到好处了,也不管她长相如何,走路如何,都来找她,她又不理。她时常装憨,来问孙天主"今天星期几"之类的话。孙天主平时本就过得昏妄,哪知是星期几。当孙天主说不知是星期几时,她就撒娇说是天主故意不告诉她。她撒起娇来也难看。孙好不厌恶。边问时她总要提到她弟弟,如今是副县长之婿。她顶多一两年即可调往县城了。并说:"孙老师的才华可惜了。在这地方什么也做不成。要是调在县城去,天地就大多了,孙老师也就好发挥自己的专长了。"孙天主听着就说:"我就是要在荞麦山才能发挥我的专长,到县城不行。"她说:"那你要一辈子在荞麦山?"孙天主说:"对。我就是要一辈子在荞麦山。"后来孙天主知她每天起来后的第一件事就是来孙处问今天星期几。孙只要一听她那高跟皮鞋响时,急忙关上门。她到孙门前敲孙的门,孙也不答。

这日孙天主在屋内看书。梁榕走进来,说:"孙老师,我向你借本《红楼梦》看看。"孙天主叫她在他的书架上找。梁找到了,见孙还在埋头写字,并未看她。大怒。就在孙床上坐下,问孙:"这《红楼梦》是什么内容?"孙天主回头见她正红脸盯着自己。明白她故意弄他。但梁漂亮多了,撒娇时千姿百媚,比易艳丽万倍。甘心被她捉弄,说:"讲贾家的衰落及宝黛二人的恋爱故事。"梁嘲讽道:"原来你也知道有'爱情'这词啊!我以为你不食人间烟火呢!"孙天主听她在骂他了,就不答言,仍回头写他的文章。她更怒,站了起来,走到孙后,看孙在写什么。孙天主心神动摇,写不下去。她盯了好一阵。孙天主虽辍笔,但不回头。她咬牙将《红楼梦》猛地砸在孙的头上。孙回头,问:"你怎么一点道理不讲?"梁红了脸,忙说:"对不起,我失手了。只顾看你写文章,书落在你头上了,对不起。"孙看她那红面容,气又消了。他实在舍不得对她发怒。二人对坐着。梁说:"你把《红楼梦》的情节跟我讲讲。"孙不讲。梁站起,将书打在孙头上,并抓起孙正写的文章说:"笨蛋。借我看看。"走了。

孙天主气得七窍生烟。她对他要打就打,要骂就骂,而且他正写的是时候，把他的东西抓走了，他想写也写不成了，这是什么道理。于是坐着生闷气，想这文章就这么完了。但不久，她又跑来，把门一推进来说："还你的文章。"孙天主大怒："你把我的构思都破坏完了，还回来干什么？"梁红了脸，她以为孙不会对她发怒的，脸上急得直冒汗。孙天主不理她。她坐一阵，见孙总不理她，干脆把孙那文章撕了。孙忙站起来抢。她已撕碎了。孙扬手要打她。她把脸伸来，说："你打吧！"孙下不了手。她就笑起来，又把孙的东西抓上一两样，走了。孙天主又气得无法，决心下次无论如何要下定决心惩罚她。当她又一次进来时，孙挡在门边，道："从此不许你进来了。"梁道："是不是真不许我再来了？那我就真不来了。"孙语塞。梁推开他，又进来坐下。孙道："求你别来这样折磨我了好不好？"梁不答，只是双眼望着孙。孙见她两眼如同红光一般，焦渴的双唇亦是赤红，大吃一惊，就低下头。梁半天说："你又何尝不在折磨我呢？"叹息而去。

　　天主就这么书看不成，文作不成。他感到立即要陷进梁榕设下的套中去了。他想写信与路昭晨了。他关上门写了一夜。但后又撕了。他想逃避梁，却逃不开。他想屈服于她算了，但她已是有夫之妇了。梁虽为人妻，却如未成家的一样，毫无拘束地朝孙处跑。但她仅增添了孙的痛苦而已，始终未将孙攻下。过了近半年，她的手法越来越毒辣。

　　这日孙正在家看书，梁携钱同来，二人与孙谈一阵。梁竟当着孙的面，坐在孙床上抱住钱就吻。钱也笑着与其嬉戏起来。她将丈夫的手拉了伸入她怀中，钱大笑，夫妻俩扭着滚在孙床上。她边与丈夫扭打边偷偷咬牙瞟着孙。孙大怒，他真想报复了。但想一报复就中了她的诡计。于是他枯然危坐。二人闹够。梁的上衣被钱掀了直到乳房。梁见孙总无动静，于是推开钱，走了。孙天主恨得咬牙。二人去后不久梁又来了，脸上还尽是红晕。孙天主咬牙挡住，一把将她擒过来，就欲将她奸污。他想的是你夫妇如此待我，我如此待你们，也合于天道。也只是礼尚往来。梁被擒住，低了头，一言不发，任孙发落。孙天主看看她，又可惜她了。她是无计可施，才想出如此计策来啊！人都是可怜的。他放开了她。她默默地跟在他后面，当孙坐下了，她仍站着。孙见她面红得可爱，心疼了，想刚才捉她那动作太粗鲁，定把她手扭疼了,于是后悔,问:"刚才扭疼了你的手吧?"梁一听粉面大变,泪水流出。拳头就在孙身上擂下。孙天主拉住,捋开她的袖子看,见刚才他的手捏住的地方,已变青了。他不明女人的手臂为何这么嫩,这么经不住捏,忙向她道歉。梁不要他道歉,当孙口才开时,她已欲走。孙拉住,定要将道歉的话说完。她双手捂住自己的耳朵不听,口中说:"你说也白说,反正我没有听见。"孙天主无奈,问:"你要把我折磨到何时才罢休?"她反问:"我正想这样问你?你要把我折磨到何种地步?"孙天主说:"我何尝折磨你?连你家里我都没去过啊!"她说:"你没去过就没折磨我吗?"孙天主说:"你是不是要我娶你时你才停止折磨我呢?"梁不答。推开孙说:"我要走了。"孙不放她,定要她回答。她坚决挣开。孙不放。她面上立即生威,喝道:"放开!"孙见她一脸凛然不可侵犯,不禁放开了。她就走了。孙半天才回过神来,后悔怎么她喝一声自己就放了她。

　　如此天天不断。孙天主无奈。钱却不管此事。见面与孙仍如同朋友一样。孙天主想真是怪事。但这日夫妻俩打架了。孙天主明白打架的原因。听梁的哭声,他就难过。他不恨他家夫妇何人。但总为人生可怜。后来梁终于不理孙了。见面就恨着孙,也不往孙处跑了。

　　冬天的荞麦山极为荒凉。树叶刚渐红,一场两尺多深的大雪来了。再经霜冻,树叶落完。冬夜漫长,孙天主读倦了,肚内饥饿,少不得生火炒上点洋芋,洒上点盐巴辣子慢慢地吃。吃了再看。他那铁炉里火总不熄。雪越下越大,学生冷了就往被子里钻,也不到教室上课了。有的学生跑到孙天主处来烤火,热闹非常。

　　放假了。考完最后一科后,雪下得更大。学生慌了,不及做完试卷就走。孙天主监考完下楼,见学生在风雪中汇成滚滚人流,向大门处拥去,作鸟兽散。孙天主立即悲上心来。人生原来总有分离之日啊!他回到这里半年,心理渐趋于平静,只想就在这宁静的生活中教书到死,无假期更好。孙富民、孙富华也如逃难的,背上背篓就往家跑。到下午,往天喧闹无比的学校里,立即只剩一些老师了。学校立即像个坟场,极为凄凉。老师们也在准备回家过年的事,都在收拾东西。孙天主是想在这学校里一直看书。但被这么一搅,心就不宁了。他心慌慌地走下来,梁正在门口。就叫他回家吃饭。孙进去。钱与梁姐妹正在收拾东西,准备明天走。如果明天没有车了,他们就走路。四人吃了饭,无事可做。就打牌。如何作对家,大家都有些钩心斗角。钱说与妻子共打孙与梁楠。梁榕不干,非要与孙对家打钱与其妹。钱大不干。后是孙与钱打她两姐妹。两姐妹本极聪明,无奈这晚手气极不好。孙天主手气极好,将她们打得一败涂地。二人不服。这下分开。孙与梁打梁妹与钱。孙的手气仍好得很。把二人又打败了。梁高兴得常盯着孙看。两姐妹的眼光,将孙盯得如沐浴于春光中。钱颇嫉妒。至晚,钱屡言休息了,两姐妹不从,直叫打到天亮。后来更言但愿今晚大雪,明天就不走了。明天再打牌。孙天主直欲与他们永不分离。钱后愈愤,停了打牌,直出外看雪又下了多深。孙天主与二梁坐着。心情沮丧。后不得不停止打牌。

孙天主冒雪回宿舍,已是凌晨四点,才见易、蒋等人宿舍灯光彻夜未停。于是他想自己一个男子汉,平时最耐得住寂寞,都承受不了突然出现的凄凉,何况于她们!不知她们昨晚怎么过啊!这鬼地方,真是恐怖啊!他回宿舍,一开门即觉冷气逼人。他打了个寒战,欲要哭了,又走出来。站在雪中,他真有自杀的想法,要是这一生真得不到梁氏姐妹之一,他如何能够甘心?又走下来,他想娶梁榕已不现实,但娶梁楠还是行的,干脆去说了算了。

下来,见灯已熄了。他走上来,却见蒋迎红竟穿了大衣,出来站在雪中。见他上来,蒋说:"孙老师没休息啊?"孙想自己去钱处打牌,她定知了,即说没有休息。孙天主问她何时走,她说明天走。并说她想请孙帮她收东西。孙天主就与她到她宿舍。其实她的东西早收好了,也捆好了,不过既然孙已来了,就得无事找点事做。于是她说忘了一件东西,就将包重新打开,放了一件衣服进去,然后就将包捆上而已。捆好,蒋就将锅支上,孙天主问干什么,她说煮东西与孙吃。孙说不想吃。她罢了,就炒花生与孙吃。孙天主见她一片盛情,想恭敬不如从命,任由她去。她炒了花生与孙吃着,又要煮面条。孙天主说干脆吃完花生再煮。蒋只得罢了。二人坐着剥花生吃,都沉默无言。蒋一夜未睡,脸上看去很疲倦。天主来后,她大喜。问这问那。又问孙天主家里的情况,又问孙天主读书的情况。其实孙读书的情况,这里的人都清楚。蒋等在乌蒙时,就知孙天主是"补考大王"等。一问一答,孙天主又觉要陷进去了。蒋的眼神越来越热,他的心被掀得波涛狂涌。

后来他想走了,再谈下去,要是蒋提出要嫁他,他无论如何不会拒绝并会马上同意。但他刚站起来说要走。蒋脸上顿现失望,神色苍白。总拦住不让他走。说劳累了他,要走也得等她煮面条给他吃了才走。孙忽觉不忍,又坐下去。但叫她莫煮面条,她不听。只好任她煮。她煮好,亲手端来,孙天主好不激动,接过来但哪里吃得下。他将碗放下,蒋说:"嫌我煮的不香吗?"孙说:"不是。"蒋说:"那你好歹吃一点。这面条是家里带来的,不是从粮管所买的。"孙天主听了,只得端起又要吃,却吃不下。望着她。她问:"真吃不下去?"孙天主只得如实说:"心中很激动,吃不下去。"她说:"那你为什么要激动?"孙天主说:"说不清楚。"她说:"怎么会说不清楚?什么东西引你激动?"孙天主不答。她又笑着追问:"你为什么东西激动了?"孙天主领她炒花生、煮面条的情,说:"因为你而激动。"她红了脸,激动地站起来,声音变调了:"因为我?我惹你怎么啦?"孙说:"你使我激动了。"蒋就说不下去,站在门边出神。半天回头叫孙把碗放了,既吃不下去就算了。孙把碗放下。她又要孙与她收拾行李,说她明天就要走了。从孙说了那几句话,她脸上一直是笑。孙天主亦高兴,能得她高兴那就是他对这个世界的贡献之一。他活在世上终于还有点用处。于是乐意帮他捆。

后来她问孙回不回家,孙说不回。她出去看雪回来,就说雪太大了,她明天不想回家了,等雪停了再走。孙一想,那不天天和她在这里待下去?待上两天就出麻烦了。就劝她:"看来这雪还要下大,要走赶快走。连我都想走了。"蒋听罢不悦。孙见她不悦,才知他又伤她的心了。孙天主想在她这里，禁忌太多，反正总免不了要得罪她，忙说回自己的宿舍去。她再无法拦他，只好放她出门。孙天主走出门来才见她怨恨地盯着自己。他心中"咯噔"一下："她恨我啦！心中大悔，行动失措，不知是回自己宿舍还是返回她宿舍。"她见他不走了，就说："我向你借本书假期中看行不行？"孙说："可以。"她就穿了大衣出门来。

两人并行着。她突然惊慌地跳了一下，脸色苍白。孙天主惊讶，但不明所以，她走得隔他很近，她也走得很慢，眼神怪怪地盯着他。他也只得跟着慢行。她更走得慢，盯着他时孙天主看出她在深思什么，她想向他提什么但不好提。慢慢磨蹭到了他门前，她很失望。站在他门前回望着他。他想去开门，但门被她的身子遮着。他只得手贴着她的腰去开门。当他伸出手去时，她吃一惊，立即双手伸向他来，差点抱住了他。但见他仅是伸手开门时，她的手僵住，但迅即缩了回去。门却总开不开。他与她几乎靠着了。她说："拿来我给你开。"孙天主让她开。她开了。叫他进。她就在门边上，眼神奇异地望着他。他有些明白她刚才那些举动了，是仿佛要他抱她。这下会不会也是这样？我该不该抱她？他迟疑着。

她笑起来，自己先走了进去。孙天主也进去，开了灯。因屋内没生火，二人进去就觉冷。她说："你这屋里太冷啦！"就叫他帮她找书。孙天主带她到书架上找。她跟着他，总不离他。孙天主叫她自己找。她走上他前面，虽在看书，其实整个背都贴着他。她身上的香味直冲他的鼻孔。后来她更退些，要靠在他身上了。她的头就在他鼻子下面。她半天没说找到一本书。孙天主明白她的心思了。想我该抱她了，否则对不住她了。他胆怯地伸出手，碰了她的肩。她感到了，并未回头。身子更向后靠了靠，完全靠在他身上。他不动。她舒了一口气。二人相互靠着。孙天主想：原来就是如此。

靠了十多分钟，她越发往他怀里钻。天主胆子越来越大，伸出双手将她箍住。她装作吃惊地说："天主，你在搞哪样？"话虽发责备，语气却全是亲密。孙天主受了诱惑，将她扳过来面对自己。只见她面赤如火。她轻轻说："你怎么能这样呢？"孙天主就放开双手，心中不舒服了。她见他放开她了，大悔，垂下头来，将脸贴在他胸前。孙天主想人真可怜，又抱住她。

她慢慢将头抬起，又将双手勾住天主脖子，将天主的头勾下，唇对着唇，吻在一处。孙天主也就放肆地抱住她狂吻。

一个小时后，她说："你这里太冷。走，去我屋里。"就抱了孙天主，二人走到她屋内。坐在火边，又吻在一处。天渐明，她问孙回不回家。孙说要回。她也说她要回。孙帮她收一阵东西，就告别。她和其他老师一同朝县城走了。

钱和二梁家在六合。必须从大红山走。看着这伙县城的走了，他们好不着急。梁见了孙，就叫到她家吃饭，后问孙走不走，走的话他们与孙同路到法喇后分路。孙见他们要走，也答应。他们准备好后，就来叫孙。一同穿好防滑鞋，出校来。雪停了。他们顺公路走。孙天主在前绊雪，钱在其后。二梁在最后面，照着孙天主的脚印走。钱夫妇一路打雪仗。梁也偶朝孙扔雪团。其妹则怜孙。走着就谈法喇。梁榕说："走不动时就到孙天主家去。"其妹说到孙老师家看看。钱大不同意。路滑之处，钱拉其妻，孙拉着小梁。到法喇，二梁已走不动了。孙天主想请他们到家，明天再走。但看钱只管催二梁走，也就算了。到路口他们分手。二梁终是不舍。同行数十里。钱也有了感情，直说感谢老孙。孙天主心如刀割。三人刚走，他就觉生离死别，几滴泪下来。偷偷追了很远，泪越流越凶。直到他们到了白卡地界。

六十三　群攻占山人

春节将临，从昆明回来了几百人，全村鞭炮狂轰滥炸，景象比从前壮观许多。时代变了。邵运安夫妇在昆明，生了个姑娘，是黄头发、蓝眼睛的。法喇人于是爆出新闻：居然生下个外国鬼子来了。在昆明打工的熟悉内情，就讲邵运安如何用自行车推了婆娘去销售，谈好价钱后婆娘就随嫖客进屋去，邵在外等着。婆娘完了事，他就收钱，又把婆娘推回来。

过春节时，这黄头发、蓝眼睛的"鬼子"姑娘也被邵运安夫妇带回家来。老年人就骂："骂人骂了几百年的'杂种'，今天真骂出来了。"一些人说："现在的女人，一点廉耻都没有了。"一些人说："不是女的无廉耻，而是男的无廉耻。不然为何用单车推着婆娘去给别人干呢？"一些人说："要廉耻的话，小孩生下来也就把她整掉了，更不会带回村里来招摇。"邵的婆娘好像还很光荣，在村里东走西逛的，以她能跟老外干过而自豪。

鉴赏"外国鬼子"未完，一事又赶一事。山脚社田云安因在昆明偷盗被捕，判了三年刑。服刑期间，妻子在家，被同社罗昌烨哄去了。田云安刑满回来，到罗家去，罗昌烨吓得连夜逃走。婆娘跟了田回家，生了个小孩。大年初一早上，罗家还未起来，就听田在屋后骂："还你罗家的野种！"田云安又从阴沟里骂着下来，接着听见瓦响，啪的一声，一个死婴破瓦而入，掉在罗家堂屋中央，跌烂了，黑血渗出。田又提了刀到罗家。罗家慌了，夺门而逃。田进屋，把死婴放在罗家供桌上，将罗家过年煮的猪头、香案等全移支放在死婴前的供桌前。罗家人忙找家族、找支书、村长，一时全村全知了，冒雪去看新闻的络绎不绝，说："世道真变了，想不到的都做出来了。"有人猜测说那婴儿早几天就生了，是田云安才掐死的，有人说是才生的，就这么闹了几天。

法喇人在昆明偷电视机、冰箱及抢米、抢菜市场等，弄得昆明的警察隔上三两个月就要朝法喇跑一趟，到法喇来抓人。一进法喇村，就说："怪不得尽是贼，原来穷成这种样。"

法喇人在昆明靠打砸抢富了起来，孙平玉看得好不眼热。有时与孙天主叹息：孙平文这些人厉害啊！整得个社长当着，人家每月就有十二块的工资。被林业站请了看老林，每月又有十六块。县统计局叫他每年填个表申报收入，每年都得去县上走一趟，还有一包尿素和几十块钱给他。即使他不去，请人带去，统计局照样把车旅费带来给他。

孙天主见父亲对孙平文都嫉妒，就为父亲可怜。想孙平文一年得的这些东西，只如他孙天主一月的工资，就为父亲可怜。又想父亲都如此想，那孙平文大爸见自己家如此，更不知如何想。自己是大学生，每月工资一百多元。孙富民、孙富华都进初中，孙富文也读小学五年级，明年必进初中无疑，那孙平文更不知要嫉妒到什么地步。那再推之孙江华大爷爷家，多少年前就巴望把长房斗下去，这下长房倒反越来越旺，而自己的两个儿子，一个关在监狱，一个在昆明漂泊，更不知会如何想。于是就宽慰父亲："你自己想通点。我们比孙平文大爸家强多了。他一年能得多少钱？我一月的工资就是一百多元呢！"孙平玉说："我怎么不会想？但我觉他那钱来得太轻松了。当社长也不整哪样，一个月就是十二元。看老林其实也根本就没有看，一个月也是十六元。我苦死苦活，却得不到一分钱。"孙天主说："按你这样说，孙平文大爸同样会想：'孙天主那钱太来得轻松了！锄头不拿，土地不种，光是每天到讲台上动动嘴，一个月就是一百多元。'"孙平玉说："你得当老师，是考大学硬苦来的啊！他当社长看老林，都叫不劳而获。'"孙天主见父亲实在可怜，就不与父亲讲了。他想："真要如此，那么这世上天壤般的贫富差别、山海般的贵贱之分，那就是天帝也算不清的了。"

孙家文每年在小学补习，总考不起，这下到昆明去了，却只一味地在铁路线上与人赌钱。他人聪明机灵，换麻将、换牌手脚灵活，在赌场上只赢不输，而赢到钱就带回家来，再回去赌。不到两年时间，就带了七八千元钱回家。老二孙家武，比富华小一岁，生得体格健壮，小学时学习也同样好，但到五年级，又考不起，又补习几年仍考不起。孙家文带信来叫他也去昆明。孙平文、魏太芬先以为孙天主了不得，一个月有一百多块的工资。这下孙家文有时一天就赚一百元，于是大喜，以为昆明钱好赚得很，也就放老二到昆明去了。孙平文家这几年生产都不好，全靠孙家文赌钱养着。这下就指桑骂槐："他家那大学生有什么了不起？费了几千块钱才供出来，一个月才领一百多块的工资。我家小家文，一分钱也没有要家里出，自己到昆明去，一年要赚几千块，轻轻松松，要当孙富贵苦几年。"孙平玉见孙家文赚钱的确来的猛，又感叹不已："这孙家文生的是什么命啊？怎么捞钱像捞树叶一样容易啊？"

不久又有消息传来，朱万发在昆明抢了个日本人，得了五百多万元，被抓住了。法喇人如听晴天霹雳。孙平玉听了朱的事迹后，呆了半晌，脸很红，说话也大失腔调："每每！几百万啊！不知是多大的一堆了呢！"惭愧半日，有气无力地提起锄头上山找矿去了。陈福英也很失落，说："人家好挣钱的好挣得很！只有我们，流一大通汗挣不到一分钱。"孙天主看得心酸，恨自己无能挣到足够的钱来赡养父母。孙天主在想，父亲对孙平文大爸的每月几十元都嫉妒，那对朱更不知是如何的嫉妒法。

案子太大，荞麦山全惊动了。许世虎跑来问天主："是不是真的？连书记、乡长都说不得了。伸起大拇指赞扬。我也对他这行为佩服之至。教这书有毬的价值。一年才一千多块的工资，十年也才一万多，教一百年，也不如朱万发抢到的零头啊！不如也去这么干上一回，抓住了算我倒霉，抓不到算我发财。发这么一桩财，一生也尽够了。"

一时间朱万发的情况的，乡政府、粮管所、卫生所、财政所、派出所、林业站、计生办、供销社、司法所、武装部、邮电所等等各处的干部，不下数百人。评论也跟王大致趋同，说："了得了得！虽说没有到手，也值得了。"孙天主想，看来荞麦山的人是穷疯了。

孙天主以文章在全乡知名，比其他老师在乡政府干部中的地位高些。这日孙天主在街上遇到两个副乡长，二人与孙说起朱的事来，说："日他妈。我们这地方太惨了。县是国家扶持的贫困县，乡是县上扶持的贫困乡，这日子怎么过？像你家法喇，又是全乡的特困村，老百姓不偷不抢，活得下去吗？"搞到头连孙天主也对朱敬佩起来。自己要是有几百万，就可以干许多伟大的事业了。

朱的事迹越传越盛，说是因窃技高超，已被国家赦免其罪，被带往北京为国家作贡献去了。并说得到了国家领导人的接见，并去某国总统府把该国的绝密文件都偷了回来。朱周围警卫森严，连朱的父母都见不到了。法喇人听得大惊失色，说："连做贼也能做出大名堂来了。"法喇人历来注重排英雄座次。原来全村人认为第一个有能力的人是崔局长，第二是孙天主，第三是王勋杰，第四是岳英贤。这下立即将朱排在第一，崔为第二，孙第三，王第四，岳第五。

谢吉林本是极正统的人，历来敬重孙天主，说孙应为第一，崔才是第二。他的理由是孙天主的文章可以传千古万年，崔的官当得了十年当不了一百年。又说崔这样的官，米粮坝多的是，而孙天主这样的人，全县只有一个。但法喇人看重的是官，所以不按他的主张，将崔排第一，孙排第二。这下朱如此，无论全村人还是谢吉林，也不论朱当没当官，也不管他是贼不是贼，将其推为第一。谢在全校学生大会上，原来总夸孙是山沟沟里飞出的金凤凰。这下将这赞美孙的词，用去赞美朱了。并在全校学生大会上，绘声绘色地道听途说朱的英雄事迹：怎么从小偷小摸，直到大偷大抢，到如今竟走出国门，报效祖国等等，一时法喇小学生，人人想学朱。全村百姓对他这教育方法有意见了，谢才不敢在讲台上讲朱的事迹了，但平时仍夸朱不绝口。

荞麦山中学也以是朱万发的母校为荣了。有的老师建议学校领导快去把朱万发请回来，请朱捐资一百万为学校建幢教师宿舍，就名为朱万发大楼。校长也蠢蠢欲动，真想去找朱万发去了。柳国开原是朱的班主任，这下打点起行李要去投奔朱万发去了。并说："我教了几十年的书，原还以为孙天主最有出息。现在看来最成功的还是朱万发。"

世事沧桑，人间巨变。邵运安家几弟兄，原在昆明赌钱，赢得几万元，现在要回法喇来开个公司了，法喇人又震动不已。邵家在法喇，代代人赌钱，代代人穷。老的几代把名声赌臭了，害得邵家小的在近处连媳妇都说不到。邵小时，就去说过陈福英。陈明贺家说："十赌九烂。邵家人只会赌钱，不给。"所以邵家说媳妇都得到外面去说。如今呢，邵家突然翻起身来，孙江成也惊叹："谁能料到邵家穷到那样地步的，如今人家儿子都当大老板了呢！"

各家趁势而起。吴光兆连同家底，又借又贷，老二儿子吴明仁初中毕业考不起，便回来学了驾驶有了执照。吴家到昆明买了一辆崭新的东风牌大汽车来，这是法喇村第一辆大汽车。吴明仁初出茅庐，又矜又耀，再加年轻气盛，把那车当做夸耀身份的工具，开着车横冲直撞。再加当时初中同班的女生，见吴明仁开了大汽车，都来投奔他了，每天他那驾驶室里姑娘挤得满满的。吴边开车边摸姑娘。一次车撞到树上了，他还在踩油门，手也还在姑娘怀里。吴光兆骂："吴明仁，我苦一辈子，五十几了，挣得这点家产，全交在你手上，我是什么艰难苦楚都尝够了的，我穷那些经历，你难道不知道？孙平玉家送我两提篮洋芋，我几十年都不会忘。我从大桥回家，在噜布买过一顿饭吃没有？我像你一样耀武扬威过没有？"但吴明仁仍是不听。不到两个月，撞了三次车。吴光兆才明白买车的坏处，不单那车买回来，所赚不抵所出，养路费、修车费等算下来，所赚不多，更加生怕吴明仁把那车开翻了，连人带车赔进去。不到半年，都说那车已成了破车。这日吴家到堂琅坪拉柴，请了孙平玉等去帮着装柴。众人正在装柴，那车本停着的，就走了起来。看看朝下面去了，车上的人都惊呆了，只会嗷嗷地叫了，哪里还想到跳车逃命？而车下站着的吴氏父子，也只会喊哦哦哦了。车到路边，碰到一个石头，就朝路里面走，吴光兆被吓得一脸是汗，等车停住，才叫吴明仁上车把车刹住，车上的人才意识到逃命，纷纷往下跳。

吴光兆生怕那车出事，要想另请司机来开，那吴明仁又闲着没事；要想让大儿子吴明彪去学了驾驶来开这车，那还要花几千块钱，也划不来，要把车卖掉，但一丢就是几千元，也划不来，况且还没人买，左右为难。后才把吴明彪叫回来，吴明仁开车，吴明彪跟着押车。因吴明彪老实，可监督吴明仁。一年下来，吴光兆只叫："我做蠢事了。买车的人，第一二年都捞不起本来，以后还哪里去捞？我这车是亏定了。"

罗昌启在米粮坝驻乌蒙转运组，专倒化肥卖，如今发起家来，把妻子儿子全带到乌蒙了。说是家产四五十万，成为法喇首富了。买了两辆车，先是雇人开，后来两个儿子中学毕业，考不起学校，就由两个儿子来开。

另外是姜庆丰，他原在荞麦山供销社工作，与原供销社主任之妻即供销社会计关系暧昧。后来供销社主任死了，这女人嫁与姜。荞麦山供销社是全县最大的供销社之一，因主任死了，会计嫁姜，到底荞麦山供销社原有多少资产，根本无人知晓。结果这个供销社的整个家底几乎都归了姜夫妇。姜从不露富，到底他有多少钱，根本无人知道。法喇人有的猜他有四五十万，有的猜他有三四十万。姜夫妇已调县城多年。

村文书罗昌兵，年年从罗昌启处倒化肥，如今也赚起六七万元了。赵国平在荞麦山乡籽种站多年，挪平价化肥、地膜作议价卖，据说已不下于五六万元。吴耀周在荞麦山农经站，与乡长张恩舟关系极好，其子过继与张，成了张的亲家。吴耀周也几年中就在荞麦山买了地皮，修起了砖楼。

富的越发富了，穷的越发穷了。法喇几千人的生计实在成了问题。刚好国家要搞长江中上游生态防护林，天主提出："抓住这一时机，把法喇所有荒山绿化起来，那就有几十万亩森林。那么法喇莫说养四千人，就是养一万人也养得活。如不迅速水土保持，那么几十年后的法喇，尽是泥石流，几千人不是被泥石流赶走就得被埋葬。"但谁听他的呢！别的村热火朝天地打塘，法喇人无动于衷。大家抱的主意是：种树不如偷树。一棵树要十年才长成，而偷树只需一夜之间。等其他村绿化好了，以后直接去偷其他村的树来烧就是了。后来法喇人迫于各级政府催逼，动了起来，但仍只有一半的人家打塘，又打得极不认真。所谓塘就是一锄头下去挖出个老鼠洞而已。而一个洞里，竟塞上几百棵松秧。过了几年，其他村山上全绿了，法喇村呢，泥石流一年比一年厉害。

天主总大声疾呼：赶快种树。种上几十万亩森林，法喇要致富轻而易举。法喇村的生态也会改变，顶多五年就还一个山清水秀的法喇村！不然再过十年，法喇人就将背井离乡而走。无人听时，孙天主向全族人讲。大家说："在这贼窝里，种得成什么树？你一家人种上，不可能十年八年地看着。即使你看上十年八年，贼只需一晚上，就把你偷光了。要穷大家穷，要流浪大家流浪！"孙天主向孙江才、安国林、罗昌兵讲。三人说："在其他村，何消要村干部动员？群众听到风声就动起来了。在法喇，谁会动？都想等别人种成了自己去偷！法喇人是无望的！"

孙平玉、陈福英说："你莫白费劲！法喇人谁比你愚蠢？都比你聪明！偷的人这么多，怎么绿化得成功？再说像你这样走出去了的人，谁希望法喇富裕起来？全村人都富了，那么这些外出工作的人回来也就没人尊敬他们了！所以这些干部都希望法喇人穷绝饿尽！哪个干部会为法喇好好考虑考虑？就是孙江才、安国林等人，想的都是他们有钱使，无燃料了可以去买煤来烧。别的人呢！饿死你冻死你最好。要是他们有心为法喇人做事，村公所一声令下，谁不会动？但村公所动了没有？"

孙天主发动半天，不起作用，就想把荒山承包过来绿化。孙平玉说："更行不通！发动全村人种都没人干。你想一人承包，那全村人都更眼红，更不会干了。"孙天主不管，去与孙江才、安国林等商量。众人说："不可能。法喇人的事情，你种上他要放牲口来啃你的树，你有什么办法？而且这是全村人的山，谁也不敢签字承包给你，谁敢承包，谁就是找死！即使有胆大的承包给你了，你也跟法喇人永远整不清。他说山是他的，你有什么办法？法喇人的德行，都是认起死理横挣。法喇人别的本事没有，坏别人的事情的本事，三岁娃儿都有。天不怕，地不怕，爹娘老子说的全不算数。"孙江才说："法喇人就是这样：对他有利的，一万个赞成；对他不利的，一万个反对；对他对你都有利的，他想的是与其对你有利，不如大家都无利。两样一万个反对。只有对你无利对他有利的事，他才会干。"事情就这样罢了。

天主在这里承包法喇的山未成，另一桩事情又开始了。邻近的白卡乡造林，把自己的地面造完后，法喇广大的荒山却还荒着，白卡人就把林造到法喇的地皮上来了。这些荒山在大红山梁子东坡，属白卡河流域。白卡人说："分地界的原则是山齐梁子水齐沟，法喇村在梁子西面去了，法喇的水都淌朝金沙江去。这水淌朝白卡河来，凡水朝白卡淌的，都是白卡的。"法喇的饲养员见白卡人打塘，一时全冲了下去，把打塘的男女老少打翻在地。等白卡乡知道，法喇人已回来了。白卡乡把情况反映到县上，县上指示："既然法喇人不种，那就只管种好了。"但白卡人已不敢再来打塘了。那被打伤的，有几个伤势严重，白卡派出所要到法喇抓打人的人。白卡派出所的刚到法喇，就被法喇人围住，这几人慌了，忙向县上求救。县上指派荞麦山乡派出所的来解围，才把这几人放了出去，抓人的事就此而罢。

陷塘地村人工种草改良牧场。法喇的地面比陷塘地村的宽，法喇人却让那荒山一直荒着。乡政府施工人员到陷塘地后，陷塘地人见法喇的地面太宽，起了野心。自己不敢侵占法喇的地面，想乡政府的人总敢，侵占了法喇人也不敢动，于是煮肉买酒厚待乡政府的干部。在围栏时，就指着法喇的地说是陷塘地的，把铁丝围栏伸到法喇地界来，围去了法喇的数千亩荒山。法喇人听说他们的荒山被陷塘地人侵占了，没有一人动员，却扶老携幼，全往山上冲去，陷塘地人吓得落荒而逃。两名乡政府的干部认为自己是堂堂乡政府的人，法喇人不敢拿他们怎么样，就原地不动。待法喇人漫山遍野地来到时，才发觉不对劲，欲逃，却已晚了。法喇人将二人捉住，如踢皮球一样，二人忙说自己是乡政府的。法喇人边打边说："我是中央的。""我是省上的。"二人又说见法喇的

两名乡政府的干部认为自己是堂堂乡政府的人,法喇人**不敢**拿他们怎么样,就原地不动。待法喇人漫山遍野地来到时,才发觉不对劲,欲逃,却已晚了。

支书、村长，法喇人说："我就是支书，你有什么话？""我就是村长，你要怎么说？"仍然打个不停。直到二人全身是血，才饶了二人。然后将那围栏用的铁丝，全推下大红山的悬崖，又把先前围起的围栏全部捣毁，才胜利而回。

荞麦山乡党委书记姓宋，陷塘地村的人多半也姓宋，他们是一家。党委书记包庇陷塘地村人，立即向县上反映，把事情作了夸大。县上早对法喇人不满，立即组成由县委副书记任组长、副县长、公安局长、法院院长、检察院检察长带队的大批人马，警笛长鸣而来，决心要好好惩治一下法喇人了。

进村之前以为法喇人听见警笛叫，会吓得东奔西窜，捉不到人。哪知法喇人听见警车叫，倒全村几千人一齐冲出门来，都朝警车跑。警车马上就被围了几十重。这伙人急忙要逃，哪里还逃得了。法喇人却只围着讲道理，并不动手。一些围着副书记讲，一些围着副县长讲。县上来的没了办法，只好与一些老年人讲："请各位老年人与他们说说：'反正法喇人是犯法了。我们对犯法的人也只教育批评，不会拿他们怎样！请打人的人主动站出来认错！其余未打人的人，都请让开，此事与他们无关。国家法律是严正而无情的，枪打出头鸟，为几千人的事自己一个人吃亏，划不来。'"这些老年人说："那我就是打人的，先抓我好了。怕自己吃亏，就不顾大家的利益，你们还是不是共产党员？你们天天背毛主席语录，背在牛屁眼里去了。"县委副书记红了脸，一言不发，钻进小车再不出来了。副县长、公安局长、法院院长等皆被问得理屈词穷，惭愧而退。

后来只好由乡党委书记宋德高出面请法喇人放行，意思此事就这么算了。法喇人一见乡党委书记，一群婆娘就围上去，吐的朝他吐口痰，骂的骂。一妇女骂道："等老子来看看宋德高这个拙猪是什么样子的！呸！原来是他妈这号老杂种！给老子洗裤裆老子还不耐烦要！当毬的官，不如老子家一字不识的老羊司令官。"一妇女上去，径给宋德高一耳光，宋不敢发作。县委副书记见情况不好，忙叫把宋拉进车里，叫发动了车要撤，但法喇人把车都拦住不让走。直围了半夜，县上的求饶了，法喇人才放他们走了。走时高声质问："来时警车叫得很响，回去怎么叫不起来了？"

回到乡政府,县上连夜召开会议讨论这事怎么办。大家束手无策。县委副书记说叫崔绍武回来做工作,乡上说不起作用。崔的话法喇人也不会听。乡长说:"这个村最令我们头疼,人口又多,又不讲道理,按道理是该严惩。但这样就不好办。"副书记说:"今晚上这情况,是否有人幕后指挥?"派出所所长说:"不会有人指挥!法喇人很狡猾,一致行动,却谁也不当头。"最后讨论散了,说到法喇人来,都佩服法喇人了得。后对两名乡政府干部,因其受陷塘地人贿赂,照顾陷塘地人因此惹出此事来,理该惩处。但又觉法喇人太猖狂,不可因此长了法喇人威风,只叫乡党委不作明白处理,只暗中教育算了。于是天明这伙人回县城,此案不了了之。

六十四　无端遭殴打

春季学期开始，许世虎班上有一袁妍，羊场村的，长得甚是漂亮。这姑娘先在孙天主上她们班课时，每天红了脸看着孙天主，脸上红艳欲流，全班为之惊异。孙天主在讲台上，根本不敢看她周围，只抬头望着天花板讲。更令孙天主为难的是他一进那班的教室门，就得猜到她坐在哪一排，而不朝那一排看一眼。但那学生的座位是变动的，孙天主仍不免看到她，她已脸红到埋着头偷偷瞅他。下了课孙天主也得赶紧走，而不敢在教室里呆。孙天主这班的女生，虽爱孙天主，但孙是班主任，很不敢怎么明露出对孙的感情。那一班就不同了，女生们只管来找孙天主讲作文等等。有两个女生，品德不怎么好，来了几次就到处吹她们与孙老师如何如何，要当孙老师夫人了。其他班的女生，也有很多爱孙的。因隔楼台远了，只能看看而已。孙天主不时就会又像中学时代那样，稍不注意就发现女生们脸红盯着他的情景。风景仍如当年的风景，但孙的处境已不同了。当年大家都是学生，而今呢，他是老师，她们是学生，他得处处加以注意了。

袁妍时常来到孙天主门口，站着犹豫不决，却不进去。后来孙天主发现此事。刚一见她在外面，她就赶紧往回跑。

许世虎后就开始追袁妍。一日孙到许处，见许正抱了袁。袁一见孙进去，羞得无地自容，急忙要从许怀中挣脱。许强扭着她，说："我是班主任，抱你你都不觉碜。孙老师才是你的科任老师，你就碜了？"

班上学生，街上杜菊红、胡方芳等几家，从改革开放后开始做生意，也有个几万的家产了。其余近一半的学生，家里顶多够吃，学费、书费得千方百计想办法。更有一半的学生，家里都不够吃。读了仅半年，原来招的六十多人，就只有四十五人了。渐渐又有家中供不起失学的。学校的助学金有限，根本不解决问题。孙天主听到有学生不读了，有时跑上几十里去作动员，但收效甚微。

这日星期五，孙天主带书到松林中看。回来时已中午，孙富民等吃了饭上课去了。蒋迎红看见，就叫到她那里吃饭。她热了饭，炒了菜，盛给天主。孙天主见她如此，吃饭小事，而其中情意不浅，便很是感激。觉不是吃饭，而是吃那情意了。她坐在窗前，边备课边与孙天主攀谈。孙天主吃好要洗碗，她将碗抢去洗了。后见天气甚好，春光明媚，孙天主就提水来洗衣服。见孙一洗衣服，蒋也洗衣服，易老师也洗衣服，大家全凑在院子里洗。女老师们就规定孙天主提水供她们，她们连孙的衣服洗了。孙天主便将几家的七八只桶全提来，提了水来放在院里。几个老师洗衣服，他搬个凳坐在院中看书。许世虎、李志民等不知刚在何处喝了酒，来找易，而易总不搭理。见她们在给孙天主洗衣服、被子，更怒。二人与易谈话，易不理。孙天主听着噪耳，影响了自己看书，就回自己宿舍里看。后来易见二人总纠缠不走，要回自己宿舍里呢，二人必然跟去。想去孙天主处，二人知耻，或许走了。借此亦想表明她爱孙，让二人莫再纠缠。就来孙天主房中，说向孙找书看。找到本书就坐在孙房中看。许世虎、李志民见易不理他们，竟去孙房中了，也丧了脸跟来，将气全发在孙天主身上，故意将孙的书翻得乱响，甚至把书扔到地上。

易见二人如此无耻，就说："你们怎么将孙老师的书扔到地上呢？"李说："难道就扔不得？"易说："你们怎么一点道理都不讲？要想到你们是堂堂老师啊！"许说："老师又怎么样？老师饿了要吃饭，老师想男人了也会到处去追野汉子！"易红了脸，把他们扔在地的书捡了放好，但二人又扔下来。孙天主早气得须眉倒竖，既恨许、李，也恨易。见仍扔他的书，就站起喝道："杂种们！滚出去！"二人道："老子们不走，你敢怎样？"就把孙天主的桌子掀翻，孙天主就扑上去，双方打了起来。因对方二人，且无忌惮。孙天主只一人，又担心将自己的东西打坏了，就忌惮些。结果立即被二人打出血来。易见事因已起，忙在中间拉劝，二人不理。孙天主提到刀，就来砍二人。二人也抢到孙的斧子，双方对峙起来。院中蒋、梁等忙来劝。二人也担心吃亏，骂骂咧咧地走了。

一番打闹，屋里东西破烂不少。易忙来道歉，又端水来给孙洗脸。梁忙来给孙擦鼻上的血。易找了药来给孙天主包扎。几人忙这忙那，脸上都不舒服。孙天主想想好不惭愧，自己堂堂男人，竟要几个女人来保护自己，实在悲哀，心想自己竟落到这一步了！三人在他房中坐着，骂那几个流氓。孙天主心中难过，不忍再让她们怜悯地看着自己。就走出屋来，径直爬山。爬到荞麦山后面的大山上，天已黄昏，俯瞰峡谷中渺小的校园，如蚁的人群，心中悲凉：我何时能走出这地狱般的地方去啊？

到天黑他才回来。易传凤来叫孙去她那里吃饭，孙天主不理。蒋迎红来叫他去吃饭，孙天主去吃了。后梁又来。孙天主难过，她坐一阵去了。后孙天主觉坐着寂寥，就到院中散步。钱吉兆今天见许、李打了孙，扫了孙的面子，又都为梁所见，见梁一下午都为孙难过，于是好不高兴，也走来看孙，并邀孙到家下棋。在这学校中钱是象棋冠军，孙来后二人经常下棋。孙下得猛，钱下得稳。孙猛攻时钱招架不住，而一旦稳下来，孙天主走棋顾头不顾尾，多来上几手破绽就出来了。钱抓住破绽进攻，孙就败下阵来。最终的结果，二人水平差不多，平时输赢也都差不多，所以钱总爱找孙下棋。

如今在钱家，梁见二人斗法，就来坐在旁边观战。平时二人下棋，她都处处帮孙天主的忙。今天钱见孙被打，格外高兴。梁见钱全天脸上得意洋洋，心中大恨，这下总希望孙赢，既扫钱的面子，为孙争面子，也为她自己争面子，于是处处插手。孙天主总追着钱主力鏖战，钱退避绕圈子。梁就激说："男子汉兴下这种棋？他找你斗，你就斗嘛！输了不过是盘棋！"钱在妻子面前丢了脸，就不顾一切与孙恶战。但这样下来，几下他的棋就拼光了，败下阵来。他红了脸，叫孙天主再战。

再战时他吸取教训，不主动交战。梁又激他："还不如我这个妇女！你让开，我来下！不敢拼不敢斗还叫男子汉？"钱又被激，放手一搏，又不是孙的对手。再败之下，脸更红了，又邀再战，这下更谨慎。梁见他总在观孙的破绽，又激他。他就叫梁："滚远点！难道我冠军都会当，还不会下棋？"梁说："我知道你会当冠军，但怎么没见你赢过一盘啊？"钱脸紫胀起来，一言不发，只叫孙走就是了。梁见他仍处处避让，更越发羞辱他。钱脸红一阵白一阵，咬牙切齿不出声。孙天主追击一阵，后方空虚。梁看出孙后方危险，叫孙："快回车保后方！"孙天主回车回炮。但钱狠狠咬住不放，孙天主的炮和马各被吃去一枚。梁见孙的马被吃，就伸手去抢马，要钱悔棋，钱也去抢马，两口子就为着那马抢。钱恨梁处处助孙，如今终于有了赢的希望，梁又插手，抢时狠狠地拧梁的手。梁被拧疼了，扬手给钱一耳光。两口子就打起来。

孙天主一见如此，忙站起来劝。但人家是两口子打架，他怎么好劝？而且自己的位置难堪。拦钱呢，钱认为是帮梁；拦梁呢，也好像是在帮梁。所以他在中间劝也不是，拦也不是。梁打不过钱，就去提刀。钱发了急，不再敢动，求助于孙了。孙天主去抢梁的刀，梁不让，只喊要跟钱拼了。孙天主将她的双手捉住，把刀抢掉，战事才告平息。钱又邀孙再下，孙天主已不下了，就回自己宿舍来，想想今天中午的事后悔不已。再想今晚的事，亦后悔不已。细想人生真是般般错啊！他恨自己不是个战天斗地的英雄。

此后孙天主既与李、许矛了，与易见面也互不说话，与钱夫妇也一见面就难堪，梁也见孙就恨着孙。倒是过了几天，钱对那晚输棋不服，又来找孙去下棋，想通过赢棋给梁看，挽回点面子。孙天主再不想下什么棋了，坚决拒绝。钱不答应，强拉了孙就走。孙觉这姓钱的也无聊，只得懒懒洋洋地到钱家。梁见孙又来了，脸一红，又不理。二人下时，孙天主只想输不想赢了。钱见自己棋势大好，高兴不已，直叫孙："这是你故意让的！快拿出真本事来！"一边觉梁不来看见，自己

赢了也没有意义，就叫梁："你今晚不看啦？"梁听见他大喊杀杀杀的，知孙输棋了，便早不服气，听见他要她来看，就赌气来坐在孙旁边看。见孙一味被动挨攻而不进攻钱，就骂孙天主："把你那个爹拿下去吃他的妈嘛！"孙不动。梁就将孙的车挪去吃了钱的马，就叫钱："你的妈被孙天主的爹吃啦！"孙、钱都被她骂，二人却只得被骂，无可奈何。钱的马被吃，局面大变。梁棋力本不比二人差多少，且发愤要赢棋为自己争面子，这下梁大举进攻，将钱的老帅围在核心。钱一筹莫展，叫孙天主："老孙，这棋是你下还是她下？"梁只叫钱快走，钱不走。梁就叫孙走，自己指挥。不久，钱投降了，又红了脸，叫孙天主再来一盘。梁不给他机会，说："淘汰赛。你输了就让开，我来斗他。"就赶钱旁边去，自己要和孙天主下，钱不让，夫妻俩就抢起棋来。钱抢了棋子在手，梁抢得棋盘纸在手。钱又来抢棋盘纸，梁扬手空中，刷地一撕，就撒下来。钱怒气冲天，就踢梁，梁也踢钱。孙天主见又出事了，又后悔来此，站起就走。两口子在房中打得你也叫我也嚎。孙天主走上楼口听听，知梁吃亏不少，心中悲哀，只好又下来劝。梁又拿刀在手，钱不敢动了。梁见孙进来，就骂："滚！老子见你就心烦！"伸脚来踢孙天主。孙天主就走出来。梁又去打钱，钱怕被她砍着，忙朝外就逃。此后三人见面又互不理睬。

秦国书在法喇，也开始倒霉了。法喇村里金家姑娘，只要秦上课，就去爬在小学窗子上看。他见那姑娘漂亮，也与之眉来眼去。金家很穷，这姑娘一天书没读过。能嫁给秦，在这姑娘自然以为是上天堂了。但秦只与她调调情，哄着闹了玩而已，哪里看得上她？金家见秦哄着自己的姑娘耍，大怒。金家两个儿子都五大三粗，径直来到小学，逼秦讨下他妹子。秦吓了跑回家，不敢再回法喇来。秦光汉来法喇请了孙江成、孙平玉、孙平文等到金家说了，金家才饶了秦国书。

吴耀成也在小学，就想将其妹嫁与秦，每天都带秦到他家吃饭。原来这吴耀凤想嫁孙天主，但孙家并不提出，至今其与陈福英关系仍好。秦国孝回来以后，秦光汉曾请田正芬到吴家说，欲将吴耀凤说与秦国孝为妻。吴明雄说："等秦家小伙在单位上了，你再来说。"婚事就这样不成。秦光汉又请田正芬去说吴明献的姑娘吴耀敏,吴明献也这样回答田正芬。如今听吴家想把姑娘给秦国书,秦家一致反对,说:"以前怎么不嫁秦国孝?"秦国孝则对秦国书说:"兄弟,你要为当哥的争口气!不准你讨吴家姑娘。如果你讨了吴家姑娘,你就是有心碜我!那我和你断绝关系!不承认你是弟弟!"秦国书知全家反对,不敢要吴耀凤。吴家大怒,吴耀成又要打秦国书。

吴明献家又来哄秦国书,欲将吴耀敏嫁与秦。秦家又不许秦国书要吴家姑娘。秦光汉说:"这下你当老师,吴家当然要把姑娘给你了。为何你大哥去说时,吴家不给呢?"秦国书又不敢要吴家姑娘。

秦国书成了个香饽饽,人人各有所图。普成杰的表妹,家在白卡农村,人长得极漂亮。普去带了来,秦一见难忘,立即表示要讨这姑娘。孙家人一看那姑娘,都说不错,就是秦家人也说不错。秦母顾大芬定要秦国书像秦光朝一样讨个单位上的,坚决不同意,而秦国书坚定决心要这姑娘。于是顾大芬哭天泼地地揣:"你这烂没良心的!老子供你读书为啥子?就是望你讨个单位上的,不要讨个农老二!你要是这样,就给老子回来好好地种地算了,就当老子白供你了。"顾大芬边骂边把头朝墙上撞,被家人拖住后又要拿镰刀割脖子。秦国书无法,说:"我何尝不想讨个单位上的?但单位上的姑娘谁会嫁我?莫说我分在法喇小学,就是我分在中心学校,那荞麦山中心学校的光棍老师,也还有一二十个!这些人家境都比我好,要找个单位上的,同样难得要命。更何况我?我在法喇小学,要找个单位上的做药引子都找不着,你叫我哪里去找单位上的?"顾大芬不管,说:"你说你不行,那孙天主为何行?同样年纪,同样的老表,同样是老师,为啥那么多单位上的姑娘争着要嫁孙天主?为何你就连药引子都找不到?反正你就是得讨个单位上的!不然老子就死给你看!"秦说:"米粮坝县有几个孙天主?你只会看孙天主,你怎么不看荞麦山中学多少老师讨不到单位上的,只得找个农村媳妇?你怎么不看荞麦山这些小学多少光棍老师找不到对象?你不拿我和这些人比,只拿了和孙天主比?"顾大芬虽听儿子说得有理,但就是不依。

秦无奈，对秦光汉说："爸爸，我说的是不是这样？你也见到的，就是乡政府的干部，也有多少找不到单位上的女职工。荞麦山中学的老师都讨不到单位上的职工，何况我才是个小学老师？孙天主是行，也只有荞麦山的女职工愿意嫁他，怎么不见在地区、县上工作的姑娘来嫁他？要是法喇有几个在单位上工作的女职工，还有话说，问题法喇根本就没有。就像荞麦山要是没有女职工，谁又会愿嫁孙天主？"秦光汉听儿子说的是实际，只得劝顾大芬。顾大芬就是不依："你和孙天主既同岁，又是老表弟兄，又都是老师，我拿你和孙天主比难道比错了？要我同意也可以！孙天主如果讨不到单位上的只讨个农村姑娘的话，我就同意你讨农村的。如果孙天主讨的是单位上的姑娘，你就得讨单位上的。我和孙天主家妈一样一字不识，你爸爸和孙天主家爸爸是亲老表，你比孙天主差了哪点？"秦国书无法，到法喇就到孙天主家叹气，请孙平玉、陈福英帮忙："大爸大婶，请你们帮我一下，劝劝我妈。单位上的谁会嫁我？单位上的嫁单位上的，就像农村姑娘嫁农村伙儿一样，挑肥拣瘦，选这样择那样。单位上的男职工，条件比我好的多得很。谁会选我，谁会挑我？我妈以为我在单位上，找个单位上的就像找个农村的一样便宜。哪有这回事？"孙平玉夫妇知顾大芬不通道理，哪敢去劝。只好劝秦国书："慢慢地劝你妈。等她想过味来，也就依你了。"

但顾大芬一直不依。秦国书无法，只好与那姑娘断了关系。那姑娘已和秦处的时间长了，有的说已和秦睡过了。事情如何，只有秦和那姑娘以及普成杰家晓得。普成杰立即不依，扬言："老子要把秦国书打了喂狗！"秦国书无法，又来请孙平玉去求情。孙平玉与普成杰说，陈福英与普妻说。普夫妇碍于孙夫妇及当年陈福宽帮忙的面子，虽大为不快，只好算了。后来法喇在昆明当老板的秦国安妻死了，普成杰夫妇就将那姑娘介绍了嫁与秦国安。秦国安四十多岁了，竟讨了个如花似玉的黄花姑娘，对普成杰夫妇大为感激，为感谢普成杰夫妇，将普成杰夫妇接到昆明去开了个小商店。

秦国书连遭这些窝囊气，哪还有心肠教书？一时无心教书，学生、家长都骂起来。吴家、金家、普家都恨秦国书，不久的一天早上，全村人起来一看，小学、村公所及许多路口的墙上，贴满了骂秦国书的大字报。孙家姑娘的孙子在这村里遭如此辱骂,有损于孙家的面子。孙江才见如今长房远胜三房、小房多了,也想讨长房和秦家的好,于是站出来组织村、社干部和老师们去撕大字报,又召集村民开会,扬言再贴大字报的必加严惩,但大字报照贴不误。后来见孙江才等组织人撕,作案者就不写成大字报,而改为石灰写。孙江才就改成写在哪家墙上哪家负责清除。这才将大字报压了下去。

这日孙天主有事下县城,听说岳英贤结婚,也忙跑来庆贺。岳妻相貌一般,并不怎么吸引人,因崇拜岳才嫁的岳。岳觉有人崇拜自己,就行了,于是就与其订了婚。婚事并没大办,请几个朋友来吃一顿饭,就成婚了。

岳在学校也是个落魄人物,对现实不满,任情批判,被学校视为异端。不让他上语文课,让他去上政治课。岳把政治课又上得极好,学校就也不让他上政治课,将他赶去上地理、历史课。他自己借酒浇愁,时常酩酊大醉,两次醉倒在厕所里被人发现拖了回去。

孙天主来到,岳大为高兴,新婚妻子也不顾了,与孙连夜地吹,直吹到天明。孙天主见他未将才气付于辛勤的耕耘之中,连笔伐都没有,而是付于口诛,几年过去,无一成就,就直为可惜。就劝他:"你的才气被浪费了。你尽把才气花在骂人上,遍地得罪人。你虽不满,如写在纸上无人知道,别人自不恨你。你现在最要紧的,是要实际地干事情。"岳说:"对比于你,我发现这缺点了,然而总改不了。我现在没有吃苦的精神了,一想起挑灯夜战就头疼。哪里还比得上学生时代?一是书没你读的多,二是文章没你写的多。现在想补,又觉晚了。可能我这一生,就将如此碌碌无为地度过。"孙天主说:"完什么!请你完全相信我,你完全有能力成为天下一流的人物,只是努力不够。我想你经过二年奋战,一定能成功。"岳听了精神稍振,说:"我怎能不相信你的!连你都表扬我,说明我是有基础。我听你的,从今天开始。"

但岳毕竟与孙不同。由于理想、信念的不同,他的气时鼓时泄,渐渐地他更加悲哀了。其三弟在师范读书,分在干冲小学。而小兄弟是他带着在米粮坝中学读书，学习很好。这日孙天主在区老师处，区老师说："岳英贤这小伙子很聪明啊！怎么也这样糊涂呢！他现在的希望，全寄托在他小弟弟身上，期望他小弟弟能考取个好的大学，到外面去闯出头绪来，把他也带出米粮坝这泥坑去。即使他弟弟很成功，又能把他拖到哪里去？他本身就很聪明，都是这么个下场，他弟弟还不如他聪明，又能成功到哪里去！尽是不切实际的空想！我坐了几十年的牢，不改变信仰，也不屈从于现实。岳英贤呢，才工作这么几年，就颓唐到这一步。干不成事！那个王勋杰也一样，小伙子如今书也不好好地教了，没昼没夜地赌钱，输个精光，欠下几千元的账，两口子天天吵架！唉！可怜这些小伙子了！没有毅力！所以岳英贤与我说他要如何供他弟弟出去，以后又如何靠他弟弟时，我一言不发，到他要走我只说了一句：孙天主的环境比你艰苦，而我未听到孙天主改变初衷啊！"

孙天主听后难过一阵。这就是法喇那块土地最优秀的人物们的下场？他来找王勋杰。王勋杰刚打了一夜的麻将，白天睡觉，刚爬起来，屋内也如孙天主的一样，凌乱不堪。一堆衣服泡在盆里，已发出臭味了。他也一脸困倦，面容憔悴，哪里还是前几年的王勋杰？孙天主想那时王勋杰精神多了。他去洗脸，天主就想，"王勋杰"三字，在法喇人民心中是多么高尚的字眼。三字代表着一段英雄的故事，一段神奇的传说，而今王勋杰这样子，对得住法喇那块厚重的土地，那群朴实的人民吗？

孙天主等他洗好脸，直言不讳："大爸，你是法喇的第一个大学生啊！也是现在唯一的本科生。你刚考取师专时，法喇如受了一场大地震！法喇人还在期盼你更有作为！你是法喇的精英啊！也是法喇人的希望啊！在代表着法喇的人民在奋斗！你不奋斗，法喇人谁还能奋斗？我们物质上穷，但精神上不能穷！"王勋杰说："你说得很是啊！但问题是怎么奋斗？米粮坝是研究物理学的地方？我不像你啊！你只要有墨水有纸，在任何最偏僻的地方也能写文章投稿，也能成为作家！我呢，什么也搞不成！没有关系，没有后台，什么也没有！我没有能力吗？我的能力你是知道的！但回报呢？这几年我教出的学生，考取大学的几十人了，没人写一封信给我，没人寄一明信片给我。在学校里时勉强叫你一声老师，走出校门，就叫'王勋杰'，越干越没心肠。学校、教育局也是这样！前几年我想把书好好地教，但教了几年呢，我教得好的没得到任何好处，那些书教得一塌糊涂的呢，当教导主任了！当副校长了！当校长了！当教育局副局长了！倒来这也指斥一通，那也指斥一通。叫人如何想得通？那好吧！你们说我不行，那我就和你们当年一样混，看行不行！这下我赌钱、喝酒，书也不好好地教了，倒反没人批评我了。"孙天主听他讲的不外多年前说的一样，另加了许多新的东西，一言不发。王说："对法喇我已无感情了。除了每年过年时回去看看父母外，我再也不想到那地方了。说到底我恨那地方。我小时候，那些年纪大、力气大的学生，专门欺负我！学生嫉妒我学习好，又看不起我是三山上的，拼命地打我！恐怕你也有这种感受。我学习一直好，我家王家，全族人嫉妒！我考取师专，全村嫉妒的了得！就是我工作这几年，嫉妒的也不少！所以我对法喇人，无任何好感！反正各走各的。我不求他们帮我干什么！他们也休想指望从我这里得到任何好处！在这点上我和你不同！多年来对我说过希望我努力的话，只有你一人！就是法喇只有你一人希望我好！别的呢，巴不得我明天就出什么灾祸从这世上消灭掉！我对法喇不想、不念、不回忆，都是不！"

二人又坐一阵，谈些近况，眼看没了共同语言，孙天主就站起来，分手了。出来遇上谢庆胜兄弟，二人西装笔挺，头发上了油，光亮如镜。孙天主虽大名鼎鼎，但只分在荞麦山教书，又不修边幅，已被人看不起了，仅谈了一两句就算了。在县工商银行，孙天主忽见到晏明星，晏也见了他，但仅见孙一眼后，就立即回头走了。孙天主也不知她在哪里工作。又遇上华。华见孙在路边店中吃饭，红了脸，但那是为孙惭愧的脸色，就走了。孙天主想，我竟落到这一步了呢！

天主回到荞麦山以后，不久岳英贤回家，特意到荞麦山中学来看望天主，见天主住在一破烂黑暗的小屋里，屋内窄到不能转身。吃的都是洋芋、白菜，而墙上尽是写作的册子，桌上也是一部一部的文稿。大吃一惊:"你在这种艰苦的地方,都自得其乐,不改其志,实在佩服。不来不知道。我处的环境比你的好多了,我要是有你这种精神,恐怕早就成功了。区老师与我说你如颜回不改其志,我相信了。"

荞麦山中学的老师们,久仰岳的大名,全来听岳演讲。岳也应他们的请教,挥霍而谈,吹了两天。天主又与他一同画画。他才去了,说:"毕竟城市不同乡下。我要是能像你一样在乡下,现在也可能成功了。这里人际关系,比县城透明得多。人不消考虑许多,只管创作。在县城应付那些人际关系都应付不了。还有教书,在这里也可以轻松一点。而在县城,稍教得不好,家长、学生就找上校领导家的门了,人都要被那两节课压死了。在这里教得再丑,也没人来管。"岳与孙说:"你已距成功不远了。你将永远成为法喇历史上最伟大的人物!我有欲崇拜你的感觉。"

梁榕妹梁楠,其容貌性情与其姐一样,常恨其姐一流的容貌才情,被钱吉兆这污物糟蹋了。对钱嬉笑怒骂,全不当个姐夫尊敬。钱不单受其妻之气,也受这小姨妹之气。梁楠常怂恿其姐:"姐姐太憨了!该嫁孙老师这样的人物!一生才不遗憾!否则就白来世上一遭了!"梁榕说:"别说了。婚也结了,又有了小孩。"梁楠说:"离婚嘛!他要小孩,你就给他。"梁榕摇头,忙止其妹的口:"说也晚了,莫说了。你越说姐姐越后悔。"而梁榕渐看出其妹已爱上孙天主。梁楠常怂恿其姐到孙天主处来。如今将要毕业,梁楠就与其姐说想请教孙天主几个问题。梁榕看出其妹心理,就带了梁楠来孙处,请教问题。梁榕也说:"我的语文也差得很,正好也听听孙老师的课补补。"两姐妹四只明亮的眼睛,常使得孙天主心花怒放。他只管讲,两姐妹的眼睛并未看到书上。但孙天主想梁姐妹都极聪明,知她们是都知道的,只不过借此来坐坐而已,二人并没听进去。孙天主讲完,问梁楠,她只装不懂。今天来,明天也来,两姐妹一刻不离。到后来就不再请教孙天主语文的问题了,而是问孙从前如何读书,如何恋爱,以后要怎么办等等。孙天主渐要被她两姐妹征服了,始明钱何以在梁榕面前百依百顺,才知无论任何人,都得拜倒在她面前,就是他孙天主也已然,自己的智力并不比她两姐妹高明。当这两姐妹对他有什么要求时,他都百依百顺,尤其她们的眼光扫过他时,他的灵魂立即飞将出来,全身如受地震,被夷为一片砾场。

这日讲了半天,梁楠说:"孙老师,我请你给我画张像好不好?"天主忙说:"我的技艺不到那一步,差得远。"她说:"好不好我不管,只要请动你画就行了。"就盯着天主。凡只要她认真一盯,天主就觉对不住她那罕匹的灵魂,即对她百依百顺。就拿来了画夹、铅笔来。她坐好,盯着天主。天主目光刚一射去,一遇上她那目光,心内又是一场大震,感觉全身被夷为砾场。她那里百媚俱生,天主受不住,咬紧牙关,收回眼光,在纸上乱画。画了些什么,他也不知,只任凭激动的身心去胡乱支配罢了。再抬头看,她也咬紧牙,红了脸,而目光一相遇,天主即觉耐不住。那里实在太美了,哪里还有心再画?放下画板,呆看着她。她说:"画好了?"天主说:"画不成。灵魂都出窍,飞上天上去了。"二人不语,眉目传情,一时秋波频送,天主说:"永远这样就好了。"后梁姐妹就要他的作品去看,孙天主给了她们,就这样到了期末。二人建立起来的是良师益友的感情。天主愈明白她那聪明程度,实非庸常之辈所能比的了。

升学考试,梁楠考得不错。天主监考她们,见了她的卷子,不错的。这次来监考的,是则补中学教师,刚好有晏明星的父亲。天主大喜。但晏老师大不认识天主,话也不多。就作罢了。

每年到县城改初中、小学考试试卷,荞麦山中学要争得热火朝天。这是既得下城玩几天,又得几十元补助。可将那补助作伙食,白白下城一趟,如此而已。领导喜欢谁,就安排谁了。这年是安排陈兴洪去改初中语文试卷,周永恒去改小学语文。没料周永恒到半路,车翻了,亏没伤了人。教语文的,只天主在,即又叫天主抵周永恒去改。

到场分组。大家公认天主是作家,推天主改作文。米粮坝中学一个老语文教师杨知才,已五十多岁,是高级教师,资格极老,无奈他何。而凡改语文,都要改作文才显得位高望重,且他又是组长,也由他改作文。他与天主说:"你初改,我复查。"他倚老卖老,故意踏天主。没料二人观点,截然相反。天主认为好的作文,到杨知才老师处,刚好成了差的。天主认为差的，甚至是背作文来的，杨知才又认为是好的作文。天主打二十多分的作文，被他砍成十来分。而天主打十几分的，被他改为二十多分。天主本不屑与人计较的，但想这是大问题。他二人手上，关系了米粮坝县小学生的命运。就争起来，杨知才辞色更不让人。下一篇天主打了及格分十八分的作文，被他扬手改为二十八分。天主说："不该给这考生二十八分，这作文是抄来的。"杨知才老师说："你胡说什么？你亲眼看见他抄的？"天主说："咋不是抄的？我的家乡在新加坡等等，还有其余内容，全文都是背来的。"杨知才语屈，说："不是叫我们来管背不背，抄不抄，我们只管作文好坏。"天主说："这作文本身就坏，这考生这种习气，如严格起来，该给零分，给他及格分，已是特别照顾，给到天了，而不该给二十八分这种绝顶的分数。"杨知才见天主一直挑战他的权威，怒容满面，说："我们就叫大家来评评。"一时十几个教师都拢来，看了，不好凑合天主，下杨知才的面子，说："杨老师到底经验足，由杨老师看着办吧！"杨知才见众从天主，脸气成了猪肝色，又维持他的二十八分。再改下去，天主打的分数，仍被他彻底变更。天主叹惜："可怜这几千名孺子了。"也无办法。第三天，杨知才对天主咆哮说："你闲着算了，改什么作文。"天主也就放下笔，乐得看报纸。全被杨老师改了。到最后二人彻底矛了，分手时互不理睬。

第六章 桃李

神史

孙世祥 著

A Person's History

下

语文出版社

下 部

第一章 法喇照

天主说:"人类文明都是如此:不成熟则熟之,而熟则腐之。早熟早腐,晚熟晚腐。法喇人的思维就因成熟了,已不能使法喇村有什么大踏步的进步。"

六十五 惊弓之鸟 P002

六十六 采 风 P014

六十七 苦 脸 P027

六十八 诈 伤 P035

六十九 失当乘龙婿 P045

七十 单相思 P060

七十一 兄弟再遭袭 P069

七十二 错搬家 P085

七十三 发财梦落空 P094

七十四 旧 情 P108

第二章 穷则变

车轮滚滚南驰,天主在车上做起无边的发财梦,有了几百万,先拿十万出来,接母亲弟妹回法喇村,安顿好他们的生活、学习,自己就去创建伟业!无牵无挂,至死方休!

目录

他已渐渐激动不起来了！所以万事皆如此，好光景就在那青年、少年时代、上升、创业时期。人生如此，家道如此。步入中途，灿烂渐失，光环渐灭，无处不悲歌，无时不尽哀！

第三章 悲歌

七十五　持刀讨债 *P124*

七十六　赤　贫 *P136*

七十七　猪圈里的谣言 *P141*

七十八　恶校长潦倒 *P154*

七十九　选票与电灯 *P163*

这种生活要继续下去，还是该终止了呢？他已打不定主意了。一夜呆望天上的月亮，滑向西去。后来阴云盖来天空，才回去。

八十　人去楼空 *P186*

八十一　集体超龄 *P194*

八十二　推　诿 *P205*

八十三　省长录取弟弟 *P215*

第四章 奔走

03

第五章 不平

天主幼时总以死为可怕,现在已想通了,无所谓生,无所谓死,但是现在,死可以无所谓,名声则不能无所谓。连名声都没有,那就是真正的死了,就如孙小妹于他,是彻底的死!

八十四　抢儿媳　P228

八十五　出　狱　P241

八十六　被遗忘的小妹　P254

八十七　一块好墓地　P265

八十八　停　职　P277

八十九　调职三碰壁　P284

九十　　副县长的车队　P289

九十一　人让人死　P301

九十二　接待省委副书记　P310

九十三　谋　生　P320

九十四　叹　命　P333

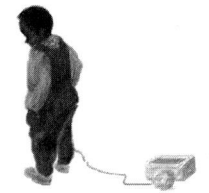

第六章 不遇

这无数大山和长天组成的大境界,浑厚而壮美,野花艳丽,黑泥泛香。天主忽想,与其这么恨怒无常,不如死了来归入这里,倒还简洁多了。

朝日照常升起，它仍从无边的黑暗之海撕裂了升腾。有关事业、雄心和梦想的故事，仍在广大的人类身上展现着。只不过已不在一个叫孙天主的人身上提起而已。

第七章 尾声

九十五　昆明当记者　P338

九十六　考上公务员　P350

九十七　归　乡　P368

九十八　雪中的丧礼　P396

九十九　结　局　P416

附录一： 关于孙世祥的提纲（余世存）　P419

附录二： 《神史》评论辑录　P424

第一章 法喇照

六十五 惊弓之鸟

吴明洪为施加威骇,每天晚上,轮流在全社各家开会,由他讲话。一时超生的要怎么结扎,要怎么抄家,而他怎么保,全社人就可以无事。那一社人,都没个单位上的亲友,吓得人心惶惶。吴明洪种生产,叫张三:"你拉马来帮我驮粪。"张三规矩地牵了马来;叫李四:"拉你的马车来帮我去拉柴。"李四又赶紧拉马车来。为的是既有在昆明偷东西的人家,也有超生的等等,都怕他去告,一时有如奴仆一般。吴明洪只管跷起腿叫人,自己的活路,一点力不出,说:"我有这几百大儿子,也过得日子了。"

凡是交各样费用,他都要交成整数。比如三十三元,他就要交三十五元;四十元,就要交成五十元。收了钱,说:"过后补给你们。"一句话说过,钱就吃掉了。如此肥料交钱、救济粮交钱等等不止。得他给救济粮的人家,打到粮食后,先就要背个几成,贡到他家里。

这一次是据说大城市里向贫困地区捐赠衣物过冬。到法喇村,已是夏天了。据说好的衣服裤子,到县上就被县上的干部择掉了。到乡上,又被那一伙人洗劫一番。分到法喇村,孙江才、安国林、罗昌兵等人,先行如抢宝一般,捞了个心花怒放,然后分到社。黑梁子的,被孙平文家洗劫掉两大背箩,余者每家一件,或衣服,或裤子。而横梁子的,据说被吴明洪截留了十之六七,家里的背箩都满了。然后仅剩二十多件衣服,三十来条裤子,就来抓阄。抓到的,得一件衣服,抓不到的,空手而归。

横梁子人怨声载道,但谁敢说?只能道路以目。别社的人都说:"横梁子的人再过三年,骨油都要被吴明洪榨干了。"

法喇村育长防林不成,倒要几个看林的人。林业站来择人,专择恶人,说才镇压得住。吴明洪就看了横梁子、光头坡几片山。凡有人从那山坡上走过,进了"林"的,被吴明洪九岁、七岁的小孩抓住,无论四五岁,还是六七十岁的,罚款五元!有牛、马误入其中的,罚款十元!这下遭劫者,就非横梁子一社了。整个法喇村的人,都成了吴明洪的敛财对象。吴明洪一时财源滚滚。

吴明洪为害如此,吴耀勇为害更烈。凡是牛马进入围原的,赶来关了,拼命地拿圈门砍。有的马眼被砍瞎,有的牛尾被砍断,罚款是一百元。这孙平富的围原没有水,凡放孙平富围原的羊,羊主都要把羊赶过吴耀勇那边去喂水。这晚吴明义、吴耀勇就上孙江亮家的门,要水钱。孙江亮慌了,忙来找孙江才。孙江才哪敢出面?孙江亮父子提酒煮肉,招待吴明义父子吃了。吴耀勇说:"你家管不好那围原,归我管了!"就把孙江亮家管的围原,吞并去了。

一换届,安正书也退休回家。吴家大喜,说:"罗昌才、安正书下台了!该叫法喇换新天了。"吴明荣跃跃欲试,连哄带逼,要孙江才介绍他入党。吴明洪也来捧孙江才,也要入党。这孙江才、罗昌才、安国林等失了靠山,观赵国平、吴耀庆在乡上势力方盛,早已虚了。又据说三家都超生了,收在亲戚家里。赵国平等指示吴明洪、吴耀周等:"务必找出他们藏匿的超生儿子来!一举叫他们下台!"这三人每日聚在一处,商量共斗吴家之策。一时法喇人说:"村公所不起作用了!要被吴家占掉!"孙江才大为失计,不断允敌所请,把吴明荣、吴明洪都报为预备党员。乡党委书记宋德高,原是靠硬功夫上来的。而乡长张恩舟是县委组织部副部长、人事局长肖本敏小学时的老师,又带了吴耀庆一伙,把乡上大小事务把持干净。宋是一把手,说话倒不如吴耀庆这些虾兵起作用。因此乡上又形成宋德高的几十人的联合战线,共斗张恩舟一伙。预备期满，孙江才忙去向宋德高说了，吴明荣、吴明洪二人都未转成正式党员。

孙江才忙来向孙江华问身后之计。孙江华也想不出办法了，只好献个既无奈又无赖之计说："什么计不计！能干一天干一天！不能干就算了！时候不到，你当然干着！时候到了，你想干也不给你干了，你有什么法？"孙江才于是到处找人算命，或说他还要升一级，或说他要升两级的。于是大喜，又回来吹："算命先生说了，我到四十岁，还爬得到局长呢！"孙江华等人就嘲讽："我们家能出局长，就好了嘛！那时我们也沾沾光，得坐坐你的小车！"孙江才高兴，说："小车开来，先尽我们江字辈的哥哥嫂子坐到米粮坝去观光一趟！再拉孙平玉他们这一辈！最后拉富贵他们这一辈！全族人都去米粮坝看一趟！"

但一回到现实之中，又着了慌，决定辞职不干，搬西双版纳去种地了！又来问孙江华："大哥！这支书我不干了！我想搬去西双版纳，凭我又当过兵，又干了这些年支书积累的经验，到那里承包几百亩土地来当个工头，一点不成问题！放开手干几百万，才扬眉吐气！"孙江华说："好的嘛！做人上人倒不好！要去做人下人才好！对对对！你孙江才有毬本事！吃屎还要被狗撞倒掉！在这里当一把手，占山为王还是这个屁样子！你还当得来包工头？天下比你能的，一巴掌要拖几十人出来！你算老几？"孙江才听了，又不是路，说："干脆辞职，去昆明打工！我相信秦国安那点本事我还有！"孙江华说："对！你今晚上就可以辞职！明天就去！后天就拖十万元票子回来了！昆明遍地是钱！一扫把要扫几十万起来"！

吴明洪等探孙江才等超生的儿子，总探不出来，只好另生计：原来孙江才、安国林等一个手印，说法喇没有超生户，没有非法结婚的，就扬言要去县计生委告状，把法喇几百超生小孩全供出来。一时全村大哗。有不要命的，扬言一旦自己被结扎、罚款，先取吴明洪、吴耀勇等的人头！有的扬言要买支枪来，把吴家全族一举射光！吴明义家的瓦房，一夜挨了几百个石头。吴明洪这晚上在横梁子开会，回家途中被后面砸来一个碗大的石头，砸在背上，回家直吐血。从此天一黑再不敢出门，横梁子社的人，也才免却开会之苦了！陈福英听说，才叹："也亏哪个的大石头，才救了救陈家！不然陈家是可怜之至了。"

人民战争一发动起来，吴家立刻萎了下去。吴明献等只骂吴明洪："你这死猪脑壳！竟敢与全村人为敌！你试到了嘛！人怕伤心，树怕剥皮！狗急了跳墙时，我看你怎么咬！耗子被打急了，还要来扑人！"又骂吴明义："吴耀勇是你该制止着点！遍村都是仇人了！你爷几个十几只眼睛，防得了全村几千只眼睛？一人不要命，十人都难挡！"吴耀庆、赵国平等，见触怒了全村人，也才吸取教训，骂吴明洪、吴耀勇等："蠢到极点了！要告也阴着去告！谁知是谁告的？这下张扬开来，惹火烧身！倒救了孙江才等人！哪一天法喇超生这一摊抖出来，即使不是你们告的，全村人也要说你们告的！这一族人就死无葬身之地了！"

从此这个话题，无人敢再提，连赵国平、吴耀庆也极力设法隐瞒，全村人一闹，倒救了孙江才等。但这三人，已被吴家那张扬，吓破了胆了，都急忙往乡上送东西，拉关系，要调到别个村去任职，巴不得逃离这是非之地。但乡上被吴耀庆等控制着，哪容三人走？死死把三人困住，只望有事闹出岔子来，把三人全踢垮下来。罗昌兵更是只管做生意，安国林只管买马倒树。孙江才则一味闹辞职，以为法喇情况复杂，别的人都望风而降，闻名而惧，这些年全亏他手段高，才得个安安静静！要维持法喇村稳定，就不能没有他！没了他，法喇村就要反天的。免得不闹辞职，都以为他想干这支书！一闹，乡上无法，只好安慰他。岂不主动权就在自己手里了？此计一来向孙江华讲了，孙江华只说一个"好！"等他刚去，孙江华就说："喔嘀！孙江才脑筋不够用了！再当两年的支书，要被吴家逼疯了！"

这天晚上，光头坡社的人刚打劫了过往的三辆货车，把东西分好，各自回去睡觉。四辆警车、四辆吉普车开到横梁子，近百名警察下了车，就朝光头坡扑去。这里偏偏有人哨见了，一传十、十传百，法喇村里慌动起来，都说来捉超生的了。只见全村逃的逃，躲的躲，一齐往山上遁。孙平玉等听到处乱动，才爬起来看。说："嘀！平时看不出来

一传十、十传百,
法喇村里慌动起来,
都说来**捉超生的**了。
只见全村**逃的逃,躲的躲,**
一齐往山上遁。

有多少人家超生，现在好看了！比电影里还热闹！"

这里翻了天，大人在逃，小孩在哭。而光头坡，一片寂静。等天刚明，全村已被包围。机枪架在四面山上，警犬都围成了阵势。警察扑进村，不到一个小时，名单上的人，尽数落网。五十多人被押上车，带往米粮坝。

孙正英哭哭啼啼，跑到孙江华家来，说除光头坡外，还要来抓其余各社参加劫车的。孙江华、牛兴莲大急，忙叫孙国要跑昆明。家里到处凑，刚够车费钱。孙国要拦了班车朝昆明溜了。

这天晚上孙平玉听见一群人的脚步声，以为有人来偷树，急忙爬起来。却见一二十人，一声不吭地摸夜路上来。就问："是哪些？"诸人不出声。孙平玉再问，仍无反应，一直去了。孙平玉就说："再不吭声我要丢石头打了！"吴明剑才说："莫闹，是我们。"孙平玉见是吴明剑他们，说："黑洞洞的，去干什么？"众人又不答应，一直去了。孙平玉大疑，盯梢了去看。见诸人进了吴明朝家，他再跟去，这边站着吴明钦等二人，拦住孙平玉不准过去。孙平玉只好回来。

过了几天，才听说外面有人来传道，说学耶稣，念祷告。饭前要祷告，睡前要祷告。陈福英说："这也麻烦了！天天念，念得起多少？"

后来就全村人都知吴明剑为首，念起来的人家，已有几十家了！每晚聚在一家念，安排人站岗放哨。有人来传授，但都是暗中来暗中去。说念了祷告的人，七月半时就上天堂了！所以这些念的人家，生产也不种，喂了个猪，也拉来杀了！说不早点吃掉的话，上天堂以后到处是米，遍地是肉，天天吃山珍海味，穿绫罗绸缎！这样岂不可惜了？又说念的人，不分老幼，全是兄弟姊妹。孙江才听了，想：可能我去跟着念，就没人欺我了，去问吴明剑，吴明剑说："你要参加可以，先要把家里的'天地君亲师位'撕掉！因为我们只信仰上帝，不信仰什么'天地君亲师'。就像我家，没什么'吴氏堂上，历代宗亲'，你家也不能有'孙氏堂上，历代宗亲'。"孙江才说："你家的撕了没有？"吴明剑说："凡念的，家家都把'天地'撕了在火塘里烧了。"孙江才看看，果然如此，回家就要撕了烧。他妻子不许撕，说："天地祖宗，随便就撕得烧得的？你去问问孙江华大哥。他说可以撕，我就不拦你。"孙江才就来问，孙江华听了，说："好！无天无地无君无亲也无师！这是禽兽才能干出来的！哪里是孔夫子的教诲？你只管撕！你还应去问问吴明剑，你该姓啥才对！"孙江才挨了一顿骂，回去两难，只好暂且不撕，看看再说。

冷树芳也慌起来，说："人家六月初一就得上天了！一块云飘来，就把人托上天去了。我倒是要带陈志琴、陈志成去学去了！学慢了的人，就不得上天了！"陈福宽不在家，陈明贺听见，走来骂道："哪里有你这种憨母猪？不要祖先，你从哪里来的？老幼不分辈分不论，这是啥子骡子养的？你敢回去喊你后家老爹是哥哥？喊你老妈是姐姐？如果他们都答应你，老子也就允许你去学，不阻拦你上天了！不然要学，要上，你一个人滚去上！不要把老子这些孙男孙女带坏了！"冷树芳才不提去了。但仍念念不舍，来对陈福英说："姐姐！人家说好得很呀！上了天，要吃的有吃的，要穿的有穿的，要什么有什么。"

在这一片嚣嚷声中，孙家却都没一个去跟着念的。男的孙江华、孙江成、孙平玉大不相信。这日孙江荣又说："人家说上了天，就什么都有了。"孙江成说："有些什么？"孙江荣说："有大瓦房，有猪，有羊。"孙江成说："大瓦房你现在就有了，还要等上天的才好？孙江荣呀孙江荣，你怎么也跟着那些穷门小户的人一样了？那些人有什么衣食？你也瞎凑热闹去了！天经地义，就是说天是经，地是义。古往今来，再没有能大过两个字的。再下来君、亲、师，也是神圣不可侵犯的！这些念祈祷的，像崔家、吴家这些，一无知识，二无文化，三缺吃穿，哪样如得人？不是越穷越见鬼，越蠢越背时么？"孙江华说："我们孙家要是谁去闹，就把他开除族籍，他要姓猪姓羊，等他去姓！不许他姓孙！"

女人中，陈福英和魏太芬又是极有见地的两个人。蒋银秀等一谈上天的好处，二人就反驳："古今以来，谁上了天了？上天同样要吃饭。个个都上天，哪里来那么多吃的？个个都坐着享福，都等别人来服侍，那饭来张口，哪来的？也要人递来嘛！"二人又商量说："古来只听说讲祖先,讲孝道,从没听说不论辈分,全是兄弟姊妹,那还成什么话?"

转眼就到五月间,那些念祷告的,说六月初一就上天了,激动得不得了,说:"把崔局长、孙富贵这些人的本事都看淡了!这些人不祈祷,同样上不了天。"姜庆坤家,把猪杀吃,把牛卖了买米吃,连房上的茅草,都拆在火塘里来烧了,只等着上天。姜庆成气了,从荞麦山赶回来,骂道:"你是自找死路了!要死来我拿安眠药给你死!"姜庆坤说:"大哥,你也莫高兴!虽说你在卫生所当医生,一个月几百,不算什么!凡是在人世间,就不幸福!等我们上天了,你们干工作的这一百多,哪个如得我们?"姜庆成气了不管。到六月初一,姜庆成来问:"你怎么还在这里,难道在天上站不稳,掉下来了?"一顿的嘲讽,姜庆坤才明白过来,不再念祷告了。

六月初一上不了天,对这些人是一个很大的打击。吴明剑、吴明钦又说:"上帝六月初一这天,太忙了,派云彩到全世界到处接人,就没派到法喇来。要等八月初一,一定上天了!"

此时正是青黄之时,有多少人家早不见炊烟了,就等六月初一上天空。没了办法,又挨嘲笑。四邻从前还左三斤①借两斗给这些人家度日,今见不务正业,不借也不贷。一时这些人家到处去找粮,狼狈万状。

孙平玉、陈福英等孙天主回家,就拿这事问孙天主。孙天主说:"这些人不过是工具!背后有不可告人的阴谋。至于宗教,那是仁者见仁智者见智。但中国多数人不信教,与其他国家大不相同。如此足见中国人的智慧,在世界人类中是第一流的。"

不久就听说吴明剑秘密地去哪里开会去了。说地点远得很,要到西昌再坐一天的火车。由于那些人封锁消息,其余人根本不知到哪里开会。吴明剑回来,说:"等政权落到我们手里,天下就变了!我也就当米粮坝的县长了!"过了几天,派出所的来找到吴明剑、吴明钦。二人跟去派出所,第二天回来,祷告活动就停止了。

---

① 左三斤:双方调换财物。

冷树芳这才惭愧万分，不敢再提旧话，陈明贺也不骂了。但陈福香家，陆绍华眼又看不见，陆绍光也视力渐弱了。陆国海、陈明贺只把着迷信活动干！又是送菩萨，又是迁陆家祖坟。陆建琳坚持说是怪近亲通婚，说他和陈福香永远夫妻下去，就不可能有健康的孩子。陆国海把他拉到无人处才骂："你这个狗娘养的！一点势头也不会看了！这种话你还讲得？陈福香起个心，一夜之间跑了，另外嫁人，你去鬼头上找？那时你把这三个瞎子咋办？只消看着这三个瞎子的样子，谁还会嫁你？"陆建琳听了，大吃一惊，再不讲是怪近亲通婚了。

但这么几年，陈福香也早听明白了。不单陆家觉得怕她会跑了，陈明贺、丁家芬都与陈福英说："幺，你家倒好了！富贵当老师，富民、富华也读中学了。可怜福香，年纪轻轻的，就守着几个瞎子。这日子以后怎么过？看着她哭，我们也可怜，也无办法！又怕她跑了！跑远了，她又一字不识，这社会坏人又多，生怕把她卖了，还不知死在哪里。跑近了，也是惹是非，还不如不跑。"陈福英听出父母心内所想，也同自己想的一样。劝说："只看以后陆大姑爹请神仙、端公查出病因来，看可会好了？"陈明贺顿足说："好啥子？不会好了！连陈福香都跟你妈悄悄地说：'他爷两个带去县医院检查了，医生说不行了！连残疾证明都开了三张，只是瞒着我，说医得好。不中用了！"丁家芬说："好啥子！不过就是这样守着了！有什么办法？"陈福英说："小香倒不愁！三十零头，还愁嫁不掉人？"陈明贺说："嫁还愁么？问题她也是个睁眼瞎！人又木、又钝，走到哪里都晕绰绰的！街头路口的字都不认得一个，连憨包都可以把她哄去卖了！她原本就比你和小九差多了！要是她像小九或你，我也早叫她跑了！被夹磨得没个人样了！更成了个呆子了！可怜又加这几年心头忧愁，更成了个呆子，记性都没有了！我们还担心她跑出去，被人贩子卖了。无亲无戚，她又没一点脑筋！人家要怎么处治她，就处治了！弄到头就死在谁的手里，我们也不会知道的。"丁家芬说："可怜！何况她还舍不得她这几个瞎瞎！毕竟是她身上掉下来的肉，她舍得掉？就是一时舍了，走到哪一步想起来，还会不心疼？

千天万天也是焦着的了！就是跑了嫁人，心头也不会再有一天高兴的了。说到底都是一辈子的苦命了！"

富民、富华等回家去，天主朝陆家跑来。陆绍华就爬在屋前地上，听见脚步声，就问："哪个呀？"天主说："是老表。"陆绍兰听出声音，就叫："爸爸、妈，富贵老表来了。"天主才见对面山上，二姨爹、二娘在种地。陆建琳问："是富贵唉？"天主说："是。"陈福香也说："富贵，你等一下，我们就回来了。"天主说："是。二娘。"

天主见表妹、表弟，伏在地上摸，全身泥灰，心中万分难过。陆建琳回来，笑说："好！进屋来！你二娘烧肉煮！我去打酒。"天主劝说："酒不喝了。"陆建琳说："不喝也得喝！"就找了钱，买酒去。陈福香叫天主进屋，笑说："只会玩了！老表来了也无法接待！"才去拉陆绍兰、陆绍华回来，把他姐弟二人按在凳上，笑说："富贵，无法了！这么大的人了！人家别的都去学校读书！这两个瞎子只能在房前屋后摸，连看门的作用都不起！我和你二姨爹出工，还得把门锁着。不然就是有人走进屋来，把东西搬光了，他们也看不见的！要带去地里，三打三个，带不去；放在这里，又怕摸了跌着撞着，成天地焦着！无法了！我不图他们像你家几弟兄，也不图他们怎样了！只图我煮好饭，他们能看得见，端着吃，也就满足了！连这个都做不到！"说着就伤感起来，但又有天主在，只好强笑罢了。天主想要是自己也来设身处地，服侍他三个，也大觉无法可想。陈福香上楼拿肉下来烧，他们摸来天主身上，问这问那，天主愈觉凄苦非常。想要是三人眼都好好的，二娘家也就不缺什么，也就是个幸福家庭了。

陆建琳打酒、买烟回来，他两个叔叔就跟来："闻到酒香了！"就笑了跟进来。一见天主，又拉住，赞扬一番："你成了作家，连我这些老者脸上都有光呀！整个陷塘地村一说起你来，都说是陈福香的侄儿子！这一说，岂不就是夸我陆家？所以我们是巴望你来做客！你不来，我们还催陆建琳去叫你来！常走才是亲！不走不是亲！我们这里虽说也没啥吃的，但洋芋坨坨、荞麦稀饭，都不会让你饿着！至于陆建琳家，不用说了！肉有给你吃的，米有给你吃的！小香儿又勤快，又苦！方圆几十里挑不到的好姑娘！我家祖上有德,被陆家挑来了!只是陆建琳懒点!我们天天吼着他!不然你看这个家,哪里差了?美中不足就是这三个孙子眼睛看不见!我们也在天天想办法,一定要医好!不然我们陆家,对不住你这二娘呀!人才是人才,本事是本事,口是口,牙是牙,人物、生法、耳眼,都没有说的!就是讲道理,这周围也只有她讲的!我们都在佩服你外公,姑娘儿子,个个不囊瓢。你妈更是给陈家争了光!"

天主每来一次,这绰号"陆黑牛""陆白牛"者,都要这么吹一通。然后吃饭、喝酒,又必叫天主到家,必要弄点麦芽糖之类,促天主吃;红糖泡了开水,促天主喝。天主都怕他们那热情了。二人忙里忙外,劈劈啪啪的,想方设法招待贵客。前次两弟兄争拉天主去家,竟吵了起来。天主又无分身法,只好说先去近的家,再去远的家。但两家一样近,又不免要论一通。家族相比,陆家与孙家又有些不同。二人对陆建琳,更是赤胆忠心相照看的。

六十六　采　风

期末，地区文联组织了一行人到荞麦山来采风。他们到了学校，找见天主，说："没想到你住在如此破旧的宿舍，如此偏僻的学校里。"查看天主只有一张床，一个锅，连菜刀都没有。其余只有书，一堆洋芋。天主就以那一堆洋芋度日。检查天主的读书，已留下的《资治通鉴》评论一百万字，《红楼梦》评论七十万字，已评到《红楼梦》第一百回了。壬红民老师感慨："单看这一百七十万字，便知你一日未曾浪费了。"天主要煮洋芋招待大家。众人笑起来："我们在这看了你这生活，心里难过得不得了，还吃什么洋芋？"拉天主到乡上饭馆吃了饭，开旅社住了。

因法喇村面积太大，人口太多，已在二十年前划了个拖鸡村出来。一千多人从荞麦山爬到拖鸡村。他们整整走了一天，才爬到海拔三千八百米的拖鸡村。一路见农民在挖竹根，此地连树根都没有了。谈起来，壬红民老师、陈文韬老师说："什么时代了！天上卫星在不停地转，传播科学知识，而这里的群众根本不知。"问呢，卫星也不知道，电视也不知道。

到了村公所。支书、村长、文书都抱了行李来，去买得五十个鸡蛋。天主与他们去买鸡，走遍全村，唯杨学宏家有只公鸡。杨学宏与天主高中一个班，现在包谷垴乡信用社工作，他是拖鸡村有史以来唯一的一个高中生。他家住的也是茅屋。全村唯一的瓦房，是蒋支书家的。

吃了晚饭，屋里生了熊熊的火，一夜山风呼啸。天主与尉老师、陈老师睡一床，大家都冻醒了说话。

第二天早上，天主的学生李华章家，煮好肉备好酒，来请老师们了。大家去了，大酒大肉的，说在这么贫困的地方，这么办了，不好意思。又见一家人，动必称师，言必称请，端碗递筷极为特殊：一只手端了碗，另一手则握着端碗的手，递茶递筷皆然。众人大奇，问天主。天主说这些人户都是中原移民的后代，问时果然，祖籍南京。壬老师说："那么怕是古中原之遗风了，在外面是见不到了。"众人都说在中原也极少见到。壬老师教汉语课，试问了一些话，均属北方方言区。但包括天主在内的人说的方言，不川不滇，别具一格，壬老师惧然："怕又是明南京方言，也未可知！，这倒是个好题目，值得认真考证。"罗南老师就在南京读大学，说："南京方言也不是这样。"天主说："六百年了，天翻地覆，沧桑巨变。当时明朝的都城，尚且成为了签订《南京条约》，又成被残杀三十万众的地方。语言岂能没有什么变化？就像保留佛经的，不是印度，而是中国。保留唐朝遗风的，并非中华大地，而是日本列岛。保留古南京语言的，定非今之南京人，可能是滇北深山中的拖鸡人、法喇人。"大家皆然。

中午吃好饭，大家就去爬山，那文书带路。谈起拖鸡村来，人口呈负增长！众人大吃一惊。问其原因，就是生活贫困，环境险恶，病饿而死，或悬崖跌死！非正常死亡率高。陈老师叹道："这种负增长，与某些发达国家的负增长何其不同！这怕是全中国唯一负增长的地方了。当很多地方官员为控制人口增长而绞尽脑汁、倾尽全力之际，这里居然干出负增来了。"牟建业老师问："这里有多少党员？"文书说："只有两个。一是我爹，老党员，已退下来了，另一个就是现在的支书。这支书能力也差，又是很有问题，乡党委不让他干了。但拖鸡村再没有党员，从别的村配支书来呢！谁也不愿来。只好让他出来再干，表示这个战斗堡垒还在。去年又出点问题，又不让他干了，但又是配不来支书，只得又让他来干。"

爬上药山之巅，但见春花怒放，满山万紫千红。陈老师赋诗一首以助谈笑："人间八月北风劲，药山春花始盛开。南滇风物天下绝，尽育古都南京人。"壬老师因问知文书家也祖籍南京，又问可有人回到南京去，文书说没有，最远的全族人就只他爹和他到了县城。壬老师问天主，天主也说："家族中从没有人去过，我也没去过。"

在药山顶上看万山茫茫。江河如一道道天堑，阻绝交通。药山三面绝壁，直下江波，高差三千米。壬老师说："难怪孙天主写出'从我们年轻时看见大江/它就在金属的槽道里自如地飞翔'这样伟大的诗句。"

到下午回到拖鸡村，李华章家早已煮好肉等着了。大家饱食一顿，非要给一百元钱不可，说："你家放心，我们出来深入生活、采风是有专项经费的。你们的孙天主老师就知道，我们批了五千元钱带着出来。这钱定要给。"李家坚决拒绝，说："我家是诚心诚意，一分钱也不能要老师们的。老师们这钱，推让到明天后天都得拿走。"结果这边是觉这么贫寒之区，受此盛情款待，非给不可，那边是认为受一分钱都是耻辱，这只是人情。老师们一个个的上去讲这钱非给不可的道理，李家也是父亲、母亲、几个子女换着讲不能收这钱。这过程过了几十分钟，没有结果。老师们只好把钱收回，大言："惭愧惭愧！我们来骚扰得太不像样了。"李家一味地说没招待好，说望原谅。老师们更不过意，又论起他家不该讲原谅了。半日带了愧意，辞别李家。望山下的法喇村来，都说："天主，这家这学生你要好好地教，才对得起这些淳朴善良的老百姓！"

路上见一妇女赶荞麦山街回去，拉了个五岁的小女孩。母女俩已又累又饿，疲惫不堪。小女孩站着哭，不走，妇女先哄她，见不走，用巴掌打。大家问妇女，她说去卖灯盏花，收的人压价，压到两角一斤，后来还嫌晒得不干，不收。她无法，只好央求。那人说："你背回去几十里路，难背，不如倒给我拿去给猪垫圈。"妇女赌了气，背着。那人还跟了几里，以为这妇女背不动会倒了，她硬背了回来。大家怃然，每人掏了几元钱送她。她忙道谢，说了一大通祝福的话。大家边走边谈，说都穷疯了，这妇女穷得惨淡。那收灯盏花的心黑是事实，但既然跟了几里，那说明也是穷极无聊了。

天晚到了法喇村，天主家已煮好了饭。孙江才、安国林、罗昌兵，以及小学校长谢吉林全在这里。孙家分外高兴。众人进屋见孙平玉鬓发已白，牙已掉光，问时才四十岁，怜惜的拉着他的手说："我们早就从孙天主的诗《父亲》里认识你了。你养了个好儿子，值得了。"见他衣不蔽体，裤子已烂了。陈福英也是补丁相接，一家人唯天主穿的勉强过得去。再看呢！家中空有些农具，也可以说空荡荡，连床也只一张，别的都在楼上竹篾上睡。被子也又旧又黑。牛、马、羊无一，只有两条猪，五只鸡而已。就知一家人的经济全靠天主一人承担着。壬红民老师说："难怪天主当时分工坚决要回家。我当时还怨怪，如今理解了，这选择是对的。孙天主已工作一年，家境尚是如此。就可知从前，是何等艰难了。"

因天主家没有行李。村公所、学校找够了行李，在小学打扫了一间教室，就供老师们做了宿舍。第一天吃了饭，大家就分散，各去采访。天主带壬老师到冷云忠家。他唯有五女而无一子，如今老了。他是以编歌出名，可以说是法喇村的民间诗人。他唱"山又高，路又远，枣家湾是个光片片。心想去找背柴，又想晚上如何转得来"。"刺棵棵，十分戳，手中戳起几十棵。"后出来，走了赵国平家。宋老师说："这家也不殷实，难道他这农科站长，就只顾他自己家种良种洋芋，薄膜包谷！别的不管了不成？"天主因说："管什么！"经过赵国平的地，师生看了一遍，他那包谷长得像草一样。接着到吴光兆家，吴光兆高墙大院，水泥地板，刚买来的大汽车停在门口。天主和壬老师进去，他说："欢迎！欢迎！难得地区的领导，第一次走进我家这门。我今天脸上也有光彩了。"坐下谈起来，听了一番他的经历，是老高中生，回家务农数年。后来大讲他的经营之道，米粮坝商业系统的黑暗。最后到王勋杰家，只王勋杰母亲在。谈了一阵，回来。壬老师说："法喇村富的，也富起来了。穷的呢！愈穷下去了。"

晚上回来，知孙江才带陈老师走了罗昌才、罗昌启及几家穷困人家。安国林带祁山老师走了罗正万、安正和等几家。罗昌兵带尉老师走了崔绍武、姜庆真、姜庆成等几家。谢吉林带罗老师走访了尖山社的几家。姜庆真带冯志昭老师走访了横梁子张家等，带艾灵老师去采访了岳英贤、吴明道家等。回来大谈收获。陈老师说："说过去说过来，最感人的还是孙天主的故事。老百姓都伸大拇指称赞。"祁老师说："要写小说，说是孙天主的故事最有写头，还有天主的父母。听群众讲下来，真叫是可歌可泣。"尉老师说："贫穷的土地、艰难的人生、浪漫的理想、坚强的性格，而且是个大孝子，这个写出来太精彩了。"壬老师说："单凭法喇这一地名，凭全中国的特困县的特困乡的特困村的特困社的特困户，而能自起孙天主之名，就大有文章可写。"

随后谈起，陈老师说："那个罗昌启，在县驻乌蒙转运组，专倒化肥卖。家已买了辆汽车，一辆客车，据说有四五十万家资，怕是第一了。"孙江才等全都说差不多。说起第二，又当推姜庆丰。接下来尉老师说："其次可能就是那个在农科站的站长，这些年倒化肥，卖农药，说有八九万，该算第三位。"谢茹松老师说："再就是艾老师说到支书罗昌兵，也有四五万。吴光兆有四五万。还有罗昌才，大家说不知他有多少，但少下这数来，人也就不信了。还有崔绍武，当局长这些年，肯定也不下这个数。"最后谈起朱万发来，都又说了得，使大家更有失落感。陈老师说："几百万美元，可以做多少事了。我要出本书，出版社要我凑八千元我还凑不出来。有这笔钱，我可以出一千部书了！"尉老师说："拿来我们这群人开笔会，也可以开上几百回了。一回一万美元，那就可以开到我们老死！"一时说："哦哟！看不出这法喇村来，富翁还有一大群呢！我们虽说在个地区，倒成了穷光蛋了。"大家怃然，因为都觉乏钱用。尉老师更是妻子刚从绥江调上地委党校，现在夫妻俩电视机买不起一个，还欠了两千多元。陈老师稍好，家具全了，有三千元存款。壬老师也没存款。祁老师去北京读书，是贷款去的。罗老师去北大读作家班，现在刚把贷款还清。壬老师说："原来只顾搞文学，现在稍省悟了。后悔啊！商品大潮，到底把我们这群顽固死硬分子都冲翻了，还有什么冲不翻的呢！"

夜里又谈起法喇村穷的人家来。方辉老师说："尖山社安应科，是个瞎子，他外出乞讨，得一星半点，再带回赡养八十一岁高龄的老母。营盘社的吕章朝，又哑又聋又瘫痪，也全靠八十岁的老母耕种帮助他，养活他。刘学文家一无所有，几个儿子都没讨到媳妇，嚷着要走了。"尚国富老师说："羊棚社的刘保柱，穷到住岩洞，口号：'倒懒不懒，国家不管；要懒懒到注，国家有照顾。'我问了这懒到注之意为'懒到极点'，意思是懒到极点，纯粹无吃的，国家就来救活他了。妻子已跑出去两个月了。"壬老师说："就是孙天主那个大爷爷，名叫孙江富的，穷到分家，老两口度日。门南向不行，改了东向；东向不够吃，又改了西向；西向难以为继，而改北向；四面八方向了均无法。去请个四川老板来烧瓦，瓦又烧败了。今天我们见去向他讨账的，络绎不绝。"蔡世鸿老师说："这支书就是他的亲兄弟呢！看看这支书，比他兄弟，就富多了。"陈老师说："法喇真是个太典型了的社会环境！我看可以看尽整个社会现实。贫富差距这么大，愚智区别这么远，不可思议。"壬老师说："还有一个问题我们要注意到：这些所谓有几万、几十万的，全是从村里走出去在单位上工作的干部。真正法喇村的农民，一年到头口粮够吃的，估约也只百分之十五左右，其余百分之八十五是粮都不够吃的。"大家商议定，回去就以《法喇照》为名，集体创作一部中篇小说。当晚大体侃了些故事情节，乃休息了。

第二天就集体一路，边构思边谈，路上遇到鲁成民，早听天主说鲁家是文王、周公之后了。同到鲁家拿了家谱看了，叹息一回。又到谢吉林家，谢老师家用红糖煮了鸡蛋，大家吃了。听他说："我家谢家在这村里四代人，共四百二十口。读到大学的，一个没有。中专生连我有五个。高中生三个。初中生有二十六个。小学生一百零七个。有近三百人，全是文盲。'谢'字都不会写的，也有一百多人。"壬老师说："这比拖鸡村，也了不得了。有五个中专生，我们昨天在拖鸡村，全村一千多人，仅一个高中生。"谢老师说："怎么能这样呢！我也不是说嫉妒的话，四百多人的大族，没一个大学生，是悲哀的。全村已有七名大学生，都出在小族。最小的家族是孙家，也出个孙天主。而且到现在，我谢家未发表过一个字的东西。而孙天主发表的东西，够编一本书了。"陈老师说："这不怕，慢慢来！认识到悲哀，认识到落后，就已不得了，日后的发展就可知了。"谢老师这时已取了些他写的诗出来，竟有数十公斤，是他三十年中写的。大家也只好拿起来看。见他的兴致，是想有可观的，大约想发表两首。大家看过，实在是不能发表，但为折中，壬老师与陈老师谈了，说："我们两位写篇《法喇诗人谢吉林老师》，介绍一下你教书授业、艰苦写作的精神。"谢老师大喜过望，急忙感谢，说："太谢谢老师们了。能够如此，我家几代人的生存，到这里也就发生一个质的飞跃，更上一层楼，境界又不同了。"于是每人把看过的诗，选一首可供写介绍文章的出来，共有十来首。谢老师恭敬地抄了，由陈老师带着。

　　出来遇到孔二双，他正割了一背草背回。天主和谢吉林老师说："他们都是孔子的后代。"陈老师问："你们是孔子的后人？"孔二双高兴地答道："我们是孔圣人的后代，孔圣人是我们的老祖宗。"大家于是想请他谈谈孔家在此的状况。后孙江才、谢吉林等帮忙与他计算了，共是九十二人。一个中师生，一个高中生，九个读过初中，其余三十个小学生。别的都是文盲。

　　尉老师说："干脆我们那小说《法喇照》就改为以孔、鲁二族为主，意义深刻。"大家说这样对，主题更揭示的深刻。陈老师说："这村里哪一族不深刻：万一支书、孙天主家是孙武、孙权的后代呢？万一李家是李世民的后代呢？万一刘家是刘邦的后代呢！万一陈家是春秋时陈国君主的后代呢！都深刻呀！"天主说："我们是不是无所谓，这里李家是否老子、李世民等后代也无所谓。但可以断言，云南是定有孙武、李耳、刘邦诸人的后代的。那么也如同这里孔家、鲁家一样，孔子的后代不知儒，文王的后代不知易，李耳的后代不知道，孙武之后不知谋，司马迁之后不知文，姜尚之后不知兵，刘邦、李世民之后不知汉唐盛世的恢弘气概。"宋老师说："好，这就是我们这《法喇照》的主题了。"

　　谢吉林老师说："各位老师要写小说，我还可以提供一点。就是我们三大爹的儿子，名叫谢吉安。小时被抱到四川凉山州去，被彝家养大，他家已不是汉族,是彝族了。一九七八年前回来抄谱书。他现在有三个儿子,十一个孙子孙女,三代人都是彝族了。"孙江才等都说是。说法喇村陈家、吴家都有迁过凉山州去的,同化进彝族去了。大家说:"这更好,也写进去。"陈老师问:"他们承认自己的祖先吗?"谢吉林说:"谁敢不承认!天下最大的就是这个。十恶大罪,欺师是第一恶,蔑祖是第一罪!"壬老师听完,高兴地说:"难得难得!这话太难得了!在北京、昆明,听得到这话么?果然在这深山之中,有最令人神往的古中原文明仍在传续,仅不为外人所知罢了。"

临走前,大家硬要拿三百元钱给天主父母,说操劳了,以表感谢。天主家死活不要,也如前拖鸡李家。陈老师拉住天主:"你莫傻,这五千元用得完吗?最后剩的我们也要把它私分了。快收下。"天主家收下了。

当天下午法喇村架了两辆马车,送了他们到荞麦山村。路上,邵运学和崔牛儿才向一行人讲起村干部和小学老师的劣迹来:"这村里谁都不管事。孙江才、安国林、罗昌兵都想外调。我们前些年种草籽、搞围栏牧场,十五万元一个,卖了两个给畜牧局,三十万元钱至今三年未见一分,不知去向。村里原有个畜牧配种站,八百元钱卖了,也是不知去向。"陈老师骇然道:"法喇村这么多在外工作的人,且大多素质也不低,竟无人过问?"邵运学说:"集体的事,谁耐烦管?挨了大家挨,争来又没谁多得一文,倒反自己一人与别人结怨。"陈老师说:"那几个村干部,我看在村里也不是势力最强的,别人也并不用怕他们的。"邵运学说:"怕并没人怕他们,倒是他们现在怕群众,怕领导。法喇村非法结婚、非法生育的现象严重得很。有人告到县里,县里逼乡里来查。三人跑到乡上,签名说根本没有非法结婚、生育的事。既有签名,乡上也就去县上交差了,县上也懒得过问了。倒是他三人后悔已晚了,因为只消一到法喇村查,签名摆着的,三人就死定了,但无人过问。所以现在三人天天朝乡上跑,要调离,喊的口号是法喇村工作难干,他们时间也长了,要换出去,目的就是想避开这个火药桶。其实只有我们明白。他们三家,都躲着超生,一家超生了两三个儿子,都收藏在亲戚家里。他们所以在村里,什么也不干。上级根据法喇村人口众多,饮水困难,拨世行贷款二十九万元给法喇村,要把拖鸡上面那条河堵起来,开隧道改过法喇村来,修自来水厂,解决这四千群众的饮水问题。他们也不管,去说不要了,也就算了。还有好些,都是这样只顾他们自己,不管他人死活。"壬老师说:"真是古人云'天下有公利而莫或兴之'了。"壬老师说:"那条河水那么大,那么好。莫说四千,四万人也能解决。"邵运学说:"我们认为:十万人那水也轻易就供住了。"

崔牛儿讲起小学的情形来:"小学也糟得很呐!那些小学老师,自己的子女在班上,就好好教一下。而重要的内容都不教,要回家才教给自己的子女,自己的子女不在班上的,就撒手不管。口号是:'不要白帮别家培养人,到头来欺自己。'所以只是下棋、打牌,别的一样事不做。他们还吹起:'怪以前的老师憨了,不然王勋杰、岳英贤、孙天主这些人能成大学生吗?'他们再这样穷尽心机,自己的子女还是考不起大学。所以小学一团糟。每年考取初中的,越来越少。多是小学三四年级,就朝昆明跑了。有几个上海人出钱供贫寒学生的名额,也被他几家就分掉了!所以老百姓也是无办法了。"

大家问起他们的家境,邵运学说:"我和崔牛儿都供儿子读中学,困得无法。我是四五年前那个大儿子考进初中,牛马羊全卖光了,儿子又考不起。回家,订了小婚。女方要一千五百元,我说无办法了,大儿子也结不成婚。老二又考取,没有办法,只好请人帮我贷得一千元的款,买了这马和马车,每场赶白卡、堂琅坪、荞麦山,在几处倒点筛、簸、黄豆、荞麦卖卖,也挣不到多大个钱。儿子学习又不好,就在孙老师的班。"大家叹息一番。壬老师说:"你解放了思想就好。无商不富,这也算是资本主义生产关系萌芽吧!连我们都要解放思想,要想门路赚钱了。就是这样,一直拉下去。"邵运学说:"拉什么,现在拉的人多了。上百辆马车!今年正月间下雪,在横梁子,马也被冻乏了,我也差点被冻死了。还是横梁子的人看见,把马拉了进屋。我是烤了两个钟头的火才会说话。连崔牛儿,也被冻着几次。最惨的一次是拉猪到荞麦山去卖给儿子读书,卖了猪回来,到夆口岩就被贼抢。人也打晕了,马也抢去,车也抢去。现在都没找到。"崔牛儿听他说了,就说:"各位领导,小老百姓的生活难淘了,那一次加马车、马全部一千七八百元,被一抢而光,人也挨打。派出所的,听听我报案,作个记录,也就算了。我天天去问,天天说没有破出来。望你们明天去县委,连带在公安局那里帮我说句话。你们哼一声,比我们求一万句还顶用。"大家答应,他说:"那就感激不尽了。哪年我宰了猪,一定腌两只猪火腿,请孙老师带来给你们。"大家忙说不必。

晚上到了荞麦山,大家招呼邵运学二人一同吃了饭。二人要连夜回家,外面又下着雨。陈老师拿了六十元钱出来,每人给他们三十元,二人坚决不要。都说天主以后在学校里也能帮他们教育儿子,就算他们帮天主这次,他们日后求天主帮忙的日子还长呢!结果闹了半天,陈老师又催天主令他们收下。他们说三十元太多了,从法喇拉客来,最多的他们只收五元,平均三元。推让不下,他们只收十元,再不收了。陈老师只好作罢。陈老师对崔牛儿说:"你那被抢的案件,我们保证帮你说。"

晚上大家吃过晚饭,即又到天主处来。艾老师是地区文化局副局长、地区美术家协会主席。于是见了天主的画,大为赞赏。大家见天主所居之陋,又叹惜一番。见学校夹在两面山中,周围只听鸡鸣犬吠,实在连汽车声都听不到,大为叹惜,说:"要是我们来此,是活不下去了。"大家赏了一阵画,因提议回去由地区文联组织一次采风专辑,发一组散文,一组小说,一组诗。再集体创作一部十来万字的中篇《法喇照》,再搞一个《法喇、拖鸡两地摄影展》。到半夜过后,回乡上休息了。

第二天起来,采风组吃了饭就忙上街拦客车,拦了一天的车才得下城。

晚上到了县城,但见满街是人,如蚁群一般,男的半数光了身。壬老师说:"一眼便知此城无文化。"就住到县委招待所,周文明老师来迎接回家。大家酒余饭后，正在闲谈，县委办公室来了人，说上面来人，怎么都不说一声，害得各位受了委屈。这里已换了房，重新安了床，换了床帐。县广播电视局正在招待所里安彩电，说今晚也就由周主任招待一下，明天由县委、政府负责安排食宿及游玩。说完去了。

大家深感过意不去。周主任挤一下眼，意味深长地说："此地敬上之谄，诸位感觉如何？"大家点头。他说："便知御下之酷！对上面是拼命地捧，唯恐错了一点儿，对下是毫无人性地踏！作此中人三十年矣！诸位便知我辈过得何其不易！如今是几位县太爷要用我，写县志，帮他们打杂写讲稿，对我敬重些而已。"

壬老师说："我们毫无实权，就这么两个文人，大不了其中一二人是地区报社记者，他们何苦要敬呢？"周主任说："对啰！这就更说明此地的封闭而落后、愚昧而寡知，也就更说明当今世道人心。他们不是不知大家无实权，而是知得很！谁还能精明过他们去呢？但既要当官，是不敢轻易得罪人的。谁知诸位背后有何背景呢？得罪诸位事小，万一因之而得罪哪尊神呢！所以唯恭之敬之。反正又不是掏谁的工资，花的是民脂民膏，他们也饱了口福，对无实权者是如此！对有实权者，将会如何呢？"

大家哄然一笑。谈起昨日游法喇村之情景来，周主任说："那法喇村，我在过一年半的。我最奇怪，全中国在清匪反霸、三反五反、文化大革命中要死多少人！而法喇村呢？一个人都没有死，这是任何地方不可能找到的奇迹。我总在想，但一直想不通。"壬老师说："那法喇村也并非世外桃源。人与人的关系还是很老辣、极成熟的。我昨天就想说一句话：要是那四千多人都有我们这个文化程度，还有给我们写文章的吗？看来要被他们角逐到讨口都讨不到的。"尉老师说："那些人是很不得了。可惜没有文化，有文化的话我们绝不是他们的对手。"天主说："人类文明都是如此：不成熟则熟之，而熟则腐之。早熟早腐，晚熟晚腐。法喇人的思维就因成熟了，已不能使法喇村有什么大踏步的进步。"

第二天早上，县委派了五辆三菱车，拉上一群人，直奔吊洞沟，那里有个温泉。洗了澡回来，到金沙江边观览一阵，回来吃饭。中午就睡觉，谈一阵。晚上县委书记、县长、县委常委、副县长一群的到了，席上边吃边谈，就谈了游药山、拖鸡、法喇村的感受。县委书记说："我们是无法呀！国家级贫困县，财政收入每年一千万，支出要四千多万。单为教师的工资，每年就得出去乞讨多少回。荞麦山乡又是我们县海拔最高，地理环境最恶劣的乡，是县里的特困乡。那个法喇村，又是该乡五个特困村之一。几番闹事，令人不得安宁。"县长接着说："前不久我们刚在那里打掉一个全县最大的车匪路霸犯罪团伙。那是整个自然村全民皆兵，八十岁的老人、三岁的小孩都参与作案，结果抓捕了青壮年男人一百五十多人。这案件还有待审理。大家也知那是饥寒起盗心，实在无办法了。但不打掉不行。打了，还是有点可怜。"县委副书记说："是我去指挥的。冲进去，电筒一射。人还睡着的，但哪里有什么铺盖！就是一件毡裓、一件毡衫盖在身上。下面床上垫几块烂毡子，有的则连烂毡子都没有，床板上就是一层麦草。那地方海拔三千米，我们很多警察穿两件外衣、两条裤子，还冷得发抖。可以想见那生活，够艰辛的了。"大家于是忙求情，说："惩办几个为首的，杀鸡骇猴也就行了。别的或罚他几元钱的款、教育他一通，放回去。没有男人去挣，那生活更麻烦了。"同时把崔牛儿被抢的事说了，望催公安局料理一下。县委书记、县长都答应了。又谈了一通米粮坝的物产，壬老师说："在那将军树丫口，无边的云海。而从那里下来，车头向下，车尾朝上，一直俯冲着，几十公里路，真是罕见，没想到有这么雄浑。今日见了金沙江，更不得了。"几个县委常委、副县长都吹起各乡的溶洞、景点。吹了一番，席散了回来，又侃《法喇照》的创作、《行路难》的构思。

下一天是游金沙江，刚好见地区刚调来的常务副县长林吉顺及妻驱车赴江边观光，一时谈起来。他是陈文韬的侄子，车上搬下几箱饮料来，大家喝了。一时散了，众人回来，即又以林吉顺为话头。原来他的妻子是地区政协主席之女，他才得从教育局的小车司机，提去干某乡乡长。再调回城，任人事局局长。因此又调来米粮坝，任副县长。这下他不要他那妻子了，离了婚，新娶了这一个。而他弟弟见机，就把嫂子娶了。乌蒙城内评说:"大哥你不要了,让开等弟弟上。"又蒙那主席照看,又当上乡长了。而周文明则讲米粮坝历届县委书记、县长等的斗争,乌烟瘴气而已。

  住了两天,大家都被招待的不好意思。大肉大菜地吃,心中极为惭愧。因此把各处看看,也就回了。天主回去,一到家,吃起洋芋来,大觉又粗又涩,难以下咽,实是这数日的酒肉把肚肠惯坏了。到晚上,就觉肠内气鼓鼓的,肚子发胀,不断放屁。连过两三天,才恢复过来。忙到学校整理作品,以便九月赴地区参加笔会。

六十七 苦 脸

开学伊始,校长秦光朝及郑启雄、易传凤等都调走了。新的副校长李勇虎主持工作。李原是专与秦光朝斗的,尝扬言:"要是老子来当这校长,定要办成全国一流,世界一流的学校。"秦光朝本与他是不可调和的仇敌。这回知他有心想当这校长,又估料这学校在自己手中混乱了,走后历史评价不好,见李素昔教书也不能服学生,素质也差,又行事草莽不计后果,这中学到最后定会败下去。反正他就是要找个把此校办糟而不是办好的人,与李说了想推荐李,李大喜。秦就向县里推荐。

李勇虎有多大水平,县里是清楚的。但秦光朝既调了,外地无人愿来揽这将败之校,且也懒于来此物色人,就用了李勇虎,但知他大不对劲,只给个副校长,意思明显得很。好了,做正的;不好,再派个正的来,就完了。

李对组织的任命大为激动,买了些特产到县里送了,即由李国正任教导主任,又把李国正二子借调进来。工会主席给了自己的叔伯大哥李朝聪,团委书记给了其侄子。

吴明道也分到荞麦山中学来了,就接郑启雄那一班。法喇村吴家激动得很。吴明道一来,先忙谈亲说戚,到底攀扯认了叫李勇虎小爸。

富文也进中学来读了。他与天主当年考入这里同年纪。又小又好看，缩在教室墙角就不动，呆得要命。天主把他送到沈荣彪老师教那一班。沈老师与天主说："简直就是善良至极的小绵羊了。你要少压他了，萎得要命的。我是生怕放纵他不起来。哪里像别的学生，是生怕他稍有一点放纵就压不住了。"天主说："我不会压他。"沈老师说："谁知道呢！我看你吼孙富民、孙富华那样子，真是恨不得把他们吃了，跳起八丈高的来。"

  四兄弟这下一同煮了吃呢！在学校里成了个大家庭。论吃饭量，是最大的一家了。天主忙看书，富华也忙看，富民几乎成了专职炊事员，富文则被富民指导着提水拿柴。煮好了，富民、富文喊一声，天主、富华放下书来吃。每顿要煮十来斤洋芋才够吃。风卷残云，两下就完了，到最后锅里要剩几大捧洋芋皮。而煮饭呢，每顿要两大碗，富民煮每顿倒够吃。遇到富华煮，以为一碗半就够了，煮好刚揭开盖，富民就说："富华怎么搞的？这够吃？赶快再煮洋芋。"又忙洗些洋芋来煮在火上。天主也骂富华："你莫吃了！"富华说："撮米时我有点舍不得，想一口袋米两天又完了。"大家吃完了只好放碗筷，饥肠辘辘的，等着洋芋熟。而煮面条呢！每顿要三斤面条。天主买个能装四十多斤水的大梯锅来，但仍要分几次煮。放一回面下去煮好，四双筷子忙着捞。各人半碗，几嘴完了，而新放下去的都还没涨起来。富民饥了倚门而立，天主则在门前走几转，富华有气无力地坐在门前石梯上，富文则长长地躺在草地上。过一阵富民看锅里，高兴地说："可以了。"众人又回，又是四双筷子捞，几嘴碗里又完了，又等。要间歇这么四五次，肚里才能饱起来。

  天主每天几乎就是忙着买粮买菜。一口袋米鼓鼓地买来，几天就是个空口袋了。尽力搂一抱白菜、莴笋来，也只够两顿。天主不善俗务。买米呢，不是袋口未扎紧漏了米，就是没有在自行车后座上绑好。骑一阵"邦"的掉了下去，把口袋跌在石上跌穿，或者就是车轮磨通口袋漏了米。自己又总盼着早些忙回看书的，所以每日大为伤心。再加天主也不护惜那自行车，轮胎没气了闸皮松了踏板烂了照常骑，骑回来一扔就完了，所以很摔了几次跤，有两次差点跑到汽车轮下去了。于是富民、富华为天主的安全起见，饭后忙去别的老师处借来工具，拆下那自行车修起来。技术不过关，忙几个钟头，头都修昏了才罢的,天主上街一回就又不行了,又得修。所以满院教师只见孙家弟兄日日在修车。天主一上街,又没时间去放到修车户处修一下,也觉这样麻烦琐碎得很。后来干脆富民、富华骑车去买米买菜,兼顾送车去修。天主又大不放心,他们一出门天主就焦怕骑下坎去了,或撞了人了,或与汽车相撞了,仍是自己去。后来富民、富华干脆徒步上街买米了。

富文进初中,担子几乎全压到天主身上。孙平玉深觉不过意,要拼命苦呢!不过是多花力气,锄头朝地挖,但再怎么挖每年的收成只有那点。无法了,陈福达那里只管写信来说西双版纳好得很,陈明贺也动了心,要年底搬了,孙平玉也动心了。陈福英倒听陈福九说,心有些明白。但毕竟是文盲,能明白到哪里去。兼孙平玉起的意,她也就这么想。随后陈福达写信来,说:"爸爸家下月来,好收割甘蔗。大姐夫家既要来,富贵的工作也好联系,胡胤才和这里学校校长熟得很,就联系调到这里来就行了。"孙平玉动心了,说叫天主带三人在这里读。他和陈福英带了富春搬去,挣大钱发大财后,每月带五六百元来给三人做学费。

天主也渐觉这个环境与他大不相宜了,人们都在嫉妒他。李勇虎尤甚,他也教语文,与天主利害冲突更近。他这下当校长,更不欲天主声旺名盛。就是语文组的人,沈荣彪就尝问管收发的柳国开:"孙天主一篇文章稿费多少?"柳国开说:"这一篇散文,报社就刚汇二十元来。"沈荣彪说:"还不如我媳妇每早上卖包子赚的零头。"再一个是已一年了,天主不理那些什么"四海帮"、"青龙帮"的学生。那些学生就骂天主傲:"连大爷们都不理,是得给他点滋味尝尝,让他认识老子们的厉害。"富华知之,告诉了天主,叫防范着。天主心内难过,只得叫富华三人防范一些。这些学生敲诈天主班上学生的钱,打天主班上不服他们治理的学生,天主过问,直接冲突就增多了。富民、富华劝天主不要管了,天主又不能不管,心想要怎么办也只好怎么办了。

学生里聚起了一群要想收拾天主的,教师里同样如此。李志民、许世虎等一伙，又嫉妒天主，性格习气又与天主不合。更重要的是班上的学生，起了变化。就如一个仁万忠，父母双亡。弟兄三人，他是最大的。家中的地就由他仅有十岁、八岁的两兄弟耕种，以供他读书。天主每次把最高的助学金都评给他。哪知这却是个下流种子，书是不读，助学金拿到就去与姑娘混去了。学生不满意，向天主反映。天主叫他来说了一番。这一学期开学，他看上吴明道那班有几个女生漂亮，即来说要转班。天主同意了，就转到吴明道那班去。品行恶劣，学习最差，那一班哪评什么助学金给他。到评助学金，他就来问天主这班学生："我的助学金评没有？"学生说："你是别的班的，怎么评给你？"他说："孙老师这个马日的，看人说话。"学生告诉天主。他以为天主要去与吴明道说的，忙跑来，一进天主宿舍就双膝"咚"地跪下，哭说："孙老师，请你原谅我，下次我不说了。"天主早懒得开言伤神，闭目运气，平息心中的愤怒，他已觉这书没有什么教头了。仁万忠打自己的脸，嚎："孙老师，你不宽恕学生，学生就跪在这里永远不起来了。"边说边用袖抹眼。闹了半日，天主见其并无一泪迹。跪了两三个钟头，已是夜里一点钟了。天主均未有一言。他爬起来走了，以后就扬言非在哪里捅天主一刀不可，以释他跪地数小时之仇。

路昭晨的信也来了，她已分工在广东清远市委组织部。她说："一切都晚了。我在整整四年中，无时不在等你的信，然而只字未见。今我已有男友，不久将结婚了。他在很多方面不如你。再见了，你会比我们都强的。千万莫辜负了你的才华，你能做出伟大的业绩，万不要因我这信而介意。我永远崇敬你，甚至崇拜你。"天主对着信，呆了半晌，也就作罢。

孙平玉、陈福英已从富民、富华口中知天主的危机了。忙跑来学校，叫天主凡事必须三思而行，忍耐为是，三个弟弟的前途也就系于天主一身。天主也觉天下之任，莫重于此。心中郁郁。只不忍面对那几十名正在刻苦攻读的学生，因此课前课后勉力为之张罗，然而心境已凉了大半了，并把时间多用于自己的学习，而少花之于教学上。作诗曰：

孙生孤介立，心兼剑与虹。

豪魂未可夺，岁寒洁愈染。

地区文联通知开会，天主又回到师专，大觉人走茶凉。学校还是那个学校，老师还是那些老师，但学生已不是那些学生了。天主他们班成了历史，无人有所作为。欧阳红他们班，又成历史了。分得好一点的，不过钟祝禹、荀祖、桑娅等分在地区广播电视局。林英老师说："桑娅倒分好了，刚好适合当新闻播音员。欧阳红则可惜了，她那声音，最合主持少儿电视节目。地区一级，又办不起这种节目。"天主问分在哪里，她说："分在一所中学。她丈夫，是我们这里的体育老师，已结婚了。"

其余的同学，下落皆一样，分工到底不如天主他们班好。关老师说："现在我才可惜，你们那一班的人好多了！能力也强！只是不听话而已！林英这班，被压抑畸形了！这一出去，马上出了些混世魔王！无法无天地乱干。已有两个被捕！倒是你们那一班，至今一个都没有。"

天主从壬老师、尉老师他们口中，已知这师专学生，更不如前了。壬老师说："你们班以前再糟，还有几个读书的！像宋沈时那些尽管读死书，但他读。现在这两个班，一个都没有！像你这样的，整个系里三个年级，无一人了！中文系的老师一开会，就说要找你这种不上课的，都找不到了，这书还有什么教头？"陈老师说："越教越没心肠。"

而天主大感悲哀的，是回去这一年中，除了两张报纸，与外界的联系几乎断了。特别是在他这样关心时事的人，更是悲剧。荞麦山无人关心眼下发生的东欧剧变、海湾危机、苏联衰落。连他自己，也是埋头画画。一年之中，尽管画上出了点成就，但这太小了，是无助于现实的。天主想：在荞麦山沉埋下去，就什么都完了！一切都没有！现在是得迈开大步，走了。

师专原来风云一时的人物，天主之前最富才华的诗人是周佩平，在天主前四届的学生。原分在夸庆县委办公室，任秘书。今调上乌蒙来，任乌蒙市报记者。现欲调过师专来，来找郝正治，于是郝大意说不行。到关老师这里来。天主与他从未相识。因此关老师一介绍，他说："久仰大名，无缘相见。"天主也道："倾慕已久，无由得会。"周佩平因谈起他的工作环境及天主的处境,说:"不是重视人才的时代呀!天主,你也知道,论才华,论水平,整个乌蒙地区及我者有几人?但这些好单位,都被一些庸才把持了,没有我的位置!再论你!当今乌蒙最富才华、最有前途的,只有你了!但偌大一个七八万人的乌蒙城就容不下你。那米粮坝县近一万人的县城,也容不下你。你的处境我听他们文联的领导讲了!连荞麦山乡都不在,在一个村里。乌蒙地区四百万人口,最有才华的人被赶到一个小村庄里去了。"愤慨一通,又说起师专历届学生的遭遇:"有关系的,都当官了,大的到县处级,中的乡科级,小的也弄个中学校长、副校长之类当当,都是些没毬的水平的。有水平的呢,无关系,爬毬不起来。像裴谊、傅程章,当然才华不及你我,但编彝良县报,比乌蒙报还好,但他们就到不了地区来当记者,只能在县上混混。更可怜的是申昭,原来没听说,但一个月前我见过他的诗,好得不得了!现在在月牙县一中教历史,听说写诗都写疯了,几次离家出走,他父母忙到学校去找,都没找到他。"

随后谈一阵,乃散了!这一番话在天主心里,引起了一阵共鸣。的确不是自己才不如人,确是自己关系不如人。他也可怜周佩平。但同时觉周看的也太小了,仅看着一乌蒙地区。而天主也不把关系看得那么重要。说到底乌蒙这个舞台太小了,占据与否对天主都是无所谓的。天主要的是到更大的舞台上去拼,在那里彻底失败,也比在乌蒙彻底成功强多了!

从大家的口里,知道近来冒出头来的,一个是申昭,诗的确写得好。一个是杨本忠,写的散文极为不错。杨本忠在市师范毕业,分在一个村小任教。因写文章可以,调到乡中心学校,至今还在那里编一份油印刊物。在天主前两年毕业了的。而申昭也是在天主前两年毕业。他们都是在校读书时默默无闻,出校去才艰苦写作,稍写出点名堂来的。而乌蒙师专在校时的风云人物,除周佩平和孙天主,其余几十人,如裴谊、傅程章、刘虎林、何智慧、肖昆云、岳英贤等,都销声匿迹了。

随后在笔会上,天主才见到了申昭和杨本忠,一看二人,已被生活的艰辛及长期的沉思,磨出一副酷脸了。互道一番对对方诗文的敬慕之后,天主就感念像岳英贤那样懒一些不写作只评论是个悲剧,而像申、杨二人也是悲剧。反正世上的好事全部被那些有官当、有车坐、有钱花、有权用、有美女的人过完了。这伙人无论怎么干，也是白辛苦的，永远都是失败者。

不料各人的脸色也成了谈资。大家都说天主看来忧愁少些，脸上要年轻些。天主说忧愁哪少呢！众人说："那你和杨本忠同岁，一看他就比你老好些岁的。"天主想大约是自己想得大些，想得开些，不局促乎一隅罢了！

天主回米粮坝。陈泽民现在干冲乡花紫岩中学，在那里混的不行，打主意说："干脆走毬了，到江、浙一带招姑爷去！讨个有几十万元家产的老婆过一辈子算了。"岳英贤却与天主说："糟了！糟了！陈泽民心越想越邪了！公然要去浙江招姑爷去呢！我劝他不要冲动，把他那饭碗砸了就惨了。这碗饭，就是陈泽民也不是轻易得来的。"天主说："有什么办法！他在那里也反正是打不出主意来了！只有这么干。连我都会这么想，钱没一分，事业无望，不是只有这么干？"岳英贤说："我总觉得你两个都要吃亏的呀！我是越看越觉得人生艰难了！要谨慎！千万不要把什么都输光掉，那时就惨了！"

天主越来越深觉岳英贤的才气越来越退化了。性格还是和原来一样，仍是懒。与天主讨论了如何加油努力画画，也未实行。始终不是申昭、杨本忠这一类人。而岳英贤的意思，是要好好地教书，为校方作贡献，得校领导赏识，把他提拔起去的。

天主到了周文明那里。周老师就讲他祖上的经历，如何在乌蒙城内是个世家大族，如何发配在这金沙江畔的小镇来，做防疫站长、卫生局长等。天主立刻发现周老师智商原是高的，只是在这米粮坝封闭了几十年，眼界变窄变小了，无法拓开去了。天主立刻想到自己的悲哀，要是也是如此几十年，周老师的如今，必是他的后日。而周老师则写出了一些较好的小说，恐自己是写不出来的了。周老师的脸，比申昭更苦，更酷，皱纹更多，就是见证了。

天主回到荞麦山，适逢罗新成从花紫岩中学回家来，到荞麦山中学来逛。他是极想从那边调过来，离家近一点好。谈起花紫岩中学，更是糟糕："校长邹建国胡作非为，教育局也难管。花紫岩中学成了个畜种场了。老师学生胡乱交配。牟传芳更成了一匹公牛，精力无限，成天要带他班上几个小姑娘在身边转，发泄性欲。"并惊诧荞麦山中学比那里好多了。

天主回来，再不作画了。他的目光时刻警惕地盯着海湾危机，追逐天下大势，认真研究《孙子兵法》《六韬》《吴子》《司马法》《尉缭子》等兵书战策。论道：

方今天下之势，已如东周之初，春秋之渐，世界范围内之兼并始矣，若也如春秋五霸言，英、美、苏已三霸矣。由春秋而入战国，不知后还有多少霸、多少雄！但统一全球，必在短则一两百年，长则不过千年之内，必然出现的！

由此以往，天主为中华民族未来之计，作兼并之大势分析，写下了《中国的世界战略》《中国之路》《天主兵法》等中国的世界战略和兵书战策，以引领中华民族走向伟大的未来。

六十八　诈　伤

法喇村找矿的不单孙平玉。吴明献子·吴耀庆做了几次氧化锌生意，见法喇村岩壁上的石头有些像，说是氧化锌矿。那地是崔家的，崔家蓄谋以待，只要最后探明了，便即下手驱逐吴家。吴家不以为意，反正在法喇村骄横了几十年无对手。没料后来聂传顺的儿子·聂学厚扬言要从荞麦山拖两车社会流氓去法喇助崔家打仗。吴明献爷几个除在法喇村骄横，还敢有什么能为的？矿终于探不成了。

孙平玉继续探矿。一日富民、富华从家里回校，就带了一块马铃薯大的绿色矿石来，石面覆满了孔雀绿。天主大惊，法喇竟有此物，用锤打开一角，尽是亮闪闪的白色金属，天主说："这已不叫矿石，竟是冶炼后的成品了。"问何所来，富华说："爸爸在我们那河坝捡的。"

下一周天主回家。孙平玉就带天主溯河沟而上。上去大约七公里，又捡到两块。孙平玉说："我那天捡到的还在上游。"到了山脚的一条小沟里，孙平玉说："就在这小沟里捡的。"天主说："那搜索范围就更小了，此沟内定有此物。"因细细查看，上面一百米左右全是石灰石，寻不见，而下面全是鸡血般的紫红色土。倒在土里发现一道道的马牙石，石上带了绿色。第二天再踏探，整个法喇村下部都是这种紫红泥！

孙平玉父子发现了铜矿，消息不胫而走，一时全村人动作起来，都跑去看，果真到处是马牙石和绿点。这分明是铜了。一时立刻各各争地。有十几家站出来宣布那些地是他家的，否则白刀子进、红刀子出。天主愤然。父子俩偃旗息鼓，那一伙人又无能为力，也就息下来，不争地，也不问矿，各各种地了。聂传顺有野心，孙江华又去耸动他："聂传顺，我们舅侄一家，什么话说不得的？你到县城活动一下，把整个法喇的山捏在手里。一床大铺盖就盖住了，叫这些小杂种跳也跳不动，蹦也蹦不起。把矿开出来，有钱了，把法喇几千人通通赶走！这几十万亩土地和这么一大矿，不就是你的了？"

聂传顺本也没什么关系，只是跳得些，就去县乡镇企业局说了。局长邵碧洲见了聂传顺带去的矿石，光谱一分析，金、银、铜并生，富得惊人，忙带上昆明来的总工程师跑。一辆吉普车开到法喇村。聂传顺狐假虎威，气焰了得，以为镇住人了。天主也跟去。那工程师说："地质状况仿佛像攀枝花一样，有也可能没有，但若有，就是世界级大矿。"看到下午，说："定是火山爆发而成的。你们见这些马牙石，都是竖生的。我早怀疑滇北有大的金矿。单凭金沙江这名，就有金了。南广的铅锌、乌蒙的铜、鲁甸的银，那么就在这一带就有金。火山爆发它是这样的：比重小的先喷出来，比如铅锌；比重大的拉着出来，比如铜；再大的再后出来，比如银。最后火山口里就是金银之类大矿。现在看：铅锌矿在周围成个大圆包围着。铜的圆再少，银隔这里更近了，金岂不就在这一带？老邵，这地方值得丢三两万钱，叫他们开个洞子试试看。"就决定由聂传顺负责，开口洞子。天主火绿，说："我要开一口。"孙江华、聂传顺阻不住，只好让孙天主占了一口，但心里恨得牙痒。

天主回家，别的不感到难过，就感到势微力弱的悲哀。金矿银矿都罢，人不成才！人无能一切皆罢！心中气愤不已。叫过富文来，检查他的学习。一问三不知，气得两脚踢了放过。孙平玉也有同样的感慨，也气得气都出不得。这一切都是自己发现的，如今功劳全被聂传顺占去了。岂不是悲哀之至？又听天主说："就是满地金银都罢，全是些不成行的人，比失了金矿更悲哀。"也是气不打一处来，又将富文、富春教训了一顿。

天主愤然回校了。想：势力，势力，是人生、一家人、一个国家、一个民族岂能一刻无之的东西，谁又敢一刻忽之呢！免不了对富民、富华二人心生愤怒，又教训了一顿！

聂传顺的洞子，因纠集了他几个舅子，他又去把企业局给的炸药诸物拉了一车送到法喇村。绝望之余的孙平玉只能每日提把锄头，也去旁边挖了个洞。但虽说那是土，坚硬如石，就是崔家弟兄，每次五炮，也只炸得下两撮箕土来。孙平玉拼命挖了三天，才挖出个火塘的坑来，而这边昼夜地轰，已进去两丈多深了，马牙石炸了一大堆出来。孙平玉累了，只能过来观看，无可奈何。

一天普成杰跑去看了看，发现大有门道，立即说："聂传顺想把法喇的山占了，没那么容易。"从上营纠集了吴家一族七八十人。他出炸药，这些人出力。从山梁子那一边开洞，要来截聂传顺这一边的洞。他那边人多，生龙活虎，都是些穷极的人，巴不得立刻炸一堆钱回家，一时每天两丈的速度向地里伸进。崔家这边无法。进度上不去，聂传顺来看看，也白着急。

崔家这边进去十来丈，马牙石已不见了。只好垂头炸下去，才寻见了马牙石，但不久洞里尽是水。一天倒有半天忙着提水出洞。普成杰那边进去也有十来米，估计两洞交汇已相距不远了，他那边也全是水。两边互不相让，你要截我，我要截你，都想落后一步这洞就白开了。这边放炮，已能震下那边的泥来。那边放炮，这边的土里也冒白烟。孙平玉想：再炸下去，如一边放炮，另一边不知，定要炸死人了。

普成杰只叫拼命攻，为就要截了聂传顺的洞而洋洋自得。对孙平玉说："我们不昧良心，矿是你找了几年才找到的。法喇村谁人不知！等我截到聂传顺的洞子，打出矿来，成立个公司，有你的一份。"

一天崔吉华进了普成杰的洞，一在洞壁听崔家这边的人打洞声，面色白了，出来说："还打什么，洞都被人家截了。"果然两炮一炸，土一掉下，两洞接通了。普成杰那边，还打进去了两丈有余。普成杰这边的人说："好好，你们帮我们打了个支洞了。"

两边就吵起来，虽尚未打架，但估约明天来也就打开了。孙江华偷拉崔吉富说："吵什么！从我们这洞口下的沟里，放上两个大石头，把沟堵住，一夜的暴雨山洪下来，把我们打出这些泥冲进去，就大家都打不成！"

果然一夜的雨后普成杰这边的人去打洞，才见满洞的泥，已淹没全洞了。到崔家这边一看，也被泥塞满了，大骂而回。炸矿的闹剧就完了。聂传顺和普成杰各丢了三千元钱。数十人白干了一个多月。

孙平玉原寄望这次开矿，会改变他一生的命运的，即不能改变命运，经济也能稍宽松些，没料这样全然失望，而且估略即使法喇村有什么世界第一的大矿，也要被强势力夺去，他父子根本不得沾边。悲哀之余，也幻想到另外的地方去，或许能够发财改变命运，而且又惑于陈福达的宣传。矿战刚息，陈福达又回来了，自不免又是一通宣传：

"这地方还住得？走了！在西双版纳哪里会有这么冷？以后那里的县都要改为市，要修高速公路，修飞机场，要修大工厂。哪里像这头？一点希望都没有？"

再加之他一回来，尽管套四五件毛衣，还是感冒了，咳个不止，更以他这感冒作例子："在那里山清水秀，现在仍是热得要命！哪里会像这鬼地方！"

见他感冒，大家倒怕医不好，叫他快走。陈明贺、丁家芬也觉在这里苦不起了。把大猪等全卖了，也跟他搬去了。孙平玉也说："走了！走了！苦不起了！"因说等陈明贺家先去，因两家一起去，不好安顿。陈明贺家去了，再写信来叫孙平玉家去的。

丁家芬一走，就把孙富民的媒人责任转给冷树芳。但孙家、骆家，无交往已一两年了。孙家也不理骆家，骆家实也舍不得退。眼看孙富民在初中读着书了，已比农业上的强多了，而且农民的心性就是愚直，认为孙天主既是教师，他三弟兄以后也一定是在工作单位上的了！孙富民即使再不成才，回来当农民，也有那么一大个地盘及周围的树林，这在全法喇村都少有的了！而向阳，温暖，又离水近。哪里像骆家，挑挑水都要爬两个坡、三道悬崖。

别的姑娘也说："骆国秀，你还不愿孙富民呀！人家是个初中生，大哥当老师，兄弟以后也肯定有工作了，孙家地盘又大，又向阳热乎，又有柴烧，又有水，一方几便，在法喇哪里还去找这种人家？你赶快莫憨了！再憨，别个奸点的，早想办法了！"别的大人也劝骆定安、丁国芬，说："你家两口子三十几的人了，还会看不出来？咋会你家小姑娘不愿孙家？孙富民可以的嘛！"骆定安说："就是怪姑娘，哪里怪我家两口子！开头不接人家的东西！这几年，就是孙家不来往了！又不怪我家了！"那些人说："那就要劝你家小姑娘！孙家我们也劝劝。"因遇到孙平玉家，又劝。孙家说："不怪我家！买东西去他家不要。后来就不敢买去了！"这些人说："开头当然怪骆家！现在骆家也后悔了！你家也去将就他家一下。反正无论哪家说儿媳妇，都是男方去巴女方的下巴壳的。"孙家到逢年节，又买了衣服，由冷树芳送去。骆国秀又赌气不要，丁国芬骂："憨烂尸，你收下就咋个了！你硬要把人淘死？不怪你以前不要人家的东西，这几年会不睬你？你稀奇得很，我就看你去嫁个比孙富民很的！"因接过东西来，煮饭请冷树芳吃了。冷树芳回来，就与陈福英说了。

  吴明美家仗着势力强大，专欺压人，老二吴耀崇讨了陈福高家姑娘，却又不想要了，天天打得死去活来。可怜陈福高家老实巴交，姑娘又非明媒正娶嫁去，原是被吴耀崇一家哄去的。这下吴家要陈家："把姑娘领回去！我家不要了！把我家的五千元还我家！"陈家听了，吓昏了，总共只收了吴家八百元钱。旁边怜悯的人，又不敢帮忙，只是悄悄地与陈福高家说："这明显是要骗你家了！你家要是把姑娘带回来了，这个家就被吴家抄去了。你家就说姑娘不要了，任由吴家处置算了。"陈福英也这样劝陈福高："二哥，你就这么办！你要把小相领回来，就出事了！"陈福高流泪说："妹子呀！养姑娘不成器，被人家一哄，就跟去了，做了吴家的媳妇了，我和你二嫂才认得！这下全家人被这个臭婊子害死了！早知这样害人，还养了咋整！一生下来就把她捏死了，还不这么害人！养了十六七年，一碗汤一碗水的把她养大，这下全家都落到为她偿命了！"陈福英说："到这地步，拿她咋整！她也是个不懂事的小姑娘，这下明白了！也晚了！你们也不要怪她了！她也可怜！"陈福高说："妹子！不是只有这种了，哪里还有什么办法？就当她反正是死掉的了！任凭吴家把她勒死的好，烧死的好，杀死的好！一是管不了，我们也无能力管！二是她自讨得的，吴家就是阎王家，谁不怕他？她偏活够了，要死去嫁在那里！这下嫁在阿鼻地狱了！是我们作主嫁，不会把她嫁给吴家，到这时候，就是被人家刀杀火烧，也要去救她的！"也就这样听人劝了。吴家又去催带姑娘，并要钱，陈福高说："姑娘我家也不要了！任由你家打发了！这五千元钱我家也还不起！无法还！"吴家心狠，不给陈志相吃饭，关在屋里，然后全家轮流上，拼命地打。目的要打了陈志相耐不住，逃回陈家去，然后就打上陈家的门，又要人又要钱。可怜陈志相十多岁的小姑娘，哪里耐得住吴明美爷几个壮汉打？偏偏陈家、吴家就上下隔一个坎，陈志相的惨叫啼哭，吴家父子的打骂呵斥以及棍棒之声，传到陈家，阵阵割着陈家大小的心头肉。一家人齐声痛哭，却把院门关紧，哪敢出去招来灭门之祸。吴家听见陈家放声大哭，更打得有劲。一时下面的打声，上面的哭声，总要惊动全村人。没人不对吴明美家的暴行感到愤怒，而可怜陈家，但最终没谁出面管管。

那陈志相也自知必死的了，再不敢回家给父母兄妹招祸去。吴家只管揍，每天下午必打，而每打陈家必哭。吴家听见哭声，巴不得见陈家人一下来就揍，但陈家只关着门。这晚听陈志相受打不过，哭说："妈呀！妈呀！我死了呀！"吴明美边叫："好，叫你妈来，你就不死了！"小狗妹听见，哭得晕过去，再忍不住了，要开院门下去看姑娘。陈福高、陈志云拼命拉住。拖了两回，小狗妹已昏过去了！

吴明美父子日日扬言，要把陈志云杀掉，使陈福高这独根种也不在，断子绝孙。又吓得全家只守着陈志云，生怕被吴家下毒手杀掉。

那吴耀崇见孙家是不要骆国秀了，又来哄骆国秀。骆国秀见孙家已定是不要她，又心动了。骆定安大怒："骆国秀，你要是跟吴耀崇胡扯的！老子要你死，陈志相就是你的前身，你就是陈志相的后世！你还没看够听够？陈志相马上就要被打死了！你好好地去看一下！与其到那时候老子又成了陈福高,不如现在把你勒死还要干净点!"原来骆家与这两家紧邻,日日看打架,听哭声。这下骆家又慌了,生怕骆国秀又跑到吴家去,那时又敢惹吴家?丁国芬天天跟着骆国秀,只叫苦:"糟了!糟了!孙家又不来讨去,哪天被吴家那小杂种哄去,这一家人,又被这个小寡妇带死了!"那吴耀崇天天来骆家只管哄,骆家也无法。

孙家马上就听到传闻。以为这下师出有名,孙富民就要去揍吴耀崇:"这杂种家在法喇越来越狂了!不收拾一下,还要得?刚好可以给陈福高二舅家出出气。"孙平玉、陈福英止住,说:"你明打两开的干啥子?你不会用别的办法?"到底这时吴明美父子去荞麦山赶街,被孙富民、孙富华叫了马彦民等一伙人,拦在半途,一阵猛揍了,只差要了吴明美父子的命。这父子二人回法喇,全村即知挨揍了。一时全村惊喜若狂,说:"天长眼睛了!也不知什么好人看不过了,才收拾这杂种家一顿!恶人有恶人收,恶鸡有老鹰抠!这下遇着恶人了!不然这陈福高家,要被他爷两个踏死了!"

法喇村有许多学生在荞麦山读书,哪里瞒得住人?不久吴家也知是孙家叫人揍了他父子,却不敢来寻岔,那吴耀崇也不敢再去逗惹骆国秀了。骆家才得解放一般,暗自庆幸亏得孙家这一顿揍出成效来,不然以骆家之软弱,也要落在吴家之手的。骆定安、丁国芬才教育骆国秀,当然大加些恐吓:"咋个样?你以为吴家了不得,看看敢惹孙家不?你要是嫁吴耀崇,吴耀崇是孙富民的下饭菜?不晓得你哪天死在孙富民手头!你敢嫁吴耀崇,这下你去嫁了!我们也不管了!我们倒要看吴家小杂种敢不敢要你!"一通的威吓,骆国秀也不敢妄动了。骆定安、丁国芬大放宽心,忙来讨好孙家,希望孙家赶快去把姑娘娶过来。与陈福英说:"姐姐,亏得这样!不然那小杂种就像苍蝇叮臭鸡蛋样,死皮赖花地跟着,硬是无法!这下好了!他不敢来了!我们也放心了。"这日吴耀崇割草回来,刚好见孙富民出去背洋芋。吴耀崇见孙富民奔来,弃草而逃。孙富民骂:"小杂种!你再敢妄动,老子要你的命。"

但那陈志相却无人救助。陈家虽一大族人,被吴家蹂躏惯了的,谁敢伸头？这天晚上陈志相被逼了出门和猪食，饶凤针在后面骂："你不站过来点，猪敢来吃食？你这烂婆娘只会绿神神地站着，像鬼一样！把老子这猪都吓惊了！"就揪住陈志相的头发，往墙上撞。吴耀崇也出来揪住陈志相的耳朵，用巴掌打脸。陈志相被撞的鼻子额头全是血，只是哀求。那猪听见哭声，全惊慌了逃出槽门。吴明美出来，说："猪都去了。"饶凤针等忙去赶猪，吴明美揪过陈志相来，朝陈志相脸上一坨。陈志相只叫出一个"妈"字，就被打倒在地上晕死了！

还在听饶凤针骂陈志相和猪食时，小狗妹一家就全吓了呆呆地站在院里。小狗妹就哭："今天晚上又要我这姑娘死了！儿啊！哪里投来的这种命呀？"后来听见饶凤针打骂和陈志相哭，又死活要下去，陈福高、陈志云拼命拉住。一时吴家院里打翻了天，陈家院哭翻了地，吵翻了天。小狗妹只叫："让我去死！让我去和我姑娘一处死！她也可怜，我也可怜，早点死了免得受罪！她罪也受够了，惨得很了！你们放我！"即听见最后吴明美打陈志相，只听陈志相一声"妈"后吴家院里就不见声响。小狗妹大哭："小相死了！小相死了！"又抓又咬，一嘴咬住陈福高的手，陈福高忙松，陈志云拉，又被她一嘴咬住。陈志云又忙松手，小狗妹已跑出门去，哭着："儿呀，妈来跟你一处死了。"吴家早听她哭着下来，就来门后站好。她刚进门，吴明美等一拥而上，脚的脚踢，棒的棒打，不到三分钟，又把小狗妹打了人事不知，扔在院里。吴家父子出来，骂："陈福高、陈志云你两弟兄出来！你婆娘来打老子家的人，把饶凤针打死了！老子家跟你两弟兄拼了！再不出来老子就烧你这烂茅棚。"陈家把门关上，只在屋内扑簌簌发抖。饶凤针装死，躺在院内。

吴明美就开始叫四邻来"作证"，走到骆定安家门前，叫："骆定安。"骆定安一家，才听见骂陈志相时，已早关了门，在屋内听，这会不应。吴明美提高声音，威胁性地叫了，骆定安才忙答应。吴明美说："我来请你家两个人出来作个证：陈福高家婆娘来我家门上，把我婆娘打死了！"骆定安忙说："那是你们两家的事，我们不敢管。"忙退回屋。吴明美一把拉住，吼道："我又不要你去打架、杀人，只要你作个证！会死人？你去不去?"骆定安吓呆了,忙说:"好,去。"吴明美说:"丁国芬!"丁国芬只得出来。吴明美说:"你也来。"就带了这夫妻俩到他家院里。吴明美又去叫张喜元等,都是以同样的方式叫了来,说:"现在就是请你们团转四邻来作证:陈福高家婆娘和她姑娘,把我婆娘打死!她两姊妹才撞墙装死!现在也假装死在这里!要骗我家!我家光明正大的,不怕她两条尸体骗!"又讲了一通打的经过,问:"你们听清没有?看明没有?"这些人都不做声。吴明美又问,这些人说听清了也看明了。

陈福高家属横梁子社,吴明美家属二道岩社。这下吴耀崇等已把两社社长吴明洪、吴明剑找来。二人交涉了一番,说:"先各医各的。以后解决,反正有证人在。谁打伤了,谁没伤着,反正都有医院会证明。但陈家打上吴家的门,要负全部责任。"因又叫去找支书。吴明美的老大儿子刚去找孙江才,孙江才躲了。吴明洪说:"再去找!一定要找到!这是两个社的事,一定要村干部看过,有个结论。"这里再去。原来孙江才见来找过,以为他不在,就去找罗昌兵等。哪知吴家哪敢去找罗昌兵、安国林?岂不自找死路!孙江才刚回来,碰上了,被叫了去,哪敢自作主张,即依他二人解决的。吴明美大喜,说:"我们听支书解决的,先去医院医人,反正他家打上我家的门,把我家的人打死,又撞墙装死骗我家,要负最大责任。"就拉来马,连夜用马车拉了饶凤针来荞麦山医了。

陈家也被吴明洪叫来,把小狗妹、陈志相抬去,想着医院也被姜庆成把持着,只有偏吴明美家的了,那里会睬她家?一夜就用冷水浇醒这母女俩回来,找得点草药来,煮了喂下去。这母女俩一夜呻吟。第二天见不好,第三天更糟了,才忙了拉马来,拉了母女二人去荞麦山。

这里全村议论沸腾。都说这下饶凤针进医院,由姜庆成在那里操纵着,更要拿陈家来熬油了。又都埋怨安国林、罗昌兵:"他两个后台硬,也不怕吴家,咋不站出来主持一下公道。"又有人说:"吴家还敢去找他两个来解决?他两个一旦公平解决就要吴家的命,吴家当然只敢去找孙江才来解决了!不去找他两个,他两个耐烦到场?即使去找,也早躲掉了！谁耐烦得罪人？除非避不开，他两个才会到场的。"众人又都巴望："陈志相干脆死了好！那时纸包火，就包不住了！除非人命关天，看格会闹出点结果来，不然陈家是惨定了。"一些人说："干脆说就是陈志相死了，也不见得吴家就会吃亏！当今时代，看得多了！比这个大的案件，无事的还多得很！如果陈家占着人，当然死了人是大事！问题：陈家占着谁了？一样人没有！那么就是死十个陈志相，也成小事了！不如有些人家死条猪了！"

第二三天，消息就已传来，说饶凤针在医院检查哪里被打成什么样，哪里又被打成什么样。又是医药费，已上两千元了。众人都说："这下任凭姜庆成搞鬼了！他要陈家怎么死，陈家就得怎么死了！说到底还是一样人占不着的可怜。"而吴明美家去时，已带了一只猪火腿去，送与姜庆成。这下吴耀崇又回来，把一口袋米提到姜庆成家。姜庆成的媳妇收下米，带信去给姜庆成，说收到吴明美的米了。

六十九　失当乘龙婿

　　这日，天主领了工资。因营业所王业升一再催天主："小伙子，你爸爸贷的款，七年了，你一定得还我了。"天主带了款来还。王元景也在这里，说他有个亲戚家的儿子，想在荞麦山补习，要在天主这班，因与他去拿补习费。天主说："叫他下星期来读就是了。"

　　刚好姜庆成又找来："孙天主是不是在这里？"众人说在。姜庆成进来，对天主说："外侄！我家舅子想来你那班读咧！"天主说："叫他来嘛！"姜庆成说："补习费没有。"众人笑说："姜庆成一毛不拔，没钱哪来的书读？孙天主只管问他要钱！"姜庆成说："钱有这么好找？都来要钱，我哪有钱？"又对天主说："吴明道那班，他嫌教得不好，就是要在你这班。"因拉天主，"走，这些人不兴喝酒，来这里酒都找不到喝，到大舅那里喝酒去！"王勋众父子俩都说："这不是酒？"姜庆成拿起瓶来一看，说："谁耐烦喝这种几块钱一瓶的？我们喝的，都是几十元一瓶的，药酒！"就拉了天主下医院来。

　　天主见陈福高眉泡目肿地在那里，喊也不敢喊人，怜惜了，站住说："二舅，你来这里干啥？"陈福高说："富贵，你舅母、表妹被人家打了要死了，才拉来这里医！"天主说："常时听见你们软弱，泼出命来不要，拼上一回，看谁还敢欺你们？你别的没有！炸药总有，你炸翻他几个，不就算了？跟哪家打架？"陈福高未及答言，吴明美站起来说："外侄，跟舅舅家呀！"天主说："怎么会跟你家打架？"吴明美就讲。姜庆成烦了，说："过去讲！过去讲！我们要喝酒了！"天主被拉来，姜庆成提了两瓶药酒。吴明美进屋来，又与天主讲了陈家怎么去他家打等，说："冤枉呀！都是亲戚！为两个小娃娃不和，害得大人打架！大家都是农业上的，搞了来医起，往哪头划？"天主听明白，想定是骗局，陈家哪有敢打吴家的！也就不管。吴明美去照料他妻子。

  姜庆成说："我这酒如何？荞麦山乡党委书记、乡长都喝不起，只有我天天喝！不吃这些人，吃谁？"天主听，他那口气是吃吴明美。天主说："他家开这些酒喝？"姜庆成说："他开得起？我开的，他给钱，我喝！这些狗日的，只敢踏陈家！敢惹我？陈家人日脓！种不起火，要是惹了我！早就想揍上营盘吴家了，专门欺软人！我把他稀屎蹬出来！平时哪里得这些狗日的来孝敬？这下我要他好好地孝敬我了！"就叫："吴耀崇！"吴耀崇进来，叫他声"大爸"。姜庆成说："今早上拿药那个胡医生，也该给他只猪火腿！明天去拿一只来！"吴耀崇听了，面有难色，忙说："好。我明早上回去拿。"姜庆成说："拿来给我，我再叫他来拿。"吴耀崇说："好。"就出去与他父亲说去了。姜庆成说："拿又不会拿！拉几十里送在这里来，还害我又要费些力扛回去不成？"就指一只猪火腿给天主："这只火腿给你，抵补习费了！差的我就不管了！吴明美家送来的，腌得很好！明晚上我叫我舅子扛在学校来给你。"刚好这时，他舅子已扛了两只猪火腿进来。姜庆成一皱眉，说："好，就是给孙老师，就是这个。"天主立刻明白，惊叹姜庆成什么人都不分！连他亲舅子，也要设法编派两只猪火腿来吃下去，说不定补习费也要编派了来吃掉的。那吴明美等辈，更是要吃得脆骨响了。

  喝到下午，天主喝了一瓶，病人来找姜庆成，姜说："不会死的，忙啥？等我们吃了饭再说。"与天主说："我是从来不煮饭的，都是去别处吃，今晚上又有顿好餐，我带你去！"因与天主出来，直接来赵国平家。张恩舟、吴耀庆、吴明洪都在这里，原来是吃猪火腿的火锅。姜庆成一挤眼，天主也明白，坐下来，吃喝起来。吴明洪忙提水，打杂。赵妻洗菜、切肉。

吴耀庆、赵国平忙煮菜、肉，向乡长介绍哪菜好吃，给乡长拈菜、劝酒。姜庆成和天主乐得大吃特吃。吴耀庆他们原来谈的话题谈不下去，这下谈到天主的写作、发表的文章等。

吃到下午，天主与姜庆成出来，乡长也要回去了，吴耀庆扶了乡长出门。姜庆成要忙去赌钱，天主不去。刚好王勋众在那里，他请天主帮他讲解讲解历史，天主即来。谈起姜庆成来，说姜庆成手运正红火，昨晚上一夜赢了八百元。王又说："像这种人活得没意思呀！哪里叫干工作，尽是日嫖夜赌。膻的臭的，全然不忌了。给妇女安环，尽是爬上去整一通了才安，比禽兽还不如了。"天主大惊："有这么厉害呀？"王勋众说："不然他天天喝药酒，为啥？但说到底也是那些妇女无聊，以为一个医生，是单位上的，就不得了了！这世界上，百分之九十的是蠢人。"

近夜，天主才骑车回校来。想想今日，又这么糊涂过了，又虚度了一日，记了日记，在自己的日历上又减去一天，心境悲哀。一夜未睡，发狠地写了一夜，读了一夜。第二天是星期六，乃回家去，就和法喇的那些学生一路。一年多来天主总在思考前途，不知下一步将何作为，把头都想疼了。而一个人走，必耽入幻想。回家这条路又长，如今天主是再不敢一人走了，他真怕自己成了疯子的。但到现在，就是两三个人走路，倘不言论，天主也觉一人走，思不务骛，上天入地地想。而一谈，又俗不可耐，三句话天主就失了兴致。知音之寡，大令天主悲哀。

孙国勇的老丈母早死了的，老丈人死前，因无儿子，叫三个姑爷到场，说："大的三个姑娘，都嫁给你们了！还有两个小的，我也管不了了！哪个愿上门？我这房屋、田地、老林都给他，但要把我两个姑娘，好好地打发了嫁出去。"三人都退回家想。孙平毕不愿意。孙国勇也不愿意，魏太芬马上说："你太傻了！你那两个小妹妹一个十四岁，一个十二岁，还等得几年？现在的小姑娘，哪个不是这个年纪就嫁掉了？明天就可以打发了！如果是儿子，还怕给他讨不来媳妇！是小姑娘，还愁嫁？况且人家这么大了，也自己养得活自己了！何要你操心？你要她两个扯猪草，每人养两条大猪，他们一年吃得掉？只有她们养你们的！哪有你养她们的？你倒是跑快点，怕赵家抢先！"孙国勇仍踌躇，陈福英说："快依你大嫂的了！这账一算就出来了！赵家的房子，虽是草房，再丑再陋，也值两三百元！森林、地呢？也值三千元！你现在有房子没有？有森林没有？你三弟兄以后，分得到好大点地？况且你那两个小姨妹，谁不值一千五？现在的市场价是两千了！即使一千五，也是三千元！"孙平文也催："快点去了！哪还有你这么憨的？"孙国勇说："二道岩又高，路又陡，实在不想去！"顾正芳也说："挑水也不方便！"孙平文骂道："憨猪头些，等有不嫌不方便的去了，你们就知道了！这猪圈背后几十丈高的坎！这棵白杨树又砍不下来的！哪晚上一出事，你们就知了！"孙江荣、蒋银秀还嫌上门名誉不好，听诸人如此说了，才明白大有好处，忙骂她夫妻二人去应。二人回去商量，又不去。等第三天，赵家小伙，也就是顾正芳的大姐夫已上门去了！这里孙家才叫："喔嗬！好事都让人家占完了！"

　　丈人一死，赵家已打发他两个小姨妹，每人二千一百元，两个月就嫁出去了。孙国勇看罢，气愤的了得，才明白过来。孙平玉说："这些人蠢呀！"今天主回来，又讲："他住那小猪圈，还嫌他丈人那房子小，比他那个，好几十倍了！那后面这么高的坎！睡着不怕？法喇哪年不听这里垮山，那里塌方？一晚上垮下去，就坐飞机了！不晓得要飞到哪里去，才息得下来呢！息下来还会有人？而且就是不坐飞机，也要盖大铺盖。那屋后面那棵树，你老祖年轻时候，就比桶粗了！我出世那年遭大火，那树半边就被烧煳了，又长到现在，成了空心树！上面长了七八十年的树杈树枝，全偏了来盖在你三爷爷、你爷爷、你大爷爷三家房上！几年没人敢上那棵树去修杈枝！而且一修就要打着下面的房子，也修不下来！冬天多大的风！'轰'的一下来，他几家还会有人？这下连立锥之地都没有！莫说还没钱起房子，连屋基都没有！还把那房子、老林让他大姐夫白白地去捡了！"

　　孙江华、孙江才等原来都装不知，巴不得孙国勇不去应。这下都站出来，批评孙国勇。一时全族人都评论这件事："蠢了！蠢了！"

　　孙平强的婚姻终于动了！看上了三道岩卫培伍的姑娘。卫培伍这人，是三道岩文凭最高的，读到小学三年级，而人的精明在法喇应属上上等，几十年和聂传顺一样跑江湖。二十来岁时当端公，裹了廖小二的老婆，那廖小二是个老实巴交的人，妻子则是容貌、心计皆非凡常之辈，一嫁去就后悔。和卫培伍好上以后，廖小二就莫名其妙地从三道岩摔下悬崖了，旁人说是廖小二割草时，他妻子趁其不备推下悬崖的。但无人无证，谁敢说？结果就嫁卫培伍。郎才女貌，郎貌女才，都配得起来，生活了已二十年矣。

卫培伍的妹子家在陷塘地村，遇长海修水库，处于库区，要移在米粮坝去。卫培伍见妹子家不想去，就换了自己去。他原以为凭自己及妻子的精明，并不畏当地人。哪知到了米粮坝，种的都是河沙地。分得两分田，又被那原主强收回去，他也不敢强。更种甘蔗没水，种包谷没水，没有办法了。

原其妻子和廖小二跟前有一子一女，这一子一女后来都死了。村人又说被他夫妻灭了的。现在两人跟前，两女一子。孙平强所讨的，就是大女儿。原嫁在大坪子戴家，因卫培伍搬家，要把女儿嫁去米粮坝去。嫁过去了，男方家知是嫁过一次的，就退还卫家。卫培伍也在米粮坝站不住脚，想退回法喇村来，乃欲把女儿许回法喇村。偏孙平强同车回来，卫就把姑娘许与孙平强。

孙家人对此，各人心中都有一个主意的。像孙平文、魏太芬等，大抵都不乐意这桩婚事。一是这姑娘嫁过两嫁了，二是卫培伍难缠。其父其母之名畏之不及，又听这女，大类其父母。但孙平强这些年一个姑娘都谈不上，孙平强又喜欢。要是再提自己的意见，以后孙平强讨不到媳妇，岂不说都怪他家夫妻？二是孙江荣、蒋银秀大是不通道理之辈，讲了也白讲。凡孙江荣、孙平强问，都说："任由你们自己做主。我们对卫家也不了解，不好提意见。"暗地下，只与陈福英说了自己的这些想法。陈福英说："我也是这样想：讨个后婚的，哪里划得着？孙平强又没讨过媳妇，无论如何该讨个青头的！"魏太芬说："大嫂，青头的他又哪里去讨？无能成这个样子的！"陈福英说："当然是这样，我们也不好说。"孙平强等问孙平玉等有什么意见。回复也是："再由你们自己拿主意！"问孙江华、孙江才等，都是这个答复。孙江荣于是忙起来，就请了去谈去了。

卫培伍对孙平强大不了解，对孙江成、孙江荣的财产分割也茫然不知。只慕孙平强行伍出身，孙家又执法喇大权，又有孙天主等，关系拉到地区一级了！如此种种，还怕孙家反悔，因是说："我是要招孙平强上门的，我在法喇的家产，无人管理，房屋、田地全归孙平强，但孙平强要养我夫妻二人，这是大事，要郑重交割，办清言语，写下字据，免得日后反悔的！我卫培伍家全族人到，孙家也要全族人来！有人有证的落平掉①！"一是如此，二也是看孙家支持孙平强的程度如何！但孙家这里，也正惧他，正设法要向他扬威，乐得请好了人，只差天主不来。等天主从地区开完笔会回来，人齐了，就去卫家。

一时孙江华带队，孙江才、孙天主作头面人物。孙江荣、孙江亮、孙平玉、孙平文等十几人，浩浩荡荡地来了。唯孙江成、孙平刚，与全族不合，事事撂开在外。

孙家人现在无论在哪里，都是吹天主以慑众。这晚到三道岩，更是蓄谋来慑卫培伍的，于是就吹天主如何是大作家，在地区的关系如何好。卫培伍听了，敬服不已，说："天底下最厉害的就是文人，作家！当官的都怕！捧得好点，无事！捧得不好，一篇文章写出来，就叫他下台！所以当官的，什么人他会怕？只怕作家！所以一家人出个文人，也当出武将！不是轻容易就出得起的！要有天星！不带天星出不起！武要武曲星下凡，文要文曲星现世！也亏你们孙家祖上有德了！总人口也只跟我们卫家差不多，法喇的政权都被你家垄断了几十年！这下更出作家了！方圆十几、二十个县我走遍了！哪里有这种大名鼎鼎的？荞麦山乡自古以来，我知道的，没出一个！现在全乡人佩服到哪个程度，我也清楚！偏米粮坝出不起！荞麦山出不起！法喇这穷梁子上出一个了！"

---

① 落平掉：将事情处理妥当。

孙家人更吹起来。孙江荣说："与地委书记那种大的官，关系还好得很呢！你想想那种大人物，稀容易攀得上的？不是富贵有天星，法喇几千人，谁得地委书记看一眼了？啧啧！地委书记呀！就是整个荞麦山，自古也没听过的！"卫培伍说："莫说地区一级了！就是法喇的支书、村长，多少人家拼几代人，谁拼上去了？法喇四十多姓人家，自法喇成为村级单位起，有一百来年了！邵家在清朝统治了八年！上营吴家接着，到了民国，得统治十二年！崔家得了十年！赵家得了十一年！安家得了十三年！下营姜家得了八年！从中华人民共和国建立，就是你家的了！刚好四十年了！一年都不差，我算得清清楚楚的！"

这一下把孙家人全吓得大吃一惊，因为谁也没这样算过，孙江华说："嗬嗬！卫培伍的脑筋，名不虚传！名不虚传！果然不愧'诸葛亮'！全村子这样算过的，恐怕只有你了！我们家干了四十年，连我也从来没把这盘账好好地理过！公然被你理清了！厉害！厉害！"卫培伍说："孙大哥！别的方面我不敢夸！这些方面，我不是吹：理得最清楚的，可能是我了！像上营吴家，这么一大族人！他猴个啥？就是民国得干了十二年的保长！还不到你家的三分之一！现在吴耀庆那些人，要推吴明洪上！一根一底，不是我吹！虽然我在米粮坝，隔了这么远！清楚得很！他上得来？白费力！我看过吴家和你家的祖坟了！吴家是拿不过你家的！他想当支书？够了！看麻衣相，吴明洪也不像！"

孙家人又吃一惊，祖坟都被他看来了！才想起他对坟地和麻衣相都有一套的，就问他何时去看的。卫培伍说："早二十年前就看过了！你们以为我现在才去看？你们孙家，正好发呢！现在算啥？原来以为不得了！这下出作家了！以后还要出更厉害的！"孙家人又惊了，问："还要出些什么人？"卫培伍说："天机不可泄漏！不说了！现在我再调回来说：一般的人家，有点吃穿，像我这样不冷着冻着，也就够了！万人都还说：'这卫培伍，还苦得够吃！是个狠人！'但要比你们家，就差远了！我说话直得很，把姑娘给你家，就是沾沾你家的福气！一般点，有两个人在乡上，还不用说当乡长，就像吴家现在一样，在这村里也就猴得起来了!我走过好多地方!一族人只要有个在县上当官,在那故乡,就是霸王!还不用说当个县长、县委书记,当个局长,打了人谁敢找他的麻烦?我到一个县,那村的一个青年人,是地委的小车司机,在那全乡,当皇帝了!欺压老百姓就太不成样子!所以我佩服你们家,出得起在地区都有影响的人物!你们以为这简单,是轻易的?不容易呀!而且你家有德!执政四十年,没人怨没人恨!这是了不起的!所以官才当得这么长!敬佩呀!"

孙江华说:"卫培伍,你家也不怂呀,出你这种人!要是给个大学文凭给你,你就会飞了!那时谁还敢比你?我们还敢来说亲?"卫培伍说:"大哥!没命有什么办法?虽然我也不相信人全是命运决定的!人还得要靠自己去闯,自己去挣!但闯到如今,我有啥了!脚筋都跳断了,还是个农民!这命运弄人,不得不相信呀!老天他就是要生我在这穷地方!多大的人了,才得见汽车是什么模样的!就是要我只读到三年级,我还是尽了最大努力了,连初中的门槛是咋样的,都不得见!我哭呀!但有什么办法?不是我哭着拼,我爹妈蒙都不准我去发的!所以我今天还能写我的名字,就是万幸了!在这种穷旮旯里,真是可怜!我在县城看那些小孩,三岁进幼儿园!我就坐着淌干眼泪了!换个环境,法喇四千人是在县城里,那还了得?那时我才看不起一个县长呢,恐怕省长都被我家法喇人当了!但展眼看看,这四千人谁当省长了?面朝黄土背朝天,苦得黄邦邦的!还连洋芋坨坨都苦不够吃!我卫家到法喇村七辈人了!一百来人中,我的文凭最高!惨呀!一百多年了,跟法喇的政权权柄,边都没沾着!我是气毒了,才搬米粮坝的!搬去谁站下了?都逃了回来!我自己也承认我不是日脓包!但这命运,就是扭不转来!本来搬米粮坝,是个机会!但人势单力薄了,斗不过人家,有什么办法?"

天主明了卫培伍也是个豪杰。若借以风云,则谁能复驯?何愁其不成刘项之类的人物。心中早已引为知己、同类,大加怜悯。卫培伍穿了西装,相貌堂堂,更增天主敬佩。此时叫了那卫祖英来,给大家倒茶。孙家人全齐眼观之,均点头颔首。天主见了,大觉其聪明俊秀,不亚于他敬佩过的那些姑娘。若不是文盲,也得教育,柏毅格等,又哪里相比呢?倒觉孙平强这婚姻瞎撞瞎撞的,公然撞对了!人比人,一百个孙平强也换不过一个卫祖英的。

心下早欲再力撮其合了!

孙家人看了,再无二话。卫培伍是非凡之辈,一句闲话没有。谈了条件,孙家都答应。卫培伍说:"好。既然两族人都在这里,我卫家人都看过孙平强了,都满意!孙家也看过我这姑娘了,三辈人,从孙江华大哥,到孙平玉,到孙天主,都说满意的!我家两口子,和孙江荣三哥家两个人,也满意!现在关键是孙平强和卫祖英,你们彼此满意对方不?"二人都说满意。卫培伍说:"这婚就订成了!孙家、卫家就是亲戚了!你们要夫妻恩爱、白头到老、子孙发达、千古万年!"于是孙家也封赠一通。卫培伍说:"他二人小夫妻,没有产业!我这房屋家产,全给孙平强!我这话有两族人作证的!我做岳父的,尽最大努力提拔他二人了!如果我还有,我还会给他们的!"孙家说:"够了!够了!就领情不尽了!"卫培伍说:"法喇人蠢,认为姑娘是泼出去的水!我是把姑娘当儿子看!也把孙平强当我亲生儿子看的!"孙家说:"更好了!更好了!你都这样提拔他们,难道我们孙家袖手旁观?"孙江才也大放厥词:"孙平强就由我提拔他,当村干部!他又是退伍军人、上士班长,又是党员、法喇村支委委员!我提拔他,全世界都没人敢有意见的!"卫培伍也激动,说:"感谢!感谢!孙平强,要永远铭记你小爸的恩情的!滴水之恩,要涌泉相报!你这一生人,就报答你小爸了!"孙平强明白,只是应应。卫培伍拉了孙江才的手:"要五千要一万,我这里给!只要帮他把这官弄得来就行!至于谢你的,他不敢忘恩!即使他忘了,我来报!"孙江才大手一挥:"要什么五千?一文都不要!我也不要他谢!一家人,说什么二样话?"于是卫家人更兴奋,说:"姑爷当官,我们卫家沾光了!姑爷里终于出个官了。"只有孙家人,都明白各自的肚肠,笑笑而已,说:"好,好!大家都好!"

谈到深夜,孙家人回,边走边论卫培伍了得,又都评论那卫祖英不错,说孙平强神冲鬼撞的,竟讨到这么一个人物。

第二天是吉日,孙平强即去把卫祖英带来,就作结婚了。全族人一见为人行事,大与陈福英、魏太芬上下。说孙家妯娌,现在又增一个厉害的了。原来是南北对峙，现在是三国鼎立了。

但那卫祖英来到，见家计贫困，非但猪厩没有，连猪都是在树下睡，就是吃的也不够。又孙江荣、蒋银秀之吝啬、昏昧、愚顽，大是看不上眼，也才发现了孙平强其实是无用之物，孙家内部钩心斗角。只看陈福英、魏太芬是堪说话的，与这二人交接。孙家全族人见她心智过人，而孙江荣家又贫困，已有悔意，即怕她跑了。所以孙平强每日就尾随、监看着她了。

卫培伍听卫祖英讲了，也生后悔，但是说："任他孙江才怎么不想提拔，塞一千元钱给他不就得了？谁不爱钱？那时只怕他提不赢的提呢！再出两千元塞给乡上的，就成了！那时即使孙平强是个傻瓜，你两个日子也就好过了。"卫祖英说："莫说三千元！他爹他妈一分也不会出的！"卫培伍不信，就跑来与孙江荣说："这三千元，我出一千五！你出一千五！"孙江荣说："要我出一千五，就是当县长也不要了！"卫培伍大怒，说："好！法喇人哪家嫁姑娘，不要两千元？我按两三年前的定价：一千五！把这一千五给我！"孙江荣说："我不是请你嫁的，我有啥子钱？只有含口钱！"卫培伍一听："猪日出来的还不会这么说！"站起来一顿发泄怒火，把锅盆碗凳打了个干净。又叫孙平强："说我卖姑娘就卖姑娘！全村人都是这么卖的！一千五给我！"就等着孙平强说两句恳求的话，他也就回家了。哪知孙平强说："没有钱！我只有把人退给你了！"卫培伍跳上来，揍了孙平强两拳，把孙家人祖先翻出来，一代一代，开花地骂，后拉了卫祖英回去了。

这里孙江荣、蒋银秀、孙平强等，卫培伍在时，哪敢出声？等卫培伍去了，才又大骂卫家。孙江华出来，边看边笑边摇头。魏太芬就叫孙平文："你去说说！这怪人家卫培伍吗？全是一家子死不中人意！才讨人家卫家噪！"孙平文来说："莫羞先人、碜亲戚了！是谁的不是？也不想想！"孙江荣听了，又骂孙平文："是！是！祖宗八代的被人家骂了，有些杂种还窦气都不出一个！老子气不过，不骂卫家还饶着他？有些杂种倒咒老子羞先人了！"就来打孙平文。孙平文又急又怒，却无办法，只好逃回，孙江荣一直追去。魏太芬出来挡住，说："我家爹也是怪到极点了，只会欺软怕恶！刚才卫培伍在你家，又打家什又打人，咋你不追着打？孙平文哪点错了？是我听不过,叫他出来这么说的!那几句话,是我教他的!要打你来打我!要说祖宗八代被人家骂,我们气什么?气的还在半边呢!像孙平毕、孙国勇、孙富贵家,无端无绪的祖宗就被人家开花地骂,不出来找你和孙平强的麻烦就要得得很了!你们有缘有故被骂的,倒不得了!"孙江荣气势汹汹,怒目圆睁,左右突围,捡了大棒在手,只要冲进去打:"我打了这狗娘养的!留着他喂狗?我打了这狗娘养的!留着他喂狗?"但一直被魏太芬阻着,冲不进去。

孙江华、孙江才等,哪耐烦来劝,孙江成等,更巴不得这家人打死两个摆起。孙平玉、陈福英又不好出面,只在远处看。孙平玉叹说:"这家人无聊了!这家人无聊了!这孙平强也无聊了!为他的事,这时也不去劝三爸!"陈福英说:"一家子一样货色,哪个稀奇?三婶这些人不上去帮忙打孙平文就是好的!这时候无人来拉!孙平丽虽近,也是不通道理的!孙平竹懂事,又嫁远了!"

孙江荣只恨不能把孙平文打死。魏太芬只管挡,他只管冲,骂:"老子今天非打死这杂种,看谁敢来把我的毬咬掉?"魏太芬才一听,气得大哭,跌坐下去,哭说:"老公公当着儿媳妇就是这样说的!好!都打死了好!孙平文,你也下来被打死算了!活人活块脸,脸都不要了,还活了做什么?小家文、小家武,你们也来让你爷爷打死算了!绝种了好!免得一样人不分,一样脸不要!后辈儿孙还不能保住祖先的英名,倒带害祖先都被人家刨了出来骂!要儿子做什么用?"

孙江荣哪听这些,爬上楼梯去打孙平文。孙平玉见此,危急了,忙跑来劝,孙平文已挨了两棒。孙平玉强行拖住孙江荣,拖到他家来。孙江荣仍要回去打,连孙平玉骂:"你管个毬!你会管就管!不会管滚开点!你是支书还是村长?哪个给你的权力来管人的?"孙平玉一听,怒发冲冠,筋都鼓起,眼光如炬,孙平强等见得罪孙平玉家了,才把孙江荣拉住了。

孙平玉气得喊心痛,自己捶着胸脯息怒。孙平文家也是满肚子的气,这下各家在各家生气了。魏太芬到孙平玉家来,也气得无法,却来道歉："大嫂，这家人还像啥子人？见不得劲的了！他亲生的儿子，倒不论有错无错，可以任由他打上打下。大哥去拉架劝架，再不懂事的人，也要说是好事。还拿这种话来上手大哥。"陈福英说："谁跟他们见劲？如果都见劲，只怕你见不起恁么多！"孙平玉说："小太芬，不会见劲的！跟别人见劲还有点价值，跟这些人见劲，一点价值都没有！"魏太芬又与陈福英谈了一阵这家人的昏愦无状。于是两家都说："管人闲事，受人搓磨！这句古话说得再好不过了！以后天塌下来，也不管人家了！"魏太芬去了。

这里孙家气未散尽，第三天，卫培伍来了，找到孙平玉、孙平文，说："只有英雄识英雄了！我看你家一族人，也只有你两个可以说话！至于跟孙江荣、孙平强谈，叫对牛弹琴！白费力气还自找气受！是我瞎了眼，给错了姑娘，有什么办法！反正你俩也是明白人，不会见劲我这话的，我才这么说！现在闹到这一步，大不成体统！你孙家是诗书旧族，我卫家也非夷蛮狗姓，都要点文明礼义，现在两家都失面子！知道的，会有个公道之论；不知内情的，又以为我卫培伍是反复小人，朝秦暮楚，早一个计策，晚一个主意！姑娘给了孙家，给定了的，又带回去了。我来与你两个商量：大家息息怒，叫孙平强、卫祖英拢来，和好就是了。"二人忙说："我们再不敢管了！也没这份闲心管了！不怕你气，抬轿子来请我们，我们也不管的！原本我们无论如何不能说，也不该说这话的！本来这事，起头落尾都不怪你！现在你又主动来说，越显得宽宏大量！我们本要主动上前说好，才不显得小气，而且是知书达理的，要上你家门道歉才是！我们讲出原因来，只怕你也要气死！"就把当日卫培伍去后的情形讲了一遍，说："我两弟兄不是不好帮忙了，说出来真是碜亲戚！要望你原谅了！"卫培伍听了，呆了半晌，说："那是无办法了？孙江华、孙江才、孙江成这些人，一个都帮不上忙？"二人说："帮什么！你们认不得我们孙家的情形！一个个都是乌眼鸡，恨不能把人吃掉，还会有帮忙的？"

卫培伍也不好勉强二人，失神了半日，喝了水，无精打采地走了。这里二人说："人家卫培伍是个怪人！道理也通，做事也得体！遇上这种不通道理的人家，怎么不心灰意冷呢！"坐一阵，也就背背箩出门，到沙坝去背洋芋，却见卫培伍长拖拖地躺在水海海边的路上，失魂落魄的。二人上去叫他。卫培伍起来，说：“养儿养女，为个啥呀！倒干得我懒心无肠！路都走不动了。”二人也同情，却莫能相助。卫培伍说：“两侄儿子，就帮大爸一把了！就当大爸求你们！你们帮我去把这个事情说好！反正我领你们的情就是了！”二人说：“大爸，你明白！我们也不好说！是不依说的人家，有什么办法？”卫培伍说："好歹求你们了！我是肠子都要焦断了！天底下再没比这号事情更无聊的了！"二人面面相觑，也无可奈何。卫培伍一直催促着，好歹答应了。卫培伍爬起来，作辞去了。

到地里一说，把陈福英、魏太芬气得无法。陈福英说："这卫培伍也气极无赖了！孙家都不急，他急什么？这里都不怕再娶，他还会怕再嫁？"魏太芬更是一腔悲愤："我们一辈子，都是人家的丫头娃子了！骑马的在半边，拉马的在这里瞎忙，到头连一声好气都没有！一辈子帮人家抬轿，还不得坐轿人领情！我是说过的从此以后管他死人抬丧，都不管的！你听，我们在这里气，人家在上面哈哈大笑呢！"果然听得孙江荣不知何事高兴了，大笑不止。这四人摇头苦笑。魏太芬说："这个世上，越是聪明人越吃亏！怪不得卫培伍气了路都走不动了！还来求人！你看这些人，脑筋都是豆腐渣的！越笑越展劲，有什么见识！"

这两家也不管。那孙江荣夫妇，更是无事人。而孙平强，失措无计。魏太芬看形不得，过了几天，才说："孙平强，不要连起码的做人原则都不要了！卫家有一毫一厘错误没有？你怕该上卫家的门，或认错或求情，把卫祖英带回来！皇帝的姑娘不愁嫁！除了你，卫家就找不到姑爷了？"孙平强说："我想去，又怕卫培伍骂！"魏太芬听他说话，还在叫"卫培伍"，鄙视了半天忍气说："好歹你是他姑爷！卫培伍是那种占岭扩势的小人，他会吃了你？"孙江荣还在骂："不要去！好希他妈斋气①！姑娘是他带去的！他不上我的门上去，还要我上他的门认

---

① 好希他妈斋气：向别人找借财物不如意后，背着对方表达的自我安慰、调适心情的愤恨不平之语。

错？不要理睬,他那婆娘嫁了,你往别处讨!"魏太芬说:"够了!够了!听孙家的名就够了!也除非是瞎子,不然有谁还会耐烦把姑娘给孙家?"

  第二天孙平强又去三道岩,把卫祖英带回来。一任卫祖英叫"爹妈",孙江荣、蒋银秀只不理睬。卫培伍是足迹都不到孙家了。

第一章 法喇照

第二章 穷则变

七十　单相思

这天晚上，吴明华到孙家来，与孙平玉说："无法了！我那小杂种吴耀七又要补习了！想来请天主帮帮忙，在他那个班补补习。"谈起来，吴明华叹口气："你倒好了！我们这一班人，干到头只有你成功！我、王元德、赵国成、吴明义，谁不是以失败告终？家供穷了，儿子也不成才，人也弱了！可怜赵国成、王元德我几个，哪个还有人样？我是气呀！一直气呀！这下活活气出病来了！脑筋也不灵了！别人说一句话，我半天都回不过神来！一个不成器，两个又不成器！吴耀祥讨媳妇，又逼我出一千八！我算好了，孙天主读大学出来，用掉的也跟我那憨猪当农民用掉的钱差不多！但现在一个是天上的龙，一个是草里的蛇了。"孙平玉安慰一阵，说一阵，吴明华去了。

天主这班上，吴明义的老三儿子吴耀德、赵国成的老三赵家潮、王元德的老二王勋庞等，全是一伙不务正事，只会玩乐的，刚好跟孙富民一个嘴脸。今又来了吴耀七，智商原不亚其父，都以天主是同乡、亲戚，他们比别的学生有面子。又王业午、吴明道都是法喇人，更高兴的了得。天主也不好怎么管，忽乱一气了。

但当今的赵国成、吴明华等，供儿子读书的热切，已比供赵家寿、吴耀祥等时，减弱许多了！一个学期，也懒于到荞麦山来问。只是听见不善，蓄在心里。等儿子一回来，讲道理的心肠，也比吴耀祥等时减了许多。根本没耐心讲，只是一顿棍棒，拼命地打，那意思就是：道理你自该懂的！你不懂，我就打！我打了，你该懂了！你再不懂，也就无可救药，叫你回家就是了！天主体味他们这心理变化，就是一系列的挫折之后，理想淡了，耐心失了，深为之可怜。半年过后，吴明义再度失望，把吴耀德叫回去放羊了。

这一年的秋天，就在这样忙碌中度过了，但天主也没少闲过，作了好些诗词：

感怀（一）
秋酒黄菊对长风，万里河山一望空。
大略卷尽千般敌，何用李广九尺弓？

感怀（二）
东风万里云茫茫，掷酒踞起气臆雄。
若不转斗千万里，岂负刘项说峥嵘！

雪梅香
恨史书，豪杰太少业不弘。
凡夫已接踵，何苦再添平庸？
我来世上无多望，只给人间添峥嵘。
岂能再，气与群类，志与俗同！

人类何苦要，乞于盘古，始开长空？
千秋万代，尽入寺庙鞠躬！
宇宙竟由谁来造？看我如今奋天工。
让人类，看明白，人烈胜神功。

望海潮

英雄如沙，豪杰似雪，中华自古悲风。

文王作易，魏武赋诗，《咏梅》一曲词穷。

称文武激烈，问人生可否，仅此三公。

其余区区，万世休得言成功。

身外休言神圣。自我而是，谁敢趋同？

千秋文章，万古功业，总当独迈长风。

慷慨号前驱，悲歌壮心笛，气比血浓。

功齐天地万物，充塞宇宙中。

    这一日天主上完课，抱书出外，绕学校一圈回来。刚要进校园门前，忽见初三的杨春晓满面绯红，一见他抬头，立刻侧了脸，蹑着身子过来。一时极秀美的身子，衬上她那美丽的面孔，艳若桃花。到天主面前，抬眼望天主，两眼眩惑，双唇皆因激动、紫胀了被黏液粘在一起。她只说出"孙老"二字，声音细极。天主为她那神情，已不敢逼视了。四目交视片刻，天主心跳如雷。一错身，她已走过去，天主也走过来几步了！

    天主又迷惑了，自己有什么优点，值得这个美丽的女孩来爱呢？看来人类统统的是瞎子了！但他同时是喜不自禁！这又是全校最漂亮的女孩屈服于他，要说有多高尚，就多高尚了。天主但觉周围世界，全成了春色，他就是主宰，他说不出此时的畅快了。

    杨春晓家就在荞麦山乡街上。父亲在粮管所，母亲在农村，兄姊等都搞个铺面做生意。其气质之纯，容貌之丽，在荞麦山中学又号第一。

    不表天主如此时时注意杨春晓。且说这天晚上，明子发家又打架了，天主来此一年，对这里教师的婚姻状况都有了解了。这些教师的婚姻，说出来是极为奇特的。像明子发，家在农村，师范毕业分配来此。女教师少。有人介绍县城边上农村的姑娘，饥不择食，就带来同居，匆匆结婚。妻子怀了孕，才后悔了。所以拼命地打，以出怒气。前已打流产了三次。现在一个男孩生了下来，仍是打。像明子发这样的，就有七八个教师。余者如蒋迎红之与吴邦祥、梁榕之与钱吉兆，都是刚分工，就入此途，一来二去肚里已有了，才看明对方缺点，又见有更好的目标却已不能选择，因是也日日吵架。更有男教师就看上女学生的，立刻控制不住，结了婚，女的失学，男的后悔，也是吵。所以一时学校与周围农民吵，领导与职工吵，教师与学生吵，教师之间吵，夫妻吵，乱麻般的。

明子发之妻，嚎叫着应战，小孩扔在床上，大哭大叫。明子发的皮带把妻子脸上的肉都抽破了，明也被妻子揍了两棒。明大喊："老子杀了你这臭婆娘！"去提菜刀来。其妻破门逃出，明跟着追。老师们或观望，或来制止。学生则从教室里全拥出来看稀奇。

接着又嚷了起来，天主以为还是明家，不久听骂声是梁榕的。富民下课回来，说钱吉兆与梁榕又打架了。钱把梁揍了。梁无法，抱起小孩要砸下地，钱去抢小孩，被梁打了两耳光。也是学生围了看得起劲。

那袁妍失了学。许世虎数次到米粮坝追易传凤。易传凤只不理。许世虎自度追不到，息了心，却怨恨天主。自找了个街上卖百货的姑娘谈了起来，又去追杨春晓，杨不理。而那易传凤，对追她的人，一概不应，只说她的心上人在荞麦山中学。此人一日不要，她一日不嫁。等一千年都要等。人人知为天主。而天主纳罕：简直莫名其妙，如此就等岂不冤哉？她已二十八九，再等几年，谁还要她？

却说天主等待秋叶红了，又去作画。到了冬日，再来研究战略。日日课后看书时刻，就瞅着那树叶出神。但一场大雪袭来，霜冻继至。雪近一星期，才停了。那树叶遭了此劫，不到几天，尽变红色，落下地来，把雪盖住了。

这日天主在则补时的同学陈洪贵，今已在江湖上滚打多年，刚被判刑出来，慕名来找天主，定要天主作一诗赠他，题目都拟好了来的：《赠洪贵》。他说："孙兄！为兄的只有靠你，才能在历史上留名了！像李白一首《赠汪伦》，汪伦就千古不朽了。这也是盼着以后几千年后的小学生读诗《赠洪贵》时，就想起我来。"天主哪作得出什么诗来给他，说："以后吧！等我诗艺高一些了，写一首寄来给你。现在水平低下,无望几千年后上得了小学课本。"陈洪贵在天主这里住了两天,把他这二十七年来的人生经历,包括大量隐私,都讲给天主:"为兄的这悲剧故事,可以写部长篇小说了!专门讲给你做素材的!你只管写!就是用我的真名陈洪贵,我都不会计较的!"告别时,天主送他到乡上坐车去。自行车推出来,满地的红叶白雪,滑得要命,又推车回去放了。

  二人徒步出来,见满地红叶,白雪盖岭,天主只静静体味。陈洪贵大叫:"太好了!这场雪,又加这些树叶,又是九年前的同学重逢分别,你又远送,太令人难忘了,你就按这个写《赠洪贵》了!"天主见好氛围都被他搅乱了,忙说:"快莫闹,我正在揣摩诗呢!要有了!"陈洪贵忙闭口不言,二人静静地走着。

  前面就见杨春晓穿了件红色皮衣,头上白色围巾,与一女生从家里回学校来。一时只见丹枫雪地,红衣女孩,景色妙极。杨春晓早见了天主,红了脸。她那俊美的身材、漂亮的脸容,再加见天主时满面的羞怯,绯红的脸庞,使天主感觉人生第一景致,正在今日。他终身作画,也就数这一张好了!如果他真有这点才能画下来,他就是历史上最伟大的画家了!

  二人走近。杨春晓欲叫天主的,又见旁边一个凶眉愣眼的恶汉在天主身边,也如天主呆看她,又不好喊,而不喊,可能又觉不行。因是欲言又止的形态下,万种风情,俱为呈现。天主点点头,她一笑,就过去了!

  天主哪还想往前走,只想往后回来。陈洪贵也屡回头,不住地呆看。二人仍往前走。天主想自己一生中,命运两济,大约就以此日为盛了!以后要找这样的境界,怕不能够了!二十二了!他会老的!老了的人,再有才华,也找不来这样情窦初开、纯洁美丽的女孩来爱自己了!天地之间,何处还能去找这人、这景、这情呢?因是呆呆地想着。

  半个钟头后,陈洪贵才说:"今天那个小姑娘太漂亮了!我一生中就觉这个最漂亮!晏明星仍差了一筹!"对天主说:"你们有私情?"天主说:"莫胡闹!她是学生,我是老师!"陈洪贵说:"你还瞒我!我什么看不出来?"天主说:"此话休提!晏明星现在怎么样?"陈洪贵奇道:"你不知道?"天主说:"不知道!"陈洪贵说:"她还在想着你呀!肖敬平、龙贡恬他们追了几十回,都没追到手!"天主呆了一呆,一阵地心痛,眉脸都蹙了忍着,问:"她现在在哪里?"陈洪贵奇道:"你又连这个都不知道?她在县水泥厂,可惜是个工人了。"天主无言。陈洪贵说:"我要批评你了,兄弟!我们全班人,从李老师、你、刘振刚、史元洪等直到我这些草莽,谁不爱她?可以说这一班几十人,这热乎乎的心,永远都装着她!没有谁能代替她在我们心中的最高地位!她空痴痴地等着你,你却这样负心!你侮辱了我们全班同学!肯定也包括你在内:谁不盼望她有一个美好的未来?我就这样想的,她走到哪一步,对我陈洪贵都没好处!她也不会嫁给我!就是她要嫁我,我也不敢糟蹋她!但我总希望她好呀!她的理想,也就当我陈某的理想。她今天虽比我好,但比她应得到的,差多了!我们大家都怜惜她!更怜惜她对你的痴情!你和她硬是一点交往都没有?"天主跟他讲了九年来只见过数面,未谈过一句的情形。

陈洪贵说:"你愿不愿意?我作为老同学,撮合你两个!你既爱着她,我就跑去跟她讲!十年的爱情!一说就拢了,而且恩爱一辈子!除她之外,你要寻最美满的婚姻,是不可能的,初恋胜过一切!她最初恋你,一直恋你!你最初恋她,一直是她!这些我都知道的,又最深有体会!我对我老婆,半点情意没有!因为我最初爱的人,也是晏明星!我一直埋藏在心底,这些年我的生活,也跟你完全是两个世界!你是在干事业,我是在玩弄人生!睡过觉的女人无数了,睡到如今,空空荡荡!因为凡睡的,都是没品位的!我羡慕你,兄弟!无论事业上、爱情上你都幸福!事业上你已有成,而晏明星一直爱你、等你!你这一世就值得了!"天主感谢他这一番挚言:"我想不通:她既爱我、等我,为何一字都不写来给我?"陈洪贵说:"这你也糊涂!其实女人更可怜,尤其她是高中生,你是大学生!她是城镇户口才得招工的,你是大学毕业正式分工的干部!她怎么写给你?即使她也同样大学毕业,也是干部,而你是大名鼎鼎,她也不好攀龙附凤!你一辈子丧着脸,愤世嫉俗,谁还敢来惹你?"

天主恍然大悟。始明白自己的一副酷脸，弊大于利太过了！陈洪贵说："你的主意呢？要她我就去说了！不要她，我也去说！不要误她了！她很可怜！"天主踌躇，无可为计。陈洪贵又催，天主想想说："我的意思是等一两年，别的得罪了好说。我班上一大群女生，她们拼命地学习，目标就是盯着我还没结婚！要是我订了婚，人心散乱了，学什么？她们的前途，就全完了！"

拦了半日，终于有一辆到则补去的货车。陈洪贵上车去了，天主慢步往回走，时时站在雪地里出神，内心已在责问晏明星："你等我干什么！等到头终会失望的！我并不是你想的那么充满仙气！是最平凡、庸劣之物罢了！"但又可怜她。而又想易传凤虽与自己无关，但终会如何？还有梁榕、蒋迎红呢？还有那些各小学的女教师呢？还有他班上孟季菊、颜钰、范昌卉等许多女生呢？尤其这些女生，才十五六岁，一失望了，在这穷乡僻壤，就是失学回家，种地务农，嫁人养子就完事了！而她们现在有理想，只要像现在这么拼，总有许多可以找到工作的。

天主一直这么想，天黑了，肚里饿得无法，才走回学校。他也不敢写信给晏明星，那就承担了更大的责任，无可推卸了！一句话，他感觉天下的人，都是可怜的人。

这一晚上是许世虎那班的几个女生来，定要请天主给她们画两张像。天主画了。她们带了去，立刻引起天主这一班女生的嫉妒。很对天主不满，但不敢说。但她们就奚落那些女生："好大脸嘴，也不屙泡尿自己照照，我们孙老师看得上她们？"就来天主这里，试探天主，也想请天主给她们画两张。

原来天主极可怜这些学生，都希望她们超过自己，再则也能中专毕业，有个工作，能跳出农门来，稍变命运。对所有学生一律平等。家境稍贫的，未见歧视；学习优秀的，不见另待；男生女生，皆同一律。学生也敬服。那些学生，也因天主不善嬉笑，只几个学习极好的女生，敢于装娇作痴而已。其余非分之想，都埋藏在学习中，互相比赛，暗中嫉妒。都想日后考取学校了，反攻天主的。天主也明白。想也好，免得她们无所系心，以致荒废学业了。

范昌卉是从上一年级留下来的，现学习是全校第一名。她不拿别的，就拿她不想读书了，来试探天主，说："孙老师，我不想读了，想回家去了。"

父母老了，农活也没人做。"天主都说："好好读书！你是最有希望走出这农村去的。"但她总这样来说，说的多了，天主总不明白，仍是劝。这一晚上杜菊红、颜钰才悄与天主说："孙老师，她是试你的！下一次她再说，你就说'好吧'！看她怎么样！"果然下一次三人同来问作业，范昌卉又说："孙老师，我想回家了！"天主说："好吧！"范昌卉大吃一惊，失了分寸，满面灰色，愣在那里不知所为。那杜、颜二人见天主果然从她们之言，大为满意。而天主没料这么一句，把范昌卉吓成这个样，自悔不迭，满心怜惜，忙说："好好读书！不准你回去！"范昌卉忙答应了。以后再不这样说了。

其他几个学习好的，也是暗自发奋，要超过范昌卉。天主一概不偏不倚，均衡励之。而像杜菊红、颜钰等，也是伶俐可爱。学习虽是中常，却也发奋努力。

这一日天主出来赶街，骑出去一公里许，坡刚下完，车胎就爆了。毫无办法，只守着破车出气。刚好杨春晓来上学，即把她的车推来，对天主说："孙老师，你骑我这车去吧！你这车我帮你推回去。"天主说："那太麻烦你，不好意思了！"见杨春晓满面红晕，说不出话，即一笑，把车换了。天主到乡上买了米，寄了两封信，即忙回来。见放学了，他急忙叫杨春晓来，还她的自行车。杨老远地笑着，脸色红如金纸。天主咬唇，觉再美不过了。她进屋，一时二人均窘得说不出话来。天主就叫她坐，她不坐，就去推车。见天主书架上满满的书，她就站住，问天主："孙老师，能不能把你的书借我看看？"天主："你择吧！"她找了一阵，见有发表了天主作品的，喜不自禁，对天主说："我就借老师发表的文章去看。"

第三天杨春晓带了来还了，又借一些去。以后不断地来借，天主所发表的诗、散文、小说等，都被她看完了。她视天主的眼神，又自不同，全近乎崇拜了。一言一行，尊敬得要命。以后天主所写的手稿，她都借了去看。

这杨春晓本是聪明绝顶的，不由天主大觉是可雕琢造就之材！如今她来求教天主，天主便悉心指导。但全校师生间就沸吠盈天了，说二人在谈恋爱。老师间嫉妒天主者众，更何况她又是有些老师去追逐了不到手的。学生中觊觎天主者又何尝少，敬慕他的又何尝不多？一时传言极盛。天主踌躇，他是最不喜干瓜田李下之事的，因此对杨春晓说："你也是初三了，学习要紧，至于写作，以后再说。"就要与她少些联系。她反问道："我与老师有什么不可告人的了？不过就是如此而已！这些小人，睬得了多少？身正不怕影子歪，我光明磊落的，怕什么？我就是看不起这些小人，我偏要顶着做！"所以仍是来往不断。天主也倒感激，见是一个极有见识的姑娘，愈加敬佩。

这日天主到荞麦山交信，即见刘化成说："我又见你的一篇文章发表了。"即带天主到乡政府，送了那报纸给天主看。天主喜悦，刘就把那张报纸赠与天主，天主买了米，高兴而回。一进宿舍，即见母亲和一姑娘在此。原来陈福英说家里紧得很了，差人家的账未还，催得紧，小粉打了也没干，来拿一百元回去。那姑娘是她进屋来之后才来，与她谈了这一阵，知其名为姚国菊，是地区财校学生，其弟弟在天主班上，说来问问天主情况如何。天主即说了。原来她在与陈福英说话时，早翻了天主的作品看了。又问陈福英天主的情况，又说她明后年分工回来，也就在荞麦山乡工作等等。陈福英明白了，又见姑娘容貌言谈无不可，大为喜悦。这姑娘听天主说了弟弟的情况，又见陈福英、天主忙，即走了。

陈福英即对天主说："这姑娘好的！看来来问她弟弟的学习，也只是个借口。"天主说："我自有主张。"陈福英回，天主送了一程，站在山上，遥望母亲的身影，过了一山又一山，身影越走越小。天主揪心地望着，想要是千古万年，都能与母亲、父亲相守相伴就好了，然而这样的人生又有多少呢！几十年后，父母即将离世而去了，终于永远搜寻不到。想人生之短，悲哀之深，泪流下来。

后就收到这姚国菊的信，说感激天主对她弟弟教导之类的话，天主只好回信。她又写了信来。天主如今很是认为识人多处是非多的，未回信了。她又写了两封来，天主未回，就此断了信了。

七十一　兄弟再遭袭

却说李勇虎之倒行逆施，种种滑稽，如此提及：

一任命他主持荞麦山中学工作，他即仰天大笑，出得门来，自觉换了一人。在荞麦山街上走，大觉扬眉吐气。人人见之，皆斜目而视，大觉不顺眼，说："李勇虎发狂了！走路都是两眼朝天了！"连他那在荞麦山供销社售货员的妻子，也趾高气扬。

李为鼓舞人心，教职工会上，扬言："大家努力！好好地干，我李某不会亏待大家，有福同享，到年终，"他伸出右掌，五指竖起，"不下这个数给大家！到时不兑现，大家只管骂我'狗娘养的'！"一些老师就问："五十？"李勇虎眼一瞪："眼界何其小也！五十都拿起说！五百！"全体老师一听，每人五百，教职工共是六十余人，三万多元！立刻全体摇头，再无兴致听下去。

李勇虎以为一上任，即可一呼百应，大众要对其鞠躬舞蹈的。哪知上任数日，他那张狂气象，已招全校反感了。原本他师范毕业，今已教了七八年书，影响平平，且今大呼小叫，施政计划浑如痴人说梦。

于是不久传言四起，说李勇虎也是还没当校长，当了校长的话尾巴更要翘上天去。李勇虎探得有教师在传播，于是在教师会议上威胁道："有些人说我尾巴翘不上天！我就翘给他看！我奉劝有些人，给我小心点！"

这一下更使许多人不满了，原本有些人，对李勇虎的张狂也看得惯，能理解，说："年轻人不更事，得顶草帽也当红顶子！他没吃过亏，张狂张狂也是正常的。在这个地方，还愁他吃不了亏？吃过亏他自然不张狂了！"但这下立刻看不惯了，说："当领导的，要宰相肚里能撑船！什么气都受得下！才说他翘个尾巴，他就警告人了！心胸狭隘，比秦光朝差远了！他当毬的官！"

荞麦山中学这些教师，四五十岁的，都是后勤那十几名。其余多是李勇虎等三十零头的，占了半多。再就是年轻二十来岁的，如天主等，也有十多人。李勇虎看不起后勤老师，说一无学识，只会敲钟看门管宿舍。这伙人一听，火冒三丈，"老子们干工作时，他爹还没日他妈呢！李勇虎这狗日的侮人太甚了！他教那点质量，谁教不出来？老子们也来上语文。"就来向李勇虎提出来，要求要上课，和李勇虎比比。李勇虎说："你们打盆水自己照照，像不像上课的！你们以为这些初中生是文盲，b、p、m、f，1+2=3就能应付过去了？"这下更招骂。这些老师原来无事，和周围农民交往甚厚的。中学就建在这村里，原占了农民的地，又这些学生出去偷瓜摘果，几十年来就与周围农民关系不大好的。李勇虎家虽也属这村，他家父辈的历来欺这些农民。这下这些农民，谁巴望他爬上去？再加上这些老师一联络，周围农民也夹攻李勇虎了。

和李勇虎同龄这一伙，原是支持他的。他刚上台，都对他抱希望。但一看李之用人，全无与他们共天下之意，用的都是家族之人，就是教导主任，也用与他初、高中同学的赵在星，副教导是用他远房的表弟马朝海，就知无望杯羹。所以任李勇虎怎么演说："咱们是哥们，一同跨进这门的。有福同享，也是我们这帮人同享！其余的，睬他搓①？"但这伙人，既看透李无专业水平，又无行政能力，幼稚猖狂，且也根本不惧乎他的劝诱恐吓。说到底就是要吵可以吵，要打可以打。这群人早已消落了创业之心，只顾调动，调不走的也无奈何，只想舒服一些，下棋、喝酒、吃饭、赌钱，混过此生了，

---

① 睬他搓：不需要或不必要理睬人。

哪还有心肠鼓起勇气教书!这时李勇虎与他们下了两盘围棋,喝了两口酒,就演讲:"弟兄们,以后把棋盘收了!麻将藏了!酒也戒了!认真地干起来!以前是政权被别人掌着,我们不屑为之卖力!现在政权被我们夺来了!先把荞麦山中学建成全县教学质量最高、影响最大、效益最好的学校,然后大家同高升,到县城去把教育局、米粮坝中学、五中等大小职务全占了!都得过好日子了。"众人又知是做梦了。

周文朝说:"你捞个教育局长倒是不愁的,只差几步了!好好地干!至于我们,等你高升局长了,把你这校长赏我算了!我也满足了!"李大喜。去后众人才哄堂大笑:"他狂个毬!除非太阳从西边出来,荞麦山中学才望成为全县最好的学校!他有什么关系和能力,干得来局长?饿老鹰想吃天鹅屁!米粮坝里,背景比他硬的多得很!关系比他恶的还少了?他提拔人,能把人提拔到哪里去?莫说他舍不得让开他这副校长!就是他让开了,也不耐烦干的。"仍是一味地喝酒赌钱打麻将,李勇虎无可奈何,威胁要严加处分。这伙人就骂娘了:"哪个杂种敢处分老子们!当了个毬官,就想处分人了。他以前没喝酒赌钱打麻将?一下子当奴隶主,就想整人了。"李勇虎又恨又愧,无可奈何,但咬定一个原则:"民以食为天!都要吃饭的!你喝酒我不能处罚你,但旷了课就不客气了。"因此把这"民以食为天"台上台下讲,缺课的,扣三十元,旷工的,扣九十元。这些人,一月的工资几乎要扣光了,成天与之大吵大闹。

年轻这一些,都是师专或教育学院分来的,有个专科文凭,自以为大学生,更年轻气盛,看不上李勇虎是县师范毕业的。李更冒火,说:"老子不是大学生?"而这些人更看不起他那种函授专科。但这些人也各顾各的,课仍然上,与之冲突小些。

与全体教师关系越闹越僵。这一日许世虎班上学生大闹不已,李勇虎冲进去,喝令不止,原来那些学生也轻视他。李无法,记了名字,叫许世虎去:"把这些学生开除了!"许世虎大为气愤:"闹一下就要开除!好,你开除算了!"李白了脸,威胁许世虎:"年轻人,火气少冲了！你不想想：'谁管谁？'"许世虎说："是你管我！你敢怎么样？"李勇虎说："走着瞧！"许世虎说："瞧你妈卖屄！"回去了！

"民以食为天"也失效了，教职工会上只余争吵，各各要被李勇虎扣去的工资。李又拖教育局来压人："不得的！去教育局告！去县政府告！我是教育局任命了的，荞麦山中学堂堂皇皇的校长！"这些人又骂："校你妈个屄的长！"这晚上全校最忍得，最不会发表意见的王德兴也站起来："失道寡助啊！"

李勇虎最大的错误，还是用错了人。教导主任赵在星在左角塘村，是独子。脾气心胸，比李勇虎更糟糕。李勇虎提他起来，他一事不管，日日喝酒赌钱，第一个就带头违反李勇虎的种种规定，又谋划李勇虎干糟了下台，他来接李勇虎的班。狡猾程度，更胜李勇虎百倍。众人都看出来李勇虎成了他利用的工具，而李偏一点不明白。李勇虎诸人皆嫉恨天主，又恨天主不为之用。

李勇虎和李山，此时如同仇人。原来李山之父辈原势力弱，在家庭内部尤被李勇虎的几个哥欺压的不行。如今李山几弟兄成人，双方才互不敢欺侮。而李山之二弟，刚从昆明等地流浪回来，三弟李兑的一群狐朋狗友，刚成气候。正欲向李勇虎一房宣战时，李勇虎倒当了这副校长，更哪里希望李勇虎成功？如今一群人时时到学校里来，要找岔子与李勇虎作对，破坏荞麦山中学，以打击李勇虎。

这晚上谢永昌因与李山住在一起，李山那边放录音机直到半夜，谢永昌这边即骂。李山仗势凌人，走过来砸谢永昌的门："谢杂种，出来。"谢永昌何尝怕他，提了钢钎出来。两人打了两个回合，都挨了两下。李山见占不到便宜，退回屋去。谢永昌又追来砸李山的门。"李杂种，出来。"骂一阵，见不出来，即回去了。

第二天李兑带来了几个人，谢永昌家只有三弟谢永朋在。数人进谢永昌宿舍，拉翻谢永朋，一顿脚踢，把谢永朋打了爬不起来。第三天谢永昌二弟谢永彬来。这是体格雄壮，今在读体师的，走进李山宿舍，刚好李兑等在，一顿打。李兑这伙人，哪里招架得住，落荒逃去，再不敢来惹谢家几弟兄。这无形中，又帮了李勇虎的忙。

因天主疾恶如仇，虽以此中妖魔甚多，感钟馗捉鬼，也捉不过来，未出手与人相搏。但他那种不与人合作之状，毕竟是惹人愤怒的。

　　这一晚在球场上打球。天主运球上篮时，猛然一只手就朝他右眼狠命打来。天主觉眼睛里金光迸射，痛不欲生！他捂着眼眶蹲下，明白自己遭了暗算了。出手的是李志民，站着冷冷地看天主。天主一脚将球踢了，站起向李志民走去。后面赵在星说："小杂种，要打球就好好地打，你踢球干什么？"天主愤然，回头与赵打了起来。李志民在后，赵在星在前，天主只好边打边退。学生、老师尽跑来看。天主想自己成了任人观赏的斗牛士，也如庄子所说："蓬头突鬓垂冠，瞋目而语难。相击于前，上斩颈领，下决肝肺，无异于斗鸡"的斗鸡者了，一时悲哀之至，觉师道尊严要紧，倒束了手。那数人以为天主怯了，步步相逼。梁榕、蒋迎红、杨春晓也跑了来，在旁焦急地望着天主。天主更窘得无法，心里只愿她们赶快走开，自己更退，没料更挨了几下。天主怒起来，一切不顾，朝赵在星猛打。许世虎等假装拉架，来捉天主双手，伸腿绊住天主。李志民等趁空出拳相击。

　　富民、富华得了信，匆忙跑来，忙拉天主走。李志民喊："要来打群架了不是？"又朝富民、富华挥拳。二人不顾，拖了天主回宿舍。富华说："周围十几人，大哥打得过谁？"富民、富华去上晚自习时，赵在星、李山、许世虎、李志民就来到天主宿舍。赵在星咄咄逼人："今晚的事咋个办？"天主落寞地说："不能在天地斡旋里争胜，列国吞并里称雄，倒来这偏僻的角落里决一日之体力！我感到够悲哀的了，算了吧！"赵在星以为得了势，手指挖到天主额上："小杂种，老子今晚就是来要你的命的。"天主拍案而起："大杂种，你再吐一个字！"赵怯了下来，和李山、许世虎诸人去了。天主大恨，填词作诗：

虞美人
捭阖世间风与云，到底意难尽。
无限秋风驱平津，天遥地远何以话深膺？

问得世间有莫愁，常引得水西流。
问哪般才得扬吐浊气，天道寂历谁悯怀壮士忧？

望海潮

驱驰青史，鞭挞群雄，比遍世间英豪。
才武上断，斯文下绝，此乃不愧人生。
兼江山英秀，包烈士风骨，何等豪情！
天主此生，苦砺稚翅向群星。

最耻坠为凡竖，千般平易，万般杳冥。
力推造化，智盖六合，生命须如雷鸣。
想此情难诉，堪攫心自食，泪已满襟。
大天厚地之中，叹知音渺茫！

水调歌头

时势未得会，心中恨如烟。
人生几度春夏，得满挂征帆？
可怜满腹宏略，高比五霸三王，未得驱云烟。
何日青冥上，满目霞妖妍？

尧舜志，孙武谋，李杜篇。
人生若不，穷极风流心岂甘？
名利淡如秋水，大义长竞蓝天，慷慨满心田。
士为豪情泣，征战长空间。

述怀（一）

　　天怜激昂子，十年矜血气。
　　愁腑应召唤，世危戮镆铘。
　　天凛因沥胆，才愤乃斫泥。
　　十年路坎坷，灵窦无崎岖。

述怀（二）

　　崖略有不尽，孰与相破说？
　　少年妄相搦，泪下几滂沱！
　　天如铁衣衫，人寰任褫夺。
　　战士拄剑泣，悯悯难刊落。

　　这一日又是李山的一个堂弟，敲诈了许世虎、天主班上的两个小同学。天主带着学生，去追那三元钱。那人指着天主的学生，说："老子要你的狗命，你还敢太爷头上动土。"天主问他要钱。他说："钱被我李兑二哥拿去使掉了，你去问他要。"天主大怒，扬手就是一耳光。那人负痛而去，叫了李兑。李兑又到荞麦山街上叫了一党偷鸡弄狗之辈二十多人，到学校来。十几人上来找天主，十几人到教室找富民、富华和富文。许世虎正上晚自习，有人叫富民出去，富民不出。那些人骂一阵，被许世虎轰了，只得去了。找富华、富文的，都有老师在辅导，均未得逞。天主正在写诗，一群冲到宿舍来，围住天主。李兑就骂："小杂种，三元钱老子使了，你要如何？"天主找可防身之器。李兑道："你还想找东西不成？"扬手给了天主一耳光，天主鼻里血流下来。周围一片喊打声。李兑再一耳光，打在天主左脸上。见天主不还手，冷笑道："当老子这个毯的老师！你这下怎么不狂了？"才去了。

　　天主才回身，见屋内桌上已凌乱不堪。因怕众人下去找富民、富华二人的麻烦，提把菜刀，追下去。梁榕倚门望着他。天主自愧，忙一点头。下去，才知早已找过富民他们了，无事。那一伙人早扬长而去。

"　　　　　　李兑道："
你还想找东西不成？
扬手给了天主一耳光，
天主鼻里血流下来。
周围一片喊打声。
李兑再一耳光，打在天主左脸上。
"见天主不还手，冷笑道：
当老子这个毬的老师！"
你这下怎么不狂了？

几个老师叫住天主："你要有所准备嘛！你不见我们哪家门背后都有把菜刀有根铁棒的！社会流氓时常进来打老师，只是你来这一年清静罢了。以前一来，一声喊，老师、学生全上。只是这次是学校领导就恨你，也无法。"

富民他们忙跑回来，问天主打着没有，天主宽慰了他们一阵。回来，见桌上新写而未改的诗词不见，那完成了的一部《〈红楼梦〉评》也不见了，天主愤惜跌坐床上。这些新写的诗词，都是天主一时感发，只顾写，又写得多，一时大不记得。只记其中一曲《渔家傲》下阙一、二句是"多少英雄多少愁，未拼得慷慨歌喉"；一曲《一丛花》中二句："红太阳可能万古？天地谁传我深情？"其余概不记得。大约有四十来首诗词。

天主去找李勇虎，李说："我的处境你是知道的！这虽是来欺你，其实是来侮我，我不好管。因为我一管，就引火烧身了。"决然不管了。

第二日天主也愧，直睡到早饭时不能出门。后来终于想：自己之辱与失，辱不及于古今寻常之辱，失莫及于中外一般之失。这算什么！西伯之拘、仲尼之厄、屈原之放、孙子之膑、韩非之囚、司马之宫，甚者舜遭顽父嚣母傲弟之杀；禹恐治水之功不成而惧父鲧之诛，劳身焦思以治水，十三年中三过家门不敢入之；稷之被弃隘巷、林中、冰上；古公之迁、吕尚之穷而不遇、齐桓之逃、晋文之窜、勾践之栖、赵氏之孤、魏惠之险遭身死国分，至于伍子胥之亡窜东吴，韩信之遭胯下之辱，汉高之受困鸿门、荥阳、彭城几死者数，终又受困于彭城；光武之大败于小长安，受困于昆阳，遭穷于更始，受厄于河北边几死者其数矣！至于魏武帝、汉昭烈、孙权等以后，英雄受屈者，不计其数，天主稍振作起来。也无论师生眼神如何哀怜、鄙视他，一任自己之意为之。

近半月天主就未上课了。每日关注海湾局势，研究这古往今来人生之处于逆境。形成一套自己的思想，写成了一些片段：

斗争是永恒的。宇宙间无时不斗争，无地不斗争。唯斗争者有出路。

人类历史永远是一部趋功近利、争权夺利的历史。休要指望人类会变得怎么美好，也休要希望人类社会变得怎么绝对公平。这是到人类毁灭之日也不可能实现的。人类发展的总趋势是进步的。

要求人类绝对公平，也如要求整个宇宙大家都公平一样。不可能。一定时间，一定的空间决定了一定点上事物的命运。

天主同时探究人类历史上著名英雄们所处逆境时的奋斗经历。从高欢、宇文泰到杨坚、李世民、完颜阿骨打、铁木真、朱元璋、努尔哈赤、孙中山到毛泽东，从恺撒到拿破仑。

半月中天主再未上课。为师一年，他已失望了。如仁万忠之流，如高媚之辈伤透了天主的心；再者别的虽是勤学，却是不可期其效功之辈。无论天主怎么命令只要读教材、不准读指导丛书之类的东西，但学生根本听不进去。天主一看就是当年自己那些猛啃丛书、猛做习题如今庸碌无为不知下落的同学的翻版。天主从前气愤，把指导丛书抢来烧了，说："如果这个有用，教科书无用，这些老师还不来教指导丛书，还教教材何用？"学生就骂天主。有几个聪明些，依了天主的，学习也好，就是又不读课外书，又一无理想。天主想自己当年是如何地想为全人类作出伟大的贡献啊！而这些人呢，一无理想可言。全班唯一让天主觉可塑造的，只有一个刘兴礼，考进来是全校第一。小伙子智商过人，也喜读书。但性格中和，绝不是天主当年和如今的这种为人。他家境贫困，但比天主家当年好得多；全家最小的，自然也不同天主是长子。天主能理解造成这性格差异的原因，却也理解要是没有自己这种凡事孤注一掷的性格，从这偏僻的所在要走出去谈何容易！到现在他连对刘兴礼也终于失望了。而且说到底，现在整个社会对天主都是冷漠的。

知情者说："孙老师可怜，被社会流氓打了。"不知情者说："怕是他也有点本事，也就在学校里乱来。别的看不惯，就打了。"在法喇村，则高兴者多，因为谁不希望出天主的丑而不能，如今居然出了丑呢！荞麦山中学每年老师挨社会流氓打，老师之间打的不断，但传闹极小。而如今是天主名声大，波及面广，谁都谈及，但最终没人关心天主命运。整个学校均在暗中高兴。一是天主被丢了脸，二是以后李兑一伙有人来收拾了。大家知天主在地区关系不错，巴望这下天主奋起全力，将这伙人一锅端了。而李勇虎是只想一时让李兑等，等李兑等打死教

师、学生时，自有公检法去管，好把李兑一家一网打尽。而李兑等，见李勇虎不敢管，越发恣意而为。

李国正到县城开党员会议，回来与天主说："我与刘局长讲了你的情况。他说：'荞麦山中学几十教师，为何别的不挨打？他挨了打？定是为人有问题！他这孙天主之名就说明了一切。告诉他：这课他想上就上，不想上算了。全县几十万能人，做梦都在想当教师的人多得很！我们不是找不到！他不上，另请高明！'你想吧！"天主更赌气不上，李国正屡催。天主想想，咽了这口恶气，上了。他怀惭愧之心，走进教室，走上讲台，也不看学生，平静地说："翻开书吧！"

又到生日，二十一岁已过，二十二了，仍是一无所为。天主大怒，又请许世虎刮了个光头。他现在越来越怕黄昏的来临。忙了一天，书没看几页，字没写几个，时光就流过去了。日历一天天地撕着。太阳一偏西，他就焦急起来，有时月上高山，仍在院中徘徊难过。

没料富民又走昆明去了。早上不见回来吃饭，天主才叫富华、富文去找。才知是早选好了天主这天没有早读课，语文课又在下午；昨下午把书全烧了，偷了天主的八十元钱，班上学生又每人捐助他一些，共有一百七十元，今日天不明就到荞麦山街上搭了车朝县城，去昆明闯天下去了。说走得急，怕天主发现了去追。富华还要去叫几个可资作证的学生来给天主问。天主冷笑："我还耐烦问么？我在这里肠子、肋部都气疼了！我耐烦去追？他想错了。"

天主在这里气得发疯。富华来检查天主的钱，也不知富民从哪里偷的。天主历来领了工资来，或丢在书桌上、床上，整的零的，用时来捡，捡完为止。第二天天主忙回家，向孙平玉、陈福英说了此事，脱自己的干系。孙平玉说："那是他自己找死！谁敢怪你？就是他死了，我也不问了。"陈福英虽气富民去了，但听孙平玉这么说，心里有火，又怕说深了天主误解，只好说："他好好的人！不读书就算了。你活了、剐了的咒，像什么话！"孙平玉说："我不咒？难道要娇着他？我看他嚎的日子正在后头！你等他去吧！我在这里心都气疼了。不知怎么生成这种苦命了。"陈福英说："他嚎也是嚎他的，与你什么相干？他现在十八岁了！还要得几年，就各过各的了！"孙平玉气了，说："当然他嚎他的了！我耐烦帮他嚎。——我只是想他小杂种以后要过可怜日子了。"天主见要吵起来，忙劝住了。

没过几天，听说富民回家来了，天主也懒于去瞧。富民原以为大哥要回来看的，竟没来，知生气极了。他到了昆明，才发现一个大包一百八十斤，很多人饭钱也苦不到，连回家的钱也借不着，才明白不是好苦的。那些人因他是天主的弟弟，倒尊敬他，各家请他吃了饭，一些舅舅这个二十元，那个十元，打发他说："你莫傻了。你大哥就是中学老师，哪里找得来这样好的机会，还不回去读书！"他接了钱，也就回来了。孙平玉、陈福英无法，说："反正是在农业上苦的命了，你回来也行！"过了几天，他到荞麦山来。那些学生又问了一番他闯的经历，天主也不问。他倒失望极了。

富民再失学了，孙平玉更觉只有搬家了，渐做着准备。

此时此际，天主深处逆境。最关心他的，莫过于杨春晓。天主受侮，她也仿佛懂事了许多，每日老远地看着天主，再不是前番的单纯，而是充满了关切和鼓励。天主心内感激，同时又自惭愧，自己居然落到让一个十多岁的小姑娘来关切了，也有时避开她。他更不忍见到她脸上每日为他的不平之色。

然而这些人，也都不敢惹她，如此而已。时间一晃而过，转眼要到寒假了。学生们已预备了期终考试。

这天晚上天主三弟兄睡了，天主从不关门的。邹理全因与李兑等也有些怨气，怕这些人来报复，在下面设了一个门。后天主听外面有人闹，天主问："找谁？"人说："找邹理全老师。"后来门就开了。天主说："搞什么？"是李兑的声音："我们来找孙老师玩玩。"天主说："莫进来，明早上还要考试的。"那些人也就进来了。摸到灯线，拉开灯，天主说："凳上坐。"李兑就来坐在床头，说："孙老师，头回的事咋办？"天主不言，李兑说："我进来了，你还大模大样的，不起来。"就给天主脸上一掌。富华从床上爬起，骂着出去了。李

兑就叫："擒住他。"立刻有几个人追了出去。天主叫："富华，回来。"因为估计不会闹到哪里去，怕富华吃亏。不久富华带斧回来，斧头在门槛一击，说："杂种些，要咋整？"一群人拥出，就在外面抢他的斧子。李兑也跟出去了。富文大叫："大哥！快点！大哥，快点。"就冲了出去，天主忙出来。富华已被逼到邹理全门口，被缴了斧头，被拉住，天主也被李兑等挡住。天主忙回来找武器，众跟进来，富华也进屋来了。几个人按住富华，用碗砸富华的头。天主狠命还击，有一时想豁出去了。后来终于纠缠一阵，散了。李兑最后踞在门上说："孙老师，你这一代人，不是我的对手了，赶快讨个媳妇，培养下一代吧！"去了。

天主与富华相对而泣，过一阵，乃下楼去找富文。问李国正家媳妇，她说没看见。天主问李国正，她说不在。又去找保卫科易为义，易说明天报派出所。二人回来，想富文定是回家去了。五十里路，不知这一路是何等的惊弓之鸟，想起又哭。富华说："大哥，君子报仇，十年不晚。不用愁的。"

天主想起了自己在这世间的孤独无助。他对富华说："你睡一阵吧，我到派出所报案。"他出来。已有学生从宿舍起来。天主只见他们说："孙老师怎么起得这么早？"天主惶然忙走，借晨曦的黑暗掩护自己青了的脸。出校门，迎头见范昌卉来了。天主忙低头。她说："孙老师，你出去？"天主愧然而应。到路口又见钱钫钫跑步回来。看她脸色在装不知，天主就知她已知了，惶然而走。她大约见天主如此行色，也就不敢喊。天主直到荞麦山派出所，那里一个中年人问："哪个？这么早干什么？"天主说："我是中学的老师，来报案。我被打了。"那人好歹开了门，天主进去。他说："我们这里人都出去完了。只我一人值班，我只能听听，记录一下。等明天我们有人回来，再去处理。"听天主自介绍了，他说："你就是孙老师？"就用十分古怪的眼神看天主。天主知那眼神的内容，自己心中难过。后慢慢记录，到中午。天主只好回学校。许多老师、学生老远地盯着天主。天主大觉悲哀，自己已降同牛市上的畜生。他强忍辱含垢，回到屋里。富华来说："富文已在了。他昨晚跑下去，就见李勇虎和赵在星，慌忙说：'校长，他们在打我大哥了。'二人不理。他跑下去，遇上唐连康，唐就哄他到铺上，睡着了,天明方起来。我已叫他回家去说去了。"

中午谢永昌上来说:"老卢他们来了。"果然卢一翰和县公安局的七人来,有前公安局长、县刑警队长。卢说他们刚从道角办案出来回县城,这里正好出事,就请他们来看看。那前公安局长因几月前地委副书记、副专员的儿子姑娘来本县县城,二人在街上走,一伙地痞上去摸那姑娘的脸和乳房。姑娘跑到县公安局报案。公安局的说:"摸一把就咋样了?天天摸着的,值得大惊小怪的?强奸了的我们才管。"那二人即打电话回地区。这里县委书记、县长半夜被电话叫起,提了手枪去带队捉人。并把二人送到医院。满城的地痞都捉了,拷打完毕,游街警众。县委书记、县长每日抱了补品去医院看二人。看了半月,二人出院回地区了。这里地痞均受了严惩。他这局长,乳房被摸后,几个钟头,就成前任了。这会他看看,说:"这楼上楼下,七八个老师住着。都不出来制止一下?就说明了小伙子做人上定有出入。"天主脸一阵红。荣昭出来,与那前任说:"郑叔叔。"郑前任说:"小家伙,你在这里!"天主看看,寒微之悲,又从中来。众人照了一回现场。易为义已去把这些学生都带来,说李兑逃了。刑警队长说:"继续抓。把这几人押到派出所去。"就下来。天主也跟着。到了下面。陈兴洪又与一姓韩的警察谈,是同学。这又使天主悲哀了一回。明子发与这些人是朋友,也去房里谈了一阵。

天主去谈了情况。晚上回来,无人来与他家弟兄说消息。只谢永昌来说:"这伙人被带到派出所,被刑警队长狠命地打,唐川小杂种的头都被打肿了。几家都忙拿东西去派出所送,估计怕又拉关系要放出来。"天主也不管他送不送放不放了,反正他早已失望。果然第二天这伙人被放了,当天就来学校办理退学手续。

第二天早上孙平玉来了,富民也来了。孙平玉说:"干脆也算了,我们要搬家的,那就大家走了。"天主于是收了东西,大家回家。全村人来说:"不行,赶快去教育局反映。"天主只好又到教育局。刘朝文、齐演、宋显贵均不理。天主拉住刘朝文,说:"局长,你主不主持

正义？"他说："你放开，我忙得很。"天主放了。宋显贵见天主就躲，天主拉住，他说："我只是个副局长，你要去找局长说。"天主拉住齐演，齐演说："我们副局长说了也不起作用，你找局长。"天主也放了他。

下午天主到刘朝文家，一家人正在吃饭，都丧着脸盯着天主，盛了一碗给天主，天主吃了。他那儿子说："打铁要靠本身硬。哪里跌倒哪里爬起来！兄弟，你说是不是？"天主听听，站起来，走夜路，又回到了咪吐丫口。回到家里，大家议定，腊月二十一走了。

最后的一天，天主到学校里，富华早已与同学壮别。天主收好东西，出来，梁榕红脸看着他。天主从她面前走过。蒋迎红说："天主，你要走了？"天主点头。

下来，却见杨春晓在看着他。杨形貌大变，原先俊秀的脸庞变得臃肿，粗糙不堪。比她前数日，已是完全变了一人。原先十六七岁的人，此时看去，已不下二十六七岁的人了。天主大吃一惊，呆呆地站住，盯着她，心中直觉自己这一世都对不住她了。是自己害了她，而如今，却连一句安慰、道歉于她的话都没有，只有呆站着。

原来杨春晓早在富华来说退学要走西双版纳去时，已慌了。明白天主这一去，再不可能见了。因是心慌意乱，悲哀感泣，大觉生离死别之来。短短几日，已改容易貌了。她一流泪返身走了。天主悲哀地想：她比欧阳红还惨啊！从此竟改模易样了。

天主悲哀地回家，想起自己坐在马朝海家门口见她红脸的情景，想起白雪红叶送陈洪贵去了见她那漂亮身影的情形。小杨是多么的好，他流泪了。

七十二　错搬家

因孙家这房难处理，于是决定孙平玉在家里卖房子，母子六人先走。天主家这屋基宽甚，可以并排起四间房。周围又都是树林。这里面南背北，风景好，阳光也好。树好，水也好。人都估价要二万五千元，在村里难找买主。只有吴光兆、吴明雄等几家想要，别的想要的也有，但要十年付清钱，就谈都不能谈。

很多人都劝："孙平玉，你这家是像盆火，正在越烧越旺呀！富贵在学校再怎么艰难，谁吃得了他？再过几年三个儿子供出来，全村恐怕就是你家最红了。如今这一搬，就叫提一桶水往那火上倒。我们是老老实实的劝你家，莫搬了。"但他哪里听得进去！

离家是极轻松的。二十二年中这村庄就是天主心上的肉，但这一次去，一点儿牵念的感觉都没有。原来何等的安土重迁，现在一去半点不留恋。天主才感慨：如今才明白，原来一切都可以轻舍！晏明星舍了！由敏舍了！欧阳红舍了！杨春晓、梁榕等全舍了！如今法喇村也舍了！真叫人不到头不自由。到此时才发现，原来这世上什么也不值得爱！

吴明成等跟到公路上，仍然劝说，雪下起来了。车来了，孙家母子上了车，就走了。

雪越下越大。走了几十公里，到了大白路梁子，车寻不见路了。

司机开一阵，大惊失色："妈的，开到地里来了。"车内乘客均大吃一惊，下来看。原来公路在上面，这是块麦地。车倒回，上了路。于是司机和乘客讨论着路走，到下午，才到了南广县。上了大海梁子，雪被一天经过的车压铁了。车爬上坡去，又退了回来，司机大汗直流，众人目瞪口呆，连跳车都忘了。最后车倒往内侧的埂上，才忙上链条。半夜到了南广，第二天到了昆明。

陈福宽劝，陈福恩劝，劝的人不下几十人，但这母子六人仍走了，大家心里满是幻想。陈福英天天晕车呕吐，富春也瘦得不成模样。过了玉溪，南面已是绿的世界了。天主、富民等看的惊异。越到南方越热，过了思茅，满目的热带景观了，已如夏季了。腊月二十六日，到了勐腊县城。再坐上车走，前面离国境线越来越近了，看见还是一样的黄土，一样的树、草和人。伟大的景象并未展现出来。天主高昂了数日的理想，如今落了地、失了色，他的心里悲哀起来了。到了边境小镇上，正下了东西，问到小河边的路。早有法喇村的移民见了，他们上了去拉甘蔗的汽车。又是十几公里，到了葱绿的山间，下了车。

天气热极，大家身上脸上全在流汗。阳光仿佛在剐人身上的皮。富文、富春一见树阴就忙跑去藏身其下。几个人上了山头喊："陈志伟，你姨妈家来了。"

一时陈志伟、陈志莲等一群跑来，大家才见他们早已成了大人。陈志伟比富华还小一岁的，比天主高了。陈志莲更小，也有富华高。一时惊诧一阵，陈志超、陈志波来时还不会走路的，这会扛上一只猪火腿就走。

陈明贺、丁家芬、陈福达、廖安秀半路来接。陈福达说："大姐夫呢？"陈福英说："房子卖不掉，他在家里卖房子。"陈福达说："糟了，糟了！除富民外，哪个像干活的？应该大姐夫和富民先来。"

陈福英一听已明白投托不着人，上当了，不敢流露出来。到了陈福达家，大家坐下，休息一阵，说起天主打架的事。陈福达忙说："不要说！周围这些人听到了更成何样子！就说不想在那里教书就行了。"

吃晚饭休息。原来这里的住房是砍山上的竹子来。用斧头打破，就作篱笆，上面盖茅草。从这屋里，满眼能见外面的行人，瞭见星星。一夜都雾露浸了头，天主睡不着。山上麂子的声音，一声声地传着。

第二天起来，才明白这条沟里，上游有个大沟，右边爬山过去，有个大黑山。这小河边几百亩土地，有十户人。一户是老黄瞎子家，来自墨江县，已有十多年了，其余都是荞麦山人。法喇村的有五六家，大黑山半数是米粮坝县人。其余有镇源、镇雄等各处几家。只有陈福达与傣族开了田，有一亩的田，其余都种甘蔗，山地种苞谷。

刚到这里的第三天就过年了，陈福英叫天主写信回家，叫孙平玉不要卖房子，地也赶快种着，这母子得半把年后回家去的。天主此时的心，是想朝香港、上海闯去，反正是不回去了，这里连张报纸也找不到看。星星虽就在天上，但不知美国、伊拉克已打得如何了。

陈福达是小河边的包工头。他指了一块地，给了天主母子。以后天主一家忙着打屋基，全家上阵，把那里挖好了。后是拖竹，拖了几天，又上山砍树，又割草。天主、富华都是中看不中吃，出不了力的。陈福达越发地埋怨，只富民沉着脸地苦。天主看着直可怜，天主安慰说："富民，我去香港苦个几亿回来，大家再从这里走。"富民此时连天主也大不尊敬了，说："你有那样的闲心想，我是不敢想！看看有一分钱没有？"只有富华赞同天主意见。天主只恨富华的知识、能力还不够，不然就带他去闯天下了。

房子终于盖好，然后砍甘蔗。天主是只顾想他的宏伟计划的，富民是不说。只有陈福英越算越亏，躲在屋里流泪，说："没料陈福达心会这么黑了，也亏是我来，他还不至于太拉得下脸。要是单你爷几个来，就被你二舅吃穷算尽了。"丁家芬来，也哭，说："你家也就被我家害死了！这死老者天天要写信去。写了来了，这下怎么开交？"陈明贺只是叹气。陈、丁也被陈福达大一声小一句地吼，也不敢分辩。

时时是母子饮泣。陈福英只叫快写信回家，说："万一房子被你爸爸卖掉，我母子几人就死无葬身之地了。你们以为那点地盘来得容易吗？当时合作社是陈福宏、王光周的队长。我送些荞子、麦子去给陈福宏，又帮他儿子做些鞋子、衣服，你爸爸送王光周杆杆起房子，他二人才在林中给我们那点地盘。崔绍云家也要去起在那里，请起人去打屋基了，我即忙去下边挖。崔妻问我要挖什么，我说挖个厕所，她家才把屋基打上去了。后来又送陈福宏、王光周粮食、竹子，才准我们过来起了牲口圈。合作社散了，富贵、富才去挖林子里的地来种，你爸爸还不准，还想把了那正屋、牲口圈地盘就大了。那别的几亩，全是富贵、富才一锄一锄挖出来的！富才又死了！那小点地盘，是苦来的呀！那两间房子，也是你爸爸磨掉几层手板皮才苦起来的！几十年的老长年，苦得惨得很。他又笨，三下两下就上人家的当。房子一卖，要连他也无个落脚之处了。他又笨又直的人，更无办法，那就更惨了，我们更不好交代了。"她边哭，边因知天主是希望那房卖了来，好作去香港的本钱，就说："我求求你们写封信去！可惜我是个瞎眼汉！不然我自己写了！还求你们做什么！"富民于是拿纸边流泪边写，但写了半天，什么也说不明。天主只得违心地写了。

但刚几天，就收到孙平玉的来信了。他不知这里情况如何，不知这种糟糕的状况。但全村人一再地劝，他后悔了。再加陈福宽、陈福全、吴光兆几家钩心斗角，只要想骗他的地盘。他看出来了，说："不卖了。她娘几个写信来，说要回来了。"就与陈福全等全矛了，冷树芳走着站着都在骂。他写信来怨愤地说："倒是亲戚希望亲戚穷，比外人心更黑。你们在那里住不下，赶快回来。粮食我已不卖了，庄稼我已准备种了。"丁家芬一听念信，说："肯定是陈宽儿那个死砍头的和孙平玉闹矛了。"

陈福英天天说："不知这地方水是嘈的还是怎么的。家里带来的油，放下锅去连香味都没有。肉也是这样，煮出来闻着吃着哪里有在老家煮出来那么香！饭量也不得了，连富春都要吃掉一碗！"

天主三人每天劳动，回来，天主说："咋不煮点肉吃？太想吃肉了。"陈福英说："你去看看，哪里还有肉？"就哭起来。天主去看，果真只剩一斤重的一刀肉了。陈福英说："全被你二舅母家收掉了。四百斤肉，才半个月，天呐！剩这点，我要收着给富春吃了！你不见小妹，体重比在家轻一半了，脸上都没了肉，手成了柴棍！"又哭起来，一时带得天主泪如雨下。一家人全坐着哭了起来。

过一阵,陈志伟来了,说:"姑妈、老表哭什么!要笑起来嘛!"就去各处翻,找到那肉,就切一块下来,在火上边烤边吃,吃完去了。陈福英怎么收,那肉都收不住了。下午陈志伟又来,切了烤了吃去了。第二天来时,富春慌了,先爬起去保护那肉,一见陈志伟去找肉就哭起来。陈福英流着泪,说:"小伟,那点肉表妹要留着吃了!你看她可怜成那种样!"陈志伟笑说:"姑妈,我是吓她玩的。"去了。富华气得叫道:"这条蠢猪,再来我两棒把他打出去。"富民道:"你好狠!刚才咋不打?"陈福英说:"他是生成这种一辈子不看势头的了,你跟他计较得的?他是聪明的,还会这么一点肉了还切了烤吃?"

陈福达仅看中富民一人,说:"富民倒是个苦得的。"与陈明贺、丁家芬说要把陈志莲给了富民。陈明贺、丁家芬一与陈福英说,陈福英就与富民说:"你看看陈志莲,跟你二舅母一样的心性,吓人死了的,跟你二舅母是一劳子的。你招挡得住的?我们带了那么多新口袋来,你看不被收掉就被换掉,剩下几条你看哪条是好的?富民,就是一辈子讨不到媳妇,你也不要答应的。"富民说:"妈!我恨二舅一家还来不及,哪有讨他姑娘的道理!"

陈福达向富民吹:"富民,看看二舅现在:谷子几千斤,大水牛一头!一年收入上千元!猪一群,鸡一群。小莲漂亮不?"富民只是沉着脸不理。陈福英晚上忙向富民说:"你莫信呵!他在这里,哪里有在老家时强!那时大房子、大骡子、洋芋一年几万斤,也要换七八千斤谷子。这牛还卖不得他在法喇一匹骡子钱。再算房子等。他现在的家底不如在法喇时一半了。"廖安秀也向陈福英说:"富民倒是好,人又踏实,又能干。我家小莲天天在说富民好。"陈福英说:"自己的儿子自己才晓得,其实好个鬼,二舅母莫要夸他了,一点文化都没有。倒莫让小莲见他这笨木头样的人,把口水吐到他脸上。"廖安秀说:"姐姐是哪里话了。要说文化,小莲更一天书没读过。富民也不是笨,是踏实。人一踏实,看着就笨了。小莲脑袋瓜还是转得快的,要当他爸爸、当陈志伟五十个都不止。富民有老实被人欺的地方，她可以帮着点。"

陈明贺也说："小英，陈福达那姑娘，是对得很的。在我这帮孙男孙女中，论人物、论聪明，就数她，无第二个了，就整给富民了。哪里还去找这种姑娘？"刚一说完，就挨丁家芬骂："一辈子尽打些歪主意！你没见跟他妈一个嘴脸！十个富民也斗不过她！你又是要害人家小英娘两个了。"陈福英忙说："妈妈也不要说爸爸，爸爸也是出于好心。"陈明贺说："我实在是看着姑娘儿好，跟富民刚好配得起来。比陈志伟来说，要强一百倍！"丁家芬说："硬是配得起来了！配得起来富民还不要？"

陈福达带了天主骑车七十里到勐捧去。到了胡胤才家，方知胡胤才哪有什么帮人调动的本事，只不过在陈福达他们眼里，胡在单位，领工资的，又是电影院院长，不得了了。天主大悟农民阶级就是可怜，眼界太窄，心境太浅了，这是最后一堑，吃吃无妨，以后再莫相信这个阶级的任何话，要坚决背离开这个阶级的见识行事了。电影院每况愈下，有什么收入？而胡胤才又有何地位？无奈已带了一块二十来斤的肉和几十斤燕麦来，只好给了。胡说不消不消，很责怪要这样搞。他那妻子则很是不知足，还以为送得太少了。天主坐下几分钟，就表明不是来请他家介绍工作的。胡也愧然，他妻子则举例说谁来他家是送一只猪火腿，谁来又送她那憨包儿子一百元。胡边骂，她则不听。天主早见出其中把戏，而陈福达、陈明贺等全被蒙住，说胡心好得很，就是他那老婆烦杂。天主又深感无知之可怜。连胡胤才这点见识都斗不过，天主非常惭愧。自己一个大专文凭的人，一是受了二舅之欺，二是受了胡家之蒙！如此愚昧何以能打天下。他气得暗中拧自己的肌肉！日后是要把整个世界都怀疑透，一分的信任都不要有才行，此堑是最后一次吃了。

随后第二天，天主到陈福州家。从勐捧又骑车十公里，才爬山。上了山腰，全是橡胶树。到山顶，才到了陈福州家。原来陈福州搬来此为种植场工人，买个碾米机为周围的工人碾谷，买钢磨打面，日子勉强能过得去。陈福州说橡胶树刚栽下去，再过几年割得胶了，日子也就好些了。当天杀了鸭，煮上，又买了些酒来，一整天地吃。二人对天主说："外侄，这里就是好。一天都在吃，哪里像老家，几片肉几碗饭三分钟就扒拉完了。"陈福萍来在此，也很受胡安艳的气，姑嫂时时吵架。陈福萍气不过了，有机会到小河边去，又向丁家芬等诉苦。

回到小河边。时天正大旱，天主、富民、富华每日提拴刀出门，赶忙着拴草，一天根本拴不去多宽。而拴过的，一夜要冒一寸的绿色来，几天地又绿了。陈福英说："老天，还想种什么庄稼吃，单收拾这草都收拾不赢。"而对面山上，大坪子来的人家，每天砍木伐竹，每天倒一大片。十几天，一个山上全是晒干了的竹木了。但天不来雨，只能干等着。他们都是为躲计划生育出来，家里房子、地全卖光了，到华宁、通海等地站不下脚，谋不到吃的，才搬来此的。本钱更不多，成天借钱买苞谷吃，焦得不得了，都劝陈福英说："大姐，赶快带几个外甥回家。你们不比我们，是无法才走的。我们要是家里有房子，再怎么结扎、罚款都要回去了。现在是家也没有了，只得永远的这么混下去了。你们回去，富贵去上班就行了，家还在。你们家境也本好的，处理掉的东西不算什么，赶快回去。"陈福英忙说："要谢谢几位舅舅提醒了。"他们晚上聚起，就唱着法喇的哀怨的山歌，沙哑的喉音异常悲哀，天主也听得心酸。他们只能以此排遣心中的忧愁，说："人人都说家乡丑，可悲更是无家人。"

他们也极恨陈福达，交恶的原因天主不知，但陈福英是知的，更有老黄家、崔先超、蒋隆贵等，都在设法要整陈福达，仅只是看在陈明贺、丁家芬面子上不好下手的。崔先超家也是大坪子来的，也被陈福达敲诈勒索。蒋隆贵是光头坡的，孤身一人，十二岁离家，到处流浪，如今十年了。来此又被陈福达敲诈，也恨得牙痒。

陈福达天天喝得醉醺醺的，发怒时就把儿子姑娘打得鸡飞狗跳。陈福英说陈福达原来哪里是这样子，现在变得太厉害了。天主说："家里房子卖了，在这里又住不稳。两头为难，时间一长，思想也就崩溃了。再者他是要脸面的人，回去大肆地吹，及回来，又处处不顺心。这就是根源了。"陈福英每天劝他："福达，酒要少喝些。周围这些人你也要防着些，恨你的人多得很了。你在明处，人家是在暗处，要防着些。"

陈福达说：" 姐姐！你不用怕！谁敢惹我？你看我走进哪家，哪家不是笑盈盈地抱酒来给我喝？"陈福英说：" 他们不笑着抱酒来给你喝？难道还要丧着脸不理你？"陈福达说：" 姐姐你只管放心，我是有数的。实在刁的我就撵他走就行了。以前撵走王纯明等许多人了，一撵开不就干净了？"陈福英说：" 人是有脚的，撵了就不会回来了？正因为你还撵许多人走掉，你要担心那些人哪一晚上回来。"陈福达越听越触着痛处，越是烦躁，不听了，只说：" 姐姐，说到这里就为止了，我听你的了。"其实何尝听下去。

陈福英度那廖安秀等人是无足与议的。全村妇女，无不恨廖安秀，只得与陈明贺、丁家芬说自己的焦虑。陈明贺、丁家芬说：" 我们说就要挨她吼。说过多少次，哪起一点作用？倒说我们来这里全是她养着，我们不来她的家境会有这么困。我们说的，倒不如你说的了。你说时他还不敢吼。"陈福英又去说：" 福达，搬家出门要望好。爸爸妈妈都六十几了，来这里反正就全望你一人。你的责任大得很！凡事都要谨慎。"

崔先超等约富民收拾陈福达，设了很多计。陈福英又对富民说：" 你莫要做这些蠢事，毕竟是你一个亲二舅。看在你老了的外公、外婆头上，也不许的。"富民答应了，但仍是恨得无法。陈福达一来，就吼：" 你家几弟兄是来干什么！活也不做，难道要我一直养着你家几弟兄不成？来这里一月，算算我称多少谷子、米、苞谷给你家了？"天主、富民、富华均怒目而视。富民几番想发火，他说：" 自己不苦不挣，天上就会掉下米来了？送一回两回给你家也就算了，谁有得起多少送你家？"富民腾地站起来说：" 你送我家几回了？你卖一百斤谷子给我家还比街上贵十元钱！……"陈福英、天主忙把他吼住。陈福达看一阵，指导要怎么砍山、种甘蔗，怎样才能发财，这里谁也不听。他吹一阵，说：" 你家哥几个还一点不听我的呢！说了也白说。"去了。

渐近开学了，富华的心飞回了北方，心绪不宁地坐在坡上，拴草的兴致全无。天主见着也可怜，估约富华是归心似箭了。大家因劝天主和富华回去了。孙平玉的信来，也不断地催赶快回去，说只要不死人在西双版纳，就是天大的幸事了。富民则沉着脸苦，如今越发的少话，一副冷脸了。全家作了回家的准备。因天主未到陈福九家去过，陈志伟带了天主去。二人骑车到勐满，然后向西，山间土路爬了二十多公里，才到一山顶上了。一喊，胡安政、陈福九正在地里拖地。回家来，煮了饭吃，硬要砍一纸箱香蕉给天主带回家去，然后说起他家的生活也艰辛，粮都不够吃。陈明贺家初来带了二千元来，因他家要买个柴油机、钢磨，借了来，如今又还不上。陈福达天天吼陈明贺："你跑来吃我的，你给我一分钱没有？两千元你给谁了？你怎么不去靠得钱的？"陈明贺也无法，只好催："小九，苦得两文的话，拿来还爸爸了。爸爸也惨得很，穷到连一片茶叶都没有了。"但陈福九家维持生计尚难，哪里苦得来钱还？空着急而已。

天主心中沉重，离了三娘家，回到小河边。富文见富华要回去读书了，心中着忙，脸上非常羡慕凄惶，巴不得也跟了走，也不打猪草喂猪了。富春则瘦得无法，且那米无油，只要吃洋芋。天主去大黑山王昌敏家，王家送了两撮箕来。看看家中，一滴油都没有，一片肉也没有。好不容易才拼够了天主、富华的路费，还是富民去砍了两车柴火，卖得一百六十元。于是天主、富华辞别。

夜里下起雨来。陈志伟带富华、天主带富民到前哨排，不想到有铁栏拦着的。陈志伟、富华砸下自行车来。天主见前面富华他们倒了，自己的自行车已到栏杆前，忙伸手下去拉栏杆又跌下来，只好爬起忍痛又走。到前面，那边守夜的军犬见了，拼命冲来，陈志伟、富华在前，已冲下坡去。天主大急，拼命蹬车，急叫富民坐好不要慌。军犬扑到，差了几寸功夫，未扑到富民身上。二人魂都吓完了。下坡，才幸生还了来。

天未明，至昆明的客车驶出，三兄弟相泣而别。天主一路在想母亲、兄弟均埋没于这南方的蛮荒丛林之中了。自己必须赶快发愤，苦个几千万元将母、弟接出。他一路用纸写激昂的诗词。两天后天主二人回到昆明，到了凉亭。

七十三　发财梦落空

富华回去了。天主留下来，到处找工作。他先到市文联去找章长江，因为天主从前的小说曾大得他们的赏识，认为天主日后会是一个优秀的小说家。天主想或许会得在他们那里编编刊物。没料到章长江那里，见天主如此窘迫而来，又天主受这一次南迁奔波，身体、面庞赢弱、憔悴许多。一听天主说了，即刻说："不可能！我们这里人都超编了！还愁赶不出去！"天主说："能否招聘我搞专业创作呢？"章长江说："那更笑话了！你要当专业作家？至少还要再苦十年！你现在二十零头，人事不知，阅历尚浅，当什么作家？"一时更有市文联几个人聚拢来道："你现在作品集都没出一部。走到哪里，谁承认你？你要像我们一样，写上几部。走到哪里，抱着就去了。"就把他们的长篇小说之类，赠与天主。天主马上接了，一大抱地抱着，心里却鄙夷："我只不过抱着一抱垃圾而已！"众作家说："你快去！不要傻了！天下乌鸦一般黑，哪里好谋生？虽说你是在滇北一小山村里教中学，比滇北山村丑的地方还有呢！撒哈拉大沙漠、西藏高原，都比你那米粮坝环境恶劣。你在那地方，环境恶劣、生活困苦、工作艰辛，正好深入生活，体验人生，正好写作品！我们要深入贫穷落后的地方去，还深入不进去呢！去不了！你正所谓是得天独厚了！好好地再写五年，你就成大气候了，那时出山来，我们就聘你为专业作家了！"

天主对此类混话，含糊答应。章长江也见天主可怜，说："你可以到劳务市场上去问问，可有什么活干，你干点活试试，不行的话赶快回去了，即使是地球上最日脓的中学，但只要有那两文工资，也比你流浪强得多！"天主一言也听不进去，只暗问自己："我已落到流浪的地步了吗？"于是又将王昌信在西双版纳，被当地林场强行毁约造成的经济损失一案说出来。章听说，道："你快去联系！我大哥在最高人民检察院，妹妹在司法厅，都可以帮忙的！这是几千万的赔偿案！你要与他签个合同，有个字据。赔偿所得或三七开，或四六开，我们要占大头！官司打赢，你岂不就可以不回你那荞麦山中学！有个几百万，在哪里过不下去？"

听章长江一催促，天主大喜，来凉亭借钱。众人见他已是个流浪汉，哪肯借钱给他？孙家文借了一百元给天主："大哥，你回去好好干工作算了！前几年你名声大，全族人提起你好不光荣。现在都说孙家败了，你也被赶出学校，到处逃难，我们听着也难过。"天主热泪盈眶，接过钱来，心里直想，等我搞了几百万来，好好地报答我这好兄弟。即来买了车票，又赶回勐满小河边。

车轮滚滚南驰，天主在车上做起无边的发财梦，有了几百万，先拿十万出来，接母亲弟妹回法喇村，安顿好他们的生活、学习，自己就去创建伟业！无牵无挂，至死方休！一定要不辜负晏明星直到杨春晓这些女人爱他一场！必得在电视上频频出现。他孙天主还是那个孙天主：傲视宇宙，睥睨万物！冷笑的双唇，挑战的目光，冰冷的脸色，倔强的雄心！必得羡眩故人心眼，不枉她们爱了自己！

但天主分文无有，说不得此行的艰苦，饿极时，就去饭桌上坐了，吃到碗里稍少些，趁饭馆老板不注意，即开溜。一路混饭，吃到思茅。而到磨黑，已混不到饭吃了，有人拿来一根绳子在地上摆，人手伸下去，套住了的，赢他十元，套不住的，倒输十元。天主无钱，看了半日认定是赢了，伸手指下去，绳拉，他的手指按在空地上，那人就要钱。天主实说："分文无有，一天多颗粒未进肚了。"那人说："无钱你就

但天主分文无有,说不得此行的艰苦,饿极时,就去饭桌上坐了,吃到碗里稍少些,趁饭馆老板不注意,即开溜。

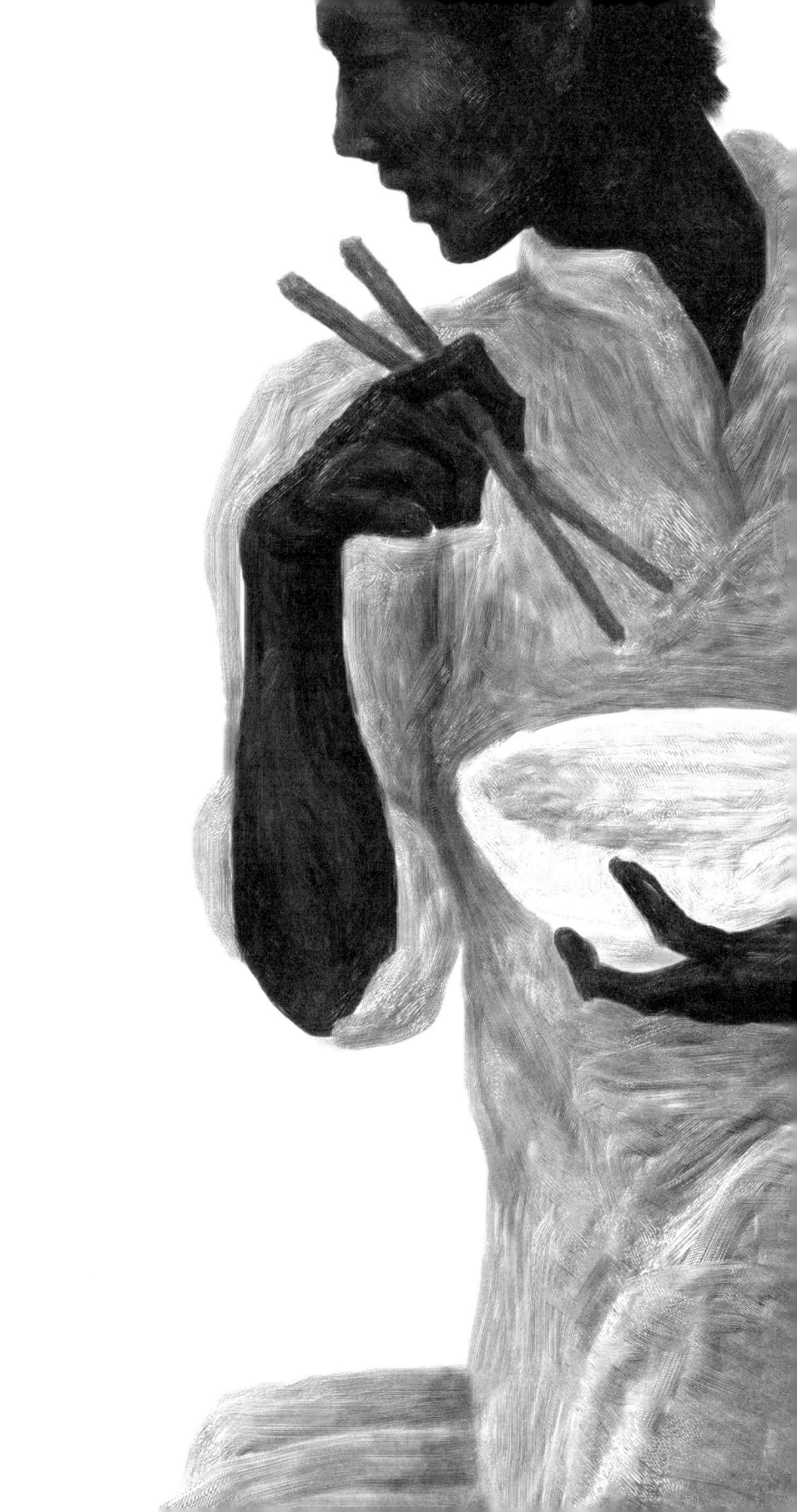

不要来！"旁边的扳天主："兄弟你让开，等我们来。"就又去赌。天主让开了，如此混了下来。

天主回到小河边，众人大惊，问怎么又回来了。天主说了章长江所言。富民等都不相信。陈福达说："你尽做无聊的事！王昌信心黑得要命！真正得两千万了，他会给你一分？勐腊县林场这些人又是憨包，轻轻省省就递两千万给你们？人家的势力有多大，你们不晓得！这里公安局这些人，林场一喊动，就动了！"

吴传义带了孙天主，来找王昌信。王昌信四十二岁，仍未结婚。他家原是米粮坝县三合乡地主，因解放后在家乡就有遭镇压之虞。在全省各县，流来浪去，竟到如今四十来年。他是文盲，人却精明，很有经营头脑，先后在镇沅、普文等地或搞种植场，或搞煤矿，都发了大财。当他刚一显成效，当地人无不驱逼他走，他毫无办法。又到西双版纳，包了三万亩原始森林，合同期十年，每年种一亩地，交一千元。第一年他从米粮坝等地招来三十多户人家，伐开森林，到元江等地拉来甘蔗种。一是人招来晚了，二是资金不到位，三是天干甘蔗种不下去，四是甘蔗到后一半多坏了，再加米粮坝来这些人，都不会种甘蔗，且初到热带森林中，疟疾盛行，死了三十多人。但第一年下来，他仍赚了五万多元。预计次年，他就可以净赚三百万元，但他自己则吹第二年要赚五百万，第三年要净赚一千五百万。林场红了眼，立即把合同撕毁，废止他的包工头，从他手下提了三个人起来，都做包工头。王昌信就忙告状，但在当地请的辩护律师，都开口要五千，三千。王昌信给了，却根本不理。王昌信去讨钱，被赶出门来。王无奈，只好回米粮坝去请律师。就请了个王南伟，王是天主高中时的地理老师，改行做律师。王叫留一千元给他做路费，王昌信留了，王南伟又不来，如此已两年多。王昌信又知上了当，受骗了，写信去要那一千元，王南伟一信不回。

被王昌信从米粮坝老家招来这些人，都是被王昌信的花言巧语骗来的，陈福达就是其中之一。以后陈福全、陆建琳家，也是如此。这些人被王克扣工钱，至今未给。又陈福达的姨夫陈福贵等，都死在这里。死了几十人，无不恨王昌信。为他说话的，一个都没有。他在大黑山已成了孤家寡人。

县法院终于开庭审理。地方人办地方事，再没给王昌信便宜的。再者林场这几年也赚肥了。大大小小十几辆轿车，数百万的楼房，再加上各自鼓起来的腰包，都是靠王昌信开风气之先，米粮坝县这些搬迁户给他们挣起来的。法院还是判决林场赔王昌信八万元。王昌信不服，要到州中院上诉。而大黑山、小河边这些人都说："老天！王昌信哪里像我们苦过一天？坐着就捡八万元了，还不满意！我们苦一生人，也挣不来这八万元！王昌信心太黑了！"

王昌信只说这些米粮坝人蠢，仍要上诉，说至少要赚他一百万他才心服。有了一百万，他要到外国去办企业，说中国太黑暗了，办不成。众人说更是笑话。他在中国还一字不识，处处上当；到外国，更是语言不通，更要吃亏至死，他才会说外国也黑暗了。

王昌信要上诉，但苦于无力。听吴传义说到孙天主之能时，忙请吴传义："快请他来帮我这一把，一百万我情愿分他五十万了！"吴说："人家明天就要走了，还说什么！"王说："还是说说！还是说说！如果真能办，我就给他五十万，对他妈、孙富民等都好嘛！"吴即过来说时，已是天主他们要走的前夜。第二日晨天主、富华就北去了。

王昌信听天主回来，大喜过望，说："外孙！按道理林场是要赔我几千万才合的！干下这笔钱来，你也不要回荞麦山去教书了！我两公孙联合起来，开个跨国公司，好好地干他一场！男子汉就是要这样活！正因为我想干一番事业，四十几了也没结婚！事业不成功，我是不讨老婆的！像这些庸庸碌碌过的人一样，我才过不惯！我苦于是文盲！自己学了学，会写我这'王昌信'三字！要像外孙你是个大学生，不是说了吹牛：那些县长我都不耐烦正眼看上一眼！"

天主一听，大吃一惊，又听他的生意经，其扎实、稳当、妥帖，又非天主这样日陷书斋、全无实际、尽是幻想的人可比了。天主想："要是王昌信是大学生，取这'天主'之名的，就是王昌信了！他也叫'王天主'了！"一时佩服的了得。

但一提到打官司，他的苛刻条件就出来了，说："我先说明：钱我一分都不出，你们出钱打。最后赔得三千、五千、一千万、三千万，对半开。你们那一帮人得一半，我得一半。"天主一听，说："没大谈头！算了！"即和吴传义回来了。

原来王昌信欺天主年幼，极以为容易对待，出此刁难之策。又见天主又是特为此事赶回，认为天主对此事的关心，比他更急迫，就要利用天主的热情，而且想到最高院、司法厅的，比这县林业局长、林场的势力更大百倍了，都能从这县里把这几千万元砍去，那更可从他手里砍去了。到时天主这一伙人心黑，一分不给他，他难道有什么办法？又告状不成？所以决计自己一分钱不出，任由天主他们去闹。闹好了，他也好；闹不好了，他也不吃亏。不料主意一出，见天主就拒绝而起，走了，又失了主意，忙又跟来，说："我这主意是合的嘛！你们也只轻轻用点力，就得几千万，没有我这桩官司作基本条件，你们又哪里去挣几千万元？就是俗话说没有这棵树桩桩，那来树上的鸟叫？"天主一听，更不像话，已憎恨此人了，说："你还成心要戏弄人不是？谁是三岁小孩？你有诚意就谈，没诚意就算了。"王说："谁没诚意？我是最有诚意的。所以才与你们对半开，说到底你们为什么关心这个官司，还不是为了钱？为了有利可图，要是没一点利，你会跑来？"天主说："此话不假！是为利而来！但你当初与吴传义说请我打这官司，又不是为利而来？"气愤已极，就罢了。王昌信回去了。

陈福达说："王昌信是最厉害的！可能要我和你大舅、三舅联合起来，才斗得过他！你跟他胡掺了来干什么？这种人心黑，值不得怜悯。你倒是赶快回去了。"但孙家哪有一分钱？油也早光，肉也没有，日日就一碗包谷饭下一点野菜度日。天主见母亲脸上横的直的，道道皱纹，一点肉都没有了。富民一声不吭，天天去森林里砍大树，准备卖柴火。但那些树砍倒，又搬运不了，异常的可怜，又要请人搬。一卡车也就七八十元，一点不划算。富文天天打野菜来吃。富春更瘦，只喊要回家去吃洋芋去了。天主无法，又去王昌敏家找洋芋来给她吃。天主想前那一百元都亏在里面了。即使他是为利而来，王昌信也为利找他。今日事办不成，他贴了来的车费，王昌信也应付回去的车费。所有的人都说，这有道理。这回去的车费该王昌信出。而且天主这么穷，而王昌信是家里还有一两万元的，一百元无论如何该出的。因此天主每日去要这一百元。

王昌信同样不愿放过天主这个机会，又来找天主，说："我让到四六开了！六成归你们！但打官司的费用，还是得要你们出，你来去车费，同样你们出，我不付。"天主说："算我出。我现在向你借一百元，怎么样？找人证来，证明我借的。"王昌信说："我的钱都打官司打光了！你向别的借！几个月以后官司赢了，你也分得几百万，轻轻就还了！"硬是不付这一百元。陈福英就来找吴传义："小舅，说也是你说的，富贵才会从昆明又跑回来。你与王昌信说说。"吴又与王昌信说："万人都说这一百元你该给人家！打得成官司，你也该给；打不成官司，众人也是说该给！你打这么大的官司，这么小气，连这些农民看着都不像话，都说你是要耍弄孙天主，欺孙天主少不更事。"王昌信说："谁欺他了？要欺也是你欺的！不是我叫他从昆明来的。"吴说："你不叫我去跟他说，我耐烦去说？没花哪来的果？只要你没请我去给他说过，这一百元钱，我给得起。"王昌信说："你借一百元给他咋了？还怕他还不起你？"吴传义说："对喽！我正要问你，怕他还不起你？"

天主也大觉王昌信是在戏弄人，越想越气。陈福英见每晚天黑，天主从大黑山到小河边，那大黑山丫口上，从前疟疾死的几十人都埋在那里，最是阴邪可怕，日夜为天主焦心。而天主过那一段，草比他还深，路都看不见。草声刷刷，令人心凄。走时或唱了歌，或握紧双拳，凝全身精神灵气于脑，感觉才能过那一段的，越发恨王昌信了。

王昌信见周围的人都说他不是了，没了办法，假装到处借钱，说借了一百元来，先说要借给天主，后把钱给了，才说："也不要你还了，就当我出这一百元。"又让至三七开，还是不给费用，定要天主他们出。后才说："米粮坝王南伟那里，有我的一千元钱。你去要了那一千元，就当我出这一千元了。别的我也实在没有了。打好官司，这一千元你们也要还我的。"天主说："你要得来的，你早要来了！这种假情意

要了何用？"

已到春末，要入夏了，全家人都发大黑麻痧。人一感觉精神不振，全身无力，就得用水来、用手或在手上、臂上、背上刮痧，直待见皮肤里出了红点，现出黑血，才算痧刮出来了。天主看母亲、富民、富春都发麻痧，交换着刮，一时大觉万般惨苦。

这次是富民送天主去，又是夜间，天主启程，回看母亲、弟妹所在的小河边，刷刷泪下。他想的是这一去，自己就是去死，也要排除万难，定要把王昌信这官司打成功，救母亲和弟妹们出这无边的苦海了！

到了勐满，兄弟二人抱头痛哭。天主说："富民，妈妈、富文、富春就交给你了，大哥发誓要发了财回来，接大家一起回家的！"富民说："大哥放心地去，我保证一点事不出，出了事你来找弟弟！"兄弟俩饮泣而别。一路天主都在挥泪，想起母亲的惨境，想起自己的流浪，越发悲哀不住。

王昌信在与天主签了合同后。把所有的材料，复印了一份与天主，天主交与章长江。章长江说："我也搞文学的，不懂。我带去给我妹妹研究！过个把星期再说。"

这期间，天主已知由敏分在昆明大学任教。即找了来，终于在办公室里找到了。由敏见天主破衣破裤，并不在意。天主好好地盯着她忙。已近三年未见她了，越发的出脱了。而如今呢！自己成了破落户，连学校门卫都不让他进来。一时惭愧到闭上了眼，无可奈何了。见她如今在对面，又觉无比骄傲：他曾征服了这样的人呐！

终于到下班了。由敏忙完，歉然说："害你等了，天天都是这样没完没了地工作！"天主到她宿舍。她去打饭时，天主就看她屋内，一切收拾得整整齐齐。一时浮想联翩，想要是能娶她就好了，就可以静享这一切了。见她桌上，一叠快件，天主探头，都是从北京某大学寄来的。天主不敢翻，又坐好。由敏回来，二人各坐一边吃饭，一边谈些毕业之后的事。天主讲了自己在荞麦山工作的情形，只隐了自己在校打架，今被驱出等情节，说自己在那里工作还好，不对她欺哄矜夸之意，也并不讲自己家境如今的悲哀无边。

由敏说："你又是事事都要出格，仍是反动派，学校里开除你又咋办？"天主说:"开除了就算了,反正我也不想在那里了!"由敏说:"那你以后怎么办呢?"天主说:"毫无主意,只有跑跑看再说。"由敏说:"你就去卖毒品吧!一次卖了,就够一生了,以后你也就可以静静地坐下写小说了。"天主说:"那我决不干。志士不饮盗泉之水。"由敏说:"人人以为你胆大,我就认为不是那回事。你真正有本事,就该干这个。"两人如此闲谈,一直不谈从前的事。而天主有时仍不免盯着她那双唇出神,按捺不住向往之意。此际由敏不由脸一红,眼际发饧。而天主悲哀。就眼下的情形看,他已无望再把她纳入怀中了。

天主问她父母。父亲在某州任人大主任。母亲在省政府。天主又悲哀了一回。自己的父亲是在法喇村暴跳如雷。而母亲呢,是在西双版纳的小河边受难,一时大觉悲哀,隐隐有悲戚之状。天主坐一阵,就告辞。由敏听了他的话,隐隐有不舍之意。天主一时踌躇。她送天主出来,面对天主,身体几乎要贴到一块了。她望着他说话。天主不明她此际怎么想的,是示意他抱她呢,还是她根本未作此想,只是他的猜想而已。但他终于没伸手上她的肩去,就在答应她的"下次再来,我都在的"时,出来了。

章长江答复天主了,说:"他这案件,如按外国法律,是可赔上几百万的。但中国的法律就不同,允许撕毁合同,而只赔偿百分之十五的损失,算下来也就只能赔偿七八十万元。我们就划不来干了!"天主一听,就知自己得另寻生路了。

天主此际的生活,都只能在孙家文、孙国要他们那里混饭吃。

天主到处找工作。他也不能放下面子,和法喇人一同去货场扛运大米、下大包。到北站劳务市场去,他边站在那里等人来问自己,又惴惴地担心有法喇人也在这其中,发现自己就糟了。幸亏天主没有发现,但忙一天没结果。回到凉亭,孙国要就说:"富贵,在这里也混不下去,我看你还是回去教书吧!"天主就想:"难道他发现了?"第三天,天主就到市文联、省文联去,把自己的作品给他们看,说自己想在这昆明找份工作。他们说:"不好混啊!生存是残酷的,半点浪漫都不能有。"天主失望了,又到劳务市场去。刚好一个工程师到那里要找个能帮他妻子晚上卖烧烤的。见了天主的证件,说:"我们是家乡人,你那师专校长与我还是同学。"谈了回去。到家,说:"我这里多的工作也没有。下面靠近火车站,我妻子下班回来,晚上卖烧烤。一般从晚上八点到十二点。你帮忙搬家伙下去,跟着烤了卖。十二点回来,你就在这客厅里休息。白天你只管在这里看书、写作。每月六十元,包吃住。"然后对他妻子说:"这小伙子是我的老乡,放心。"他妻子就看天主几眼,天主觉受不了这审视般的眼光。他那女儿读高三。工程师说:"你不要看不起他。人家是大学生,发表过好些东西,又是中学教师。你叫他孙老师。他也可以帮助你复习复习。"随后就要了天主的身份证,由天主去搬行李来就行了。天主下楼,想受不了这寄人篱下之苦,又上楼去要回身份证,辞了出来。

又是一家广告公司招聘人,天主去应聘。几十人在那里写简历,多是些中专、高中生,句读也弄不清的,有几个大学生,也绝非天主对手。一个女的看了天主带的作品,站起去找了办公室主任来。那主任把天主审视一阵,说:"这些东西你留下,明天下午四点你来。我们今晚给总经理看一下,明天答复你。"天主又回凉亭村了。第二天去,那办公室主任说:"经理看了,决定要你了。"指那女的说:"你就协助她工作,我们谈一下:食宿等得你自己解决。第一个月,二百元。以后根据情况增加。"每天办公室交了任务来,天主完成,这样过了十余天。天主没钱,没吃的,坐在凉亭村天天去混饭吃,也不是事。最后押了身份证,向单位借得一百五十元来。

这一日晚,天主到凉亭,听孙家武说富华将与谢永昌来考试了。天主着了慌,一分钱都没有,忙去由敏那里借。由敏手边有两百元,又去别处借了两百元来,给了天主。

天主带了钱高兴地出来,到车站去接富华他们。一同到了艺术学院。在麻园租了间旅社,就住下来。

此际谢永昌、富华才讲起天主被人打的事。天主方知头次是赵在星、李勇虎指使了打的。几个月过去,真相已经大白:那天晚上,李兑等是要去找李勇虎寻衅的。到了李勇虎宿舍里,刚好赵在星在,三人就喝酒。李兑就与赵在星说："有什么气要出，都只管叫兄弟！要收拾什么人不？"赵在星说："就是想收拾孙天主那杂种。"李兑一听，立即要去。赵说："要再带上几个人。"即叫李兑："你去男生宿舍，就说李老师和我要他们几人来：段崇凯、唐川、赵浩、唐连康等七人。"李兑即去男生宿舍叫了："校长和教导主任找你们！"众人不知何事，到了李勇虎宿舍，说是要打孙天主。李、赵又叫众人喝了酒，乃由李兑带队出来。估约打起来时，二人就下楼，免于孙天主弟兄跑来找他们。二人下来时，刚好孙富文跑下来，说："校长、赵教师，那些人打我大哥、我四哥了。"二人不理，到球场上去了。众人打完，找二人汇报，是在赵在星处。

如今天主离校走了。全校学生都道："孙老师是爬到省上当编辑去了。"全校老师，自然是不信的。但传言日盛，不免着忙。

社会上得知，更以天主挨打之事，纷纷鸣不平，只管写信往县委书记、县长处去。那些学生打了天主，又致失学，家长愤怒，自身后悔，又担心日后天主报复，到处解说当晚的情形。又或家长或自己写信到县委去，亲自作证词是学校领导逼他们打的，他们不得不打，更要求县委把李勇虎、赵在星法办。又到处鼓吹天主在省上告状，地区也有人，更吹的荞麦山乡人心惶惶。这些人表示全力支持天主，要证他们作证，要据他们出据，只等收拾李勇虎、赵在星了。

李、赵二人没料事情被这些人老早的就拱破了，急忙找这伙人商量隐瞒此事。这些人家见儿子不成器，早已怒火万丈，更恨荞麦山中学竟成了如此状况，就要二人赔他们儿子的前途损失费，每家要十万元。一时闹闹嚷嚷，越传越广了。

从前荞麦山中学失盗，就请了学校所在的范家沟社社长潘永武和石垴包社长阮卫皋看学校。这些人怎么喝酒，李兑怎么教人，怎么去打，他二人如何避开等，更大肆宣扬，说："荞麦山中学是请我们看夜的。打老师的底细讲不清，就算我们失了职，也不敢领荞麦山中学这两文钱了。要我们讲时，我们可以原原本本讲出来的。"

一时学生在告，教师在告，整个社会在告。二人已自度立脚不住，早已崩溃了。学校的情形是原本就控制不住的，这下更乱上了天。李兑等更横行无忌。其二哥李京带一伙流氓，从荞麦山中学初一年级拖了一女生出校轮奸。李京已在逃。

这次富华来报考。年龄因从前孙平玉、陈福英人口普查时，几乎同所有农村人一样，图要使儿子早一点达到结婚年龄，从天主以下，人人报大了两岁。赵在星知道了，忙跑去对派出所户籍警徐旭川说："你帮我一把！孙富华的年龄，不要改。"也要将孙富华的前途，送的灰飞烟灭。果然徐旭川硬是不改富华的年龄。

暗中却有同情孙氏兄弟的人在。派出所所长老宋见富华可怜，写了张字条给孙富华，说："你拿下城去，找公安局户籍科李荣彬科长。"原来老宋不好出面叫徐旭川改，耍了这手段。孙富华到县城，李荣彬打开信看，是老宋说："这孙老师很得群众拥护，今被赶出校去。赵在星伙同徐旭川，卡住孙富华的年龄，欲置之死地。今请托李科长发一字条，叫徐旭川改了。救孙富华一命。"李即写了字条。富华拿回荞麦山来。徐旭川见李荣彬的条子，双腿都要抖了，强作镇静，才把年龄改了。

赵听见改了，不知就里，又跑去找徐旭川。徐旭川大怒："你这种猪日的！心何必太狠了！你狗日的倒得逍遥！害人！老子差点为这事死了。"赵挨了一顿骂，才问清缘故。大吃一惊，忙偃旗息鼓，都不知幕后如何。

谢永昌说："老孙呀！你这仇不报，整个荞麦山的人就把你看白了！不单你挨！还害了孙富华都差点完了！老宋、李荣彬不搭救，现在孙富华还会得来考试？整个荞麦山中学都骂赵在星这杂种心黑。"

天主听得，恍然大悟，咬牙悲愤不已。富华说："大哥，君子报仇，十年不晚。十年之内，必报此仇的。"

初试合格，然后复试。富华都考得很理想。天主此时就写小说《天高但抚膺》。这书名是从李商隐《哭刘司户蕡》来的："江阔唯回首，天高但抚膺。"实在是天主大觉人生太渺小，太悲哀了。他要把自己在荞麦山工作，如今流浪这刻骨铭心的一段，如实地记下来的。所以富华他们考试，他只天天写。

其间他又到了由敏那里。由敏说:"你既然不敢贩毒,你就来我们这学校大门前,每晚上守个摊子卖烧烤,也要每晚赚个一两百。"天主讪然,说:"同班同学,你在校门内当大学老师,我在门外卖烧烤,就不像话了。"由敏说:"有什么不像话的?你不要管面子,你只管钱!每晚上一百元,一年算三百天,就是三万元!你生活还解决不了?也比我干工作强多了!你在白天只管看书、写作。要书,我从这图书馆里都借给你!你摆摊子的用具,都可以搬来放在我楼下厨房里。不过就早上搬出,晚上搬进。学校有我,保证不会干涉你的。三五年过后,你也成功了,也不用再摆这摊了。"天主说:"难道这三五年就都打扰你?"她说:"打扰怕什么?"天主说:"反正不成!我从来没想到我要摆摊子!"她说:"你始终不是做实事的,一生都在梦里飞翔。"天主又讲起自己写作《天高但抚膺》的情节来。她说:"我不爱听了,我已倦了。"就仰下去,头靠在枕头上,望着天主。

天主笑笑。向她借了几本书看,又告辞了。出门时她朝天主背上一掌,天主心头一热,回头看她,她红了脸,低下头去。天主咬咬牙,想:自己堕落到这一步了!还有什么资格呢!莫玷污了她,大步走了出来,由敏送他下楼。天主屡回头,都见她还望着他。一时想起:可怜的由敏,她还爱着我啊!但心里早已大觉悲哀,回去了。

七十四　旧　情

富华考完，天主借来的四百元也完了。刚好到凉亭，陈福顺请富华带两百元钱回去。天主对富华说："回去整两百元给他家就行了。这两百元，拿给我去广州吧！"

天主到站买了到广州的车票。这是他第一次乘火车，第一次走出云南。下午车过了宣威，列车在乌蒙山桥隧道间穿行。看看下面的大堑和头上的高山，那西面余晖中的故园，使天主的泪落了下来。他想起滇北那法喇村和滇南那个小河边，心中难过。真是像非洲土著一样的悲哀而可怜啊！他这下到了贵州境内，换了观察的视点和角度，就发现其中的可怜了。一夜行车，天明时车到贵州独山县，中午进入广西境内。车内连水都找不到喝。天主两边甲状腺肿了，连水也吞不下去。从前都是请干斤斤用锅底的柴烟和盐按进去的，天主痛得难受。想没希望了，难道要死在这奔驰的火车上，被这些列车员最后像废物垃圾一样扔下去了不成？

这一日所见之景，都是小小独立的石山，根本没有滇北高原那种雄壮、险恶的感觉，天主不由大为不屑。这些山太小气了，哪里如他故乡的山大气磅礴、景象万千呢！那才是真正的山，那些人生才是真正的人生。虽然太穷了，但天主还是为之有了一点自豪感！

未及桂林，天又黑了。第二日晨，车到湖南衡阳了。然后调头南下，又在湘粤之界的隧道里冲刺起来。南过韶关、清远。下午见大地茫茫，云天相接，到广州了。

出了火车站，天主一见那些旅社拿着标了价格的纸牌拉客，就见二十元、十元的。他发愁了，自己袋里只有二元钱了。好不容易选中一家最低要八元的，那女人就将这群住宿之众集在火车站一角，等接的车来。一衣冠楚楚的青年男子就与天主攀谈起来，说他在某服装厂当厂长助理，并拿出名片给天主看。天主也算首次认识名片，还了他，对他印象极好。他说他是湖南大学毕业的，天主说自己是云南大学毕业的，自己大哥在这市委工作，来此找大哥。那中巴车来了，那人就拉天主上车。

车在市区跑起来，上了立交桥。天主想毕竟是比昆明发达些，昆明还没有立交桥呢！到了那招待所，上了楼，那人就和天主放好东西，乃后同去洗了澡，就带天主下楼到街上吃饭。路过每一处商店，他都要拉天主看看那些西装、鞋类。天主历来不看这些东西的，被他拉了，也只好站在店门处看。他看一番，说："这鞋可以，兄弟何不买一双？"天主说没钱。后他仍各店看，向天主说："我没带钱出来，你的借我两百元，我买一双鞋，明天到厂里我就还你。"天主都说没钱。他就不高兴起来，天主警觉了。要了十元的盒饭。天主也是首次吃盒饭。吃完，天主喝水，他又教天主："不要一次把整杯茶喝干，不然一下子就被鄙视了。"又叫天主吃饭要慢慢地扒下，不要狼吞虎咽。出来，他就强拉了天主，定要借钱，天主都说没有。他边撞天主，边封天主衣领，说："你借不借？"天主说："不借你敢如何？"他拉天主到夜灯照不到的暗处，说："小杂种，你不交钱，老子赌你飞出广州城！"天主说："你莫搞错了，老子也是流浪汉，正愁找不到人拼命，你公然送上门来了。"也封住他的衣领带。他说："你给不给？最后问你一句。"天主稍装畏惧，说："钱都在上面包里，上去给你。"二人松了手，回到旅社上楼。天主拉下，他在一楼焦急地喊："快。"天主向总服务台去，说了。服务员带天主上楼，找到总经理。总经理说："公然诈骗到老子这里来了。"就叫几个人："去捉来。"天主提出要退房别去，总经理也叫退了。天主去拿包，就见那家伙被两名保安反剪了手带来。天主匆匆地下楼，大觉保不住旅社与那人不是一伙。他爬上公共车，想我在城里转上两转你也找不到我了。公共车拉天主到了站里，天主又坐上一辆。他已决定要省下几元钱，今晚不住旅社了。

一上公共车，天主昏昏就睡着了，觉得那座位就是世上最幸福的东西了。但到终点站，司机、售票员催他下车，他不无遗憾地下车，告别那眷恋的座位，走着想找个安身之所。街上人稀了，车渐少了。天主见公共车站就要关门，很希望在公共车站内住上一夜，但也不能够，只好迈着疲惫的步子沿街走。头又昏，包又重。走了许久，脚板疼起来。他在一些机关前的台阶上坐下，包里拿件衣来，垫在地上，就靠了上去。但终是水泥地板，冰冷的，睡不着。他走回火车站来。火车站旁的大型客运站腾出客厅来让人坐，每夜每人一元钱。天主进去看，已全是人了。他只好出来。在站外广场上成千露宿者中坐下来。时间过得好漫长，坐了半日，问问才到夜里一点钟。天主站起来，很想去那公厕的一角躺上一夜，但那管公厕者也要五角钱，而且也躺满了人。天主只好回广场上，在半睡半醒中苦捱时间，终于到了凌晨四点钟。他又背上包各处沿街而逛。

天主已后悔这次冒失的行动，回云南已不可能了。如果钱够火车票，他要当即就回的。他想到要去找路昭晨求助，但自己这样流浪汉形象，不去见，则可，见更可耻而惭愧。他好歹找到一处公厕，方便后拿毛巾出来，把脸洗了，想现在最重要的是赶快找到个地方，能找个工作，挣几个钱维持生存则可。满街地走，一时见了省委、省政府，一时见了市委、市政府。买一碗米线吃了。走到中午，凡遇到商店，他都凑上去问要不要人，人都说不要。倒是天主见了白天鹅宾馆、中国大酒店等，都是昆明没有的高楼大厦，也算开了眼界了，他都冲进去欣赏一番。见豪华的大厅里天主走一步，后面的人就跟天主脚印擦地。到了洗手间，后面有人恭敬地上来，递给天主香皂、毛巾。天主洗了手，走出，后面一直跟了擦。天主不免有些得意。

后来终于有人问天主来干什么，天主说找人。问找什么人。天主胡乱说了。那里就吼:"出去!"天主下楼,出来。后面说:"这种穿着的,都放了进来,成什么样子!"

这日天主打报社前过,便即走进去,想反正自己唯一的能力就只是写文章了,进门去问一通。都见他头发凌乱,皮鞋灰黄,穿的中山装,又是边远地方才有人穿的涤卡裤子,连理他的人都没几个。天主愧然而出。他又去找这里几个知名的记者、作家。一番好找,路灯齐放了,才在城郊找到了一家。人不在,天主下楼。那刚答了天主的人说:"那不是?回来了。"

一个络腮胡,三十七八年纪,带个二十来岁的姑娘,挽了手回来。二人正情意绵绵,天主上去,打个招呼。男的皱眉盯着天主,女的已窃笑起来。他听不懂天主说什么,但明显已觉天主这种形象,玷污了他的光辉,就不理天主,偕那女的回屋了。天主咬咬牙出来,发誓再不找什么作家之流了。他想就在那近处找个地方躺一夜。既然昨夜已露一宿,那么今夜更该露宿了。他找到一处立交桥下,包里多找一件衣服,一条裤子来穿上以御寒,想打个盹,然而总睡不着。那里车隆隆而过,影响了天主。过一阵天主又找到一处街心花园的石凳,躺了上去,睡着了。不知何时他被两名警察吼醒,叫他快离开此地。天主脚板已疼得要命,又只得背包沿街夜游。

此时他就深感悲哀。那个在滇北小村里的父亲,那个在荞麦山中学上学的富华,那在滇南热带丛林里流浪的母亲、富民、富文和富春,是怎样的和蝼蚁一般的卑微可怜、无权无势啊!正因为生之下贱,才落得他如今流如浮萍、浪似苇草。而要改变命运,是谈何容易呢!父亲供自己到师专毕业,仍是这个脓样。要是父亲亲来广州,情景又当如何!他觉已想不下去了。倒是这个世界之高,大约是他此生永远也无法展望到的了。相比路昭晨,就是沾了父母的光。天主不由咏起李商隐诗"江阔唯回首,天高但抚膺",庾信诗"天亡遭愤战,日蹙值愁兵",觉这两句诗无比概括了他如今的悲哀境地,不由哭了一夜。后来在一处民居外的台阶上睡着了。

天明天主起来，找了几条街，才找到水洗去了脸上的泪痕。算来今日已是来此第三天，天主的希望之心已丧失殆尽。他只知漫游，根本不想要找什么工作，全然想不到这上面来了。他只觉自己在这世间，连跳蚤、虱子那样的能耐都没有。他无比地渴望回到云南。希望就在那里，生机也在那里，阳光也同样在那他如今举眼见不到的遥远的西部。这样转了几转，一日就过去了，夜又降临。天主又回到火车站，全国各地拥来无家可归的农民，仍是那样的多。广场上仍睡满了人。天主躺下，躺一阵爬起来，想到公安局去自首自己是盲游。他幻想自己能被塞到闷罐车里遣返回去，那也太幸福了。哪知他刚跨进门，即被轰了出来。

新的一天又开始，天主打回家的主意都打了无数了。一直步行向西，一路乞讨经广西回家吗？天主不敢想，那太可怕了。几千里路，难保不出事的。而别的办法呢！什么也没有！只有路昭晨那里，然而他是不去的。也不知她如今如何了！天主想要去找她。自己已是从火车上到如今未洗过头，未换过衣！他实在不能忍耻前去！

又一天结束了。天主的钱，终于吃到一面包后完了。他已觉前面是无尽的流浪之路，不得到头。黑沉沉的犹如深渊，可怕之至！是绝望之路，是死亡！而没有什么东西能够拯救他！他心中悲哀，充满恐惧！半日过了，他才明白自己刚才在哼"都说那海水又苦又咸，谁知道流浪的悲痛心酸！"且哼了一遍又一遍，一直哼着的。又过许久，他才又明白自己刚才仍然在哼着。这曲调真是他如今的真实写照了！天黑了，天主躺在那些街头，太酷望能有张温暖的床，有温暖的被子，那就是人生最大的幸福了！他望着这城里，几百万人呐，都在舒舒服服地睡觉了呢！就是路昭晨也在附近城里睡着了。父亲在黑梁子上的家里，定睡着了。富华在荞麦山自己那宿舍里，也定睡着了。就是母亲、富民等，流浪又与流浪不同，现在能有个睡觉的地方，也比他天主好一万倍！天主边这样欣慕地想，边冷得颤抖，再怎么往身上加衣服，总是冷的。他又想起了荞麦山、黑梁子、小河边的夜景，都是那么迷人。

天又明了，又黑了。天主也不记了时日，也不能知他来此已多少天了，反正他已乞讨两天了。第一天是一个人在卖面包。天主上去讨，店家不给。一个来买面包的妇女，掏了两角钱出来，买了一个面包递给天主。天主接了，问："请问同志贵姓、单位。"她忙说："你吃就是了，莫问。"去了。天主知她的意思。上去说："我不是那等无廉耻的流浪汉。漂母饭信，韩信千金报之，我问的是这个意思。"她更摇手，天主只好罢了。以后是讨到半碗米线。第二天讨到半斤饼干，说不出乞讨之悲辛了。

这一晚天主在火车站对面躺下，困倦得厉害。他把包做了枕头躺下，回眼就见后面有两个流浪汉贪婪地望着他。凭那两眼凶光，天主就知不好，知自己这鼓囊囊的包，相形于他俩是富裕。想赶快换地点，哪知接着就睡着了。第二天早起，才见满地的书，包已被割烂了。很多书被打劫而去。剩的是一些天主的写的废初稿，天主痛惜他的文章又遭了浩劫，又庆幸他们未要了他的命，否则一刀往脖子上抹了，就一切都完了！

天主决意要去找路昭晨了，实在是乞讨太艰难了，讨十次不得一点东西入口。如果乞讨得下去，他也不去找的。他想历史上流浪过的英雄反正不只他一人，已是比比皆是了。天主坐着历想了韩信、朱元璋等无数的人，越增了勇气，仿佛自己这流浪是世间最有道理的。清晨，他就坐上开往清远去的客车。车在路上驶了好一段，才来收钱。天主就被赶下来了。天主再搭一辆，上去走一阵，向天主要钱时，天主又被赶下来了。搭了大约十多辆车，渐近清远。最后一辆车来向天主要钱，要不到，没把天主赶下来。拉他走了大约三十来公里，到了清远。

天主下了车，找来市委。路上见市区图，规划得比昆明还大。到市委见新大楼高数十层，直入云天。天主大觉壮观。他进去，拿身份证登记了。那里叫他上十五楼去找。天主与一群人进了电梯。那些人按了电扭，天主猛觉陷下去了，大叫一声，招来了旁边十几张脸的鄙夷。天主红了脸，上楼，问到路昭晨的办公室。天主对那有秘书科三字的办公室，脚步踌躇了。他真想下楼，朝后回去了。已有人叫了说有人找路昭晨，路昭晨迎出来。天主无处逃。只好说"路昭晨"。路昭晨一惊，认出是天主，忙端正了脸。天主见她装作无事，早探明她的心里活动了。心中惭愧，红了脸。

进办公室。天主坐下。她泡了茶给天主，说："太想不到了！你是五年中唯一来广东找过我的家乡人！"天主见她高兴，自己也高兴了。她说："你怎么跑了这么远，来这里了！"天主只好不惭而大言地说了自己来这里下海闯世界，钱被偷了！没钱了想回家，来向她借。她说："你在这儿住一晚上吧！明天再走？"天主说："方便不？"她说："怎么不方便？"后就叫天主坐着，说："我去与他们说说，有事他们办着。我抽时间与你谈。"

这段时间天主就想：差距是无边的大了。她又聪明又漂亮。分的单位又好。看看这办公室，电话、传真机、计算机、金属柜，就可知了。天主再看自己：脚是十几日未洗过的，头发也十几天未洗了。他早已闻不出身上的臭味，但他估计自己身上的酸臭味已充满了这一间办公室。于是他稍微把窗打开，好让对流的空气，尽量把这味道稀释些。

路昭晨又回来了，拿了几瓶饮料来，给了天主，说："几年中不知同学们的信息，我都想死了。我一人在广东，真叫成了孤魂野鬼。"天主说："你没回去过？"她说："回去过一次。"就问天主那几届的情况。天主说："那几届学生，跑得最远的就是你了。一个云师大毕业，回去在县城米粮坝中学。我们几个师专生，沈伟、齐惠禧、陈敏中、向儒楷、滕樱在米粮坝中学。王龙毅、刘英军和我在荞麦山中学。伍军德在则补中学，高书勇在东瓜坪中学。"后就谈了各人具体的情况，以及老师们的情况。最后谈起天主来。天主把在师专读书以来的情况讲了，只隐瞒了在荞麦山中学打架一节，谈论平常。只是同乡同学，不再有一点当年的恋人重逢的感觉了。

路昭晨说："你那封信我收到了，回了你的信。"天主惭愧了，忙打断说："不要说了。"她说："也就不说吧！后来我想请你寄些你写了的文章来给我看。还没得写信去向你要，你已来了。"天主说："本来带着的。被贼把我这包全割烂，偷去了。还记得一些，背诵两句给你听吧！"就边背边写，递了给她。她边喝饮料边看。她那偶尔看天主的眼神，就神秘莫测地变幻，渐渐脸红，不敢看天主了。

天主明白了，自己更惭愧，脸更红，自解嘲说："我这形象要让你在你的同事面前都丢脸。我这头和衣服，自钱一被偷去，就十多天没洗了。"她说："这是出门，怕什么，我去各县出差，忙了时也不洗的。"又说："你这诗实在太好了。"又叹了一口气。

天主心里，真是翻江倒海一般。如今这里就是天堂。在滇北小县的万里之外，他遭遇了最刻骨铭心的记忆。但一切是那样的不现实。自己这一身，除了有冲天之志，倔强之心，任何能育这心志的土壤都没有。心有天高，命如纸薄，就是他如今的写照！下班了，路昭晨带天主下楼。接送的车已排好，里面已有十来人。路昭晨和天主上车，车就开了。行了数公里，才到老城区。一处处送了人下了，转眼到一幢楼下，路昭晨带天主下了车。上了楼，路昭晨说："这是厨房，宽的，晚上你可以在这里住。上面楼上是我的宿舍。"上了宿舍来，放好东西，她说："抱歉得很，菜也没买，只好煮点面条吃了！"天主跟她下楼。边煮边谈。一时煮好吃了。天主惭愧地说："能否洗澡、洗衣？"路昭晨带天主去浴室，不免得教天主操作之法。天主红脸听着。并说："这是我男友的衣服裤子，你不妨换一下。"后她回去。天主洗了澡，洗了衣服，上去。她来洗了。其时天主就在她宿舍内坐。见桌子上一摞快件都来自省委党校的，他明白是她的男友所寄了，却也不敢动，只好看她的书架上的书之类。

她回来，说："几位朋友约去跳舞，你去吧？人不多，就是七八个年轻人，唱唱卡拉OK，不是那种人多场面大的舞会。"天主知她怕是约好的，说："去。"于是下楼。两辆轿车在下面，已有五六人坐着了，二人上车。路昭晨介绍说："这是我的云南家乡的朋友。"那数人说："难得，难得。从未见你有云南老家的人来此，明晚的东道我们帮你做了。"两辆车驶出，就谈云南的封闭。一人说："只去过一次昆明，那昆明不如我们这边一个地级市，甚至不如广州的一个县级市了。山又大，我们一看宣威的山，就吓倒了。"路昭晨说："你没见我读高中那个县的山呢！就是《蜀道难》描述的了。"又问天主："现在铺柏油路没有？"天主说："再过十年也怕铺不上柏油的。"一个说："我们这里，再过十年就尽是高速公路了。"一个说："我见一部云南的摄影集，真是太可怕了。乌蒙山、怒江、澜沧江，这些名字都可怕。江都怒得起来呢！"路昭晨说："山同样怒得起来，也有个怒山呢！"一个又说："我想起来了，还有个横断山。又横又断，那种野性、霸气未得领略过，但是从这名我就感觉出来了！"一个又说："是不是还有个云岭？"天主说有，大家又笑说："云岭呀！一提起就想着山高万仞、云横峰巅那种感觉！"一个又说："还有个虎跳峡！长江是堂堂的世界著名大江，上游老虎一纵就过去了！就也可想象云南山高水深了。"一个说："乌蒙山，想起乌蒙，那怎么过呀！"一个说："澜沧江难道不吓人！我想水一定是青色的。"一个说："还有金沙江，以'金沙'而命名江，说明云南又何等富有，我们广东莫说有'金沙江'了，能有条'银沙江''铜沙江'，我们也满足得很了。"又走，天主睡着了。

　　天主被路昭晨叫醒，到了。大家上了楼。天主始见识了卡拉OK是怎么一回事。大家又唱又跳。天主喝了几瓶饮料，就又在沙发上睡着。等被路昭晨叫醒，大家已跳好，是十二点了。天主惭愧地说："好几天没睡觉了，坐下来就睡着。"心中着实念可怜，十几日才得个沙发来酣然入梦一番，说不出的悲哀。

　　车又开出来。天主才知坐了桑塔纳轿车。上了车，又昏昏欲睡。他忙拧自己腿上的肉，心中警告自己再不能给路昭晨、给云南人丢丑。车上，大家又谈起云南来，问："云南历史上出些什么伟大人物？"路昭晨说："可怜得很，一个都没有。"天主说："政治家没有，军事家没有，思想家没有，大文艺家也没有。稍能提的只有一个郑和，然在整部中华历史上，又能入几流人物呢！"一个说："郑和太日脓了！早该无限地走下去，不就能发现新大陆，最先完成全球环航了。想不到还是你们云南人呢！"一个说："七次下西洋，大功也告不成。要那么多次干嘛！像人家哥伦布、麦哲伦，一次就够了！"路昭晨说："看来还是必须得往前闯呀！一后退就完了。我们云南不出人,就是迈的步子太不大了。现有陕西、甘肃、四川、青海,甚至新疆都有来珠江三角洲打工的农民,云南就是没有。来几个,我听说是又做不来苦的活计,不像四川人,又懒又馋,还说:'我又不是没饭吃了,来这里帮人劳动的。老子们只在家做老子的,哪里耐烦给人做大儿子呢!又不是端着黄豆找不着锅炒的。回去穷一点,还能穷得死人,回家去就饿得死人?'所以又回去了,总是没有希望。"天主说:"这就说明人的落后。这种心态在全国比下来,怕是最落后了。心态一落后,人也就落后了。可怜,这些南京、江西汉民族的后代,如今成了世界最落后的一类了。"大家惊异问天主。天主讲了一通道理,大家敬服。到了路昭晨处,上楼玩了一阵,大家又请天主讲完。天主说:

"回顾云南文化,云南没产生过中国级的文学家、诗人、政治家、军事家,什么也没有。云南的歌曲,不是《绣荷包》,就是《小河淌水》《蝴蝶泉边》《远方的客人请你留下来》《有一个美丽的地方》《猜调》《婚誓》《情深谊长》《阿伍人民唱新歌》。全是些民族特色、爱情性质,优美倒是无比的优美。竟没有一首带阳刚之气的歌曲。显不出进击之精神,进取之气魄。"

天主接着说:"从明朝开始,当年最先进的民族,如今最落后了。想明初的汉族,是世界最大的民族,是最文明昌盛的民族。那时葡萄牙民族历史刚始,西班牙的卡斯蒂里亚人尚未开创自己的历史。法兰西民族在形成之中,英吉利民族也刚萌芽。德意志民族、俄罗斯族、日本和族,也刚开始历史。可谓当时任何民族均难望汉民族之项背。六百年的封闭落后,愚民政策,成了如今的境地。葡萄牙、西班牙、英吉利、法兰西诸民族的子孙布满世界。而百分之九十九的云南人从祖先跨进去。再没走出云南一步!直到今天。多少人仍在云南的山里默默而生,默默而死!"天主想讲自己今日才得坐电梯,前十几日才得坐火车,至今只见了珠江水,未见过大海等,但终没讲了。接着说:"天下独步的明王朝后来有了规模壮阔的西洋之行。郑和七率船队,到达中东和欧洲。这也充分显示了其国力的强盛。这正是世界历史面貌彻底改观,各种势力逐向世界中天的前夜。中国万事俱备，条件最足，然而日趋腐朽没落、愚昧昏聩的明王朝却与此巨大的机遇无缘。

"回头望望，沧海茫茫。我们通过读历史、论人生，知道人无远虑，必有近忧。人尚如此，更何况国家与民族。只有不断进取、不断开拓、不断走向远方，不断向最辽远处去探索、去追求的民族，才是有希望的民族。郑和当时有能力一直循非洲东海岸南行，发现好望角，北上到达欧洲。也再有能力像他身后几十年的哥伦布，到达美洲，有能力从亚洲横渡太平洋到达美洲。甚至可以完成环球航行。兼哥伦布、达伽马、麦哲伦之功于一身，收发现之业于中国。然而这是一个腐朽的王朝，视活泼的思想、敏锐的观念如大敌的王朝。当葡萄牙、西班牙这样的小国在世界大洋间驱动了历史的风云，划开了世界发展大潮滚滚巨澜之际。明王朝不是向外开拓，而是已向内走得很远了。

"斗转星移，沧桑巨变，当年世界最强大的国家，终于沦到了半殖民地的田地。当年的大都会，堂堂的应天府，成为中国第一个丧权辱国条约的签订之所，成为中华三十万儿女惨遭毁灭的大屠场。当年高冠博服的南京贵族后代手持牧鞭在乌蒙山上，金沙江畔，而目不识丁。强大的东方衰弱了，弱小的西方强横了。当年富贵的贫贱了，文明的野蛮了。当今云南的山里，多少当年苏、赣移民的后代，在当今世界其实已是最愚昧、最贫穷的一类人。

"即使明成祖不能深谋远虑。明王朝无人高瞻远瞩，郑和没有勇著先鞭，错过了地理大发现，社会大变革的伟大机遇。但几十年后，葡萄牙人来到澳门，荷兰人来到台湾，中国却连学人家的气魄都没有，没有人勇闯欧洲，去看看是怎么回事。传教士接踵而来，中国却无人去欧洲传播学术。留意明代西学东渐的势头。我很为中国人创造精神之缺失、为整个民族的庸愚化感到悲哀，西人能来，路径已通，东方人就何不能西去呢！

"世界无它，开放而已、改革而已、自强而已。封闭的民族，永远是没有希望的民族。

"我一点不自卑而是很客观地说：六百年的历史，是西方世界驱动的历史。真叫有一分耕耘就有一分收获。这推动历史发展的主流，不是西方人而能是你中国人？悲哀之心盘踞在我的心头。我在想，中国古代的辉煌，直到今天我们仍能体会到它的荣光。使我们激动、振奋，有民族自豪感、有慷慨之气、有傲迈之心。而假如明朝以来的六百年间，我们也像西方一样波澜壮阔地在世界范围内开拓奋进，在我们的政治、军事、经济、文化诸领域都产生一些像西方一样发聋振聩的伟大名字。我们今天的骄傲之心、豪迈之情会当何如？

"人比人差多少！最怕差的是观念。在观念上一错失，就是'失之毫厘，差之千里。'这'一念之差'太重要了。当哥伦布发现新大陆，麦哲伦环游了世界，我不知我的祖先在云南之一隅做什么。大约在屯田吧！当哥白尼创立日心说，伽利略把思绪投向遥远的星空，我不明白我的祖先在云南思什么，想什么。当英、法、西、葡、荷列强跨越大洲、横渡大洋横行全球，我不明白我的祖先蛰居在云南的什么山里。而到一百年前，我是知道了。《共产党宣言》发表、杆菌发现、元素周期表排定、电灯发明、X射线发现时，我的高祖父以上的三代人都在南广县种地。一次世界大战，我的曾祖父仍在法喇村种地；二次世界大战，我的祖父在法喇村放牧。加加林飞上太空、美国人踏上月球，我的父亲又在法喇村种地了。甚至到今天，计算机遍布世界，世界信息时代来临，我的堂弟们，他们都才十多岁，又在法喇村手握锄头种地了。六百年间几十代人，进步是微乎其微的。

"前进者是一步步、一代代以几何级数的高速前进，落后者同样是一步步、一代代以几何级数的高速落后。前进者开放、聪慧、革新诸利尽得，落后者愚昧、贫穷、封闭诸弊俱至。真是一着不慎，六百年皆输。这六百年我们是输了。差距已是在天壤之间。不作最大努力的拼搏，不要指望缩小差距。从整个世界来看，云南是微乎其微的。但在云南数以万计的山村里，一个县就仿佛整个世界，一个地州已是广天阔地，无限辽阔；堂堂一个云南省，仿佛就是整个宇宙了。这是从前我的感觉，是今天上千万云南人的感觉。古老的时代夜郎国王不知天下之巨，问汉使汉与其孰大。滇王也这样问过。到今天地球已被名为小小的村庄之际，这种封闭的结果仍未有大改变。'主将无谋，累死千军'。明、清统治者的庸愚，致几十代、数十亿中华儿女备尝灾患、任人宰割。其咎之大，永远无法估量！

"我们很多时候已经忘记了人之为人的本质特征。忘记了人之能主宰世界，靠的就是这个大脑。决定人类未来命运的，不是靠手脚，而是靠大脑。人尽其才，关键就是尽其大脑。然而我们几千年的历史，有哪一时刻充分地把大脑应用了呢！不敢想、不敢闯、不敢试，弄到头不是落后还能是什么？人类要发展，永远必须要做到的是：敢想而猛想、敢为而且猛为，敢拼而且猛拼，敢闯而且猛闯，这才有希望。这是人类发展永远的秘诀。

"到如今中国终于结束了六百年的封闭，踏上了六百年前就应该踏上的道路。亡羊补牢，犹未为晚。过去的六百年，仅是个教训而已。至于成败，要计较也计较不了那么多了。人类历史的比赛没有最终结局，闹哄哄你方唱罢我登场。没有持久的赢家，也没有持久的输家。舞台属于自警、自励、自强者而已。对于人类历史来说，六百年亦仅可等同于昼夜间耳！一切重新开始。开放的必有未来。

"一个村、一个乡、一个县、一个省、一个国家自我封闭不行。甚至整个地球、整个太阳系、银河系自我封闭也是不行的。只要有比我们高明者，我们就得向人家学习。你只有不断地取长处，才能参与竞争，才能立于不败之地。这是宇宙的精神，永恒的法则。"

大家说："孙兄高见！了不得！"乃去了。一位姓魏的女同志在这里和路昭晨相伴而宿了。天主就和其中一位男同志去休息，上床呼呼大睡。第二天起来，全身舒泰，才明白了昨晚实现了长时间以来有床的梦想。路昭晨来了，叫天主到她宿舍去。说："我昨晚忘记了告诉你，你如要打电话回家联系，只管打这电话。"天主答应。她去了，自己才悲哀起来！父亲、母亲处，何尝会有电话呢？这恍如梦想。即使有，如今也是断肠人通断肠话，流泪人传流泪声了。天主就写些诗句。她下班回来，煮了饭吃了。

天主想走了。路昭晨劝天主再玩一天，说那些人佩服天主得很了，说埋没在云南大山一所山村中学，就太可悲了。晚上要全力做东呢！天主凄然一笑，想路昭晨和他们均不知他在校被打、如今流浪的事，不然更不知要如何叹息埋没和悲哀。他说："就托你转告他们，说我谢谢他们了，我得走了。"路昭晨半日不语，说："你来这里，我太遗憾我的能力太弱了，帮不上你什么忙！真是爱莫能助啊！不然你是该在深圳、珠海这样的地方来闯。回米粮坝去，有什么意思呢！今早上上班时我都在想：你在深圳可能会成为雄狮，而你回荞麦山去顶多成为一只兔子、猫。反正我就这么想！要是我能有权力把你从云南调到广东来，就好了！我如果真能如此我是愿竭尽全力为你搭好这舞台的！而望你现在，落到……"这时觉失言了，忙煞住。天主听明白，想这多禁忌，就因为自己现在太不堪了，太悲哀了，忙说："不怕，我回去重新努力！你只管相信，我还能闯出来的。现在二十二，就拿几年时间来奋斗。我不相信到三十岁还闯不出来！"她说："我相信！你最大的优点是在于能把天都闯翻掉。看你穿老式的中山装，就来闯广东了。"就笑起来，说："你连一套西装都没有？"天主说："没有。"

她去买了一大包饮料、水果、罐头来，并拿出三百元钱来。天主一见拿这么多，忙说："我向你借一百元，就回得去了。我只要一百元。"她说："你必须拿着。经济上我比你宽裕得多。我们这边工资高，一个月有三百元。"天主不接。她说："那就算送你一百元，借你二百元吧！"天主仍是不接。她说："你简直婆婆妈妈的。那三百元都借你，你回去何时有，何时还我。这回再不接，我也就翻脸了。"天主接了。她送出来。一辆轿车开来，市委办那同志开车，送了天主到车站，买好票。送天主上车，路昭晨伸手，说："再见！"天主握住，一时千言万语，尽在这离别时际，怎么说得出，他只说句："心疼得很呀！"路昭晨点头，脸异常难过。天主握摩着她的手指，说不出话。久后，她勉强松手，说："你看车要开了。"车开动了。天主松开，伸头一直回看她。她站在原地，挥着手。天主泪下来了，见她身影越来越小，在抹泪。不久，就不见了。

天主一直流泪。他心痛欲裂。这才是生离死别。苍天不老，情义已老，人生易老！想起才貌易逝，声名易灭。等十年、二十年后再来此地，何以朝路昭晨如今之风景呢！一直流泪，到了广州。

　　排队买票的人太多了，队伍一直拉到售票厅外的广场上，还折来曲去。天主进厅内看，也全是人。一伙伙流氓在此中横行。坐在售票窗口的警察全然不管。有欲先买票的，给三十元五十元，便被带到窗口前塞进队列，几分钟后就买到票了。而在里面寻衅滋事、强行抢夺的，天主进去的十多分钟就见了四五起。有一男子被抢去一百元，跟着还击，被打得躺在地上，口鼻流血，满地殷红。天主见此警匪一家，大为恐怖。因担心钱被抢去，汇了二百元回家。去排队。但排到晚上，关门了。大家一哄而散。天主悲哀起来。不知何日才能买到这票了。

第二章　穷则变

第三章 悲歌

七十五　持刀讨债

这一夜就在火车站露宿。第二天早上一开门，天主便冲了进去。这下拣了便宜，隔售票窗口也就十多人。那伙流氓自然也到横行之时，从后面带一人来，塞进队伍。偏那位老兄不识时务，厉声问："干什么？"两个流氓当即给他两个耳光，把他拖出来，说："就是干你这杂种。"又上来两人，拳脚相交下。这位仁兄只得逃出售票厅，外面又被截住，打倒在地，流氓上去围了踢皮球似的。到天主买好票走出，尚不明其死活。到天主近窗口，两个流氓上来。天主吓了一跳，却是塞一个人进来。天主缩后一些，放那人上前了。那两流氓与那警察说："这小杂种还识时务。"天主心内大怒，但不敢露之于色，只想："等老子兼济天下之时，便是你这伙杂种的末日了。"

终于买到票，天主能挣脱这逐渐枯槁的生活，急离了这是非之地。现在他是极舍不得花钱了。在附近的大酒店里，天主见成百上千的人，几层楼厅内灯火通明的大吃大嚼，尽是数百元、几十元一餐。天主真不明世上何以有这么多有钱的人，舍得花如此大钱。自己一月一百多元的工资，不够在此吃上一顿。看着幢幢高楼，法喇那悬崖峭壁、深沟大壑、草舍茅屋、牛马羊群、牧童樵子、耕作家具，全然影像般映过天主脑海。天主的亲人们，孙江成、陈明贺、孙平文、孙江才等几百人，仿佛全站在这都市高楼的墙上来了。最悲哀的是天主一家，孙平玉两鬓白发，全身褴褛；陈福英包着黑帕子,全身补丁;富民、富华、富文、富春衣着之陋,更无有甚者!这是多么惨淡的景况啊!天主怒目吁天。

天主就这样眼看着城市的高楼,想着遥远的滇北山中的小村,对比着,发现差距是如天地般的大了。无比地感谢此次的流浪生活,这使他看到了落后,看到了差距。此时此地,在流浪途中,他还必要发扬以前的精神,拼搏下去的!

陈福英母女在小河边,生计是一日日的艰辛了。陈福英病倒在床上,母子几人抱头大哭。陈福英说:"我死了,望你们把我化成灰,不要丢掉,带回法喇去。"越说越悲惨,富春也会听话了,抱着陈福英大哭:"妈,你不要死!你要带我!带我回家找爸爸、找大哥去!"一时急得大哭。陈福英又哄富春:"妈不会死!妈要带你回去的。"等抱开富春,陈福英才泪如雨下,叫富民:"我一死了,你化了灰,赶紧带富文、富春回去!我生了你们,无望你们长大了!"富民、富文更哭的地动山摇。

陈明贺、丁家芬来看,都见陈福英不成人了,也是忍不住流泪痛哭。一回去,丁家芬就大骂陈明贺:"都是你这庙老者①天天连封十信催来的。这下死在这里,老子也跟你拼命了。"陈明贺无了办法,出来忙找钱去医。能变卖的,都喊起价格变卖,只要钱医好陈福英的病,平平安安送得回家去就行了,又来找陈福达。陈福达、廖安秀去看,也认定陈福英好不起来了,说:"死了又哪有钱去给她化灰呢!还不是只有就随便埋在这里了。"当下陈明贺变卖东西及富民卖柴火得来的钱,买来针水、药物,吃的吃,打的打。小河边没有医生,历来都是去医院买支针来,抽上药水,谁都可以打。当下富民、富文一见陈福英危急,就充当医生打起针来。

孙富民更没了办法。每天穿一双烂拖鞋,去九公里帮傣家挑砖。从早挑到下午,得了工钱,一分钱的东西舍不得买了吃。跑回小河边,

---

① 庙老者:娱悦性地称呼较为亲近、年长的男性。

刚爬上坡，就饿得晕倒了。富文哭了背着回家，才忙舀冷饭来给他吃，富民就干哽了下去。亏得陈福英又一天天地好起来。大家立刻商议，要让她走，说夏天马上来了。一进雨季，更易发病，也更难治，因此倒催起来。孙富民则见一家人搬来到如今苦了几个月，种下去的包谷都未收获，也值几百元，实在舍不得扔了，仍留他在那里收起来再走。一时泣别，不单陈明贺、丁家芬说以后无缘再见她了，她也忖度无望再见父母了。四十余年的养育之恩，气的肝裂肠断，各各悲哭。大坪子戴家那些，见陈福英要走了，也哭，说："姐姐还有个家可以回去，我们是想回也无家可回了。"其羡慕更是难以描述。陈福英又对富民说："你再莫信你外公、你二舅的话。信信崔先超、蒋隆贵这些人的还好些。一收了生产，卖了钱，无论谁留你，都不要睬，只管回家了。"富民说："妈，你只管放心。这一次搬家，什么人也看清楚了，什么事也经历够了！我也明白这些社会道理了！你只管放心。"

大家仍愁陈福英回去，无伴不放心。陈福英说："不怕，有富文认得字，走到哪里了他认得。"于是母子出发，上了车。一路行来，到思茅，全是到西双版纳去过泼水节的旅客，旅社都住满了。一夜的暴雨，母子三人就在客运站楼下的空地上哭了一夜。车到昆明，即到凉亭来。诸人一见，大吃一惊，短短两三个月，陈福英已如老妪了。而富文、富春，也又病又瘦，大变模样。此时才知孙天主已到广州去了。

天主到昆明，朝凉亭来。孙家文即说："大哥回来得正好。大妈和富文、富春已回来了。"天主忙去找，在刘家找到，正在那里吃下午饭。一见母亲，哪里像四十一二岁的人，倒像六十几岁的了。脸上全干了，一点肉也没有。见到天主，高兴地说："你回来就好了，这下母子得平平安安地回家了。只剩富民还在西双版纳。"又悲哀起来。

天主分文无有了。陈福英也只剩了一二十元，说："可怜还是富民卖柴得的呢！"亏有送陈福英十元、二十元的，又有请陈福英带钱回家的。陈福英说："你不用愁。把他们请我们带的暂作路费。回去无论卖什么东西，卖了还给人家就是了。"买了车票，即将回家。

天主又来见由敏，与她告别，说四百元钱现在还不上，以后还她了，她问:"你最近到哪里去了。"天主说到广州去了。她说:"你就这样马无笼头地乱跑,什么时候是个了结?男子汉该坐下来,认认真真地做点事情,你的才华,全被浪费了。"天主默然,由敏也不再说话。过了一会儿,由敏问:"你准备成家了?"天主触到痛处,呆呆地望着她,揣摩她问话之意,因说:"成什么家?我自己还是浮萍无根的。"她不再说,低头想心事。天主自知虽有才华,丝毫无补于他的现状。他不敢要她等他了,说:"算了!我只能永远做朋友了!我永远不会忘记你的。我永远爱你。"忙站起来,说:"我走了。"即悲身世之飘零,又悲命运的不幸。天主出来,回看她那小小的身影,忽然大恨自己。又想发誓要战天斗地,做世间最伟大的人,把她夺回来,然又想大不可能。他已身心困怠至极,发不起什么誓了。而且想到社会的残酷,他不能撼动丝毫。

上了车,第二天晚上到了南广县。天主双耳阵阵鸣声。母亲说的话,一概听不见。天主一再问:"你说什么?"陈福英大声说,天主才能听清楚,天主说:"我这耳膜在叫,听不见了。"

陈福英听此,悲哀万状,心凉了大半,却不敢表露出来。一夜为天主设想耳聋了怎么办,睡不着觉。第二天下午,看看法喇村又到了,母子四人欢欣雀跃。天主耳朵才听得见声音。陈福英才说:"幸亏听得见了。不然我昨天一听听不见,要是成个残疾人,更落得人家笑骂了。"爬黑梁子了,陈福英问富春,"我们到哪里了?"富春不知,陈福英指着路说:"这条路你走过没有?"富春辨一阵,才高兴地说:"回家来了。"于是一人向前跑,先跑上梁子,说:"家就在这里了。"大家见她的喜悦之状,也笑起来。

孙平玉也老了许多,只是说:"好了,好了。没死人在那里就是好!要是死了人在那里,现在怎么办?"接着就骂天主,骂富华,说:"我看了这几十年,有知识的还不如无知识的。倒是我和富民这些农老二有作用。这两个大学生,还了得!你富贵是安的心要你妈死在西双版纳不是?母子几人一点打算、一文钱没有的。你扔下他们去闯广州,你能闯怎么还回来？我以为你永远不回来了呢！我倒希望你死远点死干净点，不要令人看着满肚子的火。"陈福英劝也劝不住。他仍骂："富华这小杂种，识两个臭字就不得了了。回来我就问他：'你妈他们情况怎么样？'他哄我好，我说：'好你妈个屁！好的话你怎么还回来？'他公然又写信去叫富民拿出干劲来闯，长篇大套都是闯的道理，我当即赏他两个耳光，说'你只会叫别人闯，你怎么不闯？你不是出去闯了一回来了吗？'我不准他小杂种读书了。他又去把富贵前几个月的工资领了，去昆明考试。我是不准他读了，从此这一家人不准任何人读书了。免得读了还出些馊主意、怪点子，别人想不出来的，也想些出来了；别人做不出来的，也做些出来了。"

　　全村人一看，都说陈福英又瘦又老了。果然孙平玉在家，与陈福全、陈福宽都闹矛了。陈福英回家，二人羞愧不敢来见。孙平玉说："倒是外人还好，劝我：'孙平玉，你那屋基、树林还舍得卖掉？全村哪里去找你这么一大块地皮？要论风水，更不可能找到。你这房子是出过大学生的了，只有你才这么憨，要卖给人了。'他两家，巴不得一下子赶我走，把这房屋地基全吞下肚去了。"接着又怨愤地讲他怎么卖东西。别的亲友怎么地说不送与他们，他如何气得说："娘几个在那里等钱用，我不卖我还会有一分钱带得去？"卖给这个，那个生气了；卖给那个，这个又说这么便宜的东西又舍不得卖给他，反正都是转过去要得罪人，转过来要得罪人，无时无刻不在感觉做人的艰难。白天要忙种生产，晚上盘算这一家人已败到何等地步了。自天主他们从法喇走，他就一直未睡着觉。又恨陈福全等趁机谋他的房屋家产，亲戚一人投靠不着。孙江成、孙平刚见他孤身一人了，干脆打上门来，说孙平玉这房屋地基是他们的，逼孙平玉要让出来。两个月中来此寻衅了四五次，他只好关起门躲上楼去。这会说："真是无办法，我想好了，我爹来我还不好收拾。要是孙平刚爬上楼来，我一柴块就把他脑袋打烂了。"今见陈福英回来，才不敢来了。

　　只有孙平文家还好。人人见孙平玉家败了，趁势加以欺凌。陈福全、陈福宽谋孙平玉的房产，是不用说，被孙平玉骂得狗血淋头，是吵气了的。一时孙家、陈家都认得。孙江成、孙平刚又提斧弄棒地追打孙平玉，也弄的全村哗然。孙平玉关了门，逃在自己楼上去。孙江成、孙平刚、周家英、孙平会四人在外谩骂，吴明荣家妈吴三老母就说："孙江成，审着点！你是要入土的，该给儿子留点想头了！孙平玉孤人一个，你们当然好欺了！但他还有四个儿子在外面，你们怎么都不想一下。"一家子又都骂起吴三老母来。

孙江荣、孙江华、孙江才等都跃跃欲试。见一家人都走掉了，单余孙平玉在此，也巴不得早点赶孙平玉走掉，除去一个心腹大患。孙平玉一时明白这个家败定了，又见全族人、陈家都来欺凌，又恨天主等不成器，又怕死两个人在西双版纳，白天昼夜都在想。自从天主他们走了，他就睡不着觉。一来二去，多走几步路就要坐下来，头是昏的了。只是天天写信，催一家人快回。他也不知这家人的下场，会是何等地步了。

孙平文也被孙江华等喊去商量。魏太芬警告说："你莫傻！别的事还可！若是赶大那家走，你自己慎重一点！如今他亲爹、亲妈、亲兄弟、亲妹子、亲舅子再加这全族人都赶，力量也够了！不搭你这把力他们也赶得走了的！再说你看大哥房子都不卖了，说明白了！再说陈福英、孙富贵那些人是憨的？搬了多少人家去，都回来了，他们不会回来？那时你们咋办？倒是他们是仇，我们做好人！大那家要是走了，也不是我们赶走的！要是不走，我们干拣得做好人！"因此倒帮着孙平玉耕种。孙平玉无牛、马，孙平文拉了牛马来帮他犁地。没丢种盖粪的，孙家芝丢种，魏太芬盖粪。孙平玉只是背粪背种，万分感激，说："小芝，大爹感激得很，我这一季生产，都是你家母女俩帮忙种下去的。"而孙平玉又煮不熟晚饭，也无法请他家吃饭了。因此撮些麦子、荞子送去，魏太芬又叫孙家芝、孙家志端回去。孙平玉累一天回来，煮点猪食喂那仅剩的一条猪，在火塘里烧几个洋芋吃了，就算了！原来都是一大家人，热闹了二十来年了！一下子家徒四壁，孤零一人，又加悲愤。关了门就坐在路口，暮色里哼哼唱唱解除烦恼。他那声音自然是嘶哑、混沌、悲愁的。魏太芬就说："干芝、干志你们听！从来没听见你大爹会唱歌。可怜一个人烦闷了，无办法，唱起来了。"孙平文就说："干志，去叫你大爹来烤火。"孙平玉也就来了，在火塘边坐下，见火塘里明晃晃的火，屋里闹嚷嚷的人，一时感觉是弥足珍贵，已是自己可望而不可即的景象了。看看孙平文家是一家团圆，而自家是东奔西散，天各一方，要想这样团圆，已不可望了，又悲哀不胜。烤到半夜的火，一回家，冷清清，又悲哀起来，连夜写信。他文化不高，信上半数是错字。

　　孙富华回来，魏太芬就对孙平文说："怎么样？我猜得不错吧！若都像你们那样想，现在哪块脸见人？"一时孙江成等，都消了气焰，不敢来惹了。孙平玉也才感慨："多一个人，是一个人的力量啊！就是多个才出世的毛娃儿，都是多一份力量。"但同时又听天主在打官司，又听说去广州了，大骂："这杂种回来，我非把他两刀剁了不可！他会打官司，他在荞麦山的官司还不打好？"后见富华写给富民去的信，更怒不可遏。认定天下都是读书人坏，坏事都是读书人干出来的。一读了书，就会怀疑，就心活了，就会胡思乱想，不再循规蹈矩。又想要不是怪天主，全村人哪家落到他这一步了？更见是读书之坏了。狠揍了富华两顿，再不许读书了。

　　回家的第三天，天主从广州汇的二百元就到家。天主见那自己几千里外写的汇单，想念路昭晨的恩情，想起那悲惨的十多天，要不是路昭晨相救，真不知现在自己是活着还是死了，流下泪来。他写了致谢的信，一同到荞麦山交了，把汇款领了回家。家里只剩点粮食，其余连床板都几乎卖完了，什么也没有了。好不容易把这来时的车费还给请带钱的人家了。

　　天主又回到荞麦山，李勇虎、李国正、赵在星等慌张起来。本学期又发生了轮奸学生案件。荞麦山中学已是风雨飘摇，李勇虎等已精神不起来了。据说县委书记平均一天收到一封控告李勇虎等人的信件，全县对几所中学的议论鼎沸起来。据说干冲中学那边也是这个样子。则补那边打老师的案件，也是一月数起。任何人都在算计，李勇虎等的末日屈指可数了。

　　家里钱又光了，天主怒王昌信不已。到米粮坝来，岳英贤劝天主："好好地干工作算了。你这半年的遭遇，够艰辛的了！还不晓得怎么收场，假如把我们处在我们的父辈，可以设想：好不容易把子女从农村供了出来，有这一份工作，却像你这样东躲西逃，心中会难过的。他们的境界又比不上我俩，想问题只在他们那个层次上想，太可怜了！"天主点头，如今自己悲哀的，正是这些，但同时又想：要是我是父亲，我就要鼓励儿子把天地登翻，把宇宙踏平！

岳英贤越来越小心，越来越感觉做人的不易了。走到了反面，原先的脾气尽改了，认真地教起书来。学校让他干个班主任，也觉重用，感激涕零。越是发现米粮坝黑暗得不行，根根藤藤，谁来也破不了这关系网的。既觉自身的渺小，观这些人素质低下，什么手段都使得出来。倒是自己小心在意，明白一旦惹恼了这些人，自己就叫死无葬身之地了，白白地牺牲了还不知道。向天主讲起"叩头经"来："我们法喇村有个俗话：逢人只说三分话，遇鬼但叩三个头。就是无论前面的是人是鬼，都要逢着，只管向他叩头，绝不会错的。这种办法，真是行之四海而皆准！就像你在荞麦山，如果向那些鬼叩头，也没有事了！不至这样颠沛流离了！原因就是你没有向鬼叩头！这种哲学你应该学了：见庙只管烧香，见鬼只管叩头！你不要论他是什么庙是什么鬼。反正无论什么庙什么鬼，都欢迎你对他忠诚、孝顺的！搞无神论、唯物主义那一套，就是吃不消！前两天我又读《白毛女》，感觉不同了。原来非常同情杨白劳、喜儿，极恨黄世仁、穆仁智，现在才明白，黄世仁、穆仁智那些人是永远有的，无处不在，无时不有。单米粮坝就不知有多少个黄世仁穆仁智，'一支香来一支枪，一个拐子一个筐。见了东家就烧香，见了百姓就放枪。能拐就拐，能诓就诓。'比如荞麦山李勇虎、赵在星那些杂种，就是你的东家！你就是得向他烧香啊！"

天主听了，虽觉刺耳，但不能反驳。这套哲学自有其基础、渊源和价值。但人生能这样吗？他又愤然。但反驳呢？如今自己的情形，就说明了一切问题，只好漫应说："好吧！"岳说："你在荞麦山，谁不知那学校里唯一正直、磊落的人，只有你了！你为学生伸张正义，为老百姓办事，全乡人都知道的。就是县委书记、县长也知道了！但谁理你了？那些受你恩惠的，都没一人出来替你伸张正义。这下祸乱你一人背着，也不见有谁来把你同情！所以算了！就是要像路易十六那样：管他妈洪水滔天！管好我自己就行了！我看一本书，日本人侵略东北的时候，有一个县，才来了五个日本兵，马上就占领该县了！而全县一二十万无一人挺身而出，这说明什么：就说明我们这个民族成熟了，有水平了！他们能够懂得世事，理解人生。原来我以为日本人都是大规模进占、浴血拼搏才得侵占中国土地的，现在看来不是这么回事！弄到头，当烈士的一无价值，还是这些人划得来！"

天主随后到区老师那里，区老师听天主讲了，说："好！我就说你要打了烂仗，才写得出好作品来的。曹雪芹不打烂仗，能出《红楼梦》？继续闯！反正非生即死，毫无选择，你迈出了这第一步，就好了！但这也只是万里长征第一步！在荞麦山有什么前途？就是在这米粮坝，也是叫我肥不起来，也饿不死！我们的领导人狡猾啊！他就让你这样吊着命！既不让你没有饭吃，铤而走险；也不让你富足了，饱暖思淫欲，败坏天下政治。而是要你天天干，天天有碗饭吃。一天不干，一天就饿饭了！"他同时好像向许多人介绍过天主去闯世界的事迹似的，门前走过一个女教师，红艳艳的很漂亮，向区老师打个招呼，区老师就说："这就是孙天主了，闯了一圈回来了！还要去闯的！只要闯，小伙子前途是大的。"那姑娘看看天主，笑笑就走了。区老师说："这小姑娘不错！教英语，普通话尤其好，父母都在财政局，很佩服你。"又说："你要去找王南伟要钱，没有这个，你是要不来的。"他五指岔开，作匕首状。"这杂种发了！从米粮坝中学出去时，穷得掉毛的！坑蒙拐骗，据说现在有二三十万元家产了！为躲来要钱的，房子都有四五处。狡兔三窟，王南伟，四五窟。那天我才见宁南的一个老妈妈来向他要钱。他借说律师费用，骗了人家两千元来。老妈妈被他吓一通，回去了。你要去，要晚上去，带上匕首，学荆轲在秦宫的作为，他在北门那儿。那天请我写几个字给他装点客厅，给了我五十元钱，请我进去坐过的。"

天主即按区老师的指点，来到那里。一问一个女的，果是王南伟的住处。王未回，天主即按区老师之方，写了条子，说是省报记者来找，又回来。区老师说："刚才我才想起来，你该来学律师！凭你的水平，没问题！考个律师证，就行了！凭胆量、语言、逻辑、灵机应变各项，王南伟比你差多了!这杂种会打什么官司!每打必败。找他的人家,全都倒霉!但他就是吃香!物以稀为贵。他最臭名昭著的一桩官司,是杀手把受害者杀成植物人了,他说不算杀死人。结果那官司大败,他也在县内臭名昭著。这种庸人照样赚钱。"

天主想的要治国平天下,哪想到这上面去?区老师见天主不热心,也就算了。

晚上李文国老师来,带了王南伟的信来,说请记者先生下去,他在家里等。天主带了匕首,到北门来。天主说了,王南伟说:"我刚回来,今晚上钱不够,你明早上来拿吧!"天主信以为真。回来,区老师说:"你上他的当了!你要叫他今晚借都要借给你!他晃过这一枪,明天你就找不到他了!明早上你非得去早点不可!"天主答应,明白是自己错了。当晚和岳英贤改了一晚上的作文,未休息。天主不明即到北门来,果见王南伟腆着大油肚,夹着公文包,正要开溜。见天主来,说:"王昌信另约了一人来,要那一千元钱。我已给了,人刚去掉。"天主说:"这不可能!钱给我,大家无事。"王南伟说:"谁骗你?真是刚去掉。"就出门。

天主跟着,说:"王昌信是估约这一千元要不去的了,才叫我来要的。你不给,那就只有跟你打官司了!我就跟你这王大律师法庭上较较高低。"王走,威胁说:"你要给王昌信撑腰不是?我警告你:不要为别人的豆子,把自己的锅炒烂了!你打量我是好惹的?你充什么记者?凭你这破衣烂衫、满口土话、粗糙举止都不像!惹火绿我就把你捉到公安局去。"天主不理,王无法,又威胁:"这公、检、法都是我的人!你再闹,我就叫公安局的来了!"后见威胁无效,一直走上一家屋内,天主跟进去。那里一帮人,王只叫:"出去!我们要谈事情!"那一伙人见王南伟被天主逼着,明白了,也轰天主:"出去!有什么事等一会再说!我们要讨论问题。"天主只好退出来。几分钟后不放心,忙进去看,还是那些人,但哪还有王南伟的影子?忙跑回原路截。果然王南伟在前面拔步飞逃。被天主截住,他就声色俱厉,说:"走,到公安局去！我正要找你，怕你跑了，你又自投罗网了！你这诈骗犯，不投你进监狱，我这律师就白当了。"天主说："好，我也正要捉你这诈骗犯。"于是二人赛起步子来，一个比一个跨得急，都朝公安局走。到公安局门口，王泄了气，朝县政府那边走了。天主说："嗨，你不是怕我跑了吗？这不是公安局？"王南伟说："这是县政府大楼，走，我把你这诈骗犯交给县长审理去！"天主大笑。进了楼内，一直上四楼司法局来。王见硬是甩不掉天主，无计可施了，说："走，我跟你去我们局长那儿评评理！"天主说："你是黔驴技穷了，看来你对付老百姓，就是玩今早上这些招数！你这几十万家产，就是靠这些吓唬来的！"王被揭了底，红了脸，一气不出。

  局长室里面局长、副局长等一大群人正在开会。王到门口逡巡起来，被天主一推，进去了。里面的会议被打断。王无法，硬着头皮先告状，把在律师事务所取来的东西摆出来，说："局长，五年前王昌信来请我打官司，留下路费一千元。我是打了收条的，你看这是收条。我一直要把这钱汇去给王昌信，王昌信说等他来时取，一直留着。昨晚上这个人来，冒充记者，想诈骗这一千元钱，拿着一张字条来，说是王昌信托他写的，我不认账。要王昌信本人来，我才给这钱！"那局长对天主说："王律师说的是对的，你就回去给那人说，叫他亲自来取就行了。"天主想擒贼先擒王，就擒这局长，说："王南伟的为人，全县皆知！败坏你们司法局的声誉，也是够呛的了！他敲诈这些无知群众，你们不知道？王昌信要得去这钱？正因为要不去，才请我来要的！钱不给，我不走！"指王南伟说："我就在报上踢你两脚，看你给不给！"又对局长说："我踢他事小，踢米粮坝县司法局名誉大！局长三思。"这局长气昏了，立刻把怒火转到王南伟身上："王南伟，尽是你多事！该给的你就给人家！"王见局长发怒了，忙说："好！好！"立即退了出来，天主跟下来。王比死人还颓唐，大汗直流。天主又来软的："王律师，都是家乡人，我在报上踢你干什么！主要是你不给，我一时气极了这么说的。"王说："你早点用这种商量的口气，早就给你了！哪里还用这样吵！你来就用硬的，我怕你？我这人服软不服硬！你要用硬的，我就偏不给。"天主说："是！"王说："我汇到你那报社！"天主说："何消！我写收条不就行了？"王说："我说汇给你，是要留个汇款存根，你写收条我信不过！你就请区老师来，这钱他写收条给我！我给他，他再给你！"天主说："可以。"王就去拿存折。这里律师事务所一叫孙俊聪的律师赶上天主，说："兄弟，能在报上干他，何用饶他？王南伟跟我共事这些年，坑蒙拐骗，太不像话了。"天主说："好！我就干他！"到区老师这里来了。

区老师和天主到银行，王南伟已把钱取出来，等着了。说："这小伙子是区老师的学生？"区老师说："是嘛！五十五班的！"王一回忆，说："那时我还在米粮坝中学呢！也算是师生嘛！今早上还这么吵！说明了不就行了？他偏偏要来硬的，我就不怕，我律师都当得来，我还会怕人？"区老师说："当然啰！要是那姓王的来，你会怕他？你干这么多年律师，恐怕只有这小伙子敢跟你吵了！"王听讽刺他了，红了脸，仍说："是嘛！就是姓王的来我尚且不怕，更莫说我欠钱又不是欠这小伙子的钱，我哪会怕这小伙子。"

二人回来，区老师说："试试看，要是王昌信来，王南伟会给他？"

七十六 赤 贫

天主刚回法喇村的这晚上，刚好陈福英由于身体极度虚弱，病了。可怜她直哭了一夜，第二天才送到荞麦山医院去。输了些盐水，好些了，才回法喇村来。富华无钱了，天主又拿一百元出来。孙平玉只是不准拿。但钱是天主的，他也无奈何。

天主怕到荞麦山去了。这半学期，他那班被马朝海上着。但学生见天主走了，多已转学到米粮坝去读。更难过的是天主怕见杨春晓。天主本以为她那张脸，会像欧阳红的一样，经几个月后会恢复如常。但杨春晓均未见恢复。天主大觉悲哀，她那张被毁坏了的脸标志着他永远是个罪人了。更想及路昭晨、由敏救助之恩，愈觉悲哀，堂堂男儿，落到头要靠几个姑娘来救他，活这一世，枉然了。因是发誓作完《天高但抚膺》，又备写《孙子操》，实在是天主大感知音难觅，功名无望。刘向《别录》"其道闭塞悲愁而作者名其曲曰操，言遇灾害不失其操也。"古琴曲十二操：将归操、猗兰操、龟山操、越裳操、拘幽操、歧山操、履霜操、朝飞操、别鹤操、残形操、水仙操、坏陵操。又尧有韶乐、舜有《南风》、文王而有《文王操》、箕子鼓琴以自悲，而有《箕子操》。孔子历聘诸侯，莫或任之。自卫反鲁，过隐谷之中，见芗兰独茂，喟然叹曰：夫兰当为王者香，今乃独茂，与众草为伍，譬犹贤者不逢时，与鄙夫为伦也。自伤不逢时，托辞于芗兰，止车而援琴鼓之，作《猗兰操》。而今天主自身也如伯牙鼓琴，而失钟期。无乃乎作《孙子操》，或名《天主操》也！

天主乃分其类：《百忧章》《万愤词》《大悲诗》《过己书》等。

第一篇就是评《五帝本纪》的《论三皇五帝》。第二篇就是从夏商之灭亡讨论自古国之兴亡规律的《自强论》。第三篇是《由姜尚管仲之失误谈起》……

天主就这样每日待在家里，小板凳、小桌子摆上，写他光辉而伟大的思想。荞麦山中学又发生了些什么案件，县公安局又怎么来破案等，天主一概不管。别人都劝孙平玉、陈福英，"孙富贵在家里这样写不是事呀！叫他好歹去上起课来。自己向人家下个软章，口水吐在脸上也各人抹了上自己的课。不然权力在人家手里，要怎么整你就怎么整你。我们农业上的，有什么关系？有什么靠山，敢跟人家拼。人家是书记、校长一伙的。你自己一味服软，那些人同样会可怜的。你规规矩矩他们又怎么好把富贵的工资扣掉！这个工作来得不容易呀！农业上的人要花多大的精力才能盘一个人到单位上去。轻轻一整整脱掉，就后悔也晚了。这样的事例已见得多了！吴明义、王元学这些人原来难道没在单位上工作，现在在农业上来了。"孙平玉、陈福英一听，慌了，忙回来劝天主去找教育局的，叫去认个错上课了。

天主哪里听，说写他的书是大事。孙平玉大怒，抢了天主写的就要去烧，又被陈福英抢回来。孙平玉大骂："老子看你这工作脱了，你去抱石头打天！"天主说："莫说不会脱，脱了我也能恢复回来。"孙平玉骂："莫在老子面前夸得这么难听了！你是个有毬本事的，还不会被人家打了撵出来？人家堂堂皇皇的书记、校长当起。你去啃人家的屁股吧！啃得动？"天主冷笑："罗马帝国、蒙古帝国尚且灭亡了。苏联眼看也有灭亡之征。天下万物谁能长久嚣张呢！"但想想说了父亲也听不懂，就算了。孙平玉还骂："老子求你了。你去向人家李勇虎下个小，就说从前是你错了。下个小就把人的屁股啃掉了？比你强几百倍的人还有服软认输的时候。你去认个错，把书教起来，也就万事大吉。他李勇虎当得一辈子的校长？尽管你挨打有道理，他唆使人打你无道理。但我们有什么法！我又不是什么官，给你做得了主的？俗语说'在人屋檐下，不得不低头'，从我们的老祖进法喇，你老祖、你爷爷，哪一辈不是低头过来的。低了几十年的头，哪一点亏掉了？现在难道活得比哪家差？偏你要倔强到这样不通道理。明天，我带你去县上向教育局认错。"陈福英也说："荞麦山这里，我和你爸爸带你去给李勇虎、李国正、赵在星认个错。现在是你要求人家，你要扳人家的下巴壳！"天主不听，说："有何可言？我正要坐在黑梁子等人来认错呢！"孙平玉大怒，一脚把桶踢飞到一边。说："那你是白日做梦！你就坐着等太阳从西边出来吧！"边骂娘边走着出去了。陈福英也气得在一旁哭。天主反正打定主意要与这社会对抗到底了。

刚好富华周末回家。孙平玉大骂："老子早就不准你读，你又死回来了。"富华默然进屋，放下背篓，送给天主一张汇款单。天主见是路昭晨汇来的，泪刷刷下来，说："明天我取了钱，去县上、地区去就是了。"天主想这整整一千元，要路昭晨多少个月的工资。她又才刚分工一年，哪里有钱寄来呢？泪又流下来。也好，家里是连一分钱都没有了，连天主写文章的纸都买不起，用的是从前的废纸，天主正焦墨水都要用完了却没几角钱买墨水。

第二天孙平玉不许富华去学校了，天主极力强之，富华才得背了一背篓洋芋，弟兄二人上路。天主也背了些，一路走一路谈。天主回忆起十二年前在这条路上背东西的经历。富华又与天主谈要闯，又吹得眉飞色舞。反正全家，只有弟兄二人才谈得拢来，相为知音了。

到荞麦山，天主取了钱，邮电所还取了路昭晨写来的信。回头回法喇村，天主边看那信边流泪。信上说她很后悔没劝天主留下来，就在广州、深圳闯；并说天主之才少有，劝天主要珍惜才华，万不可浪费。天主一遍遍地看，回了法喇村，心中只想非得创立伟业，才能对得起路昭晨了。他决心不负她的期望，也恨自己怎么意志、决心均不如从前了。

没料当夜陈福英就病倒了，连夜地哭喊，汗如水流。天主也没办法，找好了陈三儿的马车，送陈福英到荞麦山医治。总医不好。又只好出来，在街上邹家斌开的药店里吊几瓶盐水。那邹家斌女儿就在天主班上，天主一直教的极尽心的。但邹家斌收起钱来，比医院里高了一倍多，是个只认钱的人。天主也落了兴致，恢复教书的愿望越发不欲生了。

因家里无人看门，陈福英就由孙平玉照料。天主与陈三儿回法喇村。天主到学校，给了富华五十元。陈三儿名叫陈明本，天主要叫他三外公了。他儿子原在许世虎班上，也早退学，成家了，如今已有小的，又想迁西双版纳躲计划生育去。天主劝了一阵，说轻易不要去了。

第二天天主回来，陈福英已好多了。陈福宽听姐姐病了，买了几个罐头来看，一时前嫌尽释。孙平玉说："大病也没有，就是身体差了，去荞麦山吊几瓶盐水，也就好多了。"陈福英说："也亏老天不绝人，一天就好了。不然本就没钱的，还要生病，把富贵这点钱用完掉，那更糟了。我病了，人家这路姑娘就寄钱来，不然只有等死了。"万人都说："这个孙平玉家怪了！又没当过官，也没发过财！别的搬家回来都要讨口！孙平玉家搬家回来又供儿子，又医病，又买猪来喂。"

天主接着写《孙子操》，苦恨时光不敷，每天减免了一个钟头站起来休息几分钟的例行习惯，而且一看父母流汗回家，带倦出门去做活，他更觉心被噬着。每日三篇，甚至四篇，苦写不停。又是十多天过去了。全村人无不在劝孙平玉、陈福英给天主说快回去上课。孙平玉回来又骂，所以终日在吵架。他说："现在是全村人，老的、小的、工作的、农业上的，全都在说你不对了。你要写多少！去把书教起来，在学校里一整天地写同样行。别人既然在学校里天天打麻将喝酒，你也各自天天写你的文章就是了，不上人前，也不落后，就在人中间。别人过得，你难道过不得？人家那些不上课的，一辈子在荞麦山中学好好地无事。快去认个错，好好地教书。你不教好也行，反正儿子是人家的，教好了是人家的，教不好也是人家的，与你有什么相干？你教好了，你有事时谁为你说一声冤叫一声屈了？原来才分来时，我就劝过你的，结果从我的话上来了。以后管他妈的，天塌下来也是这样！自己的工资到手就行了！荞麦山学校里那些老师谁是好好地为民办事的？但谁过得不比你好？你看你小爷爷当支书，一年到头，一事不管，天天闹要辞职，人家同样天天当他的支书！现在荞麦山的乡长、书记，一年到头谁会来法喇一次？以前的官哪里是这样子！人家同样当人家的官。你不去找教育局的，我就带上几个麦粑粑，走路也要去县城找人家局长说去了。我去认错，我去求人家！"

陈福英说："从前天天给你说，没骑过马儿，也见过马跑。不会看也会学。你看小学这些老师，哪个尽点力教书？一个月人家同样两三百元领起，欢得很。谁又敢扣他一分？你小外公在海家羊窝，一年到头只会把那些羊饲料背回家，其余的他做哪样？同样人家一个背几千斤包谷、几千斤麦子回家，连封信都写不起的，还比你这大学生好过。罗昌兵当村长，天天做生意，都在马树、荞麦山跑，十天不回这村里一天！工资少了他一分？安国林当文书，更是只会哪家要去取汇款，他盖个公章就完了！我想你连文章都会写，人也不比哪个憨，怎么这些道理都不懂！同样跟人家吴明道一个学校教书。人家吴明道好好地在学校里，你来这农业上。人比人，气死人，就是从这上面气呀！富民不成人，只会在农业上苦了，还想得通：他本来就读不走。你再不成人，令人怎么想得通？岂不把活人气死？反正我和你爸爸是说好了，你不去，我们也要去找人家说清楚了。"

天主只好说："那我明天去地区吧！"第二天，只得放下写了半月的文章，到地区去。

第三章 悲歌

七十七 猪圈里的谣言

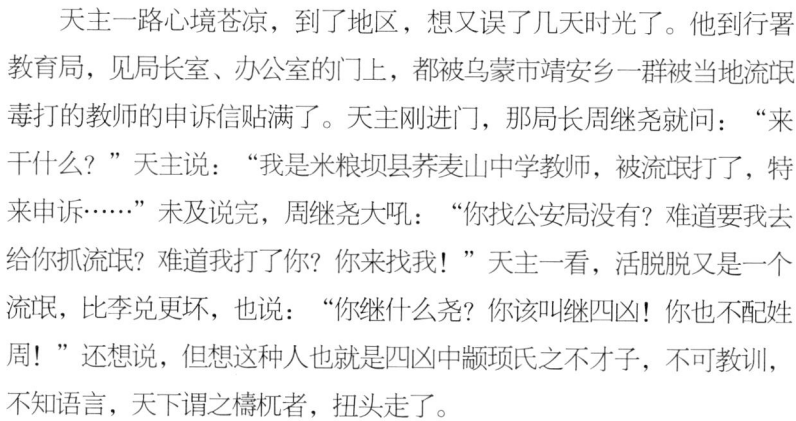

天主一路心境苍凉,到了地区,想又误了几天时光了。他到行署教育局,见局长室、办公室的门上,都被乌蒙市靖安乡一群被当地流氓毒打的教师的申诉信贴满了。天主刚进门,那局长周继尧就问:"来干什么?"天主说:"我是米粮坝县荞麦山中学教师,被流氓打了,特来申诉……"未及说完,周继尧大吼:"你找公安局没有?难道要我去给你抓流氓?难道我打了你?你来找我!"天主一看,活脱脱又是一个流氓,比李兑更坏,也说:"你继什么尧?你该叫继四凶!你也不配姓周!"还想说,但想这种人也就是四凶中颛顼氏之不才子,不可教训,不知语言,天下谓之檮杌者,扭头走了。

天主在旅社内写了一夜,第二天到地委去。刚进地委办公室,两个西装革履、面上布满奶油脂粉,抱公文、拿磁化杯的青年就来挡住。天主一辈子最看不惯这类现代官式的奶油小生。他们喝问天主干什么,天主说找地委书记。二人说有什么事。天主说要反映问题。二人说:"书记不在。交给我们。"天主说:"不消了。"转身出来。到早上下班,他就问到地委书记家里。那书记正躺在沙发上,半睡半醒的。天主进去,他很恼怒。听天主刚简略介绍完姓名身份,他就吼:"你既是县里的老师,找过县委书记、县长没有?"天主见他咆哮起来,就不管了。

想周公之戒伯禽："我文王之子，武王之弟，成王之叔父，我于天下亦不贱矣。然我一沐三捉发，一饭三吐哺，起以待士，犹恐失天下之贤人。子之鲁，慎无以国骄人。"想这老贼既没周公之贵，也无伯禽之荣，今也未沐发吃饭，就咆哮了。真是世无英雄，让这起小人当了书记。

天主站起，想说"西伯笃仁、敬老、慈少、礼贤，诸侯皆归之决平。虞、芮之人有狱而如周。见耕者让畔，民俗让长，惭而俱让而去。我今如书记境内，见教师遭打，师道颓废，原来也非书记不是、周公之错。倒是我瞎眼找错了。"后想说了他也不懂，只扔下"大官好见，碎鬼难逢"八字。扬长走了。这书记脸都气成了猪肝色。天主想，也亏他听得懂这八字，总没有白说。

到尉老师家，天主愤然说了此事。尉老师妻子大惊，说："你还敢去地委书记家？"天主听此一句，废然暗叹。还亏师母是在北京读了四年的重点大学回来的，见识如此低劣。听天主说完，她更惊慌，说："你不怕他整你？"尉老师也吓了一跳，说："天主又吹牛了！"天主再也忍不住了，说："一个小小地委书记，在历史长河里能算一粒芝麻？"又调头向尉老师说："我何用吹呢？我历来都吹些什么你最晓得！除了主宰世界，我根本不耐烦再吹其他的。"

经尉老师一说，壬老师、陈老师等各位老师全被吓了，说："你去找他胆子够大的了。还敢去骂他。"天主大觉老师们不可与议。他才越发明白自己品质的弥足珍贵了。几乎所有的老师都说天主狂过度了。天主越想越气愤。这是狂吗？这应该是极正常、普通的事。人类茹毛饮血之时，尚有敢笑傲帝王将相者在。如今进入原子时代、电子时代、航空航天时代，倒连大学生也没敢笑傲县长甚至乡长的了！

师专还是故师专，但人已非故人。天主他们班早成历史，欧阳红也早毕业出去。

天主又悲哀，才过一两年，已是沧桑巨变。那谁还等得几千、几万年后的事迹呢！那谁还能忍受万年之后的天地之变呢？他失望久之！对故乡、对亲人、对师长、对朋友、对恋人，通通的失望。就是柏毅格、由敏，也是饱食终日，无所事事之人。他爱她们，仅是躯壳之爱，而非灵魂之爱，这世上一切人都是愚蠢的，古有杞人忧天，今还有谁忧天下，忧人类？谁为人类永恒的未来着想？

　　天主越想越深：宇宙养育了人类，而人类从未回报过宇宙！从古到今，人类只是拼命地掠夺地球，人类何尝回报了地球的深恩？人类也算是宇宙间自私之典范了！从原始生物发展而来，人类丝毫没有改变其余动物、植物血腥残杀、拼命掠夺之性，而是越演越烈，战火盖住了整个地球！战场还在拼命地拓向太空，潜入地心！宏观视之，愚蠢极矣！

　　天地在旋转，星球在腾奔。人类在这一小小的太阳系内之得出现，之得这一微尘般的栖歇之所，不过如履春日之冰，战战兢兢耳！说不定这星球明日瓦解，或是后日消灭。但有谁为之担忧过呢！展眼看去，不是逐名之辈，便是谋利之徒。倘在以前，他还可以将这些心事向那几个动人的女孩宣讲，而今呢？路昭晨不会来听了，由敏不会来受教了，桑娅也不会来谛听了！一切就这样，成为历史！成为垃圾！更年轻的女孩中，更无望产生知音！他已与她们不同，他老了，他只属于大他五岁或小他五岁这一大群落中，这一群落中无其知音，也就永远无其知音了！他跃不出这个束缚，脱不出这一格局。悲哀将永远伴同他。他只能坐在这个孤礁独屿上，作其《孙子操》也！

　　天主越想越悲。夏初的乌蒙高原上，绿意正盛。天主走了一日，见那些玉米、洋芋，已长到十之三四的气候，也如人生几十年，到他这二十二岁！再过数月半年，就已二十三岁了，人生如梦，如此而已，一切都不过是人走茶凉。他从米粮坝中学走了，该地就凉了！从乌蒙师专走了，这里也凉了！从法喇村走，法喇村又凉了！从小河边走，小河边又凉了！天主推而至死：从这世上死了，这世上也就如茶一般凉了。谁还会有一丝留恋之心呢？死人复生，如还有记忆，又哪有心肠爱之世间呢？除非他一无所知，又从头开始，否则无半点热情！人类只在制造垃圾，凡经人类之手，无不神奇化为粪土！爱情化为僵岩！花朵化为枯枝！他天主这二十多年中，那前十几年的上升时期，所接所触皆能引发激动和热情。到如今能引发他激动之心的，越来越少了！他已渐渐激动不起来了！所以万事皆如此，好光景就在那青年、少年时代，上升、创业时期。人生如此，家道如此。步入中途，灿烂渐失，光环渐灭，无处不悲歌，无时不尽哀！

所以人生、社会皆是如此，要有积极意义，就要不断保持、延续这上升时期。永远不要达到最高峰，永远没有成熟期，否则便是衰落和败亡。但凡事凡物不可能没有最高峰，没有成熟期，所以凡物之兴旺之始，就必有必迎接其衰败之终的。

他也不想再做什么"天之主"了。宇宙本就无主的，何强聒为主呢？天主已想改名为孙无名之类了。宇宙本就是无质无名无物的。

因壬老师与管教育的常务副专员聂祖华相熟，叫天主把材料给他，他拿去找聂副专员。文联、作协的领导又书一信，寄到米粮坝县委，望为天主切实解决。

第三天天主就去县城。一下车，他就背包到县委书记家里。县委书记正在看新闻。听天主说了，收下天主的诉状。不时瞟天主那鼓囊囊的包，打量天主灰扑扑的一身，说："你回去吧！你反映的问题我们会调查的，会妥善解决的。"天主见他不太高兴，交了诉状也不多说，就出来了。

遇到刘朝文，又对天主作起威，吼道："你到哪里去了？"天主不言，他以为天主怯了，说："回荞麦山去好好上课。"天主也火了，也吼他："回办公室，好好地上班！"

天主到荞麦山中学，学校里确实不像话了，那常务副县长朱国邦本不是管教育的，听说荞麦山中学的状况，大奇。经过时就驱车进来看。六七个月了，学校地都没扫过一次。女生宿舍门背后，积累了一大堆屎。朱国邦就问李勇虎："你看看还成不成样子？"李勇虎轻视朱国邦一无学识，是乌蒙城里的小街痞，全靠妻子的关系提至此来的，到米粮坝也只会嫖姑娘。又加自己上任来不断地出事，估计自己这副校长当不了多久了，就无所谓了。见朱国邦吼自己，也冒火了，说："在这种烂地方！你来当也肯定如此！甚至不如我！我婆娘要是有能耐，我也当副县长这里走走，那里看看，胡乱吼人！

哪里像当这么一个烂校长你吼过去,我骂过来!"朱国邦下不了台,怒冲冲走了。众人都说:"李勇虎这官是当不成了,惹别的还可,公然惹到朱国邦头上去了。"李勇虎说:"这官有多稀奇?当不成算了!他才是个副县长,就不敢惹了!希特勒、墨索里尼还有人敢惹!"

　　天主没有吃饭,钱吉兆、梁榕叫了他去。这钱吉兆又是最喜捧官的。秦光朝在时捧秦光朝,李勇虎上台捧李勇虎。李也垂涎于梁榕之貌,所以三人时常去喝酒谈笑。如今天主来,边吃饭,李勇虎就与天主吹起来,说:"兄弟!我观察这社会时间比你长些,有三十多年了!都是碌碌之辈,没有说头!就像为兄的,岂不想干一番大事业?小的时候,梦想以后如何如何,要考个大学,干一番大事!大学考不起,考得个烂师范!读师范时又想:以后出来,要怎样怎样干!毕业分工十几年了,又落空了!我这一辈子!是砸了!又不服气,想我这一辈子废了,下一辈人定要让他吸取我的教训,大有作为!我输掉了的,要让儿子去赢回来,自己的梦想,定要儿子实现。所以讨个婆娘,好不心热,天天盼着生儿子。计划也订好了,等儿子出世,我就不打麻将,不喝酒,彻头彻尾好好教儿子读书,哪知生下来,又不是这样了!开头还有点心肠,渐渐也就没心肠!现在,儿子也甩在半边,管他成不成人了!又越看越火绿,不是自己理想中的儿子!对儿子也失望了。又等着一二十年儿子长大了,养个天才型的孙子出来!我这一年主持这行政工作,又干砸了!追根究底,就是书读少了!不懂这社会上人与人关系的道理!现在困惑了,才来读点书,已晚了!所以我敬佩你是个实干家,耐得住寂寞,我行我素,只干正事!我现在尤其体会到:人才难得啊!"

　　大家正在喝酒,易为义来与李勇虎说有个农民在操场上闹。李大怒,就和他出去申斥。钱吉兆也跟着出去了。梁榕自然喜庆天主的回来,满面春风。现在只天主一人了,她红了脸,咬着下唇,问:"天主,你忍得下这口气,不告他们?"天主说:"哪有时间和精力来告!"她说:"你太宽厚了,对恶人你就要更恶、更彻底、更坚决!都像你的胸怀,天下自然无事了。但你为何还要受他们欺侮?这半年中,我为你鸣不平！"说到痛处，她已满腔悲愤。天主感动了。想自己受侮事小，她竟感同身受到这地步！能得她关切至此，自己受侮也值得了。只说："我有能力，自然就不受欺了！我无才，是招祸之因，反躬责己就行了！"她一听，砸了筷子，满脸怒容，咬牙盯紧天主说："那你永远都要吃亏的！你一味的好心，不行！你怎么越搞越软弱了？"天主见了，喜她这刚烈、勇壮的气象，又想是自己能娶她就好了，就去拉她坐下。她一摔身，出去站在阳台上。

许久她回来，问："以后你怎么办？"天主很感动。自己历尽沧桑，毕竟还有这么一坚定的知音，反问："你说呢？"她说："只能像我说的那样办。"天主点头，说："梁老师，我永远爱你！"她脸立刻红了，再不看天主。

李勇虎与那龙老三吵了起来。龙老三在操场上打跟头，大嚷大叫。李勇虎叫他出去，他不听。李勇虎冒火，说："老子是堂堂的大学生！"龙老三骂："什么大学生！你狗日都配当大学生！倒是个大畜生还差不多。"李勇虎又说："老子是堂堂一校之长，有权命令你滚出去。"龙老三说："对对对，老子正笑着看你长呢！我倒要看你下学期还长不长！"那龙老三就是不出去，李无法，只好躲回自己宿舍去了。那潘永武等，只叫天主快告，这些人要下台了。

渐到升学考试，那管教育的副县长杨传羲下乡检查考试纪律。进荞麦山中学来一看，一片破败。就骂："这伙杂种，把这学校都搞成个牧场了。"开会时，外地监考教师、荞麦山中学教师达百人在场。杨传羲指着李勇虎、李国正、赵在星问该当何罪？问："李勇虎，有何话说？李国正，你纵容儿子欺男霸女，是不是？赵在星，指使流氓，勾结恶霸，殴打教师，镇压学生的，是不是你？"三人垂头丧气，不敢答言。天主站起来，向杨副县长说："我反映问题……"刘朝文及人事局长等忙按天主的肩，说："等会再说！等会再说！"杨传羲骂完，与天主说："你讲。"天主简略讲了。他说："好好地干。我晓得你是不错的。下学期你回来好好上课，看谁还敢动你？"

天主有空,就找报纸来看海湾战争,苏联的衰败。他已为中国大担其心了。

这一半年中,法喇小学也是滑稽之甚:秦国书当了校长,那谢吉标因为胡乱评说中心学校校长郑荣吉,被郑荣吉调到拖姑去。谢吉标是有家室在法喇的人,大受其苦。早上要跑三十多里赶去上课,下午回家,又是三十多里。谢吉标获罪,谢吉林也遭罚,校长也当不成了,就换上秦国书。秦国书一时好不得意,想自己年纪轻轻,就干得个小学校长当了。那谢吉林表面装作无事,心里难过得要命,又是请人说情,又是逢街天①,就跑荞麦山提两瓶酒去郑老师家坐坐。老郑回心转意,又把秦国书的校长下了,让谢吉林又当。谢吉林复辟,每日哈哈大笑,秦国书又笑不起来了。

秦国书、罗正万、吴耀成等一派,谢吉林、姜庆真等一派。小学的斗争令法喇人大失所望,说:"大的地方分派系斗斗还有说法,那要分利益,争官当。这种一个小学,有啥争头呢!公然争起来了,争来争去也不见争得到什么!"有个别几个人说:"咋没有争头?争校长当,争教导主任当!莫以为这官小,反正是个官嘛!"

果然谢吉林上台,立刻从法喇小学把罗正万打到三道岩民办小学去。罗正万天天大骂谢吉林。谢吉林说:"骂的风吹过,打的铁实货。他再骂,也把我骂不到三道岩去。"小学几十年来无事的,如今也斗成这个样子,大家说:"小学也演起戏来了。"

就因为罗正万平时口多,总是说谢吉林再会干如今也没有供出一个大学生来,他家罗新成反正是大学生了,所以才会演出这场龙虎斗。老的一斗,小的也斗起来。罗新成也就骂谢庆成、谢庆胜等。谢庆胜现在在县交警队。一次见罗新成从花紫岩中学坐车回家,叫了几个司机,把罗新成狠揍一顿。

罗正万家出了大学生,狂了起来,称罗新成是他罗家全族的精英,

---

① 街天:当地约定俗成的赶街、赶集时间。

对全族人颐指气使。这些人悄悄来与谢吉林说:"再把他赶远点,赶到空欢喜民小去。"谢吉林大喜,又把罗正万发配到空欢喜去。那里只有两个小学生,罗正万每天来去,要走三十多里了。

村公所就斗的更甚。吴明洪等已喊出口号,要孙江才下台。活动越发加紧,法喇村人都说吴明洪的村长是当定了的。一时告的人不断,谁都怕吴明洪爬上来,那法喇人就死定了。孙江才等三人,也愈加紧活动,要调出法喇村来,说就是去拖鸡村当村干部,他们也愿意。

孙平强讨了卫祖英来。孙江荣原还有一小间几平方大小的猪圈,但孙江荣说孙平强去当兵这几年,没有为家里苦着生产,拒不分给他。牛是孙平强回来后掏钱买的,是孙平强的,孙江荣也强要分一半,众人都说不合理。孙江荣坚持孙平强不分他牛,他就不分孙平强羊。全族人又暗地说不合理,但又有谁耐烦去与他说。

卫祖英来与陈福英说:"大嫂,再没见这家人这样心黑的了!都是他生的养的,孙国勇有猪圈,孙平强连一寸猪圈也分不到。羊从合作社包来,孙平强面下的,也要扣掉。孙平强买的牛,他说是他买的。跟这种人在一起,无法了。"陈福英安慰她:"慢慢地过,哪家不是这样过来的。"

大家都怕卫祖英跑了。卫祖英的老子卫培伍带信来,叫卫祖英、孙平强去米粮坝,他包地给他们种。孙平文、魏太芬等都怕卫培伍对孙平强下手,把卫祖英另许人家;且也担心卫祖英非庸常之辈,轻轻也就把孙平强整掉了,道:"去不得",也不许卫祖英去,暗叫孙平强盯紧。卫培伍来孙家,要带他姑娘走,孙家不许。卫培伍又在村口大骂,魏太芬等人才叫放了卫祖英去,只要孙平强不去就行了,不管卫培伍把姑娘嫁上嫁下,嫁东嫁西。卫祖英去了半月,见她爹妈家也可怜,生活尚不如孙家,又要回来。卫培伍只是叹气。

这孙江成、孙江荣家仅一墙而隔。孙江荣吝啬囤积,便利了孙国勇、孙国军。田正芬天天在门外骂东西丢失了,又骂不出名堂。反正大家都知是孙江荣家干的。只要孙平玉家不管,孙江成家自然无奈何。倒是孙江荣家摆脱了年年春夏秋的粮食危机,丰盛起来了。孙平玉只恨得道:"好!好!偷得好！再加油偷，更好！"

卫培伍也维持不住生计，去昆明打工了。他是秦国安的姨爹，秦国安自然另眼相待，安排他在货场。孙平文等见卫培伍去打工了，卫祖英势必要跑的，忙在孙江富全家去通海打工，那房子无人看管时，说让孙平强夫妻二人搬去住，帮助看那屋。哪知那屋四面八方都挖过门，屋顶上又漏，没有办法，住了一个月，就垮了。亏是白天垮的，人没有伤着。孙江荣又不许搬回来，只好又找了吴小三的猪圈去住。但住了不到半月，闲言絮语就起，说吴小三勾搭上卫祖英了。原因吴小三是个不择手段，做人不讲道义、原则的，今又正有钱。卫祖英又聪明、漂亮，不是傻瓜。到底真假，无人知晓。但二人的作为，就不由人不相信。这下卫家也觉名誉不好，孙家也为难。卫培伍又带信来叫孙平强、卫祖英去昆明。卫培伍之妻，也觉丈夫不怀好意，对卫祖英说："小英，昆明是随便去得的？有钱就是昆明，无钱就是'亏人'！你不要信你爸爸的。"但别人要名誉，孙江荣是不要名誉的。全族人包括孙江华都觉名誉不雅了，来催他猪圈腾给孙平强，他就是不给。孙平强也无法，只好仍住在那里。住的日子越长，自然名誉越丑了。那孙平丽也是懦弱极了的，哪敢管这些事。

孙平会终于给定人家了，男方是左角塘郑家。消息一传出，全族哗然，原因是说那郑家老者有麻风病，是癞子，以前吴明才家二姑娘就是给这家的。吴家得知是麻风之家，纠集全族一百多人，到郑家门上说叫老者出来给他们看看，若是健康的，没有二话，姑娘就给了，若不见，就退婚。郑家种种搪塞，把老者锁在房间里不让看，吴家就与郑家退了婚。孙平会就说那吴耀仪："给精给怪，给一个癞子家。"如今可好，全族人都说："前世说人，后世打嘴，这下她亲给癞子家了。"因她平素不会为人，孙家无不暗中拍手称快。又况那吴耀仪之姐，就是给过天主的，郑家又说过吴耀仪，孙平会是大一辈的，也落下笑话。

吴家听说给的是癞子家，以吴明才在族中地位之微，尚且全族不平，为之撑腰，孙家却不同。各各暗自高兴，想天下哪来如此痛快之举呢！堂堂老支书，到头不如那"大老甩"了。孙江成、孙平刚父子是孤家寡人谁会见得？而且孙平会也不会做人，族内老的小的，从孙江荣、孙江才到孙平玉、孙平文直到孙天主、孙家文，无不被她骂过。众人也不怜惜：她不是小，不知事，而是十九、二十岁的人了！所以现在，个个拍手称快，庆幸她找到好去处了！

孙平玉已是发狠了，说："她莫说嫁癞子，就是嫁猪嫁狗，都与我无关了！我是全当没这个妹子的！二十岁的人了！我爹，孙平刚来打我，她不劝一下，还来帮忙！"别的人家大奇于孙家出这桩丑闻，而无一人管。对孙平玉、陈福英说："你家两口子名誉要紧，孙天主尽管被学生打，那是人家冤枉他的！名誉也还在的！你们也要为孙平会争争名誉！不然说在全乡、全县这么出名的人，姑爹是个癞子！"孙平玉说："我家的名誉，早就被败完了！也不在现在了！要图也图不来了！"陈福英则惋惜："天呐！瞎眼睛也不会这样嫁的！这不是把人活活推进火坑吗？虽是活人，也当死了一半了！听说那郑家，是四邻八舍都不敢交往的。"

孙江芳七十多岁眼睛失明了，不能来，还是给秦国书带了信来，责问全族人："这一族人一个是憨包，难道个个都是憨包？清清白白的姑娘，要嫁去背一世的黑锅，怎么都无一个人管？这还成什么人家！莫说这是家族的耻辱，连亲戚都是耻辱。那郑家姑娘嫁不出门，儿子讨不来媳妇，已是多年了！孙家的姑娘再无知识，也不能恁种嫁。赶快退了与郑家的这桩亲！"但谁耐烦管这种事？

在郑家哄动下，孙江成大骂起来："哪个杂种敢说郑家老者是癞子的？郑家那几筒儿子是松的？只要听见说，就要来打个人死马遭殃！郑家一大族人，乡长、局长都出些摆起了！法喇哪个想惹郑家的？要是骂给老子听见，老子把他嘴丫巴撕齐屁股眼，撕成两大块摆起，看哪个杂种敢来叫！郑家说了，凡有敢惹老子与孙平刚的，带个信去，郑家马上来叫他房屋踏平，人畜杀光！"孙家全族人听了，大笑不止，说："听听，这些话不是骂了吓孙家人，还会骂了吓别的人？管不管，郑家也只以为孙家会管罢了，郑家势力这么大，孙家哪还敢惹？人家要高攀的，谁还会去打，当人家高攀呢？"

郑家历来连姑娘都嫁不出去，更莫说儿子讨媳妇了。郑家原本哪敢望这门亲能成，后见公然说成了。孙家在法喇，也是响当当的人家，孙江成又是支书，家道殷富，孙子又是大学生，更是喜出望外。只想孙家会举族反对，也效吴家所为，然而竟是如此。那郑志强与天主同岁，虽二十二岁，但在农村，已算大龄青年了。当下到法喇村来，见了孙平玉，也有巴结之意，就叫"大哥"。孙平玉想：他既然喊，还是该答应。刚要答应，就听孙平会吼郑志强道："猪也是大哥狗也是大哥，天底下什么都是你大哥，你有精神喊人，倒是多给我挖两锄洋芋。"孙平玉火起，也不答理郑志强，上去就给孙平会一耳光，骂道："你骂我别样我不气，你骂我是猪是狗，你又是什么？爹爹、妈妈又是什么？你今天讲不清楚，我也不要这命了，索性打死你，清清白白偿命算了。"噼噼啪啪，又是拳打又是脚踢。郑志强也不敢拉，孙平会鼻子流血，哭天喊地。孙平文、魏太芬、孙平强、卫祖英等见孙平玉出手，大是高兴，见打得差不多了，才来拉开。孙平刚老远看见，也不敢来。田正芬哭着跑来："好了！好了！养姑娘就是养给人家打的了。干脆我也来，让人家一并打死算了。"哭着要来撕孙平玉，被郑志强拉住。孙平会只打量孙平玉不敢惹她，横行多年了，猛可可①挨了揍，再不敢撒泼了，只是坐着哭。孙平玉说："你说郑家势大得很，我就打给郑家看看，你去叫郑家来得了。"

田正芬咒孙平玉咒了整整一天，到晚上收工回家，孙江成从山上捡粪回来，暴跳如雷，要来打孙平玉，又被郑志强拉住。第二早上又要来打，又被拉住了。

那郑志强才来两日，就见孙江成父子被全族人孤立在外，连跟孙平玉家都矛盾到这个程度，哪还敢招亲上门。郑家不敢上门，终是决定嫁去了。嫁的时候，婚礼仍按法喇旧俗，但送去的人，少得可怜，就是孙平刚、朱庭秀、孙全芹、孙全荣。孙家全族人道："更不像话了！就是

---

① 猛可可：趁别人不防备时对别人采取的突然行为。

个哥嫂，两个小孩子，就送去了。"郑家见孙家人少，又明了孙江成孤立。一分钱不花，孙家不单送人来还暗中送钱送粮来，大是满意。

这一学期，天主在村里，就遭逢着这许多奇奇怪怪的事情。他的《天高但抚膺》也完成了。《孙子操》的创作，也在不断取得进展。

这一学期，与富华同班的郑朝敏考取了。富华却未考取，把孙平玉、孙天主气得七窍生烟。郑元顺是供郑朝敏，又供两个儿子讨媳妇之后，什么都没有了。天主见着，直为之可怜。听说郑家小儿子郑朝敏考取了，孙平玉、陈福英也感同身受，叹息说："亏得考取了！不然就太丧德，老天也不长眼了。"

但这全村人同情郑家，天主他们也为郑家可怜，但减免不了对富华的愤怒。孙平玉当场给富华两脚，说："丢你妈先人了，自己的大哥当老师，又跟富贵同吃同住，留了级的还考败了！郑朝敏靠谁了？人家还一个级都不留，考取去了，你还活人咋整？"天主也怒不可遏，他之所以回荞麦山来，目的不过就在他们身上。如今富民回家务农，富华又失败，富文也是无望的，感觉心、肺尽在体内腐烂了，而终于弄到自己也不可自拔，着实无发泄的，也揍了富华两下。心中悲来，才想起自己八年前中考落选，父亲的那愤怒之火，才觉理解了父亲。而今自己算是第一次尝受这种失败，就感觉难过得要命，想父亲已是第二次品受这种落败之苦，而以父子寄望之深于自己兄弟之寄望，以父亲之知识见地比之于自己的见地，那这痛苦在父亲身上，更比在自己身上胜百倍，则父亲之可怜，也胜百倍，命运对父亲的打击，也胜己百倍。

岳英贤之弟岳英杰，中考成绩列全县三千余考生中第六名，因岳家弟兄只寄望家里再出一位大学生，就没报中专，而报了高中，录取在乌蒙地区一中高中部了。岳英杰考取重点中学，岳家欣喜有加。孙平玉倒大不懂这东西，听说岳英杰考取高中，说："也是个不行的嘛！岳英贤家爷几个也怕气得坐着哭了。"天主解释后他才明白，说："是了，人家的都是准备考大学，我家的是准备当农民。"又揍富华一顿。天主因孙富华的分数，刚好只有岳英杰的二分之一，比郑朝敏的二分之一多几分，也是大怒，揍了富华，说："家事是越发不可为了，我只想忘了这个家了！走自己的路去了！"

而孙富华之为人，固有令天主喜的一面，但另一面拈轻怕重，看不起日日沉着脸苦农活的孙富民。孙富民也看不起他。二人形同水火，只不过有天主在其间批评压制，二人才不至大闹。天主虽憎孙富民读书不行，却同情其在农业上苦得惨。虽看得上孙富华与己稍类，但看不惯孙富华鄙视孙富民和刻骨的虚伪。

但恨归恨，却没办法。再不好，也不能一捧打了扔了。虽然又气又恨了一个寒假，近开学，大家还是叫孙富华去荞麦山补习。这年荞麦山中学考取六七人，梁楠也在其中。天主对孙富华说："你也十七岁满了！这是最后一次了！"

七十八　恶校长潦倒

开学时，县政府副县长杨传羲、教育局长刘朝文、副局长齐演来，宣布任命原荞麦山中心学校副校长张一行为荞麦山中学校长。

李勇虎、李国正、李志民、李山、李朝聪、易为义、喻大维等人，调到荞麦山小学任教，一时大快人心。听说郑荣吉更怕这些人过去捣乱，要把李勇虎、李国正等打发到各村小去。众人更是欣喜相告，说："舒服呀，太舒服了！"而唯赵在星，张虽憎恶，在县委书记处要强行调出李勇虎、李国正等时，独饶过了赵在星。原因赵在星与张同村，不好下手，留在荞麦山中学。

开完会，局长说："孙天主，你以前是无辜的，你的工资全部补发给你。这下你要全力以赴发挥你的才华了。"第二日，会计就将天主的工资补了。共是八百多元。富华没有考取，又来天主班上补习。富文也回来，重读一年级。

天主这个班，头半年天主一走，家里经济稍宽展的学生，全转学到县城去了。有的是也被生活逼迫失学了。别的往年毕业落第的学生，听说天主回来，都来补习，大半到天主班上。所以一上课，展眼看去，大半物是人非。天主回想分工来时的一番抱负，尽付东流。那进行教学改革之类的计划，如今回都回忆不起。杨春晓去年初中升学没考取，到县城补习去了。

张一行是堂琅坪乡人，入赘于左角塘村张家。妻子在农业上。他师范毕业，比天主父亲小四岁，是那干斤斤的后家兄弟。生得虎头虎脑，原在左角塘小学任校长。因中心学校开会进行教师聘任，有人落聘，就盯着中心学校校长吵。张一行跳出来："你不得要怎么样？"就要挺身捍卫校长，那人被吓退了。中心学校校长就把他调到中心学校任教导主任，后任副校长，口碑极好。县委政府迫于社会舆论的巨大压力，各处物色人来任校长，都不愿意来。只好在荞麦山乡内找人，找了他，答应他从中心学校那边带一批人来，同时把他妻子招为学校合同工。

被他带过来的人有陈宝华、何友奎、范传云、赵玄晔。赵玄晔初中时与天主、谢永昌、马朝海一班，师范毕业后一直跟从张一行从左角塘而中心学校，为人踏实。据说要被栽培为教导主任。范传云与张一行是师范的同学，这些年一直在陷塘地村教书，张带来，目的要命为总务主任。何友奎是他舅子的儿子，师范毕业先在拖鸡小学，后到左角塘小学，自然带来。陈宝华是在县城，师范毕业后在中心学校教体育。张一行本要带来的，还有法喇村的王勋众和高作文。因法喇陷塘地大多是亲戚，张也想带来。但二人胆小，想自己师范毕业的小学教师，来与这些已有一二十人是师专毕业的中学教师争，怕落败了无退路，不敢来了。

这张一行、赵玄晔等等都是忐忑而来的。赵玄晔找天主，说："老同学，退路也没有了，我后悔跟着过来了。"天主说："你不用怕，十天半月后你就明白你选择对了。这些人都是奴颜而媚骨的，傻瓜来当校长，都可保无事。谁是校长，这伙人就听谁的。就是铃铛挂在什么牛身上会响，都有人听的。"

张一行敬佩天主得很，只是不认识。今来了，认识过，他说："你是栋梁之才，智、勇、谋俱全，要当大任喽！"他问天主此中情景，天主大言："你高枕无忧就行。"一星期后就果然看出名堂，又见自己带过来的几人实在不行，但中学这伙人又服服帖帖听从指挥，心中大悦，也极力拉拢天主。一是初三这一届学生，看看只能靠天主这一班。再就是以后，天主才力俱佳，带走哪里均可以一当十。

天主课虽上，心毕竟不如从前热了。他仅用课堂上的时间，也觉应付得过去了。学生也极满意的。他在东欧剧变后，忙着关注苏联的局势。去年关注海湾战争。如今苏联发生的一切。叶利钦把苏共打成犯罪集团，查封苏共中央大楼，收归苏共、俄共财产归俄罗斯所有，苏联最高苏维埃作出暂停苏共在苏联全境的决定。戈尔巴乔夫辞去苏共中央总书记职务，建议苏共中央自行解散。列宁格勒复名圣彼得堡，俄罗斯改国旗为三色旗，各加盟共和国纷纷宣布独立。苏联国务委员正式承认立陶宛、拉脱维亚、爱沙尼亚独立。苏联已不复存在。天主每日找到报纸看了好不痛心疾首。从中国的安全、从中华民族的未来利益来说，他是极欢迎苏联的崩溃的。这下北方失去了一大强邻，中国更有余力对付美国。但从事业上来说，天主感到惆怅。一个强大的苏联，是要征服世界者太难找到的基础了！要建立起这么一个强大的国家太不容易了！而今分崩离析。天主愤然：这是人类有史以来最大的悲剧！戈尔巴乔夫是人类历史上最大的罪人！不由吟道：

第三章 悲歌

人生醉美何由识，但得秋来巡封疆。
九州英雄解归田，处处秋色草木香。
万轴一共画色里，碧水丹山白云长。
秦民桃源酹陈迹，霜松净径吟重阳。

然后天主午后回家，即忙读书写作。苏联崩溃了。列国争夺世界的斗争第一回合结束了。天主想在不久的将来，必然有某国要统一全球。中国怎么办？中华民族的前途置于何地？他即读《孙子兵法》等书，想在其中找出答案来。他开始研究战略了。苏联的崩溃是因庸才而崩溃。天主总结而痛惜之。作自强之诗：

商周秦汉又隋唐，千般雄谋竞刚梁。
自古兵法演不尽，至真至切说自强。

男儿应须济祖邦，不屈美苏天下盟。
夷摈关西千年耻，谁学啮齿秦孝公？

又一词：

五千春夏又八荒，十亿儿女勤耕塝。
天下形为最，如何不霸王？

千古乏宏谋，堪为拍案伤！
秋风起天下，谁人效秦皇？

一学期就结束了。戈尔巴乔夫辞职，苏联瓦解。天主想世界历史上的争霸战第一阶段斗争已结束，这也如春秋霸主之争，美、苏乃其中两霸而已，未来的斗争是更残酷的。

富华拼命画画，至于彻夜为之，眼眶上血丝密布，常时身上被洒的全是颜料。天主见着也可怜。然而学习也只是在班上中常点①。别的学生，也有几个学习好的，如此而已。

张一行对天主关怀备至，要天主好好地干，提示可以把天主提为他的副手。他一从县城走，天主就可在此爬正了。

他也颇知书的。听说天主的长篇小说《天高但抚膺》已写完，就跑来看，说："是'以手抚膺坐长叹'之意了！"天主赞赏地点头。他听天主仍对小说不满意，说："当然，你写时是在一个水平上，如今能力又有所提高，主题、看法自然又有所升华，当然不满意了！"天主听听，都评得在理，说："是了。"也佩服他，觉这学校内唯一

---

① 中常点：评价的东西不太好也不太坏。

佩服的，也只有他了。

　　见天主勤学不已，张就可惜，说："我是可惜了！原来不懂事。农民家庭出身，就是没有人会教导这么一句：'你要好好读书！'瞎摸瞎摸的，摸得这么一个工作，也就满意了！我二十零头之时，哪里像你这样读书，成天与鱼毕村人抱倒腰，比力气。大好年华，白白浪费了！一晃一晃，娶妻生女，已四十多岁了！现在见到你的成就，才明白自己耽误了青春，蹉跎了年华。四十来年，过往皆非。看来真是近朱者赤，近墨者黑。要是我年轻时遇上你这么一个人，我就和你好好干事业了！也不至于像今天这样潦倒了！但从我读书时起，同乡、同学、同事，都没见一个你这样的人！在荞麦山这么多年，也只今天见你一个！所以开不了眼界！一个人得不到启发，活一辈子，也跟睡觉一样，有什么区别！你倒可以了！就是到现在，你在法喇那块土地上，也永垂不朽了！人活一世，就图这个名！不然有什么意思呢！"

　　天主深有同感，说："是啊！最辛苦的，就是在前面摸路的人！我自己以前读小人书，读科幻小说，也读了几天武侠、言情，白浪费了些时间！才明白无用的，才又回身！我想我要是有个高明一些的哥哥之类，给我引引路，我就可以省很多时间、精力，免去那些误入歧途之苦了！所以出身下愚，就是悲哀。我总在憎恨人为何生来不就是无所不知、无所不晓的神灵！为什么不经启发，就不开昏昧？直要事机糟了，才会悔悟过来！人其实庸常得可怜！现在也想通了！地球就是人类之母！大地母亲就这么平凡，人类又何尝能高贵呢？是更庸的庸人而已，反正人类就是这么回事，不可想了！就像我这几个弟弟，有我给他们做榜样，引道路，还是平庸得无法，令我大失所望！其悲其哀，不可言喻！我已大失所望了！像我教这些学生，仍然如此！我对他们的苦口婆心，一点作用不起！"

　　张说："我倒是真心说：像你这样的人有多少！我私心羡慕。我是恨自己一生没遇到一个好老师！要是我能有你这么一个老师！我就绝对跟你学了，发誓要追上你，超过你！你父母幸福了！才比我大三四岁，儿子这样争气！比曹操还值得！真是'痴心父母古来多'！曹操那些儿子，不成器的多！所以才叹'生子当如孙仲谋'！他羡慕孙坚啊！曹操个人的成败，对他无所谓。儿子不争气，就成大问题了！你看最后落到司马家手头，像狮虎吃猪羊一样！你没成家的人，还没尝到这些做父母的悲哀!也就体会不到我羡慕你父亲，到了何种地步！简直是顶礼膜拜了。"天主说："有所体会了！我从我这几个弟弟身上，已领教够了！同样羡慕别人有一个好兄弟！自己都要恨成病人了。"张一行笑道："你说差了！兄弟毕竟比儿子不同!你的年龄段跟我不同！我这个年龄段，是要托给谁？托给子女！你呢！尚无后顾之忧，而且再过二十年，你就明白兄弟不同子女了!"

算来算去，都是亲戚。张一行就是张一芝的堂哥，与秦家、吴家都有亲，与吴明道、天主、王业午老师都是亲戚。孙天主与范传云等，也是亲戚。张一行两个姑娘，大的一个读初二，小的一个初一，而他超生的儿子，就暗藏在法喇村他姨夫姜庆荣家，已读小学了。天主在法喇，有何不知道的。因是张一行说："我们又是家乡人，又是亲戚了。"

他也就来找天主的《四书》《庄子》等去读，说："烈士暮年，壮心不已啊！"因约天主，"你与我两个一起读书，互相影响，比赛着读，这样就有进步了！"

天主佩服他这精神，同时也真为他惋惜：一个原本可造就的人才，就这样误了！天地之大憾,莫憾于人才被浪费！

但他只是与天主说着，激动而已。其实书也只是找去摆摆，最终看不进去，又废书而叹："看了也无用了！用不上了！想的事头也多，无心思看进去了！不如你单单纯纯一人，正好用功啊！"张最喜毛泽东诗词，崇拜毛泽东，就与天主背毛诗，谈毛泽东的军事、政治奇迹。荞麦山除他二人，皆不谈及此。因是均以为得了知音，大为畅快。张又取天主诗去读，说："再过些年，你的诗也不下毛诗了！毛泽东到你这年纪，还没一首名诗的！规模气象，你的诗都不下毛诗的。"

天主想真是时来运转，遇到个圣明的领导了，二人无所不谈。张又逢假，与天主同到他在左角塘的老家去，看他那故居瓦房，又到大海他老家去。二人都是农民出身，志趣相投。张一行几弟兄，唯张读出书来，其余几人都在农村，生活差极。人比人，就比他们这大哥差远了！

张的到来，荞麦山中学稍有变化。但调出去的李勇虎等人，尽被打到法喇、陷塘地等地小学任教。李国正调出去，仅两月就头发全白了。妻子原在学校内自己家里卖包子。这下蒸了包子，才背来在学校操场上卖，就在她昔日卖包子的窗对面。如今这屋已被张一行家住，张妻卖起米线来。天主见了，吟那《桃花扇》续四十出《余韵》之《离亭宴带歇指煞》。

天主想：不用说秦淮繁华、王谢风流。单这张家搬进，李家搬出，就足以显人世沧桑了。

李勇虎等岂有服气的，早结为一伙，发誓与张一行结的已是子孙仇，非得报复不可。然而李勇虎、李国正等终是日脓无用之辈，张终是无事。

每晚上天主见李国正的媳妇，从家里煮了洋芋背来，就放在他家原那屋、如今张一行家屋前，心就恻然。屋易主矣。为要做生意,李国正家又在荞麦山中学门外向另一家人，出一千元买了一点地皮，春起间瓦房来，李国正妻又在那里卖米线、卖包子。天主看着，又有感悟：早点知事点，书记当着，宿舍住着，包子卖着，一切都是现现成成的！一方而百便！何用如今来买地建房诸举呢？

李国正一见天主，万分惭愧。顶多打个招呼，就走了。五十零头的人了，落到这一步，不能不说是万分悲哀的了！他虽处处宣扬："老子还要打回荞麦山中学来！哪里跌倒，哪里爬起来！"然而人人都说："回不来了！"

比之乃父，李志民等稍好些，偶尔也还进荞麦山中学来走走。李志五也进来。不过每来一次，不过如许给天主增一分的感悟罢了！

李勇虎落魄了一个多月。荞麦山中学被他扣了工资的人，大多高兴过后，今已好了伤疤，忘了痛了！李又强颜欢笑，进荞麦山中学来，众人仍理他。他说："感激不尽！我原以为这一下，谁也不理我了！我终于怀念：荞麦山中学是个好地方啊！下一世投生，我就要求仍到荞麦山中学来投生的！"

李山、易为义等，或被赶到拖鸡小学，或被赶到法喇小学。真有天上掉到地下的感觉，就不用说了！

唯赵在星，仍是旧习不改，仍旧喝酒、赌钱，与周围之流氓仍同一气，与天主仍是相互恨着。张也未抹去他那教导主任职务，但工作干得更比以前差多了！张恨而无计。又赵有妻子的。他那舅子家在米粮坝，女朋友名曲奉灵，因是自费生，李勇虎为政时，家里想了许多办法，来当会计。赵就不择手段，把她弄上了。二人丑闻远播，赵妻来打来骂。曲奉灵回家，也遭其父母、兄长教训。不过既处一处，又有何法？仍旧如斯。

这张一行在外迫于李国正等的进攻、挑衅，内迫于赵在星胡为，无可打发，多次与赵交涉："当初你为何没出去？主要想到是家乡人，又是亲戚！我们正好合作了干！"赵起先还感谢张："你不饶过，我也去拖鸡小学、法喇小学了！我敢不好好地干？那就对不住你的救助之恩了！"这下说："我来这荞麦山中学，是多年前就分来的！也不是蒙谁提拔进来的！我当这教导主任，也不是蒙谁提拔，那是李勇虎时代我就干着这芝麻官的！我在这荞麦山中学时，你在哪里？我与你也无冤无仇！你最初不赶我出去，那只是大家的本分！谁叫你当初不赶我出去的？你不许我当这官，可以！我还给你！你要赶我出去，也行！我卷起铺盖走！"张无法，恨得咬牙。

张见天主不报前仇，极力来催："这些人是小人！是落水狗！鲁迅论落水狗，你是懂的！一旦得志，你想想你的处境！他们会饶过你？"又乡派出所宋友蔺之妹原许与李山，后李山读成书，退了婚的，都要痛击这伙人。又唯天主之案件可以作筏，都来催天主动手："现在时机到了！你还不打？要是这伙人像你现在，他们会饶你？"二人或许商量过一番了，宋来对天主说："你这案子，虽说当时张校长没过来，但他现在是这里的校长！你是职工！案件也是在这学校里

发生的，你的才能，再加上他助你！你还愁什么？"张来对天主说："你那案子，宋所长还立着！他是成心要助你的！所长帮你忙，十分已九分成了！"

天主明白，倘李、赵等得志，自己固然首先成其歼灭之敌。有宋、张二人之助，这伙人定然下场可知。但于他天主的伟大事业，有何益呢？而且，费时费力，徒耗自己的才智而已。因说："待得打倒这些人时，我已浪费几十篇、上百篇文章不能写出了。"二人都说："你小伙子外观聪明，内里糊涂！从这一事，我就把你看白了！原是做不成事的！现在赵要活动调米粮坝，李在讨好乡长、李国正也在活动！只消两三年，结果就出来了！那时你怎么办？只有你还呆坐着写文章！你原来吃亏，不就是呆坐写文章，不通世务招来的？你只消一告，别的事自有人料理，哪里影响你写文章了？"天主说："也好！让他们爬爬，我就能有两个更强的对手！斗着也就有兴致了！他们一爬，更能激发我奋斗！出钱还养不成这样的对手的！就由他们爬吧！"二人一听，更失兴致，很对天主不满。少不得另觅由头，斗这伙人。

荞麦山中学原总务主任是周潮清，五十多岁了，干了七八年此职。如今张来，范传云要来任此角。即将周架空，名虽总务而实不总也不务了，范传云成无冕主任。周潮清见大势已去，待不下去，去活动了调回他老家小寨乡的小学去了。这周潮清历来只看承领导脸色，作践各教师，至于粉笔头，也要克扣的。像钱吉兆等，把儿子认他为"周爷爷"，就另眼看待。许世虎、天主之流，找他要张蜡纸刻试卷，也不给的。这下去了，全校教师又掌声雷动，欢畅了一时，大庆胜利。

七十九　选票与电灯

　　话说李勇虎被打到法喇村来，谢吉林也看不起此人，加意践踏，叫他去教小学一年级。法喇村诸众哪明人间关系的复杂，只知李勇虎与天主原是矛的，就说李勇虎是被孙天主告了，发配到法喇村来了。"荞麦山中学的校长来教小学一年级了！"成了全村新闻。李勇虎显赫一年，即被打到这穷山中来教"1、2、3，a、o、e"，病都要愁出来了。

　　孙富春、孙家勇都去上学了，就在李勇虎班上。富春异常聪明，但李勇虎三天打鱼，两天晒网。全班学生到头语文无一个及格的。这些学生家长愤怒，然也无可奈何，包括天主也觉李勇虎是来害人，然而没有什么办法。

　　一个冬天，全村人都忙着打台地。说从国家拨了钱来，打好一亩台地，两百元钱，法喇人立刻又打起台地来。有精明的，有前次挖围原的经验，大为怀疑，说："当时挖围原，说挖好了米就来的。如今多年，可能那些贪污大米的人都老死了，米还不见来！"而大多数人，已忘记那米的事了。听说了，才又想起来，说："是了！连我们挖地的人，都把那米忘记掉了，谁还会给你米？"

　　虽然这是不大的指望，法喇人仍干得热火朝天。满山只听见炮声，地边一道道石墙，笔直而起。不到二十天，已是道道石墙，从山脚直到山顶。乡政府的一来看,又高兴又害怕。高兴的是说法喇村已搞起五千亩台地了!不上二十天,定有一万亩!单是这法喇村的台地,就足以完成全乡的任务了;怕的是款项早被县上挪为他用。要是给不出钱来,法喇人是刁钻出名的。万一闹起来,又怎么办?

法喇村的台地出了名。县领导来看,高兴得合不拢嘴。说上级来验收,先就带来这里看看。结果地区的来了,连拍巴掌。说全区的台地,就以这里做样板,给省上看。终后一位副省长来了,站在山上山下,望远镜看去,成千上万道石墙,把十几座大山全锢了起来。石墙全是石灰石筑成,结果是法喇村雄伟的大山,在省电视台的新闻节目里放出来。在米粮坝、荞麦山工作的人看了电视,都高兴得了不得。随后就是一位国务委员来看了,被法喇村的台地都吓着了,说:"是人类战天斗地的奇迹。在整个长江中上游治理水土的台地中,都是最好的。"法喇的大山,又在中央电视台的新闻联播里出来了。

国务委员来赞赏法喇村的台地这天,孙平玉等人正在砌石坎。来了几辆小车,就用望远镜看起来。话都被吴耀庆抢去说了,孙江才、安国林等全靠了边。孙江华一问,孙江才说是国务院委员来检查。孙江华听是国务院来的,吓了一跳。孙江才说:"国务委员相当于国务院副总理!"又把孙平玉、孙平文等吓着了,也不做正事,就跟着看,说:"我们法喇这种穷地方,出个县林业局长就不得了。是什么样的地方,出得起这样的大人物呢?"

法喇又为米粮坝县立了大功。台地搞好,说是降价了。每亩只给一百元。后来又降,说是七十五元。终于乡政府四个干部来量地了。量时拼命地压,一块多边地,反正都是以最窄处量长宽,又不量到头。量了半天,该有十亩的,只有三四亩。法喇人看血本无归,急得要哭。原因见大领导都来看过了,兴致更大,煮肉蒸饭的请人来打这台地,有的是卖了猪去买炸药来炸石头,有的卖鸡,种种不一。有的是别家的地,主人不打,自己包来打的。

但法喇人的狡猾,又显了出来。那山太大,土地众多。这些乡政府的,只能迷在其中。量过了的,又带他们去再量一次,有的连量了三四次。等到有不服的又来告乡政府这几人,这几人大怒:"这伙刁民,难道我们就没法了?再严一些!干脆让他连量三四次都量不起那一亩来!"

这下法喇人更惨,几乎要哭了。而其中各种阴谋,不可言说。横梁子社的,每块地量了,问是哪家的,吴明洪都说:"我的。"都记成吴明洪的名字。可怜有老实巴交的人,又不识字,只见到自己地里量了,也不管怎么记的,结果白帮吴明洪的忙了。吴明义见吴明洪得逞了,也跟在后面,量一块地,也说是他的,致使两弟兄争了起来。最后吴明洪的达两百多亩了。乡政府这些人怀疑:"你有两百多亩地?"吴明洪说:"地是别家的!石砍是我包来打的。"

横梁子社的人软得要命,哪敢惹吴明洪?听见自己打的台地,被挂成吴明洪的了,只是哭。别社的人,都道:"可怜横梁子社的人!被吃猪一样。"到下一块地,是陈明安的。他姑爷是姜庆成之弟姜庆棚。量了,吴明洪又欺陈明安不敢惹他。问时,又说:"我的!"姜庆棚早听有这些事,来躲在乱石堆后面的,跳出来,怀里一抱石头就砸来。吴明洪挨了两石头,见是姜庆棚,即忙逃跑。姜庆棚又纠集了下营姜家,打上吴明洪的大门。吴明洪忙请人提酒去告饶。

这地量了去,钱又不来了!说是钱又被挪用到不知什么地方去了,不单法喇村,全乡的人都愤怒。刚好米粮坝出了事:榨糖季节,县委政府拼命压低价格收购甘蔗,蔗农不卖。县政府组织公检法去强行征收,农民也组织了护蔗联合会针锋相对,结果发生了冲突。联合会组织了上访团,一直访到北京。中央来调查,结果县长、副县长均被撤职,农民获得了胜利。法喇人也说:"我们也组织个'要台地款联合会',也去访!访翻几个贪官污吏!"但无人组织。法喇村姜元坤、崔绍武等说:"米粮坝那些农民,是被几个不怕米粮坝县委、政府的人组织起来的!那些人关系打得通省和中央,才上访成功。米粮坝的县委书记、县长还怕这几人!法喇村谁像惹米粮坝县委、政府的?"

这时又听米粮坝的县委书记升为乌蒙行署副专员了,也跟法喇这台地,稍有关系。反正这台地是或多或少帮了他的忙。米粮坝全县,组织了七八十辆小车，威威风风送他到地区上任。前面拉起红旗、标语，警车开道。车队如蛇一样，法喇村光头坡、横梁子、空欢喜梁子爬上爬下，灰尘蔽天。法喇人都伫在山上看，说："日他妈！下一次我爹来叫我们干这事，我们都不干了！白帮别人干！老子们一分钱干不着！有些杂种已干得副专员了！"

要开县人代会了。县人大主任被分在法喇村来选举，可把孙江才等吓坏了。要是县人大主任都选不成代表，这还了得！他们这官还当不当？又必得保证百分之百当选。县人大主任来过法喇村一两次，说法喇村就是他的"第二故乡"，厚报是可望的。孙江才等大喜，忙扯大嗓门地宣传。法喇人听说有好处，那里耐烦管谁当代表谁不当代表！最后人选了县人大主任作为法喇村的人大代表。

县人大主任连任后，即传了孙江才等到县城去，询问报答之方，最后说法喇村就是不通电最麻烦。县人大主任说就定这个项目吧！结果筹措一番，两次和县长来到法喇村。县长也跟着人大主任表示：半年内把高压线从荞麦山架到法喇村里，于是最后定木一村负责从荞麦山架到木一村；左角塘村负责从木一村架到左角塘村，然后法喇村就从左角塘村架到法喇村！县人大主任亲带了县政府各委、办、局和荞麦山乡政府负责人勘探架设的路线。半年后，法喇村通电了！孙江才等高兴地说："我们每人写三个字，也不过几千个字，就得了几十万元！在老百姓中，哪里去找这种好买卖呢！"

通电之喜整整半年中使法喇人淹没其中。法喇人说："要是每年得这么一位主任来给我们选选，那就好了。"天主回家，大家正在筹划接电，忙碌地买了电线，回去安了。电灯一亮，天主说："好了，前进了二十年都不止！"电一通，笑话百出。张仁宝家爹叫他孙子，在电灯上把他的烟点燃。天一黑，杜老师家爹就叫儿子快找火柴来把电灯点亮。崔绍品等安电线时，把手中的铝线抛上去打高压线，被引下来的电一阵阵击了一屁股，一屁股地跌坐在地上。旁边人说："危险！"他们说："好玩得很！你也来玩一回。"

家家都点上电灯了，只有孙江成、孙江荣不点。说买电线的钱，已够买几年的煤油了！还得给电费，划不来。孙江荣倒有孙平文去解释："那铝线架起，用十年铝线也还在！一点不伤！"孙江荣说："我以为那铝线今年用了，明年还要重新买来安！"此惑去了，但听说灯泡烂了又要买，用电不慎还会死人，最后听要一百多元买铝线、电表、灯泡等，摆手说："算了！算了！还是我的煤油灯好！"

孙江华等都嘲笑孙江成："他枉活人一辈子了！当什么支书！要入土的人了，能得点一天电灯也幸福！蠢了！蠢了！"天主回来，见孙江成家仍是黑漆漆的，去说："爷爷！花得几个钱，就以电灯代煤油灯了。"孙江成说："富贵，算了！我还能活得几天？有吃有穿，就一切都解决了！电灯这东西，有也可无也可！"

本来管电这事，孙家人都说孙平文该去整来管。孙平文就去与孙江才说，但孙江才见孙平文两手空空而来，心里不乐。刚好吴明剑有两只大山羊，送给孙江才。孙江才就叫吴明剑管。吴明剑管了才一个月，原来愁苦不堪的脸，就光亮起来了。据说这时孙江才要去分点油水，被吴明剑赶了出来。吴明剑到处骂："吃了老子两只大山羊！又要来分红！我有给他分的？他敢把老子下掉？量实他了！"

皮坡、上营、黑梁子三个社要选一个社主任出来。黑梁子社长是孙平文，上营社长吴明剑，横梁子是吴明洪。孙家全族一致要将这社主任给孙平文，好管住吴家，吴明洪极力捧孙江才。全村都说吴明洪成了孙江才的随从了，柴砍了背上门送孙江才，草也一背背背上门去。孙平玉说："你看他欢！等吴明洪一爬上来，他就死硬了。"

孙江才到处吹，吴明洪怎么捧他。到孙平玉家来，吹得高兴，说："我还不知吴家早就从县城请个道士先生来看过我们的祖坟呢！吴明洪想当社主任了，来捧我，才说出来的。他说我们祖坟葬下去六十年大发。明年就是六十年了！要大大地去庆贺一番！他说那道士先生说了，发在长房，小房也发，只没大房发得猛点。"他又在各家吹，只隐了发在某房某房的话，孙家全族激动起来，说要一倾全力搞好六十大庆。

又一晚上是吴明洪家蒸了包子，吴家的头面人物都在，请孙江才去吃包子。孙江才吃了个不亦乐乎，后来实在吃不下去了。孙江才走时，吴明洪又把剩的半锅包子端了，跟着送到孙江才家。消息传出，孙家全族大怒。等选社主任，孙江才不敢不依吴家的了，吴明洪顺利地成了社主任，法喇村的围原也因此被吴明义家包去。数万亩草原，据说每年只向村公所交一百元，而每条牛十元，每匹马十元，每只羊五元。吴明义家数年间暴富起来，动不动就拿老百姓的牛马打。

孙平强退伍回村，安国林又说："孙平强是上士班长，又是法喇村党支部委员，提起来万人都不敢有意见。"孙江才说："那是长房的人。"安国林说："你家不要，也不要提人。"半年后他弟弟安国钰初中毕业，又占去了村民兵连长。吴家见一样样落了安家的手，也毫无办法。

至此，孙平拾等大肆攻击孙江才："你怕是被那几个包子胀昏头了！我蒸了喂狗的包子，还比吴明洪的好！你要吃包子，何不来我这里！再者你要吃，叫我们几个大爹蒸给你吃嘛！"

这一日天主回家，与吴明华同路，他来赶街买点盐巴。谈起来，吴耀祥招亲到呈贡去了，吴耀七也跑到昆明去。剩下的三子一女，他一个都不供读书了。天主说："大舅，知识最重要，你该供他们才是。"吴明华说："外甥，我供你两个大的老表读初中，你是知道的。那时心多热啊！也就跟你爸那时望供你成才一样。供到头，你看大舅手中有啥？大舅现在思维一点都不灵便了，有时坐在哪里，一天到黑不知要做一件事。就是供儿子不成器，长时间地气，气成这个样子的。现在口中无吃的，身上无穿的，心里也无想的。妈的还干干脆脆地好过了。那几年有几个钱，总想供儿子成大学生，自找些烦恼！现在我家里那四个小杂种，我按年龄编了四个大小不等的背箩，每人每天给我扯一背猪草。嘿！还行呢！大的十三岁，小的六岁又如何，各人一背回来！我想也好！说良心话，大舅心死了！今年已四十四岁，过十六年就到花甲了！"

到法喇村，走累了，吴明华家就在路边，也就邀天主回家歇歇。正是中午，几个孩子已背了猪草回来交差。天主见都是才十岁以下的，赤脚露胸，异常可怜。最小的一个又嚷要读书，吴明华一副酷脸，充耳不闻。大的几个，天主想也怕是求过不理，不求了的。喝几口水，天主辞出。吴明华也拿上绳子，到山上背柴去了。

　　天主回家，为吴明华的状况嗟叹。孙平玉说："哪家不可怜？吴明义同样如此。吴耀周供一阵读不出来，干脆小的几个只准读到小学三四年级，说会写个名字，认得祖宗姓名就行了。就是考取中学，也不准读，也同样如我不许富华、富文这些人读一样。吴明义那天还跟我说：'孙平玉呀！人说世上的人千等不一，我看是万等不一，甚至亿等不一。我现在回顾我们这伙人那时兴冲冲地供儿子读书！可怜谁不是想拼命地把儿子供出来？你家的、我家的、吴明华家的等等，读的几十人，到头只有孙富贵一人成功。我太想不通这伙小杂种了，一个日脓两个日脓，个个都是一样的嘴脸！说是畜生，就是畜生！一点不会理解人！吴耀周害我供他读初高中，花了三四千元，又花一千五给他讨媳妇，又花三千才把他的大瓦房修起。修起我才后悔了：牛、马、羊全卖完了，但我还有五个儿子。如果这五人以后跟我算这笔账，我岂不被几个儿子分了烤吃了？哪知这小杂种二十几的人了，仍不成人。被他婆娘督得哭，把小孩也扔给他抱起，跑来找我说小孩子哭了声音都没有，怕是要死了！我也气得毫无办法。亏徐正兰又不知带在哪家去，才给小孩找点奶吃了。我那儿媳妇妈的成了个女皇。我和徐正兰叫吴耀周狠揍她！但小杂种一辈子的软蛋，硬不敢动她！我说：'你这小杂种是扶不起的猪大肠。老子推狗爬不上树！终于落万人耻笑。孙富贵与你一班的同学，一样从前在荞麦山这条路上走。过几年你的儿子就送去给人家孙富贵教了！'张加成同样这样，儿子书读不出来，去四川打工，就死在四川。气了哪里还有人花耳眼①！有一天在前头背着背荞子走，忽然说一声：'就是这样！'连我也吓了一跳。我喊：'大爸，割荞子啊？'喊了两声，他才听见了，'哒'的一声，问我：'你说什么？'我问他割荞子不是，他说是。头摇得不成样子！看着可怜之至。我倒替他想着当时不

---

①　人花耳眼：人的形态容貌。

要供儿子读书就好了。"

陈福英说："你大外婆家难道不惨？她说：'小英呀，我供我家小老四读书，裤腰带都几乎解下来供了。'"

此时才知那吴耀芬嫁去烂木枪家，生活维持不住，烂木枪就去昆明打工来养家。陈福宏弓着腰，五十八了，是个残疾人。得每早每晚煮了饭，才叫儿媳妇起来吃，白天他还得出工。吴耀芬只会背着小孩，在学校周围转，跟那些七八十岁的老年人同伍晒太阳。惹得吴明献、吴明雄等骂："吴耀芬，一点礼体都不要了！你老公公在地里做什么你去见了没有？你一个二十来岁的媳妇，跑来跟了这些老公公坐着，像不像话？虽说你是陈家的人了！陈家人不说你，但我吴家就不说你了？我吴家也还要面子呀！"干斤斤也骂："吴耀芬！哪家的姑娘嫁出门去生儿育女了，还会挨娘家人举族一致地骂？同你年纪的，全村谁像你一样长天老日摊开四肢地晒！你见了谁不在地里苦？谁不在地里忙？我养了子女二十多年了，我还在苦！你奶奶七十岁了，这下重孙都有了，也还在苦！你像不像话！再不用怎么说，那孙富贵人家当大学生、当老师了，以前跟你一样的人，才来讨你？为什么人家不要你了？自己也该发狠赌气地苦出个样子来，虽说不可能比得上人家了，但你也不能比人家差得太多呀！"

那吴明才买了个驴公子来，在村里配马。每配一匹，收四十元钱，二十斤荞子，去配的络绎不绝。吴明才也发起家来了。哪知刚一年，驴公子死了，他那家又败了下去。众人都说他那儿子讨错了媳妇：讨的是王光银的姑娘，把王家的晦气也讨去了！

假期天主也不回家了，他拼命写作。总计篇目已达四百篇，《孙子操》也要结束了。

富民终于从西双版纳回来了。又说起陈福达在那里的情形，大为不妙。陈志莲给了道角乡搬去的王明聪。那王明聪最是个无德行才操的人，在大黑山放火烧了王昌敏等筹建的小学，无人不恨。陈福英听说大惊，说："这不是与整个大黑山的人为敌了么？"富民说："咋不是这样呢！"又谈到陈福九家的情形，也是不妙。橡胶种好了，当地镇政府就要撵胡安政等走。胡安政已跟着打了两架。一次被打昏迷过去,一天一夜后才醒转,陈福九就只能守着哭。陈明贺家也不大妙,陈明贺眼睛失明了。蒋隆贵、崔绍泉都被陈福达撵走了。

陈福英听了,难过得无法。陈明贺又写信来,叫孙平玉家再搬去西双版纳。陈福英再也忍不住了,对孙平玉说:"你写信去!叫他们不要写这种信来害人了!再写这种信来,他们是老人又如何?我们就不睬他们了!"孙富民说:"主意打的大得很!还要叫我们、大舅家、三舅家、二娘家,所有的陈家,都搬到小河边去!"陈福英说:"天也!咋越来越神经了,那点脑壳,是不管事了!"孙平玉说:"这家人是在走败路了。以后不知要败到哪一步才出头!做事越来越没样范了!"

陈福宽倒是陈福英回来以后不久,也就与孙平玉家关系正常了。只是陈志琴是姑娘,开头就没拿去读书的,如今十五岁了。儿子陈志成,学习搞不走,回家务农了。陈福宽气得无法。这时又刚好他那房子在村中。右边的出路,被十几家人建房,把那路占了,只好朝左边走。但左边隔路,也就只有两张床那么大的一块地,是陈福高的。陈福宽要从那里走,去找陈福高:"二哥,我房左你那块三四个火塘大的地,卖给我算了!我从那里走路。"陈福高说:"我的东西从来不卖!"陈福宽说:"我拿点地跟你换嘛!你家背后我这块地,有你那块五倍大,出产也比你那地好!这地大一点,更好管理,不像你那一点点!我就用我这一大块调你那一块了。"陈福高说:"我不调。"陈福宽说:"那二哥能不能作个人情送给兄弟!以后兄弟一定报答二哥!"陈福高说:"空口白牙就要人家送地给你!你的咋不送我?"陈福宽火了说:"你要哪块?说了我送你!"

陈福宽气得无法,刚好陈福英来,说:"姐姐!天下再无陈福高这种蠢汉了,我门口,他巴掌大的一块地,顶多种得了十六七棵洋芋!我早就防他是个憨猪,去说拿他背后我那一块跟他换!买也不给我,换也不给我!我跟他无冤无仇,他犯不着要这样整我!我陈福宽几十、几百的东西都在送人!他就送我就咋样了!这种人,一样人不分!拣得被吴明美家把他全家子打得死去活来，还要把马抢去！不怪他平时鼓头，这全族人再日脓，我们也要站出来为他撑撑腰的！"

陈福英说："中得什么人意！他去医院里，富贵还帮他讨了情的！给姜庆成说过饶他一点。单凭这点情分，他也该把这点地送你！"

陈福宽听了，说："富贵睬他做啥嘛！他是个值得睬的，我们早睬他了！他那些儿女，被人践踏得可怜，我都不忿气！要想出来帮他撑硬筋了！但想想他这种为人，管得了多少？"

刚好陈志成拉骡子喂水回来，经过那地。陈福高来看见，不得了，满脸怒火，冲了进来："陈福宽，你来看看！陈志成拉骡子把我这地踏得不像样了！"陈福宽大怒，故意转向陈志成骂："你眼睛瞎了？不看着走？你这小狗啃的！我打死你算了！"上去狠命地打陈志成。陈福英看陈志成可怜，忙去拉住。陈福高一直看着。陈福英原以为陈福高会不过意，会来劝陈福宽不要打了，哪见好好站着，也有气了，说："二哥，你能不能把你这地卖给小宽，或换给小宽？他是无路可走了。"陈福高说："小英，我不卖也不换！不是我把路占了！谁断了他的路，他去找谁，就因为我这人软了，万人都来欺我！吴家把你二嫂，你侄女都打成残疾了！这下我对天王地老子都不卵了！"陈福宽听了，说："我姐姐，算了！再说多些也白说！回来吃早饭了！"又对陈福高说："二哥，回来吃早饭！"陈福高说："不吃了！只是你要交代陈志成：不要拉骡子从我这地过了，我要在地里埋炸弹！炸着人炸着骡子，我都不管！"

陈福英见他蠢到这地步，也无好气了，说："二哥！你这地也只巴掌大，你送他就咋了？"陈福高说："我不送！"陈福英说："你送二嫂、陈志相去医病，富贵还给姜庆成说过，叫他对你家手下留情！凭那点情面，也换得来你送地这点情面了嘛！"陈福高一愣，红了脸，说："那么我这点地，就跟陈福宽调嘛！要说清楚：不看在富贵外甥的情面上下不去，我是天王地老子都不调的！就是要埋炸弹炸人炸骡子！"陈福宽说："调也麻烦，干脆说断掉，多少钱卖给我了？"陈福高想想，说："你说。"陈福宽说："你说。"争执半天，由陈福宽说了，一百元，就给了他钱，把地买了。

这里陈福英、陈福宽、冷树芳三姐妹又是摇头又是笑，大觉不可理喻，且喜他终于卖地了，又高兴万分。陈福宽说："姐姐，你说他蠢不蠢？他说他以前软了，才被人欺，被吴家欺了！这下是要来对我'不软'了！他会埋炸弹，咋不把那炸弹埋到吴家屋头去？还让自己的人，被人家打两个残疾人摆起！又要炸人炸骡子，一听有什么道理？"冷树芳说："他要是有道理，最后地都卖给我们了，还不给情面！还要说他是看富贵的情面！还说要埋炸弹炸人炸骡子！地卖了，还要得罪人家！"陈福宽说："你说他憨，他不憨的！姐姐说出那些话来，他还会脸红，才卖地给我们。要是他一味不讲道理，富贵给他的情面，他也不认，地也不卖，我们又能拿他有什么办法？"陈志琴说："为人活到老二大爹这种地步，还活了咋整？"陈志成说："这种人哪点活得差？家里两个残疾人摆起！上山放羊子，还叫我：'小成，跟二大爹对支山歌嘛！'赶着他的羊子，歌声还欢得很！边唱边笑！好像全村的人，他过得最幸福了！活了五十岁的人了，连我都看不起他，不耐烦跟他对山歌。"陈福英说："小成，你要是好好读书！还有读不好的？"陈志成就弯下脸来。冷树芳说："无法了！只会放马，唱山歌，到五十岁，也就跟他二大爹一样了！他还在这里看不起他二大爹！"陈志成大怒，说："我跟你打赌：我到五十岁不像他那样，你输啥子？"陈福宽说："你还不滚去放你的马？你又皮子痒了，晚上我就给你揭两层皮！"陈福英对陈志成说："小成，快吃饭！都怪姑妈多嘴！"陈志成说："我不怪姑妈！的确是我没好好读书！现在想读也晚了！只是我妈说话气人，开口就说我要跟我二大爹一样。我当然要问凭什么要这样说！要是我跟我二大爹一样，我就丢个炸弹把吴家炸了，自己去偿命！再不然就屙泡尿在牛脚迹窝窝里，浸下头去浸死！"

富华仅仅是刻苦，学习怎么也进不了班上前几名。天主大为着急。开学即由天主、谢永昌带去省上报了专业考试。天主这班还有许元朴等，都去参加考了，成绩都在全地区前几名。

几个班相较下来，天主这班成绩是最好的。天主只叫学生背"下定决心，不怕牺牲，排除万难，去争取胜利"，鼓励范昌卉等加油。范昌卉等学习刻苦，不分昼夜，连走路上课都是昏昏忽忽的了。天主班上又有王冯志等人，都是努力加油。小村的韩石，也来天主班上补习。他考体育。天主深怜他家境贫寒，无法补充营养，给他些红糖，并向体育老师借了个铅球来给他，天天抱着练。回小村是六十多里路，天主叫他，周末一路把铅球丢着回去，回来又丢着回来。

原先天主分来时，就与班上学生《约法三章》：第一，他和学生互相监督学习。学生学习懈怠了，由他监督。他的读书、写作懈怠了，由学生监督，提出批评意见。结果是他倒比学生做得还好，学生比他懈怠多了。原先他提出自己要保持与学生一样的生活标准，要保持清苦，以励拼搏。所以天主以前吃饭是吃洋芋，洗脚、洗脸、洗澡，下雪天都是冷水。前一两年还做得好，未比学生太优越。第二，学生三年毕业，都要考取中专、中师。但如今已做不到了。三年前原班的学生六十多人，如今只有十多人。其余二十多人，都是留级生、补习生。而且原班生学习都不好，赵在星就上天主这班的英语课，一年下来没正规地上过一节课。学生们又都受外面影响，谈恋爱者比比皆是。能望考取学校的，都是几个留级、补习生。而天主有时遇上原先的学生如今失了学的，完完全全又是一个农民了。有的结婚了，已有小孩了。他们老远见天主，忙逃到一边。天主叫住，说："逃什么？"他们红了脸说："不好意思见孙老师了。"天主无言，说："以后怎么办呢？"他们说："只有挖地、种生产了。"天主回顾过去，就发现这三年是白干了。第三，约定是三年后天主也要读完该读的书，形成完整的理论，出版几部长篇小说和专著，一到他们毕业，天主也就走了，到更大的地方去创业去。

天主大为悲哀，原来害怕的东西，现在要出现了！再过几年这些学生回来，也像自己三年前回来一样说："这个孙老师，还在这里，一点进步都没有。"问题是自己现在已安于现状，不复觉醒。从前深以为怪，大觉可怕的，现在已以为常，不复担心了！

许世虎那个班，是已绝望了，注定是一个都考不起的。只有十多个学生，上课下课也不知道，反正就是扑克牌摆着打。许世虎已懒于去上他那一班了。天主去上课，学生还在打牌，说："孙老师，不消上了！反正我们等着照张毕业相就回家了！也算是读初中一场。"

吴明道那班，秩序是比许世虎这班好些。然据说有望考取的，也只有一个学生，吴明道也不管。吴光正、吴明珍等全力为他活动调下米粮坝去。吴明道也难过，跟天主说："难过啊！原来在学校里时，满腔豪情，只等着出来大干一番。干了两年，干到这个地步！升学考我那班肯定光头！不过亏得学生明白，我是尽力了！我问他们'怪不怪我？'他们说：'不怪！'我说：'你们要怪我，我也无法的！'要干大事，只有去别的地方，又哪里去得了呢？这一生人，只有庸庸碌碌过了！几年前哪里想到要这样过呢？"吴明道成天就是跟赵在星等人喝酒。一天晚上从道班上去喝了回来，学校大门已关。二人爬围墙时，都栽倒下来。赵在星后脑勺碰了一个大洞，吴明道额头也是血淋淋的，都爬不起来，在围墙底下哼。张一行的妻子在米线店里歇。开头以为是狗哼，后才听出是人哼来，又以为是鬼哼，吓得魂都落了。等天亮学生才发现，二人已流了一大摊血，人也冻得要死了，忙救了回来，把张一行气得要命。

而吴明道虽不与天主是同道，但就教书来说，还是教得好的。能力、品行都又在一个层次，与赵在星、邹理全等不同，就是不嫖不赌，毕竟是家在法喇，父母姐妹都是正人。他喝酒，实在是无事可做，借以消愁，这下感喟："天主！我是羡慕你还有可做的事！像我学这数学，除了教书，再也用不上了！你外公是崇拜你得很！天天骂我说他是白养我了！我也明白他的苦心！然而有什么办法？我父亲是独子，我又是独子！所以你外公盼我成人的心情，比你爸爸盼你更迫切！你父亲值得了！也说你是个孝子。父子俩名声都好！我就不同了！我父亲满肚子气，我妈也气病了。我也难过！非但报不了他们的恩，倒惹他们气！"

吴明道的情形天主有所知，原来吴光正考虑自己家已是两代独传，吴明道刚毕业，即叫赶快结婚。目的是因计划生育政策，双职工只准生一个子女。想趁吴明道的妈还动得了，又在法喇村，山高皇帝远的，先生一两个给李母带着养大，再名正言顺地生一个，但吴明道并不想这样仓促。年轻人梦多，想的也还多。哪里想为生子女而生子女。吴光正有气："过些年你妈溜不动了！你就是想多生，请谁带着养？"吴明道家妈也说："明道，我是要近六十了！现在你生来，我还有精力帮你拖扯！等我七十岁了，要帮你的忙还帮得上？那时我还要人帮忙了！"吴明珍夫妻、吴明会夫妻都劝："爸爸妈妈就只有你一个！原来盼你读大学，这下读了，现在盼你的也就是这个了！你要争气点！法喇村干工作的，谁不三个两个的暗里生了来，明摆着养？谁来说？趁现在机会好！"普成杰说："你生了来，妈带着！我们也稍帮点忙！六七年眨眼就过，就读书了！就是十年，也快得很！那时你只管来带你的儿子了！"吴明道说："我何尝不想照顾父母的心理，但哪里又一下子就讨个媳妇来了？要在荞麦山讨一个，单位上的又这么少！以后要调县城，更麻烦！要讨米粮坝的呢？你们也认得：米粮坝又有几个姑娘是没有男朋友的？而且现在的姑娘，有几个正经的？米粮坝的姑娘，一百个难说有五六个真货了！而且我还在荞麦山，谁又嫁我？要讨个农村的，倒便宜！你们也肯定不同意！"一家人想想，也的确是，因是又要帮吴明道调动，又要忙搜罗探访媳妇，心内忙得不可开交。而吴明道自己，想自己的未来，忙自己的调动，又得父母之忧，也是问题越多，越想不清。

再一个就是周永恒那班，更比吴明道那班的好些。估计考得起的有四五个，有天主这班估计的一半多。周是师范毕业的，学历、能力自然无望和天主比。心内虽嫉妒，但在荞麦山这地方，有能力无能力的同样过日子，竞争之心也就稍减。他那一班，管的极好，成心要在全年级树个标本。所以运动会等各种比赛，都超过天主这班。而天主对这些，一概不管，只要求学生加油读书，所以什么篮球赛冠军等全是周永恒那一班的。天主这班，都是倒数第一。倒是文娱晚会，天主这班的女生听周老师鼓励他那班学生要超自己的班，大为天主不服，说："周老师处处都想压过孙老师，孙老师咋硬不跟他争？难道我们一点本事没有，争不过人家？我们硬要为孙老师争气！"就组织起来，排练节目。每次都压过周永恒那班，把第一夺了。

如今学校又要举办全校"元旦"文娱晚会，学生又自发组织起来排练节目，说要夺了第一，为孙老师争气。天主把他们叫来，说："我不要你们给我争气！你们自己为自己争气没有？升学考不起时怎么办？你们这时倒给我争气，我到那时是给你们争不来气的！我自己的气由我自己争好了！你们每天只晓得排练节目，可见你们读什么书！"

她们忙一哄而散，回去仍加油排练，结果又夺了第一。得了奖状，就送来给天主，天主不要。她们说："老师贴着多好！等我们老了，又来看孙老师，还看得见这张奖状！那时多好！"天主说："等你们老时，我早死了！人去屋空嘛！这屋也易主了！"

全校教师，忙的忙调动县城，赵在星、吴明道、荣昭等自不用说，在县城里都有亲友为他们操办调动。这一伙乡村出身，在县里没关系的，也强去闯。或去找米粮坝中学校长，或去找镇中心学校领导，又去求局领导。拖的拖火腿去，买的买红塔山去送。反正在所有人心中，调进县城就是人生最大的事。能谐此愿，也就人生无憾矣！

人的处境不同，希望、理想也不同。又有拼命想调入荞麦山中学来的。岳英贤之弟岳英华，师范毕业分在乐治乡小学，想调到这里来。岳英贤又找局领导，又来找张一行。反正论来论去，都是亲戚。罗正万也来找张一行，要把罗新成从花紫岩中学调过荞麦山中学来。什么柳富豪之妻在干冲小学，朱民蕴的女朋友在草皮地小学，各各都来求张一行。

张一行雅爱文艺，竭力地凑出点钱来，催天主办份刊物。天主哪有心肠办这些小事。张任命天主为《校园文艺》主编，陈兴洪为副主编。刊物要的钱多，搞不起来，就先搞黑板报。陈兴洪得当了副主编，想到弄到个官来当了，大喜过望。而天主只管读他的书。陈兴洪审了稿子，拿来问天主如何，天主也相信他的才能，都说："可以。"陈说："老孙，你抄嘛！"天主知陈也同世间的所有的人一样，爱出风头，也爱表现，说："老陈，你的字好，我这字出不了手。"陈说："都让我把着干了！你也来表现表现嘛！"天主说："能者多劳！你是能者，自然该多做些。"推让一番，陈兴洪被天主说得乐呵呵的。提了尺子、凳子，拿了粉笔、稿件。本来天主说："你如忙不及，我见有些学生粉笔字很好，也抄得认真。他们乐意来帮忙，请他们也来抄抄。"陈口头上说：

"自然，自然，这也是锻炼学生，而且众目睽睽之下抄这校报，是很光荣的事，谁不愿意？"有的老师也想展示一下自己的黑版字，争着要来抄。陈都不让他们参与，自己一人，天天在黑板上抄。写一阵、瞄一阵、笑一阵，问天主："怎么样？"天主都说："好，好，太好了！"陈更得意，抄得更起劲。

但有一利必有一弊。张一行就凭这抄字，发现了陈兴洪之愚，天主之明，立刻提拔了陈兴洪当教导副主任。

但过几天，一封中国作协及一封北京大学的信寄到荞麦山中学来，都是熟人写来给天主的。赵在星见了那信封，心内寒了许多。天主去校长办公室拿信，见赵正盯信封看。那眼神，温顺得如绵羊一样，说话也客气得很，天主即刻明白。拿了信出来，就悲哀：此举说明了他天主可怜，说明了赵也可悲。校长是张一行当着的，他才代理一个月，就自然流露出那种神色来。莫说代理，即使他真是校长，又能奈我何？但他代理这么一个角色，就作如此，不正深刻地说明了我的下贱、可怜么？一个代理校长，也就可以掌握我的命运了！正说明我贱如泥粪！但一封中国作协及北大的信，就算得什么！就可把赵吓到那个程度！赵连这样的信都不可巴望得到一封，更说明了赵之贱如泥粪！

天主郁郁不乐，到后面山上去走走，深刻地想了想。一是作协的约稿信，二是陈老师到北大读作家班，联系了《诗刊》为乌蒙开个专辑，叫天主寄照片、简历及十首诗去。天主才想起，这一年除了看书，哪有什么作品？这一年是虚度了！再加上刚才的悲愤，天主更扼腕可惜于这一年的时光。

聂传顺老二儿子聂学君原在荞麦山中学读书时，与李志五、李兑是一伙，毕业考不起，又到则补补习。在那边打了架，大腿被杀了一刀。无法，聂传顺只好来找张一行，仍要送回荞麦山中学来补习。张说叫他与天主说。他就来找天主："侄儿子，大姑爹是无法了。你大老表也不成器。给他买个农用车呢，又不好好地开。讨个媳妇在家，也只会跟街上那些破烂乌七八糟地乱整。现在两口子闹离婚了。你二老表在则补也读不下去。张一行说你这个班好，只好来你这个班补一下习，要望你收下。"天主无法，只得收下了。聂学君一来,就与天主说:"老表,你要打谁,吩咐一声则补社会的弟兄我纠集得起两三百人来。"天主憎恶,说:"你好好学就是了。我会打什么架!"

这聂学君在天主班上,仍是带一批人东征西讨的。去别的班逞威风。天主无法,叫来说了几次。渐渐与天主矛起来。后来干脆扬言:"孙天主那厮。我不看我孙平玉大舅老实巴交的话,我就揍他了。老表弟兄的,他还敢在我面前充毬的老师。"

这一日聂传顺与他吵了架。他就提菜刀要杀聂传顺。聂传顺无奈何,跑来学校里,找到天主说:"侄儿子,你是他的班主任,你去劝一下可能还起作用。我是养了个混账儿子,无法了。"天主坚拒,说自己去了也是白白讨辱。聂传顺无奈,就在学校里躲了一天。

聂传顺那老三儿子,小学毕业也是考不起的。花了两百元买进荞麦山中学来读初一,总带着三五个小姑娘,面黄寡瘦的。很多老师说:"聂传顺家这娃儿,十七八岁肯定肾就衰竭了。"

毕业考试过后,学生就到毕业了。天主亲历了自己手创的一个稳定的集体的崩溃。随升学考试的临近,这个班也在一天天地逼近成为历史。对全体学生来说,他们要经此,走向更好的选择去。毕业是好事。天主也不是不知道。听学生仍提议:"孙老师,再带我们去春游一次嘛!不然往后直到永远,我们都不得你带着春游了。"天主听了,惆怅莫名。明白学生是爱他,爱这班级,如果不爱,此时还有何心肠呢?但游,也不过是为未来添一点美好的梦罢了。

学生兴致高得很。对未来各有想法。这天就想好了爬最近的一座山。全班买了米线诸物。男生背东西,女生舞红旗。范昌卉说:"但愿我们考到哪里,你都能调到哪里去教我们就好了!我们永远做你的学生!再不愿别个老师教我们了!"天主说:"不可能!你们不要把世界想得太小了!好老师们多着呢!"他们说:"多在哪里?荞麦山中学几十个老师,如你的一个都没有。听杜菊红他们转学下米粮坝中学去,说那些老师比你也差远了。谁不怀念你?"天主说:"也不可能!换了老师，都是这样的。"他们说："不是。就像老师初二那半年不在，马朝海老师当我们班主任，教语文。看得出他还是想比得上你。但是无论他怎样努力，始终不能令我们满意！你教我们，连课都不备，我们还是觉得比他备课上都写得满满的还好！马老师天天压我们做作业。你不压。他又从不叫我们朗读！我们是太想朗读了！脖子都生锈了，他还是不准！他当班主任，天天管，管得又仔细，我们一点笑声都没有。你不管，我们也会自觉，还天天有笑声。"成辛肖等人说："我们都报一样的志愿算了！都报高中，我们考在米粮坝中学去。孙老师也调去米粮坝中学教书，又当我们的班主任！"个个都说好。天主说："更是幻想了！"

一路走，一路讲。到了山上，集了柴来，开始野炊。每人一大碗米线。吃了以后，大家唱歌、舞蹈。过一阵，就有人提议写作文。都赞成。反正这班学生是被天主教出写作癖了，动辄就是作文。天主现在一事不管，只静静地体味着。大家公拟了题目，争论一时，定了题目是《十年后的会见》。大家说："孙老师也要写！"天主说："我即席演讲算了！"大家说好。

刘兴礼最先写好。交来给天主：

十年前初中毕业时的壮志，早已消磨干净了。沦为农民的我，又回家乡的五亩黄土地里。二十六岁的男子汉，除一妻一女，赤贫如洗。孙天主老师当年对我的期望，全落了空。作什么家，我已坐家了！

傍晚，一个高大的身影进了我的小茅屋。我抬头一看，这一惊非同小可。万里之外的孙老师，竟到了这里。原来他是从北京回来，检查工作，为把家乡建设好，早日脱贫，因此千里迢迢赶来的。知我不才，特来问罪了。

我惶然不已。忙叫妻盛饭，倒了酒来。敬了孙老师。孙老师喝了一口，发问道："兴礼！我写了多少信，发了多少电报给你！为何你连答复都没有？"

我大愧，说："老师！学生是无脸见你！当时你把我悉心培养，鼓励我当一个优秀的作家，超过你。但高中三年，因我数学、英语两科不好！只能望大学之门而莫及也！父母年老，无人照料，因此辍学回家。越发穷窘无聊，到这个地步了！我还有什么脸给老师写信？我先已辜老师之寄我以作家之望,干脆再负老师给我以回信之盼了!因为我已深愧师恩了!"

孙老师还是十年前那简洁明快的性格:"胡说!还记得我那时就叫你们的话:从头开始!永不认输!人生就是拼搏!生命不息,冲锋不止!从现在开始!就当你现在才出世!一切刚开始!"

我又热血沸腾起来,忙站起来。表示说:"老师,我一定努力!实现你的重望!我就去读自修大学,就去外面闯,创立一个世界一流的企业,实现你对我的期望。为期两年!那时老师再来检查。如若失败,我就自杀以谢老师了。"

孙老师点头:"对,这才是我的学生!自杀是不行的!我那三年中,何尝有一语是教你自杀?"

我忙说:"是!"

吃了饭,孙老师要走。说事很忙,办完还要回单位去。我就送老师出门。见老师高大的身影,仍不减于十年之前。而老师的学问、气魄,更非十年前可比了。

送了孙老师回来,我哭了。我翻着孙老师新近发表的文章看,泪水一一滴在字上。我想起十年前老师要我们争当英雄的教诲:"自知者英,自胜者雄。"而今我是自知了,是自知我不行了!是知我不英也不雄,永远辜负老师的期望了。刚才那一番豪言壮语,不过是临时以糊弄恩师罢了!

天主看完,眼里含满泪花。看幸婉君交来的:

人生如梦!无一职业的我,流浪在某大城市街头。

忽见前面走来一人,高大的身影,匆匆的步伐!正是我初中的班主任、语文教师孙天主老师。十年一晃而过,他已从那偏远的米粮坝县荞麦山乡一所中学里调到这里来,成为著名作家了。十年来我是多么想念孙老师,然而一封信也不敢写给他!因为我实在太辜负于他的希望了。

孙老师刚好迎着我走来。我赶紧躲往旁边。如今三十三岁的孙老师,仍是那样年轻,那样自信。他目不斜视,匆匆而行。我热泪盈眶,差点喊他了!但我赶紧蒙住了口,低下了头。这一瞬间,老师已过去了!

难得的再见!无望的相逢!我情不自禁地跟着老师走。我知他仍是走路不会朝后看的。孙老师走过了一条又一条街,我落下了一掬一掬的泪水!

夜来了。街上人是那么多!在拥挤的人群中,我要一路小跑才跟得上孙老师的步伐。但最后人一拥挤,我稍慢了几步,孙老师已从我的视野里消失了。我到处找,但哪里还找得到呢?

我不过仍然无止境地流浪着罢了!

又一些泪流从泪腺里涌入天主的眼眶。天主使力睁大眼睛,想要把它们包容住。又看范昌卉交来的:

眨眼就是十年。我们师生会见的日期已到了。

十年前初中毕业,我们夹了孙天主老师带我们夏游。定题写《十年后的会见》。所有的作文交由李老师保存。约定十年后集会,来验证这些文章……

天主的泪,再也掩不住了。他眼皮刚一紧,就下了面颊来。干脆就用袖子揩了,继续看尤如龙的:

干活干得太累了!我决定去赶一天荞麦山街。我吃了早饭出发,半天时间,到了乡上。

迎头就碰见了马三。我问他:"你现在在干什么?"他说:"我婆娘也在农业上!我大儿子九岁,小儿子七岁!大儿子读小学三年级了!学习还可以!小儿子刚发蒙!你呢?"

"我与你一样的!只是两个都是姑娘!大的读二年级,小的读一年级。"我说:"那我两个就做亲家!把你两个姑娘给我两个儿子算了!"马三说:"等他们长大了再说吧!姑娘大了不由娘!我们两个老同学说了也白说!"

我就问:"马三,你要买些什么?"马三说:"要过年了!买张年画回家贴贴。"一句话提醒了我,也想买张年画。都朝新华书店来。忽见书店门口写着:"新到孙天主老师诗集、散文、小说集。数量有限,欲购者从速。"

我和马三大喜，跑进去。见我们原班的老同学都在这里买孙老师的书。我不买年画了，全买了孙老师的书。马三也不买年画，高高兴兴地买了孙老师的书，翻读起来。我买了书急忙朝家里跑，我要告诉我的儿子："我初中时的班主任孙老师出版了很多书了。"要他好好地读书，不要像我一样，再当一点出息都没有的烂农民了。

天主看了，又觉激动不堪。这下交来的更多，天主忽忽的读，边读边流泪。

最后是孙富华的：

大哥成为著名战略家。他的战略已为国家和民族作出应有的贡献了。大哥写信来说："弟弟！人生渺小。作为天地间渺小的一分子，能做到这地步，我也满足了。"

挟着一片思乡之情，大哥准备回来探望故乡。我们这全班同学听得，齐集到法喇村来。自从十年前大哥不满于庸庸碌碌的生活，负气而走以后，再没见过大哥了。

一辆小车从横梁子驶下来。我们迎上去。大哥走出来。他更高了些，胖了些。

我们见面。都变样了。我和同学们，都有妻子儿女了。

大嫂带着侄儿走过来。侄儿名叫孙元临。是大哥十年前就想好了为他取的。

父母都老了。见着大哥和侄儿，老泪横流。

晚上我们在法喇小学聚会，重读十年前的文章。大嫂伴奏，大哥放声歌唱，唱的是《友谊地久天长》。一夜易过，转眼天明。大哥就要走了。我们送他远去。祝他能够有更大的收获。

八十 人去楼空

于是就到天主了，学生全围着："孙老师，到你的了。"

天主此时已无法开口，十年后会是什么情景呢？他想不出。自己的事业成功了吗？很难说了！学生都大有作为了吗？也未必见得。十年后他还在这荞麦山中学教书吗？他肯定不甘心挨到那时候！早已走了的！他也不愿意在米粮坝教书到那时候！若到那时他也早走了！但他此时又没有目的。他到哪里去呢？他实在想象不出了。

天主欲言又止，半天时间，更觉为难。刚才学生写的都很好。但自己要这样写，就难了。无奈何，只好说："我评评刚才大家的作文吧！"

学生都早巴望听他的，都不同意了。女生们在天主面前胆子要大些，天天说油了的，说："孙老师尽哄我们！哄我们的去看了，他的就不说出来了。以前我们饶过孙老师多次，今天再不饶了。"男生也大声助着，说是不饶。

天主想想，也的确对不住他们。他们又何尝想得到十年以后呢？都是乱编出来！一样的难写。自己看过他们的了，少不得瞎编了哄他们，就说："我就瞎编一气，哄你们。"学生又不得，说："不许你瞎编！"讨论一通，规定说："要有老师你的未来；要有我们的情况。这两者不漏其一，就由你瞎编了！我们也就愿意被你哄了。"

天主说:"好。关于我。"刚说时,学生就有很多拿笔记了,"十年以后事业是成功了。"就完了。学生追问:"怎么个成功法?"天主说:"《孙子操》出版了。《天高但抚膺》出版了。我的画,想来也该成功了吧!"学生马上说:"不许'想来、也该'的。"天主说:"那就:成功了。出版了《孙天主画集》。成了个大画家。我的战略研究,对国际关系、世界格局的形成,也产生了一定的影响。"

学生说:"这第一部分,还应有你的工作单位。是在荞麦山,还是在大城市里去了?"天主说:"不在荞麦山了。"刘兴礼说:"孙老师具体说个地点。"天主说:"到了远方某大城市吧!"刘兴礼说:"那就是北京吧!孙老师多从北京回来,检查工作!"天主说:"那我尽量努力吧!"

第二部分,天主说:"大家都成为有用的人才了。"立刻一片声喊:"不可能!"范昌卉说:"孙老师要一个一个地说!比如刘兴礼在做什么!许元朴做什么?孙富华做什么?"天主哪敢胡乱安排,得罪了他们。安排好一些,不用说,但违了自己的心。实在他们中有很多,不成其功的。但安排差了。心里必然嘀咕说这孙老师看不起他们。只好说:"大家报上自己的未来!我定评一下!刘兴礼,十年以后你在干什么?"刘兴礼说:"当农民。"天主说:"大家相信他不?"都说:"不相信!"天主说:"你听这么多声音不同意!你再说!"刘兴礼说:"是只有当农民了。"天主说:"大家给他公评一下。"众人说:"大学毕业,成作家了。"天主说:"我同意。"就定了。刘兴礼红了脸,说:"孙老师,我真是不行!到那时候就成笑话了。"天主说:"你的办法不是求我!而是今晚上回去就赶快努力!这也当做一次鞭策,岂不好?你看看我刚才,也是负了一大笔债,'从北京回来,检查工作',连你的债都欠了。我只有回去努力了!单你这九个字的账,我就可能永远还不清了。"刘兴礼点头,才罢了。

天主又说:"孙富华呢?"孙富华说:"我也是当农民。"天主说:"不行,个个都自称当农民,徒费口舌!下一步都由别人评!要自评的也可以！大家评评孙富华。"众人说："当画家了！"天主说："好，我同意。"孙富华一喜，握握拳头，说："好！我一定努力，不负大家的希望。"

天主见从学习好的说下去，又怠慢了学习不好的，就从自己近处问了去："费朝阳呢？"众人还未说，费朝阳赶紧说："孙老师！我就当个商人了！大学我也考不起。经商的头脑，我还是有的！我也想经商。你就同意我做商人，保证十年后也不失面子。"天主说："那你有多少财产了？"费说："十万。"天主说："少了！一百万！"费说："恐怕多了点吧。五十万算了！"天主说："这就定了：费朝阳，商人，一百万元资产了！"费朝阳大喜，说："我一定努力！十年聚会，就由我出资了，望孙老师和我们全班同学，按时到会！到底给我费朝阳一点面子！"众人都说好。天主说："就定了！十年后的聚会！费朝阳出资。"费朝阳说："我拿十万出来招待各位老师、同学。"

天主又问："秦昭然呢？"秦昭然忙说："孙老师，我只有能当农民了！不是谦虚！我回去每年烧石灰，赚个五千元！喂十条大猪，赚两万元！十年以后，也有几十万了！我腌几只火腿送来给你吃！你出版的书，送我几本读就行了！我儿子考进中学，再来请孙老师教。"众人哈哈大笑。天主说："一定。"

下一步到范昌卉。众人评说："大学毕业，当记者了。"范咬着牙，高兴不已，口上说："当农民了！当什么记者！"天主见她高兴，说："好！就是记者了！"

如此逐一评下去，如评职称一样。闹一个钟头，各各嚷得脸上发红，才评完。或要当军人的，或要去流浪四海的。大家记录了。交来给天主。

然后分派了各人刚才的作文看，笑的全班前仰后合。一个一个的站起来念作文。笑到下午。众人说："今天感觉嘴都笑大了好多了。"一些说："从吃米线，笑声就没有停过。"大家又说："天天这样笑，就幸福了。"又说："读这三年书，最喜福的就是今天了。"

天主听他们说，真觉得自己嘴笑大了。到太阳偏西。大家尽兴而归。各自投四面，回家去了！刘兴礼等要回学校复习的十几人和天主他们回学校来。就来天主处，煮了饭，炒了菜，大家吃了，他们才去复习。

其他三班学生，又羡慕不已。又跑来与这班的女生讲："你们班孙老师太好了！要毕业了还带你们出去！我们是班主任老师也说我们无能，催我们早点走了，莫要扫荞麦山中学的脸。叫我们出去以后，也不要认是荞麦山中学的学生。到了毕业，连一点师生情分都没有。"

中考的形势严峻，全县三千多考生，中专、中师名额，也就一百多，三十比一。荞麦山四个班，报考人数一百三十人。天主那班四十多人。按这个比例，考取两个都难。天主只催学生拼命加油，学生也刻苦。莫说在荞麦山，就是米粮坝全县，供得起子女读大学的有多少？所以初中毕业，无论城镇户口、农村户口的学生，拼命地要挤入这一百多点的名额中。无论家长还是学生，关心的不是以后的深造、远大的前途，而是想早点分工、就业、谋生。农民家庭，更不用说，就是天主那两文工资，也供不起富华读大学的。更何况在荞麦山乡五万群众中，有这几文工资的有几个呢？所以天主也巴望的是富华早点考取中专、中师，早点分工罢了！

就在这个关键时候，偏偏初二一个叫吕丽娇的女生，长得很妖娆，把富华弄得神魂颠倒。天主大怒，骂富华不懂事："你考取以后，要恋多少？你考不起，吕丽娇会爱你？现在她喜欢你，是因为什么？"富华照实回答："因为看着你是学校的老师，是班主任，我是你弟弟，看着我以后有望考取学校。"天主说："过这一两个月，你横恋直恋、南爱北爱，我不管你！现在你还有闲心写情书！你滚回法喇去写吧！人生第一就是要能抓重点，分主次。现在什么是重点？你考不起，结局是什么？吕会跑到法喇去嫁你，跟你当一辈子农民？"

天主早恨这些兄弟不争气。富华已是十八岁了，学习仍是平平。而他天主是早考在师专去了。吕丽娇那种人，今天爱这个，明天爱那个。天主一月前还觉察她跟一男生爱得疯狂不已的，水性飘忽，瞬间又水到富华头上来了，把天主气炸了肺。说过两次，见富华与之仍是有来有

往,又骂富华:"你不看看她是什么人,学习好吗?她以后跳得出农村?考得起吗?即使你考取了你又能娶她吗?谈恋爱也要看个对象。随便一个下三烂,都跟她谈?你见过我跟什么无行止、见识的女人谈过了。又不争气!郑朝敏跟你一班的小学同学,人家后年就分工了!岳英杰跟你同岁,后年就在乌蒙地区米粮坝中学考大学了!别的不说,你有何面目见这两人?就如去年你一届的梁楠、方行荣等人,后年也就分工!你还是个烂初中生!还有脸在这里当白马王子!"

富华被天主遍揭伤疤,自悔不迭。脸红一阵、白一阵,难过极了!回去闭门看起书来。吕丽娇仍去缠富华,天主真想叫来骂一顿了。

孙平玉知了,跑到学校来,扯着富华的耳朵就打了几圈。天主大惊失色,以为定把耳朵都拧聋了,忙来劝。孙平玉才不拧,仍捡了根棍子来,狠命地打。孙富华被赶回家去。陈福英也气得哭,说:"你不成器谁嫁你?咋荞麦山那些姑娘没有一个跑来跟富民恋爱?去年你考不起,你爸爸、你大哥就气得命都气脱了!要不是去年想着你大哥的工作,单去年你考不起,你爸爸就要你的命了!你孙国达大爸就是会恋爱的,也是初中就带个姑娘回家来,如今在哪里?他自己,这下恋在监狱里去了!"富华自信地说:"妈,你放心,我是考得起的。别的中专、中师是要平均分九十分。我考艺术类,平均分四十分就够了,所以我有把握。"孙平玉听了,大怒:"平均六十分才及格!哪里有四十分就给你做好梦的!你哄你妈是瞎子罢了!你去年也考艺术,为何不见四十分就考起?"又骂一阵,富华才得回荞麦山。天主才知他打的这主意,踢了两脚,说:"你这猪,不是想着自己也要平均分达九十分,尽想着平均四十就够了!这是全区竞争,你以为别人也只考四十多分吗?你自信得很,你考出几分来?"

孙平玉、陈福英不放心,又几次跑来说,跑的汗流浃背,异常可怜。陈福英拉孙富华到半边,说:"你不可怜我们,你也该可怜你大哥。工作三年了,手中哪有一分钱?就是要结婚,也要有两文钱的!不然看着他像个叫花子一样,成什么话?这两年他不为气你们不成器,他会脸貌一下子这么老?我看着他可怜得很,病都气上来了!你再跟富民一样不成器,他都要气死了。"

经如此一系列的努力,孙富华才稍改了。那吕丽娇见天主也憎他,孙富华也不敢招罗她,又和别的男生勾搭上了。孙天主乃对孙富华说:"如何?莫说等你三五年,三天她都等不得!你再看看现在跟她鬼混的易盛开等是什么人物!难道你就等于一个易盛开的价值?"但尽管如此,富华仍对吕恋恋不舍。只是被天主强压着,不得相会,一日疏似一日,倒也看得进几页书去了。

中考马上就到。天主对富华的学习,灰心已极。若非艺术类所要求文化分低得多,凭每科九十来分才一刀一枪拼得来师范,是不可能考取的了。法喇村同时参加考的罗昌才之子罗发友、女罗发萌和谢庆森年纪都比富华小,而学习均过富华数倍。天主叫了富华来:"你自己醒醒!我在与人竞争中,何曾输过了?你连一个村里的同学都比不上!何谈比一乡、一县呢!要叫你与全国、全世界的同龄人比,你更够了。"鬼火绿时就踢他两脚。

原来其他三班都照毕业相。学生又来找天主,要照毕业相作留念。天主说:"有什么意思呢?过后都是如此:谁也不会认得谁了!我初中、高中、师专毕业的合影都丢了!同学之间,互不通音信!为人不务努力奋斗,只有照相作念,有何益呢?要照,你们自去组织了照吧!"因此不理。实在是三年已成定局。这些学生,没一个令天主满意的,没一个有雄心壮志,没一个有发展前途,心已早灰,望已早绝,悲哀尚且不暇,何有余力帮其照相呢?

三天考完,匆匆之间,仅一下午,全班人走了个干净。天主颓然失神,站在操场中央,摇手与他们告别,感觉大地在沉陷下去,自叹:"三年一觉教师梦,到头始觉空自忙。"直站到天黑,家家屋内,灯光透出。

吴明道、周永恒等邀天主在吴明道处喝酒、打麻将。天主就去。摆开桌子,倒上酒来,边喝边打麻将,彩头是烟。天主也掏五元钱出来,由周永恒去买两包烟来。众人喝了两巡酒。周说:"我们这五个班,反正孙兄这个班考得最好！但我们说过了，弟兄间不比的！不要吹自己的班又考得如何如何好，践踏别的班考得怎么差。反正孙兄的脾气，我们也认得不会吹。"几人说："当然！说了又有什么意思？"许世虎说："我这个班考得最差！但我不在乎！没人敢说我许世虎屁！荞麦山中学的情况，老师、学生、群众都明白！"天主说："在这儿教书本就是悲剧了！谁还吹得起来？"吴明道说："好坏不论了！历史自有定评！我四人是尽了力的！但我四人，也只教了语文、数学两科呀！这两科，小周和天主的语文是不错的，我和许世虎的数学，我自认为也不赖！问题是别的几科，就难说了！而且学生的素质，教育局知道，荞麦山中学领导更知道。"

　　于是不谈教学有关的，打起麻将来。天主手气好，连赢三盘，面前已堆起一堆烟了。三人说："我们是沙场老将，算是每人让你一盘，是照顾你很少打，下面不让了。"但天主仍是赢。到半夜，三人已买过三次烟了。天主面前的烟，小山一般。三人无可奈何，说："难道你运气是有这么旺？麻将桌上也要压我们一头？"但总挡不住天主的势头，换了座位，仍是如此。最后烟又输光，都道："算了！算了！"就休战喝酒。天主喝了几杯下肚，渐觉酒上来了，不敢再喝。出来，说："我不抽烟！赢了也不起作用！还你们吧！你们分了！"三人说："你赢了的，要带去！你不会抽就放着，哪天要赌，又带来跟我们赌。"天主说："我赌什么？"三人说："那你就放好，我们要赌了时，来向你要去赌就行了。"天主装了抱着出来。三人又下起围棋来。

　　天主信步出来，热闹的校园，沉静下来。看看教学楼，再不似往日，学生宿舍楼，也是人去楼空，黑魅魅的。天主又悲哀地想：一切都成为历史了！只有我还在这里的。他越想越难过，把那些烟尽砸在水里，来开了门。

　　天主有些头晕，回屋里来，也颇寂寥。书籍、稿纸全凌乱地摆在桌上。天主看着，也觉苍白极了。想就是文章写得再好，也无助于他在现实生活中的成败。一时悲哀，躺下了。

　　只觉脑内如大海翻腾一般，异常恶心、难受，只想死了还比这样好。翻腾了一阵，才息下来，想想三年来的光景，泪要下来，想想再是半年，就是二十四岁了,再过五六年半世光景去矣!想到如今两位数的十位数的二,要换为三字,人生还有何益呢?以前幼时九岁变为十岁,那个"一"字引起过他的悲哀。在师专十九岁到二十岁,一字换一字,又引起他的愤怒。用不了换几次,他的生命就换光了。

天主拉开灯,呆呆地坐着。青春易逝,已逝得差不多了。往后到来的,只会使他越觉沉重。二十四、二十五、二十六直到三十,三十下去四十,四十下去五十,五十下去,他就成了老人了。又想起每日李丹霞唱:"世上有朵美丽的花,那是青春放光华",但青春还有多少呢?又想起"草树知春不久归,百般红紫斗芳菲"。自己二十三岁了,不是"春不久归"了吗,但何尝得万紫千红、奋斗芳菲呢?站了起来,铺了纸,奋笔疾书起来。想到什么书什么而已。写了一气,一摞纸完了,再没纸了。

现在无人在旁了,天主好不寂寞、烦躁。连菜也买不到,每顿一碗面条,吃了就反复地想事情。寂寞的校园倒是参禅的好场所。

八十一　集体超龄

十多天过去，等到全县电话会议那天晚上，张一行摩拳擦掌。这些天他已问了天主、周永恒、许世虎、吴明道四人，感觉还不错的。这是他过来的第一年，成就如何，就看今晚了。

赵玄晔之妹赵玄花就在天主这班，学习也可以。赵玄晔也忙了来。还有王业午老师之女王孝存、王孝赧补习多年，又参加考试。王老师也来了，又有范昌卉、王冯志等人，都跑了来。

电话会议开始。讲了一大阵，大家都不关心。到念上线名单了，众人紧张起来。先念中专部分。到荞麦山乡，众人凝神而听，直到最后一个名字，荞麦山中学都没一个，而宋显贵的声音，已念到洒坝乡去了。众人失落无神。张一行站不住，跌坐在板凳上，说："咦！怎么一个都没有！光头了！"孙富华说："张老师，这是念中专的部分，师范的还在后面。中专分数高，大家都不敢报，大家都是报师范的。"

艺术类孙富华、许元朴、陈兆伦等全部上线了。天主心里愁得要命，想要是听不到富华的名字，今晚、明晚、以后的日子不知该怎么过了！终于听得，大喜过望。觉天塌下来，与他也无关了。一好百好，说不出的高兴了。富华也满脸是笑。整个屋内几十人，只他两弟兄带有笑容。

又到师范类，从米粮坝镇念起。一听"荞麦山乡"四字，众人纸笔一片忙，专心致志地听着。"王冯志"三个字一出，王冯志仰天大笑，天主也一喜。众人喊："有一个了！"张一行喜得跳起来，手掌击在墙上，"有一个也够了。"

又是禄华启，禄又喜，天主也高兴。刷刷刷的，一齐出来五个都是天主这班的。范昌卉久听不到自己的名字，已抖了起来。天主看了可怜，觉命运之权都操在莫测之神手里。自己虽是班主任，却救不了她。终于听到"范昌卉"三字。范昌卉不抖了，不自禁的"啊"了一声，泪水夺眶而出。天主说："好了！"她只说个"孙老师"，忙出门擦眼泪去了。

荞麦山乡已念完。喜的自然喜不自禁；悲的呢，王业午老师听完，呆若木鸡，天主无法安慰。王业午就是他小学的老师啊！没料子女不争气，落到这地步了。赵玄晔自言自语："我妹妹是咋考的了？她都说考得不错的嘛！是咋考的了？"六神无主了。那电话，刚才还是万众瞩目的神奇之物，现在扔在桌上无人管了，弃如草木。

海正龙是彝族。他儿子在周永恒那班，上了地区民中线，石头落地，也喜洋洋的，抽起锅烟杆来。

张一行大喜，听说七个是天主班上、一个是周永恒班上的。眼里放光的对天主说："富贵果然是栋梁之材！不错喔！"

海正龙也对天主佩服极了。说："孙老师要不是去年那一年扯了闪[①]！他这一班会更好！"张一行说："富贵，好好再干一届，在荞麦山更威风一次！"

第二天早上，天主和富华回家，向家里报告了好消息。下城的费用倒不用愁，天主手上有的，只不过回来高兴高兴罢了。

听到孙富华的好消息，全村更是悲哀的有、嫉妒的有，马上传遍了全村，孙家更风光起来。路见的人又喊："孙平玉，你是越来越旺了呢！这下两个儿子干工作了。"

---

① 扯了闪：因某种原因而使事物的连续性被迫中断。

两弟兄回到学校，天主忙和张一行准备上线学生的学籍。天主写评语，张一行盖章。许元朴高兴不已，跑了过来，请天主他们过街上去坐车。因这两日，下城的车都让这些各乡去体检的学生占了，连车都拦不到。许申乾找了尚中贵的邮车下去。

赵玄晔已跑回家去，叫了赵玄花来了。赵玄花哭哭啼啼，天主也忙安慰她。赵玄晔问了，她说："小哥，我觉得还是考得可以的呀！"因差十分。赵玄晔安慰她，"我下城去查分数。你不要哭！万一查出错误来，就好了。"赵玄晔也无办法了，忙着找钱，要下城。她媳妇因赵玄花一直在这里读，而她亲妹子不得读，闲言絮语的，这下说："你钱多了？下一趟城要几十元！那个分数这么好查？"

范昌卉等喜气洋洋，早已另找车去了。一时到处都浸在中考的气氛里。考取的忙去体检，没考取的忙来问分数。张一行见这阵仗，对他两个正在打篮球的姑娘说："还不死去读书？篮球有这么好打？后年就升学了！像这样考不起你们咋办？"

秦光朝也因管志芳考取了，从县城里跑上来。因是大家一起，下乡上来。在响水塘，天主老远就望见了梁楠。一年过去，她更漂亮了。天主一见，怅然若失。她老远就盯着天主，天主红了脸，心中阵阵波澜。她那秀美的面庞，真给天主以"寒冬冒柳，旱地生莲"之感。天主已弄不清天下何有如此多的好姑娘，他已弄不清天地生人的奥秘了。

见天主惶然失措，她笑起来，天主也笑了。她说："孙老师，去哪里？"天主说："送孙富华去体检。"她说："考取了？"天主说："是。你读什么专业？"她说："审计。"手中的瓜子，就递了过来，说叫孙天主吃瓜子。天主明白她在挑逗自己了，脸上心内一踌躇。不知如何是好。她拉过天主的手去，放在天主手里。天主觉四肢百骸如受火燎了一般，忙说："走了。"她露出惋惜的脸色。天主何尝想走开呢？但他一生的每个时刻，都是如此违心地过着。他在想：多少女人是被他这冷漠的外表镇住了，而无人知道他内心的火热程度。要是她们知道了，不懈地发起攻击，其实他是不堪一击的。像梁楠，也就是不知他的内心而已。

天主一阵落寞，到了荞麦山街，满街的学生，在围着乡中心学校张贴出来的红榜看。大家在许元朴家里忙一阵，都搞好了。天主见学生仍是满街地议论着。天主大觉可怜，荞麦山几百名考生，总的上线人数，也就是十一个而已。其余的呢，都要品尝他十一年前那种悲剧的。天主近来已有一种感觉：自己所见的人，都是可怜的人。

到教育局，知要身份证，没有的也要办临时身份证。天主和富华同几个学生即到公安局，从那身份证办公室微机调了出来，说都超龄了。天主一看，富华的比实际年龄仍大了两岁，不由暗自叫苦！原来去年改过，但微机里没改。

天主急得如热锅上的蚂蚁，到处请人帮忙。认识的人都找了，都毫无办法。说这个不敢动，一动就身家性命全赔进去了。天主心内落寞难受。要让富华再读高中呢，家里已耐不住了，他也耐不住了。他的心是早就想向遥远的地方飞去了。而要让富华失学呢，那更悲惨！富民如今就是样子，一点办法都没有。而富民是原本无望的，倒也顾不得了。而富华性格、志趣都与自己刚好合得来。失学太可惜了。

天主忙来找了向儒楷。向儒楷也教初三，说："改不了！往年就是因临时都去各乡派出所打些证明来，个个的年龄都过关。今年特地要如此卡的。"天主没了法。向献计说："周文明老师可能改得了！刘局长他们也怕他的。"二人忙跑到县政府来找周文明。周文明慌了，与天主跑到教育局，刘朝文、宋显贵、齐演都在，三人听了。刘讽刺说："嗬！惊动周局长大驾都来了！我们这里先不管年龄！不论超龄、不超龄的，都体检！只有最后投档案时才卡年龄，那也是按公安局微机送来的为主。"三人都听出这讽刺之音来，没办法，只好回来。向儒楷说："真是没办法了！谁也不敢改的。"周文明说："这样吧！实在不行，叫你弟弟读高中嘛！"天主见都没办法了，也就算了。

秦光朝说："那就只有去找户政科李荣彬科长了。他和我关系不错，他儿子就在我这一班。我要回家，他都派小车送的。"二人到李荣彬家来。李听完，说："对不起了！秦老师，我二人是没说的！我也不好办！公安局内部关系之复杂，你是明白的。我虽是科长，也不敢叫我手下的改。"秦光朝听听，无望了，说："找领导怎么样？"李说："一样的！局领导也不敢来命令我改！"秦光朝、天主听了，便知无望了。出来，秦说："天主，听天由命了吧！"

天主想又要三年，三年以后，谁又说得清呢？如今，他三年之功，废于此矣！

却说那唐阳羡、王冯志等，也是刚在身份证办公室和孙富华同时被告知超龄了。可怜几个初中生，又没家长，慌了手脚，没头苍蝇一般乱窜。去找稍微认识的荞麦山乡籍的人改，但谁会帮忙？见天主到处忙，又想有秦光朝等帮忙，定是可以改掉的了。悲哀地躺在旅社床上，对富华说："你倒有希望！有孙老师！我们是白干这几年了。早知如此，不上线还要好点。"

范昌卉也超龄了。天主问她可有办法，她自信地说："邓齐瑰大爹在帮我改。"原来她二嫂，即是原来荞麦山乡党委书记、现县农委副主任邓齐瑰的二姑娘。天主说："那就要迅速改。"

整个荞麦山乡的学生，只有许元朴不超龄，却只差三天。许家父子自然高兴，但不露出来，阴着办事。天主见富华、王冯志、唐阳羡等，全如病鸡一般，心下可怜，催王等："小伙子，坐着就改得掉了？你出去跑嘛！万一有一线希望，你这一生不就改观了？"数人因才站起来。天主见富华之惨状，出来了。自己满街地走，只叫：完了！完了！

公安局一卡，可怜全县一半以上的农村上线考生，都超龄的。许申乾与天主说："可怜了！尽整着这些农村娃儿了。又没关系，又没办法！人家城里的，早听说要从微机里卡，先就想办法改完了！这些农村娃儿，家头又可怜，也不是轻容易上这个线的。轻轻就完了。"

尤其唐阳羡、范昌卉，都在全县前十名内。由教育局定四名师范生到地区一中高中部学习，按师范生待遇就读，三年后考取师范类大学的，继续深造；考不起，也就按师范生分工回来。天主为二人大喜："四人当中，有你二人！机会太好了！录取了加油地拼，考个北师大！"但这下，一切均如梦了！

天主天天转，那边体检的事，就管不了。赵玄晔也下城来，查了，他妹子的分数，一分没查出来，均是沮丧之至。谢吉林也从法喇跑来了。原来谢庆森按分数是在全县三十名，报的是地区一中，但差了一分半。谢庆成、谢庆胜几弟兄在这里查。谢吉林着了急，也跑了来。只穿一件衬衣，还全身汗淋淋的。查了分数，也是一分未查出来。一家子悲哀忙碌不已，遇上天主，偶谈几句。天主又悲哀："失意人非只我弟兄二人啊！"

崔绍武家两个姑娘也参加考，没上线。崔绍武也气得无法，遇上天主，说："小伙子，你倒对得起你爸爸了！你弟弟也供出来了！"也不多说，颓丧不已地走了。天主又想：法喇人只知他当局长的威风，谁又知他如今的悲哀和可怜！

天主不放过任何一线希望。认识的人，林业局局长、统计局局长等人都找了，都无济于事。天主悲哀难过，刚好遇到罗昌才家下来，罗妻问天主做什么。天主说了情况，罗妻说："我家小田儿倒改得掉。"天主听了大喜，忙说："早知如此，那我就来请大爸了。"于是一同朝罗家去。

这是一家典型的暴发户。上百平方米的宿舍，彩电、冰箱、风扇、沙发、电话诸物一应俱全。进去坐了几分钟，天主出来，买了两百元的烟酒提进去。两口子说："憨娃儿，你买这个做什么。"天主放在桌上。罗昌才说："等罗田儿来了，他才认得，不要怕。"谈了一阵，天主回去。富华也正在那里悲哀万状，萎得哪里还有人形？其形象变了一人。天主告诉他有转机了，叫他好好地去参加体检。这边的事天主一概应付。

下午又到罗昌才家。罗妻说早上带女儿去看四川人来办的商品展销会，说那毛毯太好了。天主明白，掏出三百元来说："大奶奶就去买上一床。我没时间，不然我去买一床来。"罗妻说："你莫憨。你爸爸、你妈经济紧得很，全家就靠你一人。我们是认得的。"随后罗发田来了，出落得果然更比以前风流别致，说："你不用怕。掌电脑那小姑娘读初中就是我的好朋友了。我要她怎么样她就怎么样的，只是过后拿几百元谢她就行了。"即叫天主到乡派出所去开个户籍管理项目变更登记卡来就行了。天主第二日忙跑回荞麦山派出所，派出所几人笑说："你还机灵，就跑回来了。改得掉了？"开了卡片，盖上户籍章。天主忙拿下城。此时已听说考生档案要送地区了，而超龄的都被打到一旁不论了。天主与教育局那伙人不谐，又不敢去问。罗发田拿了那变更卡去给那姑娘。那里说早已打了一张超龄的过教育局去了，挂了电话过去，叫天主去拿回来。天主过来，所有上线考生的身份档案从公安局打过来，在宋显贵包里。宋显贵不理天主，天主盯着不放。半日宋才没好气地找给天主说："我拿给你了，你要负责了喔！"

天主拿上，即忙就跑。到公安局，把这一张递过去，被那小姑娘一手撕了，另递一张给天主，说拿过教育局去。天主拿去。有人接了。罗发田就抱着天主，狂吹说："如何？大爸爸在这县里，不是吹的！叫天塌下来都有办法顶得住！"天主忙去秦光朝处借了八百元来，给罗发田，叫他拿去给那女的。自己回家，才慢慢另借了八百元来，还了，又带了四百元去，谢罗发田。

罗昌才家儿子罗发友考取师范，罗发盟考取技校。一家人高兴的了得，生怕法喇村不知道，带了信回去。一时又轰动了法喇村。天主见罗昌才一字不识，还当经理，家境比自己之家，是另一番景象。而罗发田比自己，强了许多了。再看罗发友、罗发盟比富华，更出多倍，看人家文采灿烂，富华被比的猥琐不堪。又见这次在公安局挨的，全是农村考生。最后落选的，全是农村学生，他才体会到这个小小的县城，是在统治着几千平方公里、五十万人民的。

范昌卉的年龄，终是没有改掉。这时已到末尾了，才来找天主，天主也没了法。看着范异常可怜，天主忍痛说："读高中吧！你是考得起大学的，努力读下去。"

由于要感谢罗发田，天主觉得就是花几千元，也值得了。但连天主也想不到的是，罗发田竟把这给改了。罗家既因同时考取两个子女，又为天主在这关键时刻立了一功，显了身手，要到法喇去吹嘘一通，又觉天主所给的几百元钱太少了。天主想回家来看可还有钱，再谢罗发田几百元，因和罗回法喇来。

法喇村今年就考取这三人。罗发田一回来吹，多少人家畏服得要命。罗家举族都要捧罗昌才，更添油加醋地来一通。天主家已没了米，陈福英去吴光兆家赊了五十斤米来。煮了肉，请罗发田来吃饭。罗发田说："我们是靠我老爹厉害！终于跳脱这法喇村了。后代儿子，也不会再回这个地方来了！"吃了饭，天主对父母说："有钱拿两百出来。"但家里哪有什么钱？一家人分头出去借，借了半天，得了二百五十元，天主惭愧不已，递给罗发田。罗说："我帮你，是说定一分不要的！但两百五，我怎么出得手给她？"天主又到荞麦山中学来，好歹求了张一行，从公款上借出五百元来，给了罗发田。这样天主已欠一千多元的账，要一年的工资才还得清了。

由于超龄，一批一批的学生被刷掉。预选分数不断下降，又一批学生被预选到了，又来学校，天主给他们组织学籍，结果又因超龄，又被刷掉。其间悲欢，十多天里，天主坐在荞麦山中学，已睹够了。终于考体师的刷来刷去，到韩石了。韩石大喜，跑了来，天主填了学籍卡，他喜滋滋地去了。

天主拼命地埋头写作了。因富华专业成绩考纺校是全区第一，文化分也是第一，而全区名额是四名。富华年龄、体检、政审全合格了的。天主以为高枕无忧，坐等录取通知书了。

张一行对天主喜爱有加。历来只呼天主为"富贵"，异常的亲热。这下对天主说："富贵，你也该向组织靠拢了！来，拿党章去好好学学，提高认识。写个入党申请书来。"天主就学了，写了申请书去。

倒是张一行自大起来，不许群众进校来挑水，煮了饭进校来卖的，命范传云带人去"收税"，每人每顿二角钱。周围群众大怒，夜里用炸药冲毁了中学的围墙。报案到派出所，来查了一下，终无下落。张于是收敛些。后就要在全校种花植草，说："可以在此养老了。"使唤学校教师，如同僮仆一般。

大家不久就见出来，说张心黑得很。他一来，他妻子专卖米线。他压制其余几家卖的，搞垄断经营。又凡能弄到钱的，无不伸长了手去。天主一见，就想真是夺泥燕口。

不久他就暴发起来！刚来荞麦山中学，连吃饭都是一半时间买洋芋来煮了下肚的，不久买上了摩托，成日在公路风驰电掣一番。大家都说："李勇虎统治还好点，那只是幼稚；张一行这杂种心黑，老谋深算。"与赵玄晔也搞矛了。原因是赵玄晔妻子也没工作，在荞麦山中心学校时，张妻向赵妻借了一百元去买面粉，后就不还。到荞麦山中学来，张要买煤，向赵借二百元，也就不还。张妻又向赵妻借五十元，赵妻说没有，张妻就不高兴。张一行叫赵上街帮他家带二十斤米线来，说带回来给赵钱，赵去买了米线带来。张家也就不提。

这日赵无法了，妹又在读书，来要钱。赵只好到张处，说要那二十斤米线的钱。张拿出二十五元，给了。赵见张红着脸，就想不对了。果然张过后就骂："赵玄晔小杂种忘恩负义的。我把他从左角塘村小学带到乡中心学校，又带来荞麦山中学，多次提拔他，现又让他当团委书记。公然连二十斤米线钱都来要了。难道我提拔他这些年才值二十斤米线？"赵听见，暗地气恨。二人就互不理睬。赵跑来与天主说："他提拔我是事实，同时我也在为他拼命地干。他当中心学校教导主任、副校长，工作都是我帮他全部干了。他天天忙着去乡上、县上拉关系。过这里来，团委书记我干着，还不是给他干？一分钱的好处我没得过。又兼十二节课，单这就是一个中学教师的工作量。他家的家务事，几乎就是范传云、我、何友奎、何才贵这帮人帮他家干。他媳妇蒸包子、卖米线，从油、盐、米线、葱蒜全由我们这帮人去买，又不敢买贵掉。街上价高那天，值四角的，我们要倒贴五分进去，回来说三角五，张和他妻子还不高兴。说别人买才三角，这是明显的吃人。有什么办法！他提拔我，我从工作上报答他，也够意思了！还要这样明火执仗地敲诈！令人办法都没有！"

范传云不久也与天主说："孙老师，我认得你不会跟别人说，才来找你诉诉苦！这日子难过呀！全校都在骂：'钱都被范传云吃了，又一分不敢揣地交给张一行去了。'我帮人家背黑锅、下苦力。帮他整着八百的，他说怎么没整着九百。我能力又浅，实在干不来这事。张一行天天骂提拔我过来提拔错了！你是知道的，我们是跟他来享福的？为什么当时他要从中心学校带十五人来，最后只来了我们六七人！不是我们来卖命，他在这里当毬的校长。这下最惨的就是赵玄晔我们几个了。在那边，职称、工资都上一级了。过来呢！小学教师、师范生不能参加中学教师评职称，等苦到个专科文凭，不知要到哪年，现在真叫背时了。"

天主最怕别人诉苦的。听了别人的心里话，最终总是不好。他想力避这些人，却避不开。人都知他是只听不说，又稳当又可靠的，一有了难以排解的苦处，都来找他说。

渐渐师范、中专都录取得差不多了，还没有富华的音讯。天主急了，到荞麦山街上挂电话问县招办。招办回答说："中考录取工作已结束了，没有孙富华的名字。"

天主立刻觉得骨架已由全身抽去。颓丧地放下电话，忙朝家里跑。借了钱，即朝县城去，第二天到了县城。招办的人说中考招生已结束了，负责招生的邹老师刚从昆明回来。那邹老师听天主说要去昆明查询，先说没有查询的必要了，后介绍了一些查询的方法。天主谢过，到汽车站买回法喇村的车票，已没有。天主失眠了，想家境就是如此百无聊赖，事事都得这样奔波劳神。要是有电话，一个电话也就给家里说了。要是县城里有亲戚、省城有亲友，他都可以从这里直奔省城的。在招待所里想一夜。刚好张一行到教育局来办事。天主与他说了，说自己去昆明，大约会耽误一点时间，他说无事。

倒是许国琼也埋怨天主，但也不明怎么回事。岳英贤也说："你早该来盯着的！"天主说："说不了了。就像我还写过评姜尚和管仲之误的文章：姜尚盖尝穷困，年老始以渔钓遇西伯，西伯以为圣人适周，终成霸王之辅。姜尚之多兵权奇计，与西伯阴谋修德以倾商政。后世言兵及周之阴权皆宗其为本谋。西伯三分天下有其二，姜尚之谋居多。

及武王伐纣，而不吉，唯姜尚强之，武王遂行。斩纣而后告神以讨纣之罪，散鹿台之钱，发巨桥之粟，封比干之幕，释箕子之囚。迁九鼎，修周政，与天下更始。又以其谋居多。但就是这一中国历史上一流的人物，武王平商而王天下后，封之于齐。姜尚就国，道宿行迟。逆旅之人曰：'吾闻时难得而易失。客寝甚安，殆非就国者也。'姜尚闻之，夜衣而行，黎明至国。莱侯已来与之争国也！其失可知！又管仲也是中国历史上一流的战略家。任政于齐，俗之所欲，因而与之；俗之所否，因而去之。因祸为福，转败为功。通货积财，富国强兵。以区区之齐，强于诸侯。桓公称霸，九合诸侯，一匡天下，靠的就是管仲。然而也就是这个管仲，原来事纠。齐君无知死，小白与纠争回国为君。管仲别将兵遮莒道，射中小白带钩。小白佯死。管仲一行以为目的已达，行益迟。及入齐国，小白已先入得立，发兵距之。至纠死，召忽自杀，自己也险些被杀。管仲之误，又在于此。我知二人之误，引以为戒，今又为之误。岂不哀哉？"

　　当晚睡下去，但哪里睡得着？失眠至于天明。而这第二天早上，天主见许元朴笑着，只管他的录取通知书拿到，好不得意。天主心一沉，大觉悲哀。他的优越感，已是相较于富华的落选和自己如今的惨况上的。他是被镇中开除了的，而要不是天主收留，谁要他呢？天主收他，还是在张一行面前作了保证的。

第四章　奔走

八十二 推诿

第二天早上,天主不由司机分说,挤上客车,终于得到荞麦山。他边顺公路跑边拦车,但根本就没有一辆车给他拦。一直跑回法喇村来。孙平玉、富民、富华正在地里。听见天主说了,孙平玉脸都干了,一脸悲哀,说话也如多了个舌巴!富华跌坐下去,脸色苍白,毫无生力,又是一月前在县城那种情形。

大家荞子也不割了,于是回家。带了富华的考号、分数,天主即赶往昆明去。一天一夜地奔波,天主找到省招办。但城里情况又不熟,又逢放假,那里找得到人。

天主一从米粮坝那夜失眠始,夜夜失眠。白天忙奔波、忙坐车,不免遭渴挨饿。晚上又得想办法,直到天明。他身体原极壮实的,但几天下来,已是垮了。巨大的心理压力,再加上奔波、饥渴、失眠,天主才明这区区血肉之躯,是耐不住磨的。

偌大的省城,哪里去找人?还亏普成杰家由秦国安帮助,到凉亭来打工了。他有辆自行车,就借给天主。天主不识路,到处乱闯,半天才得找到一个单位。又水土不服,街上吃两碗面条,就便秘了。少服牛黄解毒片,无效,多服呢,马上如痢疾一般,哗哗地拉肚子。事情的头绪还没理出一个来,天主已疲困不堪了。

连找了三四天，天主都找怕了，才找到纺织学校，那教导主任说："你这弟弟情况是这样的，他在我们这里，专业、文化都是你们那地区第一名。档案转来，我们先就录取他。因为我们在你们地区录取四名考生。而且这些考生，全是米粮坝考生分数最高的，但米粮坝考生的档案，一份都没有送给我们！所以录取这四人，都不是米粮坝县的。这问题，你该回地区教委去查一下为何不送档案。如果档案合格而不送，其中就有鬼了。"天主急忙道谢，忙赶客车回地区教委。

夜车夹着昼车，几百公里山路颠簸。天主到地区招办，那招办主任就吼天主："哪里有我们不送档案的道理，你莫随便诬陷人，我警告你：这说话是要负责的。"并说负责此事的小唐送高考考生档案去省招办去了。天主问哪天回来。她说："我知道他哪天回来？"天主心中有气，在招待所悲哀了一夜。第二天又去教委问，她说："再过三四天他自然回来的，你等着吧！"天主天天等，愤怒得晚上就用拳头捶床，白天走在路上就猛踢那树之类。

钱如流水一般去。天主是生怕自己再垮了，躺倒下来。每日三餐，有机会就拼命地吃，一天二三十元的生活费不等。一个月的工资，也不过就是够他几天吃罢了。

天主在省上已尝够了被人白眼，和有关干部对别人生死成败的异常冷漠。此时的地区教育局长，已是饶忠义，副局长就是任自由，都是天主师专时的老师。天主想有师生情分，来找二人，二人也不理。天主无法，每日就这么等着。而每日过师专来，壬红民老师夫妇在这乌蒙师专愈觉无味，要调走了。对天主说："无望了！我对这里无望了！什么也干不成！只有走了！"脸上一片黯然。而对天主的事，也是爱莫能助。

师专有真才实学的老师，都调走了。但这走，也是无可奈何，权宜之计。也没有谁找到一个好的环境，而今壬红民老师又走，师生都哀叹这下更荒凉了。

过了不知几天，那小唐才回来了。他拿出送考生档案的清单来说："你看我们送过省教委、省招办的了。这是送的日期，这是退回来的日期。"天主详细看，是送了艺术学院附中。这明显就是害人的。附中只在全区录一名，且那边有两人专业分就超富华，富华再不会报的。天主问："为何不送纺织学校呢？"小唐说："你弟弟又没填纺织学校的志愿，我们怎么要送？一送自然是送艺术学院附中了。"天主说："明明是'志愿'栏，倒怎么空着？"那姓唐的说："对喽！你不怪你自己！倒来怪我们了！谁叫你弟弟不填的？"天主气得头晕，无二话可说，出来就大骂富华，准备回家把这无用的蠢物揍死算了。

天主又买了车票，回到法喇村。他是气愤已极，扬手就给富华两耳光，说："好了！这下闹了半天！你自作自受！死在别人手里，还明白些！死在自己手里，只有你自己明白了！"富华挨了打，说不出的悲哀，半日后才明白是没填志愿，忙说："我们都没填志愿！刘局长、宋副局长叫我们不要填！他们讲过之后，还在黑板上写出来！所以许元朴、陈兆发等，我们十几人，一个都没填志愿。"

天主怒道："他们叫你们不填，你们就不填了？哪有你这等类的傻瓜？你不会来问问我？"富华说："我们问过刘局长和宋副局长，他们说不消填，地区招办会给我们权衡送档案的！这比我们自己填上志愿好！我们就信了。我想来问你，你又天天忙着改我的年龄，也就算了。"天主说："是真的？"富华说："你不信问许元朴他们，都是这样的！"天主明白了，说："可怜米粮坝的学生全蒙在鼓里！人家当然给你们好好的'权衡'了！这下都'权衡'回来做农民！还不知道怎么回事！可怜了！这十几人，只有我去盯着闹了！"孙平玉慌了，话都连不成声了："老百姓认得什么？不是你懂，我们也就以为是富华考得不行了！富华这个，可还有希望？"天主说："真是这样！我就极力地去拼罢了！如是自己不填的，那是无法了。"

孙家已是债台高筑。这下天天借钱，还亏天主这一班学生，考出了名声。虽然全部被超龄砍了回来，但预选上线的，都归名声于天主。荞麦山乡都热闹了，说天主教得好。影响到法喇村，如今学校开学，据说天主被安排为初一的班主任，纷纷来天主这班读，天主在这里奔波，那里来说情要到天主教的班级。罗昌兵等人，都把姑娘送到天主的班上去了。这些人听天主家有困难，当然纷纷解囊，三百、五百的，慷慨地借了来。一时盛况吓人。牛兴莲对陈福英说："老天！你们有急事，借钱这样好借！一天借来一两千！我们要是有这种紧急事，就没办法了！借一二十也借不来了！"

　　孙富华考取，多少人心里就不甘了！听说落选，人人快意。原听天主去省上查，吴家就骂："孙家娃儿自不量力！他都像省上查的？不屙泡尿自己照照！"这下见天主空空而归，去时一个壮汉，回来已颓唐瘦弱不堪了，更说："咋样？省政府的大门在哪里，他还摸不着呢！即使米粮坝的县长去省上，也如法喇的村长去县上，谁理他？更莫说孙家娃儿一个穷光蛋、干教师了！"听孙家又在借钱，还要去，吴明雄等扬言："等孙家娃儿把这官司打赢了，我用手心煎鸡蛋给他吃！"

　　许元朴已去上课去了。陈兆发家听天主来发动，说一起去闹，才明白自己的儿子也是考得起的。先也要跟去，后陈家有聪明人出主意："你们就等孙天主去闹算了，我们荞麦山的人，要想跟人家地区县上的斗，斗得过吗？人家是阴谋早布好了的！又是地、县联手！说不定省上也联了手的！孙天主也不过瞎闹一气，白花力气白费钱。地区那些人要是觉得吃不下，就不会有这个阴谋！有这个阴谋，就说明闹不翻人家！既是犯法的案件，孙天主闹成功了，孙富华都录取了，难道陈兆发又不录取？有孙富华的，就有陈兆发的，他成功了你家也得益，他失败了你家也不亏！只管由他去闹算了。"陈家就不管了！其余几家，也是同样的。有两家是米粮坝城里的，说："我们在米粮坝还成个人，但到地区、到省上，算得了什么？"也打定了主意，就是静观天主所为。天主成功，自然扑上来分利；天主失败，也就算了。

　　天主又搭车到县教育局。刘朝文、宋显贵都正在办公室里，一口就否认他们说过不准考生填志愿的话。天主说："十几名艺术类考生听着的，你们还赖得掉？"刘、宋无话可说。刘说："地区这些杂种不是好人！要老子们出力时哄得好，这下卖我们了。"气得把杯子往桌上砸。天主听了，恍然大悟，说："原来你们有谋在先的！我不管你们设不设谋，只要我弟弟被录取,我就不管其余了。"

刘朝文扯个故出去了,宋显贵说:"这有办法的!你再找刘局长。由我们局出个证明,说招生中有了失误,报上地区去,地区再送省里。由地区去求省里,你弟弟还可以被录取的。只是你不能声张出去。"天主答应。晚上找到刘朝文,刘说:"宋显贵是招生办主任,是副局长,你要写证明,也要找他写!我又不管招生,你找我做什么!"天主见他耍无赖手段,也拿他无法,又只好来找宋显贵。这样跑来跑去,大汗淋漓。宋一见天主来,急忙朝厕所里跑,又转了朝宿舍楼跑了。天主追上,说:"宋副局长。"他"嗯"了一声,天主说:"刘局长说,证明他不写,你是招办主任,要你写。"宋显贵说:"他是局长,他怎么不写!既如此,反正要挨最后大家挨,被撤职查办的也不单我一人。"但天主一直跟定他不走了。他最后只得说:"明早上在办公室,你来。我与刘局长谈一下,叫他打个电话与地区教委联系一下再说吧!"天主无奈,只得依了。

第二天早上,天主到办公室前去等着。哪知刘、宋二人都不来。天主只好到家里去找,宋刚伸头出窗的,见了天主,忙缩头关窗。天主上楼,愤怒大喊,里面一直不出声。过了一个钟头,天主恨极,下了楼。就见刘朝文刚进办公室,忙跑去把门堵住,说:"刘局长,反正录取了我弟弟,我一概不论。但我弟弟如落选了,我是要闹个翻天覆地的。"刘走不脱,就问:"宋副局长呢?"天主说:"在家里。"刘朝文打了宋家的电话。宋接了,刘说:"这个姓孙的小伙子在这里,你也过来一下。"

不久宋就来了。三人都不说话。宋说:"打吧!我俩一个讲两句。"刘拨通,说:"马主任呀!我们县有个孙富华,考美术的,落选了。与你通融一下,能否解决一下。"天主忙也凑去听。里面说:"通融什么,省招办是好求的?你去求谁睬你?怪你们日脓……"刘慌了,怕里面再说些出来,忙说:"他哥在这里呢!"匆匆挂了电话,摆手说:"你听见了,我们也无法!我们也能理解你的心情。作为教委的领导，像这样能帮你的，我们都帮了！也算仁至义尽了。好。"也就与宋各要走。天主愤然而出。想无办法了，只有先把富华送去读个自费，自己再告状，非把这伙杂种告倒不可。主意打好，倒回家来，与父母说了。他们更不懂，天主说怎么就怎么。到荞麦山中学拿富华的行李时，张一行已拉下脸来，不理天主。问天主为何还不回来，新命天主为班主任的班，请王业午代着课呢！天主明白其故，仍讶其变心之速，收拾了只管和富华走他们的路。

车上天主一直在教富华他近期的研究成果："必以全争于天下"啊，"极高明而道中庸"啊，人生奋斗要勇猛、顽强啊！到昆明，找到纺校，那杨真主任说："自费他也倒可以读。然而读了有何价值呢？每年一千八百元，三年就是五千四百元，加上学费、生活费等，要一万多元。又没有户口，又不包分工，以后读出来也是闲着。你倒是赶紧告，告得他们无法了，总会解决的。即使省上不解决，地区也可以解决的。因为他上线了，在地区内读个师范、财校、农校之类，不就与考这里一样的了。"

天主听那一万多元，已吓慌了，他身上就借得六七百元揣了来呢！自费读不成了，两弟兄疲惫而出。富华脸焦而神枯，令天主不忍目视，只好走时顾左右而已。沿街而走，仿佛两个流浪汉，异常凄惶。到了凉亭村，刚好吴明晨在那里租了间民房，天主就在那里住了，每日出来找人。他先到省教委、招办，是封闭不许人进，说还在录高考考生。天主找省教委，也无人理他。找到省教委主任、省招办主任家，都沉着头不理天主。天主无法，找到报社来，希望呼吁一下，那群众工作部一位老编辑看了，说不敢登，写封信给天主，"你拿回去给你们那县教委办公室信访科的陈科长，请他帮一下忙。"天主想这起什么用，带信出来，即撕碎了。米粮坝在省人民出版社工作的潘长君知了，对天主说："我们县管教育的副县长原是我的好友，我帮你写信，你拿去给他，他会帮你的。"天主也知没用，信接了回去就放一边。

这些日富华就孤孓孓地在凉亭村等望消息。见天主回来，带来的均是失望。富华又病了，倒在床上。天主见了分外可怜，说："即如此你回去吧！我整好了你再来读。"天晚，送富华到车站去坐车，由于饥饿，二人买了四公斤橘子，都吃光了。见富华去了，天主流下泪来。想此事搞不好，也就不回去了。他又跑来省政府办公厅，信访处有人接待了他。但根本未听他在说什么，天主又来省委办公厅信访处，同样如此。把他写的材料接了，也就不论。

日子一天天过去，昆明又在传有霍乱。天主慌了，也不敢在馆子里买饭吃，每日背个水壶，买几个饼子背上，饿了就吃。加上已近一月失眠，他的身体急剧垮了下去，连走路时头都是晕的。想无可奈何了，他想去北京，又无半文钱。

那杨真老师见天主可怜，说："地区、县上都撤你的台，你在这里闹也不会有结果，既是他们有阴谋，叫学生不填志愿，你回地区找他们。说不帮你解决，你就十年八年都要闹，一直闹到底！他们同样会害怕！我再写个证明，说明你弟弟的艺术、文化分均是地区第一，能被录取的。他们地区是可以替你想办法的！帮你设个法，在地区或县里读个师范，也是一样的。"就写了富华的分数等，说明只要送档案来，必然录取，盖了公章，给了天主。天主也是无法了的人，忙谢过，又爬上到地区的班车了。

乌蒙地区招办横行惯了的，哪把天主放在眼里，说："我们并没有叫你弟弟不填志愿！即使叫了，也没什么了不起！我们叫某人吃尿，某人就吃尿？填报志愿是天经地义的事，为什么他不填？你弟弟要特殊一些？你不服，你只管去告！告到中央也行！告到联合国也行！况且是米粮坝县教育局叫的，不是我们叫的！你去找县里去！"天主无奈，气得大叫："我非把黑暗的世界踢烂不可！"上了客车。两百多公里的路坐回米粮坝来。下车时，天主已站不起来，他捡了一根棍，当拐杖拄着。

刘朝文二人一直躲着天主，避不开，说："你去告！去中南海告！我们来法庭上与你讲！不要多说了！再多说，也有跟你说的：你旷工已要有一个月，我们就通知张一行，马上开除你！"更威胁说："只差三天，你就旷工一个月了！你后天还不回去上班，就马上开除你！看有谁敢来不服？"

终于省招办高考全部录完，封闭之所开放了。天主才得找到招办中专处的。一女的接了天主的材料，说："你们那里年年出问题，素质就这么低，年年都要冤滥一大批学生。"后说："你回去吧！等着。"

　　天主答应了出来，却不敢回家，所谓回家也就完了。见来要申冤叫屈的学生、家长，不下百数人。天主想起与富华一同考的陈兆发等人，可怜两样分数也上线了，也这样换的了。天主在凉亭村亲友处歇了，第二天又去，那女的极烦躁，不理天主。天主想也好，表明我又来求过了。出来到纺校去，见新生入学，已开始军训了。天主悲哀，想富华要录取来，也在这其中了，而现在是回家去下落不明。哀从中来，闷坐了一天回凉亭村。摸在到下营社、横梁子社几个亲戚处，找得碗饭吃了。

　　第三天天主又去招办。那女的发话了："五天后你再来。否则你要天天来，我就不管了。"天主说："是。"只好出来。这几天就到各大学内转上一通，心中止不住想：当年要考取个本科大学读读就好了。又到各处商场去逛，想："昆明不过尔耳。"但仍不免到省招办去窥探一番，想不出还有什么法子能解决问题了。再就去各书店，看上一整天的书，才回去休息。

　　到第五天早上，天主又忙去了。等了半日，那女的才来。见了天主，于是说："好，你那事我帮你问问。"挂了电话到地区，问是否有不填报志愿的事。里面说："那是考生自己不填的。"这女的说："考生不填，你们也应该叫填上。你们有没有这责任？即使没填，也该把他这档案送纺校录取，怎么送艺院附中？同样是对考生不负责任！"说完气呼呼地放下电话。因说："你回家去。昆明物价这么贵，又要住，又要吃，连你穿得这么清贫我就看得出来。"天主只好退出。第二天也又不好再去。第三天才去了。女的说："我叫你回去的，怎么又来了。"又催了天主出来。

　　天主也看出来，这不过是哄他罢了！一时悲愤，回来就想：一切豁出去，闯了！

　　刚好吴明凯家姑娘去年进荞麦山中学读书，辍了学，到昆明来，被人贩子拐了卖在湖南涟源了。吴耀花写了信来，叫吴明凯去看她。吴家全族人提意见："她不争气！看她做什么？好好地供她读书，是她不读的！别人在昆明不被拐走，单她被拐走了！还是初中生！也是她自己上当！反正就当没这个姑娘了！她自己能回来，是她的事，也还当有这个姑娘！她自己回不来，就算了！就当死了的！而且这信，谁知真假呢？或者就根本不是她写的，或是别人逼她写的！目的呢？或者是要骗大人去再上当，或者有其他更想不到的目的！"因此包括吴明华、林应兴都劝，吴明凯就是要去。到了昆明来，不知怎么买火车票！请了天主去帮忙买了，他又不懂，天主教了他。别人都不放心他去，叫他约个伴。他说想请天主跟他去，只有天主见多识广。众人说："怎么可能？人家兄弟的事，还在这里无法了！哪还有兴趣跟你去找人？"终是天主等送他上车。吴明凯因姑娘不成器，气得呆头呆脑的。天主望着就觉不妥，更可怜：三十六七的人，比六七十岁的老人还呆。而吴明凯此去没再回来，不知所之。

孙富华又来了。原来孙平玉等在家，已听张一行已和刘朝文等连同一气，要整天主了。张从前爱屋及乌，对富华、富文皆有愠色的，如今面色大变。富华在荞麦山中学等信，张见了不喜。富华也就知不对了，但还以为是张恼怒天主仍不回来，让新班干烂了。富文也觉不妙。两弟兄叫"张老师"时，张只是鼻子里哼一声。

因是孙平玉、陈福英灰了心，想官司未赢，结仇已众。更怕孙富华前途无着，更把天主的未来葬送了。因是叫富华来，劝天主："整得好就整，整不好就算了！估约不行，就回去教书了。我再补个习，或者去读高中。"天主怒道："一何庸劣之甚！我是要拼到天荒地老的。"

在普成杰那屋的楼上，天主日日就住吴明晨兄弟的床和房，这还少挨钱。普成杰等都劝天主："富贵，看来是不行了！你在这里干了一个多月，人都干垮了，也对得住你爸爸你兄弟了。干脆回去了。"秦国安等都说："政权是在人家手里！人家不帮你解决，你有什么办法？"天主知其为真挚之言，但越听越悲哀：法喇之众，就只能作如此心理了！

天主看看富华也是憔悴不堪的，含了满眶的泪，送富华下来，回米粮坝去。见富华可怜，买了三斤橘子来，可怜人对可怜人，那橘子，吃到口里全无滋味。天主送富华上车,说:"你去荞麦山中学补着习!我不把这事办好,是不回来了。我对米粮坝,毫无留恋之心了。"见富华去了,天主流下泪来。满腔的悲愤无从发泄。小老百姓无权无势,就是可怜之至啊!

第四章 奔走

八十三　省长录取弟弟

天主是想好了，必须竭力在省上一闯，实在不行，他就要去北京闹去了。这天早上骑自行车，他就往省委来。一直闯进去，在办公厅里，省委正在召开党委会议，刚好散出。天主即刻拦住。卫兵、秘书等全上来拉住天主，天主不管，挡住了书记和省长，大讲起冤枉来。二人听完，指示其秘书，"把这事具体落实好。"才得下楼去了。天主就把所有的材料，给了那秘书一份。

这事就像梦一样过去了。天主出了省委来如同打了胜仗一样，高兴不已。这证明了他是行的，他的行动是对的，一直高兴不已，骑车回凉亭村来，仍是失眠。第二天早晨，天主来到省招办。那女的见了天主说："你怎么又来了？我叫你回去等着的！"天主一听，就知找了省委书记、省长也无作用，说："我刚从米粮坝来的，今早上刚到这里。"

那女的听了，沉吟半晌，又看了天主一阵，生了怜悯之心，说："我帮你解决了吧！你等着。"过一阵找了杨真主任来，说："你们那里还有没有名额，把他弟弟这个解决了。"杨老师说："我认识的。他弟弟是该地区专业、文化分第一。有的。"打开文件夹。天主一见，有七个名额，才录了一个。女的说："你跟杨老师去吧！"出走廊上来，杨老师递一张表给天主，天主填了富华的分数等。再回去，那女的说：

"等调档案上来,他又得等七八天了,干脆先把录取通知书填给他。"杨老师也说好。后那女的说:"你等着吧!我还要拿去给我们处长审批呢!"后回来说没批成。和杨老师谈了几句,二人都对天主说:"你在这里等着,顶多后天就把录取通知书带回去了。"天主大喜,谢了。出来就往邮电大楼跑,又蹦又跳,心情舒畅已极!当即发个电报给富华:"录取,后晚即回。"又唱着歌跑回凉亭村。这一晚上才结束了长达两个月的夜夜失眠。

第二天天主去,已审批好了。录取通知书要盖章,没盖着,天主又谢过那女的和杨老师,欣喜而回。想这下等两天也可,半月也行了,不由高兴地作诗一首:

天未甘就陶铸出,地亦久怀破立情。
一腔霸气何挥洒,万里海天气萧森。

第三天天主去,拿了通知书,又谢了两位。忙飞跑而回,买了夜车,急忙回家。一夜的夜车到了南广,赶上昨夜昆明发往米粮坝的客车,又爬上去。临到法喇村,才见富华已在昆明的班车上。天主惊问不及,只能见他去了。天主回家。孙平玉、陈福英听说,忙拿了一匹大红来给天主披上,又忙去赊爆竹来放。天主说不能耗财费力,他们哪里肯听。孙平玉说:"人活就是活这一口气!一定要放。"别的亲友听说了,也买了火炮跑来,一路的从黑梁子炸上去,炸了几十封火炮。

回家,天主才问富华何以去了。孙平玉说:"你发电报叫'后天'去,他一接电报就跑回来,急得哪里还有点道理。"天主说:"是我发错了。我说的是我后天回来。"因又问富民,孙平玉说:"今早上教育局打电话来荞麦山中学,说叫我们去送富华的档案去地区,要仅明天送到。张一行给富文说了。富文拼命地跑,边跑边拦车。还好人家一个司机停下,说他跑得可怜,也不要他的钱,拉拢法喇。他来说了。富民就去拦车,下城去了。他慢去半个钟头,你就来了。富文也又回学校去了。"

于是煮几个洋芋吃了。天主骑上自行车,到荞麦山中学来。电话是锁在张一行家的。天主到范传云家找到,说:"张老师,我打个电话嘛!"张怒气冲冲地说:"你打嘛!"天主说:"你家门锁着的,我怎么打?"张也不站起来。天主也愤然,不打那电话了。自己收了收东西,要准备下城为富华转粮转户口。

下午,张一行在楼上愠怒地喊:"孙天主,你兄弟从教育局打电话来了。他说叫你小兄弟准备一百元钱,他明天送档案去地区。我说你已回来了,他说叫你准备好,送到荞麦山街上。"

后又说:"你这两个月怎么办?刘局长、宋局长天天打电话问我!按旷工的话,一月就开除了!何况两个月?你自己拿主意吧!"天主说:"给你请过假没有?"

第二天早上,天主到了街上。客车来了,停了吃早饭。富民跳下车来,说:"我昨天下去。县教育局长叫我签了字,领了档案,还问我你在昆明怎么搞的,我说不知道。"天主拿了钱给他,两弟兄吃了早饭。富民就又上车去地区,天主搭了一辆客车下城。

下午天主到了局长办公室,刘朝文、宋显贵正在。一见天主就喝问:"这两个月你去哪里去了?张一行那里找你去上课,一直找不到。"天主说:"我去哪里难道你们不知道?"刘朝文说:"你翻法律文件出来看:旷工一月开除,你旷工两个月,怎么办?"天主说:"那你们就开除吧!"刘朝文一愣,说:"不是我们要开除你!是张一行那里要有个规矩,没有规矩怎成方圆?他当个校长,你旷工两月都不处理,以后有旷工的怎么办?"天主说:"不消这样假惺惺的了。反正你们是刀俎,我是鱼肉!你们叫他开除就行了。"刘说:"你小伙子怎么这么顽固不通道理!我们为你做了好事你还不知道呢!还把我们当坏人!张一行又是打电话来,又是亲自跑来,一个月前就说:'孙天主已旷工一个月了,我来请示局里该怎么办?'我们赶紧为你说好话,说你的情况和别的老师稍有不同。你家境困难,兄弟都全靠你,再把你开除了,就更惨了,你的前途没有,连你弟弟的也完了。叫他暂不要提。哪知你又是一月没回来。他又来问,说全校教师都有意见了,要罢课!你想想，张一行为顾你，受了多大的压力！我们又给张一行做工作，又给学校的老师做工作，才压服下去了。都是为你，害我们费这么大的力！都是为你好！救救你！真把你开除了，你有什么办法？你倒反把矛头盯向我们了。"天主冷笑道："原来如此。我根本不耐烦领你们这些虚情假意，我也不领会这一通骗三岁小孩的假话！"说完掏出录取通知书来，说："我来办准迁证。"

刘大吃一惊，没料天主竟掏出这个来了。接过去看看，厉声说："哪里来的？"天主不答。宋显贵接过去，戴上眼镜把两颗公章鉴别了一番，自语说："是真的。"就问天主："档案昨天才送地区，怎么就录取了？"天主说："没档案难道就不能录取了？"二人慌乱了，不明天主的来头了。刘说："没档案怎么录？你录给我看看！"天主见此，想到底不如大大吓他们一番，说："省长下了命令，也还要档案么？"刘一听，触电一般地站起，歇斯底里地喊："省长接见你了？"天主不理！见他思想阵线都要崩溃了。再看宋显贵，也是被吓了站起来，眼镜掉在办公桌的玻璃上，脚也软了。很快二人大觉失态了，急忙收敛了坐下。宋有气无力地捡起眼镜，从桌里拿出笔来，开准迁证，开好。刘朝文接过来，盖了章，递给天主。二人送天主出来，说："赶快把你兄弟的事办完，回去上课了。"

天主到公安局，开了迁移户口的证明。又忙搭车回荞麦山乡派出所，办了有关手续。又到乡粮管所开了粮食关系，又忙到县城。在粮食局、公安局办理好了。回家又借得一千元钱。天主实在四肢都累得不能动了，上车坐一天，下车就连双脚都不能站立了。这些东西只好由富民送到昆明去。刚好大家在院里称麦子，天主说："称称看，我还有多少斤。"一时吊在称上，大家称了，说："五十公斤。"天主大惊，又少了九公斤了。

此时万事办好，已有两个月了。法喇人早知这事是省委书记、省长过问搞好了的。但以为省长比省委书记还大，都说："省长帮忙打赢了的。"天主还在昆明时，整个凉亭村，如听到炸雷一般。普成杰说："外侄，姨爹是崇拜你呀！"秦国安说："这下你爸爸对你的恩情，你已经超额的报复了！整个法喇村，没人敢说你对不住你爸爸了。富贵，我们大家凑个几万块钱给你做活动费，你调上省里来，我们大家也有个依靠。"一时法喇人敬服之至。都要办宴备酒招待天主，天主自是忙回家去了。

消息却被天主之前回村的人们传回法喇村来了。全村听了，目瞪口呆，大失其色。堂堂省长，何等高也！吴明义等说："胆子小的，吓都被吓炸了。"谢吉林等说："天呀，我们一听见，魂都下落了，多少人一听时，自己的心肝五脏摆在哪里的，都不知道了。"崔继海等人只是往口里吸气："听得牙齿酥呀！就像几百斤的磨盘打在脑壳上一样。"

谢庆伟刚回家，听说此言，失了魂魄。骑车到荞麦山，已不知身下的自行车是怎么跑的了。跑到乡政府，人人都说："谢庆伟来得早嘛！"谢庆伟一看表，吓呆了，五十里下坡路，才用了一个钟头，才想起自己激动已极。下陡坡不刹车，也蹬着跑。说出他用了一个钟头时，满屋的人说："五十里路，你哄鬼！造什么奇闻！"谢庆伟说："这是真的！什么奇闻！要说奇闻，我家法喇还有更大的奇闻：孙天主家兄弟，被省委书记、省长亲自下命令：录取了！"

立时乡政府院里成了攻击谢庆伟的口舌场。众人大叫："你尽说昏话了，省委书记、省长随便一个人见得着的？全中国也就是几十个省委书记、省长。就是乌蒙的地委书记、委员去，不是开会或汇报、会见得着，你莫吹大牛！"谢庆伟也不服："有事实摆着！就是孙天主本人，没有这事，他敢造成这个谣？我家法喇近千人在昆明打工！现在法喇都传遍了！"众人说："不信！不信！谣言！谣言！孙天主的脾气谁不晓得，尽拉大帽子来盖人！倒是你少吹了！等一会派出所的来揪你去盘问，叫你蹲两年监狱，你划不着。"谢庆伟急了，说："孙天主家兄弟都录取了！我怕什么？你们不相信，三天以后看！"王元景在旁，一味拉谢庆伟："憨侄儿子！不要吹了！不要吹了！吹些虮子上身来爬，我怕你抖不落！"谢庆伟说："大姨爹！你回法喇去看看。法喇村是天翻地覆了。法喇人谁不在吹？有得起这么多虮子？"

一时闹到全院里都盛传这一事件。乡党委书记老宋、乡长张恩舟及人大主席等，全吃了一惊，来问谢庆伟："牛吹大很了吧！是不是真的?"谢庆伟说:"书记、乡长!我哄你们做什么?我有多大胆子,敢吹这么大的牛。"但全院里,仍无一个相信,就因为孙天主是一小小的初中教师,就是他穷尽一切办法,也见不到省委书记、省长的!但见谢庆伟之言,半信半疑。老宋说:"我听了,就有假!为什么呢?他单找到书记或省长还可,不可能两个都找到!"张恩舟说:"恐怕是这种:省上什么厅长之类帮他解决的!法喇人不懂,以为是在省城里解决好的就是省长下令的!谣言就出来了!"众人说:"这种说法,还差不多!"

赵国平、吴耀庆等法喇人听了,全轰去魂魄。王元景是先走一步,坐上一辆马车回法喇来问。一见那传言之盛,便知是真的了。赵国平等都骑了单车回家,问得事实,大为嗟叹。

仅仅几天,米粮坝工作的崔绍武等,全知道了,大惊失色。消息又都从法喇而来,不容怀疑。各种想法,均上心头。大家在一起,都谈孙天主。都溯起孙家历史来,又论及法喇历史,都各各悲哀:"我们这些人不中用了,只能看这些小伙子了。"

一时各人即使睡觉,也如同参禅一样。就想法喇那块土地,想孙家祖坟,又各有难过之处。崔绍武女儿未考取。吴光正为吴明道忙了一年,又调不下来。各自恨自己的后人不争气。

法喇人正在这里闹。吴光钊家在昆明的外侄杨龙华来,此人见多识广,听了这么一个偏僻之村,还有这一大新闻,就说:"你们以为就是一个孙家的学生被抹掉吗?一个省几千万人!冤案多得很!你们只要去省上看,该考取而没考取的,不下几千,最终谁得录取了?省委书记、省长亲自批示录取,更是没听说过!昆明几百万人的大城市,我这么多年也从没听见一桩!所以不得了呀!"要来拜会这孙天主是什么样的人物。众人说:"哪里还在村里,还在县上给他兄弟忙呢!"到底这杨龙华到孙家来,看看孙平玉、陈福英都是质朴的农民,家境也糟糕,说:"你家这儿子不得了呀!我是佩服得五体投地了!"回去就说:"要不是真有事实,看他那父母,怎么也不可能信!真是叫人大开眼界,增长见识了。"

天主回到荞麦山上班。在县城他就觉比昆明之陋不可言状,心情异常压

第四章 奔走

抑。看看金沙江大峡谷四合，大山上通于天。头上蒙蒙靄气，非得夜里才能看见天之青色。今见中学更其荒凉，悲哀不胜。天主现在悲愤的是钱用光了，债背上了，身体也垮了。天主日日打针吃药。此时即使有钱，他也踏不上告刘朝文等人的征程了。他要到远方去创伟业的愿望，再也不能实现了。

孙富民送了孙富华的粮食、户口关系到昆明，富华才得到昆明纺校来读书。孙家如今两手空空，债台高筑，杨真也知道。富华就读的班，是工艺绘画班，就在城北郊。班主任任绍兴见富华可怜，与学校领导讲了。免了富华的学费四百元，又免了住宿费两百元，学校又从其余经费里，济助富华四百元。富华就用来做了书费。可怜行李单薄、衣衫破旧，交了这些就无一分钱。初进学校，已形同乞丐了。经此磨难，富华得读书已是万幸，人更成熟许多了。

饥饿催逼着富华，他只有去搞装卸、画广告，打工挣钱度日。富华在东站搞了一段时间装卸，但生意不好。他又去跟萧佐画路牌广告。富华帮萧佐画了很多广告，但萧佐从不付他工钱。后来富华也就去广告公司联系广告来画。三年中他跑遍了全市一百多家广告公司，有一年半多时间在校外画广告谋生，数十个夜晚穿梭在都市的大街小巷拆卸路牌，有数次差点从路牌广告架上栽倒下来。富华衣着破烂，画好后再拉去挂。公司都很不相信他，联系到的广告也不太多。老师们都很关心富华，尤其任邵兴老师将班上的困难学生补贴大多给了富华，杨真老师还专门叫富华写了申请，想办法解决了富华一个月的生活费。富华就这样靠打工和老师们的关心维持着生活。

陈兴洪在赵在星走后，已升为教导主任。钱吉兆把儿子叫张一行"张爷爷"，叫张一行两个女儿为"张娘娘"。张一行大喜，又拔了钱吉兆任教导副主任。张把副校长空着，目的不过在于诱惑这些人拼命地干，陈、钱二人，干得很是卖力。但这荞麦山，说到底是系不住人心的，埋头干者，越发寡矣！

孙天主与张一行，关系时好时坏。忽然几天，二人互不相理了。

又是几日，哪一个先笑，又彼此笑起来。大抵是张买了肉来，叫上天主去吃时，都避其引起二人关系到如今的问题，谈笑风生。那饭吃过，二人又互不理了。

罗新成是极想当官了，跑去张一行处毛遂自荐，说安排他一个职务，他可以为学校尽些力。据说柳启贤、许世虎等人，都去向张自荐过。柳启贤更奇，向张一行说："校长，你缺个强有力的管教学的副校长！你提我起来，我保证给你干好！干不好，你把我罚在拖鸡小学去，或是粘上鸡毛拉我游荞麦山街都行。"

一时这几人跑官要官，传为奇闻。说荞麦山中学历史上，还没见过这种先例。罗新成要官不成，来诉苦衷："日他妈的！万人都在讲我去向张一行要官当！我就承认：我的确很想当官！谁不想当官？我可以说，荞麦山中学五十几个教师，个个都想当！有的想当到夜夜失眠，睡不着觉，太多的杂种是想到命头去了。"

天主只眼看着这世上的诸多悲哀之事。到底谁智谁愚呢？张一行不设副校长，是人人眼里看着的。为的是什么？但竟又有人去向张要副校长当。不是自找倒霉，又是怎样？

何其松去年拼了一年，花去四五千元的火腿、酒，要调县米粮坝中学却不能。教书十几年来的积蓄，全都干了。他气得大骂："现在这些杂种，比大嘴老鸹还厉害！你只管送去，他只管张大口吃！不怕反贪局也不怕纪委，吃好了，不给你办事，你有毬办法？"但无可奈何，不接着干，去年的几千元就白送人了，又借了钱，仍去活动了。这何其松智力过人。全校教师曾估评，说智商最高的，可能是邹理全和何其松，其次是孙天主和张一行。何、邹二人教书都教得极好。但于女人，也毫不放过。何到处勾搭女人，中学的、小学的教师，全然不管。不时听见与这家男人持刀而战，或与那家男人暗中互谋。邹则是一些社会上流浪的女人，隔两晚上带一个来宿舍睡，盖其女友荣昭已调了县城。

罗新成这日想来想去，跑来与天主说："你与宋德高、张恩舟熟，帮我介绍一下，我去干法喇村的村长算了！活动费要多少，我去借了来。"天主说:"莫发昏了!你现在一个月一百八九,村干部每月六十元,你去干个啥?"罗新成说:"你只看见这账上的收入,你没看见暗地下、隐性的收入。孙江才等人,每月才一百八九?"天主听听,不理他了。罗新成意天主必是鄙其回乡敲诈法喇人,就说:"你莫傻了!吃亏的总是老子们这些农村人!从读书到现在,一直受人践踏!我比你大,二十六了,连恋爱都没得谈过!好东西都被别人占完了!剩个弯红苕才归老子们!我觉得你更划不着!书有干毬的读场?文章有干屁的写场?现在谁重用你?最可惜的是柏毅格、由敏那些姑娘!你不拣白不拣。现在归别人了,吃亏的是你!要是你随便按住一个,你现在最屁也是个正科级,局长当起,有小车,有随从了!可惜了!我要是你,不干翻一百个漂亮的姑娘,这一生人划不着!"

天主见他说得激动,咬牙切齿的,心内大骇:原来人心,可以到达这一步。罗新成说:"我等惨了,要调没有关系,要好好教书,没有出路!只有在这荞麦山死挨了!"

刘英军在他屋内,听罗新成在这边演说于孙天主,有了同感了,就喊:"罗新成,你们两个过来!就在我这里吃饭了!好好地吹一通。"二人过去。刘已煮好了饭,叫他从家乡农村带来同居了的女人:"炒肉!炒菌子!切洋芋片片炒!今天要与孙兄、罗兄同醉一晚了!"就去打了酒来,摆上,说:"罗兄刚才说那一席话,我是深有同感。我是恨自己无能力!不然,不能天大的成功,就来个天大的失败!反正人活一世,就是这四两干巴!干完了算了!说起来真是惨!老子活了二十六了,现在才得抱着个女人睡觉!问题又是农村姑娘,又不漂亮,干了也如同没有干!现在后悔得要死!"

刘英军性格懦弱。同为农村人,在历来求学路上受践踏时,像孙天主这类性格,越来越富于挑战性,越富于单纯的理想;罗新成这种,越来越具备复仇心理,越不择手段;而刘英军,越来越畏缩,连与教师、学生交往都怕了,越发成为学校领导欺蔑的对象。他学的是历史,但到荞麦山中学来,差地理老师,叫他去教地理;差英语老师,叫他去教英语；差历史老师，又要他教历史。这种角色，在中学里是最悲哀的。在同事、学生眼里，都不成其为人。问题还在于无论要他去教，或不要他教了，领导都不和他商量过，或事先通知他。前学期初一没班主任，张一行叫他去教英语，当了班主任。刘英军大喜，盖因教语文、数学、英语等中考科目的老师，更比教地理、历史等科目的老师更受学生尊重。当班主任，更受本班学生尊重。但半年后，张一行就叫陈兴洪去换了。只陈去班上与学生说："你们的班主任，就成我了。"刘英军尚且不知，去对班委说："晚上来我宿舍开班会。"学生说："这下我们要去陈老师家开，不去你那里开了！"他才问："咋个说嘛！"学生要戏弄他，与他兜圈子："陈老师是教导主任，当然去教导主任家开。"刘英军发怒，说："胡说！班会就在班主任家开！"有可怜他的学生，才说班主任换了，陈兴洪来宣布过了。刘英军一听，精神支柱全然垮了，疯子一般冲出来，回屋关上门就哭。全校教师都骂张一行、陈兴洪："这两个杂种，恶的不敢惹！善的专门欺！连一点人性都没有！像刘英军这种人，人人可怜，都还要欺！"盖人人觉二人欺刘英军，就如一个人有意要去寻路上的蚂蚁来踩一样。刘英军又去教初一历史了。

刘英军教书，不是太好，但也不糟，问题就是软弱了。学生欺他个矮、形小、又戴眼镜，取号"刘小眼镜"。来荞麦山四年了，时与天主说："日他的妈！读书把眼睛也苦废了！戴个近视眼镜，落这些小杂种笑。我要是像你一样还有双正常的眼睛，死了也值得了！个子矮倒是没办法，只能怪我爹娘了！鬼火绿了时，我的儿子，就去请个高个子来配出种来，我养大算了。"天主听得肉麻，心想刘英军是变态了，因忙走了，也很少到刘处去了。倒是刘又时常来与天主说："你认识的姑娘多，帮我介绍一下。"天主说："我并不认识！你见我认识几个姑娘了？"刘说："那些来找你的，或是写信来给你的，你顺便就介绍了。"天主想："天呐！这怎么行？人家奔我而来，拒却人家，就已不好解说了，我且无脸见那些姑娘。再提介绍刘英军给她们，无不以为我拿她们开心，不刻骨恨我，才是怪事！恨极了，不是她自杀，也要来戳我两刀的。"口内只说："好吧，好吧！"以后每有心帮刘英军介绍，但口中哪敢与那些姑娘说？刘倒以为天主是不想帮他的忙了，又对天主说:"单位上的,恐怕再没人看得上我了!你们法喇村的农村姑娘,也帮我介绍一个。"天主想这还是不错,法喇村务农的农村姑娘,嫁着个单位上的,也就如进天堂了,比较好办,就是帮刘英军挑个最漂亮的也做得到。但又想:"眼见荞麦山中学这些教师,仓促配就的婚姻,不打就吵。我介绍来的姑娘,嫁来天天吵,天天打,我更几头难为人。"也就只是应着,并不介绍而已。但没多久,刘就从家乡白卡乡带了这姑娘来,同居了,果然这姑娘很满意。但刘已后悔,对她不打即骂,骂的又尽都是极淫秽下流的话。天主听见,就想:"亏得我没有介绍法喇姑娘给他,否则真难做人了。"

这时喝了半天酒,刘哭起来,说:"我是太想做和尚去了!做人实在没道理!又想我爹妈可怜!在农村苦一辈子,好不容易把我供了出来!我们刘家全族几十户人家,唯一我是大学生!一回家去,还个个把我当英雄看待!所以农民就是可怜!目光短浅,眼界狭小!"

天主见二人只管大碗喝,忙退了出来。二人大喝大闹、大讲大评不绝。

天主走到月光地下,无限悲凉。罗新成说的话,全激起了他的共鸣,要说失去的,他是失去很多了。从四岁起拼命读书,如今二十四岁,已是刚好二十年了。二十年得了什么呢?为兴趣、为爱好呢?他近来也在厌书、厌写作了,多是忍受寂寞、痛苦而写作。这种生活要继续下去,还是该终止了呢?他已打不定主意了。一夜呆望天上的月亮,滑向西去。后来阴云盖来天空,才回去。听那边,刘英军已是醉了,哗哗地吐着。那姑娘在给刘英军洗。天主呆坐着,望着桌子、书稿、墙壁,一动不动,直到天明。

第五章 不平

八十四　抢儿媳

张一行与天主互不理睬。荞麦山中学又新分来两个师专生：肖茵和罗升美，都是女教师，同时调进来岳英华、陈琼、李永珍等。岳英贤还在天主在城里时，就讲起张一行的心黑来："你要警惕此人！他已和刘朝文等联为一伙，在谋划你了！本来我们又是同乡，又是亲戚。他帮我一把，我以后也会帮他的。开头他倒满口答应要我弟弟，后见我家不送他些东西，就不要了，说荞麦山中学教师超编了。有钱也没塞给他的！我扛了五百元塞给刘朝文，刘朝文强行调了我兄弟！"

这下天主回荞麦山来，罗新成也来与天主讲："张一行这杂种心黑得很！我虽才来了一个多月，已看出他仇恨你到极点了。原来我爸爸来与他说调我过来，杂种还吹就是要亲友、同乡来这里辅助他。见我家不拿东西来，就不要我了。有喂狗的，也没喂他张一行的。我家爷两个亲去找刘朝文。有意地侮辱他一下！这下见我调来了，才说：'好！我费了天大的力，才调了你过来呀！教育局不同意，是我天天跟刘局长拼才拼来的！要好好地干呵！才对得起我！'说他妈个屁，他的把柄老子全捏着的！惹得好就大家好；惹得不好，就叫他死无葬身之地！"

二家一词，说明了张一行要的就是钱。李永珍等人，自然或多或少塞些给张一行了，如今也恨张一行。

四个班新班主任，仍是天主、吴明道、许世虎、周永恒四人。天主和吴明道搭伙。吴明道忙了一年，未调下城，气馁不已了。这下又要活动调走，哪有心肠教。而天主那班，据说天主为班主任，而来七八十人。一个月过去。见天主仍未回来，或转学、或下城。张一行拦不住，白见着天主的班成了座空营。等天主回来时，只有三十来人，且已是年级最差的了。

天主刚到学校，没料生了一场大病，只有富文帮着料理，陪他去医院打针。针一戳进天主屁股，才感到针水被压进去，天主就昏迷了。半日回过来，校医还扶着天主的，吓得大汗淋漓。说："不敢打了，不敢打了！你不清醒过来，即使我有一千张嘴也说不清了。"后两天对天主说："你这身体是极强壮的，是一时弱了。吊几瓶葡萄糖注射液补补，买点鸡蛋来吃吃。"但天主哪有什么钱买鸡蛋！连这打针吃药的钱，都又欠下两百多元了。每日的生活，就靠富文回家背几个洋芋，煮了维持着。

天主一直在床上爬不起来。三个月的工资被扣的一文不发，而张一行又来催："小伙子，你装病也不是这样的吧！我只有向教育局如实报了！由教育局作出处理！两个月走得下落不明，现在又是半月装病不上课！"天主说："你报吧！"

看看天主病得无法，孙平玉只好找个马车来，把天主带回家医治。粗略一算，这几个月中已欠了八千元的账了。天主痛恨万分。孙平玉苦一年到头，顶多卖小粉等一二千元，就是要一家苦七八年才还得清。天主真想爬起来去告刘朝文、宋显贵等人。但怎奈自己又病，即使病好，也再无一分钱去告什么状了，而且告状谁理？这里欠的账，上门要的不断。富民回来，一家人忙挖了洋芋来打粉。孙平玉、陈福英、富民忙个不停。天主在家里用个茶罐熬药吃，早晚就是帮忙笼笼火塘里的火。富春读书回来，天主就教她几个字。富文一周回来背一次洋芋。后来天主就是看着那粉晒。

第一批粉价格低得可怜。然也无法，最急迫的，天主的药钱没有，富华的生活费无一文带去。孙平玉要去找张一行吵。天主劝住，说等他好了去瞧。于是只得忍痛将洋芋粉卖了。自己洋芋打完，刚好聂传顺从一个凉山州老板那里得了五万元。去马树买几车洋芋来，说定孙平玉、孙平文、崔继海三家打，最后除本分利。三家说行，聂传顺即去买来，三家搭了棚子，在河坝里打粉。

　　天主回家，看看父母实在艰辛。富民每天站在水里滤粉，脚上肌肤全变成黑的了。再侵蚀下去，天主想骨都会黑的。而每天要账的不断。天主在学校里，那些人就请学生带信来要，令天主羞愧万分。一见人来了，天主急忙关门，实在是分文无有了。

　　张一行秉刘朝文、宋显贵旨意而行。去年校里定的规矩，中专中师上线一个考生，学校给一百元，该给天主这班的，就是一千元。但张不给了，这钱几个任课老师要分的，来找天主。张不给，天主也不要，竟被张吞吃了。天主写的入党申请书，张也不提。天主终于体会到朋友的背叛，更明白了要是刘朝文、宋显贵等不畏惧自己，不知如今自己被打到哪里去了。

　　刘朝文、宋显贵原是准备把天主调到拖鸡小学或法喇小学的。如今富华录取，二人知天主性格，不敢再逼，这下改叫张一行安抚天主。张一行电话里说："他已债台高筑！六七千元的债无法还！人也病在这里！量他也爬不起去告什么状了！刘局长放心！他一步也走不出去了。"

　　全县几千教师中，恨刘朝文的何尝少了？这下纷传谣言，说孙天主已发誓要把刘、宋二人告倒。二人终是不放心，借口检查工作，到荞麦山来看。二人指示张一行："稳住他在这里就行了。"又故意进天主宿舍来说："小伙子，好好地干！你是我们米粮坝第一大才子！连县委书记也是知道的！张校长很器重你，培养你加入党组织！荞麦山中学还有个高级教师的名额，一直空着的，没人评上！你好好地干，未来是大有前途的！"见天主不理，又说："太清寒了嘛！不过好好地干，以后会好起来的！"终见天主瘦得不成人形。黑暗的宿舍里，乱七八糟全是书、纸，仅有一辆破单车，一堆洋芋，一张床及发黄的羊毛毡子，一床破铺盖。门前摆的一个火炉，一两个锅，几个碗，终于心里也怜了，退了出来。再问得那炉子也是赵玄晔送天主的，更一言不出。但看天主已是身心俱摧,还告什么状,放心去了。

孙家如今顶着盛名,换着赤贫。多少人见到孙平玉、陈福英,都说:"你家倒值得了!你儿子给你挣这名来,千古万年都不朽了。"多少人又说:"你家两口子活到这一步,值得了!打了大胜仗!地区、县上那些大官,一般哪个惹得起?这下被你家打垮了!"孙平玉挨着讨账,心里也高兴,说:"富贵,在这法喇,你这名声可以流传一万年了!值得了!值得了!虽说欠了几千块的账,欠的值得,抱着钱,哪里去买名声?"但一到要账的接踵而来,无法对待,气来气去,无了办法,背着大骂这些人:"这些杂种!要是有钱,我们还会不还给他们?明明无钱,还要来要。"

天主忙说:"这就不合了!可怜全村人哪家有钱?我们急时人家能救济我们就恩大如山了,这下人家同样急!来要钱要不到,是我们对不住人家!怎么还骂人呢?"孙平玉仍不解气:"要得太难过了,天天来要,日日来要!路上见着也要,山上见着也要!有些一天就要五六回!"天主说:"将心比己!要账的人也苦,要别人欠我们钱,我们一天要上三四次,也会火绿的!首先要明白,人家救助了我们,我们要感谢人家!"陈福英说:"你说的何尝不是!也有急着要钱的,我们也还不起人家!但也有见我们账欠大了,怕还不起的,所以并不急,也是盯着要!"天主说:"总之无论如何,始终要明白人家救助之情太大!这讨账之烦,始终太小!"并感叹父母是无法了。

孙平玉说:"反正是我要被逼成疯狗了!谁惹我我咬谁了!"陈福英说:"你爸爸跟你大爷爷一样了。你大爷爷以前就是哪个去问他要账,他骂哪个!现在你爸爸也是谁要账就骂谁了!我也火绿!逢到哪个一要账,我就鬼火绿,硬想当场骂他一顿。"孙平玉说:"穷龇了没办法,不是只有这样了?"天主说:"要骂人家,你们也暗中骂算了!当着人家骂,是万万不行的!"孙平玉说:"当着是没骂过哪个,一直背底下骂。暗地下倒是凡要账的,都被我骂遍了。"陈福英说:"当着骂人家咋整?只是背地下骂!背地下倒是连我都骂过好些人了!"

天主越发悲哀，区区几千元钱，在金钱的大海里算什么？世间就有那么多亿万富翁，就是中国，腰缠万贯的，是他父子能数得清的吗？一个米粮坝，家中有万元的，也不下万户，就是荞麦山，就是在法喇，伸手就能拿出几万元的，也多的是。但他父子就是可怜。"穷无达士将金赠"确是千古名言，世间那么多人灯红酒绿，一掷千金，怎么就无人掷一餐之钱，救救这个穷家呢？

孙江成的身体，就在这一夏秋里急剧垮了，一时萎得无法。喉里轰轰地响，天主一听，即知肺病了。劝他去医，他也不去，孙平玉家此时哪有一分钱？天主只叫他："爷爷，你卖两棵树就去医了。"孙江成说："富贵！老了的人，医了也不起作用了！算了！六十五了，也死得了！"同时又对天主这一番大振孙家声威，喜悦不尽："你这一次，给我们全族人、全村，甚至全乡、全县都争了光了！我们家祖祖辈辈，哪里出过你这种著名人物？你这名声，你爸爸才说要在法喇流传一万年！我认为是要流传几亿年！流传到永远的！你要好好地干，光宗耀祖！这一次你倒大大地为家族增光了！"

孙平玉家是在这里既焦债台无法消除，更怕孙江成、田正芬去世，更添债务，只叫："老天，你让他们多活两年，等我们手边松点再死嘛！要是现在死了，就真是伸手无爪爪了。"

这一日天主又病倒了，在荞麦山卫生所医。姜庆成开了药，就留天主在他那里住了，对天主说："外侄，钱是人找的，不稀奇！一家人要什么？第一要人！第二要人！第一万还是要人！要人很！姜庆德、罗昌启手中有几十万，法喇人以为他们了不起，我看连粪土都不值！那都是过眼烟云！人要什么？要名！所以你家，全被你一个人把这两样，都帮你爸爸捞足了。虽然我是干部，你爸爸是农民，我的确有两三万的家产，你爸爸现在欠账几千元！但我羡慕你爸爸！因为什么？因为我的子女不成器！我挣几万元，又有什么意思？"随后叫天主睡下，他就去工商所赌钱去了。天主坐着床边，悲哀出神。现在是自己羡慕姜庆成还有几万元；根本不是姜庆成羡慕自己的父亲，是自己的父亲羡慕姜庆成了。

刚好旁边有个年轻医生，今年从地区卫校分来的，就是洒坝人，也姓孙。他爷爷来这里看其孙子,他正在学《易经》。因富华前一段时间,柳国开、徐仲进都被富华请了以《易经》算命,都断准了富华于录取之月日,天主即有些敬畏了。他现在终觉这命运是解不透的了。他原来不相信命运的,这下渴望求解。就与这老人谈了一夜,天明时已稍通了。天主本常研究《易经》的,这下病中,玩起《易经》算命来了。

孙富民在家,没了办法。前一学期天主都催他复来读书,这一学期天主又催,都是不来,无法了。天主又叫他干脆去当两年兵,混几年再说,但当兵也要拉关系。到乡政府院里一测身高,就不够。满院的人惊看孙天主一米七的个子,孙富民才一米五二。又如前次议论孙江成一样,议论了一番,实在是孙富民猥琐之至了。

别的法子也没有。却好这次村干部退的退,上的上。张恩舟鼎力推吴明洪。全乡稍有关系的,都为子女亲戚谋村干部。而这名额,提拔大权,均由张恩舟把持着。提出来讨论时,乡党委会议室内一片骂声。吴明洪的情况,几乎都被乡党委一干人摸清了,扬言:"那种超生了两个都上得来,老子们推荐的还上不来。"

明里法喇人谁敢动?只不过暗中写信告。听说吴明洪要上来当村长了,全村一片恐慌。在这两者夹攻中,张恩舟泄气了。提不出来,赵国平、吴耀庆各自颓丧,吴明洪的村长梦也就结束了。首先高兴的是孙江才、安国林一干人,庆贺之余仍心有余悸:"杂种家吃错药了,如果推吴耀周而不是推吴明洪,就绝对上定了。法喇的大权落杂种家手了。"

第一次讨论村干部人选的会议,通过几个,报县委组织部审批,就草草收场,只好等着冬天再讨论一次。吴家要换了推吴耀周上,但吴耀庆决不帮忙。大概因吴明洪是大一辈的,不存在与吴耀庆争较什么,而换吴耀周,就成叔伯兄弟,就存在两家比较高低的情形,吴耀庆哪愿摆吴耀周到与自己比高下的地位上。所以吴明义来求吴耀庆,吴耀庆一概不理。赵国平同样心理:吴耀周已是下一代的,提拔之相形自己的下一代就弱了。吴明义扛了猪火腿往两家送,并说只要吴耀周能上,贷五千元来做使用费。后见出二人之心,乃大骂之。

罗昌兵来校看他女儿罗发娟，即与天主说："赶快去乡上活动一下，把孙富民推上来。我们三人都是想往外调的！即使我们三人调不走，拖鸡村还差村长，半箐村还差文书，小村也还差文书，天生村是差支书。还要上好些人。"

天主也就真来活动。不入此中，怎知此中激烈？原来有各种关系要来争这支书、村长等当的，不下几十人。法喇村除吴明洪已告失败外，尚有安国信，在乡财政所一直干合同工十年矣，一直不得转正，也想谋这一村长等来干，图的虽是"半边户"——在职不在编，也比他那半边都没有的好。安国林的弟弟、姜庆成的弟弟，都在活动。又乡政府里十来个合同工，都觉合同下去，没有前途，极力要想也谋个村干部来当，如郑正德之子郑志贤等，皆是如此。

天主找了宋德高去，又找了张恩舟，二人都不表态，只说："现在不好给你答复，以后看着有机会，那再说吧！"天主也只好答应，也就想作罢。哪知仅此一次，消息就已传出去，说孙家也来参与角逐村干部了。安家又何尝不希望以孙家来制衡吴家，安国林跑来献计："你要多跑乡上！就缠住老宋老张！下一次党委开会讨论这问题，快了！"天主想想也是。买了几条烟去送了老宋，送了一只猪腿与老张。张恩舟后来不得已，说："村干部这个，比较难办，因为也不是我一个人能定的！你也再找找老宋。我能忙的：这次地、县及一家四川老板来投资干荞麦山的花岗石，投资五十万办厂。我这点情面还有的，毕竟我是一个乡长。我就推你弟弟进去就是了。这个厂效益好！荞麦山乡全是花岗石，开采十万年都开不完。他这产品已销往韩国、泰国、美国。"天主只好说可以。

果然花岗石厂在响水塘村买了地，建了厂房。那四川人在米粮坝搞了个锯石机。去年自发现荞麦山的花岗石后，每天来荞麦山拖几个石头去，一年时间，产品出口，赚了两百万。今年来与乡政府谈妥建厂，忙忙碌碌。

天主是日日仇恨孙富民不成器。但孙平玉等听了可进花岗石厂，与天主不同，非常高兴。孙江成更吹起来："我孙家更不得了，富贵教书，富民进花岗石厂，富华考取中专，富文又读初中。"左角塘村一些亲友，听了富民又得进花岗石厂了。田正碧即跑来找孙平玉:"侄儿子,请你与天主说说!我家也愿出个一两千块钱,帮你老表田永鑫整进花岗石厂去嘛!"孙平玉说:"整不进去!富民是二舅你看着的,谁说他也进花岗石厂了?还在这农业上。"田正碧认为是孙家不愿帮忙,说:"我们不单听你爹妈,也听半边人说,富贵跟乡党委书记、乡长关系不都好得很!反正我们请他,不会忘记他的!送乡长的东西,我家也照给!"孙平玉等心里只怨孙江成多事,偏偏要到处去吹,弄出这些事来。但到底哪敢应诺?田正碧自然暗恨而去。

孙平玉、陈福英暗气了一回。天主听见,更觉悲哀:"这是无奈之人!给人家打工!如此不堪一提,居然得罪了人!"孙平玉说:"你以为不好的,人家以为好得很,你爷爷到处一吹富民进花岗石厂,全村人哪个心里又好受?我们是什么话都不敢让你爷爷晓得了!他一听见,逢人就要吹!又有精神!一天不吹几十遍,心头好像不舒服似的!这件事我们是瞒着他的,不知他从哪里听到的。"天主也摇头,又想想,说:"也好!爷爷这种老年人,再没什么可排遣寂寞的!老来能有些可吹之资,也是幸福之事!也算我们孝养祖人,贡献他老人家一点孝心了!只要他吹着高兴就行。"孙平玉笑说:"他还不高兴?天天一吹起你来,哈哈大笑!尽讲祖坟发在这一支头了!他吹不打紧,他知道人家心头怎么想的?你大爷爷、你三爷爷他们,哪家心头好过,以为他在有意地吹我们去踏削人家!"陈福英说:"以后你有什么话,也不要跟他说了!你倒一句话就说完了,他要吹十天半月不罢休!你吹我吹,最后全村都认得!"

但那花岗石厂建到半途,摆着了!一是荞麦山的农民抱定了的想法:山和石头都是我们的,白让你赚了!要让你得赚,还不如我也赚不成,你也赚不成。厂家买山拉石头农民都不许来;引水,厂区周围的农民也不让引;修公路,农民也不让修。厂家、乡政府多方求诉,农民只不答应。原因听说办厂之初,这投资方就重赂了张恩舟等人,每人一万元,这下又加五千元。张恩舟等人,遭到农民一阵痛骂。那几十万元的厂房、机器，建好、安好，竟成了死物。

真是"人在家中坐，祸从天上来"。陈福全不理孙家。这下陈志富考取荞麦山中学，他也不来说。天主见陈志富可怜，又在吴明道那班，与吴明道说了，评了五元的助学金给他。见一双烂鞋子，烂得不成样，又把自己一双烂了的，与陈志富。但陈志富还是只上了一个多月，即失学回家。陈福全要展示自己聪明，又欺骆定安、丁国芬庸愚之辈，也不管孙平玉家如何，来与骆定安家说陈福达写信来，他家要搬家了，想把骆国秀哄与陈志富。骆定安夫妻有什么见识，一味只信他。骆国秀却不愿意，认为陈志富和陈福全一样心黑。骆定安与陈福全说："骆国秀给陈志富合倒是合婚。但只是孙平玉大姐夫家不好办，我家与他家未退断过。"陈福全说："你怕什么？就是我姐姐来，我也敢跟她吵，她难道又好打我？孙平玉、孙富民来的话，见一个我打一个！要叫他爷几个办法都没有。"

孙家已是想把骆国秀退了的，见陈福全不分姐弟、舅侄欺上来，也气愤，就干脆不退，再看陈福全要怎么做。陈福英说："我倒要去看看，陈福全要咋个跟我吵！"这下两家已暗里较起劲来。陈福宽一家，是看风头的。知陈福全做事越发昏昧时，不敢加劝，只在中间装聋子。其余陈家人，更疏一层，更不管了。陈福全料想不退掉，他家也带不走，就与骆定安家商量了，要来孙家退婚。骆定安说："这婚不好退。"陈福全说："你就是无能！等我去退！"然而也不敢来。陈福英早准备好了，说："陈福全来退婚，我要问他：他是代表哪个？代表骆家？还是代表媒人？代表骆家，骆家自有人，轮不到他！要说代表媒人，他也无资格！媒人是冷树芳！"

又有别人，巴望这姐弟二人斗将起来，或去撺掇陈福全，或来与孙平玉家说："骆家是请了人，要来你家退婚了呢！"孙平玉说："请哪个来？""别的哪个还敢来？当然是孙富民的舅舅了！"

实在是骆家也舍不得和孙家退，但见孙家不理，也无办法。陈福全本来秋天一到，就要迁去的，哪知小腿上不知得了什么病，肉一直溃烂不止，因此躺在床上，一直起不来。有一阵说病情严重，将要死了，就耽搁了未能搬走。

如今打粉，骆定安和陈福全合伙，孙家、崔家等在一处。本来各有一股水，陈志富嫌他们那股水小，就把这一股堵了，全流了去。孙富民怒了，去堵了那一股，把水全理过这一边来。骆国秀不得了，捡了几个洋芋，就来打孙富民。孙富民让过，将那几个洋芋捡了，朝骆国秀砸去，骆国秀被打哭了。丁国芬就跑来，打孙富民一棒，孙富民毫不客气，又将丁国芬打了两棒。马友芬和陈志富只敢望着。骆家母女被打得哭成一片，齐来撕孙富民。孙国勇怕孙富民吃亏，忙去抱孙富民，要想拉回来，倒叫叔侄二人都挨骆家母女打了。孙国勇大怒，于是叔侄联手，把丁国芬、骆国秀赶得东躲西逃。孙家人责备孙国勇："你去抱什么？还怕富民打不过她们。"孙国勇说："我怕富民吃亏！"魏太芬说："也只是你怕罢了！我们这么多人在这里，谁怕了？"骆家被打了，丁国芬骂："嫁人家还不要！你不要，就退了我家好嫁！被这么一个小矮杂种都打了！"陈福英说："你家既要嫁吴家，又要嫁陈家，我家何尝拦着你家去嫁了？你家的姑娘这么好，还会吴家也不要！陈家也不要！拉你养那些与富民比比看，看哪家的更矮！要说杂，又要嫁吴家，又要嫁陈家，以后当然有杂种了。"

这里打架吵架，就罢了。陈福全听见，说："也是我脚疼了，不然我倒要去与她吵一架。"让陈福英知道，说："我就等着他来吵！我就要看他咋个吵！"

陈福全脚好了，就准备搬家，全部家产处理了，只有两千来元。骆家一看陈福全这穷窘状，再不敢提骆国秀给陈志富的事。陈福全来骆家商谈，骆定安装作不懂，说："咦！给姐姐家这么多年了，你难道认不得？"陈福全忍愧，又哄说："骆国秀我家带去，过后我汇两千元来给你家。"骆家明白他在哄，说："我又不是卖姑娘，说什么两千元的话？"陈福全无法了，大骂骆定安、丁国芬。陈志富也扬言要打骆国秀，两家一举成仇。不久陈福全家搬走了。

陈明志家超生了，两个人到昆明躲了两个月。家里屋没人管，地没人种，来找陈福英："小英，我是无法了！要请富贵帮我去计生办说一下。能把罚款交清，人就无事，我出三千元都交了！实在从来没有奔波过，这种苦是吃怕了！就是今天交了三千元，明天宣布不搞计划生育了，我也不后悔。"陈福英见他说的恳切，就说："要得，小爸。"与天主说："你小外公是无法了，你帮他一下。在家里是怕被结扎，躲出去，日子不好过，家又躲烂了。是可怜得很。"天主即到乡计生办说了，计生办的说："交一千三百四十元，但要他承认只是第三胎！第四胎就不行了！"天主说是。陈明志卖了个马，天主把钱拿来交了，把收据带回去，给了陈明志。

陈福宽家又超生了。陈福宽要去西双版纳，躲超生去。陈福英说："小宽，姐姐也不是憨包！我家为什么搬去又搬回来？搬去又搬回来的人家还少了？"陈福宽想想，说："那么只有请富贵去把超生罚款交了。"冷树芳马上说："人家全村子都说，像陈明志小爸家交那一千三百四十，是不作数的。计生办的拿着，还是要结扎。"陈福英就不说话，见陈福宽也不吼住冷树芳，就知陈福宽要搬了，再不说话。

陈福宽家要搬家，全族人都来劝："你在法喇还过不得日子？超生么，叫富贵去交钱就行了！多少人家抱几千块钱，就是找不着这么一个能人去交！占不着人，当然不敢说；占着这种关系，你还要搬，往哪头划得来？"冷树芳是被陈明贺等写来信哄热心了，势必要去的，说："人家到处都在说：交钱的不算数，还是要结扎。"陈明志掏出他那张罚款收据来，说："小宽儿，你家两个人看看！这是正式的发票，计生办的公章也在上面！谁来结扎？还不是计生办的来！我拿出这发票来，他总得认账呀！"陈福宽无言。于是全族人都说陈明志说的对，就由天主去交了款了。陈福宽得了罚款收据，仍到昆明打工。

这下冷树芳和陈志琴都说这个家搬不成，都怪陈明志。这日陈明志听见陈志琴说："人家西双版纳多好！水又近，树又多，我家搬不成家，都是怪我小爷爷和我老表。"陈明志听了，知把怨气朝他来了，来与陈福英说："小英，冷树芳和小琴琴说：他家搬不成家，都怪我和富贵。我是不敢说了！而且看来她母女都是不可说话的人，我无处说话，只好来找你说了。"后两天，冷树芳问陈明志之妻："小婶，个个都说交钱不作数，你的想法呢？我是焦了一晚上，瞌睡也不得睡。一听狗咬，要赶紧起来看。明晚上我倒要躲在我妈家去，不在家里歇了。"陈明志妻说："我们倒不管它，就是来拿去了，也无怨无悔！我们倒好睡得很，天一黑睡下去，要大天亮才醒！"但转过背，又来与陈福英说了。陈福英听了，去与冷树芳说："你放心！害人的事，我和富贵都不会做！你只管在家里歇，拿去了我负责！"冷树芳说："姐姐，我是放心的！说不放心的话，是假的！要搬家，也是图西双版纳好，哪里为超生！这些人劝来劝去，目的就是我和你兄弟分析了的：我们在这里时，他们有什么事，看在我家头上，富贵会出面帮忙的！等我家一走，他们恐怕会觉得跟你是隔了一层的，有什么事，富贵不再管了！就是要来求富贵，也请不到像我家这样适合的人来求了！劝我家一半天，图的就是这个。不图这个，还会劝我家？"陈福英一听，话蠢到这个地步，即使分析的再对，也不该这样说，也就无话，决意是不管他家了。哪知族中仍有劝的，冷树芳就拿这话去对付，弄得全族人不再劝了。来与陈福英说："小英，我们劝冷树芳。冷树芳说我们是图劝下他家来，有什么事好请他家求富贵。如是这种主意，我们也会说明的！况且你和富贵也不是什么怪人！即使他家不在，我们来求你，你还会不管我们这些叔叔大爹？"终于谁也不劝了，冷树芳和陈志琴满意了。

陈福宽在昆明挣不到钱，去了一转西双版纳，就回来要将家搬了去。陈福英一去劝时，陈福宽就说："那几年姐姐家要搬家，我去劝。现在我要搬家，姐姐也来劝了。也不知是什么鬼牵着人的，那几年自己还劝人不要搬，这下自己也搬起来了。"陈福宽卖那些东西，谁不可惜？陈福英心里只叨念："这个家又叫永远恢复不起来了。"但不敢与人说出，只是看得痛心。陈福宽大骡、大马、大房子、大碗柜，全部卖了，竟有三万七千元，把全村人吓了一跳。天主回来，痛心疾首，回家叹息："完了！完了！没道理可讲了！"

于是又是一个阴天，陈家全族送了陈福宽家上车，又走了。这下陈家仅余陈福英、陈福香在故乡了。陈福英送了回来，听全族人都道：

"他这么好的一个家，三万七千呀！可惜了！"又想几年前父母、兄弟、姊妹住在一起多么热闹，如今全去光了。一走回来，泪就下来了。

尤其丁家朝，多年来受吴明义家欺压，全是陈明贺父子保护着他的。这下见都去光了，来与陈福英说："小英！小宽家搬家，是好事！我不敢哭，但心里是难过极了。这下的侄男阁女，只有你了！"陈福英知他的悲哀去处，说："小舅，侄女还在这里，有什么事，反正也同小宽他们在这里一样的！你只管来找我。"丁家朝说："我人孤，只有靠富贵撑撑腰了！不然我就被人家践踏得土牛木马都不如！"

第五章 不平

八十五　出　狱

　　村干部调整终于也到头了,法喇村没一个人上来,争来争去一场空。安国林调去任左角塘村的支书,罗昌兵升任法喇村村长,另从小村上了一位初中生来任法喇村文书。安国林欢天喜地去上任。孙江才、罗昌兵别提有多沮丧了。

　　这一天吴耀庆等知县上扶贫,给荞麦山乡五个卫星电视地面接收器,立刻下手,为法喇村抢到一个。他通知孙江才:"只要二千七百元!快凑钱来!"孙江才不理:"要了干什么?"吴耀庆马上骂道:"你当干屁的支书!也只有你孙家人有这么愚蠢了!这是信息时代!有电视的地方,就有文明!没有电视的地方,只有愚昧!"又叫安国林:"只要二千七,便宜了五六千块了!"安国林说:"法喇人的事,拿去三天,那锅盖碗碗就被打烂了!不然也要被贼偷掉!而且整整二千七,向哪里收去?卖大骡子,还要好几个呢!法喇人,你叫他看电视,可以!你向他要钱,他只有命的!"吴耀庆叫吴耀朝:"回去自己凑二千七来,买回去一家人看,难道要不得?"吴耀朝回来,从吴明雄处抱了二千七去,买了回来。

　　县广播电视局、乡政府来安电视差转站这天,全村都轰动。法喇人早在议论,这差转站应设在横梁子最适合,议论了近一个月,喜气洋洋。

而临到安装时,是说要安在村公所,也由吴明剑管着。大家在那里忙了半日,终于声像皆出了。一时小学里几百教师学生,还上什么课,拥去把村公所院内挤满了,都朝那小小的黑白电视机挤。大家怕出事,忙安排了集成队,一队一队去看。看过了,已是下午了。更兼村里拥来的人,不用说那人来人往,异常热闹了。

刚可以收看电视,罗昌兵、吴明雄、吴光兆、谢吉林等家,都买了大彩电来。罗昌兵家正在村中,每天晚上拥来看电视的人,不可计数。屋内塞不下,电视就搬到屋外来。看到半夜,这些人仍不离去,罗昌兵常常弄得无法。而等人去后,次日一看,满院的屎尿,臭气冲天。没过几天,自然苍蝇、蚊子全扑这个好场所来了,罗家气得哭。不到天黑,小孩子们已来了。罗家就忙在下午一放学,就关院门。外面这些小孩见不让他们看电视,气愤已极,只管推院门,或是抱石头打门。每晚是一两百人打那门,没两晚上,门就被打烂了。罗家说电视坏了,这些小孩看上几天,电视是怎么放的,早已会了。不由分说地走去,打开就看。罗家无法,只好把电视背了送往亲戚家里去收着。

一听村里可收看电视了。一色的黑白电视机,偷的猛偷,贱的贱买,没过多久,村里已有五六十台黑白电视机、十几台彩电了。一比数量,已和荞麦山乡上差不多。法喇村的电视机总数,又要创全乡第一了。

吴明雄这下收他的二千七百元,但说破嗓子,谁给他?吴明雄即来村公所拆了锅盖碗碗连并监视机搬到他家里去了,又来收每台电视机一元的转播费,也没人给,就不再转出来,一家看了。一时又骂声鼎沸,吴明雄家瓦房天天挨石头打,没法了,吴家又只好转出来。

这一天孙平玉到孙寿康坟上烧纸,他对这贫穷的命运已是招架不住了。刚好遇到罗正万,正来看孙家的祖坟,又滔滔不绝地评说起来。自中心学校郑荣吉退休,陆益财上任中心学校校长。罗正万从三道岩回来了,他回村小的原因,是他告密有功。

姜庆真与陆益财是中学、师范的同学。陆益财师范时考试做不出题来,姜庆真从窗外扔纸团,帮他考及格了。这在荞麦山已是公开说了一二十年的事。但到现在不同了,陆益财已是校长,不像从前和姜庆真一样是一般教师。罗正万与陆是仅工作上见面的,苦于回不到法喇村小学。父子俩一商量,计策来了,径直到陆益财那里去:"陆校长!姜庆真那种人有什么见识的!你怎么一再地饶他,让他得了势?你刚上任,他就在法喇到处张扬:'陆益财有什么本事?师范时连试都考不及格,还是我帮他考及格的。考师范时同样考不起,是我帮他作弊考取的。这下他当校长了,忘了恩了!不把我调到中心学校去任个职,起码也要把法喇村小学的校长安给我干嘛!'如此天天骂,连我都听不得了。"陆益财红了脸,罗正万见此计已成了一半了,回来送了只火腿去与陆益财。这下姜庆真与罗正万对调,罗正万调回法喇村小学,姜庆真调任三道岩民办小学去。

姜庆真暗暗吃了大亏,等明白过来,去找陆益财,陆益财根本不见,又写信去,称说冤枉,陆仍不理。法喇人明白之后,孙平玉就愁上了心,对天主说:"罗正万家爷两个,不是好人!你尤其要注意!"天主点头,才想起来罗新成每次到他那里大骂张一行,罗正万每次当着他也大骂张,大约也怕要引发他的"同感"的。但自己又不至这么卑鄙,去张一行面前告状罗氏父子怎么地骂张一行心黑,要吃他父子的钱等。这日吴明道来与天主说:"罗新成这杂种不是东西!那天张一行、我、范传云、罗新成几人坐在一起。罗新成就说你怎么骂张一行,可有这回事?"天主笑笑:"骂人起什么作用?我耐烦骂人?"就去问范传云,范说:"孙老师,我是听见什么话,不会去乱说的。想来你是明白人,要防哪些人,你是明白的。我估计就是你家法喇村现在在荞麦山中学的,已有五个了!你名气大,罗新成自然不服气!你与张一行反正是矛的了,也不在乎别人添油加醋了!只是你要注意!不过会听话的,明白你平时决不评论人,就知是假的!张一行也会听。但张一行不管听不听,反正是对你心怀叵测。你干脆想想办法,能改行,改掉算了。不要在教行了!刘朝文、宋显贵反正对你是不甘心的。即使改不掉,也走远

不到天黑,小孩子们已来了。罗家就忙在下午一放学,就关院门。外面这些小孩见**不让他们看电视**,气愤已极,只管推院门,或是抱石头打门。

点！你地区、省上有关系，一趟跑了算了！"天主惊问："难道还有更大的阴谋？"范传云说："你是明白人！你看看全校老师的眼睛是怎么看你的，你就明白了。"天主点头。

这日孙江国又捎了信来，说大桥的祖坟地，又被付家占为耕地了。孙家人问吴光兆，吴光兆说有这回事。不过大桥那里的人家越发弱了。原来孙江国还跑来说，如今是人都不来，只捎个信来，说明关心的程度更低了。

法喇的孙家，也再不是那些年的孙家了。孙江成多病，已只能活三年的光景了。孙江华的儿子还在监狱里，等着眼看刑期要满了，等着看可会放出来了。孙平拾在凉山州，也听说出了事。眼看着命运稍好的，就是孙天主和孙江才。全族人都在想：要管也只有这二人管去。但孙江才是个无能之辈，自然不去，天主也无能耐。孙平玉、孙天主父子空激动一阵，全族人都不支持，也去不了。

孙平拾迁到凉山州去，在当地汉人家里租地种。那主人不用多久，就把姚正艳哄到床上去睡了。孙平拾自是怀恨在心，瞅了许久的机会，才得报复。一刀砍了那主人手臂，但那家人已惊动，兄弟子侄全扑了来。孙平拾挨了几棒，落荒而逃。那里就要对孙平拾三个儿子动手，姚正艳叩头求饶，才得逃出来。与孙平拾合上，回法喇来了，一时就逼刘大明，要让出房屋田地来。看看回来也是生活无着，一家人又到昆明打工去了。

孙平强家也是无法了，也就跟上孙平拾去打工。加上孙国勇家，都没办结婚证。孙平强家一女，取名孙家珍；孙国勇家一女，取名孙家燕。魏太芬劝说："趁富贵现在和乡政府那些人关系好，整几十块钱，去把结婚证办了。"两家都说："有那几十块钱喂狗的，还不如我自己吃了。"魏太芬说："几十块钱舍不得喂狗，人家来拿着，几千块要给，还要结扎，难道不过了？你们已不是结婚证的问题！小的都会走路了！"两家说："有富贵认得人，还怕什么？"魏太芬也想两家拿不出钱来，唯孙江荣拿得出来，就叫孙平文去说。孙江荣说："我要到六十了，还有什么钱给他们？"天主也恐日后真捉到了，又要来找自己，那时帮不上忙，要责怪自己不尽力，要帮忙却无法帮，也来劝："你们赶快筹几十元钱，办了结婚证、准生证才对，这点忙我还帮得上。以后事闹大了，就帮不上了。"两家都是："不怕！不怕！我们长房的，命好得很。"天主又哪说得出以后事闹大了，自己不管的话？

一事不赶一事。孙江富家搬在华宁去，与人家看果园。看得两文钱，神气活现的，爷几个各买了西装穿上，都回来了。全村人一看，不由哈哈大笑。孙江富一回来，就吹华宁如何如何好，他在那里如何当大老板了。听吴光盛等向他吹："孙江富！法喇最狠的人出在你家孙家了！孙天主公然干到省委去，见着省委书记、省长！谁还有这样大的能耐？"孙江富听了，更加飘飘然，朝手心里吐唾沫，摩拳而擦掌："日他的妈！翻身了！老子家孙家，统治法喇村的日子到了！我现在钱还少，只有十来万！等我有一百万了，回来把法喇的山统统买在手里！叫法喇的江山都姓孙！把别的人家，统统赶出法喇去！"一言既出，全场哗然，刚才对孙家、对孙天主、对他本人有好感的，全变成憎恶。吴光盛当然吐唾沫："孙江富，你才换了毛，就狂起来了！我不是吹：你这样子，过一百年也不像统治法喇的！别家不说，单我吴家，要你孙家怎么样，你孙家敢不怎么样？孙天主有什么了不起？荞麦山中学一个穷教师罢了！"孙江富无处藏脸，急忙走开。别的人还在喊："你有毬的十万！谁不晓得？"

孙江富不顾自己只有这回家的路费和买西装的钱的现实，积蓄全力衣锦还乡，到处吹他在华宁当老板。但法喇村和他在华宁一处的，就有十几家。法喇人谁不知他的底细？他在村里吹，见他舅子家穷得无法，就数落："你会过什么日子！法喇这种穷窝，还住得？谁出一百万请我来法喇住，我也不耐烦来的！走了，跟我走了！全家子都走！三年后我领你们回来，也像我现在包里一大把百元大钞！上穿西装、下穿皮鞋，给法喇人看看。"他舅子说连路费都没有，他掏出钱来："送你三张！"于是卫培云家卖了家，连烂房子圈圈在内，全部家当仅卖了四十元，跟他家走了。

此桩新闻在孙家内部传得沸沸扬扬。魏太芬说："富贵当了大学生,见了省长,没见穿过西装、皮鞋;孙大爸一家,连老大婶都穿西装了。"孙江华说:"孙江富是枉活人了!几个臭钱,值得什么!倒是他跑来演戏给全村人看!公然要法喇的江山都姓孙!连毛泽东那样的伟人,都没敢叫韶山的江山都姓毛!"孙平玉是可怜:"他那些钱,既然都是借来的,这下带卫培云家去,路费就完了,到华宁就得还账!从哪里来还?刚吃饱穿暖,又要多事!"孙江华说:"天作孽,尤可活;自作孽,不可活啊!"但孙江华近两年,已是评论人的话比从前减了多半了。他已六十二岁,终日忙着挖马刺,苦生产!

　　孙江富去了,孙国达可回来了!四年的刑期,减了一年,终于出来。据说孙平拾、孙国要,在昆明为之大庆贺。他在昆明借了些钱,作回乡之旅。孙江华、牛兴莲大为高兴,两口子忙着准备。牛兴莲说:"拿咋整?以前是天天盼他出监狱,这下盼了三年,盼出来了!这下无法了,回家来一颗粮食没有,咋个对得起他?他要是问:'我挨了三年,才回得家来,你们咋个饱饭都不给我吃一顿!'我又咋个回答?"众人说:"他怎能这么问?再怎么说,这是个家,是生他养他的。"牛兴莲说:"他倒不会问的!这些年不知想爹想娘,不知哭了多少场!他也会理解。只是老三家,连他媳妇包自琴也要来,看见这个穷样,回去还不跑掉了?无能的爹娘,对不住儿女了!这下咋个开交?"倒反急得哭起来。全族人都为之可怜:"丧德啊!三年以来天天哭!这下出来了,还是笑不起来,倒更哭得伤心了。"

　　孙国要是结婚两年多,不敢带包自琴回家,只是哄包自琴家里怎么好怎么好!包也信了,但总要来看看公婆。孙国要说:"大哥还在狱中。我两个回去,父母不见大哥,更是伤心!不叫团圆,倒去惹他们伤心。要回去,必须等大哥出来,才好回去!那时合家团圆,大家都高兴。"包自琴说:"到那时候,姑娘都三岁了!"孙国要说:"更好了!现在就要教会他们喊爷爷、奶奶,回去一叫,我爹我妈更高兴。"因见孙天主名声到了这地步,他那姑娘已不好再从孙平文家取家字了。因知孙平玉家心中怀恨,起因又是从孙江华开始的,也不敢取富字,也不敢取家字,只取了名"孙芳"。

　　那里孙国达刚出狱,这里全族人已在猜测:"孙国达出来也枉然,还要走上老路去的！因为回家来，一无所有。要生活，还得从老路上去讨。"不久就果真证实了。法喇人从昆明回来传言：孙国达出来，问孙国要，"老三，家里情况咋样？"孙国要只背开包自琴，才能摇头。孙国达说："没有办法！那就只有我出去走两遭，够车费、生活费了，我两弟兄再回去！"两弟兄抱头痛哭。孙国达果不知摸到哪些城市去，回来时手中已有近万元钱了。还了孙国要平时所欠的债，要回来了。

孙江华家家里得到消息，忙成一团。牛兴莲老早就到路口等着，终于见一队人稀稀拉拉上黑梁子来。前面孙国要挽了一醉酒之人，径朝他家来。她立即眼泪出来，号啕大哭，幺一声，儿一声的："幺啊！娘老子无能，害你受苦了，也救不出你来。"孙国要急忙止住，说："妈，大哥在后头，这是丁成林！"牛兴莲正哭得收拾不住，才细看果是丁成林。因丁成林是和孙江华一辈的，牛兴莲忙得哪还有泪，又羞愧，问孙国要："咋不早说？"等后终见孙国达从后面来了，抱着哭的兴致也没有了，又才看清儿媳妇包自琴和孙女孙芳是何模样，眼泪又下来了。

原来回来时丁成林与孙国达弟兄同车。丁成林也是出狱不久，首次回家。二人就在车上庆贺胜利，至于丁成林喝醉了。先被挽进孙江华家屋里铺上躺着。然后才出来，全族人给孙国达披大红，挂大彩。孙国达背了重达几十公斤的鞭炮，一从下车，在几公里长的公路上，一直放着走。四山上见火炮响，问是怎么回事。当头有人说是孙江华的儿子从狱里放出来了，就说："劳改犯还给他披红炸火炮？孙家是鼓励后辈儿孙做贼了？"

到黑梁子上，全族人每家一封火炮，更炸了起来，没有止息。鞭炮碎纸屑都盖严地了，才回家。包自琴是还在途中，见从乌蒙起，山越爬越高，就郁郁不乐。一下车，见法喇村除了悬崖巨岭，再无所有。又冬日荒凉，遍地黄尘，就说："在这种地方住一辈子，再聪明的人也要住成憨包的。"爬黑梁子更是觉山高无极，霜雪布地。及见牛兴莲、孙江华，都是一张病愁已极的老脸，进屋内见一无所有，心已寒了。

孙国达弟兄回来，背了电视机、录音机、衣服、食物等等。当下孙国达和孙国要忙忙碌碌，在屋里接电线、安电视。录音机唱起来，电视机也放起来。孙国达一看全族人，江字辈的是都老许多了，就是孙平玉，也是穷愁潦倒，显出老相了。小的呢，都长大了。孙国达说："四五年不见，全部变了！法喇村山更光，人更穷了。老的老了，我想得到，只是孙平玉大哥，我记得还是年轻小伙子，咋四五年就老成这个样子！小的也是，富春更可爱了，又大方，来拉拉我就叫'大爸'。我已认不得她是谁，问她，她说：'我就是富春呀！'比全族人任何一个都大方。"牛兴莲说："你大哥同样操劳！富贵又打架，他家又搬家，现在又欠几千元的账，没办法了。"孙平玉听孙国达说自己老了，拿镜子来一看，果然与个六七十岁的老人不差分毫了，忍不住一声长叹："刚进四十四，就老成这样，到六十四，更不知是什么样子了。"陈福英说："又病又老，账又还不清，活得到什么六十四？"孙平玉说："人家找的好找钱得很。孙国达出狱时还一分没有，不到一个月，就有一万元在手！我要有这笔钱，什么账也还清了。干脆我也去哪里偷算了。"

当天下午孙江华家大摆酒席，招待来送火炮的亲友。孙平芳、孙平敏家全来了，一时十来桌人。孙国达高兴地说："我还以为我们孙家人少。一拢来还是多的嘛！有一大屋了，只是富贵没来。"牛兴莲说："他在荞麦山上课，已叫人去通知他了。"孙国达说："才几年间，富贵就干出这些大事来！我进监狱以前，只听说他会写文章。与我同一农场的几百劳教人员，听我说了，无不佩服！说一个边远地方农民的儿子，干得到这一步，值得了！现在出来一看，没有一个不佩服富贵。实在是多少与我一同劳改的人，什么事干不出来的？也不讲道理了的，就是佩服富贵，连我都惊奇。"

孙江华说："不惊奇也得惊奇！谁得见省长了。"孙国达听了，说："电视马上要放新闻了，就可以看见国家领导人，以及省长、省委书记，甚至外国的总统、总理是什么样子了。"全族人于是由他指导着，看了起来。听他讲这是谁、那是谁，这是某国的总统等。大家说："看上去人家太年轻了！恐怕才比你和富贵年纪大点！"孙国达说："才比我大？比孙江成大爹还大呢！七十几了！大爹才六十六岁！"孙江成大惊："比我还大呀？"孙江才说:"是比大哥还大!"大家大笑说:"莫说比老的了,就是比年轻的,我们这些人都比人家老!"陈福英说:"连富民家爸爸,看上去还比这些领导大一二十岁。"孙国达仇恨地说:"对喽!这社会咋个公平?这些总统,七十几了,吃得好,穿得好,大哥才四十三岁,就比他们还老!所以叫人心头咋个服气?对不正常的社会,就是要用不正常的手段报复,无毒不丈夫呀!"全族人听了,原来想孙国达经这三年炼狱,会变温顺些,哪知仍是如此叛言逆语,满带着匪气。大家大吃一惊,一齐反驳:"再不服气,你也得服气!国家是干什么的?有给一个人随便跳的?"只孙江华默不作声,细细品味孙国达之言。

全族人看看孙江华这样纵容,各各在心里想,这家人无救了!也不再说。孙国达说:"大家想想:是不是事实?所以我就看不起我们这一家人,都无出息!所以我只佩服富贵一人!"牛兴莲哭说:"你还是这种想,我还有啥子希望?儿呀,你才进监狱,我就广世广代地记着你那两句话:'有情男儿不是真男儿,无情豪杰才是真豪杰'、'无毒不丈夫'。不是这两句话,你会被人家拿去蹲监狱?我和你大爷都老了,死得了!"孙平芳、孙平敏都劝孙国达:"小达,一家人盼了你几年,才有今天!你再不会说,也说好一点的话!你再有个什么想法,你也不要说出来,好不好?"孙国达也落下泪来,说:"好!好!不说了!"于是大家都只看电视。到了深夜,各自散了,都说:"孙江华家是不吉祥了,本来欢欢喜喜的事,尽说出这种丧气话来!孙国达吃屎的性情不改,也还要挨的。"

却说包自琴借口:"孙芳是只吃米,吃不惯洋芋。"因此每顿一家人吃洋芋,她自淘一点米,用个口缸放在火塘里煮熟了,边喂孙芳边说:"我尝尝烫不烫。"即尝两嘴下肚去。一家人都拿她无法。孙江华、牛兴莲是怕得罪了她,她一旦跑了,老两口就对不住孙国要了,因是极力笼络包自琴。孙平芳、孙平敏也顾及此,又想自己都是外头人了,再有什么话,也不敢说的。孙国要看惯了,也畏惧够了,哪敢惹她!且觉自己这么一个贫穷的家,就对不住她了,连要吃点米,都吃不上。只有孙国达，一味满腔斗志，也没尝过婚姻的苦头的，父母又年老，两弟兄又不争气，心中难过。如今好不容易团圆，想包自琴就是吃草根、嚼树叶，也应该稍令老人高兴才是。因此看不上，对孙国要说："老三，我是个大伯子，不好骂她打她！你也该教育教育了！没有得媳妇见过了？带回来还要害老人淘气，还不如没有这媳妇好，这种人，叫她想滚哪头滚哪头！"但见孙国要一味的软弱，更为气愤："她家好得很？也不过和老子们一样罢了！她家迤车，山比法喇好，还是水比法喇好？人比人，我孙家十来家人，就超过她家迤车全村两百家！"包自琴见全家人对她丧眉垮脸的，就催孙国要："老三，走了，转昆明去了！在那种大城市里过惯了，在这穷山沟里过不惯！"孙国要说："马上过年了！好不容易回来一趟！过了年再走。"吃了饭，包自琴只拉小孩东家走，西家逛。煮饭、洗碗、扫地、和猪食，全是牛兴莲的。孙国达两弟兄，躲到山头林中，谈及家事，抱头痛哭。

牛兴莲不单要服侍儿媳妇，还得服侍两个儿子。二人白天自然和一群人在院里喝酒打麻将，牛兴莲要给他们端桌子、拾板凳。包自琴什么都想吃，见孙平玉家泡有酸萝卜，说想吃酸萝卜。牛兴莲只好来找陈福英："我是害羞失脸的了！儿媳妇不知得了什么瘟病了，尽找没有的要！要吃酸萝卜。我只好向你家要一个！"孙平玉、陈福英捞与她去了，就暗骂包自琴："妈的也一点衣食都没有了！再馋下八节来，你也忍一忍，让这老年人东奔西窜！"又可怜牛兴莲："惨了！等到过年去了，那两人带回来的东西，也吃完了。她白辛苦一年，喂得个猪也倒贴进去，人家吃完了，就走了！谁还管他以后这一年怎么过？"

包自琴得了萝卜吃，又想凉粉吃。牛兴莲只好去孙平文家借几斤荞子。孙平文家也同孙平玉家一样，同情她怕得罪了包自琴，也借了。但借过后，也是大骂包自琴。牛兴莲一人抱着磨推了半天，筛了面，烧了水，把凉粉搅出来，打了与她吃了。她过两天又说："还是街上的豌豆凉粉香！作料也多，又有味精、酸葱，好吃。不像这样只有点盐巴、辣子。"牛兴莲就带她去赶左角塘街。到了街上，牛兴莲买与她，自己就站着等。法喇村人见这婆媳二人，儿媳妇坐在凉粉摊上，高兴地吃，老婆婆干向火，在半边望着等，哈哈大笑。包自琴连吃几碗,牛兴莲付了钱,又回法喇村来。以后每逢街天,这来去三十里,婆媳俩都不能少的了,天天如此。法喇村人于包自琴的骂声盛了。包自琴听得,才不敢去赶街,凉粉自然吃不成了,就骂:"他妈这个穷地方,连吃碗两角钱的凉粉都看不惯!都要骂!老子们在昆明一顿吃十几块,他却看不见了。"

孙国达两弟兄、丁家林、吴云安等,整天在院里喝得醉醺醺的。醉了吐了,又得牛兴莲用板锄刮,端水给他们洗。白天要做下酒菜给他们喝酒,牛兴莲只好洗洋芋切了,炒给他们,二人要吃喝到深夜。一到夜里两弟兄又喝起来,又喊:"妈,帮忙炒点小菜嘛!"牛兴莲又去洗洋芋,切了炒来。全族不好妄评他家的事,谁也不说,只是暗地下可怜牛兴莲:"像这样忙上一年,就把这老妈妈累死了。"

天主回来了,孙国达迎出来一看,早是全族人中最高、最魁梧的了。叔侄叙一阵旧,孙国达又说起他的感想来:"这一家人我看是无望了,思想僵化,意识落后。大爸佩服的,只有你了,敢说敢干,敢拼敢闯,历来也只有你敢说真话。"天主听了他的话,大感他仍将到旧路上去,只将三年半前自己从昆明回来时牛兴莲等的状况讲了,说:"大爸,大爷爷大奶奶都老了,为儿为女担惊受怕的!那一次,就惨得令我不忍睹。以后还是尽量从正道上走,不图别的,就图让大爷爷、大奶奶得个放心就行了!儿女报答父母,也不过就是这个罢了!如果再如此经历一次,你想对大爷爷、大奶奶的打击有多大?"孙国达听了,大觉惨忍不胜,说:"富贵!大爸反正永远牢记你这几句话的!我一回来,刚看见你大爷爷、大奶奶,我心里就抖了:'天,咋老成这个样子?'我口头只敢说你爸爸老了,不敢说你大爷爷、大奶奶老得可怜!养儿育女,我真体会到其中的艰辛了!还有大爸要感谢你那时与你大奶奶说那些话,我听下来也是惨得很!说你大奶奶眼泪还挂在脸上的,就哈哈大笑起来!这下我们叔侄一定要努力,要团结,把孙家建成一个非常伟大的家族。"

八十六　被遗忘的小妹

到冬末，各人都回来了。孙平强、孙国勇等全回家来，或则偷了些米、或则窃了些衣服。孙家文则是在昆明赌钱，赢得九千多元。孙平文、魏太芬用不了这些钱，拿去存了起来。孙平玉家见他家有这么多钱，说不出的羡慕。眼看讨债的人全朝孙平玉家跑，孙平文夫妻商量了，又与孙家文说过，借了二千元与孙平玉家救急。

孙富华到寒假，也回家来了。但在昆明上了几个月学，刚到乌蒙，看见大山扑面而来，荒凉之甚，就后悔了，想这假期该在昆明打工，挣两文学费的。那辆中巴车是荞麦山乡的人共租的。司机一路嫌吃亏了，眼见山高路陡，气的大骂。到横梁子，孙富华下车去解东西，绳子诸物全被凌上了，只好坐到荞麦山去。第二日晨冰凌化了，才把东西解了，搭马车回来。

孙天主寄望的是孙富华此去，会大有作为而归。孙富华回来，与全家人讲，都是自己一顿要吃四五个包子，那些同学很好，班上同学如何踢球、唱歌等。孙天主听了，毫不客气地打断道："够了！够了！你这书是白读了，我拼那么大的劲，出了那么大的力，就是为了这个？"失望已极了，站起去睡了。以后提些问题问孙富华，乃是一无所知，气得不知所以。

孙国达回来了，孙江华也稍振作。于是族里开始谈些全族大计。因明年十月，即是孙寿康下葬大红山六十周年。族内族外，都在宣讲孙家这座祖坟满六十年要大发。大家都说："明年六十大庆,定要异常隆重地庆祝一番了。"初步拟定大庆时,能回来的,都要尽量回来。火炮自然要大放一番,还拟定了要树碑立传。谈定了碑石由孙江华、孙江才负责,碑文由天主撰拟。

又是两月以后,明年腊月,即是孙家进入法喇一百年,也要大庆。但庆的方式,谈了半天谈不出个名堂。大家都在想:孙天主这一辈,已是乱七八糟的了。"富"的"富"字,"家"的"家"字,"全"的"全"字。孙天主自己又带头乱来,干个"天"字。这个不统一,到时怎么庆,也是无益的。但统一,谁来统一呢?

这年冬天天气极寒冷,死的老人尤其多。一到腊月,崔绍武的爹就死了,讣告也自然到了孙家全族。孙江华激动起来,说:"全族人凑钱、祭帐、唢呐,轰轰烈烈地去就是了。"大家都乐于去凑崔局长家的场,只有孙平玉、孙平文两家提出异议:"我们的老祖婆,只是崔绍武家爷爷的叔伯妹子,倒是崔绍品、崔绍宽这一大家的亲妹子。前几天崔绍品家妈死了,我们孙家没有去祭帐、唢呐,这下崔绍武家爹死,倒比崔绍品家还隆重,这样去了,倒不讨好!不单崔家要讥笑孙家趋炎附势,全村人也要耻笑。"孙江华不管,说:"管什么亲不亲,谁去计较这已是近一百年的老根底?人往利边行,哪个官大,捧场哪个!难道我们与崔绍武家就不亲?"陈福英、魏太芬据理力争:"亲不亲也是这样!你说没有人刨究这一百年的老根底,我们要说:法喇人全是刨究这些老根底的人!我们的祖人葬下去,我们还差点忘记了,别姓人还帮我们算了:明年十月满六十年!为何卫培伍会从哪朝哪朝以来,哪家当几年官记得清清楚楚的?你们平时不是说:吴家哪辈人进法喇,哪代人又如何,亲戚又都在哪里!陈家又如何等等!莫说你们,就是我们,就几十姓四千人口的事情,都有个大概。而且你们说人往利边行,利在哪里?崔绍武家几弟兄,由他领情,还是由他哥哥弟弟领情?这是几弟兄的事,尽管崔绍武知道是捧他,他耐烦独自领情?即使是他一人,也不会因一面祭帐,就提拔孙家哪个去当官!"孙江华语屈。但孙江成、孙江荣、孙江亮、孙江才等皆同孙江华意。这两家就止不住了，于是炮声连天，唢呐齐奏，朝崔家去。这里孙平玉、孙平文两家无可奈何："这下被万人骂定了！"

崔绍武家本是因与孙家在五服之内，必得通报讣闻。没料孙家如此而来，急忙迎接，但崔家全族在那里，立刻就看出下样来了。崔绍品家几弟兄，见孙家所为，红了脸，说："我们的妈，是孙家祖婆的亲侄儿媳妇，孙家挂礼的都不来一个。崔绍武家爹，更隔一层，是堂的侄儿子。人捧有钱人，再说不假。"除崔绍武家支头的人高兴之外，崔家全族都对孙家此举持否定态度。

随后消息一传开，全村人就评论孙家了，不客气地谈论铺天盖地而来。尤其吴家，指斥的锋芒直对准孙江成、孙江华、孙江才三人，说三人不会分亲友，不会别黑白，孙寿康枉自德高望重，尽育些不肖子孙。孙家大悔，然已晚了。

崔绍武之父的丧事，来了七八辆小车。在法喇村，已是开天辟地第一回。去年罗昌兵之父罗吉武死，罗家扎了纸马、桶钱等，规模就超过一般的人家了。今年崔家的丧事，自然又比罗家威风多了。农业系统的职工，从县城及各乡跑来法喇村。孙江成去时，刚好逢上在荞麦山农科站工作的二姨妹之子聂万洪。田正芬与妹子家，虽才隔二十多里路，却是终三十来年，未曾相见，也不知这大姨妈为何样。当下孙江成说："小万洪，走到我家去坐。"孙江成是难得邀请一个人的。大概是见聂万洪是个干部，有面子了吧！聂万洪冷冷地说："不去了。"连句"大姨爹"都未喊。孙江成大恚，心想：老子又不是饿昏了要来你聂家找饭吃的人。什么臭亲戚，也不管了。孙平玉本也要邀聂万洪来坐的，想虽是亲老表，却一直未回家来过。如今见孙江成请他时那情景，也就算了，回家来细想：亲戚也有等级了！自己地位稍差一点，亲姨爹、亲老表还不如崔绍武这个一点亲都不沾边的。崔绍武因为是局长，聂万洪跑几十里也要跑在法喇来。而离孙江成、孙平玉家，也就几步路，却请都请不进来。

腊月二十九这天，就传出消息来，二道岩崔绍万家爹死了。本来死个人，引不起多大轰动，但崔绍万之父死，有个奇特处：四个儿子，全搬家到西双版纳去了，只剩老者一人在家。还亏得他有个姑娘在二道岩，忙去收殓了装入棺里，却不敢擅作主张安葬，连到荞麦山发了几封加急电报去。那姑爷无法，又同时忙去西双版纳喊人，年关来了，哪里还有车？别的只好劝他：拦不到车，你便走路，走几天，也正月初几，外地就会有车了。这姑爷第一天走出了米粮坝县。第二天初一，到乌蒙。第三天拦到一辆车，到昆明。又坐车到了元江县，才遇上崔绍万几兄弟回来。弟兄到法喇村，已是正月初八了。

这下难题又在孙家头上来了：崔绍万的爹，与崔绍品的爹是亲兄弟，是孙运发等的老表。崔绍武之父是堂的老表，尚去了祭帐、唢呐。这下该怎么去呢？

崔绍万三弟兄，在法喇村也算能人。崔绍万与卫培伍是一个脾气，两人又是亲老表，都相当有能力。但人走茶凉，再你多么能的人，既搬走了，人情就冷漠多了。几弟兄回来，在父亲灵前放声大哭，带了一万元钱回来，酒席都用米来办，在法喇村，从未出现过这种情况。尽管如此，就崔家族内到场者都寥寥，其余别姓人更是不用说了。崔绍万几弟兄处处上门叩头，族人仍是不去帮忙。崔绍万看透了这世道的浇漓，人心的日下，就破口大骂："我崔某在法喇的时候，亲戚内外，大大小小的事务，还帮少了吗？娘的尽帮些乌龟了！到头来头都缩进去了。"无日不痛哭。

到送上山的前一日，孙家全族仍无影响。孙平玉、陈福英商量："看来是没有一家会去了。不过是亲戚，要是爷爷还在，亲老表头上，哪有不去的理？叫富民去，送两块钱！也当去帮爷爷应付情面！"于是富民去，挂了两元的礼。崔绍万弟兄并不认识孙富民，挂了礼，听说是孙平玉的儿子，赶来对孙富民说："谢谢你爸爸、你妈，还看得上我们这种亲戚！五辈人头上的亲了，你家还记着！倒是我崔家这些乌龟王八，妈的说什么族有万年，我才搬个家，还没有死掉，就请都请不来了！"孙富民说："一辈的亲，也是万辈子的亲！假使我老祖在，这是亲老表头上,也要热热闹闹,祭帐、火炮的来!但我家现在也不敢代表一族人来,只好这样挂个礼了。"崔氏弟兄更感动得热泪盈眶,拉着富民说:"是了!有德之家,终是要发的!我姑爷爷有德,一直发下来,你老祖、你爷爷、你爸爸,一直孙家都是威名显赫的。你大哥更了不得!他的事迹我们在西双版纳都听说了,我们还很不相信,想你爸爸那样的老实人,不可能有这样一个儿子。现在回来一听,果然是事实!你大哥,你家几弟兄以后还愁爬不上去?大爷爷在这里,没别的感谢你家,只好口头感谢了!祝你家越爬越高!发达千年,昌盛万代!"那弟兄忙得要命,忙当孝子,说过又去忙了。

  次日发驾,送上山的人极少。孙富民由此,也领略到人情的残酷了,就忙去参与抬了棺,送上山。吃了饭回来,连连叹息:"崔家前后三件丧事,真是对比大得很:若论本事,崔局长第一,崔绍万第二,崔绍品第三。但崔绍万搬家的人,丧事办下来还不如崔绍品家几弟兄。莫说别姓人,单他崔家人,都是三种看待法:崔局长家,人人去捧凑!崔绍品家,请一下动一下,不请就不动。崔绍万家,尽煮起米请,还请不动!"孙平玉说:"时常给你说现在的人分人,分层折得很了!你还不信?这下可看明白了?我们为什么叫你再去崔绍万家?就是你既看了崔绍品家,又看了崔局长家,也让你再去看崔绍万家!你一比较,人在世上,要怎么办,你就明白了!崔局长家为何人人去,因为觉用得着他!崔绍品家呢?有觉用得着的,有觉用不着的。觉用得着的,就去帮;觉用不着的,他耐烦了?崔绍万家几弟兄,人再很,这下谁也觉用不着他了,谁还耐烦去?"孙富民说:"太惨了!崔家百分之八十的人没有到场!今早上发驾,送上山的只有二三十人!抬棺材的,都没人换!我看不过去,都去跟着抬!虽然火炮一大堆,连炸的人都没有!崔绍万边哭,边拿着炸!法喇村起起落落,我已看了上百台丧事了。这种情况的,从来没见过。还亏崔绍万精明,一回来就买几千斤米来,办得相当好!还是没人去吃!跪着求,送两块钱去吃两顿饭,还求不去人。"孙平玉、陈福英听了,只是咂嘴。陈福英说:"这些人憨呀!两块钱买得到什么?只够一顿饭!两顿饭就赚一顿了,情面也有了。"孙富民说:"你说他赚饭吃,他还不去呢?"孙平玉说:"无道理了,孙家这回又要挨骂了!"

却说崔绍万弟兄葬了父亲,又回西双版纳,特经过孙家来,对孙平玉说:"侄儿子,感谢不尽了!你家老二又去送礼,见人手少,又出力,帮忙送我爹上山。我家几弟兄,是永远记得这情意的。"孙平玉请他们进屋坐,倒开水给他们喝,几弟兄仍是只道谢:"五代人的亲了,你家还记得!真是仁义之家,再说不假。"说后去了。到了横梁子上来,回头望望大红山,叩了几个头,大哭一场,就感慨这次回乡的悲凉。拦车去了。

秦朝海从前年眼睛看不见,去年病情恶化,孙家长房这一支的大小,都去看望,别的也只看一两次。不过感觉秦家把长房的人,分层次来看待了。孙平强、孙平刚等,说:"秦家也看人得很了!富贵家,人家还理,我们是人家理都不理了!也不见得不求他秦家,就活不下去!我们也不敢去捧凑人家了!"盖如孙平强,到县城秦光朝不理,到左角塘秦光春不理。而秦国书,也只朝孙天主家走,也看淡了。其次是孙平文家,只因孙平竹给秦光平,但也气秦光朝原来不帮孙家文,又觉也不大理,也只偶尔去去。别的就只孙平玉家,因历来与孙江芳姑侄相敬。孙江芳屡告儿子些:要记得你老表孙平玉,那些年合作社,我们粮食不够吃,他去四川换得点米来,也要带点来;买得点黄豆,也要送点来。要说图我们什么,又图得着我们什么?"后来秦家旺起来了,孙平玉家也不是太弱,所以一直好。前年听孙平玉家搬西双版纳了,孙平玉去与她说:"姑妈,我家要搬走了。"孙江芳一听,泪就下来了,说:"你家是去求好处,去爬高,我咋敢阻拦?只是我想:你一走了,我这后家就去了一半的力量了!"终日哭。后孙家回来,听孙天主在省上打官司赢了,她高兴不已。年年打好了纸,买好了香,都要带在孙运发坟上烧。

孙江成又比孙江荣疏淡许多了。孙江成说:"亲戚只是一两辈人的亲戚!就如我们的奶奶后家崔家,也只是我爷爷在时热闹热闹。又如我妈的后家蒋家,在孙平玉这一辈,就不行了,生疏了!又如田家,孙平玉还认得田家，到富贵，田家的人是什么样，都不知道了！只认得陈福全家几弟兄了！同样的，到富贵的下一辈，又只认得富贵的媳妇家，认不得陈家了！秦家也一样，我姐姐跟我们，还算亲姐弟，小时热热闹闹，一嫁出去，就生疏了！到秦国书这一辈跟富贵这一辈，又不行了！就像我们有个亲小娘，几十年没人谈起了！"孙平玉大惊："爷爷还有个亲妹子？我们总以为是三弟兄。"孙江成说："怎么没有？嫁在杨梅山蒋家。有没有后人，我也不知道。"孙平玉听了，感觉不下于天裂地坼，说："天呐，我活四十几了，才知我还有个亲姑奶奶！咋个爷爷这些人，硬不与我们说？"孙江成说："嫁远了，四十年不往来，也就记不得了！谁还想得起与你们说？"

孙平文听孙平玉说了，也是大惊失色，说："从没听说过。"又去问孙江荣。孙江荣说："咋没得？名叫孙小妹。听说嫁出去，就从来没回来过。"孙平玉、孙平文二人着实想不通，还是不相信，问孙江华，孙江华说："有。我们这小娘的名字，是你爷爷起的，就叫孙小妹！我们的小姑爹，名叫蒋开汉。别的我也就不知道了！我们也没去过杨梅山，蒋家从娶了人去，也没来过。"

孙平玉问："难道我们这小姑奶奶与我爷爷他们三弟兄有气？嫁出去就不往来了？"孙江华说："有什么气！听说你小姑奶奶嫁去，天天想回家来看，硬是哭！我们家也想接她回来过几天，但路远了，一直不得去接，就默默不通音讯了！"二人说："才好远点的路！两合岩到这里，也就是一百多里路，还没出米粮坝县！"孙江华说："旧时代的妇女，裹的小脚，不骑马坐轿子，她回得来？而且名叫两合岩，意思就是那河水把悬崖切开，太窄了，远处看起来，悬崖好像合着的，才叫两合岩！比我们这法喇，陡峻几十万倍！以前土匪多，范小得勒那些故事，你们也听惯了！哪里去接？"二人说："解放前不能去，解放后通公路，也没土匪了，你们也该说说，我们跑去看看。她既是爷爷他们的妹子，小爷爷也才死几年！想来前些年去，也还见得着她。"孙江华说："以后谁还记得？要不是今天怎么想岔了想起来，我是四五十年想不起有这个小娘了。"二人垂头丧气："也亏得是你们这些老年人了！一个亲小娘，忘记得干干净净！不想岔掉，难道就永远都想不起来了？"孙江华说："有什么办法？的确忘记了！要是孙平玉家爹不回忆起来，就可能真的永远没人回忆了！孙江富家几弟兄不知道，就我三弟兄知道。再过十年我们一死，不就——喔唷！"已拊掌大笑起来。

这一下传开，人人震惊。果然从田正芬、蒋银秀、牛兴莲直到孙江富家四弟兄，孙平玉这一辈所有人，孙天主这一辈十几人，全不知有个孙小妹。陈福英和魏太芬吓得咂舌，和卫祖英说："果然孙家人不认亲不认戚，我们来孙家这些年，从没听爷爷讲过他还有这么个小妹。一个亲妹子，都忘记完了。人世还什么东西忘记不掉？"卫祖英说："我一听说，心头就冷冰冰的了。人过要留名，雁过要留声。投胎孙家一世，到头什么都没有。有什么意思？"陈福英说："你才心头冷冰冰的，我是抖起来了。一下子就觉得人活一世，没有道理。还亏得我后家那些侄儿子都还认得我这么个姑妈！"魏太芬摇头："说一千天道一万天，我今天才懂名声是什么意思了！怪不得这世上的人，争名声争得打架。看来人活一世，吃穿都是次要的，名声才是第一的。也怪不得张家侃他家的祖先怎么很，李家夸他家出了什么能人，说七说八，就是图名声！但争得着名声的有几个？法喇村几百年了，死了多少人，现在我们听说的，也就是什么姜乡长、邵乡长了。到小顺才他们这辈，又记得什么姜乡长、邵乡长？几百年以后，会有个名字的，恐怕只是崔局长、王勋杰和富贵了。"

卫祖英说："我看王勋杰也不稀奇，说的人也在少了。还等得几百年以后？看来一个人要保持千万年的名声，就是不要让人超过自己。一超过，大家都只认超过那个，不认被超过这个！就没人提被超过这个了。比如王勋杰，不出崔局长和富贵超过他，肯定他的名声现在还在大得很！崔局长也是这种，以后都出不起个县长，他这局长的名声就可以一直传下去。要是法喇出个县长，他这名声就传不下去了！给富贵说：'不要让人超过他！他的名声就可以在法喇传几万年了！'要是有人超过富贵，以后也就没人记得富贵了。"

此言一出，陈福英、魏太芬都说："可惜你了！你这心、这嘴都被浪费了！你要是读书，千万年的名声，就被你一人霸着传下夫了。"卫祖英笑说："我们是无命的！还说了咋整？"

孙江华、孙平玉等叔侄十几人，全坐在埂上听她三妯娌这场辩论。孙江华说："这卫祖英，要是也是大学生，了得呀！"牛兴莲说："我看年轻这些小姑娘，要找比得上小祖英的，再也找不着了。"蒋银秀说："人聪明了，同样招人嫌！什么都有她一岔！打主意，想办法，哪个比得过她？还不如讨个老实的才好。"众人听了，再不说话。孙平玉回来，与陈福英说："三婶是怎么想的了？卫祖英这种人，还有嫌场！"陈福英说："她以前嫌魏太芬，不是这样的？就像你妈嫌我一样，我有时太想问她家老两妯娌：我和魏太芬、卫祖英，哪点做的事不如田永芝、周家英、顾正芳她们三个了？"

孙江华一路回家，只叫："可惜了！可惜了！卫培伍这小姑娘，夜明珠丢在粪坑里去了！"牛兴莲说："要是包自琴是卫祖英，就好了！我想起就气，讨个儿媳妇都不如人家的。"孙江华说："你莫气了！孙江荣家这种人，讨着好的，也当没讨着！一匹千里马，不遇着伯乐，也就枉然了！姑娘再好，要嫁着个好的人家！姑娘嫁错了，就一切都错了！连她开头那好的，都成了错的！人也如此，再聪明的人，都不能读邪书，走暗道，读错走错，又全完了，倒不如不聪明的好！愚笨的人，可能还不至于去读邪书，也没能力走暗道！就有些聪明的人，将他的聪明劲拿去干坏事，就出麻烦了，所以说'聪明反被聪明误'！养儿子要会教，养姑娘要会嫁。卫培伍，枉自了！"

且说孙国达等人知有孙小妹，就都怪老一辈的，不说与他们，而天主听得心寒彻骨。近二十年，他都以为老祖辈只是三弟兄。如今出来个孙小妹，却是事实。他又亲去问孙江成、孙江华、孙江荣。再到老屋基看秦朝海时，他又问孙江芳："姑奶奶，听着我们老祖有个小妹，是不是真的？"孙江芳才猛地想起："有！有！我也忘干净了！你从哪里认得的？"天主说了。她说："是叫孙小妹！我还是她背着长大的！她嫁时你爷爷才出世，别的当然更没有出世了！我这小娘，人又漂亮，又聪明，多少人家来说，我爷爷都看不起！后来蒋家来说，我爷爷亲自跑去杨梅山看了蒋家是个财主，蒋开汉也对得很，才给了！听说婚姻美满得很！只是她天天哭，想回家！她嫁时才十四岁，哪里不想家？后来一因路远，二因土匪，就没去看她，她也回不来。就大家都忘记了！我到二十岁，还记得她！过来这五十几年，因谁也没提，就记不得。她肯定不在了！后人也不知怎么样。反正我这小娘，聪明、漂亮，都不比你妈差。我看后家这么多姑娘、媳妇，也只你妈比得起她了！你们不要忘了她！她一万年都是孙家姑娘！就像你小妹富春一样，再嫁多远，都不许后人忘掉！你老祖看待她，不是像你看待富春一样？都是一样的同胞骨肉，兄妹亲情？"天主忙答："是。"孙江芳又是说："还有要给后人说：尤其嫁姑娘，要慎重！养了十几年，一定要给她有个好去处。养儿子今天不顺心，还可以明天教。养姑娘一嫁错了，什么都完了！我爷爷嫁我小娘，悄悄地跑去杨梅山，观察了蒋家一个月，才嫁的！比讨个儿媳妇费的心还多，费的力还大。你老祖嫁我和你小姑奶奶，对秦家和汤家，什么头绪都理清楚了，大放心了，才嫁的！你看我和你小姑奶奶，都嫁得好，后人也强！"天主又说："是。"

天主此次为这一重大发现感到震惊，体会到了：考古学界，也就是这么回事了！一个重大发现，揭示了过去的历史，是何等欣慰、狂喜。人也是这样活的：一种是活在现实中，一种是活在人心里，两者缺一不可。原来他有过种种壮志，要活在史书里，这几年已动摇了！觉得人一死，万事皆休，活在史书里，活在传说里，都是空的。有关孙小妹这一段，活生生地警示了他：比生命结束更可怕的，是名声的结束。天主幼时总以死为可怕，现在已想通了，无所谓生，无所谓死，但是现在，死可以无所谓，名声则不能无所谓。连名声都没有，那就是真正的死了，就如孙小妹于他，是彻底的死！现在得知，是"活"了。天主也懂了：人为什么要传宗接代，是为传其名，传其声！凡人之声名甚渺，只有望后代传。伟人之声名甚宏，可以靠一个民族传。而除了人类之外，人类不可寄望靠其他事物来传名声。如果有其余事物，人类就定会有这种结果：凡人不爱其后代，伟人不惜其民族！所以凡人恨其后代不强，伟人恨其民族不昌！拼命要培育好后代，培育接班人。

　　时候是夜晚。天主出屋，看望天中，万星闪烁，月盘皎洁。孙国达家，录音机正放着《毛主席颂歌》。天主一曲曲地听着，心中感觉异常舒爽。这就是活在民中了。主席永远活着。但天主望天空时，想主席能否永远活下去呢？他感觉茫然了。太阳终有衰老，地球总有毁灭之时。他又想起了多年的论点：人类是特殊温室中的花朵！宇宙玩弄星系，也如大浪淘洗沙滩。人类能逃出地球之劫，即再逃出某球之劫，再逃出某球之劫，直到最后，能永远逃脱吗？而且伟人也波浪不断涌来，要不断出现的！即使一百年一个，一百亿年，就是一亿个。谁能记住这一亿大众中之某一人呢？伟人也就平凡，人类不胜其记了！莫说一百亿年，单中华五千年历史，人物之纷繁就有令人不胜其记之状了。反正到最后，最伟大的人物也要凡常，也要死亡的，更莫说区区孙小妹了。二十四史以寄人物灵魂，但地球浩劫来临，这些史书又何寄呢？非但寄不出，也无人来欣赏的！完了，一切就这样完了！天主落下泪来。是无法可想了！他那"红太阳可能万古，天地谁传我深情？"真要改为"宇宙可能万古？长空谁传人类深情？"

　　天主呆然回屋，又忆起卫祖英之言。他同样早有此感！但他惊诧的是卫祖英一字不识，说出了如此深刻的道理，实在是非凡之辈，但其遭遇，万分可怜，也觉凄厉。他又想起他那句"多少英雄多少愁，未拼得慷慨歌喉"了，因是一夜失眠。

八十七　一块好墓地

正月初十，秦朝海去世了。孙家忙将起来，而孙江华、孙江才这两大房，于秦家的感觉也并不好，势利得很。只被长房的请着了，过来参与着去罢了。

秦家的亲戚，就比孙家盛得多。孙家火炮连天而来。孙江荣家一大拨人，一块祭帐；孙平玉家，因与孙江成谈不拢，就单独去了一拨人，一块祭帐。这两拨都去完了。孙平刚说："我不耐烦去秦家。"就罢了。只孙江成一人，包里揣了一封火炮，跑来秦家院内，自掏出那封火炮来炸了。秦家忙出来迎接，见是他孤零一人，心内各种滋味都有。孙江成进去见了几个外侄、外侄女，就去挂礼了。孙家人觉简直不成礼体。孙平玉直摇头："竟做出这种事来了。"

第二天送了秦朝海上山。孙天主送的一个花圈，就被秦家摆在最前面，引为荣耀。孙天主送的祭帐，也打在最前面。皆是因孙天主出名，秦家以示此乃己之内侄孙也。天主和秦光朝外侄、现在县工商银行工作的赵昆二人照相。天主在队前拍，赵昆在后拍。到了山上，安葬好了，大家就回，都感叹秦家又翻起来了："秦光朝、秦光春有工作。秦光朝的媳妇许国琼、秦光春男朋友彭加平也有工作。孙子秦国书在教书了。外孙又有赵昆、赵浩及赵昆的妻子工作。十年前的秦家，还不如我们孙家,现在我们孙家比人家,是大大落后了。"一者见这些人,形貌洁净,衣服鲜艳,给这丧事增色不少;二是荞麦山中学及乡上凡与秦光朝认识的单位干部,也都来送礼。一时有几十名单位干部在内,不用说自然令这些乡村人羡煞。孙平玉边回边与孙富民说:"你看见了吗?罗昌才、崔局长、秦家的丧事,自己办起不费力,又风光!崔绍万家呢?费了天大的力,却办不出名堂!都是要人狠呀!像你姑奶奶家,善容善易翻起来的?秦光朝读书时,你姑奶奶家连吃的都不够。全靠你爷爷每月划张出生证明,我和你姑爷爷偷着去打米买肉,有时不够吃,你姑奶奶来你老祖家背干巴洋芋!你想:等从法喇背来,还不黑心?那怎么吃?但短短十年间,秦家就不是原来的秦家了!但又如你小姑奶奶家,汤家几弟兄都是农民,翻得起来?单是看你姑奶奶和你小姑奶奶家,就是两重天了。你小姑奶奶家,以前也不够吃,也来你老祖这儿背洋芋,听说现在还不够吃!十年前汤家、秦家一样的,你老祖天天说:'可怜我这两个姑娘了,嫁秦家的也挨饿,嫁汤家的也挨饿!'现在你大姑奶奶,米是米,肉是肉,秦光朝不买来,秦光春就买来,吃得了多少?你小姑奶奶,汤建忠、汤建伟等人,自己还顾不过来,谁买来给她?尤其这次,亲姐妹,秦家公然不给汤家的信了!你小姑奶奶要是听见,心头会咋个想?"

秦朝海死,秦家未派人去白卡乡通知汤家。原来是议到过,秦光朝说:"那小娘家,就算了吧!"秦家都听见汤家口都难糊,觉虽是亲老表,已用不着了,因是即罢。孙家人听见,大骇,各各想:汤家都可以不给信,孙家同样可以不给信的。要是秦家真不给,孙家又有什么办法?想想世事如此,莫不心寒。孙家人走回,就说:"秦家简直无道理了!还没有出皇帝,就是出了皇帝,听说以前的皇帝还有三门穷亲戚!他当皇帝的,也不敢不认这些穷亲戚。秦家连崔绍武这么一个局长都还没有出,出几个教师,就得不了了!"但虽如此说,还是尽量地不让秦家知道,免得引出麻烦。孙平文还是去问秦光平:"咋不给小娘家的信?"秦光平说:"是怕远,通知不及。"孙平文说:"再远呢,就是在天边,也要发个电报去!白卡隔这里,才七八十里路。"孙江芳知道后家疑心了,也派秦光汉来孙家说清。但孙家又谁管谁肚子疼？无事了。

　　还是在前年，许国琼见天主只有一件又皱又烂的毛衣，就与天主说："你又没个女朋友。你买点毛线来，我帮你打一件。"恰好孙家文在昆明货场卸货，偷得一箱毛线，打开一看，五光十色的。众人说："这是出口的毛线。"孙家文带回来，就送孙天主十五支，足够打一件非常漂亮的毛衣了。孙天主就拿去，请许国琼打。许国琼一见毛线好，是混纺的，在米粮坝、荞麦山哪里买得到？就把那毛线移了，一连两年，孙天主都不得毛衣穿。许国琼说："我打好了，见不好，又拆了重新打。"一直拖延时间。等孙天主从昆明为孙富华升学事回来，许国琼见拖不过去，才叫孙天主去拿毛衣。天主刚接过手，许国琼就脸红了。毛衣小，要孙天主头上身上加油挣，才穿得上身去。

　　孙天主仔细观察，也没见许国琼的亲戚有谁穿出这同样毛线的毛衣来，不知她如何处理那些毛线了。后来想想无聊，那毛线衣就扔给孙富文穿，就再那些毛线拿去请许国琼打。而孙天主久不得毛衣穿时，孙平玉说："怪你们无聊！怎么会去请许国琼？她再是亲戚，都是隔了些的了。该请秦光春打！"陈福英说："谁耐烦拿去请？是她以前就给富贵说。这下有毛线了，才拿去请她！你以为秦光春又是好的？除非你们是亲老表，她会对你们另一种脸色！对我和魏太芬，以前还好，如今当个教师，不得了！见着魏太芬和我就老远地躲。"下一次，是孙国勇偷得些毛线来，又送天主十五支。这些毛线，比孙家文送的，就差些。然比一般市场上卖的，则好得多，都是纯羊毛的。这下真听孙平玉的话，拿去请秦光春打。又是半年、一年，不得穿。孙平玉才恍然大悟，说："嗬！这个秦光春！我看错人了！"陈福英说："你尽讲秦光春好，如何？不然天天怪我们要去找许国琼打毛衣，这下你咋不怪了？"孙平玉说："你以为这些人，都像我妈妈通情达理！"陈福英说："你姑妈又稀奇了？那些年我们不送她米、不送她黄豆，她耐烦理你？我们那时送她那些东西，图她什么？这些年她有了，送过你米，还是送过你黄豆？"孙平玉说："反正姑妈是比这些人通道理一些！"

陈福英就对天主说："那两件毛衣，你千万莫开口要了，她两个装聋，你也装聋，看她们十年后给你，还是二十年后才给你？"又过了这一年，许国琼才给了。没料不给还好，给了更糟。秦光春，纯粹不提。孙家心里，异常难过。看出秦家，已势利的无法了，说："还亏富贵也是个大学生，是个教师！秦光春等人，全部都只是中专、中师生，一个大学生都没有，还是这种眼光看人！要是我家个个都是农民，那更不知如何看我们了。"又拿来作例子，教育孙富民、孙富华。孙平文家，已把这些例子教育孙家文等："亲戚同样如此，大家地位差不多，才是亲戚！上面你大哥家，跟我们是一样的人。为什么秦家只理你大哥家，不理我们？好好地说，你们总不相信，做人难得很呀！"

秦光春和男朋友彭加平，本是在乌蒙师范时的同学。如今彭加平分工，远在他家乡的曲家汛乡的一个村小。如此几年，渐已生疏。这次丧事过后，关系就破裂了。原来那张一行带进荞麦山中学之何友奎，也是左角塘村人，原来在拖鸡小学教书，后调回左角塘小学，就追求秦光春，秦光春鄙其粗疏鲁莽。何随张一行调到荞麦山中学，秦光春也就跟何友奎好上了。

孙天主初见何友奎，是何在左角塘小学时。一日天主到刘德化那里，几个荞麦山读初中的同学聚在一处。大家都有子女了，唯天主年小一些，连女朋友都没有。众人说："人受的磋磨，从脸上就看得出来。我们成了家，生活烦难了，脸上老气横秋的了。只有天主，脸上还有孩子气，一看还有幼稚的样子在，还没有被生活磨着。"就谈些从前读书时的情景，说："好快，一晃十年了。"随后进来一个面目黧黑，话语粗疏的人，找了水喝，就谈起来。众人说："要说磋磨，他拖鸡小学更惨！顿顿海垡烧洋芋吃！脸上冻起的一层黑壳壳，还没有脱掉呢！"这人说："一年了，硬是不会脱！日他的妈！在拖鸡小学那一年，命都要脱了！"众人又问他："秦光春可捞到手？"那人说："日他的妈，假正经！以为她调司法局了，不得了！我才不信邪，走进她宿舍去，就拍她的大腿，杂种就骂。我照样拍，有时摸她的屁股，她敢咋整？难道她还去法庭上告得成我？我又没强奸她！实际女人都是假正经，她巴不得把她抱上铺去，按着加油地整，你越整得卖力，她越高兴！这两天调司法局调不成了，连走路都是蹿的，傲不起来了！我去摸她的奶，她也不敢咋了！"天主最恨俗人，一听就竖起眉头，不识此人。而这人一进来，大约是认识天主的，边说边翻白眼看天主。不过天主被这种眼色看得多了，多少人慕天主之名，认识天主，又知天主傲，想与他打招呼又怕天主不理，却又欲罢不能时，那种胆怯、羡慕、跃跃欲试的心理呈现时都是这种眼神的。过后天主才知叫何友奎。

何友奎进荞麦山中学来，说不出那种得意劲，真与先前李勇虎当上校长时，是一个嘴脸。天主等知秦光春与之好上了，想嫁给这种俗物，真一世之冤哉枉也！这下既是亲戚，常来与天主讨教："日他的妈！我们才是中师生、小学教师，进来恐怕人家歧视我们得很！你说咋个办？"天主说："你管别人做什么？自己埋头做就是了。"何友奎说："真毬的！我想哪个比哪个差了？干毬！大家都是一样的。"

钱吉兆争个人世道理，不论错的对的，都要争到他胜为止。可以诡辩两三个钟头，争得面红耳赤，却不罢休。天主是最怕与钱吉兆争的，一见他要争了，忙甘拜下风："你的对！你的对！"但钱吉兆仍说："要讲清楚！道理该是我的，就是我的，要使人心服口服！看来你心里不服，我赢了也没意思！"也有能争的，但争上几十分钟，便泄气了，所以荞麦山中学总没人争赢钱吉兆。但这何友奎一来，钱吉兆便遇天敌了！这日在篮球场上，二人为个投球的姿势争了起来。钱吉兆面越来越红，声音越来越大，何友奎声音更大。争了一个多钟头了，钱吉兆发急了，跑过去比姿势，跑过来比动作，何友奎也然，两人都弄到面浮筋粗。钱吉兆以手挖地，连头都要挖下去了："你这人实在实在是没得道理！跟你辩论实在实在无聊！"何友奎也是以头点地："你更实在实在没得道理！你更实在实在无聊！"钱急白了脸："我跟一样道理不懂的猪说话，还要轻松点。"何说："我跟一样人话不懂的狗说话，还要不费力。"又辩论下去，天都黑了，还在辩，二人声音都沙哑了，又人身攻击起来。梁榕来骂钱吉兆，秦光春来骂何友奎，二人仍不理，一直辩到晚自习下课，终于远处听不到他们的高声了。二人去水管上喝上几口冷水，还是争。最后钱吉兆大骂而去，何友奎边骂边回家。以后接连几天，二人脖里都说不出话来，上课时都成了哑巴。

何友奎成了秦家女婿。这日因孙江芳听说孙平玉家的洋芋种好，即叫何、秦二人来孙平玉家背洋芋。法喇村孙家人，又对何友奎恭敬有加。孙平元拉二人回家，煮洋芋给他们吃了。天主过后听说，心笑道："何友奎这种人，也受尊敬，可见地位于人，比人本身的力量大多少倍了。"

春节过了，孙国达、孙国要也要和包自琴回昆明去。带回来的钱都吃完了，家里宰的一个大猪，也吃光了。这下去的路费也没有，只好去吴明雄处借了高利贷来，三人才去。牛兴莲又哭："看着老三家，倒是两个人成双成对的！干达二十五岁了，还是孤零零的。以前天天盼他出监狱，这下出来了，却连媳妇也讨不着一个给他！咋个对得起他？"那孙江华的悲哀，更不用说。他比孙江成小三岁，比孙江荣大两岁。如今这两家人丁兴旺，势力强大，用不了几年，就当老祖了，他还连一个孙子都没有。他心中着急，夜夜睡不着觉。

孙富华借了钱，也同孙平强、孙国勇、孙家文、孙家武等全走了。孙江成呢，这一冬天里来，肺病更加严重，因是心上担忧。这些年他天天在山上牧羊、拾粪，一边却在细心打量山势，要为日后自己和田正芬找一衣冠之地。从前发现中梁子有一处很好，即回来吹："我发现棺材地了！前有朱雀山，后有青龙山。"带了孙平玉等人去看，都说可以。他又带天主去看，天主说不行。他又寻觅，又带到一处，又来说："山都围拢来了！前面出去，有三座大山。"孙平玉、孙平刚去看，又叫好。孙天主去看，又说不好，并教他方法，他又觅起来。这天激动不已地喊天主："富贵，你来！"天主去了。他说："你说要山环，山也有了；你说要水抱，水也有了。"即要带天主去。爷孙俩爬上三道岩，上拖鸡梁子来，到小海坝，孙江成说："就是这块平地了！你看后面的山，多好！前面的水，四季长流。山管人丁水管财，对了！"天主哑然失笑："不行。地势又低，四围又塞，何以高瞻远瞩？人到这里，感觉都不舒服！"孙江成一听，又泄了气。

孙天主想来也来了，干脆就好好地辨认一次。即登上峰顶，四面俯瞰。寻了最大的一岭，搜了下来。回头望大山岭，耸入云中，左右的山水，皆环这岭而下。又到一山头上，天主坐住，看前面时，两边的山水在前面环抱拢来，汇成一潭。而在这山包稍下，两块平地，如同座楼。前面瞰去，万里无垠，远山叠叠。他一山一山地数出去，万里外与天相接处，已是十几重群山。天主大喜，叫："爷爷！"孙江成答应，说："富贵，过来走了！"天主说："你过来。"孙江成慢慢踱将过来，天主指下面平地："你看如何？"孙江成一看，大吃一惊，双手拍地，喜不自禁："富贵呀，这是我们孙家几辈人的福呀！我有福，得这种好地葬！你们也有福，以后要发千发万的！"前后左右地看，口里惊的"嘀嘀"不止："值得了，值得了！爷爷活这一辈子，值得了！富贵，你是个有福的！帮爷爷、奶奶找着这种好地！爷爷一万年也记得你，感激你的！"天主见他不胜惊喜，怕远处牧羊人看出破绽来，忙拉他："走了！"孙江成也说："好！只是太远了，你们以后麻烦。恐怕有六七十里路！"天主说："只要你高兴，麻烦怕什么？"

祖孙俩兴高采烈而回。孙江成回来，大吹那地如何好。大家忙劝他："小声点！周围还愁听见？"但总劝不住，他反正嘴痒得要命，过一阵，又讲起来了，大家又劝。从此独自走在路上，也是眉飞色舞，忽而哈哈大笑："好地！好地！"弄得周围的人莫明其妙！全家人只怕说漏了口，别人知道了，因为那是公地，有先去世了的，抬去埋了，孙家也没办法。

孙江成天天朝那里跑，要去那里坐一阵，看一阵，笑一阵。全家人又劝他："你不要天天去看！你天天跑去坐在那里，山上到处是人！三天就看出来了。"孙江成则大家无论劝他少吹还是少去看，都说："福人葬福地！那地该是谁的，才是谁的！随便一个人都霸得去那地？法喇几百年间，谁不在这山上找地？过了几千上万人了，谁找着了？山那边唯一的一棺地，被我爹发现，让我爷爷占了！山这边一棺地，现在又被富贵发现，被我占了！不是有德之家，不是有命之人，老天也不会指拨我那天带富贵上山，富贵也不会径直走到那里去，发现那棺地了！好！我带你们去看了，以后我也少去看了！"于是这一天带了孙平玉、孙平刚二人去。二人看着山势雄壮，气魄雄伟，高兴非常。孙江成一路回时，又哈哈大笑："该得是我的！那小山包，多少人和我坐在上面吹过牛，但谁也没发现，被富贵发现了！"

　　这一番喜悦非常，孙江成的病渐好，身体也好了起来，又哈哈大笑说："该得了！我是无忧无虑了！地也找好了，以后只等死了去葬就是了！地一找着，心情舒畅，连我的病也好起来了！也是富贵照顾我多活几年的！富贵的孝心，可以通得天了！那地盘宽！以后孙平玉、孙平刚，甚至富贵他们，都葬在我周围，大家团团圆圆的！后人也好来叩头上坟烧纸！幸福了！"说的孙平玉、孙平刚等各各喜悦，都说："富贵发现这地，真是神奇！"

　　孙家老一辈的人，都年事渐老，各各在忙后事了。法喇村历来就是三大风景：老年人忙准备后事，中年人为儿为女奔波，年轻人各闯各的。于老年人，就是传言谁的老木做得如何，地又选在哪里等。且说孙江成的老木，是二十年前就弄好的。如今地又选定，真如回到了青春时代，终日是笑。孙江荣家，也在忙了，但他历来忙于生计，老木无着。今年才稍好点，卖了两条牛，向小舅蒋建国谈定了两盒老木，但还没去搬来。地呢，原来听说是看在孙平玉家腰岩上的地里，但不敢说出来。后来是看在哪里，孙平玉家就不知道了。孙平玉说："三爸的倒好办，危险的是孙江华大爸家，分文无有，老木也还制备不起。以后一旦出事了，不知孙国达、孙国要怎么办？一家人一生不着急，连我都为他家着急了。"陈福英说："你尽管闲事，人家还愁？孙国达去随便动动，几盒老木的钱也有了！"

　　这法喇村，这几年争出了名堂。从前的人，喜欢做好事。有甲家看中了阴地，而地属乙家。甲家即来向乙家要，乙家慷慨赠与，把这也归在修阴功之列。到合作社，地属集体了，有看中的，就向集体要，也就要到了。而到如今，法喇村在这十几年中出了大批的干部、教师。无论愚智之家，都觉得阴地重要。万人也变得聪明，或者说是势利了，大不乐成全别人的好事了。有看中了地，来向主家要的，坚决不与；出钱买，也不卖。前番出过几桩，把地看好了，死了老人，上门去要的。主家听清在哪块地里，才加以拒绝。自己家的人去世，径直抬去葬了。渐渐有看中了阴地而在别人地上的，不敢去要地，只有自己打消念头，在自己地上寻找，说是："莫去帮人家找地了，倒帮人家指明了好地在哪里。"

如今是吴光耀已近八十，身体一日弱似一日。看中了的地，是在其胞弟吴光云地里。吴明献五弟兄商量："要是要不来，只有用蛮办法！"先是哄，吴光耀来找吴光云："四弟，我那几亩地隔你家这边还近点，你的地又隔我那边近点，调与我，两家都好管。"吴光云已知吴光耀爷几个的阴谋了，那地他要留着给自己用了，就不调。吴光耀家换了主意，说那地原是他的。吴明献等人就上吴光耀的门："四叔，把那地还我爸爸！"吴光云提起斧头来："你家要以势压人不是？老子也不管了！砍翻两个再说！"吴小三及其弟弟也扬言："不怕大那家已是五十几人，当官的当官！我家就是爷三个，但说要拼就要拼！"两家开始舌战起来。吴光耀这一家骂："不是老子家保着，你家早饿死了！吴光云从悬崖上掉下来，是老子家找药来医好的！吴小三饿死了，是老子家赏粮喂大的！孙江荣不把姑娘给吴小三，是老子家逼孙家嫁来的！现在忘本了！"吴光云这一家骂："吴耀国被吴明献扔在活麻林里，是老子家抱来养了十几年养大的！杂种家不敢惹别的，只敢来族间欺人！算他妈什么人养的？"而且长期以来，吴光耀为要吴家称霸法喇村，订过许多计划。这些计划在吴家族内都知道，对外族是保密的！吴光云家又扬言，如吴光耀家再进逼，就要把那些阴谋全部抖出来。吴光耀家一番努力，争不去地，只好不了了之。

全村人都是以吴光耀家为村中大患。只寄望吴光耀死后，几弟兄会斗起来，自相残杀，祸患自消。因前已有迹象：原来吵吵闹闹，吴明义家扬言要把吴明雄家全部杀光。吴明献家与吴明义家吵起来。吴耀国抱个七八斤重的石头，把吴明义打倒在地，又扑上去用板锄砍吴明义。吴耀周、吴耀勇跑来，吴耀国逃了。吴耀周两弟兄要吴明献讲清楚，说讲不清，吴耀国可以打亲四叔，他两弟兄也可以打亲大爹。吴明献命吴耀国买了烟酒,上吴明义的门叩头,请吴明义吸烟、喝酒。事虽了了,两家终是不平。所以大家巴望吴光耀一死,吴家来个总体大拼杀。

吴光耀死了。吴家一大族内,帮忙者寥寥,别姓人更靠边站。原来吴明献、吴明章、吴明洪几弟兄,哪家有事只会去坐在火塘边、松毛上高谈阔论,以为自己了得。农民的观念:你帮我出力,我就帮你出力。这几弟兄不出力,还常践踏别人,别的人趁机报复。于是请去挑水的,空桶挑来水边就放下高谈;做饭的只管偷粮,做菜的只管偷肉。客人上桌,找不到碗筷;出饭端菜的人,姗姗来去,谁都是得懒且懒。到抬上山这天,跟从的人更少,抬的人也少换的。吴家几弟兄原来是要办得轰轰烈烈的,最后一塌糊涂。

吴光耀多年前请些阴阳先生来撵地。地没撵出一棺,倒从那些道士口中传出了孙家的坟如何,陈家的坟如何。如今颇有些专门研究坟地的人,跟去看望。见吴光耀的最后归宿地,是在四围乱石丛中,立刻传言不行。不久全村都传起来:吴光耀的后人要不昌了。因为吴光耀都藏进石堆中,进贼窝去了。

这里葬事刚好,全族人就愤怒声讨吴耀庆。原来吴耀庆说:"这是大事,要留些历史照片,永远作为纪念。"五家凑钱给他去买胶卷及作冲洗之费。丧事期间,吴耀庆"啪啪"地拍。现在大家才知,他是未装胶卷进去,空按相机,照片自然一张都没有。他这些叔叔、婶婶,包括他父母在内,被他摆布过来怎么站,摆布过去怎么立,忙了半天,原来如此。这些人气得七窍生烟,吴耀兵、吴耀成、吴耀湘、吴耀庆等全要去问他怎么欺起这些叔叔婶婶,吴耀庆忙逃回荞麦山去。听说这些人还要去荞麦山问他,他就躲到米粮坝去了。全村人论声鼎沸:"吴耀庆洋楼有了,也说有几万,又堂堂干部,为几十元钱,也如此下作!"很是想不通。连天主听着,也大感惊异!

吴家此事过了。且说吴明洪没爬上村干部来,下个目标,就盯上了吴明荣的计生专干了。吴明荣之父,是吴光耀的三弟。这日天主到计生办,见吴耀庆带了吴明洪在计生办主任王发昌屋里。吴明洪从家里烤了一个极大的燕麦粑粑,正拿出来吹灰,献与王发昌吃。天主惊异,想怎么这粗疏之物也带来登大雅之堂了。麦粑粑切成几块，天主也吃起来，才发现是油的。吴明洪向王发昌解说："这猪油是麦粑粑在火塘里烤时，边烤边抹猪油上去！猪油烤化，就浸进去了！白糖也是趁猪油化时，撒上去的。"

天主吃麦粑粑时，就在想：看来是弟兄情分也不顾，来谋吴明荣这一角色了！

村里议论蜂起。吴明荣也知道了，却也无法，只搜罗好了吴明洪的材料等着。果然就宣布下了吴明荣的计生专干，任命吴明洪为法喇村计生专干。吴明洪门上，鞭炮连天，庆贺已始。

吴明荣立即赶到荞麦山，在乡党委、政府院里大喊："谁有这么大的胆子？竟敢任命吴明洪当法喇村计生专干？吴明洪超生两个儿子，都在读书了！老子现在就去米粮坝告状！要把吴明洪和吴明洪的后台，全部打倒！"其实他并未去米粮坝，只躲在荞麦山观察形势。

仅仅这么几句大话，把张恩舟、王发昌、吴耀庆、赵国平吓得束手无策。一夜商量，只好舍车保帅，忍痛割爱了。

乡上的任命方公布，吴明洪家的火炮刚炸响，全村立刻成了恐怖的世界。有几百户人家，已准备马上逃昆明，避超生之难去了。吴明洪也在扬言："明日上任，就打个大胜仗！要做件震惊全县的大事：要揭露法喇村有几百非法超生户，超生八九百小孩而无人管！"这一夜孙江才、安国林、罗昌兵三人吓得发抖，想末日来临了。吴明义又占见形势：吴明洪势必成全县风云人物！而支书、村长、文书都挨了，又要缺村干部了！正好推吴耀周上台！又是一夜的筹划。

但第二日晨，乡上的小车即赶来法喇村，宣布：免去吴明洪的法喇村计生专干职务！

吴明洪目瞪口呆，大汗涔涔而出，躲回家里不敢见人。吴明荣的计生专干也失了，却如得胜回朝一般，回法喇村来大讲："日他的妈！一样毬本事没有！老子到荞麦山一句话：吓垮了乡长张杂种！吓呆了科技副乡长兼籽种站长赵狗日的！吓昏了计生办主任王猪日的！吓傻了农经站长吴马日的！又下掉了法喇村吴牛日的计生专干职务！"

计生专干一职，就被吴家窝里斗，缺了出来，不久即被安国林之弟安国华袭了，法喇村又风平浪静。多少人又谢老天保佑，说亏吴明洪垮台了！

第五章 不平

八十八　停　职

春季学期又开学了。这一次,前米粮坝县委书记、现行署副专员郭子贤衣锦还乡,带了地区教育局局长张长青等,来米粮坝撒钱了,给米粮坝中学一百五十万元以修教师宿舍和实验楼。县政府、教委打了电话到荞麦山来,说郭副专员要来此吃早饭。一时两处领导忙碌一片。郭副专员到荞麦山乡吃了早饭,乡中心学校请了去视察,即拨二十万修缮危房。又进了荞麦山中学来,刘朝文等带着看了一阵,见教师宿舍不成样子,又给三十万,叫把原地主的木楼全拆了,在原地上盖起楼房来。进来约半个钟头,走了。

张一行大喜,因天主、许世虎、吴明道等年轻人住着这危殆不已的旧木楼,即腾出他家住的下面木楼来,叫年轻教师搬下来。这些人中,天主、许世虎、刘英军三人来的时间最长。按工龄说,一间有厨房的稍好,该给这三人中一人。张欺刘英军软弱无能,更恨天主,先叫许世虎搬进去了,才叫刘英军、孙天主、吴明道、朱民蕴、柳富豪来抽阄,住他楼下几间。天主悲哀。范传云来说了,天主说:"你叫他们抽,剩的归我。"四人即去斗智一番,抽了,却把五间中稍好的一间,剩与天主。朱民蕴、刘英军等都说:"老孙太狡猾了,倒把好的占了。"天主听了,不屑置理。刘英军则来找天主:"张一行这杂种太欺人了!那一间砖房，论功劳该你住，前半年你给他立了汗马功劳！若不论，就应该我三人来抽阄！叫许世虎去住了，才叫我二人来与后来的吴明道他们抽阄！按道理：这五间房要由你、我挑了，再由吴明道挑！倒又把我二人拿去和朱民蕴他们抽阄，要抽阄，许世虎怎不跟我两个抽阄？要不抽阄，吴明道他三个为何与我俩抽阄？杂种因人说话！几十个标准！我心头也难过！只是在人屋檐下，不得不低头，惹不起杂种，再难过也只有受了！"天主说："莫说了，各自奔前程吧！"

这新的几间，都在张一行家楼下。张一行在楼上占的房屋面积，刚好覆盖了下面五间，有近两百个平方。张家在楼上烧水、砍柴，响声一片。人一走路，下面五家就灰尘簌簌而下。这几人敢怒而不敢言，实在气愤不过了，朱民蕴把他的电视机放到最大音量，柳富豪、刘英军的录音机，也把音量开到能把板壁撼得轰轰而响。吴明道无法时，扔砖头上去打楼板。结果是大家受害，满楼的人都忍受不住，只得跑出来。但最吃亏的，还是天主。盖吴明道、朱民蕴等人，每日无所事事，不过吹牛、谈天、听歌、看电视、下棋。这些都做不成时，走出楼来打篮球、打乒乓球，或各处去逛就完了。而天主要写作，离了屋子，哪里去写？而每日的这许多骚乱，心绪被扰如乱麻，构思被横空切断，满脑子只听见砍柴、跺脚等一片响。

这日是星期六，天主忙写稿。但从早到中午，张家在上面砍柴、砸碗不停。天主一个字写不出来，忍了愤怒，上楼说："你家声音小点好不好？"张说："我还是想让斧子砍在柴上不出声音，但斧子做不到，柴也做不到！"天主一听火起，说："这楼上的人，哪家不是拿下楼下地上去砍？你体谅点人意好不好？"张不理。天主把那斧子、柴全扔下来，挑衅地站在张家门上，实在是想打一架了。张一行满脸紫胀，阴冷地盯着天主。天主下楼来，终于才得点安宁，写了几百字。但不久，楼上又砍柴了，楼板"咚咚"地响起来。天主也学吴明道之法，捡了砖头来，朝楼猛击。

张一行恨天主，一般人看风舵船，都助了张一行来与天主为难。男生宿舍，每班两间，女生宿舍，每班一间。初三、初二多出来的女生，陈兴洪就叫都搬来天主这班住，要天主这班的女生让床。天主大怒："我得罪某人，学生何尝得罪某人？能欺就来欺我！竟去欺十二三岁的女学生！"来问陈兴洪："你有什么道理？"陈说："校长叫这样安排，我奉命而行！"天主说："学生可怜！饶了学生吧！我想等到初三、初二女生放进行李去，我去扔行李，那些女生又可怜！我这班的学生找不到住处，那我就只好叫他们住教室！"

管电的是何锋。天主只点点电棒，每月却是几十度电。在钱上天主不留意，也懒于去吵。更糟的是他正写的起劲，电棒没电了，而别的人家，全是亮的。天主刚点上蜡烛，电又来了！单是这电灯，就叫天主一夜均看不成书，写不成字。天主悲哀不已：在这里是无法了，是只有走吧！下城去了。

天主再回荞麦山来，那些女生即来哭说："孙老师，你不在，张校长就指挥何锋上楼去，把我们的被子全扔下楼来，扔在稀泥里。叫别班的女生，去把我们班的宿舍都霸了。"天主怒极，出门就遇何锋，立即打了起来。但几下交手，就被吴明道拉开了。

这下张一行说："何锋是执行学校的公务，是我派他去的！"以"因公受打"，送了何锋去乡卫生所"治伤"。又电话报告县教育局。刘朝文、宋显贵大喜，指示说："先医着何锋！你们先把这案报乡派出所，我们这里报县公安局。"

何锋住院了。这些女生来与天主说："孙老师，人家都要骗你了，为我们害你吃亏了！我们也送你去住院，说你被何锋打伤了！我们也不怕他什么教育局长、校长，我们到任何时候，都出来给你作证！何锋是因公被打，我们说你同样是因公被打。"天主说："不消。上你们的课就是了！"想想，本是不屑于这些雕虫末技的，他是只喜欢光明磊落，但不来装装也不行。搬些书来乡卫生所，住在姜庆成家里看书，称说治病。张一行又报告教育局，刘朝文说："孙天主这课，叫一个老师接了上着！他不上，叫他永远养病去就是了！"

乡派出所、县公安局来校办案，阻力来了：二人打架，只两个回合就完了。既没一方肤破，也没一方血出，这都是全校师生看着的。欲作假者，作不了假。二是天主这班的女生，虽天主只上了她们几个月课，硬顶着张一行及校内领导的威胁，说："我们读不成书，也就算了！"极力向办案警察说原委。公安局的人，本要替刘朝文办事，但竟办不成，回去了。

学校教师立刻成了两派：恨张一行的，为孙天主说话；嫉恨孙天主的，极力为学校当局帮腔。但恨孙天主的，是明说，暗里就不进行活动了。而恨张一行的，欲以孙天主此事倾倒张一行，却不敢明说，暗里信件无数，都投县委书记、县长去。

社会舆论则全然对孙天主有利，对张一行一伙不利了。教育是牵动全社会的。整个荞麦山乡十几个村，五万群众，因有各村的学生在这里读书，联系很紧密，无时不关注这个学校的。原来天主与赵等斗，尽收获正义。在全乡人眼里，孙天主就代表正义，与孙天主作对的，都是邪恶的。而且天主历来名声好，去年学生又考得不错，又加孙富华录取，仿佛是圆了多少人奋斗的梦想。又知教育局、学校与天主有仇的，如此种种。如今孙天主又上不成课了，写信为孙天主申冤叫屈的，仍是不绝。

一时就成了个荒唐闹剧。何锋住了几天院，张一行不得不把何锋叫回去上班。但怎么处置孙天主，却成了难题，一味地拖着。天主的语文课及班主任，都早换成肖茵了。孙天主的工资，自打架之日，即被全扣了！

天主见何锋回校，也回校来。今却无事可做，每日写作。刘朝文、宋显贵迫于巨大的舆论压力，指示张一行："要孙天主写出两份书面检查，承认错误！交学校一份，局里一份！他再向何锋赔礼道歉，承担何锋的医药费，才准让他上课。"

孙天主自然不写什么检查，也不承认错误。双方一天一天，一日一日地对峙、僵持着。

天主本就穷窘不堪，这下工资被扣，越发艰辛，连写作的墨水和纸都无钱买了。

那何锋平时屡偷老师的东西，已成全校老师之患。以前偷郑启雄的录音机，偷何其松的电视机，都被两家狠揍了一顿，怜其前途，放了手。去年偷吴太恩的录音机，吴报了案，派出所来勘查现场，但总没破获。吴留心了半年,才在何锋的配电室里找到了录音机。吴太恩则不顾一切,仍去报案。何锋只好暗中据说是塞了一千元给张一行,给了五百于派出所老宋,于是两方都包庇何锋。吴太恩人赃俱获的,却不得以何锋为贼。何锋倒咬一口,说录音机是他的,说是吴去抢他的录音机。但假的总是假的。录音机被吴提回,却气愤不已,一直无机会报复。见天主与何锋打架,而孙天主有理的,想趁机把事端闹大,让这窃案也得出头。何锋刚从医院出来,吴家请的一伙地痞、流氓一拥而上,把何锋打个稀烂。这下真进医院去治病了。吴家威胁还要打。何锋无法,回学校来,与母亲一同,逃回老家去了。

张一行伙同老宋,又要对此打人案着手。吴家并无畏惧,说窃案在先,打架在后,必先解决窃案。何锋已逃走,自然不了了之。

但最终有利的,还是张一行。一是何锋在配电室煮米线,张一行之妻始终竞争不过。张用尽办法,到张家吃的,始终只是十之二三,去何家的,十之七八。这下可好,生意全归张家了。第二是何锋一走,电工一职就缺出,张一行将其一堂弟拉来做电工,发了大财。

第六章 不遇

八十九　调职三碰壁

这时交警队差人，许国琼妹许国花之夫的父亲系县水电局老局长，现刚退下来。其颇知天主之才，极为赏识。秦光朝去请其与交警队和公安局领导说了，交警队和公安局说若地区领导批准，他们可以接收。于是天主前往乌蒙，那地区文联主席陈文韬之兄，就是管政法的地委副书记。天主去与陈文韬讲了想调县交警队的事。陈文韬与其兄说了，即回与天主说："你要叫米粮坝公安局写上申请来，我哥与公安处说说，他们批准就完了。"天主即打电话回，秦光朝和老局长即去请县交警队、县公安局向地区写申请，调用天主。

原来刘朝文、宋显贵等，是料定孙天主没本事打通地区的关系的。今见竟要调成了，忙来两处活动："这孙天主顽固不化，目无官长，在荞麦山三年打架，只会闹事。头次他弟弟的事，又连我们和地区教育局都告。你们把他调来，绝对是祸根！人又胆大，狡猾，他连省委书记、省长都敢去找，还有什么事情不敢干？再加上他在地区与地委副书记都有联系，一调来，恐怕三天以后，你们交警队长、公安局长的宝座就归他所有了！如是可以用的，在教育系统这几年，我们也早用他了！"于是这两处推诿，不写申请。秦光朝和老局长也明白，叫天主就求陈副书记挂个电话来硬逼米粮坝。天主想想，无聊了，就把此事作罢了，愈明白在米粮坝没有自己的市场。秦光朝等也才探听明白，原来孙天主的底细，公安局领导是早清楚的，如何敢用？盖申请之获地区批准，非常艰难。前年一位副局长的亲戚，去年是局长的亲戚，要想进局来，申请交上地区去，均未获批准，想不过答应老局长一个面子上的人情。老局长要想去打通地区那一关，是不可能的，虚情假意，奉送何妨。没料天主真有这大功夫，再想以如此关系，对天主越发敬惧，怕了。

老局长对天主说："算了！我去帮你找找教委的，调到米粮坝中学来，教教书算了。"天主不得已，只好点头。

但刘朝文、宋显贵更不欲天主到米粮坝中学来，只是老局长面前，不好坚拒，也不帮忙，说："米粮坝中学要了，我们也就调。"米粮坝中学校长邓恩赐，和老局长是同学，不好拒绝，又推说："我们调人，都有规矩，要本人来讲课，由校里老师评议。在所有来讲课的老师中，择优调进。"只好让天主来讲课。

听孙天主要调米粮坝中学，米粮坝中学诸人，心态可就复杂了，都不欲此人到来。区老师也是邓恩赐的班主任，即又去与邓恩赐说："这小伙子不错，我教的，才能是不用说的。"岳英贤、秦光朝等都说："糟了，区老师不去吹天主的才能还好，越去吹，邓恩赐岂不越怕？要帮天主调动，现在是只能贬低天主才能，而不能褒扬天主之才了。"

区老师说了，邓只是含糊笑应。区老师一看邓的脸色，就知天主是调不来了，对天主说："你这些才能，越在高处越起作用，正如孙子吴起之流，来这米粮坝，谁用他？孔孟来这米粮坝，也不过和你一样被赶到荞麦山教书去罢了。"老局长带了天主来到邓恩赐家，邓沉着脸，偶尔问两句，一直打量天主，说了讲课的要求等。老局长出来，即与天主说："看来邓恩赐也是极不欢迎你的。"

天主即由米粮坝中学教务处安排了上初二的两节语文课。听课的人，都是米粮坝中学语文组的教师。而往常听课，邓恩赐都必到的。天主讲课，邓就不来。天主讲完第一节，学生煞是高兴，秦光朝等大喜，说："学生佩服了。"第二节课，天主时间记错，以为提前五分钟下课。把课讲完,还有五分钟,眼看即将冷场,这在讲课中无论如何是大忌。一时为天主心忧者有,恨天主者则大喜过望。天主脑内一转,叫学生:"拿出纸笔,用最后五分钟,写一段心理描写:你们对于我,是很陌生的!我姓甚名谁,你们也不知道!你们即把初见我及到现在这两个钟头内,对我是怎么看,怎么想的,这一心理变化过程,写出来!真实地写,不许撒谎!"立刻学生高兴起来。听课的诸老师,于天主反应之灵活,转危之果决,大吃一惊。其惧天主者,更下定决心:要尽一切努力阻止。程章碧、岳英贤、向儒楷等相语:"天主果不愧写小说的!这种悬念,多少人绝对败了,他倒转危为安,大获成功!"岳英贤一跑回去,即与妻子齐惠禧说:"天主这工作,是调定了!凡来讲语文课的,都比他差远了!"

但是在语文教研室内评论天主这两节课,批评就铺天盖地而来。杨知才首先发难,站起来说:"这个孙天主,三年前与我改过全县小学升初中的作文!昏谬专制,令人吃惊!见了好的作文,笔头一点,就枪毙了!三十分的作文,一样道理没有,动辄就打了十五六分!跟我吵起来,后来我就叫他坐开去!我把那些作文都改完了!如果任他改,那一年上万的小学生,就都死在他手里了!这个人毫无师德!甚至连起码的做个人,我看都有问题!这种人,怎么能调来米粮坝中学,毒害下一代呢?那一届的小学生,也就是现在读初三的这一届!我是坚决不同意这人调入米粮坝中学,更何况来教语文!他没有这资格!"

杨知才开了头,旁敲而侧击者,就多起来。唐治军说:"课是讲得好,但普通话发音,有一个字错了。"接着华仕周第三个。如此下来,最后是课也不好了,错误一大堆。邓恩赐来认真听取这些意见。秦光朝等看看,就知不行了。

老局长又帮忙联系了工商局等,全都不行,老局长叹说:"费这么大的力,即使调个全县最平庸最日脓的教师,我也把他调下来了。调个全县一流的人物,却倒反拼尽力气都调不下来。"

天主无法了,想只有农业局这条路了。来找崔绍武,想请他帮一把,来农业局里安身了。因为米粮坝是从县委、政府直到大部分局,老局长帮忙都跑了。这些人的反应，虽不明说，但却显露了出来，换一个人，即使再平庸、再无能，都可以帮忙。但是孙天主，就不行了。老局长总结说："在这米粮坝，孙天主是无立足之地了。"

可以说米粮坝这些科局长中，知天主者莫如崔绍武了。孙天主是他看着长大的。如今天主来求，农业局也的确差人，而且就差天主这类玩笔杆子的。他也几乎到了崇敬这小伙子的地步。但冷眼观着老局长帮孙天主调动，都碰了壁。在法喇人心目中，他五十几的老人，还降到第二位，孙天主倒在第一了。更明孙天主这些年来，都未得尽展其才，而一旦环境改变，前途就不可限量，也并不愿望孙天主调到什么宣传部、广电局。因为孙天主得此阵地，就可谓如鱼得水，所以听了孙天主说，就说："你在荞麦山好好教书，还不好？年轻人，就该为家乡好好地干！报答家乡父老！"天主说："大爷爷，不是我不报答！实在是在荞麦山教不下去了。"崔绍武说："调动难啊！今天早上，还有几个湖南的大学生，抱着本科文凭来这里找我。我说：'你家湖南，就比我们云南好，来我们这些穷地方干什么，更况米粮坝！'他们说在湖南大学毕业，分不到工。难啊！"就以这类话来挡。天主心下明白：连此路也绝！他只能对米粮坝绝望了！

区老师又劝天主："你远走高飞算了，米粮坝这地方，过一万年也不会容下你这种人的，我冷眼看了你这调动，爱你才能的人，不谓不多，但爱而不用，谁调你？你要得调下来，就要当这些县太爷的姑爷！不然你这一辈子，是难了！"

但天主不走，他说："也好！我就试试我忍受贫穷生活的能力，我要看我能否像姜太公一样在贫困里熬下去，我要试试我能熬的最大限度。"因此拒绝了劝告，回到荞麦山中学，仍写他的《孙子操》。

李勇虎已活动了，由乡长张恩舟调去任秘书，又神气了起来。与李国正等勾结日紧，以作倒张一行之活动。赵玄晔也加入进去，和盘托出其所知的张一行的一些情况。见天主与张一行尖锐对立，即约孙天主入伙。孙天主鄙李勇虎、李国正等人为人，绝不参加。张一行慌了。如果孙天主再倒过去，李、陈等再得一员干将，于他是绝不利的。但两人由友为仇，全由他奉刘、宋之命斗孙天主而起。而究其实，他也爱孙天主之才，盖交恶是不得已，为容身保位耳。

二人对峙既久，张和颜起来，又叫天主"富贵"了。叫了天主去，把他刚买来的《四书》等赠与天主，称了肉来，又叫："富贵，上来吃饭。"天主也就去，谈笑风生而吃，但于实际问题，双方一概不谈。张又对天主讲些人生道理，"大丈夫相时而动"啊！"趋吉避凶为君子"啊！又拿出一大本他手抄的《增广贤文》《作文的原则》等，与天主看，对天主说："富贵呀！你是倒是个难得的人才了！就是还有一缺点：太刚了！再把这缺点改掉，你就不得了！刚了到哪种程度？要刚到'钢经百炼绕指柔'，要刚到能柔得绕在指头上！但你就做不到宁折不弯。有的事情，稍微变通就行了的，你何苦一定要一个主意干到底呢？"有时又感叹："做人难！要照顾各方的利益！像我，又要照顾上头，又要照顾下头。"

天主不是憨包，一听就懂。但天主要的是他必得承认他天主是对的。但张一行又哪会屈尊到这一步？谈来谈去，张表示对天主前途的关怀，鼓励天主好好地干，大有未来。但不谈与刘、宋半年前的勾结之状，不谈与何锋打架时他的偏袒何锋之状，又不谈半年来二人由友而仇，他一直谋划天主的种种行动。

九十　副县长的车队

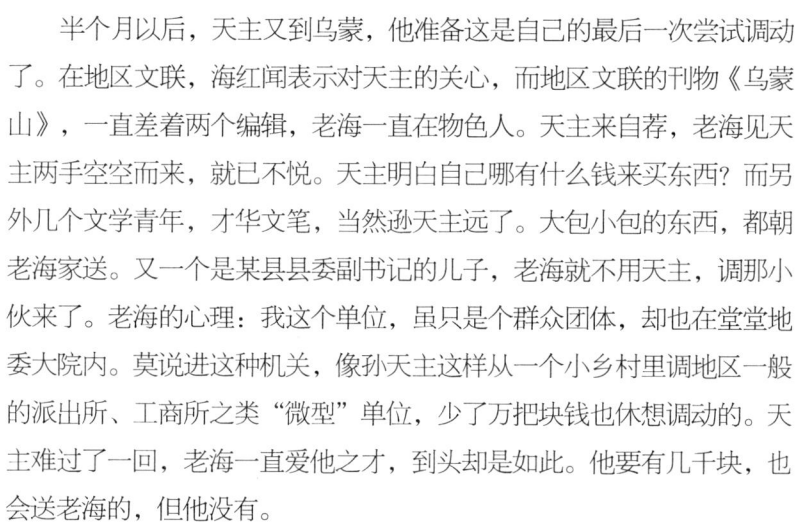

半个月以后,天主又到乌蒙,他准备这是自己的最后一次尝试调动了。在地区文联,海红闻表示对天主的关心,而地区文联的刊物《乌蒙山》,一直差着两个编辑,老海一直在物色人。天主来自荐,老海见天主两手空空而来,就已不悦。天主明白自己哪有什么钱来买东西? 而另外几个文学青年,才华文笔,当然逊天主远了。大包小包的东西,都朝老海家送。又一个是某县县委副书记的儿子,老海就不用天主,调那小伙来了。老海的心理:我这个单位,虽只是个群众团体,却也在堂堂地委大院内。莫说进这种机关,像孙天主这样从一个小乡村里调地区一般的派出所、工商所之类"微型"单位,少了万把块钱也休想调动的。天主难过了一回,老海一直爱他之才,到头却是如此。他要有几千块,也会送老海的,但他没有。

老海这里,天主也就不去了。陈文韬已是地区文化局局长,天主又来他这里。老陈听了,说:"明年吧! 明年帮你考虑。"天主知又不谐。师专的老师都催天主:"他那里现在就差人! 他说明年,是哄你的。"大家说:"你买点东西去嘛! 这些当官的,谁的官不是奋斗来的? 前有支出,现在就该有收入来填补。老陈也是这样。"

地委宣传部同样差人。关力行老师与袁文重是一班的同学,带天主去。袁听了，说："宣传部这边，他是专科文凭，怕不好进。报社那边正差记者、编辑。要考一下，也叫这小伙子去考考吧！"关老师带天主出来，就知不妥了。"他是堂堂部长、地委委员，说要也就要了，还考什么！他要你考，也就是不要你了！那么，你是不是去考一下呢？"天主已有前次在米粮坝中学的经验，说："不去了。"又见关老师眼中还有深意，就度是送礼之事。关老师以老同学自居，以为凭面子就能介绍人的。说要天主拿出礼物来，好像又折了他在袁之前的面子于天主了。而不说礼呢？现在的关键就是礼。天主说："关老师，是不是要送点礼物？"关老师说："你现在身无分文，还送什么礼？可惜了，你的价值，不是三文两文礼能表现的！调不成，我劝你：跑北京、上海吧！整个乌蒙地区，都找不到你能伸展手脚的地方的！"

其余几个老师，又与天主说："我们师专这图书馆要人。你去与校长说说！你是这里出去的学生，也为这里争得些荣誉了。看他能不能要你？"天主即又来说，彭弘长说："图书馆不差人嘛！"天主又知无用了。

师专也是如此，壬红民老师调走了，尉老师等均觉在此无望，纷纷准备调走，说："等乌蒙不乌不蒙之时，太阳也不太不阳了！"这晚上天主在祁山老师处，谈起师专出去的学生，某人当乡党委书记了，某人当县什么局副局长了，一声长叹："我们教出去的学生，都是正科级副科级了！只有我们，还是贫下中教！鬼火绿了，我也去求求这些学生，给他们当秘书算了。"此言一出，天主大吃一惊，没料祁老师，也是官瘾发作到这地步了！那么天下谁还不欲当官呢？说："祁老师，你已是讲师，以后等升副教授了！你的诗和画，只等思想性、艺术性更深的作品了！你怎么还这样想？"祁山说："天主，这就是你也在仕途走不通的原因了！在这师专，就是升成个教授，又有什么？上街一个破单车，爬坡全靠两只脚！一个乡长，还是前呼后拥，小车寸步不离！当个派出所所长，都可以警笛长鸣，坐着警车横冲直撞！你比比，就是当个教授，又有什么？"

天主纳罕，短短几年前，祁老师在师专、甚至在整个乌蒙地区，还以自己诗人、作家、画家的牌子而骄傲、满足。那是他受宠而毫不自疑的时光。

那时候,学校里的学生鄙视官员而敬佩诗人,而今商品大潮,把这一切冲了个干干净净。

陈文韬也感叹:"我与我二哥同时起步,我搞文学他从政。他劝我:'文学有多大搞头?来从政算了。'我又想:'你那官有多大当头?不如来跟我写小说!'到如今,我还是个烂正科级,他已是地委副书记了。后悔,已是晚了。"

桑娅更漂亮了,从电视里,天主呆看她播新闻。对比下来,自己是一落千丈。陈老师之叹息不如其兄,也如今他天主叹息不如桑娅。桑娅这一生,肯定也不出什么大东西来。但比他天主,无论如何是值得了几百倍。他的《孙子操》虽已达几万字,但有谁会承认呢?邀功名于漠漠身后,他已大觉不现实了。

他拨电话,想要通了以后与桑娅说:"你播得好,继续努力,老朋友见了,分外高兴。"自己心一颤,怎么说呢?就与她说我是孙天主吗?出于胆怯,他把电话放下了。

听说孙巧涛在乌蒙市委办公室,这三年多,已将出来任团市委副书记了。天主到市委办,孙巧涛见天主衣衫不整地进来,头忙侧向一边,装没看见。天主乃问旁边的人,"我找孙巧涛。"孙巧涛见溜不过去,乃惊讶地说:"哦!谁找我。"看看天主,乃说:"是你。"面有愠色,也不叫天主坐。

天主自己在沙发坐下了,体味这几分钟的变化之本质了。孙巧涛问:"你有什么事?"天主说:"到乌蒙来,顺便拜望拜望老同学们。"孙巧涛说:"你现在在哪里工作?"天主说:"在米粮坝荞麦山乡。"孙巧涛就站起来说:"对不起,我有点忙,你坐一下。"就去办公桌上忙碌了。

满屋里都是年轻人,年龄或稍大于天主,或彼此。见跑这么一个俗物来坐着,都不住用异样的眼神打量天主。天主想:"他们是在要赶我走了。"因站起来,孙巧涛也不留,只说:"以后来玩吧!"

天主受了耻辱,头脑清醒了些,就是自己如今实在不行了。他就干脆想："我就干脆到处招辱寻侮去！被他们侮到彻底，头脑清醒了，包袱扔光了，好从头彻底奋斗。"又往地区广电局来。到了门口，逡巡不已，实在无脸进去，盖因刚才那辱，已是太深刻了。更有一层，他和孙巧涛，原来没发生过感情，但与桑娅等不同，天主于是折而返回了。他的梦想，又在地区破裂了。

　　天主在乌蒙活动之时，米粮坝县城，又发生了与天主相关的事。原来那王南伟自被敲诈之后，心中愤怒。他原是想在司法局内向上爬的，被天主来横空一闹，面子尽失，前途受损，因此恨得牙痒。因又才侦知天主并不是什么记者，而是荞麦山中学的初中教师。几次恨得请了公安局的朋友，开了警车，要到荞麦山将孙天主捉来，一状告了，塞进监狱里去，都是中途想，还不妥当，又折回来，又实在畏孙天主。因此与王昌信联系妥了，叫王昌信回来，由王昌信告状，他代为受理，指控天主为诈骗犯。

　　王昌信明知自己理亏于孙天主，哪肯为此而来。只是他在大黑山，又发现一宗可以租用的几万亩原始森林，自己又无资金，回米粮坝来邀乡镇企业局局长邵碧洲去投资。那邵碧洲在米粮坝，办纸厂、铅锌厂，都是上万的资金下去，办一个死一个。他和一批官员倒捞足了，个人积了几十万钱，正想开溜到外地去干。王昌信来邀，即刻要走。

　　王南伟极力来撺掇王昌信。王昌信那一千元，已是与天主签了约，答应给天主的了，不好再告。他只要那一千元钱，也不将签约一事道破。王南伟只叫告，不去讨钱，说："费多大的力就归你了！"王昌信说先去讨，看孙天主反应如何。王南伟想也是，孙天主若不敢来见面，即就说明怯了，那时动手，必胜无疑。王南伟带了王昌信来区老师处，向区老师要钱，并威胁说："要把姓孙的小杂种告成诈骗犯，判他十年徒刑。"哪知区老师不交钱出来，只带信去与孙天主，王昌信就知不谐了。

　　王南伟带了县公安局的人，在区老师家里大嚷大叫。区老师只埋怨天主。

　　谁都没料到孙天主会来。孙天主来了，王昌信大失所望。知从区老师手里，或可蒙得一千元钱。而从孙天主手里，一分也得不到的。王南伟从孙天主、王昌信的争辩中，才知这一千元钱是签了约的，大失所望，怨王昌信不早与他说明。

王昌信讲不过孙天主，而王南伟早已不管了，只好来求区老师："区老师，你德高望重的。我是个农民，钱一分一厘都来得不容易！我也不要孙天主赔一千元！就算他在昆明活动，用去五百，剩下五百元归我。"区老师说："那你开头连我也说成是孙天主的同伙，是诈骗犯，要连同我告，一起进监狱，是不是你与王南伟说的？"王忙说："我就向区老师认个错了！一个农民，说话能知什么轻重？过头话是有的！但区老师大人不与小人较！我这种莽肚汉，计较得的？"区老师可怜他了，又想自己早脱干系，与天主说："就这样了，无论吃亏便宜，给他五百元。"

天主见是区老师说的，不好反驳，决定给了。那王昌信又求邵碧洲，邵想自己是米粮坝赫赫有名的人物，哪把天主放在眼里，走来与天主说："小伙子！王昌信的一千元，一分也不能少！你再不交钱出来，我就挂个电话给刘朝文、宋显贵，叫他们收拾你。"天主本鄙之，不欲理。哪知他抬出刘朝文、宋显贵来，且邵、刘等本是一伙。大怒说："刘朝文是你爹还是你爷爷？居然说一叫，他就能收拾我了！"邵碧洲大怒，当着十几个人，脸面下不来，他从没吃过这个亏的，骂道："小杂种，走着瞧！你倒看看天下是谁家的！"

邵碧洲有权有钱有势力。王南伟一见孙天主又得罪了邵碧洲，大喜，想这样只消要邵碧洲来收拾孙天主，即足以遂他之愿了。区老师见天主又得罪了邵碧洲，就为天主担心了。出来就与天主说："你怎么得罪邵碧洲？这杂种最是心狠手辣的，养的打手，不下四五十人！我为你担心了！"天主只道："没事！"区老师顿足："还在没事，等你以为有事时！我担心你还有这条命没有呢！"

王昌信见邵碧洲要不到钱，又来求区老师。区老师很是教训了王昌信一通，才叫天主整给了他。王昌信接到了五百元，大喜过望。王南伟白扑腾一番，一无所得，不免失意。王昌信与区老师讲了一通他与邵去投资的计划。区老师听了,与天主说:"这姓王的了得,你就该像他一样干!你不要在荞麦山了!那地方干什么!也莫调什么米粮坝和乌蒙。即使能调去,过上几年,你也如大多数人一样,既乌且蒙了!远走算了!"

秦光朝、岳英贤等人,听孙天主与邵碧洲交恶了,大吃一惊,皆为担心了!就向天主讲起邵的无恶不作来:一粤商到米粮坝来谈投资,邵指使一伙地痞,径去袭击粤商,抢得人民币八万余元。那粤商报了案,这公安局也知是邵等所为,不管就完了。邵手下,坑蒙拐骗之事也数不胜数。天主说:"正是这类人,我才毫不客气的。"但众人都说:"不妥啊!总归不妥,你得时刻注意了。"

天主刚要回去,程章碧结婚了,天主也被拉去帮忙。女方长得很是漂亮,程章碧是老实人,只因其舅在省上,所以也激动,得了这个妖妻,即刻成婚。程的父母也都从道角乡农村赶来,在县城办酒。

天主已是穷窘不堪了,下定决心要回去好好教书,解决经济危机。这下又送了程章碧四十元的礼。这城里的新花样都玩出来,章德灿扛着摄像机,中间悬糖,要二人双唇来吃,他又移糖,二人吻在一起等。这里一派胡闹,庸俗不堪。天主是可怜程的父母,哪里见过这种开放?关在另一室内,一直不得见此。岳英贤与程章碧是邻居。岳英贤说:"不堪入目。"即与天主过他这边来了,与天主说:"你看看,糟得很呀!偏程章碧要这样受他们摆弄!堂堂的知识分子!——不说了!倒是我二人说说吧!"

岳英贤已有一女,忙了这两年,身心俱困了。因给女儿取名岳恬,意思是她不要像自己一样奔波劳碌,恬静过活算了!因见天主这样子,想天主的未来是难收拾了,因与天主说:"赶快回去!这书不是轻易就得教的呀!"

他在这里,稍循规蹈矩了许多。县城里的生存是不易的,越压越觉得自己的渺小,终于感到从前的路都走错了。那从云大毕业的连虹被任命为校团委书记,约了岳英贤做了团委委员。岳也很高兴,反正是个委员了,于是积极地跟着出黑板报、画插图,以期获得校领导的赏识。他与天主说:"看来有机会表现的时候,我还是要表现表现了。"天主听了,大不以为然。

米粮坝中学原来的官,倒也罢了。新近提了一个教师刘永清为政教副主任,其大喜过望。三十几的人,仿佛年轻了好些。与岳英贤说:"我是要上任了,还没有作好执政的准备呢!"拟了个执政规划给岳英贤修改。岳恶之,说:"写得很好,写得很好!"

岳英贤又被任命为初二年级组的组长,也与天主说:"这虽是个小官,还是统领着一百多学生,二十几个老师的!我也不嫌弃,勉力而为吧!学点执政经验,不说别样,以后对生活也有好处。"

天主于是知岳英贤的眼界越来越小了。究其因呢?岳英贤分工已是六年,连乌蒙都没去过一趟了,省城呢,直到如今也没去过。六年来局限于县城之内,一年回法喇一次,与齐惠禧到马颈子乡一次,就不由不狭窄起来,去哪里拓展眼界、胸怀呢?

周文明那里,天主也又去了一下。他正在写县志,县委、政府领导都正求他。当天主说想调到他的县志办来时,他说:"县委宣传部明年可能要办《米粮坝报》,请我介绍几个人,我推荐你吧!"因就天主眼前的遭遇说:"要坚强、坚决活下去!"又吹他怎么奋斗一生。说到最后,就叫天主:"你回荞麦山去蹲着写小说嘛!你写十年不成,就二十年,总会成功的。"天主又知其为谎言。而周文明几十年局限于米粮坝,眼界越来越小,甚至歌颂米粮坝"人杰地灵",天主又不以为然。

天主意已决矣!他要从米粮坝走了。回荞麦山来,在许申乾家坐时,说是地区要组织到曲家汛铅锌矿开现场会,专员带队。一时米粮坝忙了起来。来要经荞麦山,回也要经荞麦山,荞麦山一片忙。一位副县长来治理响水塘村一段坑坑洼洼、满是泥水的公路。大车小车,从柿花河里拖了石砂来铺路。荞麦山中学的师生,也派了任务去搬石头填路基。张一行带了人马去,半天时间,就从几十公里外搬了二十多吨石头去堆着。恐这功劳不得让副县长知道,就在那里一直站着,叫学生老师不要走。那副县长许久后才来见了,张忙迎上去。副县长说:"荞麦山中学人马还多,再搬二十吨!"张又大喜,但师生已恨了,各各溜差而回。

不乏对这些官员此举愤怒的。一个左角塘村拉马车的农民到这里说:"这些杂种,他爹不来时,十年都不来管这些坑坑。他爹要来了,摇起尾巴来填坑坑了。"那副县长听了,走过去一个耳光,把那农民打晕了,驾起马车赶紧溜。荞麦山颇有些泼皮无赖,赶了马车在僻静处赶上那农民,说:"大哥!要是打着老子们就有大儿子来养了!你不会回去骗他?他再是什么官,有随便打老百姓耳光的?一人不要命,十人都难挡!舍得一身剐,敢把皇帝拉下马!莫说他一个烂县长!"那农民哪敢再作孽,慌忙跑了。

荞麦山乡政府派出人马,去拖鸡自然保护区去打野鸡、野兔等来备饭。立刻法喇人也忙起来,说是一只野鸡九十元。法喇人全上山捉野鸡、野兔去了。想只消捉到一只,也是一笔大财,比苦一个月的生产还强。当然法喇村山穷水败,哪还有什么野味?在法喇村境内,只孙江荣天天砍柴,盯着水汞箐崖上总有个野兔,叫孙平文带了柴草去,围着那悬崖烧火。浓烟灌进去,那野兔在里面拼命地叫,但无论怎么熏,就是不出来。只好撤了火,人躲起来,后来兔子终于出来了。孙平玉、孙富民等一拥而上,把野兔按住。却见一个白兔子,都被熏成黑兔子了。带回来,用洗衣粉把兔子洗白了,带到乡政府,卖得三十元。倒是法喇村跑到别村的森林里去,很捉了野兔野鸡来卖了。野味备足,就是清扫荞麦山乡街。荞麦山十几年,垃圾塞满了小乡街。于是各单位发动起来,荞麦山中学也去干了一天,铲掉了三十多方垃圾。

荞麦山是如此忙,米粮坝城传来的消息,是在全城里选漂亮的姑娘当服务员。立刻各单位职工,踊跃报名。谁不想向专员、县委书记、县长等人物献酒敬茶,以邀宠幸?竞争异常激烈,很多人都被淘汰了,一时都哭了起来。说不为别的,单为那套衣服,穿过后就归自己,也值一千多近两千元,也是半年的工资收入了,更何况还能见大世面了呢!

因曲家汛乡僻在米粮坝县一角,招待都不方便,县里又拉了几百床席梦思到曲家汛去。

这些日子荞麦山人如过节一样,纷纷谈着这件盛事。宋德高、张恩舟等自然激动不已。县交警队在荞麦山有两个协管员,此时穿了警服,持了对讲机,好不得意,在扣留马车,不许行人上公路。宋友蔺带了乡派出所共八名警察,一脸荣耀,在荞麦山街上维持秩序,把赶街的人赶朝路的两边。偏这日来观光的群众，达到两三万人，全在公路两边，痴痴地仰头眺望远方。

一时那些服务员，全从县城里来了。张恩舟、宋德高坐在街口。天主骑了破单车，回学校来。老宋跑来："天主，车队要过来了，你不要骑了！等车队过去，你再骑！"天主说："我又没占道！我走我的，他走他的！"一时车队已来了。前面警车开道，一块大红牌上写："前面避让，后有车队！"车队编了号，共是八十多辆，宛如长龙，半天才过完。又是一辆警车押阵，写："车队过完。"车队在荞麦山停下，吃了午饭，就向曲家汛去。要等后日车队回来，仍在这里吃饭，然后到米粮坝县城。天主看看旁边一直站着的宋友蔺，走了。

天主回到学校，寂寞无聊，买了一瓶酒喝了起来。他以为可以消愁，但两口酒下去，即觉喝酒也无聊。要写诗解恨，也写不了！恨从何处消呢？天主又抱了篮球，到球场上去猛烈冲，但觉再怎么跑，跑是跑，恨是恨，二者是无关的。又回来，扔篮球，想没办法，干脆回家，于是走出黑漆漆的夜来，走上夜色里的山路了。

这一路天主都在想，在这荞麦山、米粮坝、乌蒙地区，他都无足留恋了。他只有走！彻底走了，永远不再返回了！

山路上静静的，不时遇见很多人，但更多的是寂静，静得可怕，天主有时也不免胆小、心寒。他一路都又在筹划他的未来。就惩于前次广州的流浪，天主已是不做好准备，不走的。现在从个人素质上他已准备好了！只是钱，身上分文无有，还欠了无数的债。这里欠债，那里欠债，虱多不痒债多不愁了。如此疯狂的边想边走，到了半路，天主头又疼起来了。他忙警告自己不许想，眼睛一直盯着前方，但仍不免要想，他就跑起来。

夏日夜短，天已在明亮了。上了横梁子时，天主不由想："我不如就干脆冲上拖鸡梁子去，再看一回日出，再领略那伟大的精神，拯渺小的我于危弱中吧！"

天主见东方渐亮，不免着急，努力地跑。爬上一道又一道岭，最后

那野兔在里面**拼命地叫**,但无论怎么**熏**,就是**不出来**。
只好撤了火,人躲起来,后来兔子终于出来了。
孙平玉、孙富民等**一拥而上**,把野兔按住。
却见一个**白兔子**,都被熏成**黑兔子**了。

赤霞满天。当他爬上拖鸡梁子时，曙光已染红了东方的大地、天空，所幸太阳未出，天主边挥汗边等着。

又是那黑暗之海底，一片丹红出现了！和十几年前天主之在此和父亲观日出，无论父亲或自己，都是面目全非，心态大变了，而不变的，只有这天、这地、这太阳，它仍是那样有力量！天主又握紧拳头，振奋不已。

太阳彻底出来了，天主仍在呆呆地想着。但太阳毕竟是太阳，他是他！十几年前的他，是坚信而不疑于自己和太阳同伟大。而现在，他已感觉只能敬佩太阳，而自感不及也！他已走向衰老了！尤其是父亲，如日之去中天，渐迫晚景，他也一样。为事业、为理想、为爱、为恨，已经为老了自己！这四物，不过是在煎逼他的寿命，而他却无法从这煎逼中自拔！十几年前的孙天主，是多么单纯！而那单纯是多么的好！他已要单纯而不能！

彻底天明了。天主又想起这痛苦的人生，回黑梁子的山道上，天主充满了哀愁。四面的风景，他已无暇赏及了。

从拖鸡梁子下来，他又到了自己为爷爷找定的未来归老之地。天主坐在那山包上，观赏了一阵，但觉气魄异常宏伟。这无数大山和长天组成的大境界，浑厚而壮美，野花艳丽，黑泥泛香。天主忽想，与其这么恨怒无常，不如死了来归入这里，倒还简洁多了。他忽喜这即是为爷爷找的墓地，也是为他自己找的墓地了。

九十一　人让人死

　　早饭时孙天主回到家里，孙江荣家一片闹嚷。原来前十多天夜里，有贼来偷他家的猪，蒋银秀只穿了一件衣服出来赶贼，感冒了，一直咳。大家都以为是小事，哪知越咳越糟。孙平玉等劝吃药打针，孙江荣哪舍得钱，说："哪个没咳过？咳咳就好了！我去年凉着了，还咳一个多月才好。"

　　渐渐蒋银秀已毫无人色，无论白天夜里，咳声都止不住了，才忙由孙平文去左角塘街买点药来，吃了也不起效。蒋银秀只说胸疼。陈福英暗说："就如那年三娘那病，也是咳起来的，可能换肺了。"大家都说这好办，到荞麦山医院，四五百元就医好了。孙江荣一听，大惊失色："啧啧，要四五百呀？"心疼得要命，一味装聋，众人就无主张了。孙平文和魏太芬，又因孙江荣有主张，作不得主。三个弟弟又都在昆明，自己虽是长兄，但如今都各门另户，不聚议过，自然暂不做主，所以只是听孙江荣的意见，找草药来吃，均不生效。众人都知这样下去，不过是叫病人慢慢地死罢了。孙江华回家，就骂："孙江荣白活一世了！连禽兽都不如！孙平文也是白猪儿根①！养他一料，就出几百块救他妈

---

①　白猪儿根：白痴，什么都不懂的人。

一命就如何了？却硬眼睁睁看他妈死！有着几千块钱，一分都舍不得拿出来。"孙平玉、陈福英也在背下说："这就不叫命了！不是命要人死，而是人要人死。"但所有旁观者再怎么清，提意见不起作用。吴小三家、秦光平家来看，孙平竹、孙平丽二人也知要医，但都不说，所以竟是孙家全族并及亲戚，全看蒋银秀往死路上一天天地走！

  到这日更不好了。天主来望，见蒋银秀胸已高于肚了，族里也知不行了，就说要发电报去，叫孙平强、孙国勇、孙国军并孙家文、孙家武回来，但又想五人在昆明无地址，只有孙富华在学校，还可发往孙富华处，叫五人回家。但发电报，也得请孙天主去，因为别的人也不懂。所以孙平文又来求天主，天主昨夜跑了近八十里上拖鸡梁子看日出，如今困得无法，只好再担使命，又回荞麦山来发了电报。

  天主走路都恍惚，回到宿舍，倒下去就睡着。半夜醒来，又感悲凉，呆坐了一夜。次日晨，困极了，又睡下去，他从未尝过如此的悲哀无聊。富民来说孙平强等都回来了。孙江荣家要请天主去，商议事项。天主即回。

  蒋银秀越发不好。一是棺材还没到，说已割好、漆好了，交过钱就去抬。而此刻几家，只有孙平文家有钱。孙平文见磨不过去，即由魏太芬出来说："我们也没有钱，只有孙家文有点存款。孙家文说了：他先垫出来，要我和他爸用过后，尽快还他。他也二十岁，要讨媳妇了。"孙平强等都说："就麻烦家文先垫出来，我们过后马上还他。"孙江荣拿出四棵大树来，在孙江华、孙天主的主持下，四弟兄分了，说或卖或留，就作棺材钱。

  于是孙平文家拿出一千二百元来，到蒋家沟交了。看过板，即由孙家人请了人，去抬了回来。孙江成、孙江华等来看那板子，都是用小松树拼成的，裂缝都用木片镶着，即知上了当，但孙江荣家也不管。

  其次是都主张医蒋银秀，每家出五十元。这日由吴小三牵了他的马车来，每家一人。秦光平家是去孙平竹、孙平文家去魏太芬，说这两个妇女去好照料，再就是孙平强、孙国勇也去。有什么紧急情况，好由他二人来回跑；又想到荞麦山，无一亲戚。得请了天主去，喝水吃饭都有个熟人带路；再就是孙平文等想了，请天主去，是与医生熟。一是医生会尽力些，药价低些。二是可以向医生问到实话：可以医，就医下去；不可以医了，就马上拉回来，莫糟钱了，因为几家都穷，耐不住糟。因觉麻烦了天主，魏太芬、孙平竹都把富春抱上马车，说带富春去荞麦山玩玩。

到荞麦山，吴小三即去周围山上放他的马。孙平强、魏太芬等，全如呆子一般，不知怎么做。每做一事，每走一步，都要天主安排。一时送到医院里，天主去找医生，都在打麻将，因央了邓开财来看了，开了药。荞麦山的医生，历来是无论什么病人进来，只管开药卖钱。即使马上要断气的，还要抢着多注射几支针水。邓看了，魏太芬等全催天主："请你问问这邓医生，会不会好？"天主就问，邓说："会好会好！医上一个月就好了。"天主说："莫开玩笑，这是我的亲三奶奶。"邓说："这个时候才拉来，就是钱多了，无地方用了！早十天拉来，花一千元钱，保证就医好了！"吊好一瓶葡萄糖注射液，忙去打麻将了。

于是大家都围着那吊瓶和蒋银秀。过一阵，问时，蒋银秀说："好些了。"看看面色，由原来的青色，稍变为黄色。蒋银秀又说心跳得松一些了。众人口干舌燥，一无办法。天主又去找水。他们出来找，但荞麦山刚安了自来水，街上连冷水也找不到。天主提了水来，他们又喝了。看看吊瓶内液将尽，天主忙去求了邓开财等，姜庆成才跑出来，把吊瓶取了。因忙着要赌钱，又被天主催着，开药时说不得脸色之难看。天主拿了药单，又得到宿舍里去求医生来拿药。孙平强等只能呆看着，唯魏太芬伶俐些，不断地说抱歉："不是富贵来，有钱也医不成这病。这间房子是富贵找钥匙来开的；这些医生，都是富贵硬去拖来的，一来脸色就难看到那种程度。富贵不来，我们不过就是折转身，拉回去了。"

天主近来为未来搅得焦头烂额，夜夜失眠，忙碌了这半天，眼皮也睁不动了。即来姜庆成铺上睡下，不料直到天黑才醒，实在倦极了。

天主睡去后，他数人连水都找不到喝了。除魏太芬狡猾些，先凡见天主打招呼的干部，这下拉了富春去："这孙天主的妹妹口渴了，来你这找点水喝。"由富春倒了来，她也得喝了，又带去与蒋银秀喝。

孙平强、孙平竹三姐弟，不会打主意，只好干挨着。又到下午，吴小三放马回来，因这荞麦山周围，也有与他在赌场上一同混的，这时自去找晚饭吃去了。魏太芬带了富春，到街上买了两碗豌豆凉粉吃去了。这下连蒋银秀，都一齐饿着。

等天主醒了，天已黑了。才来看时，蒋银秀说稍好些。而诸人是大觉不便，即便医得好，也想走了。天主去见姜庆成，晚饭都忙不及吃，还在赌，因找了孙忠良来。孙忠良认真地检查了，说："这又是肺病，又是心脏病，脚上都肿了。顶多明、后天，就没有人了。你劝他家说，不消耗钱了，还得早点拉回去，拉晚了，恐怕路上还会出事！"天主即与他们讲了。他们说："那明早上就走了。"

黑夜来了，病房内连个电灯都没有。天主去把姜庆成宿舍里的灯泡，拿了一个来安上。见都是呆呆地坐着，束手无策，在这荞麦山，都无亲无戚，无友无朋，大觉可怜。想来个荞麦山，都如去北京城一样，举目无亲，而都是他的亲人。就是换到自己的爷爷、奶奶来，也是如此。不也就是他的处境的写照？足可见这个家族衰微可怜，于是悲凉心生。吴小三吃了饭回来，傲然地问众人吃了没有，众人说哪里吃。天主去许元朴家煮了面条，拿一个大盆端来医院，一摆碗，一摆筷子，才把那盆面条吃了。众人就坐在床边，或靠在墙上，过了一夜。

第二天即又回家。吴小三鞴了马车来，抱蒋银秀上马车来，看看已是青嘴的了。他们拉了回家，天主又回荞麦山中学。写作直到半夜，才睡下去，一夜感觉非常奇特。天刚明，他醒来，就感觉蒋银秀不在人世了。这感觉他终身未有过的。

天主回到法喇村，蒋银秀昨夜里就去世了。孙富民、孙家文等，全去催赶通知亲戚了。孙平玉、陈福英去帮忙，来与天主说："他们找你商量事情！你就说辈分小，上面老的有整整两辈，由他们做主，你千万莫插嘴！他家的事，五拗六蹩的，你三爷爷、你大爸、你二爸家各是一种主意！你三爷爷舍不得出钱，你二爸、三爸分到树，都不卖，都等你大爸家拿钱出来办！你大爸家不拿！说要拿钱出来，就得把分到的树，抵给孙家文！实在你大爸现在太为难了。这三家以赖为赖,都盯着他家的钱!他家拿出来办了,这几家也不会主动还钱。一要账,就吵矛了!昨晚上吵了一夜,才拿出一千元来!的确这些钱,又都是孙家文挣来的!"

孙平文等果然与天主说,天主如此说了,也就罢了。

第二天早晨,一家人就忙看地。孙江荣带了孙平文等,约了全族江字辈的,说想入祖,把蒋银秀进入孙寿康的坟堂安葬。因孙江成不到场,一时孙江华、孙江才、孙江亮等均不发表意见。而孙江荣一家焦的,想这几人随和,倒是孙江成左性,如果不同意也是孙江成不同意。孙江华等几个人,何尝不这样想,心要拒绝孙江荣家的请托,却都先不发表意见,想就由孙江成来得罪人,以达自己的目的。孙江荣家想也是,都先来征求孙江成的意见。

爷几个进了孙江成家,孙平文四弟兄一一向孙江成下跪,孙江荣说想把蒋银秀入祖,来征询大哥的意见。孙江成眼里已有泪花了,说:"我还会反对么?入就是了。"这都出于爷几个意外,一是孙江成已有泪花,大家一般想他是不会受感动的;二是竟如此爽快答应。爷几个心中大喜,说:"到底是同胞骨肉,心情哪会硬到我们想的地步?"想既孙江成都准了,入祖之事,必定成了。

回来时,孙江华等听说孙江成准了,惊讶过后,想反正不得不挺身而出了,说:"入祖这事就算了吧!孙平文,另找好地安葬你母亲!"孙江亮说:"要入祖,我们江字辈这么多弟兄,都要入!那坟堂有多宽?葬得下几座坟?"孙江才说:"说入祖,大爸、我爸爸他们老三弟兄还差不多。我们这辈,是隔了一辈了。"

入祖的事,就这么被拒绝了。孙江荣家大失所望,才明了这两房是心黑的。吴小三一直怂恿孙江荣家入祖,就是看中了孙寿康墓地好,孙家一直发了近百年。葬得下去时,自己是姑爷家,未尝不分得好处的。此时也大为失望,骂道:"孙家人尽是勾勾心!黑得要命!地我家有!走,我带你们向我爸爸要去。"其实不过是装模作样,以讽孙家而已。孙江荣爷五个被吴小三带来找吴光云,说想找吴光耀看中并双方争夺的

那棺地。吴光云说:"在我地上,还有给谁的?我要留着用了,你家另外找吧!"

孙江荣家早看过背后理水坪子自己松林里了。这下见吴光云也不同意,就到理水坪子来,也叫了天主。这是拖鸡梁子下黑梁子来的半山上,中间一个坪坪。孙江成说地在坪坪里。孙江华则见坪坪歪在山脊一侧,坚持说地在坪坪右边的山脊上。孙江成历来只发表意见,不强人遵行,孙江华则不同,说:"不要别的了,就在我说这里了!"从前后走几步,在前面的梁坎边上站定,说:"孙平文,我问你家哥几个,是不是在这里了?"几弟兄都不懂,说:"大爹说哪里好,就葬哪里好!"孙江华说:"就是我说这里好。"即已封赠起来。"好,你母亲葬了这里,人发千口,财发万年!"几弟兄即跪下谢了。孙江华说:"可是定了?"几弟兄说:"定了。"但孙江成仍坐在坪坪里,说:"地在我坐这里!哪会坐椅子前面的边边?"但孙江华已说:"定好了!走,回去料理别的了。"即回来了。

孙平文、魏太芬想了,族间的人,也只有孙平玉、陈福英可靠了。因此饭菜等项,都请这夫妻二人观看着些,请了崔金才、吴明剑作支客师。孙江华、孙江亮、刘大明等,成心要捣乱,哪肯卖力办事?只不过到处张着嘴喊。孙平文家也默默地看了记着。倒是孙江成变了观念,孙平刚同样,白卡乡汤家最远,由他去赶。赶了汤家回来,蒋银秀的小妹家,又在小寨乡也由他去赶,这两处最远的亲都由孙平刚穿着双破靴子赶了。一家人都很是感激。魏太芬教育孙平强、孙国勇等人说:"咋个样?平时你们相信这个,相信那个!谁不是花麻摺嘴的?事到临头,就试出来了!到底还是亲弟兄才亲!真金靠火炼!现在这两处远亲,不是孙平刚帮我们跑,孙国达、孙国要等人,还会回来帮我们跑?"

法喇村的习惯,凡有红、白喜事帮忙的,分为老年人和年轻人。老年人不过就是打纸、数数香、浇浇蜡,尽干这类轻活,年轻人则是挑水、拉柴等重活。这时吴明剑、崔金才分人,把孙平玉分到老年人队里,孙平玉呵呵地笑说:"我已经成老者了!"崔金才说:"不是老者是什么?我们这一班人,不就是只能打打纸了。重活都要交给下一两班人去干了!"孙平玉历来帮忙,都是挑水扛柴。这下带了根小板凳,到院墙脚下去和一帮老年人,边晒太阳边打纸。陈福英来看见,说:"哟!你也成了老年人了!"孙平玉说:"咋不是?才记得年纪轻轻,转眼已是下山的太阳了。"孙江华说:"再没有比这光阴好混的了!'才记少年骑竹马,转眼又是白头翁'!我才记得我五六岁时蹦蹦跳跳的,转眼已是六十开外的人了。"

法喇村原来风气好,逢到白事,孝堂里都是规矩的大人。如今风气坏了!谁家的孝堂里,都是满屋的小孩,追逐嬉闹,笑声一片,如今孙江荣家、孙家文、孙家武等人都不得法。只有孙富民深知此弊,乃站在孝堂门口,追打而来的小孩,全被他恶声烂语轰了出去。再有捣乱的,提起就撂出去了。因是几夜,孝堂内一片肃静。魏太芬、卫祖英等都感激孙富民。魏太芬对孙家文等说:"看看你三哥咋个做的!以后你大爷爷头上,你们要像这样,才对得住你大爹家!"

众人一片忙,孙天主是在屋里兀自看书。第三日晚,远近的亲友都来了。秦家来了一大队,汤家是由孙江芬带了来,全都来天主家休息。孙平会在郑家,郑家也是编了二十多人,轰轰隆隆而来。秦家的人有秦光汉等,在天主家,见了孙江芬,就叫:"小娘,几十年没有见了。"孙江芬也说是。孙江芬已五十几了,于是双方谈起这后家来,都说:"原来孤零零的,被人家欺过去,侮过来。现在家道强了,也没人敢惹了。"又谈起天主来。孙江芬说:"我嫁出去时,孙平玉都才会走路。如今一晃,富贵都当大学生,做老师了。"但孙江芬对前次秦朝海死,秦家不去人给她的信,已是耿耿于怀,说:"哪里比得起你家?秦光朝在县城教书了,秦光春也是小学教师,秦国书等又成器。我们是不好意思见你们了!亲戚们也不敢走动了,怕碜着亲戚!我们脸上倒不觉得,人家脸上就难看了。"秦光汉、秦光平等急忙解释说:"当时是怕路远,去的人找不到小娘家。又等小娘家来时,这里我父亲已送上山了。"孙江芬不理。秦光汉等哪解释得清楚了,不过总欺汤家无什么能耐,反正觉解释得清,即就解释;解释不清,也没什么了不起的了。有这个小娘家，也不见增了什么；无这个小娘家，也不见少了什么了。几兄妹又请孙江芬："小娘，你难得来一次，好歹去和我妈住两晚上。她是眼睛看不见，来不了。以后也再难遇着了。"孙江成、孙江荣也来说："小芬，你去跟大姐住两晚上！姐妹几十年不见了！该坐坐的。"孙江芬只推说家里农活忙，她要赶忙回去料理。

汤建忠已三十五六岁，汤建松已三十二三岁，老实之况，也不下于孙平刚、孙平强等。但那汤建娇，十六七，则聪明过人。众人一见，觉精明处不下于卫祖英。在家里总闹要读书，都不得读。听大舅的孙子在荞麦山中学教书，定闹了要跟来，说想到荞麦山中学来读书。孙江芬无法，只好带了来。孙平玉、陈福英等都可惜："要是读书，也是个非常的人物了。"孙平文、魏太芬只催孙国军："再找不到比汤建娇好的了！过后赶快去说！"但从言语中见汤建娇心高气傲，即知必看不上孙国军，不敢提出来。牛兴莲见了，也是爱不释口，想把汤建娇说与孙国达，但想自己的儿子又有贼名，又进过监狱，家里又这样穷，孙江芬、汤建娇都是聪明人！哪里看得上。不敢提出来，只是心中可惜不能成就这段好姻缘了。孙平玉、陈福英也可惜："没有这么一个适合的人，不然倒不要把汤建娇放跑了。"

汤建娇此行倒不在看亲戚，而是全为了读书。一来到，就催孙江芬来与天主说。孙江芬无法，带了她来与天主说："富贵，你小娘是原来读到小学三年级，我们不准她读了，她现在又要读。你格有什么办法？"天主想自己也并没什么办法。汤建娇说："我看就是几本书，也不多，我一年就补好了。我觉得大学生也没什么了不起，我们村里就出个大学生了，瘟头瘟脑的，哪里如得我！所以我想我要当个大学生，还是不费力。就是家里不供，又没亲戚朋友帮忙，吃亏就吃亏在这上面了。"天主见其话语法斩截，行为果断，很可惜了一回，又感觉到了一个优秀的人，被埋没了。

第二天安葬。村里人拥来理水坪子一看，都说埋偏了，好地在那孙江成所说的坪坪里，埋在那山梁上，不是年年喝西北风。问清了是孙江华的主意，都说孙江华是有意使阙害人。议论铺天而来，牛兴莲红了脸，躲回家去。孙江华厚着红了的脸直待安葬完才回。孙江荣家恨孙江华，恨得眼里发出火来，然已无可奈何！要想把蒋银秀的坟，移过坪坪里，又觉得翻尸弄骨，很不忍心，只好罢了。于是天天骂孙江华，又大大感激孙江成这一大家，即来和孙平玉家商量："以后大爹去世了，你们只管提出要入祖，我家双手赞成，大爹是长子，怎么说都有道理的！他两大家不同意，我们也根本不管！只管抬去入祖就是了！即使要打架，量他两房那几个人，够长房这么多人怎么打？就是为欺他们一回，也要这样做！我爹是定了不入祖了！以后过世，就葬理水坪子的坪子里！他们要想入祖，是妄想了，我家提出来反对，谅他们也不敢动！"这里也不敢拂其好意，只说："要得。"

孙江华一家子，是被孙江荣骂到不敢去见了，只是关在门里，寂寥而处。长房的两家，又团结了起来。那孙江芬在各家住了两天，即回去了。汤建娇不去，定要读书，说不让她读书，她就要远远地跑了。长房诸人，劝了几天，她才回去，但都说可惜了。汤家有希望的人，只有这一个，但也误掉了。这孙平强等，办完这事，又回昆明去。卫培伍在凉亭与秦国安搞矛了，刚好崔绍万在西双版纳干不下去，迁了回来，乃二人约了，到华宁去包了一个茶园。带了信来，卫培伍妻即带了卫祖英同到昆明，孙家诸人都说卫培伍心黑，不敢让孙平强到华宁去，只留在昆明做工。卫培伍妻带了卫祖英，去华宁去了。

九十二 接待省委副书记

　　法喇村的秦国俊，为人精明、勤奋能干，在部队里混了多年，当到排长了，人言尚有进一步爬升的希望。他原回家探亲时，与窑子照崔绍山的姑娘崔继敏结了婚，如今大觉讨个农村媳妇划不来了，因此要与这崔继敏离婚。这崔家姑娘，一字不识，性情却刚烈得要命。见秦国俊变了心，也发誓，你要抛弃我，我也要叫你官当不成。拿了秦国俊从部队里带回的手枪、子弹等，天天到部队告。年复一年，告了两年，秦国俊的前程被她告罄了。秦国俊被打发回法喇来，她也离婚了。这下人们从佩服秦国俊，改为佩服崔继敏，说这姑娘了得。秦国俊也后悔不已，这下又失好前程，又失好妻子了。

　　秦国俊没了办法，去求姜元坤。刚好县委缺小车司机，姜元坤出面说了，就叫秦国俊去试开。一看驾驶、修理车辆的能力都不错，就被县纪委留用了。秦国俊驾驶功夫也不错，同时当了保镖的角色。

　　崔继敏就天天来骂姜元坤："秦国俊是你爹！你是秦国俊的大儿子！秦国俊婆娘都丢得掉，还怕找不到棺材来开？要你这烂杂种猖夯铎实的？你有能力，你养那三个爹三个妈咋不也整几个棺材给他们开着，成天在这农业上挣得嗝呀嗝的？"

　　姜元坤之妻也姓崔，本是崔继敏的娘娘，如今也挨了崔继敏的骂。姜元坤半生威风一时，在县委干了几十年，几十年来是法喇村的佼佼者，但儿女就是不成器，从小在县城里跟姜元坤读书，都成了废品，如今回来，一样不会做。姜妻去地里做活，三个姑娘不过束手跟她去来，望望风景而已。崔继敏就骂："哟！姜元坤这四个婆娘，一个比一个年轻，一个比一个帅气！老公在城里，你们不去守着，蹲在法喇养汉子？姜家的汉子一百多，够你们养了。"把个姜家代秦国俊受罪，骂的毫无办法。

不久姜元坤也就退休了，回到法喇来住。还亏崔继敏嫁到荞子县去了，才免却了挨骂之苦。全村人说："不然姜元坤回法喇来，这日子就难过了。"

姜元坤三个儿子，皆不成人。大那两个讨了媳妇，一味好吃懒做。小儿子姜庆辉，见廖明颐是老工人，只有几个女儿，颇为有钱，就去把老二姑娘哄了来。按辈分，姜庆辉是那姑娘的小爷爷了。这下又传新闻，"小爷爷讨二孙女了。"姜庆辉和那姑娘倒无所谓。众口睚眦者，姜元坤而已，说："姜元坤堂堂的县委会干部，威风了几十年，退休了，才落个名声大坏，走到了这一步。"姜元坤哭笑不得："他自己要把自己的头按低，向人家下小，我有什么办法？"

陈明崇是本只有陈福州一子，本来家境，哪里过不去？只因陈福州、胡安艳只生一女，想后辈多两个儿子，促陈福州、胡安艳搬西双版纳去了。种植园倡计划生育，陈福州为在那里站下去，做了绝育手术。信写回来，陈明崇心上不喜，渐渐疯言疯语。县农资公司带到各处医，均不见好。只有法喇人明白陈明崇的病根，是从这上面来的。陈明崇于是病休了，回家来养病。那陈福萍，又被陈福州许与镇沅人。陈福萍从小聪明活泼，陈家人以为族内能读出来的，也只有她。如今爱惜此女，本想陈福州带去，在当地找个好的女婿，没料一个初中生，据说嫁与一字不识的搬迁民。陈明崇更后悔不迭，那病越发的重了。

一换届，崔绍武的局长即不在了。崔绍武的局长生涯，凡三年零二月有余。消息传到法喇村，不用说惋惜声之多了。孙平玉说："听说多少朝代以前，有个董家发达起来。有些人就编歌说：'眼看董家起，眼看董家败'，崔家也就这样了！崔局长这样一下来，小的不成器，跟不上去，也就败了！"而全村人评论的是："崔局长家，就到这里了！小的爬不上去了。"

孙江华听崔绍武的局长下掉了，就经问崔绍武家小的情况，孙江才说："大的崔继平，在糖厂开车。"孙江华说："那个我认得，小学毕业，不行的。"孙江才说："再下来是大姑娘崔继涣，就是给姜文彩那个。没有工作，给聂传顺卖旅社票。姜文彩被崔绍武提拔在马树乡任供销社主任，一直没有小的。姜文彩不想要崔继涣了，但又怕崔绍武，不敢离婚。老二姑娘崔继惠，职中毕业，听说在高坎子乡卫生所，也不是正式的，是个临时工，嫁的就是刚调来哨口子畜牧站任副站长这个姓刘的。下面是老二儿子崔继鹏，在荞麦山农科站，是合同工，不知转正没有。再下面，我就不晓得了。"崔继海说："下面还有两个姑娘，初中都毕业了，没有考取，还在补习。"孙江华一听，已作结论了："不行了！"

崔绍武的局长刚一卸任，就说姜文彩已跑到西双版纳去了。有人传说早就摸到那里去，娶了一个妻子；有人又说小孩在那里生了一个了。众说不一。

法喇历史上最大的官，就这样成了历史。而对崔绍武的姑娘儿子作一番分析，都已断定崔家是再爬不上去了。石棺材的辉煌，就到这里结束。一时全村又在找下一个能高升的人物，或说吴光正要当商业局局长了，或说县林业局局长阳光明对赵国平器重得很，要赵去接班，然而姜元坤等又说是假的。林业局局长有多大点权力，能说决定接班人？而权力都在县委、人大手里。或说吴耀庆要爬上去了，张恩舟要吴耀庆任荞麦山副乡长呢！对孙天主，全村人都觉是不行，不然怎么又流起浪来了？

这时就传来消息：三道岩的王勋付，当兵到马关去，当上副连长了。王家人又吹嘘起来，说他家文的出了王勋杰，法喇第一个大学生；武的出王勋付。法喇人当兵的，从没有挣上连级干部去的。这王勋付是天主小学的同学，然比天主大五六岁，学习并不好。初中时因偷学生的炒面，退回家里来了。

王勋付的大哥赶马车，这天在荞麦山遇到天主，说起王勋付来："我兄弟是可惜了！年纪大了点，提干就受卡了！再一个是他学习差了点。去考陆军学院，只差三分！要推荐他去读，又年纪大了，不得去读！冲打是有的！他写信来：'大哥！兄弟最大的优点就是能冲能闯！有胆有识，什么也不怕！领导叫我干什么，我就干什么！'不过闯到个副连长，也不简单了。在我们法喇，也是数一数二的了。原来王勋杰以为自己是大学生，不得了，哪里把我们这些人家看在眼里？我兄弟初中在荞麦山不想读了，想请他帮忙转下米粮坝去读，说不理就不理！他是大学生了！就生怕别的人读出来，超过他！我兄弟想去当兵，王勋杰家妈怎么说！她说：'去当炮灰，战场上去送死！'我兄弟听了，要去找她的麻烦。我们劝了：'你去部队里好好干！干出人见识来！'这下听说我弟弟是副连长，王元景和鲁秀英，见着我爹我妈，亲热得很了！大哥大嫂的不离口。王勋杰回来，叫我大哥了；王勋众来，也叫我大哥了！写信去给我弟弟，说要弟兄合作了！再没有比这家人，更势利的了！"

王家在吹王勋付。下营姜家，则吹起姜庆能家姑娘、姑爷来。姜庆能的姑娘姜彦娥和姑爷胡永朝是米粮坝师范毕业的同学，二人均分在干冲乡教小学。胡永朝在乌蒙报上发表了一篇小散文，胡家家族中不乏有关系的，荐与县委书记，当了一年秘书，即提了当团县委书记，如今到昆明去挂职锻炼了。姜彦娥也调到米粮坝中学去，当了团委书记。姜家狂吹："胡永朝从昆明挂职锻炼回来，就当副县长了！才十九岁呀！法喇历史上，崔绍武就不得了，比起胡永朝来，崔绍武算什么？孙天主那种人，有什么本事！写几千篇也等于零！哪如胡永朝一篇就定乾坤！孙天主给胡永朝擦皮鞋，胡永朝怕还不耐烦要！"

就在都传言赵国平要爬上去，吴耀庆要任副乡长时，吴耀庆等人的案发了。原来由世行贷款兴建的荞麦山乡自来水厂，耗资七十万元。张恩舟自然交由吴耀庆来办，说是贪污了近二十万。告的人不断。县纪委、监察局一直伺着时机，等到工程竣工，县长来开了竣工庆祝大会一个月后，估计账已全部结清，猛然人马开到荞麦山来，立即开查。哪知只消等到次日，账就扎清了的。此时是查出了大量问题，但张恩舟、吴耀庆说账目还没归拢。县纪委的人好不恼火，却没办法，只好撤回，但张恩舟、吴耀庆已是吓得魂飞天外了。要是早一日结账，头上的脑袋就近于搬家了。

张恩舟已觉在荞麦山站不住脚了。在荞麦山，他只有赵国平、吴耀庆这两个心腹，其余或明或暗都成了敌人。到各个村，村干部纯粹不理这个乡长，连孙江才都吹："张恩舟这乡长，莫当的瘆人了！他有本事来法喇村，我有本事不尿他！他有干屁的办法？"又吹："荞麦山自来水厂，被他们吃了二十万！这下被纪委查了，不得不吐出来！本来给荞麦山的是两个自来水厂项目，张恩舟、吴耀庆借口法喇村人多，是荞麦山第一人口大村，要塞一个给法喇，我就不干！因为干就给张恩舟、吴耀庆干！法喇村吴家这么一大族，那就全全让他们作弊了！我不干，他二人压着我干，我还是不干！法喇人连吃饭还成问题，再叫老百姓连吃滴水都叫交钱买自来水，群众不把我杀了才怪！而且五十万钱！水厂倒修给全村人用，贪污也让张恩舟他们贪污！以后贷款期限到了，来问谁要钱？来问我要我还不起款，不是就进监狱了？"

孙江才只管如此吹他的明智和在官场的游刃有余，而吴家全族，已因吴耀庆被查，夺了神气了，再也吹不起来了。又有人告赵国平倒卖薄膜、肥料等，据说纪委也要来查了，不由一片慌乱。

这时选举下一届乡党委。各村支书一律约好了：不投张恩舟的票，把张赶出党委班子，让他半边稍息，结果真是把张恩舟挤了出来。这些支书大喜："张恩舟这乡长这下难当了！连独角戏都唱不成！他连乡党委委员都不是，连党委会议都不得参加！也就没有人事权了！他还想称王称霸？"孙江才回法喇，当然又是一通狂吹："树倒猢狲散，张恩舟都要倒了，赵国平、吴耀庆还干什么？按道理，乡长必须是乡党委副书记，他才有组织、人事权力！不行了！这三人不行了！"

此时这三人都见在荞麦山站不住脚了，各投善后之路去。赵国平是据说塞了大笔钱给县农业局局长，调往农业局了。吴耀庆则由张恩舟介绍，调往人事局下属的一个公司。

又到乡长选举，张恩舟仍是候选人。但荞麦山人，都恨张恩舟了，连选两次，都选落掉。县上忙来撑持，吴耀庆等人也被张叫回来，到处拉选票，进行贿赂，一张选票一百元钱，最终才又把张恩舟扶定在乡长位置上坐定了。

这一天天主在荞麦山，遇上宋德高。与天主到他宿舍，老宋即吹起一位省委副书记的事迹来：前次地区曲家汛现场会的种种不良情况，被告到了省上，省委管干副书记即来米粮坝调查。怎么查，老宋也不清楚，但是当县委书记罗自强陪省委副书记来到荞麦山时，老宋见副书记只带了一位司机、一位秘书及一位警卫战士。在荞麦山看了情况，老宋即听说是该副书记听说荞麦山贫困，专来荞麦山看。老宋说，要说穷，法喇、拖鸡、陷塘地等几个村最穷了，于是即驱车到法喇村来。

孙江才、罗昌兵被叫到村上，说是各处走走看看。在横梁子，看了几户人家，此时青黄不接，屋里都没有吃的了。进冷云忠家，见唯一能吃的，只有点韭菜。再到别的人家，都没有，或寻见几个洋芋，或只找见点麦面。孙江才、罗昌兵汇报说："现在百分之八十的人家，没有吃的了，都是去到处找粮食吃。这村里四千多人，有一千多人搬家在西双版纳、思茅等各地流浪；有一千多人，呆在昆明，各式各样乱干；村里只有一千多人，都是老弱妇女。青年男子，只有过年才会回来，不然都很少了！"

一路看了，爬上黑梁子来。孙江华刚在山上铲了一背马刺背回来，知面前的是省委副书记，大吃一惊。罗昌兵就说："可以到他家里看！"进得家来，一无所有。又过孙江荣家来，粮也光了。

因这日是端午节，那副书记从米粮坝来，只在荞麦山吃了一个粽子，此时饿了，说就买几个洋芋烧了吃。孙江才、罗昌兵家在村里，而在这黑梁子，虽也有几家有洋芋，但柴都少得可怜。只有孙平玉家，洋芋也有，于是就投孙平玉家来。孙平玉、陈福英在沟里割草，众人喊了，即回家来。要煮饭，那副书记说："只消煮几个洋芋吃就行了。"

孙平玉一听是省委副书记，立时觉这是个历史性的时刻，简直是篷筚生辉了。大喜过望，拣了洋芋来，架起火，或烧或煮，各吃了几个。谈起法喇村的情况来，孙平玉也说了几句。洋芋吃好，也看了孙平玉家内外了，见楼上有几百斤洋芋，几百斤荞子，一百多斤麦子，其余则也是穷光蛋。但宋德高说："是个老财主家了！"那副书记问知这家里有一个大学生，还有一个在昆明读中专，很是惊奇。老宋就说叫孙天主，在荞麦山中学教书。吃罢了，就由县委书记掏了钱出来，孙平玉家里决不要，说："得省委领导走进我家这门，我就感激不尽了！几个洋芋，值得什么！"坚决不要钱。见他们走了，孙平玉越想越高兴，真是想不到，省委领导已光顾过他家这穷窝了，又越想越对不起，是该煮点米饭，炒几个鸡蛋让人家吃才对。

一时孙富民等回来，一家人引以为荣，一直高兴了好些天。陈福英说："看这种大领导进来过了格会给我们带点好运气进门来，把我们这烂账还清了。"孙平玉也高兴，说："这种大人物随便走得拢哪点，看来我们运气恐怕会好起来了。莫明年一季生产，挖个几万斤洋芋，就好了呢！"

孙江成这天是在山上放牛，听说省委书记到黑梁子来，就遗憾自己不在家："可惜了！我六十八了，最大的官，是以前开会，见过县委书记。要是昨天不去放牛，也得看看，就值得了！可惜了！可惜了！这些大人物，走到哪里都有摄影记者照相，报纸上要刊登出来！比如昨天，报纸上就要说：'省委副书记到了米粮坝荞麦山乡法喇村黑梁子社孙平玉家'，他们进来时，有没有人照相？"孙平玉说："是有个年轻的，照了几张。"孙江成说："肯定是要登出来了！"就天天等看孙江才那里的报纸。孙江才也关心着，以为会登有关副书记在法喇视察的事，但过了许久，都没有看见，就请天主在荞麦山翻翻报纸，如果有，就找一张回来看看。

孙江才心里哪里想把省委副书记带到孙平玉家。只是当时饿了，没有办法。他最担心的，是怕大领导都会问长问短，万一省委副书记问呀问的，问出孙天主是大学生，发表了几百篇文章，一旦叫拿出来看看，孙平玉家里果然有的，拿将出来。副书记高兴，叫一声提拔了，孙天主岂不就飞黄腾达而去了？所以在孙平玉家，没人说时，他就抢着汇报，不让副书记有多问的机会。果然副书记没有问到这些情况，算是万幸了。当时他一疏忽，差点出大问题,比如:省委副书记大手一挥:救济孙江华!岂不孙江华就大占便宜了?

孙江华也是满心惭愧。当初见到是省委副书记那一瞬间,其喜悦程度,何可言说,以为翻身就在今日。他戴了几十年的反革命帽子,就要请省委领导帮忙摘了!而自己穷,也要请领导大赐一通。这些大领导只消一句话,什么都来了,但遗憾的是进了他家,他就激动不堪,这些都忘了说,更惭愧自己家里,连几个洋芋都没有。要是家里也有点,领导也就会在他家烧洋芋吃,他也就有机会诉苦了!真是贫穷了一样道理都没有,百事堪哀了!

而其余孙平文等几家,也颇是嫉妒:"风朝旺火吹,人往旺家跑。孙富贵家难道是该发迹的?连省委领导都去他家烧洋芋吃!"洋芋他家也有,但遗憾的是不去他家。心下的难过,又是另外一番境界了。

孙江成越想越遗憾。后来竟是自己不得见省委领导也罢了,倒怪孙平玉:"富贵发表那么多文章,你该把那些报纸、书拿出来,请领导看看,说:'这是我儿子发表的,才二十四岁!大学生!领导如果觉得可以,提拔他一下!'小伙子!就够你爷两个挣几百年了!不靠人提拔,你上得去?我们家来这里干了一百年了,谁干上去了?只有富贵有点本事,这种天赐良机又被你错过了!可惜呀!苦这一百年来,本来就苦那一天,那几分钟,苦那几句话的!你又不会干!这下你再会苦也等于零了!苦一千年也枉然了!"越说越气,骂将起来。

孙平玉说:"哪里想到?我是在想领导见我穷,怕会救济我几百斤粮。听我欠几千块的账,会从哪里贷几千块的款给我,就好了!而且当时太激动了,要想得到的,都想不起来了!"陈福英说:"我倒想起来了!我进房间里,把报纸、书都拿出来,后来领导进房间去,看见那么多书,说:'哟!书多得很嘛!'我就想说我儿子发表了好多文章,你们又去说富贵在教书。教书有什么了不起?领导当然不重视了!人家领导还说:'看来你这儿子很有点水平!这么多书!'你们又说:'都堆在家里,他也不看!'人家那明明是句好话,夸奖富贵;你们说的话，倒反贬低富贵了。会说就说，不会说就站半边去！我当时就想骂了！富贵哪时候不在看了？后来领导又说：'单这些书，也值几万元！'也是夸奖的话！你就该说富贵怎么写文章，怎么得奖，这些书，都是奖来的，就接上领导的话了！你又说买书把家都买穷了！难道是领导叫你买穷的？我是想都是些男子汉，哪有我一个妇女插嘴的？那天要由我说，富贵也起码被领导看中，提拔了。单凭人家那些话，也分析得出。我要叫你出去教你，打发你去挑水，你也不出去，只叫我去挑！"孙平玉说："我是想陪着领导，多得说几句！"陈福英说："不会说，再说多也枉然！你说了半天，起一点作用没有？"

孙平玉原来的狂喜，这下变为越发地后悔。开始听孙江成遗憾没有得见副书记，就后悔没叫人去山上叫孙江成回来，后来说到可以为天主提供机会，又遗憾天主没在家。如今是大悔这机会被他弄丢了。机不可失，时不再来！哪里去再望一个省委副书记进他这门来呢？陈福英则是越回忆那天的情景，越觉得孙江才在使黑心。"他下下打断话，只是汇报汇报的，连县委书记都恨他几眼，那领导也白他两眼，不想理他，他又蛮不讲礼地只是说。要是他不打岔，领导已经问起富贵来了，在哪里教书，多大年纪了等等的。再多几句话，不就好了？"孙平玉也怒："这两房人，只愁他不打主意，一打主意都是心黑的！"

孙家如此后悔不说。罗昌兵后来也是大惊讶一通，到处说："那天差点给孙天主造成个爬升的机会了！省委副书记一看见他家几千本书，就佩服了！怪孙平玉、陈福英憨了！不把那些发表了孙天主文章的报纸、刊物拿出来！只消一拿出来，孙天主的好事肯定就来了！不说调哪里嘛，单只消向罗书记一句话：'这是个人才！调去给你当秘书！'罗书记敢不要？就进县委办公室了！那天要是我，文章、报纸全翻出来，孙天主就飞黄腾达了！不过也怪孙江才，可能是有意的要打断省委副书记的话，硬是长起脖子红起脸，乱说一通。"

不久全村都知孙天主差点红云罩身，就是孙江才心黑了。姜元坤对孙平玉说："孙平玉，怪你憨了！省委副书记进门槛，你家几辈人也就这么一次了！这种机会你不会抓！供孙天主这些年也真叫白供了。"几乎吴光兆等许多人，无不为这次机会可惜。

崔绍武自不当了局长，已很少回法喇村来。这一天遇着，也很可惜："孙平玉，省委副书记在米粮坝，还提起你来，说在海拔三千米的偏僻农村，居然见一农民家有几千册书，而且这家供出了大学生！当时只消你把孙天主发表的文章拿一些出来，送与副书记。孙天主就上去了！"连崔绍武都是如此认为，孙平玉更为后悔。

孙天主知了此事，也是大为遗憾。要是自己当时在家，岂不就好了？孙平玉说："不知宋德高、罗自强等人，会不会与副书记说？"孙天主说："更休想了。他们掩盖之不及，哪里还会再为我说两句！"

却说宋德高等，是大吹特吹："的确是人家大领导，我们要备饭给他们吃，他都说不消！在荞麦山奔波一天，就是早上吃了两个粽子，下午在孙天主家吃了两个火烧洋芋。轻车简从的！哪里像他娘的地区、县上这些人，没得见过世面、没得讲过排场！出来要个车队，吃饭要是野味。说半天，就是地区、县上这些杂种难招架了，荞麦山已吃几十万摆起了！老子们是还不起的，不知以后谁来还？

九十三 谋 生

孙天主已是困窘不堪了。家里洋芋已薅过，没钱买肥料。别的人家肥都早追下去了，洋芋是长的青枝绿叶的。而孙家的呢，一直没有肥料，已是黄兮兮的，萎将下去了。孙天主见家里可怜，只好说自己去找钱来买肥料，去向郑学友借得两百元来，买得两包肥料追下去。

实在连吃饭钱都没有一分，又到处被人追着讨债。孙天主无了法，对钱、对贫穷的体会，也尽够深刻了。乃来对张一行说："张老师，我决定回来上课了！"张一行大喜，说："好！别的何锋的事也不管了！但你还得写个检查来。"天主又不写："我有什么错？要写检查？"张一行脸色即沉下来。双方又互不相理了。

孙天主决心自谋生路了。这日在街上见乡上有人家收那松树皮上生长的地衣及松萝。卖的人络绎不绝，五角钱一斤。天主一查字典，这可入药，有祛寒退热的作用。到陆建琳家时，刚好陆家拿出松蕈来吃，专门赌钱的周家现也在。天主即叫快收，一角钱一斤。当天下午，陆家包包周围的人家，即卖了十几斤来。没有钱给，只叫说："记着账，等我们松花卖了，再给你们钱。"以后全村都动起来。陆建琳家，不久就称了几百斤堆着。地上又潮湿，又怕焐烂了，而那些卖松花的，也来要钱了，陆建琳、周家现凑了钱，把那些账付了。天主只说只要是好货，销路就不愁。他们来催，天主只说只管收。后来陆家堂屋里，楼上都装满了，见着阵势已是吓人。还有源源不断背来卖的，都不敢买了，来催天主："实在不行了！已有千把斤了！"天主才忙去昆明找销路。

一路到了昆明。天主早写信给富华，叫他去找找厂家、商家，富华均找不到。听说是松花，一家食品公司说很需要。天主和富华两弟兄冒了大热的天，走得一身汗水地去看，才说不要这个，是要松果春天开花时橙色的粉。天主再各处找。一个城那么大，哪里去问谁要这东西？

一路奔波，又吃了两天面条，天主便秘了。蹲在厕所里一整天，觉生命都快要丢失了。富华带天主去临近的五十七医院开了药吃了，又是一两天才好了。天主是经这商的愿望都没有了！

孙天主回来，这两家才知没找到销路，周家现着了急，约了陆建琳去套问荞麦山那姓刘的，想套出销路来，但哪里套得到？没有办法，只好说就将松花卖与那老头。那老头早恨陷塘地村出了这二人，也来收购，抢了他的生意，坚决说不要。二人一再让价，一再央求，那老头才答应了。但他收的都是一元一斤，对周、陆二人的，只给五角，且限定其中不能有一根松毛，有就一两都不要。二人回来，一见松花中全是松毛，又着慌了。于是说三家人组织起来捡松毛出来。第一天周家现夫妇，并其两个女儿，陆建琳夫妇、孙平玉、陈福英和孙富民去捡。大家全照顾孙天主的面子，与那刘老者商量时，刘老者问："你们后面还有谁？"二人说："只有我两个了！"老头说："不信。"二人就估约他已是知天主在其中了。想如今再让天主来松花堆拣松毛，则一个大学生、教师，落到这步田地，实在让人耻笑！因此天主只在家里写文章。

孙平玉、陈福英拣了一天的松毛回来，大骂："你去看看！叫人心头多么辣疼！那松毛一根一根的，哪天拣得出来？十年也拣不完的！你这脑筋越来越不起作用了！你害死他两家了！丧德农村人，哪家有钱得很？你二娘家困成这个样，雪上加霜！周家现又是有什么钱的？两家虽没有明骂你，反正口头是唉声叹气的，心头反正是不知骂了几百遍了！

他不骂：'孙平玉、陈福英养他这个爹不早点死掉，不要害人才怪呢！'明天你去拣！我们是拣不起多少！捡一天，腰酸背疼的了，你二娘家那里，尽是去看热闹的了！成天人缤缤张张的了！都去看你落的笑话、丢的古迹！几百的人在看，在评论呐！我们哪块脸活人？连罗正万也去看，说：'这孙天主看着聪明嘛，怎么尽做些笨事？'你的前程，你自己去想去了！我们也无能智，也帮你想不清了！你二娘家又要出力，又要出饭。今天在他家吃晌午饭的，一大群人！一铜吊锅洋芋都吃完了，天黑了又留我们吃饭！丧德，哪个还忍心吃他家的呀！再累再饿，也得跑回来煮了吃！"

　　天主被骂得呆呆地站着，不知如何是好了。孙富民已满肚子气，也形之于脸。吃好饭，各自抱恨睡了。第二日，又去拣松毛去了。仍为天主顾面子，不让天主去。下午回来，怒气更大："你干脆死了算了！还活人干啥！活人活块脸，脸都不要了，还成什么人！你自己关在屋里不觉得，你出去问问，谁不在说你？都说你是没药可救了！那松毛捡得完？十几个人昨天捡了一天，拣得几捧！周家现提议今天请人，每人两块钱，请了陆家包包十几个妇女姑娘来，捡了半天，就连我们都没有心肠拣了！全坐着拿那堆松花无法了！"

　　自天主与何锋打架起，天主课上不成，到处乱逛，法喇人又都劝孙平玉、陈福英："快与他说！这碗单位上的饭，不是轻易得吃的！他兄弟考试被人家玩鬼了，他还要到处去拼，帮他兄弟拼上去！怎么他自己的工作，倒不放在心上了？"孙平玉、陈福英知这次之出事故，与前年不同，也不像前年似的只是责怪了天主。想都是为了富华，才出这事，只是怨命，还怕责怪天主，天主想不通。渐见天主不上课，已是几个月了，大是着了急。而劝的人仍然不断，很有些想得很周到的："虽说他都是被人家冤枉，他前次的官司也打胜了，李勇虎下了台。但现在张一行不比李勇虎。张一行心更黑，又有地区、县上支持他！他还会怕孙天主？所以赶快向张一行服个软！上起课来了。"孙平玉、陈福英才急起来，说："你与张一行搞矛掉，固然是因为富华，我们不敢怪你。但你打架、不上课，不怪你自己怪谁？我们现在只希望你稳得住你这铁饭碗，就心满意足了！别人争都争不着，你还要扔掉！我们也不知你的下场如何了!"到这时候松花的事上再加了气和愤怒,全不顾天主的情面,大骂起来!

到第三天,周家现和陆建琳商量了,买了酒去,又求那刘老者,其实见刘老者收的,也都有松毛,不过要如此卡这里罢了!每斤又让了一角钱,刘老者才答应了。于是回来,三家用口袋装了整整一大卡车,拉到荞麦山去卖了。刘老者大喜,已是大赚了一笔。这里周家现三人,也是喜悦。真是一个愿打,一个愿挨,回来算了账,每人贴了两百元进去。二人说:"赶快劝富贵,好好地去把书教了。一个月几百块,轻轻省省就拿到了!在农业上不好干!干生意,更不好干!见别人赚钱容易,自己去赚钱,就不容易了!这回就是明明白白摆着的,就是教训了!便宜刘老者去大赚!还好终于销脱了,吃亏两百块,不算什么!"

孙平玉、陈福英回来又劝,但天主想的是:要上课,就得写检查!这检查他永远不写!他要一直对抗到底!而这一次生意失败,说到底,是这一家人历来没有商业经验、商业头脑。这第一次,尽管失败了,但是迈出第一步了,反正是好事!尽管以后还有九十九、一百次的失败,他定要干到第一百零一次。

因此天主毫不听孙平玉等劝。沙坝里河滩地上,每年河水忽而向东,忽而向西,如果打一道墙,把河水控制住六七年,即可在下面近十多亩河滩地上种白杨,而这种地,对白杨树的生长又是最好的。因在孙家一大片地的一侧,孙平玉估量自己一人去干了,必然别的心中难过,就与孙江荣等人提建议。孙江荣说:"可是可以!但围出来的地,不能按你说那种平均一家分点,要各人的地外面的,算各人的。"孙江成、孙江荣地多,当然要这样干。孙平玉家地也多,也不亏。但孙平玉想孙平刚等地少,自然吃亏了。而凡有吃亏的事,又谁耐烦来干?只孙江成、孙江荣、孙平玉来干呢,孙平玉度他二人又不是干事的。就算了!一晃十年过去,那大块地都被白白浪费着。孙平玉每年看着那河坝,都要可惜地叹息几声。

而今孙天主发现了这地的价值,立即动起来。孙平玉如今占了孙天主成器，也不怕他们心中难过了。把他家的白杨树枝都修了下来，达到近万枝，把自家周围的一个大沟，栽圆了！估计有三四亩。又来这河滩上，刷刷两天，满河滩上十来亩地，蔚然成林。

原来河滩浪费着时，没人看见。如今一看遍地是树，孙家人全都心疼了。孙江荣、孙平文等全都失了气，呆呆地坐着看，嫉妒得要命。这爷几个边在河里头苦干，边悄声说："他们坐着眼睁睁地看我们栽，嫉妒得很了！"偶尔抬头，看着高处坐着难过已极的魏太芬等人，笑起来。孙天主说："不要看，埋头苦干！现在我们种一万棵树下去，十年以后，就是十万元了，二十年，就是四十万元。"

这年雨水好，这些树成活率高。树叶发起来，短短几个月，就把下面的石滩盖住了。这下嫉妒的，已是全村人了。吴光兆说："如果孙家愿卖，我现在就愿出五万元。"

但孙家连一分钱都没有，本只消一两百元的水泥，在树林上头打一道河埂，即可避开水去，把树林保住，但他家根本找不出一分钱来。吴光兆便来说："我出钱打河埂！我两家平分树林！"孙家不干。孙天主说："任由水冲了！即使冲掉一半，另一半扎了根，明年河水就冲不动了，再把这一半补齐！这片林也成功了！"果然一场大水到来，三分之二的树林，又成了河滩。孙平玉、孙天主等一看，万分的痛心。孙江荣等，全喜上眉梢，大感苍天有眼，当年就来了这么大的水。要是第二年来，已奈何不了这些树了！

孙天主是决心大干一番了。吴光繇家河坝边地已被洪水洗劫，多年不种，成了荒地，供全村人走路了。孙天主发现了那价值。孙平玉说："你莫去搞了！每年从后山上下来的石沙，不知有几百亿吨！你看这河坝一年比一年高，小学校舍都比它矮了！在那地方修房子，不出三年就被石沙汪了！"孙天主说："我自有办法。"即来和吴光繇商量。吴光繇是穷得无法了的！前些年搬家出去，说定了把房子卖给吴光兆家。吴光兆家在村东山坡上，虽有大汽车，开不进家去。想图吴光繇这家停汽车、堆货物、卖商品，就买了。吴光繇搬回来，直接撬开门，就进去住了，说："我是他个亲兄弟，难道我没房子住了，来住我原来的，又不是他的！他难道还要告了我去蹲监狱不成？即使到那时候，我也愿去蹲！看他耐得住损失他的名誉不？到头看谁的损失更大。"住了房子，又不还吴光兆的钱。吴光兆气得干瞪眼。倒听他说是住原来的，不是住吴光兆的，陈明星气了说："这种癞子！他就是估量我们要保名誉不告他！偏不要名誉，告他去蹲几年去！名誉要了干什么？"吴光兆说："告状要钱，海底摸盐！别处有亲哥告亲弟的，但在法喇就不行！名誉也损失了，钱也丢了！人也告累了！他也挨了！到头都是两弟兄挨，哪里划得来？"就不告，来把自己这些心思都讲与吴光繇，要吴光繇还他钱，他把房子还吴光繇。吴光繇说："我二哥！我要是有钱，我比你更会玩这些冠冕堂皇、要名誉顾面子的把戏！不消有多的，我只要有一万元，都要叫法喇人都喊我是爹。但我没有钱，不是只有来住这房子，又不还你的钱了？你逼我的钱，就是逼我的命！你及早地说：真是要我的命，我就一刀把脖子抹了，把命双手送给你！"吴光兆气得无奈，站起来骂："我是要你的钱，还是要我的钱？好，我就要你的命！你抹！"吴光繇说："我才五十零头，现在抹了可惜了！再过二十年，你叫我抹，我保证抹！"就一味地死皮赖脸，对付吴光兆，使吴光兆白丢了两千多元。

今见天主来谈他这废置不名一文之地，立刻漫天要价：三千元！天主听了，即就返回，吴光繇也装作不关心此事。过了几天遇上孙平玉，说："孙富贵这小伙子，没水平！谈判谈判，就是要谈了才判！谈都不与我谈，他能得到我这地？叫他来！我看他是个孙子辈，让他一千元！两千元给他！"孙家不理。吴光繇几日后又说："我再让一千元！"孙天主早决定不要了，要在下河坝自己地上干一个公司起来。吴光繇灰了心，找来说："富贵！你憨了！我那块地，是寸土寸金！在村子中央，交通方便，你不图我那地，别人就去图了！现在来争我那地的，多得很！我要感谢是你的眼光，帮我那地还卖得成钱，所以我先来尽你！我最后一次问你了，五百块你要不要？"

却说孙天主仍是不要，而别的人，早已暗中打起那块地的主意。吴明义即来天天活动，哄了吴光繇，三百元卖与了他，即忙修房进货，商店开起业了。法喇人见吴明义家修房,都说:"吴明义家丧了万人的德了,那房子是人民的血汗钱修的!老天会长眼睛,那大水会来连人带屋,把他一家子拉了去见东海龙王的。"

吴明义家商店生意不好,全靠横梁子社陈家人去买他的东西。陈家人如去买了别家的东西,就要挨吴耀勇打,只得违心地来买,任由敲诈。但单凭这点敲诈,不足以谋生。吴家即买了张台球桌来,经营台球生意。但法喇村谁玩台球?于是就聚赌,白天夜里都是几十名赌客在那里,果然生意红火了。

就在吴光繇这地的一侧,村公所、小学、供销社之间,是法喇村从前修的配种站,如今连羊群都少了,这屋自然久闲。村公所已主张要卖了。孙天主听得,来与孙江才说。孙江才说:"要卖时,我给你想办法。"但私下里就卖与吴明朝。此屋的价值一经孙天主发现,立刻争买这屋的人家就有十来家。吴明朝塞了不知多少东西与孙江才,孙江才仅作价九百元,就卖了。而全村人说:"这要值四五千元。"

孙平玉、孙天主又被孙江才愚弄了一回。孙平玉对孙天主说:"对这一房的人,该死了心了!以后他就是死人遭瘟,我们也再不要帮忙了!"孙天主又发现了别处的地,孙平玉就说:"不要再帮人家引路了!要干,就在我们腰岩上那地里干!自己又没钱,空口说说,已被人家争去了!"

因此孙天主就准备在河边安个变压器,安个磨粉机、糠机,而自己没钱,崔继海说他有钱,两家搭伙。崔继海既见孙天主家公平可靠,而孙家觉崔继海是可以合伙之人,就要买变压器。孙江才立刻扬言:"去年才通电时,就说过不许任何人搭电的,孙天主他有多大的胆子?"孙平玉早不服气了:"就买个变压器来安上,看孙江才敢怎么样?"也扬言出去。但崔继海的钱,被聂传顺借去,一直哄着崔继海家不还,变压器之梦,就告落空了。

赵国平与乡供销社主任说了,把法喇村供销社三千元卖与了赵国平。赵即叫其大哥主持卖货、放录像。天天晚上武打片、色情片滥放。法喇村人穷,大人更不敢花费什么钱,只每晚哄了十几个能从家里或各处偷得来钱的小孩子来看。

当时肥料紧张，罗昌兵等人都忙肥料。那价格从六十元一包的尿素，六十六、六十八、七十、八十、九十元，一天天地往上涨，到了一百二十元，尚且抢不到手。全县人心慌乱，官忙倒肥料，商忙贩肥料，群众忙抢购肥料。直到六月，价格才稍定了。赵国平把平价肥料全议价售出，单此一举捞了好几万元。孙平玉叹说："生意也要掌权的才好做了！一分一文的挣，谁挣得过人家？"天主也大感失落，忙了半天，他并没赚到一分钱。

以后差绿肥籽。马树的绿肥籽歉收，一时米粮坝各乡的绿肥籽，价格一直往上扬。孙天主好不容易才哄得王元景，贷得八百元钱，这下以荞麦山的绿肥籽贵，孙平玉就叫天主到大桥乡买点绿肥籽回来种。

孙天主即来到大桥乡，这里孙家人皆没见过天主，只知天主如何如何了。天主如今来，各家一走，见富裕是不用说的，每家也有几条大猪，粮食都够吃。而要说人呢，则不见得精明了！家家都很少找到一个初中生。其聪明程度，就比法喇人差远了！大概真是法喇越穷越见鬼的缘故吧！

天主这日就到吴光兆那里。刚好有一个本地人，说从师宗、罗平等地来，订了十六吨绿肥到手，要销出去。吴光兆一听是个大数，米粮坝要不了这么多，还得另想办法，即与天主说："小伙子，生意来了！该得我两公孙有缘，要发财了。这生意，就由我两公孙做！你赶快跑荞麦山或米粮坝，就找买主，一找到，我们就大获全胜！一公斤赚一毛钱，都不得了！"

天主即不忙什么家里点的绿肥籽了。到荞麦山来，遇上郑学友，郑即说等他问问郑正德。因郑正德是农委主任，前几年就购进几十吨绿肥，卖到全县各乡，当任务播种。而其实郑学友从天主老实的言谈中，已知是与吴光兆干的，就想甩开天主，与吴光兆那里要。吴光兆也就忙甩天主，与郑学友就在电话上背着天主谈好了。

但郑学友那里钱不够，吴光兆也只有几千元钱。而第一车绿肥，就得好几万元，只好又拉罗昌兵入伙，因罗有好几万可资活动的资金。但刚好这时,郑正德问过县长不支持,只好作罢了。

罗昌兵与郑学付贩猪卖,到了大桥来。孙天主、吴光兆等绿肥,一直等不来,即知那头黄了!罗昌兵也不做绿肥生意。没法了,刚好陈明星说法喇村多少人家缺粮了,拉米回去,赊销,生意好得很。吴光兆即与天主说:"我两家做米生意算了。我家没人手,我们拉回去,你爸爸看着米赊销。我联系,你各处跑。"因去大桥粮管所,订赊了四吨大米,即拉了上车。天主也跟着背米上下。那口袋烂了,又跟了缝口袋。

吴明仁开了车来,拉上米就回法喇村。天主等在车上看米,车轮溅起来的稀泥溅满了全身,拉到法喇村时天已黑了。河坝里刚涨了水,河道边原来行车的辙迹改的一塌糊涂,车走不了。孙平玉、陈福英见车来了,忙提锄下来刮石沙。在前一直刮,汽车跟了慢慢走。忙了一夜,车才开回法喇村。陈明星早骂吴光兆:"我不会卖?要孙平玉来卖?现在一斤米,三个月以后,别的就还三斤小粉。一百斤米才八十元,秋天就赚二百四十元。三百二十都有人换!"吴光兆马上反悔,就不与孙家搭伙了,说:"等一会孙平玉家走时,撮几斤米给他家,帮我们这些忙!辛苦了!孙天主小伙子好好的大学生,很少干体力劳动的,在大桥也跟我背米。孙平玉家两个人,今晚上刮路也辛苦得很。"孙平玉为他家这出尔反尔,火绿了,说米也不要,一家人萎了回来,即与天主说:"你回去好好地教你的书了!你看看做得成什么生意?说得好好的两家合伙做,一见销的势头好,又把我们甩了!白害我们去帮人家刮了一晚上的河砂。"孙天主也痛心,点点头,准备改弦更张了。

又一个消息,说花岗石销路会看好。天主决心再干一次,心又痒起来。把那左角塘村路边的花岗石,拿大锤打了几块,又背到昆明来,但一时也找不到厂家。邵运才帮忙介绍了一个搞花岗石的老板,那老板看了石头,大觉不错,天主即邀其来。那老板哪肯去,不过听了天主述说,也起了雄心,命司机及其弟随天主来看。车早上从昆明出发,中午时分到了乌蒙,一见山峦已高,又是坑洼不平的土路,黄尘蔽天,即已不悦。天主进行各种演讲,促二人前行,说越是贫穷的地方,各类价格越低廉,越好做生意。二人好歹听之，却已冒火了。挨了半天，翻了两架大山，到了南广县，二人即已不走。天主劝说，好歹只有几十公里了，定该往前去看看。二人又商量一阵，说好歹听这骗子的，再走一程，哪知见西北越来越高，骂起天主来。入得米粮坝县境内，山更高，路更陡。问了路旁的人，知米粮坝全县，一寸柏油路都没有，即与天主说："你到这荒山上下，还是拉你回后面那个村子下？"再不听天主的，调转了车头，天主只好与之回后面一村庄。二人扔下天主，骂着回昆明了。天主狼狈不堪，只好拦了过往的车，又回法喇村来，真叫是走投无路了。天主即回学校来。

因地区拨给的款已到位，张一行即着手拆除陆家旧房。那旧房一拆，立刻牵动了所有的人。因那陆家败亡前，已将所有金银转移。有的说用骡马驮到蛮子丫口去埋了，有人说就埋在他这院里。陆家是绝了后人，这些事谁也不得而知了，但十几年前一群四川人在为荞麦山中学建教学楼，往下打地基时，挖到了三块金子、一棺材银子，荞麦山中学的人，当时不得而知。这伙四川人把金银送回，回来精心修房。这房上就分文不赚，质量特好，等那伙四川人交工时，才渐透出风声来，已是晚了。

仍然有人认为陆家院内藏有大量金银。听说学校要拆除这老屋，来包工的络绎不绝，都认为拆除是小事，图那地下的金银才是大事。所以竞争激烈，压价都极低。其实说竞争，说穿了就是竞争贿赂张一行的钱物而已。

这工程终被赵乾坤不惜一切代价地包到手。赵乾坤是荞麦山人，原是个赌徒，二十多岁就赌起，赌了十几年，等到改革开放之始，他手中已有两万多元了。这时又干起了鸦片生意。前些年有一个贩毒的，初次朝这路来，投在赵乾坤家，所带毒品全放在赵家。那人最后被同伙暗害，再到其余的作案者被公安机关抓获，知是有一宗毒品查不到下落，然那毒犯已死，毫无线索了，所以便宜了赵乾坤。赵把毒品卖了，从此洗手，又揽建筑，干起包工头来，已是荞麦山赫赫有名的"赵百万"

了。在荞麦山有幢值十几万的砖楼，在米粮坝修的一幢，值七十多万元。此时就把赌注全押在陆家这屋基上，边拆就边去访了一些老年人。

不单荞麦山中学里老师及学校周围的农民关心这事，整个荞麦山乡党委、政府的人，以及荞麦山乡各村的老百姓，都在哨探着赵乾坤探宝的事。周围的农民，都在围墙外远远地观望。荞麦山中学的教师，上了课回来，也要去现场查看一番，至于张一行、范传云，则盯得更紧，昼夜不离的。

那赵乾坤每日拄根尖了的钢筋，在那里皱眉锁眼地算计这财宝会在哪里。渐渐地面的建筑拆完了，到动工打地基，各方都知是时候了，立刻紧张起来。赵乾坤都不按张一行、范传云的方案挖，而是到处乱挖，这里二人说过几次，也不管，只紧紧监视。挖了一阵，挖不到。在打地基时，赵又拼命把那墙脚挖宽挖深，别的地方都挖好了，其怀疑的点上，就留着，要等晚上夜深人静才动手。

天主也就藏在那学校后面远远的地方去。赵的十几个人不用电灯，而是点了马灯施工。挖了一阵，只听一阵轻轻的惊喜声。天主想："发现了。"立时就见从周围各处，躲藏着的张一行等全冲了出来。荞麦山中学的其他教师也不甘落后，皆站了出来。周围农民也有不少监视着的，立刻闯了进来。赵乾坤满脸难过。众人见是河沙，都叫挖开来，张一行也只好叫挖。众人已评定分配之法：露天坝的饭，见者有份！有多少，都要平均分。赵乾坤说："不行。我费这么大的力，包工我就吃了亏了。我这一帮人，占一半！你们荞麦山中学的老师占一半。"荞麦山中学的人多，哪里听他的。张一行见有几十人，自己要想多谋点，在这种场合也不可能的，于是也不说。荞麦山中学的教师已由吴邦祥、柳国开抢过锄头，挖了下去，一声闷响，又把在场诸人皆惊了一跳，板锄刮开一看，是一棺材的顶板，立刻人拥向棺材。张一行怕争金银，酿出血案来，则他这一校之主，责任大了，急跳到棺材上，说："不许抢！要按人分！"众人答应。于是点了人数，共是五十五人，都说："到场者都有一份，谁还来争？"都叫退了上去，才开始又挖，那上面的河沙刮尽，整个棺材都露了出来。且不说这里人人高兴，如已发了大财。

两个人把棺材盖揭开，张一行一见，却是口空棺材，便跌坐下去。人们一拥而上，无不难过。细检棺材内，证实原是收藏过的，可能已被人盗了，扔了些石头在棺材里。各各脸色难看。围了一阵，即讨论这会是何时被窃了，恨骂前面的盗窃者。忙了一夜，就得这个结局，各自回家睡觉。赵乾坤一伙，也泄了气，扔了锄头睡觉了。此后即是建房，再也无人关心那里了。

梁楠已从地区财校毕业。如今假期就来梁榕、钱吉兆家里。其容貌漂亮，更比一年前大为不同。不由令天主看了，呆劲上来。钱吉兆每天只来叫天主去他家玩。天主明白其意。一时梁榕、梁楠姐妹只引天主。天主感叹世上好的姑娘是那么多，而她顶多爱得过一人来。再不敢口若悬河、夸夸其谈了。她们说话，他只是笑笑。他明白自己的理想，于他们就是深渊。他不能害人了。梁楠对天主说："孙老师以前口若悬河，现在怎么沉默寡言了。我们正想听你的大论，也受些鼓舞。"天主只是笑笑。心中想就融入她那笑容里去。但理智上劝自己：再不能前进一步了！再不能害人！看来连爱也不是好事，"爱兮恨所藏！"还是无爱无恨无恋无求的好。

梁榕见天主不说话，只是笑，红了脸。天主只是笑。两姊妹竭尽全力，天主只是无所作为。梁榕邀天主去打乒乓球。而她仅只会打，天主就抛高球过去给她扣杀。她不忍让天主跑了去捡，只轻轻地拍过来。又定要自己抛了给天主扣杀。天主也不忍心扣杀。他如今真是连脚下的蚂蚁也爱惜了。而梁榕则不同，天主抛过去，她只爱拼命扣杀。天主不挡回去，乐于自己去捡回来，又抛过去，甘于被她折磨。她毫不松手。连梁楠也觉她太残酷了。不时朝她姐姐看。梁榕说："他乐于这样！我有什么办法？他生成的是个傻瓜！与其让别人去折磨他，不如我来收拾他！"天主听了，心里只叫"对对对。"

下棋也是如此。天主让她两姐妹一车一马，允许她们悔棋，自己不悔。两姐妹都精明，天主常被杀的片甲不回。梁楠一见天主现败势，就徘徊不攻，只说"和棋了"。梁榕不管，要一直围剿到天主只有一颗帅，却又不让天主即输，硬要折磨天主半日，乐得她尽情快意。天主才想：原来她对我的恨意，更比爱过我的任何女人强百倍。如今被她折磨，想也好，也可消得她的怨恨之心了。而梁楠，不理解她姐姐，而怜天丰。天丰如今是想：但得自己能对世人有贡献，他是再不辞辛苦。撕成千万碎片，舍生赴死都可以了。

第六章 不遇

九十四 叹 命

天主其实是在冷落自己,心里一直不好过,夜夜失眠。加之钱债未已,说不出天主的苦处。没钱了,他只好来找张一行:"校长,我是分文无有了。能否借点给我?"张一行扪头想了半天,叫天主写了借条,他签了字。到出纳陈正熙处,借了五百元。天主感激张一行还通道理,想:"跟张一行这种聪明人打交道,还好打些!"

这一春季学期已放假,孙富华又回来,即来寻天主,学写作之法,与天主说:"大哥!我在昆明就想,你是蹲在群山之中,在这最黑暗的角落里了,才能也被浪费了!该去大地方闯了!我看那里多少人也没大哥这点才能!"

事实证明富华到昆明这一年,是无长进的。文不成句读,错别字连篇,天主大失所望。见四年已毕,在这里一无所有!不由泪下。

尤其令天主难过的是范昌卉后被录在县米粮坝中学高中。因去年所受打击太大,说看书时间一长就头疼得无法,有时晕倒。记忆力也下降许多了。半个学期,就回家来,说不读了,务起农来。天主去劝,但她终不去读。天主道:"这么一点打击都胜不住!你以后还怎么办?我现在受的打击,比你们还大,但我总在努力活下去!"

刘兴礼在米粮坝中学读高中,班主任就是赵在星。因前是天主的爱徒，尽管有师生情谊，赵仍不大睬他。他的英语仍是极差，考大学也仍是无望的。

　　韩石就更悲惨了。这一天背了两个小猪来荞麦山卖，遇上天主，说："孙老师，无望了！在农业上也干不走！我准备去闯香港了。"天主说："你倒是来补习是真的！"他说："年龄同样大了，改不掉。"天主说："你来读，我去帮你改。"但最终不见韩石来读了。

　　王冯志也惨不忍睹。今年他又来补习，开头张一行爱惜，说："你来读，我去帮你改年龄。"天主问王冯志时，王很自负，说："张校长在帮我改。"最后天主才知张一行并没帮他改掉。结果是荞麦山中学附近发生了一起窃案，群众都疑是王冯志干的，派出所也以为真，把王冯志拉去审。王不认，很挨揍了几下。等案子破时，全然与王冯志无边。派出所诸人想王才十几岁，又是孤儿，无辜挨打，心里不过意，想买点东西来送给王冯志，补偿一下，但听王冯志又在补习而超龄，仍未改掉，就说："干脆帮王冯志改掉年龄算了！对我们是小菜一碟，对王冯志却是赏他终身前程了。"王冯志听了，想挨揍几下值得了。连荞麦山中学的老师都说："王冯志挨几下，就挨来一生的好处！"都认为整个派出所出面，这改年龄是毫无问题的。派出所也向县公安局送了申请报卡，请改，又都吹："王家小伙的年龄，被我们改好了！"王冯志很是欢喜，努力复习，又上了中专线。但公安局打出来的年龄还是老样子，王冯志又落选了，王冯志气得哭。荞麦山中学的老师都骂派出所这伙人心黑，骗这么一个孤儿。但派出所也无法，公安局不改，他们又敢怎样，只是无事人一般："我们已尽了力了！改不掉有什么办法？"

　　天主上街，时时看见幸婉君、成辛肖、齐晓岚等学生，在街上闲逛，无所作为。毕业时的豪言壮语，皆化为风散，各自在农业上苦了。费朝阳是在荞麦山街上摆个理发摊，理起发来，问天主："孙老师，你理不理，我免费给你理！"天主还哪有心肠在他那里去理呢？

　　还亏这些学生，就是许世虎那一班的，遇上天主，都还叫天主"孙老师"，没有出现荞麦山中学许多教师说的学生毕业出去，就不理老师的情况，天主对此就感激了。许世虎来，与天主说起："你那班的学生还好，见了我都叫'许老师',使我很激动!我那一班的小杂种些,就不同了!见了我,愣眉恨眼的。"

天主不知命运是如何这样的丑,壮志难酬,又百无聊赖,他也算起命来了。他对《易经》也很通了,顺便将自己的命运一排,呆了一呆,发觉日后越发的不济,立时愁上了心来,哀戚不胜。孙富华也请天主帮他排一番。天主刚排出,即已绝望,把书扔了。

下一星期回家,孙富民的天主也排一排,越发灰了心。从此天主日日垂头生闷,大感末路已近。这一晚上孙平玉难过已极,又叫天主:"你帮我算算,我这命怎么苦成这个样?可还有希望好转没有?"陈福英说:"四十几了,还转什么?即使能转过来,人都要老死了。"

天主真算起来,排出来时,又哭丧了脸。孙平玉问:"咋个样?"天主本想瞒的,但本性不会瞒人,说:"爸爸十年的旺运,已去七年,只有三年了。"孙平玉问:"以后倒不如现在喽!"天主说:"以后衰运,即连你前半生任何时候都不如了。"孙平玉一听,面色倏变,坐了下来。天主立刻后悔了,想该欺瞒才好,忙假意又排一阵说:"刚才被我排错了!从明年起,就是大旺,十年!"孙平玉听了高兴起来。陈福英又忙说算算她的。天主是排都没心肠排了,也说:"好得很!"孙平玉、陈福英叫天主:"你的怎样呢?"天主也说:"更好了!"孙平玉、陈福英说:"你的既然是更好,我们的也就尾着好了!你还在小时,一个算命先生就给我们说:'你们以后,就靠你家的老大了!全家人都要沾他的光呢!'对照这几年,还不是被那些算命先生算准了吗?"天主只暗暗叫苦:"不知以后缺失了我,这个家庭还会靠谁呢!"

天主这下拼命地忙着整理他的作品,共计:新诗八十首,旧体诗一百三十首,词九十阕,散文八百二十篇。《孙子操》四百二十篇,约一百五十万字。

暑假倏忽而过,这日天主与孙富华正向吴明朝处借了四百元钱,打发富华上学去。

富华临走，还是那句话："大哥，你的才能全被浪费了！在这里，你不可能做出什么成就来。还是走了好！"天主说："你放心，一两个月后，情况就变了！"

天主送富华走，已是开学了，张一行也没说什么。天主想了想，回头写个"检查"去，却全是分辩自己的理由。文章很长，天主后来也记不得写了多少。只是张一行看到天主写："即使要和人斗争，我也要到更广阔的天地，到更激昂的时代去斗争才值得。"脸都气紫了，天主也不管，回头朝宿舍里来。

吴明道、梁榕、蒋迎红都走了，下米粮坝去。梁楠也分在斗五乡中心学校去了。

孙平玉难过已极，说："这个家这债是还不清了！我也干脆去昆明打工，挣两文钱来还账了！不然是还不清了。"天主听了，心如刀割，劝孙平玉："爸爸，这账我一定还清！你还去打什么工！"孙平玉只不听。终于天主到学校时，到昆明去了。

这时天主就接到富华发来的电报，说昆明招聘记者，叫他快去。天主想自己在这里什么都干败了，这下是只有走了，再不能顾虑什么了！这一夜，天主边走边呆呆地站下，问自己："兄弟，你如今在哪儿！你比历史上的多少英雄，逊色多了！他们连整个宇宙都输得起，你却怎么连迈向世界的勇气都没了呢？"

次日回到荞麦山中学。想自己是陷入绝地，非得走了。到街上许元朴家，借得二十元钱，尚差十二元，只好向荞麦山卖票的赊了车票。回中学煮了一锅洋芋，在包里放好。一夜不睡，呆呆地望着寂寞的屋子出神。次日天明，来路口拦上车，走了。

第七章
尾声

九十五　昆明当记者

天主一路怀着悲壮的心情南行。没料车到噜布乡就烂了。别的都是上路才买的车票，逼司机退了票另拦车走了。天主的是站上买的，没法退，只好在那里住了。入夜就进来两个面目凶狠的男人，盯着天主。天主被吓昏了，自己身上钱没有一分，今晚再死在这里，就更没意思了。他忙找那女主人，要换房间。那女人说："别的倒没有了，只有我女儿那一间了。"带天主上那楼。原来这是一进门连着的两间房。外面间一张床，里面又一间，却是用点纸板隔开的，也没有门，只挂一块布。她就叫天主住外面这张床。久后那女的进来了，瞟了天主一眼，掀布进去了。里面灯亮起来。女的把衣脱了，灯把身影投在这边纸板上，扭来扭去的。天主不管，只顾想这一去昆明怎么办，后来那女的只挂个内裤和乳罩出来，装找东西的。天主想怎的落在黑店里了，焦了一夜。女的在床上翻到半夜，才睡了。到天亮，起来恨恨地望天主几眼，出去了。

天主起来，就见聂传顺父子刚驾车从楼下过，急忙叫住。他们买了饭，天主跟着吃了，随后借了五十元。车修好，天主他们才又上车，第二日晨到了昆明。

天主即去找富华。富华跟人去画广告去了，天主就在他与外面的学生租的民房内睡着了。下午富华才回来，才说孙平玉到昆明，人都嫌他老了，扛大包出不起力，到通海挖地去了。拿出晚报来，是都市日报《经济生活》招聘记者，天主也喜。富华赊了饭来，二人吃了，忙到报社报名。两弟兄尚不放心，又去请潘长君帮忙挂了个电话给冉立义，才高兴而回。

后两日考试，题为《对当前社会问题的思考》，天主写了《论中美关系》，因为这都是他平日思考着的内容。那个叫冉立义的马上说："你就跟我们在这里了。"因对其余二人说："不错得很，是栋梁之材。"

第二天天主再去，冉立义就开了一张采访介绍信。天主说他所知的就是广告行业，于是给了天主两日之期限。于是富华带着天主，先是采访辽远广告公司，后是夸父广告公司，再后是雷德广告公司。采访辽远广告公司时，那经理极不高兴。说："今天这个来采访，明天那个来采访，都不见写了登出来。"天主和富华乃保证这一次是非登出来不可的，于是乃采访了一阵。后到明宇广告公司，那公司经理不在，害天主兄弟两度上门。观二人均衣着褴褛，大为不理，带进办公室就无人来过问。坐了两个钟头，二人怒气冲冲地去辞出，那里也不留。到蓝亚高技术广告公司，也是只把他们编印的材料给天主一份，就把天主扔在一边，并不过问，天主盛怒而出。倒是那些极小的广告公司，热情地向天主介绍情况，天主详细记了。这样终于勉强凑了。有些还该采访的，如市工商局广告管理处，却也没办法。交来大家竟极为满意。冉立义就说："发个采访本给他。"又指了一张桌子给天主，"你就坐这里。"并把钥匙给了天主一把，把天主身份证复印登记了。没几天给天主办了一个记者证，天主好不高兴。

天主初来，分文无有。刚得了《经济生活》报社所开采访介绍信，即两手托着，去找秦国安借两文钱。但秦哪里肯资助天主如此好事？终是一分钱没有借到。普成杰也说没有。天主明白是他们不给自己。去向吴明鼎等借，都说没有。天主没法，吃饭还得叫富华赊着。一日两弟兄满街采访，天主不识路，就由富华带着。脚走疼了，两弟兄上公共汽车，只有两角钱，扔进去，又被司机赶下来。只好走了回去，没料就收到孙平玉寄自通海的七十五元钱，两弟兄哭了。

一天回来，就见孙平玉呆坐在学校下边的小饭摊前。他说："我一去就病了，没得办法，只好回来了。这钱也难挣，我想回家去了。"下午一同遇上杨真。杨真见孙平玉破衣烂衫的，听天主介绍后，对孙平玉说："养了个好儿子啊！"冉立义也倒好，对天主说："小伙子，艰苦点，苦练三个月你就出来了。"把他的旧自行车送与了天主，他另买了一辆山地车。

天主终于领到了稿费。冉立义对他不错，工资每月三百元。《经济生活》效益也好。冉立义又有才干，满城著名，天主也倒认为遇上个好领导了。很快冉立义就被提为总编助理，仍兼着《经济生活》的主编。

天主住在城北。那周围都是杀牛的，半夜杀牛的惨叫声传来，总令天主不舒服。牛血、洗肠肠的脏水又到处是，又脏又臭。这一间里呢，是堂琅坪人萧佐租的。他原是富华上一级的学生。因家境贫寒，又只顾出去画广告，被学校开除了。他倒也不回家，就在这里租了。富华和徐照川原是为他画，被他狠吃了几百元，没办法，两人只好去广告公司包了来画。晚上，徐又带几个同班的姑娘来，在床上嬉闹一场，就上床睡了。天主和富华睡地铺，大觉有风湿来临之疾。天主大为苦恼。

冉立义倒是有才华的人。他佩服天主，天主也佩服他。因他极看不惯报社里的种种行为，提起来就骂："某某报社养了他妈一百多条猪。"

时间稍长，天主才明了报纸的一系列运作过程。他在昆明呆之既久，每夜盯着昆明之灯火出神，感觉法喇村与昆明差距之大，悲哀之甚，就想艰苦下去，努力写出一部《法喇人在昆明》来。

富民在家，过了年，春耕过后，跟着蒲国亮到昆明北站来打工了。他苦得两文钱，又来天主他们这边。这一早天主、富华都没钱吃早点，唯富民有十元钱，拿了出来，和天主各要了一碗面条。富华又带同班的一人下来。天主和富民愤怒，站起来走了。富华和那人大为尴尬，只好又回去了。

富华和徐照川就去包了北面山上一户人家的几间破屋，每月二百元。想要搭个架子，改造一番，在那里画起广告来。这一晚富民也在这里，一时齐刷刷地搬了过去。天主和富民就住在那野草丛生之所。半夜,就有十几人来收房租了,气势汹汹地进来,把天主和富民吓了一跳。天主忙说自己是报社的,上来找富华。那几人见此,去了。又有联防队的,来查夜,见这荒野中有灯光,忙来盘查。知天主是报社的,问到报社的两个人名,天主都应对正确,也去了。

一夜好不容易过了,第二日天主、富民找到富华,就叫他赶快搬回学校宿舍来住。富民吼富华:"昨晚不是大哥在那里,可就惨了。"天主劝住,心知富华处境也极可怜,毫无办法。富民是决意要回家去了。天主也说:"你搬回来吧!我去报社办公室里睡算了。"富华追着,泪要涌出。天主说:"你租那家,我打电话去退了。"富华答应,抄了电话给天主,说:"恐怕不好退了。我们租了,姓苏的才叫人安上电表、电线、电灯的。"天主说没事。别了富华,一路挥泪到报社来,打了电话,一个混沌的男人的声音。天主说了,知是报社的,只好说:"退就是了。"天主说:"那害你安了电灯等,不好意思了。"那人说:"小事,小事。"

此后天主在报社办公室沙发上睡了两晚上,被总编发觉了,急叫搬到他父母那里去,他父母已退休。天主于是每日在报社上班,早晚在市委食堂吃了饭,晚上回去睡觉而已。

富华这下才得天主支撑一下。天主有了钱,也拿一百两百的给他。天主拼命汇钱回家,想要把债还清。

天主当了记者,一时在全县引起了震动。教委一伙人认为这下更棘手了,法喇村人更是嫉妒者众。王元景一听天主去了报社,急忙去逼孙平玉要贷款,说:"那孙天主不知跑到哪里去了!欠我已久的款也不还!赶快去找他回来把我的款还了。"又跑到荞麦山中学,向张一行说:"孙天主欠我八百元的款,把他的工资砍来给我还贷款!"

在凉亭这些人,一犯了法就来找天主,以为天主当了记者,杀了人也救得出来的。先后有孙国达带了谢庆忠等人来,找到天主说谢庆强在农场被管教带出来给私人干活,把大脚拇趾砸掉了。又有陈福川的弟弟偷大蒜被公安机关抓捕,也来找。又有陈福体、吴安生偷大米被抓,也来找。天主说救不出来,谁相信?见实在请不动天主,即大骂而去。而孙家人还在狂吹天主如何如何行。全村人、全荞麦山乡人都在狂吹,说:"了得,了得,如今当了记者了。"

  冉立义主持了几个救助失学儿童的报道,全是天主写的。很快一些企业投出钱来,短短三个月中有一千多名失学儿童复了学。天主想法喇、荞麦山,甚至全县有那么多失学儿童,但教育局那一伙,虎视眈眈的,天主也不好联系。倒是法喇村,还无论如何好办,只要群众欢迎就行了。他做好准备,与冉立义说了。冉说可以,就连同电视台一起干吧!

  刚好这日孙平玉忽然由富华带了闯来,天主问来干什么!他说听说昆明有尿素。荞麦山一带正缺尿素,他来凉亭想想办法。天主说:"想什么!我已与你说了,这个家不是靠你的能力能振兴的了!我早就劝你歇着!能振兴不能振兴,反正我们尽力就是了。"于是吃了早饭,他已因在车上一夜未睡,瞌睡起来。天主叫他歇一阵,他不歇,又和富华一同出去了。天主就叫富华去,和父亲一同回家采访了来。富华自去准备。孙平玉去了凉亭村。天主满眼是泪到了报社。把一组稿子完成,编好,交给划版的小罗,忙跑到凉亭村来,在蒲国亮家找到孙平玉,孙平玉没联系到化肥,就劝他回去。孙平玉说:"来也来了,我也在凉亭打两天工。可惜我这点路费钱了,要把它挣回来。"经不住天主一再地劝,忙过来拦车。孙平玉昏头涨脑在来去的车间蹿,天主大惊失色,忙拉住他走。才见父亲一圈鬓发全白,腰也弓了,额上、面颊上全是沟回的皱纹,一时悲哀地想:"父亲老了!永远无法年轻了!"泪就要涌出。而回头望望,沉沉暮霭里茫茫无边的城市,只有这苍老的父亲与自己最亲!然而还能相守相依几年呢!一时哀戚不胜。上了立交桥,就拦车。车来,富华拉了孙平玉上去。车走了,天主又想,这一夜及明天的夜车,又不知何等的难挨。车去了,天主还一直呆站着。他忽想:百年之后无论千里万里,无论天涯或海角,他也要回到父亲身旁,一抔黄土永远相伴着父亲,报答永古难了的父子深恩!

  过了四五天,富华即回来了!一回来就说:"了不得,太惨了。"是个周末，报社无人。二人买了几个面包，就到报社。富华念，天主写。富华流泪，天主也流泪。写了一整天，近二万字的初稿拉了出来，泪不知流了多少！第二三天改，仍是改一处，为之流泪一处！天主大觉悲哀！

因富华照的照片不行，采访也未尽全村。天主决心自己去采访一番，回了法喇村。法喇人见天主，如见个仙人一般，从头看到脚，从脚看到头。吴光兆、姜元坤说："小伙子，我们简直是崇拜你了！"吴明义说："只有人家孙富贵，敢称'孙法喇'！在报纸上印着的！孙法喇就是他的名！除了人家孙家，全村几千人，过了几百年，我家吴家、岳家、陈家这些人，谁敢称'吴法喇'、'岳法喇'、'陈法喇'？"而道角有个乡干部跟吴耀庆到法喇村来玩，问吴明雄法喇历史上出过些什么人物？吴明雄说："有嘛！现在就有。我们县刚下台的农业局长、商业局长，都是我们法喇人！"那人说："小小乡科级这号的，我家那地方一搂就是一撮箕，算不得。"吴明雄说："别的倒没有了！就是人家孙家有个小伙子，跑在昆明去当记者了！"那人即刻肃然起敬："这就算得了！从没听说我们县几十万人，出过一个记者呢！"鲁成民则说："孙江成埋他爹时就说：他家祖坟是要连升三级，这是我听见的！孙天主考取大学不是一级？当教师不是一级？当记者不是一级？"

孙江才闹辞职，乡党委这下换了书记，立刻批准了他。安国林拼搏一番，终于称心如愿地调离法喇村，兴高采烈地去左角塘村当党支部书记去了。罗昌兵当了村长，未得调离法喇，最是不高兴。吴明洪忙了半天，他有两个超生的，法喇人唯恐他爬上去，争先恐后地告！终于上不去了！而新支书是木一人，叫周汉龙，一年到头就在家里忙农活，不会到法喇村一次。而谢吉林则因那年地区文联发了篇《法喇诗人谢吉林》，对天主一直感激得很，一直跟着天主采访。

这年地委村建队赴米粮坝县开展村建、扶贫工作。县委把他们放到全县最贫的荞麦山乡。荞麦山定了七个特困村，法喇是其中之一。村建队长华彬在前次富华回法喇村采访时，听说是报道了救助法喇村的失学儿童，即跑到天主家来，找到了。这次听天主回来了，富民又去喊，一时都来了。

先是村建队与天主谈起来。天主说:"扶贫的思路是有的!即如法喇村,穷在哪里?穷在观念,穷在无人组织!黑梁子、横梁子、拖鸡梁子,全是石灰石,离堂琅坪、铜厂梁子的煤又近!办个水泥厂,一万年也用不尽这些石灰石的!水泥的销路,根本不用愁。再就是法喇有近四十万亩宜林宜牧的荒山,我主张全种冷杉,以后搞个生产白卡纸的厂!还愁养不活这四千人!四千人不嫌多,四万人也可养的!"此言一出,华队长即拉住天主的手,大喊:"太好了!根本想不到这一招!你看我们在荞麦山大山上跑了几个月,皮鞋都烂了两双了,就是没有好主意!等你在法喇村采访好了,一定到乡上,我们大吹一通荞麦山乡的发展思路!"其余工作队员也大为兴奋,于是去了。

吴光兆等高兴极了,说:"我们就该请孙天主回来当这村长!带领我们成为全省、全国第一村的。"他兄弟吴光鑫说:"我二哥莫心热,按照常识,法喇村富起来了,孙天主先要顾哪家?要顾他爷几个!然后才顾他孙家十几家!然后是他外公、舅舅家这一陈家!最后才轮到你我弟兄!你说任何人来当这村长,再怎么富,对我们有多大益处呢?"吴光兆说:"你说的也是,但孙天主不是这样的人!一定不会这样的。"吴光鑫说:"我二哥你白干几十年的工作了,品德好不好,是靠得住的么?没钱时大家的品德都好,有钱时,谁的品德好过了?到哪山说哪山的话,此一时彼一时,你保证得了?莫以为我是个农民,在社会上看了几十年,看通了!天下人都是说的一套,做的一套!"

孙天主召集了全村社长来凑情况,接着第二三天又全村的走一遍,果然情况可怜得很。到第三天,文章写得差不多了,也就听说吴光兆两弟兄这番议论,已传遍全村了。天主笑着说:"这议论对的。我也保不定我不会变坏!所以人生修养,必须时刻加紧。"又回到村子下边。孙平文、魏太芬每见天主回来,站在屋外的,就急忙跑进屋里去。孙江华倒心平气和得很,说:"富贵,你做的是好事,法喇人也就望你了!你好好干,给我们孙家争光!"

天主回家，想想这两种情况。孙平玉、陈福英说："从你一去报社，这一大家人的变化大得很，见了我们，气也不吭一声，都把脸丧圆完了的！从不与我们打招呼！倒是我们一遇到，赶紧与他们打招呼，生怕得罪他们似的！更不敢有一句话夸你如何如何了，可还是不行！心中的嫉妒，一直消不掉！"天主说："天呐！我才挂了个这么小角色，连个正儿八经的职业都没有，算个流浪人！天下比我强的，天上的云一般数不清！就值得这等嫉妒了！真是古人有言：'嫉妒之心，骨肉更甚于外人。'孙平文大爸比孙江华大爷爷家更嫉妒我！孙江华、孙江才两位爷爷家更甚于吴家、陈家！吴家、陈家更甚于外村人！天下通理矣！至于统治者'宁赠友邦，不与家奴'，也仅此理了！"富民说："孙江华大爷爷是嫉妒了几十年，嫉妒不起了。孙平文大爸是才开始嫉妒，嫉妒心旺成这种样！嫉妒上一些年，也就一样了！"

孙平玉说："你孙江才小爷爷同样嫉妒得很！原来他吹的：'说我家的祖坟怎么发怎么发，不就是发在我头上来了！有个算命先生帮我算了，我三十九岁还要高升一级呢！'只有他这么想罢了！别的谁不是明眼人？难道看不出来！去年他三十九岁了，怎么不见他发呢？哪年就要辞职要辞职，他拿的把式是让人以为：法喇村情况复杂，是出了名难治的。他轻轻省省治了这十来年，居然无事！以为无了他，就无人治得下来了，再者别处的人也不敢来！所以以为乡党委、乡政府要来求他，自己先把姿态拿起。只有你孙江华大爷爷劝他：'孙江才，莫要失过称，把姜卖完了呵！只要是铃铛，挂在哪条狗脖子上都会响！即使是三岁婴孩，宣布他是支书，全村人谁敢不服的！你这支书，憨包傻瓜都当得下来，你莫自以为稀奇，自高自大不得了！'他不听，又写辞职申请，乡党委马上批准。这下他知道完了，才来找你大爷爷想办法。你大爷爷就举例子：'姜太公七十二岁了，穷得无法。他老婆认为他是没出息了，跟别人去混了。结果姜太公遇到文王，发迹了，点将封神，登坛拜相。黄氏回来，要与姜太公重归于好。姜太公命她打一盆水来，倒下地去，水马上渗进土里去，姜太公才叫她把水一滴不失地收回来。她说哪里收得回来，姜太公说这就对了，我与你的关系就像这盆水一样，叫做覆水难收了。现你与你那支书的名分，也如这盆水一样了！好好去当你的农民吧！'理也不理他，就走来我们这里说了，说：'孙江才这猪头！好好的支书不会当！我警告过他多少回，他就是不听！我叫他好好地当着，祖先来此近百年了，好不容易挣到个支书代代传，莫要把它弄丢了！硬不听！这下丢了！喔嗬！喔嗬！被老鸹啄去了还有个想头，这下连想头都没有！'所以你小爷爷也是嫉妒得很！"

第二天天主到荞麦山去。沿途学生见了天主，高兴地喊："孙老师回来了。"到了荞麦山，华斌等吹了一阵。天主说："资源是丰富，就是没有人才，没有转变观念！可惜！"谈了一日，商定了合作的渠道，但也只是华斌等心热。乡党委、乡政府那伙人，口中佩服天主得很，说："厉害！厉害！"但知天主洞悉其内，根本不欲让天主参与到扶贫济困中来，一句也不谈起。天主明白，大家也就吹。华斌悄与天主说："我们早与乡党委、政府这一伙矛了。一要改革，就要触动人的利益！一触及着人的利益关系，就什么都来了！有好多村干部纯粹不像样子！我们想剔除几个去！但乡党委、政府的人，也护着！所以我们要来改革，难呐！初来时哪里想到有这么复杂呢！想我们是堂堂地委村建工作队，代表地委来的，好办！其实一点都不好办！就如法喇村，原来那支书孙江才不撬不动，换了！新支书龙汉高倒反我们村建队的四人去法喇村好好坐着，他却一年到头不去一次！这当什么支书！我们提出要换掉，乡党委就不同意！所以这村建、扶贫，最终可能是有名无实！你敢闯敢为，敢说敢干，我们早听说了。说在你心里：我们要力争在这里大干一番，方不负地委领导的希望！关键时刻，你要出来使一把力，撑撑腰！"天主点头答应！

接着就遇到王元景，脸红成一片，硬着头皮对天主说："好了、好了，你倒好了！"天主已知父母卖了粮食，把那八百元还了。见他满脸不自然，知其心中嫉妒得要命。又遇王勋众，也是满面羞愧，把红了的脸撇过就走开。到了荞麦山中学，开头就遇周文朝，老远见天主来，红了脸，打一个招呼就走了。张一行也然，见了天主急忙走了。全校无一人不狂惭大愧的。

天主把这采访好了的材料收集收集，回了昆明。又是边写边哭，终于写好。冉立义一看，大惊失色，说："这是天下第一文了。"爱不释手，然后说："发不出来，只好不发了吧！"于是那稿子打印好，也就放下了。被诸人你复印一份，我复印一份，各扯了去看。这一日天主遇上米粮坝县委书记、县长。二人见天主，惭愧了一番。天主把这写好的文章给了二人一人一份。

不表此文未发，却说天主这日正沿街走到报社，忽听有人喊"孙老师"，停脚回望，却是齐晓岚和成辛肖。天主一见他们的衣着，就明白二人在干什么了。二人见天主脸色，怯了。天主说："何时到昆明来的？"二人说："刚来。"天主说："做点正事吧！难道我教三年书，就是这个样？富贵不能淫，贫贱不能移！为人要做男子汉、大丈夫！要用自己的双手和智力，用正常的谋生方式养活自己。你们是女的，我同样要求：要做大丈夫！"二人愧不能言，只恨逃不开了。天主还有想说的，也想想人生艰难，就不说了。她二人忙说："孙老师，我们走了。"红了脸低头一直跑个无影踪。天主站在原地，悲不自胜！猛地一拳，砸在自己额上，一时一声巨响，把周围的人都吓了一跳。拳头、额上一片疼，天主才明打重了！一时摸，额上已鼓了起来。天主才叫糟糕，万一一拳把头打坏了怎么办。到报社，一照镜，额上肉全青了。

那篇文章越传越远，越传越广。天主想收住些，也没了办法。人人皆道未见此文，不知百姓生活之艰。天主说："我生在那村庄二十来年，从未离开的，尚且不知道，采访了来才大吃一惊的。"有人说："那么高层更不知道了。"天主想想，也是的。他自己尚且不知，何论乡、县、地区甚至省和中央知道呢！他一时兴动，把该文寄往中央去了。

《经济生活》越办越火，冉立义也升为总编助理了。同时升的有曲年，也极有水平。市委领导极看重此二人。不料冉立义去南华，就去嫖娼，被捉住了。回来报社一讨论，再不留情，把他党籍开除，总编助理也抹了。全报社的人，谁不怕他升了上去！他早扬言要向社会公开考聘记者、编辑,庸者下,能者上。此时大家无不攻之。冉立义不久就离报社而去了,多少人又可惜,说一大人才消失了。

一日天主正在一个县采访一个刑事案件。忽然富华电话找了来,说:"大哥,你是不是向中央写了一封信?"天主一惊,说:"你怎么知道的?"富华说:"我刚从凉亭村回来。爸爸带信来,说县委的到我们家去了。三哥到荞麦山,听乡中心学校的说是你写信给中央,才去的。"天主说:"那么就是了。我明天回来再说。"

天主匆匆采访完毕,坐夜车返回报社,急来学校找富华。富华拿信出来,看了。原是县委办、县教委、乡政府、乡中心学校去了四个人,看了小学,又看了两户穷的,就去天主家,看了一番,说:"果然困难。你家有什么要求,可以提一下。"孙平玉不明何事,说欠了五千多元账,没还清。富民去赶荞麦山街,与秦国书进乡中心学校教导主任赵书年屋里。秦问:"校长呢?"赵说:"去你们法喇了。"秦一惊,因为群众正反映他也不好好教书。赵说:"你们那孙老师写封信给中央,中央批给省里,省里批地区,地区批在县里,叫必须解决群众困难。县上来了两个,叫副乡长、校长一起去看情况去了。"富民回来,孙平玉才知是这么回事,说:"怪不得当官当滑了,来硬是不说原因,只是看,看了就走了。"富民说:"是对他们有害的事,他们还说?对他们有益,他们就说了。"但毕竟被地委村建队的传了出来,说:"这下你们法喇好了!有中共中央总书记、国家主席的批示,谁还敢抗拒不遵呢?"

华斌打了电话来:"孙兄,干得好!我根本没想到你能这么干!"但过几天,又打电话来:"你处境不妙啊!这县里的人都说:'孙家这小杂种太活腻了,尽跟老子们作对。旧账还未算呢!他又添新仇了。比法喇村穷的,这全县要多少,一孔之见,就抓住不放!老子们不管,要管他来管!这种狐假虎威的把戏,谁不会玩!一个法喇村、荞麦山滚出去的毛贼,就想拉大旗来支配人,想操主动权!他小杂种弄错了!没门的!'"天主说:"就是这话了!所以有什么希望,比法喇村穷的我知道有,而且多!但谁敢欢迎我去采访呢!说一孔之见也行,但只要是真实的,半孔也可以的,四分之一孔也行呀！那么是没希望了！"华斌说："我们是在尽量争取这次机会，这是东风，借不到的呀！我们还是要合作，加油干的。"天主说："好。"

但县委调查回去，也就不提了。很多人打电话来给天主，愤怒地讲了与华斌讲述同样的情况，叫天主再写信给中央，说说这些情况。天主想大没意趣，也不写信。这一日是岳英贤打了电话来："没希望了！你只管顾你一人去了吧！好不容易中央睁只龙眼看了一下，这是多么难得的机遇呀！而遇上这伙杂种，可惜呀！可惜呀！"

九十六　考上公务员

天主也想走了，他也觉终日写些社会上的鸡毛琐事无意思。而且有许多还发表不出来。他注意积蓄了钱，共有两个月，得了一千八百元，一分不花，蓄了。新主编禾佳文极为挽留，天主仍未留下。买了上海火车票，走了。

半夜里火车驶出了昆明。天主一路在想，自己是幸运的，至少还得如许漫游中国，而荞麦山诸众，无能为也！黎明时过宣威，在乌蒙山的桥隧间迎来了曙光，云南已落到后面。列车在贵州境内整整运行了一日。阳光明媚，景色美丽，抢过了一重又一重的山峦。天黑时进入湖南。天主通过车窗盯住外面朗月彻照的湘江大地，尽但见奇峰秀出，江波茫茫，果不愧为潇湘大地。天主一想来到毛泽东的故乡，即无比激动。天主想此际云南已被隔在千山万水之后了。天明时车过罗霄山，由湖南株洲入江西萍乡。大地南高北低。平野茫茫，无边无际，天主想脚下就是鄱阳湖平原了。车一直向东，由江西玉山县进入浙江江山县，境界立时大为不同。海拔低了，天主老早就想大海在望了。列车前面抢过一个个小小的山头，又是小小的山，不似滇北高原上所见的巨峡深谷。天主觉大海在召唤，眼睛一直盯紧了前面，想一直向东走，走完全世界。

一入浙江境内，又与江西不同，处处凸起农民的楼房。这里的先进比之于云南的落后，天主想昆明是被封闭在茫茫无尽的大山之后了。以后车过衢州、金华、义乌，地势更坦平，景象更舒畅。天主此时想，必须要叫富民到这江浙来闯个头绪出来，否则锢在云南就完了，就是富华，也该朝此方走。要建立人生的辉煌，就得朝此中去。过了诸暨，天就下起雨来。同行两天，有的人下车了，天主好不留恋。劲风疾雨中，车过了钱塘江大桥，两边烟水茫茫。天主想这下就来到这东海之滨了。从杭州东进，天就黑了，雨仍不断，天主透过车窗朝东面看，想自己已行在茫茫的大海边上。

车内因在杭州下的人众，寂寥起来。天主两天来的壮志，尽化为深深的哀愁。此后过了嘉兴，但见夜幕下千里煌煌，高楼不断。天主想果不愧为中国最大的城市！

一出站，天主即被广场外的高楼和广告牌慑住。他忙去买北京的票，挤了半日，终于买到明天夜里发的车。天主才在附近登记，住宿了。夜里就想：不来看不知道！花钱买世面看，是十分必要的！以后即使借了钱，也要到世界各地看看的。为开眼界也可以不计代价！而自己现在近二十五岁了，始得来此，不觉大为悲哀！次日晨，天主即忙起来，买了一张城区地图，走出去观赏一番。一看高楼林立，岂是昆明能够比的！心境非常，启示也非常！想起罗昌兵叫罗发田到昆明闯，不觉就笑了，何不叫他来此闯呢！天主又想起自己教的那群学生，如今是全完了！他今日在此，在满城上千万人中，不可能遇到荞麦山的人！谁也不会来此闯，也不会意识到要来此闯！

天主坐了郊区公共车，到川沙去。他要看看长江口和东海，圆圆久已做着的大海梦。车行一阵，到了。天主下去，只管认路向东走，不久但见南北一线，海水茫茫。天主心中激动，站下来一任海风吹拂，说："终于到了。"观了半日，才回头来。故乡的水就和这里的海水相接，但已不是故乡的水，而是异乡的水了，天主也再找不到历史的陈迹。他没有钱，不然他真想由此东去，横涉太平洋，穿越美洲，再渡过大西洋，登上欧洲，把全世界游遍，把世界优秀文化都学尽，再回中国来。

回来时天主就想,值得了!自己比晏明星、欧阳红、许世虎、邹理全诸人都值得了!自己能跑来看看大海,而诸人是不可能如此了!

到下午,天主到外滩来。登上一看,高楼无数!人们都在笑,和天主同样的心境!再从外滩过来,见了许多书店,单是计算机专营店,就有好几个。天主惭愧万分,想昆明那些书店都成了小摊点了。这才是知识的中心!在云南就是倒霉!想富春要是能得从小在此中读书,那就太好了!

天黑了,天主回火车站来,候车半小时,火车启程。出得城来,月色大明。天上圆圆的月亮,仿佛就悬在大海上!四周空阔无边。天主心内兴奋得很,想今晚就要经过南京!六百年一去不返,如今始回,悲哀是难以言说的。而自己的父母、亲人,仍在那小小的法喇村,过着寥落的时光。火车很快过了昆山、苏州、无锡、常州,到了丹阳,始见大地稍稍不平,火车有爬的迹象!到镇江,南面高山,大地向北倾斜而去,夜里根本看不清楚,果然是虎踞龙盘。天主就都在想:不开放就没有前程!开放才有出路!永远地开放才永远地有出路!最大范围地开放才最大范围地有出路!一刻不停地开放才一刻不停地有出路!开放止时前途止,开放始时前途始!一乡一县封闭不行,一省一国封闭也不行。地球自封不行,太阳系自封不行,银河系自封不行。

孙氏家族的六百年,就埋葬在云南的大山里!没有谁想到要回来。六百年中也无人回到原来的高度。而这六百年世界巨变,中华落后了。

火车穿越过隧道,夜里到了南京。可惜城市看不见!到了站停下,天主望望外面,明白在这祖先居住的地方,自己成了异乡人。车从南京站开出。不久就觉上了大桥,看前面也是巨大的桥!天主惊诧于那桥的宏伟而高大。火车冲了半天,隆隆地响,看看竟还在岸上。其后接近从城里直接出来的公路大桥,天主始明上了南京长江大桥了。火车在桥上一直向前狂奔。天主一直凝望着后面城市的灯火和大江,想象"九江皆渡虎,三郡尽还珠"、"虎踞龙盘今胜昔,天翻地覆慨而慷"的感受。过了江北,南京已远,睡意立刻扑向天主来了!

第二日晨,火车已到安徽宿州,天主仍不时地睡着。平原辽阔,令天主极为振奋。窗外景物稍与江南不同,天主想,怪不得历代称江南好呢!

车到徐州,天主才完全醒来,后进入山东。天主一直关注着下面的黄土地,与滇北没有什么不同。但是平畴万里,就非滇北可比了。过了邹城,天主想是孟子的家乡了。再过曲阜,天主又想起了孔子。中午车到泰安,天主始不以为意的。没料隔窗一看,泰山高大雄伟,顶上云遮雾绕,果然名实相符,全然一副峥嵘魁梧的石山。天主想,怪不得历代来此封禅呢!哪知从泰安往北,石山棱棱,神奇雄雄。天主不禁起了"大齐风物劲"的感叹。什么样的水土生育什么样的人,怪不得山东汉子那样全国出名。

中午车过济南,过了黄河。天主好不振奋!

一过黄河,就是辽阔的华北平原。天主的心浸在无边的梦想里!下午到了天津,火车向西北追逐着落日。天主心中的哀愁又上来了。听着列车里对北京的介绍,天主就心生了畏惧感。车过廊坊、丰台。天黑了,外面辽阔的灯火,天主更是着忙。到北京站,走了出来。天主不明今夜将到哪里去住。

满街地走,北京果然不愧是首都,街道、建筑更非昆明之可比,天主喜悦。向西一走,没料已到了天安门广场。天主大悦,走了上去,心想终于来了,心中很有神圣的感觉。一直游朝天安门广场、毛主席纪念堂,逛到中南海来,围中南海走了一圈,又围人民大会堂走了一圈,高兴已极。后来倦了,才在天安门广场坐下。第二日晨,就见了升旗仪式。

天主后才忙找个旅社睡下,起来,心中仍高兴得很,就忙买报纸来看,即忙赴北京夏季大型联合人才交流洽谈会去,在几家公司处填了求职登记表。由于天主不善普通话,介绍自己极为费力,对方一直听不懂,最后好容易听懂了,又嫌天主学历低。他们要的是本科生以上,也就罢了。

这日见《都市周末》招聘记者、编辑,天主忙去。那主编叫阳亚仑。天主倾出自己的全部成果,想反正就这么回事了!生也是北京,死也是北京！再没有回头之理！阳亚仑见了天主的诗，大吃一惊。说："不可想象！不可想象！"问了天主历来的经历，马上拍板："要定了。"天主喜悦，即打电话回昆明，告诉了富华。

阳亚仑见天主孤身一人而来，他就协调了一下。有两个驻站记者在报社的宿舍，其实空着的，他去借了来。天主就在那客厅住了。那屋里有太阳能、有煤气。天主下班回来，即忙煮上面条，就吃了。

如此工作了两月之久，北京都已熟了。天主这日上班，见《人民日报》登中共中央组织部、国家人事部招考中央和国家机关公务员的广告，大吃一惊，继而想自己来得太好了，这次机会刚好碰上了。愁的是自己文凭低，在不看人只看文凭的社会观念下，不知结局会是如何！阳亚仑已找了天主来，"这是我国首次面向社会公开招考公务员，这个文章很大！我物色了半天，就交由你写了！五天报名时间全给你！你交回文章来就行了。"天主打电话到人事部，问清了招考事宜。电话里说："到时，你到现场再说，我们会帮着采访的。到时我们再答复你。"

天主到这日急忙来到招考现场，忙去中央机关报名。他早把自己历来发表的东西，复印了几册装好的。那两司长说："很为难！你这专科我们不要。我们要的全是本科以上的。"天主央求一番，说："请你们今晚看看我这作品，如果都可以，明天你们再答复。我是想只研究国际战略，为国家作点贡献。"几人各带了一册，说："我们看看，明天再答复你吧！"

天主忙采访人事部在场的人员，文章写了初稿出来。晚上还找再有没有能证实自己的实力的，又忙去打印、复印了出来。第二天又忙了。中央机关那四位司长说："不错的。可以特殊考虑一下。真是人才！开给他。"就开了报名的单子。天主拿过人事部这边来，就被卡住了，说资格不够，是专科生。那边中央机关的过来帮天主说了，才准许了。天主高兴万分。中央机关那邹司长说："报名我们帮了你。这下就由你去考了。考不起，我们也就无法帮忙了。"天主急忙道谢。

此后天主就整天忙于复习，一写完稿子，他就溜出报社。沿着铁路走了看，沿北京站一直走到丰台站，或沿长安街，一直看到八宝山，然后再看了走回。更多时是就到新华门前看看，想要是冲进这里去工作就好了。不为别的，就为要证明一种真理，法喇村那个遥远的小山村的农家孩子，同样可以通过拼搏，创造出一条伟大的道路来。要让法喇人解放思想，开了眼界，非如此不可！

转眼过几天领到了准考证。一个月后，开考了。天主几科都考得极为满意的。出场骑车回报社，高兴了车骑过报社宿舍了都没有发觉。

天主一直焦急地等待成绩通知。终于最后到公布之日，天主忙跑到人事部考试中心去看成绩。自己所报的这一竞争岗位三人中算高分。天主骑车回报社，忍不住又去看。回来心又痒痒，再去看了一番。实在是中国之大，人口之众，要闯出个结果来，太不容易了啊！

过几天就由考试中心推出参加面试人员的名单，前三名都得参加面试。天主刚好是第三名。天主道："好险！差点就完了。"到面试之日，十多人鱼贯进了场。那管人事的刘司长请大家坐下。天主才见了和自己竞争同一岗位的廉成思和高启泰，互相警惕着。报考别个司的都进去面试了出来。后到廉成思，再到高启泰。高启泰面试完，出来，对天主说："叫你了。"天主进去。

原来参与面试的领导有十多人。一个就提问题："你为什么要报考这个岗位？"天主说："我近几年搞战略研究，我想竭我的才智为我的祖国、为我们民族计万世之利而搏之。在我原来教书的中学，后招聘在报社，都无法进行这项工作。所以我想报考中央机关，能够学有所用，就是我的心愿。"一个说："你谈谈你研究的东西。"天主说："盛衰治乱之理，古今无常，全在乎一个'变'字，一个'化'字。就是顺时而变，因势而化。在乎天时，在乎地利，更在乎人事，因时而变谓之神。中华民族之未来，全决于中华儿女之作为。这已是危急存亡之秋，中华民族要有未来，必须能极力抗争。否则兴可以亡，反之亡可以为兴。中华民族未来的生存环境是更艰辛的，未来的国际竞争是残酷的。国家间的竞争从来都是你死我活，弱肉强食。决没有仁慈宽恕可言！历史上没有谁饶过了谁！漫漫过去已是如此，迢迢未来也一定如此。所以整个民族必须要时时刻刻对竞争的危机感、紧迫感，有清醒的认识！……"

天主下午又去，进行了笔试，接下来只好等着了。

天主等得心焦。好不容易一日又去问了李森司长，他说："等着吧！大家都看重你。这进人与不进，要由厅机关全体领导会议决定的。按我的观点，你和廉成思两个都可以，两个我都要，我也与领导这样说了。但按公务员招考的规定，三个只能取一个。其余的，接着还有机会，不是没有了。你慢慢等着。"

同时薛彪司长也找了天主去："你离开学校出来这件事，我们已着手调查了。如果属于你的责任，那我们无论如何不能录取你。如果你的确没责任，那又是另外一回事。你回去等着吧！"天主又只好回去。

后一天，薛司长打电话来，叫了天主过去，说："厅办公会议研究，已决定同时录取你。叫我转告你：因廉成思也在录取之列，想把你换到另一个司，也做秘书工作。你愿不愿意？"天主说："任凭领导安排，都愿意的。"于是天主又回去。

过了两个多月。薛司长才打电话来："明天你也来，到医院体检。"去了，只剩最后六个人。廉成思见天主也来，吃了一惊。天主忙安慰他，说自己换在另一个部门了，他才安了心。天主想这竞争也残酷，也可怜。体检结束，都没有什么，就是天主的眼睛，由原两只视力均一点五的，左眼下降到一点二了。天主微微感到悲哀些。

天主每日坐卧不宁，一日打电话问，薛司长说已托到云南出差的几位同志去调了。但过几天，说没调成，薛司长把调令给了天主，交代说："档案封装了，即刻带来的。"天主慌忙向报社孟武民、孟七二人借得八百元，慌忙走了。他买的是经西安到攀枝花的列车，想趁此看看故乡景物。早晨列车驶出北京，向南行经保定、石家庄、邢台、邯郸，天主兴致勃然地望着车窗外的燕赵大地，东面是辽阔的平原，西面是一直南北绵延的太行山。下午车出河北，行经安阳、汤阴、新乡。天主想进入中原，夏商故地了。下午过黄河，到郑州，调头向西，已见山了。天主一夜伸头望外面的山，想这就是养育了中华民族的国土。自己的祖先也一定在这些地方战斗、生活过。车经洛阳、三门峡，凌晨，进入潼关。山河夹带，气象万千。

天主又伸头直看外面的华山，北面的黄河出神。车入渭南，八百里秦川一一展现开来。不久车到西安，天主才明，就是八百里秦川，也比京津平原狭小，闭塞多了。南面秦岭，高峻万分。北面高原，辽阔雄厚。十二点车到宝鸡，立即向南，进入秦岭山地。一时穿隧步桥，盘旋而上。天主就感渭关为一重封闭，秦岭又为一重。就想起历史上评刘备诸葛"入川易，出川难"，不得时势，仅能偏居一隅了。刘、葛二人又有何办法！若说中华历史上最堪怜的，天主就怜这二人了！只有这二人，一演"三顾茅庐"，一个"七擒孟获"。千古佳之。

越过秦岭，列车顺嘉陵江源头河谷而下。悬崖深涧，与滇东北相类。天主想真是一夫当关，万夫莫开。曹魏守之，蜀汉能奈其何！蜀汉守之，曹魏能奈其何！久后车到阳平关，又过大巴山，同样的艰难。过了来时，天主感觉全川剑门上断，三峡下绝，四面在封锢之中。他就是饱尝了封闭之苦的，大为不悦。车入江油，天已黑了。

第二日黎明，车过了大渡河，进入凉山州境。但见高山摩天，江河入地，一片荒凉。火车钻入隧道，出来时太阳或在前，或在后，或在左，或在右，忽忽不定。刚这样一感觉，又进入隧道了。行了半日，车到凉山州西昌，天主下了车。

到汽车站一问，第二日才有车到米粮坝县。这一下午，天主就在城里的书店里看了一些有关凉山州地理、历史、民俗社会状态的书度过。第二日上车，那车又破又烂，额头都碰没了的。满车的米粮坝人，车内又臭又挤。向西南行不久，爬山了。上得山来，天主估计那有三千多米了，已和法喇村一样的荒凉。天主想脚下的土地，已比北京、上海上空的云高许多了，而落后的程度，更无法想象！到这里只觉苍天最亲，日月最近，别的联系便都断绝。以后车下了河谷，两边高岩万丈。真是杳杳山中，漠漠峡里，一点感觉没了。

全车的人看样子都是县城里的生意人，或是城里的教师。因米粮坝县到地区、省城交通不便，米粮坝县人做生意或游逛，只好到这西昌来。一时天主听听尽谈这家碗大，那家碗小。无人谈外面广大的天地，纷繁的社会。天主也感觉视线被夹紧了，如今再也想不起他的国际战略来了，同时深感悲哀，要从这里闯出去太难了！

到下午，金沙江在望，大药山、拖鸡梁子直入云天，入了眼帘。米粮坝县城，小小的放在山下，一点声息也没有。山是那样的高大雄伟，令天主害怕。不久车到了江边，但见两边都是车。一江介开了两省，江边忽忽混着许多人。

等一个钟头，第一组车渡了过来。这边的车争先恐后下去，阻起了。过了两个钟头，才渡过了江，到了米粮坝县城。

天主到招待所住了，才忙洗了澡。刚出来，就遇上华彬等了。华彬说："回来了？"天主说："回来调工作。"华彬说："好，好！全县早传得沸沸扬扬了。前一个多月就听说中央机关调查你在这里工作的情况，想不到今真调了。"他们十几人，一一见了，华彬又对县委组织部长说："这是孙天主；这是县委常委、组织部长。"因说："走，一同吃饭。这是县委领导请我们下来吃顿饭，我们马上就回地区去了。"

天主才知他们的村建工作已完了，因一同吃了饭。华彬知天主要去人事局长家，就叫了两名村建人员，"你们也去一下。要是不让调，大家加点压力。我与组织部长谈完也就来。"于是天主和二人找到那人事局长家。一家人在家里，就问："你们来干什么？"三人见其气势汹汹的，吓了一跳。汪洋说："我们两人是地委村建队的。这是孙天主，他来调工作。"那人事局长脸色才不汹汹了，坐下来。天主就将人事部的调动通知的信封递过去。话极僵，讲明了。那人事局长一见人事部的，就不自在。打开看，是调中央机关的，脸色越发难看了，说："正式的调令呢？要他那里发商调函来，我们这里复函！哪里有这样调的！"就把信和那通知推在一边，不理了。汪洋就去拿那通知来看，天主也趁机见了一番，天主说："这就是等同调令了。"人事局长说："从来没有这样调的。"

天主大急，想只有去请华彬了。刚好华彬来了，人事局长与他说了几句。华彬说："孙天主这调动，能不能尽快帮他办一下？"人事局长说：

"也得问问老刘呀!"就拿电话,挂了去,那边接了。这局长说:"老刘,这里有米粮坝县荞麦山中学教师孙天主,人事部来个调动通知,调中央机关。你的看法呢?"就听刘朝文在电话里咆哮:"调天上都不行!他这一年多哪里去了?他人在哪里?"人事局长说:"在我这里坐着呢!还有三位地委村建队的也跟他来了。"那边的电话声音就小了,这边局长的也小了,天主等在旁边也听不见,只能见这局长"嗯""嗯"的点头。半日,电话放下,局长说:"他说明天我与他商量一下再说。"又握华彬手说:"对不起了。"华彬、天主四人辞出,华彬说:"望你们努力帮忙办一下。"局长说:"放心,你领导讲了的,我们都会办。"

出来,汪洋惊叹说:"一个县人事局长,这么大架子,胆小的马上就被吓昏了。这伙杂种太可恶了。"华彬也自觉受了辱,因他是副处级,没想这些科级还敢无礼。他说:"走,回去我挂电话!要走了也不管了,跟这伙杂种斗一斗。"因挂了刘朝文家,说:"刘局长,我是华彬。孙天主这调动,望你们尽快办一下,他比较忙的。"刘朝文答应。华彬又挂了组织部长家,请组织部长帮忙催一下。又挂县委副书记、副县长。后干脆连县长、县委书记全挂了。天主说:"亏得你帮这一把,否则我就陷在这里了。"

当晚就在华彬他们那一间吹了一夜。那一群人是年轻人,华彬也才三十三岁。回首这一年的村建,真是感慨万分。第二日晨,天主又由汪洋等跟去。刘朝文极不情愿地说:"好!好!这是我们县的光荣嘛!地方穷了,我们建国几十年,连省委、省政府机关都没有过一个人,莫说中央机关了。这下好了,实现零的突破了!"因握手,谈了几句,大家谢了他。说天主档案已拿过人事局去了。三人忙来人事局,局办公室主任说:"已整好了!小伙子不错嘛!干到那地方去了。"天主领了那密封好的档案袋来,大家谢了出来,又打电话谢了那人事局长。于是一同到荞麦山。县委组织部提供了两辆车,到荞麦山派出所开了户口迁移,又到粮管所办了粮食关系,又到荞麦山中学还了房子,清点财产,开了工会介绍信。一时华彬又提醒:"你的工资介绍信,履职考核等等,都要整好。怕他们使你的冤枉! 再跑一趟太难跑了。"于是华彬也来学校,张一行哪有不惧他的,都开了。于是到法喇村,拉了几位同志的行李。天主也到黑梁子,全家正在煮洋芋吃,黑灯瞎火的。天主问怎么不拉电灯,说外面的电线都被贼偷了。没有电筒,打了火把,就送天主他们下来。当晚回到荞麦山。

  按华彬的建议,说:"还要个在荞麦山四年的工作评价的。"于是过来开了。张一行说:"我们敢说没才能吗?就是性格倔强点,这是好事! 但某些场合也会成坏事! 天主你以后要注意啊,凡事要灵活一点,当然你是爬到天上去了,我们望尘莫及! 但该说的还是要说! 总体我俩第一年的关系,是好得很的。你弟弟落选那事,我也有我的难处,反正一说就知,也不用说了。反正生在这种环境,也无办法。不跟着领导滚,就只有等死了! 反正天主的性格我认得,不会计较这些小事的! 心胸也宽阔,不是尽往窄处想那种人,我也就这样胡说一通吧!"因华彬来,张一行非要倒几杯酒来喝喝,大家只好喝,又有些人上来。许世虎、刘英军、明子发等来了,也就喝,始知梁榕、吴明道等调下县城去了,吴明道调县米粮坝中学,梁榕调县镇中。

  后华彬说还要过去组织大家写总结,与乡党委、乡政府还有事相商,先过去。张一行硬留下天主,大家喝了一夜。老师们都来,祝贺天主远走高飞去了。何运德劝天主:"堂堂中央的人,西装要买一套,领带要有一条。再不能这样穿得还不如我们贫下中教了。"明子发说:"这下该学学修面、搽脸、擦皮鞋了。跟领导就是要学会抱公文包,点头哈腰。要像县委办公室那几个秘书一样。也不要这样不修边幅、衣着随便了。"范传云说:"孙老师,你怕该申请了调回地委来算了,还可以拉扯我们一下。你爬高很了,我们想请你拉扯也请不着了。"宋家坤说:"书你也不要看了! 这下是要学伸手指挥,张口命令了。你读些书! 对我们还没作用,莫说对你了!"陈兴洪说:"我们把你住的宿舍辟成'孙天主故居',让学生来参观! 我们这些老师当讲解员,把你那小板凳摆好,说当年孙老师就是如何在这小凳上读《资治通鉴》,读《红楼梦》的。把你那张烂桌子、烂椅子摆好,讲你怎样写《〈红楼梦〉评》。再把你那小炉子支好,讲你怎样每顿煮小锑锅洋芋,

第七章 尾声

皮都忙不及剥就边吃边看书，有时火烧不燃怎样急得要哭这些事情讲讲。"张一行说："这样一提起来，天主在这里那几年，生活是清贫、艰苦得很的！这下倒好了！还愁没山珍吃，没飞机坐吗？"许世虎说："你以后派几架直升飞机来，把我们这一帮人全调到北京去算了！我们也不敢去当好大的官，还是在那里办一所荞麦山中学，张老师还是当校长，我还是教初中数学，当班主任就行了！"赵玄晔说："还教什么书！天主要派我们干个县长，哼一声就行了，我们当了县长，一个月拉一车核桃、板栗来给你们吃就行了。"许世虎说："那我们就赶紧作准备。明天就全校老师都写入党申请书。张老师这个支部书记放我们一码，就大家都是党员，天主更好提拔了。"

晚上天主就与张一行一床睡了。张说："你家境也困难，这是瞒不过人的！我听说还欠了一万多元的债！你这一年多的工资，有四千多了。反正我们卡着，退还财政局去，我也不会得一分，这几千元钱你也不会没有见过的，丢得起的！但你父母可怜。有一天，你爸爸来学校里，裤子烂了一大个洞，看得见小腿上的肉，大家都说可怜。我也当过农民，认得那生活的艰辛。苦一天苦得着几文钱？四千元，要够你爸爸、你妈整整苦两三年了。你回去挂个电话给刘局长，刘局长一说，我这里就发了，叫你爸爸来领去。不然不这样，我不好发的。怕老师们有意见。"天主同意了。

张又说："不容易啊！你创造这种奇迹！谁做梦也都想不到的！要好好地干。"

次日，华彬等离了荞麦山乡，到了县城。天主也又跟着下去，等粮食局换粮食关系。华彬又打电话，刘朝文同意为天主的拟职考核帮忙。后天主又到李劢高老师家，则见荒凉多矣。门大开着，不见人，但见屋内凌乱不堪。半日，才有一个低矮的老人出来，整个身子比前几年矮了，小了一半。天主大惊，怎么成了这样子！忙叫："李老师。"李老师认了半日，才认出来了。淡淡地说："坐吧！"屋里板凳上全是灰，他就拿起来吹。天主忙接过就坐了。

李老师说:"你在荞麦山中学也不常下来?好几年没有见你了!"天主说:"我没在荞麦山中学了。"因说了情况。李老师说:"要得,这下在首长身边去,要好好地干。以后就有出头之日了。你还来看我,谢庆成这些人,见了我头一扬就过去了,令我伤心。我再过两个月就退休了,教书也就教到这点止。真是早知如此,我那时何苦要教好呢?"天主听之,大为震撼,没料他是如此想如此说了,心下凉了半截,又问:"老师有什么病不?"李老师说:"重风湿呀!严重得很,你看我这手脚都是踔的了,牙齿也落光了。"天主问:"老五呢?"李老师说:"姑娘也嫁光了。老五高中毕业,考不起,去贵州当兵去了。你既在中央去了,以后要望你帮帮他了。家里就是我和你师母在了。"天主也坐不住,刚好李老师要到学校去,李老师说:"要退了的人,也没哪个看得起。我前年就没上课了,只是到学校里去混混。"就与天主告别。天主走了几步,回头,见李老师勾着身子爬上山去,心里悲怆万分,想:"这就是我的老师,如今什么都榨干了,谁也不理他了。"心下悲哀,又想起自己来,学生毕业了,自己是常牵挂着那些学生,而从没收到一封学生的信。说绝情,真是彻底的绝情啊!

天主又到区老师家来,区老师正在看电视。一看毕竟是中学老师,还有个破旧的沙发,还有个彩电。虽都是天主在此读书时就有的旧物,但比李老师是真在天上。而比那人事局长家,则惨淡如地上了。区老师说:"好,你就是该闯给这伙杂种看看。你调到什么机关这倒无所谓,重要的是你的价值,这下展现出来了。一颗夜明珠,塞在马粪坑里是永远发不了光的。你看看你塞在米粮坝这几年!光没发成,人差点也被这伙杂种给淘汰了。在这米粮坝,达尔文的进化论是倒过来的。庸人胜,天才汰!这是一种淘汰精英、养育庸人的环境。我是老了,马上再是半年就退休了。不然老子就去北京、上海闯一番,免得在这里成天越干越窝囊。"因扼腕说:"老喽!不中用了。心有余而力不足!区沙考到南京去了,区梅在昆明。两个都是大学本科,区沙是重点。我打发他们走时我就说:'你们这一去,就不要回来了。我赠你一首李商隐的诗《题汉祖庙》:'乘运应须宅八荒,男儿安在恋池隍。君王自起新丰日,项羽何曾在故乡!'我十几年前恢复工作,就存了一半的钱的。他姐弟考取,一朝而尽。我也高兴。现在我也穷得无法啦!写了个申请去贷款。又要有抵押的,我有什么抵押!我说我只有这把老骨头可抵押了。或者就是这城里有十几个局长是我的学生,就用这帮局长做抵押!教了一生的书,教得可怜呀!县上这伙烂贼,他们当局长,当主任,谁记得我教过他们!都是三过家门而不入。你师母有气,我说:'你就是小市民无见识!他们才叫大丈夫呢!《增广贤文》上还有:结交须胜己,逊己不如无。我既胜不过他们,有何可怨的。说一千道一万怪我自己。'像刘朝文,当年老子还助学金评给他,身上的衣服脱给他穿。当年不把这书教好,难道过不得?这叫养虎遗患,虎大伤身。自搬石头自打脚。我一天无法,又想写字,又没砚台,只好拿这罐头瓶来装墨。买不起宣纸,我就只有去找些旧报纸来写,过过瘾。你来看。"就起身抱了一抱旧报纸出来,说:"这是你的诗。'古今无人展全谋,恺撒嬴政皆诸侯。天下尚未归一统,竟何扰扰说春秋!'这是'豪情寄寓征战中,人生自古一帆风。不从星际称吴楚,也须人间作霸王。'这是'刘恒鼎尽汉家业,总输刘邦歌大风。千古豪情称图画,皆在风起云飞扬。'这是'魏武煮酒青梅时,汉高赴宴鸿门日。天下英雄勤珍爱,尽在高峰斗险时。'你这些诗,我一看着,激动万分。铺上报纸就写。写一遍,觉得还不好,又写。我就每日书你的诗而娱了。哪年有了宣纸,我才把它好好地写下来,赠给你。"

随后他又说:"去了以后,好好地干。你要明白,这全县几十万人,都在嫉妒你!谁都在寄望你一失足,倒了下来,才称心如意!所以你更要明白你的处境!或有一点,你要跟这伙人斗,就得好好学习这伙人的长处。这些杂种心肠刚猛,不择手段。日日忙的争权夺利,哪管人民死活!为富者不仁,为仁者不富。政坛上也是这样。当官者不为民,为民者难当官!我听你要拉款来修你那家乡的学校,就知你斗不过这一伙人。存心为民的,都是干不成事的。因为你有慈悲心肠,别人没有,所以群众的事,你少管了,顾你自己吧!"

天主回来,到教育局,遇见史元洪。史正在刘朝文处等刘来签字,要从则补中学调县政府办,谈起来,说:"庞绍周老师听说你调了。前天在这里,我们全都找你,找不到,庞老师说他教一辈子的书,值得了。回去了,可惜不得见了。"因与天主谈起,晏明星在水泥厂,丈夫是个体户,开个汽车,说:"可惜了。我们班当时最有前途的还是她呢!"又说刘振刚。在县人事局,其余都在则补卫生所、学校等。史说:"我与刘振刚约好了,到明年想办法把庞老师调进县城来。庞老师小姑娘已在这里读高中了。"天主说:"只有靠你们二位了。我只能从心底感激你们了。"

天主又去看在米粮坝中学的秦光朝老师。他在这些老师中,算过得稍好的一个,买了摩托。听天主来了,大喜。买了酒、肉来,叫了几个人来。谈起时止不住对当官的欲望,说这下好了。天主以后可以帮他谋个科、局长当了。天主一听俗了,谈谈也就散了。

各样整好,华彬他们也要走了,大家辞别。天主没了钱,买了车票,又回家。孙平玉就忙出去借钱。孙江成来,听天主没路费了,说:"爷爷支持你。"就送天主一棵柏杨树,第二日卖得八百元。天主即将走了。见爷爷已老了,咳得厉害。富春极爱读书,日日翻天主的书读。但富春一去问罗正万,罗就说:"自己看。"她回来说:"罗老师可能是想大哥读成器了。怕我也读出来,就不教我。"天主看看,异常可怜。富春在班上是第一名,而语文只六十分,数学只四十分,鞋也烂了。富文回来,一下子暴长成了个大人,要有天主高了。吴明献遇上,说:"小伙子,这下就是北京人了,再不是我们法喇人了。"曹大姑看见,说:"富贵也有老像,额上有皱纹了。"一言说得孙平玉、陈福英怃然悲哀不已,说:"都是这个家庭磨的,把他磨成这样了。"孙江成、孙平玉都劝天主留心婚事了。天主点头而已。

同车的有赵国旺、姜黑牛等一大批法喇人,大家谈笑。到了昆明忙来看富民、富华。富民在凉停打工,凄凄惶惶的。富华又画起广告来。拿了几张发表了他的作品的报纸给天主看,一是《我的愤怒之声》,一是《我的故事》:

我的愤怒之声

米粮坝是国家级特困县,荞麦山是米粮坝县的特困乡,法喇村是荞麦山乡的特困村。我出生在那海拔近三千米的贫穷之区,穷是不言而喻的。

家庭的贫寒,穿着也就破烂;再加小时上山打柴割草,手上被刀割去了一块肉,脸上也因跌倒而有疤痕。人们嫌我丑,我并不在意。我喜欢向自己的命运挑战、向人生挑战。经过艰苦的努力,我考取了省纺织工业学校。我从家乡那贫穷的小山村走出来了。

我到校报了名,被安排在七号男生宿舍。五号宿舍的好事者就问班长新来的是哪位,班长说:"七号宿舍长得最丑的那个。"一行人拥来看了我的脸和衣服,回去就一阵哄笑。这我也不在意的。自己本来就丑嘛,因为没有换洗的衣服,身上的衣服是很脏嘛。我没有时间理论这些事。我很看不起这些有空就管闲事的闲人。

可是事情却没有完。"好心"的同学来提醒我了:因为你的丑,在教室、在宿舍里都大煞风景。言下之意是要我想办法。

我怎么想办法呢?家里因供我读书已欠了上万元的账,我还能忍心再去催逼我那靠种蔓菁、洋芋来维持生活的父母寄钱来给我买高档的西服、吹头粉脸吗?

家里数月寄不来一分钱了。为了生存,我只好去画广告、去卖点苦力,这是免不了要弄脏衣服的。我更丑了,更成了同学们吹牛谈天的对象。衣着如何褴褛、言行如何粗疏、思想如何的好慷慨和激动、长得如何的丑、家里是如何的贫穷、气质上如何永远是一个农民是个乡巴佬……听来听去听怕了,走路时我成了贼一样,时常蹩着脚走,这些毒言恶语是时常剜着人的心的。

前几天我用自己画广告挣来的钱买了一双鞋、一条裤子、一件衣服。我竟然不丑了。这些同学拥来看见,在墙角屋后又纷纷耳语:"孙富华换毛了……"

流言是可以杀死人的。历史上不少弱者在流言前倒下了。但我是强者,不可能因这两句话就倒下。但心里会发抖、抖得厉害……

评论我的人,你们靠家庭而西装革履,而吃喝玩乐;我因家庭而贫穷艰辛,而对你们的评论无可奈何——你们有资格评论我吗?

一年多过去了,你们越来越庸俗,越来越无能。我虽说也没学到些什么,但我总认为比你们学到的多,通过奋斗改变的比你们的多。

我坚信,我比你们强,要强有力得多。

十年后,我们再来比比吧。

我的故事

我家在米粮坝县荞麦山乡法喇村。那里海拔三千余米,仅出产洋芋、荞子、麦子,是特困县的特困乡的特困村。家里因供我读书欠下一万余元的债。父母被数十名债主逼债的情景是相当悲惨的!家里太贫困了,有时数月寄不来一分。在每封家信或请亲朋好友捎给父母的口信中,我都说我有钱,叫他们放心。家里寄不来钱,我就只有经常挨饿了。

有一次,我仅有四角菜票,打得二两饭用开水泡着吃了。第二天早饭都没有吃。到下午时胃直往上翻,清口水直流。我只好把肚子死死地抵在桌上。下午放学,我拖着疲惫的身子从学校走到凉亭时,已全身乏力,脚都拖不动,呕吐不止。那晚在凉亭打工的亲友那里才找着一顿饭吃。

饿怕了,便去打工。那第一次打工我终生难忘……

我和同乡卸大米,米是一百八十斤一袋。卸时他们叫我在车上拖包,说怕挣出痨病来。我说只扛一袋试试是啥滋味,他们才同意。

当他们把米袋子扶了压到我身上时,我全身立即沉闷起来,觉得有什么东西塞在胸口,呼吸都无法进行。体内掠过一阵沉闷的剧痛,直穿透我的心脏。那一瞬我想,痨病就是这样挣出来的吧!一个趔趄,我差点跌倒在地。我忙蹲下身子,躬下腰才站稳。我驮着袋子艰难地往前挪动步子,全身慢慢地变得麻木起来。离仓库仅十余步,我却用了四五分钟的时间。

我被换到车上与一位老乡拖包。尝到扛包的艰难,拖包时我极为卖力。我们两人拖一包。开始比较轻松,只要把袋子提了立在车门边就行了。慢慢地,我的汗水开始成串地掉下来,双手开始变得笨拙。那位老乡虽已卸了一车,力气却很足。相形之下,我深为自己的身体素质之差感到惭愧。随后我的手变得麻木起来。那位同乡也汗流满面,可手上的劲头却丝毫不减。往后，我只能一只手扯着篷杆，使足力气猛撑。手因急剧运动由麻木变得火灼般疼痛，神经却是酸酥的，使不出力来，袋子数次从手中滑落。那位老乡就独自一人一包地拖到车门边。他没有责备我，那慈祥的脸上完全是一种对家乡学生的理解。

分工钱时，他们照顾我，我干的活不及他们的三分之一，他们却分我十四元，而他们仅得十二元。

我平生第一次明白了打工的艰辛，挣钱的艰难。揣着十四元工钱，我连乘公共车的五角钱都舍不得用，硬是从艺术学院附中走回了学校。

我感激我那些同乡，他们因为贫穷才来昆明出苦力。说实在的，卸一车米根本不需要我，但他们分外照顾我这同乡学生。他们的心灵是美丽的。比起世上众多为富不仁者，他们是世上最好的人。

天主高兴地说："写得好了。文章就得如此写。"

忽说陈明贺、陆建琳、陈福全从西双版纳回来了。见了天主，一看陈明贺脚瘸着，天主心上一颤，问，是风湿病发作了？陈明贺听着外孙调北京了，高兴得很。陆建琳说："富贵，就坐飞机去了，还坐什么火车，这样失身份了。"陈明贺说："还要坐飞机去呀？我以为走一阵就走到了。富华忙说："有几千公里，比这里去西双版纳还远得多呢！"次日，陈明贺等回法喇。

天主知尉老师已调到省建一公司来。打电话，没料在安宁。尉老师知天主来，即打电话叫了在玉溪的壬老师，刚好上昆明来活动要调来昆的祁老师、陈老师。大家在潘长君处见了，各各去了。

天主便即买火车票赴京。一夜又兼一天，走出了云贵高原的重重关山。第二天到了湖南。一看河山锦绣，天主想不愧湘潇大地。到娄底天黑了。将到湘潭，车里放起毛主席颂歌来。天主一直听着，伸头望去，也不见什么。一夜火车过了长沙、武汉。天明时已到武胜关、鸡公山。辽阔的大平原如泄而来了。天主想起这十几天的回乡之旅，不觉泪下，无限的悲哀涌上心头。

九十七 归　乡

　　回到北京，天主即打电话到马局长、张局长家去。他们说："你这一去，怎么电话也不打一个来？人家廉成思回青海去调，都回来五天了。明早上你过办公室来，把档案带来。"第二天天主过去，在薛司长办公室看了档案。马局长就带了天主去上班了，先在全局认识了一遍人，说："这是我们招公务员招来的小孙，云南来的。"后认识完。即由办公室主任安排了天主的办公室、桌凳，给了钥匙。日后每天才忙办户口落户等，边工作边办，一月后渐渐都弄好了。

　　局里的工作忙完。天主又急忙看书。他已惩于他的老师、同学，他的学生之失，就是不读书无知而已。又他自己寄望于富民、富华等的，不就是要他们性格坚强，热爱读书么！如果自己发现了他们的弊端，而自己再犯，那就更糟糕了。他只想读书而已。下了班，即忙打了饭吃，就坐上公共车，或是跑步，到那些书店去看书，或是在北京图书馆等处办了借书证。夜里难过，睡不着觉，就在月下走，想"昼短苦夜长，何不秉烛游。我是秉此巨大的月而游了。"天主又叹："'人生不满百，常怀千岁忧。'我是常怀了万古的忧愁！"

　　领了工资，天主寄了五十元给李劢高老师，五十元给庞绍周老师，五十元给秦光朝老师，五十元给区文光老师。剩下两百元，寄给富华一百元，寄给家里一百元。他只好向单位借钱用了，又挨饿了几顿饭，才盼到下月的工资了。

天主对父亲写来要他留心婚事的信，也置之不理。他已看够看透了，有什么价值呢！刘备何等英雄，演出了三顾茅庐。刘禅又何等狗熊，又出个典故乐不思蜀。这是刘备无奈何！他天主也无奈何！天主的心已渐冷了。再兼此番回去，深受李老师、区老师言语的刺激，天主已感立德、立功、立言，乃是立德为天下要务，立功立言逊之多矣。人之立功，怎么可比天地造化之大功？而人立德，则可比于天地至公之大德？有感而发。这一夜天主从办公室出来，见天上一轮圆月，因咏：

欲将人生写成功，师范最是月色光。

八荒千里无私色，清辉万古云茫茫。

天主悲哀地回忆往事。想起晏明星，直到梁楠，他对她们的热爱，最终全是靠时光的流逝来洗刷这回忆，种种的热恋终归于消灭。马局长、薛司长关注天主的婚事，天主只好坦言："还没有成家，当家的滋味早已尝够了。"他们忙说："快别这样说，你才二十零头的人呢！我们都不敢说当家当怕了。"尤其天主平日，不禁的豁然长叹。那一日是湖北两位同志到京，天主去接，一路"哎呀"难受，二人面红，天主才明白自己叹息了，只能摇头。

天主的工作是令人满意的，领导的评价也好。他终日忙着写，不及整理旧作。有几位出版社的同志叫天主快把《孙子操》整理好了，他们马上出版。天主笑笑，不能答言。他最怕的就是整理旧作之类的无用功了。

家里不断地来信，富华毕业了。学校不包分工，回米粮坝县了。孙平元在景洪，打死人家一只鸡被敲诈了二百元。陈福达在勐腊，被抓了。陈福英写信来，说："是你个亲二舅，你能救的话，救他一救，不能救，也无办法。那是他自讨的。"

刚好这一日厅里抽人到西藏出差。马局长知天主的难处，说："那就你去吧！出了差，也就将到春节了。你家未在这里，一年了，也有探亲假，再加你有五天的公休，这段时间你去办。春节一过，就得回来，不得超过探亲的假期。新年有赴美国、日本的机会，局里也决定让给你。让你去见识见识，解放思想，更新观念，明年可能派你去内蒙古挂职扶贫。你回去这一段时间，也稍作作准备。"

飞机直飞拉萨。天主首次坐飞机，升入云中，一看，天主不由自愧。做一附于土地生活到永远的人，那有何意思呢！飞机越过太行山，入山西上空，下面就是广袤的三晋大地。过黄河，入陕北高原。天主想南面是八百里秦川，北面是万里长城、河套平原、内蒙古，然后飞机掠过宁夏南境，入甘肃，就上了世界屋脊青藏高原。再过黄河，越喀喇昆仑山脉，过金沙江，过唐古拉山脉，进入西藏。天主一直心绪激动，这是一次意义非常的祖国之旅，历史之旅，文化之旅。他深深地爱着这片中央大陆上最倾斜不平的土地，爱这里五千年峥嵘光辉的历史，爱这仍在以独特的魅力与西方相抗衡的华夏文明。过太行山，天主就在心里吟起了《在太行山上》，过秦晋相界的黄河，天主就吟起《保卫黄河》，刚过甘肃，将临青海，他又咏起："黄河远上白云间，一片孤城万仞山。"在中华大地上，他最渴望飞行的线路，就是这一条了。他意趣未尽，心绪还在热烈，作诗：

> 中华祖先千年间，一寸灵血一寸山。
> 生因恋沉把锄犁，死为爱酷将弓弯！
> 儿女捍之岂不武，寇头常祭贺兰山。
> 黄河三万六千年，怒涛每每裂长天。

只渴望飞机永远飞行不要歇下时，已到拉萨了。

在拉萨、日喀则、那曲、林芝几处办完公务，大家就回北京。自治区有车到芒康县，天主随行。第一日到林芝，第二日到了芒康。大家帮天主买了到云南迪庆州府中甸的车票。天主辞行，次日到了中甸。在中甸买上赴昆明

第七章 尾声

的客车,两天后到了昆明。

天主到凉亭村来,才知陈志贵、陈志伟均已跑来了。陈志贵来到昆明,因勐腊那里要抓他,不敢回去。来打工又苦不到吃的,陈福华等几位做叔叔的可怜他,见他铺盖毡子都卖完吃掉了,就收留他,给他饭吃。这几人要回家过年了,存得几百元钱,都去取了出来,就要回家。邵家数人侦知,约了陈志贵。陈志贵开了门,邵家的进去撬了箱子,把一千多元钱偷走了。陈家几叔侄回来,邵家的就跑光,单捉了陈志贵,就要去派出所报案。陈福超出来发话:"都是一家人,你们去报案,陈志贵要被判两三年的刑,且一千多元钱也追不回来。这样自己的钱丢了,自己的人也挨了,从哪头划得来?如果我大哥、陈志贵家爸爸在这里,那无我的事,你们横报直报只管去报就是了。但现在不在这里,就得管了!这样解决:陈志贵,带你几个叔叔去,叫你舅舅他们把一千八百元还来就无事了!"于是都赞成,就由陈福华跟陈志贵去要。

二人走着,陈志贵瞅陈福华不防,两拳打了,抢在火车前面冲过铁道去,陈福华被火车拦住。等火车过去,还哪里去找陈志贵的影。大家估计,陈志贵西双版纳不敢回,回法喇村,陈家也要向他要钱,在昆明也不敢露面。不知流浪到何方去了。陈福超大骂:"这个小杂种,老子抓住他非把他打死不可。"陈家几叔侄火绿,发个电报去给陈福全,说陈志贵死了,来处理后事,好向陈福全要钱。天主来听了,只能摇头而不可思议。

陈志伟来了,一见天主,忙说:"老表,糟了!我爸爸肯定被人家打死了!我妈、我、干莲、干超、干波都挨打。公安的说还要抓我爷爷,抓我大爹,要把我们的房子一把火烧了,把我们全赶回来!只有请你去,才救得出我爸爸来了。"除了这几句,别的情况一概说不出。天主看他比自己还高了,一无知识,心中难过,说:"不要说了,我去就是了。"

天主买了到勐满的车,就去了。循着三年前的道路,又到了版纳,而天主的记忆早已模糊。到了勐满,已是下午。遍地找不到车。刚好有两个老挝国人，开了拖拉机来进货，装好了火柴、洗衣粉、酒诸物，就走。天主坐上拖拉机，又循那条道路走，心中涌起了悲愁。到那河边，那文山人家还在，那老妈妈也在，但已早不认得天主了。听天主问，说："那陈福达么，打了人，被抓去，要判刑了。"天主沿那河边走上去，一看小河边，仍是三年前一样，而他家修的那房子，早就不在了。天主上去，见外婆、外公家的房子仍在一个茅棚下，有外婆说话的声音，就叫："外婆！"丁家芬忙看，说："是富贵来了。"就出来，然已路都走不动了。另有一人问，丁家芬说："是我外孙来了。"那人说："是不是说中央那个。"丁家芬说："是。"天主一见，眼眶红了。上去扶了外婆，就走过去。丁家芬说："天天就盼你来。你外公天天说，要是他眼睛好的，就是去北京也要去找你了。"走过去，廖安秀在坡上，忙跑来，就叫陈志超："快去叫你三爸来。"天主一问，距此有四公里远。天主进屋，陈明贺站起来，说："富贵来了吗！"天主一见，泪即倾下。见外公已瘦极，眼又看不见了。陈明贺就摸天主："好了，好了！可惜外公看不见你了。"眼眶不断地动，泪就流下来。陈福全也来了，吩咐小的："不要说你老表来了。"丁家芬、廖安秀也急忙交代。

天主才问其故，丁家芬说："这村子的人谁还见得你二舅，巴不得把他害死。"陈福全说："富贵，除了我家这爷儿父子，我们是不敢与任何人说话了。包括你二舅的亲姑爷王明聪那小杂种，都与别的扭成一股绳，整你二舅！"然后就谈起来，"原因很简单：你二舅去大黑山喝酒回来。见路下边有条牛，认得是谢吉安家的，就拉了牛回来，叫人去叫谢家来拉牛。牛是王昌敏向谢吉安家借来犁地的。大黑山社长廖邦福、王昌敏、谢吉安等正想整你二舅，苦于无方可生。这下就不来拉牛，直接去派出所报案，说你二舅偷了牛，见吃不下了，才去说的。派出所的早被廖邦福那一伙天天喂活了，就来拉了你二舅去派出所，罚他五百元的款，还要写保证以后不犯，否则就从这里赶走。你二舅不服，但半夜三更，谁能说明不是他偷的？而且全部人出来作证，都说他偷了！被罚了五百元，你二舅出来了。那天在家里喝些闷酒，我们谁都不在家，据说他就去找王昌敏、廖邦福算账！听说是那几个人正在喝酒。他一去,又被拉了喝。送他一坛酒,他抱回大黑山这丫口来,才想起要去找了问他偷牛这回事的,又折回去。怎么打怎么闹我们一概不知。到下午才听说在那边打起来,县公安局、县法院、县检察院、县林场的全来了。你二舅母、大舅跑去看,又听说要连我、你外公、陈志贵、陈志伟全部抓。我们赶紧跑了躲,天天躲在这原始老林里!哪里敢出来!这几天才稍稍敢回家来了。再是派出所那些问了法喇搬来这些人,说你的确在中央,才不来拿了。但是口头上还在说要来拿的。"

廖安秀说:"富贵,打得太肉麻了。我们去时你二舅全身是血。你想他一人,喝酒的是廖邦福、吴传义、王昌敏、谢吉安四个。我们猜想打起来肯定是四个打他一个人,后来公安的来了,又打,他不会说话了,那些人说他装死,用水泼醒,又用皮鞋踢,后来就带走了。现在已二十五天了,我们就盼你来了。只要他出来,我们逃东逃西各自逃别处去了。现在害了老的小的,全在这里流眼抹泪的。这还有什么活头!"

陈福全说:"富贵,我才来就后悔了。我与你外公说过多少次!我说哪一天我们定要被陈福达害死!如今应了!天天喝酒,走到哪里都是个酒瓶提着,吹他很!一天要喝三斤酒!我们提醒他,恨他的人多得很,都在打他的主意。他倒说:'谁敢打我的主意,我陈家已四代人在此了,陈志伟、陈志贵这些人喊出来,打得遍大黑山!而且廖邦福这些人与我好得很,比亲弟奶兄还亲!'我们说关系是好了!人家的主意打到哪一步你还蒙头不知!后来我是不敢说了,一说就要挨吼。亲弟兄也是这样,反正自己家境也没人家好,钱也没人家多,说句话也自然硬气不起来!你二舅母、陈志伟这些,被他打得鸡飞狗跳,哪敢在家?你外公外婆,被他像吼儿女一样,哪天不被吼了哭几十场?我是家也卖光了,房子连一堵墙、一片瓦都没有了,不然我是早就要搬离这是非之地了。现在钱没一分,粮没一粒,一点办法都没有了!"

陈明贺说:"你二舅是喝那点酒把脑筋喝坏了。一点都不会考虑问题了,说话没高没矮,做事不分黑白!想起一桩事来,就哈哈大笑;

再想起一桩事来，就泪眼婆娑的。全家人已不把他当人看，就当个疯子看了！前几年说话，还分高落矮的，现在说话，哪里还像人说的！他说人家张牛儿：'你这牛还喂他些水，你那爸爸怎么一口水都不得喝？'张牛儿一句话不说，难道不恨他？见人家吴明高，他又说：'你养些儿子怎么不教？尽成了贼！拿来给我教！'吴明高家爷几个，难道又不恨他？全村人都把他当疯子看了。他还高兴得很，回来吹今天他又教训了哪个一顿，明天他又教训了谁。我说：'陈福达，可能你死掉还不使我们这样淘气，不然是要被你害死了！'王明聪是他个姑爷，也恨他。王家是亲家，也成了仇人！他叫王明聪：'你王家那根种就不行，一代两代翻不起身，十代也翻不起来的！你今天就给我改了姓陈！'富贵你想：成什么话了！再者火绿了，拉到王明聪也就开手打！我和你外婆都说：'是人家王家的人！怎么教育，王明聪的父母还不会教育？要你动手？'他不听！他吃亏，就是吃在他姑爷头上的。这里有句话，转眼就告诉吴传义、王昌敏、廖邦福了。我说瞎了眼了，我这么多孙男孙女，在的在中央去了，日脓的也还有碗饭吃，不比谁差！只有陈志莲嫁了个冤孽！这下她爹、她妈、她爷爷、她奶奶，整个我陈家四代几十口人，全死在她手里！"

廖安秀说："富贵，我们是毫无办法！人家养儿育女，父母靠得着！像你爸爸、你妈妈养你，值得了！我平时说比别的养一百个儿子还强，你大舅母还说别的一千儿子不孝，又哪里如得我姐姐他们养你一个！只有我养的，嫁个专门赌、专门偷，不会分青红皂白的！你二舅也气！我也气！再者陈志莲也不成人，只会跟着王家滚！要说害死你二舅的，还有谁？就是陈志莲跟王明聪！廖邦福、王昌敏听说你在中央，不敢整你二舅！哄王明聪：'把老丈人整垮了，他那包工头就拿给你干。'王明聪就死心塌地跟着滚，一心要把你二舅这包工头霸去当。但你二舅倒了，还有他当的？王明聪去说：'我那老表绝不会帮我老丈人的！那年他家搬来这里，肉被我老丈母吃了，我那大姑妈和我几个老表在家里气得哭！我老丈人又剥削他家。他家恨到顶，才回去的！所以那时我老丈人要把陈志莲整给我二老表孙富民，孙家硬是不干！就是我老丈人死了，我老表、我大姑爹都不会理的了！如说惹着我爷爷，惹着陈志贵、陈志成家，我老表会出面的！惹着我老丈人家，一点事没有！'所以廖邦福这些人是知道得清清楚楚了，才下这种毒手的！陈志莲也是个憨得要命的！廖邦福家媳妇拿话试她：'你老表到中央去了，你们以后倒有好日子过了，以后你爸爸、你妈、你哥哥兄弟都怕要被你老表派飞机来接到北京去！'富贵你想，廖邦福家媳妇懂什么拿飞机接？这些主意都肯定是廖邦福、王昌信打的！说明这些杂种心头是怕的！哪知陈志莲说：'连我爸爸、我妈都说：我爷爷、奶奶倒肯定要被接去北京了，因为我大姑妈、我老表跟我爷爷、奶奶好得很！说我大爹、我三爸家，北京去不成，昆明也少不脱的。只有我爸爸、我妈，心头还怕我老表以后不知要怎样收拾他们，收拾我家几兄妹。只有我爷爷、奶奶劝我爸爸、我妈，说我姑妈、我老表都不是那种人，但我爸爸、我妈还是怕得很。说现在我爷爷、奶奶在世，不会怎么样！但看我爷爷、奶奶身体是弱得很了，保不定今年或明年就去世的。我爷爷、奶奶死了，就糟了！

"说虽表面上看我老表不是那种人，但人怕伤心、树怕剥皮，前年是气毒了回去的，把他家都败干净了，仇是结深了！'她回来还这样讲，马上被你二舅一顿打，说：'你这脏母猪，这种话讲得！老子以后落廖邦福这些人的手了，就是你这烂母猪害死的！'我也气极了，骂：'你再怎么不会说我老表与我家关系好得很，你也要说我姑妈、我老表是会想事的人！是个亲兄弟、亲舅舅，只要有难了，哪里有见死不救的？'所以说，你二舅脑筋真的失效吗？不失效。他也知道廖邦福这些人要害他，而且打主意的时间长了。但被人家几句好话几口酒，就又认为无事了，是好朋友了！可怜会打什么主意的人，心直得无法！人家几句好话，就可以把衣服裤子全脱给人家穿了！凡事又不会防备，硬是到死不明落了谁的手！说起来是惨得很！

"舅母说这些，反正也是开心见肠地跟你讲了！莫说有半句话隐瞒，一个字也没隐瞒的，反正全家老小，就天天望你了。说盼星星盼月亮，哪里有这样盼得厉害！反正以前是我们做得不是，但我和你二舅是无知识的人。你爬得那么高了,也不要跟我们这些憨包计较了!要望你原谅一下,救救你二舅的命!救他出来,我们就是去讨口,也情愿别处去讨了!"

丁家芬哭说:"富贵,你舅母说这些都是真心话!跟我和你外公还没这么说过!反正就是盼望你来了!你一定不要记前仇,救出你二舅来,我和你外公以后死了,在阴域也要感谢你的。不图别的,就图世人评说你妈和你是心胸宽阔的人!一出了事,天天见你不来,所有的人都说果然仇结深了,不来了!一天成几百种的议论,听都听不赢。听别的人说,当时说要抓你外公、你大舅,就是试试看连你外公都要被抓了,看你来不来!说这些主意都是派出所打出来的!开头还说你二舅是关在派出所,只要头上挂个电话来,就把你二舅放了。说是关了几天,省上、地区、县上都不见有电话来,你也不来,就送在县上去,要判刑了!这下你来了,就好了!看那些人见你来了,会不会放你二舅出来。只要放出来,我和你外公得个心落,也就死了算了!免得瞎的瞎,跛的跛,活着害人,再者名声也不好。在法喇村,不知人们早传得怎么样了!"

陈福全说:"怎么不传!法喇村里历来如此,活的还要被说成死的,黑的还要说成白的。虽说这是我们的事,到头关系的还是富贵的名声!全村子巴望富贵爬高的有几个?虽说我们来了一两年,隔法喇村几千里了,不亲眼看见,也是想得到的:一个也没有!都是些害红眼病的人!那时富贵才在小学当个第一名,吴明洪就说:'难道孙家辈辈人要当官?'那是我亲自听见的!富贵考在荞麦山去读,罗昌兵就说:'妈的孙家这祖坟是怎么的了,脓鼻子也考取中学了!老子们养的清清爽爽的,就是考不起!'莫说富贵考大学,当记者,又到如今爬上天了。谁不嫉妒?莫说还在法喇村的,谢吉学这种一字不识的憨包,搬在西双版纳来七八年的了,听说富贵当记者,又去中央了,一天到黑睡在大黑山那个丫口上,懒精无神的,说:'老天!要出你就家家都出嘛!不出,你一个都不要出!'嫉妒成这个样子!在法喇村几千人口当中,谁不说谢吉学是最蠢最憨的一类了,对中央一词,懂到这种程度!难过成这种样!比谢吉学聪明一万倍的,在法喇村有的是,更不知要气成何种情形!

"你们看看,凡是米粮坝搬来这里的几千人,哪个听到不难过!个个都说家乡风水还是好,要搬回去!现在法喇、勐满的人,都肯定要说:'这下他二舅被抓了,看他孙富贵怎么办?'谁都是睁这只眼看着的!我说这一大通,也不是打主意要逼富贵一定要把陈福达整出来!你们天天盼富贵来,我心头是矛盾的。陈福达憨到这种地步,拉牛一个人拉,去人家打架一个人打,一个帮他作证的都没有!要怎么害他,人家早编得方方圆圆的了。富贵来也得讲道理呀!但自己的人蠢了,这道理怎么讲!明显是拉陈福达来宰了,他也讲不清的了!富贵在北京的,更帮他讲不清!这样富贵来人又救不出,不单被人看白掉,更要落人耻笑。富贵被人耻笑,损失比陈福达被判两年刑还要大!陈福达那种憨包,说到底亏是自找来吃的。干脆这样说:他那种蠢人,被判两年刑,也损失不在哪里去!但富贵就不同了。全中国十几亿人,到中央的有几个!尤其是从我们这种小老百姓家庭里爬上去的,不是老天照看,不是祖上有德,不是祖坟埋着,莫说一个富贵,一千万个富贵也休想的。我们从米粮坝搬来这里,要经几十个县,哪里听说了!所以我的看法:富贵尽力地救,救不出来也无办法,我们也不会责怪的!凭你二舅那种为人,你能这样来一趟,也就够意思了,也对得住你二舅了。违法的不要做,保住你这地位才是重要的!要是为你二舅的事害了你,损失就是不可估量的了。我们也就对不住姐姐和大姐夫的!那么就是陈福达死一千次,也对不住姐姐了。"

陈明贺说:"是这样。富贵这次爬上去,哪个不夸赞!我回法喇,吴光兆来跟我说:'大哥啊!别人爬是要一步一步地上。从村上爬到乡上,从乡上爬到县上,县上又爬到地区。孙天主这种爬法,像一缕青烟,一下子就升上天去了,连看的人还不得多看一眼!'外孙有本事,连我也得沾光。回法喇村,这家请了吃饭,那家请了吃饭,都说:'大哥,你要赶紧搬回法喇村来!由这帮侄儿子养你都行!'目的为个啥?就因为富贵爬高了!我们一回去,吴家那些就不敢欺陈家人了。陈家

全族也就翻身、扬眉吐气了，所以哪个不乐得养我！当然这是个笑话，我也不要他们养的！回到昆明，又是侄儿子侄孙子请过来请过去吃饭，都叫搬回去，连我心都热了！要不是回来眼睛就瞎了，我也早搬回去了，也不会出这大祸了！想想睁着眼睛搬来，瞎着眼睛回去，再兼爷几个那时在村里有吃有穿的，如今穷得讨口的回去，连立脚之地都没有，又要落人笑话，到底是给富贵丢脸！也就不打主意回去了！六十几了，也该死了！死了也就在这里算了！"

谈了这一下午，天主也听明白了。后陈福宽、冷树芳全家来了，大家吃饭。廖安秀煮了肉。吃好，陈福宽说："富贵也来了，这事就这样处理：事情反正是你二舅自己一个人兜来的。能救出他来，他也不吃亏，大家脸面也好。救不出来，也无办法。这件事反正是越想越火绿。平时我们说了多少，不起作用！给他说父母都老了，他也有孙子了。老的老，小的小，几十口人，还连个交搁去处都没有，凡做事不能让老的担忧，让小的悬心，硬是不听！富贵，你看你外公、外婆弱成这种样了。要是一口气不来，那怎么办？法喇人要说陈家几弟兄一点能力都没有，搬家把他爹妈都搬死了！你再看你二舅这两个孙子，大的不到一岁半，小的才几个月。你外公、外婆，直到你大舅、我都在说他！那牛你吼一声，它认得你吼它了！你二舅，吼一万声他也不知道的。像这样又不会体谅老人的心，又不会体谅小的未来的，说句愤气的话，真叫比畜生还不如！我是怕祸及于己，最后一家人挨了一个不剩，才搬远点的！不和他们在这里，搬到五十四公里去。打的主意就是即使他们吃亏了，我到万不得已，还可以来领你外公、外婆去养着！"

天主说："二舅的事，我尽力而为。但是以后呢？你们在这里终不是长久之计！头次遇着外公，我就说了。你们看怎么办！现在情况复杂了，四娘也成家了，小娘也成家，一大家人，我也为你们打不出主意来了！"

无人说话。久后丁家芬说："富贵，你的意思也就是要我们回老家！但到这地步了，回去还要脸不要？不消人家说，自己就惨死了！干脆不回去了，在这里能怎么混，就怎么混了！我们也老了，该怎么死也死得了。你家现在情况也好了，我们也不牵挂了。只是你二娘家，那几个小的全是瞎的!"说着就哭了!

陈福全说:"富贵,你说还打得出什么主意来!爷四个房屋卖光,回法喇去在哪里安身?再说一说回家,这下是各有各的家了!该回哪里的家?你三娘陈福九家情况也不好,我们既然回,他家也只得回!但胡安政从小是孤儿,在三合老家一样没有,也不可能跟我们回法喇呀!你四娘陈福梅嫁给镇雄人,镇雄老家也卖光了的!再说人家也是肉骨,和我们一样,不可能单你四姨爹四娘扔下父母兄弟跟我们走!我们也领不去!再说我们既要回,又忍心把你四娘扔在这地方?你小娘嫁给镇源人,家境更是比我们哪家都糟,连吃颗粮还要靠你外公外婆。你说又怎么办?这下我家陈志兰嫁了,又嫁的是墨江人。你二舅家陈志莲,嫁的是王明聪。所以我天天晚上在床上打主意,打了一千个还不止,一个都不行!只得叫苦呀!叫老天怎把我陈家败得这样惨!一点儿办法都没有了。这下更好,你二舅进监狱,陈志贵、陈志伟逃得不知去向。之所以还没有败干净,就是还靠你的名声支撑着,别的人不敢动。要是没你这么一个外甥,这次你二舅出事,我跟你外公、你二舅都死定了!反正是一点办法都没有了!就像那宰好洗好的鸭子煮在锅里,眼睁睁看着水涨了煮熟、煮融掉的,一点法都没有。"说完就只苦笑。

马友芬也说:"富贵,还有什么办法!回家这两文路费,倒怎么说也凑得够。但就是你大舅说这些难处,我想也不难。到时候反正只有各顾各的了。自己都顾不了了,还顾得了谁?要回法喇的,都只管走!要回镇雄的,也只管去。只是回家,这脸往哪里搁?还不消到法喇,只消到昆明,就要被人笑死了!"

陈福全打断她,说:"你这些妇人打主意,就是头脑简单!我们一回法喇,陈福梅、陈福秀、陈志兰、陈志莲谁不跟着回?但家家都有小的了!要叫他们夫妻分离、父子长别?再说我们又放心她们跟人家去?都是连张结婚证都没有的。三五千元,把人卖了,你才来要人打官司?天底下的姑娘就只你陈家有了?再花几千元,哪里买不到?"

陈明贺说:"就是陈福全说这话对了,反正是无办法了。富贵,我和你外婆天天也在这样想。不晓得我陈家,哪辈子作的孽,到我这些孙子尽走上绝路,这下还有什么脸回去?"

天主越听越麻烦。要想埋怨他们做事不明事体,此时也晚了,只心里叫苦,感觉无知就是悲哀,说:"还论什么有脸无脸的?脸面要了做什么?韩信忍胯下之辱,司马迁含宫刑之耻,勾践负屈膝之重。这些你们不懂的话,前几年我是一个教师,被学生打了赶出来,家也搬烂了,人也搬穷了,同样要过!他耻笑他的,我活我的。只管我行我素!你们无论怎样耻辱,能耻到我那种程度,能辱到我那种境界?你们有什么耻辱的?不就是穷了点?穷怕什么!在这里你们穷都是小事,这些表弟表妹全不读书,这才是大事!我看着痛心!你们仅知二舅被抓是耻辱,却不知这些表弟表妹无知无识,才是真正的耻辱!你们只知二舅如今惨,其实表弟们更惨!都搬回家去,不为别的,就为供小的读书,也要回去的。回去房屋等各方面,我给你们想办法。"

一时大家归心如炽,高兴起来,都说该回去了。廖安秀慌了。天主说:"二舅母不消着急,我尽量帮忙。即使帮不上,二舅一两年就出狱了,没什么了不起的。"

后就谈好,明天天主先到派出所问问。这时陈明贺说:"休息了,半夜过了。大家倒想谈到天亮,但富贵白天没休息,明天还要办事,明晚上再谈。"陈明贺就叫天主和他睡,天主跟了他去。陈福全慌忙跑来,拉天主,使眼色,说:"厕所在那边。"天主明白,跟了他过一边庄稼地里,马友芬也赶来,陈福全才忙问:"富贵,我收到一个电报,发报人姓名也没有,单说陈志贵被车撞死了,叫去昆明处理后事。我瞒着你外公、外婆,刚才不敢问你的,你知不知道?"天主于是把陈志贵在昆明偷陈家的钱,打了陈福华逃走的事说了。陈福全气得顿足,说:"这小杂种,死了倒好。"又向天主说:"富贵,我家这一家人是糟透顶了,还不知道哪一天末日来临呢!"马友芬催天主:"快去了,怕你外公怀疑。你不要告诉他们,我们都是瞒着他们的。"

晚上天主跟外公睡了,但哪能不谈?陈明贺说:"你二舅倒不消说,是他自愿来的。你大舅和三舅家,这时我只敢对你说:是被我害死了,是我写信催他们搬来的。我死了无所谓,就是这点恨不尽。陈福达被抓,你二舅母是不敢写信给你,也怕你不会来管的。你外婆跟我都说:'是同胞骨肉,他怎么不来?'你也要宽宏大量的,爬这么高了,再跟你二舅计较,就无聊了。"天主忙说:"外公,决不会的。"陈明贺说:"我的本意,也是要你来把你二舅救出来。无论走哪里,走了算了!在这里多少亲友是看我和你外婆的面子,说我们老了,才不忍心整你二舅的。再一个是降着你。才到这如今才出事,不然早出事了!反正在这里也站不住脚了。"

丁家芬几次骂:"你少讲点好不好?让富贵睡一下。天都要亮了。"天主忙说自己不困,于是睡下。不久就听到陈明贺的鼾声。天主睡不着,听外婆也是醒的。不久感觉外公在床上发抖,一时惊醒了,说:"妈也!这种噩梦。"丁家芬听了,骂:"你又在嚷了,你让富贵多睡一阵好不好。"陈明贺说:"从没有做着这种噩梦!我梦见地震了,拖鸡梁子、横梁子、黑梁子全垮下来,我、你、孙江成、富贵、富民、富华、陈福全、陈福达、陈志贵全压在山下。陈福英被吓疯了,孙平玉也哭昏掉,马友芬、廖安秀、陈志伟这里,全跑出法喇村,逃难去了。"丁家芬说:"你又在嚼屎了!你快睡了,不然把富贵闹醒了!"

天主听了,大觉是个不祥之兆,心里难受,不出声地装睡着,感觉外公、外婆都再没睡着。不久天明,大家也就起来了。

陈福全是再不敢去勐满的,由陈福宽借自行车与天主去。路上,陈福宽说:"富贵,你不要生气。这信是你外公、你外婆叫写给你,请你来的。其实我和你大舅想的是一样的。人家什么框框套套都编好了,只等往你二舅身上套就行了。只是说盼你来,看人情关系上怎么样!反正一切都是看人说话的,人情也会大过王法。这样看怎么样了!你二舅是狗改不了吃屎的性。我怕的还不在于他不出来,怕的是出来一股子性,报复廖邦福等,更惹下包天大祸。"路上踌躇再三,叫天主在公路上歇下来,说干脆去他那里吃了早饭再说。天主说:"反正来了,必得去看看。"这样到了街上,吃了早点。陈福宽带天主到派出所前,老远站住,说:"就在那里,我不敢过去。我在吃早点那里等你。"天主进去,问所长,都说不在,只好等。大约近一个钟头,那所长才来了。天主上去说:"我是陈福达的外甥,姓孙。"所长面上有些恐慌。进了办公室,给天主泡了茶,又一年轻的副所长进来,就与天主介绍情况:"你这二舅是这种情况:整个大黑山、小河边上百户人家,无人不恨他。欺男霸女,什么都干得出来。这一两年来揭发他的,已是几百起了!这一桩偷牛,强行进入他人住宅的罪不算,前面还有一桩大案呢:你那表弟陈志贵强奸戴家姑娘,你外公、你大舅、你二舅,还有你表弟陈志伟去戴家把姑娘抢来陈家,达两月之久。戴家已告到县里。陈志贵已批捕了,现在在逃。陈志伟、你外公等人,也即将批捕。我们一点也不瞒你:这就是批准对陈志贵的逮捕证。"说完打开抽屉,就拿出来给天主看。"这是昨天刚到的,我们准备今天去小河边呢!你来了更好!你也先有个底。至于你二舅侵入他人住宅这一案,发案当时县林场就向县公安局、县检察院、县法院报过,几家同时赶到现场。现是由检察院起诉的,我们想帮你的忙,都帮不上了。实在是你几个舅舅老表为非作歹,激起民愤了。现在大黑山、小河边的总包工头廖邦福就在外面,可以喊进来问。"就叫了廖进来。

天主才见廖是与他同时进这派出所来的,也来了一个多钟头了。廖面目模糊,眼神冰冷,一看面貌就知自己这几个舅舅都不是他的对手。廖止住内心的慌乱,对天主说:"你二舅一家,在这大黑山、小河边的罪恶,数都数不清。他的为人你是知道的,连你家还要整。强奸、抢人、偷盗、打架、无所不为。"还要讲。天主止住,道:"你去了。"廖慌忙而出。

天主就问二人:"这些事怎么挽回才好!要望二位指教!日后定会感激的。"那所长说:"要你去找县上了,我们想帮你也帮不了。"就说:"你慢坐着,我有点事,先走了。"天主明白,点头。

这副所长看来比天主年轻,说:"反正你我年龄差不多,也算得弟兄,交个朋友吧!这些事情都怪你二舅为人不是。又不是为些什么大不了的利益,把整个那周围的人全得罪了!据说王昌敏、吴传义那些人,跟你们都是亲戚，都要收拾他，就说明得罪人不浅了。偷牛这事，双方都无证人。但经推敲，可以说断定你二舅偷牛是不成立的。但侵入他人住宅这一件，说他侵入呢，他的确进来打闹。说他没侵入呢，因为先前大家一同喝酒的。这只能凭其余几个喝酒人的证词了。但最终还是怪你二舅，别人对自己有阴谋了，早该防着，还要自己找上门去跟人家喝酒，可以说就是自己去送死。所说强奸、抢人一案，是你表弟陈志贵与那女的非法同居，没有法律保障。女方不愿在你表弟这里了，跑回去。但农民就是认为，双方家长同意之后，同居就是结婚了，所以就去把那姑娘抢回来。从法律上来说，这是违法犯罪的，但在他们农民来说，仿佛这是合法的。所以廖邦福这些人主导着戴家用法律手段来干，你表弟就不简单的是同居，就是强奸了，你舅舅等也就抢人了。一句话，就是你这外公、舅舅、表弟全是文盲、法盲，落入陷阱还不知道。这事你去检察院说说，反正事也不大，请他们酌情考虑。要说同居就是强奸，这些从乌蒙各县搬来的农民，全是非法同居、黑人黑户的，没一家是合法的。同时他们想合法也合法不起来，因为户口在原籍，要合法就得回去办结婚证。也可以根据农民的这一现状和特点，考虑一下。再一个就是你这些亲戚，在这小河边是立不住脚了，根本不是廖邦福这些人的对手。你干脆帮他们找个好的生财之道，带去谋生算了。在这穷山沟里，住的草棚，点的煤油灯，莫说得看点报纸、电视，就是小孩读书，也不可能，你看全都是失学的。只要他们走了，廖邦福这些人也是聪明人，犯不着这时候还要跟你结毒！况且也没多大的利害冲突，不过就是想把你二舅那个包工头吞并过来自己当而已！这下你二舅都走了，他目的也达到。我们说他两句，事情就这么完了。所以你应该忙为他们找出路，在这山沟里混，又没户口，又没土地，混一百年也不到头的。"

天主一听正跟自己想的一样，急忙道谢，说："请你也跟所长说说。"那副所长笑说："他也是这个意思。他不好说，缘故你也会明白。"天主一笑，又谢了，辞出来，来找陈福宽。陈福宽说："你进去时，廖邦福也进去了。我正着急，你又认不得人。"天主说："知道了。"因回来。陈福宽又叫去他那里，天主说："怕外公他们还等着的。先回去，晚上来你里。"因一径骑车到小河边来，说了。陈志莲生个女儿刚满月，齐客了。王家杀了猪，来请陈明贺、陈福宽、陈福全、天主等去吃饭。大家就去，一见那王明聪，果然尖嘴猴腮，人物猥琐，而陈志莲光彩鲜丽，胜之十倍。天主想这种婚姻居然都配出来了。吃起饭来，王明聪父亲说："我们米粮坝县，只听说出过陆厅长，还是只在昆明，还没听说去北京。那种穷地方，居然还出人。要不出，干脆一个都不毬出，大家都差不多才好。"陈明贺、陈福全这些人，岂听不出这话之意？但正惧他家与廖邦福已同流，哪敢答言？天主觉还有何亲情道德可言，冷笑道："都像你这样想，你王家也早翻身，不是这等样，我二舅也早被亲家、姑爷制死了！姑娘姑爷都靠不住了，上天不出我来保护我二舅，还出谁？"王家父子惭愧满面，又逃不开，忍怒含愤，忙倒酒、拈肉来给天主。天主不客气，大吃大饮一番，把那肉碗端起，只管把肉倒往陈福全、陈明贺、陈福宽碗里，王家忙又舀上来。天主吃好了，说："我要警告某些良心不正的人。不过度，大家无事，做过度了，我饶得过谁？谁都会生儿育女，都可以体谅其中艰辛。若还要反噬父母尊长，人容过，天也不容的。"王家父子一离席，忙逃了躲了。

随后回来，陈福全说："富贵啊，你二舅这罪不是自拣来受的，谁还会加给他？你看王家这些畜生，是他娘的什么臭亲戚！跟你是亲表兄弟妹，说的话比牛马的叫声还不如！他偏偏要瞎眼，把姑娘许这种人家！早死还免得晚淘气。"陈明贺说："一家子都是帮猪啊！日他妈会安什么好心！都是这种烂肚子心肠！不说'出了老表这样的人，我们大家都好，'竟说'一个都不出毬才好'，我最可怜我这孙女，漂漂亮亮的一个人，落到这种粪坑里了。莫望活几十年了，单被这臭味都要臭死。"陈福宽说："这会还说什么！谁稀奇得很？陈志莲是有肚识的，还会看上那种小野杂种！当初许婚我就不同意，但一家子都喊好，谁听我的意见了！"

大家愤然回来，坐在凳上呼呼生气，天主郁然不乐。大家谈些法喇村的事。至晚，天主心情压抑，出来散散气。但见满天星斗，屋里已透出灯光来。天暗了，他正站着，思考如今自己该怎么帮助外公这一家人，猛听背后数米处一声凄厉哀怨的女人的哭声，仿可欺金裂石。天主听不类人声，全身战栗，心已凉了。然想比肖邦的《丧礼进行曲》之类，深刻多了。忙整劲蓄力，想要听两声，考验自己心灵的坚强程度。这时又听第二声啼哭，已附于他的背心，凄厉更胜百倍。天主神骇魄散，汗如泉涌，四肢百骸顿觉皆冷。他刚想呵斥，喉里已挤不出力。一阵寒如冰霜的异风刷过，他就倒了下去。

里面听到天主闷沉一声哼，又听什么东西倒了，忙照亮灯出来，找见天主，急忙拉回家。天主鼻里出血，脸跌青了。大家忙为他止血，洗脸，问怎么了。天主说："你们听见什么声音没有？"众人说："你听见什么了？"天主说："我听见后面有人唱歌。调头找人，就被绊倒了。"陈明贺说："听见唱歌就好！你以后还会爬高的！"陈福全说："还爬在哪里去！这么高了！以后稳住就是高了！"丁家芬焦急地问天主："富贵，你还听见什么没有？"天主说："没有。"她说："我们忘了告诉你，你晚上出门，要带个伴，喊他们跟你一起出去。你二舅被抓之前听见有女人哭，我也前几天才听见哭，惨得无比的。"天主强笑说："外婆不用担心，我不会听见。"陈明贺笑说："我这外孙身强命硬，运气又旺，鬼同样怕恶人。哪里敢来惹富贵呢？"陈福全也说："凭富贵这命，只有神仙来扶助的，哪有鬼怪敢来害的？"

决议明日天主去县城里找检察院的问问情况。于是陈福宽就叫天主下他家去。明日他送天主去勐满街上坐车。天主对刚才经历已有些怯了，总走在陈福宽前面。下来上了公路，天主打电筒，陈福宽骑车，不久到了五十四公里。离了公路，朝山谷里进去，走了半日，仍不见到。天主问，陈福宽总说还在前面。在那谷中行了五六公里，才到了。冷树芳、陈志成、陈志琴等出来。天主进去，于是洗了脸，又盛上饭来吃，但见桌上只有一碗野菜，又是清汤煮的，天主想起那年火塘边与三舅谈福特、洛克菲勒的事来，心中感叹不已。

吃了饭，坐着喝茶。陈福宽说："富贵，三舅是从娘肚皮出来没像今年这么苦过。我一个人,硬是砍树、烧山,辟出五十亩橡胶园来。你看我这手,全是老茧了,钱没一分。那一阵,一辆自行车要拖你三舅母、陈志琴去医,回来要拖陈志成、陈志国回来!硬是苦也苦不清,想也想不完,一点办法都没有。这一个月来又为你二舅天天跑,你大舅是不敢出来,万事只有我去顶了。手上脚上没力气,脑壳只想睡觉,已是一个多月了。但睡得着吗?你外公不摸来,你外婆就拜来,哭哭啼啼地要我去找你,清静觉都不得睡一个。你外公、外婆、你大舅这些做事有什么头脑的!你四娘、你小娘、陈志兰、陈志莲这些,我劝过他们不要随便嫁掉的。这下嫁了,无法了。说了一辈子的'走投无路'四个字,现在才尝到真滋味了。"就叫陈志琴、陈志成:"去把那个小猪儿肉拿来洗了,趁你老表在这里,煮来吃了。"陈志琴、陈志成去取来,天主见是个顶多长了两三个月的小猪,肚肠不在,头、颈、躯壳四肢俱在的,连骨肉带皮不到半寸厚的,忙劝阻。陈福宽说:"你莫管,这是个小猪,死了后剐了腌起的。"天主看着洗,心中直发酸,没料三舅落到这种境地了。

天主就劝说:"三舅,该搬回去了。不说别的,看小成、小国在这里也可怜,一年到头不读一个字,以后终身怎么依靠?"陈福宽说:"富贵,三舅是根本想不起读书这些事来了。想眼下的事都想不完,还想他们读书?这是假话了。我天天盼的是一件事没有,得好好睡个觉!读书供书,成人也要十几年,这十几年我还没个搁落之处,哪里找钱来供他们读书?要走呢,你外公、你外婆反正这么一大群,怎么走?我想的是只看你来了,这些人也会看势头,看我们才能不能与他们相处得拢。只要无事,在这里过下去也就算了,回去,脸往哪里放?"

天主断绝了希望,转而与他谈些农活,但这又不是天主关心的话题。谈及陈福九家,也是站不下脚去,境况一样了;谈起陈福斌家等等都令陈福宽不快,难过。也就算了。上床睡了。

第二日起来吃了早饭,陈福宽仍在瞌睡。由陈志成送天主到镇上坐车。他骑了车,天主坐后座。见当年顽皮之极的,如今已老成多了,力也大了,天主内心怜惜了无数回。到了街上,买了车票,等车从县城来,就见陈志富和陈福九骑车来。陈福九问天主家中情况，天主也不知道，她也只说农活忙。"你三姨爹和小安静都想来看你，又不得闲，只好我一人来了，他爷两个也想你得很。"陈志富也说："三姑爹说：一定要请老表去住一晚上，让小安静也得看看老表的模样。"天主一算，小安静已五岁了。又见三娘手上全是老茧，已苦得不成了人，心中嘘叹而已。

车来后天主上了车。冒了一日的雨，赶到县城。就按那派出所副所长的指示，去检察院找那法纪科科长于勇。于勇见过，谈了情况，说："这案件关键就在你那舅是个文盲，可怜连姓名都不会写。他是侵入他人住宅，也未打死打伤人，情节较轻。我会努力。明早你到办公室来，与我们经办的那位王同志和我们主管此案的副检察长说说。"天主回到县委招待所住了。次日早上来到检察院。于科长介绍了天主。那女同志谈了情况，又带天主到那副检察长处，他说他们尽量帮忙，从轻发落。

天主要搭回勐满的车，已晚了，当晚只得在那里仍然住宿。夜里猛梦惨绝人寰的杀人场面，先是富华，次是富民，后是自己，惊醒后发现自己仍在床上惊的蹦起，大惊失态。想起这数日来的经历，很担心要出什么事了。起来，买了到勐满的车，又回勐满来。

刚下车，见了陈志富，他刚到街上。他叫天主等住，他去寄封信。刚回来，就拿了封小河边的加急电报来。天主一看，是父亲发来的，叫自己"办完速回，家有急事"。想起昨晚的梦来，心中疑虑大起。

陈志富带上天主，狠命蹬车。那自行车两边都没了踏板的，光光的一根铁棍了。陈志富又只穿拖鞋，又是上坡，累得满头大汗。天主怜惜，说慢一些。他说："老表，不累！"如此赶回。到五十四公里，刚好有进去的人，就带了信去给陈福宽，说自己明日要走了。

回到小河边，上去，说了情况，安慰了一阵。陈明贺还留天主，叫过了年再去。丁家芬拉他过去，说："你还留富贵在这里，这些人现在谁不恨富贵。狗急跳墙的人，打些歹意万一害了富贵，又怎么办，你怎么向你姑娘交代？"天主听见了，陈明贺悟了，也不留。廖安秀慌乱了，想天主怎就去了。天主过来，找王昌信等说了，都说可以。

问陈福九,昨日家里忙,已回去了。到天晚,吃了饭,又谈了一阵。果然陈明贺说:"富贵,你来过一次,到底是吓得着这些杂种的。昨天今天对我们的态度就有变化了,我们也就在这里算了。"天主不好答言,只好说是。陈明贺说:"回去给你妈说时,你二舅、我们的情况都不要说得这么严重,也不要说我眼睛看不见,你外婆脚不好了。跟你二娘也是这样说。你二娘家在那里,也望你妈、你家几弟兄多照看她家。她和她那几个瞎子也难淘了。就说:我和你外婆都很想念她家,只是怕我和你外婆都见不到她们了。以后我就把你二娘家也托付给你了。虽说我们不在了,也和在着时是一样的。"

天主含泪答应。丁家芬说:"一个是你二娘家,叫你妈和她都不要牵挂我们。一是你舅外公家,我只有那么一个亲兄弟,人也孤得很。我们来了以后,也亏你吓住吴明义家,才好些。以后也要望你多照看他家一下。你老祖虽在阴域,也会感谢你的。"天主又含泪答应。

陈明贺已身体不适,有些发烧。丁家芬也说头疼,不好过,于是大家早些散了。千言万语,哪里说的尽。天主又与陈明贺睡了。想起幼时睡在外公家,多是睡外公的脚头,回忆又温暖又舒服,不料今又能与外公睡了两夜。天主想自己就是吃外婆的奶长大的,而外婆老了,自己一点恩都报答不了,又难过了一夜。

陈明贺辗转反侧,不时痛苦之极,呻吟一两声。天主忙问是何处疼。陈明贺说:"小病小痛,明天叫他们去镇上买点药来吃就行了。"天主焦急,想这环境糟糕之至,病了也缺药少医,这怎么了得,然也无法。丁家芬又批评陈明贺两句。这样一夜未眠。到夜里,丁家芬起来,点着了灯,一跌一绊地出门去问时间了,天主忙叫外婆不消去问。丁家芬叫他快睡,去陈福全家问了,说五点了,于是回来。天主听说已五点,起来了。陈明贺也起来。天主知外公外婆身体都不好,忙叫他们回去。陈福全他们也起来,全在夜幕里看天主跟上陈志富、陈志成等走了。

推车从小河边的山路上下来,表兄弟四人身影孤独。天主又由此时面前只是三个十多岁的表弟而难过。外公齐整整的三子五女,几十口人,到头有事,就只靠这三个十多岁的孙子了。上了公路,陈志成在前,陈志富用好的一辆自行车带了天主。路上,陈志富说:"老表,我爷爷奶奶是很想留你在这里过年的。昨天还商量卖两车柴,买点肉来好好留你过年,也不知能否见着姑爹、姑妈了。见你这加急电报,又见有急事。又不知是何大事了。他们也不敢留,为你家里牵挂得很。"

陈志成说:"老表,要望你以后多记得我们一下。我们是看来靠不着任何人,只有巴望你了。像这种悲惨的日子,太难过了。我姐姐天天约我,说回老家去!我就骂她,当时都是她怂恿我妈要来的,硬不听你劝!"天主说:"你不要骂她!她前两年也才十三四岁,懂什么!老表二十几岁了,还常做错事!莫说她了。"陈志超又说:"反正我也是这种想:只有靠老表了。我陈志贵大哥、陈志伟大哥、陈志莲姐姐这些人,蠢得很!只有我们这三弟兄,还勉强合得来!"天主说:"你们三位表弟,要好好团结。"陈志富说:"老表,要得。"

到了镇上,又等了一阵。发车了,天主上车。三人在车前告别,骑上车回了。天主既为外公家悲哀,又不知家里出了何事,在车上两头牵挂着。既要找办法挽救出这几十口人来,又要担心家里,一路忧伤。哪知到勐养,车烂了,司机叫退票。

天主正在搭车,忽见路旁出来一人,扛了几根竹,正是个法喇人。那人说:"不是说你大哥调在北京去了?"天主听听,知他弄错了。一问,是谢吉兵。天主说:"我就是孙天主。"因问大渡岗茶场孙平元家。谢吉兵说:"哪里在大渡岗,就在这里,几步就到了。"指路上:"这就是你二爸家。"就喊:"孙平元!"屋门一响,一个包了白帕的妇女走出来,正是田永芝。谢吉兵说:"你侄儿子孙天主到这里来了!"因带天主上去。

天主一见,田永芝比从前老了许多,眼更斜了。一见天主,泪就包不住了,叫孙全荣:"快去叫你爸爸,说你大哥来了。"孙全芹出来,天主见赤着脚的,眼里落泪。谢吉兵和天主坐下。孙平元急急忙忙地跑来,进门就喊:"富贵在哪里?"又充大男子汉地喊:"还不快煮饭!拿肉来洗。"田永芝忙碌起来。另有三个八岁、六岁、四岁的小男孩。孙平元说："这是小全友；这是小全德；这是小全亮。都是些憨包！大哥来了也不会喊！"天主看看，田永芝拿出来洗的，竟巴掌厚的一坨肥肉，在这里已是稀有珍品，就问："哪里来的？"孙平元说："是安国信回家去你爸爸请他带来给我家的。二爸这里，哪里会有这种肉呢！"天主听如此，高兴了，想父亲竟回心转意了，这才是弟兄真正的情分。孙平元就说起他的情况来，在这里很被人欺。"富贵，二爸是无法了。一家七口，怎么也苦不够吃，也不知你爷爷、奶奶身体好不好。我也管不了了，反正只有拜托你爸爸了。孙平刚也和我一样，是没什么能力的。所以父母的事，都得靠你爸爸。"又说起天主来，"你是我们全族人的骄傲！二爸在这里也高兴。这大渡岗、勐养，只要是米粮坝的人，谁不在传？"谢吉兵说："一般出个地州一级的，就不得了，还出在中央呢！"附近有听说孙天主来此了的法喇人，都跑来玩。下午吃了饭，无论孙平元、田永芝怎么留，天主都说明要急忙赶回，走了。第二天下午到了昆明，急来凉亭。问富民他们知不知家中有什么事，他们说："不知嘛！"天主见也未发电报来，就算了。

　　大家正等天主一起回家。此时已是腊月二十四日，天气预报总报说要下大雪。车虽还有，正常回米粮坝的班车，腊月二十八最后一班，车票都早被卖完了。别的或包中巴车，或搭货车。说从冬月起，荞麦山已回去数千的人，法喇村已回去几百了。说定了秦国俊的班车来接，这里已做好准备，晚上要走。吃了饭，迅速收东西。只有孙国军凄凄惶惶的，不回家了。天主心知其没娘的苦，也不好安慰。其余孙国达、孙国要也不回，就天主、富民、孙家文、孙家武、孙国勇回家。孙平强在通海，也不回的了。富民对天主说："陈志伟打了人，被人家一顿打，躺在下凹赵家那里，无人管，路都不会走了。陈志贵也被发现，报到派出所去，被抓进派出所去了。"天主不忍耳闻，说："不要说了。"

　　由于孙国军还要住着房子，东西也就不收了。大家勉强坐一阵，叫天主睡。富民说："大哥快睡。"天主上床，也睡不着。大家出去看车来没有。纷纷扰扰的，一时说来了，一时说没来。闹到夜里两点，由其余几人在公路边守着，大家回来睡。富民、家文全上了床。孙国勇也铺块席子在地，躺上去,总不见睡着。

天主恍惚睡去,忽觉外公走来,说他去了,仿佛一阵风。天主醒了,起来心里叫不好。富民也醒,说:"大哥,外公不在了。"天主说:"我也有感觉。"孙国勇说:"富民,你怎么晓得?"富民说:"我外公来给我说他走了,说我外婆过几天也要走了。"一时起来,心里难过。这时外面又有人来嚷,说车来了。孙国勇等也忙起来,大家忙搬东西。天主起来,心里难过,刚下楼,头一阵晕,好歹扶墙站住了,却是退了好些步。孙家文见不好,来扶了天主走。天主感觉阵阵虚脱,手足乏力。富民来,要背天主。天主说:"又没病,背什么。"由他们搀了上去。

车一来到,但见上面的货物,有那车身高了。车顶已附满了人,接东西上去绑,下面的只管递。孙家文、孙富民、孙国勇全爬上车顶。天主、孙家武、孙国军在下面递。绑了半个钟头,那货物更比刚才高了一米多。秦国俊在闹,说都是家乡人,望体谅。这一百多人,近一万公斤货,怎么拉!他今夜回去,明晚上就返回来,只等一天,又拉了走的。但谁听他的,只好由包这车的邵德元来劝:"都是家乡人,说明掉,拉不走。四十个座位的,怎么拉得走这一百多人。"劝说无效,嚷全部退票,不走了,想哄些傻的人下车去,就开车走,但谁都识破这些诡计,都不下,就提议再租一辆中巴车。拦了十几辆,才有一辆玉溪人的车。谈成价格一千三百元,开了来,分了些人到这中巴车上。天主也上了中巴车,满满一车装了。还有二十多人,还得租一辆,又拦一阵,天已亮了。

终于租到了,那二十多人又上了车。于是开去加油,修胎,法喇人说:"油要蓄足,胎要加好气。我们那条路,又远又险。"又搞了一阵,近九点,三辆车开出,回家了。出昆明不久,天上就洒雪花下来。大家催那两名玉溪人:"开快点!不然下了雪,你们也回不来过年了。"二人说:"什么雪也阻不住。"众人大笑:"你们只知你们玉溪的雪,你没见我们那雪、那山呢!胆小的就被吓死了!"

第七章 尾声

阴云密布，疾风送雪。到中午车到乌蒙。亏得这一天都下的针尖大小的雪粒。车开始爬山，爬了两个钟头，到达山腰，一看下面巨大的河谷，上面的悬崖无尽。那二人惊叹起来。这里法喇人说："这算什么！你还没看见惊险的呢！"车又走了一个钟头，二人连连惊叹，法喇人则对他们的惊叹哈哈大笑。邵运福说："没见过世面就是不行！我们以前没见过平地！一到昆明就吓得哎哟哎哟的。这些人也这样，没见过大山，又哎哟起来了。"

到南广天黑了，雪稍停了。地面寸许的雪。车就向西北一路疾驰。爬完一山，感觉刚下去一点儿，更高的山又来了。刚爬完，更高的山又来了。在夜里爬了两个多钟头，看看山上公路内侧巨大的雪埂下，立着两三米高的雪墙。那二人焦急了，问还有多远，大家说："快走，就要到了。我们法喇村，高度也就跟这里差不多了。"

这下才爬到大柏路梁子。二人气了，说："你们这样哄我们，良心上过得去不？说明了还有多少公里好走。"大家说："还有八十公里，骗你们的是杂种，是猪日的。"二人不断地骂，这些人道："你与其骂我们，不如骂这车要翻了。"又骂："你以为这路是你家玉溪的高速公路？路弯来绕去的，又要爬山，当然就慢了。"又走了一个钟头，看看，山高不见头。二人把车停住，说："到底还有多少公里？"这边说："还有五十公里。""说个毬！""骗你的不是人养出来的。"二人要加钱，这里一片骂："你不拉算了，老子们把车推下这悬崖去。五十公里路，还怕走不回家？你们倒是赶快开！你看雪又下起来了。雪大了，在这山中困你们个把月，现在正是客运旺季，你们就亏死了。"二人气骂一阵，把车发动。大家又安慰："爬上这个大柏路梁子，再爬一个黄毛坡梁子，再爬一个光头坡梁子，就到了。"

那二人气得骂："这种鬼都不愿来的臭地方。"这边的骂："鬼都不愿来，你们怎么来了？我们正巴望你们变鬼呢！我们这些人哪点比你们差了？现在是谁给谁服务？有钱能使鬼推磨！我们扔两个臭钱出来，你们就得点头哈腰从昆明把我们拉到这里！"二人说："日他的妈，下次再不上这种当了！"法喇人骂："下次谁还耐烦要你来！等老子们有钱了，自己买车开来开去的。富贵，以后把你的飞机开回来，让这些玉溪人看看世面。"二人骂:"开毬的飞机!你这些烂贼过一百年,过一千年也不像坐飞机的,只会在昆明偷盗,难道我们不知道?"这边骂:"你说个干毬!等你两个乌龟王八知道,长江都倒流了。富贵,把你的工作证拿出来,给他们看看。"邵运福来拿天主的包,天主不给。他说:"被这两个土虫骂伤心了。这是给所有法喇人、荞麦山人,甚至米粮坝人争脸之际,快拿来。"抢了天主的包去。几个人打着电筒,拿了工作证、身份证出来,递去:"你看看,这是中央的工作证,这是北京的身份证。"那二人哪耐烦看,骂:"你这些臭蛮子,莫说中央、北京了,再过一万年有人到得了我家玉溪去工作,就算翻身了。"一时全车哄然,骂:"你放屁也不是这么放的。你家玉溪几百万人,谁不被我家法喇人管着!邵运福这个日脓包!叫他看证件嘛!"邵运福就上去,强把证件递给车老板,被车老板一掌打落。邵运福只得照着电筒去捡起来,说:"你这两个烂贼还没这福气看呢!我本以为你们祖坟埋着了,今天得拉你大爷们,赏脸让你们开开眼界,见见世面!哪知祖坟还是没埋着!你狗日两个没福气,这下出钱求老子,老子也不给你们看了。"拿起来,仍是心不甘,就念给二人听。二人骂:"你去看看老子们村里,大学生四五个,工作的上百人,在地区的六七个。"法喇人大笑:"闹半天还没老子们的多!再过一个钟头你去看看老子们村里,大学生就有八个!在省上、北京当过记者的你们有没有?在中央的你们有没有?你们不说,老子们还以为你们真的行!哪知是这个熊样!"

这样一直吵,车已过了大柏路梁子,到了黄毛坡梁子了。看看又是坡了,那司机气得把车往后倒。法喇人喊:"好!你有本事倒回昆明,我们就回昆明过年。"司机把车折磨了一阵,熄了火。车主骂:"还有多少公里?"众人说:"只有二十公里了。"车主说:"再加三百元钱。"法喇人说:"钱这么好要?你们不开算了,大家在这里睡觉。"车主愤骂:"你这些烂贼,穷得掉毛,看外面只有石头和雪,还吹个干毬!有个在中央也敢吹,吹我这个干毬!"诸人早已不痛快,一直以邵运福所拿证件被打落为憾,又叫邵运福:"日脓包!你揪他的头来看看，不揪我们来揪了。"邵运福又上去，近乎哀求地说："你们看看。"射了电筒，说："这是身份证，这是工作证。"又翻包里一阵，又高兴地说："嘀，还有这许多。"全递过去。那车主看了，信服了，给那司机看。二人看完，说："看不出这狗窝般的地方，还有人。"法喇人见此，满足了。全车哈哈大笑，说："如何？"那二人又骂："如何个毬！我们还没说这是假的呢！身份证、工作证，天下伪造的到处是！要一百个北京的假身份证，我也买得来！既在中央，有专车，有专机了，也把父母接去过年了！还来坐我们这中巴车！朝这穷地方跑回来过年！所以一想就是假的！"法喇人面子被扫光，又拿不出理由来驳了，一时语塞，半日才说："这是老子们的人有道德，有水平，爬高了也不忘本！还要转来看看父老乡亲，想办法使家乡富起来！"二人见法喇腔调不高，解释起来，更鸣得意："嚷一晚上，还是个假的，还有脸胡吹！所以你这伙烂贼，一辈子只会嚷嚷，这样嚷一万年也不要想发达起来！"法喇人气极："假的？老子们双方打赌！你们拿这车做赌注，老子们也拿两万元来做赌本，到村里赌一回！"

嚷了一阵，后一辆中巴车到了，也吵得开了锅。那昆明司机、车主停住车，与这辆玉溪车说："日他妈想不到是这种穷地方，老子们亏惨了！"都要加钱。两车上的法喇人同声而骂，都说："只有二十公里了，赶快走。"这司机质问邵运福："你说再爬了就没有了，前面这山哪里来的？"邵运福说："我说的是爬完刚才这座，再爬一座，再爬一座。我还不给你说，前面还有两座山呢！"

两车均不走，大家就睡觉。不时有人劝："快走了，二十公里，马上就到，我们要忙回去过年，你们也要忙回去过年。停在这荒山中，干什么！大家方便。要不方便起来，亏的是你们。我们仅几个钟头就走回家了。"邵运福说："你们不用催。等他们把气散完了，再请他们想，今晚上他们也气够气足了。明早雪一深凌一冻，天冷了车还发动不起来。我们叮嘱周围几个村的，不卖东西给他们吃！"又对那一车人说："这伙人知什么好歹！还不相信老子们法喇有在中央的呢！把我们气得要死，要让他们饿饿，知点厉害！"那一车也鼓噪："这两个杂种也不相信。你去拿证件来让他们看看。"邵运福吃刚才一堑,不拿了,说:"杂种些还没福气看呢!"

忽然刷刷的大雪飘了下来。两车的人电筒光柱乱舞,照见了大声喝彩。司机、车主慌了,忙开车,法喇人更笑。司机、车主不断地骂。邵运福喊:"我们也快骂起来!骂起来时间就过得快了!他们精力也分散些,气就少了。刚才爬大柏路梁子,不就是互相骂着才爬上来的?这样不知不觉就开回村了。"于是大家又骂。此车骂声稍落,就听那一辆车上也是骂声鼎沸。这车又骂了超过那车。

天主倦极,瞌睡起来,仿佛觉爷爷在前面走。不知什么声音催天主:"你赶快一点。你爷爷要去了,就等着要见你一面,已等不及了。"天主大急,一时醒来,立觉心灰意冷。看车外漠漠夜空,雪深尺余。已到光头坡梁子上,前面就是横梁子了,这连日的各种怪异感觉,已使他有些不胜其怖。想要是爷爷去世,那又太遗憾了。

此时雪深,司机已不敢再吵,集中精力开车。邵运福坐在车盖上指点着怎么走。车里气氛热烈,都说从前怎么在这里放羊,明日怎么打雪仗。那车主见此兴奋,也觉要到了,没骂的兴致了。天主心内紧急,只恨雪深了车行太慢。看着到了横梁子,黑梁子、拖鸡梁子模糊的影子全在眼里了,大喜。车从横梁子下来,大家唱起山歌来。邵运福叫司机按了长笛,通知村里的人们。后一辆车上喇叭也按起来。到了村,不时有人开门出来看。大家说:"到了,到了。"

九十八 雪中的丧礼

　　车在法喇小学前操场上停下。富民他们从那一辆上下来，都说有异感。孙国勇说："我们这一家人，是有谁出事了。"孙家文说："我睡着的，一下子被推醒，毛发都吓得竖了起来。"大家下了车，扛上东西急奔黑梁子上来。刚到孙家文家，魏太芬迎出来，说："富贵家妈今早刚说你们要来，就果然来了。你们快去，富贵的爷爷要去世了，还念着要见富贵呢！"

　　五人慌忙跑来，屋里屋外全是人。孙平玉、陈福英正忙找寿衣等去给孙江成穿，孙平刚急得哭。见五人来了，孙平玉急忙说："快，你们进去，他看看心也就满足了。"天主等推门跑入，全屋的人都道："竟有这种事，还得见上面，可见做爷爷、做孙子的都有福有德。"孙江成面如白纸，神智全迷，已被捧着头的了。

　　天主泪流，四人也流泪。孙江成见了，想伸手，天主忙握住，孙江成声音弱极："爷爷就只挂念你了。你要好好地干，光宗耀祖。这一家人，有你在爷爷就放心了。"天主道："是。我刚从二爸家那里来。二爸、二婶、小全芹、小全荣、小全友、小全德、小全亮全都好的。"孙江成闭眼，说："我已想不起他们来了。"又补一句："我什么也想不起来了。"孙国勇上前，叫声："大爹。"孙江成睁眼，看了半日才点点头。孙家文上前，叫声："大爷爷。"孙江成眼皮想动，已动不了。孙富民、孙家武上去流着泪喊,孙江成罔若未闻。半日又睁开眼,动了动唇,但没声音了。

一时孙江华、孙江荣等都说:"他已知你们的心意了。你们快出去,吃了晚饭再来吧!"天主见魏太芬叫,出来,魏太芬说:"刚才煮了洋芋消夜,大家刚吃好,你们快去。"天主想回看着爷爷。她说:"不是一时就去世的!两三天了都这样子。"大家于是去他家。刚坐下吃,陈福英跑来,问天主:"你外公身体咋样?我们这一阵白天黑夜守你爷爷,一点办法也没有。我是感觉你外公不在世了,他来与我说他走了。前好几天,我就梦到地震,你外公、你们全被压着。正因为怕他们留你在那里过年,你爷爷也病,我们才发电报催你回来的。催呢,怕你以为家里出事了,不催呢,又真怕他们留你,所以还是发有急事。"哭了起来。

天主惊呆了,问:"你哪天做的梦?"陈福英说:"腊月二十,我记得清清楚楚的。"天主一算,刚好是梦到外公那一夜,又问:"什么时候?"陈福英说:"半夜过后。"天主瞒说:"外公、外婆我来时都是好的,不会出事的。"陈福英又问:"你二舅的事办得如何?你大舅、三舅他们的情况呢?"天主说:"二舅已放出来了。大舅、三舅他们情况也都好的。三娘家我也见着了,好些了。他们都好,我才放心回来的。如未办好二舅的事,我就不回来了。"陈福英说:"你外公肯定是不在了,我有数。你爷爷我就有感觉,梦中他也被地震的石块压着的,只看你爷爷已不行了。你刚才说你到了你二爸家,是真的?还是哄你爷爷的?"天主说:"真的。二爸家情况倒不如三舅他们。"陈福英问:"你二爸、二婶没对你说起你爷爷的病?"天主说:"他们知道了?"陈福英说:"怎么会不知!信连封的去,加急电报都发去两个了。你看!你到那里他家都不提!你看你三爸在这里,又做得什么事的!你爷爷心也狠得很,病了十几天,不中用了。人人以为他要交代后事了,一句话不出,一个字不吭,直到现在死了。俗话还说:鸟要死了,叫声也是哀的;人要死了,言也是善的。你爷爷至死一句话不说,有什么办法!全要压在你爸爸头上!可怜这个老本分人,一辈子的苦命！到这时谁也不理了！"

这时富华忙来，说："爷爷去世了。"陈福英站起来说："你回去！休息一下。忙的还在后头呢！富春在家里，你回去就是了。"就起身去了。孙平文又跑来："都过去听安排。"带了孙富民、孙国勇、孙家文、孙家武过去。天主忙道谢："大爸，要麻烦你们了。"孙平文说："一家人，说什么麻烦！你快回去休息一下。或者就在这里与小家勇他们休息。"天主说："我回家去。"他们去了。富华说："大哥，工也没分好，不知怎么办了！"天主说："过后再打主意吧！先忙着，我是一点感觉都没有了。"又和富华过爷爷家去，见人们一片忙，自己入不了场，就踏雪回家。富文、富春仍在灯下看书。天主点头，然而大觉这样的学习方式陈旧了，与外边的世界，是隔得多么遥远！

第二天，雪已深有两尺。各处派了人去通知亲友。富华、富民一班人全派出去了。孙江成的灵柩已停于堂屋中，帮忙的一片忙。孙平玉、孙平刚当孝家，冒雪出去跪请全村。陈福英回来，和天主商量："我和你爸爸也商量好了，你二爸又不到场。好歹全尽你爷爷的家产用了。"天主说："办俭省些，二爸分文无有，三爸也是这个样子，能为他们省一文算一文。办丧事宁节俭勿奢侈，况且他们两家还为生活所迫。"陈福英说："我们又有什么！只是这些人心太黑了。你二爸人不来，信或电报也该来一个。更何况你到了那里，这样瞒人。你三爸一粒粮、一分钱没有。你爷爷的家产，昨天我和你爸爸、你三爸、你三婶才去看了，一样没有。我和你爸爸一句话不说，你爸爸气得眼睛发黑。你三爸这下慌了，逼问你奶奶家产哪里去了！你三婶打定主意今天等你小娘家来了，才要拉着你奶奶找你小娘算账。说天下父母心黑，哪里有你爷爷奶奶心黑的？"

这时孙平玉回来，陈福英已告诉过他一些情况。天主见父亲更瘦、更老了许多。一双膝因去跪了一早上，全是湿的，裤子、鞋上也全被雪化湿了，怜惜不已。忙找裤子出来给他换。孙平玉说："我还好得多，可怜孙平刚，一双烂胶鞋，雪一化，里面滑的，一早上就烂了。我来找双鞋去给他！富贵，你爷爷奶奶做的好事，哄我们有粮食有钱的。一直不准进他家那屋，好像我们是贼！昨天看着无法了，我和孙平刚进去看，哪里还有一粒粮！你三爸这下发话了，说你小娘六七天前还来背粮去！现在孙平刚钱没一分，粮没一粒，主意也不打一个，只问我怎么办！富贵，当爹的是苦命人呀！你爷爷心黑得要命！他反正撒了手就不管，打量这时候全是我的事了！成心是他死了还要把我害死掉呀！这时候千斤重担压朝我头上来了。"天主说："要多少钱？多少粮？"孙平玉说："最低限两千元：烟不能不买，酒不能不买，香烛纸蜡不得不买！火炮要几十封。荞子要八百斤，米要二百斤，肉要三百斤，菜也得买！总共三千元！"天主说："火炮不炸！道士也不请了。省下两元钱，给富春他们读书。"孙平玉说："火炮可以少点，但出材子、下圹都要几封。你爷爷那树，值几个钱？道士也得请，万人都请，不能受人笑话。还有你奶奶的生活，你奶奶的事呢！你奶奶再要三千元，那树就光了。"天主一听，也发急了。

孙平刚、周家英找来了。孙平刚哭得泪人一般，说："你到你二爸那里了？他都没告诉你不回来了？"天主说了情况。周家英说："弟兄又如何，心黑得要命！他是打量好了来就要吃亏的。他还来？但你再怎么不来，人情话总要有一句！"孙平刚说："富贵呀，害死人了，你爷爷、奶奶的家产全搬在你小娘家去了！你小娘、小姑爹又心黑到这种地步！你爷爷病成这种样，我们是催前天他家两口子就得到这里来的，说不来就不来！可怜我在这里走不开，不然我今天提根棒子打上郑家去！今早上小国勇去赶她家。我给小国勇说：'你就说：三哥说了！大爹临死望你们去见一眼，你们也不去。大爹是含恨而死的，临终留了一句话给三哥，叫转告你们！'她今天总得来了。来了我就说你爷爷留下的话是叫他家把家产搬回来。你三婶是打主意要吵架，我也是打主意要吵架了。"

陈福英说："不要长马头细马尾地讲了，大家快下去。不然孝堂里一人没有，亲友来的，见了要笑话！你们要吵架，也要看情况，不然给人家说孙家爹才去世就闹翻天了。问问就行了，要吵要闹，富贵家奶奶还在的，过后你们再吵不迟。"

天主又提出："烟酒是不能省的。但这火炮，一分钱的不要炸了。道士也不要请了！几百元钱，可用在供书上。"孙平刚说："富贵，这还行？父母子女一场几十年，也就这一次，不能省，再穷也穷不到这地步。"天主说："这是陋习，必须革掉。"孙平刚说："不怕，落人笑话是不好的。别人现在看的是你爷爷是支书，你又在中央，还不知这丧礼怎么隆重，大家不同你的想法。当然你这想法有没有道理？有的！这些事都是活人做给活人看，前人做给后人看。再怎么看得破，还得做！"天主说："外面的世界发展到了何等地步了！我为这寒心呀！一分钱不能花的。"但大家总不答应。孙平刚等也就去了。

陈福英说："你快去周家借点粮，去吴明彪家那里借上两千元。你爸爸可怜，去了谁借给他？"天主答应，冒雪去周家借了，周家答应。又来吴光兆家，借了钱。吴光兆说不消借，卖两棵树给他就行了。天主说可以，先借了二千元来，吴光兆又留天主吃了饭。天主刚回来，就听见屋内的吵架声了。他进来，田正芬正在哭。孙平刚在骂："你嚎！嚎的日子还在后头呢！谁叫你嚎的？"孙平会等在一旁流泪。天主说："又吵什么！"孙平刚道："富贵，你莫管。这是隔辈的事，只有你奶奶、你小娘才弄得清楚。连你爸爸和我还蒙在鼓里呢！"郑志强见孙平刚咄咄逼人，只好说："多的也没拿什么，只是我们来借了两口大铁锅，借了两个盆子去。我们马上就拿来还了。"孙平刚说："你向谁借的？你去看我屋里有锅、有盆没有？我没锅不来借，你有锅的还来'借'，而且一'借'就是两口。好！众人看看，你郑家也看看，我爹我妈被借了还有一锅一盆没有？只有你郑家才兴得出这种礼性：把锅、盆借到我爹、我妈一口锅一个盆不剩的地步！"天主各处看看，屋里确实是空荡荡的，知郑志强、孙平会的确不像样子，也就不管，出来了。

陈福英回来，问借的情况，天主说了。天主问："三爸那样闹，怕是你们支使的吧？"陈福英说："哪个耐烦支使！你想想：我们是一点道理不懂的？单为照顾你的面子，再吵再闹我们还得压下去。但你看像不像话！不但锅、盆背光，钱粮全无。你也多年就知道你爷爷十几年前就把这会要的香蜡纸烛备好了！现在还有一炷香、一根蜡没有？"天主道："连这些都弄去了？"陈福英说："不弄去还在这里吵什么！你奶奶腊月十七还忙到郑家沟去，说你爷爷好不起来了，这下她也要跟我们、跟你三爸家过了，才叫郑志强来把最后一个盆背去，把碗背十几个去！一个盆十几个碗，值几个钱！但是戳眼睛，盆稀奇点都还好说，是个烂木盆！你爷爷昨天要死了，昨晚断气了，你小娘、你小姑爹有条人影在这里没有？不吵一番，谁心里得平？难道我们还敢劝你三爸一气不吭？我和你爸爸不吭声就行了。再者不是你三爸自己心慌，他有那么傻？轻易就支使动了！前头才几年，我们搬家去了，你三爸还跟你爷爷来围攻你爸爸，那时怎么支使他？"

天晚了，粮食去周家称了来。孙平文、吴明剑两个社长当支客师。帮忙的都被二人分派了，推磨的、挑水的、煮饭的、做菜的、接客的，全遇上孙平玉家两口子，说："我们是看在你家两口子面上，才帮的。如说孙平刚、孙平元，我们有事时他们在哪里？我们到这时也就敲边鼓了。"孙平刚听了，惭愧万分。晚上来找孙平玉，说："大哥，收到的礼，就各人情分上送来的，归各家算了。平时我很少人情来往，送的也不多。礼多是你们送出去，人家来还的。还有很多是看富贵如今在红中，来捧凑的，这要归在这里。"孙平玉正满肚子是来自各方的气，没好气地说："你尝到了吧？论爹、孙平元和你的为人行事，糟了岂只一天两天？如果我像你们，现在捧着两只手，无爪爪，你去办吧！三亲六戚、全村子人全放象脚，难道要就把爹放在堂屋里了？或者就是你我就抬了送上山？人生活在这社会上，你要想独来独往，一个人行事，亲朋邻舍全甩干净，有这么容易！我无话说了！反正苍天生人就是不公平。占了便宜的，一味还要占！吃了亏的，到头来还是吃亏！"

孙平刚去了，孙平玉才对天主说："咦！我恨你二爸、三爸这些傻瓜不成器，也可能就跟你恨富民、富华不成人一个样！这时候他吵得起来了，做人又死煞。人家谁家有事，他们会伸只眼睛去看看人家吗？

会耐烦伸只手帮一帮吗?哪家有事,就是我去顶着。像王光银家妈死爹死,我一人去帮,你二爸是从头至尾拿个毡褂在他院里晒太阳。像今天,人家王光银、王光新、王光志三弟兄来帮。我有哪块脸要人家来这么多人帮!尽管是孝子,我还是出去,说:'对不起三位了,你们来一个就行了。你们父母有事时,我家同样三弟兄,只有我一人去帮你们。孙平元孙平刚不知死在哪里去了!'人家说:'这个计较得的吗?你不要管!我们来一个来两个来三个,都是看你的情分来的,不是看孙平元、孙平刚来的。要说看他两个,他们会做,我们同样会做。这会也就蹲在家里烤火,懒得来了。'我说:'为我一人的脸面而来,我更是要感谢你们了。但情义也重很了,我担当不起!你们今天就来了三个工,我总的也才帮了你们六个工。明天和以后几天,就不敢再麻烦你们了。'他们说:'你不要管!这管得了多少!明天、后天我们还来的!'别的王元学、王元德、王元涛家哥三个,刘小黑家哥四个,全来。所以今天人这么多,我太感激人家了。见了只得去说,说他们也就这么说。家家年三十晚,要忙过年。天又这么冷,雪又这么深,对不住人家啊!"天主听了,也自感动。

晚上富华从荞麦山回来,拿了个电报,不敢出手。来找天主,说:"外公去世了。"天主接电报看,"爸爸腊月二十一去世。陈福全。"天主泪刷的下来,便说:"给爸爸妈妈说,没事的。"因下来,找了孙平玉、陈福英回来,说了。陈福英痛哭失声,孙平玉也垂泪。天主、富民、富华、富文、富春全流下泪来。

陈福英一直哭,说:"丧德,一辈子的长年,养我育我,扶助你爸爸的恩情一直未得报答。我们这家境也好不起来,我总希望哪一天有两文钱了,去把你外婆、外公接回来,不要让他们受那种苦日子了。就是接回来死了,后事也让他们体面一些,没想就死掉了。此生此世我再有心,又哪里去找他?"一时痛哭,乱打乱踢。

天主、富民只好由她打,见她用拳打墙,忙才拉住。昏晕过去,天主等叫醒。半日回过来,面貌神情大变,忙熬了红糖找了鸡蛋来做了汤。她又在哭。"吃什么!可怜该吃的死掉了!你们早这样做一碗给你外公就好了!我就感谢你们了。你们也一直不成器,一文钱苦不来带去给你外公。那地方热,放不得的,腊月二十一死的,今天二十六了,早埋掉了。那地方蚂蚁又多,一晚上就把一个人吃掉!你外公的遗体也早被蚂蚁吃掉了!"越哭越伤心,又晕过去。

　　天主等又推又喊,没有别的法,只好掐她人中,或用手指蘸了冷水冰她的脸,又是雪天,又怕冰感冒了。这里爷爷的丧事也是一片忙,毫无办法。半日陈福英回过气来,拼命痛哭,再劝不住。天主、富民等也知早已埋了,只好哄她。天主说:"我来之前就谈好了的,外公一去世,就要拉回来。再忙不及,也要化了骨灰带回来的。"陈福英说:"这些都是假的!没有车愿拉棺材!他们也没钱,火化也是假的!那几十公里从没听说有火化场!"富民说:"万一大舅他们架起火烧呢!从前都有火烧了带回来的!"陈福英说:"那也惨得很呀!死了一回,还要在火上再死一回!还亏你想得起火烧这种残酷的办法。"一直哭,又说:"不知你三个舅舅现在如何了。搬家的人,也惨得很。请你们写封信去,说我们收到电报,知道情况。他们有难处只管写信来。我们再怎么说还有匹马,还有条牛,要是他们无路费,卖了带去给他们,叫他们回来了。我们还有点粮食,让他们回来一起过。日子一天天总会出头的。"富华答话,马上含泪找纸来写。这时孙平玉跑回来,说"要开路了,快下去。亲友也来了。"陈福英又大哭:"人家的爹死了,还得亲友来热热闹闹地开路做道场,得亲友来送。自己的爹死了,像旁边人这么做做,帮帮忙都做不到。"富民要忙管后勤这一摊。富文扶陈福英去了,防她哭昏跌倒。

　　天主家这里也被用来做菜、做饭。天主说:"可以在别处做的。"陈福英说:"你又不懂了!做菜做饭,是令主人家最亏的。你这里只管拿面出去,他那里只管收只管藏,你耐得起?肉提回家去,面提回家去,酸菜蔓菁皮同样不放过,只要弄得到。这是不看主人家有脸面无脸面的,形成了风俗,轮到哪家都是这样,只管偷。主人家忙正事还忙不过来,哪个还有精力来管这些?再说即使看见了,你也不好放下脸面来说！因为都是去跪了请来的，这时是你求他，得罪不得！越得罪他越偷，你防得了几时？在我们这里单家独户的，他要偷也费些力，在这里煮，就是图这个。要在别处，偷光了你还不知道呢！他偷了再张开口只管喊拿来，你还得赶快拿来。再加上你爷爷奶奶、你三爸三婶为人又古头①，恨的人又多，他还不趁机偷你，还有饶你的？所以这几天你只管在家里，盯着些。发现有人偷了，你也不要明打明地说，看看他知数就行了。周围这些人，你不知道，是穷得无法了。烟酒同样如此，那还有富民掌管着，也浪费不了。在别家头上，你孙平文大爸他们，几条几条的烟藏在毡褂里只管往家里跑。"

天主家这里一时也热闹起来了，几十名男公妇女，进进出出，把雪全踏平踩脏了。天主当了半日侦探的角色，大失其职。周家英忙去叫陈福英："大嫂，了不得了，杜朝万家妈扛了一百来斤的苞谷面跑回家去了，刘大婶也偷了二十斤左右的肉去。"陈福英忙叫富文来监察，稍好了些。

天主觉事事不顺心，只想赶快回北京去了。富春双膝跪地，趴在板凳上写字，头都要伏到书上去了。天主只管喊："头抬高，坐直。"但想连桌、凳都没有，还坐什么！富春每天只叫眼睛疼，双眼直流泪。天主说："就是你没坐直，眼睛离书太近的缘故！"看她那裤子，常年跪在这泥地上，膝部跪通，补了补丁了。她手冻僵了，又去火上烘一阵，又回来写。那些妇女说："富春读书倒厉害得很！好好地读，也像你大哥一样。又有大哥帮助，以后肯定更不得了。"天主听此，心内悲哀，帮什么呢！自己也是爱莫能助啊！他叫富春做题，小学四年级了，连先算乘除后算加减都不知。天主发怒了："你成日间读些什么？"富春急得流泪，又忙去跪着趴着做了来，还是错的，天主无法了。他反正也没耐心向她细致地讲，只好站起出屋，爬上村子高处来，大大地嘘气，借以散发心中的愤懑，不由叹息："一何惆怅之深也！"

富文的侦探做得很出色，这倒合了他那到处蝎蝎螯螯的性格。一有偷的了，他先扑朝半路去拦住。一时成就卓著，得了陈福英和富民的夸奖。周家

---

① 古头：性子固执，不听人合理意见或不近情理地坚持原则。

英也说:"富文看不出来,居然这样精明。几十岁的老妈妈都斗不过他。"陈福英说:"他一辈子都是这样的。读小学书是读不来,考试考十多分。提起地里有几个瓜,他清楚得很。哪个瓜有好大,长在哪里,他一清二楚,倒背如流。"

天主见富文一整天地搜索侦探,有着说不出的滋味。他也希望这些东西少被偷走些,父母和三爸三婶都可怜。有一时他还夸奖富文:"干得好!"但从他心底,男子汉不应是这样搜去侦来的,而应雄才大略,放眼全局,而富文偏不是这种人。刚好天主出林里来观雪景,见法喇村落漠萧条,瞅的焦心撩人。忽见富文拼命地跑出,喜悦地说:"陈志德家妈又偷升荞面下来了,我从这里去截。"天主大怒,伸腿就将他扫倒,骂道:"这些事上你少用心好不好?你那书呢?下学期就初中毕业了,还是这个样!你一辈子只会在这些小事上下工夫,担心我揭你的皮!"富文从雪地里爬起来,一声不敢吭,垂手呆立。天主见此,也后悔了,荞面同样是重要的,忙又加劝慰:"快去截住。书过了这事后要好好读了。"富文边走边看天主脸色。天主说:"去就是了,看什么!"他才飞跑,然而兴致已减许多,不敢展示才华了。

天主这里站着,感觉自己越来越缺乏耐心了,忍耐痛苦和艰难的能力也在降低。不久,就见陈志德的妈端个升子从林里爬出来,一身是雪。那升子里,满满的荞面,又端回了天主家。天主只能摇头,唇舌动了数次,连连发出响声,他委靡困顿得无法。那一升荞面,也就几元钱。真是偷者惨,反偷者也惨啊!

下午不断有鞭炮声响起,亲友们冒雪而来了。陈福英在孝堂忍不住,又回家来大哭:"我爸爸,你这苦命人呀!生前不如人,死后也不如人。老天啊!这命太造得不公平呀!当的当支书,当的当睁眼瞎!儿子不爱孙子,不惜亲戚朋友,一样人不要,富贵了一辈子!有的呢,红松黑漆大板,火炮连天,亲友满门,唢呐处处!过几百年坟堆也还在,清明节还得子孙去插坟飘纸!为儿女亲友卖命当牛马的,穷一辈子,还要死在他乡!白板一副,亲友全无,有家难回!不到三天就被蚂蚁吃光，不到半年野草长满，还哪里去找坟堆呢？"一时声嘶力竭地哭，又昏了过去，吓得天主、富民等毫无办法，只能流泪，生怕母亲就此气绝了。孙平玉也着慌两头奔忙。

又是鞭炮声响，富华跑回来说："二娘家来了。"陈福英说："你去给她说：还炸这鞭炮做什么？还炸了招人嘲笑？自己的亲爸爸死在几千里外了，她得炸一个火炮没有？"说不久，陆建琳、陈福香来了。陈福英一见妹妹，抱住就大哭："小香呀，爸爸也死了。"陈福香也哭了。众人要劝，天主说不消。想母亲、二娘难得哭个够的，哭一阵再劝。陈福香哭说："姐姐，这命苦得很！上头老的我不得见一眼，几千里路上不在了。下头小的我天天带着，也不得见我一眼！这下兄弟姊妹，各在一方！除了姐姐，恐怕永远都不得再见一面了！我是想了几十回，差点拿一根绳子就吊掉了。回心又想我活着，那几个瞎子还可以靠我！我活一天，他们得靠一天。我死了，他们靠谁？姐姐，我是无办法了！要死死不了，要活呢，一样意思都没有！"陈福英边哭，忙边劝她："还有姐姐在这里，可以陪伴你。我两姊妹相依为命，一年一年地过。"陈福香哭说："姐姐的情况与我不同呀！走几十天路上谁不在传富贵爬齐了天！富民、富华全部成人。我那几个瞎子呢，姐姐，我还求他们什么呢？只求他们看得见走，拿得来吃，我就满足了。而老天半点不饶人，一个不放过。我有什么办法！这不是一天天一步步逼我朝死路上走？"姐妹俩越哭越不住，越哭越伤心，天黑乃止。

火炮直炸到半夜。亲友都听说天主回来了，定要找找看看，大多投天主家来。而孙平玉忙来找了天主出去："嫉妒我们的人多得很。要防有人使手脚。一是怕孝堂、棺材里使，我叫富民在那里守着的。二是明早上到山上打井，要你带人去。尤其要注意这些人使手脚。他们或会丢铁钉、丢针在井里，就害人不浅了。你要严防的，带上富华去。两弟兄四只眼睛，也防得过来了。今晚你要把锄头等找好。山上雪深、更冷，要多穿些。今晚上亲友来找你见你的多，你躲开也不好，要见见。但要机灵点，抽个空睡一觉。明天是要忙一天的。"

其实是天主一夜未得睡觉。白卡汤明钦家爷几个，响水塘聂万洪家、木一金家、拖租周家，全来了。能见到天主，也就大觉高兴，天主也不由高兴起来，谈到半夜。火塘里火大，大家热极，都往后移了。天主又正在火塘最里边两堵墙的角落，退不开，热得流汗，但忽而觉一阵彻寒，牙齿竟打起颤来，心里一片僵，手也抖了个止不住。他回顾，那墙缝也是被泥糊严实的。不知这冷从何而来，忙加了衣服。众人说："从大城市来，不习惯家乡冬天的气候了。要多加衣服，以防感冒。"天主加了毡褂，还觉冷，移身就火，半天后才稍觉暖和了。

汤明钦说："没有什么大物小事，亲戚们也很少聚拢来了。我是孙平元结婚那年来过，后来孙平刚结婚，小平会嫁，都没正式的办，没有得信，也是没来成。十几年一过，没料大哥家已发达成这种样了。那时只以为大哥当文书，就不得了。哪知如今比起富贵来，又算什么呢？"聂世松说："那时哪里谙到现在这一步呢？我们来，富贵也只比他今天见这妹妹稍大些，还挂着鼻涕呢！十几年一过，无论在哪个村、哪个乡的三亲六戚，都感觉到沾得上光了。"又说："孙平玉，你家是烛上生了大花了。"

后来叫孙子们去打一堂绕棺。天主下来，陈福英哭说："你外婆肯定又不在了。刚才我心突突地跳，脸上发麻。"天主说："不可能吧！我怎么没感觉？"陈福英说："你还有什么感觉？你知道他们在那里情况不好，你就该在那里住上几天呀！这样绝情的就跑回来了。"天主知母亲是气得无奈何而发了，不好分辩。进来，带了富民、富华、富文、富春绕起来。全屋的人都说："这老支书值得了，得这种成器的孙子来打绕棺。"又引得陈福英大哭。

陈福香也说她有异感，富民也在说。天主想烦难事怎么这样多呢！陈福英、陈福香又大哭一场，说："明后天叫富华去荞麦山看看，如去世了，电报也又到了。可怜他几家经济又困难，老人再去世，雪上加霜，哪里有钱来发这电报呢？"

天一明，天主、富华就行动起来，穿好衣服，带上锄子，冒雪往大红山爬上来。一路跌了很多跤，到了原来选定的地方，开始把雪刮除，整个坪坪里雪全刮光，就开始掘井。掘了一两个钟头，掘好了。此时云已散开，滇北大地雪光闪闪，千山万壑尽在眼底。天主竟不住赞叹："故乡如此多娇，英雄今归来又折腰。"

山下村里有了炮声，发架了。喊"孝子，叩头"的声音，传荡在村里，直传上拖鸡梁子来。大家看一阵，眼已被雪照疼了。等了三个钟头左右，灵架才爬上山来，已是午后。在墓地忙了两个钟头，下葬完毕了。众人说："好了，老支书永远长眠于这大红山了。"陈福英一听此言，更大哭不止。天主也在想，这么高高的大红山，要是外公、外婆能归眠于此，也就幸福了。以后他每年来上坟、烧纸，也可连同到外公、外婆坟上烧了。

然后下山，陈福英已虚弱不胜，又昏晕了。富民背了回家来。个个神疲力倦。孙平玉一回到院里就睡着。外面阳光朗照，青天万里无云，檐上水嗒嗒滴下。天主见此美景，心又活了。真是红妆素裹，青天白日，分外妖娆。

亲友们散去了。天主一一道谢，别过。他心中很感激。在斯时斯地斯景中，人生竟是无比的完善而美妙。天主的热泪流了下来。所有帮忙的人，全在院里铺个毡褂就睡着。待到吃饭时，天主去把他们喊醒。大家才嗬地起来，说："太困倦了。"天主怜惜，道谢说："麻烦各位了，以后才能感谢各位了。"

前两天在这里人多，孙平刚被孙平玉说住，少与孙平会家吵闹，这下越想越忿。在回来的路上夫妻又算了一账，这一次不下三千五百元，就是按三家分摊，也得出一千多元。更况孙平元不在，又怎么办？周家英怂恿孙平刚："你是他个哥，逼问她，她敢怎么样？大哥家还会丢这个名，还会要？孙平元不在，我们哪里去苦那些东西呢？"夫妻俩打好了主意，见田正芬、孙平玉、陈福英、孙平会、郑志强俱在，就说："妈，我爹原来几千元的退休工资，请拿出来。二哥不在，难道要我跟大哥全分摊不成？现在钱是借来的，粮是借来的，我们哪里有来还？"

田正芬说："我认不得你爹有什么钱，都退职十年了，有也恐怕被你爹用掉了。"孙平刚说："用在哪里去了呢？被他吃掉了还是穿掉了？"田正芬不言。郑志强、孙平会走开，周家英哪里准走。孙平刚说："这下爹也死了,要养你。家底也应盘一盘,到底有多少,大哥是一家之主了,你也要拿出来交给大哥。怎么还账,怎么养你,大哥也该作出安排了。"田正芬只管哭:"好了,养了你们,这下我动不了,你们来逼我了。既然你们要逼,我有什么办法!"站起来把头朝墙上去撞。单有孙平玉、陈福英拉住。周家英喊:"大哥,大嫂,你们放开,等她去撞。哪有这种做娘的,耍无赖骗人、欺人!这不消孙平刚说,也不消大哥、大嫂说。是懂事体的爹娘,小全会家爷爷死前这么多天,就要吐一言安排好的。一言不吭,烂肚子黑心肠死了。爹死了,这怎么安排,他也要说一句了。既然我和孙平刚无资格,大哥、大嫂难道还无资格听她说?难道硬要那些嫁出去的烂货才有资格听?这三四天了,她吭一声没有?她做娘的是这种做的?孙平刚刚才问的,哪句话错了?她就说逼她了,就要寻死觅活了!只管放了她,她去死去。"

孙平玉一直是忍着怒气的,此时见只自己和陈福英尽力的拉扯,郑志强、孙平会束手不管,也大怒,说:"妈,这也是你该说的时候了!我是要放手了。"放了手,陈福英也放。田正芬不去撞墙了,只是哭。众见又耍无赖了。陈福英先走,回来了,就向天主哭:"你去看你奶奶,横得无法。可怜我们这些苦命人,自己的娘老子死了,不得见一眼,不得哭一声,倒还要管人家寻死觅活,吵吵闹闹。想想这活着有什么意思呢!我也管不得人家吵了闹了,静静回来替我死了的爸爸哭一天要紧。"正哭着,孙平玉气呼呼地回来了,说:"生不容易,死不容易!他爷爷奶奶活这一世,一点恩情都没有!凭我这蠢心,怎么想怎么做也不到这一步的。你们添上饭菜,点上香纸,请你外公来吃顿饭。可怜老人家这种好人,死了这些日,现在才得这么敬奉敬奉了。比我这强横的爹娘,好了一万倍都不止。"陈福英更又大哭,亲自去添了饭菜,烧了纸,跪哭了。孙平玉跪了,也大哭起来。

不久就听孙平刚家吵架、打架了。孙平玉说:"富民,你去看看。定是两个人找不到出气发泄的,都拿对方来出气了。"天主也下来,见周家英躺在火塘里,披头散发,一头一脸,全身是灰,正在哭,小全会在屋里哭。孙平刚站在楼顶脚,也在抹泪。天主和富民无法。见二人进来,孙平刚忙找板凳来给他们坐。周家英爬起来,躲进屋里哭去了。天主忍痛说:"三爸,多少气都可以忍一下,日子反正要慢慢地过,一天一天总会好起来的。"孙平刚边抹泪边说:"富贵,过不下去了。过得下去还会这么吵?气极无奈了,打打吵吵,出出气心头才会好过点。你看三爸这屋里有什么!你看你爷爷、奶奶把家败光了,这下才要我们养他们,葬他们了!反正他们是什么也不管,什么也不顾。只拿块老脸来朝着你爸爸和我,不要命地整!你家还欠了六七千元钱,我是分文无有。你爷爷的东西你不知道,你爸爸也知道得不清楚,我和你二爸是最清楚的。退职下来的一千元,一分未花。家里还有四个大银子、六百块花钱,在现在也要管三千来元,是你奶奶收着的。你爷爷奶奶的粮食,从前皮箩里全是装满的,几千斤是有的。这些年树被你爷爷强行卖光,卖了十二棵树,共是八千三百元。你爷爷家的用具,在法喇村这些人家,也算最富有的了。如今总起来一算,一万六七千元的家产,在哪里去了?你爷爷心黑。四个月前才去王元景那里贷了八千元的款。这八千元又在哪里去了?现在王元景来要账,不盯你爸爸和我要,难道还跟你奶奶、你小娘要?富贵,莫说三爸这个只会写名字的活不下去,就是你一个大学生,处在三爸这种境地,怎么活?"

天主听了,无言以对,只想:贫穷为万恶之源。想想父亲、三爸都是无法的了,只好来找奶奶。郑志强和孙平会都在那里。天主坐下来,知对奶奶那种老顽固的人说话是根本无益的,说:"小娘、小姑爹,你们要明白:我爷爷这账是算得出来的。你们也该将心比己想想:处在这种角度,你们的心里会如何?你们以为我三爸只是闹闹,就放过这事了?又以为我爸爸、我妈不说,就不管这事?这事我家几弟兄也要管的。现在谁占便宜,谁吃亏事小,以后斗起来,几十年的仇,兄妹相煎给外人笑话是大,趁我奶奶还在,什么钱什么粮都说得清楚,该退的退还就行了。我奶奶一死,更说不清楚,我三爸就说被你们拿了十万去,你们有什么办法?"

郑志强、孙平会见天主如此说,急白了脸。未及说,田正芬说了:"富贵、钱、粮全被贼偷去了。你爷爷知被偷去了,反正是说不清楚的,就干脆不说了。你们都怀疑是给了你小娘家。其实她家得着什么钱！得了什么粮！我还以为你爬得这么高，会懂这道理的！没想到你也相信了，也来逼你小娘了！你小娘、小姑爹哪里斗得过你们，望你们饶他们了。"天主听了，又没了办法。孙平会说："富贵，我伸手得着一分钱，我这十个指头就断下来！我得了一粒粮，那么我家吃到那粮都死绝、死光。你若不信，叫你爸爸、你三爸拢来，我与他们赌咒发誓。赌死哪家算哪家，咒死谁算谁！他们欺人也太欺得过度了。郑家是好惹的？大族堂堂的几百人，凭你三爸那几两干巴，他打得过谁？你们在法喇，难道不孤？总不过就是你爸爸和你三爸两家十个人，就想欺人了！莫惹着郑家还好！你们有事，郑家还可以来保你们一下！惹着郑家，不叫他家破人亡，不算郑家厉害！"

天主气得发昏，才明这种愚劣之辈是不可以理论的。外面一响，孙平刚已怒气冲冲地过来，扬手就给孙平会一巴掌，说："说我几两干巴，是不是你说的？你以为占着郑家的势，就把孙家吃定了？老子就来惹惹郑家看，看郑家能把孙家的毬咬得下来？"又扑朝郑志强去，要打郑志强。孙平会死皮活赖地拉住孙平刚，哭道："你打我这一巴掌怎么办？你以为轻轻省省的就让你打了？郑志强这憨猪，你还不赶快回去喊人来！你还留在这里，被他打死了是活该的。"郑一听，起身就往外跑。孙平刚挣不脱，干脆向孙平会拳脚俱下。田正芬也去拉孙平刚，说干脆先把她打死算了。孙平刚躲让，忙跑出来，天主早出来了。不久见孙平会哭哭啼啼的，朝郑家沟去了。

孙平玉、陈福英听说打架了，正不知何事，也不去问。天主回来，如此讲了，说："以后就不要管了。那钱、那物，就当没有的。大家眼睛不要盯在这么一个小荒村里。这点钱在这法喇村是算不得了的，但在外面算什么呢！"陈福英说："你说这个，我们早想过的了。这些年一直穷，都穷过来了。再怎么艰难，也把你供了出来，现在耐烦计较了？只是想起，气不完的。这一下父债子还。王元景必来向你爸爸要！真是你爷爷用掉，我们三万两万都可以还。问题是帮你小娘家苦，苦了养她家！养了还一点情义没有！她还比你小！倒要你爸爸、你三爸来养她了！你说伤心不伤心！又遇上你奶奶这样的人，现在要求我们养她了，还是这种样！谁的心不是肉长的？这气从哪里散得开？"

孙平玉说："孙平刚也只是打打出出气了。那些钱、粮，怎么还要得回来？清官难断家务事，告状打官司也办不到的。难道又好上门去抢回来？况且怎么抢？你爷爷已死，你奶奶装糊涂。这有什么法！只恨孙平刚怎不把她打稀巴烂，才放她走！也试试看你奶奶的心是不是肉长的，会觉事态严重，得不偿失，会生后悔的。富贵，人要自强，还是你说了一辈子的那些话。你这一生也给爸爸的脸面争足了，爸爸感谢你！如今四十六了，还过过来了，莫说以后的光景，比以前会好得多！我会依你的话办的！"说完落下泪来。

陈福英说："这些事我们想得通，你也不消担心。我们眼里也仿佛没有你奶奶和你小娘就行了。这下清清静静，各过各的就是了。看来看去看透了，就是这么回事。只盼富民、富华你们几个争气点，也像你大哥一样！日子总会好起来的。可怜孙平刚，他也打错主意了！早就跟你爸爸说："孙平会、郑志强只怕哄不到，骗不去！那种两个蠢人，吃到肚哪里有吐出来的？他们哪管你哥哥嫂嫂，吃饱吃足，不理你也才是这么回事！断绝了这条路，没了这门亲戚有什么了不起。现在的人才单只她家？都会这种做的。就是一回把便宜占完了，以后一切都不管。我们现在都不管这些了。"

孙平玉又说："富民这些也不听话呀！看看这个家，五千元旧账未还清，这下又来几千元了。哪年还得清？自己不奋发图强。你大哥一年两年叫看书，任说都不信。富华也是这样，看看几万元钱供了你，一点结果都没有，还是只会在农业上种地。这样有什么希望，倒还不如富民了。富文也麻烦，无奈何了！学习是差得很，年龄是十七岁了，还在读个初中。你这一生以后怎么交代？也不像读书的料，也不是回来干活的料。富春也无法，可怜人是聪明，但像这种环境，还读什么书了！"

富华已把写给陈福全他们的信写好了。明天是腊月二十九，天主说他去赶荞麦山街，既把信交了，也打个电话到北京去，给单位上说说，初三、四过完年就回北京的。

这一下午，也无人管田正芬了。夜里，孙平玉起来，说："难道妈妈出事了。"叫上富民，来叫了孙平刚，推门，不应。喊也不见答应。等孙平文等全来推开门进去，已死在床上了，是用帕子在床上勒了吊死的。大家落泪，叫齐了全族人商议，说这有什么办法，是她自己要死的。陈福英、天主听见，全落下泪来，连夜又商议了。第二日又派诸人去赶亲友，又请了孙平文、吴明剑做支客师。孙平玉、孙平刚商量了一夜，没办法，只好把那间孙江成的老屋卖与孙平文家，二千元钱。粮食竭孙平玉家所有，全拿出来了。陈福英在楼上见粮食全光了，急得又哭。天主看看，已是一贫如洗了，只剩自己那一个中央机关干部的头衔了。

这下连柴都不够了。孙平玉急了，只叫帮忙的把那他亲手栽植的松树、柏杨全砍下来。

天主次日就跟到荞麦山买菜的马车，到了荞麦山。在邮电所，那乡邮员对天主说："这孙平玉家，是不是你爸爸？"天主接过，又是陈福全发来的电报，又是四字："妈妈去世。"天主说是，签字收了。挂了半日的电话，才接通了。马局长来接了，说："既然你祖父、祖母均去世了，不怕，你办好了再回来。你的探亲假也还有十多天才满，回来你补半月的假就行了。有半月够了不够？"天主说："够了。不过事也不多，我能争取在探亲假完之前回来的。"马局长说："家里情况怎么样？经济状况可好转了？"天主心想是更糟透了，但仍说："好些了。"马局长说："那你尽快办完，好好地过个年，回来就上班了。"天主说："是，局长。再见。"

到中午，白菜、豆子、肉都买好，再买了蜡等，那卖老屋的钱，已只剩二百来元。天主大戚，想曾祖父手里的房子，爷爷住了几十年，今才去世数日，即已易主，且也一日就用光了。在荞麦山，认识的不认识的，都指目天主。又遇到张一行、范传云诸人，也只谈了几句，就各自走了。坐了马车经荞麦山中学前面，天主想一切均已随风而逝，他也不

再是从前那个天主。许多学生一见他,又叫"孙老师",天主想天地间暂时还不老的,就是这称呼!天黑了,又下起雪来,才回到望见三面悬崖和中间的大沟来。

晚上一计议,钱又没了法。天主只好来吴明雄处,吴很高兴,借了四百元给天主。天主又来郑发宽家,郑也极高兴,贷了二千四百元出来。原本来说这钱只要千把元了,但天主已决心要带富华、富民走了,贷了这么多。

富文又干起他的侦探营生来。饭仍在天主家这里煮。陈福英听母亲又去世了,又痛哭一场,病在床上,发着高烧。一家人疾心若焚,孙平玉、孙平刚已是近一月不得休息,哪里还有人形,昏头涨脑的,还得处处应酬,各处奔忙。富民、富华等也瘦了许多。魏太芬说:"最变的是富贵,回来几天,又瘦又黑了。不知要回北京去多久,才恢复复原呢!"天主找镜来一看,真是面色都老了许多,说:"沉忧伤人,此言不虚啊!"想想"化心养精魄,隐几窅天真",在这世上如何化得去,隐得了呢?

渐又下起雪来了。王元景再来,又被骂了一顿。天主也觉不可管了。他把树也卖光了。亲友二度冒雪而来,又是鞭炮连天,其实内心已是叫苦连天了。头次威威风风而来,这次要不好好来,头次就白来了。但要威风而来,哪家经济不困难?天主家也明白,又不好劝说随便来的。又逢年关,家家要望过年的。腊月三十日晨,天主又忙带人去打井。连天主也觉困倦不堪,身体发烧。终于大家在午前葬好,慌忙返回。亲友们一晃回去过年了。孙平会家从头次回去,再没来过,这条路断绝了。

陈福英一直痛哭。三十晚上,处处爆竹。孙平玉也叫将前省下来的几封爆竹拿出去放了,叫孙平刚家来,一处过年。大家痛哭,其实过什么年!孙平刚没有吃的了,孙平玉也没有,这下无法了。

第二日春节,雪更大。天主带大家收了那些东西,孙平玉也忙把东西都清退。这样忙了一日,大家才得好好地睡觉。第二天,全家忙了挖粪,尽管雪更大,仍干得热火朝天。孙平玉、陈福英很着急,说人家别家粪都翻过了。天主边干边向父母说:"这次我必须带富民、富华走了,再待在这里更不行了。反正再无退路。"孙平玉、陈福英同意:"你三弟兄去,好好地苦点人见识出来①。我们带着富文、富春慢慢地过。"

到初三,雪已积了两尺多深。鸟因长期的雪,也飞来院窝里扑食。陈福英忙找了一把荞子出来,撒给那鸟,说:"可怜鸟与人同,饿了就危险也不顾了。不知你几个舅舅家,现在又如何了。"天主说:"我们慢慢好起来,会济助他们的。"

天主一直焦心,车影子都没有。初五六两天,到公路上去看。近一米深的雪,哪里能来车呢!初七好不容易晴了,雪狠化了一天,初九这天,一辆班车驶进法喇村来,一看是秦国俊的,大家喜悦万分,忙买好了票。天主叫富民、富华准备好。说:"这是背水一战了。看看是家里已无办法了!这一去必须要以百倍的勇气投入战斗,要改变了整个世界再回来。"天主又说:"爸爸、妈妈,你们再艰苦几年,账我会苦了来还的,你们不用焦心。富文、富春过两年我们也来接走。我有一个宏大的规划,我要使这些贫穷的地方都改变面貌,都过上新生活。"

第二天早上,大家就上车了。孙家文、孙家武也说是厂里等着上班,也忙去。邵运才家几弟兄等,全上了车。孙平玉、孙平文、陈福英、魏太芬及村里几十人全在河坝里为车送行。车碾着积雪驶出。不久爬上黄毛坡梁子,大家再望一眼法喇村,走了。

---

① 苦点人见识出来:某人通过刻苦努力改善其在周围人群中的经济条件和社会地位,使别人觉得他有出息。

九十九　结　局

由于天主在这车上，秦国俊极不痛快。他本是忙开道角的车，因忙里偷闲，这么往昆明拉两转，车费又高，极划算的。同时他是法喇村第一个在县运输公司开了客车的，很是荣耀。这开回村里来拉家乡人，也为的是衣锦还乡，矜夸得意之意。今天主在车上，他还哪有什么得意可言。一车的法喇人不觉嫉妒天主，只有秦国俊在大为嫉妒，面都红了。车或走或停，动作幅度都极大，天主从车运行中就知秦国俊心里有气，但对此天主也无奈何，只盼望他不要使性赌气，把车开翻了。应该说他开车的技术是好的。车一直过了黄毛坡梁子、大柏路梁子。到一处，秦国俊就下去买一抱拉罐上来，喝上一半，扬手扔了。天主看看，大不对劲，想这样夸耀有何意义啊！天主就坐右边前头，但整天二人未说过一句话。天主有两次和他攀谈，称他"三舅"，他只"嗯"的几声就算了。

邵运友等都在提醒："秦国俊，开好点。今天你这车比往几次开得差多了！全是一帮亲友，你更要开好了。"如此天黑了，爬到了大海梁子，但秦国俊嫉妒心仍未消退。

夜幕下的大海梁子，雪深数尺。秦国俊也不敢大意，仔细地开。几处悬崖边上，都开了过去。天主见他面色涨红，心里焦急起来，只觉这一夜都在恐怖里了，提心吊胆地哪里敢睡觉？别的在后面都睡着了。天主从右边镜里的反光，盯着秦国俊，发现他也从这镜里盯着自己的，眼神很难过。天主收回目光，只看着公路。

看看驶了一段，车离了路中心，不减速地朝悬崖边驶去。天主大怖，喊："三舅，快！"秦国俊才从嫉妒的畅想里惊醒过来，但车前轮已离地了。急忙刹车，但车已倾斜，忙喊："快跳！"但他自己也吓呆了，整个车身，已翻了过去……

整个车内仅跳脱了邵运安一人。半个多月后他回到法喇村，整个法喇村早已埋没在无声的咽泣之中。法喇村这次死亡了五十多名青少年。司机秦国俊，下营姜庆虎、姜庆辉、谢吉功、谢吉美、谢吉学、秦加朝，横梁子安应科、安应昌、刘贤德、刘礼万，皮坡邵运兵、邵运美、邵运友、邵运军、邵运才、邵运昌，黑梁子孙天主、孙富民、孙家文、孙富华、孙家武、崔韶学、王勋高，锅厂郑金德、郑勇兵、郑在春、郑昌贤，陈家沟社陈和的、陈华全、陈华富、陈和勇，窑子照社李兵通、李金通、李朝正、李云红，山脚社周军汉、周军德、周炉勇、万云马、万云成、万云家，二道岩崔大有、崔大发、崔平和、崔勇浩、崔达思、崔达书，头道岩吴耀江、吴耀勇、吴光虎、吴光为、吴光兵，三道岩罗昌荣、罗昌美、罗昌富、罗昌贤，拖鸡梁子社安发能、安发全。

春天来了，积雪融化，滇北大地上万物吐绿。黑梁子上孙家，孙平玉呈半痴半癫状，陈福英全然疯了。所余一子一女，孙富文、孙富春俱已失学。全家已沦到全村最贫的人家，全靠救济粮度日。土地荒芜，孙平玉、陈福英已不会料理。仅有孙富文、孙富春在地里劳动。孙天主的功绩已然成梦，只有极少的人在忆及法喇村稍微提及。孙家三弟兄遗体运回，就葬在大红山孙江成的墓旁。孙天主，生于己酉年腊月；孙富民生于辛亥年二月；孙富华，生于癸丑年九月；三人俱死于乙亥年正月。

朝日照常升起，它仍从无边的黑暗之海撕裂了升腾。有关事业、雄心和梦想的故事，仍在广大的人类身上展现着。只不过已不在一个叫孙天主的人身上提起而已。

如今两年多过去了。孙天主墓上，荒草离离。他的老师、同学、学生自发组织起来，整理他的旧作。编辑此书以资纪念而已。

此书不本经传，背于儒术。案其实际，作琐屑之言，徒作刍荛狂夫之议也。其为文，不免"托人者似子而浅薄，记事者近史而悠缪者也"。作此乡谈村语，不出乎舆人之讴，刍荛之言，士之传言，庶人之谤，不过乎欲让世人观风俗而已。

初稿：丁丑年八月十九日至九月二十七日于墨江县

第七章 尾声

关于孙世祥的提纲

余世存

就文明的传统而言,迄今为止,汉语还没有生长出足够的信心、意志和观念来言说《神史》一类的著作。

我接触的朋友们中,谈起《神史》来,也多感觉我们的母语是不够用的。谈《神史》不是一言难尽的问题,而是言语道断的问题。

孙世祥的《神史》是汉语文本中的一个异数。《神史》通过主人公短短三十来年的人生经历,通过他的眼睛和心路,描述了中国文明处于衰退、转型期的生命状态。文本具有强烈的悲悯底蕴,含有若干重大的文明消息,读后在扼腕感叹之际,令人对我们的文明和人起兴无穷的意味。

自诗经、古诗十九首之后,汉语就很少表达它的发源地,田间地头,征夫农妇。像"锄禾日当午,汗滴禾下土"之类的诗文太少了。子不语怪力乱神,儒生们少言兵农医卜之事。刑不上大夫,礼不下庶人。礼义、道理、文言也不下庶人。乡村是自治的。所谓无知无识,顺帝之则。尽管出现了一些山水诗人、田园诗人,但在诗人笔下、在士大夫们的表述里,渔夫、樵子、耕人、读书郎,所谓的渔樵耕读,平和得像花鸟儿一样,享受着田园之乐。

这大概是我们引以为骄傲的农耕文化的秘密,也是我们文明的秘密。

汉语不属于"引车卖浆"一流。我们的文明很少对下层民众的生活世界进行总体性表述。文明不关心它的社会、人性基础，而是由社会底层里被选中的幸运儿来代言了社会、人性，虚构或说重构了我们的人性，这是一个想象的乌托邦。就像河南新乡出生的刘震云写下了《手机》这样的文本，把他的河南老家想象成某种样子一样。甚至北京的市井胡同也被忽略遮盖，因为有王朔小说、贫嘴张大民的幸福生活、有贺岁片一类的作品表达了某种"平民性""世俗性"。

至于宋明以后，引车卖浆之流为精神自救，而集体创作的说部文学，也最终先后被士大夫阶层征用，三国、水浒等等，成为千百年来的文化经典。借文学批评家们的语言，在这一汉语的阴谋里，汉语成功地把民众创作的人物典型化成了人物类型。人性悲剧因此成为性格的悲剧、宿命决定了的悲剧。

即使五四以来新文化传统，也很少全面地描述乡村世界，很少对乡村社会进行总体性解释。茅盾、巴金等人的小说，主要是写了大时代下面变动的人和社会，没能忠实地写下民众社会的内部构成。对乡村社会，反而是借来了西方知识的眼睛，才获得了某种现代解释，比如费孝通的《乡土中国》。这种解释仍然是外部观察式的，不是内部人性的通感共鸣式的。

至于革命党的文化战线，从中诞生了不少源于底层的文学表达，但那仍是意识形态对农民世界的界定和征用。革命党看到了汉语脱离民众的问题，一再强调"深入生活"。久而久之,生活被想当然地理解为简单的、感性的、粗鄙的,由此产生的文学有着规范的形式感以及认知上的限度。如《东方红》对民众心理极为片面的放大、强化。而战士出身的小说家、农民出身的散文作者,经由革命锻炼,成长为代表性强的文学现象,成为时代的某种点缀了。

孙世祥的《神史》则是综合了文学和社会学的一个农村社会的文本。这是一个超越文学、社会学、历史学等现代知识的分工,而直接呈现文明共同体生态的文本。孙世祥在《神史》中以法喇村为主体,叙述了村民们在宗族、利益、代际更替等方面的生态、世态和心态;同时,小说也随主人公求学、工作、打工等生存格局的变化,而记下了村小、乡学、县中学、地区师范、省城等共同体的风土人情。小说具有极高的"生命史"意义。

描述一个地方的世代变迁,是现代以来文学、社会学、人类文化学等极力想表达的内容。从乔伊斯的都柏林世界,到福克纳的南方小镇,到拉美作家们,到敏感地摹仿此种文学样式的中国作家们,如贾平凹和他的商州,莫言和他的红高粱地,等等,都反映了现代人对细节、局部的重视。

这种淡化观念、淡化大时代叙事,而关注细节、局部的现象,跟意识形态式的写作并没有太大的差别。作者们都生活在一个较为完整的精神世界里。这种精神的完整性使得他们无论如何言说,他们跟笔底下的地方性仍保持了某种疏离关系。

跟这些作家学者不同的是,《神史》的作者本人还是一个没完成的"他者"，还是一个挣扎在生存边缘的贫民，是一个仍在为生活的机遇和梦想而奋斗的青年人。

尽管他一开始就以极高的语言天赋、敏感和才华俯视他的父老乡亲，但他自始至终没有摆脱跟生养他的水土的亲缘关系。

尽管关于中国文明的说辞众说纷纭，但宋明后的中国却是无可挽回地衰退了。我们诚然读到《论语》能够想见圣人的用心，梦见周公感到有所归属的快乐，演绎三千的礼仪威仪而觉出性情的庄严诚敬，但这再也无济于事了。因为我们的文明衰退得已使人不成其为人了。

尽管数百年来我们有康乾盛世、同治中兴、亚洲第一共和国成立、人民共和国成立、小平之治、中国崛起等不断出现的利好消息，但我们的文明基础却实在地没有大的变化，反而是不断地僵化、退化。法喇村也好，以及其他广大的中国乡村，都是一个个活的证物。

李昌平之问：为什么如此文明繁华之地，一代人之后就一片萧条？

法喇村的村民都是从外面迁来的，孙家是六百年前朱元璋手下的军功之士，其他鲁家、孔家等也都有来历，或者说，他们都是从文明的中心地带迁出，到边缘开疆拓土。但这些文明的代表、象征人物，到了蛮荒之地，不仅没能再造文明，反而是不断地退化，成为只剩下零星记忆的土著，成为有待文明救济、教化的蒙昧人，成为唯生存法则是从的劣根人。

这跟西人到美洲、非洲，致力于文明重建，并结出硕果，完全不同；跟犹太人建国，也完全不同。这些人完全是自信的、乐观的、健康的。但我们在《神史》中，看到的人类多半是依附的、盲目的、可怜的。

法喇村民不知道自己的来处，比如孙家只有一点儿关于老祖在南京生活过的地名记忆，这有点儿像我们对三代以上的历史语焉不详一样。这些无根或失根的人也不存在关于生活和生命的反思、追问，他们没有关于生存道理和正义的反省。唯生存是从的丛林法则，使得村民们充满了勾心斗角，充满了自欺欺人。人世间一切维系正义、德性、善的形式，比如文字缘、地缘、血缘宗族等等，都不再可靠了。这跟当代中国都市没有太大的差别，除国家制度机器外，我们社会的善和义没有什么坚固的维系形式，人性之善和人生之义到了只能依靠信仰来维系的程度。

尽管《神史》在叙述血缘来维系善的脆弱和不可靠方面，显得漫化夸张，但我们看其中的人物，仍震惊于人性的阴暗、愚弱、虚荣、势利。

新天新地、新人类、新新人类等出现好几代了，但中国没有出现新人，有人以为那是"公民"。作家当然应该负责任，但作家一旦意识到这种责任，他在中国的出路就只能是把自己献祭出去。比如路翎、胡风、林昭、顾准，就是我们的神圣家族里出来的，由他们自己创作出的中国现当代史上的小说主人公，作为历史进程中的人物画廊中的典型人物，他们远优于作家创作或制作的人物形象，他们是真正超越了阿Q的现代中国人。但这种成绩太可怜了。比如孙世祥也如是。

附录二

《神史》评论辑录

　　《神史》的稀有性，一是主人公生存环境之艰窘种种，无不令人触目惊心；二是主人公对"文学"那近乎圣徒般的追索、实践并达致成就，不能不令人深感庆幸和欣慰。而二者之间，那种因"艰窘"而"追索"的青春力量，宛若史诗，将永远鸣唱在我们每一个人的心灵之中，而这，正是我们不少国人目前最稀缺的。

李林栋　（中国作家出版集团编审，作家、诗人）

　　《神史》是"草根文学"又一引人注目之作。其作者孙世祥年仅32岁便英年早逝，令人痛惜。但他对理想的追求，对文学的执着，以及他的质朴，他的真实，和他过人的才华，均可为当代国人特别是青年人的楷模。

柳　萌　（《小说选刊》《长篇小说选刊》顾问，作家）

　　阅读《神史》仿佛一次时空的穿越，好似进入了一个遥远而真实的史诗时代：大地在放声悲歌，贫穷与荒凉对生命以及人性进行着无休无止的磨蚀。在这种磨蚀中，太多人异化蜕变，生命已不能承载人类的梦想与尊严。但孙天主却在绝对的贫苦中绝地挣扎，用一种浴血的方式完成了生命的一次次嬗变，虽然他终究未能摆脱宿命，丧命于贫困所衍生的偏狭与嫉妒，但他却以其不屈的灵魂，昭示着植根于乡土，浸润于天地的精神。

杨汝清（字杭之，儒家学者）

《神史》是这个时代罕见的史诗。它以内在的视角呈现了一个遥远山村的人们的生存状态。这些卑微的人们保存着这个文明最深层的密码。他们可能不幸,短视,甚或无耻,但其生存终究是面向上天的,因而是刚健质朴的。而这,就是这个文明再生之本。

秋　风(学者)

作者立意写一部《神史》,我看见的却是一部人的寓言,小而言之是一个村庄,大而言之是一个民族的寓言。也许我们的物质越来越丰富,但是有什么是可以走进我们的内心,拉近彼此之间距离的吗?《神史》的孤独什么时候才能真正成为历史呢?

戴　莉(北京工业大学人文学院副教授)

作为一个"大山里的孩子",我从书中主人公孙天主身上或多或少看到了自己的影子。"廿年悲辛事,万古不了情。"透过奋斗的艰辛和世态的炎凉,我们既能看到主人公命运的呐喊,又能看到一种难以释怀的青春乡愁。

作为一名与作者孙世祥一样怀有太多理想的年轻人,《神史》于我既是一种鞭策,更是一番精神上的洗礼。"慈天地众生,悲宇宙万物。"但愿读过此书的人,感受到的不是灵魂的绝望,而是一种洞明世事之后的执着和悲悯。

陈玉明(新华社国内部记者、编辑)

事实上,希望天地间只有牛马吃草的声音和山泉的喧响,不过是美好的愿望而已。天地间更多的,是艰难的煎熬,是可怜人的相互折磨,是眼睁睁地看着一个个聪明的赤子一点点堕入无边的失望之中。这是孙世祥这部《神史》最令人不忍卒读的部分,也是全书最值得珍视的精彩华章。无真情状,则无真路径。如此翔实细密沉闷刻毒的展示,或可成为寻觅新路的起始。

胡印斌(时事评论员)

图书在版编目（CIP）数据

神史 / 孙世祥著. — 北京：语文出版社，2011. 7
ISBN 978-7-80184-856-7

Ⅰ．①神… Ⅱ．①孙… Ⅲ．①自传体小说—中国—当代 Ⅳ．①I247.5
中国版本图书馆CIP数据核字（2011）第084211号

SHEN SHI

神 史

孙世祥 著

出 版 人　王旭明
策划编辑　李 勇
责任编辑　高全军
装帧设计　李建章

出版发行：语文出版社
社　　址：北京朝阳门南小街51号　100010
网　　址：http://www.ywcbs.com
电　　话：发行部（010）65283384
传　　真：（010）85112461
印　　刷：山东临沂新华印刷物流集团有限责任公司
经　　销：新华书店
开　　本：787mm×1092mm　1/16
印　　张：73.5
字　　数：1020千字
版　　次：2011年8月第1版
印　　次：2011年8月第1次印刷
定　　价：138.00元

本书如有缺页、倒页、脱页，请寄本社发行部调换。